나보코프
단편전집

Collected Stories
Vladimir Nabokov

나보코프
단편전집

블라디미르 나보코프

김윤하 옮김

문학동네

일러두기

1. 번역 대본으로는 *Collected Stories*(Vladimir Nabokov, Penguin Classics, 2001)와 *The Stories of Vladimir Nabokov*(Vladimir Nabokov, Vintage, 2008)를 사용했다. 또한 Полное собрание рассказов(Сост. А. Бабиков. Спб.: Азбука, 2013)와 *Mademoiselle O*(Paris: 10/18, 2005)를 참고했다.
2. 원주를 제외한 나머지 주석은 모두 옮긴이주이다.
3. 원서에서 러시아어나 프랑스어 등 영어를 제외한 언어로 표기된 부분은 이탤릭체로 처리했고, 강조 부분은 고딕체로 처리했다.
4. 외래어 표기는 국립국어원 외래어 표기법을 참고하되 일부는 원지음과 관용에 따랐다.
5. 줄표 및 문장부호의 쓰임은 원서의 형식을 따랐다.
6. 성서 인용은 공동번역성서에 따랐다.

차례

서문

정기간행물에 단독으로 게재되거나 이전에 나온 책에 이런저런 조합으로 수록되었던 단편소설 52편을, 블라디미르 나보코프는 생전에 최종적으로 영어로 된 결정판 단편집 네 권으로 출판했다. 『나보코프의 한 다스』와 13편씩 이루어진 다른 세 개의 '한 다스'들—『러시아 미녀』『독재자 타도』『어느 일몰의 세부』이다.

나보코프는 이전부터 마지막 한 권을 더 내고 싶다는 의사를 비쳤지만, 그의 기준에서 다섯번째 책에 걸맞은 나보코프적인—혹은 수적으로도—한 다스를 이룰 만한 단편소설이 충분한지는 확신하지 못했다. 그의 창작생활은 너무 바빴고 또 너무 갑작스럽게 끝나버렸기에 최종 선택을 할 틈이 없었던 것이다. 그는 출판할 가치가 있다고 여긴 단편소설의 짧은 목록을 연필로 작성하고, 그 목록에 '통의 바닥'이라는 제목을 붙였다. 내게 설명해준 바로는 이는 작품의 질을 말하는 것이 아니라, 당시 그가 검토할 수 있던 자료 중에서 출판할 가치가 있는 최종적인 작품군을 정리한 목록이라는 사실을 의미한다. 그럼에도 가족의 아카이브가 정리되어 철저히 점검해본 결과, 베라 나보코프와 나는 다행히도 총 13편을 모을 수 있었다. 우리의 신중한 평가로는, 13편 모두 나보코프도 적절하다고 여겼을 만한 작품들이다. 따라서 이 서문 뒤에 실린 나보코프의 '통의 바닥' 목록은 부분적으로는 예비목록이라 할 수 있다. 이번에 새로 수록된 13편 중에서는 8편만 그 목록에 포함된 반면, 현 단편전집에는 수록되지 않았으나 영문판이 중편소설로 단독 출판된 바 있는 『매혹자』(푸트넘 사, 1986; 빈티지 인터네셔널, 1991)는 포함되어 있다. 게다가 저자가 붙인 작품의 가제가 이 책에서 정한 제목과 다 일치하지는 않는다.

마찬가지로 서문 뒤에 실린 '영어로 된 단편소설' 목록에서 나보코프는 「첫사랑」('콜레트'라는 제목으로 〈뉴요커〉에서 처음 발표됨)을 생략했는데, 실수로 빠뜨렸을 수도 있고 그 단편을 『말하라, 기억이여』(원제는 '결정적 증거')의 한 장으로 변신시켜서일 수도 있다. 최종 조정을 위한 지시가—러시아어이긴 하지만—좌상단에 적힌 것을 보면, 이 목록은 타이핑용 정서본인 듯하다. 복사본으로 게재한 이 두 목록에는 몇 가지 오류가 있는데, 예를 들어 「베인가의 자매」는 1951년 작품이다.

앞에서 언급한 네 권의 '결정판' 단편선집은 나보코프가 다양한 기준—주제, 시기, 분위기, 통일성, 다양성—을 고려해 공들여 골라 편성한 것이다. 네 권 모두 향후 출판에서도 한 권의 책으로서 각각 독자성을 유지하는 것이 적절하다고 본다. 프랑스와 이탈리아에서 각각 '라

베니티엔'과 '라 베네치아나'로 출판된 열세 편의 단편소설 또한 독립된 영어판 단편선집으로 출판될 권리를 얻었다고 봐야 할 것이다. 이 열세 편은 유럽에서 단독으로 혹은 선집으로 소개된 바 있으며, 이전 네 권에 실린 열세 편도 세계 각지에서, 최근에 이스라엘에서 나온 '루스카야 디우제나(러시아의 한 다스)'처럼 가끔은 다른 조합으로 출판되기도 했다. 페레스트로이카 이후 러시아에서 나온 출판물들에 대해서는 언급하지 않을 것인데, 몇 안 되는 예외를 제외하면 지금까지 온갖 의미에서의 해적판이 엄청난 규모로 대량 유포됐기 때문이다. 장차 이런 상황이 개선될 조짐의 서광이 비치긴 하지만.

이전에 나왔던 선집들을 빛바래게 할 생각은 아니지만, 이번 단편전집은 의도적으로 연대순 혹은 가능한 가장 근사치를 추정해 나열했다. 이 목적을 위해 이제까지 단편선집에서 사용한 배열을 종종 변경했으며, 새롭게 수록된 단편들도 적절한 위치를 찾아주었다. 집필 날짜가 선택의 기준이었다. 이 기준이 적용될 수 없거나 신뢰할 수 없는 경우에는 최초 출판된 날짜나 다른 언급을 길잡이로 삼았다. 새로 수록된 13편 중 11편은 이제까지 영역본이 없었기 때문이다. 그중 5편은 최근에 '새로운' 13편이 여러 유럽어로 번역될 때까지 미발표 상태로 남아 있었다. 이와 관련해서 더 자세한 서지학적 기본사항이나 다른 흥미로운 사정들은 책 뒷부분에 실려 있다.

이런 새로운 배열의 명백한 이점은 나보코프가 소설가로서 발전하는 과정을 개괄하기에 편리하다는 점이다. 발전 방향이 항상 순차적인 것이 아니라, 깜짝 놀랄 만큼 성숙한 단편소설이 더 어리고 단순한 이야기들 틈에서 불쑥 등장한다는 점 또한 흥미롭다. 블라디미르 나보코프의 단편소설은 창작 과정의 진화를 예증하고, 후에―특히 장편소설에서―사용되는 주제나 방법론에 대한 흥미로운 통찰을 제시해주나, 그럼에도 그의 전 작품 중에서 독자가 가장 이해하기 쉬운 작품군에 속한다. 장편소설과 어떤 식으로든 연결된 단편이라 해도 그 자체로는 자립적인 작품이다. 몇 차원의 독서를 거듭할 수 있는 작품들이 있지만, 그런 작품도 문학적 예비지식을 요구하지는 않는다. 독자가 더 길고 복잡한 나보코프의 저작에 도전하거나 그의 개인사에 깊이 파고든 적이 없었어도 단편소설에서 즉각적인 만족감을 얻을 수 있다.

'새로운' 열세 편의 번역에 내한 책임은 오롯이 나에게 있다. 이전에 출판된 러시아어 단편소설의 번역은 대부분 부자간의 투명한 공동작업의 성과였지만, 아버지는 때때로 적절하다고 판단되면 번역이라는 형태로 자신의 텍스트를 변경하는 작자의 특권을 발휘했다. 상상컨대, 이번에 처음 번역된 단편들도 그라면 이곳저곳을 바꿨을지 모른다. 말할 것도 없이, 단독 번역자로서 나에게 허용된 자유는 분명한 오류나 오식, 과거 편집상의 실수를 정정하는 것뿐이다. 그중에서도 최악은 「보조 제작자」의 모든 영어판에서 훌륭한 마지막 쪽이 전부 누락된 것인데, 아무래도 초판부터 그랬던 것 같다. 말이 나온 김에 언급하자면, 이 단편을 가로질러 두 번 굽이쳐 흐르는 노래에 나오는, 신부를 볼가 강에 던져넣는 돈 카자크는 스텐카 라진이다.

고백하건대 나는 오래도록 이 단편전집을 준비하는 동안, 최근 동시에 다른 언어로 나온 번역본들을 번역한 매의 눈을 가진 번역자들과 편집자들이 보내온 질문과 코멘트를 참고했으며, 단편소설 몇 편을 개별로 영어로 번역해 출판하려는 이들이 이 잡듯이 검토한 결과물의 도움도 받았다. 아무리 치열하고 세세하게 점검해도 그물을 빠져나가는 몇 가지 오류는 있을 것이다. 그럼에도 미래의 편집자와 번역자가 알아야 할 것은, 본서가 이 출판 시점에서는 영어 텍스트로서 가장 정확한 버전을 반영했다는 점, 특히 새롭게 수록된 13편에 관해서는 그 바탕이 된 러시아어 원문도 그러하다는 점이다(이 러시아어 원문은 때때로 해독하기 매우 어려웠는데, 작자나 타이피스트의 실수거나 실수일지도 모르는 것을 포함하고 있어 가끔은 곤란한 결정을 해야 할 때가 있었고, 둘 이상의 이문異文이 존재하는 작품도 있기 때문이다).

공정을 기하고자, 자발적으로 번역 초안을 제공받은 작품이 두 건 있었음을 감사의 마음을 담아 알리고자 한다. 하나는 찰스 니콜에게 받았고, 다른 하나는 진 바랍탈로에게 받았다. 두 건 다 감사히 받았고, 두 건 모두 *뜻밖의 발견*들이 있었다. 그렇지만 문체의 동일성을 적절히 유지하기 위해 나는 전반적으로 내 영어 어투를 고수했다. 귀중한 서지학적 조사를 해준 브라이언 보이드, 디터 치머, 마이클 줄리어에게도 감사하다. 특히 베라 나보코프에게 감사를 표하고 싶은데, 그녀는 끝없는 혜안과 탁월한 판단력과 불굴의 의지력을 발휘해, 생애 마지막 나날에 쇠약해진 시력과 약해진 손끝으로 「신들」에 나오는 몇 대목의 번역 초안을 남겼다.

이 단편소설들 속에서 이야기를 엮으며 전개되는 주제, 방법론, 이미지를 추적하거나, 러시아에서 보낸 나보코프의 청년 시절의 반향과 영국에서의 대학 시절, 독일과 프랑스로 망명했던 시절, 그리고 그의 표현을 빌리자면 유럽을 만들어낸 후에 그가 만들어내던 미국을 추적하기에는 서문의 지면이 부족하다. 새롭게 수록된 13편 중에 생각나는 대로 골라서 얘기해보자면, 깜짝 놀랄 반전이 있는 「라 베네치아나」는 나보코프의 그림을 향한 사랑(그는 소년기에 그림에 일생을 바치려고 했었다)이 반영됐고, 그 배경에는 나보코프도 실제로 즐겼으며 특별한 솜씨를 발휘해 묘사한 테니스가 포함된다. 다른 열두 편은 우화(「용」)나 정치적 공작(「러시아어 합니다」)부터 시적이고 사적인 인상주의(「소리들」「신들」)까지 망라한다.

나보코프가 붙인 주석(본서 말미에 수록됨)에는 이전까지 선집에 수록된 단편소설들에 대한 통찰이 담겨 있다. 거기에 덧붙일 설명은 많지만 몇 가지만 언급하자면, 시공간의 으스스한 겹침(「미지의 땅」과 「박물관 방문」에 나오는)은 『아다』와 『창백한 불꽃』, 또 어느 정도는 『투명한 것들』과 『할리퀸을 보라!』의 분위기를 예감케 한다. 나비에 대한 나보코프의 편애는 「오릴리언」의 중심 주제이며 다른 많은 단편에서도 어른거린다. 그러나 기묘한 것은, 그가 한 번도 특별한 애정을 공언한 바 없는 음악이 종종 그의 저작에서 현저히 나타난다는 점이다(「소리들」「바흐만」「음악」「보조 제작자」).

개인적으로는 「랜스」에서 (아버지가 내게 말해준 바로는) 내가 등산하러 다니던 시절에 부모님이 경험했던 바가 승화되어 나타난 점이 특히 감동적이었다. 그러나 아마도 가장 심오하고 가장 중요한 테마는, 표면적 주제이든 숨은 저의이든, 잔인함—인간의 잔인함, 운명의 잔인함—에 대한 나보코프의 경멸인데, 그 실례는 너무 많아서 열거하기가 어렵다.

드미트리 나보코프
러시아 상트페테르부르크와 스위스 몽트뢰

다음은 이번 판에 수록된 「부활절의 비」가 발견된 경위를 추적한, 함부르크의 로볼트 출판사의 편집부장 게오르그 히페의 주석 중 일부이다.

우리가 1987~88년에 단편전집의 첫 독일어판을 준비할 때, 나보코프 연구자 디터 치머는 「부활절의 비」가 게재됐다고 알고 있는 러시아 망명 잡지 〈러시아의 메아리〉 1925년 4월호를 찾기 위해 가볼 수 있는 모든 도서관을, 그 자료가 있을 법하든 아니든 다 조사했다. 당시엔 하루만 체류가 가능했던 동베를린에 가기도 했으며 라이프치히의 구동독 국립도서관도 생각했다. 그러나 요행은 너무 얄팍해 보였고 관료주의의 절차는 너무 험악해 보였다. 게다가 또하나의 고려사항이 있었다. 도서관에 복사기가 한 대도 없을 가능성이 있었던 것이다.

우리가 「부활절의 비」 없이 전집을 출판했을 때, 그는 스웨덴에 거주하는 한 학자가 라이프치히에서 그 단편소설을 찾았다는 소문을 들었다. 당시는 철의 장막이 걷혔을 때라 그는 검증하러 갔다. 바로 거기 있었다. 〈러시아의 메아리〉 전 세트가. 그리고 이제 그 도서관에는 제록스 복사기도 있었다.

그리하여 스베틀라나 폴스키―우리는 몇 년 후에야 그녀의 이름을 알게 됐지만―가 최초로 발견한 「부활절의 비」의 영역은 피터 콘스탄틴과의 공역으로 〈결합〉 2002년 봄호에 게재되었고, 이제 본서에 수록된다.

드미트리 나보코프

스위스 브베

2002년 5월

「단어」의 러시아어 텍스트가 처음 내 주의를 끈 건 2005년 봄으로, 놀랄 만큼 감정적인 이야기이기에 나는 번역에 착수하기 전에 그 작품의 진위에 대한 의심을 불식시켜야 했다. 이 작품은 내 아버지가 출판한 두번째 이야기이자, 1922년 그의 아버지가 암살된 후에 발표한 첫 작품이다. 베를린에서 집필되어 그의 아버지가 베를린에서 공동창간한 러시아 망명 신문 〈방향타〉에 처음 게재되었다. 그로부터 십 년 후에 집필한 「북쪽 끝의 나라」처럼, 「단어」는 우리가 결코 알아내지 못할 모든 걸 설명할 수 있는 비밀을 다루고 있다. 「숲의 정령」과 초기 시 「혁명」처럼 「단어」는 야만적인 현실과 대비되는 목가적이고 다정한 세계를 그려내는데, 〈방향타〉 측에서 택한 페이지 배치 탓에 불길한 그림자가 드리워졌다. 그의 아버지가 쓴 미완성 유고 바로 옆에 실린 것이다.

「단어」는 천사들이 등장하는 극히 소수의 블라디미르 나보코프 단편소설군에 속한다. 물론 나보코프의 단편소설에 나오는 천사들은 러시아정교회의 일반적인 천사보다는 우화나 환상이나 프레스코화에 나오는 천사들과 더 밀접한 연관이 있는 아주 사적인 이미지가 구현된 존재다. 그의 아버지가 죽은 후 나보코프의 소설에서 종교적 믿음에 대한 상징이 훨씬 드물게 등장한 것도 사실이다(「날개의 일격」에 나오는 전혀 다른 천사를 참조하라). 「단어」가 그리는 천진난만한 황홀경은 아버지의 후기작에서 표면화되지만, 나보코프가 그저 암시하기만 하는 '이세계'에서 아주 잠깐 나타날 뿐이다. 하지만 그가 설명했듯이, 그가 자신이 말로 꺼낸 것보다도 더 많이 알지 못했다면, 그는 그만큼 말하지 못했을 것이다.

드미트리 나보코프

스위스 몽트뢰

2006년 1월

2006년 여름에 러시아 학자 안드레이 바비코프는 1924년경부터 쭉 미발표 상태였던 이야기로 나보코프가 워싱턴 D. C. 의회 도서관의 아카이브에 위탁했던 「나타샤」가 자유를 얻을 자격이 있다고 나를 설득했다. 러시아어에서 번역한 내 첫 번역본인 이탈리아어판이 2007년 9월 22일에 〈저녁 통신〉의 주말판 부록인 〈내 여인〉에 게재되었다. 이후 2008년 봄에 아델피 출판사에서 출판된 두툼한 나보코프 이탈리아어판 단편집 『러시아 미녀』에 수록되었다. 내가 번역한 이 작품의 영어 번역본은 〈뉴요커〉 2008년 6월 9일호에 게재되었고, 이제 현 단편전집에 수록되었다.

드미트리 나보코프

2008년 6월

[Bottom of the Barrel]

The Wingstroke	(Udar kryla, 1924)
Vengeance	(Mest', 1924)
	(Blagost', 1924)
The Seaport	(Port, 1924)
Gods	(Bogi, 1924)
The Fight	(Draka, 1924)
The Razor	(Britva, 1926)
Christmas Tale	(Rozhdestvenskiy rasskaz, 1928)
The Enchanter	(Volshebnik, 1939)

[unpublished]

Stories written in English

1   The Assistant Producer, 1943

                               in N's Dozen
                       [missing last page]
                           See A. Appel

2   That in Aleppo Once, 1943

3   A Forgotten Poet, 1944

4   Time and Ebb, 1945

5   Conversation Piece   1945

6   Signs and Symbols   1948

7   Lance   1952

8   Scenes from the Life of a Double Monster 1958

9   The Vane Sisters 1959

숲의 정령

나는 깊은 생각에 잠긴 채 흔들리는 둥근 잉크병 그림자의 윤곽선을 펜으로 따라 그리고 있었다. 멀리 떨어진 방에서 시계가 시간을 알렸는데, 몽상가인 나는 누군가가 처음에는 부드럽게, 다음에는 크게, 그다음에는 더 크게 문을 노크한다고 상상했다. 그는 열두 번 노크하더니 대답을 기대하듯 잠잠해졌다.

"예, 저 여기 있습니다. 들어오세요……"

문손잡이가 소심하게 삐걱거리고, 촛농이 녹아내리던 양초의 불빛이 옆으로 기울었다. 별이 총총하고 서리가 내린 밤의 꽃가루를 뒤집어써서 잿빛이 된 남자가 등을 구부린 채 총총거리며 장방형 그림자에서 옆으로 나왔다.

아는 얼굴―아, 그것도 아주 오래전에 알던 얼굴이었다!

그의 오른쪽 눈은 여전히 그림자 속에 있었고, 희부연 녹색을 띤 가늘고 긴 왼쪽 눈은 소심하게 나를 응시했다. 눈동자가 녹슨 반점같이 빛났고…… 관자놀이에 이끼같이 촘촘히 난 잿빛 머리털, 거의 눈에 띄지 않는 희미한 은빛 눈썹, 콧수염이 없는 입 주변의 우스꽝스러운 주름, 이 모든 것이 얼마나 나의 기억을 애태우고 막연히 성가시게 하던지!

나는 일어섰다. 그는 한걸음 앞으로 나왔다.

그의 너덜너덜한 작은 외투는 단추가 잘못—여자 옷처럼 ─끼워진 듯 보였다. 손에는 모자가, 아니, 그것은 엉망으로 묶은 어두운 빛깔의 꾸러미로, 모자라고 할 수도 없었는데……

그렇다, 물론 나는 그를 알고 있었다—아마도 그를 좋아했던 것도 같은데, 언제 어디서 만났는지를 특정하지 못할 뿐이다. 또한, 우리가 자주 만난 사이임은 분명한 것이, 그렇지 않다면 그 크랜베리색 입술과 끝이 뾰족한 귀, 저 우스운 목젖을 내가 이렇게 또렷하게 기억할 리 만무하니까……

나는 인사말을 중얼거리며 그의 가볍고 차가운 손을 잡아 흔들고는 낡은 안락의자의 등을 건드렸다. 그는 나무 그루터기 위에 올라앉은 수탉처럼 의자에 걸터앉고는 황급히 말문을 열었다.

"거리가 너무 무서웠어. 그래서 잠깐 들른 거야. 널 만나려고. 나 알아보겠어? 너하고 나, 한때는 매일같이 함께 뛰놀면서 서로 '야호' 하고 외치던 사이잖아. 그 옛날 고향에서 말이야. 설마 기억 못하는 건 아니겠지?"

그의 목소리는 말 그대로 내 눈을 멀게 했다. 눈이 부시며 현기증이 느껴졌다―행복감이, 메아리치는, 끝이 없는, 되찾을 수 없는 그 행복감이 기억났다.

아냐, 있을 수 없는 일이야, 난 이 방에 혼자 있잖아…… 그냥 변덕스러운 망상일 뿐이야. 그래도 정말 누군가가, 피골이 상접해 괴상망측한 몰골로 위쪽을 길게 접은 독일제 반장화를 신고 내 옆에 앉아 있었으며, 그의 목소리는 방울이 딸랑딸랑 울리고 잎이 바스락거리는 소리―금빛의, 황홀감을 일으키는 녹색의, 귀에 익숙한 소리―처럼 들리는 한편, 그 말 자체는 매우 단순하고 아주 인간적이었는데……

"이봐, 이제 기억이 났나보군. 그래, 나는 전직 숲의 요정이었던 바로 그 말썽꾸러기 정령이야. 나도 다른 모든 이들처럼 도망가지 않으면 안 되는 처지가 되어 지금 여기 있어."

그는 깊은 한숨을 내쉬었는데, 그러자 표표히 피어오르는 비구름, 하늘 높이 굽이치는 녹음의 물결, 마치 바다 거품이 튀어오르듯 환하게 반짝이는 자작나무 껍질의 환시가 끊임없이 계속되는 감미로운 윙윙 소리와 함께 눈앞에 다시 펼쳐졌다. 그는 내 쪽으로 몸을 구부려 내 눈을 다정하게 응시했다. "전나무는 아주 검고 자작나무는 온통 하얬던 우리 숲이 기억나니? 그 나무들 다 잘렸단다. 슬픔을 가눌 길이 없었어―내 눈앞에서 사랑하는 자작나무들이 우지끈하며 쓰러지는데, 내가 뭘 어떻게 도울 수 있었겠어? 그자들은 날 늪지로 쫓아버렸고 나는 눈물을 흘리고 절규하며 해오라기처럼 큰 소리로 울부짖었지. 그러고는 이웃 소나무숲으로 황급히 떠났어.

거기에서 나는 비통해 흐느낌을 멈출 수가 없더라. 그래도 어찌어찌 그곳에 익숙해져 둘러보는데, 어라, 소나무숲은 온데간데없고 푸르스름한 잿더미뿐인 거야. 좀더 이리저리 떠돌아다녀볼 수밖에 없었지. 그러다 정신을 차려보니 어떤 숲속에 있었는데, 울창하고 어둡고 시원한 멋진 숲이었어. 그래도 아무래도 예전 같진 않았지. 옛날이라면 동틀 때부터 해질녘까지 즐겁게 뛰놀며 세차게 휘파람을 불고 손뼉을 쳐서 지나가는 사람을 겁주곤 했을 텐데. 네가 언젠가 내 숲의 어두운 한 구석에서 길을 잃었던 일 너도 기억하지, 너하고 어떤 작고 흰 드레스였는데. 나는 계속 샛길들을 매듭으로 엮고, 나무줄기를 뱅뱅 돌리고, 나뭇잎 틈으로 눈을 깜빡이곤 했잖아. 그런 식으로 밤새 술수를 부리며 골탕 먹였지. 하지만 난 그저 좀 놀린 것뿐이야, 나에게 욕을 퍼붓는 사람들도 있지만 다 장난이었단 말이야. 그런데 이제 그 숲에선 정신이 들었다고나 할까. 내 새 거처가 별로 재밌지 않았던 거지. 낮이나 밤이나 뭔가 이상한 것이 타닥거리는 소리가 주위에서 들려왔어. 처음에 나는 다른 요정 친구가 이 숲에 숨어 있다고 생각해서, 소리 내 불러보고는 귀를 기울였지. 그러자 뭔가 탁탁거리고, 우르릉거리는 소리가 들려왔는데…… 아니, 그 소리는 우리 요정들이 낼 법한 소리가 아니었어. 어느 날 저녁 무렵, 숲속의 빈터로 풀쩍 뛰어가봤는데, 내가 뭘 봤게? 사람들이 빈둥대며 누워 있는 거야, 몇몇은 등을 땅에 대고, 또 몇몇은 배를 땅에 대고 엎드려서 말이야. 이것 봐라, 나는 생각했어, 이 사람들을 깨워야지, 좀 들볶아서 일으켜보자고! 그래서 나는 나뭇가지를 흔들고 솔방울을 내던지고 부스럭부스럭 소리를 내고 부엉부엉 울어대고…… 꼬박 한 시간을 그렇게 기를 쓰고 해봤지만, 아무 소용이 없었다니까. 그래서 가까이 가서 다시 잘 살펴보다 그만 공포에 질리고 말았어. 가늘디가는 새빨간 실 한 가닥으로 머리를 몸에 간신히 매달아놓은 남자가 이쪽에 있는가 하면, 위장이 있어야 할 곳에 탱탱하게 살이 오른 구더기가 산을 이룬 사람이 저쪽에 있고…… 도저히 그 광경을 더 견딜 수가 없었어. 나는 울부짖으며 공중으로 펄쩍 뛰어올라 달아나버렸지……

그후로 오랫동안 다른 여러 숲을 헤매었지만, 안식을 찾지 못했어. 정적만 흐르는 황무지라서 죽을 만큼 지루하거나, 생각하고 싶지도 않은 오싹한 장소이거나 그랬지. 결국, 나는 시골 촌뜨기, 배낭을 멘 부랑아로 변신해 영원히 떠나자고 결심했어. 루스*여, 안녕히! 나랑 뜻이 맞았던 물의 정령이 도와줬지. 그 불쌍한 친구도 도망가는 중이었거든. 그 친구는 경악을 금치 못하며 말을 이었어—대체 무슨 시대가 우리에게 닥친 거야, 진짜 재앙이야! 옛날엔 그 친구도 즐겁게 놀며 인간들을 유혹해 끌고 와서는(손님 접대를 무척이나 좋아하던 녀석이었지!), 그 보상으로 금빛 강물 바닥에서 그 유인한 인간들을 노래로 혼을 쏙 빼놓으며 얼마나 보듬고 애지중지했는지! 그런데 요즘엔 죽은 사람들만 둥둥 떠다닌다고, 그것도 무더기로 둥둥 말이야, 그 수가 어마어마한 탓에 강물이 마치 피같이 진하고 미지근하고 끈적거려서 그 녀석조차 숨을 쉴 수 없을 정도라고…… 그래서 걔가 나를 데리고 가게 된 거야.

그 친구는 안개 자욱한 어느 해안가에 나를 두고는 먼바다를 향한 방랑을 떠났어—가보게나, 형제여, 너에게 우호적인 나뭇잎을 스스로 찾아보라고. 하지만 난 아무것도 찾지 못했고, 여기, 돌로 된 무서운 이 타국의 도시로 오게 된 거지. 그리하여 나는 인간이 되었어. 제대로 풀

---

* 러시아의 옛 이름.

먹인 옷깃과 반장화까지 갖추고 말이야, 인간의 말도 배웠지……"

그는 입을 다물었다. 팔짱을 끼고 있던 그의 눈은 젖은 잎사귀처럼 반짝였고, 왼쪽으로 빗질된 희미한 빛깔의 머리카락 몇 가닥이 촛농 속으로 가라앉은 촛불의 펄럭이는 불빛을 받아 매우 기묘한 형태로 어른거렸다.

"너도 애타게 그리워한다는 거 알아." 그의 목소리가 다시 어른거렸다. "하지만 네 애달픔은 내 마음에 비하면, 태풍같이 휘몰아치는 격정적인 나의 비통함에 비하면, 잠자는 사람의 고른 숨결에 불과할걸. 그리고 생각해봐. 어쨌든 루스에 우리 종족은 하나도 안 남았지. 우리 중 몇몇은 한줄기 안개처럼 소용돌이치며 사라졌고, 다른 이들은 전 세계로 뿔뿔이 흩어졌어. 우리가 태어난 강들도 애수에 잠겨, 활기찬 손이 이울어가는 달빛을 첨벙첨벙 튀기는 일도 이젠 없어. 한때 노래 실력으로 나와 경쟁했던 공기처럼 가벼운 들판의 정령이 뜯던 엷은 파란색의 구슬리*인 파란 초롱꽃은 요행히 베어지지 않고 고아로 남아 침묵하고 있어. 털이 덥수룩하고 친절했던 집의 정령도 더럽혀지고 모욕당한 네 집을 눈물을 흘리며 저버렸지. 과수원들도 다 말라 비틀어졌어, 애처롭게도 어둠 속에서도 빛을 발하는, 마법에 걸린 듯 암울한 그 과수원들……

루스여, 우리야말로 그대의 영감이자 그대의 심원한 아름다움이며, 아득히 먼 옛날부터 지속한 매혹인 것을! 그런 우리가 미쳐 날뛰는 측량기사에게 모두 추방되어 떠나버리고 사라졌으니.

---

* 시타르와 비슷한 종류의 러시아 전통 발현악기로 고대 그리스의 현악기인 키타라에 그 기원을 두고 있다.

친구야, 나는 머지않아 죽을 거야, 내게 뭐 할말 없니, 집을 잃은 망령인 나를 사랑한다고 말해보렴. 좀더 가까이 와서 앉아, 손 좀 이리 줘봐……"

촛불이 파지직 소리를 내며 꺼졌다. 차가운 손가락이 나의 손바닥을 건드렸다. 귀에 익숙한 우수어린 웃음소리가 크게 울리더니 잠잠해졌다.

내가 불을 켰을 때 안락의자에는 아무도 없었다. 아무도……! 방안에는 자작나무와 축축한 이끼에서 풍기는 기기묘묘한 향기만이 은은하게 감돌고 있을 뿐……

단어

　나는 꿈이 불러일으킨 영감의 바람에 휩쓸려 계곡의 밤을 벗어나, 길 가장자리 맑은 순금빛 하늘 아래, 기이한 산악지대에 서 있었다. 모자이크 무늬를 이룬 거대한 절벽과 눈이 아찔해지는 벼랑의 그 광택을, 그 각도를, 그 암면嚴面을, 그리고 내 등뒤, 저 아래 어딘가 무수히 많은 호수들의 거울같이 반짝이는 수면을 나는 보지 않고도 느낀다. 나의 영혼은 천상의 무지갯빛, 자유로움, 고결함의 감각에 사로잡혔다. 천국에 있음을 나는 알았다. 하지만 이 현세의 영혼 안에서 현세의 상념이 단 하나, 가슴을 찢는 불길이 되어 타올랐으니―나는 얼마나 전전긍긍하며, 얼마나 엄격하게, 내 주위를 감싼 거대한 미美의 아우라로부터 그 불길을 지켰던가. 이 상념, 이 적나라한 고통의 불길은 현세의 내 고향에 대한 상념이다. 내가 산길 가장자리에 맨발로, 돈 한푼 없이 서서,

28

어둠 속에서 빛을 발하는 친절한 천상의 거주자들을 기다리고 있자니, 바람이 기적을 미리 맛보여주듯이 내 머리카락에서 장난을 치고, 수정 같은 윙윙 소리로 협곡을 채우며, 길가를 따라 늘어선 절벽 사이로 꽃을 피운 나무들에서 풀려나온, 전설적인 비단실을 헝클어뜨렸다. 키가 큰 풀들이 날름거리는 불의 혀처럼 나무줄기를 에워쌌다. 반짝반짝 빛나는 나뭇가지에선 커다란 꽃들이 하늘하늘 떨어지면서 투명하고 볼록한 꽃잎을 부풀려, 마치 햇빛을 찰랑찰랑하게 넘칠 듯 부은, 하늘에 떠 있는 술잔처럼 대기 속으로 미끄러지듯 활공했다. 그 달콤하고 촉촉한 향기를 맡자, 나는 인생에서 맛본 온갖 좋은 것이 다 생각났다.

그때 어른어른한 빛에 숨이 막힐 것 같은 내가 서 있던 길이 갑자기 거센 날갯짓이 일으키는 폭풍으로 가득찼다. 내가 기다리던 천사들이 눈앞이 캄캄해질 정도로 깊은 심연에서 떼를 지어 몰려나왔다. 접혀 포개진 날개들이 날카로운 각도로 위쪽을 향했다. 천사들의 걸음걸이는 공기같이 가벼워 마치 색구름이 움직이는 듯했고, 그 투명한 얼굴은 반짝반짝 빛나는 속눈썹만 황홀에 겨워 떨릴 뿐 미동도 없었다. 천사들 사이사이로 행복한 여자아이가 터뜨리는 듯한 큰 웃음소리를 내며 청록색 새들이 날아오르고, 환상적인 검은 반점이 있는 유연한 오렌지색 동물들이 성큼성큼 달린다. 그 피조물들은 공중에서 몸을 비틀고 새틴으로 감싼 듯한 발을 소리 없이 내밀어 공중에 떠다니는 꽃을 잡으며 빙빙 돌다가 갑자기 치솟더니 눈을 번쩍이며 나를 살짝 스치고 지나갔다.

날개, 날개, 날개! 그 나선형의 복잡한 주름과 색조를 어떻게 묘사하면 좋을까? 날개 하나하나가 모두 힘차면서 유연하다. 황갈색, 보라색,

남색, 그리고 벨벳 같은 검은빛을 띤, 활처럼 휜 깃털의 둥그스름한 끝에는 불꽃 가루가 붙어 있었다. 날개는 어둠 속에서 빛나는 천사들의 어깨 위로 경사가 가파른 구름처럼 균형을 유지하며 도도하게 솟아 있었다. 때때로 한 천사가 천상의 기쁨을 억누를 수 없다는 듯 일종의 신비로운 무아지경에 빠져 돌연 아름다운 날개를 일시에 펼쳤는데, 그 광경은 마치 태양빛이 작열하는 것 같고, 수백만 개의 눈동자가 반짝이는 것 같았다.

천사들은 천국 쪽을 흘깃 보며 떼 지어 지나갔다. 천사들의 눈은 환희에 넘친 심연 같았고, 그 눈 안에서 나는 비상이 만들어내는 혼절 상태를 보았다. 천사들은 꽃비를 맞으며 경쾌한 걸음걸이로 유유히 지나갔다. 휘날리는 꽃들은 촉촉한 광채를 흩뿌렸고, 윤기가 흐르는 밝은 털의 동물들은 빙빙 돌다가 위로 올라갔다가 하면서 놀았고, 새들은 갑자기 위로 솟구쳤다가 떨어졌다가 하면서 천상의 기쁨에 겨워 종을 울리는 듯한 소리로 지저귀었다. 나는 거지꼴로 덜덜 몸을 떨면서 눈앞이 컴컴해져 길 가장자리에 섰는데, 이 거지의 마음속에는 좀전과 똑같은 상념이 계속 숙덕이며 목소리를 높이고 있었다. 저들에게 외쳐, 저들에게 말해―오, 신이 창조한 별 중에서 가장 눈부신 별에 한 나라가 있다고 말해―그 나라는 나의 고국이라고―나의 고국이 고뇌에 찬 어둠 속에서 다 죽어가고 있다고. 만약 저 어른어른 떨리며 반짝이는 빛 하나만 손으로 잡을 수 있다면, 고국에 기쁨을 가지고 돌아갈 수 있을 것 같았다. 그 기쁨만 있으면, 인간의 영혼에는 바로 환한 빛이 비칠 것이고, 영혼은 되살아난 봄이 내는 찰박거리고 탁탁거리는 소리에 감싸인 채, 잠에서 깬 사원들의 금빛 뇌성에 맞춰 맴돌게 되리라.

전율하는 손을 뻗어 천사들이 가는 길을 막으려 애쓰며 그 빛나는 제의복의 단을, 활처럼 휜 날개의 뜨겁게 물결치는 가장자리를 움켜잡으려 했지만, 털로 뒤덮인 꽃처럼 날개는 손가락 사이로 빠져나갔다. 나는 신음하고 몸부림치고 정신없이 헛소리를 늘어놓으며 천사들에게 자비를 구했지만, 천사들은 나 따위는 안중에도 없이 조각 같은 얼굴을 위쪽으로 향한 채 앞으로, 앞으로 계속 나아갔다. 천사 무리는 천상의 향연을 향해, 보고 있기 힘들 정도로 휘황찬란한 빈터 안으로, 감히 내가 생각하건대 신성神性이 용솟음치며 숨을 쉬는 장소로 줄지어 갔다. 나는 불타는 듯한 거미줄과 튀어오르는 불꽃과 무늬들을 선홍색, 적갈색, 보라색의 거대한 날개에서 보았고, 깃털이 바스락거리는 소리는 내 머리 위에서 파동을 이루며 지나갔다. 무지갯빛 왕관을 쓴 청록색 새들이 쪼아대자, 반짝이는 가지에서 꽃들이 떨어져 흩날렸다. "기다려요, 내 말을 끝까지 좀 들어줘요!" 나는 소리치며 한 천사의 수증기 같은 두 다리를 감싸안으려 했으나, 만질 수도 없고 제지할 수도 없는 천사의 두 발은 나의 길게 뻗은 양손 사이로 빠져나가버렸고, 폭넓은 날개의 가장자리가 휙 스치고 지나가는 바람에 입술만 그을렸을 뿐이다. 저멀리 눈에 선하게 보이는, 풀이 무성한 벼랑 사이의 금빛 빈터는 밀려드는 돌풍으로 가득찼고, 천사들은 멀어져갔다. 흥분해서 날카로운 고음으로 웃어대던 새들도 멈추었고, 꽃들도 더는 나무에서 떨어져 날리지 않았다. 나는 맥이 빠졌고, 입을 다물어버렸다……

그때 기적이 일어났다. 무리 중 후미에 있던 천사 중 하나가 망설이듯 꾸물거리다가 몸을 돌려 조용히 나에게 다가온 것이다. 당당한 아치형 눈썹 아래 휑뎅그렁한 눈동자가 다이아몬드처럼 빛나며 나를 응시하는 것이 언뜻 보였다. 활짝 펼쳐진 날개뼈에 서리같이 보이는 뭔가가 반짝였다. 날개 자체는 잿빛, 필설로 옮길 수 없는 오묘한 잿빛 색조를 띠었으며, 각각의 날개 끝은 은빛 낫 모양이었다. 그의 얼굴, 희미하게 미소 짓는 입술선, 그리고 그 곧고 정갈한 이마는 내가 현세에서 보았던 이목구비를 떠올리게 했다. 내가 사랑했던 모든 얼굴—이미 오래전에 나를 떠난 이들의 이목구비—의 곡선과 미광과 매력이 신묘한 얼굴 하나로 합쳐진 듯했다. 내 귀에 각각 따로 와닿아 들리던 온갖 친숙한 소리가 모두 이제 단 하나의 완벽한 선율로 뒤섞이는 듯했다.

천사는 나에게로 다가왔다. 그가 미소 지었다. 나는 그를 쳐다볼 수 없었다. 그러나 그의 나리를 힐끗거리다 그의 발에 비친 그물 형태를 띤 하늘색 혈관과 희미한 모반 하나를 포착했다. 그 혈관과 저 작은 반점을 보고, 나는 그가 아직 이 지상을 완전히 저버리지 않았음을, 그는 나의 간절한 기원을 이해할지도 모른다는 것을 깨달았다.

그리하여 나는 머리를 숙이고, 반짝이는 진흙으로 더럽히고 그을리는 양 손바닥을 반쯤 감긴 두 눈에 대고 누르며 나의 비애에 관해 얘기하기 시작했다. 나는 나의 고국이 얼마나 경이로운지, 그 나라가 검은 가사 상태에 빠진 것이 얼마나 끔찍한지 설명하고 싶었지만, 필요한 단어가 생각나지 않았다. 허둥대며 몇 번이나 혼자 되뇌다가 횡설수설하며 웅얼댄 말이라고 해봐야 사소한 것들, 일찍이 마루청에 떨어진 햇살의 광채가 경사 거울에 반사되던, 불타버린 어떤 집에 대한 얘기뿐이었다. 나는 옛날에 읽던 책들이나 옛 보리수나무에 대해, 집안의 자질구레한 장신구들, 코발트색 학생 공책에 끼적였던 첫 시들, 체꽃과 데이지꽃이 만발한 초원 한가운데 있던, 야생 산딸기가 무성히 자라던 회색 바위에 대해 주절댔다—하지만 가장 중요한 것은 도저히 표현할 수 없었다. 나는 혼란스러워져 말을 뚝 멈추었다가 새로 시작했고, 빠른 말로 속절없이 다시, 시원하고 소리가 잘 울리는 시골 저택에 관해, 보리수나무들에 관해, 첫사랑에 관해, 체꽃 위에서 잠자던 호박벌들에 관해 이야기했다. 당장에라도—금방이라도!—가장 중요한 것에 다다라서 내 고국의 비애를 전부 설명할 수 있을 것만 같았다. 하지만 무슨 이유에서인지 내가 기억할 수 있는 것은 그저 사소하고 지극히 세속적인 것뿐으로, 그것만으로는 내가 말하고 싶지만 말할 수 없었던 것에 대해 이야기할 수도, 참담하고 뜨거운 굵은 눈물을 흘릴 수도 없었는데……

나는 침묵에 빠져 있다가 고개를 들었다. 천사는 조용하고 사려 깊은 미소를 지으며 다이아몬드같이 빛나는 가늘고 긴 눈으로 나를 빤히 응시했다. 그가 나를 다 이해했음이 느껴졌다.

"부디 용서하세요"라고 외치며 나는 빛을 발하는 그의 발에 있는 모반에 조심조심 입을 맞추었다. "이런 덧없고, 하찮은 것밖에 이야기할 수 없는 나를 용서해주세요. 그래도 당신은 이해하시지요, 인정이 넘치는, 나의 잿빛 천사님. 대답해줘요, 도와줘요, 말해줘요, 무엇이 나의 고국을 구할 수 있나요?"

순간, 천사는 비둘기색 날개로 내 어깨를 감싸안으며 단 하나의 단어를 입에 올렸는데, 그 목소리에서 나는 내가 사랑하는 모든 목소리, 침묵당한 그 목소리들을 간파했다. 그가 입에 올린 단어가 너무나 경이로워서 나는 한숨을 내쉬며 눈을 감고 고개를 더 낮게 숙였다. 그 단어의 향기와 선율이 내 혈관을 따라 몸 구석구석에 퍼졌고, 마치 태양이 떠오르듯 뇌 속을 환히 비췄으며, 내 의식 내부의 무수히 많은 공동空洞

은 에덴동산의 찬란한 노래를 반복해서 따라 불렀다. 나는 그 노래로 가득찼다. 그 단어는 단단히 묶인 매듭처럼 내 관자놀이 안에서 맥박치고, 그 축축한 습기가 속눈썹 위에 맺혀 파르르 떨렸으며, 달콤한 그 냉기가 내 머리카락을 스치고 지나가는 한편, 천상의 온기를 내 심장에 끼얹었다.

나는 음절 하나하나를 음미하면서 그 단어를 외쳤고, 기쁨에 넘치는 눈물이 만든 빛나는 무지개로 가득찬 두 눈을 거칠게 치떴는데……

아, 이런 맙소사─겨울날의 여명으로 창문이 녹색으로 물들고 있었고, 나는 무슨 단어를 외쳤는지 도통 기억이 나지 않았다.

러시아어 합니다

마르틴 마르티니치의 담뱃가게는 모퉁이 건물에 있었다. 마르틴의 사업이 번창하는 것만 봐도 담뱃가게들이 왜 모퉁이를 선호하는지 이해가 된다. 창이 그렇게 크진 않았지만, 배치가 괜찮았다. 작은 거울들이 진열품에 생기를 더했다. 진열창 바닥에 깔린 굴곡 많은 하늘색 벨벳의 움푹 들어간 곳들에 호텔 이름에도 사용되는 화려한 국제 통용어로 표현된 이름을 가진 잡다한 담배 상자들이 자리잡고 있다. 더 위쪽에는 열지어 나란히 놓인 시가가 가벼운 상자들 안에서 활짝 웃고 있었다.

젊은 시절 마르틴은 부유한 지주였다. 내 어린 시절의 기억 속에서 그는 놀라운 트랙터를 소유한 지주로 유명했는데, 그의 아들 페탸*와

---

* 표트르의 애칭.

나는 같은 시기에 메인 리드*와 성홍열에 무릎을 꿇은 사이기도 하다. 그래서 온갖 사건 사고로 점철된 십오 년의 세월이 흐른 지금도 나는 그 활기 넘치는 길모퉁이에서 마르틴이 물품을 파는 담뱃가게에 즐겨 들르곤 한다.

게다가 작년부터 우리 사이에는 추억 이상의 공통점이 생겼다. 마르틴에게는 비밀이 하나 있는데, 나도 그 비밀에 다리 하나를 걸치고 있기 때문이다. "그래, 다 별일 없으시죠?" 내가 속삭이며 물으면, 그는 자기 어깨 너머를 흘낏 보며 마찬가지로 조용히 "응, 다행히 아무 일도 없구나"라고 한다. 그 비밀로 말할 것 같으면, 여간 놀라운 비밀이 아니었다. 내가 파리로 떠나기 전날 마르틴의 가게에서 저녁때까지 머물던 일이 떠오른다. 인간의 영혼을 백화점에 비유한다면, 나란히 있는 쌍둥이 진열창은 인간의 두 눈이 될 것이다. 마르틴의 두 눈으로 판단하건대, 따뜻한 갈색이 유행인 것 같다. 또 그 눈으로 판단하건대, 그의 영혼 속에 있는 상품은 최고급품이다. 그리고 강건한 러시아인답게 그토록 반짝이는 그 무성한 잿빛 턱수염은 또 어떻고. 그 어깨, 그 키, 그 풍채하며…… 한때는 그가 단칼에 공중에서 손수건을 벨 수 있다―사자심왕리처드 1세의 위업 중 하나인데―는 풍문도 돌았다. 이제 그는 그를 부러워하는 어떤 동료 망명자로부터 "그 남자는 굴복하지 않았어!"라는 식의 말을 듣곤 한다.

그의 처는 푸짐한 몸집에 온화한 성품의 노부인으로, 왼쪽 콧구멍 옆에 사마귀 점이 있었다. 혁명의 시련기를 거친 이후로 부인의 얼굴에

---

* 나보코프가 어린 시절 애독한 작가이기도 했던, 영국 소설가 토머스 메인 리드.

는 애처로운 틱장애가 생겼다. 재빨리 하늘 쪽을 힐끗 곁눈질하는 버릇
이 생긴 것이다. 페탸도 아버지와 마찬가지로 눈길을 끄는 체격이었다.
나는 그의 온순한 무뚝뚝함과 뜻밖의 유머감각을 좋아한다. 그의 얼굴
은 크고 축 늘어졌으며(그의 아버지는 그 얼굴을 두고 "이런 상판대기
가 다 있나. 다 둘러보려면 사흘도 모자라겠어"라고 말하곤 했다), 적갈
색 머리는 늘 헝클어져 있었다. 페탸는 마을의 인적이 드문 구역에 자
그마한 영화관 하나를 소유하고 있는데, 거기서 벌어들이는 수입이라
고 해봐야 그리 변변치 않은 수준이었다. 그래서 그 가게에서 온 가족
이 함께 산다.

　나는 떠나기 전날 판매대 옆에 앉아 마르틴이 손님을 맞는 모습—
먼저 그는 판매대에 손가락 두 개만 짚고 가볍게 기대어 있다가, 선반
쪽으로 걸음을 옮겨 과장된 동작으로 상자를 꺼내와서는 엄지손톱으
로 상자를 열며 "한 대 피워보시겠소?"라고 물었다—을 바라보며 시
간을 보냈다. 내가 그날을 기억하는 데는 특별한 이유가 있다. 페탸가
옷차림이 흐트러진 채 격렬한 분노로 납빛이 되어서는 길에서 가게 안
으로 불쑥 들어왔다. 마르틴의 조카딸이 모스크바에 있는 모친에게 돌
아가기로 해서, 페탸가 방금 외교관들을 만나고 오는 길이라고 했다.
그 외교관 중 한 명이 이런저런 정보를 알려주고 있는데, 보나마나 정
부의 정치지도부에 연줄이 있을 또다른 외교관이 간신히 들릴 정도의
목소리로 속삭였단다. "별의별 백위군* 쓰레기들이 여기저기 얼씬거리

---

* 1917년 러시아혁명 때 왕당파가 조직한 반혁명군으로, 붉은색을 상징으로 삼은 볼셰비
키의 적위군에 대항했다. 혁명은 볼셰비키의 승리로 끝났고, 왕당파는 해외로 망명하거나
체포되어 처형당했다.

는군.”

“그 자식을 묵사발로 만들어버릴 수도 있었어요.” 페탸가 한쪽 주먹으로 자기 뺨을 때리며 말했다. “하지만 유감스럽게도 모스크바에 있는 고모님을 잊을 순 없었죠.”

“너는 뒤가 켕기는 짓을 이미 한두 번 한 걸로 아는데.” 마르틴이 낮게 울리는 목소리로 온화하게 말했다. 그가 넌지시 암시하는 바는 여간 재밌는 사건이 아니었다. 페탸는 바로 얼마 전 자신의 명명일*에 베를린에서 제일 매력적인 거리 중 한 곳의 오점으로 자리잡은 소비에트 서점을 방문했다. 그 서점에서는 책만 파는 게 아니라 이런저런 잡다한 수제 장식품도 팔았다. 페탸는 양귀비꽃 무늬로 장식되고, 전형적인 볼셰비키의 망치 문장이 선명히 새겨진 망치를 골랐다. 그 밖에 더 필요한 게 있느냐고 점원이 물었다. 페탸는 “네, 있어요”라고 답하며 울랴노프** 씨의 작은 석고 흉상 쪽을 고갯짓으로 가리켰다. 그는 흉상과 망치 값으로 15마르크를 내고는 아무 말 없이 바로 거기 계산대 위에서 망치를 휘둘러 그 흉상을 뻥 하고 터뜨렸다. 어찌나 세게 휘둘렀는지 울랴노프 씨는 산산조각이 나버렸다.

나는 이 이야기를, 가령 마음 한구석을 따뜻하게 하는 잊지 못할 어린 시절에 알던 사랑스럽고 우스운 속담을 좋아하는 것처럼 좋아한다. 마르틴의 말을 듣고 나는 웃으며 페탸 쪽을 흘낏 보았다. 하지만 페탸는 뚱하게 어깨를 으쓱하더니 얼굴을 찡그릴 뿐이었다. 마르틴은 서랍을 뒤적거리더니 가게에서 가장 비싼 담배를 그에게 내밀었다. 그러나

---

* 러시아에서는 자신과 이름이 같은 성인의 축일을 기념하는 관습이 있다.

** 레닌의 실명. (드미트리 나보코프의 주)

이마저도 페탸의 우울한 기분을 가시게 하지는 못했다.

　내가 베를린으로 다시 돌아온 것은 그로부터 반년 후였다. 어느 일요일 아침 나는 문득 마르틴이 몹시 보고 싶어졌다. 방 세 개와 부엌이 딸린 그의 아파트는 가게 바로 뒤편에 있어서 평일에는 가게를 통해 갈 수 있다. 하지만 일요일 아침에는 당연히 가게가 닫혀 있고, 쇼윈도에도 쇠격자가 내려져 있었다. 나는 쇠격자 틈으로 적색과 금색 상자들, 거무스름한 시가들, 그리고 구석에 겸손하게 적혀 있는 "러시아어 합니다"라는 글자를 재빨리 훑어보고는 전보다 진열이 뭔가 좀더 쾌활해졌음을 알아본 다음, 마당을 가로질러 마르틴의 집으로 갔다. 기묘한 것이, 마르틴 자신도 내가 보기엔 전보다 더 들뜨고 의기양양하고 밝아 보였다. 그리고 페탸는 몰라볼 정도로 아주 딴사람이 되어 있었다. 기름지고 덥수룩했던 머리털은 빗질해서 뒤로 넘겼고, 조금 멋쩍은 듯 웃는 함박웃음이 입술에서 떠날 줄 몰랐다. 그는 일종의 포화 상태에 이른 침묵을 지켰고, 마치 어떤 귀중한 짐을 몸속에 지니기라도 한 것처럼 묘하게 즐거운 생각에 사로잡혀 동작 하나하나가 부드러웠다. 유일하게 모친만 여전히 창백하고 예전과 똑같이 애처로운 틱 증상이 미약한 여름 번개처럼 얼굴에 언뜻언뜻 스쳤다. 우리는 그 집의 깔끔한 거실에 앉아 있었는데, 내가 알기로 다른 두 방―페탸의 침실과 그 부모의 침실―도 똑같이 아늑하고 청결하며, 그 생각을 하니 기분이 좋아졌다. 나는 레몬 넣은 차를 홀짝이며 마르틴의 꿀 흐르듯 유려한 말을 듣고 있었는데, 그들 집에 뭔가 새로운 일이, 가령 곧 어머니가 될 젊은 여성이 있는 집에서 일어날 법한 경사스럽고 신비롭고 가슴 떨리는 일이 일어났다는 인상을 떨치기 힘들었다. 한 번인가 두 번 마르틴은 뭔가에 정신이 팔린 태도로 아들 쪽을 힐끗 보았고, 그러자 아들은 바로 자리에서 일어나 거실을 나갔다가 돌아오면서 아버지를 향해 마치 모든 일이 아주 멋지게 잘 돌아간다고 말하듯이 신중한 표정으로 고개를 끄덕였다.

노인과 나눈 대화에서도 나는 불가사의하게 여겨지는 뭔가 새로운 점을 느꼈다. 우리는 파리와 프랑스인에 관해 얘기중이었는데, 갑자기 그가 "좀 가르쳐주겠나, 친구, 파리에서 가장 큰 감옥이 뭐지?"라고 물었다. 나는 모르겠다고 대답하고, 퍼렇게 화장한 여자들을 특집으로 다룬 프랑스 잡지에 관해 이야기하기 시작했다.

"그게 뭐 별거라고 그러나!" 마르틴이 내 말을 끊었다. "예를 하나 들면, 감옥에 있는 여자들이 벽의 회반죽을 긁어서 얼굴이며 목이며 온갖 곳에 분칠하는 데 쓴다고들 하더구나." 자기 말을 확인해준다며 그는 독일 범죄학자가 쓴 두꺼운 책 한 권을 침실에서 가져와, 감옥의 규칙적인 일상에 관한 장을 찾아 짚어주었다. 나는 화제를 바꿔보려 했지만, 내가 무슨 주제를 고르든 마르틴은 이야기의 키를 잡아 교묘하고 복잡한 나선형으로 우회해서, 문득 정신을 차려보면 결국 우리는 종신형이 사형보다 인간적인가를 토론하거나, 탈옥해서 자유로운 세상으로 나오기 위해 범죄자들이 고안한 기발한 방법들을 논하고 있었다.

나는 당혹스러웠다. 기계라면 뭐든지 사랑해 마지않는 페탸는 주머니칼로 자기 시계의 용수철을 후벼대면서 혼자서 킥킥거렸다. 그의 모친은 자수 놓는 데 몰두하다가 이따금 토스트나 잼 등을 내 쪽으로 슬쩍 밀어놓곤 했다. 마르틴은 덥수룩한 턱수염을 다섯 손가락으로 거머쥐고 황갈색 눈으로 휙 나를 곁눈질하다가, 갑자기 자기 안의 무언가를 탁 놓아버렸다. 그는 손바닥으로 탁자를 탕 치고는 아들 쪽으로 몸을 돌렸다. "더는 못 참겠다, 페탸. 내가 터져버리기 전에 다 털어놔야겠다." 페탸는 아무 말 없이 고개를 끄덕였다. 마르틴의 아내는 일어나 부엌으로 가면서 고개를 저으며 "이런 떠버리 양반 같으니"라고 어르듯 말했다. 마르틴은 내 어깨에 손을 얹고는, 내가 만약 정원에 서 있는 사과나무였다면 문자 그대로 사과가 모두 굴러떨어질 정도로 격렬히 흔들더니 내 얼굴을 빤히 들여다보았다. "미리 경고하지만," 그가 말했다. "지금부터 난 자네에게 엄청난 비밀을 말할 걸세, 너무 엄청난 비밀이라…… 어떻게 말을 꺼내야 할지 모르겠군. 알겠지만, 아무한테도 말하면 안 되네! 알겠나?"

그러고는 마르틴은 내 쪽으로 가까이 몸을 기대고, 담배 냄새와 노인 특유의 톡 쏘는 듯한 체취를 훅 끼치면서 참으로 놀라운 이야기를 들려주었다.*

"그 일은," 마르틴이 이야기를 시작했다. "자네가 떠나고 나서 얼마 안 되었을 때 일어났네. 손님이 한 명 걸어들어왔지. 보아하니 그 사람은 쇼윈도의 안내판을 보지 못한 것 같았어, 나한테 독일어로 말을 건넸거든. 이 점을 강조해두지. 그놈이 만약 그 안내판을 봤다면 망명자의 조촐한 가게 따위에는 안 들어왔을 거라는 거. 나는 그놈 발음을 듣고 러시아 사람이라는 걸 바로 알아챘지. 상판대기도 전형적인 러시아 사람이더라고. 물론 나는 다짜고짜 러시아어로 말문을 열고 어느 정도

---

* 이 이야기에서 실제 마르틴의 정체를 암시할 수 있는 모든 특징과 눈에 띄는 지표들은 의도적으로 왜곡을 가했다. 호사가들이 쓸데없이 '모퉁이 건물에 있는 담뱃가게'를 조사하는 우를 범하지 않도록 이를 언급해둔다. (저자의 주)

가격대에 어떤 종류를 찾느냐고 물었어. 그 사람이 불쾌하고 놀란 표정으로 날 보더군. '뭐 때문에 날 러시아인이라 생각하는 거요?' 나는 내 기억엔 더할 나위 없이 친근한 대답을 뭔가 해주고는 그 친구에게 줄 담배 개비를 세기 시작했지. 바로 그때 페탸가 들어왔어. 페탸는 손님을 보더니 아주 차분하게 이렇게 말하더구먼. '여기서 이렇게 또 반갑게 마주치는군.' 그런 다음 우리 페탸는 그 남자에게 가까이 다가가서 뺨에 주먹을 한 방 날렸다네. 상대편은 얼어붙어버렸지. 나중에 페탸가 설명해준 바에 따르면, 그때 일어난 일은 단순히 그 희생자를 바닥에 나가떨어지게 하는 한 방이 아니라 특별한 한 방으로, 작동이 지연된 주먹을 페탸가 그에게 전달한 셈이었다고나 할까. 그 사내는 제 발로 걸어나갔어. 꼭 선 채로 자는 것 같던데. 그러더니 천천히 마치 탑처럼 뒤로 기울기 시작한 거야. 그때 그 사람 뒤에서 서성이던 페탸가 그놈 겨드랑이 아래를 붙잡았다네. 모든 게 전혀 예상 밖이었지. 페탸가 '손 좀 빌려주세요, 아버지'라고 말했지. 나는 도대체 뭘 할 작정이냐고 페탸에게 물었지만, 저애는 '손 좀 빌려주세요'라는 말만 되풀이하더라고. 나는 내 아들 페탸를 잘 알아—피식거려봐야 소용없다, 페탸—내 아들은 현실에 단단히 발을 디디고 살아가며, 무슨 일을 벌이기 전에 먼저 차분히 따져보는 인간으로, 아무 이유 없이 사람을 때려서 기절시킬 위인이 아니란 걸 안단 말이지. 우리는 의식 없는 그 사람을 끌고 가게에서 복도로 나가 페탸의 방까지 갔다네. 바로 그때 종이 울리는 소리가 들렸어—누군가 가게 안으로 들어온 거야. 물론 이보다 빨리 손님이 들이닥치지 않아 다행이었지. 나는 가게로 다시 가서 물건을 팔았고, 그때 마침 운좋게도 아내가 장을 보고 돌아왔기에, 곧바로 아내를 계산대에 앉혀놓고는 한마디 말도 없이 페탸의 방으로 급히 갔지. 그 남자는 눈을 감고 바닥에 누워 있었고, 페탸는 탁자에 앉아서 무언가 수심어린 모습으로 이런저런 물건들을 조사하고 있더구먼. 커다란 가죽 시가 케이스, 외설적인 엽서 대여섯 장, 지갑, 여권, 낡았지만 쓰기 편해 보이는 권총 등이었지. 페탸는 곧바로 설명해줬다네. 자네도 이미 짐작하고 있을 거라 확신하는데, 그 물품들은 남자의 주머니에서 나온 것이고, 그 남자가 다름 아닌 바로 그 외교관이었어―페탸가 했던 얘기 기억하지―백위군 쓰레기 운운하며 조롱했던 그치 말이야, 그래 맞아, 바로 그 녀석이었다고! 그리고 이런저런 서류로 판단해볼 때 녀석은, 내가 봐와서 잘 아는데, 더 볼 것도 없이 게페우* 소속이었어. '뭐 이렇게 된 이상 어쩔 수 없구나'라고 나는 페탸에게 말했어. '어쨌든 그래서 너는 이 녀석의 상판대기에 한 방을 먹였단 말이지. 녀석이 응당 받을 벌이었는지 아닌지는 다른 문제고, 하지만 설명 좀 해봐라, 이제부터 도대체 어쩔 셈이냐? 아무래도 넌 모스크바에 계신 네 고모는 아예 잊어버린 모양이구나.' '네, 잊었어요'라고 페탸가 답하더구먼. '우린 뭔가 수를 내야 해요.'

그래서 우리는 수를 냈지. 우선 우리는 튼튼한 밧줄을 쥐고, 녀석의 입을 수건으로 틀어막았어. 우리가 작업하는 동안 녀석이 정신을 차려서 한쪽 눈을 뜨더군. 가까이서 찬찬히 살펴보니, 그 상판대기는 혐오스러울 뿐 아니라 멍청해 보이더라고―이마에는 옴 자국인지 뭔지가 있고, 그 콧수염이며 주먹코는 또 어떻고. 녀석을 바닥에 눕혀놓은

---

* 소련의 비밀경찰인 국가정치보안부(GPU).

채로 페탸와 나는 근처에 편안히 앉아 심문을 시작했다네. 우리는 꽤 오랫동안 토론을 벌였지. 우리가 문제삼은 건, 녀석의 모욕적 언사 자체—이건 물론 하찮은 문제에 불과하지—보다는 녀석의 직업 전반, 즉 녀석이 러시아에서 저지른 짓이었어. 우리가 그놈 입에서 수건을 빼내자 신음 같은 걸 내뱉고 목이 멘 듯 꺽꺽댔지만, 그 입에서 나온 말은 '두고 봐, 곧 두고 보라고……'뿐이었지. 수건이 다시 묶였고, 재판이 재개됐다네. 처음에는 표가 갈렸어. 페탸가 요구한 건 사형선고였어. 나 역시 그가 사형당해 마땅하다고 생각했지만, 사형 대신 종신형에 처할 것을 제안했지. 페탸는 심사숙고 끝에 동의했어. 나는 이 사내가 이런저런 죄를 저질렀던 것은 틀림없지만, 우리가 그것을 확증할 수는 없는 일이고, 범죄 요건을 구성하는 건 그의 직장 자체뿐이니, 우리의 의무는 그를 무해하게 만드는 데 한정되며 그 이상은 안 된다고 덧붙였거든. 자. 이제 나머지 얘기를 들어보게나.

우리집엔 복도 끝에 욕실이 하나 있지. 어두침침한, 무척 어두운 작은 욕실로 에나멜을 칠한 철제 욕조가 딸려 있어. 수도는 매일같이 파업에 돌입하고 말이야. 가끔은 바퀴벌레도 출몰하지. 그 욕실이 그렇게 어두웠던 것은 창문이 극도로 좁고 천장 바로 아래 붙어 있는데다, 창문 바로 맞은편, 3피트 좀 못 되는 거리에 딱 알맞게 견고한 벽돌벽이 서 있기 때문이지. 그래서 우리는 바로 그 구석에 죄수를 가둬놓기로 했어. 페탸의 생각이었지—그래, 맞아, 페탸였고말고, 카이사르의 공은 카이사르에게 돌려야. 물론 감옥을 만드는 일이 먼저였어. 우리는 죄수를 복도에 끌어다놓고 우리가 작업하는 동안 가까이 있게 했다네. 그런데 그때 마침 여기 내 아내가 밤이라 가게문을 잠그고 부엌

으로 가던 길에 우리를 본 거야. 아내는 놀라움을 금치 못했고 펄펄 뛰
며 화를 내기까지 했지만, 얼마 후 우리 논리에 수긍했어. 순한 여자거
든. 페탸는 우선 부엌에 있던 튼튼한 탁자를 분해하는 것부터 시작했다
네―다리를 떼어내고 남은 판자를 망치로 박아넣어 욕실 창문을 막았
지. 그런 다음 수도꼭지를 나사를 풀어 떼어내고 원통형의 급탕장치를
제거했고, 욕실 바닥에 매트리스를 깔고 말이야. 그다음날에 물론 추가
로 몇 가지를 개선했지. 잠금장치를 밖에서 잠그는 자물쇠로 바꾸고 창
문을 막은 판자를 쇠붙이로 보강했거든―이 모든 작업은 물론 큰 소
음 없이 이루어졌지. 자네도 알다시피 우리에겐 이웃이 없지만, 그래도
조심해서 나쁠 건 없잖나. 그 결과 진짜 감방이 되었고, 거기에 그 게페
우 녀석을 집어넣었다네. 우리는 밧줄을 풀어주고 수건 재갈을 빼주고
는 녀석에게 만약 큰 소리를 내면 바로 다시 꽁꽁 싸매서 이번에는 한
참 동안 풀어주지 않을 거라고 경고했어. 그런 다음 우리는 그 욕조 안
에 놓인 매트리스가 누구를 위한 것인지 녀석이 깨달았다는 데 만족하
고는 문을 잠갔고, 밤새 교대로 보초를 섰지.
　그 순간이 우리의 새로운 삶이 시작된 순간이었다네. 나는 이제 단
순한 마르틴 마르티니치가 아니라, 간수장 마르틴 마르티니치였어. 수
감자는 처음엔 자기 자신에게 일어난 일에 너무 망연자실한 나머지 잠
잠하더구먼. 하지만 곧 정상상태로 되돌아가서 우리가 저녁식사를 가
져다줄 때면 상스러운 말을 폭풍처럼 퍼붓기 시작했어. 내가 녀석이 내
뱉은 외설적인 말을 반복할 수는 없는 노릇이니, 녀석이 돌아가신 나의
소중한 어머니를 극히 기묘한 입장에 처하게 했다, 뭐 여기까지만 말해
두겠네. 녀석의 법적 지위가 어떤 것인지를 철저히 머릿속에 심어주자

는 결정이 내려졌지. 내가 녀석에게 설명했어. 생애 마지막날까지 평생 감금될 거라고 말이야, 내가 가장 먼저 죽으면 나는 네놈을 마치 유산처럼 페탸에게 양도할 거라고, 내 아들 차례가 오면 내 아들은 미래의 내 손자에게 네놈을 다시 양도하고, 이런 식으로 계속해서 네놈을 일종의 가족 전통이 되도록 할 거라고. 가보인 셈이라고. 나는 지나가는 말로 이런 말도 했어. 그럴 일이야 없겠지만, 만약 우리 가족이 베를린의 다른 아파트로 이사하게 되면, 네놈을 꽁꽁 싸매어 특제 트렁크에 밀어넣고 우리와 함께 이사시키는 건 식은 죽 먹기라고. 나는 계속 설명하기를 네놈이 사면받을 수 있는 단 한 가지 경우가 있다고 했다네. 즉, 볼셰비키의 거품이 터지는 날 녀석은 풀려날 거라고 말이야. 마지막으로, 식사는 제대로 잘할 거라고—내가 체카*에 구류되었던 시절에 비하면 훨씬 나은 거지—또 특혜의 일환으로 책을 받아보게 될 거라고 약속했지. 그리고 사실 말이지, 오늘날까지 나는 녀석이 한 번이라도 식사에 대해 불평한 적이 있으리라고 생각하지 않아. 처음에는 사실 페탸가 녀석에게 건어물을 먹이자고 제안했는데, 이리저리 수소문해봐도 소련의 물고기는 베를린에서 구할 수가 없더군. 그래서 우리는 녀석에게 부르주아의 음식을 줄 수밖에 없었다네. 매일 아침 정확히 여덟시에 페탸와 나는 감방 안으로 들어가서 고기를 넣은 뜨거운 수프 한 사발과 흑빵 한 덩어리를 욕조 옆에 둔다네. 그러면서 요강을 가지고 나오는데, 그 요강으로 말하자면 우리가 일부러 녀석을 위해 입수한 기발한 도구지. 세시에 녀석은 차를 한 컵 받고, 일곱시에는 수프를 좀더.

---

* 게페우의 전신으로 1922년에 개편되었다.

이 영양 보급 시스템은 유럽의 일류 감옥들이 채택한 시스템 중 하나를 본뜬 걸세.

책 쪽은 더 심각한 문제였지. 우리는 가족자문위원회를 열어 무슨 책으로 시작하면 좋을까 의논한 끝에 세 권으로 의견을 모았어.『백은공작』*과 크릴로프의『우화집』**, 그리고『80일간의 세계일주』가 그 세 권이었지. 녀석은 이런 '백위군의 선전 팸플릿' 따위는 읽지 않겠다고 단언했지만, 우리는 그 책들을 두고 왔고, 여러모로 봤을 때 녀석이 그 책들을 꽤 즐거이 읽었다고 믿을 이유가 충분해.

그놈 기분은 오락가락했어. 일단 조용해지긴 했지. 분명히 뭔가 꿍꿍이가 있는 것처럼 보이더군. 아마 녀석은 경찰이 자신에 대한 수색을 개시했으리라 기대했을 거야. 우리는 각종 신문을 살펴보았지만 실종된 체카 요원에 대한 건 한마디도 없더라고. 모르긴 몰라도 다른 외교관들은 녀석이 단순히 줄행랑친 거라고 결론짓고, 이 건은 그냥 묻어버리고 싶었던 것 같아. 수심에 잠겼던 이 시기에 녀석은 빠져나가려고 시도하거나, 하다못해 바깥세상에 기별을 전하려고 했다네. 감방 안을 터덜터덜 걸어다니다가 아마도 창문 쪽에 손이 닿았는지, 판자를 쑤셔서 헐겁게 해보려 하고 두들겨도 보고 그랬던 것 같아. 그러나 우리가 뭐라고 위협하는 말 몇 마디를 하자 두들겨대는 소리는 멈췄지. 한번은 페탸가 거기에 혼자 갔는데, 녀석이 페탸에게 달려든 일도 있었다네.

＊ 알렉세이 톨스토이가 발표한 역사소설. 16세기 이반 4세 시대를 다룬 소설로 전제군주제의 전횡을 고발한 작품이다.
＊＊ 제정러시아 시대의 시인 이반 크릴로프가 이솝과 라퐁텐의 우화에 영향을 받아 러시아만의 민담을 바탕으로 쓴 우화시 모음집. 역사적 사건과 당대의 사회를 풍자했다.

페탸는 녀석을 양팔로 부드럽게 꼭 끌어안아 꼼짝 못하게 한 다음 욕조 안에 다시 앉혔지. 이 일이 있은 후, 녀석은 또 태도를 바꿔서 이번에는 매우 온순하게 굴며 가끔 농담도 걸더니, 결국에는 우리를 매수하려고 들더군. 어마어마한 금액을 제시하면서 누군가를 통해 그 돈을 얻게 해주겠다고 약속하더라니까. 이 작전 역시 먹히지 않자 녀석은 질질 짜기 시작했고, 그후 이전보다 더 심한 욕을 퍼부어대는 상태로 복귀했어. 요즘은 음울한 복종 단계인데, 좋지 않은 전조 같아서 걱정이 좀 되는구먼.

우리는 매일 녀석을 복도에서 산책시키고, 일주일에 두 번은 열린 창문으로 바깥공기를 쐬게 해줘. 자연스럽게 녀석이 소리지르지 않도록 필요한 모든 예방조치를 취하는 거지. 토요일은 녀석이 목욕하는 날이야. 정작 우리는 부엌에서 씻지 않으면 안 된다니까. 일요일마다 나는 녀석에게 짧은 강의를 하고 담배를 세 대 피우게 해준다네─물론 내 눈앞에서 피우도록 하지. 뭘 강의하느냐고? 뭐든지 다. 가령 푸시킨이나 고대 그리스 같은 것들. 한 가지 주제만 빼고─정치 말이야. 녀석에게서 정치를 완전히 들어내는 거지. 마치 그런 것은 이 지구상에 존재조차 하지 않는 것처럼. 그래서 어떻게 됐는지 아나? 소련의 비밀경찰 한 명을 집에 감금한 이래로, 즉 조국에 봉사한 이래로 나는 아주 딴 사람이 되어버렸네. 의기양양하고 행복한 사람이 됐지. 장사도 궤도에 올라서 녀석을 부양하는 건 큰 문제가 안 돼. 녀석 때문에 드는 비용은 전기료까지 셈하면, 한 달에 20마르크 정도야. 그 안은 완벽하게 어두워서 오전 여덟시부터 저녁 여덟시까지 약한 백열등 하나를 계속 켜둔다네.

그 녀석 출신이 뭐냐고 묻는 건가? 글쎄, 어떻게 말해야 할까…… 녀석은 스물네 살이고 농민계급 출신이야, 시골 소학교나 제대로 마쳤나싶어. 이른바 '정직한 공산주의자'였다고나 할까, 우리 책에서는 멍청이를 맹추로 만들어내는 것*을 의미하는 정치적 기초 문법만 좀 익혔지—내가 아는 건 그 정도라네. 아, 원하면 녀석을 보여주지, 절대로 아무한테도 말하면 안 된다는 것만 기억하게!"

마르틴은 복도로 나갔다. 페탸와 나는 그 뒤를 따랐다. 집에서 입는 편안한 재킷을 입은 노인은 정말 진짜 간수처럼 보였다. 그는 걸어가면서 열쇠를 꺼냈다. 그리고 그 열쇠를 자물통에 끼워넣는 방식에선 거의 전문적인 뭔가가 느껴질 정도였다. 자물통에서 두 번 쩔걱대는 소리가 나더니 마르틴이 문을 활짝 열었다. 그곳은 빛이 잘 들어오지 않는 구멍 같은 감방과는 거리가 먼, 편리한 독일식 주거시설에서 볼 수 있는 종류의 널찍하고 멋진 욕실이었다. 눈에 편한 정도로 밝은 전깃불이 유쾌하고 화려하게 장식된 전등갓 뒤에서 빛나고 있었다. 왼쪽 벽에서는 거울이 반짝였다. 욕조 옆에 놓인 침실용 탁자 위에는 책 몇 권과 껍질 벗긴 오렌지가 담긴 반짝반짝 윤이 나는 접시, 그리고 손을 대지 않은 맥주 한 병이 놓여 있었다. 하얀 욕조 안, 깨끗한 침대보가 덮인 매트리스 위에는 잘 먹여 살이 오르고 원기 왕성하고 턱수염이 길게 자란 녀석이 목욕 가운(주인이 입던 옷을 물려받은 것)을 입고 따뜻하고 부드

---

* 러시아어판에는 '원형의 돌대가리를 네모로 만드는 원적문제'라고 되어 있다. 원적문제란 직선자와 컴퍼스만으로 원과 넓이가 같은 정사각형을 작도하는 문제이며, 1882년에 불가능하다는 것이 증명되었다. 공산주의의 정치 문법이 무의미하고 무가치한 학문임을 비꼬는 부분이다.

러운 슬리퍼를 신은 채 커다란 베개를 머리 뒤에 받치고 누워 있었다.

"그래, 어떤가?" 마르틴이 나에게 물었다.

희극적인 광경이라고 여겨진 탓에 나는 뭐라고 대답해야 할지 몰랐다. "저기가 창문이 있던 자리라네." 마르틴이 손가락 하나로 가리키며 말했다. 과연, 창문은 완벽하게 판자로 막혀 있었다.

수감자는 하품하더니 벽 쪽으로 돌아누웠다. 우리는 방을 나왔다. 마르틴은 미소를 띠고 자물쇠의 빗장을 어루만졌다. 그는 "저놈이 도망갈 턱이 있나"라고 말하더니 깊은 생각에 잠겨 덧붙였다. "그렇지만 궁금하긴 해, 저 녀석이 여기서 앞으로 몇 년을 더 보내게 될지……"

소리들

창문을 닫아야 했지. 비가 창문턱을 때리고 쪽마루와 안락의자들에 물보라를 뿌려댔어. 거대한 은빛 유령들이 상쾌하게 미끄러지는 소리를 내며 정원을 가로지르고 나뭇잎을 통과해 오렌지색 모래밭을 따라 질주했지. 홈통은 왈각달각하다가 캑캑거리며 막혔고. 너는 바흐를 연주하고 있었어. 피아노는 니스칠이 된 날개가 올려져 있었고, 날개 밑에는 리라 하나가 누워 있고 작은 망치들이 그 현 위를 노닐며 파문을 일으켰어. 도중에 피아노의 꼬리에서 미끄러지며 펼쳐진 악보를 바닥에 떨어뜨린 양단 덮개가 구겨져서 엉망으로 접혀 있었어. 푸가의 광란 중간중간에 가끔 너의 반지가 건반에 부딪혀 짤랑거리고, 6월의 소나기는 쉴새없이, 위풍당당하게 유리창을 그어댔지. 그리고 너는, 연주를 중단하지 않은 채 고개를 약간 갸우뚱하며 박자에 맞춰 외쳤어. "비,

비…… 내가 음악으로 빗소리를 지워버릴 거야……"

하지만 너는 그러지 못했지.

탁자 위에 벨벳 관처럼 누인 앨범들을 내버려두고 나는 너를 바라보며 푸가와 빗소리를 들었어. 사방에서, 선반에서, 피아노의 날개에서, 그리고 샹들리에의 직사각형 다이아몬드에서도 배어나오는 촉촉이 젖은 카네이션 향기처럼 신선한 감각이 내 안에서 샘솟았어.

물결치며 반짝이는 건반을 네가 손가락으로 누를 때마다 파르르 떨리며 한쪽으로 기우는 어깨와 비의 은빛 유령들 사이에 음악적 연관을 느끼면서 나는 황홀할 정도로 마음이 평온해졌어. 내가 내 안 깊은 곳에 틀어박히자, 세계 전체도 그렇게 보였어—균일하고 조화로우며 화성和聲 법칙으로 결합해 있는 듯했지. 나 자신도, 너도, 카네이션들도 그 순간에는 모두 음악의 오선 위에서 수직의 화음이 되었어. 세상의 모든 것이 각기 다른 협화음을 이루는 동일한 입자들의 상호작용임을 깨달았어. 나무도, 물도, 너도…… 모든 것이 통일되고 동등한 가치를 지니며 신성하지. 네가 일어섰어. 여전히 비가 햇살을 모조리 베어버리고 있었지. 물웅덩이들은 검은 모래밭에 뚫린 구멍, 지하에서 미끄러지듯 움직이는 또다른 하늘이 들여다보이는 틈새처럼 보였어. 벤치 위에는 네가 잊어버리고 두고 온 라켓이 덴마크제 자기처럼 빛나고 있었지. 라켓의 줄은 비를 맞아 갈색으로 변했고, 테는 8자 모양으로 휘었어.

우리가 오솔길로 들어섰을 때, 이리저리 마구 섞인 여러 그림자와 썩어가는 버섯 향내 때문에 나는 조금 정신이 아득해졌어.

우연히 비친 한 조각 햇빛 속에 있던 너의 모습이 생각나. 너의 뾰족한 팔꿈치와 창백하고 윤기 없는 눈. 말할 때 공중을 가르는 작은 손의 늑골처럼 튀어나온 손날과 가는 손목 위에서 반짝이는 팔찌의 광채. 네 머리카락은 그 주위에서 일렁이는 햇살 가득한 공기 속으로 녹아드는 듯했지. 너는 초조하게 담배를 뻑뻑 피워댔어. 담배를 비스듬히 해서 담뱃재를 떨어내며 양 콧구멍으로 숨을 내쉬었지. 보랏빛이 도는 너희 회색 저택은 우리 영지에서 5베르스타* 정도 떨어진 곳에 있었어. 소리가 울려퍼지는 저택 내부는 호화롭고 서늘했어. 저택 사진 한 장이 대도시의 고급 잡지에 실린 적도 있었잖아. 거의 매일 아침, 나는 자전거의 쐐기 모양 가죽 안장에 올라타 바스락거리는 소리를 내며 좁은 길을 따라 달려서 숲을 통과한 다음, 큰길을 따라 또 달려서 마을을 통과한 후, 또다른 좁은 길을 계속 달려 너희 집으로 향하곤 했지. 너는 남편이 9월까지는 영지로 오지 않는다고 장담했어. 그리고 우리, 너와 나는 아무것도 두려워하지 않았고―하인들의 쑥덕거림도, 우리 가족들의 의심도. 우리는 각자 다른 방식으로 운명을 믿었어.

네 사랑은 네 목소리가 그렇듯이 조금 억제돼 있었지. 곁눈질하듯 사랑했다고나 할까. 너는 사랑에 관해 얘기한 적이 단 한 번도 없었잖아. 원래 말수가 적은 편이라 입다물고 있어도 으레 그러려니 하게 되는 여성들이 있는데, 네가 바로 그렇지. 하지만 이따금 네 안에서 뭔가가 파열돼 터져나올 때가 있었어. 그럴 때면 너의 거대한 베히슈타인**

---

* 1베르스타는 약 1.067킬로미터에 해당한다.
** 독일의 피아노 브랜드.

이 천둥이 치듯 꽝꽝 울리거나 아니면, 게슴츠레 전방을 주시하며 네 남편이나 남편의 연대 동료에게서 들은 아주 웃기는 일화를 나에게 말하곤 했지. 너의 두 손을 나는 기억해—푸르스름한 정맥이 비치는 그 가늘고 긴 창백한 손을.

사랑에 빠진 첫 주가 지나고 우리 사이에 어느샌가 생겨난 흐릿한 뭔가가, 비가 휘몰아치고 네가 뜻밖에도 피아노를 그토록 잘 연주하던 그 행복한 날 선명해졌어. 나는 깨달았어. 네게는 나를 마음대로 할 힘이 없다는 것, 내 연인은 너 한 사람이 아니라 지구 전체라는 것. 마치 내 영혼이 무수히 많은 섬세한 촉수를 길게 뻗은 것처럼, 나는 모든 것 안에 살면서, 대양 너머 저멀리서 우르릉거리며 떨어지는 나이아가라 폭포와 오솔길에서 바스락대다가 툭툭 금빛으로 길게 떨어지는 물방울을 모두 동시에 감지하지. 자작나무 한 그루의 반짝이는 나무껍질을 힐끗 한번 보면, 갑자기 물에 젖은 작은 잎들로 뒤덮인 경사진 가지들이 팔 부위에 돋아나 있는 것 같고, 다리 부위에는 천 개의 가는 뿌리들이 돋아나서 서로 얽히며 땅속으로 파고들어 양분을 흡수하는 것처럼 느껴졌어. 나는 그렇게 나 자신을 자연의 모든 것 속에 주입해서, 스펀지 같은 황색 아랫면을 가진 늙은 그물버섯으로 사는 건 어떤지, 잠자리나 태양계로 존재하는 건 또 어떤지 경험하고 싶었어. 나는 너무 행복해서 갑자기 웃음을 터뜨리며 네 쇄골과 목덜미에 키스를 퍼부었지. 너에게 시를 한 편 암송해주기도 했지만, 너는 시를 혐오했어.

너는 옅은 미소를 띠며 말했어. "비 오고 난 후라 참 좋네." 그러곤 잠깐 생각하더니 덧붙였지. "저기 있잖아. 방금 기억났는데, 오늘 나 차

마시러 오라고 초대받았어. 그…… 이름이 뭐더라…… 팔 팔리치*라는 사람 집이야. 진짜 따분한 사람이지. 하지만 알잖아, 가야 하는 거."

팔 팔리치는 나도 오래전부터 알던 지인이었어. 함께 낚시하러 가곤 하는데, 낚시하다 느닷없이 갈라지는 작은 테너 음성으로 〈저녁 종〉 노래를 부르는 사람이지. 나는 그를 매우 좋아했어. 불 같은 물방울 하나가 이파리에서 내 입술 위로 바로 떨어졌지. 나도 너와 동행하겠다고 제안했어.

너는 떨듯이 어깨를 한번 으쓱했지. "우리는 거기서 지겨워 죽을걸. 생각만 해도 끔찍한데." 손목시계를 힐끗 보더니 한숨을 쉬었고, "가야 할 시간이야. 신발을 갈아 신어야 해."

안개가 자욱한 네 침실에는, 내려진 베니션블라인드 틈으로 햇살이 스며들어와 바닥에 두 개의 황금 사다리를 걸쳐놓았어. 너는 목소리를 죽여 뭐라고 말했지. 창문 밖에선 나무들이 숨을 내쉬고 만족한 듯 사각거리며 물을 뚝뚝 떨어뜨렸어. 그리고 나는 그 사각거리는 소리에 미소 지으며 가볍고 담백하게 너를 안았어.

그 일은 이렇게 일어났지. 강의 한쪽 둑에는 너희 영지의 장원과 초원이 있고, 반대편에는 마을이 있지. 도로에는 군데군데 바큇자국이 깊이 패어 있었어. 진창은 멋진 보랏빛을 띠었고, 도랑에는 거품이 이는 밀크커피색 물이 흥건하게 고여 있었지. 농가의 검은 통나무집의 경사진 그림자들은 유독 선명하게 길게 늘어졌어.

---

* 파벨 파블로비치의 애칭.

우리는 사람의 통행이 잦아 잘 다져진 샛길을 따라 그늘 속을 걸어 잡화점을 지나고, 에메랄드색 간판이 달린 여관 앞을 지나고, 거름냄새와 신선한 건초 향기가 폴폴 풍기는 햇살 가득한 뜰을 지났지.

학교 사택은 신축된 석조 건물로 주위에 단풍나무를 심어놓았어. 사택 입구에서 걸레를 양동이에 짜고 있던 농촌 아낙네의 장딴지가 하얗게 빛났지.

네가 물었어. "팔 팔리치 씨 안에 계신가요?" 주근깨투성이에 머리를 땋은 그 아낙은 햇빛에 눈을 찡그렸어. "있어요, 있어." 뒤꿈치로 들통을 밀자 들통이 댕그랑거렸어. "들어오세요, 부인. 공작실에들 모이실 거예요."

우리는 삐걱거리는 소리를 내며 어두운 복도를 따라 걸어가서는 널찍한 교실을 통과해 빠져나갔지.

지나는 길에 나는 하늘색 지도를 언뜻 보고 생각했어. 저게 러시아의 모든 것이지—햇빛과 움푹 들어간 구멍들…… 교실 한 귀퉁이에선 부서진 분필 조각 하나가 반짝였어.

좀더 가보니, 목공용 풀과 소나무 톱밥의 기분좋은 냄새가 풍기는 작은 공작실이 나왔지. 윗도리를 벗은 투실투실한 몸이 땀으로 범벅이 된 팔 팔리치가 왼쪽 다리를 길게 뻗고는 신음하는 하얀 판자에 대고 달떠서 덜퍽지게 대패질하고 있었어. 축축해진 그의 벗어진 정수리가 앞뒤로 왔다갔다했지. 작업대 아래 바닥에는 대팻밥이 얇은 머리 타래처럼 똘똘 말려 떨어져 있었고.

나는 큰 소리로 말했어. "팔 팔리치, 손님 왔어요!"

그는 움찔하고 바로 허둥대더니, 네가 예의 그 나른한 몸짓으로 올린 손에 정중하게 쭉 하고 입맞춘 다음, 축축한 손가락을 내 손에 잠깐 담그고 흔들었어. 그의 얼굴은 버터같이 보들보들한 조형 점토로 만들어진 것처럼 보였는데, 축 늘어진 콧수염이 있고 의외로 깊은 주름이 패어 있었지.

"미안, 옷을 벗고 있었어요, 보시다시피." 그가 겸연쩍게 웃으며 말했지. 창턱에 나란히 원통처럼 서 있던 셔츠 커프스 한쌍을 움켜쥐고는 허둥지둥 소맷부리에 끼더군.

"무슨 작업 하시는 거예요?" 네가 팔찌를 반짝이며 물었어. 팔 팔리치는 온몸을 버둥대며 간신히 재킷에 몸을 집어넣고 있었지. "아무것도 아니에요, 그냥 빈둥거리는 거예요." 그는 순음 자음에서 약간 말을 더듬으며 중얼거렸어. "작은 선반 같은 거예요. 아직 완성이 안 됐어요. 사포질하고 니스칠이 더 남았죠. 하지만 이건 한번 보시죠―난 이걸 파리라고 부르는데……" 그는 손바닥을 맞대서 회전을 주면서 나무로 만든 소형 헬리콥터를 날렸는데, 윙윙거리는 소리를 내며 치솟아서 천장에 부딪히더니 떨어졌어.

예의를 차리는 미소의 그림자가 네 얼굴에 휙 스치고 지나갔어. "아, 난 정말 바보라니까." 팔 팔리치가 다시 입을 열었어. "위층으로 가시죠, 친구들…… 문이 삐걱거리네. 미안하지만, 먼저 갈게요. 내 방이 엉망일까 걱정이네요……"

"저이는 날 초대한 걸 잊어버렸나봐." 우리가 삐걱거리는 계단을 올라가기 시작할 때 네가 영어로 말했지.

나는 너의 뒷모습을, 네 실크 블라우스의 체크무늬를 보고 있었어. 아래층 어딘가에서, 아마도 앞마당이 아닌가 싶은데, 호탕하게 울리는 농촌 아낙네의 목소리가 들려왔지. "게로심! 어이, 게로심!" 그러자 돌연 내게 너무나 분명해졌어. 수 세기 동안 세계가 꽃피고 시들고 회전하고 변화한 것이 오로지 지금, 이 순간에 아래층에서 울려퍼지는 목소리와 실크같이 부드러운 네 어깨뼈의 움직임과 소나무 판자에서 나는 향을 결합하고 녹여서 하나의 수직 화음을 만들어내기 위함이었다는 사실 말이야.

팔 팔리치의 방은 햇살이 가득하고 약간 비좁아 보였어. 중앙에 황색 사자가 수놓인 진홍색 양탄자가 침대 위 벽에 못박혀 붙어 있었지. 또다른 벽에는 『안나 카레닌』*의 한 장이 액자에 끼워져 걸려 있는데, 어두운 활자와 밝은 활자를 곁들여 써서 상호작용하게 하고 교묘히 행을 배치하는 방법으로 톨스토이의 얼굴 형태를 만든 장식물이더군.

방 주인은 양손을 비벼대며 너를 자리에 앉혔지. 그 와중에 그의 재킷이 펄럭이며 탁자 위에 있던 앨범을 쳐서 떨어뜨렸어. 그는 그 앨범을 주워 다시 제자리에 올려놓았고. 차, 요구르트, 그리고 풍미가 좀 떨어지는 비스킷이 나왔지. 팔 팔리치는 찬장 서랍에서 란드린사社의 꽃무늬 사탕통을 꺼냈어. 그가 몸을 구부리자 여드름투성이 뒷목의 피부가 접혀서 툭 튀어나온 게 옷깃에 비쳐 보였지. 창턱 위 거미줄의 잔털에는 죽은 황색 호박벌 한 마리가 걸려 있더라고. "사라예보가 어디죠?" 의자에서 무심코 집어든 신문을 바스락거리며 뒤적이던 네가 갑자기 물었지. 차를 붓느라 여념이 없는 팔 팔리치가 "세르비아에 있죠"

---

* 나보코프는 톨스토이의 작품 『안나 카레니나』의 영어 표기를 '안나 카레닌'으로 해야 한다고 주장했다.

라고 답했고.*

그러고는 그는 떨리는 손으로 김이 모락모락 나는 따뜻한 유리잔을 은색 받침에 담아 너에게 조심스럽게 건넸어.

"여기요. 비스킷 좀 드릴까요……? 그런데 뭐 때문에 그 사람들이 폭탄을 던졌답니까?" 그가 휙 어깨를 돌려 나에게 말을 걸었어.

나는 육중한 유리 서진을 거의 백번째로 살펴보고 있었어. 유리에는 장밋빛으로 물든 파란 하늘과 성 이삭 성당**이 금빛 모래 알갱이로 점점이 얼룩진 채 들어 있었지. 너는 웃음을 터뜨리며 큰 소리로 읽었어. "어제, 제2길드 소속 상인인 예로신이라는 자가 퀴시사나 레스토랑에서 체포되었다. 밝혀진 바에 따르면 예로신이 일을 저지른 명목상의 이유는……" 너는 다시 웃음을 터뜨렸지. "안 읽을래요. 이 뒤는 추잡한 얘기예요."

팔 팔리치는 갈색 기 도는 얼굴을 붉히며 허둥대다가 숟가락을 떨어뜨렸어. 그러자 바로 단풍잎들이 창문 밑에서 반짝거렸지. 짐차 한 대가 달가닥거리며 나갔어. 어딘가에서 구슬프면서 부드러운 외침이 들려왔고. "아이스-크림……!"

그는 학교 얘기며, 술에 취했던 얘기며, 강에 송어가 나타났던 얘기며 말을 늘어놓기 시작했지. 나는 그를 이리저리 뜯어보기 시작했는데,

---

* 사라예보는 보스니아의 수도다. 1914년 6월 사라예보에서 세르비아 민족주의 결사단에게 오스트리아 합스부르크제국의 황태자 부부가 암살되는 '사라예보사건'이 일어났을 당시, 보스니아는 오스트리아-헝가리제국에 속해 있었다.
** 상트페테르부르크에 있는 대성당.

오래 알던 사이임에도 사실 그때 처음 보는 것 같았어. 첫 만남 때 받은 인상이 내 뇌리에 각인된 채 남아서, 일단 받아들여지고 나면 습관이 되는 것처럼 절대 변하지 않았던 거지. 팔 팔리치에 대해 무심코 생각할 때 웬일인지 나는 그를 어두운 금빛 콧수염뿐 아니라 그에 어울리는 작은 턱수염이 있는 인상으로 떠올리곤 했어. 상상 속의 턱수염은 많은 러시아인 얼굴의 특징이잖아. 그런데 이제 그를 새삼 다시 보니, 이른바 내면의 눈 말이야, 실제로는 그의 턱이 둥글고 털이 없으며* 약간 옴폭 들어간 곳이 한 군데 있는 게 보이더라고. 코가 오동통하고, 여드름처럼 생긴 사마귀 하나가 왼쪽 눈꺼풀에 있다는 걸 난 포착했지. 내가 그 사마귀를 잘라낼 수 있었다면 아주 반색하며 그리했을 거야─잘라낸다는 건 죽인다는 의미지. 그 작은 알갱이 안에 그가 완전히, 그리고 전적으로 그만이 들어 있었어. 이 모든 것을 내가 깨닫고 그의 모든 것을 조사할 때, 나는 아주 살짝 몸을 움직여서, 마치 내 영혼을 쿡 찔러 비탈 아래로 미끄러뜨리듯 팔 팔리치 안으로 활공해 들어가, 그 안에서 편안히 머물며, 그의 내부로부터, 가령 주름진 눈꺼풀 위의 사마귀와 풀 먹인 작은 윙칼라와 그의 대머리 부위를 기어가는 파리를 느꼈지. 반짝이는 눈을 이리저리 굴리며 그의 모든 것을 면밀히 조사하기도 했어. 침대 저편에 붙어 있던 황색 사자는 이제 마치 어린 시절부터 내 방에 붙어 있었던 듯 오래 알던 사이처럼 보였지. 서진의 볼록유리 속에 갇힌 총천연색 그림카드는 색다르고 우아하고 흥겨

---

* 러시아어판에는 이 단어가 '우유부단한'이라고 오기되어 있다. 러시아어로 '털이 없는(безволосый)'과 '우유부단한(безвольный)'이 비슷한 까닭에 타이피스트가 실수한 것으로 보인다. (드미트리 나보코프의 주)

워 보였어. 내 앞에, 내 등에 길든 낮은 고리버들 의자에 앉아 있는 이는 네가 아니라, 학교의 여성 후원자이자 내가 거의 모르는 과묵한 숙녀였지. 그리고 곧바로 나는 마찬가지로 가벼운 움직임으로 네 안으로도 미끄러져 들어가, 무릎 위에 맨 가터벨트의 리본과 조금 더 위쪽에 입은 얇게 짠 무명 속옷의 간질간질한 촉감을 감지했고, 너 대신에 생각했지. 지루하고 더운데 담배 한 대 피우고 싶다고. 바로 그 순간 너는 핸드백에서 금색 케이스를 꺼내고는 담배 한 대를 담뱃대에 끼웠어. 그렇게 나는 모든 것—너와 담배와 담뱃대, 그리고 성냥을 찾아 어색하게 이리저리 뒤지는 팔 팔리치와 유리 서진과 창턱에 죽어 있는 호박벌—안에 있었던 거야.

수년의 세월이 흘렀고, 나는 지금 그가, 그 소심하고 부은 얼굴의 팔 팔리치가 어디 있는지 몰라. 그래도 가끔, 전혀 생각지도 않고 있을 때 나의 현재 생활 무대로 전치된 꿈속에서 그를 보곤 해. 그는 색이 바랜 파나마모자를 손에 들고 유쾌한 걸음걸이로 야단스럽게 방으로 들어오지. 걸어오면서 인사를 해. 머리의 벗어진 부분과 혈색 좋은 목을 거대한 손수건으로 닦아대면서. 꿈에서 그를 볼 때면, 어쩐지 나른해 보이고 벨트로 허리를 졸라맨 실크 블라우스를 입은 네가 늘 내 꿈을 가로질러 지나가곤 해.

* * *

기막히게 행복했던 그날, 나는 말수가 적었지. 나는 미끈거리는 응고치즈 조각들을 꿀꺽꿀꺽 삼키며 하나의 소리도 놓치지 않고 들으려고

안간힘을 썼어. 팔 팔리치가 침묵에 잠기자 나는 그의 위장이 투덜대는
소리를 들을 수 있었지―처음에는 끽끽거리는 섬세한 소리를 내다가
작게 꾸르륵거리는 소리가 뒤따랐잖아. 이에 그는 여봐란듯이 헛기침
하더니 무언가에 대해 황급히 얘기를 늘어놓기 시작했어. 말을 더듬고,
맞는 단어를 찾으려고 갈팡질팡 헤매면서 그는 눈살을 찌푸리고 손가
락 끝으로 탁자를 두들기곤 했지. 너는 냉담한 표정으로 침묵한 채 낮
은 안락의자에 비스듬히 기대어 있었어. 그러고는 머리를 옆으로 돌리
고 뼈가 앙상한 팔꿈치를 들어올린 자세로 뒷머리의 핀을 바로잡으면
서 속눈썹 아래로 나를 힐끗힐끗 보곤 했고. 너와 내가 함께 도착한 탓
에 팔 팔리치가 우리 둘의 관계를 눈치챘을지도 모른다고 여기고 내가
그 앞에서 어색해한다고 너는 생각했지. 네가 이런 생각을 한다는 게
나는 우스웠어, 네가 일부러 남편과 남편의 일을 언급할 때 팔 팔리치
가 생기를 잃고 우울한 기색을 보이며 얼굴을 붉히는 것도 우스웠고.

　학교 앞에는, 단풍나무 아래로 뜨거운 황토색 햇볕이 사방에 흩뿌려
지고 있었지. 문간에서 팔 팔리치는 들러줘서 고맙다며 고개 숙여 인사
하고는, 출입구에서 다시 한번 고개 숙여 인사했어. 외벽에 걸린 멀겋
게 하얀 온도계가 반짝였지.
　우리가 그 마을을 떠나 다리를 건너 너희 집으로 가는 오솔길을 올
라갈 때 나는 네 팔꿈치 아래를 잡았고, 너는 특유의 곁눈질을 하며 미
소 지었는데, 그건 네가 행복하다는 뜻이었지. 나는 돌연 팔 팔리치의
잔주름과 반짝거리는 얇은 조각들로 장식된 이삭 대성당에 대해 네게
얘기하고 싶은 갈망을 느꼈지만, 입을 열기 무섭게 나는 잘못된 단어,

기괴한 단어들이 입 밖으로 나온 것만 같았고, 네가 부드럽게 "데카당!"이라고 하자 나는 화제를 바꿨어. 네가 필요로 하는 것을 나는 알고 있었어. 단순한 감정과 단순한 단어들이지. 네 침묵은 구름이나 식물이 침묵하듯 무리 없이 잔잔한 침묵이야. 모든 침묵은 비밀이 있음을 인정하는 것. 네게는 뭔가 비밀스러운 면이 많았어.

불룩한 블라우스를 입은 일꾼이 울려퍼지는 소리를 내며 꿋꿋이 낫을 갈고 있었지. 베어내지 않은 체꽃밭 위로는 나비들이 날아다녔고. 오솔길을 따라 우리 쪽으로 한 어린 소녀가 어깨에 담녹색 스카프를 두르고 검은 머리에 데이지를 꽂은 차림으로 걸어왔지. 서너 번 정도 예전에 본 적 있는 소녀로, 볕에 그을린 그애의 가는 목이 내 기억 속에 각인되어 있었어. 소녀는 지나가면서 눈꼬리가 살짝 치켜올라간 눈으로 너에게 주의깊은 시선을 던지더군. 그러고는 조심하며 도랑을 깡충 뛰어 건너서 오리나무들 뒤로 사라졌지. 윤기 없는 질감의 관목 사이를 은빛 떨림이 가로지르며 지나갔어. 너는 말했어. "저애는 분명 내 정원에서 산책을 즐겼을 거야. 저런 피서객들이 여기 오는 거 정말 싫어……" 포동포동하게 살이 오른 늙은 암컷 폭스테리어 한 마리가 제 주인을 따라 오솔길을 종종걸음으로 걸어왔어. 너는 개를 무척 좋아했지. 그 작은 동물은 귀를 뒤로 젖히고 엎드려 꿈틀대면서 우리에게 기어왔어. 네가 손을 내밀자 폭스테리어는 몸을 굴려 잿빛 반점이 지도처럼 덮인 분홍색 아랫배를 보였지. "왜 그러니, 아가"라고 너는 특유의 간드러진 목소리로 말했어.

한동안 데굴데굴 구르던 폭스테리어는 앙증맞은 작은 소리로 한번 꽥 짖더니 종종걸음으로 도랑을 뛰어넘어 가버렸어.

우리가 정원의 낮은 문 가까이에 이미 거의 다 왔을 때, 너는 담배를 피우자고 마음먹었지만, 핸드백을 뒤지더니 부드럽게 혀를 쯧쯧 찼지. "나 같은 바보가 또 있을까. 담뱃대를 그 사람 방에 놓고 왔어." 너는 내 어깨를 만졌지. "자기, 자기가 얼른 가서 가지고 와줘. 안 그러면 담배를 못 피우잖아." 나는 웃으며 너의 팔랑이는 속눈썹과 살짝 미소 짓는 입에 키스했어.

네가 내 뒤에서 소리쳤어. "얼른!" 나는 뛰기 시작했어. 딱히 그렇게 급히 갈 필요가 있었다기보다는 내 주위의 모든 것이 달리고 있었기 때문이랄까―부지갯빛으로 빛나는 덤불, 축축한 잔디밭을 달리는 구름의 그림자, 풀 베는 사람이 내리치는 번개에 베이기 전에 목숨을 부지하기 위해 도랑으로 종종걸음치며 도망가는 자줏빛 꽃들.

십여 분 후 몸이 뜨거워진 채 나는 헐떡이며 학교 사택으로 올라가는 계단을 올랐지. 나는 갈색 문을 주먹으로 쾅쾅 쳤어. 안에서 매트리스 스프링이 삐걱거리는 소리가 들렸어. 문손잡이를 돌려봤지만, 문은 잠겨 있었지. "누구시오?" 허둥대는 팔 팔리치의 목소리가 들려왔어.

나는 소리쳤지. "문 좀 열어봐요, 저 좀 들어갈게요!" 매트리스가 다시 쩔렁거렸고 맨발로 타닥거리는 소리가 났어. "어째서 문을 걸어 잠그고 두문불출하나요? 팔 팔리치 씨?" 나는 그의 눈이 벌겋게 된 걸 바로 눈치챘지.

"들어와요, 들어와…… 와줘서 기뻐요. 보시다시피, 전 자고 있었어요. 어서 들어와요."

"우리가 여기에 담뱃대를 놓고 갔지 뭐예요." 나는 그를 쳐다보지 않으려 하면서 말했어.

우리는 마침내 녹색 에나멜을 씌운 담뱃대를 안락의자 아래서 찾았어. 나는 그걸 내 호주머니에 찔러넣었어. 팔 팔리치는 트럼펫소리를 내며 손수건에 코를 풀고 있었지.

"그녀는 멋진 분이죠"라고 느닷없이 말하며 그는 침대에 무겁게 내려앉았어. 그러고는 한숨을 쉬며 곁눈질로 미심쩍게 바라봤지. "러시아 여인에겐 뭔가가 있어요, 일종의—" 그는 얼굴을 잔뜩 찌푸리며 눈썹을 비볐어. "일종의"—작게 앓는 소리를 내더니—"자기희생 정신이랄까. 세상에는 그 이상 숭고한 게 없죠. 비할 데 없이 미묘하며 비할 데 없이 숭고한 자기희생 정신이요." 그는 머리 뒤에서 두 손을 맞잡고 돌연 서정적인 미소를 지었지.

"비할 데 없이……" 그는 잠시 침묵하더니, 전혀 다른 어조, 이전에도 나를 종종 웃음 짓게 했던 어조로 이미 바꿔 묻더라고. "그런데 뭐 내게 할말 더 없나요, 친구?" 나는 그를 얼싸안고 뭔가 따뜻함이 가득한, 그가 필요로 하는 말을 해주고 싶어졌어. "산책을 좀 하는 게 어때요, 팔 팔리치 씨, 이 답답한 방에서 왜 맥 빠져 있어요?"

그는 무시하듯 손을 저었어. "나는 볼만한 건 전부 다 봤어요. 밖에 나가봤자 덥기밖에 더하나요……" 그는 손을 위에서 아래로 쓸어내려 부은 눈과 콧수염의 땀을 닦았어. "어쩌면 오늘 밤낚시를 좀 하러 갈지도 모르고." 그의 주름진 눈꺼풀 위에 난 여드름같이 생긴 사마귀가 씰룩거렸어.

그에게 묻지 않을 수 없었지. "친애하는 팔 팔리치, 방금 왜 얼굴을 베개에 묻고 누워 있었나요? 그냥 꽃가루 알레르기 때문인가요, 아니면 혹시 어떤 큰 비애 때문인가요? 지금까지 한 번이라도 여성을 사랑해본 적 있나요? 대체 왜 오늘 같은 날 눈물을 흘리나요, 밖에 기분좋게 쏟아지는 햇빛과 물웅덩이들이 있는 이런 날……"

"그럼 뭐, 저는 이만 가볼게요. 팔 팔리치." 나는 이렇게 말하며 아무렇게나 방치된 유리 서진과 활자의 조합으로 재현된 톨스토이와 탁자 아래 있는 귀처럼 생긴 고리가 달린 부츠를 힐끗 보았어.

파리 두 마리가 붉은 바닥에 있었어. 한 마리가 다른 쪽 위로 올라가려고 했지. 그 파리들은 윙윙거리며 따로 떨어져서 날아갔고.

"언짢게 생각 말아요." 팔 팔리치는 천천히 숨을 내쉬며 말했어. 그는 고개를 저었지. "나는 씩 웃어넘기며 참아낼 거요—잘 가요, 더 잡지 않겠어요."

나는 오리나무 덤불 옆의 오솔길을 따라 다시 달렸지. 나는 자신이 타인의 비애 속에 젖어든 것처럼, 그 사람의 눈물로 빛나는 것처럼 느껴졌어. 그 감각은 행복한 것으로, 그 이후로는 드물게만 경험한 그런 감각이었어. 굽은 나무, 구멍 뚫린 장갑, 말의 눈을 보았을 때나 느껴보았을까. 그 감각이 행복했던 것은 그것이 조화로운 흐름이었기 때문이지. 그 감각은 어떤 움직임이나 빛의 광채가 행복한 것처럼 행복했어. 언젠가 나는 백만 개의 존재와 사물로 분열된 적이 있어. 오늘 나는 하나지만, 내일이면 다시 분열될 테지. 그리고 그렇게 세계 속의 모든 것이 병에 옮겨지듯 분리되고 조절돼. 그날 난 파도의 정점에 있었어. 주위 모든 것이 하나의 똑같은 화음을 이루는 음표들임을 알았지. 한순간

한데 모인 소리들의 근원과 그 불가피한 화음의 해결*을, 또 산산이 흩어지는 음표들 하나하나로 생겨나는 새로운 화음을 알았고―은밀하게. 음악을 감지해내는 내 영혼의 귀는 모든 걸 알고 이해했어.

정원의 포장된 부분, 베란다 계단 옆에서 나를 만난 네가 꺼낸 첫마디는 이랬어. "내가 외출한 동안 남편이 시내에서 전화를 걸었대. 열시에 온다네. 무슨 일이 일어난 게 분명해. 어쩌면 전근 가게 될지도 모르고."

할미새가 청회색 바람처럼 모래밭을 날랜 걸음으로 가로질렀어. 한번 쉬고, 두세 걸음, 또 한번 쉬었다가 다시 전진. 할미새, 내 손에 쥐고 있던 담뱃대, 네가 하는 말들, 네 드레스에 비친 햇빛의 얼룩들…… 그래, 그렇게밖에는 될 수 없었지.

"무슨 생각 하는지 알아." 눈살을 찌푸리며 네가 말했어. "누군가가 그에게 고자질하면 어쩌나 생각하는 거지. 하지만 이젠 아무래도 상관없어…… 너도 알다시피 나는……"

나는 너의 얼굴을 똑바로 바라봤어. 내 영혼 전부를 걸고 바라봤어, 정면으로. 나는 너와 충돌했어. 너의 눈은 초롱초롱했지―장서 애장본의 삽화를 가려둘 때 쓰는, 비단 같은 광택이 흐르는 종이의 얇은 막이 네 눈에서 펄럭이며 날아가버린 것 같았어. 그리고 처음으로 너의 목소리도 맑고 투명했어. "내가 무슨 결심을 했는지 알아? 들어봐. 난 너 없인 못 살아. 그에게 정확히 그렇게 말할 거야. 그는 당장 나와 이혼해주

---

* 불협화음이 협화음으로 바뀌는 것.

겠지. 그렇게 되면 가을쯤엔 우리는……"

나는 침묵으로 네 말을 끊었어. 네가 몸을 살짝 비키자, 네 치마에 있던 햇빛의 얼룩이 모래밭으로 미끄러졌지.

내가 너에게 무슨 말을 할 수 있었겠어? 자유라든가 구속이라든가 하는 말을 들먹이며 내가 너를 그 정도로 사랑한 건 아니라고 말할 수 있었을까? 아니, 다 틀렸어.

아주 잠깐의 시간이 흘렀어. 그 잠깐 동안 세상에는 많은 일이 일어났어. 어디선가 거대한 증기선이 침몰했고, 전쟁이 선포됐고, 천재가 태어났지. 그 한순간이 지나갔어.

"네 남뱃대 여기 있어"라고 나는 말했어. "안락의자 아래 있더라. 그런데 말이야, 내가 안에 들어갔을 때 팔 팔리치는 틀림없이……"

네가 말했어. "알았어, 이제 가봐." 너는 돌아서서 계단을 급히 뛰어 올라갔어. 너는 유리문의 손잡이를 잡았고, 곧바로 문을 열진 못했지. 너에겐 분명히 고문 같은 순간이었을 거야.*

나는 달착지근한 습기에 휩싸여 정원에 잠시 서 있었어. 그러다가 두 손을 주머니 속에 깊숙이 찔러넣고 얼룩덜룩한 모래밭을 따라 저택 주위를 거닐었어. 저택 정면의 포치**에 내 자전거가 있더라. 나는 낮은 뿔 모양 핸들에 몸을 기대고 자전거를 굴려 정원길을 따라갔어. 두꺼비들이 여기저기 널려 있더군. 나는 무심코 한 마리를 밟고 넘어갔어. 바퀴 아래서 펑 하고 터지는 소리. 길 끝에는 벤치가 하나 있었지. 나는

---

* 러시아어판에는 "순간 번쩍 빛나더니 쾅 닫히는 문"이라는 문장이 추가되어 있다.
** 건물의 입구나 현관에 지붕을 갖춘 공간.

나무줄기에 자전거를 기대어놓고는 한번 앉아보고 싶게 생긴 하얀 판자에 앉았어. 이틀이나 사흘 후에 너에게서 편지 한 통을 받게 될 거라고, 네가 나에게 유혹의 손짓을 보내도 나는 돌아가지 않을 거라고, 그런 생각을 했어. 너희 저택은 날개를 편 피아노, 먼지가 쌓인 『예술비평』 잡지들, 원형 액자 속 실루엣들과 함께, 경이롭고 우수에 찬 저 먼 곳으로 미끄러져 들어갔지. 너를 잃는 것은 달콤했어. 너는 어색한 몸짓으로 유리문을 홱 잡아당겨 열고는 가버렸지. 하지만 다른 한편으론 또다른 네가 내가 기뻐서 퍼붓는 키스에 창백한 눈을 크게 뜨고는 떠나갔어.*

나는 그렇게 저녁때까지 앉아 있었어. 각다귀들이 마치 보이지 않는 실로 조종되는 것처럼 위아래로 홱 올라갔다 내려갔다 했어. 그러다 문득 가까운 곳 어딘가에서 반짝이는 얼룩을 알아보았지―그것은 너의 드레스였어, 너는 거기서……

최후의 두근거림까지 이미 잦아들어 사라져버린 건 아니었나봐. 그러니 네가 다시 여기에, 옆쪽으로 치우친 어딘가에, 나의 시야 너머에 있음에, 걸어서 다가오고 있음에 불안함을 느낀 걸 테지. 애써 나는 얼굴을 돌렸어. 그건 네가 아니라 담녹색 스카프를 맨 그 소녀였어―우리가 마주쳤던 소녀 기억하지? 그리고 배가 우습게 생긴 그애의 폭스테리어도……?

소녀는 잎의 틈새들 사이로 걸어서 지나가더니, 스테인드글라스 창

---

* 러시아어판에는 "떠나감의 음악만큼 달콤한 건 없지"라는 문장이 추가되어 있다.

문이 달린 작은 매점으로 이어지는 작은 다리를 건넜지. 그 소녀는 지루해하며 너의 정원을 어슬렁어슬렁 산책하고 있었어. 아마도 난 곧 그 애와 아는 사이가 될 테지.

나는 천천히 몸을 일으켜, 천천히 자전거를 타고 미동도 없이 고요한 정원에서 큰길로 나와 광대한 석양 한복판에 곧바로 들어갔고, 그러고는 커브 하나를 지나서 마차 한 대를 따라잡았지. 보통 걷는 속도로 말을 몰면서 역으로 향하는 너희 집 마부 세몬이더라. 그는 나를 보고는 모자를 천천히 벗고, 머리 뒤쪽의 반들반들 윤이 나는 머리카락 가닥을 매만져 다듬고는 모자를 도로 썼어. 체크무늬 무릎 덮개가 개켜져 좌석에 놓여 있었지. 거세한 검은 말의 눈에 아주 흥미로운 상(像)이 휙 비쳤어. 자전거 페달을 밟지 않고 강 쪽으로 내려가는 비탈을 내리닫던 나는 다리를 건너다 팔 팔리치의 파나마모자와 둥근 어깨를 보았어. 그는 저 아래 물놀이용 작은 탈의장의 돌출부에 걸터앉아, 낚싯대를 손에 꼭 쥐고 있었지.

나는 제동을 건 다음, 다리 난간에 손을 짚고 멈췄어.

"어이, 이봐요, 팔 팔리치! 입질이 좀 오나요?" 그는 위를 올려다보더니 나에게 사람 좋게, 격의 없이 손을 흔들었어.

박쥐 한 마리가 장밋빛 도는 거울 같은 수면 위를 휙 화살같이 날아갔어. 수면에 비친 나뭇잎의 상이 검은 레이스같이 보이더라고. 팔 팔리치는 저 멀리서 손짓으로 나를 부르며 큰 소리로 뭐라고 외쳤어. 검은 잔물결 속에서 또 한 명의 팔 팔리치가 떨고 있었지. 나는 큰 소리로 웃으며 자전거를 밀어 난간에서 멀어졌어.

나는 단단하게 포장된 길을 따라 소리 없이 한번 휙 미끄러져 농가의 통나무집들을 지나갔어. 소들이 음매 하며 우는 소리가 칙칙한 대기 속을 감돌고 지나갔어. 구주희*의 나무 핀들이 달그락 소리를 내며 날아올랐지. 그리고 그후 더 멀리 저쪽으로, 큰길 위로, 석양의 광막함 속에, 어슴푸레 안개가 자욱한 평원 한복판에는 정적만이 흘렀고.

---

* 핀 아홉 개를 세워놓고 공을 굴려 쓰러뜨리는 경기.

신들

바로 지금 당신의 눈 속에서 내가 본 것들, 비 오는 밤, 좁은 길, 미끄
러지듯 멀어지는 가로등들. 경사가 가파른 지붕들의 배수관을 따라 물
이 흘러내린다. 뱀의 입처럼 생긴 배수관들 아래에 녹색 테두리의 양
동이가 놓여 있다. 양동이가 길 양쪽 검은 벽을 따라 나란히 줄지어 있
다. 내 눈에는 그 양동이들이 차가운 수은으로 가득찬 것처럼 보인다.
비의 수은이 부풀어올라 흘러넘친다. 멀리 떠 있는 맨머리 램프들의
빛줄기가 비의 암흑 속에 모로 세워져 있다. 양동이 안의 물이 흘러넘
친다.

이렇게 나는 당신의 칠흑같이 어두운 눈 속으로, 밤의 비가 쐬쐬, 사
락대며 내리는, 어른거리는 검은 미광으로 둘러싸인 좁은 골목으로 들
어갈 수 있게 된다. 나에게 미소를 지어줘. 당신은 왜 그렇게 악의에 찬

어두운 시선으로 날 바라보지? 아침이 됐군. 밤새 별들은 갓난아이 같은 목소리로 소리를 지르고, 지붕 위에서는 누군가가 날카로운 활로 바이올린을 잡아 찢다가 애무하곤 했지. 봐, 태양이 마치 활활 타오르는 돛처럼 천천히 벽을 가로질렀어. 당신이 매캐한 연무에 휩싸인다. 먼지가 당신 눈 속에서 소용돌이치기 시작한다. 그 안에 수백만 개의 금빛 세계가 있다. 당신이 미소 짓는다!

우리는 발코니로 나간다. 봄이다. 저 아래, 길 한복판에서 노란 곱슬머리 소년이 재빠르게 신을 스케치하고 있다. 신은 한쪽 보도에서 반대쪽 보도까지 뻗어 있다. 소년은 백탄 조각을 흰 분필 삼아 손에 움켜쥐고는 웅크리고 앉아 빙빙 돌며, 큼직한 선으로 그림을 그리고 있다. 이 하얀색 신은 커다랗고 하얀 단추를 달고, 발끝은 바깥쪽으로 돌린 모습이었다. 아스팔트 위에서 십자가형에 처해진 신은 동그란 눈으로 하늘을 올려다본다. 하얀 호 하나가 입이다. 통나무만한 시가가 입에서 나타난다. 소년은 나선형으로 잽을 날려 담배 연기를 나타내는 소용돌이를 그린다. 양손으로 허리를 짚고는 자신의 작품을 가만히 살펴본다. 그러고는 단추 하나를 더 추가하는데…… 길 건너편에서 창틀이 철컥거리는 소리가 나더니 한 여성의 우렁차고 행복한 목소리가 울려퍼지며 소년을 부른다. 소년은 분필 조각을 발로 차버리고 집안으로 달려들어갔다. 자줏빛이 도는 아스팔트 위에는 기하학적인 모양의 하얀색 신이 남아 하늘을 응시한다.

당신의 눈이 다시 흐려졌다. 물론 나는 당신이 무엇을 떠올리는지 알아차렸다. 우리 침실 한구석의 성상화 아래에는 유색 고무공 하나가 있다. 이따금 그 공은 그 작은 탁자에서 부드럽고 슬프게 깡충 뛰다 바닥 위를 가만히 구른다.

공을 다시 성상화 아래 제자리에 갖다놔, 그런 다음 우리 산책을 좀 하는 게 어떨까?

봄의 공기. 부드러운 털에 싸인 듯한 느낌. 길에 일렬로 줄지어 선 저 보리수나무 보이지? 녹색의 촉촉한 반짝이 조각으로 뒤덮인 검은 가지들. 세계의 나무가 모두 어딘가로 길을 나서고 있다. 영원히 끝나지 않을 순례. 기억하지, 우리가 여기 이 도시로 오는 길에 우리가 탄 열차 객차 창문을 스쳐가던 나무들을? 열두 그루의 미루나무가 강을 어떻게 건너야 하나 상의하던 것도 기억나? 그전에 나는 크리미아에서 꽃이 만발한 아몬드나무 위로 몸을 구부린 사이프러스나무도 본 적 있지. 옛날에 사이프러스나무는 와이어브러시와 사다리를 옆구리에 낀, 덩치도 크고 키도 큰 굴뚝 청소부였지. 아몬드 꽃잎 같은 분홍색의 작은 세탁부와 사랑에 빠져 정신 못 차리는 불쌍한 친구. 이제 그 둘은 마침내 만나, 함께 어딘가로 가려는 참이야. 그녀의 분홍색 앞치마가 산들바람에 풍선처럼 부풀고, 그는 그녀에게 소심하게 몸을 구부렸어. 마치 그녀에게 검댕이라도 묻힐까봐 여전히 걱정하는 것처럼. 이 정도면 최고의 우화지.

모든 나무는 순례자야. 그들은 자신의 메시아를 갖고 있고, 또 찾고 있지. 그들의 메시아는 제왕다운 풍모를 지닌 레바논삼나무이거나, 어쩌면 툰드라에서 자라는 아주 작고 전혀 눈에 띄지 않는 관목일지도……

오늘은 보리수나무 몇몇이 마을을 통과해 지나고 있어. 그들을 저지하려는 시도가 있었어. 그 줄기들 주위에 원형 울타리가 세워졌지. 그런데도 아무 소용 없이 그들은 움직여서……

지붕들은 태양에 눈이 먼 비스듬한 거울같이 타오른다. 날개가 달린 한 여성이 창턱에 서서 유리창을 닦고 있다. 그녀는 몸을 구부린 채 입을 삐죽 내밀고는 불타는 듯한 머리카락 한 가닥을 얼굴에서 빗어 넘긴다. 공기 중에서는 희미하게 휘발유 냄새와 보리수나무 냄새가 풍긴다. 폼페이 신전의 중앙홀로 들어오는 손님을 어떤 향기가 다정하게 맞이했는지 오늘날 누가 알 수 있을까? 우리의 거리와 우리의 방에 퍼졌던 냄새는 지금부터 반세기 후에는 아무도 아는 이가 없을 것이다. 그들은 온갖 도시에서 수백 개는 되는 군사 영웅의 석상을 발굴하고는 옛날 옛적 페이디아스*를 동경할 것이다. 세상천지 만물은 아름답지만, 인간이 미를 인식할 수 있는 것은 그것을 드물게 보거나 멀리서 볼 때뿐…… 들어봐…… 오늘, 우리는 신이야! 우리의 푸른 그림자는 거대하지. 우리는 거대하고 기쁨에 넘치는 세계 안에서 움직여. 길모퉁이에 있는 키가 큰 기둥이 축축한 캔버스천으로 단단히 감싸여 있었고, 페인트붓이 그 덮개에 색색의 회오리바람을 흩뿌려놓았다. 신문 파는 노파의 턱에는 곱슬곱슬한 잿빛 털이 나 있고 눈은 광기어린 담청색이다. 제멋대로인 신문들이 노파의 자루 밖으로 혼란스럽게 삐져나와 있다. 신문의 커다란 활자는 내게 날아다니는 얼룩말을 생각나게 한다.

버스가 도로표지판에서 멈춘다. 버스에 오르자, 차장이 손바닥으로 철제 측판을 탕탕 친다. 운전사가 거대한 핸들을 힘껏 돌린다. 점차 높아져가는 괴로운 듯한 신음, 짧게 끼익거리는 귀에 거슬리는 소리. 폭

---

* 파르테논 신전의 석상들과 올림피아 신전의 제우스상을 조각한 그리스 조각가.

이 넓은 바퀴가 아스팔트 위에 은빛 자국을 남겼다. 오늘, 이 화창한 날에 모든 것이 가능하다. 봐―한 남자가 지붕에서 전선으로 뛰어내려 그 위를 걷고 있지, 흔들리는 거리의 상공에서, 포복절도하며 두 팔을 펼치고서. 봐―건물 두 채가 사이좋게 말뚝박기 놀이를 하던 참이지. 3번 건물이 1번과 2번 건물 사이에 멈췄는데, 바로 자리를 완전히 잡지는 못한 듯했다―난 그 아래에서 틈을, 좁은 햇빛 띠를 보았다. 그리고 한 여자가 광장 한가운데 멈춰 서서 머리를 뒤로 젖히고는 노래하기 시작했다. 사람들이 그녀 주위에 모여들더니 또 물결이 밀려나듯 물러났다. 아스팔트 위에는 텅 빈 드레스 하나만 놓여 있고, 하늘에는 투명한 작은 구름이 하나 떠 있다.

당신, 웃고 있군. 당신이 웃을 때면 난 세계 전체를 변형시켜 세계가 당신을 거울처럼 비추게 하고 싶어. 그러나 당신 눈의 빛은 순식간에 꺼져버리지. 당신은 열정을 담아, 걱정스럽게 말을 꺼낸다. "괜찮으면, 거기…… 가보지 않을래? 괜찮지? 오늘 거기 정말 멋질 거야, 모든 꽃이 만개하고……"

확실히 모두 만개했겠지, 확실히 우린 갈 거야. 당신과 나는 신이 아닌가…… 나는 내가 미처 다 탐험할 수 없는 미지의 우주가 내 핏속에서 회전하는 걸 느껴……

들어봐―나는 내 평생 달리고 싶어, 목청이 터지도록 절규하며. 인생 전체가 무엇에도 구속받지 않는 하나의 울부짖음이 되도록. 마치 검투사를 맞이하는 군중의 소리처럼.

멈춰 생각하지도 말고, 그 절규를 중단하지도 말고, 인생의 환희를 발산하고 해방해. 모든 것이 꽃을 피우고 있다. 모든 것이 날아다닌다.

모든 것이 절규하고, 자신의 절규에 숨이 차오른다. 웃음. 달리기. 풀어내린 머리카락. 이게 바로 인생의 모든 것.

그들이 길을 따라 낙타들을 서커스에서 동물원으로 데려가는 중이다. 낙타의 포동포동한 혹들이 한쪽으로 기우뚱하며 흔들린다. 낙타들의 길고 순한 얼굴은 꿈꾸는 것처럼 조금 위쪽을 향해 있다. 그들이 봄철의 길을 따라 낙타들을 데리고 가는 이때, 어떻게 죽음 같은 것이 존재할 수 있을까? 길모퉁이에서 전혀 생각지도 못한, 러시아에서 맡던 잎사귀 냄새가 확 풍겨왔고, 거지 한 명이, 겨드랑이 아래로 발이 나와 있는 등 전신이 온통 뒤집힌 모양새의 성스러운 그 흉물이 축축하고 털이 텁수룩한 발로 풀빛이 도는 은방울꽃 한 다발을 쑥 내밀지…… 나는 한 행인과 어깨를 부딪히는데…… 두 거인의 순간적인 충돌이랄까. 그 행인은 쾌활하고도 위풍당당한 태도로 니스칠이 된 지팡이를 나에게 휘두른다. 그러다가 지팡이 끝으로 그 사람 뒤에 있던 가게 진열창을 깬다. 반짝반짝 빛나는 유리 표면이 지그재그로 쩍 하고 갈라진다. 아니—그것은 그저 유리에 반사된 햇빛이 내 눈에 튄 것뿐이다. 나비, 나비다! 진홍색 띠를 두른 검은색의…… 한 조각 벨벳 같은…… 나비는 아스팔트 위로 급강하하다가 질주하는 자동차와 높은 건물 위로 솟구쳐서 4월 하늘의 습한 창공 속으로 사라진다.* 똑같이 생긴 또다른 나비가 옛날에 원형 경기장의 흰색 가장자리에 앉았었다. 가냘픈 몸매에 눈이 검고 이마에는 금색 리본을 단 상원의원의 딸, 레스비

---

* 붉은제독나비에 대한 묘사로 추정된다. 러시아에서는 죽음을 알리는 '운명의 나비'로 여겨졌으며, 나보코프의 소설 『창백한 불꽃』에서도 죽음을 암시하는 나비로 의미 있게 등장한다.

아*는 팔랑거리는 그 날개에 넋을 잃는 바람에, 눈이 부신 먼지 회오리 바람 속에서 한 투사의 황소 같은 목이 다른 투사의 맨무릎 아래서 으스러지는 아주 짧은 순간을 놓쳤다.

오늘, 내 영혼은 검투사들로, 햇빛으로, 세상의 소음으로 가득차 있다……

우리는 폭넓은 계단을 내려가 길고 어두침침한 지하실로 들어갔다. 우리의 발걸음에 판석이 탕탕 울린다. 불타는 죄인들을 묘사한 그림이 잿빛 벽을 장식하고 있다. 멀리서 검은 천둥이 벨벳 주름같이 점점 부풀어오른다. 우리 주위의 곳곳에서 갑자기 우르릉 쾅 번개가 친다. 우리는 마치 신을 기다리는 것처럼 무턱대고 돌진한다. 우리는 유리같이 반짝거리는 빛 안을 꽉 메웠다. 우리는 기세를 올린다. 그러고는 검고 깊은 틈새로 돌진해 들어가, 가죽끈을 꽉 붙잡고 공허한 소음을 내며 지하 저 멀리로 속도를 높여 나아간다. 호박색 전등들이 펑 소리를 내며 일순간 꺼졌고, 그 대신 얄팍한 작은 구체들이 어둠 속에서 뜨거운 빛을 발하며 타올랐다—악마들의 퉁방울눈이었는지, 아니 어쩌면 우리 동승자들의 담뱃불이었을지도.

전등불이 다시 들어온다. 저쪽 봐—객차의 유리문 옆에 선 검은 외투를 입은 키 큰 남자를. 폭 좁고 누리끼리한 얼굴과 뼈가 툭 튀어나온 코를 어렴풋이 알아본다. 얇은 입술을 앙다물고, 귀를 기울이느라 묵직한 양 눈썹 사이에 깊은 주름을 새기고는 또다른 남자의 설명을 듣고 있었다. 또다른 남자의 얼굴은 석고 마스크처럼 창백한데, 작은 원

---

* 로마 시인 카툴루스의 시에 등장하는 인물. 카툴루스가 사랑한 귀부인 클로디아가 모델이다.

형 턱수염이 조각된 듯 나 있었다. 나는 그 두 사람이 삼운구법*으로 말하고 있다고 확신한다. 그리고 당신 옆에 있는 여성, 연노란색 외투를 입고 속눈썹을 아래로 내리깐 채 앉아 있는 숙녀는 혹시 단테의 베아트리체가 아니었을까? 우리는 그 눅눅한 하계로부터 다시 햇빛 속으로 나온다. 묘지는 도심에서 먼 변두리에 있다. 큰 건물은 점점 띄엄띄엄 드물어진다. 녹색을 띤 빈 공간들. 바로 이 수도가 고판화古版畵에서 어떻게 보였는지가 생각난다.

　우리는 눈길을 끄는 담장을 따라 바람을 맞으며 걷는다. 오늘처럼 화창하고 떨리는 날에 우리는 북쪽으로, 러시아로 되돌아갈 것이다. 거의 꽃은 없고 노란 별 같은 민들레 정도나 도랑을 따라 피어 있겠지. 우리가 다가가면 보랏빛을 띤 회색 전신주가 윙윙 소리를 낼 거야. 모퉁이를 돌아 전나무들과 붉은 모래와 집의 한 귀퉁이가 보이면, 심장이 쿡 찔린 듯 아파져 나는 비틀거리다 앞으로 고꾸라질 테지.

　봐! 넓게 탁 트인 녹색 공지 위로, 하늘 높이 비행기 한 대가 풍명금처럼 저음으로 울리며 나아가고 있어. 비행기의 유리 날개가 반짝거린다. 근사하지, 아니라고? 오, 들어봐—약 백오십 년 전 파리에서 일어난 일을 얘기해줄게. 어느 날 아침 일찍—가을이었지, 대로변을 따라 늘어선 나무들은 부드러운 오렌지색 덩어리가 되어 온화한 하늘을 떠다녔지—아침 일찍 상인들이 시장에 모여들었어. 가판대에는 수분이 많고 반들반들 빛나는 사과가 가득했고, 벌꿀 향기와 축축한 건초 냄새가 풍겨왔어. 귓바퀴에 흰색 솜털이 난 노인이 냉기 속에서 안절부절못

---

* 단테의 『신곡』이 취한 운율 체계.

해 법석을 떠는 다양한 새가 든 새장들을 한가로이 진열했지. 그런 다음 노인은 졸린 듯이 깔개 위에 비스듬히 누웠는데, 새벽안개가 시청사에 내걸린 검은 시계판의 금박 시침을 아직 가려버리는 시각이었으니까. 그가 겨우 잠에 빠져들려는 찰나, 누군가 그의 어깨를 끌어당겼어. 화들짝 깨어난 노인네가 보게 된 것은 그 앞에 서 있는, 숨이 턱까지 차오른 젊은 남자였어. 머리가 작고 코도 작고 뾰족한데다 마르고 흐느적거리는 녀석이었지. 그의 조끼—검은 줄무늬가 있는 은색 옷—는 단추를 삐뚜름하니 채웠고, 땋아내린 머리의 리본은 풀렸으며, 하얀 스타킹 한쪽은 구김 다발이 되어 흘러내렸어. "새 한 마리가 필요하오. 아무 새나 상관없소—병아리라도 괜찮소"라고 젊은 남자는 주저하는 듯한 시선으로 새장 쪽을 힐끗거리며 말했어. 노인은 조심스럽게 작고 하얀 암탉을 꺼냈는데, 암탉은 노인의 까무잡잡한 손에서 솜털을 푸드덕거리며 마구 발버둥쳤어. "뭐가 잘못됐소? 병이 든 거요?"라고 젊은이는 마치 젖소를 품평하듯이 물었어. "병들었냐고? 내 작은 물고기의 배를 걸지!*" 노인네가 너그럽게 장담했어.

젊은이는 노인에게 반짝이는 동전 한 닢을 던지고는, 암탉을 가슴에 꼭 안고 판매대들 사이로 뛰어갔어. 그러다 멈춰 서더니 땋은 머리를 휙 날리며 느닷없이 방향을 돌려 늙은 상인에게 도로 달려갔어.

"새장도 필요하오"라고 그가 말했어.

한 손을 뻗어 암탉이 든 새장을 잡고, 마치 들통이라도 들고 가듯이

---

* 중세 프랑스어 관용구 '작은 물고기의 배'에서 파생된 표현. 나보코프는 케임브리지 재학 시절 러시아어로 번역한 로맹 롤랑의 소설 『바보 브뢰뇽』에서 이 표현을 본 것으로 추정된다.

다른 팔을 흔들면서 마침내 그가 가버리자, 노인은 콧방귀를 뀌고는 깔개에 다시 몸을 뉘었어. 그날 노인의 장사가 어떻게 굴러갔는지, 그리고 이후 그에게 무슨 일이 일어났는가는 우리에게 하나도 중요하지 않지.

그 젊은이로 말할 것 같으면, 다름 아닌 저명한 물리학자 샤를의 아들이었어. 샤를은 안경 너머로 그 작은 암탉을 힐끗 보더니, 누런 손톱으로 새장을 한번 통 튀기고 말했지. "좋아, 이제 우리에겐 승객도 있구나." 그러고는 엄격하게 안경을 번득이며 덧붙였어. "너와 나는 말이다, 아들아, 시간을 갖고 천천히 하자꾸나. 저기 하늘 위 구름 속 공기가 어떨지는 신만이 아실 것이니."

같은 날, 예정된 시각에 마르스광장의 경악한 군중 눈앞에서, 중국풍 당초무늬로 장식하고, 도금한 곤돌라를 비단 끈으로 묶어 달아놓은, 거대하지만 가벼운 돔 모양 기구*가 수소로 가득차 천천히 부풀었지. 샤를과 그의 아들은 바람 때문에 모로 누워 흩날리는 연기 줄기들 사이에서 분주하게 움직였지. 암탉은 머리를 한쪽으로 갸우뚱하며 말똥말똥 빛나는 한쪽 눈으로 새장의 철망을 통해 밖을 내다봤어. 주위에는 온통, 반짝이 장식을 단 알록달록한 카프탄**과 바람에 부푼 드레스, 밀짚모자 들이 돌아다니고 있었지. 그리고 구체가 기우뚱하며 위로 올라가기 시작하자, 늙은 물리학자는 가만히 그것을 눈으로 좇더니 이윽고 아들의 어깨에 얼굴을 묻고 울음을 터뜨렸고, 백여 개의 손이 사방에서

---

* 프랑스 물리학자 샤를이 제작한 수소가스를 사용한 기구를 가리킨다. 그는 1783년 파리의 마르스광장에서 기구를 띄워 올려, 24킬로미터 떨어진 곳까지 비행했다.
** 이슬람 문화권에 사는 사람들이 입는 긴 웃옷.

손수건과 리본을 흔들기 시작했어. 금방 흩어져버릴 것 같은 구름이 온화하고 화창한 하늘을 떠다녔어. 휙휙 지나가는 그림자들과 불꽃이 튀는 듯한 나무들의 색채로 뒤덮인 연초록빛 대지는 요동치며 멀어져갔고. 저멀리 아래에서는 장난감 같은 마부들이 돌진하듯 지나갔어—하지만 곧 구체는 시야에서 사라졌어. 암탉은 작은 한쪽 눈으로 계속 아래쪽을 응시했지.

비행은 온종일 계속됐어. 그날은 광대하고 선명한 일몰로 막을 내렸지. 밤이 되자 구체는 천천히 하강하기 시작했어. 옛날에 루아르 강가의 한 마을에는 온화한 성격에 교활한 눈을 가진 농부가 살고 있었어. 그는 새벽녘에 들판으로 나갔어. 들판 한가운데서 그는 기적을 본 거야. 어마어마한 크기로 쌓인 얼룩덜룩한 비단더미를. 그 곁에는 작은 새장 하나가 뒤집힌 채 놓여 있었어. 마치 눈으로 빚은 것같이 새하얀 닭 한 마리가 철망 사이로 머리를 디밀고는 풀 속 작은 벌레를 찾는 듯 때때로 부리를 움직이고 있었지. 농부는 처음에는 겁먹었지만, 곧 그것이 동정녀 마리아께서 주신 선물일 뿐이라는 걸 깨달았어. 그분의 머리카락이 가을의 거미줄처럼 공중에 감돌고 있었지. 비단은 그의 아내가 조각조각 조금씩 인근 마을에 가져다 팔고, 도금한 작은 곤돌라는 부부의 첫아기를 포대기에 꽁꽁 싸매서 누이는 요람이 되었고, 암탉은 뒤뜰로 보내졌어.

계속 들어봐.

시간이 얼마 흘렀고, 그러던 어느 멋진 날, 농부는 헛간문 쪽에 쌓아올린 왕겨더미를 지나다가 행복하게 꼬꼬댁 우는 소리를 들었어. 그는 멈춰 섰어. 암탉이 녹색 먼지 속에서 튀어나와 자못 자랑스러운 듯 뒤뚱뒤뚱 재빨리 걷다가 태양을 향해 덤벼들었지. 한편, 뜨겁고 윤기가 흐르는 왕겨 속에서는 금빛 달걀 네 개가 반짝반짝 빛났어. 별로 놀랄 일은 아니었어. 암탉은 바람에 날리는 대로 붉은 석양놀을 이 끝에서 저 끝까지 횡단했고, 선홍색 볏을 단 불타는 수탉인 태양이 암탉 위로 올라가 푸드덕거리며 뭔가 일을 벌인 거지.

농부가 상황을 이해했는지는 몰라. 농부는 아직 따뜻한 금빛 달걀 네 개 전부를 손바닥에 쥐고는 그 눈부신 광휘에 눈을 깜빡거리며 가늘게 뜨고는 미동도 없이 한참 서 있었어. 그러다가 나막신을 달각거리며 마당을 가로질러 서둘러 뛰어갔는데, 하도 크게 소리를 질러대는 통에 그가 부리는 일꾼은 농부가 도끼로 손가락을 자른 게 틀림없다고 생각했다지……

물론 이 모든 일이 일어난 건 아주, 아주 오랜 옛날, 그러니까 비행사 라담*이 해협 한가운데 추락하여, 물속으로 가라앉는 *앙투아네트호*의, 말하자면 잠자리 꼬리에 앉아서 바람에 흩날려 누리끼리해진 담배를 피우며, 경쟁자 블레리오**가 뭉툭한 날개가 달린 작은 비행기를 타고 최초로 칼레에서 설탕 같은 영국 해안으로 날아가기라도 하듯이 하늘 높은 곳을 하염없이 바라보던 일이 있기 훨씬 전이지.

그런데 나는 도저히 당신의 고뇌를 극복할 수 없네. 왜 당신 눈에 다시 어둠이 가득한 거지? 아니, 아무 말도 하지 마. 난 다 알아. 울지 마.

---

* 프랑스 비행사. 1909년 자신의 비행기 '앙투아네트'로 영국해협 횡단을 최초로 시도했으나, 엔진 문제로 바다 위에 불시착했다.
** 프랑스 항공기술자. 1907년 처음으로 단엽기를 제작했으며, 1909년에 삼십칠 분의 비행 끝에 최초로 영국해협 횡단에 성공했다.

그애에게는 나의 우화가 들릴 거야, 아무렴, 확실히 들리고말고. 이 이 야기는 애초에 그애를 향한 것인걸. 언어엔 경계가 없지. 부디 이해를 좀 하려고 해봐! 당신은 너무 악의에 찬 어두운 눈빛으로 날 보는군. 장 례식 다음날 밤이 생각나. 당신은 집에 머물러 있질 못했지. 당신과 나 는 밖으로 나가 반들반들한 진창으로 들어갔지. 우리는 길을 잃었어. 결국 어떤 이상한 좁은 길로 들어서버렸고. 나는 그 길의 표지판을 읽 어낼 순 없었지만, 가로등 유리 속에 반전된 거울상처럼 비친 것을 볼 수 있었어. 가로등 불빛이 떠다니며 저멀리 사라졌어. 지붕들에선 물이 방울져 떨어졌어. 길 양쪽에 검은 벽을 따라 줄지어 늘어선 양동이들은 차가운 수은으로 가득찼어. 가득차더니 흘러넘쳤지. 그리고 갑자기, 당 신이 양손을 맥없이 펼치고는 말했어.

"하지만 그애는 너무 작고, 또 너무 따뜻했어……"

내가 눈물을 흘리지 못하더라도, 단순한 인간답게 눈물을 흘릴 수 없더라도 용서해주겠어? 그 대신 계속 노래하고 어딘가로 계속 달리 고, 어떤 날개든지 날아 지나가면 그것을 거머쥐는, 키가 크고 머리는 헝클어지고 이마에는 햇볕에 그을린 물결이 새겨진 나를. 용서해줘. 그 래야 하는 거야.

우리는 천천히 울타리를 따라 걷는다. 묘지에 벌써 다 와 간다. 먼지 투성이 빈 땅 한복판에 있는 봄기운이 물씬 나는 흰색과 녹색의 작은 섬. 이제 당신 혼자 가. 난 여기서 기다릴게. 당신 눈에는 당황스러운 미소가 재빨리 스친다. 당신은 날 잘 아니까…… 쪽문이 끽 소리를 내 더니 탕 하고 닫혔다. 나는 듬성듬성 난 풀 위에 홀로 앉았다. 조금 떨 어진 곳에 자주색 배추 같은 걸 심어둔 텃밭이 있었다. 공지 너머에는 공장 건물이 부력을 지닌 거대한 벽돌 괴수처럼 하늘색 엷은 안갯속에 떠 있었다. 발밑에 찌부러져 납작해진 녹슨 양철캔이 깔때기 모양으로 움푹 들어간 모래밭 속에서 반짝였다. 내 주위를 감도는 고요와 봄의 공허 같은 것. 죽음은 없다. 바람이 뒤에서부터 불어와 흐느적거리는 인형처럼 내 위로 고꾸라지며 솜털같이 부드러운 손으로 내 목을 간지럽힌다. 죽음은 있을 수 없다.

동이 터오면서 내 마음 또한 고조되었다. 당신과 나는 새로운, 황금의 아들을, 당신의 눈물과 나의 우화가 빚어낸 아들을 갖게 될 것이다. 오늘 나는 하늘에서 교차하는 전선, 연무 속에 보이는 공장 굴뚝들의 모자이크, 그리고 톱니 모양 뚜껑이 뒤집혀 반쯤 떨어진 이 녹슨 양철캔의 아름다움을 이해했다. 맥없는 풀이 서두른다. 공지에 피어오른 먼지구름을 따라 어딘가로 서둘러 간다. 나는 양팔을 들어올린다. 햇빛이 피부에 미끄러진다. 내 피부는 다채로운 색깔의 광채로 뒤덮인다.

이윽고 나는 일어나서, 넓은 포옹을 위해 양팔을 활짝 벌리고, 보이지 않는 군중을 향해 풍성하고 빛을 발하는 연설을 하고 싶어졌다. 나의 연설은 이렇게 시작하노니,

"오, 무지갯빛 신들이여……"

날개의 일격

1

스키판 한쪽의 휘어진 끝이 다른 쪽 스키판과 겹치면 앞으로 고꾸라지게 마련이다. 데일 듯이 차가운 눈이 소매까지 파고들고, 두 발로 다시 서기는 무척 힘들다. 오랜만에 스키를 타보는 컨은 금방 땀에 흠뻑 젖었다. 그는 현기증을 약간 느끼며 귀를 간질이는 털모자를 홱 잡아당겨 벗고, 속눈썹에서 반짝이는 축축한 눈조각들을 털어냈다.

육층 건물인 호텔 앞은 활기가 넘치고 하늘도 청명했다. 햇빛의 광채 속에서 나무들이 마치 실체가 없는 것처럼 서 있었다. 눈 덮인 언덕들의 어깨에는 무수히 많은 스키 활주 자국이 마치 어렴풋이 보이는 머리카락처럼 흘러내렸다. 그리고 사방에, 거대한 설백雪白이 하늘을 향해 돌진해 하늘에서 반짝이며 자유로워졌다.

컨은 스키를 삐걱거리며 경사면을 올라갔다. 어제, 즉 그가 이곳에 온 지 사흘째 되는 날에 만난 영국 소녀는 그의 넓은 어깨와 말 같은 옆모습, 그리고 광대뼈의 원기 왕성한 광택을 보고는 그를 동포라고 생각했다. 그녀의 이름은 이저벨. 그녀가 가는 곳이면 어디든, 호텔 무도회장이든 융단이 깔린 계단 위든 반짝이며 튀는 눈가루로 장난치는 눈 덮인 경사면이든 졸졸 쫓아다니는, 아르헨티나인 특유의 윤기 흐르는 까무잡잡한 피부를 가진 젊은 청년 무리는 그녀를 '하늘을 나는 이저벨'이라 불렀다. 그녀의 태도는 가볍고 충동적이었으며 입술은 매우 붉어서, 조물주가 뜨거운 암적색 안료를 손으로 퍼올려 그 한줌을 그녀의 얼굴 아랫부분에 탁 얹어놓은 것처럼 보였다. 아래쪽에 반점이 있는 그녀의 눈에 웃음이 휙 스쳤다. 광택이 흐르는 공단 같은 검은 머리카락의 굽이치는 물결 속에는 스페인풍의 빗 모양 핀이 날개처럼 똑바로 서 있었다. 어제, 정찬시간을 알리는 약간 공허한 종소리를 듣고 그녀가 35호 방에서 나왔을 때 컨이 본 그녀의 모습은 그러했다. 그리고 컨과 그녀의 방이 붙어 있다는 사실, 그녀의 방 번호가 그의 나이와 똑같다는 사실, 키가 크고 생기발랄하며, 목이 깊게 파인 검은 드레스를 입어 노출된 목에 검은 실크 띠를 감고 있는 그녀가 긴 공동식탁에서 그의 맞은편에 앉았다는 사실―이 모든 사실이 컨에게는 무척 의미심장하게 여겨져서, 이미 반년 동안 그를 압박해왔던 칙칙한 우울감이 잠깐 가셨을 정도였다.

이저벨이 먼저 말을 걸어왔는데도, 그는 별로 놀라지 않았다. 죽음과도 같은 전쟁의 세월을 견딘 그에게, 산과 산 사이 움푹 들어간 곳에 고립되어 홀로 타오르는 이 거대한 호텔에서의 삶은 약간 알딸딸하게 취한 듯 가벼운 마음으로 고동쳤다. 게다가 그녀, 이저벨에게는 금지된 것은 아무것도 없었다—속눈썹을 깜빡이며 곁눈질하는 일도, 컨에게 재떨이를 건네면서 노래하는 듯한 웃음소리가 섞인 목소리로 "여기서 당신과 나만 영국인인 것 같은데요"라고 말하고는, 검은 리본을 끈처럼 동여맨 반투명한 한쪽 어깨를 식탁 쪽으로 기울이며 다음과 같이 덧붙이는 일도. "물론 자그마한 노부인 대여섯 명과 저쪽에 앞뒤가 뒤집힌 옷깃을 달고 있는 인물을 계산에 넣지 않으면요."

컨은 대답했다. "틀렸어요. 난 조국이란 게 없어요. 런던에서 수년간 머무르긴 했지만. 게다가—"

다음날 아침, 아무 감흥 없이 보낸 반년 만에 갑자기 그는 귀청이 터질 듯이 요란하게 퍼붓는 얼음처럼 시원한 샤워의 원뿔 안으로 들어가는 쾌감을 느꼈다. 든든하고 제대로 된 아침식사를 하고 나서 아홉시에 그는 스키를 탄 채, 호텔 베란다 앞 햇빛에 그대로 노출돼 반짝이는 오솔길에 흩뿌려진 붉은빛 모래를 자박자박 밟으며 건너갔다. 스키어 특유의 오리걸음으로 눈 덮인 경사면으로 올라가자, 거기에, 체크무늬 스키바지와 붉게 상기된 사람들 사이에 이저벨이 있었다.

그녀는 영국식으로 그에게 인사했다—고는 하지만, 사실 미소를 활짝 지어 보였을 뿐이다. 그녀의 올리브색이 도는 금빛 스키는 무지갯빛으로 반짝였다. 그녀의 발을 얼기설기 얽어 고정한 줄에 눈이 달라붙어 있었다. 튼튼한 부츠를 맵시 있게 신고 각반을 단단히 맨 발과 다리에서는 여성스럽지 않은 강인함이 엿보였다. 양손을 무심히 가죽 재킷 주머니에 찔러넣고 왼쪽 스키를 약간 앞으로 내민 그녀가 속도를 계속 높여 스카프를 휘날리고 눈보라를 일으키며 경사면을 빠르게 내려가자, 그녀의 자줏빛 그림자도 딱딱해진 눈 표면을 따라 뒤에서 미끄러졌다. 그런 다음 그녀는 전속력을 내는 한편 한쪽 무릎을 깊이 굽혀 방향을 급히 바꿨다가 다시 몸을 펴 계속 미끄러져 내려가서, 전나무숲을 지나고 터키석같이 푸른 스케이트 링크를 지나갔다. 그 뒤를 쫓아, 알록달록한 스웨터를 입은 젊은이 두 명과 테라코타 같은 적갈색 얼굴에 무색의 머리카락을 뒤로 넘겨 빗은 스웨덴의 유명한 운동선수가 서둘러 따라 내려왔다.

잠시 뒤, 컨은 납작한 썰매에 사람들이 털로 뒤덮인 개구리같이 배를 깔고 엎드려 약하게 달그락거리는 소리를 내며 쏜살같이 내려가는 푸르스름한 활주코스 근처에서 그녀와 다시 마주쳤다. 이저벨은 스키를 번득이며 눈이 쌓인 둔덕의 굽이를 돌아 사라졌고, 컨이 자신의 어색한 동작을 부끄러워하며, 은빛 서리로 덮인 가지와 가지 사이의 약간 무른 듯 움푹 꺼진 곳에서 그녀를 추월하자, 그녀는 손가락을 공중에서 놀리듯 흔들며 스키로 눈을 쾅쾅 찍고는 다시 가버렸다. 컨은 보랏빛 그림자들 사이에 한동안 우두커니 서 있다가 돌연, 적막에 둘러싸이는 친숙한 공포를 느꼈다. 무서운 옛날이야기에서처럼 나뭇가지의 레이스 무늬가 에나멜 같은 공기 속에서 냉기를 입었다. 나무들, 여러 가지 모양으로 뒤얽힌 그림자들, 그리고 자신의 스키판들까지 기묘하게 모두 장난감처럼 보였다. 피로가 몰려오며 발뒤꿈치에 물집이 잡힌 것을 깨달은 그는 돌출된 가지들에 걸리며 뒤로 돌았다. 매끄러운 터키석 위를 기계적으로 지치고 있는 스케이터들. 위쪽의 눈 경사면에서는 반짝거리는 눈가루 속에서 눈 범벅이 된 채 새가 꼴사납게 파닥거리듯 팔다리를 버둥대는, 뿔테 안경을 쓴 껑충이를 테라코타 스웨덴인이 일으켜주고 있었다. 스키판 한쪽이 따로 떼어진 날개처럼 그의 발에서 분리되어 언덕 아래로 미끄러져 내려갔다.

컨은 방으로 돌아와 옷을 갈아입었고, 공허하게 댕그랑 울리는 식사 종소리를 듣고는 냉로스트비프와 포도와 키안티 한 병을 주문했다.

어깨와 허벅지에서 만성적인 통증이 느껴졌다.

그녀 뒤를 쫓아갈 것까진 없었잖아, 그는 생각했다. 자기 발아래 판 두 개를 달고 중력 법칙을 맛보려고 질주하는 꼴이라니. 우습기 짝이 없어.

네시경 그는 널찍한 독서실로 내려갔다. 그곳에서는 벽난로가 입을 빠끔거리며 오렌지색 열기를 내뿜고, 가죽 안락의자에 깊숙이 앉아 신문을 펼쳐 몸을 가린 사람들이 신문 아래로 다리를 쭉 뻗고 있었다. 오크로 만든 긴 탁자 위에는 화장품 광고와 무희들, 그리고 의원 나리들이 잔뜩 나오는 잡지가 어수선하게 쌓여 있었다. 컨은 너덜너덜해진 『수다쟁이』 작년 6월호를 뽑아들고는, 칠 년간 그의 아내였던 여성의 미소를 한참 동안 주시했다. 그는 너무나 차갑고 딱딱했던 그녀의 사후 얼굴을, 작은 상자에서 그가 찾아낸 편지들을 떠올렸다.

잡지를 옆으로 밀쳐놓는데 광택 나는 페이지 위에 손톱이 스쳐 끼익 소리가 났다.

그러고는 어깨를 힘겹게 움직여 짧은 파이프 담배를 빠끔빠끔 피우며 유리창으로 밀폐된 거대한 베란다로 나갔다. 베란다에서는 밴드가 추위에 떨며 연주하고 있었고, 화려한 색 스카프를 맨 사람들이 진한 차를 마시며 다시 추위 속으로, 널따란 창유리 밖에서 윙윙거리고 어슴푸레 빛나는 경사면으로 뛰쳐나갈 채비를 하고 있었다. 그는 무언가를 찾는 시선으로 베란다를 훑어보았다. 누군가의 호기심어린 응시가 마치 치아 신경을 건드리는 바늘처럼 뒤통수를 쿡쿡 찔렀다. 그는 획 뒤를 돌아봤다.

당구실의 오크문을 밀어 열고 몸을 옆으로 해서 들어가자, 그 안에 몬피오리가 있었다. 창백하고 머리가 붉고 체구가 작고, 성경과 캐럼* 만 인정하는 그 친구는 에메랄드색 천으로 몸을 굽히고 공을 겨냥하여 큐를 앞뒤로 미끄러지듯이 움직이고 있었다. 컨은 최근에 그 남자와 안면을 텄는데, 남자는 컨에게 성서의 인용구를 다짜고짜 퍼부어댔었다. 남자의 말인즉슨, 자신이 중대한 저작을 쓰고 있는데, 그 책에서 입증하고자 하는 것은, 만약 「욥기」를 어떤 방식으로 해석하면…… 하지만 컨은 더는 듣지 않았는데, 갑자기 대화 상대의 귀에 주의가 쏠렸기 때문이다―샛노란 카나리아색 먼지가 차 있고 끝에는 불그스름한 솜털이 나 있는 뾰족한 귀.

당구공들이 딸각 소리를 내며 흩어졌다. 몬피오리는 눈썹을 치켜올리며 게임 한 판을 제안했다. 쓸쓸해 보이는 그의 눈은 약간 둥글납작해서 마치 산양의 눈 같았다.

컨은 제안을 이미 받아들여서 큐 끝을 초크로 비비기까지 했지만, 갑자기 명치가 쑤시고 귀가 울릴 정도로 지독한 권태가 파도처럼 밀려오는 걸 느끼고는 팔꿈치가 아프다고 말하고 창문 앞을 지나가다, 설탕같이 반짝이는 산의 광채를 언뜻 내다보고, 독서실로 돌아갔다.

---

* 포켓 없이 사방이 쿠션으로 둘러싸인 당구대에서 하는 당구 경기.

독서실에서 그는 다리를 꼬고 에나멜가죽 구두 한쪽을 까딱까딱하며 그 진주색 사진을 다시 꼼꼼히 뜯어보았다. 그의 아내였던 런던 미인의 아이 같은 눈매와 그늘진 입술을. 그녀가 스스로 자초한 죽음으로 사망한 후 찾아온 첫날밤에 그는 안개 낀 길모퉁이에서 그를 보고 미소 짓는 여성을 따라갔다. 신, 사랑, 그리고 운명에 대한 복수였다.

그리고 이제 여기서, 이 이저벨, 입 대신에 붉은 것을 문질러놓은 이저벨을 만났다. 만약 할 수만 있다면……

그가 이를 악물자, 억센 턱 근육이 실룩샐룩 움직였다. 지나간 인생 전부가 불안하게 흔들리며 늘어서 있는 형형색색의 가리개 같았고, 그는 그 뒤에서 우주의 외풍으로부터 몸을 피하는 격이었다. 이저벨은 그 중 색이 선명한 최후의 헝겊 한 조각일 뿐이다. 이렇게 해진 비단 천조각이 이미 얼마나 많이 있었던가, 그 조각들을 드리워 크게 갈라진 검은 틈을 가려보려 얼마나 애썼던가! 여행, 섬세한 장정의 책, 칠 년간의 황홀한 사랑. 그 천조각들은 외부에서 불어오는 바람에 부풀어올라 찢어져 하나씩 차례로 떨어져나갔다. 틈은 숨길 수 없었고, 심연은 숨을 쉬어 모든 것을 안으로 빨아들였다. 그가 이를 깨달은 것은 스웨이드 장갑을 낀 탐정이……

컨은 자기 몸이 앞뒤로 흔들리고 있으며, 안색이 창백하고 눈썹이 분홍빛인 어떤 소녀가 잡지 뒤에서 그를 쳐다본다는 것을 감지했다. 그는 탁자에서 〈타임스〉를 한 부 가져와 그 커다란 지면을 펼쳤다. 아주 깊은 틈 위에 들씌운 종이 침대보랄까. 인간들이 범죄와 박물관과 놀이를 고안해내는 것은, 오직 그런 미지의 것, 현기증나는 하늘로부터 도피하기 위해서다. 그리고 이제 이 이저벨이……

신문을 한쪽으로 던져놓고 커다란 주먹으로 이마를 문지르고 있자
니, 자신을 응시하는 누군가의 호기심어린 시선이 다시 느껴졌다. 얼마
후 그는 독서중인 발들을 지나고, 벽난로의 오렌지색 턱을 지나서 느
린 걸음으로 방을 나갔다. 소리가 울려퍼지는 복도에서 길을 잃었다가
큰 홀로 나오게 됐다. 쪽모이 세공을 한 홀 바닥에는 활 모양으로 구부
러진 의자의 흰 다리들이 비쳤고, 벽에는 폭이 넓은 그림 한 점이 걸려
있었다. 아들의 머리 위에 놓인 사과를 명중시키는 윌리엄 텔 그림이었
다. 그러고 나서 컨은 깨끗하게 면도한 자신의 묵직한 얼굴과 눈 흰자
에 비친 붉고 가는 혈관, 그리고 체크무늬 나비넥타이를 밝은 화장실
의 반짝반짝 빛나는 거울에 한참이나 비춰보며 점검했다. 화장실에는
물이 콸콸 음악처럼 흐르고 있었고 누군가가 버리고 간 금색 담배꽁초
하나가 변기 깊이 떠 있었다.

창밖에는 눈이 빛을 잃고 어둑해져 푸르게 변했고, 하늘은 섬세한
빛깔로 환해졌다. 소음이 가득한 로비로 들어오는 입구 회전문의 문짝
이 천천히 반짝거리며, 수증기 구름과 함께, 눈놀이에 지쳐 코를 쿵쿵
거리고 얼굴이 발그레하게 상기된 사람들을 들여보냈다. 계단은 발소
리와 탄성과 웃음소리로 북적북적했다. 그러다 호텔은 조용해졌고, 사
람들은 모두 정찬을 위해 옷을 갈아입으러 갔다.

황혼에 물든 방안의 안락의자에 앉아 흐릿한 무기력에 빠져 있던 컨
은 식사 종이 진동하는 소리에 퍼뜩 정신을 차렸다. 그는 원기를 되찾
은 것에 기뻐하며 불을 켜고는 새로 풀 먹인 상쾌한 셔츠에 커프스단
추를 끼우고, 삐걱거리는 바지 전용 다리미 아래서 구김이 펴진 검은
바지 한 벌을 꺼냈다. 오 분 후에 그는 시원하고 가벼운 느낌과 정수리

쪽 머리의 흐트러짐 없는 매무새, 그리고 단정히 각이 잘 잡힌 옷의 선 하나하나를 의식하며 식당으로 내려갔다.

이저벨은 식당에 없었다. 수프가 나왔고 그다음엔 생선이 나왔지만, 그녀는 나타나지 않았다.

컨은 윤기 없는 구릿빛 피부의 젊은이들과 뾰루지를 감추려고 애교 점을 찍은 노부인의 벽돌색 얼굴, 산양 같은 눈을 가진 남자를 혐오감을 품고 관찰하다가, 녹색 단지 속에서 소용돌이꼴의 작은 피라미드를 이룬 히아신스에 우울한 시선을 고정했다.

윌리엄 텔 그림이 걸려 있는 홀에서 흑인 밴드의 악기들이 두들기고 끙끙대는 소리를 내기 시작할 즈음에야 그녀가 모습을 드러냈다.

그녀에게서 냉기와 향수 냄새가 풍겼다. 머리는 촉촉해 보였다. 그 얼굴에는 컨의 혼을 쏙 빼놓는 뭔가가 있었다.

그녀는 눈부신 미소를 지으며 반투명한 어깨 위에 달린 검은 리본의 매무새를 고쳤다.

"방금 막 돌아왔지 뭐예요. 겨우 옷만 갈아입고 샌드위치를 한입에 먹어치웠죠."

컨이 물었다. "설마 지금까지 계속 스키를 탔다는 말은 아니죠? 밖은 완전히 깜깜하지 않습니까."

그녀가 자신을 강렬한 시선으로 쳐다보자, 컨은 자신을 깜짝 놀라게 한 뭔가가 무엇인지를 깨달았다. 바로 그녀의 눈, 마치 서리로 뒤덮인 듯 반짝이는 그 눈이었다.

이저벨은 비둘기같이 유순한 영어 모음 위를 부드럽게 미끄러져갔다. "물론 그랬죠. 정말 굉장했어요. 어둠 속에서 경사면을 돌진해 내려갔어요, 돌기들을 훌쩍 날아올라 넘었죠. 별을 향해 위로 쭉."

"자살행위예요." 컨이 말했다.

그녀는 솜털같이 부드러운 눈을 가늘게 뜨고 다시 한번 "별을 향해 위로 쭉"이라고 말하고는 드러난 쇄골을 반짝이며 덧붙였다. "그러고 났더니 이젠 춤추고 싶어요."

홀에선 흑인 밴드가 달가닥거리며 흐느끼고 있었다. 종이 초롱들이 알록달록하게 떠 있었다. 컨은 발끝으로 움직여 빠르게 스텝을 밟았다가 늦추곤 하면서 손바닥을 이저벨의 손바닥에 바짝 대고 그녀에게 가깝게 다가가 밀착했다. 원 스텝, 그녀의 날씬한 다리가 그를 눌렀다가, 또 한번의 스텝에 탄력 있게 물러났다. 향기롭고 상쾌한 그녀의 머리카락이 그의 관자놀이를 간질였고, 오른쪽 손날 아래에서는 맨등의 유연한 파동이 느껴졌다. 그는 숨을 죽이고 음악이 중단된 틈으로 들어갔다가 리듬에서 리듬으로 미끄러졌는데…… 그 주위로 경직된 커플들의 열정적인 얼굴과 뒤틀리고 멍한 시선이 떠다녔다. 불투명한 현의 노래에 원시적인 작은 망치들을 타닥타닥 두드리는 소리가 간간이 끼어들었다.

음악은 점점 빨라지고 부풀어오르더니 쩽그랑거리는 소리로 끝났다. 모든 것이 멈췄다. 얼마 후 같은 곡을 더 청하는 박수가 쏟아졌다. 하지만 음악가들은 휴식시간을 갖기로 했다.

컨은 소매에서 손수건을 꺼내고 눈썹을 찌푸리며 이저벨 뒤를 따라갔다. 그녀는 검은 부채를 팔랑거리며 문 쪽으로 향했다. 두 사람은 어느 넓은 계단에 나란히 앉았다.

그를 쳐다보지 않은 채 그녀가 말했다. "미안해요. 아직도 눈과 별들

속에 있는 것 같은 기분이 들어서요. 당신이 춤을 잘 추는지 못 추는지도 눈치 못 챌 정도였어요."

그는 그녀의 말이 안 들리는 듯 그녀를 힐끔거렸고, 그녀는 자신만의 반짝이는 생각, 그로서는 알 수 없는 생각에 아주 폭 빠져 있었다.

한 계단 아래에 폭이 너무 좁은 재킷을 입은 젊은이와 어깻죽지에 모반이 있는 깡마른 소녀가 앉아 있었다. 음악이 다시 시작되자 그 젊은이가 이저벨에게 보스턴 왈츠를 청했다. 컨은 그 말라깽이 소녀와 춤을 춰야 했다. 그녀에게선 시큼한 라벤더 향이 희미하게 났다. 홀에서는 색색의 종이테이프가 소용돌이치며 춤추는 사람들에게 뒤엉켰다. 연주자 중 한 명이 하얀 콧수염을 붙였는데, 컨은 그 모습이 왠지 모르게 민망하게 여겨졌다. 춤이 끝나자 그는 상대를 내버려두고 이저벨을 찾으러 황급히 홀을 떠났다. 그녀의 모습은 그 어디에서도 눈에 띄지 않았다―뷔페에서도 계단에서도.

됐어―자러 갈 시간이야, 컨은 간단히 생각했다.

방으로 돌아와 침대에 눕기 전에 그는 커튼을 한쪽으로 젖히고 아무 생각 없이 밤 풍경을 바라봤다. 호텔 앞 어두운 눈 위에 창문의 빛이 반사되었다. 저멀리, 금속 같은 산 정상들이 장례식같이 암울한 광휘 속에 떠 있었다.

그는 죽음을 들여다본 듯한 느낌이 들었다. 접힌 커튼을 팽팽히 잡아당겨서 밤의 빛줄기가 조금도 방에 새어 들어올 수 없도록 했다. 그러나 불을 끄고 눕자 유리 선반 모서리에서 빛이 번득이는 것이 보였다. 그는 몸을 일으켜 사방으로 튀는 달빛을 저주하며 창문 주위를 한참 더듬었다. 바닥은 대리석처럼 차가웠다.

컨이 잠옷끈을 느슨하게 풀고 눈을 감자, 밑에서 미끄러운 경사면이 급히 움직이기 시작했다. 마치 온종일 침묵을 지키다 이제 고요를 틈타듯이 심장이 낮게 쿵쿵 울리기 시작했다. 이 쿵쿵대는 소리를 들으며 그는 두려움을 느꼈다. 언젠가 바람이 많이 불던 날 아내와 함께 정육점 앞을 지나는데, 고리에 걸려 흔들리는 고깃덩어리 하나가 벽에 둔탁하게 쿵쿵 소리를 내며 부딪히고 있었다. 지금 그의 심장이 바로 그렇게 뛰고 있었다. 그때 아내가 바람에 눈을 가늘게 뜨고 모자를 잡으며 말하기를, 바람과 바다 때문에 미쳐버릴 것 같다고, 다른 곳으로 떠나야 한다고, 떠나야 한다고……

컨은 다른 쪽으로 몸을 굴렸다―조심조심, 팽창한 고동 때문에 가슴이 터지지 않도록.

"이렇게 계속할 수는 없어." 그는 쓸쓸히 다리를 접어 올리고 베개에 얼굴을 묻고는 중얼거렸다. 그는 똑바로 누워서 잠시 천장을, 마치 그의 늑골처럼 날카롭게 꿰뚫고 들어온 창백하고 어슴푸레한 빛을 응시했다.

그가 다시 눈을 감자, 눈앞에서 불꽃들이 고요히 미끄러지듯 움직이기 시작하더니, 투명한 나선으로 끝없이 풀렸다. 이저벨의 눈처럼 순결한 눈과 불같은 입이 휙 스쳐지나가더니, 또다시 불꽃과 나선이 나타났다. 순간 그의 심장이 갈기갈기 찢기듯 꼬이며 움츠러들었다. 그런 다음 심장은 부풀어오르더니 쿵 하고 울렸다.

이렇게 계속할 수는 없어, 난 미쳐버릴 거야. 미래도 없이, 검은 벽뿐이지. 남은 게 아무것도 없어.

종이테이프들이 바스락 소리를 내며 잘게 찢겨서 그의 얼굴 위로 스르르 미끄러져 내려오는 듯한 느낌을 받았다. 그리고 쪽모이 세공을 한 바닥에는 종이 초롱들이 색색의 파동을 이루며 흘러갔다. 그는 춤을 추며 앞으로 나아가고 있었다.

억지로 비틀어서라도 그냥 그녀를 획 열어젖힐 수만 있었다면…… 그런 다음에……

그러자 그에게는 죽음이 마치 미끄러지는 꿈, 폭신폭신한 추락처럼 여겨졌다. 상념도, 심장의 두근거림도, 통증도 없는.

천장에 비친 달빛의 능골이 어느 사이엔가 자리를 옮겼다. 발소리가 복도를 따라 조용히 지나갔고, 어디선가 자물쇠가 찰칵하는 소리가 들리더니 부드러운 벨소리가 울려퍼졌다. 그런 다음 발소리가 다시 들렸다. 술렁거리고 웅성대는 발소리들.

무도회가 끝났다는 얘기군, 컨은 생각했다. 그는 딱딱한 베개를 뒤집었다.

이제, 온 사방에서 거대한 정적이 점점 차가워졌다. 그의 심장만이 팽팽해져 무겁게 진동했다. 컨은 침대 옆 탁자 위를 더듬어 물주전자를 찾아서 주둥이에 입을 대고 물을 한 모금 들이켰다. 얼음같이 차가운 물줄기에 목과 쇄골이 데인 듯했다.

그는 수면을 유도할 방법을 생각해내기 시작했다. 해안선으로 리듬감 있게 달려 올라오는 파도를 상상했다. 그런 다음엔 울타리에 천천히 걸려 넘어지는 토실토실한 회색 양을 떠올렸다. 양 한 마리, 두 마리, 세 마리……

'옆방에 이저벨이 자고 있어'라고 컨은 생각했다. '이저벨은 아마도 노란 잠옷 차림으로 자고 있겠지. 그녀는 노란색이 잘 어울려. 스페인의 색이니까. 벽을 손톱으로 긁으면 그 소리가 그녀에게 들릴지 몰라. 아, 빌어먹을 심장은 왜 이렇게 뛰는 거야……'

불을 켜고 잠시 뭔가 좀 읽는 게 의미가 있을지 없을지 결정해보려던 순간, 그는 잠이 들었다. 프랑스 소설 하나가 안락의자에 놓여 있었다. 상아로 된 페이퍼나이프가 미끄러지며 책장을 잘랐다. 한 장, 두 장……

그는 방 한가운데서 견딜 수 없는 공포감을 느끼며 깨어났다. 그 공포 탓에 침대에서 떨어진 것이다. 침대 옆 벽이 천천히 자신을 향해 무너져내리는 꿈을 꿨다―그래서 발작적으로 숨을 내쉬며 움찔했고.

컨은 손을 더듬어 침대 머리판을 찾았고, 벽을 통해 들려오는 소리가 없었다면 곧바로 다시 잠에 빠져들었을 것이다. 이 소리가 어디서 들려오는지 바로는 이해할 수 없어 귀를 바짝 기울이다보니, 잠의 비탈을 막 미끄러져 내려갈 참이던 의식이 돌연 또렷해졌다. 소리는 다시 들려왔다. 팅 하고 울리는 소리가 나더니, 기타 현의 풍부한 울림이 뒤따랐다.

컨은 기억해냈다―옆방에 이저벨이 있지. 그러자 곧 그의 생각에 답하듯 그녀의 웃음소리가 들려왔다. 두 번, 세 번, 기타가 떨리듯 울리다가 그쳤다. 그러고는 뭔가 짖는 듯한 기괴한 소리가 간헐적으로 들려오다 멈췄다.

컨은 놀라서는 몸을 일으켜 침대에 앉아 귀를 기울였다. 그는 기이한 장면을 마음속에서 그렸다. 기타를 치는 이저벨과 황홀한 눈으로 그녀를 올려다보는 거대한 그레이트데인. 그는 차가운 벽에 귀를 바짝 갖다댔다. 짖는 소리가 다시 크게 한 번 들렸고, 기타가 손가락 튕김에 팅

하고 울리더니, 바스락대는 묘한 소리가 물결치듯 퍼졌다. 마치 옆방에서 거대한 바람이 소용돌이치는 듯했다. 바스락대는 소리는 길게 늘어져 낮은 휘파람으로 변했고, 밤은 또다시 정적으로 가득찼다. 얼마 후 창틀이 쾅 울리는 소리가 났다—이저벨이 창문을 닫은 것이다.

지칠 줄 모르는 여자야, 그가 생각했다—개, 기타, 얼음같이 차가운 외풍.

이제 완전히 조용해졌다. 이저벨은 자신의 방에서 울리던 소리를 모두 몰아내고 아마도 침대로 가서 이제 잠이 든 것 같았다.

"빌어먹을! 난 아무것도 이해가 안 돼. 아무것도 가진 게 없고. 빌어먹을, 젠장." 컨은 베개에 얼굴을 묻으며 투덜거렸다. 납처럼 무거운 피로감이 관자놀이를 압박했다. 다리가 욱신거리고 참기 어려울 정도로 시큰거렸다. 그는 어둠 속에서 몸을 좌우로 무겁게 뒤척이며 오랫동안 끙끙거렸다. 천장의 광선은 사라진 지 이미 오래였다.

2

다음날 이저벨은 점심시간 때까지 나타나지 않았다.

아침부터 하늘은 눈이 멀 정도로 하얗고, 태양은 달 같았다. 이윽고 눈이 천천히 수직으로 내리기 시작했다. 짙은 눈송이가 마치 하얀 베일을 장식하는 점무늬처럼 산 풍경과 눈이 무겁게 쌓인 전나무들과 칙칙한 터키석 빛깔의 스케이트 링크의 전경을 가렸다. 소복하고 보드라운 눈 결정이 창유리에 부딪혀 사각거리는 소리를 내며 끝없이 떨어지고,

또 떨어지고. 그 광경을 누군가 오랫동안 바라봤다면, 호텔 전체가 천천히 위쪽으로 표류해가는 듯한 인상을 받았을 것이다.

"어젯밤엔 무척 피곤했어요." 이저벨은 옆에 앉은, 높은 올리브색 이마와 꿰뚫어보는 듯한 눈을 가진 젊은이에게 말하고 있었다. "너무 피곤해서 침대에 늦게까지 늘어져 있기로 했죠."

"오늘 당신 눈부시게 아름다워요." 젊은 남자가 이국풍의 예의를 차려가며 느릿느릿 말했다.

그녀는 비웃듯이 콧구멍을 부풀렸다.

히아신스들 틈으로 그녀를 쳐다보면서 컨이 냉담하게 말했다. "이저벨 씨, 난 당신이 방에 개는 물론 기타까지 두고 있는지는 몰랐어요."

솜털같이 부드러운 그녀의 눈이 당혹스러운 미풍 탓에 한층 더 가늘어진 것처럼 보였다. 그러고는 그녀는 활짝 웃었다. 온통 암적색과 상아색인 미소.

"어젯밤 댄스플로어에서 무리를 좀 하셨죠, 컨 씨?" 그녀가 답했다. 올리브색 젊은 남자와 성서와 캐럼밖에 인정 안 하는 작은 친구가 웃었다. 젊은 남자는 호탕하게 하하하, 작은 친구는 눈썹을 올리며 아주 작게.

컨은 눈살을 찌푸리며 말했다. "아무튼, 밤에는 기타 연주를 좀 삼가주시기를 부탁하고 싶습니다. 내가 쉽게 잠드는 편이 아니라서."

이저벨은 눈빛을 반짝이며 그의 얼굴을 휘갈기듯 재빨리 힐끗 보았다.

"그건, 내가 아니라 당신 꿈에 부탁해야 할 일 같은데요."

그러고는 그녀는 내일 열리는 스키 대회에 관해 옆 사람과 이야기하기 시작했다.

컨은 벌써 몇 분간이나 입술이 쭉 늘어져 스스로 억제할 수 없는 발작에 가까운 비웃음을 띠고 있음을 느꼈다. 그 때문에 입꼬리가 고통스러울 정도로 씰룩거렸으며, 갑자기 테이블보를 확 벗겨버리고 히아신스가 담긴 단지를 벽에 던지고 싶어졌다.

그는 일어나서, 몸이 참기 어려울 만큼 떨리는 것을 감추려 애쓰며 아무에게도 눈길을 주지 않고 식당을 나왔다.

"도대체 나한테 뭔 일이 일어난 거지." 그는 자신의 고통에 의문을 품었다. "여기서 무슨 일이 벌어지고 있는 거야?"

그는 여행가방을 발로 차서 연 다음 짐을 싸기 시작했다. 하지만 얼마 안 가 곧 현기증을 느꼈다. 그는 짐을 싸다 멈추고 방안을 다시 천천히 거닐기 시작했다. 그러더니 성을 내며 짧은 담배 파이프의 속을 채웠다. 창문 옆 안락의자에 앉았다. 창밖에는 눈이 메스꺼울 정도로 일정하게 내리고 있었다.

그가 이 호텔에, 즉 체어마트*라는 이 멋진 겨울 명소의 한구석으로 온 이유는, 백색의 적막에 둘러싸인 감각을 마음 편히 이런저런 사람들과 교제하는 기쁨으로 희석하기 위해서였다. 완전히 홀로 있는 고독만큼 그를 두렵게 하는 건 또 없었기에. 그러나 이제 그는 자신이 인간의 얼굴도 참아내기 어려워졌으며, 눈 때문에 머리가 지끈거릴 수 있다는 걸 깨달았고, 자신에겐 영감으로 가득찬 활기도, 부드러운 인내도 부족하다는 사실을 알게 되었다. 그런 활기와 인내 없이는 열정도 무력할

---

* 스위스 남부 발레주의 마터호른산 기슭에 있는 마을. 휴양지로 유명하다.

뿐이다. 반면 이저벨에게는 인생이 아마도 멋진 스키 활주와 충동적으로 터뜨리는 웃음과 향수와 싸늘한 한기로 이루어져 있을 것이다.

그녀는 누구인가? 해방되어 자유의 몸이 된, 사진에 곧잘 찍히는 유명 가수인가? 아니면 거드름을 피워대며 성질이 불같은 어느 귀족의 가출한 딸? 그것도 아니면 그저 파리에서 온 그렇고 그런 여인 중 하나에 불과할지도…… 그렇다면 돈은 어디서 나오는 거지? 좀 저속한 생각이군……

'그녀에게 개가 분명히 있는데, 부인해도 소용없지. 반들반들한 털을 가진 그레이트데인일 거야. 차가운 코와 따뜻한 귀를 가진. 여전히 눈이 내리는군.' 컨이 두서없이 생각을 이어갔다. '그리고 내 여행가방 안에는—뇌 속에서 용수철이 짤랑거리며 펑 튀어나올 것 같았다—대구경 자동권총이 들어 있지.'

저녁때까지 그는 다시 호텔 안을 느긋하게 거닐거나 독서실에서 신문으로 건조한 바스락 소리를 내며 보냈다. 연결통로의 창문을 통해 이저벨과 그 스웨덴인, 그리고 술이 달린 스웨터 위에 재킷을 걸친 젊은이 여러 명이 백조 모양으로 휜 썰매에 타는 광경이 보였다. 흰 털에 밤색 털이 섞인 말들이 마구를 경쾌하게 달그락달그락 울려댔다. 눈은 고요하고 짙게 내리고 있었다. 작고 하얀 별들이 온몸에 반짝거리는 이저벨은 동승자들 사이에서 소리를 지르며 웃고 있었다. 썰매가 휙 잡아당겨졌다가 속도를 내어 출발하자 그녀는 몸이 뒤로 젖혀졌고, 모피 손모아장갑을 낀 손을 공중에 들어올려 손뼉을 쳤다.

그는 창문에서 몸을 돌렸다.

그래, 어서 가, 실컷 타라고…… 아무래도 상관없어……

얼마 후 정찬시간에 그는 그녀를 쳐다보지 않으려고 애썼다. 그녀는 명랑한 축제 분위기의 흥겨움에 겨워 그를 신경쓰지 않았다. 아홉시가 되자 흑인 음악이 다시 꿍꿍대며 짤가닥짤가닥 소리를 내기 시작했다. 열이 동반된 나른함을 느끼며 문설주에 기댄 컨은 서로 껴안고 있는 커플들과 도르르 말린 이저벨의 부채를 응시했다.

부드러운 목소리가 그의 귀에 대고 말했다. "어때요, 바로 가지 않을래요?"

돌아보니 쓸쓸해 보이는 산양 같은 눈과 불그스름하고 곱슬곱슬한 털로 덮인 두 귀가 보였다.

바의 진홍색 반그림자가 드리운 유리 테이블들에 전등갓의 주름 장식이 비쳤다.

금속제 카운터에는 등받이가 없는 높은 의자에 하얀 각반을 찬 세 남자가 다리를 오므리고 걸터앉아 선명한 색깔의 음료를 빨대로 빨고 있었다. 바의 다른 쪽, 즉 선반에 죽 늘어선 갖가지 색깔의 병들이 마치 몸통이 볼록한 갑충 수집품처럼 반짝이는 쪽에서는 살집 있는 몸에 체리색 연미복 재킷을 입고 검은 콧수염을 기른 남자가 기막힌 솜씨로 칵테일을 섞고 있었다. 컨과 몬피오리는 바 안 깊숙이 벨벳이 깔린 곳에 있는 테이블을 골랐다. 웨이터는 긴 음료 목록을 마치 고서점에서 귀중본을 보여주듯이 조심스럽고 경건하게 열어 보였다.

"우린 전부 한 잔씩 차례로 다 마실 거요." 몬피오리가 약간 공허한 목소리로 우울하게 말했다. "그렇게 끝까지 가면, 처음부터 다시 시작할 거고. 다만, 그때는 우리 취향에 맞았던 것만 골라서. 어쩌면 그중 하나에 머물러 한참을 그것만 음미할지도 모르고. 그러다 시작점으로 다시 돌아가는 거지."

그는 수심에 잠긴 얼굴로 웨이터를 바라보았다. "알아듣겠소?"

웨이터는 머리의 갈라진 부분을 앞으로 기울였다.

"이런 걸 일명 바쿠스의 방랑이라고들 하죠." 몬피오리가 서글프게 싱긋 웃으며 컨에게 말했다. "어떤 사람들은 일상의 삶도 같은 방식으로 다뤄요."

컨은 몸이 떨려오는 하품을 눌러 참았다. "그리하다간 결국 구토로 끝날 것이오."

몬피오리는 한숨을 쉬며 한 모금 들이켜고 입맛을 다시고는, 목록의 첫번째에 샤프펜슬로 X자를 표시했다. 그의 콧방울에서 얇은 입술의 양끝까지 깊은 골 두 개가 패었다.

세번째 잔을 마신 후 컨은 아무 말 없이 담배에 불을 붙였다. 여섯번째 잔—초콜릿과 샴페인이 섞인 음료로, 지나치게 달짝지근했다—이후엔 이야기하고 싶은 충동이 생겼다.

컨은 나팔 모양의 연기를 뿜어댔다. 눈을 가늘게 뜨고 누런 손톱으로 담뱃재를 떨었다.

"있잖소, 몬피오리, 그 여자를 어떻게 생각하는지 나한테 말해봐요—이름이 뭐더라—이저벨이던가?"

"당신은 그 여자하고는 아무런 진전이 없을 거예요." 몬피오리가 답했다. "그 여자는 뺄질거리며 잘 빠져나가는 족속에 속해요. 잠깐 스치는 만남을 구하는 여자일 뿐이죠."

"그러나 그 여잔 밤에 기타를 연주하고 개와 법석을 떤다고. 그러면 안 되지, 그렇지 않소?" 컨이 눈을 희번덕거리며 유리잔을 응시하고 말했다.

몬피오리는 또다시 한숨을 쉬며 말했다. "그 여자와 관계를 끊지 그래요, 어차피……"

"질투하는 것처럼 들리는데ㅡ" 컨이 말문을 열었다.

상대는 조용히 그의 말을 가로막았다. "그쪽은 여자잖아요. 그리고 난 보시다시피 취향이 달라요." 그는 다소곳하게 헛기침하더니 또다른 X자를 표시했다.

루비색 음료가 금색 음료로 대체되었다. 컨은 자신의 피가 달콤하게 변한 듯 느껴졌다. 머리는 안개가 낀 듯 멍해졌다. 하얀 각반을 찬 사내들은 바를 떠났다. 멀리서 둥둥거리고 흥얼거리던 음악도 끝났다.

"선택하지 않으면 안 된다는 말씀인 것 같소만……" 그는 목이 잠긴 목소리로 활기 없이 말했다. "나는 말이오, 갈 데까지 가보았소…… 들어봐요, 예를 들자면ㅡ한때 난 아내가 있었어요. 그녀는 다른 사람과 사랑에 빠졌소. 그 남자는 결국 도둑으로 밝혀졌지. 훔친 게 자동차며 목걸이며 모피며…… 그리고 아내는 음독자살했소. 스트리크닌*이었지."

"그런데 당신은 신을 믿나요?" 몬피오리는 사람들이 제 단골 화제를 다룰 때의 태도로 물었다. "신은 존재해요, 어쨌든."

컨은 억지로 웃었다.

"성서의 신. 기체 상태의 척추동물…… 난 신자가 아니오."

"그건 헉슬리**가 한 말이죠." 몬피오리가 아첨하는 듯한 목소리로 지

---

* 마전의 씨에서 추출할 수 있는 알칼로이드. 독성이 매우 강하다.
** 영국 소설가 올더스 헉슬리.

적했다. "성서의 신은 존재해요…… 요는 신이 하나뿐이 아니라는 거죠. 수많은 성서의 신이 있답니다. 떼로 있죠. 그중에서 내가 가장 좋아하는 신은…… '그가 재채기하자 빛이 나타났다. 그의 눈은 여명의 속눈썹 같으니.' 이 말이 무슨 뜻인지 이해하겠어요? 이해돼요? 그리고 또 있어요. '……그 육신의 살 부분은 서로 단단히 맞물려 조금도 움직이지 않으니.' 자, 어때요? 이해하겠어요?"

"잠깐만요." 컨이 외쳤다.

"아니, 아니, 한번 잘 생각해보셔야 해요. '그는 바다를 펄펄 끓는 기름으로 바꾸시고, 뒤에 빛의 자취를 남기고 떠나시니. 심연은 흡사 잿빛 머리 타래 같도다!'"

"잠깐만요, 거 좀," 컨이 끼어들었다. "내가 하고 싶은 말은 내가 자살을 결심했다는……"

몬피오리는 탁한 눈으로 주의깊게 그를 바라보며 유리잔을 손바닥으로 감쌌다. 그러고는 한동안 침묵했다.

"그러리라 생각했어요." 그는 뜻밖에도 온화하게 말문을 열었다. "오늘밤, 사람들이 춤추는 모습을 당신이 보고 있을 때, 그리고 그전에, 당신이 탁자에서 일어설 때…… 당신 얼굴엔 뭔가가 있었죠…… 양 눈썹 사이의 주름이…… 그 특별한…… 난 단박에 이해했어요……" 그는 탁자 모서리를 어루만지며 잠시 입을 다물었다.

"이제부터 내가 하는 말 잘 들어요." 그는 마치 사마귀 같은 속눈썹에 에워싸인, 무거운 자줏빛 눈꺼풀을 내리깔고 이야기를 이어갔다. "나는 당신 같은 사람을 찾아 사방을 헤매지요—고급 호텔에서도, 열차 안에서도, 해변의 리조트에서도, 한밤중 대도시의 부둣가 선창에서도." 꿈꾸는 듯한 엷은 비웃음이 그의 입술을 언뜻 스치고 지나갔다.

"기억나는데, 한번은 피렌체에서⋯⋯" 갑자기 그가 암산양 같은 눈을 치켜떴다. "있잖아요, 컨—당신이 그 일을 할 때 그 현장에 있고 싶어요⋯⋯ 그래도 될까요?"

멍하니 구부정하게 앉아 있던 컨은 풀 먹인 셔츠 아래 가슴 한쪽에서 한기를 느꼈다. *우리 둘 다 취했어,* 라는 말이 뇌리를 스쳤다. *으스스한 놈이군.*

"그래도 될까요?" 입술을 쭉 내밀며 몬피오리가 다시 물었다. "제발 꼭이요?"(털이 숭숭한 축축하고 작은 손으로 컨을 더듬으면서.)

컨은 그 손을 홱 밀치고는, 몸을 못 가누고 휘청거리며 의자에서 일어났다.

"헛소리 말아요! 놔주시오⋯⋯ 조금 전 한 말은 농담이었소⋯⋯"

몬피오리는 거머리 같은 눈으로 흔들림 없이 주의깊게 컨을 응시했다.

"이제 당신은 지긋지긋해! 다 넌더리가 난다고." 컨은 손사래를 치며 황급히 나갔다. 몬피오리는 입맛을 다시는 듯한 소리를 내며 컨에게서 시선을 떼었다.

"더러운 놈! 꼭두각시 같은 게⋯⋯! 말장난이나 하고⋯⋯! 끝이야⋯⋯!"

그는 탁자 모서리에 엉덩이를 아프게 쾅 부딪혔다. 체리색 연미복을 입은 뚱뚱보가 흔들거리는 바 뒤에서 흰 셔츠 앞부분을 불룩하게 부풀린 채, 만곡형 거울 속에서 떠다니듯 술병들 사이를 오가고 있었다. 컨은 미끄러질 듯한 카펫의 잔물결 위를 가로질러가서, 앞으로 쓰러지려는 듯한 유리문을 어깨로 밀었다.

호텔은 빠르게 잠에 빠져들었다. 그는 폭신폭신한 계단을 힘겹게 올라 자신의 방을 찾았다. 옆방 문에 열쇠가 튀어나와 있었다. 누군가 꽂아놓고는 잊어버리고 들어가 방안에 갇힌 모양이다. 복도의 어스름한 빛 속에서 꽃들이 넘실거렸다. 그는 일단 자기 방에 들어가, 전등 스위치를 찾아 벽을 한참 더듬었다. 그러고는 창문 옆 안락의자에 쓰러졌다.

편지를 몇 통 써야 하지 않을까, 하는 생각이 났다. 작별 편지 같은. 하지만 시럽이 든 음료들이 그의 기력을 떨어뜨렸다. 끊임없이 이어지는 공허한 소음이 귓속에 가득했고, 얼음같이 차가운 파동이 이마에 일었다. 그는 편지 한 통을 반드시 써야 했으며, 또 무언가 마음에 걸리는 일도 있었다. 마치 지갑을 놓고 집을 나선 느낌이었다. 창의 거울 같은 암흑에 줄무늬처럼 보이는 옷깃과 창백한 이마가 비쳤다. 알코올음료 몇 방울이 셔츠 앞부분에 튀어 있었다. 편지를 써야 하는데…… 아니, 그게 아냐. 돌연 마음속에 뭔가 번쩍였다. 그 열쇠! 옆방 문에 튀어나와 있던 그 열쇠……

컨은 무겁게 몸을 일으켜 어스름한 빛이 비치는 복도로 나갔다. 그 커다란 열쇠에는 35호라고 적힌 반짝거리는 표지가 달랑거렸다. 그는 그 방의 하얀 문 앞에 멈춰 섰다. 다리에 열망에 휩싸인 전율이 일었다.

서릿발 같은 바람이 그의 이마를 후려쳤다. 불이 환히 켜진 널찍한 침실의 창문이 활짝 열려 있었다. 널따란 침대 위에는 노란 잠옷의 옷깃을 풀어헤친 이저벨이 반듯이 누워 있었다. 타고 있는 담배를 손가락 사이에 낀 창백한 손 하나가 아래로 늘어뜨려져 있다. 잠이 느닷없이 엄습해 곯아떨어진 것이 틀림없다.

컨은 침대로 다가갔다. 그의 무릎이 의자에 쾅 부딪히자, 그 의자 위에 있던 기타가 희미하게 팅 울렸다. 이저벨의 푸른빛 도는 머리카락이 베개 위에 겹겹의 빽빽한 원을 그렸다. 그는 여자의 짙은 눈꺼풀과 가슴골의 섬세한 그늘을 쳐다봤다. 그가 모포를 만졌다. 바로 그 순간 여자가 눈을 떴다. 그러자 컨은 곱추 같은 자세를 취한 채 말했다. "난 당신의 사랑이 필요해요. 내일 난 총을 쏴 자살할 겁니다."

그는 여성이, 비록 허를 찔린 경우라 해도, 그렇게 깜짝 놀랄 수 있으리라고는 꿈에도 생각하지 못했다. 이저벨은 처음에는 미동도 없다가, 열린 창문 쪽을 돌아보더니 침대에서 바로 미끄러져나와, 위에서 뭔가 내리칠 거라 예상하기라도 한 듯 고개를 푹 숙이고 컨을 휙 스쳐지나갔다.

문이 쾅 닫혔다. 편지지 몇 장이 탁자에서 펄럭였다.

컨은 널찍하고 밝은 그 방 한가운데 계속 서 있었다. 침대 옆 탁자 위에서 포도가 자줏빛과 금빛으로 빛났다.

"미친 여자야!" 그가 큰 소리로 말했다.

그는 힘겹게 어깨를 폈다. 그는 추위 때문에 오래 지속되는 오한으로 말처럼 계속 몸을 덜덜 떨었다. 그러다가 돌연, 얼어붙은 것처럼 미동도 하지 않았다.

창밖에서 기뻐 날뛰며 짖는 소리가 점점 커지더니 흥분한 듯 헐떡이며 가까워졌다. 눈 깜짝할 사이에 창문의 열린 부분, 즉 검은 밤의 사각형이 속까지 촘촘하고 활기 넘치는 털로 꽉 차더니 들끓었다. 이 거칠거칠한 털은 넓고 소란스럽게 한번 휙 휩쓸어서 이 창틀에서 저 창틀로 옮겨가며 밤하늘을 가렸다. 다음 순간, 그것은 팽팽하게 부풀더니 방안으로 불쑥 비껴 들어와 활짝 펼쳐졌다. 흥분한 털이 휙 소리를 내며 펼쳐지는 사이로 하얀 얼굴이 언뜻 보였다. 컨은 기타의 지판을 쥐고 온 힘을 다해 자신을 향해 날아오는 그 하얀 얼굴을 후려쳤다. 거대한 날개뼈가 마치 솜털이 휘몰아치는 폭풍처럼 그를 자빠뜨렸다. 짐승 냄새가 그를 온통 뒤덮었다. 컨은 휘청거리며 몸을 일으켰다.

방 중앙에 어마어마하게 큰 천사가 누워 있었다.

그 천사는 방 전체를, 호텔 전체를, 온 세상을 차지했다. 구부러진 오른쪽 날개는 끝자락이 거울 달린 옷장에 기대여 있었다. 왼쪽 날개는 뒤집힌 의자 다리에 걸린 채 육중하게 흔들렸다. 의자는 쿵쾅 소리를 내며 바닥에서 앞뒤로 까딱까딱했다. 김이 모락모락 나는 날개의 갈색 털은 서리로 뒤덮여 무지갯빛으로 반짝였다. 한 방 맞아 아연실색한 그 천사는 마치 스핑크스처럼 양 손바닥으로 몸을 받치고 있었다. 하얀 손에는 푸른 정맥이 부풀어오르고, 어깨의 쇄골 옆 부분은 움푹 파여 그늘졌다. 동트기 전의 공기처럼 담녹색을 띤, 근시인 듯 보이는 기름한 눈은 하나로 이어진 곧은 눈썹 아래에서 깜박이지 않고 컨을 응시했다.

컨은 축축한 털에서 나는 톡 쏘는 냄새에 숨쉬기 힘들어하면서도, 그 거대하고 김이 모락모락 나는 날개와 하얀 얼굴을 주시하며 극한의 공포로 마비된 듯 미동도 없이 서 있었다.

문 너머 복도에서 공허한 소음이 들려오기 시작하자, 컨은 또다른 감정에 휩싸였다. 가슴을 저미는 듯한 수치심이었다. 금방이라도 누군가 방으로 들어와 자신과 이 믿기 어려운 피조물을 발견할지도 모른다고 생각하자, 고통스럽고 오싹할 정도로 수치스러웠다.

천사는 격하게 숨을 한번 내쉬고 몸을 움직였다. 그러나 양팔에 힘이 빠져 가슴부터 바닥에 떨어졌다. 한쪽 날개가 홱 젖혀졌다. 컨은 이를 바드득 갈고 천사를 보지 않으려 애쓰면서 천사 쪽으로 허리를 굽혀 축축하고 냄새나는 털무더기와 차갑고 끈적거리는 어깨를 잡았다. 그는 핏기 없는 천사의 발에 뼈가 없으며 그 발로는 일어설 수 없다는 사실을 알아채고는 구역질이 날 정도로 오싹한 기분을 느꼈다. 천사는 저항하지 않았다. 컨은 허겁지겁 천사를 옷장 쪽으로 끌어다놓고 거울 달린 옷장 문을 열어젖힌 다음, 삐걱거리는 소리를 내는 옷장 깊숙이 날개를 밀어넣고는 꽉꽉 눌러 담기 시작했다. 그는 날개뼈를 잡아 구부려서 쑤셔넣으려 애썼다. 펼쳐지려고 퍼덕거리는 털이 그의 가슴을 계속 후려쳤다. 마침내 그는 한번 힘껏 떠민 다음 옷장 문을 닫았다. 그 순간, 옷장 안에서 찢어질 듯 듣기 괴로운 비명이, 차에 치인 동물이 꽥하고 내지르는 듯한 소리가 터져나왔다. 컨이 천사의 한쪽 날개가 끼어 있는 채로 문을 쾅 닫아버렸기 때문이다. 날개 한 귀퉁이가 틈새로 조금 삐져나왔다. 컨은 문을 살짝 열어 곱슬곱슬한 털로 뒤덮인 쐐기 모양의 그 끄트머리를 손으로 힘껏 밀어넣었다. 그러고는 열쇠를 돌려 잠갔다.

사위는 쥐죽은듯이 조용해졌다. 컨은 뜨거운 눈물이 얼굴에 흘러내리는 것을 느꼈다. 그는 호흡을 가다듬고 복도로 뛰쳐나갔다. 이저벨은 벽 옆에 검은 실크더미처럼 웅크리고 누워 있었다. 그는 그녀를 양팔로 안아올려 자기 방으로 데려가 침대에 내려놓았다. 그러고는 여행가방에서 무거운 자동권총을 꺼내 탕 소리를 내며 탄창에 클립을 장전한 다음 숨을 죽이고 달려나가 35호 방에 와락 뛰어들어갔다.

카펫 위에는 반으로 깨진 새하얀 접시 두 조각이 놓여 있었다. 포도송이가 여기저기 흩어져 있었다.

컨은 거울 달린 옷장 문에 자신을 비춰보았다. 눈썹 위까지 처져 내려온 머리카락 한 타래, 붉은색 얼룩이 튄 풀 먹인 와이셔츠 앞섶, 권총의 총신 위에서 세로로 번쩍이는 섬광.

"죽여버려야 해." 그는 생기 없이 외치고는 옷장을 열었다.

냄새나는 솜털이 한바탕 돌풍을 일으킬 뿐이었다. 방안에 회오리치는 번들번들한 털무더기. 옷장 안은 비어 있었다. 눌려 찌그러진 모자 상자만 바닥에 놓여 있었다.

컨은 창문 쪽으로 가서 밖을 내다보았다. 털로 뒤덮인 작은 구름들이 달을 미끄러지듯 가로질러가면서 달 주위에 흐릿한 무지개들을 내뿜었다. 그는 여닫이창을 닫고, 의자를 제자리에 갖다놓고, 갈색 털 몇 무더기를 침대 밑으로 발로 차 넣었다. 그런 다음 조심스럽게 복도로 나갔다. 복도는 여전히 조용했다. 산중의 호텔에서 사람들은 곤히 잠들곤 한다.

자기 방으로 돌아와서 그가 본 것은, 이저벨이 하얀 두 다리를 침대에서 축 늘어뜨리고 양손으로 머리를 감싼 채 떨고 있는 모습이었다. 그는 조금 전, 천사가 녹색을 띤 기묘한 눈으로 자신을 바라보았을 때 그랬던 것처럼 수치심을 느꼈다.

"말해줘요, 그는 어디 있죠?" 이저벨이 숨을 헐떡이며 물었다.

컨은 몸을 돌려 책상으로 가 앉은 다음 종이 압지틀을 열며 답했다. "나도 몰라요."

이저벨은 밖에 나와 있던 맨발을 침대 속에 집어넣었다.

"일단 여기 당신하고 있어도 되죠? 나 너무 무서워요……"

컨은 묵묵히 고개를 끄덕였다. 그러곤 손의 떨림을 억누르며 뭔가 쓰기 시작했다. 이저벨은 불안해하며 생기 없는 목소리로 다시 말을 시작했지만, 웬일인지 컨에게는 그녀의 경악이 여성이 흔히 느끼는, 일상적인 것으로 여겨졌다.

"어제, 어둠 속에서 스키를 타고 활공할 때 그를 만났어요. 간밤에 그가 내게로 왔죠."

컨은 그녀의 이야기를 듣지 않으려 애쓰면서 대담한 필체로 써내려갔다.

"*친애하는 나의 벗에게, 이것은 나의 마지막 편지요. 엄청난 재앙이 나에게 닥쳤을 때 그대가 얼마나 도움이 되었는지 나는 결코 잊을 수 없을 거요. 그놈은 아마도 산꼭대기에서 알프스독수리를 사냥해 그 고기를 먹고 살 테지……*"

그는 갑자기 쓰던 걸 멈추고, 줄을 좍좍 긋더니 다른 종이를 집었다. 이저벨은 베개에 얼굴을 묻고 흐느껴 울었다.

"난 이제 어떡하죠? 그는 복수하러 날 쫓아올 거예요…… 오, 하느님……"

"*친애하는 나의 벗에게,*" 컨은 빠르게 써내려갔다. "*그녀는 잊을 수 없는 애무를 갈구했고, 이제 그녀는 날개 달린 작은 짐승을 낳을 것이니……*" 이런, 제길! 그는 종이를 구겼다.

"잠을 좀 자보도록 해요." 그는 어깨 너머로 이저벨에게 일렀다. "그리고 내일 떠나요. 수도원으로."

그녀의 어깨가 자꾸 들썩였다. 그러다가 잠잠해졌다.

컨은 계속 썼다. 그가 허심탄회하게 얘기하거나 침묵한 채 편하게 있을 수 있는, 이 세상에서 유일한 사람의 눈이 그의 앞에서 웃음 짓고 있었다. 그 사람에게 그는 자신의 인생이 끝났다고, 최근 미래 대신 어떤 검은 벽이 점점 가까이 다가오는 것 같다 느낀다고, 그리고 지금 뭔가가 일어났는데, 그런 일이 일어나면 인간은 삶을 이어갈 수도 없고 이어가서도 안 된다고 썼다. *"내일 정오에 나는 죽을 거요."* 컨이 썼다. *"내일로 정한 까닭은, 자신의 능력을 스스로 완전히 통제하고 있을 때, 정신이 말짱한 대낮의 빛 속에서 죽고 싶기 때문이오. 지금 당장은 내가 너무나 깊은 충격을 받은 상태라서."*

편지를 다 쓰고 나서 그는 창문 옆 안락의자에 앉았다. 이저벨은 거의 들리지 않게 고른 숨을 쉬며 자고 있었다. 짓누르는 듯한 피로감이 그의 어깨를 감쌌다. 잠이 부드러운 안개처럼 내려앉았다.

3

그는 문을 노크하는 소리에 잠에서 깼다. 싸늘한 푸른 하늘이 창문으로 쏟아져 들어왔다.

"들어오시오." 그는 기지개를 켜며 말했다.

급사가 소리 없이 차 한 잔이 놓인 쟁반을 탁자 위에 놓고 허리를 굽히고 나갔다.

그는 혼자 웃으며 생각했다. '꼬깃꼬깃한 연미복을 입은 내 꼴 좀 보게.'

그러자 곧바로 밤새 무슨 일이 있었는지 기억났다. 그는 몸서리를 치며 침대를 흘긋 보았다. 이저벨은 없었다. 아침이 밝아오자 자기 방으로 돌아간 것이 분명했다. 그리고 지금쯤은 보나마나 떠났겠지……

버석버석한 갈색 날개가 순간적으로 눈앞에 떠올랐다. 그는 재빨리 몸을 일으켜 복도로 나가는 문을 열었다.

"이봐요." 그는 멀어지는 급사의 등에 대고 소리쳤다. "편지를 좀 가져가요."

그는 책상을 뒤졌다. 급사는 문에서 기다렸다. 컨은 주머니란 주머니는 다 탁탁 쳐보고, 안락의자 밑도 살펴봤다.

"가보시오. 나중에 내가 짐꾼한테 주겠소."

급사는 가르마가 보이게 앞으로 고개를 숙이고는 문을 살며시 닫았다.

컨은 편지를 잃어버린 게 무척 유감스러웠다. 하필이면 그 편지를. 그는 말할 필요가 있는 것은 그 편지에 모두 아주 잘, 아주 유려하고 간단명료하게 다 표현했었다. 지금은 그 말들이 다시 생각나지 않는다. 무의미한 문장 몇 개가 떠오를 뿐이다. 그래, 그 편지는 걸작이었어.

그는 새로 쓰기 시작했지만, 어쩐지 차갑고 미사여구가 과하게 느껴졌다. 그래도 그는 새로 쓴 편지를 봉하고 주소를 단정히 썼다.

마음이 묘하게 가벼워졌다. 정오에 총으로 자신을 쏠 텐데, 어쨌든, 자살을 결심한 인간은 신이다.

설탕 같은 눈이 창밖에서 반짝였다. 그는 밖으로 마음이 끌렸는데, 그것도 마지막이다.

서리로 뒤덮인 나무의 그림자가 마치 푸른 깃털처럼 눈 위에 드리워졌다. 어디선가 썰매의 종들이 쉴새없이 즐겁게 딸랑딸랑 울려댔다. 밖에는 사람이 많이 있었다. 털모자를 쓰고 쭈뼛거리며 어색하게 스키를 탄 채 움직이는 소녀들, 서로 큰 소리로 불러대며 웃음꽃을 피운 젊은 남자들, 애를 쓰느라 얼굴이 불그레해진 노인들, 그리고 벨벳으로 덮인 썰매를 끄는 근육질 몸에 푸른 눈을 가진 늙은이도 있었다. 컨은 무심코 생각했다. 저 늙은 놈 얼굴에 한 방 먹이면 어떨까, 백핸드로 힘껏, 그냥 재미삼아서 말이지, 이 마당에는 뭐든지 허락되지. 웃음이 터졌다. 이렇게 기분이 좋은 건 실로 오랜만이었다.

스키점프 대회가 시작되는 장소로 모두 우르르 몰려가고 있었다. 가파른 내리막 경사가 중간에 눈에 덮인 단과 합쳐졌다가 별안간 뚝 끊겨 직각의 돌출부를 이루는 곳이다. 한 스키어가 가파른 경사면을 미끄러져 내려와 돌출 경사로에서 하늘색 허공으로 날아올랐다. 그는 두 팔을 벌리고 날다가, 똑바로 선 자세로 경사면의 연결부에 착지한 다음, 미끄러져 나아갔다. 그 스웨덴인은 자신의 최근 기록을 막 경신한 참으로, 저멀리 아래에서 은빛 눈가루로 회오리바람을 일으키며 한쪽 다리를 굽힌 채 쑥 내밀어 홱 방향을 바꿨다.

검은 스웨터를 입은 다른 두 사람이 빠르게 속도를 내서 뛰어올랐다가 탄력 있게 눈에 부딪히며 착지했다.

"이번엔 이저벨 차례예요." 컨의 어깨 옆에서 어떤 목소리가 살며시 일러주었다. 컨은 순간 생각했다. 설마 그녀가 여기 아직 있다는 건 아니겠지…… 아니, 어떻게 그녀가…… 그러고는 그는 목소리의 주인을 쳐다보았다. 몬피오리였다. 튀어나온 두 귀를 눌러 덮은 중산모를 쓰고, 옷깃에 빛바랜 벨벳 띠를 덧댄 검은 코트를 입은 그가 털옷 입은 경쾌한 군중 사이에 있으니, 우스꽝스러운 그 모습이 더욱 눈에 띄었다. '이자에게 말해야 할까?' 컨은 생각했다.

그는 혐오감을 느끼며 그 냄새나는 갈색 날개를 떨쳐버렸다—그것에 대해 생각해선 안 돼.

이저벨은 언덕으로 올라갔다. 그녀는 동행자에게 뭔가 말하려고 몸을 돌렸다. 쾌활하게, 언제나 그랬듯이 쾌활하게. 그 쾌활함은 컨을 오싹하게 했다. 눈 덮인 스키장 위로, 유리 같은 호텔 위로, 장난감 같은 사람들 위로 무언가가 잠깐 언뜻 보였다 사라진 것 같았다—전율하며 어른어른 빛나는 무엇이……

"그래, 오늘은 기분이 어떠신가요?" 몬피오리가 핏기 없는 양손을 비비며 물었다.

바로 그때 그들 주위에서 목소리들이 일제히 크게 외쳤다. "이저벨! 하늘을 나는 이저벨!"

컨은 고개를 뒤로 젖혔다. 그녀가 가파른 경사면을 돌진해 내려오고 있었다. 그는 일순간 그녀의 밝은 얼굴과 반짝거리는 속눈썹을 보았다. 부드럽게 풍 하는 소리와 함께 그녀는 점프 도약대를 스치듯 미끄러져 날아올랐고, 공중에서 십자가에 못박힌 것처럼 꼼짝 않고 걸려 있었다. 그러고는……

물론 그 누구도 예상하지 못한 일이었다. 이저벨은 한껏 하늘을 날던 중에 발작을 일으켜 몸을 웅크리고는 돌이 떨어지듯 추락하더니, 스키판으로 뱅글뱅글 재주넘기를 하여 눈을 터뜨리듯 날리면서 구르기 시작했다.

곧 그녀의 모습은 그녀를 향해 달려가는 사람들의 등에 가려 보이지 않게 되었다. 컨은 어깨를 움츠리고 천천히 다가갔다. 마치 커다란 활자로 적힌 것처럼 다음과 같은 말이 마음속에 생생하게 떠올랐다―복수, 날개의 일격. 스웨덴인과 뿔테 안경을 쓴 흐느적거리는 녀석이 이저벨 위로 몸을 구부렸다. 안경쟁이가 전문가다운 몸짓으로 움직임 없는 그녀의 몸을 촉진했다. 그러고는 중얼거렸다. "이해가 안 되는군―흉곽이 으스러졌어……"

그는 그녀의 머리를 들어올렸다. 덮개를 벗긴 듯한 그녀의 죽은 얼굴이 언뜻 보였다.

컨은 발뒤축으로 뽀드득 소리를 내며 뒤돌아, 호텔 쪽으로 결연히 성큼성큼 걸어갔다. 그 옆에서 몬피오리가 종종걸음으로 따라가다 앞질러 달려가며 그의 눈을 엿보았다.

"나는 지금 위층 내 방으로 가는 거요." 컨이 흐느끼는 듯한 웃음을 삼키고 억누르려 애쓰면서 말했다. "위층으로…… 만약 동행하고 싶다면………"

웃음이 목까지 차오르더니 뿜어져나왔다. 컨은 마치 시각장애인처럼 계단을 올라갔다. 몬피오리가 고분고분하게 얼른 부축했다.

복수

오스텐더항,* 석조 부두, 잿빛 물가, 멀리 한 줄로 늘어선 호텔들이 모두 천천히 회전하며 가을날의 터키석색 연무 속으로 멀어져갔다.

타탄무늬 무릎 덮개로 다리를 감싼 교수가 등받이가 뒤로 젖혀지는 의자의 캔버스천에 편안히 기대자 의자가 삐걱거렸다. 황톳빛이 도는 붉은색의 깨끗한 갑판은 사람이 많았지만 조용했다. 증기관들이 조심스럽게 들썩거렸다.

털실로 짠 스타킹을 신은 영국인 소녀가 눈썹을 움직여 교수 쪽을

---

* 벨기에의 항구도시. 케임브리지 재학 시절 나보코프는 베를린에 있는 가족을 방문하고 돌아갈 때 이 항구에서 배를 탔다고 한다.

가리키며 가까이 서 있던 오빠에게 말을 건넸다. "셸던 닮지 않았어?"

셸던은 희극배우로, 군살이 축 늘어진 둥근 얼굴에 대머리인 거구의 남자였다. "바다를 아주 만끽하고 계시군." 소녀가 소리를 낮춰 덧붙였다. 이것으로, 유감스럽지만, 이 소녀는 내 이야기에서 중도하차.

여름방학이 끝나 대학교로 복귀중인, 붉은 머리가 볼품없는 학생인 오빠 쪽이 입에서 파이프 담배를 빼고 말했다. "저 사람은 생물학 교수야. 아주 중요한 노인네지. 인사 꼭 해야 해." 그는 교수에게 다가갔다. 교수는 무거운 눈꺼풀을 들어올렸고, 공부는 누구보다 열심히 하지만 최악의 열등생 제자 중 한 명인 그를 알아보았다.

"멋진 항해가 될 것 같네요." 교수가 내민 크고 차가운 손을 살짝 꽉 쥐며 학생이 말했다.

"그러길 바라네." 창백한 뺨을 손가락으로 어루만지며 교수가 답했다. "그래, 그러길 바라지." 그러더니 무겁게 반복했다. "그러기를."

학생은 갑판 의자 옆에 놓인 여행가방 두 개를 호기심어린 시선으로 흘깃거렸다. 하나는 품위 있고 관록 있어 보이는 가방으로, 옛날에 붙였던 여행스티커 자국이 마치 기념비에 떨어진 새의 배설물처럼 허옇게 남아 있었다. 다른 하나는 오렌지색 신품으로, 반짝반짝 빛나는 자물쇠가 달려 왠지 모르게 학생의 관심을 끌었다.

"제가 저 가방을 좀 옮겨드려도 될까요, 바다에 떨어져버릴 것 같아서요"라고 자청하며 학생은 대화를 이어가려 했다.

교수는 빙그레 웃었다. 은빛 눈썹의 그 희극배우든, 아니면 늙은 권투 선수든 닮긴 닮았다……

"이 가방 말인가? 내가 이 안에 뭘 넣었는지 아나?" 그는 약간 조바심이 섞인 목소리로 물었다. "알아맞힐 수 있겠는가? 굉장한 물건이라네! 특수한 양복걸이랄까……"

"독일제 발명품인가요, 선생님?" 학생은 생물학자가 바로 얼마 전 학회 참석차 베를린에 갔다 왔다는 걸 기억하고 말참견을 했다.

교수는 귀에 거슬리는 새된 목소리로 호탕하게 웃었고, 금니 하나가 반짝하는 불꽃같이 번득였다. "신의 발명품이라네, 친구, 신의 솜씨지. 모든 인간에게 필요한 것이니. 그러고 보면 자네도 이런 걸 가지고 여행 다니지, 어? 그렇지 않다면 자네는 아마도 해파리일 테지?" 학생은 씩 웃었다. 교수가 이런 모호한 농담을 종종 던지는 걸 알고 있었기 때문이다. 이 노교수는 대학에서 많은 구설의 대상이었다. 나이가 한참 어린 배우자를 학대한다는 얘기도 있었다. 학생은 딱 한 번 그녀를 본 적 있다. 두 눈이 깜짝 놀랄 만큼 아름답고 깡마른 여자였다. "그런데 사모님께서는 잘 지내시죠, 선생님?" 붉은 머리 학생이 물었다.

교수는 대답했다. "솔직하게 말하겠네, 친구. 아까부터 꽤 한참을 꾹 참고 있었는데, 이젠 말해야 할 것 같군…… 친애하는 친구여, 나는 조용히 여행하고 싶다네. 자네가 양해해주리라 믿네."

그리하여 여기서 동생과 같은 운명을 맞이한 그 학생은, 당황해서 휘파람을 불며 이 이야기의 페이지에서 물러나 영원히 사라진다.

한편, 생물학 교수는 뻣뻣한 털이 무성하게 난 눈썹 위까지 검은 펠트 모자를 잡아당겨, 눈부시게 어른거리는 바다의 빛이 눈에 들어오는 것을 막고는 수면 비슷한 상태로 빠져들었다. 커다란 코와 묵직한 턱이 달린, 깨끗하게 면도된 그의 희끗희끗한 얼굴은 쏟아지는 햇살을 받아, 촉촉한 점토로 갓 빚어낸 것처럼 보였다. 얄팍한 가을 구름이 어쩌다 태양을 가릴 때면, 그 얼굴은 갑자기 어두워지고 메말라 돌처럼 딱딱해졌다. 물론 이 모든 것은 빛과 그림자의 교차 때문일 뿐, 교수의 생각이 반영된 것은 아니었다. 만약 진짜 그의 생각이 얼굴에 반영되었다면, 가히 보기 좋은 모습은 결코 아니었으리라.

문제는 그가 며칠 전에, 뒷조사를 의뢰한 런던의 사립탐정으로부터 아내가 부정을 저지르고 있다는 보고를 받았다는 데 있었다. 탐정이 중간에서 가로챈 편지는 친숙한 아내의 조그만 글씨체로 다음과 같이 시작되었다. *"나의 사랑하는 잭, 나는 당신의 마지막 키스에 아직도 푹 젖어 있어요."* 교수의 이름이 잭은 확실히 아니었다―그게 바로 중요한 지점이다. 사태를 파악한 교수는 놀라움도 고통도, 남자로서 응당 느낄 수 있는 울분도 아닌, 수술용 칼처럼 날카롭고 차가운 증오심만 느낄 뿐이었다. 그는 자신이 아내를 살해하리라는 것이 명약관화함을 깨달았다. 양심의 가책 따위 있을 리 만무하다. 최고로 고통스럽고 최고로 교묘한 방법을 고안해내는 일만이 남았을 뿐이다. 그는 갑판 의자에 깊숙이 몸을 기대며 여행가들과 중세학자들이 묘사해놓은 고문 방법을 수백 번 곱씹고 또 곱씹으며 검토했다. 아직은 그중 무엇도 딱 알맞게 고통스러운 방법으로 여겨지지 않았다. 저멀리 초록색으로 어른거리는 물결이 가닿는 수평선에 도버해협의 설탕처럼 하얀 기암절벽이 점점 모습을 드러낼 때까지도, 그는 여전히 결정을 내리지 못했다. 증기선은 잠잠해져 살랑살랑 흔들리더니 정박했다. 교수는 배와 육지 사이에 다리처럼 놓인 건널판을 짐꾼을 따라 내려갔다. 세관 직원이 반입할 수 없는 품목 목록을 줄줄 읊어대던 후에 여행가방 하나―오렌지색 새 가방이었다―를 열어보라고 교수에게 청했다. 교수는 무게감이 없는 가벼운 열쇠를 자물쇠에 넣고 돌려서 가죽 덮개를 활짝 열어젖혔다. 그의 뒤에 있던 어떤 러시아 여성이 큰 소리로 "어머나!" 하고 외치고는 발작적으로 웃어댔다. 교수의 양옆에 서 있던 벨기에인 두 명이 고개를 쳐들고는 눈을 치뜨고 교수를 쳐다봤다. 한쪽이 어깨를 으쓱하자 다른 한쪽이 살짝 휘파람을 불었고, 반면 영국인은 아무래도 좋다는 듯 무심히 등을 돌렸다. 세관원은 어안이 벙벙해져 눈을 휘둥그레 뜨고 가방 안의 내용물을 들여다보았다. 누구나 아주 기분 나쁘고 거북한 느낌을 받았다. 생물학자는 대학의 박물관을 언급하며 자신의 이름을 침착하게 밝혔다. 경직됐던 좌중의 표정이 풀렸다. 단지 몇 명의 여성만이 범죄가 일어난 게 아니라는 사실을 알고 실망하는 기색이었다.

"하지만 왜 이런 걸 여행가방에 담아 운반하십니까?" 세관원이 조심조심 덮개를 내리고 밝은색 가죽 위에 분필로 뭔가를 휘갈겨쓰면서 정중하게 책망하듯 물었다. "급히 서두르다보니." 교수는 지친듯 눈을 가늘게 뜨고 말했다. "나무 상자를 고안할 시간이 없었소. 어쨌든 귀중한 물건이니 짐칸에 수화물로 맡길 수도 없었고." 그러고는 교수는 구부정하지만 탄력 있는 발걸음으로, 비대한 장난감처럼 생긴 경찰관을 지나쳐 철도역 승강장으로 건너갔다. 그러나 갑자기 뭔가가 기억난 듯 멈춰 서더니 환하게 빛나는 온화한 미소를 지으며 중얼거렸다. "그래, 찾았어. 이보다 더 기발한 방법은 없어." 그러더니 그는 안도의 한숨을 내쉬고는 바나나 두 개와 담배 한 보루, 부시럭거리는 침대 시트를 연상시키는 신문을 샀고, 몇 분 후 그를 태운 쾌적한 대륙 간 급행열차가 반짝반짝 빛나는 바다, 하얀 기암절벽, 켄트주의 에메랄드빛 초원을 따라 속도를 내 달리고 있었다.

2

참으로 기막힌 눈이었다. 눈동자가 꼭, 보랏빛 도는 회색 공단 위에 떨어진 윤이 나는 잉크 방울 같았다. 그녀의 머리카락은 짧게 깎은 연한 금발로, 풍성한 솜털 모자처럼 보였다. 그녀는 몸집이 작고 자세가 꼿꼿하며 가슴이 납작했다. 그녀는 남편이 오늘 도착하리라는 것을 빤히 알면서도 어제부터 기다렸다. 목이 드러난 회색 드레스를 입고 벨벳 슬리퍼를 신은 그녀는 응접실의 공작새 모양 의자에 앉아 생각했다. 남편이 유령의 존재를 믿지 않아, 주기적으로 그녀를 방문하는 젊은 영매, 얼굴이 희멀겋고 섬세한 속눈썹을 가진 스콧을 대놓고 경멸하는 게 참으로 유감이라고. 어쨌든 그녀에겐 정말로 기묘한 일들이 일어났으니까. 최근에 그녀는 꿈속에서 고인이 된 한 청년의 모습을 보았다. 그 청년은 그녀가 결혼 전에 사귀던 상대로, 활짝 만개한 검은 산딸기꽃들이 유령같이 하얗게 보이는 황혼 무렵까지 함께 산책하곤 했다. 다음날 그녀는 여전히 몸이 덜덜 떨리는 것을 느끼며 청년에게 연필로 편지를 썼다―자신의 꿈속으로 보내는 편지를. 이 편지에서 그녀는 불쌍한 잭에게 거짓말을 했다. 그녀는 사실 그를 거의 잊었고, 자신을 몹시 괴롭히는 남편을 두려워하면서도 진심으로 사랑했지만, 이 소중한 유령 손님에게 지상의 따뜻한 말로 온기를 좀 전하고 힘을 북돋워주고 싶었다. 불가사의하게도 그 편지는 편지지철에서 사라졌고, 그날 밤 그녀는 긴 탁자 밑에서 잭이 갑자기 나타나 그녀에게 감사를 표하듯 고개를 끄덕거리는 꿈을 꿨다. 지금은 그 꿈을 떠올리면, 왠지 모르게 자신이 마치 유령과 바람을 피워서 남편을 배신한 듯한 기분이 들었는데⋯⋯

응접실은 따뜻하고 화사했다. 낮고 넓은 창턱에는 보라색 줄무늬가 있는 밝은 노란색 실크 쿠션이 하나 놓여 있었다.

남편이 탄 선박이 바닥으로 가라앉은 게 분명하다고 그녀가 확신한 바로 그때, 교수가 도착했다. 그녀는 창문 밖을 힐끗거리다 택시의 검은 지붕과 택시기사가 내민 손바닥, 그리고 택시비를 내느라 머리를 숙인 남편의 크고 우람한 어깨를 보았다. 그녀는 날듯이 여러 개의 방을 통과해 맨살이 드러난 가는 양팔을 흔들며 아래층으로 한달음에 내달렸다.

교수는 넉넉한 코트를 입은 몸을 앞으로 구부정하게 숙이고 아내 쪽으로 올라오고 있었다. 고용인이 여행가방들을 들고 그 뒤를 따라왔다.

교수의 아내는 교수의 모직 스카프에 몸을 바짝 대면서 회색 스타킹을 신은 날씬한 다리의 발뒤꿈치를 장난스럽게 쳐들었다. 교수는 아내의 따뜻한 관자놀이에 키스했다. 그러고는 온화한 미소를 띠고 그녀의 양팔을 들어올려 떼어냈다. "온몸이 먼지투성이니…… 기다려……" 그는 아내의 손목을 잡고 중얼거렸다. 그녀가 얼굴을 살짝 찌푸리며 머리를 홱 쳐들자 연한 금발이 불길이 치솟듯 휙 그의 눈앞을 스쳤다. 교수는 몸을 굽혀 아내의 입술에 키스하며 다시 작게 히죽거렸다.

저녁 식탁에서 교수는 풀 먹인 셔츠의 하얀 가슴판을 앞으로 내밀고, 번들번들 윤이 나는 광대뼈를 열심히 움직이며 자신의 짧은 여행에 관해 이야기했다. 그는 즐거운 기분을 절제하는 것 같았다. 턱시도의 젖혀진 실크 옷깃, 불도그 같은 턱, 관자놀이 위로 무쇠처럼 강한 혈관이 비치는 거대한 대머리―이 모든 게 아내의 마음속에 남편에 대한 강렬한 연민을 불러일으켰다. 그녀는 항상 그런 연민을 느꼈는데, 남편은 생명체의 사소한 세부만 연구할 뿐 그녀의 세계, 즉 데라메어*의 시가 흐르고, 한없이 유연한 별의 정령들이 휙 날아다니는 그녀의 세계에 들어오기를 거부하기 때문이다.

"그래, 내가 없는 동안 당신의 유령들이 와서 노크를 좀 하던가?" 아내의 생각을 읽은 교수가 물었다. 그녀는 그 꿈과 편지에 대해 얘기하고 싶었지만, 어쩐지 양심의 가책을 느꼈다.

"그거 아나," 분홍색 루바브에 설탕을 간간이 뿌리며 그가 말을 이었다. "당신과 당신 친구들은 위험한 불장난을 하고 있다는 걸. 그러다 정말 무서운 일이 일어날 수 있어. 일전에 빈의 한 의사한테서 믿기 어려운 변신 얘기를 들은 적 있지. 어떤 여자가—히스테리 증세가 있던 점쟁이인가 뭔가 하는 여자인데—내 생각엔 심장발작으로 죽어서, 그 의사가 여자 옷을 벗겼는데(그 일은 모두 헝가리의 임시 막사 안, 촛불 아래서 일어난 일이래), 그 몸을 보고 깜짝 놀랐다는 거야. 몸 전체에 불그스름한 광택이 돌고, 손을 대보니 부들부들하고 미끈미끈했대. 그래서 자세히 살펴보니 탱탱하게 부어오른 그 시체 전체가, 이를테면 보이지 않는 줄로 균일하게 꽉 잡아맨 것처럼 폭 좁은 원형의 띠 모양 피부로 되어 있었다는군, 프랑스 타이어 광고에 나오는 온몸이 타이어인 인간처럼 말이야. 다만, 그 여자의 경우엔 그 타이어가 아주 가는, 연한 붉은색 타이어랄까. 그리고 잠시 후 의사는 봤다는군. 시체가 거대한 털실꾸러미에서 실이 풀리듯이 서서히 풀리는 광경을…… 그녀의 육체였던 것이 가늘고 끝없이 긴 벌레가 되어 저절로 풀려나더니 기어서

---

* 영국 시인이자 소설가 월터 존 데라메어. 환상적이고 신비적인 분위기를 자아내는 독특한 표현과 운율이 특징이다.

문 아래 틈새로 스르르 미끄러져 빠져나갔고, 침상 위에는 헐벗고 하얀, 아직 축축한 해골만이 남았다는 거야. 하지만 그 여자의 남편은 예전에 그녀에게 그랬듯이 그 벌레에게도 키스했다더군."

교수는 자신의 유리잔에 마호가니색 포트와인을 따르고는 가늘게 뜬 눈을 아내의 얼굴에서 떼지 않은 채 그 진한 액체를 벌컥벌컥 마시기 시작했다. 그녀의 창백한 여윈 어깨가 오싹한 듯 떨렸다. "당신이 한 얘기가 얼마나 무서운 얘긴지 당신은 깨닫지 못하고 있어." 그녀는 흥분에 휩싸여 말했다. "그러니까 그 여자의 영혼이 벌레가 되어 사라졌다는 거잖아. 정말 섬뜩해……"

"나는 가끔 생각하지." 교수는 셔츠의 한쪽 커프스를 재킷 소매 밖으로 느릿느릿 내놓고 뭉툭한 손가락들을 들여다보며 입을 열었다. "결국, 나의 학문은 게으른 공상에 지나지 않으며, 물리학 법칙이라고 하는 것은 다 우리가 지어낸 것일 뿐이라고, 무슨 일이든—정말로 무슨 일이든—일어날 수 있다고. 이런 생각에 빠져들다보면 인간은 미치게 돼……"

그는 꽉 쥔 주먹으로 입술을 톡톡 두드려 하품을 억눌렀다.

"저기, 여보, 도대체 무슨 일이 있었던 거야?" 아내가 부드럽게 외쳤다. "전에는 이런 식으로 얘기한 적이 한 번도 없었잖아…… 나는 당신이 모든 걸 다 안다고 생각했는데, 모든 걸 다 계산에 넣고……"

일순간 교수의 콧구멍이 경련이 일듯 벌름거렸고, 금니가 번득였다. 하지만 그의 얼굴은 곧바로 다시 축 늘어진 상태로 돌아갔다. 그는 기지개를 켜고 식탁에서 일어났다. "내가 별 쓸데없는 소리를 다 늘어놓고 있군." 그는 차분하고 상냥한 말투로 말했다. "피곤하네. 먼저 잠자리에 들어야겠어. 자러 들어올 때 불을 켜지 마. 내가 있는 우리 침대 안으로 곧장 들어와. 내 옆으로." 그는 오랫동안 쓴 적 없는 다정한 말투로 의미심장하게 반복해 말했다.

그의 말은 응접실에 홀로 남은 아내 안에서 부드럽게 메아리쳤다.

결혼한 지 오 년째가 되는 그녀는 남편의 변덕스러운 기질과 부당한 질투심의 빈번한 폭발, 침묵, 뚱함, 몰이해에도 불구하고 행복을 느꼈다. 남편을 사랑하고 연민했기 때문이다. 몸 전체가 호리호리하고 하얀 그녀와 대머리에 육중한 몸, 가슴 정가운데에는 회색 털이 무더기로 나 있는 그는 있을 수 없는, 괴상망측한 조합의 부부였다―그래도 그녀는 그가 드물게 해주는 힘찬 애무를 즐기곤 했다.

벽난로 선반 위 꽃병에 꽂힌 국화 한 송이의 꽃잎 몇 개가 말라서 바스락거리는 소리를 내며 도르르 말려 떨어졌다. 그녀는 깜짝 놀랐고, 심장이 꺼림칙하게 덜컥 내려앉았다. 공기 중에 혼령이 항상 득시글거리고, 과학자인 남편마저 그 무시무시한 초자연적 현상에 주목했다는 게 생각났다.

그녀는 재키가 탁자 밑에서 튀어나와 섬뜩한 유연함으로 고개를 끄덕이기 시작하던 모습을 떠올렸다. 방안의 모든 물건이 뭔가 기대에 차서 그녀를 바라보는 것처럼 보였다. 으스스하게 부는 바람에 소름이 돋았다. 그녀는 꼴사나운 비명을 내지를 뻔한 걸 억누르면서 서둘러 응접실을 떠났다. 그러고는 숨을 고르며 생각했다. 나 같은 바보가 또 있을까, 정말이지…… 그녀는 욕실에서 자신의 반짝거리는 두 눈동자를 살펴보느라 오랜 시간을 보냈다. 금빛 솜털 모자를 쓰고 있는 듯한 자신의 작은 얼굴이 낯설게 보였다.

그녀는 소녀다운 가벼운 기분으로, 레이스로 된 나이트가운 하나만 걸치고는 가구에 스치지 않게 조심하면서 어두컴컴한 침실로 갔다. 그러고는 양팔을 뻗어 침대 머리판의 위치를 더듬어 찾은 다음 침대 모서리에 앉았다. 그녀는 자신이 혼자가 아님을, 남편이 뒤에 누워 있음을 알았다. 심장이 낮게 쿵쾅거리면서 맹렬히 뛰는 걸 느끼며 꼼짝 않고 가만히 위쪽을 잠시 응시했다.

달빛이 모슬린 블라인드 틈으로 쏟아져 들어와 몇 개의 선이 되어 가로지르는 어둠에 눈이 익숙해지자 그녀는 남편 쪽으로 고개를 돌렸다. 그는 담요를 둘둘 말고 그녀에게 등을 보이며 누워 있었다. 아내의 눈에 보이는 것이라곤, 달빛 웅덩이 속에서 기이할 정도로 매끈매끈하고 하얗게 보이는 대머리의 정수리 부분뿐이었다.

저이는 자고 있지 않아, 그녀는 애정을 담아 생각했다. 자고 있다면, 코를 좀 골았겠지.

그녀는 생긋 미소를 짓고는 남편 쪽으로 몸 전체를 미끄러뜨리고, 익히 아는 그 포옹을 바라며 양팔을 이불 아래에서 펼쳤다. 손가락에 뭔가 매끈매끈한 갈빗대 같은 게 느껴졌다. 한쪽 무릎이 매끈매끈한 뼈에 부딪혔다. 해골이, 검은 눈구멍이 회전하며, 베개에서 그녀의 어깨로 굴러떨어졌다.

* * *

방안에 전깃불이 확 켜졌다. 재단이 엉성한 턱시도를 입은 교수가 풀 먹인 셔츠 가슴판과 눈, 그리고 거대한 이마를 반짝이며 칸막이 뒤에서 모습을 드러내더니, 침대 쪽으로 다가갔다.

담요와 시트가 마구 뒤섞여 양탄자 위로 스르르 미끄러져 떨어졌다. 아내가 죽어서 누워 있었다. 급하게 대충 꿰맞춘 곱사등이의 하얀 해골을 껴안은 채. 대학 박물관을 위해 교수가 외국에서 입수한 그 해골이었다.

은총

그 화실은 어떤 사진가한테 물려받은 거야. 벽에 아직도 기대어 있는 라일락 색조의 캔버스에는 흐릿한 정원을 배경으로 난간 일부분과 희끄무레한 항아리가 그려져 있지. 그리고 나는 마치 그 구아슈화*의 깊은 심연으로 들어가는 문턱인 것처럼 고리버들 안락의자에 밤새 앉아 아침이 될 때까지 너를 생각했지. 동틀녘이 되자 몹시 추워졌어. 석고 두상들이 어두침침한 어스름에서 벗어나 뿌연 연무 속에서 점점 떠올랐어. 두상 중 하나(너의 두상)는 축축한 헝겊조각으로 싸여 있지. 나는 그 뿌연 방안을 가로질렀고—무언가가 발밑에서 바스러져 따다닥 소리를 내더군—경사진 유리창에 걸린, 갈기갈기 찢긴 누더기 현

---

* 수용성 고무를 수채물감에 섞어 그려서 불투명한 효과를 내는 그림.

수막 같은 검은 커튼을 긴 장대 끝에 걸어 하나하나 차례로 당겨 열었어. 아침―눈을 찡그리게 되는 비참한 아침―을 맞이하며 나는 웃기 시작했지만, 왜 웃음이 나는지 나도 전혀 모르겠더군. 어쩌면 그저 밤새 쓰레기와 소석고 파편에 둘러싸여, 굳어버린 점토 가루가 날리는 가운데 고리버들 의자에서 밤을 지새우며 너만을 생각했기 때문인지도 모르지.

내 앞에서 네 이름이 언급될 때마다 언뜻 떠오르는 느낌은 가령 이런 거야. 전광電光 같은 검은색, 강한 향기가 풍기는 힘찬 움직임―네가 베일을 바로잡으려고 양팔을 뒤로 젖힐 때의 몸짓이지. 실로 오랫동안 나는 너를 사랑해왔어. 왜였을까, 나도 모르겠어. 기만적이고 야만적인 방식으로 나태한 애수 속에 잠겨 살아가는 너인데.

먼젓번에 나는 네 침대 옆 탁자 위에서 빈 성냥갑을 우연히 발견했어. 그 위에는 재로 된 작은 무덤과 금빛 담배꽁초 하나가 있었어―투박한, 남성이 피울 법한 담배지. 나는 너에게 설명해달라고 애원했어. 너는 마음이 불편한 듯 웃었지. 그러고는 눈물을 터뜨렸고, 모든 것을 용서한 나는 네 무릎을 껴안고 따뜻한 검은 실크에 나의 젖은 속눈썹을 바짝 댔어. 그 일이 있고 두 주가 지나도록 나는 너를 만나지 않았어.

미풍이 살랑거리는 가을 아침은 아른아른 빛났어. 나는 장대를 조심스럽게 구석에 세워두었어. 널따란 창문을 통해 베를린의 기와지붕들이 보였지. 유리 내부가 무지갯빛으로 불규칙하게 변하는 탓에 시시각각 달리 보이는 지붕들의 윤곽선 한가운데, 청동으로 만든 수박처럼 솟은 둥근 지붕이 멀리 보였어. 하늘을 획획 질주하는 구름이 갈라지면서 깜짝 놀란 가을 하늘이 얇은 천처럼 섬세한 푸른색을 순간순간 내비쳤지.

그저께 난 너와 전화로 얘기했어. 내 쪽에서 먼저 굴복해 전화한 거였어. 우리는 오늘 브란덴부르크문*에서 만나기로 했지. 벌이 윙윙거리는 듯한 소리 너머로 들려오는 네 목소리는 멀고 불안하게 느껴졌어. 계속 멀리 미끄러져 들어가 사라져버리곤 했지. 나는 눈을 질끈 감고 너에게 얘기하다 울컥할 뻔했지. 너에 대한 사랑으로 가슴이 울렁거리고 따뜻한 눈물이 샘솟았거든. 내가 상상한 천국은 바로 그런 것이었지. 침묵과 눈물, 그리고 따뜻하고 실크 같은 네 무릎의 감촉. 너는 이걸 이해하지 못했지만.

저녁식사 후, 너를 만나려고 밖으로 나가니 상쾌한 공기와 내리쬐는 노란 햇볕에 머리가 띵해지더라. 빛 한줄기 한줄기에 관자놀이가 반향을 일으켜 울리는 듯했어. 바스락거리는 커다란 적갈색 잎들이 이리저리 휩쓸리며 보도를 따라 질주했어.

나는 걸어가면서 어쩌면 네가 약속 장소에 나오지 않을지도 모른다고 생각했어. 그리고 네가 나온다 해도, 어쨌건 우린 다시 싸우게 될 거라고. 나는 조각이나 하고 사랑할 줄만 알지. 근데 이걸로는 네게 충분하지 않잖아.

그 거대한 문에 도착했어. 엉덩이가 펑퍼짐한 버스들이 그 문 사이를 비집고 들어갔다가 가로수가 늘어선 대로변으로 달려 내려왔어. 대로는 바람 부는 날의 마음 들뜨게 하는 푸른 광휘 속으로 멀어져갔지. 나는 위압적인 아치 천장 아래, 한기가 느껴지는 원주들 사이, 초소의

---

* 베를린에 있는 개선문.

창살 가까이 서서 너를 기다렸어. 사방이 인파로 가득했어. 아무렇게나 대충 면도를 하고 옆구리에 각자 서류가방을 하나씩 낀 베를린의 사무원들이 퇴근하는 시간이었지. 빈속에 싸구려 시가를 피웠을 때 느끼는 어지러운 메스꺼움이 그들의 눈에 비쳤어—지친 포식동물 같은 얼굴과 높게 치켜세운 풀 먹인 셔츠 깃이 끝없이 눈앞을 스쳐지나갔어. 붉은 밀짚모자를 쓰고 회색 양털 코트를 입은 여성이 지나갔고, 무릎 아래에 단추가 달린 벨벳 바지를 입은 젊은이도 지나갔어. 그밖에도 여전히 여러 사람이 지나갔지.

나는 모서리 원주들의 차가운 그림자 속에서 지팡이에 몸을 기대고 기다렸어. 네가 올 거라 믿지 않았지.

초소 창 근처 기둥 중 하나 옆에는 엽서와 지도와 부채꼴로 펼쳐진 컬러사진 따위가 진열된 가판대가 있었고, 가판대 옆의 등받이 없는 의자에는 작고 투실투실한 몸집에 다리가 짧고, 갈색빛의 둥근 얼굴은 작은 반점투성이인 노파가 앉아서 나처럼 기다리고 있었어.

나는 우리 둘 중에 누가 더 오래 기다리게 될까, 누가 먼저 올까—노점의 손님일까, 너일까 궁금했지. 노파의 표정에 담긴 뜻은 이를테면 이런 거였어. "난 그저 어쩌다 여기 있게 되어서…… 잠시 앉아 있는 건데…… 그래, 여기 근처에 가판대 같은 게 있구먼. 꽤 쓸 만하고 흥미로운 자질구레한 물건들이 잔뜩 있네…… 하지만 난 아무래도 상관없다우……"

사람들이 기둥 사이로 쉼없이 오가며 초소의 모퉁이를 빙 둘러 갔고, 어떤 이는 엽서에 힐긋 눈길을 주기도 했어. 노파는 온 신경을 집중해 작고 빛나는 두 눈을 그 행인에게 고정하고 좀 사, 좀 사라고……

라며 생각을 주입하려는 것 같았어. 그러나 상대는 총천연색 카드와 흑백사진들을 한번 재빨리 훑어본 후에 갈 길을 계속 갔고, 노파는 짐짓 무심한 척 시선을 떨어뜨려 무릎 위에 둔 붉은 표지의 책으로 돌아 갔지.

나는 당신이 올 거라 믿지 않았어. 그러나 기다리는 마음만큼은 전에 없이 강해서, 초조하게 담배를 피우며 문 너머 한적한 광장 쪽, 대로가 시작되는 지점을 힐끔거렸어. 그러다가 다시 원래 있던 구석으로 철수하곤 했지. 기다리는 모습으로 보이지 않도록 애쓰면서, 내가 보지 않는 동안 네가 걸어서 내게 다가오는 모습을 상상하려 했어. 그러다 다시 그 모퉁이 주위를 힐끔거리면, 너의 수달 모피 코트와 모자 테두리에서 눈까지 내려오는 검은 레이스가 보일 거라고. 그런 상상을 하며 나는 일부러 쳐다보지 않고, 그 자기기만을 소중히 간직했지.

찬바람이 세차게 한번 일었어. 노파는 일어나서 엽서들을 더 단단히 홈 속으로 밀어넣기 시작했지. 노파는 허리에 잔주름이 간 노란 벨루어 재킷을 입고 있더라고. 갈색 치마는 앞쪽의 치맛단이 뒤쪽보다 높이 올라가, 꼭 노파가 배를 내밀고 걷는 것처럼 보였어. 나는 노파의 작고 둥근 모자에서도, 닳아서 해진 목 짧은 덕부츠에서도 정답고 잔잔한 주름들을 알아볼 수 있었지. 노파는 상품 가판대를 정돈하느라 분주했어. 노파가 읽던 베를린 관광안내서가 의자 위에 놓여 있었는데, 가을바람이 무심코 책장을 넘겨, 책에서 계단이 내려지듯 떨어진 지도를 펄럭이게 했지.

나는 추워졌어. 담배 연기가 한쪽으로 치우쳐 쓸쓸하게 피어올랐어. 가슴에 적의를 품은 듯한 한기가 파도처럼 밀려오는 걸 느꼈어. 노점에도 손님 한 명 안 나타나더군.

한편, 그 작은 장신구 같은 노파는 자신의 횃대로 돌아왔는데, 등받이 없는 그 의자가 그녀에겐 너무 높아서 뭉툭한 장화의 바닥을 번갈아 보도에서 떼며 버둥거려야 했어. 나는 담배를 던져버린 후 지팡이 끝으로 탁 쳐서 불꽃 가루를 확 흩뿌렸지.

그렇게 벌써 한 시간이, 어쩌면 그보다 더 지났을까. 네가 올 거라는 생각을 어떻게 할 수 있었겠어? 하늘은 어느 사이엔가 끝없이 이어진 먹구름으로 뒤덮였고, 등을 구부린 채 모자를 잡고 걷는 행인들의 걸음은 더욱더 빨라졌고, 광장을 가로지르는 한 부인은 걸어가면서 우산을 폈지. 바로 그때 만약 네가 도착했다면, 그건 정말 기적이었을 거야.

노파는 책 속에 책갈피를 꼼꼼하게 끼우고 뭔가 생각에 잠긴 듯 가만히 있었어. 내 짐작으로는, 노파는 아들론호텔*에서 어떤 부유한 외국인이 나와서 상품을 모조리 다 사줄 뿐 아니라 값도 후하게 쳐주고, 더 많은 그림엽서와 온갖 종류의 안내책자를 추가로 주문하는 모습을 마음속으로 그려보는 듯했어. 그런 벨루어 재킷을 입고 있으니 노파도 아마 그다지 따뜻하진 않았겠지. 너는 오겠다고 내게 약속했었지. 우리의 전화통화가, 너의 목소리에 언뜻언뜻 드리우던 그림자가 기억나더라. 아아, 얼마나 네가 보고 싶던지. 기분 나쁜 바람이 다시 한바탕 불었어. 나는 옷깃을 세웠어.

갑자기 초소의 창이 열리더니 녹색 옷을 입은 병사가 노파를 불렀어. 노파는 재빨리 의자에서 기어내려와, 배를 내밀고 종종걸음으로 그

---

* 브란덴부르크문 옆에 있는 유서 깊은 호텔.

창 쪽으로 급히 갔어. 병사는 느긋한 동작으로 김이 모락모락 나는 머그잔을 건네고는 창을 내려 닫았어. 녹색 어깨가 뒤돌아 어두컴컴한 심연 속으로 물러났지.

노파는 조심조심 머그잔을 들고 자리로 돌아왔어. 잔 테두리에 갈색 막의 띠가 달라붙은 걸 보니, 우유를 넣은 커피 같더군.

노파는 마시기 시작했어. 나는 그렇게 철저히, 심오하게, 집중해서 맛을 한껏 음미하며 뭔가를 마시는 사람을 본 적이 없어. 노파는 자신의 가판대도, 엽서들도, 차가운 바람도, 미국인 고객도 다 잊고, 그저 홀짝홀짝 후루룩 마시며 커피 속으로 완전히 사라질 지경이었지—내가 내내 기다리던 것도 다 잊고, 그저 노파의 벨루어 재킷과 더없는 행복에 겨워 흐릿해진 그 눈과 머그잔을 움켜잡은 털장갑 낀 뭉실한 손만 멍하니 보았던 것과 똑같이. 노파는 오랜 시간을 들여 마셨어. 우유 막의 띠를 겸허히 핥고, 따뜻한 주석잔에 양 손바닥을 데워가며 천천히 들이켰지. 내 영혼도 함께 그걸 마시고 있는 듯 훈훈해졌고. 갈색의 작은 노파는 우유 넣은 커피를 조금씩 맛보았어.

노파가 다 마셨지. 잠시 부동자세로 가만히 있더라고. 이윽고 일어선 노파는 머그잔을 돌려주러 초소의 창 쪽으로 향했어.

그러나 가다 말고 노파가 멈춰 섰어. 입술을 오므려 살짝 미소 짓더군. 그러더니 자신의 가판대로 재빨리 종종걸음으로 돌아가서 총천연색 엽서 두 장을 날름 잡아채고는 초소 창문의 쇠창살로 서둘러 돌아가 털장갑 낀 자그마한 주먹으로 유리를 살살 두드리는 거야. 쇠창살이 열리며 끝동에 반짝거리는 단추가 하나 달린 녹색 소매 한쪽이 슬그머니 나왔고, 노파는 어두운 창 안으로 머그잔과 엽서들을 찔러넣으며 고개를 분주히 연달아 끄덕였어. 병사는 사진을 가만히 살펴보더니 창을 천천히 내려 닫으며 몸을 돌려 안쪽으로 모습을 감췄어.

그때 나는 세상의 온유함을, 나를 둘러싼 모든 것의 깊은 은총을, 나와 모든 피조물 사이의 더없이 행복한 유대를 인식하게 되었어. 그리고 깨달았어. 네 안에서 내가 구하던 기쁨은 네 속에 감춰져 있을 뿐 아니라 내 주위 모든 곳에, 차들이 속도를 내어 달리는 거리의 소음에도, 우스운 모양으로 추어올린 치맛단에도, 금속성이면서도 부드럽게 윙윙 대는 바람소리에도, 비를 머금어 한껏 부풀어오른 가을 구름에도 숨 쉬고 있다고. 나는 또 깨달았지. 세계란 결코 분쟁이나 포식동물 같은 우연한 사건들의 연속이 아니라, 아른아른 빛나는 환희, 은총이 주는 전율, 우리가 하사받았으나 그 가치를 모르는 선물을 의미한다는 것을.

그리고 바로 그 순간, 네가 마침내 도착했지—아니, 실은 네가 아니라 어떤 독일인 부부였지만. 남자는 우비를 입고 다리에는 녹색 병처럼 생긴 긴 양말을 신었고, 여자는 마르고 키가 크며 호피무늬 코트를 입었지. 노점으로 다가온 남자는 물건을 고르기 시작했고, 나의 작은 커피 노파는 얼굴이 상기되고 우쭐해져 남자의 눈을 들여다보다가 엽서들 쪽을 봤다가 부산을 떨며 긴장해서 눈썹을 씰룩댔는데, 그 모습이 꼭 옛날 마부가 온몸으로 말을 모는 모습과 흡사했어. 하지만 독일 남자가 뭔가를 고르려는 찰나 그의 아내가 어깨를 으쓱하며 소매를 잡아끌더라고. 그때였어. 그 여자가 당신과 닮았음을 내가 눈치챈 건. 비슷한 건 외모나 옷이 아니라, 까다롭고 몰인정한 그 얼굴 찌푸림, 쌀쌀맞게 무심히 힐끗 보는 그 눈초리였어. 그 둘은 아무것도 사지 않고 걸어가버렸고, 노파는 그저 미소 지으며 엽서들을 홈에 도로 꽂고는 붉은 책 속에 다시 빠져들었지. 더 기다리는 건 나에게 의미가 없었어. 나는 그곳을 떠나 어두워진 거리를 걸으며, 행인들의 얼굴을 엿보고 그들이 짓는 미소와 재밌는 작은 동작들을 포착했어—벽에 공을 던졌다 받았다 하는 어떤 소녀의 땋은 머리가 깡충깡충 위아래로 움직이고, 말의 자줏빛을 띤 계란형 눈에는 천상의 애수가 비쳤지. 나는 그 모든 것을 포착해 모았지. 사선으로 때리는 굵직한 빗방울이 점점 더 잦아졌고, 나는 내 화실의 서늘한 아늑함과 내가 빚은 근육, 이마, 머리카락의 올을 떠올렸고, 조각을 시작하려는 생각에 손가락이 미묘하게 근질거렸어.

날이 어두워졌지. 비는 갑자기 거세졌고. 모퉁이를 돌 때마다 바람이 회오리치며 나를 맞았어. 얼마 후, 창문이 호박색으로 번들거리고 검은 실루엣들이 안에 가득 들어찬 노면전차가 땡땡거리며 지나갔지. 나는 지나가는 전차에 올라타려고 비에 젖은 두 손을 닦았어.

전차 안의 사람들은 뚱한 표정으로 졸린 듯 좌우로 흔들렸어. 검은 유리창은 무수히 많은 작은 빗방울이 점점이 붙어, 세공된 구슬처럼 반짝이는 별로 뒤덮인 밤하늘 같았지. 우리 전차는 밤나무들이 수런거리며 길가에 늘어서 있는 거리를 덜커덕덜커덕 소리 내며 달렸는데, 나는 비에 젖어 촉촉한 밤나무 가지들이 창문을 후려치고 있다고 계속 상상했어. 그러다 전차가 멈추면, 밤나무 열매가 바람에 뜯겨 전차 지붕에 부딪히는 것 같은 소리가 머리 위에서 들렸지. 똑—그리고 다시 도로 튀어오르며 살짝 톡…… 톡…… 전차는 종을 울리며 출발했고, 가로등 불빛이 비에 젖은 유리 위에서 산산이 흩어졌어. 그리고 나는 가슴에 사무치는 행복을 느끼며 그 온순하고 고결한 소리가 반복되기를 기다렸어. 정류장에서 급브레이크를 밟는 소리, 다시 동그란 밤나무 열매 하나가 홀로 떨어졌어, 또 얼마 후, 다른 하나가 전차 지붕을 탁 치고 굴렀어, 톡…… 톡……

항구

천장이 낮은 그 이발소 안에서는 퀴퀴한 장미 향이 풍겼다. 말파리들이 맹렬히, 심하게 윙윙댔다. 햇빛이 바닥에서 꿀이 녹아 고인 것처럼 타오르면서, 로션병들을 비틀어 반짝거리게 하고, 입구에 걸린 긴 발을 반투명하게 만들었다. 촘촘하게 매달린 줄에 점토 구슬과 작은 대나무봉이 번갈아 꿰어진 발은, 누군가 어깨로 밀치고 들어올 때마다 달그락달그락 소리를 내며 무지갯빛으로 산산이 흩어지곤 했다. 니키틴은 눈앞의 흐릿한 거울 속에서 볕에 탄 얼굴과 조각된 듯 선명하게 반짝이는 긴 머리 가닥, 귀 위에서 짤깍짤깍 소리를 내며 번뜩이는 가위를 보았는데, 그 눈은 거울로 자기 모습을 응시할 때면 으레 그렇듯이 주의깊고 엄격했다. 그는 견디기 어려워진 콘스탄티노플 생활을 접고, 그저께 남프랑스의 이 오래된 항구에 도착한 참이다. 아침에 러시아 영사관과 직업소개소에 들렀다가 바다 쪽으로 슬금슬금 내려가는 좁은 골목길을 따라 마을을 거닐던 그는, 이제 더위에 지쳐 기진맥진해져서 머리를 좀 식히고 이발도 할 겸 이발소로 들어왔다. 그가 앉은 의자 주변 바닥에는 선명한 작은 쥐들이—아니, 그의 잘린 머리 타래가—벌써 여기저기 널렸다. 이발사는 손바닥에 비누 거품을 잔뜩 묻혔다. 이발사가 걸쭉해진 거품을 손가락으로 강하게 문질러대자 기분좋은 냉기가 그의 정수리를 관통했다. 그러다 갑자기 얼음같이 차가운 느낌이 솟구쳐 심장을 뛰게 하더니, 폭신한 수건이 그의 얼굴과 젖은 머리카락 위에서 할일을 시작했다.

니키틴은 비가 내리듯 너울거리는 발을 어깨로 가르고 가파른 골목길로 나왔다. 길 오른쪽은 그늘이 졌고, 왼쪽 길가엔 갓돌을 따라 흐르는 좁은 개울물이 뜨겁게 내리쬐는 햇볕을 받아 가볍게 떨렸다. 머리가 검고 얼굴에는 까무잡잡한 주근깨가 가득한 합죽이 소녀가 댕그랑댕그랑 소리가 나는 들통으로 아른아른 빛나는 개울물을 퍼올리고 있었다. 개울, 태양, 보랏빛 그늘—모든 것이 바다 쪽으로 미끄러져 흘러갔다. 한 발짝 더 가니, 골목 안쪽의 벽 사이로 저멀리 농밀한 사파이어빛으로 반짝이는 바다가 어렴풋이 나타났다. 그늘진 길가를 따라 걷는 보행자들이 드문드문 있었다. 니키틴은 아래쪽에서 올라오는, 식민지 군복을 입고 얼굴은 꼭 젖은 덧신같이 생긴 흑인 한 명과 마주쳤다. 보도에는 밀짚 의자가 하나 놓여 있었는데, 그 의자에 있던 고양이 한 마리가 쿠션 위에서 뛰듯 사뿐하게 뛰어 자리를 떴다. 프로방스인 특유의 쉿소리가 나는 목소리로 지껄이는 말이 어느 집 창문에선가 들려왔다. 녹색 덧문이 쾅 닫혔다. 행상의 매대 위에는 해초 냄새를 풍기는 자줏빛 패류 사이에 레몬이 몇 개 놓여 오톨도톨한 금빛을 발했다.

바다에 다다른 니키틴은 멀리서 눈부신 은빛으로 조율되는 짙푸른 색을, 요트의 하얀 뱃전에 섬세하게 아롱아롱한 무늬를 만드는 빛의 유희를 설레는 마음으로 바라보았다. 그러고선 뜨거운 열기에 비틀거리며 영사관 벽에서 주소를 봤던 작은 러시아 식당을 찾으러 갔다.

그 식당은 이발소와 마찬가지로 후덥지근하고 썩 깨끗하지는 않았다. 뒤쪽에 있는 넓은 카운터 위에 덮인 희끄무레한 모슬린 덮개가 너울거리는 틈으로 전체 음식과 과일이 보였다. 니키틴이 자리에 앉아 어깨를 펴자 셔츠가 등에 달라붙었다. 옆 테이블에는 보아하니 프랑스 선박의 선원임이 분명한 러시아인 두 명이 앉아 있었고, 조금 떨어진 곳에는 금테 안경을 쓴 노인이 일행 없이 혼자서 쩝쩝거리고 후루룩거리는 소리를 내며 보르시를 숟가락으로 게걸스럽게 떠먹고 있었다. 식당 주인이 퉁퉁 부은 양손을 수건으로 닦으며 새로 들어온 손님에게 어머니같이 푸근한 시선을 던졌다. 털이 몽실몽실한 강아지 두 마리가 작은 발을 버둥대며 바닥에서 구르고 있었다. 니키틴이 휘파람을 불자 순한 눈가에 녹색 눈곱이 낀 추레한 늙은 암캐가 다가와 주둥이를 그의 무릎에 놓았다.

뱃사람 중 한 명이 태연하고 느긋한 어조로 일렀다. "쫓아버리슈. 온몸에 벼룩을 옮길 거요."

니키틴은 개의 머리를 가볍게 어루만지고는 반짝이는 눈을 치켜떴다.

"아, 그거라면 난 별로 상관없어요. 콘스탄티노플에 있을 때…… 막사에서…… 짐작이 가시죠……"

"여기 온 지 얼마 안 되시나?" 그 뱃사람이 물었다. 거침없는 목소리. 망사 티셔츠. 시원시원하면서 수완 좋아 보이는 남자. 뒤가 가지런히 깎인 검은 머리카락. 말쑥한 이마. 전반적인 용모가 단정하고 차분하다.

"어젯밤에요." 니키틴이 대답했다.

보르시와 불타는 듯한 검붉은 와인 때문에 더욱 땀이 났다. 이렇게 앉아 쉬면서 한가로이 잡담이나 하고 있으니 기분이 좋았다. 문틈으로 환한 햇살과 함께 골목길 옆 개울의 떨리는 반짝거림이 쏟아져 들어왔다. 가스계량기 아래 구석자리에서 늙은 러시아인의 안경이 번득였다.

"일자리를 찾소?" 다른 선원이 물었다. 희끗희끗한 팔자 콧수염이 난 푸른 눈의 중년 남자로, 이쪽도 역시 용모가 단정하고 말쑥한 게 꼭 태양과 소금기 있는 바람에 연마된 듯했다.

니키틴은 미소를 띠고 말했다. "찾고말고요…… 오늘 전 직업소개소에 갔었죠…… 전신주 세우고 밧줄 짜는 일이 있다던데, 글쎄 어떨까 싶네요……"

"그럼 우리랑 일하러 오쇼." 검은 머리카락의 남자가 말했다. "화부 같은 일인데. 그냥 하는 말이 아니니, 내 말 믿어도 돼요…… 아, 이제 왔구나, 랼랴…… 우리의 깊은 경의를 바친다오!"

하얀 모자를 쓴, 예쁘진 않지만 상냥한 얼굴의 아가씨가 들어오더니, 테이블 사이로 지나가며 우선 강아지들에게, 그다음엔 뱃사람들에게 미소 지었다. 니키틴은 선원들에게 뭔가를 물어놓고는, 그 아가씨를, 러시아 아가씨임을 바로 알 수 있는 엉덩이 아랫부분의 움직임을 보다가 자신이 뭘 물어봤는지 잊어버렸다. 주인은 마치 '힘들었지, 아가'라고 말하는 듯한 다정한 눈빛으로 딸을 바라봤다. 딸은 아마도 아침부터 쭉 사무소에서 근무했거나, 아니면 상점에서 일하고 온 듯했다. 그녀에게는 뭔가 가슴을 울리는 순박한 면이, 보라색 비누와 자작나무숲으로 둘러싸인 여름 별장지의 간이역을 생각나게 하는 구석이 있었다. 그녀를 보고 있자니, 저 문을 나가면 프랑스 같은 건 당연히 없을 것 같았다. 저 젠체하는 새침한 몸놀림…… 태양의 허튼수작.

"아니, 전혀 복잡한 일은 아니오." 선원이 말하고 있었다. "뭐 대충 이렇게 굴러가지. 철 양동이와 숯가마가 있소. 일단 긁어모아야지 않겠소. 처음에는 수월하다오. 석탄이 저절로 양동이 속으로 데굴데굴 굴러들어갈 때까지는 말이지. 그러다가 점점 긁어내는 게 힘들어지긴 해요. 양동이가 다 차면 손수레에 실어요. 손수레를 굴려 화부장에게 가져가지. 화부장이 삽을 한번 탕 쳐서―하나!―아궁이 문이 열리면 그 삽을 들어올려―둘!―석탄을 안에 던져넣는 거요―댁도 알겠지만, 부채꼴로 쫙 퍼져서 고르게 떨어지게 해야 하거든. 정밀함을 요하는 일이지. 그러곤 계기판을 계속 주시하다가 압력이 떨어지면……"

거리 쪽으로 난 창문에 파나마모자를 쓰고 흰색 양복을 입은 남자의 머리와 어깨가 나타났다.

"안녕, 랄랴, 자기야?"

그 남자는 창턱에 팔꿈치를 기댔다.

"물론 그 안은 뜨겁지, 진짜 용광로니까―일할 때 바지와 망사 티셔츠 말고는 아무것도 안 걸친다오. 일이 끝나면 티셔츠가 새까매져 있다니까. 내가 압력 얘기를 하고 있었지. 아궁이 안에 소위 '더께'란 게 생기는데, 돌처럼 딱딱한 석탄 껍질이에요. 그걸 부지깽이로 이 정도로 길게 부숴야 하오. 힘겨운 작업이지. 하지만 다 끝내고 난 후, 갑판으로 불쑥 튀어나와보면, 설사 열대의 태양이라도 시원하게 느껴진다오. 샤워한 다음 자기 침소로 내려가 곧바로 해먹 안에 들어가면, 그게 바로 천국이지, 그야말로……"

그동안 창문에서는. "근데, 그 사람이 글쎄 내가 차 안에 있는 걸 봤다고 우기는 거 당신 알아?" (카랑카랑 흥분된 랄랴의 목소리.)

그녀의 대화 상대인 하얀 양복 신사는 창틀에 팔꿈치를 기대고 밖에서 있어서, 창문의 사각 틀 안에는 둥글게 말린 그의 어깨와 반쪽만 햇빛을 받고 있는 매끄럽게 면도한 얼굴만 보였다―운이 좋았던 러시아인이군……

"내가 연보라색 드레스를 입고 있었다는 둥 계속 그러는 거야. 난 그런 드레스는 갖고 있지도 않은데." 랄랴는 새된 소리로 외쳐댔다. "그러더니 '*짱담한다zhay voo zasyur*'*고 우기잖아."

니키틴에게 얘기중이던 뱃사람이 그녀 쪽을 돌아보며 물었다. "러시아어로 말할 순 없어?"

창문의 남자가 말했다. "나, 이 악보 겨우 구했어, 랄랴, 기억나?"

그 순간적인 분위기 같은 것은, 거의 고의적으로 느껴졌는데, 마치 누군가 재미삼아 이 아가씨와 이 대화와 이국 항구의 이 작은 러시아 식당을―러시아 시골의 정다운 일상 같은 분위기를―상상으로 꾸며낸 듯했다. 그러더니 곧바로 어떤 기적적이고 비밀스러운 생각의 연상작용으로 세계가 더욱 광대하게 느껴지면서 니키틴은 대양을 항해하고, 전설의 만에 정박하고, 모든 곳에서 낯선 이들의 영혼을 엿듣고 싶은 열망이 생겼다.

"우리 항로 말이오? 인도차이나요." 그 뱃사람이 거침없이 대답했다.

---

* '장담한다'라는 의미의 프랑스어 'Je vous assure'를 러시아어식으로 서툴게 발음한 것.

니키틴은 깊은 생각에 잠겨 담배 케이스에서 담배를 꺼내 톡톡 두드렸다. 케이스의 나무 뚜껑에 금빛 독수리가 식각*되어 있었다.

"분명히 멋지겠지요."

"어떨 것 같소? 당연히 멋지지."

"자, 얘기를 좀더 해주세요. 상하이라든가 콜롬보라든가."

"상하이? 본 적 있지. 따뜻한 가랑비, 붉은 모래. 온실처럼 습하고. 가령 실론섬에서는, 하선해보진 못했소. 당직이라서. 마침 내 순번이 돌아와서 말이지……"

흰색 상의를 입은 남자가 창문 너머에서 어깨를 굽혀 랼랴에게 나긋나긋한 목소리로 의미심장하게 뭐라고 말하고 있었다. 머리를 젖힌 랼랴는 축 늘어져 뒤집힌 개의 귀를 한 손으로 어루만지며 듣고 있었다. 개는 불타오르는 듯한 분홍색 혀를 내밀고 신나서 가쁜 숨을 헐떡이며 햇빛이 새어 들어오는 문틈을 바라보았는데, 그 모습이 꼭, 뜨거운 문지방 위로 가서 좀더 엎드려 있을 가치가 있을까 없을까 곰곰이 생각하는 것 같았다. 개는 러시아어로 생각하는 것처럼 보였다.

니키틴이 물었다. "어디에 얘기하면 되죠?"

뱃사람은 그의 친구에게 "봐, 내가 구슬려서 넘어왔지"라고 말하듯이 눈을 찡긋한 다음 말했다. "아주 간단하오. 내일 아침 날 밝는 대로 일찍 구舊항구, 2번 부두로 가면 우리 장바르호가 있을 거요. 일등항해사와 얘기를 해봐요. 아마 그가 형씨를 고용할 거요."

니키틴은 그 남자의 깔끔하고 총명해 보이는 이마를 예리하고 거리

---

* 약물을 써서 금속이나 유리에 조각하는 기법.

낌없는 눈빛으로 쳐다봤다. "예전에, 러시아에서는 뭘 하시던 분이셨어요?" 그가 물었다.

상대는 어깨를 으쓱하고 쓴웃음을 지었다.

"저 사람이 뭐였냐고? 바보였지." 콧수염이 축 늘어진 사내가 저음으로 대신 대답했다.

얼마 후 그 두 사람은 일어났다. 더 젊은 쪽이 프랑스 선원들이 하는 방식으로 바지 앞쪽 벨트 버클 밑에 끼워둔 지갑을 꺼냈다. 랼랴는 선원들에게 다가가서 뭐 때문인지 새된 소리로 웃음을 터뜨리며 손(손바닥이 아마도 조금 축축할)을 내밀었다. 강아지들이 바닥 위를 뒹굴뒹굴 굴러다니며 놀고 있었다. 창문 옆에 선 남자가 무심코 부드러운 휘파람을 불며 몸을 돌렸다. 니키틴은 계산을 치르고 햇빛 속으로 어슬렁어슬렁 나갔다.

오후 다섯시 즈음이었다. 저멀리 골목 끝의 틈새로 언뜻 보이는 바다의 푸른빛에 눈이 따가웠다. 옥외변소의 원형 가리개들이 햇빛에 반사되어 불타는 듯했다.

그는 자신이 묵는 불결한 호텔로 돌아와 머리 뒤로 느긋이 손을 맞잡아 뻗으며 황홀한 햇빛에 흠뻑 취해 침대 위에 쓰러졌다. 그는 다시 장교가 된 자신이 여린 등대풀과 가시나무 덤불로 무성한 크리미아지방의 산비탈을 따라, 부드러운 솜털 같은 엉겅퀴 꽃망울을 꺾어가며 걷는 꿈을 꾸었다. 그가 잠에서 깬 건 꿈속에서 웃기 시작했기 때문이다. 깨어보니, 창밖은 이미 해질녘의 푸른 여명으로 물들었다.

그는 서늘한 심연으로 몸을 내밀고 생각에 잠겼다. 정처 없이 배회하는 여자들. 그중에 러시아인도 있다. 정말 큰 별이 떠 있군.

그는 머리카락을 매만지고 깔개 모서리에 우둘투둘한 신발 끝을 문질러 먼지를 떤 다음, 지갑을 확인하고 나서—5프랑밖에 남지 않았다—좀더 어슬렁거리며 혼자 게으르게 즐겨볼까 싶어 밖으로 나갔다.

오후보다 사람이 더 많이 보였다. 바다로 내려가는 골목길을 죽 따라 사람들이 앉아서 더위를 식히고 있었다. 반짝이 장식이 달린 머릿수건을 두른 소녀…… 파르르 떨리는 속눈썹…… 배불뚝이 가게 주인이 두 다리를 양쪽으로 벌리고 밀짚 의자에 앉아 의자의 뒤집힌 등받이에 팔꿈치를 받친 채 담배를 피우고 있었는데, 배 위에는 단추를 채우지 않은 조끼 아래 입은 셔츠 자락이 삐져나와 있었다. 아이들은 주저앉은 채로 가볍게 깡충깡충 뛰며 가로등 불빛으로 환한, 좁은 보도 옆을 흐르는 검은 개울에 작은 종이배를 띄우고 있었다. 생선과 와인 냄새가 풍겨왔다. 노란 불빛이 어슴푸레 빛나는 선원들의 주점에서는 손풍금의 둔중한 소리와 손바닥으로 탁자를 치는 소리, 환호를 지르는 쉿소리가 들려왔다. 그리고 마을 위쪽에서는 주 대로를 따라 터덜터덜 거니는 저녁 인파의 웃음소리가 들려왔고, 여인들의 가는 발목과 해군 장교들의 하얀 군화가 아카시아 꽃구름 아래로 획획 지나갔다. 여기저기서 마치 불꽃놀이의 알록달록한 불꽃이 그대로 석화된 듯한 카페 불빛들이 자줏빛 황혼 속에서 눈부시게 빛났다. 보도에 바로 나와 있는 둥근 테이블들, 가게 내부로부터 조명을 받는 줄무늬 천막 위에 드리운 검은 플라타너스 그림자. 니키틴은 얼음처럼 시원하고 무거운 맥주 한 잔을 떠올리며 걸음을 멈췄다. 노천 테이블 너머, 가게 안쪽에서는 바이올린 한 대가 마치 사람의 양손인 양 소리를 비틀어 짜내고, 물결치는 하프의 풍성한 울림이 반주를 해주었다. 진부한 음악일수록 가슴에 더 와닿는 법이다.

밖의 한 테이블에는 전신을 녹색으로 치장한 피곤해 보이는 매춘부가 뾰족한 신발 끝을 까딱까딱하며 앉아 있었다.

맥주 한잔해야지, 니키틴이 마음먹었다. 아니, 그만둘까…… 그러지 말고……

여자는 인형 같은 눈을 갖고 있었다. 저 눈, 가늘고 긴 저 맵시 있는 다리에서 뭔가 아주 익숙한 느낌을 받았다. 여자는 지갑을 움켜쥐고는 어딘가로 급히 가려는 듯 일어섰다. 길어서 엉덩이 아래까지 내려오는 재킷 형태의 에메랄드색 실크 니트 상의를 입고 있었다. 여자는 음악소리에 눈을 찡그리며 지나갔다.

거참, 기묘한 일이군, 니키틴이 혼잣말을 했다. 별똥별과 흡사한 뭔가가 그의 기억 속을 휙 스치고 지나갔다. 그는 맥주 생각은 까맣게 잊고, 번들번들 빛나는 검은 골목으로 방향을 꺾는 여자의 뒤를 밟았다. 가로등이 여자의 그림자를 길게 늘였다. 그림자는 벽을 따라 휙 지나가다가 비스듬히 기울어졌다. 여자는 천천히 걸었고, 니키틴은 추월하는 것이 왠지 두려워서 보폭을 조절했다.

그래, 틀림없어…… 아아, 이런 기막힌 일이 다 있네……

여자는 갓돌 위에서 걸음을 멈췄다. 검은 문 위에 진홍색 전구가 켜져 있었다. 니키틴은 지나쳐갔다가 되돌아와 여자 주위를 빙빙 돌다 멈춰 섰다. 여자는 간드러진 소리로 웃으며 애정을 표하는 프랑스어 단어를 내뱉었다.

니키틴은 희미한 불빛 속에서 지쳐 보이는 여자의 예쁜 얼굴과 촉촉하게 윤이 나는 아주 작은 치아를 보았다.

"있잖소." 그는 에두르지 않고 러시아어로 부드럽게 말했다. "우리 오래전에 알던 사이 아니오, 그냥 모국어로 말하는 게 어떻소?"

여자는 눈썹을 치켰다. "영국인? 영어로 말애요?"

니키틴은 그녀를 뚫어져라 응시하더니 좀 맥없이 다시 말했다. "이봐요, 당신이 알고 내가 아는데."

"아, 그럼 폴란드인?" 그녀는 굴리는 끝음절을 남부 사투리식으로 길게 끌면서 물었다.

니키틴은 쓴웃음을 지으며 단념하고는, 여자의 손에 5프랑 지폐를 찔러주고 재빨리 몸을 돌려 비탈진 광장을 가로지르기 시작했다. 잠시 후, 등뒤에서 민첩한 발걸음소리가, 숨소리가, 그리고 드레스가 사각거리는 소리가 들려왔다. 뒤를 돌아보았다. 아무도 없었다. 광장은 황량하고 어두웠다. 밤바람이 신문지 한 장을 몰고 광장의 판돌 위를 가로질렀다.

그는 한숨을 푹 내쉬고는 다시 쓴웃음을 지으며 주머니 깊숙이 양 주먹을 찔러넣은 다음, 마치 거대한 풀무로 불을 붙인 것처럼 타오르다 희미하게 사그라지는 별들을 응시하며 바다 쪽으로 내려가기 시작했다.

거기, 아주 오래된 부두의 가장자리에 앉아, 달빛이 리듬감 있게 너울거리는 물결 위로 다리를 달랑대며 머리는 뒤로 젖히고 양 손바닥을 뒤로 뻗어 몸을 기댄 채, 그는 한참을 그렇게 있었다.

별똥별 하나가 심장발작처럼 느닷없이 획 지나갔다. 밤의 광채를 받아 색이 옅어진 그의 머리카락을 맑고 세찬 돌풍이 한바탕 흩뜨리며 지나갔다.

운수소관

남자는 독일의 급행열차 국제선 식당칸에서 급사로 일했다. 이름은 알렉세이 리보비치 루진. 오 년 전 1919년에 러시아를 떠난 이래, 그는 이 도시에서 저 도시로 살길을 찾아 옮겨다니며 수없이 많은 직종과 돈벌이를 전전했다. 터키에서 농장 노동자로도 일해봤고, 빈에서는 배달원 노릇도 해봤으며, 칠장이, 상점 점원 등등 안 해본 일이 없다. 이제 그는 식당칸 양측으로 초원과 히스가 무성한 언덕과 소나무숲이 유유히 흘러가는 가운데, 모락모락 김이 나며 찰박거리는 육수가 든 두툼한 그릇들을 쟁반에 담아 창가 테이블 사이의 좁은 통로를 오가며 나르는 일을 하고 있다. 그는 날라 온 그릇에서 소고기와 햄 조각을 찍어 올려 손님들의 접시에 놓으며 가히 달인 같은 신속함으로 음식을 서비스했는데, 그 와중에 신경이 곤두선 이마와 숱 많은 검은 눈썹과 함께 짧게 깎은 머리를 재빨리 까딱 숙이곤 했다.

식당차는 오후 다섯시에 베를린에 도착해, 일곱시에 반대편 방향인 프랑스 국경 쪽으로 발차하곤 했다. 루진은 일종의 철제 시소 위에서 사는 셈이라, 생각하거나 추억에 잠기는 여유를 부릴 수 있는 건 오직 밤에만, 그것도 생선과 더러운 양말 냄새가 풍기는 좁은 구석에서뿐이다. 그가 가장 자주 떠올리는 추억은 페테르부르크 집과 그 집의 서재, 속을 두툼하게 채워넣은 가구의 곡선을 따라 달린 가죽 단추들, 그리고 지난 오 년 동안 아무 소식도 듣지 못한 아내 레나이다. 지금 그는 하루하루 생명이 고갈되어가는 듯 느껴졌다. 코카인을 너무 자주 흡입하는 바람에 정신이 피폐해지고, 콧구멍 안쪽에 난 작은 종기는 연골까지 좀 먹어 들어갔다.

그가 미소 지으면 커다란 이가 유난히 깨끗한 광택으로 번득였는데, 러시아인 특유의 이 상앗빛 미소 덕분에 그럭저럭 그는 다른 두 급사―그중 한 명은 떡 벌어진 체격에 금발의 베를린 사람인 후고로, 계산을 담당한다. 또 한 명은 붉은 머리에 코가 뾰족하니 여우를 좀 닮았고 몸이 날랜 막스로, 객차에 커피와 맥주를 나르는 업무를 맡고 있다―의 환심을 샀다. 하지만 최근에 루진이 미소 짓는 일은 점점 드물어졌다.

한가한 시간에 수정처럼 눈이 부신 마약의 파동이 그의 몸을 덮쳐, 그 광채가 생각 구석구석에 스며들어 아무리 사소한 것도 천상의 기적으로 바꾸면, 그는 아내의 소재를 추적하기 위해 밟으려고 생각했던 온갖 절차를 다 종이에 꼼꼼히 써보곤 했다. 모든 감각이 여전히 더없는 행복에 취해 팽팽하게 긴장된 상태로 그렇게 갈겨쓰고 있을 때면, 그런 메모가 대단히 중요하고도 올바른 것으로 여겨졌다. 그러나 머리가 깨질 듯 아프고 내의가 끈적끈적하게 몸에 달라붙는 아침이면, 그는 그 변덕스럽고 모호한 줄글을 넌더리가 난 듯 쳐다봤다. 그런데 최근에는 또다른 생각 하나가 그의 머릿속에 자리잡기 시작했다. 그가, 역시 그 다운 성실함으로, 자신의 죽음에 대한 계획을 공들여 가다듬는 일에 착수한 것이다. 자신이 느끼는 공포감의 상승과 하강을 보여주는 일종의 그래프를 그렸고, 마침내 일을 간단히 하기 위해 명확한 일자를 확정했다—8월 1일과 2일 사이의 밤으로. 죽음 그 자체보다는 죽음에 선행하는 모든 세세한 사항에 흥미가 일었고, 이 세부사항들에 너무 천착한 나머지 죽음 자체를 잊어버릴 지경이었다. 그러나 약기운이 가시자마자, 눈앞에 그림을 그리듯 생생하게 상상한 이런저런 자살 방법은 모두 퇴색해버렸고, 오직 한 가지만 명확하게 남았다. 그의 생명이 이제 완전히 고갈돼 계속 삶을 지속하는 건 아무 의미가 없다는 것.

8월 1일은 순조롭게 흘러갔다. 저녁 여섯시 반, 베를린 역사 안의 어스름한 빛이 비치는 광활한 간이식당에는 비만인데다 머리부터 발끝까지 검은색으로 차려입은 마리아 우흐톰스키 노老공작부인이 마치 환관같이 누리끼리한 얼굴로 아무것도 없는 테이블에 앉아 있었다. 주위에는 사람이 별로 없었다. 안개가 자욱한 높은 천장 아래 매달린 전등의 황동 평형추가 어렴풋이 빛났다. 의자가 때때로 뒤로 밀려 덜컹덜컹 공허한 반향을 일으켰다.

우흐톰스키 공작부인은 엄격한 시선으로 벽시계의 금박 바늘을 힐끗 보았다. 바늘이 앞으로 비틀거리며 나아갔다. 일 분 후 바늘은 다시 요동쳤다. 노부인은 자리에서 일어나, 광택 있는 검은 *여행가방*을 집어올리고는 커다란 손잡이가 달린 남성용 지팡이에 몸을 기대고 발을 끌며 느릿느릿 출구 쪽으로 향했다.

출구에는 짐꾼이 대기하고 있었다. 열차가 역으로 후진해 들어왔다. 쇳빛을 띤 침울한 독일 객차들이 무겁게 하나, 둘 차례로 지나갔다. 니스칠을 한 갈색 티크 재질 침대차 한 량의 중앙 창문 아래쪽에 '베를린-파리'라고 적힌 표식이 있었다. 그 국제선 침대차와 함께 가장자리에 티크판을 댄 식당차—공작부인은 그 식당차의 창문에서 머리카락이 붉은 급사의 튀어나온 팔꿈치와 머리를 언뜻 보았다—만이 수수하면서도 우아했던 전쟁 전 북방급행선을 연상시키는 유일한 흔적이었다.

객차의 완충장치가 철커덩 부딪히는 소리와 브레이크가 쉬쉬거리며 길게 숨을 내뿜는 소리를 내며 열차가 멈춰 섰다.

짐꾼은 우흐톰스키 공작부인을 급행열차 객차 칸의 이등실—부인이 요청한 흡연자용 객실—로 안내했다. 창가 구석자리에는 올리브색 피부에 시건방진 얼굴을 한 남자가 베이지색 양복을 입고 앉아 벌써 시가를 다듬고 있었다.

노공작부인은 그 남자의 맞은편에 앉았다. 부인은 자신의 물건들이 모두 머리 위 짐칸의 그물망 안에 잘 놓였는지 신중한 눈길로 찬찬히 확인했다. 여행가방 두 개와 바구니 하나. 모두 저기 있군. 그리고 부인의 무릎 위에 놓인 광택 있는 *여행가방*. 부인의 입술이 뭔가를 가차없이 씹는 듯한 움직임을 보였다.

독일인 커플이 힐떡거리며 객실로 느릿느릿 들어왔다.

그런 다음, 열차 출발 일 분 전에 젊은 여인이 하나 들어왔다. 커다란 입을 붉게 칠하고 이마를 덮은 딱 맞는 검은 털모자를 썼다. 여인은 짐을 일단 놔두고 통로로 나갔다. 베이지색 양복을 입은 남자가 그녀의 뒷모습을 힐끗 보았다. 그녀는 창문을 서투르게 홱 잡아당겨 올리고는 몸을 밖으로 내밀어 누군가에게 작별인사를 했다. 공작부인은 러시아어로 재잘거리는 소리를 알아들었다.

열차가 출발했다. 그 젊은 여인이 객실로 돌아왔다. 그녀의 얼굴에서 맴돌던 미소가 자취를 감추고, 지친 표정으로 바뀌었다. 집들의 벽돌 뒷벽이 눈앞을 미끄러지듯 지나갔다. 그 벽 중 하나에는 금색 지푸라기처럼 보이는 것들로 속이 채워진 어마어마한 크기의 담배가 그려진 광고가 전시되어 있었다. 폭우 때문에 물에 젖은 지붕들이 낮게 뜬 태양빛 아래서 반짝반짝 빛났다.

우흐톰스키 노공작부인은 더는 자제할 수 없었다. 그녀는 러시아어로 부드럽게 물었다. "제 가방을 여기에 둬도 괜찮을까요?"

젊은 여인이 움찔하며 답했다. "그럼요, 그러세요."

맞은편 구석에 앉은 올리브색과 베이지색의 남자가 신문 너머로 그녀를 찬찬히 뜯어봤다.

"저기, 난 파리로 가는 길이라오." 공작부인은 가볍게 한숨을 쉬며 먼저 얘기를 꺼냈다. "파리에 아들이 있다오. 독일에 남아 있기 무서워서 말이지, 아시겠지만."

부인은 *여행가방*에서 커다란 손수건을 꺼내 코를 왼쪽에서 오른쪽으로, 그다음엔 다시 반대 방향으로 꼭꼭 문질러 닦았다.

"그럼, 무섭다마다. 베를린에서 공산혁명이 일어날 거라던데, 뭔 얘기 들은 게 있수?"

젊은 여인은 고개를 저었다. 그러고는 미심쩍은 눈으로, 신문을 읽고 있는 신사와 독일인 커플을 힐끗 보았다.

"난 아무것도 몰라요. 그저께 러시아에서, 페테르부르크에서 왔어요."

우흐톰스키 공작부인의 투실투실하고 누리끼리한 얼굴이 강한 호기심을 드러냈다. 그녀의 아주 작은 눈썹이 위쪽으로 기어올라갔다.

"설마!"

젊은 여인은 시선을 자신의 회색 신발 끝에 고정한 채 부드러운 음성으로 빠르게 말했다. "네, 인정 많은 어떤 분이 나올 수 있도록 도와주셨어요. 저도 지금 파리로 가는 길이에요. 거기에 친척이 있거든요."

그녀는 장갑을 벗기 시작했다. 손가락에서 금빛 결혼반지가 미끄러져 빠졌다. 그녀는 재빨리 반지를 잡았다.

"반지가 자꾸 빠지네요. 손가락이 더 가늘어져서 그런지."

그러고는 입을 다물고 속눈썹을 깜빡였다. 객실 유리문 너머 통로 창문 밖으로 전선의 현이 고르게 열을 지어 휙휙 올라가는 것이 보였다.

우흐톰스키 공작부인은 젊은 여인 곁으로 바짝 붙어앉았다.

"있잖우." 부인은 큰 소리로 귀엣말을 하며 물었다. "소련 놈들이 요즘 애를 좀 먹고 있다던데, 그렇다지?"

일몰을 등져 검게 보이는 전신주 하나가 전선의 완만한 상승 흐름을 중단시키며 날듯이 지나갔다. 전선들은 바람이 불다 그쳤을 때의 깃발처럼 아래로 툭 떨어졌다. 그러더니 슬금슬금 다시 올라가기 시작했다. 급행열차는 눈부시게 불타오르는 광활한 저녁의 공기 벽과 벽 사이를 빠르게 질주했다. 객실 천장 어딘가에서, 마치 비가 강철지붕 위에 떨어지는 것처럼 가볍게 탁탁하는 소리가 계속 들려왔다. 독일 열차의 객차는 심하게 흔들리곤 한다. 내부가 푸른 천으로 덮인 국제선 객차는 다른 객차보다 매끄럽고 조용히 주행하는 편이다. 식당차에서는 급사 세 명이 테이블을 준비하고 있었다. 그중 한 명, 짧게 친 머리에 돌출된 눈썹을 가진 급사는 가슴 쪽 호주머니에 넣어둔 작은 약병을 생각하고 있었다. 그는 연신 입술을 핥고 코를 킁킁거렸다. '크람'이라는 상품명이 적힌 약병에는 맑은 수정 같은 가루가 들어 있다. 그는 테이블 위에 포크와 나이프를 분배하고 봉인된 병들을 고리에 끼워넣다가, 돌연 더는 참을 수 없어졌다. 그는 두꺼운 커튼을 내리던 막스 푹스를 향해 잠시 봐달라는 뜻으로 살짝 미소를 보내고는 불안하게 휘청하는 연결판을 획 건너서 다음 차량으로 넘어갔다. 그는 화장실 문을 걸어 잠그고 틀어박혔다. 열차가 덜컹거리는 횟수를 주의깊게 세면서 그는 엄지손톱 위에 가루를 작은 둔덕이 되게 붓고는, 게걸스럽게 한쪽 콧구멍에 그것을 꽉 눌러넣고, 다른 쪽 콧구멍에도 넣어 들이마신 후, 혀를 한번 깔짝대 손톱 위에서 반짝이는 분말을 핥았다. 그 고무 같은 쓴맛에 눈을 두어 번 찔끔 깜박거렸다. 그런 다음 술에 취한 듯 들떠서 화장실을 나왔다. 그의 머릿속은 얼음같이 차갑고 달콤한 공기로 가득찼다. 식당차로 돌아오는 길에 연결통로의 칸막이벽 사이를 건너가며 그는 생각했다. 지금 바로 죽는다면 얼마나 간단할까! 미소가 새어나왔다. 밤이 될 때까지 기다리는 게 최선이다. 이 황홀한 독의 효과를 갑자기 끝내버리긴 아깝지.

"식권을 나한테 줘요, 후고. 내가 나눠주러 가겠소."

"아뇨, 막스가 가게 하죠. 막스가 더 빨리 해치우니까. 여기, 막스."

붉은 머리의 급사는 주근깨투성이의 주먹으로 식권 다발을 한 움큼 움켜쥐었다. 그는 테이블 사이를 여우처럼 미끄러져 국제선 침대차의 푸른 통로로 나갔다. 다섯 개의 뚜렷한 하프 현이 창문과 나란하게 달리며 필사적으로 획획 올라갔다. 하늘은 어두워지고 있었다. 독일 열차의 이등실에서는 검은색 옷을 입은 환관같이 생긴 노부인이 가라앉은 소리로 탄식하며 상대방의 비참한 과거 인생 이야기를 끝까지 들어주고 있었다.

"그래서 자기 남편은—그 양반은 뒤에 남았고?"

젊은 여인은 눈을 크게 뜨더니 고개를 저었다. "아니요. 남편은 이미 한참 전에 외국에 나갔죠. 그저 일이 그렇게 됐어요. 혁명 아주 초기에 그이는 남쪽 오데사로 갔어요. 그이는 쫓기고 있었거든요. 나는 오데사에서 남편과 합류하기로 되어 있었는데, 제때에 탈출하지 못했어요."

"끔찍한 일이야. 끔찍해. 그후로는 남편 소식 뭐 들은 게 있수?"

"없어요. 그이가 죽은 게 틀림없다고 생각한 게 기억나요. 결혼반지를 내 십자가 목걸이에 걸기 시작했죠—그자들이 반지도 가져가버릴까봐 두려웠어요. 그후 베를린에 오니 지인들이 그이가 살아 있다고 말해주더군요. 누군가 그이를 보았대요. 전 어제야 망명 신문에 광고를 냈죠."

젊은 부인은 낡을 대로 낡아 누더기가 된 비단 핸드백에서 접은 〈방향타〉 한 장을 꺼냈다.

"이거예요, 보세요."

우흐톰스키 공작부인은 안경을 쓰고 읽었다. "옐레나 니콜라예브나 루진이 부군인 알렉세이 리보비치 루진을 찾는다."

"루진?" 공작부인은 안경을 벗으며 물었다. "혹시 레프 세르게이치의 아들 아닌가? 그 사람에게 아들이 둘 있었는데. 그애들의 이름은 내가 기억 못하지만……"

옐레나는 환하게 미소 지었다. "어머나, 잘됐네요, 정말 놀라워요. 설마 시아버님을 아시는 건 아니죠."

"그럼, 알다마다." 공작부인은 득의양양하고 친절한 어조로 이야기를 시작했다. "료부시카 루진…… 예전에 경기병이었던 사람이지. 우린 영지가 가까웠다오. 집에도 종종 손님으로 오곤 했는데……"

"그분은 돌아가셨답니다." 옐레나가 끼어들었다.

"그래, 그래, 나도 들었다우. 부디 천국에서 영면하시기를. 그분은 항상 보르조이종 사냥개를 데리고 왔었지. 하지만 그분 아들들은 잘 기억이 나지 않네. 내가 1917년 이후로 계속 외국에 있었거든. 동생 아이가 밝은 금발이었던 것 같은데, 그리고 말을 더듬었지."

옐레나는 다시 미소 지었다.

"아뇨, 아니에요, 그건 형 쪽이죠."

"아, 뭐, 내가 그 둘을 혼동했나보네, 자기." 공작부인이 편하게 말했다. "내가 기억력이 좀 별로라서. 자기가 료부시카 루진의 이름을 언급 안 했으면 난 그를 기억도 못했을걸. 하지만 이젠 전부 다 생각나네. 그는 저녁이면 차를 마시러 우리집으로 말을 타고 오곤 했는데―오, 글쎄, 내 말 좀 들어봐요―" 공작부인은 좀더 가까이 다가앉더니 알아듣기 쉽고 약간 노래하는 듯한 경쾌한 목소리로 슬픈 기색 없이 이야기를 계속했는데, 마치 행복했던 것들은 그것이 사라져버렸음을 비통해하지 말고 행복한 방식으로 이야기해야만 한다는 투였다.

"글쎄 이런 일도 있었다우." 부인은 이야기를 이어갔다. "우리집에 재미있는 접시 세트가 하나 있었는데 말이야. 가장자리에 금테가 둘리고 정가운데에는 모기가 진짜 살아 있는 것처럼 그려져서 처음 보는 사람은 누구나 그걸 털어내려 했다니까."

객실 문이 열렸다. 붉은 머리 급사가 저녁식사 예약 전표를 나눠주었다. 엘레나는 한 장을 받았다. 아까부터 그녀와 눈을 맞추려고 애쓰던 구석자리의 신사도 한 장 받았다.

"난 먹을 걸 싸왔어요." 공작부인이 말했다. "햄하고 번."

막스는 모든 객차를 다 들른 뒤, 빠른 걸음으로 식당차로 돌아왔다. 그는 옆구리에 냅킨을 끼고 객차 연결통로에 선 러시아인 동료를 지나치면서 팔꿈치로 쿡 찔렀다. 루진은 반짝반짝 빛나는 불안한 눈으로 막스의 뒷모습을 좇았다. 그는 서늘하고 근질거리는 진공이 자신의 뼈와 기관을 대체하는 것처럼 느꼈다. 마치 전신이 금방이라도 재채기를 해서 영혼을 쫓아내버리기라도 할 것 같았다. 루진은 어떻게 죽음의 계획을 짤 것인가 백 번이 넘게 상상해보았다. 마치 체스 문제라도 고안하듯 모든 사소한 세부사항을 따져보았다. 밤중에 어떤 역에 내려 움직이지 않는 차량 주위를 걷다가, 다른 차량이 대기중인 그 차량과 짝이 되기 위해 가까이 다가오면, 완충장치의 방패 같은 끝에 머리를 갖다대는 계획을 짜보았다. 두 완충장치가 충돌할 것이다. 서로 만나는 그 끝과 끝 사이에 그의 숙인 머리가 있을 것이다. 머리는 비누 거품처럼 터져서 무지갯빛 공기가 되어버릴 것이다. 그는 침목 위에 단단히 발을 딛고 서서 범퍼의 차가운 금속 부분에 관자놀이를 확실히 대고 눌러야 하는데······

"내 말 안 들려요? 손님들에게 저녁식사 호출을 할 시간이오."

이렇게 말한 이는 후고였다. 루진은 깜짝 놀란 미소로 답하고는 시키는 대로, 휘청휘청 차량들을 통과해가면서 객실 문을 잠깐씩 열고 큰소리로 바쁘게 외쳐댔다. "저녁 시간 첫번째 알림입니다!"

한 객실 안에서 샌드위치 포장을 벗기던 노부인의 투실투실하고 누리끼리한 얼굴에 잠깐 그의 눈길이 닿았다. 어쩐지 잘 아는 얼굴 같다는 생각이 들었다. 다시 서둘러 차량들을 통과해 돌아오면서 그는 그 부인이 누구일까 계속 생각했다. 마치 꿈에서 본 적이 있는 듯했다. 금방이라도 그의 전신이 영혼을 재채기로 뱉어낼 것 같은 감각은 이제 더욱 구체화됐다―지금 당장이라도 저 나이든 여자가 누굴 닮았는지 기억이 날 것 같아. 그러나 머리를 쥐어짜면 쥐어짤수록 부아가 치밀 정도로 기억은 미끄러지듯 사라졌다. 그는 음울한 얼굴로 식당차로 돌아왔다. 콧구멍이 팽창하고 목구멍에는 경련이 일어 침을 삼키기조차 어려웠다.

"제길, 저런 노파 따위를…… 어처구니가 없군"

승객들은 비틀비틀 벽을 짚으며 통로를 따라 식당차 쪽으로 이동하기 시작했다. 저녁놀의 어슴푸레한 노란 띠가 아직 보이는 가운데, 어두워진 창유리에 그들의 형상이 벌써 아른아른 비쳤다. 옐레나 루진은 자신이 자리에서 일어서기를 기다려 베이지색 양복을 입은 신사가 따라 일어서는 것을 눈치채고 불안한 마음이 들었다. 그 남자의 눈은 어두운 요오드 용액으로 가득찬 것처럼 보이는, 추잡하고 흐리멍덩한 통방울눈이었다. 그는 거의 그녀의 발을 밟을 정도로 뒤에 바싹 붙어 통로를 따라 걸으며, 갑작스러운 덜컹거림에(객차들은 맹렬히 흔들리고 있었다) 그녀가 균형을 잃을 때마다 비난하듯이 헛기침을 하곤 했다.

왠지 그가 첩자나 밀고자일지도 모른다는 생각이 그녀의 뇌리에 불현
듯 스쳤다. 바보 같은 생각이란 걸 스스로도 잘 알고 있었지만―어쨌
든 그녀는 이젠 러시아에 있지 않으니까―그래도 그 생각을 떨쳐버리
기 힘들었다.

두 사람이 침대차의 통로를 통과할 때 그가 뭔가 말을 건넸다. 그녀
는 걸음을 빨리했다. 흔들흔들하는 연결판을 건너 침대차 다음에 있는
식당차로 발을 디뎠다. 그러자 바로 여기, 식당차로 가는 연결통로에서
갑자기 그 남자가 좀 우악스러우면서도 은근하게 그녀의 위팔을 잡았
다. 그녀는 비명이 나오는 걸 가까스로 억누르고 팔을 홱 뿌리쳤는데,
너무 격하게 뿌리친 나머지 거의 넘어질 뻔했다.

남자는 외국인 악센트가 배어 있는 독일어로 말했다. "예쁜이!"

옐레나는 홱 뒤로 돌았다. 그러고는 되돌아갔다. 연결부를 건너고,
침대차를 통과하고, 또 한번 연결부를 건너고. 그녀는 참기 어려울 정
도로 불쾌했다. 저렇게 상스럽고 사람 같지도 않은 남자와 얼굴을 마주
하고 앉으니 저녁을 아예 먹지 않는 편이 나았다. '도대체 사람을 뭐로
생각하는 거야.' 그녀는 곰곰이 생각했다. '그저 립스틱을 발랐을 뿐인
데……'

"무슨 일이우, 자기, 식사하러 안 가요?"

우흐톰스키 공작부인은 햄샌드위치를 손에 들고 있었다.

"안 갔어요, 먹고 싶은 마음이 사라져서요. 실례지만 저 잠깐 눈 좀
붙일게요."

노부인은 놀라서 가는 눈썹을 치켜올렸다가, 이윽고 다시 우적우적
먹기 시작했다.

옐레나는 머리를 뒤로 기대고 자는 척했다. 그러다 곧 진짜로 깜빡 잠이 들었다. 창백하고 피곤한 기색이 역력한 그녀의 얼굴이 이따금 씰룩씰룩 경련을 일으켰다. 분이 벗겨진 콧방울이 번들번들 빛났다. 우흐톰스키 공작부인은 긴 마분지 흡입구가 달린 담배에 불을 붙였다.

삼십 분 후쯤 그 남자가 돌아와 아무 일도 없었다는 듯 태연히 자신의 구석자리에 앉고는 이쑤시개로 어금니를 쑤시는 일에 한동안 몰두했다. 그런 다음 눈을 감고 조금 꼼지락거리다가 창가의 고리에 걸어놓은 외투 자락에 얼굴을 묻었다. 다시 삼십 분이 흘렀고 열차는 속도를 늦췄다. 승강장 불빛이 김이 서린 창문과 나란히 마치 유령처럼 지나갔다. 열차가 안도의 한숨을 길게 늘이며 멈춰 섰다. 이런저런 소리가 들려왔다. 옆 객실에서 누군가 기침하는 소리, 역의 승강장을 달려 지나가는 발걸음소리. 열차가 한참을 정차해 있는 동안, 밤의 먼 기적소리가 서로를 불러댔다. 그런 다음 열차는 갑자기 덜컹하더니 움직이기 시작했다.

옐레나는 깨어났다. 공작부인은 입을 검은 동굴처럼 벌리고 졸고 있었다. 독일인 커플의 모습은 보이지 않았다. 외투로 얼굴을 가린 신사도 양쪽 다리를 흉하게 벌린 채 자고 있었다.

옐레나는 마른 입술을 핥으며 피곤한 듯 이마를 문질렀다. 그러다 갑자기 화들짝 놀랐다. 네번째 손가락에서 반지가 사라져버린 것이다.

한순간 그녀는 미동도 없이 자신의 맨손을 바라보았다. 그러고는 두근거리는 가슴을 부여안고 허둥지둥 좌석과 바닥을 뒤지기 시작했다. 그녀는 남자의 뾰족한 무릎을 힐끗 쳐다보았다.

'오, 이런, 맙소사, 맞아. 식당차로 넘어가던 중에 떨어뜨린 게 분명

해. 손을 홱 뿌리칠 때……'

그녀는 서둘러 객차를 나와 양팔을 뻗어 이리저리로 휘청거리고 눈물을 삼키며 한 차량을, 또다른 차량을 건너갔다. 마침내 침대차의 끝에 이르렀는데, 그 뒤쪽 문을 통해 보이는 건 그냥 공기, 아무것도 없는 허공, 밤하늘, 검은 쐐기 모양으로 멀리 사라져가는 선로 밑 노반뿐이었다.

그녀는 자신이 뭔가 혼동해서 반대 방향으로 왔다고 생각했다. 흐느껴 울며 뒤로 돌았다.

바로 옆 화장실 문 앞에 작은 노파가 서 있었는데, 회색 앞치마와 완장을 둘러 마치 야간 근무 간호사처럼 보였다. 노파가 든 작은 양동이에는 솔이 비어져나와 있었다.

"식당차는 분리되었수"라고 말하면서 작은 노파는 무슨 이유에서인지 한숨을 쉬었다. "콜로뉴부터는 다른 식당차와 합쳐질 거요."

식당차는 역사의 둥근 천장 아래 남겨졌다. 다음날 아침에야 프랑스로 계속 달리게 될 식당차 안에서 급사들은 뒷정리를 하며 바닥을 쓸고 테이블보를 접었다. 루진은 할일을 다 마치고 차량 연결통로의 열린 출입구에 서 있었다. 역사는 어둡고 적막했다. 조금 떨어진 곳에서 전등 하나가 잿빛 연기 구름 사이로 촉촉한 별처럼 반짝였다. 급류처럼 흐르는 철로가 희미하게 빛났다. 루진은 샌드위치를 들고 있던 노부인의 얼굴에 왜 이렇게 몹시 신경이 쓰이는지 이해할 수 없었다. 다른 모든 것은 분명한데, 오직 이 한 가지가 맹점으로 남았다.

붉은 머리에 날카로운 콧날을 가진 막스도 연결통로로 나왔다. 그는 바닥을 쓸고 있었다. 구석에 무언가 금빛으로 번쩍이는 게 눈에 띄었다. 몸을 구부렸다. 반지였다. 그는 조끼 주머니에 반지를 숨기고는 눈치챈 사람이 없나 주위를 재빨리 살폈다. 출입구에 서 있는 루진의 등은 미동도 없었다. 막스는 조심스레 반지를 꺼냈다. 희미한 불빛에 비춰보니 반지 안쪽에 새겨진 필기체 단어 하나와 숫자 몇 개를 알아볼 수 있었다. 중국어인가, 그는 생각했다. 사실 거기에는 러시아어로 다음과 같이 새겨져 있었다. "1-VIII-1915. 알렉세이." 막스는 주머니에 반지를 도로 집어넣었다.

루진의 등이 움직였다. 그는 조용히 식당차에서 내렸다. 그는 마치 산책이라도 하듯이 차분하고 느긋한 걸음걸이로 승강장을 비스듬히 가로질러 옆 선로 쪽으로 갔다.

때마침 직행열차가 격렬한 기세로 역 안으로 달려들어왔다. 루진은 승강장 모서리로 가서 깡충 뛰어내렸다. 석탄재가 발뒤꿈치 밑에서 저벅거리는 소리를 냈다.

그 순간 기관차가 굶주린 듯 한 번에 튀어올라 그를 덮쳤다. 무슨 일이 일어났는지 전혀 모르는 막스는 불 켜진 차창들이 하나의 연속된 띠를 이루며 흘러가는 것을 멀리서 바라보았다.

감자 요정

1

사실 그의 본명은 프레더릭 돕슨이었다. 그는 마술사 친구에게 자신에 대해 이런 이야기를 해주었다.

"아동복 재단사 돕슨으로 말할 것 같으면, 브리스틀에서 모르는 이가 없었지. 나는 그 돕슨의 아들이네—순전히 내 고집이긴 해도 나는 그게 자랑스러워. 우리 아버지는 늙은 고래처럼 마셔대던 술꾼이기도 했다는 걸 알아둬. 1900년경 어느 날, 내가 태어나기 한두 달 전이었는데, 진을 마시고 떡이 된 아버지가 아기천사 밀랍인형 중 하나를 기괴하게 치장해서—세일러복에, 보통 사내애들이 태어나 처음으로 입는 긴 바지를 입혔다나—글쎄, 그걸 우리 어머니 침대 속에 집어넣었대.

불쌍한 어머니가 유산하지 않은 게 놀랍지. 너도 잘 알겠지만, 나도 그저 이 모든 얘기를 사람들에게 전해들었을 뿐이야—하지만 친절하게도 내게 이 이야기를 귀띔해준 이들이 거짓말쟁이가 아니라면, 이게 바로 숨겨진 진짜 이유일지도 몰라, 내가……"

이렇게 말하면서 프레드 돕슨은 슬프고도 사람 좋아 보이는 몸짓으로 작은 양손을 벌렸다. 마술사는 언제나 그렇듯 꿈꾸는 듯한 미소를 지으며 몸을 굽혀 프레드를 아기처럼 들어올려 한숨을 쉬며 옷장 위에 올려놓았다. 그러면 감자 요정은 순순히 그 위에서 몸을 둥글게 말고는 나지막하게 재채기를 하며 코를 훌쩍이기 시작했다.

그는 스무 살이었는데, 체중은 50파운드*도 안 나가고, 키는 유명한 스위스인 난쟁이 치머만('발타자르 공'이라는 별명으로 불리는)보다 고작해야 이삼 인치** 클 뿐이었다. 친구인 치머만처럼 체격이 더할 수 없이 좋아서, 둥그스름한 이마와 가늘게 뜬 눈꼬리에 잡히는 주름에 더해 좀 으스스한 긴장감(마치 스스로 성장을 거부하는 듯한)만 없었다면, 우리의 난쟁이 친구는 의젓한 여덟 살 소년으로 충분히 통할 외모였다. 축축한 지푸라기 색을 띤 그의 머리카락은 머리 정중앙을 따라 올라가 정수리와 모종의 교활한 협정을 맺은 가르마로 균등하게 나눠 매끈하게 매만졌다. 걸음걸이가 가볍고 몸놀림이 자유롭고 춤도 곧잘 추는 그였지만, 가장 처음 그를 고용한 흥행사는, 다혈질의 상스러운 부친으로부터 난쟁이가 물려받은 통통한 주먹코에서 착안한 우스꽝스러운 수식어로 '요정' 개념에 중량감을 더하는 게 현명하다고 판단했다.

---

* 1파운드는 약 453그램이다.
** 1인치는 약 2.5센티미터이다.

감자 요정은 그 외양만으로 전 영국은 물론, 나중에는 유럽 대륙의 주요 도시들에서도 우레 같은 박수갈채와 웃음을 자아냈다. 보통 다른 난쟁이들과 달리, 그의 성품은 온순하고 붙임성이 있었다. 네덜란드 서커스단에 있을 때는 '눈송이'라는 이름의 아주 작은 조랑말을 대단히 아껴서, 그 말을 타고 무대 주위를 열심히 속보로 돌곤 했다. 빈에서는 옴스크* 출신으로 머리가 모자라고 침울한 거인의 마음을 완전히 사로잡았는데, 처음 거인을 보았을 때 그는 거인에게 몸을 쭉 뻗고는 유모의 팔에 안겨 들리는 아기처럼 졸라댔던 것이다.

그는 혼자서 공연하는 법이 거의 없었다. 예를 들어 빈에서는 줄무늬 바지와 말쑥한 재킷을 단정히 차려입고, 아주 큰 두루마리 악보를 옆구리에 낀 모습으로 그 러시아 거인과 함께 등장해 거인 주위를 종종걸음으로 돌아다녔다. 그가 거인에게 기타를 가져다주었다. 거인은 터무니없이 큰 조상처럼 서서 자동인형 같은 동작으로 악기를 받았다. 흑단으로 조각된 것처럼 보이는 긴 프록코트, 높은 신발 뒤축, 그리고 실크해트의 원기둥 반사광 덕에, 350파운드가 나가는 위풍당당한 그 시베리아인의 키는 더 커 보였다. 거인은 강인한 턱을 앞으로 내밀고 한 손가락으로 현을 튕겼다. 그래놓고 무대 뒤로 가면 거인은 여자 같은 어조로 현기증이 난다고 불평하곤 했다. 프레드는 거인을 아주 좋아하게 돼서 이별의 순간에 훌쩍훌쩍 울기도 했다. 사람들에게 금방 정을 주곤 하는 그였기에. 그의 삶은, 마치 서커스 말처럼, 잔잔하고 단조롭게 계속 뱅글뱅글 도는 삶이었다. 그러던 어느 날 무대 옆 어둠 속에서

---

* 러시아 중남부의 도시로 시베리아 지대에 위치한다.

가정용 페인트통에 걸려 엎어져 그 속으로 부드럽게 퐁당 빠지는 일이 일어났는데, 이 사건이 그에게는 꽤 오랫동안 뭔가 이색적인 일로 계속 떠오를 정도였다.

이런 식으로 난쟁이는 유럽 곳곳을 순회하고 돈을 모았으며, 낭랑한 카스트라토 같은 목소리로 노래를 불렀다. 독일의 쇼 극장에서 관객들은 두툼한 샌드위치와 견과가 들어간 막대사탕을, 스페인에서는 설탕에 조린 제비꽃과 역시 견과가 들어간 막대사탕을 먹었다. 세계는 그의 눈에 들어오지 않았다. 그의 기억 속에 남은 거라곤, 자기를 보고 웃는 언제나 똑같이 얼굴 없는 심연, 그리고 나중에 공연이 끝난 후, 극장을 나설 때면 유난히 짙푸르게 보이는 시원한 밤의 부드럽고 꿈같은 메아리뿐이었다.

런던으로 돌아온 그는 새로운 파트너를 찾았다. 쇼크라는 예명을 가진 마술사였다. 쇼크는 말투는 노래하는 듯했고 손은 가냘프고 창백한 데다 거의 이 세상 것 같지 않게 우아했으며, 한쪽으로 흘러내린 밤색 머리카락 한 타래는 눈썹까지 내려왔다. 그는 무대에 서는 마술사라기보다는 시인처럼 보였으며, 마술사들이 으레 그러듯 호들갑 떨며 속사포로 말을 내뱉지도 않고, 일종의 부드럽고 우아한 애수를 담은 마술을 선보였다. 감자 요정은 우스꽝스러운 모습으로 그의 조수 노릇을 하다가, 쇼의 막바지에는 아기 옹알이 같은 기쁨의 탄성을 지르며 맨 꼭대기 관중석에서 모습을 드러냈다. 불과 일 분 전에 쇼크가 바로 무대 정중앙에 놓인 검은 상자 안에 그를 가두는 광경을 모두가 보았는데 말이다.

이 모든 것이 런던의 한 극장, 출렁거리며 떨리는 공중그네에서 공중곡예사가 날아오르고, 타국의 테너 가수(자기 나라에선 실패한)가 뱃노래를 부르고, 수병복을 입은 복화술사와 자전거곡예사들도 출연하며, 또 그런 데 으레 있는, 조그마한 삼각모를 쓰고 무릎까지 내려오는 조끼를 입은 괴짜 광대가 발을 끌며 돌아다니는 수많은 극장 중 하나에서 일어난 일이다.

2

최근 들어 프레드는 기분이 우울한지, 마치 작은 재패니즈스패니얼처럼 소리 없이 애처롭게 코를 계속 훌쩍거렸다. 숫총각인 난쟁이는 수개월을 여자에 대한 갈망을 느끼지 않고 보내다가도, 때때로 가슴을 저미는 듯한 고독한 사랑의 고뇌에 잠기곤 했지만, 그 고뇌는 그렇게 갑작스럽게 타오른 것처럼 다시 풀썩 사그라지곤 했다. 그러고는 다시, 한동안, 박스석을 나누는 벨벳 칸막이 너머로 하얗게 보이는 맨어깨도, 작은 여자 공중곡예사들이나, 빠르게 빙빙 도는 춤을 추는 와중에 동그랗게 말려 부풀어오른 치마 아랫단의 다홍색 층층이 주름 장식이 휙 말려 올라가 매끈한 허벅지가 순간 드러난 스페인 무희도 무시해버렸다.

"자네에게 필요한 건 여자 난쟁이야." 쇼크는 익숙한 솜씨로 엄지와 검지를 탁 튕기더니 난쟁이의 귀에서 은화 한 닢을 꺼내며 수심에 잠긴 듯 말했다. 난쟁이의 작은 팔이 파리라도 쫓듯, 뭔가 털어내는 각도로 휘어 올라갔다.

그날 밤, 아주 작은 코트를 입고 중산모를 쓴 프레드가 자기 순서가 끝난 후, 코를 훌쩍이고 툴툴거리며 무대 뒤의 어두침침한 복도를 따라 아장아장 걷고 있는데, 문 하나가 조금 열리며 환한 빛이 갑자기 쏟아져나오더니 두 사람의 목소리가 그를 불렀다. 곡예사 자매인 지타와 아라벨라였다. 볕에 탄 피부에 흑발, 가늘고 긴 푸른 눈을 가진 그들은 둘 다 반라 상태였다. 방은 넘너른한 극장 물품들의 어른거리는 빛과 로션 향기로 가득했다. 경대는 분첩과 빗과 표면에 무늬를 새겨넣은 유리 향수 분무기, 빈 초콜릿 상자에 든 머리핀과 립스틱 등으로 어수선했다.

두 여자가 재잘거리는 통에 프레드는 귀가 금방 먹먹해졌다. 자매는 난쟁이를 간질이다가 꽉 껴안았고, 난쟁이는 정욕으로 얼굴이 자줏빛으로 물들어 자매를 노려보면서도, 벗은 팔로 지분거리는 자매의 이 품 저 품으로 공처럼 굴러다녔다. 결국 장난기 가득한 아라벨라가 그를 끌어안고 뒤로 벌렁 넘어져 소파에 나자빠지자, 프레드는 어쩔 줄 몰라서 코를 훌쩍거리며 그녀의 목을 꽉 껴안고 버둥거렸다. 그녀는 그를 떨쳐내려고 한쪽 팔을 올렸고, 그는 면도해서 따끔따끔한 겨드랑이의 움푹한 부분으로 확 덤비듯 미끄러져 들어가 입술을 딱 붙였다. 웃느라 힘이 빠진 또 한 여자가 다리를 잡아 그를 끌어내려 했지만 소용없었다. 바로 그때 문이 쾅 열리며 두 자매의 공중곡예 파트너인 프랑스 남자가 대리석처럼 하얀 타이츠 차림으로 방안에 들어왔다. 그는 묵묵히, 조금도 화난 기색 없이 난쟁이의 목덜미를 덥석 움켜쥐고는(들리는 거라곤, 프레드의 높고 빳빳한 옷깃 한쪽 끝이 장식 단추에서 툭 뜯겨나가는 소리뿐이었다), 공중에 들어올려 마치 한 마리 원숭이를 내쫓듯 밖으로 내동댕이쳤다. 문이 쾅 닫혔다. 그때 마침 어슬렁거리며 지나가던 쇼크의 눈에 대리석처럼 빛나는 팔 하나와 발을 움츠린 채 날아가는 검고 작은 형체가 언뜻 보였다.

프레드는 떨어지다 다쳐서 복도에 나자빠져 꼼짝도 못했다. 그는 진짜로 정신을 잃은 건 아니었지만, 온몸에 힘이 쭉 빠져 축 처진 채 이를 딱딱 빠르게 맞부딪치며 한곳에 시선을 고정하고 있었다.

"운이 나빴군, 친구." 마술사는 한숨을 쉬며 바닥에서 그를 집어올렸다. 그러고는 반투명한 손가락으로 난쟁이의 둥근 이마를 만져보며 덧붙였다. "그러게 내가 넘보지 말라고 했지 않은가. 이 꼴이 됐으니 이제 알겠지. 자네에게 필요한 건 난쟁이 여자라고."

프레드는 눈을 부릅뜬 채 아무 말도 하지 않았다.

"오늘밤은 우리집에서 자게나." 쇼크는 이렇게 결정하고 감자 요정을 들고 출구로 향했다.

3

쇼크에겐 부인이 있었다.

나이를 알 수 없는 여자로, 검은 눈동자 홍채 주위로는 황달기가 있었다. 비쩍 마른 몸매, 양피지 같은 피부, 힘없이 부스스한 흑발, 담배 연기를 콧구멍으로 힘차게 뿜어대는 습관, 아무렇게나 걸친 듯한 옷차림과 단정치 못한 머리 모양—남자의 마음을 끌 수 없는 면모지만, 쇼크 씨의 마음에는 들었던 것이 틀림없다. 사실 그는 아내를 전혀 의식하지 않는 것처럼 보이긴 했지만. 그는 항상 자기 마술쇼에 쓸 비밀스러운 장치를 고안하는 데 푹 빠져 있어, 언제나 공중에 붕 떠 있고 무슨 꿍꿍이를 품은 것처럼 보였다. 별거 아닌 것에 관해 얘기할 때는 뭔가 딴생각을 하는 듯했지만, 별천지 공상에 흠뻑 취해 있을 때면 주위의 모든 것을 날카롭게 관찰했다. 노라는 항상 경계해야 했다. 하찮고 쓸모없지만 미묘하게 기교적인 속임수를 발휘할 기회를 그는 결코 놓치는 법이 없었기 때문이다. 예를 들어 한번은 그가 평소 같지 않게 폭식해서 그녀를 놀라게 한 적이 있었다. 그는 침이 흥건한 입술로 입맛을 쩝쩝 다시며 닭뼈를 쪽쪽 빨고 접시에 음식을 몇 번이고 다시 수북하게 담았다. 그러고는 슬픈 눈빛으로 아내를 한번 바라본 뒤 식탁을 떠났다. 잠시 후 하녀가 앞치마로 입을 가리고 킥킥대면서 쇼크 씨가 식사에 전혀 입도 대지 않았으며, 식탁 밑에 숨겨둔 새 접시 세 개에 음식을 모두 고스란히 남겨두었다고 노라에게 알렸다.

그녀는 오로지 말과 점박이 사냥개와 분홍색 코트를 입은 사냥꾼만 그렸던 훌륭한 화가의 딸로, 결혼 전엔 첼시에 살면서 실안개가 자욱한 템스 강변의 일몰에 경탄하고, 그림 수업도 받고 그 지역의 보헤미안 무리가 참석하는 우스운 모임에도 얼굴을 내밀기도 하던 처녀였다— 그리고 바로 그런 모임에서 조용하고 호리호리한 한 남자의 유령 같은 잿빛 눈이 그녀를 골라냈다. 그 남자는 자신에 대해 별로 얘기하지 않았고, 아직 무명이었다. 서정시인일 거라고 믿는 이들도 있었다. 그녀는 그 남자를 보자마자 홀딱 반해 앞뒤 가리지 않고 사랑에 빠졌다. 시인은 뭔가 딴 데 정신이 가 있는 채로 그녀와 약혼하더니, 결혼 첫날 밤 슬픈 미소를 지으며 자신은 시를 쓸 줄 모른다고 설명했다. 바로 그때 그 자리, 대화하는 와중에 그는 낡은 자명종을 니켈도금 회중시계로, 또 그 회중시계를 다시 아주 작은 금 손목시계로 둔갑시켰고, 노라는 그때 이후로 그 시계를 늘 손목에 찼다. 그녀는 그래도 마술사 쇼크가 그 나름대로 시인이라는 것을 이해했다. 다만, 그가 매 순간 어느 상황에서든 자신의 예술을 선보이는 데 좀처럼 익숙해지지 못할 뿐이었다. 남편이 신기루 같을 때, 순회 요술이나, 오감 모두를 속이는 기만에 불과할 때, 행복하기란 어려운 법이다.

4

마치 오렌지 껍질을 발라놓은 것처럼 보이는 금붕어 몇 마리가 뻐끔거리며 지느러미를 반짝이는 어항의 유리를 노라가 멍하니 손톱으로 가볍게 톡톡 두드리고 있는데, 소리 없이 문이 열리며 (실크해트를 삐뚜름하게 쓰고 갈색 머리 타래가 한쪽 눈썹까지 내려온) 쇼크가 완전히 엉망이 된 작은 생물을 팔에 안고 나타났다.

"데려왔소." 마술사가 한숨을 쉬며 말했다.

노라는 순간 생각했다. 아이…… 잃어버린 아이…… 찾았구나…… 그녀의 검은 눈동자가 촉촉해졌다.

"양자로 들이지 않으면 안 되겠소." 쇼크가 문턱에서 머뭇거리며 조용히 덧붙였다.

그 작은 것이 갑자기 살아난 듯 뭔가를 중얼거리면서 마술사의 풀먹인 셔츠 앞섶을 부끄러운 듯 헤적이기 시작했다. 노라는 섀미가죽 각반이 달린 자그마한 부츠와 작은 중산모를 힐끗 보았다.

"나는 그렇게 쉽게 속아넘어가지 않아요." 그녀가 비웃었다.

마술사는 그녀를 나무라듯이 쳐다보았다. 그런 다음 플러시천이 덮인 긴 의자에 프레드를 내려놓고 무릎 덮개로 덮어주었다.

"금발에게 두들겨맞았지 뭐야." 쇼크가 설명하고는, 이렇게 덧붙이지 않을 수 없었다. "아령으로 후려쳤다고. 정확히 배에다 퍽!"

그러자 아이가 없는 여성들이 대부분 그렇듯이 인정 많은 노라는 각별한 동정심에 휩싸여 금방이라도 눈물이 터져나올 지경이 되었다. 그녀는 엄마처럼 살뜰하게 난쟁이를 보살피기에 이르러, 그를 먹이고 포트와인 한 잔을 마시게 하고, 화장수로 이마를 문질러주고, 관자놀이와 귀 뒤에 아기처럼 움푹 들어간 곳을 적셔주었다.

다음날 아침 프레드는 일찍 잠에서 깨, 낯선 방을 이리저리 둘러보며 금붕어에게 말을 걸어보다가 재채기를 조용히 한두 번 하고는, 내닫이창의 창턱에 마치 작은 아이처럼 앉았다.

녹아가는 황홀한 옅은 안개에 런던의 잿빛 지붕들이 씻기고 있었다. 저멀리 어딘가 다락방의 들창 하나가 열려, 그 창유리가 태양빛을 받아 반짝였다. 자동차 경적이 새벽의 상쾌함과 온유함 속에서 울려퍼졌다.

프레드는 어제 일에 생각이 머물렀다. 여자 곡예사들의 웃음 섞인 말투와 쇼크 부인의 향기롭고 차가운 손의 감촉이 묘하게 뒤섞여 떠올랐다. 처음에는 학대를 당했고, 그다음엔 어루만져졌다. 그리고 뭐랄까, 그는 아주 애정이 넘치고, 아주 열정적인 난쟁이였다. 그는 자신이, 흰 타이츠를 신은 그 프랑스인처럼 힘이 세고 난폭한 남자로부터 언젠가 노라를 구할 수도 있지 않을까 하는 공상에 잠겼다. 그러다가 뜬금없이 한때 함께 공연했던 열다섯 살 먹은 난쟁이에 대한 기억이 떠올랐다.

그녀는 심술궂고 병도 있고 코도 뾰족한 소인이었다. 두 사람은 약혼한 커플로 관객에게 소개되었고, 그는 혐오감에 몸을 떨며 그녀와 바짝 붙어서 탱고를 춰야 했다.

다시 경적이 쓸쓸히 울려퍼지더니 스쳐지나갔다. 인적이 드물고 조용한 런던 거리를 감싼 옅은 안개에 태양빛이 스며들기 시작했다.

일곱시 반경이 되자 아파트가 활기를 띠었다. 쇼크 씨는 정신이 딴 데 가 있는 듯 미소를 지으며 어딘지 모를 곳으로 떠났다. 식사 공간에서 베이컨과 계란의 맛있는 냄새가 풍겨왔다. 쇼크 부인이 아무렇게나 머리를 틀어올리고, 해바라기가 수놓인 기모노 차림으로 나타났다.

아침식사 후에 그녀는 끝을 붉은 꽃잎으로 싼 향기나는 담배를 프레드에게 권하고는, 눈을 반쯤 감으면서 살아온 얘기를 해보라고 했다. 그런 얘기를 하는 순간이면 프레드의 작은 목소리는 약간 나지막하게 가라앉았다. 그는 단어를 골라가며 천천히 얘기했는데, 예상외로 그렇게 품위 있는 화법이 기묘하게도 그에게 썩 어울렸다. 머리를 숙이고 엄숙하게, 팽팽하니 긴장한 모습으로 그는 노라의 발치에 비스듬히 앉았다. 그녀는 플러시천이 덮인 긴 의자에 기대앉아, 팔을 뒤로 젖혀 뾰족한 맨팔꿈치를 드러냈다. 난쟁이는 이야기를 마친 후 침묵에 빠졌지만, 조용조용 이야기를 이어가듯 조그만 손바닥을 계속 이쪽저쪽으로 뒤집었다. 그의 검은 재킷, 약간 숙인 얼굴, 작고 통통한 코, 황갈색 머리, 그리고 머리 정가운데를 따라 뒤통수까지 이어진 가르마, 이런 것들에 노라의 마음이 약간 찡해졌다. 속눈썹 틈으로 그를 쳐다보면서 그녀는 거기 앉아 있는 이가 성인 난쟁이가 아니라, 학교에서 동급생이 어떻게 자신을 괴롭혔는지 얘기하는, 존재하지 않는 자신의 어린 아들이라고 상상해보려 애썼다. 노라는 손을 뻗어 그의 머리를 가볍게 어루만졌다―바로 그 순간, 불가사의한 생각의 연상작용으로 뭔가 다른, 앙심을 품은 야릇한 어떤 광경이 떠올랐다.

그녀의 가벼운 손길이 머리에 닿는 것을 느낀 프레드는 처음에는 얼어붙은 듯 가만히 있다가 달뜬 침묵 속에서 입맛을 다시기 시작했다. 그가 곁눈질하더니, 쇼크 부인의 슬리퍼에 달린 녹색 방울술에서 눈을 떼지 못했다. 그러다 느닷없이 뭔가 좀 터무니없고 도취된 듯한 방식으로, 모든 것이 움직이기 시작했다.

<h2 style="text-align:center">5</h2>

그 잿빛을 띤 푸르른 날, 8월의 햇살 속에서 런던은 유난히 아름다웠다. 은은하면서 뭔가 축젯날 같은 하늘이 매끈하게 펼쳐진 아스팔트에 반사되고, 길모퉁이에서는 윤이 나는 원통형 우체통이 붉게 빛났고, 고블랭* 같은 녹색의 공원을 차들이 낮게 윙 소리를 내며 굴러 획획 통과해 지나갔다―도시 전체가 그윽한 온기 속에서 아른아른 빛나며 숨을 쉬었고, 오직 땅 아래에서, 지하철 승강장에서만 시원한 구역을 찾을 수 있었다.

일 년의 하루하루는 각각 오직 한 명, 즉 가장 행복한 인간에게만 주어지는 선물이며, 다른 모든 이는 그 인간의 날을 사용하여 햇빛을 즐

---

* 여러 가지 색실로 인물이나 풍경 무늬를 짜넣은 장식용 벽걸이 천으로, 15세기 중엽 프랑스의 고블랭 가문에서 만들기 시작했다.

기거나 비 오는 걸 탓하거나 한다. 그날이 진짜 누구 것인지 결코 알지 못한 채. 그날을 소유한 운좋은 이는 아무도 그 사실을 모른다는 것이 기분좋고 즐겁다. 인간은 자신에게 정확히 어느 날이 할당될지, 어떤 사소한 것을 영원히 기억하게 될지 미리 알 수 없다. 물의 경계를 이루는 벽에 반사된 햇빛의 잔물결일지, 아니면 빙글빙글 돌며 떨어지는 단풍잎일지. 그러니 나중에 회상해보고야, 그 잊힌 날짜가 적힌 달력 종이를 뜯어내 둥글게 뭉쳐서 책상 밑에 던져넣은 지 한참이 지나서야 그날이 자신의 날이었음을 깨닫는 경우가 왕왕 있다.

신의 섭리는 쥐색 각반을 찬 난쟁이 프레드 돕슨에게, 듣기 좋은 선율로 빵빵 울리는 자동차 경적과 저멀리 활짝 열린 들창에서 번쩍이는 빛으로 시작된 1920년 8월의 즐거운 하루를 하사했다. 산책을 마치고 돌아온 아이들은 중산모를 쓰고 줄무늬 바지를 입고 한 손에는 지팡이를, 다른 손에는 황갈색 장갑 한 켤레를 든 난쟁이를 만났다고, 너무 놀라 숨이 턱까지 차올라서 부모들에게 얘기했다.

감자 요정은 노라에게 열렬히 작별(그녀는 손님을 기다리는 중이었다)의 키스를 한 후, 햇볕이 내리쬐는 매끈매끈한 넓은 거리로 나와서는, 도시 전체가 그를 위해, 오직 그만을 위해 창조되었음을 단박에 깨달았다. 쾌활한 택시기사가 탕 하고 울리는 소리를 내며 미터기에 달린 깃발 모양 금속 레버를 내렸고, 거리가 물 흐르듯 지나가기 시작했다. 그리고 프레드는 가죽 시트에서 계속 미끄러져 떨어지면서도 연신 빙그레 웃고 숨죽인 소리로 달콤한 말들을 중얼거렸다.

그는 하이드파크 입구에서 택시를 내려서 호기심어린 시선들은 신경쓰지 않으며 종종걸음으로 녹색 접의자들을 지나고 연못을 지나고,

느릅나무와 보리수나무 그늘 아래서 어둑해진 울창한 철쭉나무 덤불을 지나, 마치 당구대에 깔린 당구포처럼 색깔이 선명하고 단조로운 잔디밭 위로 걸어갔다. 기수들이 안장 위에서 몸을 위아래로 가볍게 들썩이고 각반의 황색 가죽을 삐걱거리며 빠르게 그의 곁을 달려 지나가자, 재갈 짤각대는 소리와 함께 종마들의 홀쭉한 얼굴이 불쑥불쑥 나타났다. 바큇살이 눈부시게 번쩍이는 고가의 검은 자동차들이, 연보랏빛 그늘이 세공한 넓은 레이스 위를 유유히 나아갔다.

난쟁이는 휙 풍겨오는 따뜻한 벤진 냄새와 녹색 수액이 넘쳐 썩어가는 듯한 나뭇잎 냄새를 들이마시며 걸었다. 지팡이를 빙빙 돌리고 휘파람이라도 불 것처럼 입술을 오므렸다. 그를 압도하는 해방감과 홀가분함이 너무나 컸다. 그의 정부가 그를 다정하게 배웅하면서 얼마나 서두르던지, 또 얼마나 초조해하며 웃던지, 으레 점심 먹으러 오는 그녀의 늙은 아버지가 집안에 낯선 신사가 있는 것을 보고 뭔가 의심하기 시작할까봐 그녀가 얼마나 두려워하는지 알 수 있었다.

그날, 그의 모습은 여기저기서 목격됐다. 풀 먹인 보닛을 쓰고 얼굴은 발그레한 유모 한 명이 밀고 있던 유아차를 무슨 이유인지 타보라고 권했던 공원에서도, 대영박물관 전시실에서도, 멋진 포스터들 사이로 전기풍이 불어 윙윙대는 소리가 들리는 땅 깊은 곳에서 천천히 기어나오는 에스컬레이터 위에서도, 남성용 손수건만 파는 우아한 상점에서도, 누군가의 친절한 손이 그를 끌어올려준 버스 지붕 위 좌석에서도 그의 모습이 목격됐다.

그러고 나서 얼마 후 그는 피곤해졌다—그 모든 움직임과 반짝이는 빛에 머리가 멍해졌고, 그를 빤히 쳐다보며 웃는 눈들이 신경을 긁기 시작했다. 그리고 계속 그를 따라다니는 자유와 자부심과 행복으로 충만한 감각에 대해서도 하나하나 주의깊게 곱씹어봐야겠다고 느꼈다.

결국 허기를 느낀 프레드는 식당에 들어갔다. 온갖 부류의 공연자들이 모이는 그곳은 그의 모습을 보고 놀라는 사람이 없는 익숙한 장소였다. 그는 식당 안의 손님들을 휙 둘러보았다. 실력이 신통치 않은 늙은 광대가 이미 고주망태가 된 모습, 옛 연적인 프랑스인이 이제는 붙임성 있게 고개를 까딱하며 인사하는 모습이 눈에 들어왔을 때, 돕슨 씨는 너무도 분명히 깨달았다. 자신은 이제 두 번 다시 무대에 오르지 않으리라는 것을.

아직 충분히 전등을 켜지 않고, 밖의 빛이 충분히 새어 들어오지도 않아 식당 실내는 어둑했다. 파산한 은행가처럼 보이는 우둔한 광대와 평상복 차림이 묘하게 천해 보이는 곡예사가 말없이 도미노 게임을 하고 있었다. 눈가에 푸른 음영을 드리운 챙 넓은 모자를 쓴 스페인 무희는 구석자리에 다리를 꼬고 홀로 앉아 있었다. 그 외에도 프레드가 모르는 사람이 예닐곱 명 더 있었다. 수년간의 무대화장으로 표백되다시피 한 좌중의 이목구비를 살펴보는 사이에, 웨이터가 방석을 가져와 식탁에 닿도록 그를 받쳐주고 테이블보를 바꾸더니 민첩하게 식기를 놓았다.

그때 불현듯, 프레드는 어두침침한 식당 깊숙한 곳에서 마술사의 섬세한 옆모습을 알아보았다. 마술사는 미국인처럼 보이는 비만한 노인과 나지막하게 이야기를 나누고 있었다. 프레드는 이곳에서 쇼크와 마주치리라고는 꿈에도 생각하지 못했다. 마술사는 선술집 같은 데 자주 다니는 사람이 결코 아닌데다, 사실은 마술사의 존재를 까맣게 잊고 있었다. 이제야 그는 불쌍한 마술사에게 몹시 미안해져서 일단 그에게는 모든 걸 숨겨야겠다고 마음먹었다. 그러나 그다음에 든 생각은, 어차피 노라는 남편을 속이지 못할 테고, 어쩌면 오늘 저녁에라도 말해버릴지 모르니("나는 돕슨 씨와 사랑에 빠졌어요…… 당신을 떠나겠어요"), 그녀가 그런 괴롭고 불쾌한 고백을 하는 상황을 면하게 해야 한다는 것이었다. 그는 그녀의 기사가 아니었던가, 그녀의 사랑을 자랑스럽게 느끼지 않았던가, 그렇다면 애석하더라도 그녀의 남편에게 고통을 주는 일은 그가 맡는 게 당연하지 않겠는가?

웨이터가 콩팥 파이 한 접시와 진저비어 한 병을 가져다주었다. 그러고는 스위치를 켜 조명을 더 밝혔다. 여기저기, 먼지 낀 플러시천 위로 크리스털 꽃들이 은은하게 빛을 발했고, 난쟁이는 어슴푸레한 금색 불빛이 마술사의 밤색 앞머리를 비추고 빛과 그림자가 그의 유연하고 투명한 손가락 위로 왔다갔다하는 것을 멀찍이서 지켜보았다. 그와 얘기를 나누던 사람이 일어서서 바지 벨트를 더듬거리며 아첨하듯 히죽히죽 웃었고, 쇼크는 휴대품 보관소까지 그와 동행했다. 그 뚱뚱한 미국인은 챙이 넓은 모자를 푹 눌러쓰고 천상의 것같이 여린 쇼크의 손을 잡고 흔든 다음, 여전히 바지춤을 추키며 출구로 향했다. 머뭇거리는 햇빛이 식당 안으로 잠깐 새어 들어오자 식당의 전등들이 더욱더 노란빛으로 빛나 보였다. 문이 쾅하고 닫혔다.

"쇼크!" 감자 요정은 테이블 밑에서 작은 양발을 꼼지락거리며 외쳤다.

쇼크가 다가왔다. 걸어오면서 그는 수심에 잠긴 듯 불이 붙은 시가를 상의 윗주머니에서 꺼내 한 모금 빨더니 담배 연기를 뻐끔뻐끔 내

뺄고는 시가를 도로 주머니 속에 집어넣었다. 어떻게 그가 그렇게 할 수 있는지 아무도 몰랐다.

"쇼크," 진저비어를 마셔 코가 빨개진 난쟁이가 말했다. "자네에게 긴히 할 얘기가 있네. 대단히 중요한 일이야."

마술사는 프레드 앞에 앉아 탁자에 한쪽 팔을 괴었다.

"머리는 어때, 아프진 않아?" 그가 무심히 물었다.

프레드는 냅킨으로 입술을 닦았다. 그는 여전히 친구에게 너무 큰 고통을 주는 일이 꺼려져 어떻게 말을 꺼내야 할지 몰랐다.

"그런데 말일세," 쇼크가 말했다. "오늘밤으로 자네와의 공연은 마지막일세. 아까 그 친구가 날 미국으로 데려가기로 했거든. 얘기가 꽤 잘 됐어."

"있잖아, 쇼크―" 난쟁이는 빵을 바스러뜨리면서 적당한 표현을 찾으려고 더듬거리며 말을 이었다. "실은 말이야…… 마음 단단히 먹게, 쇼크. 나는 자네 부인을 사랑하네. 오늘 아침 자네가 떠난 후, 그녀와 난, 우리 둘은, 내 말은 그녀가―"

"다만 내가 뱃멀미를 하거든." 마술사가 생각에 잠긴 듯 말했다. "게다가 보스턴까지 일주일이 걸린다네. 전에 배를 타고 인도에 갔었는데 말이야. 나중에 느낀 거지만, 다리가 마비된 것처럼 저리더라고."

프레드는 얼굴이 자줏빛으로 붉어져 조그만 주먹을 테이블보에 문질렀다. 마술사는 자기 생각에 빠져 조용히 킬킬거리더니 물었다. "근데, 꼬마 친구, 나한테 뭐 얘기할 것 있다 하지 않았어?"

난쟁이는 마술사의 유령 같은 눈을 들여다보다가, 혼란스러운 듯 머리를 가로저었다.

"아니, 아니야, 아무것도 아닐세…… 자네에게 얘기한다는 게 애당초 무리지."

쇼크는 한 손을 뻗었는데―분명히 프레드의 귀에서 동전을 잽싸게 꺼내 보이려던 의도였으나―긴 세월 능수능란한 마술을 선보여온 이래 난생처음으로, 동전을 쥔 손바닥 근육에 충분히 힘이 들어가지 않아 동전이 잘못된 방향으로 떨어졌다. 마술사는 동전을 다시 잡아채 올리고는 일어섰다.

"나는 여기서 식사하지 않을 걸세." 그는 난쟁이의 정수리 부위를 신기한 듯 살펴보며 말했다. "이곳을 별로 좋아하지 않아서 말이지."

난쟁이는 부루퉁해서 구운 사과를 묵묵히 먹었다.

마술사는 조용히 자리를 떴다. 식당은 텅 비어 있었다. 커다란 모자를 쓰고 나른해 보이는 스페인 무희를 세련되게 차려입은 푸른 눈의 수줍은 젊은이가 부축해서 데리고 나갔다.

뭐, 도통 들으려 하지 않으니, 어쩔 수 없지. 난쟁이는 가만히 생각해보더니 안도의 한숨을 내쉬며, 어쨌든 노라가 더 잘 설명할 거라고 마음속으로 단정했다. 그러고는 웨이터에게 편지지를 갖다달라고 부탁해 그녀에게 편지를 쓰기 시작했다. 그 편지는 이렇게 끝맺었다.

이제 그대는 왜 내가 예전의 생활을 지속할 수 없는지 이해하겠죠. 그대가 선택한 이가 매일 저녁 보통 사람들이 보고 포복절도하는 구경거리가 되고 있다는 걸 알면, 그대의 마음이 어떻겠소? 나는 출연 계약을 파기하고, 오늘 떠날 것이오. 그대의 이혼 후 우리 둘이 서로 사랑하며 살 수 있는 평온하고 아늑한 구석을 찾는 대로 다시

편지하리다, 나의 노라여.

쥐색 각반을 찬 난쟁이에게 주어진, 눈 깜빡할 사이 지나간 하루는 그렇게 종말을 고했다.

6

런던은 조심스레 어두워지고 있었다. 거리의 소음은 섞여들어 하나의 부드럽고 공허한 음으로 울려서, 마치 누군가 연주를 멈추고도 여전히 한 발을 피아노 페달에서 떼지 않고 있는 것 같았다. 공원에서는 보리수나무들의 검은 잎이 투명한 하늘을 배경으로 스페이드 에이스 같은 패턴을 이루었다. 이런저런 모퉁이나 쌍둥이 탑의 구슬픈 실루엣 사이에서 타는 듯한 석양빛이 환영처럼 모습을 드러냈다.

이맘때면 집으로 저녁 먹으러 가서, 식사 후 곧장 극장에 갈 수 있도록 공연용 연미복으로 갈아입는 게 쇼크의 습관이었다. 그날 저녁 노라는 사악한 기쁨으로 떨면서 전에 없이 초조하게 쇼크의 귀가를 기다렸다. 이제 그녀도 자기만의 사적인 비밀을 갖게 되어 얼마나 기뻤는지! 당사자인 그 난쟁이의 이미지는 떨쳐버렸다. 난쟁이는 추잡한 작은 버러지에 불과했다.

출입문의 자물쇠가 섬세하게 딸각거리는 소리가 들렸다. 누군가를 배반했을 때 으레 그렇듯이, 그녀에겐 쇼크의 얼굴이 거의 낯선 사람의 얼굴처럼 새롭게 보였다. 그는 그녀에게 고개를 한번 까닥하고, 수치스럽고 슬픈 듯 속눈썹이 긴 눈을 내리깔았다. 그는 아무 말 없이 식탁 건 너편에 그녀와 마주보고 앉았다. 노라는 그를 더욱더 호리호리하고 더 욱더 손에 잡히지 않을 듯 보이게 하는 연회색 양복을 물끄러미 바라 보았다. 그녀의 눈이 승리감으로 훈훈하게 빛났다. 한쪽 입꼬리가 악의 적으로 실룩거렸다.

"당신 친구 난쟁이는 좀 어때요?" 그녀는 자기 질문에 깃든 태연함을 즐기며 물었다. "난 당신이 데리고 올 거라고 생각했는데."

"오늘 난 그 친구를 못 봤어요." 쇼크가 먹기 시작하면서 대답했다. 그러다 별안간 생각을 바꿔 약병을 꺼내더니 코르크 마개를 조심스럽 게 끼익 소리를 내며 뽑고는, 찰랑찰랑한 와인잔 위로 기울여 따랐다.

노라는 와인이 선명한 푸른색으로 변하거나 물처럼 반투명해지길 초조하게 기대했지만, 와인의 암적색은 색조의 변화가 없었다. 쇼크는 아내가 이쪽을 힐끗거리는 것을 보고, 희미하게 미소를 지었다.

"소화가 잘 안 돼서 몇 방울 탔소." 그는 중얼거렸다. 그의 얼굴에 그 림자가 잔물결을 이뤘다.

"또 맨날 하는 거짓말." 노라가 말했다. "당신 위, 아주 튼튼하잖아요."

마술사는 가만히 웃었다. 그러고는 사무적인 태도로 목을 가다듬고 잔을 한 번에 벌컥벌컥 비웠다.

"빨리 식사해요." 노라가 말했다. "다 식겠어."

그녀는 음침한 기쁨을 느끼며 생각했다. 아, 만약 당신이 알기만 한 다면. 당신은 짐작도 못할걸. 이제 그게 내 힘이야!

마술사는 묵묵히 식사했다. 그러다 돌연 그는 얼굴을 찡그리며 접시 를 저만치 밀어내고 말하기 시작했다. 평소처럼 그는 아내를 똑바로 쳐다보지 않고 약간 위쪽을 계속 바라보았으며, 목소리는 노래하듯 나긋나긋했다. 그는 하루의 일과를 묘사하며, 초청을 받아 윈저성으로 국왕을 만나러 갔었다고, 거기서 벨벳 재킷을 입고 레이스 옷깃을 단 어린 왕자들을 즐겁게 해주었노라고 얘기했다. 그는 눈을 반짝이고 고개를 옆으로 살짝 기울이고는 가볍고 생생한 느낌을 가미해 그곳에서 본 사람들을 흉내내며 이 모든 이야기를 했다.

"나는 내 오페라해트에서 하얀 비둘기떼가 나오게 했다오"라고 쇼크가 말했다.

그런데 그 난쟁이의 조그만 손바닥은 축축했어, 그리고 당신은 모든 얘기를 다 지어내고 있군요, 라고 노라는 마음속으로 괄호를 치고 곰곰이 생각했다.

"그 비둘기들이 글쎄, 왕비 주위를 돌며 날아다니지 뭐요. 왕비는 파리라도 쫓듯이 휘이휘이 소리를 내며 비둘기를 쫓으면서도 예의를 잃지 않고 한결같이 계속 미소 짓더군."

이렇게 말한 후 쇼크는 일어나서 휘청하더니 식탁 모서리에 두 손가락을 대고 가볍게 몸을 기대며 이야기를 마무리지으려는 듯이 말했다. "기분이 좋지 않소. 노라. 아까 내가 마신 건 독약이오. 당신은 나를 배신하지 말았어야 했어요."

목이 경련하듯 부풀어오르고, 그는 손수건으로 입술을 누르며 식당을 나갔다. 노라는 벌떡 일어나다가, 긴 목걸이의 호박구슬들이 접시 위의 과도에 걸리는 바람에 과도를 떨어뜨렸다.

전부 연기야, 그녀는 쓸쓸히 생각했다. 나를 겁주고 괴롭히고 싶어서 저러는 거지. 여보세요, 그래 봤자 소용없네요. 두고 보라지!

그녀는 어찌된 셈인지 쇼크가 그녀의 비밀을 알고 있는 게 너무나 분했다. 그러나 적어도 이제 그녀의 모든 감정을 그에게 드러내고, 그를 증오한다고, 그를 극도로 경멸해왔다고 소리칠 기회를 잡았다고 생각했다. 당신은 인간이 아니라 고무로 된 환영 같다고, 더는 당신과 사는 걸 견딜 수 없다고, 또—

쇼크는 몸을 잔뜩 웅크리고 침대에 앉아 고통스러워하며 이를 바득바득 갈았지만, 노라가 침실로 뛰어들어오자 희미한 미소를 가까스로 지어 보였다.

"그래, 당신은 내가 당신 말이라면 다 곧이곧대로 믿을 줄 아나봐!" 그녀가 숨을 헐떡이며 말했다. "아뇨, 이젠 그럴 일 없어요! 나도 사람 속일 줄 안다고. 당신, 이제 지긋지긋해. 당신도 그런 서툰 속임수론 웃음거리가 될 뿐이라고."

계속 힘없이 미소 짓던 쇼크는 침대에서 일어나려 했다. 발이 카펫에 걸렸다. 노라는 또 어떤 말을 외쳐서 그에게 모욕을 줄 수 있을까 생각하기 위해 입을 다물었다.

"그러지 마." 쇼크가 힘들게 말을 꺼냈다. "만약 뭔가 내가…… 제발, 용서해줘요……"

그의 이마에 혈관이 도드라졌다. 그는 등을 더 둥그렇게 구부리면서 목구멍에서 가래 끓는 소리를 냈다. 눈썹까지 내려온 축축한 앞머리가 떨렸고, 입을 누르고 있던 손수건도 담즙과 피로 흠뻑 젖었다.

"바보짓 그만둬요!" 노라가 소리치며 발을 굴렀다.

그가 간신히 몸을 폈다. 그의 얼굴이 밀랍처럼 창백했다. 그는 공처럼 뭉친 손수건을 방구석으로 던졌다.

"잠깐만, 노라…… 당신이 모르는 게 있는데…… 이것이 바로 내 마지막 속임수라오…… 다시는 이런 거 안 할 거니까……"

땀으로 번들번들한 그의 무서운 얼굴이 다시 경련으로 일그러졌다. 그는 비틀거리다 침대에 벌렁 나자빠져 베개에 머리를 젖혔다.

그녀는 그에게 다가가서 이맛살을 찌푸리며 들여다보았다. 쇼크는 눈을 감고 바드득 소리가 날 만큼 이를 앙다문 채 누워 있었다. 그녀가 몸을 그에게 구부리자, 그의 눈꺼풀이 파르르 떨렸다. 그는 아내도 몰라보는지 멍하니 그녀를 응시하다가, 갑자기 그녀를 알아본 듯, 온화함과 고통이 뒤섞인 촉촉한 눈빛으로 눈을 깜박였다.

그 순간, 노라는 자신이 이 세상 무엇보다 그를 사랑하고 있음을 깨달았다. 그녀는 공포와 연민에 휩싸였다. 그녀는 방안을 빙빙 돌다가, 유리잔에 물을 좀 따라 놓고는 세면대에 그대로 둔 채 남편에게 쏜살같이 도로 뛰어갔다. 남편은 머리를 들어올려 침대 시트 가장자리로 입술을 누르고 세게 헛구역질을 했고, 온몸을 부들부들 떨면서 이미 죽음이 드리워 멍한 눈으로 응시했다. 그러자 노라는 거칠게 팔을 휘저으며 전화기가 있는 옆방으로 달려가, 거기서 한참 동안 수화기 걸이를 흔들며 자꾸 잘못된 번호로 다이얼을 돌려 다시 걸기를 거듭하다가, 가쁜 숨을 몰아쉬고 흐느끼면서 주먹으로 전화기가 놓인 탁자를 쾅쾅 내리쳤다. 마침내 의사의 목소리가 응답하자, 노라는 남편이 음독자살했다고, 죽어가고 있다고 소리치면서 폭풍 같은 눈물로 수화기를 흠뻑 적셨다. 그러고는 수화기를 수화기 걸이에 삐뚜름하게 놓고 침실로 다시 달려갔다.

마술사는 환한 얼굴로 매끈하게, 흰 조끼와 나무랄 데 없이 잘 다린

검정 바지를 입고 큰 거울 앞에 서서 팔꿈치를 양쪽으로 벌려 넥타이를 꼼꼼하게 매고 있었다. 거울에 노라가 비치자 그는 뒤돌아보지도 않은 채 무심히 눈을 찡긋거리고는 조용히 휘파람을 불면서 그 투명한 손끝으로 검은 실크 나비넥타이 끝을 계속 만지작거렸다.

7

영국 북부지방에 있는 자그마한 마을 드라우즈*는 사실 너무 나른해 보여서, 그 안개 자욱한 완경사의 들판에 어쩌다 잘못 놓여 영원히 잠에 빠져든 것일지도 모른다는 의심을 하게 한다. 마을에는 우체국 하나, 자전거포 하나, 붉고 푸른 간판을 단 담뱃가게 두세 개, 그리고 밤나무 거목의 그늘이 졸린 듯 늘어진 묘석들에 둘러싸인 오래된 회색 교회가 있었다. 마을 중심가에는 산울타리와 작은 공원, 담쟁이덩굴이 사선으로 에워싼 야트막한 벽돌집들이 늘어서 있다. 그중 어느 작은 집에 F. 돕슨이라는 사람이 세들어 살았다. 가정부와 마을의사 말고는 그를 본 이가 아무도 없었고, 의사는 입이 무거운 사람이었다. 보아하니 돕슨 씨는 집 밖으로 나온 적이 없었던 것 같다. 몸집이 크고 성격이 단호한 가정부는 예전에 정신질환자 요양소에서 근무했던 여자로, 이웃들이 무심히 물으면 돕슨 씨는 중풍에 걸린 노인인데, 커튼을 치고 정적 속에서 무위도식할 수밖에 없는 운명이라고 설명할 뿐이었다. 그러

---

* 가상의 도시명으로, '꾸벅꾸벅 졸다'라는 뜻.

니 그가 드라우즈에 온 바로 그해에 이웃들에게 잊힌 것도 놀라운 일은 아니었다. 그는 눈에 띄진 않았지만, 교회 입구 위쪽에 있는 벽감에 아주 오래전부터 세워져 있는 이름 모를 주교의 석상처럼 마을 사람들이 당연시하는 존재가 되었다. 다들 그 비밀스러운 노인에게 손자가 있다고 여겼다—금발에 작고 조용한 소년이 땅거미가 질 무렵이면 가끔 돕슨네 오두막에서 소심한 종종걸음으로 나오곤 했기 때문이다. 그렇지만 그런 일은 너무 드물었기에 그 소년이 항상 같은 아이인지 확신할 수 있는 이는 없었다. 게다가 해가 질 때 드라우즈의 땅거미는 유난히 흐릿하고 푸르러서 모든 것의 윤곽선을 연하게 만들었다. 그러니 호기심도 활기도 없이 느릿느릿 살아가는 드라우즈 주민들은 이른바 중풍에 걸렸다는 노인의 이른바 손자라는 아이가 수년의 세월이 흘러도 자라지 않는다는 사실, 아이의 아맛빛 머리가 훌륭하게 제작된 가발에 불과하다는 사실을 전혀 간파하지 못했다. 감자 요정은 새로운 삶을 시작하고 바로 대머리가 되기 시작하더니, 곧 아주 매끈매끈해지고 광까지 나서, 가정부 앤은 때때로 그 구체에 손바닥을 딱 붙이면 참 재밌겠다는 생각을 했다. 그는 그것 말고는 그다지 크게 변한 건 없었다. 아마 배가 좀더 불룩해졌고, 더 거무죽죽해지고 더 두둑해진 코에 자주색 혈관이 비쳐서 어린 소년처럼 변장할 때면 코에 분칠을 해야 했지만. 또한, 앤과 의사는 난쟁이를 괴롭히는 심장발작이 좋지 않은 결과를 가져오리라는 걸 알고 있었다.

그는 방이 세 개인 그 집에서 눈에 띄지 않고 평화롭게 살았다. 순회도서관에 등록해서 일주일에 서너 권(대개 소설) 정도 대출했고, 눈이 노란 검은색 고양이 한 마리도 얻었는데, 그가 쥐를 죽도록 무서워했기 때문이다(쥐들은 옷장 뒤 어딘가에서 아주 작은 나무 공이 굴러가는 듯한 소리를 내며 분주히 돌아다녔다). 그는 먹성이 좋았는데, 특히 단 것을 좋아했다(가끔 한밤중에 벌떡 일어나, 기괴할 정도로 작은 몸에 긴 잠옷을 걸치고 오들오들 떨며 싸늘한 마룻바닥을 후다닥 달려가 식료품 저장실에서 어린아이처럼 초콜릿 입힌 비스킷을 가져오곤 했다). 그렇게 연애 사건도, 절망에 빠져 보낸 드라우즈에서의 첫 며칠도 그의 기억 속에서 점점 희미해져갔다.

그래도 그의 책상 속에는, 가지런히 접힌 얇은 공연안내서들 사이에 투명한 용 무늬가 찍힌 복숭아색 편지지 한 장이 끼워져 여전히 보관되어 있었다. 편지에는 거의 알아볼 수 없는 각진 글씨체로 다음과 같이 휘갈겨 적혀 있었다.

친애하는 돕슨 씨께

당신의 첫번째 편지도, 그리고 당신이 계신다는 D로 오라고 청하신 두번째 편지도 잘 받았습니다. 죄송하지만, 이 모든 게 터무니없는 오해에서 비롯된 게 아닌가 싶네요. 제발 저 같은 건 잊으시고, 부디 용서하세요. 내일 남편과 전 미합중국으로 떠나서 아마 오랫동안 못 돌아올 것 같아요. 뭐라고 더 쓰면 좋을지 막막할 따름이네요. 가여운 프레드.

최초의 협심증 발작이 일어난 것은 바로 이 편지를 받았을 때였다. 그때 이후로 희미한 경악의 빛이 그의 눈에 남게 됐다. 그리고 그후 수일간 그는 눈물을 삼키며 부들부들 떨리는 자그마한 한 손을 눈앞에 대고 휘저으며 방에서 방으로 왔다갔다했다.

하지만 머지않아 프레드는 차츰 잊어가기 시작했다. 전에는 한 번도 맛보지 못했던 안락함에 애착을 느끼게 되었다―난로에서 석탄 위로 타오르는 불꽃의 푸른 막, 작은 원형 선반에 놓인 먼지 낀 작은 꽃병들, 두 여닫이창 사이에 걸린, 목걸이를 늘어뜨린 세인트버나드 한 마리가 황량한 절벽에서 등반객을 구조하는 장면이 그려진 판화 같은 것들에. 그가 과거 삶을 회상하는 일은 거의 드물어졌다. 꿈에서나 가끔, 그가 검은 트렁크 안에 처넣어진 동안, 별이 총총한 하늘이 수많은 공중그네의 진동으로 활기를 띠는 광경을 볼 뿐이다. 트렁크 벽을 통해 노래를 흥얼거리는 쇼크의 건조한 목소리가 들려왔지만, 무대 바닥에 있어야 할 탈출구가 없어서 후덥지근한 어둠 속에서 질식할 것 같았다. 마술사의 목소리가 점점 더 구슬프게 더 멀리서 들려오다 차츰 사라지면, 프레드는 널찍한 침대 위에서 끙 소리를 내며 깨어나곤 했다. 라벤더 향기가 은은히 떠도는 포근하고 어두운 방안에서 그는 가쁜 숨을 내쉬며 콩닥거리는 심장을 아이 같은 주먹으로 누르고는, 블라인드의 창백하고 흐릿한 형체를 한참 동안 응시했다.

세월이 흐르면서 여성의 애정을 갈구하는 열망이 그 안에서 점점 더 힘없이 사그라졌다. 마치 노라가 한때 그를 고통스럽게 괴롭혔던 애욕을 죄다 빼내간 듯했다. 사실 어떤 시기, 어떤 흐릿한 봄날 저녁들이 있었다. 난쟁이가 짧은 바지를 입고 금발 가발을 쓴 채 부끄러워하며 집을 빠져나와 땅거미가 진 어스름 속으로 뛰어들어 들판에 난 오솔길을 따라 슬금슬금 걷다 갑자기 우뚝 걸음을 멈추고는, 산울타리 근처, 꽃이 만개한 검은딸기 덤불의 비호하에 서로 꼭 껴안고 있는 연인 한

쌍의 어렴풋한 실루엣을 바라보며 비통해하던 때가. 이제는 그런 시기도 다 지나가고, 그는 세상을 구경하러 나오는 것도 일절 관뒀다. 그저 가끔가다 백발에 꿰뚫어보는 듯한 검은 눈을 가진 의사가 체스 게임을 하러 와서, 체스판 너머로 난쟁이의 조그맣고 부드러운 양손과 다음 수를 궁리할 때 툭 튀어나온 이마에 주름이 지는 불도그 같은 작은 얼굴을 과학자로서 흥미를 느끼며 지그시 바라볼 뿐이었다.

8

팔 년이 흘렀다. 어느 일요일 아침이었다. 앵무새 머리 모양의 덮개로 덮인 코코아 주전자가 아침 식탁 위에서 프레드를 기다렸다. 사과나무의 신록 사이로 비친 햇살이 창문을 통해 흘러들어왔다. 체격이 건장한 앤은 난쟁이가 가끔 더듬더듬 왈츠곡을 치는 작은 피아노의 먼지를 터는 중이었다. 오렌지 마멀레이드 단지에는 파리들이 앉아 앞발을 비비고 있었다.

모직 슬리퍼를 신고 노란 개구리가 그려진 작은 검은색 가운을 입은 프레드가 아직 잠에서 덜 깨 헝클어진 모습으로 들어왔다. 그는 눈부신 듯 눈을 가늘게 뜨고 대머리를 쓰다듬으며 식탁에 앉았다. 앤은 교회에 가려고 집을 나섰다. 프레드는 일요일 신문의 삽화면을 양손으로 펼치고는 입술을 오므렸다 내밀었다 하면서 느긋하게 한참을 살펴보았다. 상을 받은 강아지들, 빈사의 고통에 빠진 백조를 연기하며 몸을 구부린 러시아 발레리나, 세상 사람들을 속여넘긴 어떤 금융업자의 실크해트와 낮짝…… 식탁 밑에선 고양이가 등을 둥글게 말고 프레드의 맨발목에 몸을 비벼댔다. 그는 아침식사를 끝내고 일어서면서 하품을 했다. 전날 밤엔 거의 잠을 설쳤다. 심장이 그토록 통증을 일으킨 적이 일찍이 없었다. 지금 그는 발이 얼 것 같은데도 너무 나른해서 옷을 갈아입을 힘도 없었다. 그는 창가 구석에 있는 안락의자로 자리를 옮겨, 몸을 웅크리고 앉았다. 그는 거기 그렇게 아무 생각 없이 멍하니 있었고, 옆에선 검은 고양이가 몸을 뻗으며 자그마한 분홍색 입을 벌려 하품했다.

초인종이 딸랑 울렸다.

닥터 나이트군, 이라고 프레드는 남의 일처럼 생각하다가, 문득 앤이 외출중임을 기억하고는 손수 문을 열어주러 갔다.

햇빛이 쏟아져 들어왔다. 머리부터 발끝까지 검은색으로 차려입은 키 큰 여인이 문지방에 섰다. 프레드는 움찔하며 뭔가 중얼거리다가 가운을 더듬었다. 그러고는 뒤로 돌아 집 안쪽으로 쏜살같이 뛰어들어갔는데, 슬리퍼 한 짝이 벗겨졌지만 그런 일을 신경쓸 계제가 아니었다. 누가 왔든 자신이 난쟁이란 걸 눈치채지 못하게 해야 한다는 생각뿐이었다. 그러다 응접실 한가운데서 숨을 헐떡이며 우뚝 섰다. 이런! 왜 그냥 현관문을 쾅 닫아버리지 않았던가! 그런데 도대체 누가 날 찾아올 수 있단 말인가? 잘못 온 거겠지, 틀림없어.

그때 누군가 다가오는 발걸음소리가 분명히 들려왔다. 그는 침실 쪽으로 물러났다. 방안에서 아예 문을 잠가버리고 싶었지만, 열쇠가 보이지 않았다. 남은 한쪽 슬리퍼마저 벗겨져 응접실 양탄자 위에 남았다.

"끔찍하군." 프레드가 숨죽여 말하고는 귀를 기울였다.

응접실로 들어오는 발소리가 들렸다. 난쟁이는 작게 신음을 내뱉고 숨을 장소를 찾아 옷장으로 향했다.

확실히 아는 목소리가 그의 이름을 발음했고, 방문이 열렸다.

"프레드, 왜 날 두려워하는 거예요?"

난쟁이는 맨발에 검은 가운을 걸치고 정수리엔 구슬처럼 땀이 맺혀서는, 여전히 옷장의 잠금쇠 고리를 꽉 붙든 채 옷장에 바짝 붙어 서 있었다. 유리 어항 안을 헤엄치던 오렌지색 금붕어의 모습이 그 순간 더할 나위 없이 또렷하게 그의 뇌리에 떠올랐다.

그녀는 병약해 보이는 모습으로 늙어 있었다. 눈 밑이 올리브빛이 도는 갈색으로 그늘졌다. 윗입술 위의 검은 솜털은 전보다 더 진해졌다. 그녀의 검은 모자에서, 그리고 검은 드레스의 엄격한 주름에서 뭔가 칙칙하고 비통한 분위기가 감돌았다.

"나는 전혀 예상 못했어요―" 프레드가 쭈뼛쭈뼛 그녀를 올려다보며 천천히 입을 열었다.

노라는 그의 어깨를 잡아 빛이 비치는 쪽으로 돌리고는, 갈망에 찬 슬픈 눈으로 그의 이목구비를 찬찬히 뜯어보았다. 당황한 난쟁이는 눈을 깜박이면서 가발을 쓰지 않은 걸 후회하는 한편, 노라가 흥분하는 모습에 놀랐다. 벌써 아주 오래전에 그는 그녀에 대해 생각하는 걸 그만두었기 때문에, 지금 그가 느끼는 감정은 슬픔과 놀라움뿐이었다. 노라는 여전히 그를 잡은 채로 눈을 감았다. 그리고 나서 난쟁이를 살짝 뒤로 밀치더니 창문 쪽으로 돌아섰다.

프레드는 헛기침한 뒤 말했다. "나는 당신을 완전히 잊었었어요. 그런데 쇼크는 잘 지내나요?"

"아직도 마술을 계속하고 있어요." 노라가 멍하니 대답했다. "우린 영국으로 돌아온 지 얼마 안 됐어요."

그녀는 모자도 벗지 않고 창가에 앉아 기묘할 정도로 집중해서 계속 그를 빤히 쳐다보았다.

"그러니까 말하자면, 쇼크는—"그녀의 응시에 불편한 기분을 느끼며 난쟁이가 서둘러 이야기를 이었다.

"—여느 때와 똑같죠"라고 말한 노라는 반짝이는 눈을 난쟁이에게서 여전히 떼지 않은 채, 안감이 흰색이고 광택 있는 검은 장갑을 재빨리 벗더니 꼬깃꼬깃 구겼다.

설마 이 여자가 다시—? 난쟁이는 불현듯 놀라서 생각했다. 어항과 화장수 냄새와 그녀의 슬리퍼에 달린 녹색 방울이 주마등처럼 그의 머릿속을 스쳤다.

노라가 일어섰다. 검은 장갑 뭉치가 바닥 위를 굴렀다.

"마당이 크진 않지만, 사과나무가 있답니다"라고 말하면서 프레드는 속으로 계속 놀라워했다. 정말로 그랬던 순간이 있었단 말인가, 내가—? 저 여자 피부는 누르께하고 콧수염까지 있는데. 그런데 왜 저렇게 잠자코 있는 거야?

"하지만 난 거의 밖에 안 나가요."그는 앉은 자리에서 앞뒤로 살짝 몸을 흔들고 무릎을 비벼대며 말했다.

"프레드, 내가 왜 여기 왔는지 알아요?"노라가 물었다.

그녀는 일어나서 그에게 바짝 다가섰다. 프레드는 사과의 뜻으로 싱긋 웃으며 의자에서 미끄러져 내려와 도망치려 했다.

바로 그때, 그녀가 아주 조용한 목소리로 말했다. "사실 나, 당신의 아들을 낳았어요."

짙푸른색의 찻잔 옆면에 비쳐 타오르듯 반짝이는 극소형 여닫이창에 시선을 고정한 채 난쟁이는 얼어붙었다. 놀라움의 미소가 입꼬리에 수줍게 피어오르더니 얼굴 전체로 퍼졌고, 뺨이 자줏빛으로 달아올랐다.

"내…… 아들……"

그러다 불현듯 그는 모든 것을 이해했다. 모든 것의 의미를, 인생과 그의 길고 길었던 고뇌와 잔에 비친 저 작고 환한 창문이 가지는 모든 의미를.

그는 천천히 눈을 들었다. 노라는 의자에 비스듬히 앉아, 격하게 흐느끼며 몸을 떨었다. 모자를 고정하는 핀의 유리로 된 끝이 눈물방울처럼 반짝반짝 빛났다. 고양이가 부드럽게 가르랑거리며 그녀의 다리에 몸을 비벼댔다.

그는 그녀 쪽으로 급히 가면서 바로 얼마 전에 읽은 소설을 떠올렸다. "그럴 것 없어요." 돕슨 씨가 말했다. "내가 당신에게서 아들을 데려갈까봐 겁낼 필요 없어요. 나는 지금 무척 행복합니다!"

그녀는 눈물로 뿌옇게 시야가 흐려진 눈으로 그를 힐끗 쳐다봤다. 그녀는 뭔가 설명하려다가 도로 삼키고는―난쟁이의 얼굴이 온화한 기쁨의 광채를 내뿜는 광경을 보았던 것이다―아무 말도 하지 않았다.

그녀는 구겨진 장갑을 허둥지둥 집어올렸다.

"자, 이제 당신이 알았으니. 볼일은 끝났군요. 가봐야겠어요."

불현듯 어떤 생각이 그의 폐부를 찔렀다. 통렬한 수치심이 전율하는 기쁨과 합쳐졌다. 그는 가운의 술 장식을 손가락으로 만지작거리면서 물었다.

"그런데…… 그애는 어떻게 생겼지요? 설마—"

"아니에요, 오히려," 노라가 황급히 답했다. "키가 큽니다. 여느 남자애들과 다르지 않아요." 그러고는 다시 눈물을 터뜨렸다.

프레드는 눈을 내리깔았다.

"그애를 보고 싶군요."

그러고는 아주 기뻐하며 다시 고쳐 말했다. "아, 이해합니다! 내가 이런 줄 그애가 꼭 알아야 하는 건 아니죠. 하지만 혹시 당신이 주선해주실지도 모르니—"

"네, 아무렴요." 노라가 현관 쪽으로 발을 내디디며 다급하게, 거의 날카롭게 느껴질 정도로 황급히 말했다. "그래요, 어떻게 해보죠. 난 이제 가봐야겠어요. 기차역까지 걸어서 이십 분은 걸리니까."

그녀는 문가에서 고개를 돌리더니, 마지막으로 프레드의 이목구비를 갈망하듯 애절하게 살펴보았다. 햇빛이 그의 대머리 위에서 떨리고 있었고, 귀는 분홍색으로 반투명해 보였다. 그는 경이로움과 황홀감에 취해 아무것도 깨닫지 못했다. 그렇게 그녀가 떠나고 나서도 프레드는 한참 동안 현관 입구에 가만히 서 있었다. 경솔하게 움직였다가 자칫 한껏 부풀어오른 심장이 터져버릴까 두렵기라도 한 것처럼. 그는 계속 아들을 상상해보려 했지만, 아무리 해봐도 남학생처럼 변장하고 작은 금발 가발을 쓴 자기 자신의 모습만 떠오를 뿐이었다. 그렇게 자신의 모습을 아들에게 투영하다보니 그는 자신을 난쟁이로 느끼지 않게 되었다.

아들을 만나러 집안으로, 호텔로, 식당으로 들어가는 자신의 모습이 보였다. 공상 속에서 그는 친부로서 느끼는 가슴 에이는 자부심으로 아이의 금발을 쓰다듬고…… 그러고는 아들과 노라(그가 아이를 낚아채 갈까 두려워하는 멍청한 거위 같은 여자!)와 함께 거리를 거니는 자신의 모습이 보였다. 그리고 거기에는—

프레드는 허벅지를 탁 쳤다. 어디로 어떻게 연락하면 되는지 노라에게 묻는 걸 깜빡했다!

뭔가 말도 안 되고 어처구니없는 국면으로 상황이 바뀌기 시작한 것은 바로 여기서부터다. 그는 급히 침실로 가서 미친듯이 허겁지겁 옷을 갈아입기 시작했다. 그는 있는 것 중에 가장 좋은 옷을 걸쳤다. 풀을 빳빳이 먹인 고가의 셔츠, 사실 새것이나 다름없는 줄무늬 바지, 수년 전에 파리의 양복점 르사르트르에서 맞춘 재킷. 그는 옷을 입다가 서랍장의 빡빡한 서랍 틈에 손톱을 찧으면서도 계속 킥킥댔고, 부풀어오르며 콩닥거리는 심장을 쉬게 하려고 한두 번씩 주저앉아야 했다. 그런가 하면 수년간 써보지 않은 중산모를 찾으러 방으로 다시 깡충깡충 뛰어가기도 했다. 마침내 다 차려입고 지나는 길에 있는 거울을 쓱 보니, 말쑥한 정장을 차려입은 어엿한 노신사의 모습이 언뜻 비쳤다. 현관 계단을 내려가면서 그는 새로운 생각에 사로잡혔다. 노라와 함께 런던에 돌아가서—지금 빨리 가면 그녀를 가까스로 따라잡을 수 있을 것이다—당장 오늘 저녁에 아들을 만나자!

먼지가 자욱한 널따란 길이 역까지 곧장 이어졌다. 일요일에는 대개 지나는 사람 없이 텅 빈 길인데, 그날은 뜻밖에도 크리켓 방망이를 든 소년이 길모퉁이에서 나타났다. 그 소년이 난쟁이의 첫번째 목격자였다. 멀어져가는 프레드의 뒷모습과 휙휙 움직이는 쥐색 각반을 바라보던 소년은 놀랐으면서도 신이 나서 밝은색의 모자를 쓴 정수리를 탁

쳤다.

 그러자 곧이어 어디서 몰려드는지 모르게 더 많은 소년이 나타나더니, 입을 딱 벌리고 난쟁이 뒤를 몰래 따라가기 시작했다. 난쟁이는 점점 더 걸음을 빨리하며 이따금 시계를 쳐다봤다가, 흥분해서 킥킥거리다가 했다. 햇빛 때문에 그는 약간 메스꺼움을 느꼈다. 한편, 아이들의 수는 점점 늘어났고, 우연히 지나가던 행인도 놀라서 걸음을 멈추고 난쟁이를 바라보았다. 저멀리 어딘가에서 교회 종소리가 울려퍼졌다. 나른한 졸음에 취해 있던 마을이 활기를 띠었다―그러다 돌연, 마을 전체가 오랫동안 절제했던 웃음을 주체 못하듯이 한꺼번에 터뜨렸다.

 감자 요정은 열망을 억누를 수 없어 내달리기 시작했다. 사내애 중 한 녀석이 그를 앞질러가 그의 얼굴을 빤히 쳐다보았다. 또다른 녀석은 쉰 목소리로 무례하게 뭐라고 고함을 질렀다. 프레드는 먼지 때문에 얼굴을 찡그리며 달리다가, 문득 보니 떼 지어 그를 따라오는 소년들이 모두 자기 아들, 혈색 좋고 체격도 좋은 명랑한 아들들처럼 느껴졌다―그래서 그는 어리둥절한 미소를 띠고 숨을 헉헉대며 총총걸음으로 가면서, 불타는 쐐기로 가슴을 깨부수는 듯한 심장을 잊으려 애썼다.

 반짝반짝 빛나는 바퀴를 굴리며 그의 옆에서 자전거를 타고 달리던 남자가 달리기경주 때 선수들에게 하듯이 주먹을 메가폰처럼 입에 대고 그를 격려했다. 여자들이 현관 앞까지 나와 햇빛을 손으로 가리고, 달리는 난쟁이를 손가락으로 서로 가리키며 큰 소리로 웃음을 터뜨렸다. 마을의 개들도 모두 깨어났다. 답답하고 후덥지근한 교회 안에 빽빽이 들어찬 교인들도 개 짖는 소리와 큰 소리로 격려하는 외침에 귀를 기울이지 않을 수 없었다. 난쟁이를 둘러싸고 따라가는 군중의 수가 갈수록 불어났다. 사람들은 서커스 선전을 위해 벌이는 규모가 큰 곡예 시연이거나, 아니면 영화를 찍는 거라고 생각했다.

프레드의 발이 휘청거리기 시작했고, 귓속이 윙윙 울리고 옷깃 앞쪽의 장식 단추가 목을 파고들어 숨쉬기조차 힘들었다. 들뜨고 신이 나서 떠들거나 외치는 소리와 땅을 굴러대는 발소리에 귀가 먹먹했다. 그때, 땀으로 부옇게 흐려진 시야 저편으로 드디어 그녀의 검은 드레스가 눈에 들어왔다. 그녀는 쏟아지는 햇빛을 받으며 벽돌담을 따라 천천히 걷고 있었다. 그녀는 뒤를 돌아보고 걸음을 멈추었다. 난쟁이는 그녀에게 손을 뻗어 치맛자락을 움켜쥐었다.

그는 행복한 미소를 띠고 그녀를 올려다보며 뭔가 말하려 했지만, 그 대신 순간 놀란 듯 눈살을 찌푸리더니 느린 동작으로 보도 위에 무너져내리듯 쓰러졌다. 사람들이 시끌시끌하게 웅성대며 그 주위를 둘러쌌다. 이것이 장난이 아님을 깨달은 누군가가 난쟁이 쪽으로 몸을 굽히더니 살짝 휘파람을 불고는 모자를 벗겼다. 노라는 둘둘 말린 검은 장갑 같은 프레드의 자그마한 몸을 우두커니 쳐다보았다. 인파에 그녀가 떠밀렸다. 누군가가 그녀의 팔꿈치를 잡았다.

"놓으세요." 억양 없는 목소리로 노라가 말했다. "난 아무것도 몰라요. 내 아들이 며칠 전에 죽었어요."

어느 일몰의 세부

거리의 거울 같은 어둑함 속으로 마지막 노면전차는 멀어져갔고, 그 위의 전선을 따라 벵골불꽃*의 섬광이 타닥타닥 튀고 부르르 떨면서 마치 푸른 별처럼 멀리 질주했다.

"그래 뭐, 그냥 좀 어슬렁어슬렁 걷는 것도 나쁘지 않지, 네놈은 잔뜩 취했지만 말이야, 마르크 너 말이야, 잔뜩 취했다고……"

불꽃은 사그라졌다. 지붕들은 달빛을 받아 반짝였고, 그 은빛 모서리들 사이사이가 검은 틈새로 비스듬히 갈라졌다.

거울 같은 이 어둠을 뚫고 그는 비틀거리며 집으로 향했다. 마르크 슈탄트푸스, 점원, 반신반인, 금발의 마르크, 풀 먹인 높은 옷깃을 단 행

---

* 선명한 청백색으로 지속되는 불꽃. 해난 신호나 무대조명용으로 쓰인다.

운아. 그의 머리 끝부분은 마치 소년의 머리처럼, 목덜미의 흰 옷깃 선 위에서 이발사의 가위질을 용케 모면한 우스운 작은 꼬리 모양을 띠고 있었다. 그 작은 꼬리 때문에 클라라는 그와 사랑에 빠졌고, 이번에야 말로 진실한 사랑이라고, 작년에 자기 모친인 하이제 부인 집에서 하숙 했던 잘생긴 무일푼 외국인은 아주 다 잊었다고 그녀는 맹세했다.

"그런데 말이야, 마르크, 넌 취했어……"

그날 저녁엔 친구들이 모여 맥주와 노래로 마르크와 적갈색 머리의 창백한 클라라를 축하해주는 자리가 있었다. 일주일 후면 두 사람은 결혼할 것이고, 그러고 나면 평생 축복과 평화가, 클라라와의 수많은 밤이, 베개 위에 펼쳐져 눈부시게 빛나는 그녀의 붉은 머리카락이, 그리고 아침이면 다시 그녀의 조용한 웃음소리와 녹색 드레스와 맨팔의 서늘한 감각이 함께할 것이다.

광장 한가운데에는 검은 원형 천막이 세워졌다. 전차 노선을 수리하는 중이었다. 그는 오늘 자신이 어떻게 그녀의 짧은 소매 밑으로 파고들어 가슴 에이는 천연두 주사 흉터에 입맞췄는지를 떠올렸다. 그리고 이제 그는 넘치는 행복감과 넘치는 취기로 휘청거리고 가느다란 지팡이를 흔들며 집으로 걸어가고 있다. 텅 빈 거리 반대편의 어두운 집들 사이로 그의 발걸음소리에 장단을 맞춰 따가닥따가닥하는 밤의 메아리가 울렸지만, 그가 모퉁이를 돌자 이내 조용해졌다. 그 모퉁이에서는, 언제나 그 자리에 있는, 앞치마를 두르고 챙이 달린 모자를 쓴 남자가 그릴 옆에 서서 새가 지저귀듯 부드럽고 쓸쓸하게 "뷔르스트헨, 뷔르스트헨……" 하면서 프랑크푸르트소시지를 팔고 있었다.

마르크는 프랑크푸르트소시지와 달, 그리고 전선을 따라 멀어져간

푸른 섬광에 달콤한 연민 같은 것을 느꼈고, 친구 같은 담장에 몸을 기댄 채 긴장으로 잔뜩 움츠렸다가 웃음을 참지 못하고는 몸을 구부려 담장 판자의 작고 둥근 구멍 속으로 숨을 내뿜듯 말했다. "클라라, 클라라, 아, 내 사랑!"

그 담장 너머에는 건물과 건물 사이에 직사각형의 공터가 있었다. 거기에는 이삿짐차 여러 대가 마치 거대한 관처럼 서 있었다. 그 차들은 짐으로 부풀어올랐다. 그 안에 무엇이 쌓여 있는지는 신만이 알리라. 참나무로 만든 트렁크일 수도 있고, 어쩌면 철제로 된 거미처럼 생긴 샹들리에일 수도, 더블베드의 무거운 골조일 수도 있다. 달은 그 짐차 여러 대에 눈부시게 밝은 강렬한 달빛을 드리웠다. 공터 왼편에 있는 건물 후면의 맨벽에는 거대한 검은 하트들이 납작하게 눌려 있었다―보도 가장자리의 가로등 옆에 서 있는 보리수나무의 이파리들이 몇 배나 확대되어 비친 그림자였다.

자신이 사는 층으로 이어진 어두운 계단을 오를 때도 여전히 마르크는 낄낄대는 웃음을 멈추지 않았다. 마지막 계단에 다다랐지만, 그는 실수로 한 발을 다시 올렸고 이내 그 발은 쿵 소리를 내며 어색하게 내려왔다. 그가 어둠 속을 더듬어 열쇠 구멍을 찾는 동안 그의 대나무 지팡이는 옆구리를 빠져나와 소리를 죽이고 작게 달그락거리며 계단을 미끄러져 내려갔다. 마르크는 숨을 죽였다. 그는 지팡이가 계단에서 방향을 바꿔가며 맨 밑바닥까지 굴러떨어지리라고 생각했다. 그러나 나무가 부딪히는 높고 날카로운 소리는 갑자기 뚝 끊겼다. 가다가 멈춘 게 틀림없다. 그는 안심해서 싱긋 웃고, 난간을 붙잡고(공허한 머릿속에서는 맥주가 노래를 불러댔다) 다시 내려가기 시작했다. 그는 거의 넘어져 구를 뻔하다가 양손을 사방으로 더듬어 계단에 무겁게 내려앉았다.

위층 층계참에서 문이 열렸다. 옷도 제대로 갖춰 입지 못하고 나이트캡 아래로 연무 같은 머리카락이 보이는 슈탄트푸스 부인이 손에 호롱불을 들고 나와서 눈을 깜빡이며 소리쳤다. "거기 너니, 마르크?"

누런색 빛이 쐐기 모양으로 퍼져 난간과 계단과 그의 지팡이를 에워쌌고, 마르크가 숨을 헐떡이고 기뻐하며 다시 층계참으로 올라가자 그의 검은 곱사등이 그림자가 벽을 따라 그의 뒤를 쫓았다.

그후, 붉은 가리개로 분할된 불빛이 어둑한 방안에서 다음과 같은 대화가 오갔다.

"너무 많이 마셨구나, 마르크."

"아니에요, 그렇지 않아요, 어머니…… 난 아주 행복해요……"

"온갖 더러운 건 다 묻혀 왔구나, 마르크. 손이 시꺼메졌네."

"……너무 행복해요…… 아, 기분좋네요…… 물맛 좋아요. 시원하고요. 머리 위에 물 좀 부어주세요…… 더요…… 다들 나를 축하해줬어요. 그럴 만한 이유가 있죠. 물 좀 더 부어주세요."

"하지만 그애가 바로 얼마 전에 딴 남자하고 사귀었다고들 하더구나—어떤 외국 건달인가 뭔가 하는 사람이었다는데. 그 사람이 하이제 부인에게 빚진 5마르크를 갚지 않고 사라졌다고……"

"아, 그만하세요—어머닌 아무것도 이해 못하세요…… 우린 오늘 노래를 아주 많이 불렀어요. 봐요, 단추도 하나 잃어버렸다니까요…… 결혼하면 봉급을 두 배로 올려줄지도 몰라요……"

"그래, 알았으니, 이제 자거라…… 온통 더러워졌구나. 네 새 바지도.”

그날 밤 마르크는 불쾌한 꿈을 꾸었다. 꿈속에서 그는 돌아가신 아버지를 보았다. 그에게 다가온 아버지는 땀에 젖은 창백한 얼굴에 묘한 미소를 지으며 마르크의 옆구리를 붙잡고 아무 말도 없이 난폭하게, 사정을 봐주지 않고 그를 간질이기 시작했다.

그는 자신이 일하는 상점에 도착하고 나서야 그 꿈이 기억났는데, 쾌활한 친구 아돌프가 그의 갈비뼈 부근을 쿡 찌른 탓이었다. 한순간 그의 마음속에서 무언가가 활짝 열렸고, 놀라서 잠깐 얼어붙은 듯 가만히 있다가 쾅하고 닫혔다. 그러곤 다시 모든 것이 쉽고 명쾌해졌고, 그가 고객들에게 권하는 넥타이들도 밝게 미소 지으며 그의 행복에 공감을 표했다. 그는 저녁에 클라라와 만나기로 했다—그는 서둘러 집에 가서 저녁만 먹은 다음, 곧장 그녀 집으로 갈 것이고…… 일전에 그가 앞으로 둘이 얼마나 아늑하고 안온하게 살아갈지 그녀에게 얘기하는데, 그녀가 갑자기 울음을 터뜨린 적이 있었다. 물론 마르크는 그 눈물을 (그녀 자신이 설명한 대로) 기쁨의 눈물로 이해했다. 클라라는 방 한가운데에서 뱅뱅 돌아 치마를 녹색 돛같이 부풀리더니, 거울 앞에 서서 윤기 있는 살구잼 색깔 머리카락을 잽싸게 매만지기 시작했다. 그녀의 얼굴이 창백해져 당황한 것도 물론 행복에 겨워서였다. 모두 지극히 당연하지 않은가, 어쨌든……

“줄무늬요? 그럼요, 물론 있죠.”

그는 넥타이를 손에다 매고는 고객의 마음을 끌려고 요리조리 돌려보였다. 그러고는 납작한 판지 상자들을 민첩하게 열고……

그가 그러는 동안, 그의 어머니에게는 손님 한 명이 찾아왔다. 하이제 부인이었다. 부인은 예고 없이 왔는데, 얼굴이 온통 눈물에 젖어 있었다. 슈탄트푸스 부인이 설거지를 하고 있는, 작지만 티끌 하나 없는 부엌에서 하이제 부인은 바스러질까 두렵기라도 한 듯 등받이 없는 의자 쪽으로 조심조심 자세를 낮췄다. 벽에는 나무로 만든 평면 돼지 장식 하나가 걸려 있고, 화로 위에 놓인 반쯤 열린 성냥갑에는 다 타버린 성냥개비 하나가 들어 있었다.

"나쁜 소식이에요, 슈탄트푸스 부인."

상대방은 접시를 가슴 쪽으로 꽉 거머쥐며 얼어붙었다.

"클라라 일이에요. 그래요. 그애가 정신이 나갔어요. 우리집의 그 하숙인이 오늘 돌아왔어요─당신도 알죠, 내가 일전에 얘기했던 그 사람 말이에요. 그래서 클라라가 미쳐버렸어요. 네, 다 오늘 아침에 일어난 일이에요…… 그애는 당신 아들을 다시는 만나고 싶지 않대요…… 부인이 그애한테 새 드레스를 해 입으라고 옷감을 주셨잖아요, 그건 조만간 돌려드릴게요. 그리고 이건 마르크에게 주는 편지예요. 클라라 머리가 어떻게 된 것 같아요. 어떻게 생각해야 할지 모르겠어요……"

한편, 마르크는 퇴근해서 이미 집으로 가는 길이었다. 머리를 짧게 친 아돌프가 마르크 집까지 그와 함께 걸어갔다. 두 사람은 멈춰 서서 악수를 했고, 마르크는 서늘한 빈 공간으로 열리는 문을 어깨로 밀었다.

"왜, 집에 그냥 가려고? 관두고, 어디 가서 뭐 좀 먹자, 너랑 나랑." 아돌프는 마치 꼬리라도 달린 것처럼 지팡이에 몸을 받치고 섰다. "관두라고, 마르크……"

마르크는 망설이듯 뺨을 문지르다가, 이내 웃으며 말했다. "좋아. 단 내가 한턱내는 거로 하지."

삼십 분 후 그가 술집에서 나와 친구에게 작별인사를 했을 때는 운하의 탁 트인 풍경이 타오르는 듯한 일몰로 붉게 물들어 있었다. 멀리 보이는, 빗줄기가 그어진 다리는 가장자리에 좁은 금색 테두리를 둘렀는데, 그 테두리를 따라 조그마한 검은 형체들이 오갔다.

그는 시계를 힐끗 보고는 어머니에게 들르지 않고 곧장 약혼녀의 집으로 가기로 했다. 행복감과 맑은 저녁 공기에 머리가 약간 빙빙 돌았다. 밝은 구릿빛 화살이 차에서 뛰어내리는 멋쟁이 남자의 에나멜 구두에 와 꽂혔다. 아직 마르지 않은 웅덩이들은 거뭇하고 축축한 멍으로 둘러싸여(아스팔트의 살아 있는 눈이랄까), 부드럽게 불타오르는 저녁 빛을 반사했다. 건물들은 여느 때처럼 잿빛을 띠었지만, 지붕, 상층부 위에 띠처럼 둘린 쇠시리, 끄트머리가 금도금된 피뢰침, 돌로 된 둥근 지붕, 작은 기둥 들―이것들은 낮 동안엔 누구의 눈에도 띄지 않는데, 낮에 돌아다니는 사람들은 좀처럼 위를 올려다보지 않으니까―은 이제 화사한 황토색으로, 일몰의 따사로운 공기에 물들었다. 그러자 그 위층의 돌출부, 발코니, 처마 돌림띠, 대들보가 그 황갈색의 광채로 아래층의 칙칙한 전면과 첨예하게 대조되면서 마법에 걸린 듯 생각지도 못한 모습으로 변했다.

아, 난 얼마나 행복한가. 마르크는 혼잣말을 계속했다. "주위 모든 것이 내 행복을 이렇게 축하해주고 있다니."

그는 전차에 앉아서 동승자들을 애정어린 다정한 눈길로 살펴보았다. 마르크의 얼굴은 무척 젊어 보였다. 턱에 난 분홍색 여드름, 기쁨으로 반짝이는 눈, 목덜미의 움푹 들어간 곳에서 잘린 다듬어지지 않은 머리 꼬리…… 운명도 그의 사정을 봐줄 것 같았다.

조금만 있으면 클라라를 본다, 그는 생각했다. 그녀는 문 앞에서 날 맞겠지. 그러고는 저녁이 되기를 기다리느라 죽을 것 같았다고 말할 거야.

그는 흠칫 놀랐다. 내려야 할 정거장을 놓쳐버린 것이다. 그는 내리는 문으로 나가다가, 의학 잡지를 읽던 뚱뚱한 신사의 발에 걸려 엎어졌다. 마르크는 모자를 살짝 들어올려 사과하려다가 하마터면 구를 뻔했다. 전차가 끼익 쇳소리를 내며 방향을 바꿨던 것이다. 그는 머리 위에 있는 손잡이를 붙잡아 가까스로 균형을 유지했다. 신사는 가래 끓는 소리와 짜증 섞인 그르렁거리는 소리를 내며 자신의 짧은 다리를 천천히 다시 오므렸다. 신사는 호전적으로 꼬여서 위로 올라간 희끗희끗한 콧수염이 나 있었다. 마르크는 가책을 느끼는 듯한 미소를 신사에게 지어 보이고 전차의 전면부 끝으로 갔다. 그는 쇠난간을 두 손으로 꽉 잡고 몸을 앞으로 기울여 뛰어내릴 때를 가늠해보았다. 저 아래에는 아스팔트가 매끄럽게 번들거리며 흘러가고 있었다. 마르크는 뛰어내렸다. 마찰 때문에 신발 바닥에 불이 붙은 것 같았고, 자기도 모르게 발로 쿵쾅쿵쾅 울리게 땅을 구르며 다리가 제멋대로 달리기 시작했다. 몇몇 묘한 일이 동시에 일어났다. 전차가 휘청거리며 마르크에게서 멀어져갈 때 몹시 화가 난 차장이 전차 앞쪽에서 뭐라고 소리를 질렀다. 반짝반짝 빛나는 아스팔트는 마치 그네의 의자처럼 위로 치솟았다. 굉음을 내는 커다란 물체가 마르크를 뒤에서 쳤다. 마치 굵은 벼락이 머리부터 발끝까지 관통해 흐르는 것 같았고, 그러고는 아무 느낌이 없었다. 그는 번들번들 윤이 나는 아스팔트 위에 홀로 서 있었다. 주위를 둘러보았다. 멀리서 그 자신의 형상이, 마치 아무 일도 없었던 것처럼 대로를 사선으로 가로질러 걸어가는 마르크 슈탄트푸스의 호리호리한 뒷모습이 보였다. 놀랍게도 그는 딱 한 번 획 미끄러지듯 움직여 자기 자신을 따라잡았는데, 그러자 이번에는 보도 쪽으로 가까워지는 사람이 자기 자신이 됐고, 전신은 서서히 잦아드는 떨림으로 가득찼다.

바보 같은 짓이었어. 버스에 거의 치일 뻔했잖아………

거리는 넓고 활기가 넘쳤다. 하늘 절반이 일몰의 색에 잠식되어 있었다. 건물 고층과 지붕들은 장엄한 빛을 쬐었다. 마르크는 저 높은 곳에 있는 반투명한 주랑현관 지붕, 조각 장식의 작은 벽과 프레스코 벽화, 오렌지색 장미들로 뒤덮인 격자 울타리, 보고 있기 어려울 만큼 눈부시게 빛나는 황금 리라를 하늘 높이 들어올리는 날개 달린 조각상들을 알아볼 수 있었다. 넘실대는 밝은 빛의 파장 속에서 천상의 것처럼 가볍고 축제일처럼 흥겹게, 이러한 건축물들이 자아내는 마법은 하늘 저멀리로 서서히 물러났다. 마르크는 높이 떠 있는 저 회랑과 사원들을 전에는 어떻게 한 번도 알아채지 못했는지 이해할 수 없었다.

그는 무릎을 아프게 쿵 부딪혔다. 다시 그 검은 담장이었다. 담장 너머로 그 짐차들을 알아보고 그는 웃음을 참을 수 없었다. 짐차들은 마치 거대한 관처럼 거기에 서 있었다. 저것들이 도대체 안에 뭘 숨기고 있는 거야? 보물? 거인의 유골? 아니면 산처럼 쌓인 먼지투성이의 호화로운 가구들일까?

그래, 지금 봐둬야겠다. 안 그랬다가, 클라라가 물어보는데 내가 모르면 안 되잖아.

그는 한 짐차의 문에 팔꿈치부터 잽싸게 밀어넣고는 안으로 들어갔다. 비어 있었다. 정중앙에서 우습게도 다리 세 개로 삐뚜름하게 균형을 잡고 서 있는 작은 밀짚 의자 빼고는 텅 비어 있었다.

마르크는 어깨를 으쓱하고는 반대편을 통해 밖으로 나갔다. 뜨겁게 타오르는 저녁 빛이 다시 눈으로 쏟아져 들어왔다. 뒤이어 이제 그의 눈앞에 눈에 익은 연철 쪽문이 나타났고, 쪽문 뒤로 녹색 가지 하나가 가로지르는 클라라의 창문이 보였다. 클라라가 쪽문을 열고 서서 기다리고 있었다. 머리카락을 바로잡느라 팔을 들어올려 팔꿈치가 드러났다. 햇빛을 받은 짧은 소매가 벌어지면서 그녀의 적갈색 겨드랑이털이 보였다.

마르크는 소리 없이 웃음을 터뜨리며 그녀를 안으려고 뛰어갔다. 그는 그녀의 따뜻한 녹색 비단 드레스에 뺨을 비볐다.

그녀는 양손을 그의 머리 위에 얹었다.

"온종일 무척 외로웠어, 마르크. 하지만 이제 당신이 여기 있네."

그녀가 문을 열자마자 마르크는 곧바로 자신이 좀 지나치게 넓고 밝은 느낌이 드는 식당 안에 있다는 걸 깨달았다.

"지금 우리처럼 행복한 사람들은, 통로 같은 건 없어도 되지." 클라라는 달뜬 목소리로 속삭였고, 그는 그녀의 말에 뭔가 특별하고 멋진 의미가 담긴 것 같다고 느꼈다.

그리고 식당에는 눈처럼 하얀 타원형 식탁보 주변에 많은 사람이 빙둘러 앉아 있었다. 마르크가 전에는 한 번도 약혼녀의 집에서 본 적이 없던 사람들이었다. 네모난 머리에다 까무잡잡한 아돌프도 있고, 전차에서 의학 잡지를 읽던 다리가 짧고 배가 나온 그 노인도 여전히 그르렁거리며 거기 있었다.

마르크는 수줍게 고개를 끄덕이며 일동에게 인사를 하고 클라라 옆에 앉았는데, 바로 그 순간 조금 전에 느꼈던, 전신을 관통하는 무시무시한 고통의 벼락을 다시 느꼈다. 그는 몸부림쳤고, 클라라의 녹색 드레스는 둥실 떠올라 점점 작아지더니 녹색 전등갓으로 바뀌었다. 전등은 전깃줄에 매달려 흔들리고 있었다. 마르크는 온몸이 으스러지는 상상도 못할 고통을 느끼며 그 전등 아래 누워 있었고, 왔다갔다 진동하는 전등 말고는 아무것도 분간할 수 없었다. 갈비뼈가 심장을 압박해 숨을 쉴 수 없었고, 누군가 그의 다리를 부러뜨리려는 듯 구부리고 있어 당장에라도 꺾여버릴 것 같았다. 어떻게든 그가 그 몸에서 벗어나 자유로워지자 전등은 다시 녹색으로 빛났고, 마르크는 조금 떨어진 곳에, 클라라 옆에 앉은 자신의 모습을 보았다. 그런 모습을 보자마자 이번에는 또 자기가 무릎을 그녀의 따뜻한 비단 치마에 스치고 있음을 깨달았다. 클라라는 고개를 뒤로 젖히며 깔깔댔다.

그는 방금 무슨 일이 일어났는지 얘기하고 싶은 충동을 느껴서 그 자리에 있는 모두에게―쾌활한 아돌프와 툴툴대는 뚱뚱한 남자를 향해―힘들게 말을 꺼냈다. "그 외국인은 강에서 전에 말한 그 기도를 드리고 있었습니다……"

그는 자신이 모든 걸 명확히 해둔 것 같았고, 보아하니 그들도 모두 이해한 듯했는데…… 클라라는 입을 조금 삐쭉거리며 그의 뺨을 꼬집었다. "불쌍한 자기. 다 괜찮아질 거야……"

그는 피곤해졌고 졸음이 쏟아졌다. 그는 클라라의 목에 팔을 둘러 그녀를 끌어당기고는 뒤로 드러누웠다. 그러자 고통이 다시 그를 덮쳤고, 모든 것이 명확해졌다.

마르크는 다리가 절단되고 붕대로 칭칭 감긴 채 반듯이 누워 있었고, 전등은 이제 더는 흔들리지 않았다. 예의 그 콧수염 있는 뚱뚱한 남자가 이제는 하얀 가운을 입은 의사가 되어 마르크의 동공을 들여다보며 걱정스러운 듯 작게 그르렁거리는 소리를 냈다. 그런데 뭔 통증이 이렇게……! 맙소사, 심장이 당장에라도 갈비뼈에 찔려 터져버릴 것 같아…… 신이여, 당장에라도 이제는…… 이건 말도 안 돼. 왜 클라라가 여기 없는 거야……?

의사는 눈살을 찌푸리며 혀를 끌끌 찼다.

마르크는 더이상 숨을 쉬지 않았다. 마르크는 떠났다―어디로 간 건지, 또다른 어떤 꿈속으로 떠난 건지, 그건 아무도 모를 일이다.

나타샤

1

나타샤는 계단을 내려오다 복도 건너 맞은편에 사는 볼프 남작과 마주쳤다. 볼프는 손으로 난간을 어루만지고 잇새로 휘파람을 살짝 불며 아무것도 깔리지 않은 나무 계단을 약간 힘겹게 올라가고 있었다.

"어딜 그렇게 급하게 가나요, 나타샤?"

"처방약 지으러 약국에요. 의사 선생님께서 와 계세요. 아버지가 좋아지셨어요."

"아, 그거 다행이군요."

그녀는 사락사락 소리가 나는 우비 차림으로 모자도 쓰지 않은 채 휙 스쳐지나갔다.

볼프는 난간에 몸을 기대고 그 뒷모습을 힐끗 돌아보았다. 윤기가 흐르는 소녀 같은 머리 부분이 위쪽에 서 있는 그의 눈에 언뜻 띄었다. 휘파람을 계속 불면서 꼭대기 층까지 올라간 그는 비에 젖은 서류가방을 침대에 던지고는, 만족스러울 때까지 손을 철저히 닦고 말렸다.

그런 다음 그는 흐레노프 노인의 방문을 노크했다.

흐레노프는 복도 건너 맞은편 방에서 딸과 함께 살고 있었다. 딸은 소파에서 잠을 잤는데, 그 소파 속 스프링은 놀랄 만한 것으로, 마치 금속 덤불처럼 소파 속에서 굴러다니며 축 늘어진 플러시천을 뚫고 나올 듯 부풀어올라 있었다. 잉크 얼룩 범벅의 신문지로 덮인, 칠을 하지 않은 탁자도 하나 있었다.* 병치레중인 쭈글쭈글한 노인 흐레노프는 뒤꿈치까지 내려오는 잠옷을 입고는, 열린 문틈으로 볼프가 빡빡 깎은 커다란 머리를 쑥 내밀자, 마루가 삐걱거리는 소리를 내면서 침대로 잽싸게 돌아가 모포를 추어올렸다.

"들어오시오, 반갑구려, 어서 들어와요."

힘들게 숨을 내쉬는 노인이 누운 침대 옆 탁자는 문짝이 반쯤 열려 있었다.

"거의 다 회복하셨다고 들었어요, 알렉세이 이바니치." 볼프 남작은 말하면서 침대 옆에 앉아 자기 무릎을 탁 쳤다.

흐레노프는 누렇고 끈적끈적한 손을 내밀며 고개를 저었다.

"무슨 얘기를 들었는지 모르지만, 나는 내가 내일 죽을 거라는 사실을 너무도 잘 알고 있소."

---

* 러시아어판에는 "그 위에는 담배 마는 종이들이 널브러져 있었다"라는 문장이 추가되어 있다.

노인은 입술로 푸푸거리는 소리를 냈다.

"무슨 그런 말도 안 되는 말씀을 하세요." 볼프는 쾌활하게 흐레노프의 말을 끊고, 뒷주머니에서 커다란 은제 시가 케이스를 꺼냈다. "한 대 피워도 될까요?"

그는 한참 동안 라이터를 만지작거리며 톱니로 된 나사를 짤깍짤깍 돌려댔다. 흐레노프의 눈이 반쯤 감겼다. 눈꺼풀이 푸르퉁퉁해서 마치 개구리의 물갈퀴 같았다. 희끗희끗하고 뻣뻣한 털이 툭 튀어나온 턱을 뒤덮고 있었다. 흐레노프는 눈을 뜨지 않은 채 말했다. "아니, 그렇게 될 거요. 그들은 내 두 아들을 죽였고, 나와 나타샤를 태어난 둥지에서 내쫓아버렸지. 우리는 이제 낯선 타국의 도시에서 죽게 될 거라오. 바보 같은 이야기지, 결국은 아무리 봐도……"

볼프는 큰 목소리로 또박또박 말하기 시작했다. 흐레노프가 얼마나 긴 시간을 아직 더 살아야 하는지를 얘기하고, 봄이 되면 모두 황새들과 함께 러시아로 돌아가게 될 거라고도 했다. 그러고는 자신이 과거에 경험한 사건 하나를 이야기하기 시작했다.

"과거에 제가 콩고를 방랑했을 때의 일입니다"라고 그가 말하는데, 약간 비만한 몸집이 미세하게 흔들렸다. "아, 그 머나먼 콩고, 친애하는 알렉세이 이바니치, 그래요, 그 아득한 밀림 말이죠─아시죠…… 밀림 속 마을, 가슴을 축 늘어뜨린 여인들, 그리고 카라쿨양‡처럼 검은 물이 움막 사이로 흐르며 빛으로 일렁거리는 모습을 상상해보세요. 그곳, 그 어마어마하게 큰 나무─키로쿠라는 이름의 나무인데요─에는 고무공처럼 생긴 오렌지색 과일이 열리고, 밤이 되면 나무줄기 속에서 바닷소리 비슷한 소리가 들려오죠. 저는 현지 추장과 긴 시간 담소를 나

눈 적이 있어요. 통역해준 이는 벨기에인 기술자로, 그 친구도 재밌는 친구죠. 글쎄 1895년에 탕가니카에서 멀지 않은 습지에서 어룡을 봤다고 호언장담하지 않겠어요. 하여간 그 추장은 코발트를 몸에 마구 처바르고 고리를 주렁주렁 매달고 살은 뒤룩뒤룩 찌고, 배는 젤리 같았죠. 글쎄, 거기서 무슨 일이 있었는가 하면—"

볼프는 자기 이야기를 음미하며 미소를 띠고 자신의 파르스름한 머리를 쓰다듬었다.*

"나타샤가 돌아왔군." 흐레노프가 눈꺼풀을 올리지 않은 채 조용하고 단호하게 이야기를 끊었다.

볼프는 금방 얼굴이 장밋빛으로 물들어 주변을 돌아보았다. 잠시 후, 아득히 먼 어딘가에서 현관 자물쇠가 철컥했고, 사락사락 복도를 따라 걷는 소리가 들려왔다. 나타샤가 눈을 빛내며 잰걸음으로 방에 들어왔다.

"어떠세요, 아빠?"

볼프는 일어나서 태연함을 가장해 말했다. "아버님은 이제 아주 좋아지신 것 같아요, 왜 침대에 계시나 모르겠네요…… 전 아버님께 어떤 아프리카 주술사 얘기를 하려던 참입니다."

나타샤는 아버지에게 미소를 지어 보이고는 약 포장을 벗기기 시작했다.

"비가 내리네요." 그녀가 부드럽게 말했다. "날씨가 너무 안 좋아요."

날씨가 화제에 오르면 으레 그렇듯이, 다른 두 사람은 창밖을 내다

---

* 러시아어판에는 "촉촉한 그의 눈은 상념에 잠겼다"라는 문장이 추가되어 있다.

봤다. 그 때문에 흐레노프의 목에 있는 청회색 혈관이 수축했다. 그는 다시 베개에 머리를 뉘었다. 나타샤는 입을 삐죽 내밀고 물약 방울을 세면서 박자를 맞춰 속눈썹을 깜빡였다. 그녀의 윤기 나는 검은 머리카락에는 빗방울이 구슬처럼 맺혀 있고, 눈 밑에는 사랑스러운 푸른 그림자가 드리웠다.

2

방으로 돌아온 볼프는 망연자실하면서도 행복에 겨운 미소를 띠고 한참 동안 방안을 왔다갔다하며, 안락의자에 털썩 주저앉았다가 침대 모서리에 훅 쓰러졌다가 했다. 그러더니 무슨 까닭인지 창문을 열고, 콸콸 물 쏟아지는 소리가 들리는 어두운 중정을 가만히 내려다보았다. 마침내 그는 한쪽 어깨를 경련하듯 으쓱하고는 녹색 모자를 쓰고 밖으로 나갔다.

흐레노프 노인은 나타샤가 그의 잠자리를 정리하는 동안, 소파에 널브러져 있다가 낮은 목소리로 무심히 말했다. "볼프가 저녁 먹으러 나가는구나."

그러고는 한숨을 쉬고 담요를 자기 몸 쪽으로 더 꽉 끌어당겼다.

"다 됐어요." 나타샤가 말했다. "다시 올라오세요, 아빠."

사방에 비에 젖은 밤의 도시가 펼쳐졌다. 거리의 검은 급류, 이리저리 이동하는 우산들의 반짝이는 둥근 지붕, 아스팔트 위에 주르르 흘러내리는 상점 쇼윈도의 불빛. 비와 함께 밤도 흐르기 시작해, 중정의 깊이를 다 채우고, 가는 다리를 드러낸 채 교차로의 인파에 섞여 천천히 왔다갔다 배회하는 매춘부들의 눈 속에도 밤이 깃들었다. 그리고 저 위 어딘가에는 광고판의 원형 불빛들이 마치 조명 달린 바퀴가 돌아가듯이 간헐적으로 서로 번갈아 번쩍거리곤 했다.

해가 지면서 흐레노프의 체온이 올랐다. 체온계는 따뜻했고 살아 있었다—수은주가 작고 붉은 사다리를 타고 높이 올라갔다. 한참 동안 그는 계속 입술을 깨물고 머리를 살살 흔들면서 알아들을 수 없는 말을 중얼거렸다. 그러더니 잠이 들었다. 나타샤는 희미한 촛불에 의지해 옷을 벗고는 어둑한 창유리에 비친 자신의 모습—창백하고 가는 목, 쇄골까지 늘어뜨린 땋은 머리—을 바라보았다. 그렇게 그녀는 움직이지 않고 나른하게 한동안 서 있었는데, 갑자기 그 방이, 소파와 담배꽁초가 널브러진 탁자, 코가 뾰족하고 땀에 젖은 노인이 입을 벌린 채 뒤척이며 자는 침대가 모두 함께 움직이기 시작하더니, 이제는 마치 배의 갑판처럼 떠서 검은 밤을 떠다니는 것처럼 보였다. 그녀는 한숨을 쉬며 자신의 따뜻한 맨어깨를 한 손으로 어루만진 다음, 현기증으로 반쯤 몽롱해져서 소파에 걸터앉았다. 그러고는 희미하게 미소 지으며 잦은 수선으로 다 해진 잿빛 스타킹을 말아 내리며 벗었다. 또다시 방이 떠다니기 시작했고, 그녀는 마치 누군가가 뜨거운 숨을 자신의 뒤통수에 내뿜고 있는 것처럼 느꼈다. 그녀는 눈을 크게 떴다—검고 기름한 눈으로, 흰자에는 푸르스름한 윤기가 돌았다. 가을 파리 한 마리가 촛불 주위를 맴돌다가 윙윙거리는 검은 콩처럼 벽과 충돌했다. 나타샤는 천천히 담요 밑으로 기어들어가 마치 제삼자처럼 자신의 따뜻한 몸을, 긴 허벅지와 머리 뒤로 기댄 맨팔을 느끼며 몸을 쭉 뻗었다. 그녀는 촛불을 끄는 것도, 무릎을 무심코 움츠리게 하고 눈을 질끈 감게 만드는, 벌레가 기어가는 듯한 은근한 감촉을 손으로 쫓아버리는 것도 귀찮았다. 흐레노프는 낮게 끙끙거리더니 잠결에 한쪽 팔을 들어올렸다. 그 팔은 죽은듯이 도로 떨어졌다. 나타샤는 몸을 조금 일으켜 촛불을 불어 껐다. 형형색색의 원들이 눈앞에서 헤엄치기 시작했다.

왠지 기분이 참 좋네, 라고 생각하며 그녀는 베개에 얼굴을 파묻고 웃었다. 몸을 웅크리고 누워 있으니 자신이 터무니없이 작게 느껴졌고, 머릿속에는 온갖 생각이 따뜻한 섬광처럼 일어서 부드럽게 흩날리다가 미끄러지곤 했다. 막 잠이 들려는 찰나, 깊은 곳에서 토해내는 광란의 비명에 그녀의 수면이 산산이 부서졌다.

"아빠, 무슨 일이에요?"

그녀는 탁자 위를 더듬어 촛불을 켰다.

흐레노프는 침대에 앉아 격하게 숨을 몰아쉬며 손가락으로 셔츠 잠옷의 옷깃을 움켜쥐고 있었다. 몇 분 전에 잠이 깬 그는 침대 근처 의자 위에 놓인 시계의 문자판을 미동도 없이 자신을 겨냥하는 라이플총의 총구로 착각하고 공포에 질려 얼어붙었다. 그는 감히 꼼지락거릴 엄두도 내지 못하고 총이 발사되기를 기다리다가 더는 견디지 못해 비명을 지르기 시작한 것이다. 이제 그는 딸을 쳐다보며 눈을 깜빡이고 약간 떨면서 미소를 지었다.

"아빠, 진정하세요, 괜찮아요……"

그녀는 맨발을 바닥 위로 살짝 끌듯이 걸어가서 아버지의 베개를 펴주고 땀으로 끈적끈적한 차가운 이마를 만져보았다. 그는 깊은 한숨을 내쉬고 경련으로 여전히 몸을 떨면서 벽 쪽으로 돌아눕고는 중얼거렸다. "그들 모두가, 모두…… 그리고 나도. 악몽이야…… 너는 절대 안 돼."

그는 마치 심연 속으로 빠져들듯이 곯아떨어졌다.

나타샤도 다시 누웠다. 소파는 더 울퉁불퉁해졌고 스프링이 옆구리에 배겼다가 어깨뼈에 배겼다가 했지만 마침내 편안한 상태가 되어, 중단됐던, 아직 그 감각은 남았지만 더는 기억이 나지 않는, 믿을 수 없이 따뜻했던 꿈속으로 도로 표류해 들어갔다. 그러다 새벽녘에 그녀는 다시 잠을 깼다. 아버지가 그녀를 부른 것이다.

"나타샤, 기분이 좋지 않구나. 물을 좀 다오."

은은한 푸른빛의 여명에 젖은 그녀가 잠에 취해 약간 휘청거리며 세면대 쪽으로 가서 쨍그랑하는 물주전자 소리를 냈다. 흐레노프는 물을 게걸스럽게 깊이 들이켰다. 그가 말했다. "두 번 다시 돌아갈 수 없다는 생각을 하면 끔찍해."

"누우세요, 아빠. 좀더 주무시도록 해보세요."

나타샤는 플란넬 가운을 걸치고 아버지의 침대 발치에 앉았다. 그는 "끔찍해"라는 말을 여러 번 되풀이했다. 그러고선 겁에 질린 듯한 미소를 지어 보였다.

"나타샤, 우리 마을을 거니는 내 모습을 나는 계속 상상하곤 한단다. 강변에, 제재소 근처의 그 장소 기억나니? 걷기가 힘들었지. 온통 톱밥이 쌓여 있었잖니. 톱밥과 모래 때문에 발이 쑥쑥 빠졌지. 간질간질하고 말이야. 한번은 우리가 외국으로 여행을 갔는데……" 그는 자꾸 끊기는 생각의 흐름을 따라가려 애쓰며 눈살을 찌푸렸다.

나타샤의 기억 속에 당시 아버지의 모습은 유독 선명히 떠올랐다.

폭 좁은 옅은 색 턱수염, 회색 스웨이드 장갑, 스펀지를 넣은 고무주머니를 닮은 여행용 체크무늬 사냥모를 떠올리다가, 갑자기 울컥할 것 같은 기분이 들었다.

"그래, 다 끝이지." 흐레노프는 새벽의 엷은 안개를 물끄러미 바라보며 무심한 말투로 느릿느릿 말했다.

"좀더 주무세요, 아빠. 저는 다 기억나요."

그는 힘겹게 물을 한 모금 들이켜고 양손으로 얼굴을 문지르고는 베개에 머리를 뉘었다. 중정에서 듣기 좋게 고동치는 수탉의 울음소리가 들려왔다……

3

이튿날 아침 열한시쯤 볼프는 흐레노프의 방문을 노크했다. 방안에서는 누군가 놀랐는지 접시가 달그락거리는 소리가 나더니, 나타샤의 웃음소리가 새어나왔다. 잠시 후 그녀가 복도로 미끄러지듯 빠져나와 등뒤로 조심스럽게 문을 닫았다.

"참 기뻐요―아버지가 오늘 많이 좋아지셨답니다."

그녀는 골반 쪽에 단추가 달린 베이지색 치마와 하얀 블라우스 차림이었다. 기름하니 반짝반짝 빛나는 그녀의 눈은 행복해 보였다.

"무척 힘든 밤이었죠." 나타샤는 재빨리 말을 이었다. "하지만 이제 아버지는 완전히 기운을 차리셨어요. 체온도 정상이고요. 몸소 일어나보려고도 하셨어요. 지금 막 목욕을 시켜드렸어요."

"오늘 날씨가 화창하네요." 볼프가 의미심장하게 말했다. "전 일하러 가려다 말았어요."

두 사람은 무슨 얘기를 더 나눠야 할지 몰라 우물쭈물하며 불이 반만 들어온 복도의 벽에 기대서 있었다.

"저기 있잖아요, 나타샤?" 돌연, 볼프가 넓고 부드러운 등을 밀어 벽에서 몸을 떼고, 구김이 간 회색 바지 주머니에 양손을 깊숙이 찔러넣고는 조심스럽게 말을 꺼냈다. "오늘 교외로 소풍이나 갑시다. 여섯시면 돌아올 수 있을 거예요. 어때요?"

나타샤도 한쪽 어깨를 벽에 누른 채 서 있다가 역시 벽을 밀어 몸을 약간 뗐다.

"제가 어떻게 아버지를 혼자 두고 가겠어요? 하긴, 뭐 그런다고……"

볼프는 갑자기 쾌활해졌다.

"나타샤, 자, 갑시다, 네? 제발요. 오늘은 아버지 상태가 괜찮으시잖아요, 그죠? 그리고 뭐든 필요하시면 주인아주머니도 가까이 있으니까요."

"예, 그건 맞아요." 나타샤가 천천히 말했다. "아버지께 말씀드려볼게요."

그러고는 그녀는 치마를 휙 한번 펄럭이며 몸을 돌려 방안으로 들어갔다.

흐레노프는 셔츠 깃은 달지 않았지만, 제대로 옷을 갖춰 입고는 탁자 위를 힘없이 더듬으며 뭔가를 찾고 있었다.

"나타샤, 나타샤, 너 어제 신문 사오는 걸 잊은 모양이구나……"

나타샤는 알코올램프로 차를 끓이느라 분주했다.

"아빠, 저 오늘 교외로 소풍을 좀 갔으면 해요. 볼프가 청했어요."

"그래, 그럼 가야지, 아가." 흐레노프가 말하는데, 푸른 기가 도는 눈의 흰자에 눈물이 가득 고였다. "내 말 믿으렴. 정말 오늘 한결 좋아졌어. 다만, 이렇게 말도 안 되게 힘이 없는 것만 아니면……"

나타샤가 가버리자, 다시 그는 천천히 방 이곳저곳을 더듬으며 계속 뭔가를 찾기 시작하다가…… 작게 끙 앓는 소리를 내며 소파를 옮기려 애썼다. 소파 아래를 들여다보다 바닥에 엎드린 그는 그 자세 그대로 있었다. 머리가 빙빙 돌아 토할 것 같았다. 그는 천천히, 안간힘을 다해 일어서서 침대 쪽으로 힘겹게 걸어가 몸을 뉘었다…… 그리고 또다시 그는 자신이 어떤 다리를 건너가는 듯한 감각을 느꼈다. 제재소의 소음이 들려오고, 누런 나무줄기들이 떠다니고, 축축한 톱밥 속으로 발이 깊이 빠지고, 시원한 바람이 강에서 불어와 그의 등골을 서늘하게 하며 파고들고, 또 파고드는데……

4

"그래요, 제가 한 모든 여행은…… 오, 나타샤, 전 가끔 저 자신이 신처럼 느껴져요. 전 실론섬에서 그림자 궁전을 봤고요, 마다가스카르섬에서는 조그마한 에메랄드색 새들을 쏴 죽였지요. 그곳 원주민들은 뼈로 만든 목걸이를 하고 다니고, 밤이 되면 해변에서 괴상한 노래를 불러댔죠. 마치 합창하는 자칼들 같더라고요. 전 타마타브에서 멀지 않은 곳에서 텐트를 치고 살았답니다. 땅은 붉고 바다는 검푸른색이었죠. 그 바다를 도저히 묘사하지 못하겠네요."

볼프는 손으로 솔방울 하나를 가만히 던졌다 받았다 하면서 침묵에 빠졌다. 그러더니 포동포동한 손바닥으로 얼굴을 위에서 아래로 쓸어내리고는 웃음을 터뜨렸다.

"그런데 지금 저는 무일푼으로 유럽에서 가장 비참한 이 도시에 박혀서, 허구한 날 사무실에 앉아 있다가, 밤이 되면 놈팡이들처럼 트럭 운전사용 싸구려 술집에서 빵과 소시지나 우적우적 씹는 신세죠. 그래도 한때는……"

나타샤는 팔꿈치를 넓게 벌리고 엎드려서, 햇빛이 환히 비치는 소나무 우듬지들이 터키석 색깔의 하늘 높이 서서히 멀어지는 모습을 올려다보았다. 말끄러미 하늘을 바라보고 있노라니, 어둠 속에서도 빛나는 둥근 점들이 원을 그리며 어른거리다 그녀의 눈동자 속에서 산산이 흩어졌다. 이따금 금빛을 띤 뭔가가 경련하듯 떨며 이 소나무에서 저 소나무로 휙 스쳐지나갔다. 교차시켜 꼰 그녀의 두 다리 옆에는 넉넉한 회색 양복을 입은 볼프 남작이 앉아서 말끔히 이발한 머리를 숙인 채 바싹 마른 솔방울을 계속 던져올리고 있었다.

나타샤는 한숨을 쉬었다.

"중세시대라면," 그녀가 소나무 우듬지를 응시하며 말했다. "저는 화형당하거나 신성시되었을 거예요. 저는 가끔 기묘한 감각을 느끼곤 해요. 일종의 황홀경이랄까. 그러고 나면 거의 무중력상태가 되어 어디론가 둥둥 떠다니는 것처럼 느껴지고 모든 걸 이해할 것만 같아요—삶, 죽음, 그 모든 것을…… 한번은 열 살 때였는데, 부엌에 앉아서 뭔가를 그리고 있었어요. 그러다 피곤해져서 생각에 잠겼지요. 그런데 갑자기

한 여인이 잽싸게 들어오는 게 아니겠어요. 맨발에 색이 바랜 푸른빛의 옷을 입었는데, 배는 커다랗고 무거워 보였고, 작고 여윈 얼굴은 누런 빛을 띠었죠. 대단히 온화하면서도 또 대단히 신비스러운 눈에…… 그 여인은 저를 쳐다보지 않고 서둘러 지나쳐 옆방으로 사라졌고요. 저는 놀라지 않았어요—무슨 이유인지 전 그녀가 바닥 청소를 하러 왔다고 생각했던 것 같아요. 그 여인과 두 번 다시 조우하지는 못했어요. 그 여인이 누군지 아시겠어요? 성모마리아였어요……"

볼프는 미소 지었다.

"뭐 때문에 그렇게 생각했나요, 나타샤?"

"그냥 알아요. 그 여인은 오 년 후에 제 꿈에 다시 나타났어요. 아이를 안은 그녀의 발치에는 아기 천사들이 팔꿈치를 괴고 앉아 있었어요, 라파엘로의 그림과 똑같았는데, 다만 살아 있었죠. 그것 말고도 저는 아주 작은 다른 환영들도 가끔 봤어요. 그들이 아버지를 모스크바로 데려가고 저 혼자 집에 남았을 때, 글쎄 이런 일이 다 있었어요. 책상 위에 작은 청동종이 하나 있었는데, 티롤에서 소에게 매어주는 종 같은 거죠. 그게 갑자기 공중부양해서 딸랑거리더니 얼마 후 툭 하고 떨어지는 게 아니겠어요. 얼마나 신묘하고 맑은 소리였는지 몰라요."

볼프는 묘한 시선으로 그녀를 쳐다보다가, 솔방울을 멀리 던져버리고 차갑고 먹먹한 목소리로 말했다.

"당신에게 꼭 해야 할 말이 있습니다, 나타샤, 있잖아요, 실은 한 번도 아프리카나 인도에 가본 적 없어요. 다 거짓말이었어요. 전 이제 거의 서른이 다 됐지만, 러시아의 두세 도시와 마을 열두어 군데, 그리고 이 쓸쓸한 나라 말고는 아무것도 본 게 없어요. 부디 저를 용서해줘요."

그는 우울한 미소를 지었다. 문득 그는 어린 시절부터 자신을 지탱해온 그 거창한 환상들에 참을 수 없는 연민을 느꼈다.

건조하고 따뜻한 가을다운 날씨였다. 소나무들이 금빛 우듬지를 흔들면서 희미하게 삐걱삐걱 소리를 냈다.

"개미가 있네." 나타샤가 말하더니 몸을 일으켜 치마와 스타킹을 탁탁 털었다. "개미들 위에 우리가 앉았나봐요."

"제가 너무 경멸스럽죠?" 볼프가 물었다.

그녀는 웃음을 터뜨렸다. "바보 같은 소리 마세요. 결국 우린 모두 마찬가지예요. 제가 당신에게 얘기했던 황홀경이나 성모마리아나 작은 종은 전부 제 공상이었어요. 어느 날 문득 제가 다 생각해낸 건데, 나중에는 자연스럽게도 마치 실제로 일어난 일처럼 느껴졌어요……"

"맞아요, 딱 그거예요." 희색이 만면하여 볼프가 말했다.

"당신 여행 얘기를 좀더 해주세요." 나타샤가 비꼬려는 의도가 전혀 없이 진지하게 청했다.

볼프는 특유의 손놀림으로 자신의 단단한 시가 케이스를 꺼냈다.

"당신이 원하신다면 언제든지 들려드리지요. 언젠가 제가 보르네오섬에서 수마트라섬으로 스쿠너를 타고 가는데 말이죠……"

5

완만히 내려가는 경사면이 호수 쪽으로 이어졌다. 나무로 된 제방의 기둥들이 물에 비쳐 잿빛 나선형 모양을 띠었다. 호수 저편에는 아까 그 검은 소나무숲이 있었지만, 이곳은 자작나무의 하얀 줄기와 엷은 안개 같은 황색 잎들이 여기저기서 얼핏 보였다. 어두운 터키석 빛깔을 띤 수면 위에 반짝거리는 구름이 떠서 흘러가자, 나타샤는 문득 레비탄*의 풍경화를 떠올렸다. 그들이 마치 러시아에 있는 듯한 인상을 받았다. 이렇게 열렬한 행복감에 목이 멜 정도이건만, 러시아가 아니라니 있을 수 없는 일 같았다. 그녀는 볼프가 작은 구령과 함께 작고 납작한 돌멩이를 던지며 그토록 경이롭고 허무맹랑한 이야기를 해줘서 행복했다. 돌멩이는 마법과도 같이 수면 위를 미끄러지면서 퐁퐁 튀어올랐다. 평일이라 사람들의 모습은 눈에 띄지 않았다. 간간이 탄성과 웃음소리가 작은 구름처럼 피어올라 들려올 뿐, 호수 위에는 하얀 날개— 요트의 돛이다—하나가 맴돌고 있었다. 두 사람이 호반을 따라 한참을 걷다가 미끄러운 경사면을 달려 올라가니, 산딸기 덤불이 검고 축축한 향을 내뿜는 오솔길이 나왔다. 좀더 가보니 호수 바로 옆에 카페가 하나 있었는데, 인기척 하나 없고 종업원 한 명 손님 한 명 보이지 않아, 마치 어딘가에 불이 나서 그 화재 현장을 보러 모두 먹고 있던 컵과 접시를 들고 내뺀 것 같았다. 볼프와 나타샤는 카페 주위를 걸어다니다가 비어 있는 자리에 앉아, 오케스트라 연주를 들으며 먹고 마시는 척을 했다. 둘이서 그렇게 장난치고 있자니, 나타샤는 불현듯 오렌지빛을 띤 진짜 취주악소리가 멀리서 들려오는 것 같다는 생각이 들었다. 그러자 그녀는 묘한 미소를 지으며 움찔하더니 호반을 따라 달려나갔다. 볼프 남작은 육중한 발걸음으로 성큼성큼 그녀 뒤를 쫓아 달려갔다. "기다려

---

* 러시아 이동파 화가 이사크 레비탄. 러시아의 대자연을 소재로 한 서정적인 풍경화를 많이 그렸다.

요, 나타샤, 우리 아직 돈 안 냈잖아요!"

그후 그들은 사초로 경계를 두른 밝은 녹황색 초지에 다다랐는데, 사초를 통과한 햇빛을 받은 수면이 수금水金처럼 반짝였고, 나타샤는 눈을 가늘게 뜨고 콧구멍을 부풀리며 "어머나 세상에, 얼마나 근사한지……"라는 말을 여러 번 반복했다.

볼프는 대답 없는 메아리에 마음이 상한 듯 입을 다물었다. 그 넓은 호수 옆에 공기처럼 가벼운 햇살이 가득하던 순간, 어떤 비애가 노래하듯 울어대는 풍뎅이처럼 획 날아 지나갔다.

나타샤는 눈살을 찌푸리며 말했다. "왠지 모르게 아버지 상태가 다시 나빠졌을 것 같아요. 아버지를 혼자 두지 말았어야 했나봐요."

볼프는 그 노인이 침대로 깡충 뛰어오를 때 보았던, 짧고 빳빳한 잿빛 털로 번들번들하던 가는 다리가 떠올랐다. 그는 생각했다, 그러다 혹시 정말 그가 오늘 죽어버리면 어쩌지?

"그런 말 말아요, 나타샤. 아버지는 지금 잘 계실 거예요."

"나도 그렇게 생각해요"라고 말하며 그녀는 다시 명랑해졌다.

볼프가 재킷을 벗자 줄무늬 셔츠를 입은 그의 떡 벌어진 몸에서 온화한 열기가 뿜어져나왔다. 그는 나타샤 곁으로 바짝 다가갔다. 나타샤는 전방을 똑바로 주시하고 있었는데, 이 따뜻한 온기가 자신과 나란히 보폭을 맞춰 걸어가는 그 느낌이 좋았다.

"제 몽상이란 건 말이죠, 나타샤, 아, 제 몽상 있잖아요." 그는 작은 나뭇가지를 획획 흔들었다. "제가 제 공상들이 진짜인 양 행세한다고, 그게 과연 제가 거짓말하는 걸까요? 저에게는 봄베이에서 삼 년을 근무한 친구가 하나 있습니다. 봄베이Bombay? 세상에! 이 지명 자체가 바로 음악 아니겠어요. 이 단어 하나에 뭔가 거대한 것, 작열하는bombs 태양빛, 북소리가 다 들어 있잖아요. 나타샤, 한번 상상해보세요. 그 친구는 업무상의 말다툼이나 무더위와 열병, 그리고 어떤 영국 대령 부인 같은 것 말고는 무엇도 얘기하지도 기억하지도 못한단 말이죠. 저와 그 친구 중에 누가 과연 정말 인도에 갔던 걸까요…… 보나마나 뻔하죠, 당연히 저 아니겠어요. 봄베이, 싱가포르…… 저는 다 기억납니다, 이를테면……"

나타샤는 호숫가 바로 가장자리를 따라 걷고 있었기에 아이 크기만 한 물결이 그녀의 발까지 밀려올라와 찰박거렸다. 숲 저 너머 어딘가에서 마치 악기의 현 위를 따라 유영하듯 열차 한 대가 지나가자, 두 사람은 멈춰 서서 그 음에 귀를 기울였다. 날은 아주 조금 더 금빛을 띠며 아주 조금 더 부드러워졌고, 호수 저편의 숲엔 이제 푸른빛이 감돌았다.

역 근처에서 볼프는 자두 한 봉투를 샀는데, 먹어보니 신 자두였다. 열차에 올라 텅 빈 목제 객실에 앉아서 그는 자두를 일정한 간격을 두고 창밖으로 던져버리며, 아까 카페에서 맥주잔 밑에 까는 둥근 마분지를 몇 개 슬쩍해오지 않은 걸 계속 아쉬워했다.

"자두가 멋지게 날아올라요, 나타샤, 새 같아요. 보고 있으니 즐겁네요."

나타샤는 피곤했다. 눈을 질끈 감으면, 밤에 그랬던 것처럼 다시 어질어질하고 가벼워지는 느낌에 휩싸여 몸이 붕 뜨는 것 같았다.

"제가 아버지께 우리 외출 얘기를 할 때, 중간에 끼어들거나 정정하지 말아주세요. 저는 오늘 우리가 전혀 본 적도 없는 것들에 대해 말할지도 몰라요. 여러 작은 경이에 관해서요. 아버지는 이해하실 거예요."

열차가 시내에 도착하자, 그들은 집까지 걸어가기로 했다. 볼프 남작은 과묵해졌고, 자동차 경적의 흉포한 소음에 얼굴을 찌푸렸다. 한편, 나타샤는 피로가 몸을 지탱하고 날개를 달아주고 무게를 없앤 것처럼, 돛을 단 배가 바람을 타고 순항하듯 앞으로 나아갔고, 볼프는 저녁의 푸른 어스름에 물든 듯 몸이 온통 퍼렇게 보였다. 집에서 한 블록 못 미쳐서 볼프는 갑자기 멈춰 섰다. 나타샤는 날아가는 듯한 발걸음으로 지나쳐갔다. 그러다 그녀 역시 멈춰 섰다. 그녀는 주위를 돌아보았다. 어깨를 치키고 양손을 넉넉한 바지 주머니에 깊숙이 찔러넣은 볼프는 파르스름한 머리를 황소처럼 숙였다. 그는 곁눈질로 힐끗거리며 그녀에게 사랑한다고 말했다. 그러고는 재빨리 몸을 돌려 그녀 곁을 떠나 담뱃가게로 들어갔다.

나타샤는 공중에 떠 있듯 한동안 가만히 서 있다가 천천히 집 쪽으로 걸어갔다. 이것도 역시 아버지에게 말해야겠지, 그녀는 행복의 푸른 박무를 헤치고 나아가며 생각했다. 그 엷은 안갯속에서 불이 켜진 가로등들이 보석처럼 빛났다. 그녀는 맥이 풀리는 듯했고, 뜨겁고 조용히 굽이치는 물결이 등골을 타고 빠르게 흐르는 느낌이 들었다. 집에 다 왔을 때 그녀는 아버지를 보았다. 검은 재킷을 입은 아버지는 단추를 채우지 않은 셔츠 깃을 한 손으로 가리고, 다른 손으로는 문 열쇠들을 흔들며 서둘러 나오더니 저녁 안개 속에서 등을 살짝 구부린 채 신문 가판대로 향했다.

"아빠" 하고 그녀가 부르면서 그를 쫓아갔다. 그는 보도 가장자리에 멈춰 서서 고개를 갸우뚱하더니, 예의 그 약삭빠른 미소를 띠고 그녀를 힐끗 보았다.

"머리는 백발이 다 돼서 꼭 수탉 같네. 이렇게 밖에 나오시면 안 돼요." 나타샤가 말했다.

아버지는 고개를 다른 쪽으로 갸우뚱하더니 아주 부드럽게 말했다. "아가, 오늘 신문에 기가 막힌 게 실렸더구나. 근데 내가 돈 가져오는 걸 잊어버렸지 뭐니. 네가 좀 올라가서 가져다주지 않으련? 여기서 기다리고 있으마."

그녀는 문을 밀면서 아버지에게 성을 냈지만, 동시에 그가 기운을 많이 차린 것이 기뻤다. 그녀는 꿈속인 양 공기처럼 가볍고 빠르게 계단을 올라갔다. 복도에서는 잰걸음으로 걸었다. 저기서 나를 기다리다가 감기에 걸리실지도 몰라.

웬일인지 복도 불이 켜져 있었다. 나타샤가 방문에 가까이 다가서는 찰나, 문 뒤에서 조용히 속삭이는 소리가 들려왔다. 그녀는 문을 벌컥 열었다. 등잔 하나가 짙은 연기를 피우며 탁자 위에 놓여 있었다. 집주인과 청소부, 그리고 낯선 사람 한 명이 침대를 가로막고 있었다. 나타샤가 들어가자 그들은 모두 돌아보았고, 집주인은 절규하며 나타샤에게 달려들었고⋯⋯

그제야 나타샤는 아버지가 침대 위에 누워 있음을 알아챘다. 방금 그녀가 보았던 모습과 전혀 다르게, 코는 밀랍 같고 체구는 작은, 죽은 노인의 모습으로.

라 베네치아나

1

그 붉은 색조의 성 앞에는, 무성한 느릅나무에 에워싸이고 파릇파릇한 녹색 잔디로 덮인 테니스코트가 있다. 아침 일찍 정원사는 코트 땅을 돌롤러로 평평하게 다지고, 코트에 핀 데이지 두어 송이를 뽑아낸 다음, 액상 백묵으로 잔디에 금을 다시 그리고 탄력이 좋은 새 네트를 두 기둥 사이에 팽팽하게 매달았다. 집사가 인근 마을에서 가져온 마분지 상자 안에는 눈처럼 하얗고 까슬까슬한 감촉에 아직 가볍고 아직 더럽혀지지 않은 공 열두 개가 고가의 과일처럼 하나씩 비치는 종이에 싸여 있었다.

오후 다섯시쯤이었다. 농익은 햇빛이 잔디 위와 나무줄기 여기저기에서 졸다가 나뭇잎 사이로 여과되어, 이제 활기를 띠기 시작한 코트를 잔잔하게 감쌌다. 코트에서는 네 사람이 테니스를 치고 있었다. 이 성의 소유주인 대령 본인, 맥고어 부인, 대령의 아들 프랭크와 그 아들의 대학교 친구인 심프슨.

시합중의 움직임은, 평정 상태에서 쓴 필적과 마찬가지로 그 사람에 대해 많은 것을 얘기해준다. 대령의 무디고 뻣뻣한 스트로크, 방금 입에서 뱉어낸 듯한 거대한 잿빛 콧수염이 입술 위에 솟아 있는 통통한 얼굴이 짓는 긴장된 표정, 열기에도 끄르지 않은 셔츠 깃의 단추, 다리를 벌리고 하얀 두 기둥처럼 단단히 디딘 채 서브를 넣는 방식, 이 모든 사실에서 도출할 수 있는 결론은, 첫째로 대령은 테니스를 잘 친 적이 한 번도 없다는 것, 둘째로 그는 재미없고 고리타분하고 고집 센 인간이며 가끔 끓어오르는 분노의 폭발을 참지 못하는 인간이라는 것이다. 실제로 지금 그는 철쭉꽃 사이로 공을 처박으면서 잇새로 간결한 욕설을 내뱉고, 그런 굴욕적인 실수를 한 걸 용서할 수 없다는 듯이 물고기 같은 퉁방울눈을 부릅뜨고 라켓을 노려보았다. 어쩌다 그의 파트너가 된, 깡마른 붉은 머리 청년 심프슨은 온화하지만 광기가 비치는 눈을, 마치 흐느적거리는 담청색 나비들처럼 코안경 뒤에서 팔랑거리며 번득였다. 물론 대령은 파트너의 잘못으로 점수를 잃어도 짜증을 내진 않았지만, 심프슨은 할 수 있는 한 최선의 플레이를 하려고 애썼다. 그러나 아무리 열심히 하고 아무리 이리저리 뛰어다녀도, 한 번도 공을 제대로 쳐내지 못했다. 그는 자신이 완전히 끝났음을, 소심함 때문에 자꾸만 정확히 쳐내지 못한다는 사실을 깨달았다. 아무래도 자신이 손에 쥔 것은, 절묘하게 계산된 틀에 소리가 울려퍼지는 호박색 장선*들을 꿰어 꼼꼼하고 정교하게 조립한 운동기구가 아니라, 어설픈 통나무 장작인가 싶었다. 그 장작에 맞은 공은 고통스럽게 갈라지는 소리를 내며 다시 튀어 날아가 네트에 걸리거나 관목 덤불에 떨어져 박히곤 했고, 심지어는 코트 옆에 서서 젊은 아내 모린과 발 빠르고 날렵한 프랭크가 쩔쩔매는 상대편을 물리치는 모습을 심드렁하게 바라보던 맥고어 씨의 둥근 정수리에서 밀짚모자를 쳐서 떨어뜨릴 뻔하기도 했다.

　맥고어는 연로한 미술감정가인데, 자신보다 더 오래된 그림을 복원하여 액자에 다시 끼우고 새 화포를 대는 일도 했다. 이 세상도 그에게는 얄팍한 캔버스 위에 금방 변색할 것 같은 물감을 처바른 조악한 습작에 지나지 않았다. 이 맥고어 씨가 만약 이런 이야기에 가끔 너무 손쉽게 끌려들이곤 하는 호기심 많은 공정한 관찰자였다면, 키가 크고 머리가 검고 쾌활한 모린은 지금 시합에 임하는 태도 그대로 속 편하고 느긋하게 살아가는 여자이며, 프랭크 또한 더없이 어려운 공을 우아하고 가벼운 자세로 받아치는 능력을 인생에서도 발휘하는 남자라는 결론을 내렸을지도 모른다. 그러나 필적의 표면적인 단순함이 점쟁이를 종종 감쪽같이 속이듯이, 하얀 옷을 입은 이 커플의 게임이 드러내는 것은 사실, 모린이 약하고 부드럽고 나른한 여성적인 테니스를 치는 동안 프랭크는 대학 토너먼트가 아니라 부친의 정원에서 경기하고 있음을 상기하며 너무 세게 공을 후려치지 않도록 애쓰고 있다는 점뿐이다. 프랭크는 힘들이지 않고 공 쪽으로 가서 긴 스트로크를 쳐내며 육체적

---

* 동물의 창자로 만드는 줄. 주로 수술용 봉합사, 라켓의 그물, 현악기의 현을 만드는 데 쓴다.

만족감을 느꼈다. 모든 움직임이 완전한 원을 그리는 경향을 보이다가 중간에 공의 직선비행 궤적으로 바뀌었지만, 눈에 보이지 않는 원이 계속되는 느낌이 손에 순간적으로 감지되며 근육을 타고 어깨까지 올라갔다. 내적으로 연장되는 바로 이 섬광이야말로 스트로크의 완성이었다. 그는 깨끗이 면도하고 볕에 탄 얼굴에 침착한 미소를 띠고서, 흠 없이 깨끗한 이를 번득이며 드러내고는 발끝으로 서서 소매를 걷어붙인 맨팔뚝을 보기에는 전혀 힘들이지 않고 휘둘렀다. 커다란 호를 그리는 그 몸짓에는 전기력 같은 게 있어, 유독 팽팽한 라켓 줄에 정확히 맞은 공은 탕 하고 울리며 튕겨 날아갔다.

부친의 집에서 방학을 보내려고 친구를 데리고 그날 아침 성에 도착한 프랭크는, 예전부터 알고 지낸 맥고어 부부가 성에 한 달 넘게 머물고 있다는 걸 알게 되었다. 그림에 대한 고상한 열정으로 불타오른 대령은 맥고어의 외국 혈통과 비사교적인 천성과 유머감각 결핍 정도는, 이 유명한 미술 전문가가 주는 도움이나 입수해주는 값을 매길 수 없는 격조 높은 그림에 대한 보답으로 기꺼이 눈감아주었다. 가장 최근에 사들인 루치아니의 한 여성 초상화가 특히 격조 높은 그림으로, 대령은 그 그림을 최고가로 맥고어로부터 사들였다.

오늘 맥고어는 대령의 깐깐함을 익히 아는 아내의 고집으로, 평상시 입던 프록코트 대신에 희끄무레한 여름 양복을 입었지만, 집주인의 검열을 통과하진 못했다. 셔츠는 풀을 먹여 빳빳하고 진주 단추가 달렸는데, 이는 물론 부적절한 차림이었다. 적색과 황색 배색의 반장화도, 선왕*이 언젠가 웅덩이를 가로질러 길을 건너야 했을 때 한번 시도해 보이자 순식간에 유행이 된 접단을 없앤 바지도 그다지 적절치 못했다.

뭔가 갉아먹은 듯 보이는 테두리 뒤로 맥고어의 희끗희끗한 곱슬머리가 쑥 나와 있는 낡은 밀짚모자도 그리 우아하게는 보이지 않았다. 그의 얼굴은 입이 돌출되고 인중이 긴데다 복잡한 구조를 이루는 주름까지 더해져 뭔가 유인원 같은 얼굴이라, 손바닥인 양 빤히 읽어낼 수 있을 것 같았다. 녹빛이 도는 그의 작은 눈은 네트를 넘나들며 앞으로 뒤로 날아다니는 공을 쫓아 좌에서 우로, 다시 우에서 좌로 바쁘게 움직이다가 공이 멈추면 함께 움직임을 멈추고 귀찮은 듯 깜빡였다. 볕이 찬란하게 내리쬐는 사과 빛깔의 신록 속에서 세 명의 플란넬 바지와 한 명의 짧고 발랄한 치마가 발하는 선명한 흰색이 아름답게 대조를 이뤘지만, 이미 언급했듯이 맥고어 씨에게 생명의 창조자는, 자신이 사십 년 동안 연구해온 거장들의 이류 모방자에 불과했다.

한편, 다섯 게임을 내리 이긴 프랭크와 모린은 여섯번째 게임도 이기려는 참이었다. 서브를 넣는 프랭크는 왼손으로 공을 높이 던져올리고는 거의 넘어질 듯 몸을 젖혔다가, 곧바로 커다란 아치를 그리는 동작과 함께 앞으로 나가며 무릎을 굽혔고, 광택 나는 그의 라켓은 공을 비스듬히 쳤다. 공이 네트 위를 휙 넘어가 하얀 번개와 같이 튀어서 심프슨 옆을 스쳐지나가는데, 그는 속수무책으로 공을 곁눈질할 뿐이었다.

"이것으로 끝내지." 대령이 말했다.

심프슨은 마음 깊이 안도했다. 자신의 서투른 스트로크가 너무 부끄러워 게임에 열중하지 못했는데, 모린에 대한 묘한 끌림으로 그 부끄러움이 더 심화되었다. 선수로 뛴 모든 이가 관례대로 서로에게 절을 했

---

* 영국왕 에드워드 7세.

고, 모린은 노출된 어깨 위의 끈을 바로잡고 곁눈질하며 미소 지었다. 그녀의 남편은 심드렁한 태도로 박수를 보냈다.

"단식 게임을 할걸 그랬지." 대령은 입맛을 다시며 아들의 등을 한 대 쳤다. 아들은 하얀색 바탕에 암적색 줄무늬가 있고 한쪽에는 보라색 문장이 달린 클럽 유니폼 상의를 입으며 이를 드러냈다.

"차를 마셔요!" 모린이 말했다. "차 마시고 싶어 죽겠어요."

모두 거대한 느릅나무 그늘로 이동했다. 집사와 흑백으로 갖춰 입은 하녀가 거기에 이동식 간이탁자를 준비하고 있었다. 뮌헨 맥주처럼 검은 차, 빵 껍질을 제거한 정사각형 빵에 오이 조각을 넣은 샌드위치와 검은 건포도가 박힌 거무스름한 케이크, 알이 큰 빅토리아 품종 딸기와 곁들일 크림 등이 있었다. 진저에일이 든 도기병도 몇 병 있었다.

"우리 때는," 육중한 몸을 캔버스 접의자에 기분좋게 맡기면서 대령이 입을 열었다. "혈기 왕성한 진짜 영국식 스포츠를 더 좋아들 했지. 럭비, 크리켓, 사냥 같은. 오늘날의 게임들은 뭔가 좀 외국식으로, 가는 다리로 하는 게임 같달까. 나는 남자다운 드잡이 싸움과 육즙이 줄줄 흐르는 고기와 밤에 마시는 포트와인 한 병의 충실한 지지자라고. 이런 것들은 내가," 그는 작은 빗으로 커다란 콧수염을 매끄럽게 정돈하며 결론지었다. "활력이 넘치는 옛 그림을 즐기는 데 방해가 되지 않지. 옛 그림에도 역시 그런 풍부한 와인이 풍기는 광채가 있어."

"그런데 대령, 〈라 베네치아나〉를 걸어두셨더군요." 맥고어가 따분함이 밴 목소리로 말하며 의자 옆 잔디밭에 모자를 내려놓고, 맨무릎처럼 머리가 벗어진 정수리 부분을 문질렀다. 정수리 주위에는 추레하고 희끗희끗한 두꺼운 머리 타래가 아직 몇 가닥 남아 소용돌이쳤다. "화랑에서 가장 빛이 잘 들어오는 장소를 골랐소. 그림 위에 전등도 달아두었지. 선생이 한번 봐주셨으면 하오."

대령은 눈을 번득이며 먼저 아들을, 그다음엔 당황하는 심프슨을, 그리고 웃음을 터뜨리고는 뜨거운 차를 마시다 얼굴을 찡그리는 모린을 차례로 응시했다.

"이보게, 심프슨 군." 그는 노리던 먹잇감에게 와락 덤벼들듯이 힘을 주어 소리쳤다. "자네, 아직 못 봤지! 샌드위치 먹는 와중에 미안하네만, 자네에게 내 새 그림을 보여주지 않으면 안 되겠는데. 감정가들을 열광시킬 그림이지. 가자고. 물론 프랭크에게는 감히 권할 생각도 안 하네."

프랭크는 유쾌한 태도로 절을 했다. "맞아요, 아버지. 전 그림을 보면 기분이 나빠져요."

"금방 돌아올 거요, 맥고어 부인." 대령은 일어나면서 말했다. 그러고는 그를 따라 일어서는 심프슨에게, "조심하게, 병을 밟겠어"라고 일러주었다. "미美의 소나기를 흠뻑 맞을 준비를 하라고."

세 사람은 햇볕이 부드럽게 내리쬐는 잔디밭을 가로질러 저택 쪽으로 향했다. 프랭크는 눈을 가늘게 뜨고 그들을 눈으로 좇다가, 의자 옆 잔디 위에 버려진 맥고어의 모자(중앙에 있는 빈의 모자 상점 직인 위에 기름으로 범벅된 검은 점이 남은 희끄무레한 밑면을 신과 푸른 하늘과 태양에 내보이고 있는)를 내려다본 다음, 모린 쪽을 돌아보며 몇 마디를 했는데, 둔감한 독자라면 틀림없이 놀랄 만한 말이었다. 낮은 안락의자에 앉아, 떨리는 작은 햇빛의 고리들로 뒤덮여 있던 모린은 라켓의 금박 격자를 이마에 대고 누르며 프랭크의 말을 듣고 있었는데,

금세 얼굴이 더 나이들어 보이고 엄격해졌다. 프랭크는 이렇게 말했다. "자 이제, 모린, 우리 결정을 내려야 할 때예요······"

2

맥고어와 대령은 마치 간수처럼 심프슨을 데리고 널찍하고 시원한 홀로 갔다. 벽에는 그림들이 윤기로 반짝였고, 중앙에 놓인 타원형의 광택 있는 검은 목제 탁자 말고는 가구 하나 없었다. 탁자의 네 다리가 호두색이 도는 거울 같은 황색 쪽마루에 비쳤다. 불투명한 금테 액자에 끼워진 커다란 캔버스 쪽으로 죄수를 데리고 간 대령과 맥고어는 그림 앞에서 걸음을 멈췄다. 대령은 양손을 주머니에 넣었고, 맥고어는 깊은 생각에 잠긴 채 콧구멍에서 잿빛의 마른 꽃가루 같은 뭔가를 파내더니 손가락으로 가볍게 비벼서 흩뿌렸다.

그림은 그야말로 훌륭했다. 루치아니는 따뜻한 검은 배경 앞에서 몸을 반쯤 옆으로 튼 베네치아 미인의 초상을 그렸다. 장밋빛으로 물들인 블라우스 위로 귀밑에서 유난히 부드럽게 주름진, 색조가 어둡고 강인한 목이 드러났고, 왼쪽 어깨에는 암적색 숄의 가장자리를 장식한 잿빛 스라소니 모피가 흘러내리고 있었다. 오른손의 긴 손가락을 둘씩 짝을 지어 벌려서 금방이라도 흘러내리려는 모피를 바로잡으려는 듯했지만 여자는 그대로 얼어붙었고, 눈동자 전체가 고르게 어두운 적갈색 눈이 캔버스 속에서 이쪽을 나른하게 응시했다. 손목에 하얀 삼베 주름 장식을 두른 왼손에는 노란색 과일이 든 바구니를 들었고, 어두운 밤색 머리 꼭대기엔 폭이 좁은 왕관 모양 머리 장식이 빛났다. 여인 왼편의 검은 배경에는 석양의 공기로, 구름 낀 저녁의 푸르스름한 녹색의 심연으로 곧장 열린 커다란 직각의 틈새가 있었다.

하지만 심프슨의 마음을 뒤흔든 것은 그 경탄스러운 음영 간 상호작용의 세밀함도 아니고, 그림 전체에 감도는 어두운 색조가 지닌 따뜻함도 아니었다. 이와는 다른 무엇이었다. 머리를 한쪽으로 살짝 기울이고 얼굴을 확 붉히면서 그가 말했다. "세상에, 어쩌면 저렇게 닮았죠……"

"내 아내 말이군." 맥고어가 마른 꽃가루 같은 가루를 흩뿌리며 심드렁한 목소리로 말을 받아 끝맺었다.

"믿을 수 없을 정도로 훌륭하네요." 심프슨이 머리를 다른 쪽으로 기울이며 속삭였다. "도저히 믿기지가……"

"세바스티아노 루치아니는," 대령이 흐뭇한 듯 눈을 가늘게 뜨고 말했다. "15세기 말 베네치아에서 태어나 16세기 중반 로마에서 죽었지. 그의 스승은 벨리니와 조르조네였고, 경쟁자는 미켈란젤로와 라파엘로였어. 자네도 보면 알겠지만, 그의 작품엔 벨리니의 힘과 조르조네의 부드러움이 다 있지. 참고로 그는 산치오*를 별로 좋아하지 않았는데, 그건 단지 화가로서의 허영심 때문만은 아니었어―전설에 따르면, 우리 화가가 마르게리타라 불리던 어떤 로마 여인, 나중에 '라 포르나리나'**라고 알려진 여인에게 반했다고 하네. 죽기 한 십오 년 전쯤엔 교황 클레멘스 7세로부터 일이 단순하고 벌이가 되는 봉직을 하사받고는 출

---

* 라파엘로의 성.
** 이탈리아어로 '제빵사의 딸'이라는 뜻으로, 라파엘로의 연인 마르게리타 루티의 별명이다. 라파엘로가 그린 초상화 〈라 포르나리나, 혹은 젊은 여인의 초상〉이 남아 있다.

가 서원을 했지. 그 이후로 세바스티아노 델 피옴보 수사로 알려졌다네. '피옴보'는 '납'이라는 뜻인데, 그의 새 직무에는 불타는 듯한 교황의 칙서를 엄청나게 큰 납 인장으로 봉인하는 일도 포함되었기 때문이지. 수도사로서는 방탕하기 그지없어 술 마시고 흥청거리며 그저 그런 소네트를 지어내곤 했다지만. 하여간 정말 대단한 거장이 아닌가……"

대령은 심프슨 쪽을 힐끗 보고는, 그 그림에서 받은 인상에 말문을 잃은 손님의 모습에 만족했다.

그러나 여기서 다시 강조해둬야 할 게 있다. 예술작품을 감상하는 데 익숙하지 않았던 심프슨이 세바스티아노 델 피옴보가 발휘한 기교의 진가를 충분히 알아봤던 건 물론 아니고, 그는 오직 한 가지 점에 매혹되었다. 그것은 물론 기적적인 색채가 시신경에 미치는 순수하게 생리적인 작용과는 전혀 관계 없는, 바로 그림이 모린과 닮았다는 사실이다. 그는 모린을 조금 전에 처음 보았음에도 이 사실을 바로 알아차렸다. 놀라운 점은 그 베네치아 여인의 얼굴—마치 올리브색 달빛의 심원한 광채에 물든 듯한 날렵한 이마와 새까만 눈동자, 부드럽게 다문 입술에 나타난 잔잔한 기대를 담은 표정—이 심프슨에게 모린의 아름다움을, 눈을 가늘게 뜨고 계속 웃고, 하얀 옷 위를 미끄러지는 태양의 눈부신 흑점과 끊임없이 고투를 벌이듯 눈동자를 잽싸게 움직이며, 바스락바스락 소리를 내는 나뭇잎을 라켓으로 헤집어, 굴러들어가 숨어버린 공을 찾던 모린의 진짜 아름다움을 분명히 보여줬다는 것이다.

영국인 주인이 으레 손님에게 주는 자유시간을 틈타 심프슨은 차 마시던 자리로 돌아가지 않고, 별 모양의 화단 주위를 빙 돌아 정원을 가로질러갔고, 곧 양치식물과 썩은 나뭇잎 냄새가 나는 가로수의 체커판

무늬 그림자 속에서 그만 길을 잃었다. 거대한 가로수들은 녹이 많이 슨 쇠버팀대로 가지를 지지해주지 않으면 안 되는 고목으로, 쇠목발에 기댄 퇴락한 거인처럼 육중하게 허리를 구부렸다.

"세상에, 얼마나 놀라운 그림인지." 심프슨이 다시 속삭였다. 그는 라켓을 살살 흔들고, 몸을 구부정하게 굽히고 신발의 고무 밑창을 가볍게 탁탁거리며 한가롭게 거닐었다. 그의 모습을 눈앞에 또렷이 그려두지 않으면 안 된다. 불그스름한 머리에 구겨진 하얀 바지와 허리춤에 벨트가 달린 헐렁한 회색 재킷을 입은 그의 깡마른 모습을. 또 곰보 자국이 있는 주먹코 위에 얹힌 테 없이 가벼운 코안경과 살짝 광기가 비치는 심약한 두 눈, 그리고 볼록한 이마와 광대뼈와 여름 햇빛에 붉어진 목에 난 주근깨도 주의깊게 봐야 한다.

그는 얌전히 생활하며 성실하게 신학 강의를 듣는 대학 2학년 학생이다. 그와 프랭크가 친구가 된 것은, 단지 운명이 그들에게 같은 아파트(침실 두 개와 공동 거실로 이루어진)를 할당해주었기 때문만이 아니었다. 그들이 친구가 된 까닭은 무엇보다, 의지가 약하고 수줍음을 타고 남몰래 황홀에 빠지곤 하는 사람들이 대개, 모든 것이—이도, 근육도, 의지력이라 할 수 있는 정신의 체력도—생기 넘치고 강건한 사람을 자기도 모르게 붙잡고 늘어지듯이, 심프슨도 프랭크에게 그랬기 때문이다. 한편 프랭크 쪽은 학교의 자랑으로, 조정 경기에 참가하고, 옆구리에 수박 같은 가죽 공을 끼고 필드를 가로질러 날듯이 질주하며, 척골의 팔꿈치 쪽 끝과 같은 턱끝을 정확히 가격해 상대를 한 번에 때려눕힐 줄 알았다—이처럼 비범하고 만인의 사랑을 받는 프랭크는 프랭크대로, 허약하고 매사에 서툰 심프슨과의 우정에서 허영심이 생길 정도로 어쩐지 매우 우쭐해지는 기분을 느꼈다. 말이 나왔으니 하는 말인데, 심프슨은 프랭크가 다른 친구들에게는 숨기는 좀 기이한 일면을 알고 있었다. 친구들은 프랭크를 그저 훌륭한 운동선수로, 활기 넘치는 친구로 알고 있을 뿐, 그가 그림을 범상치 않게 잘 그리면서 아무에게도 그린 걸 보여주지 않는다는 소문이 가끔 돌아도 귓등으로 듣고 흘렸다. 프랭크는 예술에 대해 입도 뻥긋한 적 없고 언제라도 나서서 노래를 부르고 몸을 흔들며 술을 진탕 마실 태세였지만, 느닷없이 묘한 침울함이 그를 엄습할 때면 방안에 틀어박혀 나가지도 다른 이를 들이지도 않아, 오직 동거인인 겸손한 심프슨만이 그가 뭘 하는지 지켜보곤 했다. 울적한 그 이삼일의 고립 동안 창조해낸 것을 프랭크는 숨기지도 없애버리지도 않았고, 마치 자신의 악덕에 고난으로 가득찬 조공을 바치는 일을 끝냈다는 듯이 다시 명랑하고 단순명쾌한 원래 상태로 돌아오곤 했다. 그는 딱 한 번 심프슨에게 이 이야기를 꺼냈었다.

"그러니까 말이야." 그는 말쑥한 이마를 찌푸리고 담배 파이프를 강하게 쳐서 재를 떨어내며 말했다. "예술, 그중에서도 특히 그림에는 뭔가 여성스럽고 병적인, 강한 남자에게는 어울리지 않는 뭔가가 있는 것 같아. 나는 그 악마와 싸우려는 거야. 그게 얼마나 사람을 망칠 수 있는지 아니까. 만약 그 녀석에게 완전히 무릎을 꿇게 되면, 나는 한정된 괴로움과 한정된 즐거움과 정확한 규칙과 함께하는—정확한 규칙이 없다면 무슨 게임이든 매력을 잃게 마련이니—평온하고 정돈된 생활 대신에 끊임없는 혼돈과 소란을 맞닥뜨릴지도 모르거든. 나는 죽는 날까지 괴로워하겠지, 첼시에서 마주치곤 하는 그 비참한 사람들처럼 될 거야. 벨벳 재킷을 입고 머리를 기른 허영심만 가득한 바보들 말이야—곤경에 처하고 약해빠졌으면서 끈적거리는 팔레트에만 현혹돼서는……"

하지만 그 악마는 무척 힘이 셌던 게 틀림없다. 겨울 학기가 끝날 무렵 프랭크는 부친에게 말도 하지 않고(그렇게 부친 가슴에 못을 박았지만) 삼등칸을 타고 이탈리아로 갔다가, 한 달 후에 곧장 대학으로 돌아왔다. 햇볕에 그을고 기쁨에 겨워서, 창작의 어두침침한 열병에서 완전히 벗어났다는 양.

그후 여름 방학이 다가오자 그는 부친의 집에서 함께 머물자고 심프슨을 초대했고, 심프슨은 고마워하는 기색이 역력한 얼굴로 초대에 응했다. 심프슨은 방학 때면 으레 그랬듯이 이번에도 집으로, 다소 충격적인 범죄가 매달 일어나는 평화로운 북쪽 마을로, 교구 주임목사인 아버지에게로 돌아갈 생각에 안 그래도 끔찍했기 때문이다. 아버지는 온화하고 악의는 없지만, 신도들을 챙기기보다는 하프를 뜯거나 방안에 틀어박혀 형이상학에 몰두하기 더 바쁜, 완전히 정신이 나간 사람이었다.

아름다움을 관조하고 있자면, 즉 독특한 색으로 물든 일몰이든, 빛나는 얼굴이든, 예술작품이든 그것을 가만히 응시하고 있노라면, 우리는 부지불식간에 자신의 과거를 흘끔 돌아보게 되고, 우리 눈앞에 드러난 타의 추종을 불허하는 완벽한 미와 자기 자신, 자신의 내면을 나란히 놓고 보게 된다. 그리하여 이미 오래전에 죽은 베네치아 여인이 삼베와 벨벳을 휘감고 막 일어난 모습을 좀전에 눈앞에서 본 심프슨도 지금, 이 저녁 시간에 고요한 오솔길의 보랏빛 흙바닥을 한가로이 거닐며, 프랭크와의 우정, 아버지의 하프, 그리고 자신의 갑갑하고 칙칙한 청춘에 대한 회한에 잠겼다. 누군지는 모르겠지만 어떤 이가 건드렸는지 가지가 이따금 탁탁거리자, 소리가 잘 울려퍼지는 숲의 정적이 보완되었다. 붉은 다람쥐 한 마리가 나무줄기를 타고 총총 내려오더니 털이 복슬복슬한 꼬리를 똑바로 세우고 이웃한 나무의 줄기로 건너가 다시 쏜살같이 올라갔다. 두 개의 혀처럼 갈라진 잎사귀 사이로 새어 들어오는 부드러운 햇볕 속에서 각다귀가 금색 먼지처럼 빙빙 돌고, 양치식물의 무거운 레이스에 휘감긴 호박벌이 벌써 저녁때가 된 듯 한층 누그러진 소리로 윙윙거렸다.

심프슨은 하얗게 말라붙은 새들의 배설물 흔적으로 뒤덮인 벤치에 앉아, 등을 구부리고 뾰족한 팔꿈치를 무릎에 괴었다. 어린 시절부터 그를 괴롭혀온 환청이 시작되는 것을 느꼈다. 초원에, 혹은 지금처럼 조용하고 이미 어스름이 깔리기 시작한 숲속에 있을 때면, 그는 무심결에 생각하곤 했다. 어쩌면 이 정적을 뚫고 소리가 들려오지 않을까? 거대한 세계 전체가 듣기 좋은 휘파람소리를 내며 공간을 횡단하는 소리. 먼 도시들의 웅성거림, 철썩거리는 파도 소리, 황야 위에서 전선이 노래하는 소리. 서서히 그의 청각은 생각의 추이를 따라 본격적으로 그 소리들을 감지해내기 시작했다. 철로가 어쩌면 12마일*은 족히 떨어져 있을지 모르는데도 기차가 칙칙폭폭 달리는 소리가 들리더니, 그다음엔 바퀴가 철컹철컹거리다가 끼익 서는 소리가, 그리고 이어서—그의 숨겨진 청각은 점점 더 예민해졌다—승객들의 목소리와 기침하고 웃는 소리, 신문이 부스럭대는 소리가 들려왔다. 결국, 그는 그 음향의 신

---

* 1마일은 약 1.6킬로미터이다.

기루 속에 완전히 빠져들어 승객들의 심장소리를 분명히 구별하기에 이르렀는데, 그 쿵쿵대는 심박소리와 웅성대는 소리와 땡땡거리는 소리는 점점 크게 울려퍼져 심프슨은 귀가 먹먹해질 정도였다. 몸서리를 치며 눈을 떠보니, 쿵쾅거리는 그 소리는 다름 아닌 바로 그 자신의 심장소리였다.

"루가노, 코모, 베네치아······"호젓한 개암나무 아래 벤치에 앉아서 중얼거리자, 곧바로 햇살이 내리쬐는 마을에서 은은하게 물이 찰박대는 소리가 들려왔고, 이어서 더 가까이에서 종이 댕그랑댕그랑 울리는 소리, 비둘기가 휙휙 날갯짓하는 소리, 모린과 비슷하게 카랑카랑하게 웃는 소리, 보이지 않는 행인이 계속 발을 끌며 걷는 소리가 들려왔다. 그는 거기서 환청을 멈추고 싶었지만, 그의 청각은 마치 급류처럼 한층 더 깊은 곳으로 급하게 빨려들어갔다. 다음 순간, 이제 그 기이한 빠져듦을 멈출 여력이 없는 그는 행인들의 발걸음소리뿐 아니라 그들의 심장소리도 듣고 있었다. 수백만의 심장이 부풀어오르더니 우르릉거렸고, 정신을 완전히 차린 심프슨은 그 모든 소리가, 그 모든 심장이 자기 심장의 광란하는 박동 속으로 수렴되었음을 깨달았다.

그는 고개를 들었다. 가벼운 바람 한줄기가 마치 비단 망토가 휘날리듯이 가로숫길을 따라 지나갔다. 태양 광선은 연한 노란빛을 띠었다.

그는 엷은 미소를 지으며 일어났고, 벤치 위에 라켓을 잊고 그냥 둔 채 저택 쪽으로 향했다. 정찬을 위해 옷을 갈아입을 시간이었다.

3

"아무리 그래도 이런 모피를 걸치면 덥죠! 아니, 대령님, 이건 그냥 고양이털 같은 거예요. 제 경쟁자인 베네치아 여인이 걸친 건 사실 더 고가의 모피겠죠. 하지만 색깔은 똑같잖아요, 그렇죠? 한마디로 완벽하게 닮은 거죠."

"감히 할 수만 있다면, 당신에게 바니시를 바르고, 루치아니의 그림은 다락방에 보내버리고 싶은 심정이라오." 대령은 자상하게 맞장구를 쳐주었다. 대령은 자신의 엄격한 원칙에도 불구하고 모린처럼 매력적인 숙녀에게 시시덕거리는 말싸움을 거는 걸 싫어하지 않았다.

"웃다가 배꼽 빠지겠어요." 그녀가 슬쩍 받아넘겼다.

"맥고어 부인, 우리가 당신에게는 너무 형편없는 배경이 되지 않을까 싶은데요." 프랭크가 소년처럼 이를 드러내고 활짝 웃으며 말했다. "우리는 현실에 안주하는 조잡한 시대착오적 존재에 불과하니까요. 하지만 혹시 아나요, 당신 부군께서 갑옷을 입으시면—"

"말도 안 되는 소리." 맥고어가 말했다. "예스러운 인상을 풍기는 건 사실, 눈꺼풀 위쪽을 누르면 색이 눈에 떠오르는 것만큼이나 쉽소. 가끔 나는 오늘날의 세상, 우리 시대의 기계나 유행이 지금으로부터 사오백 년 후 후손들에게 어떻게 보일지 상상하는 호사를 누리곤 합니다. 그러면 내가 마치 르네상스시대 수도승 같은 옛사람이 된 듯한 기분이 든다니까요."

"와인을 좀더 들게나, 심프슨 군." 대령이 권했다.

맥고어 부부 사이에 앉은 수줍고 조용한 심프슨이 작은 포크를 사용해야 하는 두번째 코스 요리를 먹으며 조급하게 큰 포크를 사용했기 때문에, 주 코스인 고기 요리가 나왔을 때는 작은 포크와 큰 칼만 남았다. 지금 그것들을 다루고 있자니 그의 한쪽 손은 꼭 절뚝거리는 듯했다. 주 코스의 두번째 요리가 돌 때 그는 긴장한 나머지 계속 먹어대다가, 문득 먹고 있는 사람은 자기뿐이고, 모두 그가 다 먹기를 이제나저제나 기다리고 있음을 눈치챘다. 그는 몹시 당황하여 아직 음식이 가득 담긴 접시를 밀어 치우다가 유리잔을 거의 넘어뜨릴 뻔하더니, 얼굴이 서서히 붉어지기 시작했다. 식사중에 얼굴이 화끈거린 게 이미 여러 번으로, 실제로 뭔가 부끄러운 점이 있어서가 아니라, 아무 이유 없이 얼굴이 붉어질지도 모른다는 생각을 했기 때문이다. 뺨과 이마, 심지어 목까지도 점점 피가 몰려 분홍색으로 물들었는데, 그렇게 걷잡을 수 없이 얼굴을 물들이는 괴롭고 뜨거운 홍조를 멈추는 것보다는, 차라리 구름 뒤에서 해가 나타나지 못하도록 하는 게 더 가능한 일이었다. 처음에 홍조가 시작됐을 때 그는 일부러 냅킨을 떨어뜨렸지만, 다시 고개를 들었을 때 그의 모습은 보기에도 끔찍할 정도로, 풀 먹인 옷깃에 금방이라도 불이 붙을 것만 같았다. 그다음에 또 그런 상태가 되자 그는 그 뜨겁고 조용한 물결의 맹습을 억눌러보고자 모린에게 질문—잔디 코트에서 테니스 치는 걸 좋아하는지—을 던졌지만, 애석하게도 모린은 듣지 못하고, 뭐라고 말했냐고 되물었다. 이에 심프슨은 방금 했던 바보 같은 말을 다시 하다가 울고 싶을 정도로 금세 얼굴이 붉어졌고, 모린은 그를 불쌍히 여겨 고개를 돌리고는 다른 화제를 꺼냈다.

자신이 그녀 옆에 앉아서 그 뺨의, 그리고 그림 속에서처럼 잿빛 모피가 흘러내리는 어깨의 온기를 느끼고 있다는 사실, 그녀가 그 모피를 막 끌어올리려다 자신의 질문에 가늘고 긴 손가락을 두 개씩 짝짓고 벌린 채 동작을 멈추었다는 사실에 그는 온몸이 나른해져서는, 크리스털 와인잔들의 눈부신 광채가 비쳐 촉촉하게 반짝이는 눈으로, 원형 식탁이 환히 빛나는 섬이 되어 천천히 회전하며 붕 떠올라, 둘러앉은 사람들을 어딘가로 서서히 데려가는 상상을 계속했다. 양쪽으로 열린 프랑스식 창문을 통해 멀리 구주희 핀 모양의 테라스 난간이 보였고, 밤의 푸른 공기가 들어와 숨이 막힐 듯했다. 모린의 콧구멍이 이 공기를 들이마셨고, 매끄럽고 새까만 그녀의 눈은 이 얼굴에서 저 얼굴로 미끄러졌지만, 아무것도 바르지 않은 부드러운 입가가 미소로 살짝 올라갈 때도 웃지 않고 그대로였다. 그녀의 얼굴은 약간 거무스름한 그림자 속에 남아 있고, 이마만이 반질반질한 빛에 휩싸였다. 그녀가 시시한 우스갯소리를 했다. 모두 웃음을 터뜨렸고, 대령은 와인에 취해 보기 좋게 홍조가 돌았다. 원숭이처럼 사과를 손바닥으로 감싼 채 껍질을 깎고 있는 맥고어는 용을 쓰느라 희끗희끗한 수염이 후광처럼 에워싼 작은 얼굴에 주름이 졌고, 거뭇한 털북숭이 주먹은 은제 칼을 꽉 움켜쥐고 붉고 노란 나선의 껍질을 끝없이 잘라냈다. 프랭크의 얼굴은 심프슨 쪽에서는 보이지 않았다. 두 사람 사이에 놓인 반짝거리는 화병에 타는 듯이 붉고 통통한 달리아 한 다발이 꽂혀 있었기 때문이다.

정찬이 포트와인과 커피로 마무리된 후, 대령과 모린과 프랭크는 브리지 게임을 하려고 앉았다. 나머지 두 사람이 브리지 게임을 하지 않았기에 더미 패를 놓고 하는 게임이었다.

안짱다리인 늙은 복원가는 어두워진 발코니로 나갔고, 심프슨은 모린의 온기가 뒤로 멀어져가는 것을 느끼며 그를 따라갔다.

맥고어는 난간 가까이에 있는 고리버들 의자에 편하게 몸을 맡기며 끙하고 앓는 소리를 내더니 심프슨에게 시가를 권했다. 심프슨은 난간에 옆으로 걸터앉아 눈을 가늘게 뜨고 뺨을 부풀리며 어색한 자세로 담뱃불을 붙였다.

"그 늙은 난봉꾼 델 피옴보의 베네치아 아가씨가 마음에 드신 것 같소만." 맥고어가 장밋빛 시가 연기를 어둠 속에서 뻐끔뻐끔 내뿜으며 말했다.

"무척 마음에 듭니다." 심프슨은 대답하고는 다음과 같이 덧붙였다. "물론 전 그림에 대해선 아무것도 모르지만—"

"그래도 마음에 들었단 말이지." 맥고어가 고개를 끄덕였다. "훌륭하오. 그게 바로 이해로 가는 첫걸음이오. 나야말로 전 생애를 거기 바친 사람이지."

"그녀는 완전히 진짜처럼 보여요." 심프슨이 깊은 생각에 잠겨 말했다. "초상화가 살아 움직인다는 신비로운 이야기를 믿을 만하다니까요. 어디선가 읽었는데, 어떤 왕이 캔버스에서 내려왔다는군요. 글쎄, 그러자마자—"

맥고어는 귀에 거슬리는 소리로 숨죽여 웃었다. "그런 건 물론 다 터무니없는 얘기요. 하지만 또다른 현상은 곧잘 일어나오—말하자면 정반대의 현상이랄까."

심프슨은 그를 힐끔거렸다. 밤의 어둠 속에서 풀 먹인 셔츠 앞섶이 희끄무레한 혹처럼 불룩했고, 루비색의 솔방울 같은 시가 불꽃이 주름살투성이 작은 얼굴을 아래에서 비췄다. 맥고어는 와인을 많이 마셔서 아무래도 이야기를 나누고 싶어진 모양이었다.

"가령 이런 식이오." 맥고어가 느긋이 이야기를 이어갔다. "그림 속 인물을 액자에서 걸어나오게 꾀어내는 대신에 자신이 어떻게든 그림 속으로 걸어들어가려는 사람을 상상해보시게나. 말도 안 되는 얘기라고 생각하시는군? 그렇지만 난 그런 일을 여러 번 해냈소. 한때 나는 헤이그부터 페테르부르크, 런던에서 마드리드까지 유럽의 모든 미술관을 방문하는 행운을 누렸지. 특별히 마음에 드는 그림을 만나면, 그 앞에 정면으로 서서 온 의지력을 다해 한 가지 생각에 집중한다오. 그림 속으로 들어가는 것 말이오. 물론 섬뜩한 느낌이 들지요. 마치 배에서 수면으로 막 발을 내딛는 사도가 된 기분이랄까. 하지만 그 대신에 얼마나 큰 행복이 뒤따랐던지! 예를 들어 눈앞에 플랑드르파의 그림이, 즉 전면에 성가족이 있고 배경에는 매끄럽고 맑은 풍경이 그려진 그림이 있다고 칩시다. 길이 흰 뱀처럼 구불구불 나 있고, 녹색 언덕이 있는 그런 그림 말이오. 자, 마침내 나는 뛰어들었소. 실제 삶에서 도망쳐 그림 속으로 들어간 거요. 그건 기적적인 감각이었지! 서늘하고 잔잔한 공기에는 밀랍과 향 냄새가 감돌았소. 나는 그 그림의 살아 있는 부분이 되었고, 내 주위의 모든 것이 살아났다오. 길 위에 있던 순례자들의 실루엣이 움직이기 시작했지. 동정녀 마리아는 플랑드르 방언으로 뭔가 빠르게 중얼거렸소. 관습적으로 그려진 꽃들이 산들바람에 살랑거렸고, 구름이 미끄러지듯 떠가고…… 하지만 기쁨이 오래가지는 않았어요. 나는 내가 점점 굳어져 캔버스에 들러붙어 유화물감의 얇은 막 속으로 녹아드는 느낌을 받기 시작했다오. 그래서 눈을 꼭 감고 온 힘을 쥐어짜서 밖으로 펄쩍 뛰어내렸소. 마치 진흙에서 발을 빼낼 때처럼 부드럽게 퐁당 하고 떨어졌지. 눈을 떠보니 바닥에 누워 있더군. 정말 멋지지만 죽어 있는 듯한 그림 아래에."

심프슨은 당혹스러워하며 가만히 귀를 기울였다. 맥고어가 말을 멈추자, 심프슨은 겨우 알아볼 수 있을 정도로 살짝 몸을 떨며 주위를 돌아봤다. 모든 것이 예전 그대로였다. 저 아래 정원은 어둠에 잠겨 있었고 유리문 너머로는 어슴푸레한 등불이 켜진 식당이 보였으며, 멀리 또다른 열린 문을 통해 응접실의 환한 구석에서 카드 게임을 하는 세 사람의 모습이 보였다. 맥고어는 얼마나 이상한 얘기를 하고 있는지……!

"이해하시겠소," 그는 비늘 같은 담뱃재를 떨어내며 말을 이었다. "다음 순간 그 그림이 나를 영원히 빨아들였을 수도 있다는 것을. 나는 그 그림 깊숙이 자취를 감춰 그 풍경 속에서 살아갔을지도 모른다오. 아니면 공포로 심약해지고, 실제 세계로 돌아갈 힘도 새로운 차원으로 뚫고 들어갈 여력도 없어 캔버스 위에 그려진 인물로 굳어버렸을지도 모르고. 프랭크가 얘기한 시대착오적인 모습으로. 하지만 나는 그런 위험도 무릅쓰고 매번 유혹에 굴복해왔으니…… 오, 친구, 나는 성모들하고도 사랑에 빠졌다오! 내 첫번째 열병의 상대를 기억해요. 섬세한 라파엘로가 그린 하늘색 광관光冠을 쓴 성모였지…… 성모 뒤로 좀 떨어져 있는 기둥 옆에는 두 명의 남자가 서서 조용히 담소하고 있었고, 나는 그들의 대화를 엿들었지—어떤 단검의 가치를 토론하더군…… 하지만 성녀 그림 중에서 가장 황홀한 그림은 베르나르디노 루이니*의 붓끝으로 그려졌소. 그의 모든 작품에는 고요하고 섬세한 마조레 호수가 그려져 있는데, 그 호숫가에서 화가가 태어났다지. 루이니는 섬세한 표

* 이탈리아 밀라노 출신 화가. 이 대목에서 묘사되는 그림은 〈사과를 든 성모자상〉으로 추정된다.

현 면에선 더할 나위 없이 최고의 거장이오. 그의 이름에서 '루이네스코'라는 새로운 형용사까지 파생되었을 정도니. 그가 그린 최고의 성모는 긴 눈을 달래듯 내리깔고, 담청색과 장미처럼 붉은색, 그리고 부연 오렌지색을 띤 의상을 입었지. 기체 상태의 실안개가 물결치며 그녀의 눈썹 주위를 둘러싸고, 머리가 붉은 젖먹이의 눈썹도 감쌌지. 아이가 색이 옅은 사과를 그녀 쪽으로 들어올리는 모습을 성모는 부드럽고 긴 눈을 내리깔고 바라보는데…… 루이니 특유의 눈…… 아, 그 눈에 내가 어떤 식으로 입맞춤했는지……"

맥고어는 침묵했고, 꿈꾸는 듯한 미소가 시가 불빛에 비친 얇은 입술에 번졌다. 심프슨은 숨을 죽였는데, 그러자 좀전처럼 자신이 밤 속으로 서서히 미끄러지듯 들어가는 것 같았다.

"성가신 일도 분명히 있었소." 맥고어는 목을 가다듬고는 말을 이었다. "한번은 루벤스가 그린 바쿠스 신의 뚱뚱한 여사제가 대접한 독한 사과주를 한 잔 마신 후 신장이 아픈 적도 있었고, 네덜란드파의 일원이 그린 안개 낀 황색의 스케이트장에서는 얼마나 지독한 감기에 걸렸던지 한 달 내내 계속 기침하고 가래를 뱉어댔지. 그런 일이 일어날 수 있는 거요, 심프슨 군."

맥고어가 삐걱거리는 소리를 내며 의자에서 일어나 조끼를 바로 폈다. "내가 너무 말이 많았군." 맥고어가 무뚝뚝하게 말했다. "잘 시간이 됐어. 저 사람들은 언제까지 카드를 계속 칠는지. 그럼 이만 실례하겠소, 푹 쉬시오."

맥고어는 식당과 거실을 가로질러가면서 카드 게임을 하는 사람들에게 고개를 끄덕이고는 그 너머의 그림자 속으로 모습을 감추었다. 심프슨은 혼자 난간 위에 남았다. 맥고어의 높고 날카로운 목소리가 귓속에서 울렸다. 별이 총총한 장엄한 밤이 바로 그 발코니로 내려왔고, 검은 나무들의 벨벳 같은 거대한 형체는 미동도 없었다. 두 짝으로 된 유리문을 통해, 어둠의 띠 너머로 분홍색 거실 등불과 탁자, 브리지를 하는 이들의 불빛을 받아 발그레해진 얼굴을 볼 수 있었다. 대령이 일어서는 게 보였다. 프랭크도 따라 일어섰다. 저멀리서, 마치 전화로 얘기하는 듯한 대령의 목소리가 들려왔다. "나는 나이든 노인이니 일찍 잠자리에 들겠소. 안녕히 주무시오, 맥고어 부인."

그러자 모린의 웃음기어린 목소리. "저도 곧 자러 갈 거예요. 그렇지 않으면 남편이 심통을 부릴 테니……"

심프슨은 멀리서 대령이 문을 닫는 소리를 들었다. 그리고 그때, 기이한 일이 일어났다. 심프슨은 어둠에 가려진 유리한 지점에서 보고 만 것이다. 이제 저멀리 그윽한 불빛이 비치는 움푹 들어간 공간 속에 단둘이 남은 모린과 프랭크가 서로의 팔 안으로 미끄러져 들어가는 모습을 보았고, 모린의 머리가 프랭크의 오래 계속된 격렬한 키스에 점점 더 뒤로 젖혀지는 모습을 보았다. 얼마 후 그녀는 떨어진 모피를 집어들고 프랭크의 머리카락을 한번 헝클어뜨리더니 문을 소리 죽여 닫고 멀어져갔다. 프랭크는 미소 지으며 머리를 매만지고, 호주머니에 양손을 찔러넣고는 휘파람을 살짝 불며 식당을 지나 발코니로 향했다. 심프슨은 너무 놀란 나머지 손가락으로 난간을 움켜쥔 채 그대로 얼어붙었고, 반짝이는 유리를 통해 풀 먹인 그 셔츠 앞섶과 어둑한 어깨가 다가오는 것을 공포에 싸여 바라보았다. 발코니로 나온 프랭크는 어둠 속에 있는 친구의 실루엣을 보고는 가볍게 몸을 떨며 입술을 깨물었다.

심프슨은 어색하게 난간에서 기어내려왔다. 다리가 덜덜 떨렸다. 그는 온 힘을 다해 영웅적으로 버텨냈다. "근사한 밤이지. 나는 여기서 맥고어 씨와 수다를 떨고 있었어."

프랭크는 침착하게 말했다. "그 사람은 거짓말을 많이 하지, 그 맥고어 말이야. 그러다가 흥이 좀 오르면 들어줄 만한 얘기를 하지만."

"그래, 꽤 흥미롭더라고……" 심프슨이 자신 없이 동의했다.

"큰곰자리군." 프랭크는 말하면서 입을 다문 채 하품했다. 그러고는 평온한 목소리로 덧붙였다. "물론 나는 네가 완벽한 신사임을 알고 있어, 심프슨."

4

다음날 아침 따뜻한 가랑비가 후두두 떨어지며 희미하게 빛나자, 깊숙한 활엽수숲을 배경으로 가는 실들이 당겨지는 듯했다. 아침식사 자리에 내려온 사람은 세 사람뿐이었다—먼저 대령과 나른하고 파리해 보이는 심프슨이, 그다음에는 프랭크가 세수하고 광택이 돌 정도로 면도를 깨끗이 한 상쾌한 모습으로 아무 일도 없었다는 듯 결백한 미소를 얇디얇은 입술에 띠고 나타났다.

대령은 눈에 띄게 풀이 죽어 있었다. 지난밤 브리지 게임을 하면서 그는 뭔가를 알아챘다. 떨어진 카드 한 장을 줍기 위해 서둘러 몸을 굽혔다가, 프랭크가 무릎을 모린의 무릎에 대고 있는 모습을 보았던 것이다. 즉시 그만두게 해야 한다. 대령은 이미 얼마 전부터 뭔가가 잘못되었다는 느낌을 받았다. 맥고어 부부가 봄이면 항상 가곤 하는 로마로 프랭크가 급히 갔던 것도 놀랄 일이 아니었다. 그의 아들은 하고 싶은 대로 할 자유가 있지만 여기, 이 집에서, 조상 대로로 내려오는 이 성에서 이와 같은 일은 용납할 수 없다—아니, 즉시 가장 엄중하게 조처해야 한다.

대령의 불쾌감은 심프슨에게 참혹한 영향을 미쳤다. 그는 자신의 존재가 집주인에게 부담이 되었다는 인상을 받아, 무슨 얘기로 대화를 시작해야 할지 갈팡질팡했다. 프랭크만이 여느 때처럼 침착하고 쾌활하게, 하얀 이를 번득이며 갓 구운 토스트에 오렌지 마멀레이드를 발라 입맛 돌게 우적우적 먹었다.

커피까지 다 마시자, 대령은 파이프에 불을 붙이고 일어섰다.

"새 차를 보고 싶다고 하지 않았니, 프랭크? 차고까지 좀 걷자꾸나. 이런 비에는 할일이 뭐 딱히 없으니."

그런 다음, 불쌍한 심프슨이 정신적으로 어중간하게 공중에 뜬 상태가 되었음을 느낀 대령은 다음과 같이 덧붙였다. "여긴 좋은 책이 많다네, 심프슨 군. 원하면 마음대로 읽게나."

심프슨은 움찔하고는, 부피가 큰 붉은 책을 책꽂이에서 잡아당겨 꺼냈다. 1895년에 나온 『수의학 통보』였다.

"너에게 할 얘기가 좀 있다." 프랭크와 함께 버석거리는 우비를 걸치고 비안개로 뿌연 바깥으로 나오면서 대령이 이야기를 꺼냈다.

프랭크는 아버지를 재빨리 힐끗 보았다.

"어떻게 말하면 좋을까." 대령은 파이프를 뻐끔뻐끔 피우며 곰곰이 생각하다가, "들어봐라, 프랭크"라고 과감히 운을 뗐다—젖은 자갈이 구두 바닥 밑에서 물기가 흥건한 소리로 잘그락거렸다―"나는 알게 되었다. 어떻게 알게 됐는지는 중요한 게 아니고, 그러니까 좀더 간단히 말하면, 눈치챘다는 얘기다…… 제길, 프랭크, 그러니까 내 말은, 대체 너 맥고어 부인과 무슨 관계냐?"

프랭크는 태연스레 조용한 목소리로, "그 일에 대해선 아버지와 얘기할 마음이 없습니다"라고 대답하는 한편, 마음속으로는 화를 내며 생각했다. '비열한 놈, 날 일러바쳤어!'

"분명 내가 강요할 수는 없다만―" 대령은 말을 시작했다가 짧게 끝맺었다. 테니스를 칠 땐 첫 공을 잘못 쳐도 그럭저럭 수습해내던 그였는데도.

"이 다리, 고치는 편이 좋겠어요." 프랭크가 썩은 목재를 신발 뒤축으로 치며 지적했다.

"빌어먹을 다리 따위!" 대령이 말했다. 이것으로 그는 두번째로 공을 놓친 격이었고, 그의 이마에는 정맥이 성난 V자형으로 불거졌다.

차고 문 옆에서 양동이 몇 개를 탕탕 소리 내며 들고 다니던 운전사는 주인을 보고는 체크무늬 모자를 휙 벗었다. 콧수염을 짧게 깎은, 키가 작고 다부진 남자였다.

"안녕히 주무셨습니까, 나리." 그는 사근사근하게 말하며 어깨로 차고 문 한쪽을 밀어 열었다. 휘발유와 가죽 냄새가 풍기는 반그늘 안에 거대한 검은색 신형 롤스로이스 한 대가 희미하게 빛났다.

"자, 이젠 정원을 좀 걸을까." 프랭크가 엔진 기통과 레버를 성에 찰 때까지 실컷 살펴본 후, 대령이 활기 없는 목소리로 말했다.

정원에서 가장 처음 일어난 일은 커다랗고 차가운 물방울이 나뭇가지에서 떨어져 대령의 옷깃 안으로 들어간 것이었다. 그리고 사실 그 한 방울이 찰랑거리는 컵의 물을 넘치게 한 한 방울이었다. 대령은 할 말을 미리 시험삼아 연습해보듯이 입술을 잘근잘근 씹은 후, 불쑥 고함을 쳤다. "경고하는데, 프랭크, 내 집에서 프랑스 소설식의 모험은 허용되지 않는다. 더구나 맥고어는 내 친구다. 넌 알고 있는 게냐, 모르는 게냐?"

프랭크는 전날 심프슨이 잊고 벤치에 두고 간 라켓을 집어올렸다. 축축해져서 8자 모양으로 오그라들어 있었다. 썩어버렸군, 프랭크는 혐오감을 느끼며 생각했다. 부친의 말이 무겁게 둥둥 울리며 지나갔다. "난 그런 건 허용 못한다." 대령이 말하고 있었다. "똑바로 처신하지 못할 거면 떠나거라. 네가 못마땅하구나. 프랭크, 몹시 마음에 안 들어. 너를 이해할 수가 없어. 대학 성적은 형편없고, 이탈리아에서는 대체 뭘 하고 돌아다녔는지 모르겠고. 그 사람들이 네가 그림을 그렸다고 하던데. 나는 네가 처발라놓은 걸 보이기엔 적합하지 않은 인간이겠지. 그래, 처발라놓은 거 말이다. 상상되는군…… 진정한 천재가 나셨구먼! 넌 자신이 당연히 천재라고 생각하겠지, 아니면 한술 더 떠 미래주의자라든가. 게다가 이제 연애 사건까지…… 한마디로, 만약—"

바로 그때 대령은 프랭크가 태연하게 살짝 잇새로 휘파람을 불고 있는 것을 눈치챘다. 대령은 멈춰 서서 눈을 휘둥그레 떴다.

프랭크가 휘어진 라켓을 부메랑처럼 덤불에 내던지고는 미소 지으며 말했다. "그런 건 다 허튼소리예요, 아버지. 전 아프가니스탄 전쟁에 관한 책에서 읽었죠. 아버지가 거기서 뭘 하셨는지, 무엇으로 훈장을 받았는지요. 그건 완전히 바보 같고 경솔하기 짝이 없는 자살행위였지만, 공훈이 되긴 했어요. 그게 중요하죠. 반면 아버지가 지금 내세운 논설은 시시하기 짝이 없군요. 그럼, 안녕히."

그리하여 대령은 오솔길 한가운데 홀로 남아, 경악과 분노로 망연자실한 채 서 있었다.

5

현존하는 만물의 본질적 특징은 단조로움이다. 우리는 예정된 시각에 음식을 섭취하는데, 행성들이 결코 늦는 법이 없는 열차처럼 예정된 시각에 도착했다 출발하기 때문이다. 평범한 인간은 엄격히 정해진 시간표가 없는 삶은 상상할 수조차 없다. 하지만 장난기 많고 불경한 정신을 지닌 자라면, 만약 하루가 오늘은 열 시간, 내일은 여든다섯 시간, 모레는 몇 분만 지속되곤 했다면 사람들이 어떤 식으로 존재했을지 상상하며 무척 즐거워할 것이다. 선험적으로 말할 수 있는데, 다음날이 정확히 얼마나 지속될지 모르는 불확실성은 영국에서는 다른 무엇보다 우선 내기 및 잡다한 도박의 이상 급증으로 이어질 것이다. 전날 밤 예상했던 것보다 하루가 몇 시간 더 지속하는 바람에 전 재산을 잃는 사람이 나올 수 있다. 행성들은 경주마처럼 되고, 밤색 구렁말 같은 '화성'이 천체의 마지막 허들을 넘으면 얼마나 큰 흥분이 일겠는가! 천문학자들은 마권업자 역할을 맡고 아폴로 신은 불타오르는 기수 모자를 쓴 모습으로 그려질 것이며 세계는 흥청망청 발광할 것이다.

그러나 유감스럽게도 만물의 이치는 그렇지 않은 법. 정확성은 언제나 엄격하고, 세상의 삶을 미리 계산해놓은 우리의 달력은 변경할 수 없는 시험일정표 같다. 물론, 우주의 프레더릭 테일러*가 고안한 이 양생법에는 뭔가 안심이 되는 무사태평함이 있다. 그렇지만 세계의 단조로움은 이따금 너무나 멋지고 너무나 눈부시게, 천재의 책이나 혜성의 출현이나 범죄의 발생, 혹은 그저 잠들지 못하는 하룻밤 때문에 갑자기 중단되곤 한다. 그럼에도 우리의 법칙들, 맥박, 소화작용은 별들의 조화로운 움직임과 단단히 연결되어 있어, 그 균일성을 침해하려는 어떤 시도든 모두 그 대가를 치르게 된다. 최악의 경우엔 참수, 제일 나은 경우엔 두통으로. 또한 세계가 선량한 의도로 창조되었다는 것은 의심할 여지가 없으니, 가끔 세계가 지루해지거나 천체의 음악이 우리 중 누군가에겐 끝없이 반복되는 손풍금소리를 생각나게 한다 해도, 그 누구의 잘못도 아니다.

심프슨은 이런 단조로움을 유난히 의식했다. 그는 오늘도 아침식사 후에는 점심이, 차를 마시고 나면 저녁식사가 불가침의 규칙처럼 따라오리라는 게 왠지 무섭게 느껴졌다. 그런 식으로 일생이 계속 이어지리라는 것을 생각하면, 비명을 지르고 관 속에서 잠을 깬 사람처럼 몸부림치고 싶은 심정이었다. 창문 밖에는 여전히 보슬비가 희미하게 빛나고 있어서 집안에 가만히 있어야 하는 탓에, 마치 열이 있는 사람처럼 귓속이 윙윙 울렸다. 맥고어는 성의 탑 중 한곳에 마련된 작업실에서 온종일 있었다. 그는 목판에 그려진 작고 어두운 그림의 바니시를 복원하는 작업으로 바빴다. 작업실에는 접착제와 테레빈유 냄새, 그리고 그

<hr>

* 미국 기술자로, '과학적 관리법'을 창안해 공장 개혁과 경영합리화에 큰 공적을 남겼다.

림에서 기름투성이 부분을 제거하는 데 쓰이는 마늘 냄새가 진동했다. 압착기 근처 작은 목공작업대 위에는 염산과 알코올이 든 증류기들이 반짝였고, 플란넬 조각과 다공질의 스펀지와 온갖 종류의 긁어내는 도구들이 여기저기 흩어져 있었다. 낡은 가운을 입고 안경을 쓴 맥고어는 풀 먹인 옷깃을 뗀 셔츠를 입었는데 크기가 거의 초인종 버튼만한 장식용 단추가 목젖 바로 아래 튀어나와 있었다. 잿빛의 야윈 목은 노년기 사마귀로 뒤덮였고, 테두리 없는 검은 베레모가 대머리 부분을 가리고 있었다. 독자에게 이미 친숙한 그의 손가락으로 섬세하게 원을 그리며 문질러서 가루가 된 수지를 손가락으로 집어올려 뿌리고 조심스럽게 그것을 그림에 문질러 바르자, 오래되어 누레진 바니시가 가루 입자에 마모되어 마른 부스러기가 되었다.

성에 머무는 다른 이들은 응접실에 앉아 있었다. 대령은 화가 난 듯 거대한 신문을 확 펼쳤다가 화가 차츰 누그러지자, 단호하게 보수적인 어떤 기사를 큰 소리로 읽었다. 잠시 후 모린과 프랭크는 탁구를 치기 시작했다. 작은 셀룰로이드 공이 우울하게 딱딱 울리며 긴 탁자를 가로지르는 녹색 네트를 넘나들며 왔다갔다했고, 프랭크는 역시 손목만 움직여 얇은 나무 라켓을 좌우로 민첩하게 돌려가며 능수능란하게 쳐냈다.

심프슨은 입술을 깨물고 코안경의 위치를 바로잡으며 방이란 방은 모두 가로질러 계속 나아갔다. 마침내 그는 화랑에 다다랐다. 그는 죽은 듯 창백해져서, 소리가 안 나는 무거운 문을 뒤로 조심스레 닫고, 발끝으로 걸어 세바스티아노 델 피옴보 수사의 〈라 베네치아나〉에게 다가갔다. 그녀는 눈에 익은 흐릿한 시선으로 그를 맞았고, 그 긴 손가락은 어깨에 걸친 모피로, 미끄러지려는 그 진홍색 주름 장식으로 향하다 얼어붙었다. 그는 훅 끼쳐오는 꿀 같은 어둠의 기운을 느끼며 검은 배경에 빠끔히 열린 창문 속을 들여다보았다. 녹색을 띤 푸른 하늘을 가로질러 뻗은 모래색 구름을 향해 어두운색의 울퉁불퉁한 절벽이 우뚝 솟았는데, 그 사이사이로 엷은 색조의 오솔길이 굽이굽이 나 있고, 그보다 더 저지대에는 나무로 지은 오두막 몇 채가 희미하게 보였다. 심프슨은 그 오두막 중 한 집에서 잠깐 등불이 깜박거리는 걸 언뜻 본 느낌이 들었다. 심프슨은 자신이 이 천상의 창문을 들여다보는 동안 베네치아 여인이 미소 짓는 걸 느꼈지만, 급히 힐끗 본 탓에 그 미소를 포착하는 데는 실패했다. 부드럽게 다문 입술의 그늘진 오른쪽 입꼬리가 살짝 위로 올라간 것뿐이었다. 그 순간 심프슨 안에서 뭔가가 아주 기분좋게 무너졌고, 그는 그림이 주는 따뜻한 황홀감에 완전히 굴복했다. 명심해야 할 것은, 이 청년은 병적일 만큼 황홀감에 잘 휩싸이는 기질을 타고난데다 삶의 실상에 대해 전혀 아는 바가 없으며, 그의 안에서는 감수성이 지성의 자리를 대신한다는 점이다. 건조한 손이 재빨리 스치고 지나가듯 차가운 전율이 등을 타고 흘렀고, 그는 지금 즉시 자신이 해야 할 바를 깨달았다. 그러나 주위를 둘러보던 그는 마룻바닥의 번쩍거림과 탁자를, 창문으로 퍼붓다시피 하는 가랑비를 머금은 빛을 받아 그림들이 발하는, 눈이 멀 것 같은 하얀 광택을 보고는 수치심과 공포심을 느꼈다. 그러다 좀전에 느꼈던 매혹의 파도가 일순 다시 덮쳐왔지만, 그는 이미 알고 있었다. 불과 일 분 전엔 무심코 아무 생각 없이 완수할 수 있던 일이었으나 이제는 좀처럼 하기 어렵다는 걸.

그는 베네치아 여인의 얼굴에 시선을 고정한 채 뒤로 물러나다가 갑자기 양팔을 벌려 내밀었다. 꼬리뼈가 뭔가에 쿵 아프게 부딪혔다. 주위를 둘러보니 뒤에 검은 탁자가 있었다. 아무것도 생각하지 않으려 애쓰면서 그는 그 위로 기어올라, 베네치아 여인을 정면으로 마주보고 똑바로 서서 다시 양팔을 위쪽으로 내밀고는 그녀 쪽으로 날아갈 채비를 했다.

"놀라운 그림 감상법이군. 너 스스로 발명해낸 건가?"

프랭크였다. 그는 다리를 떡 벌리고 출입구 쪽에 서서 냉랭한 조소를 띠고 심프슨을 빤히 바라보고 있었다.

심프슨은 깜짝 놀라 프랭크 쪽으로 코안경 렌즈를 번쩍이고 빛내며, 겁먹은 몽유병자처럼 어색하게 비틀거렸다. 그는 등을 구부리고 얼굴을 뜨겁게 붉힌 채 꼴사나운 태도로 바닥으로 기어내려갔다.

프랭크는 격심한 혐오감을 느낀 듯 얼굴을 찡그리며 아무 말 없이 화랑을 떠났다. 심프슨은 그의 뒤를 쫓아 달려왔다.

"제발, 부탁인데 아무한테도 얘기하지 말아줘……"

프랭크는 돌아보지도 걸음을 멈추지도 않은 채 역겹다는 듯이 어깨를 으쓱했다.

6

날이 저물면서 비가 불현듯 그쳤다. 누군가가 문득 기억나서 수도꼭지를 잠근 듯이. 습기를 머금은 오렌지색 석양이 나뭇가지들 사이에서 부들부들 떨다가 차차 넓게 퍼지면서 웅덩이란 웅덩이에 모두 일제히 비쳤다. 시무룩한 얼굴의 작은 맥고어는 그의 탑에서 억지로 끌려나왔다. 그에게선 테레빈유 냄새가 났고, 손에는 뜨겁게 달군 쇠에 덴 자국이 있었다. 그는 마지못해 검은 코트를 걸치고 옷깃을 세우고는 다른 사람들과 함께 산책하러 나갔다. 심프슨만이 홀로 집안에 머물렀다. 저녁 우편으로 온 편지에 꼭 답하지 않으면 안 된다는 구실로. 사실 답할 필요는 전혀 없는, 대학의 우유배달부가 2실링 9펜스 요금을 즉시 내라고 요구하는 편지였다.

심프슨은 가죽 안락의자에 기대어 멍하니 축 늘어져 짙어져가는 황혼 속에 한참을 앉아 있었다. 그러다 자신이 굶아떨어졌음을 문득 깨닫고 몸을 부르르 떨더니, 어떻게 하면 성을 최대한 빨리 빠져나갈까 궁리하기 시작했다. 가장 간단한 방법은 아버지가 편찮으시다고 말하는 거겠지. 수줍음을 타는 인간 대다수가 그렇듯이 심프슨도 눈썹 하나 까딱하지 않고 거짓말을 할 수 있었다. 하지만 떠나기가 어려웠다. 어둡고 달콤한 뭔가가 그를 저지했다. 창의 나락 저편에 어둡게 보이는 그 암벽이 얼마나 근사하던지…… 여인의 어깨를 감싸안고, 여인의 왼손에서 노란색 과일이 든 바구니를 받아들고, 그 엷은 색조의 오솔길을 따라 베네치아의 저녁 반그늘 속을 둘이 호젓하게 걸어가면, 얼마나 즐거울까……

심프슨은 또다시 깜빡 잠이 들었음을 깨달았다. 그는 일어나서 손을 닦았다. 아래층에서 식사를 알리는 종소리가 구 모양을 그리며 위엄 있게 울려퍼졌다.

그리하여 성좌에서 성좌로, 끼니에서 끼니로 세상이 계속되듯이 이 이야기도 계속된다. 하지만 그 단조로움은 이제 믿을 수 없는 기적으로, 듣도 보도 못한 모험으로 깨지려 하고 있다. 물론 또다시 윤이 나는 붉은색 리본을 힘들여 풀어 사과의 모난 나체를 드러내고 있는 맥고어도, 포트와인 네 잔(부르고뉴산 화이트와인 두 잔은 말할 것도 없고)을 마시고 또다시 기분좋게 상기된 대령도 내일이라고 하는 날이 어떤 고민거리를 가져올지 알 도리가 없었다. 정찬 후에는 변함없이 브리지 게임이 이어졌는데, 대령은 프랭크와 모린이 서로 눈길 한번 주지 않는 걸 눈치채고 흡족해했다. 맥고어는 작업하러 갔고, 심프슨은 구석에 앉아 판화 그림이 인쇄된 화집을 열었다. 그 구석에서 그는 브리지 게임을 하는 사람들을 두세 번 정도 힐끗거리다가 문득 놀랐는데, 프랭크는 자신에게 몹시 냉랭하고, 모린은 뭔가 좀 빛이 바랜 듯한 것이, 마치 누군가에게 자기 자리를 양보한 것같이 보여서…… 이런 생각도 지금 심프슨이 흐릿해진 판화를 자세히 살펴보면서 선수 치려고 하는 그 숭고한 기대감, 그 거대한 흥분에 비하면 얼마나 무의미한 것이었던가.

자리가 파해 각자 흩어질 때, 모린은 잘 자라는 인사로 미소를 지으며 심프슨에게 고개를 까딱했고, 심프슨은 얼굴을 붉히지 않고 멍하니 미소로 답했다.

7

그날 밤, 새벽 한시가 좀 넘어서, 옛날에 대령 부친의 마부로 일했던 늙은 경비원이 평상시처럼 정원 오솔길을 따라 짧게 산보를 했다. 지극히 평화로운 장소이기에, 그는 자신의 임무가 순수하게 형식적인 일임을 잘 숙지하고 있었다. 잠자리에 드는 것은 변함없이 언제나 저녁 여덟시로, 새벽 한시 자명종이 찌르릉 울리면 경비원(여담이지만, 거구의 이 노인에겐 정원사의 아이들이 잡아당기길 좋아하는 엄숙한 잿빛 구레나룻이 있다)은 깨서, 파이프에 불을 붙이고는 밤 속으로 기어나오곤 했다. 어둡고 고요한 정원을 가볍게 돌아다녀보고는 작은 자기 방으로 돌아가 바로 옷을 벗고, 구레나룻과 아주 잘 어울리는 불멸의 내의를 입은 뒤 침대로 다시 들어가 아침까지 내처 잠을 잔다.

그런데 그날 밤 늦은 경비원은 뭔가 마음에 걸리는 것을 발견했다. 정원을 걷다가 성의 한 창문에 희미하게 불이 켜진 광경을 보았던 것이다. 그 창문은 틀림없이 고가의 그림들이 걸려 있는 홀의 창문이었다. 그는 유난히 소심한 노인네였기에 그 이상한 불빛을 보지 못한 척하자고 결심했다. 하지만 양심이 그런 마음을 이겼고, 그는 나름대로 차분히 따져보았다. 자신의 임무는 정원에 도둑이 없는지 확인하는 것이니, 집안의 도둑을 잡을 의무는 없다고. 그렇게 정하고 나서 그는 홀가분한 마음으로 자신이 사는 구역—그는 차고 옆의 작은 벽돌집에 살았다—으로 돌아가, 곧바로 곯아떨어져 죽은듯이 잠을 잤다. 누군가가 신형 검은 차의 소음 차단 장치를 일부러 열고 시동을 걸어서 지축을 흔드는 굉음을 낸다 해도 깨지 않을 잠이었다.

이리하여, 호감 가는 이 악의 없는 노인은 마치 수호천사처럼 이 이야기의 서술을 순식간에 횡단해, 펜이 변덕을 부려 그를 호출한 안개가 자욱한 영역으로 잽싸게 사라졌다.

그러나 정말로 성안에서는 무슨 일이 일어났다.

심프슨은 정확하게 자정에 잠을 깼다. 그는 방금 막 잠이 들었는데, 가끔 그랬듯이 잠에 곯아떨어지는 바로 그 행위가 그의 잠을 깨웠다. 심프슨은 한쪽 팔을 괴고 어둠 속을 바라보았다. 심장이 빠르게 쿵쿵거렸다. 모린이 방안으로 들어온 것을 느꼈기 때문이다. 방금, 잠깐 꾼 꿈속에서 그는 모린에게 얘기하며, 군데군데 유화물감이 갈라져 번들거리는 검은 절벽 사이에 난 밀랍 같은 오솔길을 올라가는 그녀를 도와주던 참이었다. 이따금 감미로운 미풍에 그녀의 어두운 밤색 머리 위에 놓인 폭이 좁고 하얀 머리 장식이 얇은 종잇장처럼 살짝살짝 떨렸다.

심프슨은 감탄으로 숨이 턱 막혀서 스위치를 더듬어 찾았다. 빛이 작열하듯 켜졌다. 방안에는 아무도 없었다. 실망으로 가슴을 찌르는 듯한 예리한 통증이 느껴졌고, 그는 술 취한 사람처럼 머리를 흔들며 생각에 잠겼다. 얼마 후 그는 졸음에 겨운 몸짓으로 침대에서 몸을 일으켜 힘없이 입맛을 다시며 옷을 입기 시작했다. 엄숙하고 말쑥하게 정장을 갖춰 입어야 할 것 같은 기분이 막연히 들었다. 그래서 비몽사몽 상태로 목이 많이 파인 조끼의 배 쪽 단추를 꼼꼼하게 채우고, 검은 나비넥타이를 맨 다음, 재킷의 접은 공단 옷깃 위에 붙어 있지도 않은 작은 벌레를 두 손가락으로 한참 동안 집으려 했다. 화랑에 들어가는 가장 간단한 방법은 외부에서 들어가는 것이라는 사실을 막연히 떠올린 그는 두 짝으로 된 유리문을 통해 마치 고요한 산들바람처럼 어둡고 촉촉한 정원으로 미끄러지듯 빠져나갔다. 검은 덤불이 마치 수은을 뒤집어쓴 듯 별빛을 받아 번들거렸다. 어디선가 부엉이가 부엉부엉 울었다. 심프슨은 잰걸음으로 가볍게 잔디밭을 가로지르고 잿빛 덤불 사이를 지나 거대한 저택 주위를 돌았다. 밤의 상쾌함과 강렬하게 빛나는 별빛에 정신이 잠깐 들었다. 그는 멈춰 서서 허리를 굽혔다가, 마치 몸통 없는 텅 빈 옷처럼 화단과 성벽 사이의 좁은 틈에 난 풀 위에 쓰러졌다. 졸음의 물결이 덮쳤다. 그는 어깨를 한번 홱 움직여 졸음을 떨쳐내려 했다. 서둘러야 했다. 그녀가 기다리고 있었다. 그녀의 집요한 속삭임이 들려오는 것 같았다……

그는 자신도 어찌했는지 모르게 몸을 일으켜서 안으로 들어가 불을 켜, 루치아니의 그림에 따뜻한 광채를 들씌웠다. 베네치아 여인은 얼굴을 반쯤 그에게 돌리고 살아 있는 듯 입체적으로 서 있었다. 검은 눈은 광채 없이 그의 눈을 응시했고, 유달리 포근해 보이는 블라우스의 장밋빛 천 덕분에 가무잡잡한 목의 아름다움과 귀밑의 섬세한 주름이 더욱 눈에 띄었다. 기대에 찬 듯 오므린 입술의 오른쪽 입꼬리에 살짝 비웃는 듯한 미소가 얼어붙어 있었다. 긴 손가락을 두 개씩 나눠 벌려 어깨쪽으로 뻗었는데, 모피가 달린 벨벳 솔이 떨어지려는 찰나였다.

그리고 심프슨은 깊게 한숨을 쉬고, 그녀 쪽으로 몸을 움직여 힘들이지 않고 그림 속으로 들어갔다. 신묘한 신선함으로 머리가 금방 띵해졌다. 도금양* 향과 밀랍 냄새에 섞여 희미한 레몬 향이 획 풍겨왔다. 심프슨은 어딘가 아무것도 없이 휑하고 어두운 방안, 저녁 풍경이 보이는 열린 창문 앞에 서 있었는데, 그의 바로 옆에는 진짜 베네치아 여인,

---

* 흰 꽃이 피고 특유의 향긋한 향기를 풍기는 관목수로, 베누스의 신목(神木)으로 여겨져 사랑을 주제로 한 르네상스시대의 그림에 자주 그려졌다.

모린이—키가 크고 매혹적이며, 안에서부터 빛이 발하는 듯 환히 빛나는 모습으로—서 있었다. 그는 기적이 일어났음을 깨닫고 천천히 그녀 쪽으로 몸을 움직였다. 라 베네치아나는 곁눈질로 미소 지으며 모피를 살짝 바로잡고 나서 바구니로 손을 떨어뜨려 작은 레몬 한 알을 그에게 건넸다. 이제 장난스럽게 이리저리 움직이는 그녀의 눈에서 눈을 떼지 않은 채 그는 그녀의 손에서 노란 과일을 받아들었고, 단단하고 우툴두툴한 그 서늘함과 그 긴 손가락의 메마른 따스함을 느끼자마자, 믿기 어려운 더없는 행복이 그 안에서 끓어오르더니 먹음직스럽게 거품이 일기 시작했다. 그러다 그는 문득 흠칫 놀라며 뒤에 있는 창문 쪽을 돌아봤다. 거기에는 암벽 사이에 난 옅은 색조의 오솔길을 따라 두건을 쓴 푸른 실루엣들이 작은 등불을 들고 걸어가고 있었다. 심프슨은 자신이 서 있는 방안을 둘러봤지만, 발밑에 방바닥이 있다는 느낌은 전혀 들지 않았다. 저쪽에 제4의 벽을 대신해서, 중앙에 탁자가 검은 섬처럼 떠 있는 눈에 익은 홀이 멀리서 마치 수면 위처럼 반짝거렸다. 그때 갑자기 공포가 엄습해, 그는 들고 있던 차갑고 작은 레몬을 무심코 꽉 눌렀다. 마법이 풀렸다. 왼쪽에 있는 여인을 쳐다보려 했지만, 고개를 돌릴 수가 없었다. 그는 꿀 속에 빠진 파리처럼 옴짝달싹 못했다—한번 허우적대자 움직일 수 없게 박혀버렸고, 피와 살과 옷이 물감으로 변하고, 바니시로 덮여 캔버스 위에서 건조되는 것이 느껴졌다. 그는 그림의 일부가 되었다. 베네치아나 옆에 우스운 포즈로 그려진 채로. 그의 바로 정면에는 이제 더는 그가 숨쉬지 못할 지상의 생생한 공기로 가득찬 홀이 이전보다 더 뚜렷한 모습으로 죽 펼쳐졌다.

9

다음날 아침 맥고어는 평소보다 일찍 일어났다. 흑진주 같은 발톱이 난 털북숭이 맨발로 슬리퍼를 더듬어 찾고는 복도를 따라 잰걸음으로 살금살금 아내의 방 문까지 갔다. 두 사람 사이에는 부부관계가 일년 이상 없었지만, 그럼에도 그는 매일 아침 아내에게 가서, 아내가 머리를 힘차게 휙휙 움직이며 짱짱하게 땋은 밤색 머리끝을 찍찍 소리를 내며 빗어서 매만지는 모습을 무력한 흥분에 휩싸여 바라보곤 했다. 오늘, 그렇게 이른 시간에 아내의 방에 들어가면서 맥고어는 정돈된 침대와 침대 머리판에 핀으로 꽂혀 있는 종이 한 장을 보았다. 맥고어는 가운 주머니에서 커다란 안경집을 꺼내 안경을 그냥 눈에 대고는 베개 위로 상체를 구부려 핀으로 꽂힌 쪽지에 적힌 눈에 익은 작은 글씨를 읽었다. 다 읽고는 안경을 꼼꼼하게 안경집에 도로 집어넣고 쪽지를 떼어내어 접은 다음, 잠시 생각에 잠겨 멍하니 서 있다가 결연히 슬리퍼를 끌며 방을 나갔다. 복도에서 그는 하인과 부딪쳤는데, 그 하인은 흠칫 놀라 그를 힐끗 보았다.

"그래, 대령께선 벌써 일어나셨나?" 맥고어가 물었다.

하인은 황급히 답했다. "네, 나리. 대령님께서는 화랑에 계십니다. 무척 화가 나신 듯해 걱정입니다만. 도련님을 깨우라고 하시더군요."

맥고어는 하인의 말이 끝나길 기다리지 않고, 쥐색 가운으로 몸을 감싸 여미며 급히 화랑 쪽으로 갔다. 대령 또한 가운 아래 줄무늬 잠옷 바짓단이 삐져나온 차림으로 벽 앞을 왔다갔다하고 있었다. 콧수염이 뻣뻣이 곤두서고 얼굴이 시뻘겋게 상기되어 보기에도 무서운 모습이었다. 대령은 맥고어를 보고는 멈춰 서서, 할말을 미리 시험해보듯 입을 우물우물한 뒤에 고함쳤다. "자, 한번 잘 보시오!"

맥고어로서는 대령이 아무리 노발대발한대도 그리 상관없었지만, 그래도 무심코 대령의 손이 가리킨 곳을 보니, 뭔가 실로 믿을 수 없는 광경이 눈에 들어왔다. 루치아니의 그림에, 베네치아 여인 옆에 추가로 한 인물이 등장한 것이다. 그것은, 급히 그렸다 해도 매우 훌륭한 심프슨의 초상이었다. 깡마르고, 밝은 배경 덕분에 강하게 강조된 검은 재킷을 입고, 발은 특이하게도 바깥쪽으로 향한 심프슨은 애원하듯 양손을 뻗고 있었고, 핼쑥한 얼굴은 광기에 휩싸인 애처로운 표정으로 일그러졌다.

"마음에 드시오?" 대령이 노발대발하여 물었다. "세바스티아노 못지않은 솜씨 아니오, 그렇지 않소? 버르장머리 없는 놈! 내 친절한 조언에 대한 복수가 저거요. 자, 일단……"

하인이 완전히 얼이 빠져서 들어왔다.

"프랭크 도련님은 방에 안 계십니다, 나리. 짐도 다 없어졌고요. 심프슨 씨 역시 모습이 보이지 않습니다, 나리. 그분은 산책하러 나가신 것 같습니다만. 날이 워낙 좋은 아침이다보니."

"좋은 아침은 제길!" 대령이 고함쳤다. "지금 당장—"

"죄송하지만, 감히 말씀드리자면," 하인이 얌전하게 덧붙였다. "운전사가 방금 와서 전하기를, 새 차가 차고에서 사라졌답니다."

"대령," 맥고어가 가만히 말문을 열었다. "어떻게 된 일인지 내가 설명할 수 있을 것 같군요."

그는 뒤꿈치를 들고 나가는 하인을 힐끗 보았다.

"자, 이렇게 된 겁니다." 맥고어는 따분한 듯 말을 이었다. "저 인물을 그린 이가 다름 아닌 아드님일 거라는 대령의 추정은 틀림없이 맞습니다. 그러나 그뿐만이 아니라, 내게 남겨진 쪽지를 보고 판단하건대, 아드님께서 새벽에 내 아내와 함께 떠난 것 같습니다."

대령은 신사였고 영국인이었다. 조금 전에 아내가 도망가버린 남자 앞에서 제 하소연을 하는 건 적절치 못한 일이라고 곧바로 생각했다. 그래서 대령은 창문 쪽으로 가서 노여움의 절반을 속으로 삼키고 다른 절반은 창밖으로 날려버리고는 콧수염을 다듬고 평정을 회복한 뒤 맥고어에게 말했다.

"친애하는 친구, 외람되지만," 대령이 깍듯이 예의를 차렸다. "선생에게 닥친 재앙의 원인이 된 가해자에 대해 내가 느끼는 격노를 굳이 입에 올리기보다는, 먼저 진심으로 깊은 유감을 표하오. 그럼에도, 당신이 처한 상황을 이해하면서도, 아무래도 좀―어쩔 수 없이 그리됐소, 친구―급한 부탁을 해야겠소. 선생의 기술로 내 명예를 좀 구해주셔야겠소이다. 오늘 런던에서 젊은 노스윅 경이 오기로 되어 있소. 당신도 아시다시피 그 델 피옴보의 다른 작품을 가지고 계신 분이죠."

맥고어는 고개를 끄덕였다. "필요한 도구를 갖고 오지요, 대령."

몇 분 후, 그는 여전히 가운 차림으로 손에 나무 상자를 들고 돌아왔다. 곧바로 상자를 열어 암모니아수가 든 병 하나와 탈지면 한 통, 헝겊 쪼가리, 긁개를 꺼낸 다음 작업에 착수했다. 그림의 바니시에서 심프슨의 어두운 몸체와 하얀 얼굴을 긁고 문지르면서, 맥고어는 자신이 하는 작업에 대해서는 아무 생각도 하지 않았다. 타인의 비통함을 존중할 줄 아는 독자라면, 맥고어가 무슨 생각을 하고 있었는가에 대해 호기심을 품어서는 안 될 것이다. 삼십 분 후 심프슨의 초상은 완전히 없어졌고, 초상을 이루었던 물감이 아직 살짝 촉촉하게 맥고어의 헝겊 위에 남았다.

"놀랍군." 대령이 말했다. "놀라워요. 불쌍한 심프슨이 흔적도 없이 사라졌군요."

때때로 아무렇지도 않게 던진 어떤 말이 매우 중요한 생각의 도화선이 되는 경우가 있다. 지금, 도구를 모으다가 충격을 받은 듯 부르르 떨며 갑자기 딱 동작을 멈춘 맥고어에게 바로 그런 일이 일어났다.

거참 이상하군, 맥고어는 생각했다. 아주 이상해. 설마―그는 헝겊에 달라붙은 물감을 쳐다보다가 돌연 얼굴을 기묘하게 찡그리며 헝겊들을 한데 뭉쳐, 작업하던 곳 옆에 있던 창문 밖으로 던져버렸다. 그러고는 손바닥으로 이마를 쓸며 경악한 눈으로 대령 쪽을 힐긋거리다가―대령은 맥고어의 동요를 다른 의미로 해석해서 그를 쳐다보지 않으려 애썼다―그답지 않게 허둥대며 홀을 나와 곧바로 정원으로 갔다.

저쪽, 창문 아래, 벽과 철쭉 사이에 정원사가 서서 정수리를 긁으며, 잔디밭 위에 검은 옷을 입고 엎드려 누워 있는 사람을 내려다보고 있었다. 맥고어는 급히 다가갔다.

그 사람은 한쪽 팔을 움직여 돌아누웠다. 그러고는 허둥대며 억지웃음을 짓고 일어났다.

"심프슨 씨, 아니 세상에, 이게 도대체 무슨 일이오?" 맥고어는 심프슨의 창백한 얼굴을 들여다보면서 물었다.

심프슨은 다시 한번 쓴웃음을 지었다.

"전 정말 한심하기 짝이 없네요…… 정말 바보 같아요…… 어젯밤 산책을 하러 나왔다가 깊이 잠들어버렸습니다, 여기 풀 위에서요. 으, 온몸이 쑤시고 아프네요…… 괴상망측한 꿈을 꿨어요…… 몇시죠?"

홀로 남은 정원사는 깔아뭉개진 잔디를 쳐다보며 못마땅하다는 듯 고개를 저었다. 그러다가 허리를 굽혀 다섯 손가락의 지문이 묻은 어두운 빛깔의 작은 레몬을 집어올렸다. 정원사는 레몬을 주머니에 찔러넣고 테니스코트에 두고 온 돌롤러를 가지러 갔다.

10

이리하여 정원사가 우연히 발견한 바싹 말라 쪼글쪼글해진 과일이 이 이야기 전체의 유일한 수수께끼로 남았다. 역으로 급파됐던 운전사는 검은 차를 몰고 돌아오면서 차 좌석 위 가죽 주머니에 프랭크가 끼워놓은 쪽지를 가져왔다.

대령은 맥고어에게 큰 목소리로 읽어주었다.

"친애하는 아버지," 프랭크는 썼다. "전 아버지의 두 가지 소망을 충족시켜드렸습니다. 당신 집안에서는 어떤 연애 사건도 일으키지 말라고 하셨죠, 그래서 떠납니다. 제게 살아가는 데 없어서는 안 될 여인을 데리고요. 또 아버지께서는 제 그림 견본을 보고 싶다 하셨죠. 그래서 전 아버지를 위해 한때 저의 친구였던 이의 초상화를 그렸습니다. 아 참, 그 친구에게는 아버지께서 저 대신 이 말을 전해주셔도 됩니다. 고자질하는 자는 가소로울 뿐이라고요. 전 밤중에 기억을 떠올려 그 친구를 그렸습니다. 그러니 완벽하게 닮지 않았다면, 그건 시간이 부족하고 조명도 형편없던데다, 또 당연한 일이지만 제가 급히 서두른 탓입니다. 아버지의 새 차는 멋지게 잘 나가는군요. 역 주차장에 놓고 가겠습니다."

"훌륭해." 대령이 화난 듯 낮게 말했다. "그건 그렇고, 네가 무슨 돈으로 살아갈지 무척 궁금하구나."

맥고어는 알코올용액에 담긴 태아처럼 창백해져서 헛기침을 하고는 말했다. "당신께 진실을 숨길 이유가 없겠지요, 대령. 당신이 갖고 계신 저 〈라 베네치아나〉는 루치아니가 그린 것이 아닙니다. 저건 그저 참으로 훌륭한 모사품에 불과합니다."

대령은 천천히 일어섰다.

"저 그림은 아드님이 그렸습니다." 맥고어가 말을 잇는데, 양쪽 입꼬리가 갑자기 부르르 떨리기 시작하더니 축 처졌다. "로마에서요. 제가 캔버스와 물감을 구해주었죠. 아드님의 재능에 제가 넘어간 거지요. 대령님이 지불하신 총액의 절반이 아드님에게 갔습니다. 아, 하느님 맙소사……"

대령의 턱 근육이 수축했고, 그는 맥고어가 눈을 닦고 있는 더러운 손수건을 쳐다보고는 이 불쌍한 친구가 농담하는 게 아님을 깨달았다.

잠시 후 대령은 몸을 돌려 〈라 베네치아나〉를 쳐다보았다. 어두운 배경에 대비되어 이마가 빛났고 긴 손가락 또한 더욱 은은하게 빛을 발했으며, 스라소니 모피가 매혹하듯 어깨에서 미끄러지는데, 한쪽 입꼬리는 비웃는 듯한 미소를 은밀히 띠고 있었다.

"내 아들이 자랑스럽구려." 대령이 차분히 말했다.

뇌우

어찌 보면 평범하기 그지없는 서베를린 거리의 한 모퉁이에서, 꽃이 만개하여 지붕을 이룬 보리수나무 아래에서, 강렬한 향기가 나를 감쌌다. 엷은 안개 덩어리들이 밤하늘로 올라갔고, 별이 가득했던 마지막 빈 구멍이 삼켜질 때 눈먼 유령 같은 바람이 얼굴을 소매로 가리고 인적 없는 거리를 낮게 휩쓸고 지나갔다. 광택 없는 어둠 속, 이발소의 철제 덧문 위에 매달린 방패─도금한 세숫대야─가 추처럼 흔들리기 시작했다.

집에 돌아오니 바람이 방안에서 나를 기다리고 있었다. 바람은 여닫이창의 문짝을 쾅 닫더니, 내가 안으로 들어가면서 등뒤로 방문을 닫자 바로 썰물처럼 밀려나갔다. 창문 저 아래 깊은 안뜰에는, 낮이면 햇빛이 쨍한 빨랫줄에 걸려 십자가형에 처해지는 셔츠들이 라일락나무 가지 사이로 반짝거리곤 했다. 이따금 그 안뜰에서 목소리들이 올라오곤 했다. 넝마주이나 빈병을 산다는 자들의 구슬픈 고함소리가 들려오고, 가끔은 망가진 바이올린이 흐느끼는 소리도 들려온다. 한번은 뚱뚱한 금발 여자가 안뜰 한가운데에 버티고 서서 노래를 시작했는데, 그 노래가 어찌나 아름답던지 창문이란 창문이 모두 열리고 하녀들이 밖으로 몸을 내밀어 드러난 목을 굽혀 내려다보았다. 잠시 후 여자가 노래를 마치자 일순 기묘한 정적이 흘렀고, 칠칠치 못한 과부인, 내가 방을 빌린 집주인 여자가 복도에서 흐느끼다가 코를 푸는 소리만이 들려올 뿐이었다.

이제 그 안뜰에서는 숨이 막힐 듯한 어둠이 부풀어오르는 듯했는데, 바로 그때 안뜰 깊은 곳으로 속절없이 스르르 물러나던 눈먼 바람이 다시 한번 위쪽으로 손을 뻗기 시작하다가 갑자기 시력을 되찾아 위로 획 날아 올라갔고, 이윽고 맞은편 검은 벽의 호박색 구멍들에서 팔과 헝클어진 머리 모양의 실루엣들이 획획 움직이기 시작하더니, 도망가려던 창문이 포획돼 창틀이 낭랑하게 울리며 꽉 닫혔다. 불이 하나둘 꺼졌다. 다음 순간, 둔탁한 굉음이 물밀듯이 밀려오고 먼 곳의 천둥소리가 움직이면서 암자색 하늘을 이리저리 구르기 시작했다. 그러더니 다시 모든 것이 조용해졌다. 그 거지 여자가 맞잡은 두 손을 풍만한 가슴 위에 꼭 붙이고 노래를 끝마쳤을 때처럼.

이 정적 속에서 나는 필설로 묘사할 수 없는 행복, 그날 내가 누린 행복으로 녹초가 되어 잠이 들었고, 나의 꿈은 당신으로 가득찼다.

나는 잠에서 깼는데, 밤이 산산이 부서지기 시작했기 때문이다. 야생의 창백한 광휘가 거대한 바큇살 모양의 빛으로 순식간에 반사되면서 하늘을 가로지르며 날아갔다. 굉음이 차례로 울려퍼지며 하늘을 갈랐다. 비가 광활하고 우렁차게 콸콸 흐르듯 내렸다.

나는 그 푸르스름한 떨림과 살을 에는 듯한 일시적인 냉기에 도취됐다. 비에 젖은 창턱으로 올라가, 이 세상 것 같지 않은 공기를 들이마시자 심장이 유리처럼 쨍하고 울렸다.

더 가까이, 더 장엄하게 예언자의 이륜마차가 우르릉거리며 구름을 가로질러 나아갔다. 광기의 빛, 마음을 꿰뚫는 환영의 빛이 밤의 세계를, 지붕의 금속 경사면을, 언뜻 스치고 지나간 라일락나무를 환하게 비췄다. 백발의 거인인 천둥 신은 바람에 휘몰아치는 턱수염을 어깨 뒤로 나부끼고, 눈부신 의복의 주름을 펄럭이며 불 같은 전차 안에서 몸을 뒤로 젖히고 서서, 칠흑같이 새까만 엄청나게 큰 말들을, 보랏빛으로 타오르는 그 갈기들을 신경이 곤두선 양팔로 제어하고 있었다. 말들이 통제를 벗어나 폭주해 탁탁 소리를 내며 튀어오르는 불꽃 거품을 흩날리자 마차가 한쪽으로 기울었고, 당황한 예언자는 허둥지둥 고삐를 끌어당겼지만 소용이 없었다. 불어오는 돌풍과 긴장 탓에 그의 얼굴은 일그러졌고, 회오리바람에 주름진 의복이 뒤로 흩날려 강인한 한쪽 무릎이 드러났다. 말들은 불타오르는 갈기를 휘날리며 더욱더 광포하게, 구름을 따라 아래로, 아래로 질주했다. 이윽고 말들이 우레 같은 말발굽소리를 내며 반짝반짝 빛나는 지붕 위를 획 돌진하자, 전차가 휘청거리면서 예언자 엘리야*가 비틀거렸다. 현세의 금속에 닿자 격앙한 말들은 다시 하늘을 향해 뛰어올랐다. 예언자는 내동댕이쳐졌다.

---

* 「열왕기」에 나오는 예언자로, 불 전차를 타고 하늘로 승천했다고 한다.

바퀴 하나가 빠졌다. 거대한 불꽃 테가 지붕 위를 굴러내려가 지붕 가장자리에서 불안정하게 흔들리다가, 어둠 속으로 뛰어내리는 모습이 내 방 창문에서 보였다. 한편 말들은 뒤집힌 이륜전차를 끌고 벌써 하늘 가장 높은 곳에 떠 있는 구름 속을 질주하고 있었다. 우르릉거리는 굉음은 잠잠해졌고, 폭풍우의 불길은 크게 벌어진 검푸른 틈 속으로 사라졌다.

지붕 위로 떨어졌던 천둥 신은 무겁게 몸을 일으켰다. 샌들이 미끄러지는 바람에 그는 지붕창을 발로 깨뜨리고는 끙하고 앓는 소리를 냈다. 그러고는 한쪽 팔을 크게 휘둘러 굴뚝을 꽉 잡고 균형을 잡았다. 그는 찌푸린 얼굴을 천천히 돌리면서 뭔가를 눈으로 찾았다―아마 황금 차축에서 분리돼 날아간 바퀴일 것이다. 그러다 그는 위쪽을 흘깃 보고는, 흐트러진 턱수염을 손가락으로 움켜잡고 언짢은 듯 머리를 흔들었다―아마도 이런 일이 일어난 게 처음이 아닌 모양이다―그러고는 약간 절뚝거리며 조심스럽게 내려오기 시작했다.

나는 대단히 흥분해 창문에서 몸을 떼고 서둘러 가운을 걸친 다음 가파른 계단을 달려 내려가 곧장 안뜰로 갔다. 폭풍은 지나갔지만, 한 줄기 비 냄새가 공기 중에 여전히 남아 있었다. 동쪽 하늘로 아주 아름다운 창백함이 퍼졌다.

위에서 봤을 때 짙은 땅거미로 가득찬 듯 보였던 안뜰은 실제로 보니 점점 녹아가는 여린 박무에 휩싸여 있을 뿐이었다. 안뜰 한가운데, 습기를 머금어 어두컴컴해 보이는 작은 잔디밭 위에 흠뻑 젖은 예복 가운을 입은 여윈 노인이 비에 젖어 어깨를 움츠리고 서서 주위를 둘러보며 뭐라고 중얼거리고 있었다. 그는 나를 발견하곤 화난 것처럼 눈을 깜박이며 말했다. "자넨가, 엘리사*?"

나는 허리를 굽혀 절했다. 예언자는 머리카락이 없는 갈색 부위를 긁어대며 혀를 끌끌 찼다.

"바퀴를 하나 잃어버렸다. 날 위해 찾아주지 않겠는가?"

비는 이제 그쳤다. 지붕 위에는 불꽃색을 띤 거대한 구름떼가 모여들었다. 우리 주위를 감싼 푸르스름하고 나른한 공기 속에 관목들과 울타리와 반짝거리는 개집이 떠 있었다. 우리는 이 구석 저 구석을 한참 뒤지고 다녔다. 노인은 계속 툴툴대면서 무거운 예복 단을 추켜올리고 앞코가 둥근 샌들로 웅덩이들을 철벅거리며 건너다녔는데, 뼈가 앙상하고 큰 코의 끝에는 빛나는 방울이 하나 매달려 있었다. 나는 낮게 늘어진 라일락나무의 가지를 한쪽으로 젖혀, 쓰레깃더미 위 깨진 유리들 사이에 있던, 테가 좁은 철제 바퀴 하나를 발견했다. 유아차에서 빠진 바퀴가 분명했다. 노인은 내 귀 위에서 뜨듯한 안도의 한숨을 내쉬었다. 성급히, 조금 매정하다 싶을 정도로 나를 밀치고는 그 녹슨 테를 잡아채 올렸다. 그는 희희낙락해서 나에게 윙크하며 말했다. "그러니까 여기까지 굴러간 거로군."

그러더니 나를 빤히 쳐다보면서 하얀 눈썹을 가운데로 모아 잔뜩 찌푸리고는 뭔가 기억난 듯이 위엄 있는 목소리로 말했다. "뒤로 돌거라, 엘리사."

나는 눈을 감기까지 하면서 그 말에 복종했다. 그렇게 일 분 정도 서 있었는데, 그 이상은 호기심을 더 억누를 수 없었다.

---

* 엘리야의 제자이며 후계자로, 「열왕기하」 2장에서 엘리사는 스승 엘리야가 불 전차를 타고 승천하는 모습을 지켜본다.

안뜰은 텅 비어 있었다. 털이 덥수룩하고 콧잔등과 주둥이 부분이 노화로 희끗희끗해진 늙은 개 한 마리가 개집에서 머리를 내밀고 겁먹은 적갈색 눈으로 마치 사람처럼 하늘을 올려다보고 있을 뿐이었다. 나도 위를 쳐다봤다. 지붕으로 재빨리 기어오르는 엘리야의 등뒤에서 철제 테가 희미하게 빛났다. 검은 굴뚝 위에는 동그랗게 말린 구름 하나가, 그 너머로 두번째, 세번째 구름이 새벽빛을 받아 오렌지 색조의 산처럼 어렴풋이 나타났다. 나는 지붕의 종마루에 다다른 예언자가 차분하고 느긋하게 유유히 구름 위로 발걸음을 내딛더니, 보드라운 불덩이를 무겁게 짓밟으면서 계속 올라가는 모습을 숨죽인 개와 함께 바라보았는데……

햇빛이 그의 바퀴를 꿰뚫고 지나가자, 바퀴는 금세 거대해져 금빛을 띠었고, 엘리야 본인도 이제 불길에 휩싸인 것처럼 보였다. 이내 천국의 구름과 하나로 합쳐지면서 그 구름을 따라 높이, 더 높이 걸어올라가더니, 이윽고 장엄한 하늘의 협곡으로 사라졌다.

그제야 겨우 늙고 추레한 개는 쉰 목소리로 짖어대며 아침을 알리기 시작했다. 환하게 빛나는 빗물 웅덩이 표면에 잔물결이 일었다. 가벼운 산들바람에 발코니의 제라늄이 살랑거렸다. 창문 두어 개가 잠에서 깨어났다. 나는 흠뻑 젖은 침실용 슬리퍼를 신고 실내 가운을 입은 채로 거리로 달려나가, 잠이 덜 깬 첫 전차를 앞질렀다. 나는 가운 옷자락을 당겨 여미고 혼자 킥킥대고 달리면서, 곧 당신 집에 도착하면 밤에 공중에서 일어난 사고와 우리집 안뜰에 떨어져 화가 난 늙은 예언자에 대해 어떻게 이야기를 시작할지 상상했다.

용

그는 바위가 많은 산의 심장부에 있는 깊고 어두운 동굴에 은둔하며, 박쥐와 들쥐와 곰팡이만 먹고 살았다. 때때로 종유석 채집꾼이나 이리저리 쑤시고 다니는 여행자들이 와서 동굴 안을 기웃거리곤 했는데, 실은 이들이 그의 맛있는 별식인 셈이었다. 그 밖의 즐거운 기억으로는, 체포를 피해 도망쳐 들어온 산적, 그리고 그 동굴이 산을 관통하는지 아닌지 한번 확인하기 위해 풀어놓은 개 두 마리 등이 있다. 동굴 주위의 땅은 황량했고, 구멍이 송송 뚫린 눈이 바위 여기저기에 쌓였으며, 얼음같이 차가운 폭포가 우르르 울리며 요란하게 흘러내렸다. 그는 천 년 전쯤 알에서 부화했는데, 이는 다소 느닷없는 탄생—폭풍우 치는 어느 날 밤, 번쩍하는 벼락을 맞아 거대한 알이 쩍 갈라졌다—이었다. 아마도 그 일이 원인이 되었는지, 그는 겁 많고 그다지 영리하지 않은 용이 되었다. 거기다 어미의 죽음에 강한 충격을 받았으니…… 그의 어미는 긴 세월 동안 인근 마을을 공포에 떨게 하며 화염을 내뿜고 다녀서, 심사가 뒤틀린 왕이 끊임없이 기사들을 보냈지만, 둥지 주위를 얼쩡거리는 기사들을 매번 호두처럼 으깨버리곤 했다. 그러던 어느 날, 포동포동한 왕실 요리사를 막 삼키고 난 어미가 햇빛을 받아 따뜻해진 바위 위에서 졸고 있는데, 철갑옷으로 무장한 위대한 기사 가논이 은제 사슬마갑을 입힌 검은 말을 타고 몸소 달려왔다. 잠이 덜 깬 불쌍한 어미가 녹색과 적색의 혹을 화톳불처럼 번쩍이며 뒷발로 분연히 일어서려는데, 기사가 느닷없이 급습하여 어미의 매끄럽고 하얀 가슴팍에 긴 창을 재빨리 찔러넣었다. 어미는 쿵 소리를 내며 땅에 쓰러졌고, 곧이어 뚱뚱한 요리사가 김이 모락모락 나는 용의 거대한 심장을 옆구리에 끼고, 어미의 분홍빛 상처에서 미끄러져 나왔다.

어린 용은 이 모든 일을 바위 뒤에 숨어서 지켜보았고, 그후로 기사만 생각하면 늘 덜덜 몸이 떨렸다. 용은 동굴 깊은 곳으로 물러나서 결코 밖으로 나오는 일 없이 은둔했다. 그렇게 십 세기가, 용에게는 이십 년에 해당하는 세월이 흘렀다.

그러다 별안간 용은 참기 어려운 우울감에 사로잡혔다…… 아니, 실은 동굴 안의 썩은 먹이에 위가 격하게 놀라 역겨운 우르릉 소리를 내면서 통증을 일으킨 것이지만. 용은 구 년 동안 마음만 다잡으며 세월을 보내다, 십 년째에 결단을 내렸다. 천천히 조심스럽게 고리 모양 꼬리를 감았다 폈다 하면서 동굴에서 기어나온 것이다.

나오자마자 계절이 봄이라는 사실이 느껴졌다. 검은 바위들은 최근에 내린 폭우에 씻겨 희미하게 빛났고, 산간에 범람한 급류는 햇빛에 타오르고, 공기 중에는 야생 사냥감의 냄새가 진동했다. 용은 불을 내뿜는 콧구멍을 크게 부풀리며 계곡으로 내려가기 시작했다. 수련처럼 희고 윤이 나는 용의 배는 지면에 거의 닿을 듯했고, 부풀어오른 녹색 옆구리에는 선홍색 반점이 도드라졌다. 등에는 억센 비늘이 톱니 모양의 큰불, 즉 힘차고도 유연하게 씰룩거리는 꼬리 쪽으로 가면서 차츰 크기가 줄어드는 불그레한 쌍봉 형태의 혹이 이루는 능선과 합쳐졌다. 녹색을 띤 머리는 매끄럽고, 사마귀가 잔뜩 난 부드러운 아랫입술에는 불타는 듯한 점액의 거품이 매달려 있었으며, 비늘로 뒤덮인 거대한 발은 별 모양으로 깊게 파이는 발자국을 남겼다.

계곡으로 내려간 용이 처음으로 본 것은 바위투성이 비탈길을 달리는 기차였다. 용의 첫번째 반응은 기쁨이었다. 그 기차를 함께 놀 수 있는 친척뻘쯤 되는 상대로 착각했기 때문이다. 한술 더 떠, 용은 딱딱해 보이고 반짝거리는 기차의 껍데기 아래에 틀림없이 연한 육질 같은 게 있으리라고 생각했다. 그래서 용은 저벅저벅 축축한 발걸음소리를 내며 기차를 쫓아가기 시작했는데, 마지막 차량을 덥석 붙잡으려는 찰나, 기차가 터널 안으로 휙 들어가버렸다. 용은 멈춰 서서 사냥감이 쑥 들어가 사라져버린 컴컴한 은신처 안으로 머리를 들이밀었지만, 그 안으로 들어갈 방도가 없었다. 용은 그 안 깊숙이 작열하듯 뜨거운 재채기를 두세 번 하고 머리를 빼낸 다음, 궁둥이를 대고 앉아 기다려보았다—기차가 다시 달려나올지도 모르니까. 얼마간 기다리다가 용은 머리를 흔들며 자리를 떴다. 바로 그때 정말로 기차 한 대가 그 어두운 은신처에서 후다닥 달려나오더니 창유리를 교활하게 번쩍이며 커브를 돌아 사라졌다. 용은 마음이 상한 듯 어깨 너머로 그 광경을 쳐다보다가 꼬리를 깃털처럼 세우고 여행을 재개했다.

땅거미가 지고 있었다. 초원에는 안개가 자욱했다. 귀가하던 농부들은 살아 있는 산처럼 큰, 거대한 짐승을 목격하곤 무서운 나머지 돌처럼 굳어버렸다. 간선도로를 달리던 작은 자동차 한 대는 너무 놀라 여기저기 부딪혀 튕기다가 바퀴 네 개가 모두 터져 결국 도랑에 처박혔다. 하지만 용은 아무것도 눈치채지 못한 채 계속 걸어갔다. 저멀리 인간들의 무리가 밀집해 따끈따끈한 냄새가 풍겨오는 곳, 용은 바로 그곳으로 향했다. 그리하여 용의 눈앞에, 넓게 트인 푸른 밤하늘을 배경으로 커다란 공업촌의 수호자인 검은 공장 굴뚝들이 어렴풋이 나타났다.

이 마을에는 거물이 두 명 있었다. 한 명은 '기적 담배 회사'의 사장이었고, 다른 한 명은 '큰 투구 담배 회사'의 사장이었다. 두 사람 사이엔 오랜 세월에 걸쳐 얽히고설킨 미묘한 적의가 불타고 있었는데, 그 구구절절한 사연으로 장편서사시를 한 편 쓸 수 있을 정도였다. 두 사람은 모든 점—광고의 알록달록한 색감, 유통 기술, 가격, 노사관계—에서 경쟁했지만, 누가 우위를 차지하는지는 아무도 알 수 없었다. 그 잊지 못할 밤에, 기적 담배 회사의 사장은 아주 늦게까지 사무실에 남아 있었다. 근처 책상 위에는 갓 인쇄된 새로운 광고 전단지 한 묶음이 쌓여 있었는데, 새벽이 밝아오면 협력업체 노동자들이 마을을 돌며 붙일 터였다.

별안간 벨이 울리며 밤의 정적을 깼고, 곧이어 오른쪽 뺨에 우엉 뿌리 같은 사마귀가 난 창백하고 수척한 남자가 들어왔다. 사장이 아는 자로, 기적 담배 회사가 판촉용으로 마을 변두리에 세운 간이 선술집의 주인이었다.

"새벽 두시야, 이 친구야. 이런 시각에 찾아온 이상, 들도 보도 못한 대사건이 터진 거겠지."

"딱 그런 일이 일어났습니다." 선술집 주인은 침착한 목소리로 말했지만, 그의 사마귀는 씰룩쌜룩 움직였다. 그의 보고는 이랬다.

주인은 곤드레만드레 취한 늙은 노동자 다섯 명을 가게에서 몰아내던 참이었다. 그 다섯 명은 밖에서 뭔가 엄청나게 기묘한 것을 본 게 틀림없었다. 모두 폭소를 터뜨렸기 때문이다—"와하하," 그들 중 한 목소리가 바보같이 웃으며 말했다. "한잔한다는 게 너무 과음했나보군, 반혁명의 히드라가 보이다니. 놀랄 노 자구먼—"

그 남자는 말을 채 끝맺을 시간이 없었다. 등골을 오싹하게 하는 둔중한 소리가 쇄도해오더니, 누군가 비명을 지른 것이다. 선술집 주인은 무슨 일인지 보려고 밖으로 나왔다. 어둠 속에서 축축한 산처럼 희미하게 빛나는 괴물이 머리를 뒤로 젖히고 뭔가 커다란 것을 삼키고 있어서, 괴물의 희끄무레한 목이 번갈아 튀어나오는 혹으로 부풀어올랐다. 괴물은 다 삼키고 나서 입맛을 다시며 몸 전체를 흐느적거리다 길 한복판에 가만히 엎드렸다.

"잠이 든 게 확실한 것 같아요." 선술집 주인이 실룩거리는 사마귀를 손가락으로 누르며 이야기를 마쳤다.

사장은 일어섰다. 치아의 튼튼한 아말감이 영감에 찬 금색 불꽃으로 번득였다. 살아 있는 용의 출현이 사장의 마음에 불러일으킨 감정은, 매 순간 그를 이끌어온 열렬한 욕망—즉, 경쟁사에 패배를 안기고 싶다는 욕망 말고는 없었다.

"유레카!" 그는 외쳤다. "이봐, 친구, 다른 목격자가 있었나?"

"없었을걸요." 상대가 대답했다. "모두 자고 있었어요. 그래서 전 아무도 깨우지 않기로 하고 곧장 사장님께 왔습죠. 혼비백산해 난리가 나는 상황을 피하려고요."

사장은 모자를 덮어썼다.

"훌륭해. 이걸 가져가게―아니, 전부 말고, 삼사십 장이면 될 거야―그리고 이 깡통하고 솔도. 자, 그럼 이제 날 안내하게나."

어두운 밤 속으로 나온 지 얼마 안 되어 곧 그들은, 선술집 주인의 말에 따르면 길 끝에 괴물이 쉬고 있다는 조용한 길가로 접어들었다. 맨먼저 그들 눈에 들어온 장면은, 외로이 켜진 노란색 가로등 불빛 아래 경찰관 한 명이 인도 한복판에서 물구나무선 광경이었다. 나중에 밝혀진 사실이지만, 경찰관은 야간 순찰을 하다가 용과 맞닥뜨렸고, 너무 놀란 나머지 거꾸로 선 채 그 자세 그대로 굳어버렸다고 한다. 고릴라의 체격과 힘을 지닌 사장은 경찰관을 돌려 똑바로 세운 뒤 가로등 기둥에 기대놓았다. 그러고는 용에게 다가갔다. 용은 자고 있었는데, 그도 그럴 것이, 용이 집어삼킨 인간들은 마침 알코올에 푹 절어 있던 치들이라 턱 사이에서 터질 때 즙이 많이 나왔기 때문이다. 빈속에 들어간 알코올이 곧장 머리로 직행하자, 용은 황홀한 미소를 지으며 눈꺼풀의 얇은 막을 내리감았다. 용이 앞발을 아래로 접어 배를 깔고 눕자, 반짝이는 아치를 그리는 척추의 이중 돌기들이 희미한 가로등 불빛을 받아 도드라졌다.

"사다리를 걸치게나." 사장이 말했다. "내가 직접 붙일 테니."

그리하여 사장은 괴물의 미끈미끈한 녹색 옆구리에서 평평한 부분을 골라, 비늘로 뒤덮인 피부에 느긋하게 풀을 솔질해 묻혀가며 커다란 광고 전단지를 붙이기 시작했다. 붙일 종이가 더 없자, 사장은 용감한 선술집 주인과 의미심장한 악수를 하고, 시가를 우적우적 씹으며 귀가했다.

아침이 밝았다. 라일락빛 안개가 부드럽게 깔린 아름답기 그지없는 봄날 아침이었다. 갑자기 거리가 즐겁고 들뜬 웅성거림으로 활기를 띠고, 문과 창문이 쾅쾅 열리고 닫히는 소리가 나더니 사람들이 거리로 쏟아져나와, 어딘가로 급히 가는 군중과 섞여 웃으며 걸어갔다. 그들이 본 것은, 실물과 완벽하게 똑같은 용이 알록달록한 광고 전단지로 온몸이 덮인 채 힘없이 아스팔트 길을 탁탁 치며 나아가는 광경이었다. 심지어 매끈매끈한 머리 꼭대기에도 전단지 한 장이 붙어 있었다. "기적 담배만 피웁니다"라는 청색과 선홍색의 선전 문구가 팔랑거렸다. "내 담배를 피우지 않는 이는 바보뿐." "기적 담배는 공기를 꿀로 바꿉니다." "기적, 기적, 기적!"

정말 기적이군, 군중이 웃었다. 근데 도대체 어떻게 한 거지―기계인가, 아니면 사람이 안에 들어가 있나?

용은 본의 아니게 폭음을 한 뒤라 기분이 좋지 않았다. 싸구려 와인 때문에 속이 쓰리고 온몸이 녹초가 되어서, 아침을 먹고 싶은 생각이 전혀 없었다. 게다가 용은 극심한 수치심, 난생처음 군중에 둘러싸이게 된 생물이 느끼는 극심한 수줍음에 사로잡혔다. 솔직히 말해, 용은 가능한 한 바로 동굴로 돌아가고 싶은 마음이 절실했는데, 그렇다고 진짜 돌아가면 수치심이 더 커질 것이었다―그리하여 용은 마을을 가로지르는 침울한 행군을 계속했다. 등에 플래카드를 붙인 남자 여러 명이 호기심 많은 이들로부터, 또 용의 하얀 배 아래를 빠져나가, 높게 우뚝 솟은 등뼈로 기어오르거나 주둥이를 만져보고 싶어하는 개구쟁이들로부터 용을 보호했다. 곡이 연주되고, 창이란 창에는 모두 사람들이 나와 입을 딱 벌리고 바라보았으며, 용 뒤로는 자동차가 일렬로 줄줄이 따라갔는데, 그중 한 대에는 그날의 영웅인 담배 회사 사장이 구부정하니 앉아 있었다.

용은 아무에게도 눈길 한번 주지 않고, 자신이 불러일으킨 이해할 수 없는 소동에 몹시 당황하면서 걸어갔다.

한편, 햇빛이 비치는 사무실 안에서 양 주먹을 꽉 쥐고 이끼처럼 부드러운 카펫 위를 왔다갔다 서성이는 이가 있었으니, 바로 경쟁사인 큰 투구 회사의 사장이었다. 사장 애인인 자그마한 체구의 줄타기 곡예사도 행렬을 구경하려고 창문을 열고 서 있었다.

"이런 무도한 일이!" 머리가 벗어지고, 눈 밑 피부가 청회색 주머니처럼 늘어진 중년 남자인 사장은 꺽꺽거리며 원망 섞인 말을 하고 또 했다. "경찰이 이 파렴치한 수작을 중단시켜야 해…… 그놈은 대체 언제 저런 봉제인형을 뚝딱 만들어낸 거야?"

"랠프!" 줄타기 곡예사가 손뼉을 치며 갑자기 소리쳤다. "당신이 뭘 하면 좋을지 생각났어요. 우리 서커스에 마상 창 시합 순서가 있어요. 그러니—"

그녀는 마스카라를 칠한 인형 같은 눈을 희번덕거리며 자신의 계획을 열정적으로 속삭였다. 사장의 얼굴이 환해졌다. 잠시 후 그는 이미 서커스 매니저와 통화를 하고 있었다.

"그러니까," 사장은 전화를 끊고 말했다. "저 인형은 고무를 부풀린 거라는군. 한번 잘 찔러주면 어떻게 되는지 보자고."

한편, 용은 다리를 건너, 뭔가 매우 불쾌한 기억을 불러일으키는 고딕 성당과 시장을 지나 대로변을 따라 계속 행진하여 광활한 광장을 가로지르고 있었는데, 그때 군중을 둘로 가르며 뜻밖에도 기사 한 명이 용에게 돌진해왔다. 기사는 철갑옷을 입고 면갑을 내리고 죽은 이를 애도하는 깃털 장식을 투구에 달았으며, 은빛 사슬마갑을 입힌 검고 육중한 말을 타고 있었다. 옆에는 무기를 든 이들—시종으로 분장한 여인들—이 "큰 투구" "큰 투구 담배만 피워요" "무적의 큰 투구" 등의 글귀가 한눈에 들어오는 급조한 깃발들을 펄럭이며 따라 걸었다. 기사 역할을 맡은 서커스의 마술馬術 교관이 말에 박차를 가하며 긴 창을 꽉 움켜쥐었다. 그런데 어찌된 영문인지, 말이 거품을 뿜으며 뒤로 물러서기 시작하더니 별안간 뒷발로 섰다가 쿵 엉덩방아를 찧었다. 기사는 아스팔트 위로 굴러떨어졌는데, 어찌나 크게 쨍그랑 소리가 났는지, 누군가 접시를 모조리 창밖으로 던져버린 게 아닌가 싶을 정도였다. 그러나 용은 이 광경을 보지 못했다. 용은 기사의 첫 동작을 보고 불쑥 멈춰 서더니 황급히 방향을 바꾸다가 발코니에 서 있던 호기심 많은 노부인 한 쌍을 꼬리로 쳐서 떨어뜨리고 흩어지던 구경꾼들을 발로 짓이기고는, 달아났다. 용은 단 한 번의 도약으로 마을 밖으로 벗어나 들판을 날아서 횡단하고 바위투성이 비탈을 재빨리 기어오른 후, 깊이를 알 수 없는 그의 동굴로 쑥 들어갔다. 그 안에서 용은 벌러덩 뒤로 나자빠져 앞발을 접고, 부르르 떨리는 하얗고 윤기 나는 배를 동굴의 컴컴한 둥근 천장을 향해 드러낸 채, 깊게 숨을 내쉬며 깜짝 놀란 두 눈을 감았다. 그리고 죽었다.

바흐만

얼마 전 신문에는, 한때 유명했지만 지금은 세상에서 잊힌 피아니스트이자 작곡가인 바흐만이 스위스의 작은 마을 마리발에 있는 성 안젤리카 양로원에서 죽었다는 소식이 짧게 보도되었다. 그 기사를 보고 나는, 바흐만을 사랑했던 한 여인의 이야기가 떠올랐다. 나에게 그 이야기를 해준 이는 자크라는 흥행사였다. 이야기는 다음과 같다.

마담 페로프가 바흐만을 만난 것은 그가 죽기 십 년 전 즈음이었다. 그 시절은 그가 연주한 진중하면서도 광기를 띤 음악의 금빛 진동이 레코드 밀랍판에 녹음돼 이미 영구 보존되었을 뿐 아니라, 세계에서 가장 유명한 콘서트홀에서 생연주로 울려퍼지던 시절이었다. 어쨌든 그 시절 어느 날 저녁—죽음보다는 늙어가는 것에 더 두려움을 느끼게 되는, 그런 맑고 푸른 가을날 저녁—마담 페로프는 한 친구로부터 쪽지를 받았다. 거기에는 이렇게 적혀 있었다. "바흐만을 보여주고 싶어요. 오늘밤 연주회가 끝나고 저희 집으로 오기로 했어요. 그러니 꼭 와요."

그녀가 깊게 파인 검은 드레스를 입고 목과 어깨에 향수를 톡톡 묻힌 다음 터키석 손잡이가 달린 지팡이와 부채를 들고 나가다가, 키가 큰 삼면거울 깊숙이 비친 자신의 모습을 마지막으로 한번 힐끗 쳐다본 후 집을 나서는 모습이, 그리고 친구 집으로 가는 내내 이어진 몽상에 빠진 모습이 유독 선명하게 머릿속에 그려진다. 그녀는 자신이 그다지 아름답지 못하고 너무 말랐으며 피부도 병약해 보일 정도로 창백하다는 걸 알고 있었다. 그래도 잘 드러나진 않지만 바로 그녀 자신이 부끄러워하는 점들─피부의 창백함, 지팡이를 갖고 다녀야 하지만 거의 알아채기는 힘든 절뚝거림─이 성모의 얼굴을 가진 이 시들어버린 여인을 매력적으로 만들어주었다. 정력적이고 영악한 사업가인 그녀의 남편은 여행을 가고 없었다. 자크는 그 남편 되는 사람을 개인적으론 알지 못했다.

친구인 통통하고 수다스러운 부인이 자수정 머리띠를 한 채로 이 손님 옆에서 저 손님 옆으로 무거운 몸을 이끌고 왔다갔다하는, 보라색 불빛이 켜진 자그마한 응접실로 들어가자마자, 깨끗하게 면도한 얼굴에 살짝 분칠을 한 키 큰 남자가 마담 페로프의 눈에 들어왔다. 남자는 피아노 뚜껑에 한쪽 팔꿈치를 기대고 서서 이야기하며 자기 주위에 모인 세 명의 숙녀를 즐겁게 해주고 있었다. 남자의 연미복 꼬리 부분에는 단단해 보이는, 유난히 두꺼운 비단 안감이 대어져 있었고, 남자는 이야기하면서 연신 윤기 흐르는 검은 머리카락을 뒤로 넘기는 동시에 콧마루가 꽤 우아하게 솟은 새하얀 코의 양쪽 콧구멍을 부풀렸다. 그의 모습은 전체적으로 인정 많고 재기 넘쳐 보이면서도 뭔가 기분 나쁜 면이 있었다.

"음향시설이 형편없었어요!" 그는 한쪽 어깨를 으쓱하며 말했다. "게다가 청중은 모두 감기에 걸렸고요. 어떤 상황이었는지 아시겠죠. 누군가 헛기침을 하면 곧바로 다른 여러 명이 합세하고, 그래도 우리는 연주를 멈출 수는 없는 거죠." 그는 미소 지으며 머리카락을 뒤로 넘겼다. "밤에 동네 개들이 서로 짖어대는 것처럼 말이죠!"

마담 페로프는 지팡이에 살짝 기대며 그쪽으로 다가가서 머릿속에 처음 떠오른 것을 말했다.

"연주회 후라 피곤하시겠어요, 바흐만 씨?"

그 사람은 매우 우쭐해져서는 고개 숙여 인사했다.

"잘못 아신 것 같네요, 마담. 제 이름은 자크입니다. 우리 마에스트로의 흥행사일 뿐이죠."

숙녀 세 명이 모두 웃음을 터뜨렸다. 마담 페로프는 잠시 당황했지만, 이내 함께 웃었다. 그녀는 바흐만의 놀라운 연주에 대해 풍문으로만 들었을 뿐, 그의 사진은 본 적이 없었다. 바로 그때, 집주인이 다가와 그녀를 감싸안고는, 마치 비밀을 털어놓듯이 눈짓만으로 응접실 저쪽 끝을 가리키며 속삭였다. "그 사람은 저기 있어요. 보세요."

그녀는 그제야 바흐만을 처음으로 보았다. 바흐만은 다른 손님들에게서 조금 떨어진 곳에 서 있었다. 헐렁한 검은 바지를 입고 짧은 두 다리를 넓게 벌리고 있었다. 그는 신문을 읽고 있었다. 구깃구깃해진 종잇장을 눈에 가까이 대고 반문맹인 사람이 뭘 읽을 때 그렇듯이 입술을 달싹거렸다. 키는 작고 머리는 벗어져서 보잘것없는 머리카락 몇 올이 정수리를 가로지를 뿐이었다. 너무 커 보이는 풀 먹인 옷깃이 치켜세워져 있었다. 그는 신문에서 눈을 떼지 않고 손가락 하나로 무심코 바지 앞섶을 점검하더니, 더욱더 집중하여 입술을 움직이기 시작했다. 매우 우습게 생긴 작고 둥그스름하고 파르스름한 턱은 성게를 닮았다.

"놀라지 마세요." 자크가 말했다. "저분은 문자 그대로 미개인입니다. 파티에 도착하자마자 바로 뭔가를 집어들고 읽기 시작하죠."

바흐만은 문득, 모든 이가 자신을 쳐다보는 것을 느꼈다. 그는 천천히 얼굴을 돌리더니, 숱이 많은 눈썹을 치켜세우며 소심하지만 멋진 미소를 지었는데, 그 미소로 얼굴 전체에 부드러운 잔주름이 잔뜩 생겼다.

집주인이 그쪽으로 급히 다가갔다.

"마에스트로," 그녀가 말했다. "선생님의 찬미자 중 한 분을 또 소개해드려도 될까요, 마담 페로프입니다."

그는 물렁물렁하고 약간 축축한 한쪽 손을 내밀었다. "무척 반갑습니다. 참으로 반가워요."

그러고는 또다시 신문에 몰두했다.

마담 페로프는 물러났다. 광대뼈 위가 분홍빛 홍조로 달아올랐다. 흑옥 장식이 반짝이는 검은 부채가 기쁨으로 가득차서 펄럭이자, 관자놀이 위의 금빛 곱슬머리가 떨렸다. 나중에 자크는, 처음 만난 그날 저녁 그녀는 입술 화장도 안 하고 점잖은 머리 모양을 하고 있었음에도, 유별나게 과민한, 그의 표현에 따르면 유별나게 '신경질적인' 여성이라는 인상을 받았다고 내게 말했다.

"그 두 사람은 서로 잘 맞는 짝이었어." 자크는 한숨을 쉬며 툭 까놓고 말했다. "바흐만 쪽을 보자면 절망적인 경우로, 뇌라는 게 아예 없다시피 한 남자였어. 그리고 알다시피 그때 그는 주정뱅이였지. 두 사람이 만난 그날 저녁에도 내가 그를 날듯이 데리고 나가야 했다고. 별안간 코냑이 마시고 싶다더군, 그러면 안 되는데 말이야, 절대 그래선 안 되는 거였지. 사실 우리는 그에게 애원했었어. '닷새만 술을 마시지 말아줘요. 딱 닷새만.' 연주회를 다섯 번 해야 했거든. '계약한 거라고, 바흐만, 잊지 마.' 글쎄, 어떤 시인 녀석이 실제로 한 유머 잡지에 '휘청거리는 다리들'이라느니, '위약금!' 운운하며 놀려대질 않나! 우리는 문자 그대로 풍전등화의 궁지에 몰렸단 말이야. 게다가 바흐만은 알다시피 괴팍하고 변덕스럽고 칠칠치 못했지. 완전히 비정상적인 인물이었어. 하지만 그가 연주하는 모습만큼은……"

여기까지 말하고, 자크는 점점 듬성듬성해지는 갈기 같은 머리카락을 한번 흔들며 아무 말 없이 눈을 굴렸다.

관처럼 무거운 앨범에 오려 붙인 신문 조각들을 자크와 함께 훑어보면서, 나는 그 경이로운 인물의 진정으로 세계적인 명성—하지만 아, 얼마나 일시적인 명성이었는지—이 시작된 시기가 정확히 그때, 즉 바흐만이 마담 페로프와 처음으로 만난 그 시기였음을 확신하게 됐다. 언제 어디서 그들이 연인으로 발전했는지는 아무도 모른다. 하지만 친구 집에서의 그 야회 이후 마담 페로프는 어느 도시에서 열리든 상관없이 바흐만의 모든 연주회에 참석하기 시작했다. 그녀는 항상 목을 드러낸 검은 드레스를 입고, 머리를 가지런히 빗어 넘기고, 등을 꼿꼿이 편 채 맨 앞줄에 앉았다. 누군가 그런 그녀에게 '절름발이 성모'라는 별명을 붙였다.

바흐만은 마치 적으로부터 도망치듯이, 아니면 그저 귀찮은 손들로부터 도망치듯이 빠른 걸음으로 무대에 등장하곤 했다. 청중에게 눈길 한번 주지 않고 피아노로 서둘러 가서 둥근 의자 위로 몸을 구부리고는 좌석의 목제 원판을 살살 돌려 수학적으로 정확한 어떤 높이를 찾기 시작한다. 그러는 동안 내내 그는 의자에 대고 삼 개 국어로 부드럽고 간절하게 호소하듯 속삭인다. 그렇게 한참 동안 법석을 떨곤 했다. 영국인 청중은 감격했고, 프랑스인 청중은 즐거워했고, 독일인 청중은 안절부절못했다. 맞는 높이를 찾으면 바흐만은 애정을 담아 의자를 살짝 쓰다듬고는 앉아서, 오래전부터 신던 굽 있는 구두로 피아노 페달을 더듬어보곤 했다. 그런 다음 커다랗고 더러운 손수건을 꺼내 양손을 꼼꼼하게 닦으면서, 짓궂지만 소심함이 묻어나는 눈을 깜박거리며 관중석의 첫번째 줄을 훑어본다. 마침내 그는 양손을 건반 위에 살짝 내려놓는다. 하지만 갑자기 한쪽 눈 아래의 작은 근육을 괴로운 듯 실룩거리고는 혀를 끌끌 차며 의자에서 내려와, 약하게 삐걱거리는 소리를 내는 의자 원판을 다시 돌리기 시작한다.

바흐만의 연주를 처음으로 듣고 귀가한 날, 마담 페로프가 창가에 앉아 한숨을 쉬다가 미소를 짓다가 하면서 동틀녘까지 그렇게 있었으리라는 게 자크의 추측이다. 자크의 주장에 따르면, 바흐만은 그전에는 그만큼 아름답고 열광적으로 연주한 적이 한 번도 없었는데, 그 이후로는 연주할 때마다 연주가 한층 더 아름다워지고, 한층 더 열광적이 되어갔다고 한다. 바흐만은 비할 데 없이 훌륭한 예술적 기교로 대위법의 각 화성을 불러냈다가 분해해 불협화음에 경이로운 화음의 인상을 부여하곤 했으니, '삼중 푸가'에서 그가 우아하고 열정적으로 주제를 전개해가는 방식은 흡사 고양이가 쥐를 갖고 노는 듯했다. 즉, 주제를 마음대로 도망가게 두는 척하다가 돌연, 순식간에 교활한 환희에 빠져 건반 위로 몸을 굽히고 기세등등하게 덮치듯 그 주제를 따라잡곤 하는 것이다. 그러다가 그 도시에서 계약이 끝나면, 그는 며칠 동안 모습을 감추고는 흥청망청 먹고 마시곤 했다.

우울한 교외의 안갯속에서 유독한 빛을 내뿜는 수상쩍은 작은 선술집의 단골들은, 대머리 주변에 머리카락이 부스스하게 나고 촉촉한 두 눈이 짓무른 듯 분홍색으로 충혈된 작고 다부진 남자가 언제나 남들 눈에 띄지 않는 구석자리를 골라 앉지만, 끈질기게 조르면 누구에게든 기꺼이 술 한 잔을 사주는 광경을 보곤 했다. 이미 은퇴한 지 오래된 작은 노인인 피아노 조율사는 수차례 그와 함께 술을 마시다가, 바흐만이 술을 마시면서 손가락으로 탁자를 두드리고, 가늘고 높은 목소리로 매우 정확하게 라 음을 내는 걸 보고 그가 동종업계 사람임을 확신했다고 한다. 가끔은 근면하고 광대뼈가 두드러진 매춘부가 그를 자기 방으로 데리고 가기도 했다. 또 한번은 선술집 바이올린 연주자 손에서 바이올린을 억지로 빼앗고는 밟아 부수어버려서, 그 벌로 두들겨맞은 일도 있었다. 그는 노름꾼과 선원, 탈장으로 쉬게 된 운동선수 들뿐 아니라, 조용하고 예의바른 도둑떼와도 어울렸다.

밤이면 밤마다 자크와 마담 페로프는 그를 찾아다녔다. 사실인즉, 자크는 연주회를 위해 바흐만의 컨디션을 조절할 필요가 있을 때만 그를 찾았다. 어느 때는 그들이 그를 찾아냈고, 또 어느 때는 옷깃도 달지 않은 더러운 차림에 눈을 게슴츠레 뜬 그가 제 발로 마담 페로프 앞에 나타났다. 그러면 다정한 부인은 말없이 그를 침대에 눕히고, 이틀이나 사흘이 지나고 나서야 자크에게 전화해 바흐만을 찾았다고 얘기했다.

바흐만에게는 일종의 기이한 수치심과 응석받이 악동의 장난기가 뒤섞여 있었다. 그는 마담 페로프에게 거의 말을 걸지 않았다. 그녀가 타이르며 손을 잡으려 하면, 그는 마치 조금만 닿아도 참기 어려운 고통이 유발되는 듯이 새된 소리를 지르며 그녀의 손가락을 쳐내고 달아나, 바로 모포 아래로 기어들어가 한참을 흐느끼곤 했다. 그러고 있으면, 자크가 와서 런던이나 로마로 떠나야 할 시간이라고 말하고는 바흐만을 데려가버렸다.

그들의 묘한 관계는 삼 년간 이어졌다. 어느 정도 기운을 차린 바흐만이 청중 앞에 나설 때면, 어김없이 마담 페로프가 맨 앞줄에 앉아 있었다. 장기간 여행할 때면 두 사람은 안에서 서로 연결된 방에 묵었다. 그 시기에 마담 페로프는 남편도 몇 번 만났다. 부인의 열광적이고 충직한 열정에 대해 다른 모든 이들이 아는 것처럼 남편도 물론 알고 있었지만, 간섭하지 않고 그 나름대로 자기 생활을 이어갔다.

"바흐만 때문에 그녀의 삶은 고통으로 변했지." 자크는 계속 같은 말을 반복했다. "그녀가 어떻게 그를 사랑할 수 있었는지 이해가 가지 않아. 여자 마음의 신비랄까! 한번은 그 둘이 누군가의 집에 함께 있는데, 마에스트로가 갑자기 원숭이처럼 이빨로 그녀를 덥석 무는 걸 이 두 눈으로 본 적도 있어. 왜 그랬는 줄 아나? 글쎄, 그녀가 그의 넥타이를 펴주려 했기 때문이라네. 그렇지만 그 시기 그의 연주에는 천재성이 있었어. 〈D단조 교향곡〉과 복잡한 푸가 몇 곡이 그 시기 곡이야. 그가 그 곡들을 쓰는 걸 본 이는 아무도 없어. 가장 흥미로운 곡은 일명 〈황금 푸가〉라고 불리는 곡이야. 자네, 그 곡 들어본 적 있나? 그 주제의 전개가 완전히 독창적이야. 그건 그렇고 아무튼, 그의 변덕과 점점 더 강도

가 더해가던 광기에 관해 얘기하던 참이었지. 글쎄, 한번은 이런 일이
다 있었다네. 삼 년이 지났을 무렵, 어느 날 밤 그가 연주하던 뮌헨에
서……"

그렇게 자크는 이야기의 말미에 접어들면서 더욱 슬픔에 잠기고 더
욱 감동에 겨운 듯 눈을 가늘게 떴다.

바흐만은 뮌헨에 도착한 날 밤, 여느 때처럼 마담 페로프와 함께 묵
는 호텔에서 도망쳤던 듯하다. 연주회까지 사흘밖에 안 남았기에 자크
는 히스테리를 일으킬 정도로 조마조마했다. 바흐만을 찾을 수 없었기
때문이다. 때는 늦가을로 비가 많이 내렸다. 마담 페로프는 감기에 걸
려 몸져누웠다. 자크는 탐정을 두 명이나 써서 계속 술집을 뒤지고 다
녔다.

연주회 당일, 바흐만을 찾았다는 경찰의 전화가 걸려왔다. 경찰은 밤
중에 거리에서 그를 찾아 데려왔으며, 지금 경찰서에서 쿨쿨 잘 자고
있다고 했다. 자크는 말 한마디 하지 않고 그를 차에 태워 경찰서에서
공연장으로 데리고 가 그를 물건처럼 조수들에게 인도한 다음, 바흐만
의 연미복을 가지러 호텔로 갔다. 그는 문틈으로 마담 페로프에게 무슨
일이 있었는지 설명했다. 그런 다음 공연장으로 되돌아왔다.

바흐만은 검은 펠트 모자를 눈썹까지 눌러쓰고 탈의실에 앉아, 손가
락 하나로 슬프게 탁자를 치고 있었다. 그 주위에선 사람들이 안달복달
하며 소곤거렸다. 한 시간 후, 청중이 거대한 홀의 좌석을 채우기 시작
했다. 밝게 조명이 켜진 하얀 무대 양쪽은 조각된 오르간파이프로 장식
돼 있고, 반짝반짝 빛나는 검은 피아노는 날개를 쳐들고, 초라한 버섯
모양 의자와 함께 얌전하게 대기했다. 모두가 엄숙한 분위기로, 축축하

고 부드러운 손을 가진 남자를 유유히 기다렸다. 곧 소리의 태풍으로 피아노를, 무대를, 그리고 여성들의 어깨와 남성들의 대머리가 창백한 벌레들처럼 꼼지락대며 반짝이는 커다란 홀을 가득 채울 남자를.

드디어 바흐만이 빠른 걸음으로 무대에 등장했다. 그는 꽉 채워진 원뿔 모양으로 솟아났다가 허물어지며 드문드문 이어지다 잦아든 우레 같은 환영의 박수에 전혀 관심을 두지 않고, 의자의 원판을 돌리기 시작하더니 열심히 속삭이고 쓰다듬은 다음 피아노 앞에 앉았다. 그는 손을 닦으며 소심한 미소를 띠고 첫번째 줄 쪽을 흘낏 보았다. 돌연 미소가 사라졌고, 바흐만은 얼굴을 찡그렸다. 손수건이 바닥에 떨어졌다. 그의 주의깊은 시선이 청중의 얼굴을 다시 한번 미끄러지듯 가로질렀다. 그러다 중앙의 빈 좌석에 이르자, 이를테면 발이 걸린 듯 시선이 멈췄다. 바흐만은 피아노 뚜껑을 쾅 닫고 일어나, 무대 맨 가장자리로 걸어가 두 눈을 굴리며 발레리나처럼 양팔을 구부려 들어올린 채 우스꽝스러운 발레 스텝을 두세 보 밟았다. 청중은 얼어붙었다. 뒤쪽 좌석에서 웃음소리가 터져나왔다. 바흐만은 동작을 멈췄고, 아무도 알아듣지 못한 말을 한 다음, 휙 아치를 그리며 팔을 돌려 청중 전원을 향해 모욕적인 몸짓을 해 보였다.

"그 일은 너무 갑자기 일어났어." 자크의 설명이 이어졌다. "그래서 난 그 자리에 시간 맞춰 나가서 수습할 수 없었지. 푸가를 치는 대신 성교를 암시하는 몸짓을 취한 후 무대를 떠나는 그와 맞부딪쳤을 때 내가 물었거든. '바흐만, 자네 어디 가나?' 음란한 말을 내뱉고는 공연자 휴게실로 사라지더라고."

그후 자크 본인이 무대 위로, 분노와 웃음소리의 폭풍우 속으로 걸어나갔다. 그는 한 손을 들어올려 가까스로 좌중의 입을 다물게 한 다음, 연주회는 속개될 것임을 굳게 약속했다. 공연자 휴게실로 들어가보니, 바흐만은 아무 일도 없었다는 듯이 거기 앉아 입술을 달싹이며 인쇄된 연주회 프로그램을 읽고 있었다.

자크는 거기 있던 조수들을 힐끗 보며 의미심장하게 한쪽 눈썹을 올리고는 전화기로 달려가서 마담 페로프에게 전화를 걸었다. 한참 동안 아무런 응답이 없다가 마침내 뭔가 딸각하는 소리가 나더니 그녀의 힘없는 목소리가 들렸다.

"당장 여기로 오십시오." 자크가 전화번호부를 손날로 내리치며 지껄였다. "당신이 없으면 바흐만은 연주하지 않을 거요. 엄청난 추문이라고요! 청중이 지금—네?—뭐라고요?—네, 그래요, 제가 계속 말하잖아요, 그가 거부하고 있다고요. 여보세요? 오, 젠장!—끊겼어……"

마담 페로프의 상태는 한층 더 나빠져 있었다. 그날 두 번이나 그녀를 방문한 의사는 붉은 눈금을 따라 너무 높이 올라간 유리관 속 수은을 당혹스럽게 바라보았다. 그녀는 전화를 끊으면서—전화기는 침대 옆에 있었다—아마도 행복한 미소를 띠었을 것이다. 그녀는 후들후들 떨리는 불안한 발걸음으로 일어서서 옷을 입기 시작했다. 참기 어려운 통증이 가슴을 계속 찔렀지만, 고열로 인한 두통과 윙윙거림 속에서도 행복감이 밀려왔다. 그녀가 스타킹을 신는데, 얼음장 같은 발의 발톱에 실크가 계속 걸리는 장면이 왠지 모르게 눈앞에 생생히 떠오른다. 그녀는 할 수 있는 한 온 정성을 다해 머리를 매만지고 갈색 모피 코트로 몸을 감싼 후, 손에 지팡이를 짚고 방을 나섰다. 그녀는 문지기에게 택시를 불러달라고 말했다. 검은 보도가 비에 젖어 반들거렸다. 차 문손잡이도 젖어서 얼음처럼 차가웠다. 택시를 타고 가는 내내 분명히 그녀의 입술에서 희미하지만 행복한 미소가 떠나지 않았을 것이고, 모터 소리와 쉭쉭거리는 타이어 소리가 그녀의 관자놀이에서 뜨겁게 지끈지끈 울려대는 소리와 섞였을 것이다. 공연장에 도착하자, 화난 듯 우산을 펴며 거리로 몰려나오는 군중의 모습이 보였다. 그녀는 거의 넘어질 뻔했지만, 간신히 군중 사이를 헤치고 나아갔다. 휴게실에서는 자크가 서성대며 왼쪽 뺨을 쥐었다가 오른쪽 뺨을 쥐었다가 하고 있었다.

"난 그야말로 불같이 화가 나, 노발대발했지!" 자크가 내게 이야기했다. "내가 전화기하고 씨름하는 동안, 마에스트로가 도망가버린 거야. 화장실에 간다고 말해놓고 내뺀 거지. 마담 페로프가 도착하자마자 난 그녀에게 덤벼들어 다그쳤어─왜 공연장에 와서 앉아 있지 않았느냐고. 자네도 이해하겠지만, 그녀가 아팠다는 사실을 그만 까맣게 잊어버린 거야. 그녀가 묻더군. '그래서 그이는 이제 호텔로 돌아갔다는 건가요? 그러니까 우리가 길에서 엇갈린 건가요?' 나는 발끈해서 소리쳤어. '호텔 같은 소리 하고 있네─어디 술집에나 가 있겠지! 어디 술집에나! 술집 말이야!' 그러고는 체념하고 황급히 나갔어. 관객들에게 시달리는 매표원을 구해주러 가야 했거든."

한편, 마담 페로프는 몸을 덜덜 떨며 미소를 띤 채 바흐만을 찾으러 나갔다. 그녀는 어디서 그를 찾을 수 있을지 대충 짐작이 갔고, 놀란 택시기사가 그녀를 데려다준 곳은 바로 거기, 어둡고 끔찍한 구역이었다. 자크가 얘기해줬던, 그 전날 바흐만이 발견됐던 거리에 도착한 그녀는 택시를 보낸 후, 검은 비가 비스듬히 줄줄 내리는 울퉁불퉁한 인도를 지팡이에 몸을 기대고 걸어가기 시작했다. 그녀는 술집을 하나하나 다 들어가보았다. 터져나오는 시끌벅적한 음악에 귀가 먹먹했고, 남자들은 무례하게 그녀를 훑어보았다. 그녀는 담배 연기가 자욱하고 알록달록한 색채가 빙글빙글 도는 술집 안을 휙 둘러보고는, 비가 거세게 후려치는 밤 속으로 도로 나가기를 반복했다. 머지않아 그녀는 계속 똑같은 가게에 들어가는 듯한 기분이 들기 시작했고, 고통스러울 정도로 어깨의 힘이 갑자기 쭉 빠졌다. 그녀는 지팡이의 터키석 손잡이를 차가운 손으로 꽉 쥐고 절뚝절뚝 걸으며 거의 들리지 않게 신음을 내뱉었다. 얼마간 그녀를 지켜보던 경찰관 한 명이 경찰다운 걸음걸이로 천천히 다가가 주소를 묻고는, 단호하면서도 부드러운 태도로 그녀를 야근 중인 마차 택시로 데려갔다. 삐걱거리고 지독한 냄새가 나는 마차의 어둠 속에서 의식을 잃었던 그녀가 제정신을 차려보니, 마차 문이 열렸고 반짝거리는 방수모를 쓴 운전사가 채찍 끝으로 그녀의 어깨를 살그머니 쿡쿡 찌르고 있었다. 호텔의 따뜻한 복도로 들어가자, 그녀는 만사에 다 무심해지는 감정에 휩싸였다. 그녀는 방문을 밀어 방으로 들어갔다. 그런데 바흐만이 맨발에 잠옷을 입고 격자무늬 모포를 어깨에 걸친 채 그녀의 침대 위에 앉아 있는 게 아닌가. 그는 두 손가락으로 침대 옆 탁자의 대리석 표면을 두들기는 한편, 다른 손으로는 복사 연필*로 오선지에 점을 찍고 있었다. 너무 몰두한 나머지 그는 문이 열리는 걸 눈치채지 못했다. 그녀는 신음하듯 살짝 '아' 소리를 냈다. 바흐만은 깜짝 놀랐다. 어깨에서 담요가 미끄러져 내렸다.

그 밤은 마담 페로프의 인생에서 유일하게 행복했던 밤이 아니었나

---

* 지워지지 않는 염료가 추가된 연필. 연필 자국이 물에 닿으면 색깔이 있는 잉크가 녹아 다른 종이에 눌리면서 내용이 복사되는 방식이었다. 주로 보라색 잉크를 사용했다.

싶다. 그 두 사람, 정상이 아닌 음악가와 죽어가는 여인은 그날 밤, 최고로 위대한 시인들조차 결코 꿈꾸지 못할 언어를 찾았을 거라고 나는 생각한다. 다음날 아침, 분개한 자크가 호텔에 도착했을 때 바흐만은 황홀한 미소를 띠고 말없이 앉아, 넓은 침대에 격자무늬 모포를 덮고 의식 없이 가로누운 마담 페로프를 응시하고 있었다. 바흐만이 자기 애인의 타오르듯 뜨거운 얼굴을 바라보고 경련하듯 내쉬는 그녀의 숨소리를 들으며 무슨 생각을 하고 있었는지 그 누가 알 수 있으랴. 아마도 그는 그 나름대로 그녀 몸의 동요, 치명적인 병으로 말미암은 떨림과 고열을 해석했을 테지만, 그녀가 아프다는 생각은 꿈에도 하지 못했을 것이다. 자크는 의사를 불렀다. 처음에 바흐만은 소심한 미소를 지으며 미심쩍은 듯 그들을 쳐다보다가 의사의 어깨를 꽉 잡았는데, 이내 뒤로 황급히 물러나 자기 이마를 후려치더니 이를 부드득 갈며 길길이 날뛰기 시작했다. 그녀는 의식을 되찾지 못하고 그날 죽었다. 그녀의 얼굴에선 행복한 표정이 한순간도 사라지지 않았다. 자크는 침대 옆 탁자 위에서 꼬깃꼬깃해진 오선지 한 장을 발견했지만, 그 오선지 위에 흩뿌려진 보라색 점으로 이루어진 음악을 해독할 수 있는 자는 아무도 없었다.

"나는 바로 그를 데리고 나갔지." 자크는 말을 이었다. "자네도 이해하겠지만, 그 여자 남편이 도착하면 일어날 일이 두려웠거든. 불쌍한 바흐만은 봉제인형처럼 축 처져서 손가락으로 귀를 계속 틀어막았지. 누군가가 간질이고 있는 것처럼 더러 이렇게 소리치곤 했어. '소리 그만 내! 됐어! 음악은 이제 그만!' 뭐가 그토록 그에게 충격을 줬는지 나는 정말 모르겠어. 우리끼리 하는 말이지만, 그는 그 불행한 여인을 결코 사랑하지 않았거든. 뭐 어찌됐든 그녀가 그의 파멸의 원인이었지. 장례식 후에 바흐만은 흔적도 없이 사라졌어. 지금도 자동피아노 회사 광고에서 그의 이름을 볼 수 있지만, 일반적으로 말해 그는 잊힌 존재지. 운명이 우리를 다시 만나게 한 것은 그로부터 육 년이 채 지나지 않아서였어. 그저 잠깐 스친 것뿐이지만. 나는 스위스의 어느 작은 역에서 열차를 기다리고 있었어. 눈부시게 아름다운 저녁이었다고 기억해. 난 혼자가 아니었지. 그래, 여자랑 있었어—하지만 그건 이 얘기와는 다른 리브레토*이고. 아무튼, 그때 내가 뭘 봤게, 지저분한 검은 코트와 검은 모자를 쓴 작은 남자 주변에 작은 인파가 몰려 있는 광경이었어. 남자는 오르골 상자에 동전 한 닢을 밀어넣으며 걷잡을 수 없이 흐느끼더라고. 계속 동전을 넣고, 싸구려 음악을 들으며 흐느끼는 거야. 그러다 돌림판인가 뭔가가 고장났어. 동전이 꽉 차서 막힌 거지. 그는 상자를 흔들기 시작하다가, 더 크게 울면서 포기하고 가버렸어. 나는 그를 바로 알아보았지만, 자네도 알다시피 나는 혼자가 아니라 숙녀와 함께 있었고, 주위에는 어안이 벙벙해진 듯한 사람들도 있었지. 그에게 가서 '잘 *지냈나*, 바흐만?' 하고 말을 거는 건 생뚱맞지 않았겠나."

---

* 오페라의 대본.

크리스마스

1

주위를 어두침침하게 만드는 눈발을 뚫고 마을에서 영지 저택으로 걸어 돌아온 슬렙초프는 방구석에 있는, 전에는 한 번도 사용한 기억이 없는 플러시천 의자에 앉았다. 어떤 커다란 불행이 닥친 후에는 그런 일이 일어나게 마련이다. 장례식이 끝난 후, 슬픔에 휘청거리며 이를 딱딱 맞부딪치고 눈물범벅이 되어 앞을 제대로 못 보는 당신을 현명하고 부드럽게 위로해주고, 당신이 떨어뜨린 모자를 주워주는 이는 당신의 형제가 아니라 우연히 알게 된, 그때까진 별로 신경을 쓴 적도 없고 평소에는 말 한마디 제대로 나눠본 적도 없는 시골의 이웃이다. 이는 생명이 없는 사물에도 적용되는 얘기다. 커다란 시골 저택에서 거의 사용하지 않는 별채의 방은, 가장 아늑하고 말도 안 될 정도로 작은 방이라 해도 여태껏 살아보지 못한 구석이 있게 마련이다. 슬롑초프가 앉은 곳은 바로 그런 구석자리였다.

지금은 우리 러시아 북부지방 특유의 거대한 눈더미로 막혔지만, 별채와 여름에만 사용하는 본관은 목조 회랑으로 연결되어 있다. 동면중인 본관을 깨워 난방을 돌릴 필요는 없었다. 페테르부르크에서 온 주인은 이삼일 정도, 하얀 네덜란드제 타일로 된 난로만 간단히 때면 되는 별관에 머물 것이기 때문이다.

주인은 구석의 플러시천 의자에, 마치 병원 대기실인 양 앉아 있었다. 방은 어둠에 잠겼다. 이른 저녁의 짙푸른 빛이 창유리에 붙은 서리의 수정 날개 틈으로 새어 들어왔다. 조용하고 풍채 좋은 하인 이반이 심지를 자르고 석유를 가득 채워 불빛이 크게 너울대는 등유 램프를 가져왔다. 최근 콧수염을 깎은 이반은 이제 보니, 집사였던 작고한 그의 부친과 똑 닮았다. 이반은 램프를 작은 탁자 위에 놓은 뒤, 분홍색 비단갓 속에 조용히 가두었다. 순간, 빛을 받은 그의 귀와 짧게 깎은 잿빛 머리가 기울어진 거울에 언뜻 비쳤다. 그러고는 그는 물러났고, 문이 억누른 듯 나직하게 삐걱거리는 소리를 냈다.

슬롑초프는 무릎에 놓았던 한쪽 손을 들어 천천히 살펴보았다. 촛농한 방울이 두 손가락 사이에 접힌 얇은 피부에 들러붙어 굳어 있었다. 손가락을 쫙 펴자, 그 하얗고 작은 비늘이 갈라졌다.

2

다음날 아침, 그가 느끼는 비통함과는 전혀 상관없는, 별 의미 없는 단편적인 꿈을 밤새 꾸고 일어난 슬렙초프는 차가운 베란다로 나가보았다. 베란다의 바닥판이 그의 발밑에서 마치 권총이 발사될 때 같은 경쾌한 파열음을 냈고, 창문 아래 방석 없이 앉는 회칠된 자리에는 색색의 창유리가 반사되어 천상의 것 같은 마름모꼴 문양의 빛이 비쳤다. 밖으로 나가는 덧문이 처음에는 열리지 않으려 버티다가 이윽고 기분 좋게 뽀드득 소리를 내며 열리자, 눈부신 서리가 그의 얼굴을 때렸다. 베란다 현관 계단이 얼어붙을 것에 대비해 미리 뿌려놓은 불그스름한 모래는 시나몬 가루 같았고, 처마에는 녹색을 띤 푸른빛이 도는 두꺼운 고드름이 매달렸다. 눈더미는 별채 창문까지 쌓여서 얼어붙은 발가락으로 작고 아늑한 목조 구조물을 꽉 잡고 있었다. 여름에 꽃밭이었던 곳은 그림같이 하얀 둔덕을 이뤄, 베란다 현관 앞에 완만히 쌓인 눈보다 약간 더 부풀어오른 듯했고, 더 멀리에선 광채에 휩싸인 정원이 어룽거렸다. 정원의 전나무들은 검은 잔가지까지 모두 은빛 테두리가 둘리고, 환하게 빛나는 불룩한 짐을 녹색 앞발로 받치고 있는 듯 보였다.

카라쿨 양털 옷깃이 달리고 모피로 안을 댄 짧은 코트를 입고 펠트 장화를 신은 슬렙초프는 유일하게 눈이 치워진 곧게 뻗은 오솔길을 천천히 큰 걸음으로 걸어서 멀리 보이는 그 눈부신 풍경 쪽으로 다가갔다. 그는 자신이 여전히 살아서 눈의 광휘를 지각할 수 있고, 추위 때문에 앞니가 시린 걸 느낄 수 있다는 사실이 몹시 놀라웠다. 게다가 눈 덮인 덤불이 분수 모양과 닮은 것, 개 한 마리가 눈더미의 경사면에 샛노란 오줌 자국을 점점이 남긴 탓에 눈 표면이 화상 입은 듯이 타들어간 것까지 눈에 들어왔다. 조금 더 가다가, 인도교의 기둥들이 눈을 뚫고 나온 곳에서 슬렙초프는 멈춰 섰다. 그는 다리 난간에 두껍게 쌓인 폭신폭신한 눈을 화가 난 듯 매몰차게 털어버렸다. 여름에 이 다리가 어떤 모습이었는지 생생하게 떠올랐다. 아들은 꼬리꽃차례가 흩뿌려진 미끌미끌한 다리 판자 위를 건너다, 난간에 앉은 나비를 나비채로 솜씨 좋게 잡아채곤 했다. 이제 그 아이가 아버지를 보고 있다. 햇빛에 까맣게 변색된 밀짚모자의 뒤집힌 챙 아래로 드러난 아이의 얼굴에는 영원히 잃어버린 웃음이 노닌다. 아이의 손은 벨트에 부착된 가죽 지갑의 작은 사슬을 만지작거리고, 서지 반바지를 입고 흠뻑 젖은 샌들을 신은, 매끄럽고 까무잡잡한 그 사랑스러운 두 다리는 늘 그랬듯이 넓게 벌려 씩씩한 자세를 취하고 있다. 바로 최근에 페테르부르크에서 아이는 정신착란 상태에 빠져 학교에 관해, 자기 자전거에 관해, 동양의 어떤 커다란 나방에 관해 조잘대다가 죽었고, 어제 슬렙초프는 아이의 관을, 전 생애의 무게가 실린 듯 짓누르는 그 관을 시골로, 마을 교회 가까이 있는 가문의 지하 묘지로 가져왔다.

청명하고 몹시 추운 날에만 느낄 수 있는 정적이 감돌았다. 슬렙초프는 다리를 높이 쳐들어 오솔길에서 벗어났다. 눈 위에 움푹 파인 푸른빛의 구멍들을 뒤로 남겨가며 놀라울 정도로 새하얀 나무줄기들 사이를 지나, 정원의 대지가 강 쪽으로 가파르게 떨어지는 지점까지 걸어갔다. 저 아래에 매끄러운 흰 단면으로 잘린 얼음구멍 근처의 빙판이 반짝반짝 빛났고, 강 맞은편 둑 위에는 통나무집들의 눈 덮인 지붕 위로 분홍색 연기가 수직 기둥처럼 아주 곧게 피어올랐다. 슬렙초프는 카라쿨 모자를 벗고 나무줄기에 몸을 기댔다. 저멀리 어딘가에서 소작인들이 장작을 패고 있었고—한번 칠 때마다 그 소리가 하늘로 튀어올라 울려퍼졌다—나무들에 드리워진 엷은 은빛 안개 너머, 땅딸막한 이즈바*들 위로 하늘 높이 교회 십자가가 햇빛을 받아 평온하게 빛났다.

3

점심식사 후, 그는 높고 곧은 등받이가 달린 낡은 썰매를 타고 바로 그곳으로 향했다. 싸늘한 냉기 속에서 팽팽해진 검은 종마의 음낭이 세게 맞부딪치는 소리가 났고, 낮게 뻗은 나뭇가지들의 하얀 날개 장식이 머리 위를 미끄러지듯 지나갔으며, 전방의 바큇자국은 은빛이 도는 파란색 광택으로 반짝였다. 교회에 도착한 그는 무덤 옆에서, 털장갑을 낀 무거운 한 손을 쇠난간에 올려놓은 채 한 시간은 족히 앉아 있었다. 쇠난간의 냉기가 털을 뚫고 스며들어 화상을 입은 듯 손이 얼얼했다. 그는 약간의 실망감을 품고 집으로 돌아왔다. 거기 지하 묘지 안에서 그는 여기, 즉 여름마다 아들의 잰걸음이 남긴 무수한 샌들 자국이 눈 밑에 보존된 집에 있을 때보다 아들에게서 더 멀리 떨어진 느낌을 받았기 때문이다.

저녁이 되자, 극심한 슬픔을 가눌 길 없던 그는 본채 자물쇠를 열었다. 문이 무겁게 울부짖는 소리를 내며 활짝 열리자, 쇠창살 소리가 울

---

* 한랭지대 목조 건축의 한 양식, 혹은 그렇게 지은 통나무집.

려퍼지는 현관홀에서 겨울답지 않게 시원한 공기가 획 불어왔다. 슬렙초프는 저택 경비원의 손에서 주석 반사경이 달린 램프를 받아들고 홀로 집으로 들어갔다. 쪽모이 세공을 한 마룻바닥이 걸음을 옮길 때마다 무시무시한 소리를 내며 삐걱거렸다. 램프를 든 그가 지나는 방이란 방은 모두 노란색 빛으로 가득 채워졌고, 수의 같은 시트로 덮인 가구들은 낯설어 보였다. 천장에는 딸랑거리는 샹들리에 대신에 소리 없는 자루 하나가 매달려 있었다. 슬렙초프의 거대한 그림자가 한쪽 팔을 천천히 길게 늘이며 벽을 가로지르고, 휘장이 쳐진 그림들의 회색 사각형 위를 지나갔다.

그는 여름이면 아들의 공부방으로 쓰였던 방으로 들어가 램프를 창턱에 놓고는, 밖이 온통 어두컴컴한데도 접이식 덧창을 열다가 손톱까지 깨뜨렸다. 희미하게 연기가 감도는 램프의 노란색 불꽃이 푸른빛 유리에 나타났고, 턱수염이 난 그의 커다란 얼굴도 언뜻 비쳤다.

그는 텅 빈 책상에 앉아, 눈썹을 찌푸리고 엄격한 시선으로 푸르스름한 장미 다발 문양이 있는 엷은 색 벽지를 살펴보았다. 이어서 위에서 아래까지 서랍이 죽 달린, 폭 좁은 사무용 캐비닛과 덮개를 씌운 소파와 안락의자 들을 차례로 보았다. 그러다 갑자기, 책상에 고개를 떨구더니, 격렬하고 요란하게 부들부들 몸을 떨기 시작했다. 처음에는 입술을, 그다음에는 젖은 뺨을 먼지 쌓인 차가운 목재 표면에 대고 누르면서 책상의 양쪽 모서리 끝을 양손으로 움켜쥐었다.

그는 책상 속에서 공책 한 권과 표본판들, 모아놓은 검은 핀들, 그리고 3루블 주고 산 커다란 외국산 고치가 든 영국제 비스킷통을 찾았다. 고치를 만져보니 종이같이 얇은 것이, 마치 접혀 있던 갈색 이파리로 만든 것 같았다. 아들은 병중에 이 고치를 떠올리며 두고 온 것을 후회했지만, 안의 번데기는 아마도 죽었을 거라며 스스로를 달래곤 했다. 그는 찢어진 곤충망도 발견했다. 접을 수 있는 테에 달린 얇은 모슬린 자루(모슬린에선 아직도 여름 냄새와 햇볕을 가득 머금은 풀 향기가 풍겼다).

얼마 후, 그는 점점 더 아래로 몸을 구부리고 온몸으로 흐느끼면서 유리로 덮인 서랍들을 캐비닛에서 하나하나 꺼내기 시작했다. 유리판 아래 가지런히 놓인 표본열들이 어둑한 램프 불빛을 받아 비단처럼 빛났다. 여기, 이 방안, 바로 저 책상에서 아들은 자신이 잡은 나비들의 날개를 펼치곤 했다. 우선 신중하게 죽인 곤충을 표본판의 조절 가능한 길고 가는 나뭇조각 사이에 팬, 코르크가 깔린 홈 속에 핀으로 박아 넣은 다음, 아직 신선하고 부드러운 날개를 핀으로 고정한 종이띠로 평평하게 눌러 덮는다. 그 나비들이 벌써 오래전에 말라서 캐비닛 속으로 옮겨졌던 것이다—멋들어진 호랑나비, 휘황찬란한 주홍부전나비와 푸른부전나비, 그리고 밑면의 진주층 반점을 드러내고 뒤로 드러누운 자세로 고정된 큰표범나비류의 다양한 나비들. 아들은 승리의 탄식과 함께, 또 때로는 남이 모르는 것을 나는 안다는 양 거만한 투의 방백으로 나비들의 라틴어 학명을 발음해보곤 했다. 그리고 나방들, 또 나방들, 오 년 전 여름에 처음으로 잡았던 톱날개박각시나방!

4

푸르스름한 잿빛이 감돌고 달이 비치는 밤이었다. 얇은 구름이 하늘 여기저기에 흩어져 있었지만, 연약하고 얼음같이 차가운 달을 건드리지는 않았다. 잿빛의 서리 덩어리가 된 나무들은 여기저기 금속성의 섬광을 발하는 눈더미 위에 검은 그림자를 던졌다. 플러시천이 깔리고 따뜻하게 덥혀진 별채의 방에서 이반이 2피트 정도 되는 전나무 한 그루를 토분에 담아 탁자 위에 갖다놓고는, 나무의 십자형 꼭대기에 양초를 막 매달고 있는데, 몸이 꽁꽁 얼어붙은 슬렙초프가 눈은 붉어지고 뺨은 잿빛 먼지로 더러워진 채, 나무상자 하나를 옆구리에 끼고 본채에서 돌아왔다. 탁자 위의 크리스마스트리를 보고는 슬렙초프가 멍하니 물었다. "저게 뭔가?"

그에게서 상자를 받아들며 이반이 낮고 그윽한 목소리로 대답했다. "내일이 바로 축일이어서요."

"됐네, 치우게." 얼굴을 찌푸린 슬렙초프는 말하면서 속으로 생각했다. 오늘이 크리스마스이브란 말이지? 어떻게 내가 잊을 수 있었을까?

이반이 완곡하게 고집했다. "멋지잖아요, 녹색이고요. 당분간은 여기 두죠."

"부탁이니, 치워주게." 슬렙초프가 반복해 말하며 가져왔던 상자 위로 몸을 숙였다. 그 안에 그는 아들의 소지품을 모아 왔다—접이식 나비채, 배梨 모양의 고치가 담긴 비스킷통, 표본판, 래커칠된 상자에 담긴 핀들, 파란색 공책. 공책은 첫 장의 절반이 찢어졌고, 남은 부분에는 프랑스어 받아쓰기 일부가 적혀 있었다. 그 뒤로 매일의 기록과 잡은 나비의 이름, 그리고 또다른 메모가 이어졌다.

"늪지를 건너 멀리 보로비치까지 걸어가서……"

"오늘은 비. 아빠와 체커 게임을 한 다음, 곤차로프의 『전함 팔라다』*를 읽음. 몹시 따분했음."

"근사하고 무더운 날. 저녁에 자전거를 탐. 깔따구 한 마리가 눈에 들어감. 일부러 그녀의 별장 옆으로 두 번 지나갔는데, 그녀를 보지 못하고……"

슬렙초프는 머리를 들고는, 뜨겁고 커다란 뭔가를 목구멍으로 삼켰다. 아들은 대체 누구 얘기를 하고 있는 건가?

"평상시처럼 자전거를 탐." 그는 계속 읽었다. "눈이 마주칠 뻔함. 귀여운 사람, 내 사랑……"

"생각도 못했어." 슬렙초프가 중얼거렸다. "난 끝까지 몰랐을 거야……"

그는 다시 몸을 구부려, 비스듬히 위쪽으로 올라가다가 가장자리에서 구부러지며 내려오는 아이 같은 글씨를 열심히 해독해나갔다.

"오늘 처음 보는 종의 신선나비를 봤다. 가을이 되었다는 얘기다. 저녁엔 비가 옴. 그녀는 아마 떠났을지 모르는데, 우리는 서로 통성명도 못했다. 안녕, 내 사랑. 너무 슬프다……"

"나에게는 아무 얘기도 한 적 없는데……" 슬렙초프는 손바닥으로 이마를 문지르며 기억해보려 애썼다.

마지막 장에는 잉크로 그린 그림이 있었다. 코끼리의 뒷모습이었

---

* 러시아 소설가 이반 알렉산드로비치 곤차로프가 제독의 비서로 러시아의 전함 팔라다에 승선하여 여정중에 남긴 일지와 편지를 바탕으로 쓴 여행기. 당대의 베스트셀러였으며 나보코프 세대에겐 아동용 필독서로 많이 읽혔다.

다—두 개의 두꺼운 기둥, 두 귀의 모서리, 그리고 작은 꼬리 하나.

슬렙초프는 일어섰다. 추하게 훌쩍이는 눈물이 다시 울컥 올라오려는 것을 억누르며 머리를 흔들었다.

"더는-못-견디-겠어." 그는 신음하는 사이사이 느릿느릿 말하고는, 그보다 더 느리게 반복했다. "나는—더—는—못—견디—겠어⋯⋯"

"내일이 크리스마스지." 그는 갑자기 생각난 듯 말했다. "그리고 난 죽을 거야. 당연하지. 아주 간단해. 바로 오늘밤⋯⋯"

그는 손수건을 꺼내 눈과 턱수염과 뺨을 훔쳤다. 검은 얼룩이 손수건에 남았다.

"⋯⋯죽음." 슬렙초프는 마치 긴 문장을 끝맺듯이 부드럽게 말했다.

시계가 째깍거렸다. 창문의 파란색 유리 위에는 서리 결정들이 서로 포개져 있었다. 펼쳐진 노트가 탁자 위에서 환하게 빛났다. 그 옆에서 빛이 나비채의 모슬린을 통과해 뚜껑이 열린 비스킷통 한쪽 모서리에 부딪히며 반짝거렸다. 슬렙초프는 눈을 질끈 감고, 지상에서의 삶이 그 앞에 완전히 벌거벗은 채, 그가 이해할 수 있게 앞에 놓여 있다는 찰나의 감각을 느꼈다—오싹할 만큼 슬프고 치욕스러울 정도로 무의미하며 메마른, 기적 같은 건 일어나지 않는 삶⋯⋯

바로 그 순간, 갑자기 탁 하는 소리가 났다—너무 길게 잡아늘인 고무줄이 끊어지는 것 같은 가는 소리. 슬렙초프는 눈을 떴다. 비스킷통 안에 들어 있던 고치 끝이 터지며 난 소리로, 생쥐만한 크기의 주름투성이 검은 생물이 탁자 위의 벽을 기어올라가고 있었다. 생물은 털로 덮인 여섯 개의 발로 벽 표면을 잡고 멈추더니 기묘하게 꿈틀대기 시작했다. 비탄에 빠진 한 인간이 주석통을 따뜻한 방으로 옮겨오고 나뭇잎과 명주실로 이루어진 껍질이 팽팽해져 방안의 온기가 스며든 덕에, 생물이 번데기에서 나오게 된 것이다. 생물은 실로 오랫동안 이 순간을 기다리면서 사력을 다해 힘을 비축해왔으며, 이제는 밖으로 빠져나와 천천히 기적처럼 몸을 팽창하고 있었다. 서서히, 주름진 조직이, 벨벳 같은 테두리가 펼쳐졌다. 부채 모양으로 주름 잡힌 시맥이 공기로 가득 차면서 점점 단단해졌다. 그것은 마치 성숙해가던 얼굴이 어느샌가 아름다워지듯이, 알아차리지 못한 사이에 날개 달린 생물이 되어갔다. 그리고 그 날개―여전히 여리고 여전히 축축한―는 계속 커지며 펼쳐지더니, 드디어 신이 정해놓은 한도까지 다다랐다. 그리고 이제 그곳, 벽 위에는 작은 생명 덩어리 대신에, 검은 생쥐 대신에, 인도 지방의 석양 속에서 램프 주위를 새처럼 날아다니는 거대한 산누에나방이 있었다.

이윽고, 양쪽에 하나씩 유약을 바른 듯 반들반들한 눈 모양 점이 있고, 갈고리 모양으로 굽은 앞쪽 끝이 자줏빛 광채로 뒤덮인 두껍고 검은 날개가, 부드럽고 황홀한, 거의 인간이 느끼는 행복에 가까운 충동에 휩싸여 한껏 숨을 들이쉬었다.

러시아에 도착하지 못한 편지

먼 곳에 있는, 사랑스러운 나의 그대여, 우리가 떨어져 지낸 지 팔 년도 넘었지만, 난 그대가 하나도 잊지 못하고 있으리라고 생각해. 서리가 내리는 페테르부르크의 아침에 학교를 빼먹고는, 너무 먼지가 많고 너무 작고 꼭 미화된 코담뱃갑 같던 수보로프 박물관에서 만날 때, 우리를 전혀 방해하지 않던, 머리가 희끗희끗하고 하늘색 제복을 입은 그 경비원을 어떻게든 기억해낸다면 말이야. 밀랍으로 만든 근위보병의 등뒤에서 우리는 얼마나 열렬히 키스했던지! 그러다 얼마 후 그 골동품 먼지에서 나오면, 타브리체스키공원의 은빛 광채가 얼마나 눈부셨던지. 그리고 페테르부르크 거리 한복판에서 병사들이 명령에 따라 돌진해 얼어붙은 땅 위를 미끄러지듯 가로질러 독일군 군모를 쓴 허수아비의 지푸라기 뱃속에 장검을 찔러넣으며 깊은 곳에서 끓어오르는 쾌활하고 열렬한 기합소리를 내지르는 걸 들으면, 얼마나 기분이 묘해졌던지.

그래, 내가 이전 편지에서 과거를, 특히 우리가 함께 보낸 과거의 사소한 일들을 구구절절 늘어놓지 않겠노라고 맹세했던 거 알고 있어. 우리 망명 작가들은 고결할 정도로 표현에 신중해야 하니까. 그런데 나라는 인간은 편지 서두부터 망명 작가가 누리는 숭고한 불완전성의 권리를 경멸하며, 그대가 그토록 가볍고 우아하게 건드리는 추억을 형용사 더미로 해치고 있으니. 사랑하는 그대, 그러나 오늘 내가 그대에게 얘기하고 싶은 건 과거에 대해서가 아니야.

지금은 밤이야. 밤이면 사물의 부동성이 유독 강렬하게 지각되지─램프, 가구, 책상 위에 놓인 액자 속 사진들. 이따금 눈에 보이지 않는 수도관 속에서 물이 꾸르륵거리는 소리를 내다 쏴 하고 내려가는데, 마치 집이 흐느끼다 목구멍까지 울음이 울컥 차오르는 것 같아. 밤이 되면 난 산책하러 나가. 표면의 주름진 곳에 웅덩이들이 자리잡은 검은 기름막 같은 베를린의 축축한 아스팔트 전체에 가로등 불빛이 반사돼 흩뿌려지지. 여기저기 보이는 화재경보기 위에서 석류석같이 붉은빛이 타올라. 노면전차 정류장에는 액체 형태의 노란 빛이 가득찬 유리 기둥 하나가 서 있고. 왠지 모르게 난, 밤늦은 시간에 텅 빈 전차가 바퀴에서 끼익하는 쇳소리를 내며 모퉁이를 돌진해 지나가면, 더없이 황홀하면서도 우수에 찬 기분이 들곤 해. 전차 창문을 통해 환하게 불이 켜진 갈색 좌석의 열이 보이고, 검은 가방을 옆으로 멘 외로운 검표원이 그 사이로 살짝 비틀거리고, 그래서 약간 긴장한 얼굴로 지나가는─전차의 진행 방향과 역방향으로 걸어가는─모습도 훤히 잘 보이지.

나는 그렇게 고요하고 어두운 거리를 정처 없이 걸으며 사람들이 귀가하는 소리를 듣는 걸 좋아해. 어둠 속에서는 정작 그 당사자의 모습은 보이지 않고, 어떤 집의 현관문이 살아나 붙임성 있게 삐걱거리며 열쇠를 받아들여서 휙 열린 다음 가만히 멈춰 있다가 반동으로 힘을 받아 다시 쾅하고 닫힐지 결코 미리 알 수 없지. 안쪽에서 열쇠가 다시 삐걱거리고, 문의 창유리 너머 안쪽 깊숙한 곳에서 부드럽게 새어나오는 광휘가 일 분간 기적처럼 지속돼.

차 한 대가 젖은 빛이 만드는 기둥들 위를 달려 지나가. 차창 아래 노란색 줄 하나가 그려진 검은 차. 밤의 귓속으로 무뚝뚝한 경적소리를 내며 차의 그림자가 내 발밑을 스치고 지나가. 이제 벌써 거리는 지나는 사람 하나 없이 적막해─늙은 그레이트데인 한 마리가 맨머리에 우산을 펼쳐 든, 기운 없어 보이는 예쁜 소녀를 마지못한 듯 산책시키며 발톱으로 보도를 톡톡 두드리고 있을 뿐이지. 소녀가 석류석같이 붉은 전구(그녀의 좌측에, 화재경보기 위에 있는) 아래로 지나가자, 우산의 검고 팽팽한 단 한 부분이 붉은빛으로 축축하게 물들어.

그리고 그 모퉁이를 지나, 보도 위에 있는─정말 느닷없이 나타나!─영화관의 정면이 다이아몬드 같은 불빛으로 물결치지. 안으로 들어가면, 달빛같이 창백한 직사각형 화면 속에서 어느 정도 능수능란하게 훈련된 마임을 볼 수 있어. 어른어른 빛나는 잿빛 눈, 수직으로 갈라진 틈들이 번들거리는 검은 입술을 가진 여자의 거대한 얼굴이 화면 속에서 다가오며, 어두운 홀을 응시한 채 계속 커져. 한쪽 뺨을 타고 흐르며 반짝반짝 빛나는 길고 멋진 눈물 줄기. 또 가끔은 (절묘한 순간이지!) 촬영되고 있다는 것을 알아채지 못하는 진짜 삶이 나타나기도 해.

우연히 찍힌 인파, 반짝이는 물, 소리는 들리지 않지만 바스락거리는 게 눈에 보이는 나무.

조금 더 가보니, 광장 한구석에 검은 모피를 입은 통통한 매춘부 한 명이 천천히 왔다갔다 걸어다니다가 현란한 조명이 켜진 상점 진열창 앞에서 이따금 걸음을 멈추곤 하더군. 상점 진열창에선 입술을 붉게 칠한 마네킹이 밤의 방랑자들에게 흐르는 듯한 에메랄드색 가운과 반짝거리는 복숭아색 실크 스타킹을 보여주었지. 그 침착한 중년 매춘부를 흥미롭게 관찰하는데, 그날 아침 파펜부르크에서 사업차 온, 콧수염 난 늙수그레한 남자가 다가가더라고(남자는 처음엔 그녀를 지나쳤다가 두 번을 힐끗 돌아봤거든). 그녀는 낮에는 마찬가지로 평범한 다른 건물들과 거의 구별되지 않던 근처 건물 안의 한 방으로 남자를 유유히 데려갈 테지. 정중하고 감정을 드러내지 않는 노회한 문지기가 불 꺼진 현관홀에서 밤새 불침번을 서고 말이야. 가파른 계단을 끝까지 다 오르면, 마찬가지로 무표정한 노파가 연륜이 배어나는 무심한 태도로 비어 있는 방을 열쇠로 열어주고 보수를 받을 거야.

그건 그렇고 당신, 창이란 창이 모두 웃음을 터뜨리는, 환하게 불을 밝힌 열차가 거리 위에 놓인 철교를 얼마나 멋진 굉음을 내며 휙 질주해가는지 알아? 아마 기껏해야 근교까지밖에 안 가는 열차겠지만, 철교의 검은 경간徑間 아래 어둠이 그토록 강력한 금속음으로 가득차는 그 순간엔, 100마르크의 여비를 손에 쥐자마자 갈 생각인 햇빛 찬란한 땅을 나도 모르게 떠올리곤 하지. 그 여비에 대해서라면 난 아주 초연하고 홀가분하게 고대하고 있어.

얼마나 홀가분한지, 가끔은 동네 카페에서 사람들이 춤추는 모습을 보며 즐기기도 해. 내 동료 망명자 대다수는 요즘 춤을 위시해 유행하는 온갖 혐오스러운 것들에 분개하며 비난을 퍼붓곤 하지(이 분개에는 약간의 희열도 들어 있어). 그러나 유행은 인간의 범용함과 일정한 생활수준, 평등의 저속함이 만든 창조물로, 이를 맹렬히 비난한다는 것은 범용함이 법석을 떨 만한 가치가 있는 뭔가(그게 정부의 형태든 새로운 머리 모양이든)를 창조할 수 있음을 인정하는 꼴이야. 그리고 물론, 이른바 우리의 이 모던댄스라는 건 사실 모던과는 거리가 멀지. 춤 열풍은 18세기 말 디렉투아르 양식* 시대까지 되돌아가는데, 그 당시도 요즘처럼 여자들은 맨몸에 바로 드레스를 입었고 악사들은 흑인이었어. 유행은 몇 세기에 걸쳐 숨을 쉬는 거야. 1800년대 중반에 심을 넣어 부풀린, 돔 형태의 크리놀린 스커트는 유행의 숨결을 한껏 들이마셨고, 그후엔 날숨이 뒤따라서 스커트 폭은 좁아지고 몸을 밀착해서 추는 춤이 유행했지. 요즘 춤은 결국 아주 자연스럽고 꽤 순수한 춤으로, 가끔—런던의 무도장 같은 데선—그 단조로움 속에 완벽한 우아함이 엿보여. 우리 모두 푸시킨이 왈츠에 대해 뭐라고 했는지 기억하잖아. "단조로우면서 광기어린"**이라고 했지. 내내 같은 얘기야. 도덕의 쇠퇴에 관해 말하자면…… 여기 다갱쿠르의 회상록에서 내가 찾아낸 말이 있어. "나는 사람들이 우리 도시에서 추는 춤으로 안성맞춤이라고 여기는 미뉴에트보다 타락한 건 알지 못한다."

아무튼, 그래서 나는 여기 무도 *카페*에서, 푸시킨을 다시 인용하자

---

* 프랑스 총재정부시대에 유행했던 신고전주의 양식.
** 푸시킨의 『예브게니 오네긴』 제5장 41연에 나오는 표현이다.

면, "한 쌍, 또 한 쌍 휙휙 지나가는"* 모습을 즐겨봐. 우습게 화장한 눈들이 단순한 인간적인 흥거움으로 반짝이지. 검은 바지를 입은 다리와 얇은 스타킹을 신은 다리가 서로 닿아. 발들이 이쪽저쪽으로 방향을 틀고. 그리고 한편, 문밖에선 촉촉한 빛의 반사, 경적을 울리는 차들, 거세게 휘몰아치는 돌풍과 함께하는 나의 충실하고 고독한 밤이 기다리고 있지.

그러한 밤에, 도시의 먼 외곽에 있는 러시아정교회 묘지에서 일흔 살 노부인이 최근에 사망한 남편의 묘지 위에서 자살했어. 나는 우연히 그다음날 아침, 거기에 갔었어. 데니킨** 백군 부대의 참전 용사로, 심하게 다리를 절어서 몸이 흔들릴 때마다 삐걱거리는 소리를 내는 목발을 짚고 다니는 묘지기가 그 부인이 목을 매단 하얀 십자가를 보여주더군. 밧줄("새것이었소"라고 묘지기가 조용히 말했어)에 쓸렸던 곳에는 누런 가닥들이 아직 붙어 있었어. 하지만 뭣보다 가장 신비롭고 매혹적인 것은, 아이 것처럼 자그마한 노부인의 구두 뒤축이 무덤의 주춧돌 옆 젖은 땅을 찍어 남긴 초승달 모양의 자국이었어. "부인이 땅을 조금 꾹 밟았던 거지, 불쌍한 사람, 하지만 저것 말고는 더럽혀진 곳이 하나도 없소." 묘지기가 차분하게 말하더라고. 나는 그 누런 가닥과 작게 움푹 들어간 자국을 힐끗 보다가 불현듯, 죽음 속에서조차 인간은 천진한 웃음을 분별해낼 수 있단 걸 깨달았어. 사랑하는 그대, 어쩌면 내가 이 편지를 쓰는 주된 이유는 저 평온하고 조용한 최후를 그대에게 얘

---

* 『예브게니 오네긴』 제5장 41연.
** 안톤 이바노비치 데니킨. 2월혁명 후 반혁명반란에 가담하여 체포되었으나 탈출해서 이후 남부 러시아의 백군 사령관이 되었다.

기해주기 위해서였는지도 몰라. 그렇게 베를린의 밤이 녹아 사라졌어.

있잖아, 나는 더할 나위 없이 행복해. 나의 행복은 일종의 도전이야. 나는 닳아 해진 장화 바닥을 통해 전해지는 습기의 입술을 무심코 느끼며, 형언할 수 없는 행복감을 의기양양하게 품고서 길거리와 광장과 운하 옆 좁은 길을 정처 없이 돌아다녀. 수 세기가 지나, 학교의 아이들은 우리가 겪은 대격변의 역사를 들으며 하품을 하겠지. 모든 것이 지나가버릴 테지만, 나의 행복은, 사랑하는 그대여, 나의 행복은 계속 남을 거야. 가로등 불빛의 촉촉한 반사 속에, 운하의 검은 물로 내려가는 돌계단의 조심스러운 굴곡 속에, 춤추는 남녀의 미소 속에, 신이 그토록 관대하게도 인간의 고독 주변에 둘러준 모든 것 속에.

부활절의 비

그날 조제핀이라는, 혹은 예전에 십이 년간 함께 살았던 러시아인 가정에서는 조제피나 리보브나로 불리던 늙고 외로운 스위스 여인이 달걀 여섯 알과 검은 붓 하나, 그리고 단추 모양의 암적색 수채화 물감 두 개를 샀다. 사과꽃이 만개한 날이었다. 길모퉁이에 붙은 영화 포스터가 웅덩이의 매끄러운 표면에 위아래가 반전돼 비쳤다. 아침에는 레만 호수의 저쪽 끝에 있는 산들이 비단 베일 같은 엷은 안개로 온통 둘러싸여, 마치 고가의 책 속 동판화 위에 불투명한 미농지를 씌워놓은 듯했다. 안개는 좋은 날씨를 예고했지만, 햇빛은 기울어진 석조 주택들의 지붕과 장난감 같은 노면전차의 축축한 전선 위를 겨우 스쳐지나갈 듯 말 듯 하더니, 다시 연무 속으로 녹아들었다. 그날은 봄철의 구름이 뜬 잔잔한 날이었지만, 저녁이 되자 얼음장 같은 매서운 바람이 산에서 불어 내려왔다. 집으로 들어가던 조제핀은 어찌나 발작적으로 기침을 했던지 얼굴이 선홍색으로 붉어졌고, 문 옆에서 잠깐 중심을 잃더니, 꽁꽁 잡아매 검은 지팡이처럼 가늘어진 우산에 몸을 기댔다.

방안은 벌써 어두웠다. 램프를 켜자, 불빛이 그녀의 양손—피부가 단단하고 번들번들한 가는 손에는 반상출혈성 반점이 있고, 손톱에는 흰 반점이 있다—을 비췄다.

조제핀은 사온 물건들을 탁자 위에 펼쳐놓고는 코트와 모자를 벗어 침대 위에 던졌다. 유리컵에 물을 좀 붓고 검은 테 코안경을 쓰더니, 달걀을 색칠하기 시작했다. 콧대 위에서 합쳐질 만큼 두껍게 자란 침울한 눈썹 아래의 짙은 회색 눈이 코안경을 쓰니 더 엄격해 보였다. 웬일인지 암적색 수채화 물감이 달걀에 잘 발리지 않았다. 아마도 화학염료 같은 걸 사야 했나본데, 뭐라고 물어야 할지 몰랐고, 그렇다고 구구절절 설명하기도 참 난처했다. 그녀는 아는 약제사에게 가볼까 생각했다—가는 김에 아스피린도 사올 수 있으니. 몸이 무척 나른하고 열 때문에 눈알이 쑤셨다. 그녀는 가만히 앉아 조용히 생각에 잠기고 싶었다. 오늘은 러시아의 성聖토요일*이니까.

예전에 러시아에서는 넵스키대로의 행상들이 특수 제작한 집게를 팔았다. 군청색이나 오렌지색의 뜨거운 액체에서 달걀을 건져낼 때 아주 유용한 집게였다. 하지만 나무로 만든 숟가락도 있었다. 자극적인 냄새가 나는 연기가 모락모락 피어오르는 단지의 두꺼운 유리에 그 숟가락을 가볍게 빈틈없이 부딪혀가며 달걀을 건진다. 그런 다음 달걀을

---

* 부활절 전날로, 러시아정교회 신자들은 이날 자정미사를 시작으로 부활절인 일요일 새벽까지 밤새 부활제 행사를 한다.

수북이 쌓아 건조한다. 붉은색은 붉은색끼리, 녹색은 녹색끼리. 그런 다음 다른 방법으로 그 위에 또 색을 입히곤 했다. 벽지 견본처럼 생긴 전사지를 안감에 시친 헝겊 조각으로 달걀을 꽁꽁 싸놓는 것이다. 달걀을 다 삶은 다음 하인이 부엌에서 거대한 냄비를 가지고 오면, 부드러운 김이 모락모락 피어오르며 어린 시절의 냄새가 확 풍기는 따뜻하고 축축한 헝겊을 풀어 얼룩덜룩하게 대리석 무늬가 생긴 달걀을 꺼내는 게 얼마나 재밌었던지.

늙은 스위스 여인은, 러시아에 살 때 향수병에 걸려 자신이 늘 불청객 같고 누구에게도 이해받지 못한다고 아름다운 필치로 구구절절 길게 쓴 우수에 찬 편지를 고향의 친구들에게 보냈던 일을 떠올리며 묘한 기분이 들었다. 그녀는 매일 아침식사를 한 후, 자신이 가르치던 엘렌과 함께 지붕 덮개가 열린 대형 란다우마차*를 타고 돌아다니곤 했다. 어마어마하게 큰 파란색 호박을 연상시키는 마부의 투실투실한 엉덩이 옆에는, 금색 단추가 주르륵 달린 제복을 입고 모자에는 모장帽章까지 단 늙은 종의 구부린 등이 있었다. 그녀가 아는 러시아어는 고작해야 '마부' '워워' '괜찮아' 정도였는데…… (쿠체르, *티시티시*, *니체보*인데 *코치맨*, *부시부시*, *소소*라고 다 틀리게 발음했다.)

전쟁이 발발하자마자, 그녀는 막연한 해방감을 느끼며 페테르부르크를 떠났다. 이제 안락한 고향 마을에서 저녁에 친구들과 수다나 떨며 언제까지나 즐겁게 지낼 수 있으리라고 생각했다. 하지만 실상은 전혀 반대였다. 그녀의 진짜 인생은―다시 말해, 인간이 주위의 사물 및

---

* 지붕 덮개가 앞뒤로 나뉘어 접히는 사륜마차.

인간들에게 가장 깊고 치열하게 적응하는 인생의 시기는—그곳, 즉 그녀가 자신도 모르게 사랑하고 이해하게 된 러시아에서 이미 지나가버린 것이다. 지금 무슨 일이 일어나고 있는지는 신만이 아시는 그곳에서…… 그리고 내일은 정교회의 부활절이다.

조제핀은 큰 소리로 한숨을 쉬고 일어나서 창문을 더 꽉 닫았다. 그녀는 니켈도금한 쇠줄이 달린 검은색 회중시계를 쳐다보았다. 어쨌든 저 달걀들로 뭐라도 해야 한다. 최근에 로잔에 정착한 러시아인 노부부인 플라토노프 부부에게 선물로 줄 생각이니까. 그 부부가 사는 마을은 그녀에게 고향이면서도 낯선 장소로, 숨쉬기조차 힘든 공기가 감돌고, 가파르고 꼬불꼬불한 골목에 주먹구구로 지은 집들이 마구잡이로 뒤죽박죽 포개져 있는 곳이었다.

그녀는 귓속에서 울리는 이명을 들으며 생각에 잠겼다. 잠시 후 무기력해지려는 마음을 떨쳐내고, 양철통에 자주색 잉크 한 병을 부은 후 그 안에 달걀 하나를 조심스럽게 내려놓았다.

살그머니 문이 열렸다. 이웃인 마드무아젤 피나르가 생쥐처럼 조용하게 들어왔다. 그녀는 마르고 작은 여자로, 조제핀처럼 예전에 가정교사였다. 짧게 깎은 머리는 완전히 은발이 되었다. 그녀는 빛이 반사되어 무지갯빛으로 반짝이는 유리구슬이 달린 검은 러시아 숄을 걸치고 있었다.

생쥐 같은 그녀의 발걸음소리를 들은 조제핀은 압지 위에서 건조되던 달걀과 양철통 위에 신문지 한 장을 어설프게 덮었다.

"무슨 일이야? 그런 식으로 그냥 들어오는 거 싫어."

마드무아젤 피나르는 미심쩍은 눈으로 조제핀의 불안해하는 얼굴을 바라보며 아무 말도 하지 않았지만, 몹시 기분이 상해 한마디 말도 없이 역시 종종거리는 걸음으로 방을 나갔다.

이제 달걀은 유독해 보이는 보라색으로 변해 있었다. 그녀는 물들이지 않은 맨달걀 하나에는 러시아에서 늘 했던 관례대로, 부활절을 뜻하는 글자 두 개*를 그리기로 했다. 첫번째 글자 'X'는 잘 그렸지만 두번째 글자는 잘 기억이 나지 않아, 결국 'B' 대신에 어색하게 비뚤어진 'Я' 자를 그렸다. 잉크가 완전히 마르자, 그녀는 부드러운 화장지에 달걀들을 싸서 가죽 핸드백에 넣었다.

하지만 몸이 얼마나 천근만근 무겁고 나른하던지…… 그녀는 침대에 누워 뜨거운 커피를 마시면서 다리를 쭉 펴고 싶었다…… 열이 나고 눈꺼풀이 따끔거리고…… 밖으로 나오자 마른기침이 다시 목구멍으로 올라오기 시작했다. 거리는 어둡고 축축하고 황량했다. 플라토노프 부부가 사는 곳은 가까웠다. 조제핀이 우산 손잡이로 노크하고 집에 들어가보니, 부부가 차를 마시며 앉아 있었다. 턱수염이 듬성듬성 나고 머리가 벗어지고 옆구리에 단추가 달린 러시아 서지 셔츠를 입은 플라토노프는 담배 마는 종이에 누런 연초 잎을 채워넣는 중이었다.

"아, 안녕하시오, 마드무아젤."

그녀는 그들 옆에 앉아 요령 없이 장황하게, 임박한 러시아의 부활절 얘기를 늘어놓기 시작했다. 그러고는 가방에서 보라색 달걀을 하나하나 꺼냈다. 플라토노프가 'XЯ'라고 쓴 연보라색 글자를 알아보고는 웃음을 터뜨렸다.

---

* '그리스도께서 부활하셨도다'라는 뜻의 러시아어 'ХРИСТОС BOCKPEC'의 첫 글자.

'이 여자는 여기다 대체 왜 유대교 신의 머리글자*를 붙인 거야?'

노란색 가발을 쓰고 슬픈 눈을 가진 투실투실한 그의 아내가 잠깐 미소 지었다. 그녀는 모음을 길게 늘여 발음하는 프랑스어로 조제핀에게 냉담하게 감사를 표했다. 조제핀은 그들이 왜 웃는지 이해할 수 없었다. 몸이 확 달아올랐고 슬픈 기분이 들었다. 그녀는 다시 입을 열어 얘기를 시작했는데, 그 자리에 어울리지 않는 얘기를 자신이 늘어놓고 있다는 걸 자각했지만 자제할 수 없었다.

"그래요, 지금 러시아에는 부활절 같은 게 없겠죠…… 불쌍한 러시아! 오, 난 거리에서 사람들이 어떻게 서로 입맞추고 그랬는지 다 기억나요. 그리고 우리 어린 엘렌은 그날 마치 천사 같았죠…… 아, 나는 종종 당신네의 그 멋진 나라를 생각하며 밤새 울곤 한답니다!"

플라토노프 부부에게는 이런 대화가 항상 불쾌했다. 몰락한 부자들이 빈곤을 숨기고 이전보다 더 거만하고 더 범접할 수 없게 구는 것처럼, 그들은 잃어버린 조국에 대해 타지 사람과는 일절 이야기를 나누려 하지 않았다. 그리하여 조제핀은 내심, 이 사람들이 러시아를 전혀 사랑하지 않는 것 같다고 느꼈다. 플라토노프 부부의 집을 방문할 때면 보통 조제핀은 다음과 같은 생각을 품곤 했다. 그녀가 눈물을 글썽거리며 아름다운 러시아에 대해 운을 떼기 무섭게, 플라토노프 부부가 왈칵 흐느껴 울며 회상에 잠겨 추억을 얘기하게 될 거라고, 그래서 그렇게 셋이 앉아 회상하고 울고 서로의 손을 꽉 움켜쥐며 밤을 새울 거라고.

그러나 실제로 그런 일은 한 번도 일어나지 않았다. 플라토노프는

---

* 유대교 신 '야훼'의 러시아어 표기는 'Яхве'이다.

공손하지만 심드렁한 태도로 턱수염을 어루만지며 고개를 끄덕였고, 그의 아내는 과연 어디서 차나 비누를 가능한 한 싸게 구할 수 있는지 계속 알아내려 할 뿐이었다.

플라토노프는 다시 담배를 말기 시작했다. 그의 아내는 마분지 상자에 그 담배들을 가지런히 넣었다. 두 사람 다 부활절 예배를 위해 길모퉁이에 있는 그리스정교회 성당으로 가야 할 시간까지 쪽잠을 자둘 심산이었다. 그들은 조용히 앉아 자기들만의 생각에 잠기다가, 겉보기엔 정신이 딴 데 팔린 듯한 특유의 미소와 눈짓으로만 이야기를 나누고 싶었다. 크리미아반도에서 전사한 아들에 관해, 부활제의 온갖 잡동사니 소품과 포츠탐츠카야 거리에 있던 집 근처 교회에 관해서. 그런데 지금 이 수다스럽고 감상적인, 불안해 보이는 짙은 회색 눈을 가진 노파가 와서 끊임없이 한숨을 쉬어대는 것이, 집주인 부부가 집을 나설 때까지 눌러앉을 생각인 듯했다.

조제핀은 교회에 같이 가자는 초대를 받을지도 모른다고, 그래서 그 후에 함께 아침을 먹게 될지도 모른다고 열렬히 바라면서 침묵에 빠졌다. 그녀는 이 부부가 전날, 러시아에서 부활절 때 먹는 케이크를 구웠다는 걸 알고 있었다. 열이 너무 나서 하나도 못 먹을 것이 뻔하지만, 그래도 무척 기분좋고 무척 포근하고 축제 기분이 날 터였다.

플라토노프는 이를 갈고 하품을 억누르며 자기 손목시계의 작은 덮개 밑 문자판을 슬쩍 보았다. 조제핀은 그들이 자신을 초대하지 않으리란 걸 알았다. 그녀는 일어섰다.

"좀 쉬셔야죠, 나의 소중한 친구분들, 하지만 돌아가기 전에 드리고 싶은 말이 있어요." 그러고는 따라 일어선 플라토노프에게 가까이 가서 엉터리 러시아어로 낭랑하게 외쳤다. "그리스도가 부활하셨어요!"

그녀로서는 이 대사가, 뜨겁고 달콤한 눈물과 부활절 키스와 아침식사를 함께하자는 초대를 유도해내려는 회심의 한 방이었는데…… 하지만 플라토노프는 어깨를 쫙 펴고 웃음을 억누르며 이렇게 말할 뿐이었다. "이야, 마드무아젤, 러시아어 발음이 참 훌륭하시네요."

밖으로 나오자, 눈물이 북받쳐 올랐다. 그녀는 손수건으로 눈가를 훔치고, 약간 비틀거리며 지팡이 같은 비단 우산으로 보도를 가볍게 두드리면서 걸어갔다. 하늘은 휑하고 뒤숭숭했다—어슴푸레한 달빛에 폐허 같은 구름. 환히 불을 밝힌 영화관 근처의 물웅덩이에는 팔자걸음으로 걷는 곱슬머리 채플린의 두 발이 비쳤다. 얼마 후, 조제핀은 안개가 벽처럼 둘러싼 호숫가에 가지가 늘어져 수런거리는 나무들 밑을 지나다, 작은 제방의 모서리에서 에메랄드색 전조등이 희미하게 반짝이는 가운데, 그 아래에서 까딱거리는 검은 배 위로 뭔가 크고 하얀 것이 기어오르는 모습을 보았다. 그녀는 눈물범벅인 눈의 초점을 맞추었다. 거대한 늙은 백조 한 마리가 몸을 한껏 부풀리고 날개를 푸드덕푸드덕 펄럭이다가 갑자기 거위처럼 서투르고 무겁게 뒤뚱거리며 갑판으로 올라갔다. 배는 까딱까딱 흔들렸고, 안개가 자욱한, 기름기가 도는 검은 수면 위로 녹색 파문이 원을 그리며 퍼졌다.

조제핀은 어쨌든 교회에 가봐야 하지 않을까 곰곰이 생각했다. 하지만 페테르부르크에서 그녀가 가본 교회라 해봐야 모르스카야 거리의 막다른 곳에 있던 루터파의 붉은색 교회*뿐으로, 언제 성호를 그어

---

* 러시아 시인 오시프 만델슈탐의 자전적 산문 『시간의 소음』 2장에 나오는 문장("우리는 발샤야 모르스카야 거리를 따라서, 붉은 루터파 교회와 목재로 포장된 모이카 운하 둑길

야 할지, 또 어떻게 손가락을 쥐어야 할지도 모르고, 누군가 뭐라고 잔소리할지도 모를 정교회 안에 이제 와서 발을 들인다는 게 어쩐지 좀 창피했다. 간간이 스며드는 냉기에 몸이 시려왔다. 머릿속에서 나뭇잎이 바스락대는 사락사락 소리, 검은색 구름, 그리고 부활절의 추억이 뒤죽박죽 섞여 혼란스러웠다. 산같이 쌓인 알록달록한 달걀들, 어둑한 광휘로 빛나는 성 이삭 성당…… 귀는 먹먹하고 머리는 몽롱해진 그녀는 다리를 질질 끌며 겨우 집까지 와서 벽에 어깨를 부딪혀가며 계단을 올라간 다음, 이를 딱딱 부딪치고 휘청거리면서 옷을 벗기 시작했다. 이 행복을 믿을 수 없다는 듯 황홀한 미소를 지은 채 온몸에 힘이 다 빠져서 침대 위로 쓰러졌다.

밀려오는 종소리의 파동처럼 격렬하고 강력한 착란 증상이 그녀를 덮쳤다. 알록달록한 달걀 산이 둥근 것끼리 탁탁 부딪치는 소리를 내며 무너져내렸다. 태양—아니, 크림 버터로 만든 황금 뿔이 달린 숫양일까?—이 창틀을 뛰어넘더니 타는 듯한 노란빛으로 방을 가득 채우며 커지기 시작했다. 한편, 달걀들은 윤이 나는 작은 나무판 위를 통통 뛰어오르고 굴러떨어지며 서로 부딪쳐 껍질에 금이 가고 흰자에는 선홍색 줄무늬 얼룩이 생겼다.

밤새 그녀는 그런 착란에 빠져 누워 있었다. 다음날 아침이 되어서야, 여전히 화가 나 있던 마드무아젤 피나르가 방안으로 들어왔다가 숨을 헉 내쉬고는 허둥거리며 정신없이 의사를 부르러 갔다.

"대엽성폐렴입니다, 마드무아젤."

을 만나는 인적 없는 길 끝까지 산책을 하곤 했다")을 일부 차용한 표현이다.

밀려드는 정신착란의 물결 틈으로 벽지의 꽃무늬와 노파의 은발, 의사의 차분한 눈이 언뜻언뜻 보였다—이것들은 모두 그렇게 깜빡깜빡 명멸하다 사라졌다. 그러고는 다시 그녀의 영혼은 흥분해서 술렁이며 웅웅거리는 희열에 휩싸였다. 옛날이야기에 나올 법한 파란 하늘은 물들인 거대 달걀 같았고, 천둥처럼 우르릉 초인종이 울리더니 누군가 방 안에 들어왔는데, 플라토노프 같기도 하고 어찌 보면 엘렌의 부친 같기도 했다—그 사람은 방안에 들어와 탁자 위에 신문을 펼쳐놓고는 근처에 앉아, 뭔가 의미심장하면서도 겸손하고 약간 교활해 보이기도 하는 미소를 띠고 조제핀을 보았다가 신문의 하얀 지면을 보곤 했다. 조제핀은 그 신문에 뭔가 놀라운 기사가 게재되었음을 알았지만, 아무리 애를 써도 검은색 러시아 문자로 적힌 1면 머리기사 제목을 해독해내지 못했다. 손님은 시종일관 미소를 지으며 의미심장한 시선을 그녀에게 던지다가, 마침내 비밀을 다 털어놓아 그녀가 예감한 행복을 확정해줄 것처럼 보였는데—그만 그 남자마저 천천히 흐릿해져 사라지고 말았다. 검은 구름이 순식간에 하늘을 뒤덮듯 그녀는 다시 의식불명에 빠졌다.

그러자 다시 정신착란 상태에서 꾸는 꿈이 뒤죽박죽 섞여 이어졌다. 란다우마차가 강둑을 따라 덜거덕덜거덕 달렸다. 엘렌이 나무 숟가락에 묻은 뜨겁고 선명한 색깔의 염료를 핥았다. 광활하게 펼쳐진 네바강이 반짝였다. 앞발의 양 발굽을 동시에 내려놓은 청동 준마에서 표트르대제가 불쑥 뛰어내렸다. 대제는 조제핀에게 다가왔고, 녹색으로 물든 추상같은 얼굴에 미소를 띠며 그녀를 안고는 한쪽 뺨에 키스한 뒤 다른 쪽 뺨에도 키스했다. 대제의 입술은 부드럽고 따뜻했고, 세번째로 그의 입술이 뺨을 스치자 그녀는 두근거리는 가슴으로 황홀에 겨워 신음하며 양팔을 벌렸다. 그러다 돌연 정적이 찾아왔다.

병이 난 지 엿새째 되는 날의 이른 아침, 최후의 고비를 넘긴 조제핀은 의식을 회복했다. 창밖에는 하얀 하늘이 찬란하게 빛났고, 수직으로 내리는 비가 홈통 속에서 졸졸 흐르다 꾸르륵꾸르륵 소리를 내곤 했다.

젖은 나뭇가지 하나가 창문을 가로질러 뻗어 있었는데, 그 맨 끝이 후두두 떨어지는 비를 맞아 계속 요동쳤다. 잎이 앞으로 휘어지면서, 그 녹색 잎사귀 끝에서 커다란 물방울 하나가 뚝 떨어졌다. 잎이 다시 부르르 떨자, 물기를 머금은 한줄기 빛이 아래로 또르르 굴러내려오더니 밝게 빛나는 긴 귀걸이 모양으로 달랑거리다 떨어졌다.

조제핀은 비의 시원한 기운이 자신의 혈관을 타고 흐르는 것 같았다. 그녀는 빗방울이 줄줄 흐르는 하늘에서 눈을 떼지 못했는데, 가슴을 두근거리게 하는 황홀한 비는 너무나 기분좋았고 잎은 너무나 애처롭게 전율해서 그녀는 그만 웃고 싶어졌다. 웃음이 그녀 안에 가득찼다. 아직은 소리 없는 웃음이 온몸을 타고 흐르고 입천장을 간질이며 금방이라도 터져나오려던 찰나였다.

그녀의 왼편으로, 방 한구석에서 뭔가가 부스럭대다 한숨을 쉬었다. 조제핀은 안에서 차오르는 웃음으로 온몸을 부들부들 떨며 창문에서 눈을 떼고 고개를 돌렸다. 검은 머릿수건을 두른 작은 노파가 바닥에 엎드려 있었다. 노파는 짧게 깎은 은발을 화난 듯 흔들며 털실꾸러미가 굴러들어간 서랍장 아래로 손을 집어넣고 버둥댔다. 서랍장 아래에서부터 이어진 검은 실이 뜨개질바늘과 짜다 만 스타킹이 놓인 의자까지 뻗어 있었다.

마드무아젤 피나르의 검은색 등과 버둥대는 두 다리와 단추 달린 부츠를 본 조제핀은 큰 소리로 웃음을 터뜨렸고, 깃털 이불 아래서 숨을 헐떡이며 깔깔 웃어대느라 온몸이 뒤흔들렸다. 그녀는 자신이 되살아났음을, 저멀리 행복의 엷은 안개로부터, 경이로부터, 그리고 부활절의 광휘로부터 돌아왔음을 느꼈다.

싸움

아침에 태양이 유혹하면, 나는 베를린을 떠나 멱감으러 가곤 했다.
노면전차 노선의 종점에 도착하면, 녹색 벤치에 앉아 있는 전차 운전사
들이 보였다. 앞코가 뭉툭한 커다란 부츠를 신은 다부진 체격의 운전사
들은 휴식을 취하면서 끽연을 만끽하거나, 이따금 금속 냄새가 나는 커
다란 손을 비비면서, 축축한 가죽 앞치마를 두른 남자가 근처 선로변을
따라 피어 있는 들장미에 물 주는 모습을 구경했다. 반짝이는 호스에서
잘 구부러지는 은빛 부채를 편 것처럼 물이 솟구쳐나와 햇빛 속을 날
다가, 가볍게 떨리는 관목 위를 휙 매끄럽게 스치고 지나갔다. 나는 수
건을 둥글게 말아 옆구리에 꼭 끼고, 그들을 지나쳐 성큼성큼 빨리 걸
어서 숲의 가장자리로 향했다. 그곳에는 줄기가 가는 소나무가 빽빽이
자라 있었는데, 꺼칠꺼칠한 아래쪽은 갈색이고 살구색을 띤 위쪽 줄기

들은 그림자 파편으로 얼룩졌다. 소나무 아래 색이 바랜 풀 위에는 신문 쪼가리와 햇빛 조각이 서로 보충하는 듯한 모양새로 여기저기 흩어져 있었다. 갑자기 나무를 제멋대로 흩뜨리면서 하늘이 모습을 드러냈고, 나는 은빛으로 물결치는 모래사장을 따라 호수까지 내려갔다. 모래사장에서는 먹감는 사람들의 목소리가 확 커졌다가 잦아들곤 했고, 빛이 반짝이는 매끄러운 수면 위로 검은 머리들이 떴다 가라앉았다 하는 광경이 언뜻언뜻 보였다. 경사진 둑 곳곳에는 볕에 탄 정도가 각기 다른 사람들이 반듯이 누워 있거나 엎드려 있었다. 어깨뼈 위에 분홍빛이 도는 햇볕 발진이 아직 남아 있는 이들도 있고, 구릿빛으로 탄 이들, 크림 넣은 진한 커피색을 띤 이들도 있었다. 셔츠를 벗어던지자 곧바로 눈이 부신 따사로운 태양빛에 휩싸였다.

그리고 매일 아침 정확히 아홉시 정각에 같은 남자가 내 옆에 나타났다. 약간 군복식으로 재단된 바지와 재킷을 걸친 늙수그레한 안짱다리 독일인으로, 커다란 대머리는 햇빛을 받아 반질반질해져 불그스레한 광택이 돌았다. 그는 늙은 까마귀 색깔의 우산과 솜씨 좋게 묶은 꾸러미를 하나 가지고 다녔는데, 그 꾸러미는 회색 모포와 해변용 타월, 신문 다발로 금세 분리되곤 했다. 그는 모포를 모래 위에 정성 들여 펼치고 옷을 벗어, 준비성 있게도 미리 바지 밑에 입고 온 수영바지 차림이 된 다음, 가장 편안한 자세로 모포 위에 자리를 잡고, 머리맡에 우산을 놓아 얼굴에만 그늘이 드리우게 조절하고는 일단 신문 읽기에 돌입했다. 곁눈으로 힐끔거리다보니 강인한 안짱다리에 자라난, 빗질한 것처럼 보이는 거무스름하고 숭숭한 털과, 움푹 들어간 배꼽이 마치 눈처럼 하늘 쪽을 응시하는 포동포동한 배가 눈에 띄었다. 나는 이 경건한 태양 숭배자가 대체 뭐하는 사람일까 추측해보며 혼자 즐거워했다.

우리는 모래 위에 나른하게 누워 몇 시간을 보냈다. 여름 구름이 이리저리 떠도는 사막의 대상$_{大商}$—낙타 모양 구름, 천막 모양 구름—처럼 하늘을 미끄러졌다. 태양이 구름 사이로 끼어들려고 했지만, 구름은 그 눈부신 가장자리로 태양을 뒤덮어버리곤 했다. 날이 흐려졌다가 태양이 다시 무르익었지만, 제일 처음 밝아지는 곳은 맞은편 둑이었다—우리 쪽은 단조로운 무색의 그늘 속에 머물고 있는데, 저쪽에는 이미 따뜻한 빛이 퍼졌다. 모래사장에는 소나무 그림자가 다시 활기를 띠었다. 벌거벗은 작은 형상들이 햇빛으로 빚은 듯 확 타올랐다. 그러더니 갑자기, 행복에 겨운 거대한 눈이 뜨이듯이 광채가 퍼지면서 우리 쪽도 완전히 빛에 휩싸였다. 그러자 나는 벌떡 일어나 잿빛 모래에 발바닥을 살짝 데면서 물 쪽으로 뛰어가 큰 소리를 내며 몸으로 물을 갈랐다. 그러다 얼마 후 타는 듯한 햇볕에 몸을 말리면서, 살며시 다가온 태양의 입술이 몸에 남은 시원한 진주 방울을 탐욕스럽게 핥는 감촉을 느끼면 얼마나 기분이 좋던지!

나의 독일인 친구는 우산을 탁 접고는, 자기 차례라는 듯 휘어진 종아리를 조심스럽게 떨면서 물 쪽으로 내려가, 연로한 사람들이 멱감을 때 으레 그러듯이 먼저 머리를 적신 다음 손을 휘휘 내저으며 헤엄치기 시작했다. 소리치며 호객하는 사탕장수가 호반을 돌아다니고 있었다. 수영복을 입은 다른 행상 두 명이 오이가 든 들통을 들고 급히 지나갔고, 내 근처에서 볕을 쬐던 좀 천박해 보이고 체격이 근사한 녀석들은 행상들의 간결한 외침을 절묘하게 흉내내곤 했다. 젖은 모래가 달라붙어 온통 새까매진 벌거벗은 젖먹이가 작고 포동포동하고 재바르지 못한 다리 사이에 달린 말랑말랑한 작은 부리를 익살맞게 흔들며 아장아장 걸어 내 앞을 지나갔다. 아기 엄마는 반라로 내 근처에 앉아 있는 매력적인 젊은 여자였는데, 잇새에 머리핀을 문 채 길고 검은 머리를 빗고 있었다. 더 멀리 떨어진, 숲의 맨 가장자리에서는 햇볕에 갈색으로 탄 젊은이들이 한 손으로 축구공을 힘껏 던지고 받는 놀이를 하고 있었는데, 그 동작은 고대의 원반던지기 선수 조각상이 취하는 불멸의 몸짓을 떠올리게 했다. 그때 마침 고대 아티카*의 웅성거림을 실은 미풍 한줄기에 소나무가 한들한들 흔들리자, 나는 전 세계가 저 크고 단단한 공처럼 멋진 호를 그리며 날아가 벌거벗은 이교도 신의 손안으로 되돌아간 것이 아닐까 몽상했다. 비행기 한 대가 아이올로스**의 감탄을 자아내며 소나무숲 위로 솟구치자, 까무잡잡한 운동선수 한 명이 게임을 중단하고 하늘을 응시했다. 하늘에는 두 개의 파란 날개가 다이달로스***의 날개처럼 황홀한 윙윙 소리를 내며 태양을 향해 날아가고 있었다.

내 옆에 있던 남자가 고르지 않은 치아를 드러내고 거칠게 숨을 몰아쉬며 물에서 나와 다시 모래 위에 누웠을 때, 나는 이 모든 것을 그에게 얘기해주고 싶었지만, 단지 내가 아는 독일어 어휘가 부족한 탓에 그는 내 얘기를 계속 이해하지 못했다. 그는 나를 이해하지 못했지만, 그의 온 존재를, 정수리에서 빛나는 대머리 부분을, 검고 무성한 콧

---

* 그리스신화에 나오는 전설의 유토피아 아틀란티스를 가리킴.
** 바람을 자루 속에 가두어두는 힘을 가진 그리스신화의 풍신(風神).
*** 그리스신화에 나오는 인물로, 대장간의 신 헤파이스토스의 자손이자, 여신 아테네로부터 기술을 전수받은 건축과 공예의 명인. 자신이 만든 미궁 라비린토스에 아들 이카로스와 함께 갇혔다가 날개를 만들어 탈출한다.

수염을, 중앙에 무성한 털이 길처럼 이어진 매우 살진 배를 총동원하는
미소로 계속 답했다.

그로부터 얼마 지나지 않아, 나는 순전히 우연한 계기로 그의 직업
을 알게 되었다. 어느 날인가, 부릉부릉거리는 자동차 소리가 잦아들
고, 행상의 수레에 작은 산을 이룬 오렌지더미가 푸르스름한 공기 속에
서 남국의 광휘를 발하는 황혼 무렵에 나는 우연히 집에서 멀리 떨어
진 구역을 배회하다가, 저녁에 도시를 헤매는 사람들에게는 아주 친숙
한 갈증을 느끼고 목을 좀 축이고자 어느 술집에 들렀다. 그런데 나의
쾌활한 그 독일인 친구가 반들반들한 바 뒤에 서서 꼭지에서 진한 황
색 물줄기가 뿜어져나오게 하더니, 작은 나무 주걱으로 거품을 다듬어
없애면서 잔 테두리로 아낌없이 흘러넘치게 두고 있는 게 아닌가. 거
대한 잿빛 콧수염이 난 우람하고 묵직한 거구의 짐차 운전사가 꼭지를
보며 바에 기대앉아, 말이 오줌 누는 소리 같은 맥주 나오는 소리를 듣
고 있었다. 주인은 눈을 들어 친밀한 미소를 싱긋 지어 보이며 나에게
도 맥주 한 잔을 부어주고는, 내가 내민 동전을 짤랑하고 서랍 안에 던
져넣었다. 그 옆에서 체크무늬 옷을 입은 금발의 젊은 아가씨가 분홍
색 팔꿈치를 뾰족하게 내민 채 유리잔을 씻어서 헝겊으로 뻐걱뻐걱하
는 소리를 내며 민첩하게 물기를 훔쳐내고 있었다. 바로 그날 밤, 나는
그녀가 그의 딸이며 이름이 '엠마'이고 성이 '크라우스'임을 알게 됐다.
나는 구석자리에 앉아 느긋하게, 흰 갈기 모양의 거품이 일고 희미하게
금속성 뒷맛을 남기는 도수 약한 맥주를 홀짝이기 시작했다. 그 술집은
흔하디흔한 그런 술집이었다—술을 광고하는 한쌍의 포스터, 뭔가 사

슴뿔 같은 것들, 축제 같은 데서 쓰다 남은 종이 만국기로 장식한 낮고 어두운 천장. 바 뒤 찬장에는 병들이 반짝이고, 그 위로 높이 걸린 오두막 형태의 구식 뻐꾸기시계가 낭랑하게 똑딱 소리를 냈다. 주철 난로에서 끌려나온 고리 모양 파이프가 벽을 따라가다, 머리 위의 얼룩덜룩한 만국기 사이로 접혀 들어갔다. 마분지 컵받침의 불결한 흰색이 튼튼하고 칠 없는 맨테이블과 대비돼 눈에 띄었다. 그 테이블 중 하나에서는 목덜미에 먹음직스러운 지방층이 접혀 있는 졸린 듯한 남자와 침울하고 이가 하얀 녀석—외견상으로는 식자공이나 전기공 같았다—이 주사위 놀이를 하고 있었다. 사방이 조용하고 평화로웠다. 시계는 유유히 시간의 작고 메마른 단면을 쪼개고 있었다. 엠마는 유리잔을 쨍그랑거리며 자꾸만 한쪽 구석을 힐끔거렸는데, 그 구석에는 금색의 광고 문구로 이등분된 좁은 거울이 있어, 전기공의 날렵한 옆얼굴선과 원뿔 모양의 검은 컵을 주사위와 함께 쥔 손이 비쳤다.

다음날 아침, 또 그 다부진 전차 운전사들을 지나, 호스에서 나오는 물이 부채 모양으로 흩뿌려져 언뜻언뜻 눈부시게 아름다운 무지개가 맴도는 곳도 지나가다보니, 나는 어느덧 크라우스가 벌써 와서 비스듬히 누워 있는 햇볕 내리쬐는 호숫가에 다시 와 있었다. 크라우스는 우산 밑으로 땀에 흠뻑 젖은 얼굴을 내밀고 이야기하기 시작했다—호수의 물에 대해, 더위에 대해. 나는 누워서 햇빛을 피하려고 눈을 찡그렸고, 다시 눈을 뜨자 주위의 모든 것이 담청색을 띠었다. 그때 갑자기 햇빛이 어룽거리는 호숫가 길에 늘어선 소나무들 사이로 소형 운반차 한 대가 자전거를 탄 경찰관 한 명을 뒤에 대동하고 나타났다. 운반차 안에는 생포된 작은 개 한 마리가 자포자기한 듯 깨갱거리며 몸부림치고 있었다. 크라우스는 몸을 일으켜 목청껏 고함을 쳤다. "조심해! 들개 잡이다!" 그러자 금세 누군가가 그 외침을 따라 했고, 그 외침은 이 목청에서 저 목청으로 전해져 둥근 호수 주위를 굽이돌아 들개잡이 차를 훨씬 앞질렀고, 미리 경고를 받은 개 주인들은 자기 개를 뒤쫓아 허둥지둥 입마개를 씌우고 가죽끈을 딸각 채웠다. 크라우스는 반복되는 외침소리가 멀리까지 울려퍼지는 것을 기분좋게 듣고 있다가, 순박한 표정으로 눈을 찡긋하며 말했다. "자, 이제 잡히는 건 저 한 마리로 끝일걸."

나는 꽤 빈번하게 그의 술집에 들르기 시작했다. 나는 엠마를 아주 많이 좋아했다─그녀의 맨팔꿈치와 새 같은 작은 얼굴과 공허하면서도 온화한 눈을. 그러나 무엇보다 내 마음에 든 것은, 연인인 전기공이 빈둥거리며 바에 기대는 모습을 바라보는 그녀의 방식이었다. 나는 옆쪽에서 그 전기공을 바라본 적이 있다─입가에는 사악하고 심술궂은 주름이 패어 있고, 번뜩이는 늑대 같은 눈에, 수일간 면도를 하지 않은 퀭한 뺨에는 짧고 빳빳한 털이 푸르스름하게 나 있었다. 그가 단호한 시선으로 그녀를 꿰뚫듯 바라보며 얘기를 할 때면, 그녀는 안절부절못하면서도 얼마나 사랑을 가득 담아 그를 쳐다보며 창백한 입술을 반쯤 벌리고는 신뢰에 가득차 고개를 끄덕이던지, 구석에 앉아 있던 나조차 기쁨과 행복이 넘치는 황홀한 감정에 휩싸이곤 했다. 마치 신이 영혼의 불멸성을 내게 확증이라도 해준 듯한, 혹은 어떤 천재가 내 책을 칭찬이라도 해준 듯한 기분이었다. 맥주 거품으로 축축해진 전기공의 손도 내 기억 속에 새겨져 있다. 맥주잔을 쥔 그 손의 엄지손가락, 한가운데가 갈라진 커다란 검은 손톱.

마지막으로 내가 그 술집에 간 때가 떠오른다. 후덥지근하고 뇌우의 조짐이 감돌던 저녁으로 기억한다. 돌풍이 거세게 휘몰아치기 시작하자, 광장에 있던 사람들은 지하도 계단을 향해 뛰었고, 밤의 잿빛을 띤 어둠 속에서는 바람이 마치 〈폼페이의 파괴〉* 그림에서처럼 사람들의 옷을 잡아뜯고 있었다. 어두침침한 작은 술집 안에서 주인은 더위에 못 이겨 옷깃의 단추를 풀어헤치고는 두 명의 다른 상점 주인과 함께 침울한 분위기로 저녁식사를 하고 있었다. 밤이 이슥해져 비가 바스락거리며 유리창을 때릴 무렵 전기공이 술집으로 들어왔다. 흠뻑 젖어 추위에 몸을 떨던 그는 엠마가 바에 없는 걸 보더니 짜증내며 뭐라고 중얼거렸다. 크라우스는 묵묵히 바위 같은 회색을 띤 소시지를 우적우적 씹었다.

나는 뭔가 놀라운 일이 일어날 것 같은 기분이 들었다. 이미 많이 마신 상태에서 내 영혼은—열망으로 눈이 예리해진 내 내면의 자아는—뭔가 그럴듯한 볼거리를 갈망하고 있었다. 그 모든 일의 시작은 지극히 단순했다. 전기공이 바로 걸어가, 납작한 병에서 브랜디를 스스럼없이 한 잔 따라 들이켠 뒤, 소매로 입을 닦고는 모자를 한번 탁 치고 문 쪽으로 향했다. 크라우스가 포크와 나이프를 접시에 십자 모양으로 교차해서 내려놓고는 큰 소리로 말했다. "잠깐! 20페니히 내고 가야지!"

이미 손으로 문손잡이를 쥐었던 전기공이 돌아봤다. "난 여기를 집처럼 생각했는데."

---

* 러시아 화가 카를 브률로프의 〈폼페이 최후의 날〉로 추정된다.

"그래서 술값을 내지 않을 작정인가?" 크라우스가 물었다.

갑자기 바 뒤쪽, 시계 아래에서 엠마가 나타나더니 아버지를 쳐다보고 이어서 애인을 쳐다보고는 돌처럼 굳었다. 그녀의 머리 위에서 뻐꾸기가 오두막에서 튀어나왔다가 다시 들어가 숨었다.

"나 좀 그냥 내버려둬." 전기공은 천천히 내뱉고는 나가버렸다.

이에, 믿기 어려울 정도로 민첩하게 크라우스가 문을 홱 열어젖히고 그를 쫓아갔다.

나도 남은 맥주를 다 마시고 밖으로 뛰어나갔는데, 물기를 머금은 돌풍이 기분좋게 얼굴을 때렸다.

두 사람은 비에 젖어 반들반들한 검은 보도에 얼굴을 마주보고 서서 서로에게 고함을 질러대고 있었다. 점점 큰 소리로 서로 으르렁대는 그 소란 속에서 언급되는 모든 말을 다 알아들을 수는 없었지만, 계속 되풀이되는 한 단어는 분명히 들었다. 이십, 이십, 이십. 벌써 여러 명이 그 말다툼을 구경하려고 멈춰 섰다―나 자신도 그 싸움에, 일그러진 두 사람의 얼굴에 비친 가로등 불빛에, 크라우스의 드러난 목에 불거진 힘줄에 홀린 듯 마음이 사로잡혔다. 그 싸움을 보고 있자니 무슨 이유에선지, 언젠가 항구의 어느 허름한 술집에서 바퀴벌레같이 까만 이탈리아 놈과 내가 벌였던 멋진 난투극에 대한 기억이 떠올랐다. 그 난투 중에 어찌어찌해서 내 손이 그놈의 입속으로 들어가게 되자, 나는 맹렬한 기세로 그 뺨 안쪽의 축축한 피부를 꼭 쥐어짜서 떼어내려 했었다.

전기공과 크라우스는 점점 더 크게 고함을 질러댔다. 내 옆을 빠져나간 엠마는 감히 더 가까이 가지 못하고 멈춰 서서 필사적으로 "오토! 아버지! 오토! 아버지!"라고 외칠 뿐이었다. 그녀가 외칠 때마다 몇 명

안 되는 군중 사이에 억누른 듯한, 기대에 찬 키득거리는 소리가 점점 커지며 퍼졌다.

두 남자의 싸움은 둔탁한 주먹소리를 내며 격렬하게 맨손으로 치고 받는 난투로 전환되었다. 전기공은 조용히 때렸지만, 크라우스 쪽은 주먹을 날릴 때마다 짧게 끙하고 앓는 소리를 냈다. 깡마른 오토의 등이 굽어지나 싶더니, 한쪽 콧구멍에서 검은 피가 뚝뚝 흐르기 시작했다. 갑자기 오토는 자신의 얼굴을 연타하는 육중한 손을 잡으려다 실패하고 몸을 휘청하더니 고꾸라져서 보도에 얼굴이 갈렸다. 사람들이 그에게 몰려들어서 내 쪽에선 그의 모습이 보이지 않았다.

나는 모자를 테이블 위에 두고 온 것이 기억나 술집으로 돌아갔다. 술집 안은 기묘할 정도로 밝고 조용했다. 엠마가 구석자리에 앉아 쭉 뻗은 한쪽 팔에 머리를 묻고 있었다. 나는 엠마에게 다가가 그녀의 머리카락을 쓰다듬었다. 그녀는 눈물범벅이 된 얼굴을 들더니 다시 머리를 묻고 엎드렸다. 나는 주방 냄새가 밴 그 머리카락의 결이 고운 부분에 조심스럽게 키스하고는, 모자를 찾아 밖으로 나왔다.

거리에는 아직 군중이 모여 있었다. 크라우스가, 호수에서 나왔을 때 그랬던 것처럼 거칠게 숨을 몰아쉬며 경찰에게 뭔가를 설명하고 있었다.

이 사건에서 누가 옳고 누가 그른지 나는 알지도 못하고 알고 싶지도 않다. 이야기의 전개를 다른 방향으로 틀어, 소녀의 행복이 그깟 동전 한 닢 때문에 어떤 치욕으로 끝났는지, 엠마가 밤새 얼마나 울었는지, 또 아침이 밝아올 때 깜빡 잠이 든 그녀가 꿈속에서 연인을 때려대는 아버지의 광분한 얼굴을 어떻게 다시 보았는지를 동정을 담아 구구절절 묘사할 수도 있었을 것이다. 하지만 아마도 중요한 것은 결코 인간의 고통이나 즐거움 같은 게 아니라, 오히려 살아 있는 육체에서 벌어지는 빛과 그림자의 유희나, 그 특정한 날, 특정한 순간에, 두 번 다시 흉내낼 수 없는 독특한 방식으로 조합된 사소한 것들이 이루는 어떤 화음 같은 것이 아닐까 싶다.

초르브의 귀환

밤늦은 시간에 켈러 부부는 오페라극장을 나왔다. 공기 자체가 좀 윤기가 없는 느낌이고, 족히 일곱 세기 전부터, 강에 비친 대성당의 상위에 잔물결이 은은한 음영을 그려넣으며 가로지르는 평온한 독일 도시에서, 바그너 공연 관람은 먹음직스럽게 차려진 음악으로 과식하게 되는 여가생활이었다. 켈러는 오페라를 보고 난 후 화이트와인으로 유명한 세련된 술집으로 아내를 데리고 갔다. 안에 경박한 조명을 켠 차가 인적 없는 거리를 달려, 작지만 품위 있는 자택의 철문 앞에 그들을 내려준 것은 새벽 한시가 지난 시간이었다. 폴 크루거 대통령*과 똑 닮은, 다부진 몸집의 연로한 독일인 켈러가 먼저 발을 디딘 보도 위에는

---

* 남아프리카공화국의 대통령. 보어전쟁에서 활약해, 보어인 사이에서 '폴 삼촌'이라는 애칭으로 불렸다.

350

가물거리는 가로등의 잿빛 불빛 속에서 나뭇잎 그림자들이 광분한 듯 요동치고 있었다. 순간, 그의 풀 먹인 셔츠 앞섶이, 뒤이어 다부진 다리 하나를 내밀며 차에서 내리는 부인의 드레스를 장식한 흑옥 구슬들이 빛을 받았다. 현관에서 그들을 맞은 하녀가 새로운 소식의 여운이 채 가시지 않은 경악한 목소리로 초르브가 찾아왔다고 속삭였다. 러시아 상인계급의 피를 이어받은 후손답게 변치 않는 싱싱함을 유지한 켈러 부인의 토실토실한 얼굴이 동요한 듯 떨리며 붉어졌다.

"그애가 아프다고 말했다고?"

하녀는 처음보다 더 빠르게 속삭였다. 켈러는 덥수룩한 잿빛 머리를 통통한 손바닥으로 빗듯이 쓰다듬었고, 윗입술이 길고 주름이 깊게 파인 탓에 어딘가 좀 유인원을 닮은 커다란 얼굴을 노색이 완연하게 찌푸렸다.

"난 도저히 내일까지 못 기다리겠어요." 켈러 부인은 갈색 가발을 덮은 베일의 끝을 잡으려 애쓰면서 무거운 걸음으로 한자리에서 뱅뱅 돌다가 머리를 흔들며 중얼거렸다. "곧장 그리로 갑시다. 원, 세상에! 어쩐지 한 달이 다 되도록 편지 한 장 없더니."

켈러는 접힌 오페라해트를 주먹으로 쳐서 펴고는, 살짝 후두음이 섞인 정확한 러시아어로 말했다. "그 인간은 제정신이 아니야. 아픈 애를 그런 더러운 호텔에 감히 또 데려가?"

그러나 물론, 딸이 아프다는 그들의 생각은 틀렸다. 초르브가 하녀에게 그렇게 말했던 까닭은 그저 그편이 말하기가 쉬웠기 때문이다. 사실 그는 외국에서 홀로 돌아왔으며, 이제야 겨우 좋건 싫건 간에, 아내가 어떻게 죽었는지, 그리고 왜 이제껏 장인 장모에게 아무 소식도 써서 알리지 않았는지 설명해야 함을 깨달았다. 그 모든 것이 몹시 힘든 일이었다. 자신이 느끼는 비애를 그 어떤 이물질로도 더럽히지 않고, 다른 이의 영혼과 나누지 않은 채 오롯이 혼자 간직하고 싶었던 마음을 어떻게 설명할 것인가? 그에게 아내의 죽음은 더없이 희귀한, 거의 전대미문의 사건이었다. 유리 용기에 흐르면 최고로 순수하고 밝은 빛을 발할 정도의 전류에 감전된 충격으로 인한 죽음은 그에게 그 어떤 죽음보다 순수한 죽음처럼 여겨졌다.

그 봄날 이후, 즉 그녀가 니스에서 12킬로미터 떨어진 하얀 간선도로 위에서, 폭풍우에 쓰러진 전신주의 활선에 웃으면서 손을 댄 그 순간부터, 초르브의 전 세계는 세계로서 의미를 잃었다. 세계는 단번에 뒤로 물러났고, 그가 팔에 안아 가장 가까운 마을로 옮겼던 시체조차 이질적이고 불필요한 무언가처럼 느껴졌다.

그녀를 매장할 수밖에 없었던 니스에서는 음산한 폐결핵 환자인 교구 성직자가 세세한 사정을 계속 캐내려 했지만, 아무 소용 없었다. 초르브는 그저 힘없이 미소로 답할 뿐이었다. 그는 자갈 깔린 해변에 온종일 앉아 색색의 조약돌을 한줌 쥐어서 이 손에서 저 손으로 흘리다가 돌연, 장례식을 기다리지 않고 독일로 돌아가는 여정에 올랐다.

그는 신혼여행으로 아내와 함께 방문했던 장소를 하나하나 거꾸로 되짚으며 돌아왔다. 두 사람이 겨울을 나고, 예전의 그 사과나무가 이제 마지막 꽃을 피우고 있는 스위스에서는 호텔 빼고는 아무것도 그의 눈에 들어오지 않았다. 작년 가을 둘이 하이킹했던 검은 숲에서 느껴지는 쌀쌀한 봄 날씨도 추억에 잠기는 데 방해가 되지 않았다. 사고 전날 밤, 결국 마지막이 되고 만 산책을 하다가 우연히 아내가 그에게 보여줬던 가늘고 하얀 띠가 규칙적으로 둘린 독특한 모양의 둥글고 검은 조약돌을 남유럽 해안가에서 찾아보려 애썼던 것처럼, 여기 스위스에서도 그는 그녀의 감탄부호가 남아 있는 길가의 모든 사물을 찾아내려 사력을 다했다. 어떤 절벽의 특이한 윤곽선, 은회색 비늘이 층을 이룬 듯한 오두막 지붕, 검은 전나무 한 그루, 하얀 급류 위에 놓인 징검다리, 그리고 누군가는 미래를 예언하는 전조로 여기고 싶을지 모를 어떤 것, 이를테면 엷은 안개의 작은 물방울이 줄줄이 구슬처럼 맺힌 두 줄의 전신선 사이에 걸린 방사 형태의 거미줄 같은 것들을. 그녀가 그와 동행했다. 그녀의 작은 부츠는 잰걸음으로 빠르게 걸어가고, 그녀의 양손은 움직임을 멈추는 법이 없었다. 계속 움직이면서—덤불에서 이파리 하나를 뽑거나, 지나는 길에 있는 암벽을 어루만지면서—재밌어하던 가벼운 그 두 손. 그는 거뭇한 주근깨투성이의 작은 얼굴과 바다의 파도에 씻겨 매끈매끈해진 유리 파편 같은 담녹색의 큰 눈을 보았다. 두 사람이 함께 눈여겨보았던 모든 자질구레한 것들을 어떻게든 다 모으면—그러니까 바로 얼마 전의 가까운 과거를 그가 재창조해내면— 아내의 형상은 불멸의 것이 되어 죽은 그녀를 영원히 대체하게 되리라고, 그는 생각했다. 그래도 밤시간은 견디기 어려웠다. 밤이 되면 이치에 맞지 않는 그녀의 현존이 갑작스러운 공포를 불러일으켰다. 삼 주간의 여정 동안 그는 거의 잠을 자지 않았다. 그리고 마침내 심신이 지치고 거의 녹초가 되어 철도역에 내렸는데, 이 역은 그가 아내를 만나고 결혼한 이 조용한 도시를 작년 가을에 떠났던 출발점이었다.

저녁 여덟시경이었다. 집들 너머, 석양의 금빛 도는 붉은 띠를 배경으로 대성당 탑의 검은색 윤곽선이 선명하게 도드라졌다. 역광장에는 낡은 사륜 삯마차들이 작년과 마찬가지로 대열을 이루고 서 있었다. 작년의 그 신문팔이가 굵고 낮은 목소리로 외치며 석간신문을 팔았다. 모리스식* 기둥 근처에는 작년에 봤던 심드렁한 눈의 검은색 푸들이 가는 뒷다리 하나를 들어올려, 〈파르지팔〉 공연을 알리는 광고 전단의 진홍색 활자를 똑바로 조준하는 동작을 하고 있었다.

초르브의 짐은 손가방 하나와 커다란 황갈색 트렁크 하나였다. 삯마차가 그를 태우고 도시를 달렸다. 마부가 한 손으로 트렁크를 누르고, 다른 한 손으론 나른한 듯 채찍을 계속 휘둘렀다. 초르브는 자신이 한 번도 이름으로 부른 적 없던 그녀가 삯마차 타기를 좋아했던 게 생각났다.

시립 오페라극장 뒷골목에는 주 단위나 시간 단위로 방을 빌려주는, 평판이 좋지 않은 급의 오래된 삼층짜리 호텔이 있다. 검은 칠은 지도 형태로 벗겨졌고, 흐릿한 창에는 다 해진 레이스 커튼이 걸려 있다. 눈에 잘 띄지 않는 정문의 자물쇠는 채워져 있는 법이 없었다. 창백하고 무례한 급사가 습한 냄새와 데친 양배추 냄새가 코를 찌르는 고불고불한 복도를 통해 그를 이끌어 방까지 안내했다. 초르브는 침대 위에 걸린 금테 액자 속 분홍빛의 목욕하는 여인 그림을 보고, 그 방이 아내와 함께 첫날밤을 보낸 바로 그 방임을 알아보았다. 그때 아내는 온갖 것에 즐거워했었다―통로에 바로 토하고 있던 셔츠 바람의 뚱뚱한 남자, 어쩌다 우연히 그렇게 끔찍한 호텔을 그들이 골랐다는 사실, 세면대에 남아 있는 아름다운 금발 한 올의 존재. 하지만 그녀를 가장 즐겁게 한

* 영국 공예미술가 윌리엄 모리스의 건축양식.

것은 두 사람이 그녀의 집에서 도망쳐나온 방식이었다. 교회에서 집으로 돌아오자마자 그녀가 옷을 갈아입기 위해 방으로 달려 올라간 동안에 아래층에서는 만찬 손님들이 속속 모여들었다. 견고한 옷감의 연미복을 입은 그녀의 아버지는 유인원 같은 얼굴의 군살을 축 늘어뜨리고 활짝 웃으며 이 사람 저 사람의 어깨를 툭툭 치고 작은 잔으로 몇 잔이나 브랜디를 들이켰다. 그사이 그녀의 어머니는 가까운 친구들을 두 사람씩 안내해, 젊은 부부가 쓰게 될 침실을 보여줬다. 어머니는 애정이 담뿍 담긴 목소리로 숨죽여 소곤거리며 거대한 이불과 오렌지꽃과 새로 산 침실용 실내화 두 켤레를 가리켰다. 실내화 두 켤레—커다란 체크무늬 실내화 한 켤레와 방울 모양 술이 달린 자그마한 붉은색 실내화 한 켤레—는 어머니가 침대 옆 깔개 위에 일렬로 가지런히 놓아두었고, 깔개에는 고딕체로 다음과 같은 문구가 새겨져 있었다. "둘이 함께 무덤까지." 이윽고 모두 전채 요리를 먹으러 이동했다—그리고 초르브와 그의 아내는 아주 잠깐 상의한 끝에 뒷문으로 빠져나갔고, 다음날 아침 급행열차가 출발하기 삼십 분 전이 되어서야 짐을 가지러 다시 나타났다. 켈러 부인은 밤새 흐느꼈고, 이전부터 (궁핍한 러시아 망명자이자 문인인) 초르브를 늘 미심쩍게 여겼던 남편 쪽은 이번에는 딸의 선택을 저주하고, 술값과 지역 경찰의 무능함을 저주했다. 그렇게 초르브 부부가 떠난 후, 노인은 오페라극장 뒷골목에 있는 그 호텔을 수차례 보러 갔고, 그때부터 반맹인같이 침침한 그 검은 건물은 그에게 마치 범죄의 추억처럼 혐오의 대상인 동시에 매혹의 대상이 되었다.

트렁크가 방안으로 옮겨지는 동안, 초르브는 장밋빛의 다색석판화를 계속 응시하고 있었다. 문이 닫히자 그는 트렁크로 몸을 굽혀 자물쇠를 풀었다. 방 한구석에 너덜너덜 떨어진 벽지 띠 뒤에서 쥐 한 마리가 찍찍거리는 소리를 내다가 굴림대 위에 탄 장난감 쥐처럼 쌩하고 달렸다. 초르브는 흠칫 놀라 홱 뒤돌아섰다. 천장에 줄로 매단 백열전구가 아주 살짝 흔들렸고, 줄의 그림자가 녹색 소파 위를 미끄러지듯 가로지르다가 소파 모서리에서 뚝 끊겼다. 결혼 첫날밤 그는 바로 그 소파에서 잠을 잤었다. 보통 사이즈 침대에서 자는 아내가 아기처럼 고른 숨을 내쉬는 걸 들을 수 있었다. 그날 밤, 그는 그녀에게 키스를 한 번 했는데—목의 움푹 들어간 곳에—사랑 행위라고는 그게 다였다.

쥐가 다시 바쁘게 움직였다. 작은 소리였지만, 총소리보다 더 섬뜩했다. 초르브는 트렁크를 그냥 놔두고 방안을 두어 번 돌며 서성였다. 나방 한 마리가 찌르륵하는 금속음을 내며 램프에 부딪혔다. 초르브는 문손잡이를 비틀어 열고 밖으로 나갔다.

아래층으로 내려가면서 그는 자신이 몹시 피곤하다는 걸 깨달았고, 골목길로 나오자 안개로 흐릿한 5월의 푸른 밤공기에 머리가 어지러웠다. 가로숫길로 들어서자 그의 걸음이 더 빨라졌다. 광장. 대공 석상. 시립공원의 검은 무리들. 밤나무에는 이제 꽃이 만발했다. 그때는 가을이었는데. 결혼식 전날 저녁, 그는 그녀와 함께 긴 산책을 했었다. 보도에 흩어진 고엽에서 풍겨오는 흙냄새가 배어 있는 축축한, 어딘지 모르게 제비꽃 같은 향기가 얼마나 좋았던지! 구름으로 뒤덮인 황홀했던 그날 하늘은 칙칙한 흰빛을 띠었고, 검은 보도 한가운데 팬, 잔가지가 비친 작은 웅덩이는 현상되다 만 사진 같았다. 노래져가는 가로수들의 가만히 움직이지 않는 그윽한 나뭇잎들을 사이에 두고 회색의 석조 저택들이 각각 떨어져 있었고, 켈러가※ 앞에서 시들어가는 미루나무 한 그루의 잎은 투명한 포도알 같은 색조를 띠었다. 대문 창살 뒤로 언뜻 자작나무 몇 그루도 보였다. 담쟁이덩굴이 자작나무 줄기 몇 개를 단단히 휘감고 있어서, 초르브는 그녀에게 러시아에서는 자작나무에 절대로 담쟁이덩굴이 자라지 않았다는 말을 하곤 했고, 그녀는 극히 작은 담쟁이덩굴 잎의 저 여우털 같은 빛깔을 보면 다림질한 리넨에 연하게 스며든 녹슨 자국이 생각난다고 했었다. 보도에는 떡갈나무와 밤나무가 줄지어 있었다. 검은 나무껍질이 녹색으로 썩어서 벨벳처럼 부드러워지고, 가끔 잎이 떨어져 마치 포장지 조각처럼 거리를 가로지르며 날아갔다. 그녀는 공사중인 도로에 쌓인 분홍색 벽돌더미 근처에서 발견한 아동용 삽으로 날아가는 낙엽을 잡아보려 했었다. 조금 떨어진 곳에 정차해 있던 일꾼들의 유개화물차 연통에서 청회색 연기가 비스듬히 피어올라 나뭇가지들 사이에서 흩어졌다—그리고 한 손을 허리에 짚고 휴식중이던 일꾼 한 명이, 삽을 쥔 손을 높이 올리고 고엽처럼 가볍게 춤을 추는 젊은 숙녀를 물끄러미 바라보았다. 그녀는 깡충깡충 뛰다가 까르르 웃곤 했다. 초르브는 등을 조금 구부리고 그녀 뒤를 따라 걸었다—그에게는 마치 행복 자체가 바로 그런 냄새, 즉 고엽 냄새를 풍기는 것같이 여겨졌었다.

이제 그는 밤에 더 풍성해 보이는 밤나무들의 차지가 된 그 거리를 거의 알아보지 못했다. 앞쪽에서 가로등 하나가 반짝거렸다. 가로등의 유리 전구 위로 가지 하나가 늘어졌고, 가지 끝에 달린 잎 여러 장이 빛에 흠뻑 젖어 거의 투명하게 보였다. 초르브는 가까이 다가갔다. 대문의 격자무늬 창살 그림자가 온통 다 찌그러져 보도에서부터 휩쓸려와 그의 두 발까지 얽어맸다. 대문 너머, 어두침침한 자갈길 너머로 눈에 익은 집의 정면이 어렴풋이 보였다. 열려 있는 한 창문 안에 켜진 불 말고는 집 전체가 깜깜했다. 그 호박색의 깊은 틈새 안에서 하녀가 양 팔을 한껏 벌려 눈처럼 환한 시트를 침대 위에 펼치고 있었다. 초르브 는 큰 소리로 무뚝뚝하게 하녀를 불렀다. 여전히 대문 창살을 거머쥔 한쪽 손바닥에서 느껴지는 이슬에 젖은 철의 감촉은 그의 모든 추억 중에서도 가장 애끓는 추억이었다.

하녀는 이미 그에게로 서둘러 오고 있었다. 그녀는 나중에 켈러 부 인에게 말했듯이, 대문의 작은 문을 바로 열어주었는데도 초르브가 보 도에 묵묵히 서 있다는 사실에 우선 놀랐다. "그분은 모자를 안 쓰고 계 셨어요." 그녀의 이야기다. "그래서 가로등 불빛을 이마에 그대로 받고 계셨죠. 이마는 온통 땀범벅이었고, 땀에 젖은 머리카락이 이마에 붙어 있었어요. 전 주인어른과 마님이 극장에 계시다고 말씀드렸어요. 왜 혼 자 오셨느냐고 그분께 물었죠. 그분 눈이 이글거렸고 눈빛이 무섭더라 고요. 꽤 오랫동안 면도를 안 한 모습이셨고요. 그분은 조용히 말씀하 시더군요. '아가씨가 아프다고 말씀드려요.' 제가 물었죠. '어디 머물고 계셔요?' 그분이 말했어요. '예전 거기에.' 그러고는 덧붙이셨죠. '그건 중요한 게 아니고, 내일 아침에 다시 오겠소.' 저는 기다려보시라고 했 지만, 아무 대답도 없이 그냥 가버리셨어요."

그리하여 초르브는 긴 여정 끝에 그의 추억이 시작된 바로 그 시원 으로 귀환했고, 고통스럽지만 더없이 행복했던 시험도 이제 대단원에 이르고 있었다. 남은 것은 그들이 신혼 첫날밤을 보낸 방에서 하룻밤을 보내는 것뿐이었다. 그리고 내일이면 시험은 통과되고 그녀의 형상은 완벽하게 만들어진다.

그러나 무거운 발걸음으로 터덜터덜 걸어 호텔로 돌아가는 길에, 푸른 어둠 속에 잠긴 벤치란 벤치에는 모두 흐릿한 인간 형상들이 앉아 있는 가로숫길에서 초르브는 문득 깨달았다. 기진맥진한 상태임에도, 알전구와 찍찍거리는 소리가 나는 틈새들이 있는 그 방에서 도저히 홀로 잘 수 없다고. 그는 광장에 이르러 도시의 중심가를 터벅터벅 느린 걸음으로 거닐었다—무엇을 해야 할지 이제 깨달았다. 하지만 그의 탐색은 꽤 오래 걸렸다. 조용하고 정갈한 도시인 이곳에서 돈으로 사랑을 살 수 있는 은밀한 뒷골목을 초르브가 알지 못했기 때문이다. 하릴없이 한 시간여를 배회한 끝에, 귀가 울리고 발바닥이 불이 난 듯 아파진 뒤에야 겨우 그는 그런 작은 골목길에 들어갔다—거기서 가장 먼저 그에게 호객한 아가씨에게 바로 다가가 말을 걸었다.

"하룻밤." 악문 이를 거의 벌리지 않고 초르브가 말했다.

여자는 고개를 갸웃하더니 핸드백을 흔들면서 대답했다. "25마르크."

그는 고개를 끄덕였다. 한참 후에 어쩌다 초르브는 그녀를 힐끗 보고는, 상당히 닳고 닳은 여자이긴 해도 꽤 예쁜데다 짧게 자른 머리가 금발이라는 걸 무심코 알아챘다.

초르브가 묵는 그 호텔에 전에도 여러 번 다른 고객과 온 적이 있는 여자라, 창백하고 코가 뾰족한 급사는 경쾌한 발걸음으로 계단을 내려오다 두 사람과 마주치자, 여자에게 살갑게 윙크했다. 초르브와 여자가 복도를 따라 걷는데, 한 방문 뒤에서 마치 통나무를 켜서 두 동강을 내는 것같이 규칙적으로 무겁게 침대가 삐걱대는 소리가 들려왔다. 문 몇 개를 더 지나 있는 또다른 방에서도 마찬가지로 단조롭게 삐걱대는 소리가 들려오자, 여자는 차갑게 희롱하는 듯한 표정을 지으며 초르브를 돌아봤다.

그는 묵묵히 그녀를 방안으로 안내했다—그러고는 곧바로 잠이 올 것 같은 엄청난 기대감에 장식용 단추로 고정된 옷깃을 떼어내기 시작했다. 여자가 그에게 바짝 다가섰다. "자, 나에게 줄 작은 선물은요?" 그녀가 미소 지으며 넌지시 말했다.

초르브는 꿈을 꾸듯 멍하게 그녀를 주시하며 그 말의 의미를 서서히 이해했다.

지폐를 받아 핸드백에 조심스럽게 차곡차곡 넣으면서 그녀는 가벼운 한숨을 살짝 쉬고는 다시 몸을 그에게 문질러댔다.

"벗을까요?" 그녀가 단발머리를 흔들며 물었다.

"그래, 눕자고." 초르브가 중얼거렸다. "내일 아침에 조금 더 주지."

여자는 서둘러 블라우스 단추를 풀기 시작하면서, 딴 데 정신이 팔린 침울한 남자의 태도에 약간 어리둥절해져 미심쩍은 눈으로 그를 계속 힐끗힐끗 쳐다봤다. 그는 재빨리 아무렇게나 옷을 벗어던지고는, 침대 속으로 들어가 벽 쪽으로 돌아누웠다.

'이 양반, 변태적인 걸 좋아하는 취향인가.' 여자는 막연히 혼자 넘겨짚었다. 그녀는 느릿느릿한 손놀림으로 슈미즈를 접어 의자 위에 두었다. 초르브는 이미 곯아떨어졌다.

여자는 방안을 서성였다. 창문 옆에 놓인 트렁크 뚜껑이 약간 열려 있는 게 눈에 들어왔다. 그녀는 팔꿈치를 들고 쪼그려앉아 뚜껑의 한쪽 모서리 아래를 간신히 훔쳐보았다. 그녀는 눈을 깜빡이며 맨팔을 조심스럽게 뻗어 여성의 드레스와 스타킹과 뭔지 모를 비단 조각들의 촉감을 손끝으로 느꼈다—가방 안은 그런 것들로 아무렇게나 채워져 있었는데 하나같이 모두 매우 좋은 향기를 풍겨서, 그녀는 왠지 서글픈 기분이 들었다.

이내 몸을 똑바로 편 그녀는 하품하며 허벅지를 긁고는, 스타킹만 신었을 뿐 벌거벗은 몸으로 창문 커튼을 걷었다. 커튼 뒤에 여닫이창이 열려 있었고, 그 벨벳 같은 심연 속에서 오페라극장의 한쪽 모서리, 푸른 밤하늘을 배경으로 그 윤곽선이 보이는 오르페우스 석상의 검은 어깨, 그리고 비스듬히 기울어져 어둠 속으로 사위어가는 어둑한 극장 정면을 따라 늘어선 빛의 행렬을 식별할 수 있었다. 저 아래 멀리, 환히 빛나는 출입구에서는 아주 작고 검은 실루엣들이 조명 켜진 포치의 반원 모양 계단으로 무리 지어 쏟아져나오고 있었다. 지붕이 매끄럽게 반들거리는 차 몇 대가 어른어른 빛나는 전조등을 켜고 미끄러지듯 계단 앞으로 달려왔다. 사람들이 모두 흩어지고 환한 빛도 모두 사라진 후에야 여자는 커튼을 도로 닫았다. 그녀는 불을 끄고, 침대 위 초르브 옆에 누워 몸을 뻗었다. 잠에 막 빠져들려는 찰나, 그녀는 갑자기 이 방에 전에 한 번인가 두 번인가 와본 기억이 났다. 벽에 붙은 분홍색 그림이 기억났다.

그녀의 잠은 한 시간 이상 이어지지 못했다. 깊은 곳에서 울리는 듯한 무시무시한 울부짖음에 잠을 깬 것이다. 초르브의 비명소리였다. 자정이 좀 지난 시간에 눈을 떠 옆으로 몸을 돌려보니, 아내가 그의 곁에 누워 있었던 것이다. 그는 오싹해져서 본능의 힘으로 비명을 질러댔다. 침대에서 튀어오르는 하얀 여자 유령. 여자가 덜덜 떨면서 불을 켰을 때, 초르브는 흐트러진 침구에 둘러싸여 벽에 등을 대고 앉아 있었는데, 쫙 펼친 손가락 사이로 광기어린 불꽃으로 이글이글 타오르는 한쪽 눈이 보였다. 얼마 후 그는 천천히 얼굴에서 손을 떼며, 천천히 여자를 알아보았다. 그녀는 겁에 질려 뭐라고 중얼거리며 허둥지둥 슈미즈를 입었다.

초르브는 시험이 다 끝났음을 깨닫고, 안도의 한숨을 내쉬었다. 그는 녹색 소파로 옮겨가, 털이 무성한 정강이를 꼭 끌어안고 앉아서 별 뜻 없는 미소를 지으며 매춘부를 응시했다. 그 미소에 여자의 공포심은 더 커졌다. 그녀는 몸을 돌려 마지막 호크를 채우고 부츠 끈을 묶더니 모자를 쓰느라 분주했다.

바로 그 순간, 복도에서 목소리와 발소리가 들려왔다.

급사가 침울하게 반복해서 말하는 목소리가 들렸다. "하지만 저기요, 그 손님은 숙녀분과 함께 계십니다." 그러자 격분한 쉰 목소리가 계속 주장했다. "그러니까 그 여자가 내 딸이란 말이오."

발소리는 문 앞에서 멈췄다. 이어서 들리는 노크 소리.

여자는 탁자에 있던 핸드백을 휙 낚아채고는 문을 과감하게 활짝 열어젖혔다. 그녀 앞에는 광택 없는 실크해트를 쓰고 희미하게 빛나는 진주 단추가 달린 풀 먹인 셔츠를 입은 노신사가 깜짝 놀란 채 서 있었다. 머리에 베일을 쓴 뚱뚱한 부인의 눈물에 젖은 얼굴이 노신사의 어깨 너머로 여자를 유심히 쳐다보았다. 그들 뒤에서는 작고 연약하고 창백한 급사가 발돋움하고는 눈을 크게 뜨고 뭔가 눈길을 끌려고 손짓하고 있었다. 여자는 그의 신호를 이해하고는 노인 옆을 지나쳐 쏜살같이 복도로 나갔고, 노인은 여전히 어리둥절한 표정으로 그녀 뒤를 쫓아 돌아보더니, 잠시 후 같이 온 부인과 함께 문지방을 넘었다. 문이 닫혔다.

여자와 급사는 복도에 남았다. 두 사람은 깜짝 놀란 시선을 교환하고, 머리를 숙여 엿들었다. 그러나 방안은 쥐죽은듯 조용했다. 안에 사람이 세 명 있다는 게 믿기지 않을 정도였다. 그곳에선 소리 하나 새어나오지 않았다.

"저 사람들, 아무 말도 안 하고 있어." 급사가 속삭이더니 입술에 손가락을 댔다.

베를린 안내

오전에는 동물원에 가보았고, 이제 나는 늘 같이 술 마시는 친구와 함께 맥줏집에 들어간다. 가게의 하늘색 간판에는 '뢰벤브로이'라는 글자가 하얗게 새겨져 있고, 맥주잔을 들고 한쪽 눈을 찡긋하는 사자 그림도 딸려 있었다. 자리를 잡고 앉아, 나는 친구에게 하수도관과 노면전차, 그리고 그 밖의 중요한 사항에 관해 이야기하기 시작했다.

1. 하수도관

내가 사는 집 앞에는 보도의 바깥쪽 가장자리를 따라 거대한 검은 하수도관이 놓여 있어. 이삼 피트 떨어져 또다른 관이 열을 지어 나란히 놓여 있고, 그런 식으로 계속해서 세번째, 네번째 관이 죽 이어지지—거리의 그 철제 내장은 여태 별 하는 일 없이 아직 땅속으로, 아스팔트 아래로 깊이 안 내려가고 그대로야. 댕그랑댕그랑 공허하게 울리는 소리를 내며 트럭에서 내려지고 처음 며칠간은 사내애들이 뛰어올라갔다가 내려오거나 무릎 꿇고 그 둥근 굴을 기어서 통과하곤 했지만, 일주일이 지나자 더는 아무도 놀지 않고 대신 굵은 눈이 그 위에 내렸지. 그리고 요즘은, 끝에 두꺼운 고무가 달린 지팡이로 위험해 보이는 보도의 반들반들한 표면을 신중하게 살피며 이른 아침의 단조로운 회색빛 속으로 나가다보면, 그 검은 관들의 상부를 따라 신선한 눈이 평평한 띠 모양으로 이어져 있는데, 전차 선로 방향이 꺾이는 분기점과 가장 가까운 하수도관 맨 앞부분의 안쪽 경사 위쪽으로, 아직 조명을 끄지 않은 노면전차의 반사광이 마치 선명한 오렌지색의 소리 없는 번개처럼 휙 휩쓸고 지나가곤 해. 오늘은 아무도 밟지 않은 깨끗한 눈의 띠 위에 누군가 손가락으로 '오토Otto'라고 써놨더군. 두 개의 부드러운 o가 한 쌍의 온순한 자음 양옆을 지키는 그 이름이, 두 개의 구멍과 말 없는 굴로 이루어진 하수도관 위에 쌓인 고요한 눈의 층과 얼마나 아름답게 잘 어울리는지 생각했어.

2. 노면전차

노면전차는 말이 끄는 궤도차*가 사라져버렸듯이 한 이십 년 후면 사라질 거야. 나는 벌써 그 전차가 유물 같은 분위기, 일종의 고풍스러운 매력을 풍기는 듯 느껴져. 전차의 모든 부분이 좀 어설프고 금방이라도 부서질 것 같지. 커브를 좀 빠르게 돌라치면 집전봉이 전선에서 벗어나서, 차장이나 심지어는 승객 중 한 명이 전차 후미로부터 몸을 내밀어 위를 올려다보며 봉이 제자리로 돌아올 때까지 줄을 가볍게 흔들어야 하는데, 그럴 때면 항상 난 틀림없이 이따금 채찍을 떨어뜨렸을 옛날 마부들을 생각해. 마부들은 고삐를 잡아당겨 네 마리 말을 세운 뒤, 옷자락이 긴 제복을 입고 옆에 앉아서, 마차가 자갈 위를 덜커덕덜커덕 달려 마을을 휘젓고 다니는 동안 마을이 떠나가도록 호각을 불어대던 사내애를 뒤로 보내 채찍을 찾아오게 했을 테지.

차표를 내주는 차장들의 손은 아주 독특해. 피아니스트의 손처럼 민첩하게 움직이지만, 연약하고 땀으로 축축하고 손톱이 부드러운 피아니스트의 손과 달리 무척 거칠어서, 잔돈을 차장에게 주다가 꺼칠꺼칠한 키틴질**의 껍질이 생긴 듯한 그 손바닥에 어쩌다 닿으면 일종의 도의적인 불편함을 느끼게 돼. 손가락이 울퉁불퉁하고 두꺼운데도 경이로울 정도로 날렵하고 유능한 손이지. 차장이 널찍한 검은 손톱으로 차표를 꽉 눌러 고정하고 두 군데에 구멍을 뚫고는, 가죽 돈가방 속을 뒤적거려 잔돈을 준비하려고 동전을 퍼올린 다음, 바로 돈가방을 탁 닫고 벨 끈을 홱 잡아당기거나, 앞문에 달린 특수한 작은 창을 엄지로 힘껏 밀쳐 열어서 앞쪽 승강구에 있는 사람들에게 차표를 끊어주는 모습을 나는 호기심을 갖고 지켜보지. 그리고 전차가 흔들릴 때마다 통로에 서

---

* 1863년부터 1917년까지 상트페테르부르크에서 운행하던 교통수단. 전차의 초기 형태로, 선로를 따라 운행하지만 전기로 동력을 얻는 것이 아니라 말이 끌었다.
** 곤충류나 갑각류의 외골격을 이루는 물질.

있는 승객들은 머리 위의 손잡이를 잡고 파도처럼 앞뒤로 휩쓸리지만, 차장은 동전 한 닢, 차표통에서 잡아뜯은 표 한 장 떨어뜨리는 법이 없어. 요즘 같은 겨울엔, 앞쪽 문은 밑에서 반 정도를 녹색 천으로 가렸고, 전차 창문은 서리로 뒤덮여 뿌옇고, 정류장마다 보도 가장자리는 판매용 크리스마스트리로 가득차고, 승객들의 발은 꽁꽁 얼어 감각이 없고, 차장의 손은 때때로 회색 털실로 짠 손모아장갑에 들어가 있지. 종점에서는 앞쪽 차량이 분리되어 대피선으로 들어간 다음 남은 차량 주위를 빙 돌아 그 차량 뒤쪽으로 접근해. 수컷 같은 첫번째 차량이 빠지직거리는 소리를 내는 작은 불꽃을 일으키며 굴러와서 연결될 때까지 두번째 차량이 대기하는 모습에는 뭔가 순종적인 암컷을 연상시키는 면이 있지. 그 광경을 보고 있자니, (생물학적인 은유는 빼고) 십팔 년 전쯤 페테르부르크에서 말들이 고삐가 풀리곤 해서, 앞쪽이 배불뚝이처럼 튀어나온 푸른색 궤도차에 끌려가던 게 떠오르더군.

말이 끌던 그 궤도차는 사라졌고 전차도 사라질 테니, 2020년대 베를린에서 어떤 괴짜 작가가 지금 우리 시대를 묘사하고 싶다면, 기술사 박물관에 가서 구식으로 휘어진 좌석이 딸린 누런색의 볼품없는, 백 년 된 노면전차가 있는 곳을 찾아내고, 옛 복식 박물관을 뒤져 반짝이는 단추가 달린 차장의 검은색 제복을 끄집어내야 할 거야. 그런 다음 집에 가서 왕년의 베를린 거리에 대한 묘사를 취합하는 거지. 그때는 모든 것이 가치 있고 유의미하겠지. 아무리 하찮은 거라도 말이야. 차장의 돈가방, 차창을 뒤덮은 광고 전단, 그리고 우리 증손자들이 상상해볼지도 모를, 노면전차 특유의 그 덜컹거리는 움직임도. 모든 것이 세월이 흘렀다는 이유로 고귀한 것이 되고 정당화될 테지.

나는 문학 창작의 의미가 여기에 있다고 생각해. 즉, 평범한 대상을 미래 시간의 너그러운 거울에 비칠 모습으로 그리는 것, 아득히 먼 미래의 후손들만이 알아보고 가치를 인정해줄 그 향기로운 유연함을 우리 주위의 대상 속에서 찾아내는 것. 아득히 먼 미래에는 지금 우리의 평범한 일상생활을 이루는 사소한 것 하나하나가 저절로 절묘하고 흥미진진한 것이 될 거야. 그때가 되면, 오늘날 가장 흔한 스타일의 재킷을 입은 남자도 우아한 가장무도회를 위해 차려입은 게 되겠지.

3. 일

나는 승객이 꽉 차 비좁은 노면전차 안에 앉아서 다양한 직종의 사례를 관찰하곤 해. 전차 안엔 항상 창가 좌석을 내게 양보해주는 정 많은 여인들이 있지―나를 너무 빤히 쳐다보지 않으려 하면서 말이야.

한 교차점에서는 선로 옆의 아스팔트 포장이 깨져서 노동자 네 명이 교대로 나무망치로 쇠말뚝을 치고 있더군. 한 사람이 치기 무섭게, 두번째 사람이 휘두른 나무망치가 벌써 말뚝을 정확히 겨냥해 내려오지. 그 두번째 나무망치가 쾅 때린 다음 하늘을 향해 위로 올라가면, 세번째, 그다음엔 네번째 망치가 장단을 맞춰 연속해서 쾅쾅 내리쳤어. 나는 망치가 침착하게 뗑그렁뗑그렁 울리는 소리에 귀를 기울였지. 네 음이 반복되는 철제 편종 같았어.

하얀 모자를 쓴 젊은 제빵사가 세발자전거를 타고 휙 지나가는 모습도 봤지. 밀가루 범벅이 된 그 청년에게는 뭔가 천사를 생각나게 하는 면이 있어. 주점을 돌며 모은 에메랄드빛으로 반짝이는 빈병들이 열 지어 놓인 상자를 지붕에 실은 짐차가 경적을 울리며 지나가기도 하지. 언젠가는 길이가 긴 검은 낙엽송이 기이하게도 수레에 실려가는 걸 본 적도 있어. 납작하게 눕혀진 나무 끝이 살짝살짝 떨리는데, 흙으로 뒤덮인 뿌리 쪽을 억세고 거칠거칠한 삼베 포대로 감싸놓은 맨 아랫부분이 거대한 폭탄같이 생긴 베이지색 구형을 띠었지. 우체부는 코발트색 우체통 아래 우편주머니를 놓더니 입구를 우체통 밑바닥에 붙이고는 은밀히 보이지 않게 사락사락 소리를 내며 서둘러 우체통을 비웠고, 이윽고 가득차 무거워진 우편주머니의 사각 물림쇠를 탁 닫았어. 하지만 아마도 그 무엇보다 아름다운 장면은 트럭에 쌓여 있던, 분홍색 반점과 당초무늬 얼룩이 있는 크롬옐로 빛깔의 도축된 고기들, 그리고 그 고깃덩어리를 하나씩 짊어지고 등을 구부린 채 보도를 가로질러 붉은빛을 띤 정육점으로 옮기는, 앞치마와 가죽 두건을 두르고 목이 긴 장화를 접어 신은 남자였던 것 같아.

4. 에덴

모든 대도시는 저마다 인간의 손으로 만든 에덴동산을 지상에 갖고 있어.

교회가 우리에게 복음서를 얘기해준다면, 동물원은 우리에게 구약성서의 엄숙하면서도 부드러운 도입부*를 떠올리게 하지. 애석한 점이 하나 있다면, 이 인공낙원이 모두 철책 뒤에 있다는 것뿐이야. 하지만 실제로는 만약 울타리가 전혀 없다면, 맨 처음 마주치는 들개가 나를 덮쳐서 물고 늘어질 테지. 그럼에도 인간이 재현할 수 있는 한도 내에서 동물원은 에덴동산이 맞아. 그러니 베를린 동물원을 마주보는 대형 호텔이 그 낙원의 이름을 따서 지어진 것도 지극히 당연하달까.**

추위를 피해 열대 동물들을 어딘가로 숨겨두는 요즘 같은 동절기에는 양서류관과 곤충관, 그리고 수족관 관람을 추천하네. 불빛이 어둑한 홀에 유리 뒤로 전시물이 조명을 받으며 줄지어 있는 모습은 꼭, 네모 선장***이 아틀란티스의 잔해 속에서 물결을 따라 너울거리는 해저 생물을 자기 잠수함에서 내다보던 현창에 비친 풍경과 흡사하지. 유리 뒤편, 우묵하게 들어간 환한 곳에선 속이 들여다보이는 투명한 물고기들이 지느러미를 번뜩이며 미끄러지듯 지나가고, 수생식물이 숨을 쉬고, 모래더미에는 다섯 개의 촉수를 가진 살아 있는 진홍색 불가사리가 누워 있지. 그래, 그 악명 높은 상징****은 바로 여기―대양의 최심부, 물 속에 가라앉은 아틀란티카*****의 어둠 속에서 유래한 거야. 오래전 이런저런 대변동을 겪고 살아남아, 오늘날 우리를 무력하게 하는 국지적 이상향들이나 다른 부질없는 공허 속에서 빈둥대는 그 아틀란티카 말이야.

아, 코끼리거북이 먹이 먹는 광경도 놓쳐선 안 될 구경거리야. 이 육

---

* 「창세기」 1:26, 인간에게 동물을 다스릴 권한을 부여하는 부분.
** 베를린 동물원 맞은편에는 '호텔 에덴'이 있다. 집필 당시는 제1차세계대전 직후 관광객을 겨냥한 매춘업이 성했던 호화로운 호텔이었다.
*** 쥘 베른의 소설 『해저 2만 리』 주인공.
**** 공산주의의 상징인 붉은 별을 의미한다.
***** 전설 속의 섬 아틀란티스와 아테네의 황금기를 이끌었던 지역 아티카의 합성어.

중한 태고의 각질로 이루어진 둥근 지붕 모양의 동물은 갈라파고스제
도에서 가져온 거라지. 주름투성이의 편평한 머리와 전혀 쓸모가 없는
두 앞발이 노회한 생물 특유의 신중함으로 200파운드의 반구형 등껍
질 아래서 느릿느릿 나와. 그러고는 발음하는 데 문제가 있는 백치의
혀를 연상시키는 해면질의 두꺼운 혀로 무시무시한 소리를 굼뜨게 토
해내면서 산더미처럼 쌓인 축축한 채소들 속으로 머리를 쑤셔박고는
주접스럽게 이파리를 우적우적 먹지.

하지만 위에 짊어진 그 둥근 지붕은—아, 그 둥근 지붕, 그 불로장생
하는, 잘 연마된, 탁한 청동색의, 시간의 그 웅장하고 무거운 짐은……

5. 맥줏집

"참 시시한 안내군." 내 술친구가 무뚝뚝하게 말한다. "자네가 어떻게
노면전차를 타고 베를린 수족관에 가는지 누가 관심이나 있겠나?"

그와 내가 앉아 있는 맥줏집은 두 부분으로 나뉘어 있는데, 한쪽은
넓고 다른 쪽은 좀 좁다. 넓은 쪽의 중앙 자리는 당구대가 차지하고, 구
석에 테이블이 몇 개 있다. 입구를 마주보는 바 뒤의 찬장에는 술병이
늘어서 있다. 창문 사이의 벽에는 다 망가진 봉에 신문과 잡지가 철해
져 종이 깃발처럼 걸려 있다. 저쪽 끝에는 넓은 통로가 있고, 그 통로
너머로 거울 아래 녹색 소파가 놓인 비좁은 방 하나가 보인다. 그 거울
속에서 격자무늬 유포가 깔린 타원형 식탁이 쓰러져 굴러나올 것 같더
니, 소파 앞에 굳건히 자리를 잡는다. 그 방은 맥줏집 주인장이 거주하

는 초라하고 작은 아파트의 일부이다. 시들어버린 외모에 가슴이 커다란 그의 아내가 그 방에서 금발 아이에게 수프를 먹이고 있다.

"아무 흥미도 안 가." 친구가 음울한 표정으로 하품하며 단언한다. "전차나 거북 따위가 뭔 상관인가? 어쨌든 그 모든 게 다 그저 따분할 뿐이야. 지루하기 짝이 없는 외국의 도시지, 살아가는 데 비용도 많이 들고······"

바 가까이에 있는 우리 좌석에서는 통로 너머의 소파와 거울, 식탁이 매우 뚜렷이 잘 보인다. 안주인이 식탁을 치우고 있다. 아이는 소파의 쓸모없는 손잡이에 팔꿈치를 대고 삽화가 많은 잡지를 주의깊게 들여다보고 있다.

"저쪽을 뭘 그렇게 보나?" 하고 물은 내 동행이 한숨을 쉬며 몸을 천천히 돌리자 그의 의자가 무겁게 삐걱댄다.

저기, 안쪽 방 거울 아래에 아이가 여전히 홀로 앉아 있다. 하지만 아이는 이제 우리 쪽을 쳐다보고 있다. 그쪽에선 맥줏집 안이 보일 것이다―녹색 섬처럼 서 있는 당구대, 아이는 만지는 게 금지된 상아색 당구공, 바의 금속성 광택, 한쪽 테이블에 앉아 있는 한쌍의 뚱뚱한 트럭 운전사들과 다른 쪽 테이블에 앉아 있는 우리 둘. 아이는 예전부터 쭉 익숙히 봐와서, 그런 광경이 가깝게 보이는데도 깜짝 놀라지 않는다. 하지만 내가 알고 있는 바가 한 가지 있다. 앞으로 아이의 삶에 무슨 일이 일어나건 상관없이, 아이는 어린 시절 수프를 먹던 작은 방에서 매일같이 봤던 그 정경을 언제까지나 기억하리라는 것을. 당구대와, 외투를 벗고는 뾰족한 하얀 팔꿈치를 뒤로 당겨 큐대로 당구공을 치던 저녁 손님, 청회색 담배 연기, 웅성대는 목소리, 휑하니 비어 있는 내 오른쪽 소매와 흉터가 난 얼굴, 그리고 맥주꼭지에서 나오는 맥주를 내 잔에 채우고 있는 바 뒤의 자기 아버지를 아이는 기억할 것이다.

"자네가 저 안쪽의 뭘 그렇게 보는지 이해가 안 되는군." 친구가 내쪽으로 몸을 다시 돌리며 말한다.

정말로 뭘 보고 있는지! 누군가가 미래에 회상할 장면을 내가 엿보았다는 걸 어떻게 그에게 입증할 수 있단 말인가?

면도칼

연대 동료들이 그에게 '면도칼'이라는 별명을 붙여준 데는 다 그만한 이유가 있다. 그 사람의 얼굴엔 정면이랄 게 없었다. 지인들이 그를 떠올릴 때면 옆얼굴만 생각나곤 했는데, 그 옆얼굴 역시 비범한 면이 있었다. 코는 제도용 삼각자처럼 날카롭고 턱은 팔꿈치만큼 강건한데, 매우 완고하고 아주 무자비한 자들이 그렇듯 속눈썹은 길고 부드러웠다. 그의 이름은 이바노프였다.

예전에 지어졌건만, 기묘할 정도로 선구안이 있는 별명이었다. 스톤이나 슈타인*으로 불렸던 자가 걸출한 광물학자가 되는 사례는 드물지 않다. 이바노프 대위도 파란만장한 대서사시 같은 망명 과정과 온갖 시

---

* 독일어로 '돌'이라는 뜻.

시한 역경을 겪은 끝에 베를린에 정착하여, 그의 별명이 미리 살짝 암시해준 바로 그 일, 즉 이발사를 직업으로 택했다.

그가 일하는 작지만 청결한 이발소에는 젊은 전문가 두 명이 더 있었는데, 그들은 그 '러시아 대위'를 장난 섞인 존경을 담은 태도로 대했다. 그 밖에 은방울 굴리는 듯한 소리를 내며 금전등록기 손잡이를 돌리는 무뚝뚝한 뚱보 점주, 그리고 눈앞의 작은 벨벳 쿠션에 다섯 개씩 놓이는 무수한 손가락을 접하다보니 맥이 빠진 듯 활기 없이 반투명한 손톱관리사도 있었다.

독일어를 잘 모른다는 게 다소 약점이었음에도 이바노프의 일솜씨는 매우 훌륭했다. 그러나 그는 그 문제를 해결할 방안을 곧 생각해냈다. 첫번째 문장에는 '~하지 않으시겠습니까'를 덧붙이고, 다음 문장에는 의문사 '무엇을', 그다음에는 다시 '~하지 않으시겠습니까'를 덧붙이고, 이런 식으로 계속 번갈아 말하면 된다. 그리고 그는 베를린에서만 이발을 배웠는데도, 이발 방식이 쓸데없이 짤깍짤깍하는 가위 소리를 많이 내는 걸 좋아하기로 유명한 과거 러시아 이발사들의 방식과 얼마나 흡사한지 놀라울 정도다—그들은 우선 짤깍거리는 소리부터 낸 다음 자를 머리를 잡고 한 타래나 두 타래 싹둑 잘라놓고는, 마치 관성 때문에 어쩔 수 없다는 듯이 공중에서 가윗날을 계속 매우 빠르게 움직이곤 했다. 그리고 바로 이렇게 쓸데없이 능란하게 윙윙대는 소리로 그는 동료들에게 존경을 받았다.

확실히 가위와 면도칼은 무기로, 그 금속성의 찌르륵찌르륵 소리에는 이바노프의 호전적인 영혼을 기쁘게 하는 뭔가가 있었다. 그는 집념이 강하고 날카로운 기지가 있는 사람이었다. 광활하고 고귀하고 장엄한 그의 조국은 듣기 좋게 포장된 붉은색 선전 문구의 기치 아래 멍청한 광대에게 짓밟혔는데, 그는 이 일을 도저히 용서할 수 없었다. 단단하게 돌돌 감긴 스프링 같은 복수심이 때를 기다리며 그의 영혼 안에 도사리고 있었다.

몹시 뜨거웠던 푸르스름한 어느 여름 아침, 평일 낮시간엔 손님이 거의 한 명도 없다는 걸 이용해 이바노프의 동료 둘 다 한 시간 정도 쉬러 나갔다. 점주는 더위와 오래전부터 무르익어온 욕망을 도저히 참을 수 없어, 저항하는 법이 없는 작고 창백한 손톱관리사를 조용히 뒷방으로 데리고 갔다. 햇볕이 내리쬐는 가게 안에 홀로 남은 이바노프는 신문을 대충 훑어본 후, 담배에 불을 붙이고는 온몸에 흰옷을 두른 채로 입구 쪽으로 나가 행인들을 바라보기 시작했다.

푸른색 그림자를 대동한 사람들이 획획 지나갔다. 그림자들은 보도 가장자리 위에서 부서지더니, 열기로 물러진 아스팔트에 뱀의 화려한 레이스 무늬와도 닮은 리본 모양 자국을 남기는 자동차의 반짝거리는 바퀴 아래로 겁 없이 미끄러졌다. 검은 양복 차림에 검은색 중산모를 쓰고 옆구리에 검은색 서류가방을 낀, 키가 작지만 다부진 신사가 보도에서 갑자기 방향을 바꾸더니 흰색 일색인 이바노프를 향해 곧장 걸어왔다. 이바노프는 햇빛에 눈을 깜빡이면서 옆으로 물러나 그 남자를 이발소에 들였다.

새로 들어온 사람의 상이 이발소 안 모든 거울에 한꺼번에 나타났다. 옆얼굴선이 보이더니, 얼굴의 4분의 3 정도가 보이고, 이어서 검은 중산모가 모자걸이를 향해 올라가 걸리자, 밀랍같이 매끈한 대머리가 보였다. 그리고 마침내 그 남자가 녹색과 금색 향수병이 반짝거리는 대리석 받침대 위에서 번득이는 거울을 향해 얼굴을 정면으로 돌리자, 이바노프는 순간 꿰뚫는 듯한 작은 눈과 오른쪽 콧방울 옆에 볼록한 사마귀가 달린, 표정이 풍부한 그 뒤룩뒤룩한 얼굴을 알아보았다.

신사는 아무 말 없이 거울 앞 자리에 앉더니 뭔가 알아들을 수 없는 말을 중얼거리며 지저분한 뺨을 뭉툭한 손가락 하나로 톡톡 쳤다. 면도하고 싶다는 뜻이다. 경악해서 흐리멍덩해진 상태로 이바노프는 남자의 몸에 시트를 펼쳐 걸치고 도자기 사발에서 미지근한 비누 거품을 휘저어 남자의 뺨과 둥근 턱과 윗입술에 솔로 바르기 시작해, 조심스럽게 사마귀 주위를 돈 다음, 집게손가락으로 거품을 문지르기 시작했다. 하지만 이 사람을 다시 맞닥뜨렸다는 데 너무 충격을 받은 나머지, 그는 이 모든 과정을 기계적으로 작업했다.

이제 얇고 하얀 비누 가면이 남자의 얼굴을 그 눈까지, 시계장치의 작은 톱니바퀴처럼 반짝이는 작디작은 눈 밑까지 뒤덮었다. 이바노프는 면도칼의 날을 펴서 가죽띠에 날카롭게 갈다가 문득 경악 상태에서 벗어나, 이 남자가 자신의 손아귀에 들어왔음을 깨달았다.

그리하여 그는 밀랍 같은 대머리 쪽으로 몸을 구부려 푸른 면도날을 비누 거품 가면 가까이 가져가서는 아주 나긋나긋한 목소리로 말했다. "존경하는 동지. 우리 고장을 떠난 지 얼마나 되셨소? 움직이지 마시오, 부탁이니. 그러지 않으면, 내가 바로 베어버릴 수도 있으니까."

반짝이는 작은 톱니바퀴가 빠르게 움직이기 시작하더니 이바노프의 날카로운 옆얼굴을 힐긋 쳐다보고는 멈추었다. 이바노프는 면도칼의 무딘 날 쪽으로 남자의 얼굴에서 여분의 비누 거품 조각들을 닦아내고는 말을 이었다. "나는 당신을 아주 잘 기억하고 있소, 동지. 미안하지만, 당신 이름은 입에 올리기도 역겹군요. 육 년 전쯤 하리코프*에서 당신이 나를 어떻게 심문했는지 생생히 기억하오. 당신의 서명도 기억하고, 친애하는 친구…… 하지만 보다시피 난 이렇게 아직 살아 있소."

그후 다음과 같은 일이 일어났다. 그 작은 눈이 이리저리 획획 움직이더니 돌연 질끈 감겼고, 눈을 감으면 자신이 보이지 않게 된다고 생각하는 야만인처럼 눈꺼풀이 꽉 닫혔다.

이바노프는 버석버석 소리가 나는 차가운 뺨을 따라 날을 살짝살짝 움직였다.

"여긴 완전히 우리 두 사람뿐이오, 동지. 알겠소? 면도칼을 살짝 한 번만 놓쳐도 곧바로 피가 철철 흐를 거요. 여기 경동맥이 뛰고 있소. 그러니 피가 철철 흐르겠지, 엄청나게 나올 거란 말이오. 하지만 우선 나는 당신 얼굴을 말끔히 면도해주고 싶소. 당신에게 해줄 얘기도 있으니까."

이바노프는 두 개의 손가락으로 조심스럽게 남자의 살집 있는 코끝을 잡아올리고는, 윗입술 위를 역시 유연한 손놀림으로 면도하기 시작했다.

"내 말의 요점은 이거요, 동지, 내가 전부 다 기억하고 있다는 것. 나는 완벽하게 다 기억하고 있고, 그리고 당신 또한 다 기억하기를 바란다는 것……" 그러고는 기대어 누운 채 움직임 없는 그 얼굴을 찬찬히 면도하면서 이바노프는 나긋나긋한 목소리로 이야기를 시작했다. 그가 해주는 이야기는 실로 무척 섬뜩했음이 틀림없다. 이따금 그가 손동

---

* 우크라이나 북동부의 공업도시 하르키우. 제2차세계대전 당시 번갈아가며 독일과 소비에트연방의 지배를 받았다.

378

작을 멈추고, 수의 같은 시트 아래 시체처럼 앉아 볼록 솟은 눈꺼풀을 아래로 내리깐 신사 곁으로 아주 가까이 몸을 구부리곤 했으니까.

"그게 다요." 이바노프가 한숨을 쉬며 말했다. "그게 이야기의 전부요. 한번 말해보시오. 그 모든 일에 대해 어떤 죗값을 치러야 합당하다고 생각하시오? 예리한 칼에 필적할 만한 게 뭐가 있겠소? 그리고 다시한번 명심하시오. 우리는 철저히, 완전히 둘만 있다는 걸."

"시체들은 항상 면도가 되어 있지." 남자의 팽팽하게 당겨진 목의 피부를 따라 면도날을 위쪽으로 움직이며 이바노프가 계속 말했다. "사형선고를 받은 이들도 면도를 받는다오. 그리고 지금 나는 당신을 면도하고 있소. 다음에 무슨 일이 일어날지, 실감이 되나?"

남자는 몸을 꼼지락대지도 눈을 뜨지도 않은 채 잠자코 앉아 있었다. 이젠 비누 거품 가면이 얼굴에서 사라지고 없었다. 광대뼈와 귀 근처에만 거품 흔적이 남아 있을 뿐이었다. 그 긴장한, 눈이 없는, 투실투실한 얼굴이 너무 창백해서, 이바노프는 남자가 심장마비라도 일으킨 건 아닌가 싶었다. 하지만 그가 면도칼의 평평한 면을 남자의 목에 대고 누르자, 남자의 몸 전체가 경련이 일듯 움찔했다. 그래도 남자는 눈을 뜨지 않았다.

이바노프는 남자의 얼굴을 서둘러 휙 한번 닦고, 압축용기에 든 탤컴파우더를 남자에게 약간 뿌렸다. "당신에겐 이걸로 충분해." 그는 침착하게 말했다. "나는 만족스럽군. 이제 가도 좋아." 그는 비위가 상한 듯 서둘러 남자의 양어깨에서 시트를 휙 잡아당겨 벗겼다. 상대방은 가만히 앉아 있었다.

"일어나, 바보야!" 이바노프는 고함을 지르며 남자의 소매를 당겨 남자를 일으켰다. 남자는 가게 한가운데서 눈을 꼭 감은 채 얼어붙은 듯 섰다. 이바노프는 남자의 머리에 중산모를 꼭 눌러 씌우고 옆구리에 서류가방을 끼워넣은 뒤 문 쪽으로 빙 돌려세웠다. 그제야 남자는 어색하게 움직이기 시작했다. 눈을 감은 그의 얼굴이 거울이란 거울에 모두 번쩍 비쳤다. 남자는 이바노프가 붙잡아 열고 있는 문으로 자동인형처럼 걸어나가, 손바닥을 편 채 굳어서 돌이 된 손으로 서류가방을 움켜잡고, 그리스 조각상처럼 멀건 눈으로 햇빛으로 흐릿해진 거리를 응시하며 여전히 기계 같은 걸음걸이로 가버렸다.

동화

1

환상, 환상의 두근거림, 환상의 황홀함! 에르빈은 이런 것들에 익숙했다. 노면전차에서는 보도에 가깝게 앉기 위해 늘 우측 좌석에 앉곤했다. 하루에 두 번, 직장에 갔다가 돌아오는 전차에서 에르빈은 창문을 내다보며 자신의 하렘을 채우곤 했다. 그토록 편리하고 그토록 요정이야기 속 같은 독일 도시에 거주해서 행복한, 참으로 행복한 에르빈!

아침 출근길에 이쪽 보도를 쫙 훑고, 늦은 오후 귀갓길에 반대쪽 보도를 쫙 훑는 게 그의 일과였다. 출근할 때는 이쪽 보도가, 돌아올 땐 반대쪽 보도가 육감적인 햇빛에 휩싸였는데, 태양도 출근했다가 돌아오기 때문이다. 우리가 명심해야 할 것은, 에르빈은 병적일 정도로 수줍음이 많아서 여성에게 다가가 말을 걸어본 게 일생에 단 한 번뿐인데, 그것도 짓궂은 동료들이 놀려대며 부추기는 바람에 그랬다가, 그 여성에게 조용한 목소리로 "부끄러운 줄 아세요. 날 좀 놔주세요"라는 말을 들었다는 사실이다. 그 이후로 그는 낯선 젊은 여성과 대화할 기회 자체를 피해왔다. 그 보상으로 에르빈은 검은 서류가방을 가슴팍에 꼭 움켜쥐고, 오래 입어 아랫단이 다 해진 가는 세로줄무늬 바지를 입은 한쪽 다리를 맞은편 좌석(비어 있다면)으로 뻗고서 지나가는 아가씨들을 대담하고 자유롭게 쳐다보다가, 갑자기 아랫입술을 깨물곤 했다. 입술을 깨무는 건 새로운 애첩을 포획했다는 표시다. 그렇게 한 명을 일단 확보해둔 다음, 그의 민첩한 시선은 이를테면 나침반 바늘처럼 분주하게 흔들리며 이미 다음 후보를 물색했다. 그 미녀들은 그에게서 멀리 떨어져 있으니, 그는 음침한 수줍음 때문에 불리할 일도 없이 자유로운 선택이 주는 달콤함을 만끽했다. 하지만 그러다 한 소녀가 어쩌다 맞은편 좌석에 앉았는데 뭔가 찌르르하게 쿡 찌르는 통증이 소녀가 예쁘다고 속삭이면, 그는 전혀 그 나이대 젊은이답지 않은 무뚝뚝한 기색을 다 내비치며 소녀의 좌석 아래로 뻗었던 다리를 거뒀고, 소녀를 찬찬히 뜯어보며 감정하는 것도 더는 할 수 없었다. 수줍은 나머지 이마뼈 부분이—바로 여기, 눈썹 위쪽이—쑤셔왔다. 마치 철모가 관자놀이를 꽉 조이고 눈을 들어올릴 수 없게 하는 듯했다. 그러다 소녀가 일어서서 출구 쪽으로 걸어가면 얼마나 안심이 됐는지. 그러면 그는 적당히 멍하니 있는 척하면서, 눈으로는 멀어져가는 소녀의 뒷모습을 좇아 사랑스러운 목덜미와 실크 스타킹을 신은 종아리를 다 집어삼킬 듯 쳐다보았고—수줍음이 사라진 에르빈이 쳐다보는 것이다—그러고선 결국 소녀를 자신의 기막히게 멋진 하렘에 추가하는 것이다! 한쪽 다리가 다시 뻗어지고, 환한 보도가 물 흐르듯이 창문을 다시 스치고 지나가고, 눈에 띄게 움푹 파인 자국이 끝에 나 있는 가늘고 창백한 코가 길가 쪽으로 다시 돌려지면, 에르빈은 자신의 노예가 될 여자들을 모으는 일을 재개했다. 그리하여 이것이 바로 환상, 환상의 두근거림, 환상의 황홀함이다!

2

어느 토요일, 마음이 싱숭생숭해지는 5월의 저녁, 에르빈은 카페의 노천 테이블 좌석에 앉아 있었다. 가벼운 발걸음으로 거리를 오가는 인파를 바라보며 그는 이따금 앞니로 재빨리 입술을 깨물곤 했다. 하늘은 온통 분홍빛을 띠었고, 가로등과 상점 간판의 전구들은 짙어져가는 어스름 속에서 뭔가 이 세상 것 같지 않은 불빛을 발했다. 빈혈기가 있지만 예쁘장한 어린 소녀가 이 계절에 처음 수확된 라일락을 팔며 돌아다녔다. 마침 카페 축음기에서 적절하게도 〈파우스트〉의 〈꽃의 노래〉가 흘러나왔다.

짙은 회색 맞춤 정장을 입은 키 큰 중년 여성이 무겁지만 그래도 우아함을 잃지 않은 몸가짐으로 엉덩이를 흔들며 노천 테이블 사이를 지나갔다. 빈자리가 하나도 없었다. 마침내 그 여성은 에르빈의 맞은편에 있는 빈 의자 등받이에 광택 나는 검은 장갑을 낀 한 손을 댔다.

'앉아도 될까요?' 벨벳 모자의 짧은 베일 아래에서 그녀의 웃음기 없는 눈이 물었다.

"그럼요, 앉으세요." 에르빈이 살짝 몸을 일으켰다가 휙 숙이면서 대답했다. 두껍게 분을 칠하고 조금 남성적으로 늘어진 턱을 가진, 그런 듬직한 몸매의 여성이라면 두렵지 않았다.

그 여성은 쿵 소리를 내며 특대형 핸드백을 테이블 위에 다짜고짜 내려놓더니, 커피 한 잔과 쐐기 모양으로 자른 사과 타르트 한 조각을 주문했다. 조금 목이 쉰 듯했지만 깊은 저음의 목소리가 듣기 좋았다.

칙칙한 장밋빛으로 번지던 광활한 하늘이 어두워졌다. 노면전차가 환하게 빛나는 빛의 눈물로 아스팔트를 흠뻑 적시며 끼익 날카로운 첫 소리를 내고 지나갔다. 짧은 치마를 입은 미녀들이 눈앞에 걸어갔다. 에르빈의 시선이 그들을 좇았다.

이 여자 마음에 드는데, 아랫입술을 깨물며 그는 점찍었다. 그리고 저 여자도.

"내가 주선해줄 수 있을 것 같은데." 맞은편에 앉은 여성이 좀전에 웨이터에게 말했던 것과 똑같이 차분한 어조에 약간 쉰 듯한 목소리로 말했다.

에르빈은 거의 의자에서 떨어질 뻔했다. 여성은 커피잔을 쥐기 위해 한쪽 장갑을 당겨 빼며 그를 빤히 쳐다보았다. 진하게 화장한 그녀의 눈은 현란한 가짜 보석처럼 차갑고 엄하게 반짝였다. 거무스름하게 부풀어오른 눈밑 살은 늘어졌고, 또—아무리 나이든 여자라도 여자들에게선 좀처럼 볼 수 없는 모습인—코털이 고양이 형상의 콧구멍 밖으로 삐져나온 모습이 보였다. 장갑을 벗으니 길고 볼록한 손톱이 아름다운, 크고 주름 많은 손이 드러났다.

"놀라지 말게나." 그녀가 쓴웃음을 지으며 말했다. 그러고는 하품을 삼키며 덧붙였다. "사실을 밝히자면, 나는 악마라네."

수줍고 순박한 에르빈은 이 말을 비유적 표현으로 받아들였지만, 여자는 목소리를 낮춰 다음과 같이 말을 이었다.

"뿔과 두꺼운 꼬리가 달린 모습으로 나를 상상하는 이들은 대단히 착각한 거야. 옛날에 딱 한 번 그런 모습으로 비잔틴의 어떤 바보 앞에 나타났을 뿐인데, 그게 왜 그렇게 엄청난 성공을 거두었는지 정말 모르겠어. 나는 두 세기마다 서너 번씩 다시 태어나지. 오십 년쯤 전인 1870년대에 내가 통치하던 아프리카 마을이 굽어 보이는 언덕 위에서 나는 피를 철철 흘리며 그림같이 화려한 장례 절차로 안장되었다네. 그 기간은 좀더 가혹했던 생애들 후에 주어진 휴식이었지. 지금은 독일 태생 여자로, 가장 최근의 남편—생각해보니 총 세 명의 남편이 있었군—이 프랑스인 혈통의 몽드 교수였지. 최근 몇 년간 나는 젊은 남자 여러 명을 자살로 이끌었고, 어느 유명한 화가를 부추겨 1파운드 지폐에 그려진 웨스트민스터 사원 그림을 모사해 수십 장을 복제하도록 했고, 도덕적이고 가정적인 남자를 꼬드겨서—하지만 사실 이런 건 자랑할 게 못 되지. 이번은 아주 시시하기 짝이 없는 악마의 화신이었어. 이젠 진저리가 날 지경이야."

그녀는 타르트 조각을 잘라 게걸스레 먹었고, 에르빈은 뭔가 중얼거리며 테이블 아래로 떨어졌던 모자 쪽으로 손을 뻗었다.

"아니, 아직 가지 말고 더 있어보게." 그렇게 말하며 동시에 몽드 부인은 웨이터를 손짓해 불렀다. "자네에게 해줄 게 좀 있는데, 내가 자네를 위해 하렘을 마련해주려고 해. 만약 아직도 내 힘을 의심하고 있다면, 저기 길을 건너는, 거북이 등껍질 안경을 쓴 노신사 보이지? 저 양반을 전차에 치이게 해보자고."

에르빈은 눈을 깜박이며 차도 쪽으로 시선을 돌렸다. 노신사가 전차 선로에 이르더니 손수건을 꺼내 코를 풀려고 했다. 바로 그 순간, 전차가 빛을 번쩍이고 끼익 소리를 내며 쏜살같이 휙 달려 지나갔다. 길 양쪽에서 사람들이 선로 쪽으로 우르르 몰려왔다. 안경과 손수건이 날아가버린 노신사는 아스팔트 위에 앉아 있었다. 누군가 몸을 일으키려는 그를 도와주었다. 그는 어리둥절한 듯 멋쩍게 고개를 절레절레 젓고 손바닥으로 코트 소매를 털면서 일어서더니, 다리가 괜찮은지 시험하듯 한쪽 다리를 흔들어보았다.

"나는 '치인다'라고 말했지, '깔리게 한다'라고는 안 했네. 물론 그렇게 말했으면 그리됐겠지만." 몽드 부인이 에나멜 입힌 담뱃대에 굵은 담배를 쑤셔넣으면서 태연히 말했다. "뭐, 아무튼 이건 하나의 예일 뿐이네."

그녀는 콧구멍에서 회색 연기를 두 줄기 내뿜고는, 매섭고 부리부리한 눈으로 에르빈을 다시 뚫어지게 바라보았다.

"나는 단박에 자네가 마음에 들었네. 그 수줍음, 그 대담한 상상력. 자네를 보니, 내가 토스카나에서 알고 지냈던 젊은 수도승, 대단한 잠재력을 타고났는데도 순진무구했던 수도승이 떠오르는군. 오늘은 내게 끝에서 두번째 날이라네. 여자로 살면 좋은 점이 많지만, 나이든 여자로 지내는 건, 이렇게 표현하는 걸 자네가 눈감아준다면, 지옥이야. 게다가 며칠 전에 몹시 짓궂은 짓을 하나 저질러놓은 것도 있어서— 자네도 이제 곧 온 신문에서 다 읽게 될 거야—이 인생에서는 이제 나가버리는 게 좋을 것 같아. 다음 월요일에 나는 다른 곳에서 태어날 계획이네. 내가 선택한 시베리아 잡년이 기괴한 괴물 같은 남자의 어미가 될 걸세."

"그렇군요." 에르빈이 말했다.

"자, 귀여운 친구." 몽드 부인이 파이의 두번째 조각을 순식간에 먹어치우며 말을 이었다. "난 사라져버리기 전에, 악의 없이 순진한 놀이를 좀 해볼 생각이네. 내 제안은 이래. 내일, 정오부터 자정까지 평소 하던 대로 골라보게나." (몽드 부인은 너저분한 농이랍시고, 끈적끈적한 쉭쉭 소리를 내며 아랫입술을 깔짝거렸다.) "자네가 끌리는 아가씨들을 다. 내가 떠나기 전에 그애들을 싹 다 모아서 완전히 자네 뜻대로 할 수 있도록 해주겠네. 그애들을 다 맛볼 때까지 곁에 두어도 좋아. 어때, 마음에 들지, 친구?"

에르빈은 시선을 내리깔고 가만히 대꾸했다.

"만약 그게 다 사실이라면, 그만한 행복이 또 있을까요."

"자, 그럼 됐어." 부인이 말하며 숟가락에 남아 있던 생크림을 핥았다. "잘됐어. 근데, 한 가지 조건을 걸어야 하네. 아니, 자네가 지금 생각하는 그건 아니야. 아까 말했듯이, 다음번 환생 건은 다 처리해놓았어. 난 자네 영혼 같은 건 요구하지 않아. 자, 그 조건이 뭐냐면, 정오와 자정 사이에 선택한 총합이 홀수여야 한다는 거네. 이건 필수적이고 변경 불가한 조건이야. 그렇지 않으면, 난 아무것도 해줄 수 없어."

에르빈은 목을 가다듬고, 거의 속삭이듯 물었다. "하지만 제가 어떻게 알죠? 예를 들어 한 명을 택했단 말입니다, 그러면 무슨 일이 일어납니까?"

"뭐, 딱히." 몽드 부인이 말했다. "자네는 그저 기분대로, 욕망이 이끄는 대로 따르면 되는 거야. 그래도 거래가 성립했는지 자네가 확인할 수 있도록, 매번 내가 신호를 주겠네. 꼭 자네를 향한 건 아닐지 모를 미소, 군중 속에서 우연히 귀에 들어온 한마디 말, 불쑥 눈에 밟힌 색 같은 것으로 말이지. 걱정하지 말게나, 다 알게 될 거야."

"그럼— 그런데—" 에르빈은 테이블 아래에서 양발을 꼼지락대며 중얼거렸다. "—그런데 도대체 어디서-그-그런 일이 실현되는 겁니까? 제 거처는 아주 작은 방 한 칸일 뿐인데요."

"그 점도 걱정할 것 없어." 몽드 부인이 일어서자, 코르셋이 삐걱거리는 소리가 났다. "자네는 이제 귀가할 시간이지. 일찍 가서 잘 쉬는 것도 나쁠 것 없지. 내가 데려다주겠네."

별이 총총한 하늘과 번들거리는 아스팔트 사이를 스쳐지나가는 어두운 바람을 지붕 없는 택시 안에서 맞으며 불쌍한 에르빈은 엄청난 흥분에 휩싸여 마냥 행복했다. 몽드 부인은 등을 꼿꼿이 펴고 다리를 꼬아 꼭 붙인 채 앉았고, 도시의 불빛이 부인의 보석 같은 눈 속에서 반짝였다.

"자, 자네 집에 다 왔네." 그녀가 에르빈의 어깨를 건드리며 말했다. "또 보자고."

3

브랜디가 섞인 흑맥주 한 잔에 많은 꿈을 꿀 수 있다. 다음날 아침 깨어났을 때 에르빈은 그렇게 생각했다. 취했던 게 틀림없다고, 그 재밌는 여성과 나눈 대화는 모두 공상에 불과하다고. 이러한 수사학적 전환은 옛날이야기에서 종종 일어나는데, 역시 옛날이야기에서처럼 우리의 젊은이는 자기 생각이 틀렸음을 곧 깨닫게 되었다.

교회의 시계가 열두시를 치는 고된 업무를 막 시작했을 때 그는 집을 나섰다. 일요일이면 들리는 종소리가 흥분한 듯 합세했고, 집 근처 작은 공원에 있는 공중화장실 주위의 멀구슬나무들이 가벼운 미풍에 살랑거렸다. 비둘기들이 오래된 *대공* 석상 위에 앉았다가 모래밭 옆으로 뒤뚱뒤뚱 걷다가 했는데, 모래밭에는 플란넬 옷을 입은 어린아이들이 엉덩이를 치켜든 채 장난감 삽으로 땅을 파고 목제 열차를 가지고 놀고 있었다. 광택 나는 보리수나무 잎이 바람에 흔들리면서 그 스페이드 에이스 모양의 그림자가 자갈 깔린 길 위에서 떨다가, 산책하는 사람들의 바지나 치마 위로 가볍게 떼 지어 올라가, 서로 겨루듯이 달려서 어깨와 얼굴 위에서 산산이 흩어지더니, 다시 한번 지면으로 무리 전체가 도로 미끄러져 내려와서는 간신히 몸을 떨며 누운 채 다음 보행자의 발을 기다렸다. 얼룩덜룩한 이 정경 속에서 에르빈은 배에 사마귀가 잔뜩 나고 털이 텁수룩한 뚱뚱한 강아지를 쪼그리고 앉아 두 손가락으로 만지작거리는, 흰 드레스를 입은 아가씨에게 눈길이 갔다. 그녀가 머리를 숙이자 목덜미가 드러나면서 잔물결 같은 척추의 굴곡이, 금빛 잔털이, 양 어깨뼈 사이에 부드럽게 움푹 들어간 곳이 노출되었고, 적갈색 머리카락이 이파리를 통과한 햇빛을 받아 불타올랐다. 강아지를 계속 어르던 그녀는 주저앉은 자세에서 몸을 반쯤 일으키더니 강아지 위로 손을 들어올려 손뼉을 쳤다. 그 토실토실하고 작은 동물은 자갈 위를 한번 구르더니 몇 걸음 달리다가 옆으로 넘어졌다. 에르빈은 벤치에 앉아서 소심하면서도 탐욕스러운 시선을 그녀의 얼굴에 던졌다.

꿰뚫어보듯 완벽한 관찰력으로 그 아가씨를 얼마나 또렷이 보았던지, 설사 이전에 그가 그녀와 몇 년이나 교제했다 한들 그녀의 용모에서 다른 새로운 점을 찾아낼 수 없었을 것이 틀림없다. 파리한 그녀의 입술은 강아지의 작고 부드러운 움직임을 죄다 반복하듯 씰룩거렸고, 눈부시게 파닥거리는 속눈썹은 환하게 빛나는 눈에서 나오는 가는 광선처럼 보였다. 하지만 아마도 가장 매혹적인 것은, 지금은 살짝 옆모습으로 보이는 뺨의 굴곡일 것이다. 그 아래로 떨어지는 선은 물론 그어떤 말로도 묘사할 수 없었다. 그녀는 멋진 다리를 보이면서 뛰기 시작했고, 강아지는 그녀의 자취를 따라 털뭉치처럼 굴러갔다. 문득 자신에게 주어진 기적 같은 힘이 생각난 에르빈은 숨을 죽이고 약속된 신호를 기다렸다. 바로 그 순간 그녀가 달리면서 머리를 돌리고는, 곧 있으면 자신을 따라잡을 것도 같은 토실토실한 작은 생물을 향해 미소를 살짝 지었다.

"1번이군." 에르빈은 전에 없이 큰 충족감을 느끼며 벤치에서 일어났다.

그는 일요일에만 신는 붉은빛이 도는 노란색의 화려한 구두를 땅에 질질 끌면서 자갈길을 따라 걸었다. 아주 작은 공원의 그 오아시스를 떠나 아마데우스대로 쪽으로 건너갔다. 그의 눈이 이곳저곳을 두리번거렸을까? 물론, 당연히 그랬다. 그런데 흰옷을 입은 그 아가씨가 기억에 남는 어떤 인상보다 햇빛 찬란한 자국을 남겨서 그런지 눈앞에서 춤을 추는 어떤 맹점이 다른 애인을 찾는 것을 방해했다. 하지만 곧 그 얼룩이 사라지며 전차 노선 시간표가 적힌 멀건 유리 기둥 근처에서 우리 친구는 두 명의 젊은 숙녀를 관찰했다. 울려서 메아리치는 활기찬 목소리로 노면전차 노선에 대해 의논하는 두 숙녀—놀라울 정도로 닮은 것으로 볼 때, 자매거나 쌍둥이—는 둘 다 작고 늘씬한 몸매에 검은 실크 옷을 입었고, 눈매가 되바라져 보였으며 입술엔 립스틱을 발랐다.

"저게 바로 네가 타려는 전차잖아"라고 한 명이 계속 말하고 있었다.

"두 사람 다." 에르빈이 재빨리 요청했다.

"응, 물론." 다른 한 명이 자매의 말에 대답했다.

에르빈은 계속 대로를 따라 걸었다. 그는 최고의 가능성이 존재하는 세련된 거리를 속속들이 알았다.

"셋," 그는 혼잣말로 말했다. "홀수. 지금까지는 잘되고 있군. 만약 지금이 바로 자정이라면……"

이 지역에서 가장 좋은 호텔 중 하나인 레일라의 계단을 핸드백을 흔들며 내려오는 여자가 보였다. 몸집이 크고 면도 자국으로 턱이 푸르스름한 그녀의 동행이 그녀 뒤를 천천히 따라 내려와 담배에 불을 붙였다. 그 여자는 사랑스럽고, 모자를 쓰지 않았고, 단발머리였는데 앞머리가 이마를 덮어서, 마치 처녀를 연기하는 소년 배우처럼 보였다. 우리의 우스꽝스러운 연적이 바싹 달라붙어 에스코트하는 그 여자가 지나가는 순간, 그녀의 재킷 옷깃에 붙은 진홍색 장미 조화와 간판에 그려진 광고가 에르빈의 눈에 동시에 들어왔다. 광고에는 금빛 콧수염이 난 터키인과 "그래!"라고 쓰인 커다란 글자가 있고, 그 아래에 그보다 작은 글자로 "난 동방의 장미만 피운다네"라고 적혀 있었다.

그것으로 네 명이 됐고, 2로 나뉘는 수다. 에르빈은 홀수를 만드는 까다로운 절차를 지체 없이 재개하고 싶은 마음에 조바심이 났다. 대로에서 빠지는 샛길에는, 하숙집 주인의 요리에 진절머리가 나는 일요일이면 가끔 들르는 저렴한 식당이 하나 있다. 그 식당에서 일하는 한 처자도 이런저런 기회에 우연히 그의 눈에 들어왔던 아가씨 중 한 명이었다. 그는 식당으로 들어가 가장 좋아하는 요리를 주문했다. 돼지피를 섞어 만든 소시지와 절인 양배추 샐러드이다. 그의 테이블은 전화기 옆에 있었다. 중산모를 쓴 남자가 전화를 걸더니 토끼 냄새를 맡은 사냥개처럼 맹렬히 지껄이기 시작했다. 에르빈의 시선이 바 쪽으로 향했다―그곳에는 전에 그가 서너 번 본 적 있는 그 아가씨가 있었다. 그녀는 칙칙하고 주근깨가 많은 미인이었다. 미美라는 게 칙칙한 적갈색일 수 있다면 말이지만. 세척한 맥주잔을 올려놓으려고 그녀가 맨팔을 들어올리자 붉은 겨드랑이털이 보였다.

"좋아, 좋고말고!" 남자가 수화기에 대고 짖어댔다.

에르빈은 트림까지 섞어 안도의 한숨을 내쉬며 식당을 나왔다. 배가 더부룩하니 낮잠을 자고 싶어졌다. 실은, 새 구두가 꽉 조여서 마치 게에 물린 듯 발이 아팠다. 날씨가 바뀌었다. 공기가 후덥지근해졌다. 거대한 돔 형태의 구름이 점점 커지더니 뜨거운 하늘에서 서로 무리를 이루었다. 거리에 인적이 드물어지고 있었다. 집집마다 일요일 오후의 코 고는 소리로 가득찬 것이 느껴졌다. 에르빈은 노면전차를 탔다.

전차가 출발했다. 에르빈은 땀으로 번들거리는 창백한 얼굴을 창문 쪽으로 돌렸지만, 아가씨 하나 걸어다니지 않았다. 그는 승차 요금을 내다가, 통로를 사이에 끼고 건너편 자리에 한 여성이 그에게 등을 보이고 앉은 모습을 봤다. 그녀는 검은 벨벳 모자를 쓰고 얇은 드레스를 입었는데, 반투명한 연보라색 바탕에 국화 무늬를 얼기설기 짜넣은 탓에 슬립의 어깨끈이 비쳤다. 조각상처럼 당당한 그 체격을 보자 에르빈은 부인의 얼굴이 궁금해서 힐끗 쳐다보고 싶어졌다. 그녀의 모자가 움직이면서 마치 검은 배처럼 방향을 돌리기 시작했을 때 그는 늘 하던 대로 처음에는 멍하니 있는 척하며 맞은편에 앉은 젊은이를, 자신의 손톱을, 그다음에는 차량 맨 뒷좌석에서 졸고 있는, 뺨이 불그레하고 몸집이 작은 노인을 바라보았고, 그런 식으로 계속 둘러보는 걸 정당화해줄 기점을 마련한 후, 이제 그를 쳐다보고 있는 부인에게 무심한 시선을 돌렸다. 몽드 부인이었다. 정면으로 본, 젊음의 흔적이 남지 않은 얼굴은 열기 탓에 얼룩덜룩하게 붉었으며, 남자 같은 눈썹은 꿰뚫어보는 듯한 오색찬란한 눈 위에서 빳빳이 섰고, 앙다문 입술의 양쪽 입꼬리는 살짝 냉소적인 미소를 띠어 동그랗게 말려 있었다.

"안녕하신가." 그녀가 목이 약간 쉰 듯한 목소리로 부드럽게 말했다. "이리로 건너와서 앉게나. 이제 좀 잡담을 나눌 수 있게 됐군. 그래, 어떻게 돼가나?"

"다섯밖에 안 돼요." 에르빈이 당황하며 대답했다.

"아주 훌륭해. 홀수군. 거기서 멈추라고 충고하고 싶구면. 그러고선 자정에—아, 그래, 내가 얘기 안 해준 것 같구나—자정에 호프만 거리로 와야 해. 어딘지는 알지? 12번지와 14번지 사이를 잘 보게. 공터가 벽으로 에워싸인 정원이 딸린 저택으로 변할 테니. 자네가 선택한 여자들이 쿠션과 양탄자에 앉아 자네를 기다리고 있을 거야. 나랑 정원 문 앞에서 만나자고—그렇지만 알다시피," 그녀는 은근한 미소를 지으며 덧붙였다. "내가 불청객이 되진 않을 거네. 주소 기억하겠지? 정원 문 앞에 새로 설치한 가로등이 있을 거야."

"저, 하나만 부탁할게요." 에르빈이 용기를 내어 말했다. "처음에는 그들이 옷을 입고 있도록 해주세요—그러니까 제 말은 제가 선택할 때와 똑같은 모습으로 있었으면 좋겠다는 거예요—그리고 아주 유쾌하고 사랑스러운 분위기면 좋겠습니다."

"뭐, 당연히." 그녀가 답했다. "나에게 말하건 하지 않건 모든 건 자네가 바라는 대로 될 거야. 그렇지 않다면, 이 모든 일을 시작할 의미가 없지, 안 그런가? 그런데 말이야, 고백해보게, 친구, 하마터면 자네 하렘 명부에 나도 올릴 뻔했지. 아니, 아니, 질겁할 거 없어. 좀 놀려본 거야. 자, 여기서 내려야지. 이쯤에서 그만하기로 한 건 아주 현명한 일이네. 다섯이면 훌륭하지. 자정 지나고 몇 초 후에 보세나. 하하."

4

에르빈은 방에 들어서자마자 신발을 벗어던지고 침대에 몸을 뻗고 누웠다. 그는 저녁이 다 되어서야 눈을 떴다. 옆방의 축음기에서 꿀맛같이 달콤한 테너 목소리가 최대한 키운 음량으로 흘러나왔다. "난 행복을 원해—"

에르빈은 되짚어보기 시작했다. 1번, 흰옷 입은 아가씨, 개중 가장 꾸밈없이 소박한 여자다. 어쩌면 내가 좀 성급했는지 모르겠다. 뭐, 아무래도 좋지, 그렇다 해도 곤란할 건 없으니까. 그다음에는 유리 기둥 옆에 있던 쌍둥이 자매. 쾌활하고 화장을 진하게 한 젊은 애들. 걔들과는 재미를 볼 게 확실해. 그다음 4번은 소년처럼 생긴 레일라의 장미. 아마도 그녀가 최고일 거야. 그리고 마지막으로 맥줏집의 그 여우. 역시 나쁠 것 없지. 하지만 다섯 명이 다군. 그렇게 많은 건 아니야!

그는 잠시 머리 뒤에 양손을 대고 누워서 연신 행복하기를 원하는 테너의 노래를 들었다. 다섯 명이라. 아니지, 말도 안 돼. 지금이 월요일 아침이 아닌 게 유감이군. 일전에 만난 세 명의 점원이라든가—아아, 그렇게나 많은 미인이 내 눈에 띄기를 기다리고 있는데! 게다가 마지막 순간에 언제든 창녀 한 명쯤은 금방 더할 수 있잖아.

에르빈은 평상시 신는 신발을 신고, 머리를 빗은 다음 서둘러 나갔다.

아홉시까지 그는 두 명을 더 모았다. 둘 중 한 명은 그가 샌드위치를 먹고 네덜란드 진 두 잔을 마신 카페에서 발견했다. 그녀는 턱수염을 손가락으로 만지작거리는 외국인 동행과 이해할 수 없는 언어—폴란드어나 러시아어—로 몸짓 손짓을 크게 섞어가며 이야기하고 있었다. 잿빛 눈은 살짝 치켜올라갔고 가는 매부리코는 웃을 때면 주름이 졌으며 우아한 다리는 무릎까지 맨살이 드러났다. 그녀의 민첩한 몸짓과 담뱃재를 테이블 위에 온통 흩뿌리며 부주의하게 톡톡 두드리는 모습을 바라보는데, 그녀의 슬라브어에 어떤 독일어 단어가 마치 창문이 열리듯 번쩍였다. 이렇게 우연히 들려온 단어('오펜바어')*는 '명백한' 신호였다. 목록에 일곱번째로 넣은 또 한 명의 소녀는 작은 놀이공원의 중

---

* 독일어로 '명백한'이라는 뜻.

국풍 출입구에서 나타났다. 그녀는 진홍색 블라우스에 선명한 녹색 치마를 입었는데, 같이 놀러가자며 허리께를 잡아 자신들 쪽으로 끌어당기는 흥 오른 젊은 불량배 두 명과 실랑이하면서 호들갑을 떨고 비명을 지르느라 드러난 목이 부어올랐다.

"그럴게, 그런다고!" 그녀는 마침내 그렇게 외치고는 가버렸다.

알록달록한 종이 초롱이 그곳에 활기를 더하고 있었다. 꺅꺅 소리지르는 승객을 태운 썰매 같은 기구가 구불구불한 수로를 돌진해 내려오더니 중세 풍경을 그린 각진 회랑 속으로 사라져 새로운 비명을 자아내는 새로운 심연으로 뛰어들었다. 가건물 안에는 자전거 네 대로 된 좌석(바퀴가 없이 틀과 페달과 손잡이만 있었다)에 셔츠와 반바지 차림의 아가씨 네 명─붉은색 옷, 파란색 옷, 녹색 옷, 노란색 옷─이 앉아서 노출된 두 다리를 전력으로 움직이고 있었다. 그들의 머리 위에 달린 계기판에서는 붉은색, 파란색, 녹색, 노란색 바늘 네 개가 움직였다. 처음에는 파란색 바늘이 제일 앞서다가 녹색 바늘이 추월했다. 호루라기를 들고 옆에 선 남자가 내기를 걸고 싶어하는 얼간이 몇 명이 낸 동전을 모았다. 에르빈은 거의 허벅지 끝까지 노출한 채 맹렬한 힘으로 페달을 밟는 아가씨들의 멋진 다리를 빤히 바라보았다.

춤을 추게 하면 대단할 것 같다고 에르빈은 생각했다. 네 명 전부 쓸 만하겠어.

네 개의 눈금이 고분고분하게 한 덩어리로 모이더니 멈췄다.

"동시에 골인했습니다!" 호루라기를 든 남자가 소리쳤다. "경이로운 결과입니다!"

에르빈은 레모네이드 한 잔을 마시고 손목시계를 본 다음 출구로 향했다.

열한시 정각에 열한 명의 여자. 이것으로 됐겠지.

그는 눈을 가늘게 뜨며 그를 기다리고 있는 쾌락을 상상했다. 그러고는 깨끗한 속옷을 입었음을 기억하고선 기뻐했다.

그런 식으로 말하다니 몽드 부인도 꽤 교활하군, 에르빈은 씩 웃으며 생각했다. 물론 몽드 부인은 날 엿보겠지만, 뭐 어때? 그게 또 자극되어 묘미를 더해주겠지.

그는 시선을 내리깔고 흐뭇하게 머리를 흔들며 걷다가 거리 이름을 확인할 때만 드물게 시선을 올릴 뿐이었다. 호프만 거리가 꽤 멀다는 걸 알고 있었지만, 그에게는 아직 한 시간 정도가 있으니 서두를 필요는 없었다. 어젯밤처럼 다시 하늘에는 별이 무리 지어 떠 있었고, 아스팔트는 매끄러운 수면처럼 반짝이며 거리의 마법 같은 빛을 흡수해 길게 늘였다. 그는 보도까지 그 광채가 흘러넘치는 커다란 영화관 앞을 지나갔고, 그다음 길모퉁이에서 짧고 크게 터뜨리는 아이 웃음소리 같은 소리를 듣고 눈을 들었다.

그의 눈앞으로 야회복을 입은 키가 크고 나이가 지긋한 남성이 어린 소녀와 나란히 걸어갔다─소녀는 가슴이 깊이 팬 검은색 파티 드레스를 입은 열네 살 남짓한 아이였다. 나이 지긋한 남성은 도시의 모든 이가 초상 사진을 통해 아는 사람이었다. 그는 나이든 백조를 떠올리게 하는 저명한 시인으로, 멀리 있는 교외에서 내내 혼자 살고 있었다. 그는 일종의 묵직한 우아함을 풍기며 성큼성큼 걸었다. 때묻은 솜 같은 색조의 머리카락은 중절모 아래로 내려와 귀를 덮었다. 야회복 사이로 삼각형으로 드러난 풀 먹인 셔츠에 달린 단추형 보석이 가로등 불빛을 받아 반짝였고, 뼈가 다 드러나는 앙상한 긴 코는 얇은 입술 한쪽에 쐐기 모양 그림자를 드리웠다. 부들부들 떨릴 정도로 흥분된 그 순간, 에르빈의 눈에 노시인 곁에서 종종걸음치는 소녀의 얼굴이 언뜻 들어왔다. 그 얼굴에는 뭔가 기묘한 점이 있었는데, 너무 반짝거리는 눈의 쏜살같이 움직이는 시선이 그랬다. 그리고 만약 그녀가 그저 어린 소녀만 아니었다면—의심의 여지 없이 노인의 손녀겠지만—입술에 립스틱을 살짝 발랐다고 의심할 정도였다. 그애는 아주, 아주 살짝 엉덩이를 흔들고 두 다리는 딱 붙인 채 걸으면서, 낭랑한 목소리로 동행에게 뭔가를 묻고 있었다. 에르빈은 마음속으로 어떤 명령도 내리지 않았음에도 잠깐 뇌리를 스친 자신의 비밀스러운 소망이 충족되었음을 알았다.

"아, 물론, 물론이다." 노인은 아이에게 몸을 구부리고 살살 달래듯이 답했다.

그들이 지나가자 에르빈은 휙 풍기는 향수 냄새를 맡았다. 그는 잠시 돌아보다가 다시 걸음을 재촉했다.

"이런, 조심해야겠군." 이것으로 열둘, 즉 짝수가 되었다는 데 생각이 미치자 그는 돌연 중얼거렸다. 한 명 더 찾아야 해—삼십 분 안에.

계속 더 찾아 헤매야 한다는 게 조금 성가시기도 했지만, 동시에 또 다른 기회가 아직 있다는 것이 기쁘기도 했다.

가는 길에 한 명 뽑으면 돼, 그는 약간 허둥대려는 마음을 가라앉히며 혼잣말을 했다. 한 명쯤이야 당연히 찾고말고!

"어쩌면, 그렇게 고른 게 최고일지 몰라." 그는 화려한 밤 풍경을 응시하면서 소리 내어 말했다.

그리고 몇 분 후 그는 몸이 기분좋게 움츠러드는 익숙한 느낌, 명치가 시린 듯한 한기를 느꼈다. 그 앞에서 한 여자가 빠르고 가벼운 걸음으로 걸어가고 있었다. 여자의 뒷모습을 보았을 뿐인데, 다른 누구도 아닌 바로 그녀를 추월해서 얼굴을 보고 싶은 열망이 왜 그렇게 가슴에 사무칠 정도로 절실한지 자신도 설명하기 어려웠다. 물론, 단어를 적당히 나열해 그 여자의 몸가짐과 어깨의 움직임과 모자의 실루엣을 묘사할 수도 있을 것이다―하지만 그게 무슨 소용이 있을까? 눈에 보이는 윤곽을 초월한 뭔가, 특별한 어떤 분위기, 천상에서 느낄 법한 설렘에 에르빈은 계속 마음이 끌렸다. 그는 보폭을 크게 해서 걸었지만, 여전히 그녀를 따라잡을 수 없었다. 촉촉하게 반사된 빛이 그 앞에서 깜박거렸다. 그녀는 일정한 속도로 계속 걸어갔고, 그녀의 검은 그림자는 가로등 불빛의 테두리 안에 들어갈 때면 휙 위로 들처져 벽을 따라 미끄러지다가 모서리를 휘감고 돌아서 사라지곤 했다.

"맙소사, 어떻게 해서든 얼굴을 봐야지." 에르빈이 중얼거렸다. "시간이 눈 깜짝할 새에 지나가는군."

이내 그는 시간을 잊었다. 그 기묘하고 조용한 밤의 추격은 그의 혼을 쏙 빼놓았다. 그는 마침내 가까스로 그녀를 따라잡아 앞서서 멀리 더 걸어갔지만, 그녀를 돌아볼 용기가 안 나서 그냥 속도를 늦췄다. 그러자 이번에는 그녀 쪽에서 그를 앞질렀는데, 너무 빠르게 지나가서 쳐다볼 틈이 없었다. 다시 그는 열 발자국쯤 뒤에서 따라 걸었는데, 그때쯤 되자 그는 얼굴을 보지 않고도 그녀가 자신에게 주어질 최고의 포상임을 알았다. 거리는 알록달록한 빛으로 타오르더니 일단 잦아들었다가 다시 빛났다. 광택 있는 어두운 공간인 광장을 가로질러야 했다. 다시 한번, 또각또각 짧게 울리는 하이힐소리를 내며 여자가 보도로 걸어갔고, 그 뒤에서 에르빈은 부연 빛, 축축한 밤, 추적으로 어리둥절해서는 유체이탈이라도 한 듯 어지러워졌다.

무엇이 그를 유혹한 것일까? 그녀의 걸음걸이도 몸매도 아닌 뭔가 다른 것, 마치 팽팽하게 긴장된 미광이 그녀를 에워싼 듯이 사람을 홀리고 압도하는 것이었다. 단지 환상, 환상의 두근거림, 환상의 황홀함일지도, 혹은 어쩌면 신이 한번 건드려서 인간의 인생을 송두리째 바꿔버리는 일 같은 것일지도—에르빈은 아무것도 모른 채, 무지갯빛으로 빛나는 밤 속에서 마찬가지로 비물질화된 듯 보이는 아스팔트와 돌 위를 급히 걸어 그녀를 뒤쫓을 뿐이었다.

그러자 나무들, 봄의 보리수나무들이 추적에 가담했다. 그들은 길 양쪽에서 그의 머리 위로, 사방을 둘러싸고 수런수런 속삭임을 주고받으며 전진했다. 작고 검은 하트 모양 그림자들이 가로등 발치마다 서로 뒤엉켜 섞였고, 그 은은하면서도 끈적끈적한 향은 그를 부추겼다.

에르빈은 다시 한번 가까이 다가갔다. 한 발짝 더 가면 그녀와 어깨를 나란히 하고 걷게 될 찰나였다. 그녀는 어떤 철제 쪽문 앞에서 우뚝 멈춰 서더니 핸드백에서 열쇠를 꺼냈다. 에르빈은 가속도가 붙어 거의 그녀와 부딪힐 뻔했다. 그녀가 얼굴을 그쪽으로 휙 돌렸는데, 에메랄드색 잎사귀를 통과해 비치는 가로등 불빛 덕분에 그는 아침에 자갈길 위에서 털이 복슬복슬한 검은 강아지와 놀던 아가씨의 얼굴을 알아보았다. 순간 그녀의 모든 매력이, 부드러운 온기, 값을 따질 수 없는 광채가 기억나면서 바로 이해됐다.

그는 가만히 선 채로 참담한 미소를 지으며 그녀를 뚫어지게 바라보았다.

"부끄러운 줄 아세요." 그녀가 조용히 말했다. "날 좀 놔주세요."

작은 문이 열리더니 쾅하고 닫혔다. 에르빈은 숨죽인 보리수나무 아래에 우두커니 서 있었다. 그는 어디로 갈지도 모른 채 주위를 둘러보았다. 몇 발짝 떨어진 곳에 휘황찬란하게 빛나는 기포가 두 개 보였다. 보도 옆에 정차한 자동차였다. 그는 그 차로 가서 인형처럼 미동도 없는 운전사의 어깨를 건드렸다.

"이 거리 이름이 뭐죠? 길을 잃었어요."

"호프만 거리요." 인형이 무뚝뚝하게 답했다.

그리고 그때 자동차 안에서 귀에 익숙한, 약간 목이 쉰 듯한 부드러운 목소리가 들려왔다.

"안녕, 나야."

에르빈은 차문에 한 손을 대고는 기운 없이 답인사를 했다.

"난 지루해서 돌아가실 지경이네." 목소리가 말했다. "여기서 내 남자 친구를 기다리고 있다네. 그이는 독약을 가져오는 중이지. 그이와 나는 새벽에 죽을 거야. 그래, 자넨 어떤가?"

"짝수예요." 에르빈이 먼지투성이 차문을 손가락으로 훑으면서 말했다.

"그래, 알고 있어." 몽드 부인이 침착하게 응수했다. "열세번째가 첫번째와 똑같은 사람으로 드러났지. 자네가 심히 멍청하게 일을 그르쳤더군."

"유감이에요." 에르빈이 말했다.

"유감이고말고." 그녀가 말을 되받아 따라 하더니 하품했다.

에르빈은 허리를 굽혀 인사하며 다섯 손가락을 쫙 펴서 끼운 그녀의

커다란 검은 장갑에 키스한 다음 작게 기침을 하면서 어둠 속으로 향
했다. 무거운 발걸음으로 걸어가자니 다리가 아팠고, 내일이 월요일이
며 일어나기 어려우리라는 생각을 하니 벌써 노곤해졌다.

공포

내겐 가끔 이런 일이 일어난다. 밤의 전반부—밤이 무거운 발을 질질 끌며 오르막을 올라갈 때이다—동안 책상 앞에 앉아 일에 몰두하다 완전히 녹초가 된 나는, 밤이 오르막 정상에 도달해 새벽의 연무 속으로 굴러떨어질 태세를 취하며 언덕 꼭대기에서 휘청거리는 바로 그 순간에 퍼뜩 정신을 차리고 한기를 느끼며 의자에서 일어나 침실 전등을 켜고는 문득 거울에 비친 자신의 모습을 보곤 한다. 그후에는 이런 식이다. 즉, 나는 일에 깊이 열중하는 동안 나 자신이라는 존재에서 멀어지고 있었으므로, 수년간 떨어져 지내던 가까운 친구를 만났을 때 경험하는 것과 유사한 감각을 느낀다. 그렇게 속이 텅 빈 것 같고 의식은 또렷하지만 감각은 없는 순간에는 사람을 전혀 다른 각도로 바라보게 된다. 이 얼어붙은 듯 감각이 둔해지는 신비로운 마취 상태가 이윽고 사라지고, 보이는 상대도 곧 활기를 되찾아 온기가 돌고 원래의 자리로 돌아가 다시 아주 친숙한 존재가 되어, 아무리 의지력을 발휘해도 언뜻 스치고 지나갔던 소원함의 감각을 되찾을 수 없음을 알고 있는데도 말이다. 정확히 이와 같은 감각으로 나는 거울에 비친 나의 상을 주시하면서도 그것이 자신의 모습임을 인식하지 못하고 서 있었다. 그리고 내 얼굴—깜빡이지도 않는 생경한 눈, 아래턱에 자란 짧은 털의 광택, 코를 따라 생긴 음영—을 점점 더 예리하게 관찰하면서 나는 더 고집스럽게 "이건 나다. 이건 아무개야"라고 자신에게 말하고 또 말했다. 이것이 왜 '나'여야 하는지가 불분명해질수록 거울 속 얼굴과 그 정체를 납득하지 못하는 '나'를 합치는 게 점점 더 어려워졌다. 내가 느낀 이 기묘한 감각을 얘기하면, 당연히 사람들은 그런 일이 반복되면 정신병원에 가게 될 거라고들 했다. 사실 한 번인가 두 번, 밤늦게 거울에 비친 나의 상을 너무 길게 응시하고 있자니 오싹한 느낌이 엄습해 허겁지겁 불을 끈 적도 있다. 하지만 다음날 아침 면도할 때 보는 거울에 비친 내 이미지의 실재성을 의심하는 일은 결코 없었다.

또 이런 일도 있었다. 밤중에 침대에서 느닷없이 나는 내가 필멸의 존재라는 사실을 불현듯 기억했다. 그때 나의 내면에서 일어난 일은 이를테면 다음과 같은 상황과 아주 똑같다 할 수 있다. 거대한 극장 안, 갑자기 불이 나가 눈 깜짝할 사이에 닥쳐온 암흑 속에서 누군가가 귀가 째지는 듯한 날카로운 비명을 지르고 다른 목소리들도 합세해 일파만파 퍼지는 공황 상태의 검은 천둥을 동반한, 사위를 분간하기 힘든 태풍이 일다가—갑자기 다시 불이 들어오고 아무 일 없었다는 듯 연극 공연이 재개된다. 이처럼 나의 영혼은 일순 숨이 막혔지만, 그 와중에도 나는 두 눈을 크게 뜨고 반듯이 누워 온 힘을 다해 두려움을 극복하고 죽음을 합리화해서, 그 어떤 교리나 철학에도 기대지 않고 매일매일의 삶 속에서 죽음을 받아들이는 법을 배우고자 애썼다. 결국, 죽음은 아직 멀리 있다고, 모든 것의 이치를 따져볼 시간이 충분히 있다고 혼자 납득해보지만, 여전히 결코 답을 얻지 못하리란 걸 알고 있다. 그러면 다시 어둠 속에서, 사랑스러운 지상의 자질구레한 일들에 관한 훈훈하고 생생한 생각이 공황 상태로 빠져버리는 마음속 극장의 가장 싼 좌석에서 비명이 들린다—그래도 침대 속에서 뒤척이며 뭔가 다른 문제를 생각하기 시작하면 이윽고 진정된다.

밤중에 거울 앞에서 느끼는 당혹스러움이나 죽음을 미리 맛보고 느끼는 느닷없이 가슴이 철렁 내려앉는 듯한 통증은 많은 이들에게 익숙한 감각일 것이다. 그런데도 그 감각을 굳이 장황하게 곱씹는 이유가 있다면, 내가 언젠가 체험하도록 운명지어진 가장 큰 공포의 조그만 입자가 거기에 들어 있기 때문이다. 그 이상 더할 수 없는 최고의, 특별한 공포—정확한 용어를 찾으려고 이리저리 궁리하며 헛된 시도를 계속해보긴 하지만, 나의 기성 단어 저장고엔 딱 들어맞는 단어가 하나도 없다.

나는 행복한 삶을 영위했다. 나에게는 연인이 있었다. 우리가 처음으로 헤어졌을 때 겪은 고통을 생생히 기억한다. 외국으로 업무상 여행을 갔다가 귀국하는데 그녀가 역으로 마중을 나왔었다. 먼지가 자욱한 햇빛의 원뿔이 역의 유리로 된 둥근 천장을 방금 막 관통해 들어와, 마치 황갈색 햇빛의 새장 속에 갇힌 듯한 승강장에 그녀가 서 있는 게 보였다. 열차 창문이 천천히 미끄러지다 멈추자 그 얼굴이 계속 앞뒤로 리듬감 있게 움직였다. 그녀와 함께 있으면 나는 항상 마음이 편안하고 안정됐다. 딱 한 번이었는데—여기서 다시 나는 인간의 언어가 얼마나 투박한 도구인지 절감한다. 그래도 설명해보고 싶다. 그 일은 정말이지 말도 안 될 정도로 아주 순식간에 지나갔다. 우리는 그녀 방에 단둘이 있었는데, 내가 글을 쓰는 동안 그녀는 나무 주걱 뒷면에 실크 스타킹을 씌워 팽팽하게 펴고 구멍을 꿰매며 머리를 낮게 수그리고 있었다. 반투명해 보이는 분홍색의 한쪽 귀는 금발 한 타래로 반쯤 가려져 있었고, 목에 걸친 작은 진주알들은 왠지 모르게 마음을 뭉클하게 하면서 어슴푸레 빛났으며, 부드러운 뺨은 연신 삐죽거리는 입 때문에 움푹 들어간 것처럼 보였다. 돌연, 아무 이유 없이 나는 그녀가 거기 있다는 사실에 공포를 느꼈다. 이는 먼지가 자욱한 역의 햇빛 속에서 어찌된 영문인지 아주 잠깐이지만 그녀가 그녀임을 머릿속으로 받아들이지 못했다는 사실보다 훨씬 더 섬뜩했다. 한방에 타인이 나와 함께 있다는 것이 섬뜩하게 느껴졌고, 또 그 타인이라는 개념 자체가 섬뜩했다. 광인이 친지들을 알아보지 못하는 건 당연하다. 하지만 그녀가 머리를 들면서 이목구비 전체를 동원해 내 쪽을 향하며 재빨리 미소를 짓자, 조금 전에 느꼈던 그 기묘한 공포는 이제 흔적도 없이 사라졌다. 반복하건대, 이런 일은 딱 한 번 일어났고, 나는 고독한 밤에 고독한 거울 앞에서 뭔가 꽤 흡사한 체험을 했던 사실을 잊고는 그 일을 내 신경이 벌인 바보 같은 속임수일 뿐이라고 여겼다.

그녀는 삼 년 가까이 나의 정부였다. 나는 우리의 관계가 많은 이들에게 이해받지 못하는 관계였음을 안다. 그들은 그런 순박하고 어린 아가씨의 어떤 점이 그렇게 시인의 마음을 끌고 애착을 갖게 했는지 설명하기 난처한 듯했지만, 아아! 나는 그녀의 젠체하지 않는 귀여움과 유쾌함, 친근함, 작은 새처럼 펄럭이는 영혼을 얼마나 사랑했던지! 나를 지켜준 것은 바로 그녀의 그 온화한 단순함이었다. 그녀에게서는 세상의 모든 것이 일종의 일상적인 명료함을 갖추고 있었고, 또 그녀라면 사후에 뭐가 기다리고 있을지 아는 것처럼 여겨지기까지 했기에, 우리는 그런 화제를 의논할 필요도 없었다. 함께 지낸 지 삼 년이 다 되어가던 무렵 나는 다시, 이번에는 꽤 오랜 기간 헤어져야 했다. 출발 전날 밤 우리는 오페라를 보러 갔다. 그녀는 커다란 회색 눈장화를 벗기 위해 어두컴컴하고 좀 수상쩍은 칸막이 관람석 대기실에 있는 작은 진홍색 소파에 잠시 앉았고, 나는 실크로 싸인 그녀의 가는 다리를 장화에서 빼내는 걸 도와주다가―문득 부피가 크고 털이 송송 난 고치에서 섬세한 문양의 나방이 나오는 광경이 생각났다. 우리는 우리 칸막이 좌석의 앞쪽으로 이동했다. 이런저런 오페라의 장면―끝이 뾰족한 투구를 쓴 루슬란과 긴 코트를 입은 렌스키*―을 묘사한, 옅은 금색 장식 문양이 있는 견고하고 오래된 막이 열리기를 기다리며 우리는 들떠서 극장의 장밋빛 심연으로 몸을 쑥 내밀었다. 그녀는 작은 자개로 만든 오페라글라스를 맨팔꿈치로 쳐서 플러시천이 덮인 난간에서 떨어뜨릴 뻔했다.

얼마 후, 관객이 모두 자리에 앉고 오케스트라가 숨을 들이쉬며 곧 폭발할 태세를 취하고 있을 때 무슨 일인가가 일어났다. 그 거대한 장밋빛 극장 안의 모든 불이 꺼졌고, 너무나 짙은 암흑이 우리를 일거에

---

* 〈루슬란과 류드밀라〉의 주인공 루슬란과 〈예브게니 오네긴〉의 등장인물 렌스키.

덮쳐서 나는 순간 내 눈이 멀었다고 생각했다. 그 암흑 속에서 모든 것이 한꺼번에 움직이기 시작하면서 공황 상태의 떨림이 고조되더니 마침내 여성들의 비명으로 해소되었다. 게다가 남성들이 아주 큰 목소리로 조용히들 하라고 소리치는 바람에 비명은 점점 더 수습하기 어려운 지경이 되었다. 내가 웃음을 터뜨리며 그녀에게 말을 걸기 시작했지만, 그녀가 내 손목을 꽉 움켜쥐고 아무 말 없이 내 소맷자락을 만지작거리는 게 느껴졌다. 빛이 다시 극장을 가득 채우자, 그녀가 창백한 낯빛으로 이를 악물고 있는 게 보였다. 나는 그녀를 부축해 칸막이 좌석에서 데리고 나왔다. 그녀는 아이처럼 놀란 자신을 자책하듯 겸연쩍은 미소를 지으며 고개를 저었다. 그러나 이내 눈물을 터뜨리며 집에 데려다달라고 청했다. 그녀는 좁은 마차 안에 타고 나서야 평정을 되찾고는, 눈물로 반짝이는 눈에 꾸깃꾸깃해진 손수건을 대고 누르면서 내가 내일 떠나는 게 얼마나 슬픈지 모른다고, 우리의 마지막 저녁을 오페라극장의 타인들 사이에서 보내는 건 아닌 것 같다고 설명하기 시작했다.

열두 시간 후, 나는 열차 객실에 앉아 창밖으로 안개가 자욱한 겨울 하늘과 계속 열차를 따라오는 태양의 충혈된 작은 눈과 백조의 거대한 솜털 날개처럼 끊임없이 펼쳐지는 눈 덮인 하얀 평원을 바라보고 있었다. 내가 극한의 공포와 맞닥뜨린 건 다음날 도착한 외국 도시에서였다.

우선 나는 사흘 밤을 연달아 잠을 설쳤고, 나흘째 밤에는 아예 한숨도 잠을 이루지 못했다. 근 몇 년간 고독과 무관한 생활을 해서 그런지, 오랜만에 그렇게 고독한 밤을 맞으려니 달랠 길 없이 극심한 고뇌가 찾아왔다. 첫날밤 꿈속에서 나는 애인을 보았다. 그녀의 방안에 햇빛이 가득 넘쳐흘렀고, 그녀는 레이스 나이트가운만 입고 침대에 앉아 웃고 또 웃으며 연신 웃음을 멈추지 못했다. 나는 두 시간쯤 후 속옷가게 앞을 지나가다가 우연히 그 꿈이 생각났는데, 기억을 떠올리다보니 꿈속에서는 그렇게 화사하고 즐겁던 모든 것이—그녀의 레이스, 뒤로 젖힌 머리, 웃음—지금 깨어 있는 상태에서는 섬뜩하게 느껴진다는 사실을 깨달았다. 하지만 그 레이스와 웃음이 넘쳐나는 꿈이 왜 이제는 그렇게 불쾌하고 소름끼치게 느껴지는지 나 자신에게조차 설명할 수 없었다. 나는 처리해야 할 일이 산더미였고, 담배를 많이 피웠으며, 자신을 엄격하게 통제하지 않으면 안 될 듯한 느낌을 내내 받았다. 호텔방 침대 안으로 들어갈 채비를 하면서 나는 일부러 휘파람을 불거나 콧노래를 흥얼거려봤지만, 내 외투가 의자 등받이에서 바닥으로 풀썩 미끄러져 떨어지는 소리 같은 아주 작은 소리가 등뒤에서 나기만 해도 두려움 많은 아이처럼 깜짝 놀라곤 했다.

비참한 밤을 보내고 난 후 닷새째 날이 밝아오자, 나는 잠시 짬을 내어 산책하러 나갔다. 내가 이제부터 얘기할 대목은 이탤릭체로 인쇄되었으면 하는데, 아니, 이탤릭체로도 부족하고 뭔가 새롭고 독특한 활자가 필요하다. 불면 때문에 내 정신에는 이례적일 정도로 예민한 공백이 남았다. 머리는 유리로 되어 있는 것 같았고, 장딴지에 약간의 경련까지 일어서 유리 같은 느낌을 더했다. 나는 호텔을 벗어나자마자—그래, 이제 적절한 단어가 잘 떠오르는 것 같다. 그 단어들이 희미해지기 전에 서둘러 쓰고자 한다. 거리로 나가자마자 별안간 세계가 실제 있는 그대로의 모습으로 보였다. 알다시피 우리는 우리 없이 세계는 존재할 수 없으며, 우리 자신이 존재하는 한에서만, 우리가 자신에게 그것을 제시할 수 있는 한에서만 세계가 존재한다고 자신에게 말하면서 안심하곤 한다. 죽음, 무한한 우주, 은하계, 이 모든 것은 우리 지각의 한계를 초월한다는 이유, 정확히 바로 그 이유로 무섭다. 그러니까—그 끔찍한 날, 밤에 잠을 못 자서 심신이 지쳐 있던 나는, 우연히 방문한 도시의 중심가로 걸어가던 길에 집과 나무와 자동차와 사람들을 보다가, 돌연 그것들을 '집' '나무' 등, 평범한 인간 생활과 연결된 어떤 것으로 받아들이기를 정신적으로 거부했다. 세계와 나를 이어주던 선이 툭 하고 끊어져 나는 나대로 존재하고 세계는 그 나름대로 존재하게 되면서, 그 세계가 의미를 잃었다. 나는 모든 것의 실제 본질을 보았다. 내가 집을 쳐다보자, 그것은 평소의 의미—즉 집을 볼 때 우리가 생각하는 모든 것, 어떤 건축양식이라든가, 안에 있는 방의 종류라든가, 보기 흉한 집이라든지 살기 편한 집이라든지 하는 것들—를 잃고 우스꽝스러운 껍데기만 남은 채 모든 게 증발해버렸는데, 지극히 평범한 단어에 천착해 그 의미를 염두에 두지 않고 한참 반복하다보면 무의미한 소리에 이르는 것—집, 지입, 지이입—과도 유사하다. 나무도 마찬가지고 사람도 마찬가지다. 나는 인간의 얼굴이 주는 섬뜩함을 알고 있다. 인체, 성性의 구별, 다리, 팔, 의복의 개념 등이 모두 폐기되고 내 앞에는 단지 무언가가, 그냥 옆을 지나가는 무언가—생물이라는 것도 결국 인간이 만든 개념이기 때문에 생물도 아닌, 그저 옆을 지나가는 무언가—가 남았을 뿐이다. 나는 어린 시절의 기억을 떠올리며 공포를 극복하려 했지만, 소용없었다. 어린 시절 한번은 잠에서 깨 높이가 낮은 베개를 목덜미에 대고 여전히 졸음에 겨운 눈을 떴다가, 경기병의 검은 콧수염이 문어 같은 눈 바로 아래에 나 있고 이빨은 이마에 달렸으며 코는 아예 없는, 정체를 알 수 없는 얼굴이 침대 머리맡 너머에서 내 쪽으로 숙이고 있는 걸 보았다. 비명을 꽥 지르며 몸을 일으키자마자 곧바로 그 콧수염은 눈썹이 되었고, 처음에는 평소와 달리 언뜻 상하가 뒤집힌 상으로 보였던 얼굴 전체가 내 어머니의 얼굴로 변형되었다.

그리고 이번에도 역시 나는 눈에 보이는 세계가 일상적인 위치를 되찾도록 정신적으로 '몸을 일으켜'보려 했지만, 성공하지 못했다. 오히려 사람들을 가만히 응시하면 응시할수록 그들의 외견이 더욱더 우스꽝스럽게 보였다. 나는 공포에 휩싸여 뭔가 근본적인 사상, 데카르트라고 하는 벽돌보다 더 의지가 되는 벽돌에 의지해, 그 도움을 받아 우리가 알고 있는 것처럼 단순하고 자연스럽고 늘 그렇게 있는 세계를 재구축하려 했다. 그때까지 아무래도 나는 공원 벤치에 앉아 쉬었던 것 같다. 나에게는 내 행동에 대한 명료한 기억이 전혀 없다. 보도를 걷다가 심장발작을 일으킨 사람이 행인들도 태양도 아주 오래된 대성당의 아름다움도 전혀 개의치 않고 그저 숨을 쉬고자 하는 단 하나의 관심사밖에 없는 것과 똑같이, 나 역시도 미쳐버리지 않으려는 갈망만이 있을 뿐이었다. 그 순간에 내가 보았던 것처럼, 즉 섬뜩할 정도로 헐벗고 우스꽝스러운 모습으로 세상을 본 사람은 한 명도 없으리라 확신한다. 내 옆에서 개 한 마리가 눈 냄새를 킁킁거리며 맡고 있었다. 나는 '개'가 무슨 의미인지 필사적으로 인지해보려 애쓰며 괴로워했고, 그것을 열심히 빤히 계속 쳐다보니까 개가 날 믿는 듯 기어오르는 통에 참을 수 없을 정도로 메스꺼움을 느껴 결국 벤치에서 일어나 걸어가버렸다. 나의 공포가 정점에 다다른 건 바로 그 순간이었다. 나는 저항하기를 포기했다. 나는 이제 인간이 아니라 맨눈, 부조리한 세계 속에서 목적 없이 움직이는 시선이다. 인간의 얼굴을 본 것만으로도 비명을 지르고 싶어졌다.

이윽고 정신을 차려보니 나는 다시 호텔 입구에 와 있었다. 누군가가 내 이름을 부르며 다가와 흐느적거리는 내 손에 접힌 종이 한 장을 찔러주었다. 기계적으로 나는 그 종이를 펴보았고, 그러자 그 즉시 내가 느낀 공포가 일거에 사라졌다. 내 주위의 모든 것이 다시 평범하고 수수한 것이 되었다. 호텔도, 회전문 유리에서 시시각각 변하는 상들도, 나에게 전보를 전해준 벨보이의 친숙한 얼굴도. 나는 이제 널찍한 호텔 로비에 서 있었다. 담뱃대를 입에 물고 체크무늬 모자를 쓴 남자가 지나가면서 나를 살짝 스치고는 근엄하게 사과했다. 나는 경악과 함께, 격렬하고 견디기 어려운, 그래도 꽤 인간적인 고통을 느꼈다. 그녀가 위독하다고 알리는 전보였다.

열차를 타고 돌아가는 동안에도, 그녀의 병상 옆에 앉아 있는 동안에도 나는 존재와 비존재의 의미를 분석하고 싶다는 생각은 전혀 안들었고, 그런 생각에 더는 위협받지도 않았다. 내가 이 세상 그 무엇보다 더 사랑하는 여자가 죽어가고 있다는 것. 내가 보고 느끼는 거라곤 오로지 그것뿐이었다.

그녀의 침대 옆쪽에 내 무릎이 툭 하고 부딪혔을 때도 그녀는 나를 알아보지 못했다. 너무 작은 그녀가 커다란 베개를 베고 커다란 모포 아래 누워 있는데, 머리를 뒤로 빗어 넘겨서 이마를 드러내자 평소엔 아래로 늘어진 머리 가닥으로 감춰지는 관자놀이의 가는 상처가 보였다. 살아 있는 나의 존재를 인식하진 못했지만, 입술 양끝이 한두 번 올라가며 살짝 미소 짓는 걸 보니 조용한 섬망 상태 속에서, 빈사의 몽상

속에서 그녀가 나를 봤음을 알았다—따라서 그녀 앞에는 두 명의 내가 서 있는 셈이었다. 그녀가 보지 못하는 나 자신, 그리고 내 눈에 보이지 않는 내 분신. 그러다 나 홀로 남았다. 나의 분신은 그녀와 함께 죽었다.

그녀의 죽음은 나를 광기로부터 구원했다. 평범한 인간적인 비애가 내 삶을 완전히 채워서 다른 감정이 들어설 여지가 전혀 없었다. 하지만 시간이 흐를수록 내 안에서 그녀의 이미지는 더욱더 완벽해지는 동시에 점점 더 생기를 잃어갔다. 사람들이 잠에 빠져들어 집 창문 불빛이 여기저기서 꺼져가듯, 눈치채기도 전에 과거의 세부사항이, 생생하게 떠오르던 소소한 기억이 어느샌가 하나씩 혹은 둘씩, 셋씩 희미해져갔다. 게다가 나는 알고 있었다. 나의 뇌는 파멸될 운명이란 것을, 일찍이 경험했던 공포, 의지할 곳 없이 무력하게 겪어야 하는 존재의 공포가 언젠가 다시 나를 엄습할 것임을, 그리고 그때는 구원이란 없을 것임을.

승객

"그래, 삶이 우리보다 더 재능이 있어." 작가는 마분지로 된 러시아제 담배의 흡입구를 담배 케이스의 뚜껑 위에 톡톡 두드리며 한숨을 쉬었다. "삶이 때때로 생각해내는 그 플롯들이라니! 어떻게 삶이라는 여신과 감히 경쟁할 수 있겠나? 그 여신의 작품은 번역도 불가능하고, 말로 묘사할 수도 없지."

"저작권은 그 작자에게 있고." 비평가가 미소 지으며 지적했다. 그는 가늘고 부산스러운 손가락과 근시안을 가진 소심한 남자였다.

"그렇다면 우리가 마지막으로 의지할 것은 속임수뿐인가." 성냥 하나를 비평가의 빈 와인잔에 던지며 작가가 멍하니 말을 이었다. "우리에게 남은 방법은 영화제작자가 유명한 소설을 가지고 하는 짓을 여신의 창작품으로 하는 걸세. 제작자는 매주 토요일 밤 여급들이 하품하게 두면 안 되니까 그 원형을 알아볼 수 없을 정도로 원작 소설에 손을 대지. 잘게 자르고 뒤집고 수백 개의 에피소드를 버린 뒤, 자신이 고안해낸 새로운 인물과 사건을 도입해—이게 다 막힘없이 전개되며 처음에는 선이 핍박받다가 끝에 가서는 악이 벌을 받는 오락영화, 그 나름의 관습 면에선 아주 자연스럽기 그지없고, 무엇보다 반전으로 모든 걸 해결하는 결말을 갖춘 영화를 만들기 위함이지. 모종의 관습상 조화와 예술적 간결함을 추구하면서 우리 작가들도 이와 정확히 똑같이, 삶이라는 테마를 제 깜냥대로 변경한다네. 우리는 맛도 재미도 없는 표절작에 자신만의 장치로 풍미를 더해. 우리는 삶의 실연이 너무 광범위하고 너무 들쑥날쑥하다며, 삶의 재능이 너무 주먹구구식이 아닌가 생각하지. 독자를 즐겁게 하려고 우리는 삶의 중구난방 두서없는 소설에서 초등학생도 읽을 만한 멀끔하고 단정한 작은 이야기들을 잘라낸다네. 이와 관련하여, 이제부터 자네에게 내 경험담을 하나 들려줌세.

언젠가 우연히 급행열차의 침대차로 여행하다가 겪은 일이네. 나는 이동하는 임시 거처에 자리잡는 과정을 좋아하지—침상의 시원한 리넨 시트, 열차가 움직이기 시작할 때 검은 창유리 저편에서 천천히 여행을 떠나는 역 불빛의 행렬 같은 거. 그날은 위쪽 침대에 아무도 없어서 무척 기분이 좋았던 기억이 나네. 나는 옷을 벗고는 양손을 머리 뒤로 맞잡은 자세로 침대에 반듯이 누웠는데, 열차에서 보급하는 궁상스러운 담요의 가벼움이 호텔에서 쓰는 깃털 이불의 폭신함보다 그때는 더 고맙게 느껴지더군. 얼마간 사적인 생각에 잠겨 있다가—당시 나는 열차 객실 청소부의 인생을 다룬 단편을 써볼 궁리를 하고 있었거든—불을 끄고는 바로 곯아떨어졌지. 이 대목에서 나는 이런 종류의 이야기에 지겨울 정도로 자주 속출하는 수법을 써먹어볼까 하는데 말이야. 자네도 분명 아주 잘 알고 있을 그 오래된 수법 말일세—예를 들면 이런 식이지. '한밤중에 나는 느닷없이 잠이 깼다.' 하지만 그후에 이어지는 표현은 좀 덜 진부하다네. '나는 깨어나서 발 하나를 보았다.'"

"잠깐만, 뭘 보았다고?" 소심한 비평가가 몸을 앞으로 숙이고 한 손가락을 세우며 말을 끊었다.

"발을 보았다고." 작가가 한 번 더 말했다. "객차 안에는 이제 불이 들어와 있었네. 열차가 역에 정차중이었지. 그것은 꽤 큰 남자 발로 올이 굵은 양말을 신었는데, 양말에는 푸르스름한 발톱에 뚫려 구멍이 나 있었어. 그 발은 내 얼굴과 가까운 침대용 사다리 단을 굳건히 디뎠고, 발 주인의 모습은 내 머리 위에서 천장을 이룬 윗단 침대에 가려 보이지 않았는데, 자신의 보금자리로 제 몸뚱이를 끌어올리려 마지막 힘을 막 쥐어짜던 찰나였지. 어떤 다리의 일부면서 회색 바탕에 검은색 체크무늬가 있는 양말에 감싸인 발을 관찰할 시간이 충분히 주어진 셈이야. 그 다리로 말할 것 같으면, 다부진 장딴지 옆쪽에 V자 형태의 보라색 양말 밴드와 긴 속옷의 망사 사이로 작은 털이 지저분하게 삐져나왔더군. 완전히 최악으로 역겨운 다리였어. 내가 보는 동안 그 발에 힘이 들어가 사다리 계단을 꽉 쥔 커다란 발가락이 한두 번 꼼지락거리더니, 마침내 계단을 박차고 다리 전체가 힘차게 위로 솟구쳐올라 시야에서 사라졌어. 머리 위에서 끙하고 앓는 소리와 코를 킁킁거리는 소리가 들려오는 거로 볼 때, 잠들 준비를 하는 모양이었어. 불이 꺼졌고, 잠시 후 열차가 덜커덩하고 움직이기 시작했지.

416

자네에게 어떻게 설명해야 할지 모르겠네만, 그 다리가 아무리 애써도 머리에서 떠나지 않고 나를 계속 괴롭혔다네. 탄력 있고 알록달록한 파충류 같은 다리. 그 남자에 대해서 아는 거라곤 기분 나쁘게 생긴 다리 한쪽뿐이라는 게 날 불안하게 했지. 그의 외양도 얼굴도 전혀 몰랐단 말이야. 내 머리 위에서 낮고 어두운 천장 형태를 이룬 그의 침대가 이젠 더 아래로 내려온 것처럼 보였어. 거의 그 무게가 느껴질 정도였지. 밤의 길동무가 된 남자의 모습을 아무리 열심히 상상해보려 해도 눈앞에 떠올릴 수 있는 거라곤, 울 양말의 구멍 사이로 푸르스름한 자개처럼 광택을 내비치며 눈길을 끌던 발톱뿐이었다네. 일반적으론 그런 사소한 일에 전전긍긍한다는 게 기묘하게 보일지도 모르지만, 또 달리 보면, 작가야말로 바로 그런 사소한 일에 전전긍긍하는 인간이 아니겠는가? 어쨌든 그날 나는 잠을 이루지 못했어. 계속 귀를 기울였지─미지의 내 동행이 코를 골기 시작했나 싶었는데, 듣자 하니 코를 고는 게 아니라 신음하는 것 같더군. 물론 야간열차의 바퀴가 선로에 부딪히는 소리는 환청을 불러일으킨다고들 하지만, 그래도 나는 거기, 머리 위에서 심상치 않은 소리가 들려오는 듯한 인상을 떨쳐버릴 수 없었네. 나는 한쪽 팔꿈치를 괴고 몸을 일으켰어. 소리가 점점 더 뚜렷이 들려오더군. 윗단 침대의 남자는 흐느끼고 있었네."

"뭐라고?" 비평가가 끼어들었다. "흐느꼈다고? 그렇군. 미안─자네가 한 말을 잘 알아듣지 못했네." 그러더니 비평가는 다시 양손을 무릎에 얹고, 머리를 한쪽으로 기울이며 화자의 말을 경청했다.

"그렇다네, 그는 흐느꼈어. 끔찍할 정도로 꺼이꺼이 흐느끼더군. 흐느끼다 숨이 막혀왔는지 물 한 사발을 단숨에 들이켠 사람처럼 거칠게 숨을 내쉬고는, 입을 꾹 다물고 빠르게 경련이 이는 것처럼 흐느꼈어—암탉이 꼬꼬댁 우는 소리를 오싹하게 패러디한 버전이랄까—그러다 다시 공기를 들이마시고는 이번에는—하, 하, 해대는 소리로 판단하건대—입을 벌리고 오열하며 숨을 짧게 끊어 내쉬었어. 이 모든 게 망치를 때리듯 덜컹거리며 흔들리는 열차 바퀴 소리를 배경으로 들려왔는데, 그러다보니 바퀴의 흔들림이 마치 오르락내리락하는 남자의 흐느낌에 따라 움직이는 계단처럼 느껴지더군. 나는 가만히 미동도 없이 누워서 듣고 있었어—말이 나와서 하는 말인데, 어둠 속의 내 얼굴이 몹시 바보같이 보였을 거야. 낯선 사람이 흐느끼는 걸 듣는다는 건 언제나 거북한 일이니 말일세. 하지만 뭐랄까, 아랑곳없이 태연히 질주하는 열차의 같은 2단 침대 객실 안에 함께 타고 있다는 사실 때문에 어쩔 수 없이 나는 그와 족쇄처럼 묶여 있었네. 그리고 그는 오열을 멈추지 않았지. 그 끔찍할 정도로 괴로운 흐느낌이 집요하게 나에게 달라붙었어. 우리 둘 다—밑에서 듣고 있는 나도, 머리 위에서 흐느끼는 그도—시속 80킬로미터로 밤의 저 먼 곳을 향해 옆으로 질주하고 있으니, 철도 사고라도 나야, 원치 않게 우리를 묶은 그 족쇄가 빠개질 수 있었지.

얼마 후 그는 울음을 그치려는 것 같았지만, 내가 깜빡 잠이 들려는 찰나 흐느낌이 다시 커지기 시작했고, 발작적인 한숨 사이사이에 뭔가 배 깊은 곳에서부터 나오는 듯한 음산한 목소리로 내뱉는 이해할 수 없는 말이 들리는 것도 같았다네. 그는 코를 조금 훌쩍일 뿐 다시 조용해졌고, 나는 눈을 감고 누워서 머릿속으로 체크무늬 양말을 신은 그의 혐오스러운 발을 떠올렸어. 그럭저럭 나는 겨우 잠이 들었네. 다섯

시 반에 차장이 문을 쾅 열어젖히고 나를 깨웠지. 침대에 앉아—몇 번이고 윗단 침대 모서리에 머리를 부딪히면서—나는 급히 옷을 입었어. 가방을 가지고 통로로 나오기 전에, 뒤를 돌아 윗단 침대 쪽을 올려다봤는데, 남자는 내 쪽으로 등을 보이고 누워 머리까지 모포를 덮었더군. 통로에 나와보니 벌써 아침이 밝아서 해가 막 뜬 직후였고, 열차의 신선하고 푸른 그림자가 풀 위를, 관목 위를 달리다 구불구불 물결치면서 비탈을 휙 뛰어넘고, 너울거리는 자작나무의 줄기 사이사이를 잔물결이 일듯 통과하던걸—그다음엔 들판 한가운데서 눈부시게 빛나던 타원형의 작은 연못이 점점 좁아지더니 은빛 틈새처럼 변했고, 작은 시골집이 날랜 종종걸음으로 허둥지둥 지나갔고, 길의 꼬리가 선로 건널목 차단기 아래로 휙 사라졌지—그러고는 다시 무수히 많은 자작나무가 햇빛을 받아 얼룩덜룩한 울타리가 되어 가물거리며 현기증을 일으켰다네.

통로에 나 말고는, 잠이 덜 깬 얼굴에 대충 분을 찍어 바른 여자 두 명과 스웨이드 장갑을 끼고 여행용 모자를 쓴 작은 노인 한 명밖에 없었어. 나는 아침에 일찍 일어나는 것을 싫어하는데, 세상에서 가장 아름다운 새벽도 달콤한 아침잠 시간을 대신할 수 없다고 생각하거든. 그러니 노신사가 내게 ……에서(그는 십 분이나 십오 분 후 도착할 예정인 대도시의 이름을 대더군) 내리느냐고 물었을 때 짜증을 내며 고개만 까딱하고 말았지.

자작나무들이 돌연 뿔뿔이 흩어지더니, 작은 집 대여섯 채가 와 하고 언덕에서 쏟아져 내려왔어. 몇몇 집은 너무 서두른 나머지 열차에 치일 뻔한 걸 가까스로 모면했지. 그다음엔 적자색의 거대한 공장이 창유리를 번쩍 빛내면서 성큼성큼 걸어갔다네. 10야드나 되는 광고판에서 아무개가 들고 있는 초콜릿이 우리를 환호하며 맞이했지. 환하게 빛나는 유리와 굴뚝이 달린 또다른 공장이 그 뒤를 이어 나타났고. 요컨대, 도시에 가까워질 때 주로 일어나는 일들이 일어난 거지. 그러나 느닷없이, 놀랍게도 열차가 경련을 일으키듯이 제동을 걸더니, 황량한 간이역에 정차했어. 보아하니 급행열차가 꾸물거리며 시간을 보낼 일이 없을 듯한 곳이었지. 거기 승강장에 경찰관 몇 명이 서 있는 것도 놀라웠어. 나는 창을 내리고 몸을 내밀었어. '죄송합니다만, 창문을 닫아주십시오'라고 경관 한 명이 정중하게 말했다네. 통로에 있던 승객들은 다소 흥분한 표정이었어. 차장이 지나가기에 무슨 일이냐고 내가 물었지. 차장은 '열차 안에 범죄자가 있답니다'라고 답하고는, 한밤중에 정차했던 마을에서 전날 저녁 살인사건이 일어났다고 간략히 설명해줬어. 배신당한 남편이 아내와 그 애인을 총으로 쏴죽였다는 거야. 부인들이 '어머!' 하고 비명을 질렀고, 노신사는 고개를 저었어. 경찰관 두 명과 포동포동하고 뺨이 발그레한 것이 꼭 마권업자 같은 중산모 쓴 형사가 열차 통로로 들어왔지. 나한테 내 침대 좌석으로 돌아가라더군. 경찰관들이 통로에 남고, 형사는 객실 하나하나를 탐문했어. 나는 그에게 내 여권을 보여줬지. 그는 적갈색 눈으로 내 얼굴을 휙 훑어보고는 여권을 돌려주더라고. 우리, 즉 형사와 나는 그 좁은 객실 안에 서 있었고, 윗단 침대에는 시커먼 누에고치 같은 형체가 자고 있었다네. 형사는 '선생은 나가보셔도 됩니다'라고 말하고는 위층의 어둠에 팔을 뻗었어. '서류를 보여주십시오.' 모포를 뒤집어쓴 남자는 코를 계속 골았어. 객실 입구에서 우물쭈물하고 있던 나에게도 여전히 그 코 고는 소리가 들렸고, 그 쉬쉬거리는 치찰음 속에서 한밤중 흐느낌의 반향을 구별해 낼 수 있을 것 같았지. '좀 일어나보시오'라고 형사가 목소리를 높여 말하며 가히 전문가적인 손놀림으로, 잠든 남자의 목덜미를 덮은 모포 가장자리를 홱 잡아당겼어. 남자는 움찔했지만 계속 코를 골았어. 형사는 그의 어깨를 흔들었지. 좀 소름이 끼치더군. 나는 고개를 돌려 통로 너머 창에 시선을 주었지만, 실제로는 아무것도 보지 않은 채 온몸과 온 마음을 다해 객실 안에서 일어나는 일에 귀를 기울였어.

그런데 상상이 되나, 특별히 유별난 상황은 내 귀에 전혀 들리지 않았다네. 윗단 침대의 남자가 졸린 듯 뭔가 중얼거렸고, 형사는 또렷한 목소리로 그에게 여권을 요구한 다음, 다시 또렷한 목소리로 감사하다 하고는 밖으로 나와서 다른 객실로 들어갔어. 그게 다였던 거야. 그러나 만약 그 기분 나쁜 발을 가진, 흐느끼는 승객이 살인자로 밝혀졌다면 얼마나 멋졌을지—작가적 관점에서지, 당연히—한번 생각해봐. 밤에 흘린 그의 눈물이 얼마나 멋지게 설명되었겠는가. 그뿐만 아니라 그 모든 게 나의 밤 여행이라는 전체 틀에, 또 한 편의 단편소설이라는 틀에 얼마나 멋지게 잘 들어맞겠느냔 말이지. 뭐 그 경우에도 예외 없이 그 '작자', 즉 삶의 구상이 백배는 더 훌륭하겠지만 말이야."

작가는 이미 오래전에 다 피워버린 담배를 빨면서 한숨을 내쉬고는 침묵에 잠겼다. 한참 전에 불씨가 꺼진 담배는 이로 다 질경질경 씹은 탓에 이제 침으로 흥건하게 젖어 있었다. 비평가가 다정한 눈으로 그를 빤히 바라보았다.

"솔직히 얘기해보게." 작가가 다시 이야기를 시작했다. "내가 경찰과 예정에 없는 정차를 언급하기 시작한 순간부터 자네는 나의 흐느끼는 승객이 범인이라고 확신하지 않았나?"

"난 자네 방식을 알지." 비평가는 말하면서 손가락 끝으로 상대의 어깨를 만지고는 그 특유의 몸짓으로 바로 그 손을 획 거두었다. "만약 자네가 추리소설을 쓰고 있었다면 자네의 범인은 어느 등장인물도 의심하지 않았던 인물이 아니라, 애초부터 이야기 속 모든 이가 다 의심하던 인물로 밝혀져, 명확하지 않은 해결에 익숙한 노련한 독자를 놀렸겠지. 나는 자네가 가장 자연스러운 대단원을 통해 의외의 인상을 주기를 좋아한다는 걸 잘 알고 있네. 하지만 자신의 기법에 너무 우쭐해하지는 말게나. 인생에는 우연한 일도 많고, 또 별난 일도 많지. 언어에는 우연성을 키울 권리, 또 우연적이지 않으면서도 초월적인 무언가를 만들어내는 숭고한 권리가 주어져 있어. 만약 자네가 자네의 길동무를 살인자로 변모시켰다면, 우연이 활개를 치는 이 사례로 균형이 잘 잡힌 썩 훌륭한 단편을 창작할 수 있었을 걸세."

작가는 다시 한숨을 쉬었다.

"그래, 그래, 나도 그런 생각을 안 해본 건 아니야. 몇 가지 세부사항을 더 첨가할 수도 있었지. 그가 아내에게 품은 열정적인 사랑에 관해 넌지시 언급하는 것도 좋았을 거야. 온갖 날조가 가능하고말고. 문제는 우리가 한 치 앞을 못 보는 어둠 속에 있다는 거야—어쩌면 삶은 뭔가 전혀 다른, 훨씬 더 미묘하고 심오한 것을 염두에 두고 있었을지도 모르지. 문제는 그 승객이 왜 울었는지 나는 몰랐고, 앞으로도 절대 알 수 없으리라는 거야."

"나는 언어의 힘을 옹호하는 바네." 비평가가 온화하게 말했다. "자네는 소설가로서 적어도 뭔가 훌륭한 해결책을 생각해낼 수 있었을 거야.

이를테면 자네의 그 인물은 어쩌면 역에서 지갑을 잃어버려서 울고 있었는지도 몰라. 내가 옛날에 알던 한 남자는 용감무쌍한 풍모를 지닌 다 자란 성인인데, 글쎄 이가 아플 때면 흐느낀다기보다는 울다가 고래고래 소리지르면서 생난리를 쳤다네. 아니, 고맙지만, 됐네─내 잔에 더 붓지 말게나. 그걸로 충분하네. 충분하고도 남지."

초인종

페테르부르크에서 그와 그녀가 헤어진 지 칠 년이 지났다. 아아, 니콜라옙스키역은 얼마나 혼잡했던지! 그렇게 가까이 서 있지 마십시오—열차가 곧 출발합니다. 이제, 출발하려나봐요, 잘 있어요, 사랑하는…… 키가 크고 마른 몸에 레인코트를 입고 목에는 흑백 스카프를 두른 그녀가 열차를 따라 걷다가 천천히 흐름을 타고 뒤로 물러났다. 적군赤軍에 징병된 그는 어리둥절한 상태로 마지못해 내전에 참전했다. 그후 어느 아름다운 밤, 초원의 귀뚜라미가 무아지경으로 울어대는 소리를 들으며 백군白軍으로 넘어갔다. 그로부터 일 년 후인 1920년에 러시아를 떠나기 얼마 전, 얄타에 있는 경사가 급하고 돌이 많은 차이나야 거리에서 그는 모스크바에서 변호사로 일하던 숙부와 우연히 마주쳤다. 아, 그래 참, 전해줄 소식이 있다—편지가 두 통 왔단다. 그녀가 독일로 가서 이미 여권을 구했다더라. 넌 좋아 뵈는구나, 젊음이 좋긴 좋지. 그리고 마침내 러시아는 그를 놓아주었다―누군가 표현한 대로 영구 출국이었다. 러시아는 오랫동안 그를 잡고 놓아주지 않았었다. 러시아는 북쪽에서 남쪽으로 천천히 미끄러지듯 내려가는 그를 트베르, 하리코프, 벨고로드 등 가지각색으로 흥미로운 작은 마을의 매력을 동원해 계속 붙잡으려 애썼지만, 소용없었다. 러시아는 그를 위해 최후의 유혹으로, 마지막 선물―크리미아―을 비축해뒀지만, 그것도 도움이 되지 않았다. 그는 떠났다. 그리고 선상에서 그는 아프리카로 가는 길이라는 영국인 젊은이―쾌활한 녀석으로 운동선수였다―와 사귀게 되었다.

니콜라이는 아프리카, 이탈리아, 그리고 무슨 이유에선지 카나리아제도에 갔다가 다시 아프리카로 돌아가, 그곳에서 한동안 외국인 부대에 복무했다. 그는 처음에는 그녀를 자주 떠올리다가 점점 드물게 떠올렸고, 그러다 다시 점점 더 자주 그녀 생각을 했다. 그녀의 두번째 남편이자 독일인 실업가인 킨트는 전쟁중에 죽었다. 그 사람은 베를린에 상당한 부동산을 소유했으니, 니콜라이는 그녀가 그곳에서 굶을 걱정은 없으리라고 생각했다. 그러나 얼마나 시간이 빨리 흘렀는지! 놀랍군……! 정말 만으로 칠 년이나 지났단 말인가?

그 세월 동안 그는 더 단단하고 거칠어졌고, 검지 하나를 잃었으며 외국어 두 개―이탈리아어와 영어―를 습득했다. 그는 눈 색깔이 더 밝아졌고, 얼굴 전체가 시골 사람처럼 매끄럽게 그을리면서 표정이 더욱 자연스러워졌다. 그는 파이프 담배를 피웠다. 다리 짧은 사람 특유의 견고함이 늘 묻어났던 걸음걸이에는 이제 놀랄 만한 리듬감이 배었다. 전혀 변하지 않은 점이 하나 있었는데, 바로 눈을 찡긋하며 말장난을 곁들이는 그의 웃음이었다.

그는 꽤 한참을 슬며시 빙그레 웃고 머리를 흔들더니, 마침내 모든 걸 던져버리고 쉬엄쉬엄 단계를 밟아 베를린을 향해 가기로 했다. 일찍이―이탈리아 어딘가의 신문 가판대에서―그는 베를린에서 발행되는 러시아 망명 신문을 발견했다. 그는 그 신문에 편지를 써서 인물 동정란에 광고를 게재해달라고 청했다. 이러이러한 사람이 저러저러한 사람을 찾는다고. 아무 답신도 받지 못했다. 코르시카에 잠시 들렀을 때 그는 베를린으로 떠나는 동료 러시아인인 나이든 언론인 그루셉스키를 만났다. 저를 대신해 수소문해주시겠어요. 아마도 찾으실 거예요. 제가 살아 있고 잘 지낸다고 그녀에게 전해주시고…… 그러나 이 연줄을 통해서도 아무 소식도 받지 못했다. 이제 베를린을 기습해서 점령할 때가 무르익었다. 그곳, 그 현장으로 가면 수색이 더 간단해질 것이다. 독일 비자를 손에 넣는 데 엄청나게 고생했고 수중의 돈도 다 떨어져갔다. 뭐, 어쨌건 그는 어떻게든 그곳에 갈 것이다……

그리고 그는 그렇게 했다. 트렌치코트를 입고 체크무늬 모자를 쓰고, 잇새에 파이프 담배를 물고 손가락이 온전한 손에 다 해진 작은 여행가방을 든, 키가 작고 어깨가 떡 벌어진 그가 역광장으로 나왔다. 그는 잠시 멈춰 서서, 어둠을 뚫고 빛이 조금씩 나아가서 사라졌다가 어떤 지점에서 다시 시작하는, 보석처럼 빛나는 거대한 광고판에 감탄했다. 그는 수색을 시작할 방법을 궁리하려 애쓰면서 싸구려 호텔의 갑갑한 방에서 잠 못 이루는 밤을 보냈다. 주소 안내소, 러시아어 신문 편집부…… 칠 년이라니. 그녀는 필시 나이를 먹었을 것이다. 그렇게 긴 세월을 그저 기다리면서 보내다니 비겁하기 짝이 없었다. 그는 더 빨리 올 수도 있었다. 하지만 아, 그 세월, 세계 이곳저곳을 엄청나게 방랑하고 벌이가 시원찮은 모호한 직업을 전전하고, 기회를 잡았다가 놓치고, 자유에 흥분하고. 그 자유로 말할 것 같으면, 어린 시절 꿈꾸던 자유였지……! 완전히 잭 런던*이 따로 없었는데…… 그리고 이제 여기에 그가 또 있다. 새로운 도시, 꺼림칙하게 근질근질한 깃털 이불, 심야 전차가 끼익하고 내는 쇳소리. 그는 성냥을 더듬어 찾은 다음 검지가 잘리고 남은 부분을 습관적으로 놀려 부드러운 연초를 담배 파이프에 꾹꾹 눌러 담기 시작했다.

그가 하는 식으로 여행을 하면, 시간의 명칭을 잊어버리기 마련이다. 대신 지명이 잔뜩 들어차게 된다. 아침이 되어 니콜라이가 경찰서에 가볼 요량으로 밖에 나와보니, 상점이란 상점마다 모두 정면에 쇠창살 덧문이 내려져 있었다. 이런 젠장, 일요일이다. 주소 안내소도 신문사도 다 글렀다.** 게다가 늦가을. 바람 부는 날씨에 공원에는 코스모스가 폈고, 순백색의 하늘, 누런 나무들, 누런 전차, 코감기가 걸린 듯한 택시의 코맹맹이 경적소리. 그는 그녀와 같은 도시에 있다는 생각에 흥분으로 오한을 느꼈다. 택시기사들의 주점에서 50페니히 동전 하나로 포트와인 한 잔을 사 마시자, 빈속에 와인이 기분좋은 효력을 발휘했다. 거리 여기저기서 러시아어가 간간이 섞여 들려왔다. "……스콜코 라스

---

* 러시아어판에는 이 구절에서 나보코프가 어린 시절 애독한 작가 중 한 명인 영국 소설가 토머스 메인 리드가 언급된다.
** 러시아어판에는 "일요일에는 낯선 도시에 도착하지 말지어다!"라는 문장이 괄호로 묶여 추가되어 있다.

야 테베 고보릴라(……내가 너에게 몇 번을 말했니)." 그리고 다시, 몇몇 원주민의 말이 들린 후에, "……그 사람은 나한테 기꺼이 그걸 팔려고 하겠지만, 솔직히 말해서 나는……" 흥분한 나머지 그는 킬킬거리며 평소보다 훨씬 더 빨리 파이프 한 대분의 담배를 들이마셨다. "……끝난 것 같았는데, 이번엔 그리샤가 또 걸려서 나가떨어졌어……" 그는 다음에 지나가는 러시아인 커플에게 다가가서 아주 정중하게 "혹시 올가 킨트를 아시나요, 원래 성은 카르스키 백작인데요"라고 물어볼까도 생각해보았다. 사라져버린 러시아의 어느 지방 같은 이 구역에서는 모두가 서로서로 잘 알 것이 분명하니까.

벌써 저녁이었다. 황혼 속에서 아름다운 귤색 빛이 거대한 백화점의 유리로 된 층층을 가득 채웠다. 그때 니콜라이는 어떤 집 정문의 한쪽 옆에서, "I. S. 바이너, 치과의, 페트로그라드 출신"이라고 적힌 작고 흰 문패를 발견했다. 불현듯 떠오른 생각지도 못한 어떤 기억에 그는 거의 화상을 입은 듯했다. 우리의 이 좋은 친구는 거의 완전히 썩어서 뽑아내지 않으면 안 됩니다. 고문받는 자리 바로 앞에 있는 창에는 끼워놓은 유리 사진 덕에 스위스 풍경이 펼쳐졌고…… 그 창은 모이카 거리로 나 있었다. 자, 이제 입을 헹궈요. 그러고는 흰 가운을 입고 예리해 보이는 안경을 쓴, 뚱뚱하고 차분한 노인인 닥터 바이너는 땡그랑땡그랑 소리를 내는 자기 기구들을 정리했다. 그녀는 치료를 받으러 그에게 가곤 했다. 그의 사촌들도 마찬가지여서 이런저런 이유로 서로 티격태격할 때면 "바이너 한번 해줄까?"(즉, 입을 한번 후려쳐줄까? 라는 뜻)라고 말하곤 했다. 니콜라이는 초인종을 울리려다가 일요일임을 기억하고 문 앞에서 미적거렸다. 그는 조금 더 생각해보다가 일단 벨을 울려보았다. 자물쇠가 낮은 진동음을 내더니 문이 열렸다. 그는 한 층 위로 올라갔다. 하녀가 문을 열었다. "아니요, 오늘은 선생님이 환자를 받지 않으세요." "제 이는 괜찮습니다." 아주 서툰 독일어로 니콜라이가 대꾸했다. "바이너 선생님은 저의 옛 친구입니다. 제 이름은 갈라토프입니다. 틀림없이 절 기억하실 거예요……" "말씀드려볼게요"라고 하녀가 말했다.

잠시 후, 늑골 모양의 장식 끈이 달린 벨벳 재킷을 입은 중년 남자가 현관으로 나왔다. 그의 얼굴은 당근색을 띠었고 매우 친절해 보였다. 쾌활한 안부인사 후에 그는 러시아어로 덧붙였다. "그런데 전 당신을 기억하지 못하겠군요—뭔가 착오가 있는 게 확실합니다." 니콜라이가 그를 쳐다보며 사과했다. "유감스럽게도 그런 것 같습니다. 저도 당신이 기억나지 않아요. 저는 혁명 전에 페테르부르크의 모이카 거리에 살았던 바이너 선생과 만나리라고 생각했는데, 다른 분이시네요. 죄송합니다."

"아, 저와 동명이인이신가보군요. 흔한 이름이죠. 저는 자고로드니대로에 살았어요."

"우리는 모두 그분에게 가곤 했죠." 니콜라이가 설명했다. "뭐, 그건 그렇고, 저…… 실은, 제가 지금 한 숙녀분의 소재를 찾고 있는데요, 마담 킨트라고, 두번째 남편 이름이 킨트였죠……"

바이너는 입술을 깨물고 강한 흥미를 보이는 표정으로 먼 곳을 바라보다가 다시 그를 향해 말했다. "잠깐만요…… 기억이 나는 것 같네요…… 요전에 마담 킨트라는 분이 여기로 저를 보러 오셨는데, 선생님과 똑같은 착각을 하셨던 일이 기억나는 것 같네요—바로 확인할 수 있습니다. 제 진찰실로 좀 들어오시겠습니까."

진찰실은 니콜라이의 시야 안에서 흐릿한 상태로 남았다. 그는 몸을 구부려 예약 명부를 살펴보는 바이너의 흠 없이 매끈한 대머리에서 눈을 떼지 않았다.

"바로 확인될 겁니다"라는 말을 반복하며 페이지를 훑는 그의 손가락에 햇빛이 비쳤다. "곧바로 확인될 거예요. 바로 확인이…… 여기 있네요. 킨트 부인. 금으로 하나 때우고, 또다른 치료도 좀 하고―뭔지는 알아볼 수 없네요, 여기 얼룩이 묻었어요."

"그런데 이름과 부칭은 뭔가요?"라고 물으며 니콜라이는 책상에 다가서다 소매로 재떨이를 쳐서 떨어뜨릴 뻔했다.

"장부에 그것도 적혀 있네요. 올가 키릴로브나입니다."

"맞습니다." 니콜라이가 안도의 한숨을 내쉬며 말했다.

"주소는 플라네가 59번지, 바브 씨 댁에 계시네요." 바이너가 혀를 차며, 재빨리 다른 종이쪽지에 주소를 베껴썼다. "여기서부터 두번째 거리입니다. 여기 있어요. 도움이 되어서 무척 기쁘군요. 그분이 친척 되시나보죠?"

"제 어머니십니다." 니콜라이가 대답했다.

치과의사네 집을 나온 그는 약간 걸음을 빨리해 앞으로 나아갔다. 이토록 쉽게 그녀를 찾은 것이 마치 카드 속임수처럼 그를 깜짝 놀라게 했다. 베를린으로 오는 여정 동안 그는 그녀가 이미 오래전에 죽었거나 다른 도시로 옮겼을지도 모른다는 생각은 한 번도 하지 않았지만, 그래도 카드 속임수는 작동했다. 바이너가 다른 바이너로 밝혀졌지만―그런데도 운명은 방법을 찾아냈다. 아름다운 도시, 아름다운 비다! (진주 같은 가을 보슬비가 속삭이며 떨어지는 것처럼 보였고, 거리는 어두웠다.) 그녀는 그를 어떻게 맞이할까—부드럽게? 슬프게? 아니면 완전히 침착할지도. 아이였을 때, 그녀는 그의 응석을 받아주지 않았다. 내가 피아노를 치는 동안엔 거실에서 뛰어다녀선 안 돼. 커갈수록 그는 자신이 그녀에게 별로 필요하지 않은 사람이라는 느낌을 점점 자주 받았다. 이제 그녀의 얼굴을 그려보려고 해도 그의 생각이 그 얼굴에 색을 입히기를 완고히 거부했는데, 그는 다만 머리로 알고 있는 바를 생생한 하나의 시각적 이미지로 모을 수가 없었던 것이다. 뭔가 엉성하게 조합된 듯 보이는 마르고 키가 큰 체격, 관자놀이께에 회색 머리 가닥이 섞인 흑발, 입술 색이 옅은 커다란 입, 마지막으로 보았을 때 그녀가 입고 있던 오래된 레인코트, 언제나—혁명 직전에 그의 아버지 갈라토프 제독이 권총 자살을 하기 전에도—그녀 얼굴에서 떠나지 않는 듯한, 나이든 여자 특유의 피곤하고 씁쓸한 표정. 51번지. 여덟 집만 더 가면.

그는 문득 자신이 참기 어려울 만큼, 꼴사나울 정도로 흥분하고 있음을 깨달았다. 그 흥분은 예를 들어, 땀에 흠뻑 젖은 몸을 절벽 측면에 바짝 붙이고 누워서, 다가오는 회오리바람, 즉 멋진 아라비아 말에 타고 있는 흰 허수아비를 처음으로 겨냥했을 때 느낀 흥분보다 훨씬 더 강렬했다. 그는 59번지 바로 가까이에서 멈춰 서서 파이프 담배와 고무로 된 담배쌈지를 꺼내고는 단 한 조각도 흘리지 않고 천천히 신중하게 담뱃잎을 채웠다. 불을 붙이고 불꽃이 꺼지지 않게 조심해서 한 모금 빨고는 불꽃이 작은 언덕처럼 부풀어오르는 걸 바라보다가, 혀에 깔끄럽고 달짝지근한 연기를 입안 가득히 들이마신 다음 조심해서 내

뺄고는 강단 있고 서두르지 않는 걸음걸이로 그 집으로 다가갔다.

계단이 너무 어두워서 그는 두어 번 발을 헛디뎠다. 짙은 어둠 속에서 이층 층계참에 다다른 그는 성냥불을 켜서 금박 입힌 명판을 확인했다. 다른 이름이었다. '바브'라는 기묘한 이름을 찾아낸 것은 훨씬 더 위층까지 올라가서였다. 작은 불꽃이 그의 손가락을 그슬렸다가 꺼졌다. 아아, 심장이 쿵쿵 뛰는구나…… 그는 어둠 속에서 손을 더듬어 초인종을 찾아서 울렸다. 그런 다음 잇새에 문 파이프 담배를 빼고, 고통스러운 미소로 입가가 찢어지는 걸 느끼며 기다렸다.

얼마 후 자물쇠와 빗장 소리가 이중으로 겹쳐서 울리는 소리가 들리더니, 문이 마치 돌풍이 휘몰아친 듯 벌컥 열렸다. 현관도 계단처럼 어두웠는데, 그 암흑 속에서 활기차고 즐거운 목소리가 울려퍼졌다. "건물 전체에 불이 다 나갔어요. *에타 우자스, 끔찍해요*." 니콜라이는 강세가 들어간 긴 '우'를 바로 식별했고, 이를 바탕으로 지금 출입구에 서서 여전히 어둠 속에 모습을 감추고 있는 사람을 가장 세세한 이목구비까지 순식간에 복원해냈다.

"정말, 아무것도 안 보이네요." 그가 웃음을 머금고 말하면서 그녀 쪽으로 다가갔다.

그녀는 마치 억센 손에 맞기라도 한 것처럼 경악하며 비명을 질렀다. 어둠 속에서 그는 그녀의 팔과 어깨를 찾다가, 뭔가에 쾅 부딪혔다(아마도 우산꽂이인 듯했다). "아냐, 아냐, 그럴 리 없어……" 그녀는 뒤로 물러나며 빠르게 계속 같은 말을 하고 또 했다.

"가만히 계세요, 어머니, 잠깐만 가만히 계셔보세요." 그가 뭔가에 다시 부딪히며 말했다(이번에는 반쯤 열려 있던 현관문이었는데, 그 문은 쾅하고 아주 큰 소리를 내며 닫혔다).

"그럴 리 없어…… 콜렌카, 콜랴……"

어둠 속에서 아무것도 볼 수 없었지만, 어떤 내면의 시각 같은 것으로 머리부터 발끝까지 그녀의 전신을 분간하면서 그는 그녀의 뺨이며 머리카락이며 온갖 곳에 닥치는 대로 키스를 퍼부었다. 그녀가 변한 점은 오직 한 가지뿐으로(그리고 뜻밖에도 이 색다른 점도 그녀가 피아노를 치던 그의 가장 어린 유년 시절을 떠올리게 했다), 그것은 강하게 풍기는 우아한 향수 냄새였다―마치 그의 청년 시절과 그녀가 향수를 더는 뿌리지 않고 슬픔에 잠겨 시들어갔던 과부 시절이라는 중간의 세월이 존재하지 않았던 것처럼―마치 아무 일도 일어나지 않았다는 듯, 그는 먼 망명에서 어린 시절로 곧장 돌아온 것 같았다…… "너구나, 네가 왔어. 정말 네가 이렇게 여기 있어." 그녀가 부드러운 입술을 그에게 누르면서 계속 재잘거렸다. "잘됐어…… 이렇게 돼야 했던 거야……"

"어디 빛이 좀 있는 곳은 없나요?" 니콜라이가 쾌활하게 물었다.

그녀가 집 안쪽의 문을 열며 들떠서 말했다. "있어, 이리로 오렴. 저기 초를 몇 개 켜놓았다."

"자, 어머니 얼굴 좀 보여주세요." 그는 촛불의 깜박거리는 빛의 파장 안으로 들어가 어머니를 열심히 살펴보았다. 그녀의 짙은 색 머리카락이 탈색되어 아주 밝은 짚 색깔을 띠었다.

"어때, 못 알아보겠지?" 그녀는 초조한 듯 숨을 들이마시며 묻고는 급히 덧붙였다. "그렇게 빤히 쳐다보지 마. 자, 그간의 사정을 모두 얘기해주려무나! 왜 이렇게 탔어…… 맙소사! 그래, 전부 다 얘기해줘!"

저 금빛 단발머리…… 그리고 그녀의 얼굴은 질릴 정도로 꼼꼼하게 화장되어 있었다. 그랬는데도 촉촉한 눈물 한줄기가 흘러내려 장밋빛 화장을 먹어버렸고, 마스카라가 잔뜩 묻은 속눈썹도 젖어서 번졌으며, 양쪽 콧방울에 칠한 분은 보랏빛으로 변했다. 그녀는 목 부분이 꼭 죄고 광택이 도는 푸른 드레스를 입고 있었다. 그녀의 모든 것에서 뭔가 좀 낯설고 안절부절못하고 두려워하는 분위기가 느껴졌다.

"손님을 기다리고 계셨나봐요, 어머니"라고 니콜라이는 말해놓고, 다음에 무슨 말을 해야 할지 스스로도 모르면서 코트를 기세 좋게 벗어던졌다.

그녀는 그에게서 떨어져, 식사가 준비된 듯 어둑어둑한 가운데 크리스털 식기들이 반짝이는 식탁 쪽으로 갔다. 그러고는 그에게 다시 돌아오면서 그림자로 흐릿해진 거울에 비친 자기 모습을 무의식적으로 힐끗 보았다.

"너무 긴 세월이 흘렀구나…… 아아, 이런! 내 눈을 믿기 힘들 정도야. 아, 맞아, 오늘밤에 친구들이 오기로 했지. 그 사람들에게 취소한다고 할 거야. 전화해야지. 어떻게든 연락해야겠어. 반드시 취소해야 돼…… 어머나, 세상에……"

그녀는 그에게 몸을 딱 붙이고 그가 현실인지 확인하듯이 만져보았다.

"진정하세요, 어머니, 무슨 일 있으세요─그러실 필요까지는 없어요. 우리 어디 좀 앉아요. *어떻게 지내세요? 사는 형편은 좀 어때요?*" ……그러고는 그는 왠지 자기 질문에 대한 답을 듣기 두려워져서 자신에 대해 그녀에게 이야기하기 시작했다. 파이프 담배를 뻐끔거리고, 자신의 경악을 말과 담배 연기로 달래려 애쓰면서 짧고 분명하고 깔끔하게. 그리하여 결국 밝혀진 것은, 그가 낸 광고를 그녀가 보았고, 그 늙은 언론인과도 연락이 닿아서 니콜라이에게 편지를 쓰려던 참이었는데—쭉 그럴 참이었겠지…… 화장으로 왜곡된 그녀의 얼굴과 부자연스러운 금발을 보다보니 이제 그녀의 목소리도 예전과 다른 듯했다. 그는 한순간도 쉬지 않고 자신의 모험담을 묘사하면서 불빛에 흔들리는 어스름한 방안과 중산층 취향의 끔찍한 장식품—벽난로 위 선반에 놓인 고양이 인형, 침대 다리 하나가 밑으로 튀어나온 내숭 떠는 가림막, 플루트를 부는 프리드리히대왕의 초상화, 책은 없고 대신, 안에 반사된 빛이 수은처럼 오르락내리락하는 작은 꽃병들이 놓인 책장—을 둘러보았다. 시선이 이리저리 배회하다가, 조금 전엔 지나가듯 언뜻 보았던 뭔가를 유심히 살펴보았다. 탁자였다—두 명분이 차려진 그 탁자에는, 리큐어 몇 병과 아스티 와인 한 병, 긴 와인잔 두 개, 아직 불을 붙이지 않은 작은 초로 둘러싸인 거대한 분홍색 케이크가 놓여 있었다. "…… 물론, 전 제 텐트 밖으로 바로 뛰어나왔죠. 대체 그게 뭐로 밝혀졌을 것 같으세요? 자, 맞혀보세요!"

그녀는 착란 상태에서 빠져나온 듯 흐트러진 시선을 그에게 던졌다 (그의 옆에서 소파에 기대앉아 양손으로 관자놀이를 누르고 있는 그녀의 복숭아색 스타킹이 낯선 광택을 발했다).

"안 듣고 계세요, 어머니?"

"천만에, 아무렴—나는……".

그는 이번에는 또다른 사실을 눈치챘다. 그녀가 그의 말이 아니라, 멀리서 위협적으로 다가오는 피할 수 없는 어떤 불길한 소리를 듣는 듯, 괴이해 보일 정도로 얼이 빠져 있다는 점이었다. 그는 유쾌한 자기

이야기를 계속해나가다가, 문득 말을 멈추고 질문했다. "저 케이크는 누구를 축하하기 위한 거죠? 무척 좋아 보이네요."

어머니는 당황한 미소를 지으며 답했다. "오, 조금 솜씨를 부려봤지. 손님이 오기로 되어 있었다고 했잖니."

"저 케이크를 보니 페테르부르크가 무척 생각나네요." 니콜라이가 말했다. "언젠가 어머니가 실수로 초 한 개를 빠뜨렸던 거 기억하세요? 저는 열 살이 되었는데, 초가 아홉 개밖에 없었잖아요. 내 생일을 *엄마가 빼먹었어*, 하고 엉엉 울었죠. 그런데 여긴 몇 개가 꽂혀 있죠?"

"어머, 그런 게 뭐가 중요하니?" 그녀가 소리치며 탁자를 보는 그의 시야를 막고 싶은 듯 일어섰다. "그보다, 지금 몇시인지 가르쳐주련? 전화해서 파티를 취소해야 하는데…… 어떻게든 해야지."

"일곱시 십오분이에요." 니콜라이가 말했다.

"*너무 늦었어, 너무 늦었어!*" 그녀가 다시 목소리를 높였다. "됐어! 이렇게 된 마당에 아무래도 상관없지……"

두 사람 다 침묵했다. 그녀가 도로 자리에 앉았다. 니콜라이는 힘을 내어 그녀에게 바싹 다가앉아 감싸안고서 물어보려 했다. "들어보세요, 어머니—무슨 일이 있는 거예요? 자, 다 털어놔보세요." 그는 다시 한 번 그 눈부신 탁자에 시선을 던져 케이크를 둘러싼 초의 개수를 셌다. 스물다섯 개였다. 스물다섯! 그는 이미 스물여덟인데……

"제발 그런 식으로 내 방을 검사하듯 보지 마라!" 어머니가 말했다. "너 그러니까 꼭 진짜 형사 같구나! 끔찍한 구멍 같은 방이지. 어디로든 기꺼이 이사 가고 싶다만, 킨트가 내게 남긴 저택을 팔았단다." 갑자기 그녀는 숨이 막힌 듯 작게 헉 소리를 냈다. "잠깐만—방금 뭐였지? 너무슨 소리라도 냈니?"

"네." 니콜라이가 대답했다. "파이프에서 담뱃재를 떨었어요. 그건 그렇고, 말씀해보세요. 돈은 아직 충분하세요? 생활이 어렵진 않으시고요?"

그녀는 소매의 리본 매무새를 정돈하느라 바빠서 그를 쳐다보지 않고 말했다. "그래…… 당연하지. 그이는 내게 외국 채권 조금과 병원, 그리고 아주 오래된 감옥을 남겼단다. 감옥 말이다……! 하지만 너에게 미리 일러두지 않으면 안 되겠는데, 나에겐 간신히 먹고살 정도의 돈밖에 없어. 제발, 그 파이프 두드리는 것 좀 그만해줄래. 미리 일러두는데, 나는…… 나는 그건 할 수가 없어…… 오, 이해하겠지, 콜랴—너를 부양하는 건 나로선 어려울 것 같아."

"대체 무슨 말씀 하시는 거예요, 어머니?" 니콜라이가 외쳤다(그리고 그 순간, 마치 멍청한 구름 뒤에서 멍청한 태양이 삐죽 나오는 것처럼, 느닷없이 천장에서 전깃불이 파열하듯 켜졌다). "자, 이제 이 양초들은 꺼버려도 되겠지. 지하 묘지에 쪼그리고 앉아 있는 것 같았다니까. 너도 알다시피, 나는 모아둔 현금이 많지 않단다. 어쨌든 난 뭔가 새 같은 것처럼 자유로운 게 좋아…… 이리 와 좀 앉으렴—방안은 그만 돌아다니고."

키가 크고 마른 몸을 밝은 청색으로 감싼 그녀가 그의 눈앞에 서 있었다. 완전히 밝아진 지금, 그녀가 얼마나 늙었는지, 화장 너머로 뺨과 이마의 주름이 얼마나 눈에 띄는지 다 보였다. 그리고 저 끔찍하게 탈색된 머리라니……!

"너는 너무나 갑자기 들이닥쳤지." 그녀는 입술을 깨물며 선반 위에 놓인 작은 시계를 봤다. "구름 한 점 없던 하늘에서 별안간 쏟아지는 눈처럼…… 빨랐어. 아니, 갑자기 멈췄다고 할까. 오늘밤 손님을 초대했는데, 네가 여기 왔지. 말도 안 되는 상황이야……"

"무슨 말씀 하시는 거예요, 어머니. 그 사람들이야 오겠죠. 와서 어머니의 아들이 와 있는 걸 보면 바로 사라져버릴 거고요. 그러면 밤이 이슥해지기 전에 어머니와 저 둘이서 보드빌극장에라도 간 다음, 어디 가서 저녁을 좀 먹어요…… 아프리카 쇼를 봤던 기억이 나네요―그 쇼는 정말 대단했어요! 상상을 한번 해보세요―오십 명가량 되는 흑인, 그리고 꽤 커서, 그 크기로 말할 것 같으면―"

현관에서 초인종이 큰 소리로 윙 하고 울렸다. 의자 팔걸이에 걸터앉았던 올가 키릴로브나는 깜짝 놀라 자세를 똑바로 했다.

"기다리세요, 제가 나가볼게요." 니콜라이가 말하며 일어났다.

그녀가 그의 소매를 잡았다. 그녀의 얼굴은 경련이 일어 실룩거렸다. 초인종소리가 멈췄다. 방문자가 대기했다.

"분명히 어머니 손님일 거예요." 니콜라이가 말했다. "스물다섯 명의 손님요. 모두들 들어오라고 해야죠."

어머니가 무뚝뚝하게 고개를 젓더니 다시 열심히 귀를 기울였다.

"나가보지 않으면 안 돼요." 니콜라이가 말을 꺼냈다.

그녀가 그의 소매를 잡아당기며 속삭였다. "그러기만 했단 봐! 난 그러기 싫어…… 그러기만 해봐……"

초인종이 다시, 이번에는 짜증을 내듯 끈질기게 울리기 시작했다. 초인종은 한참 동안 계속 울렸다.

"놔주세요." 니콜라이가 말했다. "이런 유치한 짓이 어디 있어요. 누군가 초인종을 울리면 대답을 해야죠. 뭘 두려워하시는 거예요?"

"그러기만 해봐—내 말 들어." 그녀가 발작하듯 몸을 떨며 그의 손을 움켜쥐고는 거듭 말했다. "내가 이렇게 애원하잖아…… 콜랴, 콜랴, 콜랴……! 하지 마!"

초인종소리가 멈췄다. 대신 격렬한 노크 소리가 이어졌다. 보아하니 지팡이의 단단한 손잡이로 두들겨대는 소리였다.

니콜라이는 결연히 현관으로 향했다. 하지만 그가 현관까지 가기 전에 어머니가 그의 양어깨를 잡더니, 온 힘을 다해 그를 뒤로 잡아끌려고 애쓰면서 계속 속삭였다. "그러기만 해봐…… 그러기만 해…… 오오, 제발……!"

초인종이 다시 울렸다. 짧게, 화난 듯이.

"마음대로 하세요." 니콜라이가 웃음을 터뜨리며 말하고는 양손을 호주머니에 찔러넣고 방의 맨 끝까지 걸어갔다. 진짜 악몽이 따로 없군, 이라고 생각하며 그는 다시 낄낄거렸다.

초인종소리가 멈췄다. 사방이 조용해졌다. 보아하니 초인종을 누른 사람은 진저리를 치며 떠난 것 같았다. 니콜라이는 그 탁자 쪽으로 걸어가서, 밝은색으로 설탕을 입히고 축하용 초 스물다섯 개로 둘러싸인 멋진 케이크와 와인잔 두 개를 물끄러미 바라보았다. 근처에 마치 술병 그림자 속에 숨겨진 듯, 작고 하얀 마분지 상자 하나가 놓여 있었다. 그는 그 상자를 집어올려 뚜껑을 열었다. 안에는 새것이지만 좀 볼품없는 은색 담배 케이스가 들어 있었다.

"그래, 그랬던 거군." 니콜라이가 말했다.

어머니는 얼굴을 쿠션에 묻고 소파에 반쯤 기대어 누워서 온몸을 부들부들 떨며 흐느끼고 있었다. 예전에도 그녀가 우는 걸 자주 봤지만, 그때의 울음은 뭔가 아주 달랐다. 이를테면, 그녀는 탁자에 앉아 얼굴을 돌리지도 않고 울면서 커다란 소리로 코를 풀며 얘기하고 얘기하고 또 얘기하곤 했다. 그랬던 그녀가 지금은 저기 누워서 꼭 소녀처럼 저렇게 목놓아 울고 있으니…… 그 등의 곡선에도, 벨벳 슬리퍼를 신은 한쪽 발이 바닥에 닿는 방식에도 뭔가 아주 우아한 면이 있었다…… 젊은 금발 여자가 울고 있다고 생각하는 사람도 있을 법한 모습이었다…… 그리고 그녀의 꼬깃꼬깃해진 손수건도 그 어여쁜 장면에서 당연히 예상되는 방식 그대로 카펫 위에 놓여 있었다.

니콜라이는 러시아식으로 끙하고 앓는 소리(크랴크)를 내며 소파 모서리에 걸터앉았다. 그는 다시 *크랴크* 소리를 냈다. 어머니는 여전히 얼굴을 쿠션에 파묻은 채 말했다.

"오, 넌 왜 더 일찍 올 수 없었니? 일 년만 더 일찍…… 딱 일 년만……!"

"알 리가 없었죠." 니콜라이가 말했다.

"이제 다 끝났어." 그녀가 흐느끼며 밝은색 머리를 홱 쳐들었다. "다 끝났다고. 5월이면 난 쉰이야. 장성한 아들이 연로한 어머니를 만나러 온 거지. 그래도 왜 하필 이런 때…… 오늘밤에 딱 맞춰서 와야 했니!"

니콜라이는 (유럽식 관습과는 달리, 그냥 방 한구석에 던져놓았던) 외투를 입고, 주머니에서 모자를 꺼낸 후 그녀 옆에 도로 앉았다.

"내일 아침, 저는 떠나요." 그는 어머니 어깨를 감싼 광택 도는 파란 실크를 어루만지며 말했다. "이번에는 북쪽으로 가보고 싶은 충동을 느껴요. 아마 노르웨이로 가거나, 아니면 포경선을 타고 바다로 나갈지도 모르죠. 편지 쓸게요. 일 년 후쯤 다시 만나면, 그때는 아마 좀더 오래 머물 수 있을 거예요. 제 방랑벽을 언짢게 생각하지 마세요!"

그녀는 황급히 그를 감싸안고는 눈물 젖은 뺨을 그의 목에 바짝 댔다. 그러고는 그의 손을 꼭 움켜쥐었다가 돌연 깜짝 놀라 비명을 질렀다.

"총알에 휙 날아가버렸죠." 니콜라이가 웃었다. "안녕히 계세요, 사랑하는 어머니."

그녀는 그의 민둥한 손가락 밑동 부분을 만져보더니 그곳에 조심스럽게 입을 맞추었다. 그런 다음 아들의 몸에 팔을 두르고 문 쪽으로 함께 걸어갔다.

"꼭 편지 자주 해라…… 왜 웃니? 내 얼굴에서 분이 다 벗겨진 모양이지?"

얼마 후, 그의 뒤로 문이 닫히기 무섭게 그녀는 파란 드레스를 사각거리며 전화기를 향해 날듯이 달려갔다.

크리스마스 이야기

　침묵이 흘렀다. 전등 불빛에 가차없이 드러난, 통통한 얼굴의 젊은
남자, 단추가 비스듬하게 달린 루바시카를 검은 재킷 속에 받쳐 입고
눈을 긴장해서 내리뜬 안톤 골리는 낭독하면서 난잡하게 어질러놓은
원고를 한데 모으기 시작했다. 남자의 후원자인『붉은 현실』의 비평가
는 성냥을 찾아 호주머니 이곳저곳을 톡톡 치면서 바닥을 응시했다. 작
가 노보드보르체프*도 침묵했지만, 다른 이들과 달리 그의 침묵에는 뭔
가 고상한 면이 있었다. 견고한 코안경, 유난히 넓은 이마, 대머리를 가
로지르는 듬성듬성한 검은 머리카락 두 갈래, 머리를 짧게 깎은 관자놀
이 부근의 흰머리 몇 가닥. 작가는 여전히 듣고 있는 것처럼 눈을 지그

---

* 러시아어로 '새로운 궁전'이란 뜻.

시 감고, 무거운 다리를 꼬고, 한 손을 한쪽 다리의 무릎관절과 다른 쪽 다리의 무릎 뒤 힘줄 사이에 꼭 낀 자세로 앉아 있었다. 이런 침울하면서 진지한 시골뜨기 문인을 누군가 그에게 데려온 게 처음은 아니었다. 그런 문인들의 미성숙한 서사 속에서, 자신이 이십오 년 동안 집필한 작품들의 반향—아직 비평에서 지적된 바 없지만—을 간파한 것도 처음 있는 일이 아니었다. 골리의 이야기로 말하자면, 그가 쓴 주제 중 하나, 즉 「경계」라는 중편소설의 주제를 어설프게 재탕한 것이다. 「경계」로 말할 것 같으면 그가 희망에 가득차 흥분해서 쓴 작품으로 작년에 발표했지만, 견고하나 흐릿한 그의 명성을 높이는 데 아무 역할도 하지 않았다.

비평가가 담배에 불을 붙였다. 골리는 눈을 들지 않은 채 서류가방에 원고를 쑤셔넣고 있었다. 하지만 집주인은 침묵을 계속 지켰다. 남자의 이야기를 어떻게 평가할지 몰라서가 아니라, 그, 노보드보르체프로서는 입에 올리기 난감한 말을 어쩌면 비평가가 해줄지 모른다고 기대하며 맥없이 막막하게 기다리고 있었기 때문이다. 즉, 일단 주제가 노보드보르체프의 주제와 같으며, 노동자인 할아버지를 위해 사심 없이 헌신하고 교육 덕이 아닌 잔잔한 내면의 힘을 통해 악의에 찬 지식인을 심리적으로 물리치는 과묵한 인물의 이미지에 영감을 준 이는 노보드보르체프가 아닌지, 같은 말이 나오기를. 그러나 비평가는 가죽소파 끄트머리에 우울하고 거대한 새처럼 등을 둥글게 말고 앉은 채 어찌할 바를 몰라 입을 꾹 다물고 있었다.

기대하던 말을 듣지 못하리란 것을 다시 한번 깨달은 노보드보르체프는, 결국 이 작가 지망생은 네베로프*가 아니라 자기 의견을 듣고자 여기 왔다는 사실에 생각을 집중하려고 애쓰며 자세를 바꿔 다른 손을 다리 사이에 끼고는, 사무적인 말투로 "자, 그러면"이라고 말문을 열었다. 그는 골리의 이마에 부풀어오르는 혈관을 힐끗 한번 쳐다보며 조용하고 차분한 목소리로 말을 이었다. 이야기의 구조는 탄탄하고, 농민들이 자기 돈을 들여 학교를 세우기 시작하는 대목에서는 집단이 가진 힘이 느껴진다고, 아뉴타에 대한 표트르의 사랑을 묘사하는 부분은 문체의 결함이 없지 않지만 봄의 부름과 혈기 왕성한 욕망의 부름이 들려온다고 말했다. 이 이야기를 하다가 그는 웬일인지 여기 이 비평가에게 최근에 편지를 보냈던 일이 생각났다. 그 편지에서 그는 작가로 등단한 지 이십오 년이 되는 기념일이 1월에 있지만, 협회를 위해 전념해서 일할 날이 아직 끝나지 않은 이상, 축하연 같은 건 일절 열지 말 것을 강력히 요청한다는 뜻을 상기시켰는데……

"자네의 지식인에 관해 말하자면, 자네는 그 인물을 제대로 그려내지 못했네." 그는 말했다. "불행한 그 운명이 실감나지 않아……"

비평가는 여전히 아무 말도 하지 않았다. 그는 붉은색 머리에 비쩍 마르고 노쇠한 남자로, 폐병에 걸렸다는 소문도 있었지만, 사실은 황소처럼 건강한 듯했다. 그 역시 편지로 노보드보르체프의 결정을 받아들이겠다고 답했고, 그 건은 그것으로 일단락됐다. 그가 골리를 데려온 것은 아무래도 그에 대한 은근한 보상의 일환으로…… 노보드보르체프는 갑자기 몹시 서글퍼져서—기분이 상했다기보다는 그저 서글퍼져서—잠시 이야기를 중단하고, 꽤 친절한 눈을 드러내며 손수건으로

---

* 노동계급 출신의 러시아 작가 알렉산드르 네베로프. 빈농이나 농촌 지식인의 비참한 생활상을 주제로 한 농민소설을 주로 썼다.

코안경 렌즈를 닦기 시작했다.

비평가가 일어섰다. "벌써 가보려고? 아직 시간이 이른데"라고 말하면서도 노보드보르체프는 따라 일어섰다. 안톤 골리는 헛기침을 하고는 서류가방을 옆구리에 꼭 끼었다.

"그는 작가가 될 걸세. 틀림없어." 방안을 돌아다니며 다 탄 담배로 허공을 찌르면서 비평가는 무심하게 말했다. 그는 잇새로 내는 쉿소리로 흥얼거리며 책상 위로 몸을 구부렸다가, 책꽂이 앞에 잠시 멈춰 섰다. 너덜너덜해진 레오니트 안드레예프*의 책과 책등이 없어 제목을 알 수 없는 책 사이에 점잖은 장정의 『자본론』이 있었다. 마침내 그는 여전히 꾸부정한 자세로 창문 쪽으로 다가가 파란색 블라인드를 걷었다.

"언제 한번 들르시게나." 그동안 노보드보르체프는 안톤 골리에게 말을 건넸고, 골리는 몇 번이고 머리를 획획 숙이고 인사하더니 으스대며 어깨를 으쓱거렸다. "또 뭔가 쓰게 되면, 가져와보고."

"폭설이군." 비평가가 블라인드를 내리며 말했다. "그러고 보니, 오늘이 크리스마스이브일세."

그는 내키지 않는 듯 코트와 모자를 찾아 주섬주섬 이곳저곳을 뒤지기 시작했다.

"예전에는 이브날이 되면, 자네와 자네의 그 협회원들이 크리스마스를 기념하는 글을 앞다투어 발표하곤 했는데 말이야……"

"난 아닐세." 노보드보르체프가 말했다.

비평가가 싱긋 웃었다. "그거 아쉽군. 자네야말로 크리스마스 이야기

---

* 제정러시아 시기 작가로, 죽음과 삶의 신비를 주제로 삼은 염세적인 작품을 주로 썼다.

를 써야 하는데. 새로운 스타일로."

안톤 골리가 주먹을 쥐고 기침했다. "예전에 저희 고향 마을에는―" 그는 목이 쉬어 낮은 목소리로 말을 꺼내다가 다시 헛기침했다.

"나는 진지하게 하는 말일세." 비평가가 코트에 손을 집어넣으며 이야기를 계속했다. "아주 기발한 뭔가를 궁리해낼 수 있을 듯한데…… 고맙지만, 여기 이미……"

"저희 고향 마을에는," 안톤 골리도 말했다. "있었어요. 선생 하나가. 어떤 생각이 그의 머리에 떠올랐죠. 아이들에게 크리스마스트리를 만들어주자고. 그는 그 나무 끝에 달았어요. 붉은 별을."

"아니, 그런 건 별로 신통치가 않은데." 비평가가 말했다. "짧은 이야기로는 좀 굼뜬 느낌이야. 좀더 강렬하게 다듬어볼 수 있을 걸세. 상반된 두 세계 사이의 대립이라든가. 모든 일이 눈 풍경을 배경으로 일어난다든가."

"일반적으로 상징은 주의해서 다루지 않으면 안 되네." 노보드보르체프가 무뚝뚝하게 말했다. "여기 내 이웃집에 사는 사람은 강직한 남자로, 활동적이고 호전적인 당원인데도 아직도 '프롤레타리아의 골고다' 같은 표현을 쓴다네……"

손님들이 돌아가자 그는 책상 앞에 앉아 희고 두툼한 손으로 한쪽 귀를 받쳤다. 잉크 받침대 옆에, 파란색 캐비어 같은 유리 알갱이 속에 펜촉 세 개가 꽂힌 사각형의 유리컵 비슷한 것이 놓여 있다. 그 물건은 십 년인가 십오 년 전에 손에 넣었지만―온갖 풍파를 견뎌냈을 뿐만 아니라 주위의 온 세상이 산산조각났는데도―유리 알갱이 한 알 없어지지 않았다. 그는 펜 하나를 고르고 종이 한 장을 갖다놓고는 더 폭신한 표면에서 쓰기 위해 그 밑에 종이 몇 장을 더 끼웠다……

"그런데 뭐에 대해 쓴담?" 노보드보르체프는 큰 소리로 말한 다음, 허벅지 뒤로 의자를 밀어 빼고 방안을 서성이기 시작했다. 왼쪽 귀에서 윙윙거리는 소리가 참기 힘들 정도였다.

그 악당 놈은 일부러 그 말을 한 거야, 라고 생각하면서 그는 조금 전에 비평가가 밟았던 발자국을 따라가듯이 창문 쪽으로 갔다.

주제넘게 충고한답시고…… 그리고 그 조롱 섞인 어조 하며…… 나한테는 이미 독창성이란 게 남아 있지 않다고 생각하나보지…… 정말로 내가 크리스마스 이야기를 쓰기라도 해봐…… 그러면 그자는 이런 회상을 어디엔가 싣겠지. "나는 어느 날 저녁 그의 집에 들러 이 얘기 저 얘기를 하다가 우연히 제안을 하나 했다. '드미트리 드미트리예비치, 새로운 질서와 옛 질서 간의 투쟁을, 소위 크리스마스의 눈을 배경으로 묘사해보시는 게 어떻겠소. 「경계」에서 당신이 그토록 탁월하게 기술한 주제를 끝까지 밀고 나가는 거죠—투마노프의 꿈 기억하죠? 내가 말하는 주제가 바로 그거요……' 그렇게 그날 밤 탄생한 작품이 바로……"

창은 중정 쪽으로 나 있었다. 달은 보이지 않았고…… 아니, 다시 생각해보니 저 너머에 어두운 굴뚝 뒤에서부터 비치는 광채 하나가 있다. 중정에 쌓인 장작 위에는 반짝반짝 빛나는 눈의 융단이 덮였다. 한 창문에서 돔 모양의 녹색 전등불이 빛났다—누군가 책상에서 업무를 보고 있었다. 주판알이 마치 색유리로 만들어진 것처럼 어른어른 빛났다. 완전한 정적 속에서 느닷없이 지붕 모서리에서 눈덩이들이 떨어졌다. 그러고는 다시 모든 것이 마비된 듯했다.

그는 글을 쓰고자 하는 충동이 일 때면 늘 수반되는 간질간질한 진공상태를 느꼈다. 이 진공상태 속에서 뭔가가 형체를 갖추더니 성장했다. 새롭고 특별한 크리스마스…… 늘 똑같은 그 눈과 전례 없이 참신한 갈등……

벽을 통해 조심스러운 발소리가 들려왔다. 이웃 사람이 귀가한 것이다. 신중하고 예의바른 친구로 골수까지 공산주의자이다. 노보드보르체프는 막연한 황홀감과 달콤한 기대를 품고 책상 앞 자기 자리로 돌아왔다. 발전돼가는 작품의 분위기와 색채가 이미 거기 있었다. 그는 작품의 골조, 즉 주제만 창작해내면 되었다. 크리스마스트리―이것이 그가 출발해야 할 지점이다. 그는 어떤 집들에 사는 사람들을 상상했다. 그들은 예전에는 어엿한 인물이었는데, 이제는 운명에 짓눌려 심술궂은 겁쟁이가 되어(그는 그러한 사람들을 아주 분명하게 상상해낼 수 있었는데……) 숲에서 몰래 베어온 전나무에 종이로 만든 장식을 달고 있을 게 분명하다. 장식용 반짝이 조각을 살 수 있는 곳이 이젠 없고, 이삭 성당의 그림자 속에 전나무를 쌓아놓지도 않았을 테니……

옷감으로 감싼 것처럼 부드럽게 완화된 노크 소리가 났다. 문이 5센티미터 정도 열렸다. 품위 있게, 문 사이로 얼굴을 들이밀지 않은 채 이웃 사람이 말했다. "펜 한 자루만 빌려주실 수 있을까요? 혹시 갖고 계시다면, 뭉툭한 것이 좋겠는데요."

노보드보르체프는 펜을 건넸다.

"친절에 감사드립니다." 이웃 사람은 이렇게 말하고는 소리 없이 문을 닫았다.

이 별것 아닌 사소한 중단으로 이미 무르익어가던 이미지가 웬일인지 약해져버렸다. 「경계」에서 투마노프가 옛 축일의 성대한 장관을 떠올리며 향수에 젖었던 장면을 떠올렸다. 단순한 반복은 곤란해. 게다가 하필 이럴 때, 떠올리고 싶지 않은 기억까지 휙 스치고 지나갔다. 얼마 전에 간 파티에서 어떤 젊은 여성이 남편에게 하는 말을 들었다. "당신은 여러모로 투마노프와 꽤 닮았어요." 며칠간 그는 아주 행복했다. 그러나 그후 그 부인과 안면을 트고 보니 투마노프는 그녀 여동생의 약혼자로 밝혀졌다. 그렇게 환상이 깨지는 경험이 그때가 처음은 아니었다. 어떤 비평가가 '투마노프주의tumanovism'에 대한 논문을 쓸 거라고 그에게 말한 적이 있다. 이 '주의'라는 단어에는, 그리고 러시아어에서 그 단어의 첫 자가 되는 소문자 t에는 뭔가 한없이 우쭐하게 하는 면이 있다. 그런데 그 비평가는 그루지야* 시인들을 연구한다며 캅카스로 떠나버렸다. 그래도 기분좋은 일이 아예 없었던 건 아니었다. 예를 들어 "고리키, 노보드보르체프, 치리코프⋯⋯"** 이런 식으로 열거되는 경우도 있었고.

그의 전집(전 6권, 저자 사진 수록)에 첨부된 자서전에서 그는, 비천한 신분이었던 양친의 아들로 태어난 자신이 어떻게 출세했는지 묘사했다. 사실 젊은 시절에 그는 행복했다. 활력이 넘쳤으며 강한 신념을 품고 승승장구했다. 두툼한 잡지에 그의 소설이 처음 게재된 이후 이십

---

* 조지아의 옛 이름.
** 막심 고리키는 19세기 러시아문학과 20세기 소련문학을 잇는 교두보 역할을 한 작가이다. '사회주의 리얼리즘'의 창시자로 추앙받았다. 예브게니 치리코프는 러시아의 소설가 겸 극작가로, 마르크스주의를 지향하였으나 러시아혁명 후 망명해 프라하를 거쳐 파리에 정착했다.

오 년이 지났다. 코롤렌코*도 그를 마음에 들어했다. 체포되는 경험도 여러 번 했다. 한 신문은 그 때문에 폐간되기도 했다. 이제는 그의 시민적 열망이 모두 충족되었다. 젊은 신인 작가들에게 둘러싸여 있을 때면 자유롭고 마음이 편했다. 그의 새로운 생활은 자로 잰 듯 그에게 딱 맞았다. 여섯 권의 전집. 널리 알려진 이름. 하지만 그의 명성은 흐릿해졌으니, 흐릿해졌으니……

그는 다시 크리스마스트리 이미지로 생각을 훌쩍 건너뛰어 돌아왔는데, 그러자 이렇다 할 이유 없이 불현듯 어떤 상인 가족의 거실 풍경에 대한 기억이 떠올랐다. 글과 시가 수록된, 종이에 금박을 입힌 커다란 책 한 권(빈민구제의 일환으로 제작된 무료 배포용 책)도 어쨌든 그 집과 관련이 있었다. 그 집 거실에 놓여 있던 크리스마스트리, 그 시절 그가 사랑했던 여성, 그 여성이 높은 가지에서 귤을 딸 때 트리에 걸린 모든 양초 불빛이 커다랗게 뜬 그녀의 눈 속에 비쳐 수정처럼 떨리며 빛나던 모습. 이십 년, 아니 그 이상도 더 지난 일이다—인간의 기억에는 이런 세세한 것들이 사라지지 않고 박혀 있구나……

그는 분해하며 이 추억을 떨쳐버리고, 바로 이 순간 장식되고 있을 게 확실한 아까 그 늙고 초라한 전나무를 다시 한번 상상해보았는데…… 아니, 이런 건 이야깃거리가 되지 않는데. 물론 좀더 강렬하게 다듬어볼 수야 있겠지만…… 트리 주위에 둘러앉아 눈물 흘리는 망명자들, 좀약 냄새를 풍기는 군복을 차려입고 트리를 쳐다보며 훌쩍거리는, 파리의 어딘가. 연로한 장군이 부하들의 이를 자신이 어떻게 후려

---

* 러시아 소설가 블라디미르 코롤렌코. 농촌의 몰락을 소재로 한 작품을 주로 발표했다.

치곤 했는지 회상하며 금박 입힌 판지를 천사 모양으로 오려낸다……
그가 생각한 이는 실제로 아는 장군으로, 사실 지금은 외국에 있어서
그 사람이 크리스마스트리 앞에 무릎을 꿇고 앉아 흐느끼는 모습은 아
무리 해도 상상이 되지 않았다……

"그래도 방향을 제대로 잡았어." 도망치듯 사라지려는 어떤 생각을
뒤쫓으며 초조하게 노보드보르체프는 큰 소리로 말했다. 그때 그의 공
상 속에 예기치 못한 새로운 무언가가 형태를 띠기 시작했다—유럽의
어느 도시, 모피를 차려입은 통통한 대중. 환하게 불이 켜진 상점의 쇼
윈도. 그 뒤로 보이는 거대한 크리스마스트리. 그 밑동은 햄으로 감싸
여 있고, 가지에는 값비싼 과일들이 달려 있다. 번영의 상징. 그리고 쇼
윈도 앞, 얼어붙은 보도에는—

없어서는 안 될 유일무이한 열쇠를 드디어 찾아서 뭔가 대단히 훌륭
한 작품을 쓰게 될 거라고, 두 개의 계급, 두 세계 간의 충돌을 지금까
지 아무도 하지 않았던 방식으로 묘사할 거라고 느끼며 의기양양해져
흥분한 상태로 그는 집필을 개시했다. 그는 뻔뻔스러울 정도로 환하게
불을 밝힌 쇼윈도 안의 호화로운 트리에 대해, 그 트리를 엄격하고 침
울한 시선으로 들여다보는, 공장 폐쇄의 희생자인 배고픈 노동자에 관
해 썼다.

"그 오만방자한 크리스마스트리는," 노보드보르체프는 써내려갔다. "무
지개의 모든 색조로 불탔다."

명예가 걸린 일*

1

안톤 페트로비치가 베르그와 알게 된 저주받은 그날은 오로지 이론 상으로만 존재할 뿐이었다. 왜냐하면 당시 그의 기억은 그날에 날짜의 꼬리표를 붙이지 않아서 지금 그날을 특정하는 게 불가능하기 때문이다. 대충 어림잡아보자면, 그 일은 지난겨울에, 그러니까 1926년 크리스마스 즈음에 일어났다. 베르그가 비존재 상태에서 일어나 머리 숙여 인사하고 다시 앉았다—이전의 비존재 상태로가 아닌 안락의자에. 그건 내가 알기로, 베를린 모아비트 지구의 아주 외진 곳에 떨어져 있는

---

* 결투를 뜻하는 관용구.

성 마르크 거리에 거주하는 쿠르듀모프가*에서 일어난 일이었다. 쿠르듀모프가는 혁명 후에 극빈층으로 전락해 계속 그 상태인 반면, 안톤 페트로비치와 베르그는 역시 고국을 떠난 신세임에도 이후 어느 정도 부를 축적했다. 이제는 신사복 상점의 진열창에 연기가 자욱한 듯 아스라이 빛을 발하는 색조의―이를테면 일몰 때의 구름 색깔 같은―넥타이 한 다스가 정확히 같은 색조의 손수건 한 다스와 함께 진열되거나 하면, 안톤 페트로비치는 유행하는 그 넥타이도 손수건도 다 사들였고, 매일 아침 은행으로 가는 길에, 같은 타이를 매고 같은 손수건을 꽂고 역시 서둘러 출근하는 두세 명의 신사와 마주치면 만족해하곤 했다. 한때 그는 베르그와 사업상 관계가 있었다. 베르그는 없어서는 안 될 존재로, 하루에 다섯 번씩 전화하고, 집에도 자주 오기 시작하고, 끝없이 농담을 던지곤 했다―세상에, 그는 얼마나 농담에 환장했던지. 그가 처음 집에 왔을 때, 안톤 페트로비치의 아내인 타냐는 그가 영국인 같이 생겼으며 아주 재미있는 사람 같다고 여겼다. "안녕, 안톤!"이라고 베르그는 큰 소리로 외치며, (러시아인들이 하는 식으로) 손가락을 쫙 편 손으로 안톤의 손을 세게 내리치듯 와락 움켜쥐고는 격렬하게 흔들곤 했다. 베르그는 어깨가 넓고 체격도 좋고 말끔히 면도한 자신을 탄탄한 골격의 천사에 비유하기를 좋아했다. 한번은 그가 안톤 페트로비치에게 작고 낡은 검은 수첩을 보여주었다. 페이지들이 온통 X자로 뒤덮여 있었는데, 세어보니 정확히 523개였다. "크리미아내전의 기념품이지." 베르그가 살짝 미소 지으며 말하고는 "물론, 이건 내가 즉사시킨 적군만 센 거라네"라고 태연자약하게 덧붙였다. 베르그가 전직 기병대로, 데니킨 장군 휘하에서 싸웠던 적 있다는 사실이 안톤 페트로비치는 부러웠고, 타냐 앞에서 베르그가 정찰대로 잠입한 이야기며 한밤중의 습격 이야기를 늘어놓으면 부아가 치밀었다. 안톤 페트로비치 자신은 다리가 짧고 좀 통통하고 외알 안경을 꼈다. 그 안경은 사용하지 않을 때면, 즉 그의 안와에 끼워넣지 않을 때면 폭 좁은 검은 리본에 매달려 있었고, 안톤 페트로비치가 안락의자에 팔다리를 아무렇게나 벌리고 편하게 앉아 있을 때면 그의 배 위에서 바보 같은 눈처럼 어슴푸레 빛났다. 이 년 전에 잘라낸 종기는 그의 왼쪽 뺨에 흉터를 남겼다. 안톤 페트로비치가 외알 안경을 제자리에 끼워넣을 때면 이 흉터는 짧게 깎은 빳빳한 콧수염과 러시아인 특유의 오동통한 코와 마찬가지로 긴장되어 씰룩거렸다. "그만 좀 찡그리게" 하고 베르그는 말하곤 했다. "그보다 못생긴 얼굴은 또 없을 거야."

그들의 잔 속에서 가벼운 김이 차 위를 감돌았고, 접시에 놓인 반쯤 으깨진 초콜릿 에클레르는 크림이 밖으로 삐져나와 있었다. 테이블 위에 맨팔꿈치를 대고 깍지 낀 손가락 위에 턱을 괸 타냐는 떠다니는 자신의 담배 연기를 올려다보았고, 베르그는 그녀에게 짧은 머리 스타일을 해야 한다고, 태곳적부터 모든 여성은 그렇게 해왔다고, 밀로의 비너스도 그러지 않았느냐고 설득하려 애썼다. 안톤 페트로비치는 열을 내며 조목조목 그의 주장을 반박했고, 타냐는 손톱으로 톡 쳐서 담뱃재를 털어내며 그저 어깨를 으쓱할 뿐이었다.

그후 그 모든 것이 종말을 고하는 일이 일어났다. 7월 말의 어느 수요일, 사업차 카셀로 출장을 떠난 안톤 페트로비치는 그곳에서 아내에게 금요일에 돌아가겠다는 전보를 쳤다. 금요일이 되었지만, 적어도 한 주는 더 그곳에 머물러야 한다는 걸 알게 된 그는 다시 전보를 쳤다. 하지만 그다음날 결국 계약이 불발로 끝나자, 안톤 페트로비치는 굳이 세 번째로 전보를 치는 수고를 하지 않고 베를린으로 돌아갔다. 그는 이번 여행에 지치고 불만스러운 상태로 열시쯤 도착했다. 자기 집 침실 창문에 불이 환히 켜진 광경을 길에서 보고 아내가 집에 있음을 알게 되자 그는 위안을 느꼈다. 그는 오층으로 올라가 열쇠를 세 번 빙빙 돌려 삼중으로 잠긴 문을 열고 안으로 들어갔다. 현관을 지나갈 때 욕실에서 물이 멈추지 않고 계속 흐르는 소리가 들려왔다. 안톤 페트로비치는 애정어린 기대에 차서 촉촉이 젖은 분홍색 몸을 떠올리며 가방을 가지고 침실로 향했다. 침실에서는 베르그가 옷장 거울 앞에 서서 넥타이를 매고 있었다.

안톤 페트로비치는 무의식적으로 작은 여행가방을 바닥에 내려놓으면서도, 눈은 베르그에게서 떼지 않았다. 베르그는 무표정한 얼굴을 살짝 옆으로 쳐들고 밝은색의 긴 넥타이 자락을 휙 뒤집어서 매듭 고리 안으로 통과시켰다. "우선 흥분하지 말게." 베르그는 정성 들여 매듭을 단단히 조이며 말했다. "부디 흥분하지 말게나. 철저히 냉정함을 유지하라고."

뭔가 하지 않으면 안 돼, 안톤 페트로비치는 생각했다. 하지만 대체 뭘? 그는 다리가 떨리는 것을 느꼈다, 다리가 없는 것같이—그저 차갑고 욱신욱신하게 떨리는 것을. 빨리 뭔가를 해야…… 그는 한쪽 손의 장갑을 벗기 시작했다. 장갑은 새것으로 손에 딱 맞았다. 안톤 페트로비치는 연신 머리를 획획 움직이며 무의식 상태로 중얼거렸다. "당장 꺼져. 끔찍하군. 꺼져……"

"가네, 가, 안톤." 베르그는 넓은 어깨를 똑바로 펴고 느긋하게 재킷을 입으며 말했다.

내가 그를 치면 그도 나를 치겠지, 안톤 페트로비치는 순간 생각했다. 그는 마지막으로 휙 잡아당겨 장갑을 빼서 어설프게 베르그에게 던졌다. 장갑은 벽에 가서 탁 부딪히더니 세면대의 물주전자 속으로 떨어졌다.

"명중이군." 베르그가 말했다.

그는 모자와 지팡이를 집어들고, 안톤 페트로비치를 지나쳐 문 쪽으로 향했다. "아무래도 자네가 날 나가게 해줘야 할 것 같은데." 그가 말했다. "아래층 문이 잠겼으니."

자신이 뭘 하는지 거의 의식하지 못한 채 안톤 페트로비치는 그를 따라 나왔다. 두 사람이 계단을 내려가기 시작할 때, 앞서가던 베르그가 갑자기 웃음을 터뜨렸다. "미안하네." 그가 고개를 돌리지 않고 말했다. "하지만 이 상황이 너무 웃겨서—이렇게 정중하게 쫓겨나다니 말이야." 다음 층계참에서 그는 다시 킬킬대더니 발걸음을 재촉했다. 안톤 페트로비치 역시 걷는 속도를 빨리했다. 그 끔찍한 서두름이 볼썽사나울 정도로…… 베르그는 일부러 그가 계단을 뛰어넘고, 껑충껑충 뛰어내려오도록 하고 있었다. 고문이 따로 없었다…… 삼층…… 이층…… 이 계단은 언제나 끝날 것인가? 베르그는 남은 계단을 한번에 날듯이 내려와 지팡이로 가볍게 바닥을 두드리며 서서 안톤 페트로비치를 기다렸다. 안톤 페트로비치는 헉헉 숨을 몰아쉬며, 춤추는 열쇠를 떨리는 자물쇠에 넣느라 애를 먹었다. 마침내 문이 열렸다.

"날 원망하지 말게나." 보도에 서서 베르그가 말했다. "자네도 내 입장이 되어보면……"

안톤 페트로비치는 문을 쾅하고 닫았다. 맨 처음부터 어떤 문이든 뭐든 쾅 닫고 싶은 충동이 무르익고 있었다. 그 소리에 귀가 울렸다. 계단을 오르는 지금에서야 그는 얼굴이 눈물에 젖었음을 깨달았다. 현관 입구를 지날 때 그는 흐르는 물소리를 다시 들었다. 미지근한 물이 뜨거워지기를 바라면서 기다리는 듯했다. 하지만 이번에는 그 소리 너머로 타냐의 목소리도 들려왔다. 그녀는 욕실에서 큰 소리로 노래를 부르고 있었다.

기묘한 안도감을 느끼며 안톤 페트로비치는 침실로 다시 돌아왔다. 아까는 눈치채지 못한 것들이 이제 그의 눈에 들어왔다―양쪽 침대가 모두 꾸깃꾸깃 헝클어져 있다는 것, 아내의 침대에 분홍색 나이트가운이 놓여 있다는 것. 아내의 새로 산 이브닝드레스와 실크 스타킹 한 켤레가 소파에 걸쳐져 있다는 것. 아내는 베르그와 춤추러 갈 준비를 하는 게 분명했다. 안톤 페트로비치는 가슴 주머니에서 값비싼 만년필을 꺼냈다. "나는 차마 당신을 볼 수가 없소. 당신을 보면 내가 무슨 짓을 할지 나 자신을 믿을 수가 없소." 그는 선 채로 화장대에 대충 몸을 어색하게 구부리고 써내려갔다. 그의 외알 안경이 많은 눈물로 흐릿해졌고…… 활자가 그 속에서 헤엄쳤다…… "부디 이 집을 나가주시오. 현금을 좀 남겨두겠소. 내일 내가 나타샤와 얘기할 테니, 오늘밤은 나타샤의 집이나 호텔에서 주무시오―부탁이니 여기 머무는 것만 하지 말아주시오." 쓰기를 마치고 그는 편지를 거울 앞에 두었다. 거기라면 그녀가 확실히 볼 것이다. 편지 옆에 100마르크짜리 지폐 한 장을 두었다. 그러고는 현관 입구를 지나가면서 다시 그는 아내가 욕실에서 노래 부르는 소리를 들었다. 그녀는 집시 같은 목소리, 사람을 홀리는 목소리를 가졌다……

행복, 어느 여름밤, 기타 소리…… 그 여름밤에 그녀는 바닥 중앙에 놓인 방석에 앉아 노래 부르며 미소 띤 눈을 가늘게 떴는데…… 그가 방금 막 그녀에게 프로포즈했고…… 좋아요, 행복, 어느 여름밤, 천장에 부딪히던 나방 한 마리, '내 영혼을 그대에게 바치오. 끝없는 열정으로 당신을 사랑하오……' "어떻게 이런 끔찍한 일이! 끔찍해!" 그는 거리를 걸어내려가면서 한 말을 하고 또 했다. 무수히 많은 별이 총총 뜬 아주 온화한 밤이었다. 어디로든 상관없이 발길 닿는 대로 걸었다. 지금쯤이면 그녀는 아마 욕실에서 나와 편지를 발견했을 것이다. 안톤 페트로비치는 장갑을 떠올리곤 움찔했다. 새로 산 장갑이 물이 찰랑찰랑한 물주전자에 떠 있다. 가련한 그 갈색 장갑의 모습을 떠올리며 그가 꽥 소리를 지르자, 지나가던 행인이 화들짝 놀랐다. 광장 주위에 있는 거대한 미루나무들의 어두운 형체를 보고, 이 근처에 미튜신이 사는 게 생각났다. 안톤 페트로비치는 마치 꿈속에서처럼 그의 앞에 나타났다가 열차의 후미등처럼 차츰 멀어져가던 주점에서 전화를 걸었다. 미튜신은 그를 집안에 들어오게 했지만, 술에 취해 있어서 처음에는 안톤 페트로비치의 납빛이 된 얼굴에 별로 주의를 기울이지 않았다. 작고 어두침침한 방안에는 안톤 페트로비치가 모르는 남자 한 명이 앉아 있었고, 붉은 드레스를 입은 흑발 여성이 탁자를 등지고 소파에 누웠는데, 자는 게 분명했다. 탁자 위에선 술병들이 어슴푸레 빛났다. 안톤 페트로비치는 생일 파티가 한창일 때 들이닥친 것이지만, 그것이 미튜신을 위한 파티인지, 자고 있는 미녀를 위한 파티인지, 아니면 모르는 남자(그누시케라는 이상한 이름을 가진, 러시아에 귀화한 독일인으로 밝혀졌다)를 위한 파티인지 끝내 알 수 없었다. 미튜신이 불그레한 얼굴을 빛내면서 그를 그누시케에게 소개한 다음, 고개를 한번 끄덕여 잠든 여성의 풍만한 등을 가리키며 아무렇지 않게 이렇게 한마디 했다. "아델라이다 알베르토브나, 내 절친한 친구를 자네에게 소개하고 싶네만." 그 여성은 미동도 없었다. 하지만 미튜신은 마치 그녀가 깨어나기를 조금도 기대하지 않았던 것처럼 전혀 놀라지 않았다. 이 모든 것이 뭔가 조금 부조리하고 악몽 같은 분위기를 풍겼다─장미 한 송이가 목 부분에 꽂힌 저 빈 보드카병이며, 말이 엉망진창 놓인 게임이 진행중인 체스판이며, 잠자는 여인이며, 취했지만 더없이 평온한 분위기의 그누시케며······

"한잔하게나." 말하고 나서 미튜신은 돌연 눈썹을 추켜세웠다. "자네, 무슨 일 있었나, 안톤 페트로비치? 무척 아파 보여."

"그러네요, 뭐, 어쨌든 한잔하시죠." 바보처럼 자못 진지하게 말하는 그누시케의 옷깃은 매우 높고 얼굴은 또 매우 길어서 닥스훈트를 닮았다.

안톤 페트로비치는 보드카 반 컵을 한입에 꿀꺽 들이켜고 앉았다.

"자, 이제 무슨 일이 있었는지 우리에게 얘길 해보게." 미튜신이 말했다. "하인리히 앞이라고 쑥스러워 말고─이 친구는 세상에서 가장 정직한 사내니까. 내 차례네, 하인리히. 미리 일러두는데, 이 수 다음에 자네가 내 비숍을 잡으면, 내가 세 수만에 끝내버릴 거야. 자, 다 털어놔보게, 안톤 페트로비치."

"곧 알게 되겠지." 그누시케가 한쪽 팔을 뻗어 풀 먹인 커다란 소매를 드러내면서 말했다. "자네 h5 자리에 있는 폰을 잊었군."

"h5 자리에 있는 폰은 자네 말이네." 미튜신이 말했다. "안톤 페트로비치가 우리에게 자기 이야기를 해줄 걸세."

안톤 페트로비치가 보드카를 좀더 마시자 방안이 빙빙 돌았다. 활공하는 체스판이 술병들과 막 부딪히려는 찰나, 병들이 테이블과 함께 소파 쪽으로 출동했다. 신비스러운 아델라이다 알베르토브나를 태운 소파는 창문을 향해 나아갔고, 창문 역시 움직이기 시작했다. 이 저주스러운 움직임은 베르그와 어떤 연관이 있었다. 그러니 멈추지 않으면 안된다―당장 멈추게 해서, 짓밟고, 갈기갈기 찢어서 없애버리지 않으면……

"자네가 내 세컨드*가 돼주었으면 하네." 안톤 페트로비치가 운을 뗐다. 그리고 그 관용구가 기묘할 정도로 너무 생략된 듯 들리리라는 걸 막연히 느끼면서도 그는 말을 정정할 수 없었다.

"두번째 뭐?" 미튜신이 체스판을 곁눈으로 힐끗거리며 무심코 말했다. 체스판 위에서는 그누시케의 손이 손가락을 꼼지락거리며 머뭇거리고 있었다.

"아니, 내 말 좀 들어." 안톤 페트로비치가 비통함이 밴 목소리로 외쳤다. "술은 그만 마시고, 내 말 좀 들어달라고! 이건 심각해. 아주 심각한 얘기야."

미튜신이 반짝이는 푸른 눈을 그에게 고정했다. "이 게임 무효네, 하인리히." 그가 그누시케 쪽을 쳐다보지 않고 말했다. "아무래도 얘기가 심각한 것 같아."

"나는 결투를 할 작정이네." 계속 둥둥 떠다니는 테이블을 시선만으

---

* 'second'에는 '두번째'라는 뜻 외에 '결투의 입회인'이라는 뜻이 있다.

로 저지해보려 애쓰면서 안톤 페트로비치가 속삭였다. "어떤 사람을 죽였으면 해. 이름은 베르그야―우리집에서 자네도 만난 적 있을 거야. 이유는 설명하고 싶지 않네만……"

"입회인에게는 모든 걸 설명해주는 게 좋을 거야." 미튜신이 뻐기듯 말했다.

"끼어들어 미안하네만," 그누시케가 불쑥 말하며 검지를 위로 올렸다. "기억하세요, '너희는 살인하지 말지어다!'라는 말이 있죠."

"그 남자 이름은 베르그." 안톤 페트로비치가 말했다. "자네도 아는 자일 걸세. 그리고 나에게는 입회인이 두 명 필요하네." 계속 모호한 채로 넘어갈 수는 없었다.

"결투는," 그누시케가 입을 열었다.

미튜신이 팔꿈치로 그를 쿡 찔렀다. "끼어들지 말게, 하인리히."

"얘기는 이게 다네." 안톤 페트로비치가 속삭이는 목소리로 얘기를 끝맺고는, 눈을 내리뜨고 아무 쓸모 없는 외알 안경의 끈을 힘없이 만지작거렸다.

침묵. 소파 위의 여성은 편안히 코를 골고 있었다. 자동차 한 대가 경적을 요란하게 울리며 거리를 지나갔다.

"난 취했어. 하인리히도 취했고." 미튜신이 중얼거렸다. "하지만 뭔가 아주 심각한 일이 일어난 건 분명해." 그는 손가락 관절을 잘근잘근 물어뜯으며 그누시케를 쳐다봤다. "어떻게 생각하나, 하인리히?" 그누시케는 한숨을 쉬었다.

"내일 자네 둘이 그의 집으로 가서," 안톤 페트로비치가 말했다. "장소를 정하거나 하는 일을 해주게. 그자는 나에게 명함을 남기지 않았거든. 규칙에 따르면, 그는 나에게 명함을 남겼어야 해. 내가 그에게 장갑을 던졌으니."

"당신은 고결하고 용감한 남자로서 행동하고 있군요." 그누시케가 점점 더 활기를 띠며 말했다. "기묘한 우연이지만, 나는 이런 문제에 경험이 전혀 없지 않아요. 내 사촌 중 한 명도 역시 결투로 죽었거든요."

왜 '역시'라는 거지? 안톤 페트로비치는 번민에 휩싸여 의아해했다. 이것이 혹 어떤 전조는 아닐까?

미튜신이 술을 한 모금 들이켜고 나서 젠체하며 말했다. "친구로서 나는 거절하지 못하겠군. 아침에 우리가 가서 베르그 씨를 만나겠네."

"독일 법률에 관해서 말하자면," 그누시케가 말했다. "만약 당신이 그를 죽이면, 당신은 감옥에서 수년 썩게 될 겁니다. 반면에, 만약 당신이 죽임을 당하면 법적으로 성가실 일이 없죠."

"그런 건 모두 고려하고 있소." 안톤 페트로비치가 엄숙히 말했다.

그리하여 다시 그 섬세한 고가의 도구, 섬세한 금펜촉이 달린 반짝거리는 검은 만년필이 등장했다. 평소 같으면 벨벳 지팡이처럼 부드럽게 종이 위를 미끄러졌을 펜촉이건만, 지금은 안톤 페트로비치의 손이 떨리고, 탁자는 폭풍에 휩쓸린 배의 갑판처럼 들썩거리니⋯⋯ 미튜신이 마련한 대판 용지에 안톤 페트로비치는 베르그에게 보내는 도전장을 썼다. 세 번 그를 비열한으로 칭하고, "우리 중 한 명은 죽어 없어져야 한다"라는 변변찮은 문장으로 끝맺었다.

다 쓰고 나서 그는 울음을 터뜨렸고, 그누시케가 혀를 쯧쯧 차며 붉은 체크무늬의 커다란 손수건으로 불쌍한 친구의 얼굴을 닦아주는 동안, 미튜신은 체스판을 연신 손가락질하며 무겁게 "자네는 저 킹처럼 그놈을 해치워버리는 거야—세 수만에 끝내버리는 거지. 무조건 말이야"라는 말을 반복했다. 안톤 페트로비치는 흐느끼며 그누시케의 친절한 손을 뿌리치려고 하면서 아이 같은 억양으로 "내가 그녀를 그토록 사랑했는데, 그토록!"이라는 말을 하고 또 했다.

그렇게 서글픈 새날이 밝아왔다.

"자, 아홉시에 자네들은 그 사람 집에 가게나." 안톤 페트로비치가 휘청거리며 의자에서 일어나 말했다.

"아홉시에 우리는 그 사람 집에 갈 겁니다." 그누시케가 메아리처럼 답했다.

"다섯 시간 정도 잘 수 있겠군." 미튜신이 말했다.

안톤 페트로비치는 자기 모자를 만지작거려 원래 모양대로 만들고(그는 줄곧 그 위에 앉아 있었던 것이다), 미튜신의 손을 잡고 잠시 쥐고 있다가 들어올려 자기 뺨에 갖다댔다.

"어이, 어이, 이러지 말라고," 미튜신이 중얼거리고는 좀전에 그랬듯이, 자고 있는 여성을 향해 말했다. "우리 친구가 떠난대요, 아델라이다 알베르토브나."

이번에는 그녀가 깜짝 놀라 잠에서 깨어 몸을 꿈틀대며 무겁게 돌렸다. 눈꼬리가 치켜올라가게 과한 눈화장을 한 그녀의 얼굴은 잠이 그득했고 주름져 있었다. 그녀는 "자기들은 술을 그만 마시는 게 좋을 거예요"라고 차분히 말하고는 다시 벽 쪽으로 돌아누웠다.

길모퉁이에서 안톤 페트로비치는 졸고 있던 택시를 발견했다. 그를 태운 택시는 유령 같은 속도로 청회색 도시의 황무지를 달리더니 그의 집 앞에서 다시 잠들었다. 현관 입구에서 그는 하녀 엘스페스와 마주쳤는데, 그녀는 입을 벌리고 심술궂은 눈빛으로 그를 쳐다보며 뭔가 말할 것처럼 굴더니, 생각을 바꿔 모직 슬리퍼를 질질 끌며 복도를 걸어갔다.

"잠깐만." 안톤 페트로비치가 말했다. "아내는 나갔나?"

"수치스러운 일이에요." 하녀는 힘을 잔뜩 주어 말했다. "아수라장이 따로 없어요. 한밤중에 트렁크를 끌지 않나, 온갖 걸 다 뒤집어엎질 않나……"

"나는 아내가 집을 나갔느냐고 물었네." 안톤 페트로비치가 날카로운 목소리로 고함쳤다.

"나갔어요." 엘스페스가 무뚝뚝하게 대답했다.

안톤 페트로비치는 응접실 쪽으로 걸어갔다. 거기서 잠을 잘 생각이었다. 침실을 쓸 생각은 물론 추호도 없었다. 그는 불을 켜고 소파에 누워 외투로 몸을 덮었다. 웬일인지 왼쪽 손목이 불편했다. 아, 그렇지, 아마도 시계 때문인가보군. 그는 시계를 풀어 태엽을 감으면서 동시에, 자신이 참 별나다고 생각했다. 평정을 잃지 않고―시계태엽 감는 일 따위를 잊어먹지도 않는다니. 그리고 아직 취해 있던 탓에, 리듬감 있게 물결치는 거대한 파도에 실린 듯 곧바로 몸이 위아래로, 위아래로 흔들리기 시작하더니 토할 것 같아졌다. 그는 몸을 일으켜…… 커다란 구리 재떨이를…… 빨리…… 뱃속이 갑자기 심하게 뒤틀리더니 사타구니까지 통증이 관통했는데…… 전부 재떨이를 빗나갔다. 그는 곧바로 잠에 곯아떨어졌다. 검은색 양말을 신고 회색 각반을 찬 한쪽 발이 소파에서 달랑거렸고, (그가 끄는 걸 까맣게 잊은) 불빛을 받아 땀에 젖은 이마가 창백한 윤기로 번들거렸다.

2

미튜신은 싸움꾼에다 주정뱅이였다. 아주 조금만 부추겨도 그는 무슨 일이든 달려가서 해치우곤 했다. 일단 저지르고 보는 천둥벌거숭이였다. 그의 친구라는 어떤 자가 우체국에 앙심을 품고 불붙인 성냥을 여러 우체통에 던졌다는 이야기도 들은 기억이 나는데, 그누트라는 별명이 붙은 자였다. 아마도 그누시케였을 것이다. 사실, 안톤 페트로비치의 처음 의도는 미튜신의 집에서 밤을 보내고 싶었던 것뿐이었다. 그러다 느닷없이, 아무런 이유 없이 결투 이야기가 시작되더니…… 아, 물론, 베르그는 죽어 마땅하다. 다만 그 문제는 먼저 신중히 생각했어야 했고, 또 입회인을 선택할 거라면 어쨌든 신사들을 택했어야 했다. 그러나 보다시피 사태 전체가 우스꽝스럽기 짝이 없고 부적절한 전개로 굴러갔다. 모든 것이 우스꽝스럽고 부적절했다―장갑으로 시작해서 재떨이로 끝날 때까지. 하지만 물론 이제는 뭐 어쩔 수 없다―그는 이 잔을 다 마셔야 한다……

그는 시계가 떨어진 소파 아래를 더듬었다. 열한시였다. 미튜신과 그누시케는 벌써 베르그에게 갔다 왔을 것이다. 불현듯 유쾌한 생각이 다른 생각들 사이를 쏜살같이 휙 뚫고 지나가며 그 생각들을 밀어내고는 사라져버렸다. 뭐였지? 아아, 그렇지! 그들은 어제 취했고, 그 역시 취했다. 그들은 분명 늦잠을 잤을 테고, 정신을 차린 후엔 그가 말도 안 되는 얘기를 횡설수설했다고 여길 것이 틀림없다. 그러나 그 유쾌한 생각은 쏜살같이 스쳐지나간 후 사라졌다. 그러니 달라질 건 없다―사태는 촉발됐고, 어제 얘기했던 바를 그대로 그들에게 반복해야 할 것이다. 그렇다 하더라도 그들이 아직 나타나지 않은 것은 이상하다. 결투. 얼마나 인상적인 단어인가, '결투'라니! 나는 결투를 벌인다. 적대적인 대면. 일대일 승부. 결투. '결투'가 제일 듣기 좋다. 그는 일어섰다. 바지가 형편없이 구겨졌다는 것을 알아챘다. 재떨이는 치워지고 없었다. 그가 자는 동안 엘스페스가 들어왔던 게 틀림없다. 얼마나 쑥스러운 일인가. 침실이 어떻게 되어 있는지 보러 가봐야 한다. 아내는 잊고. 그녀는 이제 존재하지 않는다. 존재한 적도 없다. 그 모든 것이 다 지나간 일이다. 안톤 페트로비치는 깊게 심호흡하고 침실 문을 열었다. 그는 거기서 하녀가 꾸깃꾸깃한 신문지를 휴지통에 쑤셔넣는 모습을 보았다.

"커피 한 잔 좀 갖다주게"라고 말하고 그는 화장대로 갔다. 봉투 하나가 놓여 있었다. 그의 이름이 적혀 있다. 타냐의 필적이다. 그 옆에는 그의 솔빗과 꼬챙이빗과 면도솔, 그리고 보기 흉하게 뻣뻣해진 장갑 한쪽이 어수선하게 놓여 있었다. 안톤 페트로비치는 봉투를 열었다. 100마르크가 들어 있을 뿐, 다른 건 아무것도 없었다. 그는 어찌할 바를 몰라 그 봉투를 이쪽저쪽으로 돌려보았다.

"엘스페스……"

하녀가 그를 의심스러운 눈초리로 힐끗거리며 다가왔다.

"이거 받게. 어젯밤 너무 큰 곤란을 겪었고, 또 이런저런 불유쾌한 일도 있었으니까…… 자, 어서 받아."

"100마르크를요?" 하녀는 속삭이듯 묻더니, 갑자기 얼굴이 새빨개졌다. 그녀의 뇌리에 뭐가 스치고 지나갔는지는 알 도리가 없지만, 그녀는 휴지통을 바닥에 쾅 내려놓고 소리쳤다. "아뇨! 날 매수할 수는 없어요, 나는 정직한 여자예요. 두고 보세요, 당신이 날 매수하려 했다고 모

466

두에게 말할 테니. 아니! 무슨 이런 미친 집구석이 다 있담……" 그러고는 문을 쾅 닫고 나가버렸다.

"저 여자는 또 왜 저래? 맙소사, 도대체 무슨 일이야?" 안톤 페트로비치는 어리둥절하여 중얼거리다가 급히 문 쪽으로 가서 하녀 뒤에 대고 꽥 소리를 질렀다. "당장 나가, 이 집에서 나가!"

'이것으로 내가 내쫓은 사람이 세 명이 되었군.' 온몸을 부들부들 떨며 그는 생각했다. '그리고 이젠 내게 커피를 가져다줄 사람이 하나도 없게 되었어.'

그는 긴 시간을 들여 세수하고 옷을 갈아입은 후, 길 건너 있는 카페에 앉아 미튜신과 그누시케가 오지는 않는지 가끔 힐끔거렸다. 그는 시내에서 처리해야 할 업무가 산더미였지만, 지금은 그런 일을 신경 쓸 경황이 없었다. 결투. 이 얼마나 매력이 넘치는 단어인가.

오후가 되자 타냐의 동생인 나타샤가 나타났다. 그녀는 너무 당혹스러운지 말도 제대로 하지 못했다. 안톤 페트로비치는 가구를 가볍게 톡톡 치면서 방안을 왔다갔다했다. 타냐가 한밤중에 우리집에 왔는데, 형부는 상상도 못할 정도로 끔찍한 상태였다고 했다. 문득 안톤 페트로비치는 나타샤를 '너'라고 칭하는 게 이상하게 느껴졌다. 어쨌든, 그는 이제 그녀의 언니와 부부가 아니니까.

"나는 일정한 조건에 매월 그녀에게 정해진 액수를 줄 생각이오." 그는 자신의 목소리에서 솟구치는 신경질적인 어조를 빼려고 애쓰며 말했다.

"돈이 문제가 아니에요." 그의 앞에 앉아 광택 있는 스타킹을 신은 다리를 흔들며 나타샤가 답했다. "문제는 이 일이 말할 수 없이 끔찍한 추태라는 거예요."

"와줘서 고맙소." 안톤 페트로비치가 말했다. "언젠가 다시 천천히 얘기 나눕시다. 지금은 내가 너무 바빠서 말이오." 그녀를 문까지 바래다주면서 그는 무심코(아니, 적어도 그는 이 말이 무심코 한 말로 들리기를 바랐다), "나는 그자와 결투할 거요"라고 말했다. 나타샤의 입술이 바르르 떨렸다. 그녀는 그의 뺨에 황급히 입맞추고 나갔다. 결투하지 말라고 그에게 애원하는 말 한마디 안 하다니 참으로 이상했다. 당연히 싸우지 말라고 말렸어야 하는 일 아닌가. 요즘 세상에 누가 결투를 한단 말인가. 그녀에게서 똑같은 향수 냄새가 났다…… 누구와 똑같단 말인가? 아니다, 아니야, 그는 결코 결혼한 적이 없다.

그러고서 조금 후, 일곱시경에 미튜신과 그누시케가 왔다. 표정이 음산했다. 그누시케가 조심스러운 태도로 고개를 숙여 인사하고는 안톤 페트로비치에게 봉인된 사무용 봉투를 건넸다. 그는 봉투를 열어보았다. 편지는 다음과 같이 시작됐다. "자네의 대단히 멍청하고 대단히 무례한 전갈 잘 받았네……" 외알 안경이 툭 떨어져, 안톤 페트로비치는 그것을 다시 끼웠다. "자네에게 매우 미안한 감정을 느끼지만, 자네가 이런 태도를 취하는 이상, 나는 자네의 도전을 받아들이는 것밖에 선택의 여지가 없네. 자네의 입회인은 상당히 끔찍한 놈들이더군. 베르그."

안톤 페트로비치의 목이 불쾌하게 바짝 말랐고, 또다시 양다리가 우스울 정도로 바들바들 떨렸다.

"앉으시게, 앉게나"라고 말하면서 그는 자신이 제일 먼저 앉았다. 그누시케는 안락의자에 털썩 앉았다가, 생각을 고쳐먹고 의자 끝에 걸터앉았다.

"그자는 대단히 건방진 인간이더군." 미튜신이 감정을 담아 말했다. "상상을 좀 해보게—그자는 내내 웃음을 멈추지 않더라고. 그래서 하마터면 그 이빨에 주먹을 날릴 뻔했다니까."

그누시케가 목을 가다듬고 입을 열었다. "내가 당신에게 드릴 수 있는 충고는 오직 하나입니다. 신중하게 겨누십시오. 왜냐하면 그자 역시 신중할 테니까요."

안톤 페트로비치의 눈앞에 X자로 뒤덮인 공책의 한 페이지가 번득였다. 묘지의 도표.

"그자는 위험한 자입니다." 그누시케가 말하면서 안락의자에 등을 기대고 다시 몸을 푹 가라앉혔다가 또 몸을 뒤틀어서 바로 앉았다.

"누가 보고할까, 하인리히, 자네야, 나야?" 미튜신이 묻고는 엄지손가락으로 라이터를 홱 젖혀 열며 담배를 잘근잘근 씹었다.

"자네가 하는 게 낫겠네." 그누시케가 말했다.

"우리에겐 아주 바쁜 하루였어"라고 이야기를 시작하며 미튜신은 아주 연한 푸른색 눈을 부라리며 안톤 페트로비치를 바라보았다. "정확히 여덟시 삼십분에, 여전히 인사불성으로 취해 있던 하인리히와 나는……"

"이의 있네." 그누시케가 말했다.

"……베르그의 집을 찾아갔지. 그자는 커피를 홀짝이고 있더군. 우리는 곧바로 그자에게 자네의 작은 메모를 건넸어. 그자가 읽더군. 그러곤 그자가 뭘 했지, 하인리히? 그래, 웃음을 터뜨렸어. 우리는 그자가 다 웃을 때까지 기다렸고, 하인리히가 그자의 계획을 물었지."

"아니지, 그자의 계획이 아니라, 어떻게 응할 작정인지를 물은 거지."

그누시케가 정정했다.

"……응할 것인가를 물었지. 그러자 베르그는 싸우는 데 동의하며 자기는 피스톨을 선택하겠다더군. 우리는 모든 조건을 결정했네. 결투자들은 이십 보 거리에서 서로 마주보고 선다. 발포는 지시자의 구령에 따라 행해진다. 만약 첫 사격을 주고받고도 아무도 죽지 않으면, 결투는 계속된다. 쭉. 또 뭐 있었지, 하인리히?"

"진짜 결투용 피스톨을 구하는 게 불가능하면, 브라우닝 자동권총을 사용한다." 그누시케가 말했다.

"브라우닝 자동권총. 여기까지 결정한 후, 우리는 베르그에게 그의 입회인과 어떻게 연락하면 되느냐고 물었어. 그자가 전화하러 나가더군. 그런 다음, 그자는 좀전에 자네가 받은 편지를 썼어. 여담이네만, 그자는 내내 농담을 멈추지 않더군. 그다음에 우리가 한 일은 카페에 가서 그의 친구 두 명과 만나는 거였네. 나는 카네이션 한 송이를 사서 그누시케의 단춧구멍에 꽂았네. 그 녀석들은 그 카네이션으로 우리를 알아봤어. 그 녀석들은 자기소개를 했고, 뭐, 간단히 말하자면 모든 게 순조롭게 진행됐네. 그 녀석들의 이름은 마르크스와 엥겔스였어."

"그게 아니지." 그누시케가 말참견했다. "마르코프와 아르한겔스키 대령이었어."

"상관없어." 미튜신은 말을 이었다. "이제부터는 대서사시가 시작되는 대목이니. 우리는 알맞은 장소를 찾으려고 그 녀석들과 함께 시내를 벗어났어. 반제 호수 바로 너머에 있는 바이스도르프 알지. 거기야. 그곳에서 숲을 거닐다 작은 빈터를 하나 찾았는데, 알고 보니 그 녀석들이 일전에 여자애들하고 가볍게 소풍을 갔던 장소였더군. 그 빈터는 작고 주위에 온통 숲밖에 안 보였어. 요컨대 이상적인 장소였지—그렇다 해도 물론, 레르몬토프가 치명상을 입었던 결투처럼 장대한 산 풍경의 무대장치까지는 없지만 말이야. 내 장화 꼴을 보게나—온통 먼지로 하얘졌지."

"내 것도." 그누시케가 말했다. "꽤 힘든 나들이였다는 말을 해야겠네요."

잠시 이야기가 끊겼다.

"더운 날이군." 미튜신이 말했다. "어제보다도 더워."

"훨씬 더 덥지." 그누시케가 말했다.

미튜신은 담배를 재떨이에 지나치게 철저히 짓누르기 시작했다. 침묵. 안톤 페트로비치의 심장이 목구멍까지 올라와 뛰는 듯했다. 꿀꺽 삼켜보려 했지만, 오히려 더 세게 뛰기 시작했다. 결투는 언제 하게 될까? 내일? 왜 그들이 얘기해주지 않지? 어쩌면 모레? 모레가 더 낫겠는데 말이야……

미튜신과 그누시케는 시선을 교환하고 일어섰다.

"내일 아침 여섯시 반에 우리가 데리러 올 걸세." 미튜신이 말했다. "더 일찍 나서는 건 무의미하지. 어쨌든 그곳엔 개미 새끼 한 마리 없을 테니."

안톤 페트로비치 역시 일어섰다. 뭘 해야 하지? 감사인사라도 해야 하나?

"뭐, 어쨌든 고맙소, 신사분들…… 고맙소, 신사분들…… 그러니까 다 정해졌군요. 좋아요, 그럼."

두 사람은 고개 숙여 인사했다.

"우리에겐 아직 의사와 피스톨을 찾는 일이 남았습니다." 그누시케가 말했다.

현관 입구에서 안톤 페트로비치는 미튜신의 팔꿈치를 잡고 중얼거렸다. "저기, 정말 바보 같은 얘기지만, 있잖아, 나는 총을 쏠 줄 모르네, 그러니까 내 말은, 방법은 아는데 실습해본 적은 전혀 없어서 말이지……"

"흠," 미튜신이 말했다. "그것참 곤란하군. 오늘은 일요일이야. 일요일만 아니라면, 한두 번 훈련해볼 수 있었을 텐데. 정말 운이 없군."

"아르한겔스키 대령이 사격 개인 레슨을 하잖아." 그누시케가 끼어들었다.

"그렇지," 미튜신이 말했다. "자네는 똑똑한 친구라니까, 그렇지? 그렇다 해도 이제 와서 우리끼리 뭘 어쩌겠냐. 안톤 페트로비치? 자네도 알잖아―초심자가 운이 좋은 거. 신을 믿고 그냥 방아쇠를 당기는 거야."

그들은 떠났다. 땅거미가 지고 있었다. 커튼을 내려줄 사람이 아무도 없었다. 찬장에 치즈와 통밀빵이 좀 있을 것이다. 방이란 방은 다 인기척 하나 없고 미동도 없었다. 마치, 한때 숨을 쉬고 돌아다니던 모든 가구가 이제는 다 죽어버리기라도 한 듯이. 흉악한 골판지 치과의사가 공포에 휩싸인 골판지 환자 위로 몸을 구부리고 있다―그는 이 장면을 아주 최근에, 파란색과 초록색, 보라색과 루비색의 불꽃이 터지던 밤에, 루나 놀이공원에서 보았다. 베르그는 한참을 조준하다 공기총을 뼁하고 발사했고, 총탄이 표적을 맞히자 용수철이 이완되면서 골판지 치과의사가 사중의 뿌리가 달린 거대한 이빨 하나를 확 잡아 뽑았다. 타냐는 손뼉을 쳤고, 안톤 페트로비치는 미소 지었다. 베르그가 다시 총을 발사하자, 골판지 원반이 회전하면서 덜커덕 소리를 냈고, 점토 파이프들이 차례로 산산조각났으며 가는 물줄기 위에서 춤을 추던 탁구공이 사라졌다. 얼마나 끔찍한가…… 게다가 무엇보다 끔찍한 것은, 그때 타냐가 농담이랍시고 한 말이다. "당신 같은 사람하고 결투하면 별 재미 못 보겠어요." 이십 보. 안톤 페트로비치는 방문에서 창문까지 걸음 수를 세며 걸어보았다. 십일 보. 그는 코안경을 끼우고는 거리를 어림잡아보았다. 이런 방이 두 개. 아아, 만약 첫 발로 어떻게든 베르그에게 상처를 입힐 수만 있다면. 그러나 그는 어떻게 목표물을 조준하는지도 몰랐다. 반드시 빗나갈 것이다. 예를 들어 여기, 이 페이퍼나이프. 아니, 이 문진이 더 낫겠다. 이걸 이런 식으로 쥐고 조준해야 돼. 아니면 어쩌면 이런 식으로 뺨 가까이 바로 올리고—이 방법이 더 쉬운 것 같군. 그리고 바로 그 순간, 앵무새 모양 문진을 눈앞에 쥐고 이리저리 방향을 바꿔보는 그 순간에 안톤 페트로비치는 자신이 살해될 것임을 절감했다.

열시경 그는 잠자리에 들기로 마음먹었다. 그렇지만, 침실은 금기였다. 서랍장에서 깨끗한 침구를 애써 찾아내어 베갯잇을 갈아끼우고, 응접실 가죽소파 위에 시트를 깔았다. 옷을 벗으면서 그는 생각했다. 내 생애 마지막으로 드는 잠자리구나. 말도 안 돼, 안톤 페트로비치의 영혼의 어떤 작은 입자가 들릴 듯 말 듯 꽥 소리를 질렀다. 그로 하여금 장갑을 던지게 하고, 문을 쾅 닫게 하고, 베르그를 비열한으로 칭하게 했던 바로 그 입자였다. "말도 안 돼!" 안톤 페트로비치는 가는 목소리로 말하고는, 곧바로 그런 말을 하는 건 옳지 않다고 혼잣말했다. 만약 내가 내게 아무 일도 일어나지 않으리라고 생각하면, 꼭 최악의 일이 일어날 것이다. 인생에서는 모든 일이 항상 생각했던 바와 정반대로 일어나곤 하니까. 자기 전에 뭔가를 읽는 게 좋을 것 같다—마지막으로.

이것 봐, 또 그러네, 그는 마음속으로 투덜거렸다. 왜 '마지막으로'인데? 나는 끔찍한 상태다. 정신 차려야 한다. 아아, 무슨 조짐이라도 있으면 좋으련만. 카드 점을 쳐볼까?

그는 근처에 있던 콘솔에서 카드 한 벌을 찾아 제일 위에 있는 카드를 집었다. 다이아몬드 3. 운세로 보면 다이아몬드 3은 무슨 의미지? 전혀 모르겠군. 그다음에 그는 차례로 다이아몬드 퀸, 클로버 8, 스페이드 에이스를 뽑았다. 아! 이건 나쁜 징조다. 스페이드 에이스라니—내가 알기로 죽음을 의미하는데. 하지만 또 말도 안 되는 것투성이다. 미신에 불과한…… 자정이네. 오 분이 지났다. 내일이 오늘이 되었구나. 오늘 나는 결투를 한다.

그는 마음의 안정을 찾으려 애썼지만, 헛된 일이었다. 기묘한 일이 계속 일어났다. 그가 손에 쥔 책은 독일 작가인가 뭔가 하는 사람이 쓴 『마의 산』*이라는 소설인데, 독일어로 '산'은 베르그다. 셋까지 세면서 만약 '셋'을 셀 때 노면전차가 지나가면 자신은 죽게 될 거라 걸었는데, 노면전차 한 대가 그렇게 해주었다. 그다음에 안톤 페트로비치는 그와 같은 상황에 처한 사람이 할 수 있는 최악의 일을 했다. 죽음이란 게 도대체 무슨 의미인지 고찰하기로 한 것이다. 이런 쪽으로 일이 분 생각을 진척시키다보니 모든 것이 의미를 잃었다. 숨쉬기도 어려웠다. 그는

---

* 독일 작가 토마스 만의 소설.

일어서서 방안을 왔다갔다하다가 창밖으로 소름끼치게 청정한 밤하늘을 바라보았다. 유서를 써야 하지 않을까, 안톤 페트로비치는 생각했다. 그러나 유서를 쓴다는 건, 말하자면 불장난과 같다. 그것은 지하 납골당에 있는 자기 유골단지 안의 내용물을 검사하는 짓과 다를 바 없다. "가장 좋은 건 잠을 좀 자는 거겠지." 그가 소리 내어 말했다. 그러나 눈꺼풀을 닫자마자 베르그의 싱글거리는 얼굴이 그의 앞에 나타나, 무슨 꿍꿍이가 있는 양 한쪽 눈을 찡긋했다. 그는 다시 불을 켜고 책을 읽고 담배를 피워보려 했다. 평소 담배를 잘 피우지 않았지만. 잡다한 기억―장난감 권총, 공원의 오솔길 같은 것―이 떠올랐는데, 그는 죽음을 앞둔 사람들은 항상 과거의 사소한 것들을 기억하게 마련이라는 게 생각나서 곧바로 그 추억들을 중단시키려 애썼다. 그다음엔 정반대의 사실에 경악했다. 타냐 일을 생각하지도 못했다는 것, 감각이 둔해지는 이상한 약이라도 먹은 듯 그녀의 부재를 의식하지 못했다는 것을 깨달았다. 그녀는 내 목숨과도 같았는데 없어져버렸다고 그는 생각했다. 나는 이미 무의식적으로 인생에 작별을 고한 것과 다름없고, 이제 모든 것이 나와는 상관없다. 나는 죽을 것이기 때문에…… 그러는 사이에, 밤이 쇠약해지기 시작했다.

네시경 그는 발을 끌며 부엌으로 가서 소다수를 한 잔 마셨다. 그가 스쳐지나간 거울에 줄무늬 잠옷과 가늘고 듬성듬성해진 머리카락이 비쳤다. 나는 나 자신의 유령처럼 보이겠구나, 그는 생각했다. 그런데 어떻게 하면 잠을 좀 잘 수 있을까? 어떻게?

이가 덜덜 떨리는 게 느껴져서 그는 무릎 덮개로 몸을 감싸고, 서서히 자신을 드러내는 침침한 방 한가운데 있는 안락의자에 앉았다. 어떻게 될 것인가? 엄숙하지만 우아한 옷차림을 해야 한다. 턱시도를 입을까? 아니, 그건 바보 같을 거야. 검은 양복, 그다음엔…… 그래, 검은 넥타이. 새로 산 검은 양복을. 하지만 만약 상처가, 어깨에 상처라도 입으면…… 그럼 양복이 엉망이 될 텐데…… 피, 구멍, 거기다 그들이 소매를 잘라낼지도 모르는데. 말도 안 되는 소리, 그런 일 따위는 일어나지 않을 것이다. 나는 새로 산 검은 양복을 입어야 한다. 그리고 결투가 시작되면, 나는 재킷의 옷깃을 치켜세울 것이다―그게 관례니까. 내 생각에는 아마도 셔츠의 흰색을 가리기 위한 것이거나 아니면, 그저 아침의 습기 때문일 수도 있지. 내가 본 그 영화에서는 그러더라고. 그다음부터는 완전히 냉정함을 유지해서, 모두에게 정중하고 차분하게 말을 건네지 않으면 안 된다. 고맙소, 나는 이미 발포했소. 이제 당신 차례요. 당신이 입에서 담배를 치우지 않으면, 나는 쏘지 않겠소. 나는 계속할 준비가 되었소. "고맙소. 나는 이미 다 웃었소"―김빠진 농담을 하면 난 이렇게 말하는 거야…… 아아, 세세한 것까지 전부 상상해낼 수만 있다면! 그들―그와 미튜신과 그누시케―은 차를 타고 도착해서 차는 길가에 세워두고, 숲으로 들어갈 것이다. 베르그와 그의 입회인들은 아마도 그곳에서 이미 기다리고 있을 것이다. 책 속에서 항상 그러듯이. 여기서 한 가지 의문점. 상대에게는 인사를 해야 하나? 오페라에서 오네긴이 어떻게 하더라? 아마도 멀리서 모자를 살짝 들어 예의를 차리는 정도가 딱 맞을 것이다. 그러면 아마도 그들이 야드를 표시하고, 피스톨을 장전하기 시작하겠지. 그동안 뭘 할까? 그래, 물론―조금 떨어져 있는 그루터기에 한쪽 발을 올려놓고, 아무렇지 않은 태도로 기다리는 거지. 그런데 만약 베르그도 그루터기에 한쪽 발을 올려놓으면 어떻게 하지? 베르그라면 그럴 수 있어…… 날 당황스럽게 하려고 내 모습을 흉내내는 거. 끔찍할 거야. 그 밖에는 나무줄기에 몸을 기대거나 그냥 풀 위에 앉을 수 있겠지. 누구는(푸시킨의 단편에서였나?) 종이봉투에서 버찌를 꺼내 먹던데.* 그래, 하지만 결투장에 봉투를 가져가야 하잖아—바보같이 보일 거야. 아아, 뭐, 때가 되면 결정하자. 품위 있고 태연하게. 그다음에 우리는 위치를 잡을 거고. 둘 사이의 거리는 20야드. 옷깃을 세워야 할 때는 바로 그때일 거야. 이렇게 피스톨을 움켜쥐고. 에인절** 대령이 손수건을 흔들거나 셋까지 세겠지. 그런 후 돌연, 뭔가 아주 끔찍한 일이, 뭔가 말도 안 되는 상황이 벌어질 거야—상상도 못할 일. 비록 사람이 밤을 새워 계속 생각했다고 해도, 백 살이 되도록 터키에서 살았다고 해도 상상도 못할…… 터키는 여행하기 좋겠지, 카페에 앉아서…… 갈비뼈 사이나 이마에 총알을 맞으면 어떤 느낌일까? 통증일까? 메스꺼움일까? 아니면, 그냥 탕 소리 후에 완전한 암흑이 바로 이어지는 걸까? 언젠가 테너 소비노프***가 너무 실감나게 쓰러져서 그의 피스톨이 오케스트라가 있는 데까지 날아갔던 적도 있었다. 그렇지 않고, 만약 어딘가—한쪽 눈이나 사타구니에—무시무시한 부상을 당하면 어떡하지? 아니, 베르그는 그를 즉사하게 해줄 것이다. 물론, 이건 내가 즉사시킨 적군만 센 거라네. 그 작고 검은 수첩에 이제 X자 하나가 더 생기겠군. 상상도 못했어……

---

* 푸시킨의 연작소설집 『벨킨 이야기』 중 단편 「한 발」에 나오는 내용.
** 아르한겔스키 대령의 성(Arkhangelski)을 천사를 뜻하는 에인절(Angel)로 줄여 부른 것.
*** 제정러시아 시기 유명한 오페라가수 레오니트 소비노프. 차이콥스키의 오페라 〈예브게니 오네긴〉에서 렌스키 역으로 유명하다.

부엌 시계가 다섯 번을 쳤다. 땡─동이 텄다. 안톤 페트로비치는 몸을 부르르 떨고는 무릎 덮개를 콱 움켜쥔 채로 엄청나게 용을 써서 일어섰다가 다시 멈춰 생각에 빠지더니 돌연 한 발을 굴렀다. 루이 16세가, 폐하, 처형대에 갈 시간입니다, 라는 말을 듣고 그랬듯이. 그래봐야 뭐 어쩔 수 없다. 그는 말랑말랑한 발을 어설프게 굴렀다. 처형은 피할 수 없다. 면도하고 세수하고 옷을 갈아입을 시간이다. 구석구석 청결한 속옷과 새 검은 양복. 셔츠 소매에 오팔로 된 커프스단추를 끼우면서 안톤 페트로비치는 오팔이 운명의 돌이니, 두세 시간 후면 셔츠가 온통 피로 물들 거라는 생각에 잠겼다. 구멍이 어디에 날까? 그는 자신의 통통하고 따뜻한 가슴팍에 늘어진 반짝이는 털을 어루만지다, 공포에 질린 나머지 한쪽 손으로 눈을 가렸다. 지금 그 안에 있는 모든 것이 움직이는 방식─심장의 두근거림, 폐의 부풀어오름, 혈행, 장 수축─이 뭔가 애처로울 정도로 각기 독립적으로 따로 놀고 있는데, 그렇게 맹목적으로 안심하고 살아가는 이 연약하고 무방비 상태의 내부 생명체를 그가 학살로 이끌고 있으니…… 학살! 그는 가장 즐겨 입는 셔츠를 붙잡고 단추 하나를 끌러서 끙끙거리며, 자신을 뒤덮은 리넨의 차갑고 하얀 어둠 속으로 머리부터 먼저 집어넣었다. 양말, 넥타이. 그는 섀미가죽 조각으로 구두에 어설프게 광을 냈다. 깨끗한 손수건을 찾다가 립스틱 하나를 우연히 발견했다. 그는 거울에 비친 소름끼칠 만큼 창백한 자신의 얼굴을 들여다보고는 시험삼아 그 새빨간 물건으로 뺨을 살짝 건드려보았다. 처음엔 전보다 훨씬 더 나빠 보였다. 그는 손가락을 핥아 뺨을 문지르면서, 여성들이 색조 화장을 어떻게 하는지 한 번도 자세히 보지 않았던 것을 후회했다. 마침내 뺨이 밝은 벽돌 빛깔을 띠자, 그는 이 정도면 괜찮아 보인다고 결론지었다. "자, 이제 나는 준비 완료"라고 거울에 대고 말해놓고는 괴로운 듯 하품을 하자 거울이 눈물 속에서 용해되어버렸다. 그는 재빨리 손수건에 향수를 뿌리고, 휴지, 손수건, 열쇠, 그리고 만년필을 여러 호주머니에 나눠 넣은 다음, 외알 안경의 검은 줄을 목에 걸었다. 좋은 장갑 하나 없는 게 유감이군. 갖고 있던 장갑은 품질 좋은 새것이었지만, 왼쪽 장갑만 남아 과부 신세가 되었다. 결투에 내재하는 필연적인 결점이다. 그는 책상에 앉아 팔꿈치를 책상 위에 대고 기다리기 시작했다. 창문 밖을 힐끗거렸다가, 접이식 가죽 케이스에 든 여행용 시계를 힐끗거렸다가 하면서.

아름다운 아침이었다. 창문 아래 키 큰 보리수나무에서 참새들이 미친듯이 짹짹거렸다. 담청색의 벨벳 같은 그림자가 거리를 뒤덮고, 여기저기서 지붕이 은색으로 번쩍였다. 안톤 페트로비치는 추위와 함께 참기 힘든 두통을 느꼈다. 브랜디를 한 모금 마시면 천국일 텐데. 집에는 아무도 없다. 벌써 사람 없는 황량한 집이 된 듯했다. 영원히 사라져버릴 주인. 오, 말도 안 돼. 계속 침착하자. 현관 벨이 곧 울릴 것이다. 나는 침착함을 완벽히 유지하지 않으면 안 된다. 그들은 이미 삼 분 늦었다. 혹시 그들이 안 오려는 건가? 정말 근사한 여름 아침이군…… 러시아에서 마지막으로 결투로 죽은 사람이 누구지? 만퇴펠 남작인가가 이십 년 전에 죽었지. 아니, 그들은 오지 않을 거야. 잘됐다. 그는 삼십 분 더 기다려보다가 침대로 갈 것이다—침실은 더는 두렵지 않았고 확실히 매력적인 것이 되었다. 안톤 페트로비치가 거대한 하품 덩어리를 쥐어짤 준비를 하면서 입을 크게 벌리는데—귓속에서 으드득 소리가 나고 입천장 아래가 부풀어오른 것 같았다—바로 그때 초인종이 난폭하게 울렸다. 멈추지 않는 하품을 간헐적으로 삼키며 안톤 페트로비치가 현관 입구로 가서 문을 열자, 미튜신과 그누시케가 서로 앞다투어 문턱을 넘었다.

"갈 시간이네." 미튜신이 안톤 페트로비치를 뚫어지게 바라보았다. 그는 평소 하고 다니는 황록색 넥타이를 했지만, 그누시케는 낡은 프록코트를 입었다.

"그렇군, 나는 준비됐네." 안톤 페트로비치가 말했다. "바로 돌아오지……"

그들을 현관 입구에 세워두고 그는 침실로 급히 들어가서 시간을 벌기 위해 손을 씻으면서 계속 혼잣말을 반복했다. "이게 대체 무슨 일이야? 아아, 세상에, 대체 뭔 일이야?" 바로 오 분 전만 해도 희망이 남아 있었다. 지진이 일어날 수도 있고, 베르그가 심장마비로 죽을 수도 있고, 운명이 개입해 사건을 유예해 그를 구해주었을지도 모른다.

"안톤 페트로비치, 서두르게." 미튜신이 현관 입구에서 불렀다. 그는 재빨리 손을 말리고 그들에게 돌아갔다.

"그래, 그래요, 난 준비됐어, 가자고."

"우리는 열차를 타야 할 걸세." 밖으로 나가면서 미튜신이 말했다. "왜냐하면, 이런 시간에 택시를 타고 숲 한가운데에서 내리면 수상해 보일 수 있거든, 운전사가 경찰에 신고할지도 모르니 말이야. 안톤 페트로비치, 기죽을 거 없네."

"아니, 그런 거 아니야—바보 같은 소리 말게." 안톤 페트로비치는 자포자기한 미소를 지으며 답했다.

그때까지 계속 잠자코 있던 그누시케가 큰 소리로 코를 풀더니 사무적으로 말했다. "우리의 적이 의사를 데려온다더군요. 우리는 결투용 피스톨을 구하지 못했어요. 하지만 우리의 동료가 똑같은 브라우닝 권총 두 정을 입수했다고 합니다."

역까지 그들을 데려다준 택시 안에서 그들은 이렇게 자리를 잡았다. 안톤 페트로비치와 미튜신이 뒷좌석에 앉고, 그누시케는 그들과 마주 보는 접이식 좌석에, 양다리를 바짝 끌어당기고 앉았다. 안톤 페트로비치는 다시 초조함에서 비롯된 발작적인 하품에 시달렸다. 그가 억눌렀던 것에 복수하는 듯한 하품이었다. 들쭉날쭉한 그 언짢은 발작이 자꾸 찾아오자 그의 눈이 눈물로 글썽거렸다. 미튜신과 그누시케는 매우 침통한 표정이었지만, 동시에 자신들의 입장에 대단히 만족한 듯 보였다.

안톤 페트로비치는 이를 악물고 콧구멍만 부풀려 하품을 했다. 그러고는 불쑥 말했다. "지난밤엔 푹 잘 잤네." 그는 뭔가 다른 할말을 생각하려 애쓰다가……

"거리에 사람이 꽤 많군"이라고 말하고는 그는 덧붙였다. "이른 시간인데도." 미튜신과 그누시케는 잠자코 있었다. 또다시 하품의 발작이…… 오, 맙소사……

그들은 곧 역에 도착했다. 안톤 페트로비치는 이렇게 빨리 도착한 적이 한 번도 없었던 것 같았다. 그누시케는 차표를 사서 부채꼴로 펴들고 앞으로 나아갔다. 돌연 그는 미튜신을 돌아보며 의미심장하게 헛기침을 했다. 간이매점 옆에 베르그가 서 있었다. 그는 바지 주머니에서 잔돈을 꺼내고 있었는데, 호주머니 깊숙이 왼손을 찔러넣고, 만화에서 앵글로색슨인들이 그러듯이 오른손으로 그 호주머니를 제자리에 잡아두었다. 그는 손바닥에 동전 하나를 놓아 여자 판매원에게 건네면서 뭔가 농담을 해 그녀를 웃겼다. 베르그도 웃었다. 그는 다리를 약간 벌리고 서 있었다. 그리고 회색 플란넬 양복을 입고 있었다.

"저 매점 주위로 돌아가세." 미튜신이 말했다. "저자 바로 옆을 지나가면 어색할 것 같아."

기묘한 무감각 상태가 안톤 페트로비치를 엄습했다. 자신이 뭘 하는지 전혀 의식하지 못한 채, 그는 객차에 타서 창가 좌석에 앉아, 모자를 벗었다가 다시 썼다. 열차가 덜컹 흔들렸다가 다시 움직이기 시작했을 때에야 그의 두뇌는 활동을 재개했고, 그 순간 그는 꿈속에서 맛보는 감각에 사로잡혔다. 열차를 타고 어딘지 모를 곳에서 어딘지 모를 곳으로 질주하다가 돌연, 자신이 속바지 하나만 입고 여행하고 있음을 깨닫는 꿈 말이다.

"그들은 옆 객차에 있어." 미튜신이 말하며 담배 케이스를 꺼냈다. "대체 자네는 왜 그렇게 계속 하품을 해대는가, 안톤 페트로비치? 소름이 다 끼치는군."

"나는 아침이면 늘 그런다네." 안톤 페트로비치는 기계적으로 답했다.

소나무숲, 소나무숲, 소나무숲. 모래로 덮인 경사면. 소나무숲이 또. 정말 놀라울 정도로 멋진 아침이야……

"하인리히, 그 프록코트는 그리 멋지지 않군." 미튜신이 말했다. "직설적으로 얘기하자면―더 볼 것도 없이―영 아니야."

"상관 말게." 그누시케가 말했다.

아름다운 저 소나무들. 그리고 이제는 수면의 반짝임. 다시 숲. 이 세상은 얼마나 감동적이고, 얼마나 부서지기 쉬운가…… 그저 다시 하품이 나지 않게 할 수만 있다면…… 턱이 아프네. 하품을 참으면 눈이 촉촉해지기 시작한다. 그는 얼굴을 창 쪽으로 향하고 앉아서 열차 바퀴가 철로에 부딪히는 리듬을 듣고 있었다. *도살장으로…… 도살장으로…… 도살장으로……*

"당신에게 충고 하나 할까요." 그누시케가 말을 꺼냈다. "지체 없이 바로 발포하세요. 몸의 정중앙을 조준하라는 충고입니다—그렇게 하면 기회가 더 있을 겁니다."

"다 운의 문제지." 미튜신이 말했다. "만약 그를 맞히면 좋은 거고, 맞히지 못해도 걱정하지 말게—그자도 놓칠지 모르니. 최초의 일발을 주고받고 나서가 진짜 결투지. 말하자면, 그때부터 흥미로운 부분이 시작되는 걸세."

역이다. 오래 정차하지 않았다. 왜 그들은 그를 그렇게 괴롭히는 것인가? 오늘 죽는 건 말도 안 된다. 내가 기절하면 어떻게 될까? 능숙한 배우가 되지 않으면 안 된다…… 뭘 해볼 수 있을까? 뭘 하면 좋을까? 정말 놀라울 정도로 근사한 아침이야……

"안톤 페트로비치, 이런 거 물어서 미안한데," 미튜신이 말했다. "중요한 거라서 말이야. 우리에게 뭐 맡겨줄 것은 없나? 그러니까 서류나 문서 같은 것 말이야. 편지나 아니면 혹시 유서 같은 거? 통상적인 절차네."

안톤 페트로비치가 고개를 저었다.

"유감이군." 미튜신이 말했다. "무슨 일이 일어날지 누가 알겠나. 하인리히와 나를 생각해보게—우리 두 사람 다 감옥에 갈 각오를 하고 있다고. 자네 일은 다 정리했나?"

안톤 페트로비치가 고개를 끄덕였다. 그는 더 얘기하는 것도 힘들었다. 비명을 지르지 않을 유일한 방법은 휙휙 스쳐지나가는 소나무들을 쳐다보는 것뿐이었다.

"이제 곧 내릴 겁니다." 그누시케가 자리에서 일어섰다. 미튜신도 일어섰다. 안톤 페트로비치도 이를 악물고 일어서려 했지만, 열차가 덜컹거리는 바람에 도로 자리에 주저앉았다.

"자, 가자고." 미튜신이 말했다.

그제야 간신히 안톤 페트로비치는 좌석에서 몸을 떼었다. 외알 안경을 안와에 눌러 넣으면서 조심스럽게 승강장으로 내려왔다. 태양이 따뜻하게 그를 맞았다.

"그들이 뒤에 있어." 그누시케가 말했다. 안톤 페트로비치는 등에 혹이 자란 것 같은 기분이 들었다. 아니야, 이건 말도 안 돼, 난 잠에서 깨야 해.

그들은 역을 떠나 큰 도로를 따라 걷기 시작해서 창문에 페튜니아를 내놓은 자그마한 벽돌집들을 지나갔다. 숲속으로 갈라져 들어가는 폭신하고 하얀 길과 큰 도로가 교차하는 지점에 주점이 하나 있었다. 갑자기 안톤 페트로비치가 멈춰 섰다.

"목이 심하게 마르군." 그가 중얼거렸다. "뭔가 한 모금 축이고 가면 좋겠는데."

"그럴까, 괜찮을 것 같은데." 미튜신이 말했다. 그누시케가 돌아보며 말했다. "그들은 길을 벗어나 숲속으로 방향을 꺾었는데."

"얼마 안 걸릴 거야." 미튜신이 말했다.

그들 세 사람은 주점으로 들어갔다. 뚱뚱한 여자가 걸레로 카운터를 닦고 있었다. 여자는 그들에게 얼굴을 찌푸리더니 맥주 세 잔을 부어주었다.

안톤 페트로비치가 벌컥벌컥 마시고는 약간 목이 메어 말했다. "잠깐 실례하네."

"서두르게." 미튜신이 바 위에 맥주잔을 도로 놓으며 말했다.

안톤 페트로비치가 통로로 돌아 들어가, 남성용, 인류용, 인간용이라 표시된 화살표를 따라가 화장실을 지나치고, 부엌을 지나고, 발 아래로 쏜살같이 지나가는 고양이에 깜짝 놀란 후, 발걸음을 빨리해 통로 끝에 다다라 문을 밀어 열자, 햇살이 그의 얼굴에 끼얹어졌다. 그가 나온 곳은 작은 녹색의 안뜰. 그곳에는 암탉들이 돌아다니고, 색이 바랜 수영복을 입은 소년 하나가 통나무 위에 앉아 있었다. 안톤 페트로비치는 소년 앞을 급히 달려 지나가고, 딱총나무 덤불을 지나, 목제 계단을 두어 개 내려가 또다른 덤불로 들어갔다가, 비탈진 땅 때문에 갑자기 미끄러졌다. 나뭇가지가 얼굴을 후려치자, 어설프게 가지를 밀어내다가 푹 고꾸라지면서 더 미끄러졌다. 딱총나무로 무성한 그 비탈면은 점점 더 경사가 급해졌다. 결국, 그는 곤두박질치며 내려가는 추락을 통제할 수 없었다. 그는 용수철 같은 잔가지를 막아가면서 긴장한 양다리를 넓게 펼치고 미끄러져 내려갔다. 그러다 예상치 못하게 나타난 나무에 전속력으로 부딪히는 바람에 대각선으로 진행 방향이 바뀌었다. 무성했던 덤불이 듬성듬성해졌다. 전방에는 높은 담장이 있었다. 담장에 난 구멍을 본 그는 쐐기풀을 바스락거리며 헤치고 가서 소나무숲으로 들어갔다. 그곳에는 판잣집 근처에 있는 나무줄기들 사이에 그림자로 얼룩덜룩한 빨래들이 걸려 있었다. 아까와 같은 결의로 그는 소나무숲을 가로질러가다가, 이윽고 또 비탈 아래로 미끄러지고 있음을 깨달았다. 전방에선 나무들 사이로 수면이 어른어른 빛났다. 그는 발을 헛디디다가 오른편에 있는 오솔길 하나를 보았다. 그 길을 따라가보니 호수가 나왔다.

훈제한 도다리 같은 색으로 볕에 타고, 밀짚모자를 쓴 늙은 낚시꾼이 반제역으로 가는 길을 가리켰다. 그 길은 처음엔 호수 가장자리를 둘러 가다가 숲속으로 들어갔다. 그는 숲속을 두 시간 동안 헤맨 끝에 철로와 만났다. 터벅터벅 걸어서 가장 가까운 역에 도착하자 열차가 마침 다가왔다. 그는 한 객차에 탑승해 승객 두 명 사이에 끼여앉았다. 그들은, 붉게 칠한 뺨에 더러운 구두를 신고, 꼬질꼬질한 안와에 외알 안경을 끼고 검은 옷을 입은, 이 뚱뚱하고 창백하고 축축한 남자를 호기심을 품고 흘낏거렸다. 베를린에 도착하고 나서야 그는 겨우 잠깐 멈췄다. 아니, 그보다는 그 순간까지 계속 도망치다가, 이제야 멈춰 서서 한숨 돌리고 주위를 돌아보는 것 같은 느낌이었다. 그는 눈에 익은 광장에 서 있었다. 그 옆에는 모직옷을 입은 거대한 가슴의 노파가 카네이션을 팔고 있었다. 신문을 갑옷같이 몸에 두른 남자가 폭로 전문 지역신문의 이름을 홍보하고 있었다. 구두닦이가 안톤 페트로비치에게 알랑대는 시선을 던졌다. 안톤 페트로비치가 안도의 한숨을 내쉬며 받침대에 발을 단단히 얹었다. 남자의 팔꿈치가 매우 빨리 움직이며 일에 착수했다.

다 끔찍해, 당연하지, 구두코에 윤이 나기 시작하는 걸 바라보며 그가 생각했다. 그래도 나는 살아 있고, 지금 이 순간 중요한 건 그거다. 미튜신과 그누시케는 아마 시내로 돌아와서 그의 집 앞에 진을 치고 있을 테니, 사태가 진정될 때까지 당분간 기다려야 할 것이다. 무슨 일이 있어도 그들과 만나면 안 된다. 한참 후에 물건을 챙기러 갈 것이다. 그리고 오늘밤에 베를린을 떠나야 한다……

"*도브리 덴*(안녕하시오), 안톤 페트로비치." 그의 귀 바로 위에서 부드러운 목소리가 들렸다.

그는 너무 깜짝 놀라는 바람에 받침대에서 발이 미끄러져 떨어졌다. 아니, 괜찮다―경보 해제. 목소리의 주인공은 레온티예프인가 하는 남자로, 서너 번 만난 적 있던 저널리스트인가 뭔가 하는 사람이다. 수다스럽지만 악의는 없는 친구다. 들리는 얘기론, 그의 아내가 사방으로 그를 배신한다고 한다.

"산책 삼아 나왔소?" 레온티예프가 우울하게 그와 악수하며 물었다.

"그래요, 아니, 이런저런 일이 있어서." 안톤 페트로비치는 그렇게 답하면서 동시에 '이 친구가 가던 길을 가면 좋겠는데, 그렇지 않으면 아주 귀찮아지겠어'라고 생각했다.

레온티예프가 주위를 둘러보더니, 마치 뜻밖의 행복한 발견이라도 한 듯이 "멋진 날씨 아니오!"라고 말했다.

사실 그는 비관론자로, 모든 비관론자가 그렇듯 우스울 정도로 관찰력이 둔한 남자였다. 제대로 면도가 되어 있지 않은 얼굴은 누리끼리하고 길었고, 마치 그를 창조할 때 자연이 치통이라도 앓았던 양 그의 모든 것이 뭔가 어설프고 수척하고 애처롭게 보였다.

구두닦이가 쾌활하게 자신의 솔과 솔을 탁 부딪혔다. 안톤 페트로비치는 활기를 되찾은 자신의 구두를 쳐다보았다.

"어느 쪽으로 가시오?" 레온티예프가 물었다.

"선생은?" 안톤 페트로비치도 물었다.

"아무 곳이나 상관없어요. 지금 당장은 할일이 없어서 말이지요. 선생과 잠시 동행해도 되겠군요." 그는 헛기침하고 넌지시 덧붙였다. "물론, 허락해주면 말이지만."

"물론, 그러시지요." 안톤 페트로비치가 중얼거렸다. 이제 찰거머리가 붙었군, 그는 생각했다. 어디든 덜 익숙한 거리를 찾아야 한다. 그러지 않으면 아는 사람이 더 나타날지도 모르니. 그 두 사람을 만나는 것만 피할 수 있다면……

"그래, 요즘 사는 형편은 어떠시오?" 레온티예프가 물었다. 그는, 그저 자신의 사는 형편에 대해 자세히 얘기를 늘어놓기 위해서 상대의 사는 형편이 어떠냐고 묻는 유형의 인간이었다.

"아, 뭐, 난 별일 없소." 안톤 페트로비치가 답했다. 물론 그는 나중에 다 알게 되겠지. 맙소사, 엉망진창이군. "나는 이리로 가오만." 큰 소리로 말하며 그는 갑자기 방향을 바꿨다. 자기 생각에 잠겨 서글프게 미소 짓던 레온티예프는 그와 부딪힐 뻔하면서 흐느적거리는 다리를 약간 휘청거렸다. "이쪽으로? 괜찮소. 난 아무래도 상관없어요."

어떻게 하면 좋지? 안톤 페트로비치는 생각했다. 어쨌든 이렇게 계속 이자와 거닐고 있을 수만은 없어. 심사숙고하고 결정해야 할 게 산더미인데…… 게다가 죽을 것같이 피곤하고, 발에 난 티눈도 아프다.

레온티예프 쪽에서는 이미 긴 이야기를 늘어놓기 시작했다. 그는 담담하고 느긋한 목소리로 이야기했다. 방세를 얼마 내는지, 그 돈을 내기가 얼마나 힘든지, 그와 아내의 생활이 얼마나 팍팍한지, 좋은 하숙집 주인을 만나는 게 얼마나 드문 일인지, 아내에게 그들이 얼마나 무례하게 대했는지 등등을.

"물론 아델라이다 알베르토브나도 만만치 않게 성미가 급하오만." 그가 한숨을 쉬며 덧붙였다. 그는 자신의 배우자를 칭할 때 부칭을 쓰는 중간계급에 속하는 러시아인이었다.

그들은 보도를 보수공사중인 이름 모를 거리를 따라 걷고 있었다. 일꾼 중 한 명은 드러낸 가슴에 용 문신을 하고 있었다. 안톤 페트로비치는 손수건으로 이마를 훔치며 말했다. "이 근처에서 나는 볼일이 있다오. 나를 기다리는 사람들이 있소. 사업상의 약속이지."

"아, 그럼 거기까지 같이 걷죠." 레온티예프가 서글프게 말했다.

안톤 페트로비치는 거리를 살펴보았다. '호텔'이라고 쓰인 간판이 보였다. 비계가 설치된 건물과 창고 사이에 불결하고 작은 호텔 하나가 쪼그리고 앉아 있었다.

"나는 이제 여기로 들어가봐야겠소." 안톤 페트로비치가 말했다. "그래요, 이 호텔이오. 사업상 약속으로."

레온티예프는 너덜너덜한 장갑을 벗고는 부드럽게 악수했다. "있잖소, 내가 당신을 기다릴까 하는데. 오래 걸리지 않죠, 그렇죠?"

"아주 오래 걸릴 것 같소만." 안톤 페트로비치가 말했다.

"아쉽군요. 나는 당신하고 얘기를 좀 나누고 조언을 구하고 싶었는데 말이죠. 뭐, 상관없어요. 혹시 모르니 근처를 거닐며 기다려보죠. 일이 일찍 끝날지도 모르니."

안톤 페트로비치는 호텔로 들어갔다. 선택의 여지가 없었다. 호텔 안은 텅 비어 있고 어두침침했다. 안내데스크 뒤에서 머리가 부스스한 남자가 모습을 드러내더니 무슨 일로 왔느냐고 물었다.

"방 하나 주시오." 안톤 페트로비치가 조용히 답했다.

남자는 곰곰이 생각하며 머리를 긁적이더니 선금을 요구했다. 안톤 페트로비치는 10마르크를 건넸다. 머리가 붉은 여급이 엉덩이를 빠르게 실룩실룩하며 긴 복도로 그를 데리고 가서 안내해준 다음 문을 열어주었다. 그는 안으로 들어가서 깊은 한숨을 내쉬고는 올이 굵은 벨벳이 덮인 낮은 안락의자에 앉았다. 그는 혼자였다. 가구와 침대와 세면대가 깨어나서 그를 보고 얼굴을 찌푸리고는 다시 잠들어버린 듯했다. 이처럼 잠에 취한, 지극히 평범한 호텔방 안에서 안톤 페트로비치는 마침내 혼자가 되었다.

등을 구부리고 손으로 두 눈을 가린 채 그는 생각에 잠겼다. 그 앞을 환하고 얼룩덜룩한 이미지들이 지나갔다. 햇살이 내리쬐던 신록, 통나무 위에 앉아 있던 소년, 낚시꾼, 레온티예프, 베르그, 타냐. 타냐 생각에 그는 신음했고, 더 긴장한 탓에 등이 구부러졌다. 그녀의 목소리, 그녀의 사랑스러운 목소리. 아주 가볍고, 소녀같이 아주 재빠르게 눈과 팔다리를 움직이는 그녀가 소파 위에 다리를 깔고 풀썩 앉으면, 치마가 마치 실크 돔처럼 그녀 주위에 두둥실 떠올랐다가 도로 푹 꺼지곤 했다. 또 어떤 때는 탁자 앞에 앉아 이따금 눈만 깜박일 뿐 꼼짝도 안 한 채 얼굴을 위로 향하고 담배 연기를 뿜어대곤 했다. 다 무의미해…… 당신은 왜 바람을 피운 거요? 당신, 정말 바람을 피운 거라고. 당신 없이 내가 뭘 할 수 있겠소? 타냐……! 알겠소?—당신이 바람을 피웠다고. 내 사랑—왜? 도대체 왜?

작게 신음을 내뱉고 손가락 관절을 꺾어 소리를 내며 그는 방을 왔다갔다하기 시작하다 가구에 쾅하고 부딪혔지만 눈치도 채지 못했다.

그러다 우연히 창문 앞에 멈춰 서서 거리를 내다보았다. 처음에는 눈에 눈물이 글썽해서 거리가 보이지 않다가, 이윽고 거리가 모습을 드러내면서 도로변에 정차된 트럭과 자전거 탄 남자와 조심조심 보도에서 내려오는 노파가 보였다. 그리고 신문을 읽으며 보도를 따라 천천히 거니는 레온티예프가 보였다. 그는 호텔 앞을 지나가더니 모퉁이를 돌았다. 그런데 레온티예프를 보고 무슨 이유에선지 안톤 페트로비치는 자신이 처한 상황이 얼마나 절망적인지—그렇다, 절망적, 그보다 적당한 단어는 없다—절감했다. 어제까지만 해도 그는 친구와 지인, 그리고 은행의 동료 직원 들에게 존경받는 더할 나위 없이 훌륭한 남자였다. 그의 직업! 그건 뭐 말할 것도 없고. 지금은 모든 것이 달라졌다. 그는 미끄러운 비탈을 굴러떨어지더니 이제는 밑바닥까지 내려앉았다.

"하지만 어떻게 이런 일이? 뭔가 결단을 내리지 않으면 안 돼." 안톤 페트로비치가 가는 목소리로 말했다. 어쩌면 출구가 있지 않을까? 이토록 한참 동안 그를 괴롭혔으니, 이제 그만할 때도 됐다. 그렇다, 그는 결단해야 했다. 그는 안내데스크에 있던 남자의 의심스러운 눈초리가 생각났다. 그 사람한테 뭐라고 얘기하면 좋을까? 그래, 당연히, "내 짐을 가지러 갔다 오겠소—역에 두고 와서 말이오"라고 하는 거다. 영원히 안녕, 작은 호텔이여! 천만다행으로 거리에는 아무도 없다. 레온티예프가 결국 포기하고 갔나보다. 가장 가까운 노면전차 정류장까지 어떻게 가죠? 아, 그냥 쭉 직진하면 가장 가까운 정류장이 나올 겁니다, 선생님. 아니, 택시를 잡는 게 낫겠다. 자, 갑시다. 다시 거리가 익숙해졌다. 차분하게, 지극히 차분하게. 택시기사에게 돈을 주고. 집이다! 오층. 차분하게, 지극히 차분하게 그는 현관 입구로 들어간다. 그런 다음 재빨리 응접실 문을 연다. 아아, 깜짝이야!

응접실에 있는 원형 테이블 주위에 미튜신과 그누시케와 타냐가 앉아 있다. 테이블에는 술병과 유리잔과 컵이 놓여 있다. 미튜신이 활짝 웃는다―곤드레만드레 취해서 얼굴은 분홍빛으로 달아올랐고 눈빛은 형형하다. 그누시케 역시 취해 있고, 양손을 비비면서 역시 활짝 웃는다. 타냐는 맨팔꿈치를 탁자에 괴고 앉아서 미동도 없이 그를 빤히 바라보는데……

"드디어!" 미튜신이 외치며 그의 팔을 잡는다. "드디어 나타나셨군!" 그는 짓궂게 윙크하며 속삭이듯 덧붙인다. "자네, 이 친구, 장난꾸러기 같은 녀석!"

그리하여 안톤 페트로비치는 자리에 앉아서 보드카를 조금 마신다. 미튜신과 그누시케가 여전히 짓궂지만 선량한 시선을 계속 그에게 보낸다. 타냐가 말한다. "당신, 분명히 배가 고플 거예요. 샌드위치를 좀 만들어줄게요."

그래, 가장자리가 비계로 덮인 커다란 햄샌드위치를 줘. 그녀가 샌드위치를 만들러 가자 미튜신과 그누시케가 그에게 몰려와서 서로 말을 끼어들며 얘기하기 시작한다.

"자네는 행운아야! 어떻게 그럴 수가 있는지―글쎄, 베르그도 기가 죽어버렸다네. 뭐, 베르그'도'가 아니라, 어쨌든 베르그가 기가 죽어버렸어. 그 주점에서 우리가 자네를 기다리는데, 그자의 입회인들이 들어와서 베르그가 마음을 바꿨다고 알렸네. 그런 어깨가 떡 벌어진 무뢰한들은 항상 겁쟁이임이 드러나게 마련이지. '신사분들, 이런 비열한의 입회인을 맡는 데 동의한 우리를 용서해주길 청하오.' 아, 이랬으니 자네는 얼마나 운이 좋은가 이 말이야, 안톤 페트로비치! 그리하여 이제 모든 게 딱 멋지게 해결됐지 않은가. 그렇게 자네는 명예를 지킨 채 빠져나왔지만, 그자는 영원히 망신살 뻗치게 됐으니. 그리고 가장 중요한 건, 자네 부인이 이 얘기를 듣고 곧바로 베르그를 떠나서 자네에게 돌아왔다는 거지. 그러니 자네는 그녀를 용서해야만 하네."

안톤 페트로비치는 서슴없이 활짝 미소를 지으며 자리에서 일어나 외알 안경의 끈을 만지작거리기 시작한다. 그의 미소는 천천히 희미해져갔다. 그런 일은 현실의 삶에서는 일어나지 않아.

그는 좀먹은 플러시천과 부풀어오른 침대와 세면대를 바라보았다. 그러자 이 초라한 호텔의 이 초라한 방이 오늘부터 계속 자신이 살아가야 할 방처럼 여겨졌다. 그는 침대에 앉아 구두를 벗고 발가락을 편하게 꼼지락거려보았다. 발뒤꿈치에 물집이 잡혔고, 양말의 그 부분에는 구멍이 나 있었다. 얼마 후, 그는 벨을 울리고 햄샌드위치를 주문했다. 여급이 탁자 위에 접시를 놓을 때 그는 일부러 딴청을 피웠지만, 문이 닫히자마자 샌드위치를 두 손으로 붙잡고, 늘어진 비계 가장자리의 기름을 손가락과 턱에 바로 묻혀가면서 게걸스럽게 끙끙거리며 우적우적 먹기 시작했다.

오릴리언

1

노면전차의 노선 중 하나를 유인해 옆으로 빠지게 하는 그 길은, 언제나 많은 사람으로 붐비는 대로의 한 모퉁이에서 시작되었다. 쇼윈도 같은 즐길 것 하나 없이 사람들에게 잊힌 거리가 한참 펼쳐진다. 그다음 작은 광장(벤치 네 개, 팬지 화단이 하나)이 나오는데, 전차는 못마땅한 듯 귀에 거슬리는 끼익 소리를 내며 그 주위를 돌아 우회한다. 여기서부터 길은 그 이름을 바꾸고 새로 태어난 것처럼 활기를 띠기 시작한다. 우측 길가를 따라 상점들이 나타난다. 색깔이 선명한 오렌지가 피라미드처럼 쌓인 과일가게, 관능적인 터키인의 그림이 있는 담뱃가게, 갈색과 회색의 통통한 소시지가 똘똘 감겨 있는 식료품점, 그러다 느닷없이 나비 상점이 나타난다. 밤, 특히 아스팔트가 바다표범의 등처럼 반들반들하게 빛나는 축축한 밤이면 행인들은 그 화창하게 갠 날씨의 상징 앞에 잠시 발길을 멈추곤 했다. 쇼윈도에 전시된 나비들은 거대하고 화려했다. 사람들은 "저 색깔 좀 봐―정말 놀랍군!"이라고 혼잣말하고는 다시 가랑비 속을 저벅저벅 걸어가곤 했다. 놀라서 크게 뜬 눈알 무늬가 있는 날개, 어슴푸레한 빛을 발하는 파란 공단, 흑마술―이런 잔상이 한동안 눈앞에서 떠다니며 아른거리다가, 노면전차에 타거나 신문을 사거나 하면 사라져버렸다. 그리고 그 밖의 다른 물건들도 나비와 함께 진열되어 있었다는 이유만으로 기억 속에 남곤 했다. 지구본, 연필, 그리고 연습장 다발 위에 놓인 원숭이의 두개골.

불빛이 깜빡거리는 거리가 계속되다가, 다시 평범한 상점들이 줄지어 나타나는데―비눗가게, 석탄가게, 빵가게―그러다 모퉁이에 이르러 또 잠시 멈추면, 그곳에 작은 바가 하나 있다. 풀 먹인 옷깃에 녹색 스웨터를 입은 쾌남아인 그곳의 바텐더는 맥주통의 꼭지 아래 놓인 유리잔에 넘쳐흐르는 거품을 날랜 손놀림으로 한 번에 깎아낸다. 그의 재치 역시 좋은 평판을 얻기에 부족함이 없었다. 매일 밤, 창가의 둥근 테이블에는 과일가게 주인과 빵집 주인과 실업자인 남자*, 그리고 바텐더의 사촌이 둘러앉아 카드놀이에 열을 올렸다. 그때그때 내기의 승자가 곧바로 맥주를 네 잔 주문해서 한턱을 냈으니, 그중 아무도 부자가 될 일은 없었다.

토요일이면 그 옆 테이블에, 발그레한 얼굴에 곧고 부드러운 머리카

---

* 러시아어판에는 '기계공'으로 되어 있다.

락과 대충 깎은 희끗희끗한 콧수염을 가진 초로의 남자가 힘없이 축 늘어져 있곤 했다. 그 남자가 나타나면, 게임에 열중하던 사인조는 카드에서 눈을 떼지 않은 채 떠들썩하게 그를 맞았다.* 남자는 언제나 변함없이 럼을 주문하고는 파이프 담배 속을 채우고, 눈언저리가 벌겋고 눈물어린 눈으로 게임의 진행을 응시했다. 왼쪽 눈꺼풀이 살짝 아래로 늘어진 채로.

가끔 누군가 남자 쪽을 처다보며 가게는 잘되느냐고 물으면, 그는 멈칫거리다 결국 아무 대답도 안 하기 일쑤였다. 바텐더에게는 주근깨가 난 예쁜 딸이 하나 있었다. 물방울무늬 드레스를 입은 그애가 어쩌다 충분히 가까이 지나간다 싶으면, 남자는 잽싸게 피하는 그애의 엉덩이를 탁 치곤 했는데, 제대로 쳤든 실패했든 그의 음울한 표정은 전혀 변하지 않은 채 관자놀이의 혈관만 자줏빛으로 부풀곤 했다. 주인은 그 남자를 아주 익살맞게 '교수 씨'라고 불렀다. "그래, 교수 씨, 오늘밤은 기분이 어떠십니까?"라고 물으며 남자에게 오면, 남자는 잠시 묵묵히 생각하다가, 마치 먹이를 먹는 코끼리처럼 축축한 아랫입술을 파이프 담배 아래로 내밀며 뭔가 재밌지도 정중하지도 않은 대답을 했다. 바텐더가 활기차게 응수하면, 카드에 열중한 것처럼 보이던 옆 테이블의 사인조는 웃느라 추하게 몸을 흔들어댔다.

그 남자는 조끼 부분이 크게 과장된 널찍한 회색 정장을 입었고, 뻐꾸기가 벽시계에서 튀어나오면, 두꺼운 은시계를 묵직하게 꺼내 손바

---

* 러시아어판에는 "기계공은 손가락에 침을 묻히고 계속한다. '하나, 둘, 셋'—빵집 주인이 카드를 차례로 위로 들었다가 테이블에 내리친다. 맥주 세 잔이 새로 등장한다"라는 문장이 추가되어 있다.

닥에 쥐고는 담배 연기 때문에 눈을 가늘게 뜨며 곁눈으로 보았다. 정확히 열한시 정각에 그는 파이프 담배 불씨를 끄고, 럼주값을 내고, 피부가 늘어진 손을 내밀어 누구든 그 손을 잡아주는 사람과 악수한 뒤 아무 말 없이 나갔다.

남자는 조금 절뚝거리는 부자연스러운 걸음걸이로 걸어갔다. 다리가 몸에 비해 너무 가늘어 보였다. 자신의 가게 쇼윈도 바로 전 골목으로 돌아들어가자 오른편에, '파울 필그람'이라는 글자가 새겨진 놋쇠판이 달린 문이 하나 있었다. 이 문으로 들어가면 자그마하고 우중충한 그의 아파트가 나오는데, 가게 뒤편에 있는 안쪽 통로를 통해서도 갈 수 있다. 남자가 그렇게 흥겨운 밤을 보내고 돌아와보면, 엘레아노르는 대개 먼저 잠들어 있었다. 볼품없는 똑같은 배를 각기 다른 앵글에서 찍은 색 바랜 사진과 헬골란트섬*에서나 자랄 것처럼 황량해 보이는 야자수를 찍은 사진 여섯 장이 검은 액자에 끼워져 이인용 침대 위에 걸려 있었다. 필그람은 혼자 투덜투덜 중얼거리면서 불 켜진 양초를 들고 전등불 하나 없는 어둠 속을 절뚝거리며 들어갔다가, 바지 멜빵을 늘어뜨리고 돌아와 계속 중얼거리며 침대 모서리에 앉아 천천히 힘들게 구두를 벗었다. 아내가 반쯤 잠이 깨서 앓는 소리를 내며 베개에 얼굴을 묻고는 도와줄까 하고 물어보면, 그는 위협하듯 으르렁대는 목소리로 조용히 하라고 말하고는, 그 "루어!"**라는 후두음 단어를 점점 더 사납게 여러 번 반복했다.

언젠가 그를 거의 죽음 직전까지 몰고 갔던 발작(그가 구두끈을 풀

---

* 북해에 있는 독일령의 섬.
** 독일어로 "조용히 해!"라는 뜻.

려고 몸을 굽히자마자 마치 등뒤에서 그를 향해 산이 우르르 무너져 내리는 듯한 느낌이 엄습했다) 이후, 그는 이제 주저하며 옷을 벗은 뒤 무사히 침대에 들어갈 때까지 계속 으르렁거리다가, 침실 옆에 붙은 부엌의 수도꼭지에서 어쩌다 물이 똑 떨어지는 소리가 나기라도 하면 다시 으르렁대곤 했다. 그러면 엘레아노르는 침대에서 몸을 굴려 나와 비틀비틀 부엌으로 갔다가 멍하게 한숨을 내쉬며 다시 비틀비틀 돌아오곤 했는데, 그럴 때 그녀의 작은 얼굴은 밀랍처럼 창백하게 빛났으며, 발에 난 티눈에 발라놓은 고약이 쓸쓸하게 긴 잠옷 가운 아래로 보였다. 그들이 결혼한 것은 1905년으로 거의 사반세기 전이었는데, 아이는 없었다. 젊은 시절에는 두근거리는 멋진 계획이었지만 이제는 점점 어둡고 광기어린 집착이 되어가는, 자기 꿈을 실현하는 데 아이는 방해만 될 뿐이라고 필그람이 늘 생각했기 때문이다.

그는 구식 나이트캡을 이마까지 푹 눌러쓰고 침대에 등을 대고 똑바로 누워 잤다. 이 모든 게, 다들 코를 크게 골며 한 번도 깨지 않고 잘 거라 여기는 독일인 늙은 가게 주인의 모습이니, 누빈 이불을 덮고 죽은 듯 자는 그가 꿈을 전혀 꾸지 않으리라 쉽사리 추측할 것이다. 그러나 완두콩으로 만든 소시지와 조린 감자만 주로 먹는 이 심술궂고 둔한 남자, 자신이 보는 신문이 전하는 바를 무작정 믿어버리고, 세상사에는 (그의 은밀한 열정과 관련된 것이 아닌 한) 전혀 무지한 이 남자는 사실, 아내나 이웃 사람들이 전혀 이해하지 못할 법한 꿈을 꾸었다. 그것은 필그람이 특별한 몽상가종種, 옛날에는 '오릴리언Aurelian'*이라

---

* 오릴리언은 '나비 연구가'라는 뜻으로, 나비의 번데기를 가리키는 단어 오릴리어(aurelia)에서 파생된 단어이다.

고 불리곤 했던 몽상가종에 속했기 때문에, 아니 그보다는 속할 운명이었기 때문이다(뭔가가—장소든 시대든 인물이든—잘못 선택된 것이다). '오릴리언'이라는 이름이 붙은 까닭은 아마도 그들이 먼지 자욱한 쐐기풀이 무성히 자란 시골길의 울타리에 매달린 번데기, 그 '자연의 보석'을 찾는 걸 아주 좋아했기 때문일 것이다.

일요일이면 그는 모닝커피를 여러 번 나눠서 마시고는 아내와 함께 산책하러 나가는데, 아무 말 없이 천천히 거니는 그 산책을 엘레아노르는 일주일 내내 기다렸다. 평일에는 학교 가는 길에 가게 앞을 지나가는 아이들 때문에 가능한 한 일찍 가게를 열었는데, 최근 그는 이제껏 취급하던 품목에다 문구류를 추가했기 때문이다. 책가방을 흔들고 샌드위치를 씹으면서 학교로 향하던 어린 남자아이가 구부정한 자세로 담뱃가게(담뱃갑에 비행기 사진이 있는 담배 상표가 있는 곳)를 지나고 식료품점(점심시간 한참 전에 샌드위치를 먹어버린 일을 꾸짖는 것 같은 곳)도 지난 다음, 지우개를 사려 했다는 게 생각나 다음 가게로 들어오곤 했다. 그러면 필그람은 아랫입술을 파이프 담배 아래로 내밀고 뭐라고 중얼거리면서 기운 없이 찾아내서, 뚜껑이 열린 상자 하나를 카운터 위에 털썩 내려놓았다. 소년은 흠 하나 없이 새하얀 고무를 만져보고 쥐어보다가, 마음에 드는 종류를 찾지 못하면 가게가 주로 취급하는 품목에는 눈길 한번 주지 않고 가게를 나가버린다.

요즘 애들이란! 필그람은 부아가 치밀어 속으로 생각하고는 자신이 아이였을 때를 떠올린다. 선원이자 방랑자이며 또 약간은 불한당으로 살았던 그의 아버지는 말년에 누리끼리한 피부에 밝은색 눈을 가진 네덜란드 소녀와 결혼해, 그녀를 자바에서 베를린으로 데리고 돌아와서는 진기한 이국 물건을 파는 골동품가게를 열었다. 도대체 언제쯤부터 나비가 극락조 박제와 곰팡내 나는 부적들과 용이 그려진 부채 같은 물건들을 몰아내기 시작했는지 지금은 기억나지 않지만, 필그람은 아이였을 때 이미 다른 수집가들과 열심히 표본을 교환하곤 했고, 양친이 죽은 이후엔 나비가 그 어두침침하고 작은 가게 안에서 제일 좋은 자리를 점령했다. 1914년까지는 여전히 아마추어나 전문가 손님이 심심치 않게 있어서 장사가 순탄히, 아니 꽤 잘됐으나 그 이후에는 타협하지 않을 수 없게 되어, 누에의 일대기를 표본으로 만든 진열함을 비치했는데, 그것은 나중에 학용품까지 팔게 된 상황으로 이행한 단계였으니, 마치 옛날에 반짝거리는 나비 날개를 붙여 만든 저속한 그림이 어쩌면 인시류鱗翅類학으로 가는 첫걸음이 됐는지도 모르는 것과 마찬가지인 셈이다.

이제 쇼윈도에 늘어서 있는 것은 펜대를 제외하면 주로 가장 현란한 곤충들, 나비종 중에서 인기 좋은 품종인데, 그중에는 석고 받침대에 고정되어 있거나 액자에 들어 있는 것도 있다—이것들은 집안의 실내 장식용으로 제작된 것에 지나지 않는다. 진짜 귀중한 수집품은 소독약의 톡 쏘는 냄새가 밴 가게 안에 보관되어 있었다. 온 사방에 각종 표본함과 판지 상자, 담뱃갑이 널려 있었다. 키가 큰 캐비닛들에는 유리 뚜껑이 덮인 서랍이 수없이 많이 달렸고, 흠 없이 날개를 잘 펴서 고정하고 분류해놓은 완벽한 표본이 순서대로 열을 이루어 꽉꽉 들어차 있다. 먼지가 뽀얗게 앉은 고풍스러운 방패인가 뭔가 하는 게 하나(이전에 취급하던 물품들의 마지막 유물이었다) 어두침침한 구석에 서 있었다. 때때로 살아 있는 재고품이 등장하기도 한다. 가슴에서 섬세한 선과 홈

이 기하학적으로 합류하는 갈색 번데기를 보면, 발육이 덜 된 날개와 다리와 더듬이와 주둥이가 어떤 식으로 포개져 있는지 알 수 있다. 이 끼를 깔아놓은 침상에 놓인 그런 번데기를 건드리면, 마디가 나뉜 배의 뾰족한 끝부분이 강보로 감싼 젖먹이의 사지처럼 이리저리 버둥대기 시작했다. 번데기는 하나에 1라이히스마르크*로, 때가 되면 흐느적거리고 젖은 채로 기적적으로 날개를 펴는 나방이 나온다. 또 가끔은 다른 생물이 한정 판매되기도 했다. 마요르카산 도마뱀 한 다스가 가게에 들어온 때가 바로 그 시기였다. 차갑고 검고 배 부분이 파란 그 도마뱀에게 필그람은 주요리로 애벌레를 먹이고, 후식으로 포도를 먹였다.

2

그는 태어나서 지금까지 평생 베를린과 그 근교를 떠나지 않고 살아왔다. 근처 호수에 있는 공작섬보다 멀리 여행을 간 적도 없다. 그는 곤충 연구가로서는 일류였다. 빈의 레벨 박사란 사람이 어떤 희귀종 나방을 *아그로티스 필그라미*라고 명명한 적도 있었다. 필그람 자신도 논문을 여러 편 발표하기도 했다. 그의 표본함은 세계 대부분의 나라를 총망라했지만, 그중에서 실제로 본 적이 있는 곳이라곤 가끔 일요일에 교외로 나가서 보게 되는 모래밭과 소나무가 있는 칙칙한 땅뿐이었다. 익숙한 동물상을 우수에 젖어 바라보고 있노라면, 어린 시절 그토록 기적

---

* 1925년에서 1948년까지 독일에서 사용하던 화폐.

적으로 여겨졌던 포획물들이, 그 자신이 지금 사는 거리에 그러듯이 익숙한 풍경을 벗어나지 못한 채 어쩔 수 없이 부합해 살고 있다는 생각이 떠오르곤 했다. 그는 길가에 있는 관목에서 꽁무니에 옅은 회청색 뿔이 하나 돋아 있는 커다란 청록색 애벌레를 집어올렸다. 손바닥에 놓으니 아주 뻣뻣하게 굳어 움직이지 않아서,* 그는 한숨을 내쉬며 마치 생명 없는 장신구를 다루듯 애벌레를 작은 가지 위에 도로 내려놓았다.

좀더 수익성 좋은 사업으로 업종을 전환할 기회가 한 번인가 두 번 있었는데—가령 나방 대신에 옷을 판다든지—그가 고집스럽게 그 가게를 고수했던 연유는, 그 가게가 그의 따분한 생활과 그가 꿈꾸는 완벽한 행복이라는 환상을 연결해주는 상징적인 고리 같은 것이었기 때문이다. 거의 병적인 강도로 격하게 그가 열망하는 것은 먼 나라에 가서 가장 희귀한 나비들을 자기 손으로 잡고, 그 나비들이 날아다니는 모습을 제 눈으로 보고, 우거진 수풀 속에 허리까지 파묻힌 채 서서 나비채를 휙 소리를 내며 끝까지 휘두르고, 그런 다음 꽉 쥔 거즈의 주름 속에서 세차게 떨리는 날개를 느끼는 일이었다.

매년 그는 전해 저축한 금액이 어째서 이 주간 외국으로 채집 여행을 떠나기에도 빠듯한지 의아하게 여겼지만, 원래 절약하는 사람도 아닌데다 가게 경기도 쭉 시원찮았기에 언제나 어딘가에서 구멍이 생겼고, 또 이따금 운이 따라줘도 어김없이 마지막 순간에 뭔가가 잘못돼 일이 틀어졌다. 결혼도 장인의 사업에 한몫 껴볼 것을 크게 기대하고 했던 건데, 결혼 한 달 후 장인이 빚만 남기고 죽어버렸다. 1차대전 직

---

* 러시아어판에는 이 구절 뒤에 "그는 어린 시절에 이것과 똑같은 애벌레를 찾고는 황홀감을 담은 말을 멍하니 중얼거리던 기억을 떠올렸다"라는 문장이 추가돼 있다.

전에는 생각지도 못한 계약으로 알제리 여행이 가시화되어, 햇볕차단용 헬멧까지 구했다. 전쟁이 터져 여행이 전면적으로 중단되었을 때 그는 여전히 군대에 징집되어 어딘가 신나는 곳으로 보내질지도 모른다는 희망을 품으며 스스로를 달랬지만, 부실하고 병약한데다 나이도 젊지 않았던 그는 실전에 투입될 일도 이국적인 인시류를 보게 될 일도 없었다. 전쟁이 끝난 후 어떻게 잘 변통해 가까스로 경비(이번에는 체어마트로 일주일 갔다 오는 일정)를 좀 모았는데, 인플레이션이 일어나는 바람에 그의 얼마 안 되는 저축은 순식간에 노면전차 푯값도 안 되는 돈이 되어버렸다.

그 이후 그는 어떻게 해보려 애쓰는 걸 포기해버렸다. 그는 점점 더 의기소침해졌고, 그럴수록 열정은 더욱더 강해졌다. 어쩌다 곤충학에 견문이 있는 손님이 와도, 필그람은 짜증만 날 뿐이었다. 고 슈타우딩거 박사 정도로 정통한지는 모르겠으나 상상력은 우표수집가보다 나을 게 없는 녀석이라고 생각하는 것이다. 카운터를 꽉 채운 표본함의 유리 뚜껑 위로 두 사람이 같이 몸을 구부렸고, 필그람의 입술이 빠는 파이프 담배에서는 아쉬운 듯 끽끽거리는 소리가 계속 났다. 여러분이나 나 같은 보통 사람 눈에는 모두 엇비슷해 보이는 연약한 벌레들이 빽빽이 열 지어 있는 모습을 그는 깊은 생각에 잠겨 뚫어지게 바라보다가, 이따금 땅딸막한 집게손가락으로 유리를 톡톡 두드리며 특이한 몇몇 희귀종을 강조했다. "그건 신기하게 어두운색 변종이네요"라고 정통한 손님이 말했다. "아이즈너는 이것과 비슷한 걸 하나 런던 경매에서 입수했었죠. 그런데 그건 이렇게 어두운색은 아니었거든요. 그런데도 14파운드나 줘야 했어요." 불 꺼진 파이프를 아주 힘들여 쿵쿵 냄새

맡으며 필그람이 표본함을 불빛 가까이 들어올리자, 나비 그림자들이 나비 아래에서 나와 밑면에 깐 종이 위로 미끄러졌다. 그는 도로 표본함을 내려놓고는 꽉 닫힌 유리 뚜껑 모서리 아래에 손톱을 끼우고 홱 잡아당겨 헐겁게 한 다음 부드럽게 뚜껑을 제거했다. "게다가 아이즈너의 암컷은 그다지 싱싱하지도 않았는데 말이죠"라고 손님이 한마디 덧붙이기라도 하면, 습자 연습장이나 우표를 사러 들어왔던 다른 손님들은 그들의 말을 엿듣고는 도대체 저 두 사람이 무슨 얘기를 하는지 의아해할 것이다.

필그람은 끙 앓는 소리를 내며 실크처럼 부드럽고 작은 생물을 책형에 처한 검은 핀의 도금된 윗부분을 뽑아서 표본을 상자에서 꺼냈다. 그는 그 표본을 이쪽저쪽으로 돌리며 몸통 밑에 핀으로 부착된 꼬리표를 자세히 들여다보았다. "그래요. '동티베트의 타전로산.'" 그는 계속 읽었다. "드장 신부Father Dejean(거의 프레스터 존처럼 들렸다)*의 현지 채집자들이 채집." 그러고는 다시 나비를 정확히 바로 그 핀 구멍에 도로 꽂았다. 그의 손동작은 무심하고 대충대충 하는 듯 보이기까지 했지만, 빈틈없이 정확한 전문가의 여유로움이 배어 있었다. 귀중한 곤충이 꽂힌 그 핀과 필그람의 통통한 손가락들은 완벽한 한 기계의 이어진 부품 같았다. 하지만 그때 어쩌다 그 박식한 손님의 팔꿈치에 스쳐서 뚜껑 열린 상자가 카운터 위를 슬슬 미끄러지기 시작하면, 필그람은 아슬아슬하게 어떻게든 상자를 멈추게 하고는 아무 일 없었다는 듯 잠자코 파이프 담배에 불을 붙이지만, 한참 후나 다른 일로 바쁜 와중에 불

---

* 드장 신부는 19세기 초 동티베트에서 활동한 프랑스 선교사, 프레스터 존은 중세에 아시아와 아프리카에 그리스도교 왕국을 건설했다는 전설 속의 왕이다.

현듯 당시의 괴로움을 회고하며 신음할지도 모른다.

그러나 그가 신음을 내지른 것은 표본함이 하마터면 떨어질 뻔했기 때문만은 아니었다. 드장 신부, 산철쭉과 눈을 헤치고 산에 올라갔던 억척스러운 선교사라, 그대의 운명이 얼마나 부러운지! 필그람은 가게의 표본함들을 뚫어지게 바라보고 담배 연기를 뻐끔거리며 곱씹어보더니 그렇게 멀리까지 갈 필요는 없다고, 유럽 전역에 사냥터가 수천 개나 널려 있다고 곰곰이 생각했다. 그는 곤충학 연구서에 언급된 지명들로 자신만의 특별한 세계를 구축했다.* 자신의 학식이 그 세계의 가장 자세한 안내서였다. 그 세계에는 카지노도 오래된 교회도 없으며 보통의 관광객을 끌어당길 만한 게 아무것도 없었다. 남프랑스의 디뉴, 달마티아의 라구사, 볼가강 유역의 사레프타, 라플란드의 아비스코―이곳들은 나비 수집가들에게 소중한 명소로, 1850년대 이래로 그들이 (현지 사람들을 항상 당혹스럽게 하면서) 때때로 이리저리 찾아 헤매고 다녔던 곳이다. 어느 작은 호텔에서 관대한 검은 밤으로부터 희끄무레한 나방 한 마리가 활짝 열린 창문으로 돌진해 들어와 방안을 돌아다니며 구르고 뛰고 소리 내어 춤추며 천장 곳곳의 자기 그림자에 키스하는 통에 잠을 설치는 자신의 모습이, 필그람에게는 마치 추억의 한 장면인 양 뚜렷이 보였다.

---

* 러시아어판에는 "설사 유명한 곳을 가게 돼도, 필그람에게는 자신의 수집 대상과 관련 있고 그 자연적 배경이 되는 요소만 보일 것이다. 에레크테이온에 가도 그는 신전 깊숙한 곳에서 자라는 올리브나무 가지에서 그리스 희귀종―전문가인 자신만이 그 진가를 알아볼 수 있는―한 마리가 떨어져서 휙 소리를 내는 포충망에 잡혀야 그곳을 기억할 것이다"라는 문장이 추가되어 있다.

현실에선 불가능한 이 꿈속에서 그는 '극락도'*에 갔는데, 밤나무와 월계수로 뒤덮인 그곳 산의 낮은 사면을 한 번에 깎아지르는 뜨거운 계곡에 그 지역 토종인 기괴한 배추흰나비가 출몰하는 곳이었다. 또다른 섬은 비자보나** 근처의 철둑과 그보다 더 멀리 올라가면 있는 소나무숲이 작달막하고 빛깔이 탁한 코르시카산 호랑나비의 서식지이다. 그는 북극권에도 갔는데, 북극의 늪지에는 솜털이 난 아주 연약한 나비종이 산다. 미끈거리고 엉겨붙는 풀 속 여기저기 평평한 돌이 놓인 알프스 고지의 목초지도 그는 알았다. 그러한 돌을 들어올려 그 아래서 아직 이름 붙여지지 않은 오동통한 나방이 졸고 있는 걸 발견했을 때 느끼는 희열보다 큰 희열은 없으니까. 붉은 눈알 무늬가 있는 반들반들한 아폴로모시나비가 산의 찬바람을 타고 부유하면서, 흰색의 물보라를 일으키며 흐르는 급류의 심연과 깎아지른 절벽 사이에 난 노새 길을 가로지르는 것도 보았다. 이탈리아 정원들에서는 여름의 땅거미가 질 무렵 발밑에서 자갈이 자박자박거리는 감칠맛 나는 소리가 나는 가운데 필그람이 점점 짙어가는 어둠 속에서 꽃송이들을 가만히 응시하는데, 갑자기 꽃송이들 앞에 박각시나방이 한 마리 나타나더니 격하게 윙윙거리며 이 꽃에서 저 꽃으로 지나가다 한 화관 위에서 날개를 잽싸게 떨며 멈췄다. 그 날개의 움직임이 어찌나 재빨랐던지 유선형의 몸통 주위에 보이는 것이라곤 유령 같은 후광뿐이었다. 그리고 이 모든 곳 중에서도 최고는 아마도, 마드리드 근교의 하얀 히스 언덕과 안달루

---

* 러시아어판에는 '(스페인)라 오로타바 근처의 테네리페섬'으로 특정돼 있다.
** 프랑스 코르시카섬에 있는 마을.

시아 계곡, 그리고 비옥한 대지와 숲이 있는 알바라신*일 것이다. 그곳에서는 산림 경비원의 동생이 운전하는 작은 버스로 구불구불한 길을 끙끙대며 겨우 올라갔다.

열대지방을 공상하는 건 그에게는 더욱 어려운 일이었지만, 그럴 때면 가슴 한구석을 찌르는 듯한 아픔이 한층 더 저릿하게 느껴졌다. 눈부시게 빛나는 풍성한 날개를 도도하게 펄럭이는 브라질산 모르포나비를 잡아 그 하늘색 상이 그의 한쪽 손에 비칠 일은 결코 없을 것이고, 걸쭉한 검은 진창에 꽂힌 수많은 화려한 깃발처럼 무리를 이루어 빽빽이 달라붙어 있다가 그의 그림자가—긴, 아주 긴 그림자가—가까이 다가오면 알록달록한 구름처럼 날아오르는 아프리카의 나비떼를 우연히 만날 일도 결코 없을 테니까.

3

"그래, 그래, 그래"라고 중얼거리면서 그는 무겁게 고개를 끄덕거리고, 애지중지하는 초상화라도 되는 양 표본함을 안았다. 문 위쪽에 달린 종이 딸랑 울리며 아내가 비에 젖은 우산과 장바구니를 들고 들어오자, 그는 천천히 그녀에게 등을 보이며 돌아서서 표본함을 캐비닛에 끼워넣었다. 그런 집착은, 그런 절망은, 주어진 운명을 속이는 게 불가능

---

* 스페인 아라곤 지방의 마을로, 마을 전체를 둘러싼 무어인이 쌓은 성벽과 울창한 소나무숲, 독특한 전통가옥이 보존된 곳으로 유명하다.

한 그런 악몽은 그런 식으로 쭉 계속됐다. 공교롭게도 날짜가 4월 1일이었던 그날이 오기 전까지. 벌써 일 년 넘게 그는 오로지 작은 자벌레나방 한 종에만 할애한 캐비닛 하나를 보관해왔다. 날개가 투명해 말벌이나 모기처럼 보이는 종이었다. 그 특수한 종에 대단한 권위가 있던 인물의 미망인이 부군의 수집품을 필그람에게 맡기며 위탁판매를 의뢰했다. 그는 물정 모르는 그 멍청한 여자에게 75마르크 이상은 받을 수 없을 거라고 서둘러 말했다. 카탈로그에 나온 가격으로는 그보다 오십 배는 더 가치가 있어서, 가령 그것을 천 마르크에 팔아도 아마추어 수집가들은 싸게 잘 샀다고 여기리라는 사실을 매우 잘 알고 있으면서도. 그런데 부유한 수집가들에게 죄다 편지를 써서 알렸음에도 찾아오는 아마추어 수집가가 한 명도 없었다. 그래서 그는 그 캐비닛에 자물쇠를 잠가두고는 그 표본을 잊어버리고 있었다.

그 4월의 아침, 햇볕에 탄 얼굴에 안경을 끼고 낡은 레인코트를 입은 남자가 갈색 대머리에 모자도 쓰지 않은 모습으로 거리를 어슬렁거리다 들어와 먹지를 좀 사고 싶다고 했다. 필그람은 끈적거려서 손을 대기도 싫은 그 보라색 종이 값으로 받은 작은 동전들을 점토로 만든 돈통의 구멍에 집어넣고는 파이프 담배를 빨며 허공에 시선을 고정했다. 남자는 가게 안을 재빨리 훑어보다가, 꼬리가 많이 달리고 보는 각도에 따라 색이 달라지는 초록색 곤충의 매우 화려하게 빛나는 광채에 감탄했다. 필그람은 마다가스카르에 관해 뭔가 중얼거렸다. "그리고 저것은―저건 나비가 아니죠, 그렇지 않소?" 다른 표본을 가리키며 남자가 말했다. 필그람은 가게에 저 특별한 종을 총망라한 수집품이 있다고 느릿느릿 대답했다. "오, 정말이오!"라고 남자가 말했다. 필그람은 꺼칠꺼칠한 뺨을 닦다가 절뚝거리며 가게의 후미진 곳으로 갔다. 그러고는 유리 뚜껑이 덮인 상자 하나를 빼내 와 카운터 위에 놓았다. 남자는 유리 같은 자그마한 생물들의 밝은 오렌지색 다리와 띠를 두른 몸통을 자세히 보았다. 필그람이 파이프 담배의 흡입구로 그중 한 열을 가리키는데, 그와 동시에 남자가 "세상에! 우랄렌시스 아니오!"라고 소리쳤고, 그 갑작스러운 외침으로 그의 정체가 드러나버렸다. 그 손님이 이 수집품의 존재를 익히 잘 알고 그것 때문에 여기에 왔으며, 사실은 그가 편지까지 보냈던 부유한 아마추어 수집가인 조머라는 사람으로, 베네수엘라 여행에서 막 돌아왔다는 게 차차 분명해지자, 필그람은 표본함을 잇달아 내오며 카운터 위에 쌓아올렸다. 마침내 "그럼, 가격은 어느 정도 되오?"라는 질문이 무심코 던져지자, 필그람의 얼굴에 미소가 번졌다.

그것이 정신 나간 짓이라는 것은 알았다. 그는 이것이 무력한 엘레아노르도 빚도 미납한 세금도 허섭스레기만 팔리는 가게도 다 버리고 떠난다는 뜻임을 알았다. 그가 손에 넣을지도 모르는 950마르크로는 그저 몇 달의 여행밖에 허락되지 않는다는 사실은 알고 있었다. 그런데도 그 모든 걸 감수하기로 한 까닭은, 내일이면 처량한 노년만 기다리게 될 뿐, 지금 손짓해 부르는 이 행운을 뿌리치면 두 번 다시 그 초대를 받지 못하리라 느꼈기 때문이다.

최종적인 답은 4일에 주겠다고 조머가 마침내 말했을 때, 필그람은 자기 일생의 꿈이 오래되어 쭈글쭈글해진 고치를 이제 비로소 찢으려는 참이라고 판단했다. 그는 지도를 조사하고 경로를 골라보고 이 종저 종의 출현 시기를 추정해보면서 몇 시간을 보냈는데, 갑자기 뭔가 검고 눈부신 것이 눈앞에 솟아올랐고, 가게 안을 한참 비틀거리며 돌아다니고 나서야 겨우 진정이 됐다. 4일이 되었는데, 조머는 코빼기도 보이지 않았다. 온종일 그를 기다렸던 필그람은 침실로 물러가 아무 말없이 누웠다. 저녁식사를 하지 않겠다고 하고, 눈을 감은 채 아내가 여전히 가까이 서 있다고 생각하며 몇 분이나 아내에게 계속 잔소리를 퍼부었는데, 아내가 부엌에서 조용히 흐느끼는 소리를 듣고는 도끼로 그녀의 하얗게 센 머리를 두 동강 내보는 생각을 잠깐 해보았다. 다음 날 그는 침대에서 보냈고, 엘레아노르가 그 대신 가게에 나가 수채화 물감 한 상자를 팔았다. 그리고 또 하루가 지나고, 모든 것이 그저 망상에 불과했던 것처럼 여겨졌던 그때, 조머가 단춧구멍에 카네이션 한 송이를 꽂고 우비를 팔에 걸친 채 가게로 들어왔다. 그가 뭉칫돈을 꺼내고 지폐가 바스락대는 소리를 내자, 필그람의 코에서 콸콸 피가 흘러내리기 시작했다.

캐비닛을 배달하고, 사람을 잘 믿는 그 노부인을 방문해서 마지못해 50마르크를 준 것으로 이 도시에서의 사업도 이제 안녕이었다. 여행사에 가서 훨씬 더 비싼 금액을 낸 것부터는 이미 그의 새로운 삶, 오직 나비만이 중요한 삶과 관계된 일이었다. 엘레아노르는 남편의 사업 거래가 어떻게 돌아가는지 잘 몰랐음에도, 남편이 한밑천 잡았다고 느끼며 기쁜 표정을 지었지만, 얼마나 많이 벌었는지 물어보기는 꺼려졌다. 그날 오후에 이웃 남자가 가게에 들러 내일이 자기 딸의 결혼식임을 그들에게 상기시키고 갔다. 그래서 엘레아노르는 다음날 아침, 자신의 실크 드레스를 더 반짝이게 손질하고 남편의 제일 좋은 양복을 다려놓느라 분주했다. 내가 다섯시경에 먼저 나가고 나중에 남편은 가게 문을 닫고 나서 오면 되는데, 그녀는 생각했다. 남편이 당황해서 눈살을 찌푸리고 그녀를 올려보며 딱 잘라서 거절했는데도 그녀는 놀라지 않았다. 긴 세월 동안 온갖 실망에 익숙해졌기 때문이다. "샴페인도 있을 거예요"라고 말하는 그녀는 벌써 출입구 쪽에 서 있었다. 대답은 없었다—들리는 건 표본함을 뒤섞는 소리뿐. 그녀는 멋지고 깨끗한 장갑을 낀 양손을 생각에 잠긴 채 바라보다가 나갔다.

가장 귀중한 수집품들을 정리하던 필그람은 시계를 보았다. 짐을 싸야 할 시간이었다. 그가 탈 기차가 여덟시 이십구분에 발차한다. 그는 가게문을 잠그고 부친이 쓰던 낡은 체크무늬 여행가방을 통로에서 끌고 나와 우선 채집용 도구부터 쌌다. 접이식 나비채, 채집병, 약품 상자들, 야간의 삼림에서 나방을 모으기 위한 손전등, 그리고 핀 상자 몇 개. 그는 나중에 생각이 나서, 날개를 펴고 고정할 판 두어 개와 바닥이 코르크로 된 채집 상자도 하나 넣었다. 장소를 옮겨다니며 채집할 때는 포획물을 세모꼴 종이에 보관하는 게 일반적이고, 그도 그렇게 할 생각이긴 하지만. 그런 다음 그는 여행가방을 침실로 가져와 두꺼운 양말과 속옷을 좀 던져넣었다. 극한 상황에 팔 만한 것을 두세 개, 예를 들어 은으로 된 잔이나 벨벳 갑에 든 청동 메달 같은 걸 넣었는데, 모두 장인이 갖고 있던 물건이었다.

다시 그는 시계를 쳐다보았고, 이제 역으로 출발할 시간이라고 마음을 먹었다. "엘레아노르!" 외투에 손을 넣으며 그는 큰 소리로 불렀다. 그녀가 대답하지 않자, 그는 부엌을 들여다보았다. 아니, 그녀는 거기 없었다. 그러자 어렴풋이 결혼식인가 뭔가 하는 얘기를 들었던 게 생각났다. 그는 급히 종잇조각을 한 장 집어 연필로 몇 마디 휘갈겨썼다. 그는 그 쪽지를 남기고 열쇠꾸러미를 금방 알 수 있는 장소에 두고는, 홍분한 나머지 오한과 함께 명치가 내려앉는 느낌을 받으며, 돈과 기차표가 지갑 안에 있는지 마지막으로 확인한 다음, "*자, 가볼까!*"라고 말하고는 여행가방을 꽉 잡았다.

그러나 첫 여행이다보니, 뭔가 잊어버린 물건이 있지는 않을까 걱정이 되어 그는 계속 안절부절못했다. 수중에 잔돈이 하나도 없다는 데 생각이 미치자, 점토 돈통에 동전이 좀 있는 게 기억났다. 무거운 여행가방을 여기저기 모서리에 부딪혀가면서 끙끙거리며 끌어 카운터로 돌아갔다. 이상할 정도로 조용한, 황혼에 휩싸인 가게 안, 눈알 무늬가 있는 날개들이 사방에서 그를 응시하는 가운데 필그람은 마치 산처럼 자기 쪽으로 기울어지는 거대한 행복의 충만감 속에서 간담을 거의 서늘케 하는 뭔가를 감지했다. 모든 것을 알고 있는 듯한 그 무수한 눈이 던지는 시선을 피하려 애쓰며 그는 깊이 숨을 들이마셨고, 공중에 뜬 것처럼 보이는 돈통이 어렴풋이 눈에 들어오자 그것을 잡으려고 재빨리 손을 뻗었다. 돈통이 그의 축축한 손아귀에서 미끄러져 깨지자 반짝반짝 빛나는 동전들이 바닥에서 어지러울 정도로 핑그르르 돌았고, 필그람은 동전을 집어올리려고 몸을 낮게 굽혔다.

4

밤이 되었다. 반들반들 윤이 나는 달이 작은 충돌 하나 없이 친칠라 같은 잿빛 구름 사이를 미끄러지듯 빨리 떠가는, 결혼식 피로연에서 집으로 돌아오는 길, 와인과 맛깔나는 농담에 여전히 알딸딸하게 취한 엘레아노르는 느긋하게 걸어가며 자신의 결혼식날을 떠올렸다. 지금 그녀의 뇌리를 스치는 생각은 웬일인지 모두 달빛을 받아 환하고 매력적인 면만을 돌려 보여주었다. 그녀는 출입구로 들어가 문을 열려고 다가가면서 거의 홀가분한 기분을 느꼈고, 비록 갑갑할 정도로 좁고 어두침침하긴 해도 자기 집을 갖는다는 건 분명히 대단한 일이라고 문득 생각했다. 미소를 머금으며 침실 불을 켠 그녀의 눈에 곧바로 들어온 것은, 서랍이란 서랍이 죄다 열려 있는 광경이었다. 그녀는 도둑이 들었다는 생각을 할 틈도 없었는데, 침대 옆 협탁에 열쇠꾸러미가 놓여 있고, 쪽지 한 장이 알람시계에 기대어 있었기 때문이다. 메모는 간단했다. "스페인으로 떠남. 편지 쓸 때까지 아무것도 손대지 말 것. Sch나 W에게 돈을 꾸도록. 도마뱀들에게 먹이를 줄 것."

부엌 수도꼭지에서 물이 똑똑 떨어졌다. 그녀는 떨어뜨렸던 은색 핸드백을 무의식적으로 주운 다음, 침대 모서리에 앉은 채로 허리를 꼿꼿이 펴고 마치 증명사진이라도 찍듯이 양손을 무릎에 놓고는 가만히 있었다. 잠시 후 누군가 일어서서 방을 가로지르더니 빗장을 질러 잠근 창문을 확인하고 다시 돌아오는 것을 그녀는 무심히 바라보았지만, 그렇게 움직이는 이가 자기 자신임은 깨닫지 못했다. 물방울이 똑똑 떨어지는 소리가 천천히 계속 이어졌고, 그녀는 홀로 집에 있다는 것이 갑자기 두렵게 느껴졌다. 말수 적은 그 박식함, 무신경하고 거친 태도, 엄숙하고 완고한 끈기를 가지고 작업에 몰두하는 그 모습을 사랑했는데, 그 남자가 몰래 도망가버린 것이다…… 그녀는 울부짖으며 경찰에게 달려가서 결혼증명서를 보여주며 우기고 애원해보고 싶었다. 그러나 그녀는 머리가 살짝 헝클어지고 손에는 흰 장갑을 그대로 낀 채 여전히 계속 앉아 있었다.

그렇다, 필그람은 멀리, 아주 멀리 가버렸다. 아마도 십중팔구 그는 그라나다와 무르시아와 알바라신을 방문하고, 그러고 나서는 더 멀리 수리남이나 타프로바네섬까지 여행했을 것이다.* 또한, 그토록 보고 싶어하던 눈부시게 아름다운 그 모든 벌레를 다 보았을 것이 틀림없다—정글 위로 솟구쳐 날아오르는 검은 벨벳 같은 나비, 탄자니아의 자그마한 나방, 살아 있을 때는 장미를 으깬 듯한 향기가 난다고 전해지는 중국산 '팔랑나비', 그리고 바론 씨가 멕시코에서 막 발견한 짧은 곤봉 모양의 아름다운 나비를. 그러니, 얼마 후 가게 안으로 들어간 엘레아노르가 체크무늬 여행가방을 보고, 그다음에 바닥에 흩어진 동전들 사이에, 검푸른 얼굴이 죽음에 압도돼 일그러진 채 카운터에 등을 댄 자세로 바닥에 뻗어 있는 남편을 발견한 것은 어떤 의미에서는 아무래도 상관없는 일이었다.

---

* 그라나다, 무르시아, 알바라신은 스페인의 도시, 수리남은 남아메리카에 있는 공화국, 타프로바네섬은 스리랑카의 옛 이름이다.

운수 나쁜 날[*]

표트르는 무개마차 마부석의 마부 옆에 앉았다(특별히 그의 마음에 드는 자리는 아니었지만, 마부도 집안사람들도 모두 그가 그 자리를 대단히 좋아한다고 생각했고, 그는 그대로 사람들을 서운하게 하고 싶지 않았다. 그러다보니 맵시 있는 세일러 블라우스를 차려입었으며 안색이 누르께하고 눈이 회색인 소년인 그가 그 자리에 앉게 된 것이다). 윤기가 흐르는 살찐 엉덩이와 뭔가 유난히 여성적인 긴 갈기를 가진, 잘 기른 검은 말 한쌍이 잔물결을 일으키듯 속보로 나아가면서 꼬리를 화려한 방식으로 계속 휘둘러댔다. 그렇게 꼬리를 흔들어대고 연약한 귀를 연신 씰룩거리는데도―또 해충을 쫓으려고 칠한 타르 냄새가 진

---

[*] 러시아어판에는 '이반 알렉세예비치 부닌에게'라는 헌사가 있다.

동하는데도—칙칙한 회색 쇠파리나 툭 불거진 눈이 희미하게 빛나는 커다란 등에 같은 것이 말의 반질반질한 털가죽에 어찌나 게걸스럽게 달라붙는지 보고 있기 괴로울 정도였다.

진홍색 루바시카에 소매 없는 검은 벨벳 조끼를 걸치고 턱수염을 염색한 마부 스테판은 말수가 적은 노인으로, 갈색으로 탄 목은 가늘게 금이 간 것처럼 주름졌다. 마부석에 쭉 아무 말 없이 앉아 있자니 겸연쩍어, 표트르는 중앙의 손잡이 봉과 말을 끄는 봇줄에서 눈을 떼지 않은 채 예리한 질문이나 재치 있는 말을 궁리해내려 애썼다. 때때로 어느 쪽인가 말 꼬리가 반쯤 처들려 꼿꼿한 꼬리 뿌리 아래의 살이 구근처럼 부풀어오르더니 황갈색의 둥근 덩어리가 하나, 또다시 하나, 세번째로 또하나 쥐어짜듯 나온 후, 검은 피부의 주름벽이 다시 닫히고 꼬리가 아래로 처지곤 했다.

이인승 사륜마차 뒷좌석에 다리를 꼬고 앉은 까무잡잡한 피부의 젊은 부인(열아홉 살밖에 안 되었는데 이미 한 번 이혼한 적이 있다)은 표트르의 누나로, 밝은색 드레스를 입고, 반짝반짝 빛나는 검은색 앞코가 달린, 끈으로 묶는 하얀 부츠를 신고 얼굴에 레이스 그림자를 드리우는 테가 넓은 모자를 썼다. 아침부터 심기가 매우 불편했던 그녀는 표트르가 세번째로 그녀를 돌아보자 무지갯빛으로 빛나는 양산 끝으로 그를 가리키며 말했다. "부탁인데, 그만 좀 흘끔거려."

여정 초반에는 마차가 숲속을 달렸다. 파란 하늘을 미끄러지는 눈부신 구름조차 여름날의 반짝임과 활기를 더할 뿐이었다. 밑에서 자작나무 끝을 올려다보면, 그 신록이 꼭 햇빛에 흠뻑 젖어 반투명한 포도를 연상시켰다. 길 양쪽에서 관목들이 뜨거운 바람에 날려 잎의 파리한 밑면을 드러냈다. 반짝이는 빛과 그림자로 숲 깊숙이 얼룩덜룩해져, 어디가 나무줄기고 어디가 줄기 사이인지 분간이 되지 않았다. 여기저기 긴 이끼들이 천상의 에메랄드빛으로 반짝였다. 하늘하늘 늘어진 양치식물이 마차 바퀴에 닿을 듯 말 듯 하면서 스치고 지나갔다.

저 앞쪽에서 건초를 실은 커다란 화차, 흔들리는 빛으로 얼룩덜룩해진 엷은 녹색 산이 나타났다. 스테판은 고삐를 당겨 속도를 줄였다. 그 산이 길 한쪽으로, 마차는 다른 한쪽으로 기울었는데―좁은 숲길은 겨우 지나갈 정도의 폭밖에 안 됐다―풀을 갓 베어낸 초원에서 휙 풍겨오는 톡 쏘는 냄새가 코를 찔렀고, 화차 바퀴는 무겁게 삐걱거렸으며, 건초 사이사이로 시든 체꽃과 데이지가 언뜻언뜻 보였다. 스테판은 혀를 끌끌 차며 고삐를 한번 흔들었고 화차는 뒤에 남겨졌다. 이윽고 숲과 헤어져 마차는 큰길로 진입했고, 계속 더 달리자 추수를 마친 밭이 나타났다. 도랑 속에서 메뚜기가 찌르르 찌르르 울었고, 전신주에선 윙윙거리는 소리가 들려왔다. 곧 보스크레센스크 마을이 보이기 시작해 몇 분 후면 여정이 끝날 것이다.

아프다고 애원해볼까? 마부석에서 굴러떨어져버릴까? 마을의 둥글고 조그만 집들이 나타나기 시작하자, 표트르는 어떻게 해야 하나 침울하게 생각했다.

꼭 끼는 하얀 반바지가 사타구니에 배겨서 아팠고 갈색 구두는 끔찍할 정도로 발을 단단히 죄어왔으며, 속은 심하게 메슥거렸다. 그를 기다리는 오후를 생각하면 마음이 갑갑해질 정도로 끔찍하게 싫었다―그렇다고 피할 수 있는 것도 아니었지만.

마차는 이제 마을 안을 달리고 있었는데, 담장과 통나무집 뒤의 어딘가에서 나무가 부딪히는 소리가 들려와 말발굽이 듣기 좋게 찰박대는 소리에 답하듯 메아리쳤다. 군데군데 풀이 난 진흙투성이 길가에서 농가의 소년들이 고로드키* 놀이를 하고 있었다―견고한 막대를 목제 핀에 던지면 소리가 크게 울려퍼지며 핀이 공중으로 날아올랐다. 그 마을의 식료품점 마당을 장식하는 매 박제와 은도금된 장식용 구체들이 표트르의 눈에 들어왔다. 개 한 마리가 아무 소리 없이―마치 목소리를 비축하는 것처럼―입구에서 뛰쳐나오더니 웅덩이를 뛰어넘어 마침내 마차를 앞지르고 나서야 컹컹 짖기 시작했다. 털이 덥수룩한 늙은 말에 다리를 벌리고 걸터앉은 농부가 팔꿈치를 양쪽으로 넓게 벌리고 어깨 부근이 좀 찢어진 셔츠를 바람에 풍선처럼 부풀리며 흔들흔들 지나갔다.

마을 끝, 울창한 라임나무로 둘러싸인 동산에는 붉은 교회가 있고, 그 옆에 하얗고 피라미드처럼 생겼지만 그것보다는 작은, 크림파스하** 를 닮은 석조 묘가 하나 세워져 있었다. 강이 시야에 들어왔다. 강굽이가 무늬가 두드러진 비단 같은 녹색 수초로 덮여 있었다. 비탈진 큰길에 바로 인접해서 땅딸막한 대장간이 있었는데, 그 벽에 누군가 분필로 "세르비아 만세!"라고 낙서해놓았다. 말발굽소리가 갑자기 낭랑하게 되튀어 울리는 음조를 띠었다―마차가 건너고 있는 다리의 판자 때문이었다. 맨발로 다리 난간에 기대 있던 늙은 낚시꾼의 발치에서 양철통이 어슴푸레 빛났다. 이윽고 말발굽소리는 부드러운 쿵쿵 소리로 바뀌

---

* 나무로 만든 핀을 세워두고 막대를 던져서 쓰러뜨리는 러시아 전통 놀이.
** 치즈와 버터, 계란 등을 섞어서 피라미드 모양으로 굳혀 만드는 디저트. 부활절에 먹는다.

었다. 다리, 낚시꾼, 강굽이가 돌이킬 수 없이 뒤로 처졌다.

사륜마차는 이제 양쪽에 줄지어 심어놓은 줄기가 억센 백양나무 사이로 난, 먼지가 많고 푹신한 길을 따라 굴러갔다. 이제 곧, 그래, 이제 곧, 그 대정원 뒤편으로 코즐로프가※ 저택의 녹색 지붕이 어렴풋이 보일 것이다. 표트르는 그 집에서 지내는 시간이 얼마나 거북하고 넌더리가 나는지 경험으로 알았다. 그는 자신의 새 스위프트사※ 자전거라도 기꺼이 내놓을 용의가 있었다─그리고 또 뭐 더 내놓을 거 없나?─그래, 가령 철제 활이라든가, 푸가치 장난감 권총과 화약을 채운 코르크탄 전부를 줘도 상관없어. 여기서 10베르스타 떨어진 가문의 영지로 다시 돌아가서 여름날을 언제나처럼 혼자서 경이로운 놀이를 하며 보낼 수만 있다면.

대정원에서 버섯과 전나무의 짙고 축축한 냄새가 풍겨왔다. 잠시 후 저택의 한 모서리와 돌로 된 현관 앞에 깔린 붉은 벽돌색 모래가 보였다.

"아이들은 정원에 있단다"라고 코즐로프 부인이 말한 것은, 표트르와 누나가 카네이션 향기가 감도는 시원한 방을 몇 개인가 가로질러 어른 여럿이 모여 있는 주 발코니에 이르렀을 때였다. 표트르는 어른 한 명 한 명에게 잘 지내셨느냐고 인사하면서 오른발을 뒤로 빼고 절을 하며 예의를 차렸고, 언젠가 실수했던 것처럼 남자의 손에 키스하지 않도록 주의했다. 누나는 계속 그의 머리 위에 손바닥을 얹었다─집에서는 절대로 하지 않을 행동이었다. 그런 다음 누나는 고리버들 안락의자에 앉았고, 평소와 달리 활기차게 굴었다. 모든 이가 일제히 이야기하기 시작했다. 코즐로프 부인은 표트르의 손목을 잡고 화분에 심은 월계수와 협죽도가 양쪽에 줄지어 있는 짧은 계단을 내려가며 뭔가 비밀스러운 분위기로 정원 쪽을 가리켰다. "저쪽에 모두 있을 거야." 그녀가 말했다. "가서 같이 놀려무나"라는 말을 남기고 그녀는 손님들에게 돌아갔다. 표트르는 아래 계단에 남아 서 있었다.

시작부터 좋지 않다. 그는 이제 정원 테라스를 가로질러 걸어가, 얼룩덜룩한 햇빛 속에서 목소리가 웅성웅성거리고 이런저런 색깔이 어른어른하는 가로숫길 안으로 들어가야 했다. 그 여정을 홀로 걸어 완수해야 했다. 점점 더 가까이, 한없이 더 가까이, 수많은 눈의 시야 안으로 서서히 들어가면서.

그날은 코즐로프 부인의 장남인 블라디미르의 명명일로, 활발하고 짓궂은 그 사내애는 표트르와 나이가 같았다. 블라디미르의 남동생 콘스탄틴, 그리고 두 여동생 바비와 롤라도 있었다. 조랑말이 *끄는 무개마차*가 이웃 영지에서 두 명의 어린 코르프 남작과 그들의 동생 타냐를 태워 왔다. 타냐는 피부가 창백한 상아색에다 열한 살인가 열두 살쯤 된 예쁜 소녀로, 눈 아래는 푸르스름하게 그늘이 지고 검은 머리카락은 가냘픈 목 위에서 하얀 리본으로 묶어 땋아 내렸다. 그 외에 여름 교복을 입은 중학생 세 명, 그리고 표트르의 열세 살 된 사촌으로, 체격이 좋고 햇볕에 탄 피부를 가진 혈기 왕성한 바실리 투치코프가 있었다. 게임을 주도하는 이는 코즐로프가 소년들의 가정교사이자 대학생인 엘렌스키였다. 그는 가슴 부분이 두둑하게 살이 오른 통통한 젊은이로 머리를 삭발했다. 그는 *코소보로트카*라고 불리는, 쇄골 부근의 비스듬한 옷깃에 단추가 달린 셔츠 같은 것을 입고 테가 없는 코안경을 코에 얹었는데, 윤곽이 뚜렷한 그 날카로운 코는 선이 부드러운 계란형 얼굴과 어울리지 않았다. 표트르가 마침내 가까이 와서 보니, 엘렌스키와 아이들은 페인트칠한 볏짚으로 만든 커다란 표적을 전나무 줄기에 못박아놓은 곳에 투창을 던지는 중이었다.

표트르가 마지막으로 코즐로프가를 방문한 것은 상트페테르부르크에서 보낸 부활절 때로, 그때는 환등기로 슬라이드를 보았다. 캅카스의 은거지를 떠나 산중을 방랑하는 젊은 수도승 므치리에 관한 레르몬토프의 시*를 엘렌스키가 큰 소리로 낭독했고, 동료 학생이 환등기를 조작했다. 축축한 시트 위에 비쳐 빛을 발하는 원 한가운데에 채색된 그림 하나가 나타났다(경련을 일으키듯 획 바뀌 끼워진 후 그대로 멈추었다). 므치리와 그에게 달려드는 눈표범 그림이었다. 엘렌스키는 낭독을 잠시 멈추고 짧은 봉으로 먼저 젊은 수도승을, 그다음에는 도약하는 표범을 가리키곤 했는데, 그러는 동안 봉이 그림의 색으로 물들었다가, 엘렌스키가 봉을 치우면 마법지팡이에서 색채가 빠지곤 했다. 장황한 서사시에 할당된 슬라이드가 전부 열 개 정도밖에 안 돼서 각각의 삽화는 꽤 긴 시간 동안 시트 위에 머물렀다. 바실리 투치코프는 이따금 어둠 속에서 손을 들어 광선에 닿게 했는데, 그러면 시트 위에 검은 다섯 손가락이 펼쳐지곤 했다. 한 번인가 두 번은 조수가 슬라이드를 잘못, 즉 그림이 거꾸로 되게 끼워넣었다. 투치코프는 큰 소리로 폭소했지만, 표트르는 그런 조수를 보고 있기 겸연쩍어서 대개는 대단히 흥미를 느끼는 척하려고 최선을 다했다. 그가 타냐 코르프를 처음 만난 것도 그때로, 그 이후로 종종 그녀를 생각하면서 노상강도로부터 그녀를 구하는 자신의 모습과 함께 바실리 투치코프가 힘을 보태며 그의 용기

---

* 레르몬토프가 캅카스 유배에서 돌아와 발표한 서사시 「므치리」.

를 온 마음으로 찬탄해 마지않는 광경을 상상하곤 했다(바실리가 자개 손잡이가 달린 진짜 권총을 집에 두었다는 소문이 있었다).

그 투치코프가 지금은 햇볕에 탄 다리를 넓게 벌리고 작은 캔버스천 지갑이 한쪽에 달린 천 벨트의 작은 사슬 위로 왼손을 축 늘어뜨리고 서서 창으로 표적을 겨냥하고 있었다. 그가 팔을 뒤로 휘둘러 던진 창 이 표적의 정중앙을 명중하자 엘렌스키는 큰 소리로 "브라보"라고 외쳤다. 표트르는 조심스럽게 그 투창을 뽑아 조용히 바실리가 섰던 위치로 되돌아가 묵묵히 조준한 다음 붉은색 테가 둘린 흰색 중심에 역시 명중시켰다. 그러나 이를 목격한 사람이 아무도 없었는데, 투창 경기가 이제 끝나서 다들 다른 게임을 준비하느라 바빴기 때문이다. 키 작은 서랍장인지 뭔지 하는 것을 가로숫길로 끌고 나와 모래 위에 설치했다. 그 위에는 둥근 구멍이 몇 개 나 있고, 입을 크게 벌린 뚱뚱한 금속제 개구리가 한 마리 얹혀 있었다. 커다란 장난감 납동전을 던져 구멍중 하나에 탁 넣거나 크게 벌린 개구리의 녹색 입안에 넣는 놀이였다. 동전은 구멍이나 개구리 입을 통과해 아래 서랍장의 번호가 적힌 칸으로 떨어졌다. 개구리의 입은 한 번에 오백 점, 다른 구멍들은 *라 그레누유**(한 스위스인 가정교사가 이 게임을 수입해왔기에 프랑스어 이름이 붙었다)와의 거리에 따라 백 점이나 그보다 더 낮은 점수를 받는다. 순번이 돌아올 때마다 각각 동전을 하나씩 던지고, 점수를 모래 위에 빠짐없이 기록한다. 게임 진행이 좀 지지부진해서, 아이들은 자기 차례가 다시 돌아올 때까지 정원의 나무 아래 있는 빌베리 덤불을 뒤지고 다

---

* 프랑스어로 '개구리'라는 뜻.

넜다. 빌베리는 열매가 크고 가루가 붙어 칙칙한 푸른색을 띠지만, 침을 묻힌 손가락으로 만지면 선명한 제비꽃 색깔의 광택이 나타났다. 표트르는 허리를 굽히고 웅크리고 앉아 약하게 끙하고 앓는 소리를 내며 컵 모양으로 쥔 손에 열매를 모아서 한 손이 가득차면 한꺼번에 입으로 가져가곤 했다. 그렇게 먹으면 유난히 맛이 좋았다. 가끔은 톱니 모양의 작은 잎이 입안에서 열매와 함께 섞일 때도 있었다. 바실리 투치코프는 등에 알록달록한 털무더기가 칫솔처럼 난 작은 애벌레를 발견하더니 태연하게 삼켜 좌중의 감탄을 자아냈다. 딱따구리 한 마리가 근처에서 딱딱거리고 있었고, 몸이 무거운 호박벌들이 덤불 위에서 윙윙대며 귀족 초롱꽃의 구부러진 옅은 색 화관 속으로 기어들어갔다. 가로숫길 쪽에서는 장난감 동전이 짤랑 떨어지는 소리, 엘렌스키가 혀를 굴려 후두음을 떨리게 발음하는 우렁찬 목소리로 누군가에게 "계속해봐"라고 격려하는 소리가 들려왔다. 타냐는 표트르 옆에 쭈그리고 앉아 그 창백한 얼굴에 대단한 집중력을 발휘하는 표정을 띠고 번들거리는 보랏빛 입술을 벌린 채 열매를 더듬어 찾고 있었다. 표트르가 컵 모양으로 쥔 손에 모은 열매를 아무 말 없이 건네자 그애는 기꺼이 받아주었고, 그는 그애를 또 도와주려고 열매를 새로 모으기 시작했다. 하지만 얼마 안 있어 그녀의 순번이 돌아와 그녀는 흰 스타킹을 신은 날씬한 다리를 높이 들어올리며 가로숫길로 뛰어갔다.

그레누유 게임에는 모두 이미 싫증이 났다. 게임을 팽개치고 어디론가 사라져버린 아이도 있었고, 나머지 아이들은 되는대로 아무렇게나 던졌다. 바실리 투치코프로 말할 것 같으면, 성큼성큼 걸어가서 입을 벌린 개구리에게 돌을 던져넣었는데, 엘렌스키와 표트르를 제외한 모

두가 웃음을 터뜨렸다. 이메닌니크(명명일을 맞은 당사자)인 잘생기고 매력적이고 쾌활한 블라디미르는 이제 *팔로치카-스투칼로치카*(막대기 치기)를 하자고 요구했다. 코르프 집안 소년들이 그 요구에 동참했다. 타냐는 한 발로 깡충깡충 뛰며 손뼉을 쳤다.

"안 돼요. 안 돼. 어린이 여러분, 그건 못해요." 엘렌스키가 말했다. "삼십 분쯤 후에 우리는 소풍을 갈 거예요. 마차를 오래 타고 가야 하는데다, 뛰어다니다 열이 나면 바로 감기에 걸려요."

"아이, 제발요, 제발요." 아이들이 소리쳤다.

"제발요." 표트르도 다른 아이들의 말을 따라 작게 말했다. 어떻게든 바실리나 타냐와 같은 곳에 숨어봐야지 다짐하면서.

"전원이 요구하니 따를 수밖에 없군요." 에둘러 말하는 데 능숙한 엘렌스키가 말했다. "하지만 필요한 도구가 보이지 않네요." 블라디미르가 막대기를 구해보려고 화단으로 뛰어갔다.

표트르는 타냐와 롤라와 바실리가 서 있는 시소로 갔다. 바실리가 콩콩 뛰며 발을 굴러 시소판이 삐걱거리며 들썩이게 했고, 여자아이들은 균형을 잡기 위해 애쓰며 꺅꺅 소리질렀다.

"떨어진다, 떨어진다!" 타냐가 외치더니 롤라와 함께 둘 다 풀 위로 뛰어내렸다.

"빌베리 좀더 먹을래?" 표트르가 물었다.

그녀는 고개를 젓더니 롤라를 곁눈질로 보고는 다시 표트르 쪽을 바라보며 덧붙였다. "롤라하고 난 이제 너한테 말 안 걸기로 했어."

"아니, 왜?" 표트르가 고통스럽게 얼굴을 붉히며 중얼거렸다.

"왜냐면 넌 잘난 척하는 애니까." 타냐가 대답하고는 다시 시소로 폴짝 뛰어올라갔다. 표트르는 가로숫길 가장자리에 두더지가 파놓은 울퉁불퉁한 검은 흙두둑을 조사하는 데 푹 빠진 척했다.

그사이 블라디미르가 숨을 헐떡거리며 '필요한 도구'를 가져왔다. 끝이 날카로운 작은 녹색 막대기로, 정원사들이 작약이나 달리아의 줄기를 지지하는 데 쓸 만한 종류지만 환등기 상영 때 엘렌스키가 들던 마법지팡이와도 무척 흡사했다. '막대기를 두드리는 술래'를 누가 할지 결정하는 일이 남았다.

"하나, 둘, 셋, 넷." 엘렌스키가 옛날이야기라도 하듯이 우스꽝스러운 어조로 말하면서 한 사람 한 사람을 돌아가며 막대기로 가리켰다. "문에서, 토끼가, 얼굴을 내밀었다. 사냥꾼이다, 어이쿠." (엘렌스키는 잠시 멈추고 세게 재채기를 했다.) "마침 그곳을 지나던," (이야기꾼은 코안경을 다시 고쳐썼다.) "그리고 그의 총이, 쾅하고 터졌다. 쾅, 그리고, 그, 불쌍한," (음절이 점점 더 하나하나 강조되면서 뚝뚝 끊겼다.) "토끼는, 죽었다, 거기서."

"거기서"에 표트르가 걸렸다. 하지만 다른 아이들이 모두 엘렌스키를 둘러싸고 그에게 술래를 하라고 졸랐다. 그들이 "제발, 제발요, 그게 훨씬 더 재미있을 거예요!"라고 외치는 소리가 들렸다.

"좋아요, 받아들이죠." 엘렌스키가 표트르에게는 힐끗하는 눈길 한번 안 주고 대답했다.

가로숫길에서 정원 테라스로 이어지는 지점에는 흰색 칠이 군데군데 벗겨진 벤치가 있었는데, 나무판자를 댄 그 등받이 역시 흰색 칠이 벗겨지고 있었다. 엘렌스키가 녹색 막대기를 양손에 쥐고 앉은 곳이 바로 그 벤치였다. 그는 투실투실한 어깨를 움츠리고는 눈을 질끈 감고 큰 소리로 백까지 세면서 아이들에게 몸을 숨길 시간을 주었다. 바실리와 타냐는 둘이 짠 것처럼 공원 안쪽 깊숙이 모습을 감췄다. 교복을 입은 중학생 중 한 명이 약삭빠르게 벤치에서 3야드밖에 안 떨어진 곳에 있는 보리수나무 뒤에 몸을 숨겼다. 표트르는 관목들의 얼룩덜룩한 그림자를 아쉬운 듯 흘긋 보고는 돌아서서 반대쪽 저택 쪽으로 갔다. 베란다에서 매복할 생각이었다—물론, 어른들이 차를 마시며 놋쇠로 된 확성기가 달린 축음기가 이탈리아어로 노래하는 것을 듣고 있는 정면 쪽 베란다가 아니라, 엘렌스키가 앉은 벤치에 면한 측면 현관 쪽이었다. 운좋게도 그곳엔 아무도 없었다. 격자창에 끼워진 유리의 알록달록한 색채가 그 아래 벽을 따라 설치된, 과장된 장미무늬가 있는 보랏빛을 띤 회색 천이 씌워진 길고 폭 좁은 좌석 위에 비쳤다. 베란다에는 흰 목재로 만든 흔들의자와 깨끗이 핥은 개 밥그릇과 유포 덮개를 씌운 탁자가 있었는데, 그 위에는 노인들이 쓰는 안경 하나 말고는 아무것도 없었다.

표트르는 알록달록한 색깔을 띤 유리창으로 기어가서 하얀 창턱 아래에 있는 방석에 무릎을 꿇었다. 조금 떨어진 곳에, 루비빛이 도는 검은 보리수나무 잎 아래 산호 같은 분홍색 엘렌스키가 산호 같은 분홍색 벤치에 앉아 있는 정경이 보였다. '술래'는 숨은 이들을 찾으러 자기 자리를 떠날 때 막대기를 남겨두어야 하는 게 규칙이었다. 자신이 달리는 속도와 장소에 주의해서, 너무 멀리 가서 헤매지 않게 잘 판단해야 한다. 그러지 않으면 보이지 않는 곳에 숨었던 누가 갑자기 돌진해 '술래'가 돌아오기 전에 먼저 벤치로 가서 획득한 막대기를 탁탁 두드려 승리를 고할지도 모른다. 표트르의 계획은 단순했다. 엘렌스키가 숫자를 다 세고 나서 벤치에 막대기를 내려놓고는 가장 숨기 좋은 장소처럼 보이는 덤불 쪽으로 가자마자 재빨리 베란다에서 벤치로 전력 질주해서 무방비로 놓인 막대기를 집어 신성한 '똑똑' 소리를 내는 거다. 벌써 삼십 초 정도가 지났다. 담청색 엘렌스키가 쪽빛이 도는 검은 나뭇잎 아래 등을 둥글게 구부리고 숫자를 세면서 그 박자에 맞춰 푸른빛이 도는 은색 모래를 발끝으로 톡톡 두드리고 있었다. 이런 식으로 숨어서 기다리며 마름모꼴 색유리 이쪽저쪽을 통해 엿보는 게 얼마나 즐거운 일이었을까, 만약 타냐만…… 아니, 근데 왜? 내가 그애에게 뭘 어쨌다고?

색 없는 투명 유리는 다른 유리에 비해 그 수가 훨씬 적었다. 회색과 흰색의 할미새가 그냥 모래색을 띤 모래 위를 가로질러 지나갔다. 창의 격자무늬 모서리에는 조그만 거미줄이 있었다. 창턱 위에는 죽은 파리 하나가 등을 대고 누워 있었다. 연노란색의 엘렌스키가 금색 벤치에서 일어나 경고하듯 막대기를 쳐 똑똑 소리를 냈다. 바로 그 순간 저택 내부에서 베란다로 통하는 문이 열리더니, 어두침침한 방안에서 투실투실 살이 찐 갈색 닥스훈트가 먼저 나오고, 이어서 잿빛 머리를 짧게 자르고 몸집이 작은 노부인이 벨트를 꽉 졸라맨 검은 드레스를 입고 이파리 세 개 모양의 브로치를 가슴에 달고, 벨트에 꽂아놓은 시계와 연결된 시곗줄을 목에 건 모습으로 나왔다. 개는 아주 느긋하게 옆으로 걸어 정원으로 이어진 계단을 내려갔다. 노부인 쪽은 화난 듯이 안경을 휙 낚아채 올렸다—그녀는 이것 때문에 온 것이었다. 문득 그녀는 여 닫이창 아래 있는 좌석에서 기어내려오는 소년의 존재를 알아챘다.

"프리아트-키? 프리아트-키?"(프리야트키, 숨바꼭질) 그녀는 나이든 프랑스 여성들이 우리 나라에 살았던 반세기 동안 러시아어에 폐를 끼친 예의 그 익살스러운 강세를 붙여 프랑스어처럼 발음했다. "투트 네 카로슈(투트 네 하라쇼, 여긴 별로란다)." 그녀는 계속 말을 이으며 다정한 눈으로 표트르의 얼굴을 찬찬히 들여다봤는데, 그 얼굴에는 자신이 처한 상황에 대한 당혹스러움과 너무 큰 소리로 말하지 말라는 간절한 애원이 다 담겨 있었다. "시샤스 포카주 카로슈 메스트(시차스 포카주 하로셰 메스토, 지금 당장 내가 좋은 장소를 알려주마)."

에메랄드색 엘렌스키가 양손으로 허리를 짚고 연녹색 모래 위에 버티고 서서 한 번에 사방을 계속 둘러보았다. 표트르는 이 늙은 가정교사의 귀에 거슬리고 야단스러운 목소리가 밖에서도 들릴까봐 두려워서, 아니 그보다는 거절해서 그녀를 화나게 하는 게 더 두려워서 서둘러 그 부인 뒤를 따라가긴 했지만, 일이 우습게 꼬이고 있음을 분명히 자각했다. 그녀는 그의 손을 꽉 잡고 차례차례 방을 통과해, 하얀 피아노를 지나고 카드 테이블을 지나고 작은 세발자전거를 지났으며, 그렇게 갑작스레 나타나는 물건의 종류가 늘어가면서—엘크 뿔, 책장, 선반 위의 미끼 오리—그는 그녀가 자신을 저택의 반대편으로 데려가고 있음을 감지했다. 또한, 그녀의 마음을 상하게 하지 않으면서, 당신이 방해한 그 게임은 숨는 게 중요한 게 아니라 엘렌스키가 벤치에서 충분히 멀어지는 순간을 기다렸다가 벤치로 달려가, 무엇보다 중요한 그 막대기로 벤치를 똑똑 치는 게 관건이라고 설명하기도 더욱더 난감해졌다.

두 사람은 방들을 잇달아 통과한 후에 복도로 꺾어 들어갔다가 계단을 통해 한 층 더 올라가, 장밋빛 뺨을 가진 여자가 창문 근처에 놓인 트렁크 위에 앉아 뜨개질하고 있는, 채광이 좋은 세탁실을 가로질렀다. 그 여자는 눈을 들어 쳐다보고는 미소 지으며 다시 속눈썹을 내리깔았는데, 그사이에도 뜨개질바늘은 쉴새없이 움직였다. 그 늙은 가정교사는 표트르를 그다음 방으로 데려갔는데, 그곳에는 가죽소파와 빈 새장이 있었고, 거대한 마호가니 옷장과 네덜란드식 벽난로 사이에 벽감이 있었다.

"보트(여기란다)"라고 노부인은 말하고는, 그 은신처 안으로 그를 살짝 밀어넣은 다음 옆의 세탁실로 다시 돌아가, 뜨개질하던 예쁘장한 여자를 상대로 잘 알아들을 수 없는 러시아어로 풍문을 전하는 수다를 이어갔고, 여자는 가끔 기계적으로 "스카지테 포잘루이스타!(아니, 뭐라고요!)"라고 추임새를 넣었다.

한동안 표트르는 그 어처구니없는 구석에 얌전히 무릎 꿇은 채로 그대로 있다가 이윽고 몸을 일으켰지만, 그저 그런 하늘색 소용돌이무늬가 단조로운 벽지를, 창문을, 햇빛 속에서 살랑살랑 물결치는 미루나무 꼭대기를 바라보며 그 장소에 우두커니 서 있었다. 시계가 귀에 거슬리게 째깍거리는 소리가 들려왔는데, 그 소리를 들으니 온갖 칙칙하고 울적한 생각이 떠올랐다.

시간이 많이 지났다. 옆방의 대화 소리가 멀어지기 시작하더니 저멀리 사라졌다. 그러자 이제 사방이 쥐죽은듯 조용해져 시계 소리만 들릴 뿐이었다. 표트르는 벽감에서 나왔다.

계단을 달려 내려와 연달아 있는 방들(책장, 엘크 뿔, 세발자전거, 파란 카드 테이블, 피아노)을 발끝으로 재빨리 통과한 그는 베란다로 열린 문 앞에서 착색된 햇빛의 문양과 정원에서 돌아오는 늙은 개와 만났다. 유리창 쪽으로 살금살금 올라가 착색되지 않은 유리 하나를 골랐다. 흰색 벤치 위에는 녹색의 마법지팡이가 놓여 있었다. 엘렌스키의 모습은 보이지 않았다―가로숫길에 늘어선 보리수나무 너머 저쪽까지 방심하고 찾으러 가버린 것이 틀림없었다.

표트르는 완전히 흥분에 휩싸여 활짝 웃으며 계단을 폴짝폴짝 뛰어 내려가 벤치 쪽으로 돌진했다. 계속 달려가면서 그는 주위가 기묘할 정도로 아무 반향 없이 잠잠한 것을 느꼈다. 하지만 그는 보폭을 늦추지 않고 빠르게 벤치까지 달려가 막대기로 세 번 벤치를 두드렸다. 헛된 동작이었다. 아무도 나타나지 않았다. 햇빛의 반점이 모래 위에서 진동하듯 떨렸다. 무당벌레 한 마리가 벤치 팔걸이로 기어올라가고 있었는데, 아무렇게나 접힌 투명한 날개 끝이 물방울무늬의 작은 둥근 지붕 아래로 너저분하게 드러났다.

표트르는 주위를 힐끔힐끔 훔쳐보며 일이 분 정도 기다리다 자신이 잊혔음을 마침내 깨달았다. 발각되지도, 숨어 있던 곳에서 나오지도 않은 최후의 잠복자가 있다는 걸 간과한 채 모두 그를 빼놓고 소풍을 간 것이다. 말이 나온 김에 말하자면, 그 소풍은 그에게는 그나마 유일하게 받아들일 만했던 그날의 일정이었다. 그는 어느 정도는 소풍을 기대하고 있었다. 어쨌든 거기 가면 어른들 없이, 숲의 개간지에서 불을 피워 고구마를 구워먹고 빌베리 타르트와 보온병에 든 냉차도 먹을 테니까. 이제 그 소풍을 갈 기회는 날아갔지만, 혼자 있을 수 있다고 생각하니 위안이 됐다. 마음을 괴롭히는 것은 다른 일이었다.

표트르는 침을 한번 꿀꺽 삼키고 녹색 막대기를 여전히 쥔 채 저택 쪽으로 어슬렁어슬렁 돌아갔다. 숙부들과 숙모들, 그리고 그 친구들이

주 베란다에서 카드 게임을 하고 있었다. 그는 누나의 웃음소리를 구분해낼 수 있었다—역겨운 소리였다. 그는 저택 주위를 걷다가 근처 어딘가에 수련이 핀 연못이 있었고, 그 연못가에 합일문자*를 수놓은 손수건과 흰 끈이 달린 은팔찌를 놔두고는 집에 도착할 때까지 전혀 눈치채지 못한 적이 있었다는 게 어렴풋이 생각났다. 저택의 모서리를 돌아 집 뒤에 있는 양수기 근처에서 그는 느닷없이 친숙한 목소리들이 떠들썩하게 떠드는 소리를 들었다. 모두 거기에 있었다— 엘렌스키도 바실리도 타냐도 그녀의 형제들도, 사촌들도. 모두 농부 주위에 옹기종기 모여 농부가 방금 발견한 새끼 부엉이를 보고 있었다. 작고 토실토실한 새끼 부엉이는 갈색 바탕에 흰색 얼룩무늬가 있고, 머리를 좌우로 계속 움직였다. 그것은 사실 머리라기보다는 얼굴 모양의 원반이라고 하는 편이 더 맞았는데, 어디까지가 몸이고 어디서부터 머리가 시작하는지 정확히 구분할 수 없었기 때문이다.

표트르가 다가갔다. 바실리 투치코프가 그를 힐끗 보더니 싱긋 웃으며 타냐에게 말했다.

"잘난 척하는 샌님 오셨네."

---

* 두 개 이상의 글자(보통 이름의 첫머리 글자)를 합쳐 하나의 글자처럼 만든 문양이나 도안.

바쁜 인간

자기 영혼의 용무에 지나치게 바쁜 인간은, 흔히 있는 우울한 일이지만 꽤 기묘한 현상과 맞닥뜨리게 마련이다. 즉 별 의미 없던 어떤 기억이, 무명의 삶을 조용히 마감하던 허름하고 외딴 양로원에서 우연한 계기로 소환되어 비명횡사하는 걸 목격하게 되는 현상 말이다. 그 기억은 눈을 깜박이고 아직 맥박이 뛰며 빛도 반사하지만 다음 순간, 당신의 눈 바로 밑에서 마지막으로 숨을 들이마시고는, 현재의 혹독한 섬광 속으로 너무 급작스럽게 이행된 것을 견뎌내지 못하고 황천길에 오른다. 그후 남은 것 중에 마음대로 쓸 수 있는 것은 모두 추억의 그림자, 축약본에 지나지 않으며, 원본이 지닌 매혹적인 설득력 또한 유감스럽게도 이제는 전혀 없다. 순한 성정에 죽음을 두려워하는 인간인 그라피츠키는 간결한 예언이 포함된 소년 시절의 꿈을 기억했지만, 자기 자신과 그 기억 사이의 유기적인 연결을 느끼지 못한 지 오래였다. 처음으로 소환하던 중에 한번은 그 기억이 창백한 얼굴을 하고 나타나 죽었기 때문이다—그러니 지금 그가 기억하는 꿈은 추억에 대한 추억에 불과하다. 그 꿈을 꾼 게 언제였나? 정확한 날짜는 알 수 없어. 그라피츠키는 대답하며 요구르트 얼룩이 묻은 작은 유리 단지를 밀어 치우고 한쪽 팔꿈치를 탁자 위에 기댔다. 언제야? 말해봐—대략이라도? 오래전이지. 짐작건대, 열 살이나 열다섯 살 사이에. 그 기간은 그가 종종—특히 밤이 되면—죽음에 관해 생각한 시기였다.

그리하여 여기 그가 있다—서른두 살에 몸집은 좀 작지만, 어깨가 넓고 투명해 보이는 귀가 툭 튀어나온 남자로, 반은 배우, 반은 문사였으며 그다지 재치가 없는 필명(기분 나쁘게도, 어떤 불멸의 만화가가 사용한 '카랑 다슈'라는 필명을 연상시킨다)*으로 망명 신문에 시사적인 잡문을 쓰는 작가였다. 여기 그가 있다. 때때로 맹인처럼 번득이는 어두운색 알의 뿔테 안경을 쓰고 왼쪽 뺨에는 솜털이 촘촘한 사마귀가 하나 나 있다. 머리는 벗어지고 있었고 뒤로 넘겨 빗은 회갈색 직모 가닥 틈으로 옅은 분홍색 섀미가죽 같은 두피가 보였다.

방금 그는 무엇을 생각하고 있었을까? 속박된 마음이 계속 파내던 것은 어떤 추억이었을까? 꿈의 추억이다. 꿈속에 나타난 그를 향한 경고. 이제까지는 인생을 전혀 방해한 적 없던 예언이 이제 와서, 어떤 최종기한이 가차없이 다가오는 이 시점에 줄기차게 계속 점점 커지는 반향으로 울려퍼지기 시작했다.

---

* 카랑 다슈는 프랑스 삽화가 에마뉘엘 푸아레의 예명. 러시아어로 '연필'을 뜻하는 단어 '카란다시'와 발음이 비슷하다.

"마음을 가라앉혀야 해." 이츠키가 그라프에게 신경질적인 레치타티보*로 외쳤다. 그는 목을 가다듬고 닫힌 창문 쪽으로 걸어갔다.

계속 커가는 주장. 33이라는 숫자—그 꿈의 주제—가 무의식을 얽어매, 박쥐 발톱처럼 흰 발톱으로 영혼 속에 파고들었고, 잠재의식의 그런 얽힘을 풀 방법은 전혀 없었다. 전설에 따르면 예수그리스도는 서른셋까지 살았다는데, 아마도(십자가 모양의 창틀 옆에서 굳어버린 그라프가 골똘히 생각했다), 아마도 꿈속의 목소리가 실제로 이렇게 말했던 것 같다. "너는 그리스도와 같은 나이에 죽을 것이다"—그리고 화면 위에 환하게 비친 것은 가시나무로 만든 거대한 숫자 3 두 개였다.

그는 창문을 열었다. 안보다 밖이 더 밝았지만, 가로등이 벌써 빛나기 시작했다. 하늘을 뒤덮은 매끄러운 구름이 서쪽으로만 향했고, 황토색을 띤 지붕 사이의 공간에는 부드러운 띠 모양의 광채가 비쳤다. 대로 저 위쪽에 불타는 듯한 눈을 가진 자동차 한 대가 멈춰 있었는데, 어금니 모양의 귤색 불빛이 물에 젖은 회색 아스팔트에 똑바로 날아와 박혔다. 금발의 정육점 주인이 가게 문지방에 서서 하늘을 응시하고 있었다.

징검돌을 밟아 개울을 건너듯 그라프의 마음은 정육점 주인에게서 동물의 사체로, 그다음에는 누군가에게로 날아 옮겨갔는데, 그 사람은 그에게 어딘가에서(시체 안치소에선가? 의대 해부학실에선가?) 누군가 애정을 담아 시체를 '냄새나는 것들'이라고 부르곤 했다는 얘기를 해줬던 사람이었다. "저기 모퉁이를 돌아서 기다리고 있다네, 냄새나는

---

* 오페라, 칸타타 등에서 대사를 낭독하듯 노래하는 형식.

것들이." "걱정하지 말게나. 냄새나는 것들은 자네의 기대를 저버리지 않을 걸세."

"다양한 가능성을 내가 한번 분류해볼까 하는데." 울타리의 검은색 철못을 오층에서 곁눈으로 내려다보던 그라프가 의미심장한 웃음을 지으며 말했다. "첫번째(가장 거추장스러운 경우지), 집이 공격을 받거나 불에 타는 꿈을 꾸고 침대에서 벌떡 일어나 지상층에 산다고 착각하고(잠 속에서 우리는 바보가 되니까) 창문 밖으로 뛰어내리는 거지—심연 속으로. 두번째 가능성, 또다른 악몽 속에서 자기 혀를 삼켜—실제로 이런 일이 일어난다고 알려져 있어—그 통통한 것이 입속에서 뒤로 공중제비를 하는 바람에 질식해 죽는 것. 세번째 사례, 이를테면 시끄러운 거리를 어슬렁어슬렁 거닐다가—아하, 이건 푸시킨이 자신이 죽는 모습을 상상해보려 했던 것과 같구나.

> 전투에서일까, 방랑하다일까 아니면 파랑波浪에 휩쓸려서일까
>
> 아니면 근처의 계곡에서……*

기타 등등. 하지만 처음에 '전투'로 시작하는 걸 잘 보게. 그에게 어떤 예감이 있었다는 얘기지. 미신은 어쩌면 가면을 쓴 지혜인지도 몰라. 어떻게 해야 그런 생각을 그만할 수 있을까? 혼자 외로울 때 어떻게 하면 될까?"

그가 결혼한 것은 1924년 리가**에서로, 초라하고 변변찮은 극단의

---

* 푸시킨의 시 「내가 소란스러운 거리를 배회하든지……」의 한 구절.
** 라트비아공화국의 수도로, 러시아제국의 지배를 받다가 1918년 라트비아가 독립하면

일원으로 프스코프***에서 왔을 때였다. 그는 쇼의 대구시對句詩 만담가였다—무대에 오르기 전, 죽은 사람 같은 작은 얼굴을 물감으로 칠해 꾸미려고 안경을 벗으면 흐릿한 청색 눈이 보였다. 그의 아내는 크고 당당한 체격에 짧고 검은 머리, 붉게 상기된 혈색, 살찌고 꺼끌꺼끌한 목덜미를 가진 여자였다. 장인은 가구를 파는 사람이었다. 결혼하자마자 그라프는 그녀가 멍청하고 천박하고 안짱다리에 러시아어 두 마디 할 때마다 독일어를 열두 개 정도 사용한다는 걸 알게 되었다. 헤어져야 한다는 걸 깨달았으나, 그가 그녀에게 느끼는 일종의 몽롱한 동정심이 결정을 미뤘고, 결혼생활은 지지부진 이어지다가 결국 1926년에 아내가 라츠플레시스 거리의 식료품점 주인과 바람이 나는 것으로 끝났다. 그라프는 영화제작사의 일자리를 제안받고 리가에서 베를린으로 이주했다(그런데 그 회사가 바로 파산해버렸다). 그는 빈곤하고 무질서하고 고독한 나날을 보내며 싸구려 술집에서 몇 시간이고 눌러앉아 시사시를 쓰곤 했다. 이것이 그의 삶—거의 무의미한 것이나 다름없는 삶—의 패턴이자, 삼류 러시아 망명객의 빈한하고 멋대가리 없는 존재 방식이었다. 그러나 잘 알려졌다시피, 의식은 삶의 이런저런 방식에 의해 결정되는 것이 아니다. 비교적 살기 편했던 시절과 마찬가지로 배를 곯고 옷이 해지기 시작했던 나날에도 그라피츠키의 삶은 불행하지는 않았다—적어도 운명의 그해가 다가오기 전까지는. 완벽히 단어 그대로의 의미에서 그는 '바쁜 남자'라고 부를 수 있었는데, 그의 마음을 온통 차지하는 주제가 자신의 영혼이었기 때문이다—그러한 경우에 잠

서 수도가 되었다.
*** 러시아 북서부의 도시.

시 쉰다는 건 있을 수도 없고 그럴 필요도 없다. 우리가 논의하고 있는 것은 인생의 바람구멍, 일시 정지한 심장박동, 연민, 과거 일들의 난입이다—저것은 무슨 향기지? 저 향기가 나에게 상기시키는 것은 무엇일까? 왜 아무도 눈치채지 못할까, 저 따분하기 그지없는 거리의 집들이 모두 각기 다르다는 것을. 건물에도 가구에도, 아니 모든 사물에는 일견 무익해 보이는—그래, 무익하지만 사심 없고 희생적인 매혹으로 가득한—장식이 얼마나 많은지.

솔직히 말해보자. 영혼이 한쪽 다리가 저리듯 마비된 인간은 수두룩하게 많다. 이에 반해 원칙과 이상을 타고난 인간도 존재한다—신앙과 도덕의 문제에 깊이 영향을 받는 아픈 영혼들로, 감성이 풍부한 예술가는 아니지만, 영혼은 그들에게 광산 같은 것이며, 그들은 그 광산을 파내고 드릴로 구멍을 뚫고, 종교적 양심이라는 채탄기로 깊이 더 깊이 들어가며 큰 죄, 작은 죄, 가짜 죄라는 검은 흙먼지에 아찔한 현기증을 느낀다. 그라프는 그 집단에 속하지 않았다. 그에게는 어떤 특별한 죄도 없으며 특별한 원칙도 없다. 그는 개인적인 자아의 문제로 바빴다. 그것은 사람들이 어떤 화가를 연구하거나 어떤 진드기를 모으는 일, 혹은 복잡한 전치법과 삽입구로 가득하고 여백에는 망상에 가까운 낙서가 있으며, 이미지군과 이미지군 사이에 걸쳐놓은 다리를 태워버리는 변덕스러운 삭제가 난무한 원고를 해독하는 일—그 다리를 복원하는 것만큼 신나고 재미있는 일이 또 없지—과 같았다.

지금 그의 연구는 이질적인 걱정거리로 중단되었다—이는 예상치 못한 문제로, 끔찍하게 고통스러웠다—도대체 그것을 어찌하면 좋단 말인가? 창문 옆에서 우물쭈물하다가(그리고 며칠 후인 6월 19일이면,

어린 시절 꿈에서 언급된 나이가 된다는, 바보 같고 하찮지만 물리치기 어려운 생각에 대항해 뭔가 방어책을 찾기 위해 최선을 다하고선) 그라프는 어두워지는 방에서 소리 없이 나왔는데, 그 방에 있는 모든 물건이 황혼의 물결에 살짝 떠올라 이미 가만히 있지 못하고, 마치 대홍수에 휩쓸려가는 가구처럼 둥둥 떠다녔다. 아직 낮이었다—이른 석양빛의 부드러움에 어찌된 영문인지 심장이 조여왔다. 곧바로 그라프는 뭔가가 잘못되었으며 묘한 흥분의 파문이 퍼지고 있음을 알아챘다. 사람들이 길의 교차점마다 모여들어 각을 그리는 것 같은 신비스러운 신호를 보내다가 길 건너편으로 건너가더니 또 거기서 뭔가 멀리 있는 것을 가리킨 다음, 마비라도 된 듯 으스스한 태도로 거기에 미동도 없이 서 있었다. 어둑어둑한 석양 속에서 명사는 소실되고 동사만이—아니, 기껏해야 몇몇 동사의 고어 형태만이—남았다. 이런 종류의 일은 많은 것을 의미할지도 모른다. 가령 세계의 종말 같은. 갑자기 그의 온 골격이 마비된 듯이 욱신거리더니 이해가 됐다. 저기, 저곳, 건물들 사이에 깊이 들어간 풍경을 가로질러, 맑디맑은 금빛 배경에 부드럽게 윤곽을 드러내면서, 긴 잿빛 구름의 아래쪽 테두리 아래로, 아주 낮게, 아주 멀리, 그리고 아주 천천히, 역시 잿빛이면서 역시 길쭉한 비행선이 떠서 지나가고 있었던 것이다. 정교하고 고풍스러운 그 움직임의 사랑스러움이 저녁 하늘과 귤색 빛과 사람들의 푸른 윤곽선이 자아내는 감당하기 어려운 아름다움과 함께 어우러지는 그 풍경이 그라프의 영혼 속 내용물을 넘쳐흐르게 했다. 그에게는 그 풍경이 천상의 징조, 구식의 환영처럼 보였고, 정해진 수명에 그가 바야흐로 가까워지고 있음을 상기시켰다. 뇌리에 냉혹한 부고 기사가 읽혔다. 우리의 귀중한 공

저자가…… 너무나 이른 나이에…… 그를 잘 아는 우리는…… 신선한 유머…… 신선한 무덤…… 그리고 더욱더 상상조차 할 수 없는 것은 그 부고 기사를 에워싸고, 다시 푸시킨의 구절을 살짝 바꿔서 표현하자면…… 무심한 자연이 찬란히 빛날지니*—신문의 무성한 꽃, 국내 기사의 잡초, 논설의 우엉 뿌리가 심겨 있는 상황이다.

어느 조용한 여름밤, 그는 서른세 살이 되었다. 그는 방안에서 홀로, 죄수복처럼 줄무늬가 있는 긴 속바지 차림으로 안경을 쓰지 않은 눈을 깜박이며 청하지도 않았는데 찾아온 생일을 자축했다. 아무도 초대하지 않은 까닭은 휴대용 거울이 깨지거나 인생의 무상함에 관한 이야기가 나오는 만일의 사태를 두려워했기 때문인데, 기억력이 좋은 손님이라도 있으면 필시 그런 사태를 불길한 전조의 수준으로까지 승격시켜버릴 것이다. 멈추어라, 멈추어라, 시간이여—그대는 괴테가 노래할 정도로 아름답지 않지만—그래도 멈추어라. 여기 우리 앞에, 두 번 다시 반복될 수 없는 환경 속에 두 번 다시 반복될 수 없는 한 개인이 있다. 폭풍우에 쓰러진 것처럼 책장에 마구잡이로 꽂힌 너덜너덜한 책들, (수명을 연장해준다고들 하는) 요구르트가 든 작은 유리 단지, 파이프 담배를 청소할 때 쓰는 촘촘한 솔, 자작시를 오린 조각부터 시작해 러시아의 전차표에 이르기까지 그라프가 온갖 것을 다 붙여놓은, 잿빛이 도는 두꺼운 앨범—이것이 바로 이츠키Ytski 백작Graf(어느 비 오는 밤, 다음 연락선을 기다리다가 생각해낸 필명이다), 침대 모서리에 걸터앉아 방금 벗어버린 구멍난 보라색 양말을 손에 쥐고 있는, 귀가 나

---

* 푸시킨의 시 「내가 소란스러운 거리를 배회하든지……」는 '무심한 자연이 불변의 미로 찬란히 빛날지니'라는 구절로 끝난다.

비처럼 생긴 땅딸막하고 작은 남자를 둘러싼 것들이다.

그날부터 그는 모든 것을 두려워하기 시작했다―승강기, 외풍, 건물 공사 현장의 비계, 차량들, 시위대, 전차 가공선 수리용 화물차가 탑재된 작업대, 우체국으로 가는 길에 마침 그 앞을 지나는데 폭발할지도 모를 가스 공장의 거대한 돔, 그게 끝이 아니라 우체국에 무사히 간다 해도 손수 만든 마스크를 쓴 대범한 강도들이 총기를 난사하는 사건이 우체국에서 일어날지도 모를 일이었다. 그런 정신 상태가 어리석다는 걸 그도 잘 알고 있었지만, 극복할 수 없었다. 주의를 돌려 다른 걸 생각해보려 했으나 소용없었다. 썰매 마차처럼 질주해나가는 모든 생각의 뒤쪽에 있는 발판 위에는 늘 따라다니는 마부처럼 예의 그 '냄새나는 것'이 서 있었다. 한편, 그가 부지런히 신문에 기고를 계속하는 시사시는 점점 더 장난기 넘치고 천진난만해졌고(나중에 되짚어보며, 가까이 다가오는 죽음의 예감을 그 시에서 읽어내는 자가 있어서는 안 되기에), 농부와 곰이 시소를 타는 러시아 장난감을 떠올리게 하는 리듬에 '쩌렁쩌렁 울리게shrilly'와 '주가슈빌리Dzhugashvili*'의 운을 맞추는 식의 뻣뻣한 대구시 형식을 취했다―다른 것도 아닌 바로 이 대구시가 사실상 그의 존재에서 가장 본질적이고 가장 적격인 조각임이 드러났다.

당연히, 영혼 불멸을 믿는 것이 금지된 일은 아니지만, 내가 아는 한 아무도 던지지 않는 무서운 질문이 하나 있다(라고 그라프는 맥주 한 잔을 마시며 곰곰이 생각했다). 인간이 이 세상에 태어날 때 둘러싸이

---

* 스탈린의 본명.

는 크고 작은 사건 사고들과 흡사한 뜻밖의 장애와 우여곡절이 혹시 영혼이 내세로 이행할 때 수반되지 않을까? 하는 질문. 아직 살아 있는 동안 어떤 심리적인 수단, 아니 물리적인 수단이라도 취해서 그 이행이 성공하도록 도울 수는 없을까? 특히 어떤 수단이 좋을까? 무엇을 예견하고, 무엇을 비축하고, 무엇을 피해야 하는가? 종교라는 것을(의자가 이미 하품하며 테이블 위에 눕혀지는 어둑하고 인기척 없는 주점에서 그라프는 미적거리며 논의를 이어갔다), 그러니까 인생의 벽면을 성화로 뒤덮는 종교라는 것을 유리한 환경(어떤 의사의 이론에 따르면 예쁘고 통통한 뺨을 가진 아기 모델 사진으로 임신부의 침실을 장식하는 것은 자궁의 태아에도 유익한 영향을 미칠 수 있다는데, 그런 식인 셈이지)을 만들려는 시도와 비슷한 것으로 간주해야 할까? 하지만 비록 필요한 수단을 강구한다 해도, 가령 X씨(우유든 음악이든 뭐가 됐든, 어쨌든 이런저런 것을 먹고 살았던)는 무사히 내세로 건너갔는데, Y씨(그 자양분이 약간 다른)는 왜 도중에 탁 걸린 채 숨이 끊어져버렸는지 우리가 안다고 해도, 건너가는 그 순간에 일어날 수 있는 다른 위험 요소—이를테면 어떻게 해서든 방해해 모든 것을 망쳐버리는 것—가 있지 않겠는가. 왜냐면, 뭐랄까, 때가 가까워지면 동물이나 보통 사람들조차 슬금슬금 몸을 사리기 때문이지. '방해하지 마, 나의 어렵고 위태로운 임무를 방해하지 마, 불멸의 영혼이라는 나의 아이를 무사히 낳을 수 있게 해줘.'

이 모든 게 그라프의 기분을 가라앉혔지만, 그보다 더 음험하고 그를 두렵게 만드는 것은 '내세'란 게 전혀 존재하지 않는다는 생각으로, 인간의 생명이라는 것은 빗물받이 홈통의 주둥이 아래 놓인, 거센 폭풍이 몰아치는 통 속에서 춤을 추다 사라지는 거품과 마찬가지로 돌이킬 수 없이 한번 터져버리면 끝이라는 생각이다. 그라프는 교외 카페의 테라스에서 그런 광경을 보았는데―비가 세차게 내리고 있었고, 계절은 이미 가을에 접어들었으며, 예언된 연령에 도달한 지 벌써 넉 달이 지난 뒤라, 이제 어느 때고 죽음이 닥칠 수 있던 날이었다―베를린 근교의 음산하고 소나무만 있는 메마른 땅으로 나가는 외유는 극히 위험했다. 하지만 혹시, 그라프가 생각하기를, 혹시 내세가 존재하지 않는다면, 독립된 영혼이라는 사고와 연루된 다른 모든 것과도 작별이고 징조나 예감의 가능성과도 작별이다. 좋다, 그렇다면 유물론자가 되어보자, 그리되면 나, 건강한 유전자를 받은 한 사람의 건강한 개인인 나는 어쩌면 족히 반세기는 더 살 텐데, 병적인 환각에 굴하겠는가―그러한 환각은 내가 속한 사회계급의 일시적 동요가 초래한 결과에 지나지 않고, 개인은 그의 계급이 불멸하는 한 불멸한다―그리고 위대한 부르주아계급(이제 그라프는 혐오스러울 정도로 활기를 띠며 혼잣말로 생각을 이어갔다), 우리의 위대하고 강건한 계급은 프롤레타리아라는 히드라를 정벌할 것이다. 왜냐하면, 우리 노예 소유자도, 곡물 상인도, 그들의 충실한 음유시인도 모두 계급의 연단으로 발을 내딛지 않으면 안 되기 때문이다(자, 더 힘차게). 우리 모두, 만국의 부르주아여, 온 국토와…… 민족의 부르주아여, 궐기하라, 석유에 미친(혹은 황금에 미친?) 공동체*kollektivá* 따위는 서민 얼뜨기들과 함께 타도하라…… 이제 '이브iv'로 끝나는 부동사 하나면, 각운이 맞는다. 그 뒤에 또 두 연이 있고 그다음에 다시, 궐기하라, 전 국토와 전 민족의 부르주아여! 영원하여라, 우리의 신성한 *자본kapitál*이여! 트라-타-타('-에이션ation'으로 끝나는 아무거나), 우리 부르주아의 국제연맹*Internatsionál*! 재치 있는 마무리가 됐나? 재미있나?

겨울이 왔다. 그라프는 이웃으로부터 50마르크를 빌려 배불리 먹었다. 운명에게 빠져나갈 작은 구멍 하나도 허락할 생각이 없었기 때문이다. (자기 스스로!) 자진해서 금전적 도움을 준 그 기묘한 이웃은 오층의 가장 좋은 방 두 개로 새로 이사온 지 얼마 안 된, 이반 이바노비치 엔겔이라는 사람이었다—머리가 희끗희끗하고 살진 편인 신사인 그는 작곡가나 체스 명인 유형으로 세간에 받아들여질 외모였지만, 사실은 일종의 외국(아주 낯선, 아마도 극동이나 천상의 나라쯤 되는) 회사 같은 곳에서 파견근무를 하고 있었다. 복도에서 우연히 만났을 때 그 남자가 친절하고 수줍게 미소를 짓자, 불쌍한 그라프는 이 이웃이 교양 없는 회사원으로, 문학과도 동떨어지고 인간 정신이 쌓아올린 다른 고산 휴양지에서도 아득히 멀리 떨어져 있어서 본능적으로 자신, 즉 몽상가 그라피츠키에 대해 감미롭고 황홀한 존경심을 품고 있다고 지레짐작해 이웃의 동정심을 이해했다. 어쨌든 그라프는 걱정거리가 너무 많아서 이웃 따위를 크게 신경쓸 여력이 없었지만, 약간 딴 데 정신이 팔린 상태에서 그 노신사의 천사 같은 성품을 계속 이용했다—예를 들어 니코틴 결핍으로 견디기 어려운 밤이면 엔겔 씨의 방문을 두드려 시가를 한 대 얻곤 했다—하지만 진짜로 친구가 되는 데까지는 이르지 못해서 실은 그 남자를 자신의 방에 초대한 적은 없었다(유일한 예외가 있다면, 책상 전등이 나갔는데 집주인 여자는 마침 그날 저녁에 영화를 보러 나가고 없어서 그 이웃 남자가 새 전구를 가져와 섬세한 손놀림으로 돌려서 넣어줬던 때다).

크리스마스에 그라프는 문단 친구들의 초대로 욜카(크리스마스트리) 파티에 가서 잡다한 수다를 들으며 욜카를 장식한 알록달록한 방울을 보는 것도 이번이 마지막일까 하고 침울한 기분으로 혼잣말했다. 한번은, 평온한 2월의 한밤중에 너무 오래 하늘을 계속 바라보다가 돌연 인간의 의식이라는, 그 불길하고 우스꽝스러운 사치품이 주는 부담과 압박을 더는 견디지 못했다. 혐오스러운 발작에 숨을 헐떡이자 별이 총총한 광대한 밤하늘이 움직이기 시작했다. 그라프는 창문 커튼을 닫고, 한 손으로 심장을 누른 채 다른 한 손으로는 이반 엔겔의 방문을 노크했다. 이반은 온화하게 미소 지으며 독일어 억양이 약간 섞인 말투로 *발레리안카*를 좀 먹어보라고 권했다. 하여간 그렇게 해서 그라프는 그의 방에 들어가, 엔겔 씨가 침실 한가운데 서서 그 진정제를 와인잔에 따르는 광경을 목격하게 되었다―자신이 마시려는 게 분명했다. 오른손에 잔을 들고 왼손에 쥔 농갈색 약병을 높이 들어올리며 그는 소리 내지 않고 입술을 움직여 열둘, 열셋, 열넷이라고 센 다음 발끝으로 서서 달리듯이 몹시 빠르게 열다섯열여섯열일곱이라고 한 다음 다시 천천히 스물까지 세었다. 그는 카나리아 같은 노란색 가운을 걸쳤고, 주의를 기울이는 코끝에는 코안경이 얹혀 있었다.

그리고 또다른 분기가 지나 봄이 찾아왔고, 나무 광택제 냄새가 계단에 진동했다. 길 건너 바로 맞은편 집에서 누군가가 죽어 그 앞에 꽤 오랫동안 영구차가 서 있었는데, 검게 광이 나는 것이 마치 그랜드피아노 같았다. 그라프는 악몽에 시달렸다. 온갖 것에서 전조가 엿보이는

---

* 쥐오줌풀, 또는 그 뿌리에서 채취한 성분. 진정제를 만드는 데 쓰인다.

듯했다. 단순하기 이를 데 없는 우연의 일치 하나에도 벌벌 떨었다. 어처구니없는 운수소관의 바보짓도 운명의 논리처럼 여겨졌다. 어떻게 운명을, 절대 오류가 없는 운명의 귀띔을, 그 목적한 바의 고집스러움을 믿지 않는단 말인가, 인생의 필적 사이로 그 검은 선이 끈질기게 비쳐 보이는데?

우연의 일치에 더 주의를 기울일수록 그러한 일은 더 자주 일어났다. 급기야 오식誤植을 찾아내는 취미를 가진 그라프가 '질고 고통스러운 투병 끝에'라고 쓰인 구절을 잘라낸 신문을 던져버렸는데, 그러고 며칠 후, 그에게 양배추 한 포기를 싸주던 시장 아주머니의 손에 단아한 작은 창이 난 같은 신문지가 들린 것을 보는 지경까지 이르렀다. 그날 저녁, 아득히 먼 지붕 저편에서 악의에 가득찬 부연 구름이 부풀어오르기 시작하며 처음 보이는 별들을 에워싸는가 싶더니 갑자기 거대한 철제 트렁크를 등에 짊어지고 계단을 올라가는 것처럼 숨이 턱 막히는 무게감이 느껴졌다―그러고는 이윽고 어떤 경고도 없이 하늘이 균형을 잃고 거대한 궤짝이 계단에서 와르르 굴러떨어졌다. 그라프는 서둘러 여닫이창을 닫고 커튼을 쳤는데, 잘 알려졌다시피 외풍과 전깃불이 벼락을 유인할 수 있기 때문이다. 커튼 틈으로 빛이 한번 번쩍 빛나자, 벼락이 떨어진 지점과의 거리를 알아내기 위해 그는 민간의 셈법을 썼다. 여섯까지 셌을 때 천둥소리가 들렸으니 6베르스타다. 폭풍이 점점 더 거세졌다. 비가 따르지 않는 마른 뇌우가 최악이다. 창유리가 덜커덩거리며 흔들렸다. 그라프는 침대 속으로 기어들었지만, 금방이라도 벼락이 지붕을 때리고 일곱 층 전체를 관통하면서 그를 경련하듯 움츠러드는 흑인으로 변모시키는 장면이 너무도 생생하게 머릿속에 그려져서, 그는 두근거리는 심장과 함께 침대에서 펄쩍 뛰어내렸다(커튼 틈으로 여닫이창이 번쩍 빛나며 창틀의 검은 십자가가 벽에 순간적으로 그림자를 드리웠다). 그는 어둠 속에서 땡그랑하는 큰 소리를 내면서 무거운 파이앙스 도기 대야(세게 문질러 닦아놓은)를 세면대에서 떼어내어 바닥에 놓고는 몸을 덜덜 떨면서 그 안에 들어가 서서, 맨발의 발톱 끝으로 도기를 끽끽 소리가 나게 긁어가며 사실상 밤새도록, 새벽이 찾아와 그 바보짓에 종지부를 찍어줄 때까지 그 꼴로 서 있었다.

5월의 그 뇌우가 치는 동안 그라프는 이보다 더한 겁쟁이가 없을 정도로 굴욕의 가장 밑바닥까지 떨어졌다. 아침이 되자 그의 기분에도 변화가 생겼다. 상쾌하게 활짝 갠 푸른 하늘과 물이 말라가는 아스팔트를 가로지르는 나무 모양의 어두운 물기를 물끄러미 바라보다가 문득, 6월 19일까지 불과 한 달밖에 남지 않았다는 것을 깨달았다. 그날이 오면 그는 서른네 살이 될 것이다. 육지다! 하지만 거기까지 그가 헤엄쳐 갈 수 있을까? 버텨낼 수 있으려나?

그럴 수 있기를 그는 바랐다. 그는 의욕을 가지고 운명의 요구로부터 목숨을 지켜내기 위해 특단의 방책을 취하기로 했다. 외출을 일절 하지 않았다. 면도도 하지 않았다. 아픈 척을 했더니 주인이 식사를 챙겨주었다. 그리고 주인을 통해 엔겔 씨가 오렌지나 잡지, 앙증맞게 작은 봉투에 든 분말 변비약 같은 것을 전해주었다. 담배를 줄이고 수면을 늘렸다. 망명 신문의 십자말풀이를 풀며 시간을 보냈고, 코로 숨을 쉬었으며, 잠자리에 들기 전에는 침대 옆 깔개 위에 축축한 수건을 정성스럽게 펼쳐놓아서, 혹시 몸이 몽유 상태가 되어 사고의 감시를 살금

살금 벗어나려 할 때 수건의 냉기로 곧바로 잠이 깰 수 있도록 했다.

과연 그가 해낼 것인가? 6월 1일. 6월 2일. 6월 3일. 10일에는 이웃 남자가 문틈으로 그에게 괜찮으냐고 물었다. 11일. 12일. 13일. 세계적으로 유명한 핀란드의 어떤 달리기 선수가 마지막 한 바퀴를 남겨놓고, 그때까지 위력적이고 순탄한 달리기 흐름을 계산하는 데 도움이 되었던 니켈도금된 손목시계를 던져버렸듯이,* 그라프도 이제 주로走路의 끝이 보이자 갑자기 행동양식을 바꿨다. 밀짚 색깔의 턱수염을 깎고 목욕을 하고 19일에 오라고 손님들을 초대했다.

그는 달력의 작은 악마들이 교활하게 충고하는 것처럼 생일을 하루 전에 축하하고 싶은 유혹에 굴하지 않았지만(구력과 신력의 차이가 지금처럼 13일이 아니고 12일이었던 지난 세기에 그가 태어났기 때문에)**, 프스코프에 있는 모친에게 편지를 써서 그가 태어난 정확한 시각을 알려달라고 청했다. 하지만 모친은 다소 얼버무리는 듯한 답변을 보냈다. "밤이었어. 엄청나게 아팠던 기억이 나는구나."

19일의 여명이 밝았다. 오전 내내 이웃 남자의 방에서 이리저리 걸어다니고, 평소 같지 않은 흥분을 드러내고, 현관문의 초인종이 울릴 때마다 마치 뭔가 전갈이 오기를 기다리는 사람처럼 복도로 뛰어나가기도 하는 소리가 들려왔다. 그라프는 저녁 파티에 이웃 남자를 초대하지 않았지만—어쨌든 그들은 서로 거의 모르는 사이와 진배없으

---

* 1924년 파리 올림픽 육상 남자 1,500미터 경기에서 우승한 핀란드 선수 파보 누르미의 일화.
** 20세기 초까지 율리우스력을 채택했던 러시아는 러시아혁명 이후 그레고리력을 채택했다. 19세기까지는 율리우스력과 그레고리력의 차이가 12일이었지만, 20세기에는 오차가 누적되어 13일이 되었다.

니—주인에게는 오라고 청했는데, 그라프의 품성에는 무심함과 이해타산이 기묘하게 결합해 있었기 때문이다. 오후 늦게 그는 외출해서 보드카와 고기파이와 훈제 청어와 흑빵을 샀다…… 집으로 돌아오는 길에 뒤죽박죽 삐져나온 식료품을 위태롭게 품에 안고 길을 건너던 그는 엔겔 씨가 노란 석양빛을 받으며 발코니에서 자신을 쳐다보는 것을 눈치챘다.

여덟시경, 멋지게 식탁을 차리고 창밖으로 몸을 기대어 내민 바로 그 순간, 다음과 같은 일이 일어났다. 소수의 남자가 주점 앞에 모여 있던 길모퉁이에서 성난 고성이 오가더니 갑자기 찢어질 듯한 총성이 뒤따랐다. 그라프는 빗나간 유탄이 안경을 거의 박살낼 뻔하면서 얼굴을 획 스치고 지나갔다는 느낌을 받아, 공포에 질린 '악' 소리를 내며 뒤로 물러났다. 통로에서 건물 정문의 초인종이 울리는 소리가 들려왔다. 덜덜 떨면서 방에서 얼굴을 내밀어 살펴보는데, 그와 동시에 이반 이바노비치 엔겔이 예의 카나리아 같은 노란색 잠옷 가운을 걸치고 통로로 뛰쳐나왔다. 그가 온종일 기다렸던 전보를 가지고 온 집배원이었다. 엔겔은 열심히 전보를 뜯었다—그러고는 희색이 만면해졌다.

"대체 뭔 일이래요?" 그라프가 집배원에게 물어보았으나, 상대—질문자의 형편없는 독일어에 틀림없이 어리둥절했을—는 이해하지 못했고, 그라프가 아주 조심스럽게 다시 창밖을 내다봤을 때 주점 앞의 보도는 아무도 없이 텅 비었고, 문지기들이 각 건물의 현관 옆 의자에 앉아 있었으며, 장딴지를 드러낸 하녀 한 명이 분홍색이 도는 작은 푸들을 산책시키고 있었다.

아홉시쯤 손님이 모두 모였다—러시아인이 세 명, 그리고 독일인 집

주인 한 명. 주인은 리큐어 잔 다섯 개와 직접 구운 케이크를 가져왔다. 그녀는 보기 흉한 몸매에 버석거리는 보라색 드레스를 입었는데, 광대뼈는 튀어나오고 목은 주근깨 범벅이었으며, 희극에 나오는 새엄마가 쓸 법한 가발을 썼다. 망명한 문사들인 그라프의 음울한 친구들은 하나같이 모두 나이가 지긋하고 굼뜨며, 각양각색의 병을 달고 사는 사람들로(그들에게 병에 관한 이야기를 들을 때마다 그라프는 마음의 위안을 받았다), 곧바로 주인을 취하게 하고는 자신들도 취했지만 흥이 나지는 않았다. 대화는 물론 러시아어로 이루어졌는데, 주인은 한마디도 이해하지 못하면서도 킥킥거리며 어설프게 화장한 눈을 굴리면서 부질없는 교태를 부렸고, 사적인 혼잣말을 계속 중얼거렸지만 아무도 귀를 기울이지 않았다. 그라프는 이따금 식탁 밑으로 손목시계를 힐끗거리면서 가장 가까운 교회 탑이 자정을 알리는 종을 어서 치기를 간절히 기다렸고, 오렌지주스를 홀짝이다 맥박을 재보곤 했다. 자정 무렵에 보드카가 동나자, 주인은 비틀거리는 걸음으로 자지러지게 웃으며 코냑 한 병을 가져왔다. "자, 당신의 건강을 위해 건배, 스타라야 모르다(쪼그랑할멈)"라고 손님 중 한 명이 주인을 향해 차갑게 말하자, 주인은 순진하게도 좋은 말이겠거니 믿으며 그 손님과 술잔을 땡그랑 부딪힌 다음 또다른 술꾼 쪽으로 팔을 뻗었으나, 그 사람은 그녀의 손을 뿌리쳤다.

동이 트자 그라피츠키는 손님들에게 작별인사를 했다. 통로의 작은 탁자 위에 이제는 뜯어져 열린 채 버려진, 이웃 남자를 그토록 기쁘게 했던 전보가 놓여 있는 게 그의 눈에 띄었다. 그라프는 멍하니 그 전보를 읽었다. "소글라센 프로들레니예(기한 연장 동의)" 그는 방으로 돌아가 뒷정리를 좀 하다가 기묘한 권태로 가득차 하품하며(마치 예언에 따라 수명을 계획하고 살아왔는데, 이제 또 처음부터 다시 그 구축을 시작해야 할 것 같았다), 안락의자에 앉아 곧 바스러질 듯 너덜너덜한 책을 획획 넘겨보았다(누군가가 준 생일선물이었다)—재밌는 이야기와 말장난을 모아놓은 러시아어 책으로, 극동에서 출판된 것이었다. "시인이라는 아들내미는 잘 지내요?" "그애는 이제 사디스트sadist랍니다." "무슨 뜻이죠?" "슬픈sad 대구시distichs만 끼적거리고 있거든요." 그라프는 의자에서 꾸벅꾸벅 조금씩 졸다가 꿈속에서 이반 이바노비치 엔겔이 어떤 정원 같은 장소에서 대구시를 읊조리며 샛노랗고 동그랗게 말린 깃털로 된 날개를 팔랑거리는 광경을 보았다. 잠에서 깨보니 찬란한 6월의 햇빛이 주인이 놓고 간 리큐어잔에 작은 무지개를 비추고 있었고 모든 것이 어쩐지 나긋나긋하고 빛을 발하며 불가사의한 듯 느껴졌다—마치 그로서는 이해되지 않았던, 끝까지 충분히 생각하지 않았던 뭔가가 있었는데, 이젠 이미 너무 늦어버렸고 다른 인생이 시작되어 과거가 말라죽어버린 듯, 죽음이 무의미한 기억을 남김없이, 모조리 소거해버린 듯했다. 무명의 제 일생을 조용히 마감하던 허름하고 외딴 집에서 우연한 계기로 소환되었던 그 기억을.

미지의 땅

폭포 소리가 점점 잦아들다가 결국 완전히 사그라졌고, 우리는 이제까지 탐사된 바 없는 지역의 밀림을 헤치고 나아갔다. 우리는 걷고 또 걷고, 이미 한참 동안 그렇게 걷고 있었다―그레그슨과 내가 선두에 서고, 그 뒤를 현지인 짐꾼 여덟 명이 일렬로 따랐다. 행렬 맨 끝에는 한 발자국 뗄 때마다 투덜투덜 불평을 늘어놓는 요리사가 따라왔다. 내가 알기로 그는 현지 사냥꾼의 알선으로 그레그슨이 고용한 요리사였다. 반년은 '본고'를 양조하며 보내고 나머지 반년은 그것을 마시면서 사는 존라키를 벗어날 수만 있다면 뭐든지 하겠다고 장담했던 녀석이었다. 하지만 이 요리사의 진짜 정체가 무엇인지(혹시 도망 선원?)는 수수께끼인 채로 남았다―아니면 그렇게 계속 걷고 또 걷다보니 내가 많은 것을 벌써 잊어버리기 시작한 것일 수도 있다.

내 옆에서 뼈가 앙상한 무릎을 드러낸 채 성큼성큼 걸어가는 그레그 슨은 근육질에 키가 껑충하니 컸다. 그의 손에는 손잡이가 긴 녹색 포충망이 깃발처럼 들려 있었다. 커다란 체구에 번들번들 빛나는 갈색 피부, 길고 두껍고 숱 많은 머리카락, 눈 사이에 코발트 안료로 그린 아라베스크 문양이 특징인 인부들은, 역시 존라키에서 우리가 고용한 자들로, 흐트러짐 없는 힘찬 발걸음으로 걸어갔다. 그들 뒤에서 뒤처져 따라오는 요리사는 비대한 몸에 머리는 붉고, 아랫입술은 축 처진 몰골로 양손을 호주머니에 찔러넣은 채 아무 짐도 들지 않았다. 탐사대가 출발할 때는 그 남자가 끊임없이 나불대며 의미를 알 수 없는 농담을 던지곤 했다는 게 어렴풋이 떠올랐다. 거만함과 비굴함이 조합된 그의 농담 방식은 셰익스피어의 극에 나오는 광대를 연상시켰다. 그러나 곧바로 그는 기운을 잃고 침울해져 자신의 임무도 방기해버렸는데, 그 임무엔 통역도 포함되었다. 그레그슨이 아직 바도니아 방언을 잘 이해하지 못했기 때문이다.

주위의 열기에는 어딘가 좀 나른하고 벨벳같이 부드러운 면이 있었다. 좁고 메마른 강바닥을 따라 전진하는 우리 머리 위로 아치를 이룬, 숨막힐 듯한 향기를 풍기는 만개한 *발리에리아 미리피카*는 자개 같은 빛깔에 옹기종기 피어 있는 모습이 꼭 비눗방울이 모여 있는 것 같았다. 반암* 같은 나무의 가지가 검은 잎이 달린 리미아** 같은 나무의 가지와 얽혀 터널처럼 되어 있었는데, 그 틈새 여기저기로 연무가 낀 햇빛이 뚫고 들어왔다. 그 너머, 무성한 수풀을 이룬 울창한 초목 속에서,

---

* 반점 같은 큰 결정이 있어 얼룩무늬로 보이는 암석.
** 열대어의 일종. 화려하게 반짝이는 비늘이 특징이다.

축 늘어져 눈부시게 빛나는 꽃차례와 어두운색의 기괴한 나무덩굴 사이사이로 흰색 털의 원숭이들이 휙휙 재빨리 움직이며 끽끽 소리를 질러댔고, 혜성같이 보이는 새 한 마리가 작고 날카롭고 새된 소리로 울며 벵골불꽃처럼 획 날아서 지나갔다. 머리가 무거운 것은 긴 행군 탓이고 열기 탓이고 현란한 색채와 숲의 소음 탓이라고 나는 자신에게 수없이 되뇌었지만, 내 몸 상태가 좋지 않다는 걸 은밀히 알고 있었다. 추정컨대, 이 지역의 풍토병에 걸린 듯했다. 그러나 그레그슨에게는 내 상태를 숨기기로 마음먹고 겉으로는 활기 넘치고 심지어 즐거운 척까지 하던 참이었는데, 재난이 닥쳤다.

"내 잘못이야." 그레그슨이 말했다. "그런 놈과 엮이지 말았어야 했어."

우리는 이제 둘만 남았다. 요리사와 현지인 인부 여덟 명 전원이 텐트, 접이식 보트, 식량, 채집물까지 몽땅 가지고는 우리를 버려두고 소리 없이 사라져버린 것이다. 우리가 울창한 덤불 속에서 매혹적인 곤충을 쫓아다니느라 분주하던 사이에 벌어진 일이었다. 내 생각에 우리는 탈주자들을 따라잡아보려고 했던 것 같다―정확하게 기억은 안 나지만, 어쨌든 우리는 실패했다. 우리는 존라키로 돌아가야 할지, 아니면 계획했던 여정을 계속 이어가 아직 알려지지 않은 땅을 지나 구라노 구릉을 향해 계속 전진할지 결단을 내려야 했다. 미지의 땅이 이겼다. 우리는 다시 전진했다. 나는 이미 온몸이 덜덜 떨리고 키니네를 먹어 귀가 먹먹했지만, 이름 모를 식물을 채집하는 작업을 여전히 계속했고, 그레그슨도 우리가 처한 상황의 위험을 충분히 깨닫고 있었음에도, 변함없이 열심히 나비와 쌍시류*를 계속 잡았다.

그런 식으로 반 마일도 채 못 갔는데, 느닷없이 요리사가 나타나더니 우리를 앞질렀다. 그는 셔츠가 찢어지고―보아하니 스스로 일부러 찢은 듯했다―숨을 헐떡였으며 말을 제대로 못했다. 그레그슨은 말없이 권총을 뽑아 그 악당을 쏘려고 겨냥했지만, 요리사가 그레그슨의 발치에 몸을 던지고 양팔로 머리를 감싸 보호하면서 원주민들이 그를 억지로 끌고 가서 먹으려 했다고, 맹세코 사실이라고 했다(바도니아인은 식인종이 아니었으니 거짓말이었다). 멍청한 겁쟁이인 바도니아인들을 선동해 이 수상한 탐사 여행을 포기하게 하는 건 수월했지만, 자신이 그들의 힘찬 걸음걸이를 따라갈 수 없는 건 고려하지 않아서 어찌해볼 여지도 없이 뒤처져버린 바람에 우리에게 돌아온 게 아닌가 의심스러웠다. 그 때문에 귀중한 채집물을 잃어버렸다. 그는 죽어야 했다. 그러나 그레그슨은 권총을 집어넣었고, 우리는 다시 갈 길을 갔다. 그 뒤를 요리사가 헐떡거리고 비틀거리며 따라왔다.

나무들이 점점 가늘어졌다. 나는 이상한 환각에 시달렸다. 굵은 살구색 뱀들이 몸을 감고 있는 기이한 나무줄기들을 응시하고 있자니 갑자기 줄기와 줄기 사이로, 마치 손가락 틈새로 들여다본 것처럼, 반쯤 열린 옷장의 거울에 어둑어둑한 상이 비친 광경을 본 듯했다. 하지만 다시 정신을 차려 좀더 주의깊게 바라보니, 그저 아크리아나 관목(토실토실한 자두를 닮은 커다란 열매가 열리는 덩굴식물)이 아른거리는 걸 잘못 봤을 뿐이었다. 잠시 후 나무들이 완전히 둘로 나뉘며 단단한 푸른 벽처럼 하늘이 눈앞에 올라왔다. 급경사면의 정상에 이른 것이다.

---

* 잘 발달된 한쌍의 날개가 있는 곤충으로 파리, 각다귀, 등에, 모기 등이 이에 속한다.

아래쪽에는 광대한 습지가 어른어른 빛나며 김을 내뿜었고, 저 너머 멀리 연보라색 구릉의 떨리는 윤곽선을 알아볼 수 있었다.

"신께 맹세컨대 반드시 되돌아가야 합니다." 요리사가 흐느껴 우는 목소리로 말했다. "신께 맹세컨대 이 늪에서 우린 빠져나오지 못하고 죽을 거예요—저는 집에 딸이 일곱에 개도 한 마리 있어요. 돌아갑시다—길도 알잖아요……"

그는 양손을 꽉 움켜쥐었고, 투실투실 살이 찌고 이마가 붉은 얼굴에서는 땀이 또르르 굴러떨어졌다. "집에 가요, 집이요." 그는 같은 말을 계속했다. "벌레는 충분히 잡지 않았습니까. 집에 갑시다!"

그레그슨과 나는 돌투성이 비탈을 내려가기 시작했다. 처음에 요리사는 위에 그냥 남아, 숲의 거대한 녹색 수풀을 배경으로 자그마한 하얀 형체가 되어 서 있었으나, 돌연 단념한 듯 꽥 소리를 지르고는 우리를 따라 비탈을 미끄러지며 내려오기 시작했다.

비탈은 폭이 좁았고, 바위투성이 봉우리를 이루어 긴 곶처럼 습지까지 이어졌다. 김이 자욱한 연무 틈으로 습지가 반짝반짝 빛났다. 한낮의 하늘이 이제 잎사귀의 베일에서 해방되어 눈이 부실 정도의 어둠으로 답답하게 짓누르듯 우리 위에 걸려 있었다—그래, 눈부신 어둠, 그 말밖에 딱히 묘사할 방법이 없다. 나는 하늘을 올려다보지 않으려 애썼다. 하지만 그 하늘에서 내 시야의 맨 가장자리에는, 유럽식 천장 장식에 쓰이는 것과 같은 석고와 치장 벽토로 만든 소용돌이 모양과 장미 모양을 띤 희끄무레한 환영이 줄곧 나와 보조를 맞춰 떠다녔다. 하지만 내가 똑바로 응시하기만 해도 그 환영은 사라져버리고, 다시 열대지방의 하늘이, 즉 고르게 짙은 그 푸름이 우르르 울리며 펼쳐졌다. 우리는 아직 바위투성이 곳을 따라 걷고 있었는데, 길이 계속 좁아지며 우리를 자꾸 배신했다. 주위에는 습지의 금색 갈대가 자라서, 마치 수많은 검날이 햇빛 속에서 어슴푸레하게 빛나는 것처럼 보였다. 여기저기서 길쭉한 물웅덩이가 번쩍이고, 검은 각다귀떼가 그 위에서 맴돌았다. 난의 일종으로 짐작되는, 습지에 핀 커다란 꽃이 솜털로 뒤덮여 늘어진, 흡사 계란 노른자로 범벅이 된 것처럼 보이는 입술을 내 쪽으로 뻗었다. 그레그슨이 포충망을 한번 휘둘렀다─그러다 양단처럼 부드러운 진흙 속에 엉덩방아를 찧으며 빠지고 말았다. 그사이에 엄청나게 큰 호랑나비 한 마리가 공단 같은 날개를 펄럭이며 그에게서 도망쳐 갈대숲 위로 날아, 희미한 빛이 뿜어져나와 어른거리는 방향으로 가버렸는데, 그쪽에는 창문 커튼의 주름이 늘어져 있는 게 흐릿하게 보였다. 그래선 안 돼, 나는 혼잣말을 했다. 안 돼…… 시선을 딴 데로 돌리고 그레그슨 옆에서 걸어가며 바위를 넘어갔다가, 쉭쉭거리고 쩝쩝거리는 소리를 내는 지면을 가로질렀다가 하면서 나아갔다. 온실 안처럼 열기로 후덥지근한데도 나는 한기를 느꼈다. 이제 나는 곧 완전히 쓰러져버릴 지경이 되어, 하늘 틈새로, 금빛 갈대 틈새로 등고선과 볼록면이 보이는 착란 상태가 완전히 의식을 지배할 듯한 예감에 휩싸였다. 때때로 그레그슨과 요리사가 투명해지면서, 끝없이 반복되는 갈대 무늬 벽지가 두 사람을 관통해 보이는 것 같았다. 나는 제정신을 유지하고 눈을 계속 뜨고 있으려 안간힘을 쓰며 앞으로 나아갔다. 요리사는 이제 네 발로 기고 고함을 지르며 그레그슨의 다리를 와락 붙잡았지만, 그레그슨은 그를 뿌리치고는 계속 걸어갔다. 그레그슨을 쳐다보았는데, 그의 완고한 옆얼굴을 보고 있자니 오싹하게도 그레그슨이 누구인지, 나는 왜 이 사람과 함께 있는지 잊어가는 듯한 느낌이 들었다.

그러는 동안 우리 발은 더욱더 빈번하게 부드러운 진흙에 계속 푹푹 빠지며 자꾸 더 깊이 가라앉았다. 만족할 줄 모르며 우리를 쭉쭉 빨아들이는 습지를 필사적으로 버둥대며 겨우 빠져나오곤 했다. 계속 자빠지고 기어가는 요리사는 온몸이 벌레에 물려 온통 부어오르고 흠뻑 젖었는데, 하느님 맙소사, 아주 작은 연녹색 물뱀의 혐오스러운 무리가 땀냄새에 끌려 우리를 뒤쫓아오면서 몸을 구부렸다가 쭉 펴며 한 번에 2야드, 다시 또 2야드를 헤엄쳐오자, 얼마나 꽥꽥 소리를 질러댔던지. 하지만 나를 훨씬 더 공포에 질리게 한 것은 다른 것이었다. 이따금 왼쪽에서(무슨 이유에선지 항상 왼쪽이었다), 커다란 안락의자처럼 보이지만 실제로는 크고 무겁고 이상하게 생긴 회색 양서류 같은 게 자꾸 반복되는 갈대 사이로 기우뚱하며 늪에서 일어났는데, 그레그슨은 그 이름을 내게 알려주려 하지 않았다.

"휴식." 그레그슨이 불쑥 말했다. "잠시 쉬고 가세나."

요행히 우리는 습지식물로 에워싸인 작은 암초 위로 가까스로 기어올라갈 수 있었다. 그레그슨은 배낭을 벗어 내려놓고 토근 냄새가 나는 현지의 고기파이와 아크리아나 열매 열두 개를 우리 앞에 꺼냈다. 어찌나 목이 말랐던지, 아크리아나의 얼마 안 되는 떫은 즙은 내 갈증을 달래는 데 전혀 도움이 되지 않았으니……

"봐, 참 기묘하지." 그레그슨은 요리사가 알아듣지 못하도록 영어가 아닌 다른 언어로 내게 말했다. "우리는 저 구릉까지 가야 하는데, 봐, 참 기묘하지—구릉이 신기루였을 수도 있을까?—이제 더이상 보이지 않으니 말이야."

나는 베개에서 몸을 일으켜 바위의 탄력 있는 표면에 팔꿈치 한쪽을 기댔는데…… 그렇다, 정말로 구릉이 더는 보이지 않았다. 습지 위에 자욱한 수증기가 떨리는 것만 보일 뿐. 다시 내 주위의 모든 것이 모호한 투명함을 띠었다. 나는 뒤로 몸을 기대고 그레그슨에게 소곤소곤 말했다. "자네는 아마도 못 보겠지만, 계속 뭔가가 뚫고 나오려고 해."

"무슨 얘기를 하는 건가?" 그레그슨이 물었다.

나는 말도 안 되는 말을 하고 있음을 깨닫고 입을 다물었다. 머리가 핑핑 돌고 귓속이 윙윙거렸다. 그레그슨은 한쪽 무릎을 꿇고 배낭을 부스럭부스럭 뒤졌지만 약을 찾지 못했고, 내가 갖고 있던 것도 다 쓰고 없었다. 요리사는 묵묵히 앉아서 침울하게 바위를 쿡쿡 찔러대고 있었다. 셔츠 소매의 찢어진 틈새로 그의 팔에 새겨진 이상한 문신이 보였다. 찻숟가락이 든 크리스털 술잔 그림으로, 완성도가 아주 좋았다.

"발리에르가 몸이 안 좋아—약 가진 거 있나?" 그레그슨이 요리사에게 말했다. 나는 그들 사이에 정확히 무슨 말이 오갔는지 듣지 못했지만 의미는 대강 추측할 수 있었는데, 좀더 가까이서 들으려고 하면 대화가 부조리해지고 어찌된 영문인지 점점 구 모양을 띠었다.

요리사가 천천히 몸을 돌리자 유리잔 문신이 피부에서 한쪽으로 미끄러지듯 떨어져나와 공중에 걸린 채로 계속 남아 있다가, 두둥실 떠오르더니 한들한들 떠다녔다. 나는 겁먹은 눈으로 그것을 뒤쫓았지만, 시선을 딴 데로 돌리자 그것은 마지막으로 희미하게 빛나고는 습지의 수증기 속으로 사라져버렸다.

"그래도 싸지." 요리사가 중얼거렸다. "꼴좋게 됐어. 나나 당신도 그럴 수 있다고. 꼴좋게 됐어……"

그 마지막 몇 분이 흐르는 동안—즉, 우리가 그 암초 위에서 휴식을 취하려고 멈춰 선 이후—요리사는 몸이 점점 커지고 부풀어오른 것처럼 보였는데, 이제는 뭔가 조롱 섞인 위험한 분위기가 풍겼다. 그레그슨은 햇볕 차단용 헬멧을 벗고 더러운 손수건을 꺼내 이마를 닦았는데, 눈썹 근처 이마는 오렌지색이고 그 위는 희었다. 그런 다음 헬멧을 다시 쓴 그는 내 쪽으로 몸을 기울이고 말했다. "기운을 내게, 제발."(이라든가, 혹은 그런 취지의 말을 했다.) "어쨌든 계속 가보자고. 수증기에 가려서 보이지 않지만, 구릉은 저기 있어. 습지를 반은 이미 건너온 게 확실해."(이와 거의 비슷한 말이었다.)

"살인자." 요리사가 숨죽여 말했다. 문신은 이제 다시 팔뚝에 있었는데, 하지만 이번에는 유리잔 전체가 아니라 한쪽 면이었다—나머지는 들어갈 공간이 전혀 없어서 허공에서 가볍게 떨며 반사광을 되비추고 있었다. "살인자." 요리사가 만족한 듯 이 말을 다시 하며 충혈된 눈을 들었다. "우린 여기 꼼짝없이 처박힐 거라고 내가 말했잖아. 검은 개들이 썩어가는 고기를 배터지게 먹겠군. 미, 레, 파, 솔."

"저놈은 광대야." 나는 그레그슨에게 조용히 알려주었다. "셰익스피어 극에 나오는 광대라고."

"광, 광, 광," 그레그슨이 답했다. "광, 광—과, 과, 과…… 이보게, 들리나." 그는 내 귀에 대고 계속 소리쳤다. "일어나야 하네. 계속 가지 않으면 안 돼."

암초는 침대처럼 희고 부드러웠다. 나는 조금 몸을 일으켜봤지만, 곧바로 베개 위에 도로 나자빠졌다.

"우리가 이 친구를 옮겨주지 않으면 안 되겠는데." 멀리서 그레그슨의 목소리가 말했다. "좀 도와줘."

"말도 안 되는 소리." 요리사가 답했다(혹은 나에게 그렇게 들렸다). "그가 말라죽기 전에 신선한 고기를 좀 즐겨보는 게 어떻겠어. 파, 솔, 미, 레."

"저 녀석도 병자야. 병자라고." 나는 그레그슨에게 소리쳤다. "자네는 여기 정신병자 두 명과 함께 있는 걸세. 혼자 먼저 가게. 자네라면 해낼 거야…… 가라고."

"절대 그냥 가게 놔둘 수 없지." 요리사가 말했다.

그러는 사이에 착란 상태의 환영이 좌중의 혼란을 틈타 소리 없이 확고하게 자리잡았다. 하늘에는 어두침침한 천장의 선들이 뻗어나가고 교차했다. 늪에서 커다란 안락의자가 마치 밑에서 떠받친 것처럼 쑥 올라왔다. 반짝반짝 윤이 나는 새들이 습지의 연무 속을 날다가 차례로 착지하며 어떤 새는 침대 기둥의 목제 상부 장식으로, 또다른 새는 목이 가는 유리병으로 변신했다. 나는 모든 의지력을 쥐어짜서 시선을 한곳에 집중해 이 위험한 잡동사니를 쫓아버렸다. 갈대 수풀 위로 긴 불꽃색 꼬리를 가진 진짜 새가 날아갔다. 공기 중에 벌레가 윙윙대는 소리가 진동했다. 그레그슨은 알록달록한 색깔의 파리 한 마리를 손을 휘저어 쫓는 동시에, 그 파리의 종을 알아내려 애썼다. 마침내 그는 더는 자제하지 못하고 망에 파리를 포획했다. 그 동작은 마치 누군가 카드패를 다시 치듯 바뀌며 계속 기묘한 변화를 겪었다. 나는 각기 다른 그의 자세를 동시에 보았다. 그는 윤곽이 일치하지 않는 많은 유리 그레그슨들로 만들어진 듯이 자기 자신을 떨쳐버리고 있었다. 그러다 다시 응축되어 확고히 서 있었다. 그는 요리사의 어깨를 흔들고 있었다.

"저 친구를 옮기는 걸 도와줄 테지." 그레그슨이 또박또박 말했다. "네놈이 배신만 안 했으면, 우리는 이런 엉망인 상태에 처하지도 않았을 거야."

요리사는 말없이 가만히 있었지만, 얼굴이 천천히 자줏빛 홍조를 띠었다.

"이봐, 요리사, 자네 후회할 거야." 그레그슨이 말했다. "마지막으로 말하는데—"

바로 이때, 오랜 시간 무르익어온 일이 일어났다. 요리사가 그레그슨의 배를 황소처럼 머리로 들이받았던 것이다. 두 사람 다 나가떨어졌다. 그레그슨은 권총을 꺼낼 틈이 있었지만, 요리사가 가까스로 그의 손을 쳐서 권총을 떨어뜨렸다. 그후 두 사람은 서로 움켜잡고 껴안은 채로 귀가 먹먹할 정도로 씩씩대며 뒹굴기 시작했다. 나는 망연자실하여 그들을 바라보았다. 요리사의 넓은 등이 팽팽히 긴장하며 셔츠 아래로 등골이 보였다. 그러다 돌연 등 대신에 한쪽 다리가 나타났는데, 그 다리도 요리사의 다리로, 구릿빛 털로 뒤덮이고 파란 정맥이 피부에 비쳐 보였다. 그레그슨이 요리사 위에 올라타는 중이었다. 그레그슨의 헬멧이 날아가 떨어지더니, 판지로 만든 거대한 달걀 반쪽처럼 데굴데굴 굴러갔다. 미로처럼 얽힌 두 사람의 몸뚱이 어딘가에서 녹슬었지만 날카로운 칼을 움켜쥔 요리사의 손가락이 꼼지락거리며 나왔다. 그 칼이 진흙 속을 들어가듯 그레그슨의 등을 푹 찔렀지만, 그레그슨은 한번 끙신음했을 뿐, 두 사람은 여러 번 더 굴렀다. 다음번에 본 내 친구의 등에는 칼의 손잡이와 날의 상반부가 돌출돼 있었다. 그사이 그의 양손이 요리사의 두꺼운 목을 감싸고 졸라서 으드득하는 소리가 났고, 요리사의 두 다리가 경련을 일으켰다. 두 사람은 마지막으로 한 바퀴 더 회전했고, 이제는 칼날의 4분의 1만이 보였다—아니, 5분의 1이다—아니, 이제는 그만큼도 보이지 않았다. 완전히 들어가버렸다. 그레그슨은 미동도 없는 요리사 위에 포개진 뒤에 조용해졌다.

처다보고 있자니, (열로 의식이 혼미해진) 나에게는 이 모든 것이 무해한 게임처럼 여겨져, 금방이라도 두 사람 다 툭툭 털고 일어나서 숨을 고른 다음, 사이좋게 나를 지고 습지를 건너 저 시원한 푸른 구릉으로, 시냇물이 졸졸 흐르고 그늘이 드리워진 곳으로 데려갈 것만 같았다. 그러나 이렇게 치명적인 병의 최종 단계—몇 분 후면 죽으리란 걸 알았기에—에, 이 최후의 순간에 이르러 돌연 모든 것이 완전히 명료해졌다. 나는 깨달았다. 내 주위에서 일어나는 모든 일이 불타오르는 상상력의 속임수가 아니고, 그 틈새로 먼 유럽의 도시에 있는 내 실제 삶으로 추정되는 것들(벽지, 안락의자, 레모네이드가 든 유리잔)이 반갑지 않게 언뜻언뜻 내비치려 하는 정신착란의 베일도 아니라는 것을. 눈에 거슬리는 그 방은 허구에 불과하다는 것을 나는 깨달았다. 왜냐하면 죽음 너머에 있는 모든 것은 기껏해야 허구일 뿐이니까. 허둥지둥 대충 뚝딱 만들어낸 현실의 모조품, 가구가 딸린 비존재의 방. 나는 깨달았다. 현실은 여기에 있음을. 여기, 경이롭고 무서운 열대의 하늘 아래, 어슴푸레 빛나는 칼 같은 갈대 수풀 사이에, 그 위에 자욱한 수증기 속에, 평평하고 작은 암초에 달라붙은 두꺼운 입술을 가진 꽃들 속에, 그리고 서로 부둥켜안은 시체 두 구가 내 옆에 누워 있는 이곳에. 그리하여 이런 깨달음을 얻은 나는 내 안에 남은 힘을 쥐어짜서 그 두 사람에게 기어가, 탐사대 대장이자 친애하는 친구인 그레그슨의 등에 박힌 칼을 당겨 뽑았다. 그는 죽어 있었다. 완전히 숨이 끊어졌고, 주머니에 있던 작은 병들도 모두 깨져서 산산조각이 났다. 요리사 역시 죽었고, 먹빛의 혀가 입에서 비어져나와 있었다. 나는 그레그슨의 손가락을 비틀어 풀어 몸을 뒤집었다. 반쯤 벌어진 입술은 피투성이였고, 이미 사후경직이 시작된 얼굴은 면도를 잘못해 상처가 난 것처럼 보였으며, 눈꺼풀 틈으로 푸른 기가 도는 흰자가 보였다. 마지막으로 나는 그 모든 것을 똑똑히, 의식적으로, 하나하나 진짜라는 것을 보증하듯 바라보았다—두 사람의 까진 무릎, 그 위를 맴도는 반짝이는 날파리들, 벌써 산란할 장소를 찾는 암컷 파리들. 나는 힘없는 손으로 더듬어 셔츠 주머니에서 두꺼운 노트를 꺼냈지만, 다시 맥없이 나가떨어져 주저앉아 고개를 푹 떨궜다. 그럼에도 나는 이 성급한 죽음의 안개를 헤치고 주위를 둘러보았다. 푸른 대기, 열기, 고독…… 다시는 고향에 돌아가지 못하게 된 그레그슨에게 얼마나 미안했던지—그의 아내, 그 집의 늙은 요리사, 그가 키우는 앵무새, 그 밖의 다른 많은 것까지 다 기억났다. 그다음엔 우리의 발견과 귀중한 탐사 성과물을 떠올렸고, 그리고 이제까지 기술된 바 없는 동물과 식물 희귀종들의 이름을 우리가 명명할 일은 이제 결코 없으리라는 데 생각이 미쳤다. 나는 혼자였다. 더 짙어진 연무 속에서 갈대가 휙 스치듯 보였고, 하늘이 더욱더 어둑하게 타올랐다. 나의 눈은 돌 위를 가로질러 기어가는 매우 아름다운 딱정벌레를 따라갔지만, 그 벌레를 잡을 힘이 남아 있지 않았다. 내 주위의 모든 것이 서서히 사라지며 죽음의 광경을 날것 그대로 드러냈다—현실의 가구 몇 점과 사방의 벽을. 어떻게 해서라도 반드시 뭔가 써야만 했기에, 땀으로 축축한 노트를 펼친 것이 나의 마지막 동작이었다. 하지만 아아, 안타깝게도, 노트는 내 손에서 미끄러져 빠져나갔다. 모포를 따라 샅샅이 더듬어보았지만, 그것은 이제 거기에 없었다.

재회

레프에게는 세라핌이라는, 자신보다 나이가 많고 더 뚱뚱한 형제가 하나 있었다. 어쩌면 지난 구 년의 세월 동안─아니, 가만있어보자…… 맙소사, 십 년, 아니 십 년도 넘었구나─예전보다 야위었대도 전적으로 가능한 일이지만, 누가 알랴. 이제 우리는 몇 분 후면 알게 될 것이다. 레프는 러시아를 떠났고, 세라핌은 남았는데, 양쪽 다 순전히 우연히 그렇게 된 것이었다. 사실 좌익이었던 쪽은 레프였다고 말해도 될 정도이고, 반면 공업기술학교를 갓 졸업한 세라핌 쪽은 자기 전문분야의 일밖에 머릿속에 없었으며 정치적 기류에 휩쓸릴까봐 경계했는데…… 정말 이상하다, 이제 몇 분 후면 *그가* 온다니 참으로 이상하다. 얼싸안아야 하나? 너무 오랜 세월이…… '스페츠'라, 전문가라는 뜻이지. 아, 생선 머리를 잘라버리듯 어미를 씹어버리는 그런 단어들……

'스페츠'……

그날 아침에 전화가 와서 받았더니, 낯선 여성의 목소리가 독일어로, 세라핌이 베를린에 왔는데, 다음날 다시 떠나기 때문에 그날 저녁에 들렀으면 한다는 뜻을 전했다. 레프는 형이 베를린에 있다는 걸 이미 알고 있었음에도 이 전화를 받고 깜짝 놀랐다. 레프의 친구의 친구가 소련 교역 사무소에 근무하는 남자를 알았다. 세라핌은 이런저런 상품을 매입하는 절차를 밟으러 왔다고 했다. 당원인 걸까? 하긴 십 년 넘게 세월이 흘렀으니……

그 세월 내내 두 사람은 연락하지 않은 채로 지냈다. 세라핌은 동생에 대해 아무것도 알지 못했고, 레프도 세라핌에 대해 아무것도 모르는 것이나 다름없었다. 레프는 도서관에서 훑어보던 소련 신문의 회색 연막 틈으로 세라핌의 이름을 두어 번 언뜻 보았다. 세라핌은 연설조로 이렇게 말했다. "그리고 산업화의 기본 전제조건이 우리 국가 전반의 경제체제에서 사회주의적 제 요소를 통합하는 데 있는 만큼, 시골 마을의 비약적 진보는 특히 필수적이고 긴급한 당면 현안 중 하나이다."

학위 취득이 부득이하게 늦어지긴 했지만, 프라하대학에서 학업을 마친(학위논문의 주제는 러시아문학에 미친 슬라브 애호의 영향에 관한 것이었다) 레프는 지금은 베를린에서 출세할 길을 찾는 중이었는데, 사실 어느 길로 가야 출세할 수 있을지 계속 결정을 내리지 못한 상태였다. 레시체예프의 조언대로 각종 자질구레한 장식품을 거래해볼까, 푸크스의 제안을 받아들여 인쇄업에 뛰어들어볼까 갈팡질팡했다. 그건 그렇고, 그날 저녁은 레시체예프와 푸크스가 아내들을 동반하고 오기로 되어 있었다(그날은 러시아의 크리스마스였다). 레프는 남은 현금을 탈탈 털어 15인치 길이의 중고 크리스마스트리와 진홍색 양초 몇 개, 츠비바크*1파운드, 그리고 사탕 반 파운드를 사놓았다. 보드카와 와인은 손님들이 가져오기로 했다. 그러나 형이 만나길 원한다는, 뭔가 음모가 있는 듯 믿기 어려운 전갈을 받자마자 레프는 바로 파티를 취소했다. 레시체예프 부부는 외출중이라, 예상치 못한 일이 생겼다는 전언을 하녀에게 남겼다. 물론 형과 완전히 단둘이서만 얼굴을 맞대고 대화하는 것은 생각만 해도 벌써 고문이 따로 없지만, 다음과 같은 상황이 벌어지는 건 그보다 더 나쁘리라…… "이쪽은 제 형입니다. 러시아에서 왔어요.""만나서 반갑습니다. 그런데 어떻습니까, 이제 그들은 슬슬 골로 가고 있나요?""그들이란 게 정확히 누굴 말씀하시는 건지? 전혀 모르겠네요." 레시체예프는 유독 쉽게 발끈하는 편협한 사람이라…… 안 돼, 크리스마스 파티는 취소해야만 했다.

이제 저녁 여덟시경이 되자 레프는 허름하지만 청결하고 작은 자기 방안을 서성이며 탁자에 쾅하고 부딪혔다가 다시 빈약한 침대의 흰색 상판에 부딪히곤 했다―그는 궁핍하지만 단정하고 몸집이 작은 남자로, 검은 양복은 닳아서 반들반들하고 접어 젖힌 옷깃은 그에게 너무 컸다. 수염이 나지 않은 별로 특징 없는 얼굴에, 코는 들창코고 자그마한 눈에는 살짝 광기가 번득였다. 양말에 난 구멍을 감추기 위해 각반을 찼다. 그는 얼마 전 아내와 헤어졌는데, 뜻밖에도 아내가 그를 배반하는 일이 일어났기 때문이다. 그것도 그런 자와! 그렇게 별 볼 일 없는 속물 같은 놈하고…… 지금 그는 아내의 사진을 치워버렸다. 그렇게

---

* 빵을 여러 번 구워 바삭하게 만드는 과자.

안 하면 형의 질문에 답해야 할 것이다("누구니?" "내 전처." "전처라니 무슨 말이야?"). 크리스마스트리도 치웠는데, 주인의 허락을 받아 주인 방 발코니로 옮겨놓았다—그렇게 하지 않으면 혹시 형이 망명 러시아 인의 감상주의를 놀릴지도 모르는 일 아닌가. 애당초 그걸 왜 샀던가? 전통이니까. 손님들, 양초 불빛. 램프를 다 끄고, 그 작은 나무만 은은히 빛나게 둔다. 거울같이 반짝이는 레시체예프 부인의 어여쁜 눈동자.

형과 무슨 얘기를 나눌까? 아무렇지 않은 듯이 가벼운 어조로 냉전 당시 남러시아에서 겪은 모험에 관해 얘기해야 하나? 농담조로 지금의 (견디기 어렵고 숨막힐 듯한) 궁핍함에 대한 불평을 늘어놓아야 하나? 아니면 마음이 넓은 인간인 척해서 망명자의 설움을 초월해 다 이해한 것처럼 굴까⋯⋯? 뭘 이해한다는 거지? 세라핌 같은 사람은 나의 궁핍 함과 순결함보다 적극적 연대를 좋아할 수도 있다⋯⋯ 연대라니, 누구 와? 누구와의 연대 말인가? 아니면 오히려 공격하고 창피를 주고 논쟁 을 하고 신랄하게 비꽈야 하나? "문법적으로 레닌그라드라는 단어는 '넬리의 마을'*이란 뜻에 지나지 않을 수 있지."**

그는 세라핌의 모습을 눈앞에 그려보았다. 세라핌의 살이 두툼한 경 사진 어깨와 거대한 고무장화, 별장 앞 정원의 물웅덩이, 양친의 죽음, 혁명의 발발⋯⋯ 두 사람은 특별히 가까운 사이였던 적이 한 번도 없 었다—학교를 같이 다닐 때도, 각자 친구가 따로 있고 선생도 달라

---

* 레닌과 발음이 비슷한 러시아 이름 '레나'는 그리스 이름 '헬레네'에서 파생된 이름이 며, 역시 '헬레네'에서 파생된 이름인 '넬리'는 남성 동성애자를 가리키는 속어로 사용 된다.
** 러시아어판에는 이 문장 대신 "오개년 계획이라는 용어를 들으면, 말 사육장이 연상 돼"라는 문장이 있다.

서…… 열일곱 살 여름에 세라핌은 이웃 별장에 사는 변호사의 아내와 다소 불미스러운 연애 사건을 겪었다. 변호사의 히스테리적인 괴성, 날아오는 주먹, 고양이같이 생긴 얼굴을 한, 아주 젊지는 않은 부인이 흐트러진 차림으로 정원의 가로숫길로 도망쳐 달려가던 모습, 그 배경으로 어딘가에서 들려오던 유리가 와장창 깨지는 남부끄러운 소리. 어느 날인가는 강에서 수영하다가 세라핌이 익사할 뻔한 적도 있었다…… 레프의 기억 속에 그나마 좀더 다채로운 빛깔로 남아 있는 형에 대한 추억은 이 정도인데, 이렇게 별것 아닐 줄이야. 종종 누군가를 생생하고 상세하게 기억하는 것같이 느껴도, 따져보면 사실 그 기억이란 게 하나같이 너무 공허하고 빈약하기 짝이 없고 너무 얕은 것—기만적인 건물 정면처럼 기억이 꾸민 거짓 기획—으로 드러나곤 한다. 비록 그렇다 해도 세라핌은 여전히 그의 형이다. 대식가였지. 단정한 사람이었고. 그리고 또? 어느 날인가는 저녁에 차를 마시다가……

시계가 여덟시를 쳤다. 레프는 초조하게 창밖을 힐끗거렸다. 부슬비가 내리고 있었고, 가로등이 연무 속에서 헤엄쳤다. 보도에 축축한 눈이 희끗희끗하게 남아 있는 게 보였다. 다시 데운 크리스마스랄까. 길 건너의 한 발코니에 걸어놓아서 어둠 속에서 흐느적거리며 떨고 있는 창백한 종이 리본들은 독일의 신년 축하용이 이월된 것이다. 그때 갑자기 현관 벨이 울려서, 레프는 명치 근처 어딘가에 전기가 번쩍하고 흐른 듯했다.

형은 전보다 더 거구가 되고 더 뚱뚱해졌다. 형은 몹시 숨이 차는 척했다. 세라핌이 레프의 손을 잡았다. 두 사람 다 아무 말 없이 똑 닮은 함박웃음을 만면에 띠었다. 솜을 넣은 러시아식 외투에는 작은 고리로 고정된 작은 아스트라한 양털 옷깃이 달려 있었고, 회색 모자는 외국에서 산 듯했다.

"들어와." 레프가 말했다. "벗어, 어서. 여기 둘게. 집을 바로 찾았어?"

"지하철을 탔지." 세라핌이 헐떡이며 말했다. "휴, 뭐, 어쨌든 이렇게 왔다……"

안도의 한숨을 과장되게 내쉬며 그는 안락의자에 앉았다.

"금방 차 좀 내올게." 레프는 개수대의 알코올램프를 만지작거리며 조급한 어조로 말했다.

"지독한 날씨구나." 세라핌이 손바닥을 비비며 말했다. 사실 밖의 날씨는 꽤 따뜻했다.

구리로 된 구형 용기 안으로 알코올이 들어갔다. 날개 모양 나사를 돌리자 알코올이 검은 홈으로 새어나왔다. 아주 소량만 내보내고 나사를 다시 돌려 닫은 다음 성냥을 켜야 한다. 그러면 부드럽고 노르스름한 불길이 일어 홈 안에서 나부끼다가 서서히 꺼질 것이다. 그 순간 바로 밸브를 다시 열면, 팍 하는 큰 폭음이 나며 (옆구리에 큰 반점이 있는, 키가 큰 주석 찻주전자가 희생 제물처럼 놓인 양철 받침대 아래에서) 매우 다른, 톱니 모양의 푸른 왕관 같은 시퍼런 불길이 터질 듯이 점화된다. 이 모든 과정이 어떻게, 왜 일어나는지 레프는 알지 못했고 관심도 없었다. 그저 집주인이 일러준 대로 무작정 따라할 뿐이었다. 처음에 세라핌은 레프가 그 알코올램프를 가지고 법석을 떠는 모습을 자신의 비만한 몸이 허용하는 범위까지 어깨 너머로 보고 있다가 일어서서 가까이 다가갔고, 두 사람은 잠시 그 기구에 관해 얘기를 나누었다. 세라핌이 작동 원리를 설명하며 날개 모양 나사를 앞뒤로 살살 돌렸다.

"그래, 사는 건 어떠냐?" 그는 다시 꼭 끼는 안락의자에 털썩 주저앉으며 물었다.

"뭐—보다시피." 레프가 답했다. "차는 금방 끓을 거야. 혹시 배고프면 소시지가 좀 있어."

세라핌은 괜찮다고 사양하고는, 코를 제대로 한번 풀고서 베를린에 대해 논하기 시작했다.

"미국을 능가하더구나." 그가 말했다. "교통량만 봐도 그래. 도시가 엄청나게 변했어. 내가 전에 여기 와본 게, 너도 알겠지만 1924년이었는데 말이야."

"그때 난 프라하에 살았지." 레프가 말했다.

"알아." 세라핌이 말했다.

침묵. 두 사람 다 찻주전자를 쳐다보았다. 거기서 뭔가 기적이 일어나길 기대하는 것처럼.

"곧 끓을 거야." 레프가 말했다. "그동안 이 캐러멜이라도 좀 먹어."

세라핌이 그렇게 하자 그의 왼쪽 뺨이 움직이기 시작했다. 레프는 여전히 제 발로 가서 앉고 싶은 마음이 들지 않았다. 앉는다는 건 본격적으로 얘기를 나누게 된다는 걸 의미하니까. 서 있거나 침대와 탁자 사이를, 탁자와 개수대 사이를 계속 어슬렁거리는 편이 나았다. 무채색 카펫 여기저기에 전나무의 바늘잎이 흩뿌려져 있었다. 약하게 쌕쌕거리던 소리가 갑자기 멈췄다.

"*프로이센인의 최후인가.*" 세라핌이 말했다.

"고쳐볼게." 레프가 황급히 말했다. "잠시만."

하지만 병에는 알코올이 남아 있지 않았다. "이런 한심한 상황이…… 저기 있잖아, 집주인에게 가서 좀 얻어올게."

그는 복도로 나가 집주인의 거처로 향했다—바보천치 같군. 문을 노크했다. 대답이 없었다. 무시가 최대의 경멸이지. 학생 때 (놀림당하는 걸 무시할 때 내뱉던) 상투어가 어째서 불현듯 떠올랐을까? 다시 노크해보았다. 주위가 다 캄캄했다. 주인은 외출중이었다. 그는 부엌까지 가보았다. 부엌은 신중하게도 자물쇠가 채워져 있었다.

레프가 잠시 복도에 우두커니 서서 생각한 것은 알코올이 아니라, 잠깐이라도 혼자 있으니 얼마나 안심되는지, 낯선 사람이 확고히 자리잡고 있는 그 긴장이 흐르는 방으로 돌아가자니 얼마나 괴로운지였다. 형하고 무슨 얘기를 나누면 좋을까? 『자연』의 지난 호에서 본 패러데이에 관한 그 기사 얘기를 할까? 아니, 그건 아니야. 돌아가서 보니 세라핌은 책장 옆에 서서 너덜너덜해져 궁상맞아 보이는 두꺼운 책들을 살펴보고 있었다.

"바보 같은 상황이네." 레프가 말했다. "정말 답답하게 됐어. 용서해줘 부디, 어쩌면……"

(어쩌면 물이 막 끓기 직전이었지 않나? 아니군. 겨우 미지근한 정도군.)

"별말을 다 하는구나. 솔직히 나는 차를 그렇게 좋아하지도 않는다. 그런데 너, 책 많이 읽는구나, 그렇지?"

(아래로 내려가 술집에 가서 맥주를 좀 얻어와야 하나? 돈도 없고, 그 집은 외상도 안 되는데. 제길, 사탕과 크리스마스트리를 사느라 돈을 다 써버렸으니.)

"응, 좀 읽는 편이지." 그는 큰 소리로 말했다. "유감이야, 정말 유감이야. 만약 집주인만……"

"잊어버려라." 세라핌이 말했다. "없어도 된다. 원래 다 그런 법이야. 그렇고말고. 그래, 전반적으로 지내기가 어떠니? 건강은 어때? 기분은 괜찮고? 건강이 제일이란다. 나로 말할 것 같으면, 독서는 별로 못 하지." 그는 책장을 곁눈질하며 말을 이었다. "시간이 늘 부족하니. 전번엔 기차에서 우연히 손에 집어든 책이—"

복도에서 전화가 울렸다.

"잠깐만," 레프가 말했다. "좀 먹어. 여기 츠비바크와 캐러멜이 있어. 금방 갔다 올게." 그는 허둥지둥 방을 나갔다.

"무슨 문제 있나, 이 양반아?" 레시체예프의 목소리였다. "뭐가 어떻게 된 거야? 무슨 일 있어? 어디 아파? 뭐라고? 안 들려. 좀 크게 말해 보게."

"뜻밖의 일이 좀 생겨서 그러네." 레프가 대답했다. "내 메시지 못 받았나?"

"메시지 같은 소리 하네. 어서 오게. 크리스마스잖아. 와인도 사놨고, 아내가 자네에게 줄 선물이 있다네."

"갈 수 없을 것 같아." 레프가 말했다. "정말 미안하네만……"

"이런 별난 친구 같으니! 잘 들어, 거기서 뭘 하는지 모르겠지만, 당장 집어치우라고. 우리가 바로 갈 테니. 푸크스 부부도 여기 있네. 아니면 더 좋은 생각이 있네—자네가 당장 이리로 오게나. 응? 올랴, 조용히 좀 해봐. 안 들리잖아. 뭐라 그랬나?"

"난 못 가. 지금 여기 내…… 하여간 바빠서 말이지. 그냥 그뿐이라네.”

레시체예프는 동포들이 쓰는 욕을 내뱉었다. “잘 있어.” 레프는 이미 끊어진 전화에 대고 어색하게 말했다.

이제 세라핌의 관심은 책에서 벽에 걸려 있는 그림으로 옮겨가 있었다.

“일 관련 전화였어. 지긋지긋해.” 레프는 얼굴을 찡그리며 말했다. “이해해줘.”

“일이 많나보구나?” 세라핌이 유화식석판화에서 눈을 떼지 않고 물었다―검댕처럼 새까만 푸들과 함께 있는 붉은 옷의 소녀 그림이었다.

“뭐, 먹고살려다보니―신문 기사도 쓰고 이것저것 하는 거지.” 레프는 막연하게 대답했다. “그런데 형은, 여기 오래 안 있는다면서?”

“아마 내일 떠날 것 같다. 잠깐이라도 널 보려고 들른 거지. 오늘밤 또 볼일이 있어서―”

“앉아. 어서, 좀 앉아……”

세라핌이 앉았다. 잠시 침묵한 채 가만히 있었다. 둘 다 목이 바짝 말랐다.

“책 얘기를 하고 있었지.” 세라핌이 입을 열었다. “이런저런 일 때문에 책을 읽을 짬이 없단다. 그래도 일전에 기차에선 우연히 손에 잡힌 어떤 책을, 달리 할일도 없어서 계속 읽었거든. 독일 소설이었어. 물론, 하찮은 내용이었지만, 꽤 재밌더구나. 근친상간 얘기였어. 줄거리가 어떻게 되느냐 하면……”

그는 그 이야기를 구구절절 늘어놓았다. 레프는 연신 고개를 끄덕이며 세라핌의 품질 좋은 회색 양복과 통통하고 매끈매끈한 뺨을 쳐다보면서 이런 생각을 했다. 이렇게 레온하르트 프랑크*의 저속한 졸작에 관한 얘기나 주고받고 있다니, 십 년 만에 형과 재회할 가치가 정말 있었을까? 얘기하는 형이나 듣는 나나 둘 다 지루해하고 있는데 말이야. 자, 가만있어보자, 뭔가 내가 말하고 싶었던 게 있었는데…… 기억이 나질 않네. 정말 괴로운 저녁이구나.

"그래, 나도 읽은 것 같아. 그래, 그게 요즘 유행하는 주제이지. 사탕도 좀 먹어봐. 차를 대접 못해 못내 마음에 걸리네. 아까 베를린이 아주 많이 변한 것 같다고 했지."(잘못 말했다—이미 논했던 주제다.)

"미국화되었지." 세라핌이 답했다. "교통도. 눈에 띄는 그 빌딩들도."

대화가 끊겼다.

"물어볼 게 좀 있어." 레프가 발작하듯 말했다. "형의 전문분야에 딱 들어맞는 건 아니지만, 이 잡지의 여기에서…… 이해되지 않는 부분이 좀 있어서. 이거야. 예를 들어 이런 실험 같은 거."

세라핌은 잡지를 손에 받아들고 설명하기 시작했다. "그렇게 복잡할 게 뭐 있니? 자기장이 형성되기 전에—자기장이 뭔지는 알지?—그래, 그게 형성되기 전에 이른바 전기장이란 게 존재해. 전력선이 이른바 진동기를 통과하는 평면에 위치하지. 여기서 주의할 점은, 패러데이법칙에 따라 자력선은 닫힌 원 형태를 띠지만 전력선은 항상 열려 있다는 거야. 연필 좀 줘볼래—아니다, 됐어, 나한테 있어…… 고마워, 고마워, 내게 있어."

그가 한참 동안 계속 설명하며 뭔가를 그리는 동안, 레프 쪽은 고분

---

* 독일 표현주의 소설가로, 사회주의적·혁명적 메시지를 담은 소설을 주로 썼다. 여기서 언급된 소설은 근친상간 소재를 다룬 단편 「남매」로 추정된다.

고분 고개를 끄덕거렸다. 영, 맥스웰, 헤르츠 등의 이름이 거론되었다. 제대로 강의가 이어졌다. 그런 다음 그는 물 한 잔을 청했다.

"이제 슬슬 가볼 시간이 됐구나." 그는 입맛을 다시며 말하고는 잔을 탁자 위에 도로 내려놓았다. "시간이 됐어." 그는 바지의 배 부위 어딘가에서 두툼한 회중시계를 꺼냈다. "그래, 시간이 됐군."

"아, 아니, 조금만 더 있지." 레프가 중얼거렸지만, 세라핌은 고개를 저었고, 조끼를 끌어내리며 일어섰다. 그의 시선이 다시 한번 검은 푸들과 함께 있는 붉은 옷의 소녀를 그린 유화식석판화에 머물렀다.

"그 이름 기억나니?" 그날 저녁 처음으로 진짜 미소를 띠며 그가 물었다.

"누구 이름?"

"왜 있잖아―티호츠키가 우리 별장에 놀러올 때마다 딸애하고 푸들 한 마리를 데려오곤 했잖아. 그 푸들 이름이 뭐였지?"

"잠깐만 기다려봐." 레프가 말했다. "잠깐만. 그래, 맞아. 금방 기억해낼 수 있어."

"검은색이었지." 세라핌이 말했다. "이 개와 매우 비슷했어…… 너 내 코트 어디에다 뒀니? 아, 저기 있구나. 됐다."

"나도 깜빡 잊어버렸어." 레프가 말했다. "아, 이름이 뭐였을까?"

"신경쓰지 마라. 아무려면 어때. 이제 가볼게. 자…… 만나서 반가웠고……" 그는 비대한 몸에도 불구하고 능숙하게 코트를 입었다.

"나도 같이 나갈게." 레프는 너덜너덜해진 우비를 꺼냈다.

어색하게도, 두 사람은 동시에 헛기침했다. 그런 다음 둘은 묵묵히 계단을 내려가서 밖으로 나갔다. 비가 부슬부슬 내리고 있었다.

"난 지하철을 탈 거야. 그건 그렇고 대체 이름이 뭐였지? 검은색이었고, 앞발에는 방울술이 달려 있었는데. 내 기억력이 믿을 수 없을 정도로 점점 나빠져간다니까."

"이름에 k가 들어갔어." 레프가 답했다. "그것만큼은 확실해. k가 들어갔어."

두 사람은 길을 건넜다.

"뭐 이런 눅눅한 날씨가 다 있담." 세라핌이 말했다. "이런, 이런…… 끝내 기억 안 날 것 같지? k가 들어갔단 말이지?"

둘은 모퉁이를 돌았다. 가로등. 물웅덩이. 어두운 우체국 건물. 여느 때처럼 우표 판매기 옆에 서 있는 거지 노파. 노파는 성냥갑 두 개가 놓인 한 손을 뻗었다. 가로등 불빛이 노파의 푹 꺼진 뺨을 스치고, 반짝이는 물방울이 콧구멍 아래에서 가볍게 떨렸다.

"정말 어이없구나." 세라핌이 외쳤다. "내 뇌세포 중 한곳에 그 이름이 있다는 걸 아는데, 잡히지가 않으니."

"무슨 이름이었더라…… 뭐였을까?" 레프가 맞장구쳤다. "우리가 기억 못해낸다는 게 정말 어이가 없네…… 한번은 그 개가 없어져서, 형하고 티호츠키의 딸이 숲을 몇 시간이고 돌아다니며 찾았던 거 기억나지. k가 들어갔고, r자도 들어갔던 게 확실해."

그들은 광장에 이르렀다. 광장 저편에서 푸른 유리 위로 진주색 편자 모양이 빛났다―지하철 표식이었다. 땅속 깊이 내려가는 돌계단이 있었다.

"굉장한 미인이었지. 그 여자애 말이야." 세라핌이 말했다. "뭐, 난 이제 포기다. 잘 지내고, 언젠가 다시 만날 일이 있겠지."

"투르크…… 트릭…… 뭐 그런 이름이었어. 아니, 모르겠네. 어쩔 수 없네. 형도 잘 지내. 행운을 빌어."

세라핌은 펼친 손을 한번 흔들더니 넓은 등을 구부리고 지하로 사라졌다. 레프는 뒤돌아서 천천히 걸음을 옮겨 광장을 가로지르고 우체국과 거지 노파를 지나가다가…… 갑자기 우뚝 멈춰 섰다. 그의 기억 속 어딘가에서 희미한 움직임의 기미가 감지된 것이다. 마치 뭔가 아주 조그만 것이 깨어나서 몸을 뒤척이는 듯했다. 그 단어는 여전히 보이지 않았지만, 그 그림자가 모퉁이 뒤에서 이미 슬금슬금 나오고 있어서, 그 녀석이 다시 꽁무니를 빼고 사라져버리지 못하도록 그 그림자를 밟아두고 싶어졌다. 아아, 근데 너무 늦었다. 모든 것이 사라져버렸다. 그러나 순간 뇌의 긴장이 풀리면서 그것이 다시, 이번에는 좀더 분명히 지각될 정도로 몸을 뒤척였다. 마치 방이 조용해졌을 때 갈라진 벽 틈으로 쥐 한 마리가 나오듯이, 가볍게, 소리 없이, 신비스럽게 한 단어의 살아 있는 미립자가 나타났는데…… "앞발 줘봐, 조커." 조커! 이 얼마나 단순한 이름인가. 조커……

그는 자기도 모르게 뒤를 돌아보며, 지금쯤 지하철 좌석에 앉아 있을 세라핌도 기억해냈을지 모른다고 생각했다. 뭐 이렇게 시시한 재회가 다 있는지.

레프는 한숨을 휘 내쉬고는 시계를 보고 아직 너무 늦지는 않았음을 확인한 다음 레시체예프의 집으로 가기로 했다. 창문 아래에서 손뼉을 치면, 아마도 그들이 듣고 들여보내줄 것이다.

명아주

상트페테르부르크 저택에서 가장 광대한 방은 서재였다. 표트르는 아침에 학교 가기 전에 그 방에 들러 아버지에게 아침 인사를 하곤 했다. 철이 탁탁 맞부딪치는 소리와 구두가 마루에 찍찍 끌리는 소리. 매일 아침 아버지가 므슈 마스카라와 펜싱을 하는 소리였다. 므슈 마스카라는 체구가 아주 작고 나이가 지긋한 프랑스인으로, 온몸이 구타페르카 고무*와 검고 빳빳한 단모로 만들어진 듯한 남자였다. 마스카라는 매주 일요일 표트르에게 체조와 권투를 가르쳐주러 왔다─수업은 대개 마스카라의 복통 때문에 중단되기 일쑤였는데, 마스카라는 비밀 통로들과 서가의 협곡들과 깊고 어두침침한 통로들을 통과해 일층에 있

---

* 열대지방에서 자라는 구타페르카나무의 수액을 말려 만든 고무질.

는 화장실 중 한곳으로 사라지면 족히 삼십 분은 모습을 보이지 않았다. 그러면 표트르는 뜨겁게 달아오른 앙상한 주먹을 거대한 권투 장갑에 쑤셔넣은 채 가죽 안락의자에 팔다리를 아무렇게나 벌리고 앉아서, 약하게 윙윙대는 정적에 귀를 기울이고 졸음을 쫓으려 눈을 깜박거리면서 기다리곤 했다. 겨울 아침이면 항상 탁한 황갈색을 띠는 것처럼 보이는 전등 불빛이 수지 리놀륨 바닥과 사방의 벽을 메운 책장, 서로 바짝 어깨를 맞대고 모여 책장에 빽빽이 꽂힌 무방비한 책등, 그리고 배梨 모양 샌드백이 매달려 있는 검은 교수대를 비췄다. 판유리를 끼운 창문 밖에는 부드럽게 느릿느릿 흩날리는 눈이 단조롭고 덧없는 우아함을 띠고 계속 짙게 내리고 있었다.

얼마 전 학교에서 지리 교사인 베레좁스키(『조선, 아침의 나라: 한국과 한국인, 도판 열세 장과 본문 중 지도 한 편 수록』이라는 소책자의 저자)는 거뭇거뭇하고 작은 턱수염을 손가락으로 더듬으며 느닷없이 시의적절하지 않게도 자신과 표트르가 마스카라에게 권투 개인교습을 받고 있다고 학급 전원에게 알렸다. 모두 표트르를 빤히 쳐다보았다. 표트르는 당혹감에 얼굴이 달아올라 부어올랐나 싶은 정도가 되었다. 쉬는 시간에 반에서 제일 힘세고 거칠며 제일 머리가 둔한 시추킨이 그에게 와서 씩 웃으며 말했다. "어이, 권투 실력 좀 볼까." "나 좀 내버려둬." 표트르가 조용히 답했다. 시추킨은 콧방귀를 뀌며 표트르의 아랫배를 쳤다. 표트르는 이에 분개했다. 그가 므슈 마스카라에게 배운 대로 왼손으로 스트레이트를 한 방 날리자, 시추킨의 코에서 피가 나왔다. 멍한 상태로 일시정지, 손수건의 붉은 반점들. 경악한 상태에서 벗어나 제정신을 차린 시추킨은 표트르에게 달려들어 패기 시작했다. 표트르는 온몸이 만신창이가 되면서도 만족감을 느꼈다. 시추킨의 코피는 자연사 수업 내내 흐르다가 수학 수업 때 멈췄는데, 교리 수업* 때 다시 가늘게 흘렀다. 표트르는 흥미를 품고 가만히 관찰했다.

그해 겨울, 표트르의 모친은 마라를 데리고 망통에 가 있었다. 마라는 자신이 폐결핵으로 죽어가고 있다고 확신했다. 신랄하게 빈정대며 꽤 귀찮게 구는 어린 아가씨인 동생이 없어져서 표트르는 오히려 기쁠 정도였지만, 모친이 떠난 것에는 좀처럼 적응하지 못했고 특히 저녁만 되면 어머니가 몹시 그리워졌다. 아버지는 얼굴도 제대로 보기 어려웠다. 아버지는 (몇 년 전에 천장이 무너져내린) 이른바 의회라고 알려진 기관의 업무로 바빴다. 입헌민주당Kadet Party이라고 불리는 뭔가도 있었는데, 파티party와도 사관생도kadet와도 아무 관계 없었다.** 표트르가 위층에서 미스 셸던―흑발에 눈이 푸르고 풍성한 블라우스 위에 가로줄무늬 니트 타이를 맨―과 따로 저녁식사를 해야 하는 날이 매우 잦았는데, 그럴 때면 아래층에서는, 기괴하게 부풀어오른 현관 외투걸이 근처에 고무장화가 족히 오십 켤레는 쌓여 있곤 했다. 그리고 현관홀을 통해 터키풍의 긴 비단 의자가 놓인 옆 대기실로 들어가면 갑자기―하인이 멀리 어딘가 있는 문을 열 때―불협화음을 이루는 소음과 동물원에서 나는 소리 같은 왁자지껄 사이사이로, 멀지만 또렷하게 아버지의 목소리를 들을 수 있었다.

---

* 제정러시아 시대에는 기독교 교리 수업이 의무적으로 학교의 정규과목으로 채택되었다.
** 러시아어판에는 "당파(фракция)라는 것도 있었는데, 전원이 연미복(фрак)을 입고 출석해야 하는 회합인 듯했다"로 되어 있다.

11월의 어느 음울한 아침, 학교에서 표트르와 같은 책상을 나눠 쓰는 드미트리 코르프가 얼룩무늬 책가방에서 싸구려 풍자 잡지를 꺼내서 그에게 건넸다. 첫 몇 쪽 중에 표트르의 아버지를 묘사한 캐리커처에 운을 맞춘 시가 곁들여진 만화—녹색이 주를 이루는—가 있었다. 그 시를 힐끗 보던 표트르는 중간의 몇 행에 눈길이 멈췄다.

> 이 불행한 소동에서
> 그가 신사답게 내민 것은
> 권총, 단검 혹은 펜싱 검.

"진짜야?" 드미트리가 속삭여 물었다(수업이 막 시작되었다). "뭔 말이야—진짜라니?" 표트르가 다시 속삭였다. "거기 둘 입다물어" 하고 알렉세이 마트베이치가 끼어들었다. 농부처럼 보이고 언어장애가 있고 뒤틀린 입술 위에 별 특징 없는 수염이 너저분하게 자란 이 러시아어 교사는, 바지가 둘둘 말린 다리로 유명했다. 걸을 때 발이 엉키곤 해서인데—왼발을 디뎌야 할 때 오른발을 디디고 반대도 마찬가지였다—그러면서도 걸음은 극히 빨랐다. 그는 교탁 앞에 앉아 작은 공책을 휙휙 넘기며 보다가, 이윽고 멀리 있는 책상 쪽으로 눈의 초점을 맞췄는데, 그러자 그 뒤에서 마치 기적을 행하는 탁발승의 눈길 한 번에 나무가 쑥 자라듯이 시추킨이 벌떡 일어섰다.

"무슨 의미야—진짜라니?" 표트르는 무릎 위에 잡지를 두고 곁눈으로 드미트리를 쳐다보며 조용히 다시 물었다. 드미트리는 그에게 조금 더 가까이 몸을 움직였다. 한편, 머리를 짧게 깎고 검은색 서지로 된 루바시카를 입은 시추킨은 헛된 열의를 보이며 세번째로 말을 시작하고 있었다. "「무무」…… 투르게네프의 이야기 「무무」는……" "너희 아버지 얘기." 드미트리가 낮은 목소리로 대답했다. 알렉세이 마트베이치가 『살아 있는 언어』(교과용 선집)로 교탁을 얼마나 난폭하게 내리쳤던지 펜이 튀어올라 펜촉이 바닥에 꽂혔다. "거기 뭐야……? 너희 뭐라고 소곤거리는 거야?" 치찰음의 단어들을 알아듣기 어렵게 내뱉으며 선생이 말했다. "일어서. 일어나라고…… 코르프, 시시코프…… 거기서 뭣들 하는 거야?" 그는 다가와서 잡지를 재빠르게 낚아챘다. "외설스러운 걸 읽고 있었군…… 앉아, 앉으라고…… 이런 외설스러운 걸 보다니." 선생은 전리품을 자신의 서류가방에 집어넣었다.

다음에는 표트르가 칠판으로 불려나갔다. 암기하기로 한 시의 첫 행을 써보라는 지시를 받은 그가 칠판에 다음과 같이 썼다.

> *……좁은 가장자리를 따라 무성히 자란*
> *클로버…… 혹은 고통……*

귀에 거슬리는 버럭 소리에 표트르는 들고 있던 분필 조각을 떨어뜨렸다.

"뭐라고 개발새발 쓰고 있는 거야? 도대체 난데없이 고통*bedoy*이 왜 나와? 명아주*lebedoy*잖아—달라붙는 잡초 몰라? 대체 생각이 어디에 가 있는 거야? 자리로 돌아가!"

"말해봐, 그거 진짜야?" 드미트리가 기회를 엿봐 속삭여 물었다. 표트르는 못 들은 척했다. 온몸을 타고 흐르는 전율이 좀처럼 가라앉지 않았다. 귓속에선 '권총, 단검 혹은 펜싱 검'이라는 시구가 계속 메아리 쳤다. 눈앞에는 날카롭게 각진 아버지의 연녹색 캐리커처가 계속 아른 거렸다. 어느 곳에서는 녹색이 윤곽선을 벗어나고 다른 곳에서는 윤곽 선까지 이르지 못했다—컬러 인쇄상의 실수였다. 바로 얼마 전, 학교 에 가려고 나서기 전만 해도 구두가 찍찍 밀리고 검이 탁탁 부딪치는 소리를 내면서…… 아버지와 펜싱 선생 둘 다 패드를 넣은 가슴보호대 를 두르고 철망으로 된 안면보호대를 쓰고…… 모든 게 평소와 다를 게 없었다—목젖을 울리며 *물러나요, 쳐요!*라고 외치는 프랑스인의 고 함소리, 아버지의 활력 넘치는 움직임, 은박 같은 펜싱 검들이 스치며 쨍그랑하는 소리…… 잠시 멈춤, 아버지는 숨을 헐떡이고 미소 지으며 볼록한 보호구를 벗어 흠뻑 젖은 분홍빛 얼굴을 드러냈다.

수업이 끝났다. 알렉세이 마트베이치는 잡지를 가져가버렸다. 표트 르는 분필처럼 하얗게 질린 창백한 얼굴로 앉아 있던 자리에 계속 앉아 서 책상 뚜껑을 들어올렸다 내렸다 하고 있었다. 경외감이 섞인 호기심 을 품은 급우들이 그를 빙 둘러싸고 자세히 얘기해달라고 졸랐다. 아무 것도 모르는 그는 소나기같이 쏟아지는 질문에서 뭔가를 알아내려 애 썼다. 그 결과 알아낼 수 있었던 사실은 동료 의원인 투만스키가 아버 지를 중상모략해서 아버지가 그 사람에게 결투를 신청했다는 것이다.

다시 수업 두 시간이 느릿느릿 지나가고, 정식 휴식시간이 되자 중 정에서는 눈싸움이 벌어졌다. 괜히 표트르도 언 땅에서 눈덩이를 뭉치 기 시작했는데, 이전에는 결코 한 적 없는 행동이었다. 그다음 수업에 서는 독일어 교사인 누스바움이 시추킨(그날 유난히 운수가 사나운 시 추킨이었다)에게 버럭 화를 내며 고래고래 고함을 쳤고, 표트르는 목이 메어오는 느낌에 허락을 구하고 화장실에 갔다―다들 보는 데서 울음을 터뜨리지 않으려고. 화장실 세면대 근처에 믿을 수 없이 더럽고 믿을 수 없이 끈적끈적한 수건 한 장―더 정확히는, 허둥지둥 주물럭거리는 수많은 젖은 손을 거친 수건의 사체―이 홀로 걸려 있었다. 표트르는 거울 속의 자기 얼굴을 일 분 정도 쳐다보았다―우거지상을 하고 울음을 터뜨리는 얼굴이 되지 않기 위한 최선의 방법이다.

정규 하교시간인 세시 전에 일찍 집에 돌아가야 하지 않나 싶었지만, 곧 그 생각을 떨쳐버렸다. 자제력, 모토는 자제력이야! 교실 안의 폭풍은 진정되었다. 시추킨은 귀가 선홍색으로 달아올랐지만, 이제 완전히 평정을 되찾고 자기 자리로 돌아와 팔짱을 끼고 앉았다.

수업이 하나 더 지나간 다음, 수업 종료를 알리는 종이 이전 시간의 종소리와 다르게 귀에 거슬리는 소리로 계속 울려 강조되었다. 방한장화, 모피로 된 반코트, 귀마개가 달린 *샤프카*를 재빨리 걸친 표트르는 중정을 가로지르고 터널 같은 출구를 뚫고 나가서 교문의 문턱을 뛰어넘었다. 집에서 보낸 차가 와 있지 않아서 그는 삯을 주고 썰매를 타야 했다. 마부는 엉덩이가 여위고 등이 판판한 남자로, 낮은 좌석에 약간 삐뚜름히 걸터앉아서 별난 방식으로 말을 재촉했다. 마부는 긴 장화를 신은 정강이에서 채찍을 끄집어내는 척하거나 딱히 특정한 누군가를 향한 것은 아닌 손짓 같은 것을 대충 해 보이다가 마차를 갑자기 홱 움직이는 바람에, 표트르의 책가방 속 필통이 달그락거리곤 했다. 그 모든 게 지루하고 숨막힐 듯 답답하게 느껴지면서 그의 불안을 부추겼다. 너무 크고 고르지 않은 모양으로 급하게 뭉쳐 만든 듯한 눈송이들이 지저분한 무릎 덮개 위에 떨어졌다.

어머니와 동생이 떠난 이후, 집은 오후 내내 조용했다. 표트르는 넓고 경사가 완만한 계단을 올라갔다. 두번째 층계참에는 명함을 넣는 꽃병이 놓인 녹색 공작석 탁자가 있고, 그 옆에 팔 없는 밀로의 비너스 상복제품이 서 있다. 한번은 그의 사촌들이 장난으로 그 비너스 상에 플러시 외투를 입히고 가짜 체리 장식이 달린 모자를 씌워놓은 적이 있는데, 그후로 표트르에게는 그 조각상이 매월 초하루면 집에 찾아오는 가난한 과부 프라스코비아 스테파노브나와 닮아 보이기 시작했다. 표트르는 더 위층으로 올라가 가정교사의 이름을 큰 소리로 불렀다. 그러나 미스 셸던에게는 차를 마시러 온 손님이 있었다. 베레테니코프가의 영국인 가정교사였다. 미스 셸던은 표트르에게 방으로 가서 내일 아침에 제출할 학교 숙제를 하라고 일렀다. 우선 손 씻고 우유 한 잔 마시는 거 잊지 말고. 문이 닫혔다. 표트르는 솜에 파묻혀 질식할 듯한 끔찍한 괴로움을 느끼며 어린이방에서 서성거리다가, 이층으로 내려가 아버지의 집무실을 들여다보았다. 그곳의 정적은 견디기 힘들 정도였다. 그때 바스락거리는 소리가 그 정적을 깼다―안으로 말린 국화 꽃잎 하나가 떨어진 것이다. 유서 깊은 책상 위에는 은은하게 어슴푸레 빛나는 눈에 익은 물건들이 우주적 규칙에 따라 배열돼 행성처럼 위치가 고정돼 있었다. 캐비닛판 사진들, 대리석 알, 장엄한 잉크스탠드.

표트르는 어머니의 내실로 넘어가, 거기에서 다시 외부로 돌출된 채광창 쪽으로 나가서 그곳에 한참 서서 길쭉한 여닫이창을 통해 밖을 내다보았다. 그 위도에서는 그 시간쯤은 이미 거의 밤이었다. 라일락 빛깔의 빛을 비추는 구체들 주위에 눈송이가 흩날렸다. 저 아래에선 웅크린 승객들의 검은 실루엣을 태운 썰매들의 검은 윤곽선이 어렴풋이 흘러가고 있었다. 어쩌면 내일 아침일지도? 그런 일은 항상 아침에, 그것도 아주 이른 아침에 벌어지니까.

그는 일층으로 내려갔다. 적막한 황량함. 서재로 가서 초조한 마음으로 서둘러 불을 켰더니 검은 그림자들이 휩쓸려 나갔다. 그는 한 책장 근처 구석에 자리를 잡고는 합본으로 두껍게 철한 『지보피스노예 오보즈레니예』(영국의 삽화지 『더 그래픽』의 러시아어 버전)를 살펴보며 생각을 돌려보려 애썼다. 남성적 아름다움은 멋진 턱수염과 호화로운 콧수염에 좌우됩니다. 난 소녀 때부터 여드름으로 고생했어요. 스무 가지 음색과 열 개의 밸브가 있는 연주회용 아코디언 '희열'. 사제단과 목조 교회. '타인들'이라는 제목이 적힌 한 장의 그림—신사가 책상 앞에서 풀이 죽어 앉아 있고, 동그랗게 말린 모피 목도리를 두른 부인이 조금 떨어져 서서 손가락을 벌린 손에 장갑을 끼우는 중이다. 이 권은 이미 본 적이 있다. 그는 다른 권을 빼냈고, 곧바로 이탈리아 검객 두 명이 결투를 벌이는 그림과 맞닥뜨렸다. 한쪽이 미친듯이 달려드는데, 다른 쪽은 상대의 찌르기를 옆으로 피해 역공으로 상대의 목을 꿰뚫고 있다. 표트르는 그 무거운 잡지 합본을 탁 닫고는 얼어붙은 듯 꼼짝도 하지 않다가 어른들이 하듯이 관자놀이를 지그시 눌렀다. 모든 것이 섬뜩했다—정적도, 미동도 없는 책장들도, 오크 탁자에 놓인 광택 도는 아령들도, 색인 카드가 든 검은 상자들도. 그는 고개를 떨군 채 어두컴컴한 방들을 바람처럼 쏜살같이 통과했다. 어린이방으로 다시 돌아간 그는 소파에 누워 미스 셸던이 그의 존재를 기억해낼 때까지 거기 그대로 있었다. 계단 쪽에서 저녁식사를 알리는 징소리가 들려왔다.

표트르가 아래층으로 내려가다보니, 아버지가 집무실에서 로젠 대령을 대동하고 나왔다. 그 대령이라는 사람은 오래전에 죽은 아버지의 동생과 약혼했던 사이였다. 표트르는 감히 아버지 쪽을 힐끗거릴 엄두가 나지 않았고, 아버지의 커다란 손바닥이 아들의 머리 옆쪽을 스치며 익숙한 온기를 전하자, 표트르는 왈칵 눈물이 날 정도로 얼굴이 빨개졌다. 이 남자, 세상에서 가장 훌륭한 이 사람이 투만스키인가 뭔가 하는 수수께끼 같은 인물과 결투할 거라니, 도저히 있을 수도 없고 참을 수도 없는 일이다. 무슨 무기가 쓰일까? 권총? 검? 왜 아무도 그 얘기를 안 하지? 하인들도 알고 있나? 가정교사는? 망통에 있는 어머니는? 식사중에 대령은 여느 때처럼 불쑥 마치 호두를 깨는 듯한 농담을 잠깐 던졌지만, 오늘밤 표트르는 웃는 대신 얼굴을 확 붉히며, 그 홍조를 감추려고 일부러 냅킨을 떨어뜨리고는 식탁 아래서 조용히 기운을 차리고 원래 안색을 다시 회복해보려 했다. 그러나 다시 그 아래에서 기어나왔을 때 표트르의 얼굴은 조금 전보다 더 붉어져 있어서, 아버지는 의아한 듯 눈썹을 치켜올렸다―그러고는 쾌활하고 느긋하게 특유의 평정심을 발휘해 저녁식사를 하고 손잡이가 달린 납작한 금색 잔에 찰랑찰랑 담긴 와인을 조심스럽게 들이켜는 의식을 치렀다. 로젠 대령은 농지거리를 계속했다. 러시아어를 전혀 모르는 미스 셸던은 침묵을 지키며 엄숙하게 가슴을 내밀고는, 표트르가 등을 구부릴 때마다 그의 어깨뼈 아래를 심술궂게도 쿡쿡 찔러댔다. 후식으로 표트르가 끔찍이도 싫어하는 피스타치오 파르페가 나왔다.

저녁식사 후 아버지와 대령은 집무실로 올라갔다. 표트르의 모습이 많이 이상해 보였는지 아버지가 물었다. "무슨 일 있니? 왜 그렇게 부루퉁한 거야?" 그러자 기적적으로 겨우 표트르는 분명하게 답할 수 있었다. "아니에요. 부루퉁한 거 아니에요." 미스 셸던이 그를 침대로 데려갔다. 불이 꺼지자마자 그는 베개에 얼굴을 묻었다. 오네긴이 망토를 벗어던지자, 렌스키가 판자로 된 무대에 검은색 마대 자루처럼 풀썩 주저앉았다.* 아까 잡지에서 본 그 이탈리아인의 목 뒤로 검 끝이 나와 있는 걸 볼 수 있었다. 마스카라는 젊은 시절 자신이 경험한 결투에 관해 얘기하기를 좋아했다. 0.5센티미터만 더 아래였다면 간을 관통했을 거라는 둥. 내일 숙제도 아직 하지 않았는데 침실은 칠흑같이 어두웠다. 반드시 일찍, 아주 일찍 일어나야 하니, 아예 눈을 감지 않는 게 낫겠다. 그렇지 않으면 늦잠을 잘 테니—결투는 내일 하기로 되어 있는 게 확실하다. 아, 학교를 빼먹어야겠다. 가지 말아야지. 목이 따끔거리고 아프다고 말해야겠어. 어머니는 크리스마스에나 돌아올 텐데. 망통, 푸른색 그림엽서. 가장 최근에 받은 건 내 앨범에 넣어야 해. 모퉁이 하나는 이제 돌아 들어왔으니, 다음은—

표트르는 평소처럼 여덟시쯤 일어나서 평소처럼 땡그랑 울리는 소리를 들었다. 난로 담당 하인이 난로의 통풍 조절판을 연 것이다. 표트르가 허둥지둥 목욕을 마친 후, 머리카락이 아직 젖은 채로 계단을 내려가보니 아버지와 마스카라가 평소처럼 권투를 하고 있었다. "목이 따끔거린다고?" 아버지는 표트르의 말을 반복했다. "네. 좀 칼칼해요." 표트르는 낮은 목소리로 말했다. "좀 보자. 꾀병은 아니겠지?" 표트르는 더 구구절절 설명하는 건 위험하겠다고 느꼈다. 금방이라도 수문이 터지며 꼴사나운 눈물이 급류가 방출되듯 왈칵 쏟아질 것 같았다. 그는

---

* 푸시킨의 『예브게니 오네긴』을 원작으로 한 오페라의 결투 장면.

묵묵히 몸을 돌렸고, 이윽고 리무진 안에서 무릎에 책가방을 올려놓은 채 앉아 있었다. 구역질이 났다. 모든 게 끔찍했고 이젠 돌이킬 수 없는 일처럼 느껴졌다.

어쩌다보니 그럭저럭 첫 수업에 지각하게 된 그는 교실의 멀건 유리문 밖에서 한쪽 손을 들고 한참을 서 있었지만, 들어오라는 허락을 받지 못해 복도를 어슬렁거리기 시작했다. 그러다 창턱에 걸터앉아 숙제나 좀 해볼까 막연히 생각했지만, 다음 문구 이상은 더 나아가지 못했다.

……클로버와 몸에 달라붙는 명아주

그러고는 벌써 천번째로 그는 그 일이 대체 어떤 식으로 일어날까 상상해보기 시작했다―서리가 내린 차가운 새벽의 박무 속에서. 합의된 날짜를 알아내려면 어떻게 해야 할까? 자세한 사항을 어떻게 하면 알 수 있을까? 만약 최고학년이었다면―아니, 그 한 학년 아래만 됐어도―그는 "내가 대신 갈게요"라고 제안했을지도 모른다.

마침내 종이 울리며 수업이 끝났다. 유희실은 시끌벅적한 인파로 가득찼다. 갑자기 "야, 너 기쁘지? 기뻐?"라고 외치는 드미트리 코르프의 목소리가 가까이서 들려왔다. 표트르는 의아해서 멍하니 그를 쳐다보았다. "아래층의 안드레이에게 신문이 있어." 드미트리가 흥분해서 말했다. "가보자. 마침 시간도 있으니, 보여줄게. 그런데 너, 무슨 문제 있어? 만약 내가 너라면―"

현관홀로 내려가보니 늙은 수위 안드레이가 등받이 없는 의자에 앉아 신문을 읽고 있었다. 그는 눈을 들어 미소 지었다. "봐, 여기, 여기 아래 다 적혀 있어." 드미트리가 말했다. 표트르는 신문을 손에 쥐고 부들 부들 떨리는 흐릿한 시야 속에서 다음과 같은 글귀를 읽어냈다. "어제 이른 오후 크레스톱스키섬에서 G. D. 시시코프와 A. S. 투만스키 백작 이 결투를 벌였으나, 다행히 유혈 사태는 일어나지 않고 끝났다. 먼저 발포한 투만스키 백작이 맞히지 못하자, 상대가 허공을 향해 총을 발포 했다. 입회인들은……"

그리고 그때 수문이 터져버렸다. 수위와 드미트리 코르프는 그를 진정시키려 했지만, 그는 그들을 뿌리치고 경련을 일으키듯 몸부림치며 얼굴을 가렸는데, 숨을 쉴 수조차 없었다. 그렇게 울어본 건 난생처음이었다. 아무한테도 말하지 마, 제발, 그냥 몸이 별로 안 좋을 뿐이야, 여기가 아파서—그러고는 다시 엉엉 울었다.

음악

현관홀은 남녀의 외투로 넘쳐났다. 빠르게 이어지는 피아노 음률이 응접실 쪽에서 들려왔다. 홀 거울에 비친 빅토르의 상이 거울에 비친 넥타이의 매듭을 고쳤다. 하녀가 손을 위로 뻗어 그의 코트를 걸려고 안간힘을 썼지만, 코트가 다른 두 벌의 코트를 같이 끌어내리며 떨어져서 하녀는 처음부터 다시 시작해야 했다.

그사이에 빅토르는 이미 발꿈치를 들고 걸어 응접실에 다다랐는데, 그러자마자 음악소리가 더 크고 더 남성적으로 들려왔다. 피아노 앞에서 연주하는 자는 볼프라는 자로, 그 집에서 자주 보는 손님은 아니었다. 나머지 사람들—다 합해서 서른 명 정도 되는데—은 각양각색의 자세로 음악을 듣고 있었다. 주먹 쥔 손으로 뺨을 괸 이가 있는가 하면, 담배 연기를 위로 뿜어 천장 쪽으로 보내는 이도 있었다. 그들의 부동성에 어른거리는 불빛이 어렴풋이 그림 같은 특징을 가미했다. 멀리서 집주인이 표정이 풍부한 미소를 지으며 빅토르에게 빈자리를 가리켰다. 그랜드피아노의 그림자 안에 거의 다 들어갈 정도로 작은, 등받이가 프레첼처럼 생긴 안락의자였다. 그는 삼가는 듯한 몸짓으로 답했다―괜찮아요, 괜찮아, 서 있어도 돼요. 하지만 이내 그는 제안받은 자리 쪽으로 이동해, 조심스럽게 앉고는 조심스럽게 팔을 포갰다. 연주자의 아내가 입을 반쯤 벌리고 빠르게 눈을 깜박이며 악보를 넘기려 하고 있었다. 이제 악보를 넘겼다. 올라가는 음계의 검은 숲, 경사면, 낭떠러지, 그후 작은 공중그네 곡예사 무리처럼 등장하는 별개의 음계. 볼프의 긴 속눈썹은 옅은 색이었고, 반투명해 보이는 귀는 은은한 선홍빛을 띠었다. 그는 비범할 정도로 빠르고 격렬하게 건반을 쳤는데, 열려 있는 피아노 건반 뚜껑의 래커칠된 안쪽 깊이 비친 양손의 분신이 환영같이 복잡하게 얽히는 모습을 보면 어딘가 좀 광대가 흉내내는 것 같기도 했다.

　빅토르에게 모르는 음악은 어떤 음악이든지―그가 아는 음악이라고 해봐야 흔해빠진 곡조 십여 개 정도밖에 안 되었지만―이상한 언어로 대화하며 빠르게 재잘거리는 것처럼 들렸다. 괜히 단어와 단어 사이의 경계라도 구별해보려 애써봤자 모든 게 미끄러져 빠져나가 다시 합쳐지곤 해서, 둔한 그의 귀는 곧 싫증을 느꼈다. 빅토르는 듣는 데 집중해보려 했지만, 이내 자기도 모르게 볼프의 양손과 피아노 뚜껑에 비친 그 환영 같은 양손의 상을 가만히 지켜보고 있음을 문득 깨달았다. 음이 계속 울리는 천둥소리처럼 변하자, 연주자는 목이 부풀어오르면서 긴장한 손가락을 쫙 펼치고 희미하게 신음을 내뱉었다. 어떤 마디에선가 피아니스트의 아내가 그보다 앞서 악보를 넘겼는데, 순간적으로 연주자는 왼쪽 손바닥을 펴 넘어가는 페이지를 탁 쳐서 저지했다가, 믿기 힘든 속도로 페이지를 다시 휙 넘기는가 싶더니 벌써 양손으로 고분고분한 건반을 다시 맹렬히 주물러대고 있었다. 빅토르는 그 남자의 모습을 자세히 뜯어보았다. 끝이 뾰족한 코, 툭 튀어나온 눈꺼풀, 목에 난 부스럼이 남긴 흉터, 솜털 같은 금발, 어깨 폭을 넓게 재단한 검은 재킷. 잠시 빅토르는 애써 음악에 다시 귀를 기울이려 했지만, 주의가 산만해져 거의 집중하지 못했다. 그는 담배 케이스를 꺼내면서 천천히 몸을 돌려 다른 손님들을 살펴보기 시작했다. 낯선 얼굴 사이에서 그는 친숙한 얼굴들을 발견했다―사람 좋고 뚱뚱한 코차롭스키가 저기 있군―목례라도 해야 하나? 그는 고개를 까딱했지만, 사정거리가 빗나갔는지 그 인사를 받은 이는 또다른 지인인 슈마코프였다. 그가 베를린을 떠나 파리로 갈 거란 얘기를 들었다―그 일에 관해 한번 그에게 물어봐야 하는데. 긴 의자에는 몸이 비대하고 머리가 붉은 안나 사모일로브나가 노부인 두 명 사이에 끼여 눈을 감은 채 반쯤 누운 자세로 앉았고, 이비인후과 전문의인 그녀의 남편은 다른 의자에 앉아 팔걸이에 팔꿈치를 괴고 있었다. 저 사람이 자유로운 다른 쪽 손의 손가락으로 빙글빙글 돌리고 있는 반짝거리는 저 물건이 뭐지? 아, 그래, 체호프풍으로 줄에 묶은 코안경이구나. 그 뒤에는 음악 애호가로 알려진, 등이 툭 튀어나오게 굽고 턱수염이 난 남자가 한쪽 어깨에 그늘이 진 채 집게손가락을 세워 관자놀이에 꽉 대고 누르며 열심히 귀를 기울이고 있었다. 빅토르는 그의 이름과 부칭이 전혀 기억나지 않았다. 보리스? 아니야, 그게 아닌데. 부칭이 보리소비치였나? 그것도 아니야. 그 밖에도 많은 얼굴이 보였다. 하루진 부부는 안 왔는지 궁금하군. 아, 저기 있군. 내 쪽을 보지 않네. 그리고 그다음 순간, 그 부부 바로 뒤에서 빅토르는 전처의 모습을 보았다.

곧바로 그는 시선을 내리깔고, 아직 재가 생길 만큼 피우지 않은 담배를 무의식적으로 톡톡 쳐서 재를 억지로 떨어냈다. 어딘가 저 아래쪽에서 심장이 마치 어퍼컷을 날리는 주먹처럼 솟아올랐다가 다시 움푹 꺼지더니 다시 한 방을 또 날렸다. 그런 다음 심장은 음악을 반박하듯 삼켜버려 안 들리게 하면서 빠르고 불규칙하게 콩닥콩닥 뛰었다. 어느 쪽을 봐야 할지 몰라서 그는 피아니스트를 곁눈으로 흘낏거렸지만, 소리는 전혀 귀에 들어오지 않았다. 마치 볼프가 소리 나지 않는 건반을 두드리는 것처럼 보였다. 빅토르는 가슴이 너무 옥죄이는 듯해 몸을 펴고 숨을 깊게 들이마셔야 했다. 그러자 꽤 멀리 뒤쪽에서 급히, 거칠게 숨을 몰아쉬며 다시 소생한 음악이 쇄도해왔고, 그의 심장박동도 좀더 규칙적인 리듬을 되찾았다.

그들이 헤어진 건 이 년 전 다른 마을에서였다. 결혼하고 나서 그들이 살았던 그 마을은 밤이면 파도 소리가 들렸다. 그는 계속 눈을 내리깐 채, 우르릉거리며 쇄도해오는 과거를 시시한 생각들로 막아보려 했다. 예를 들어 조금 전에, 그가 발소리를 내지 않으려 까치발로 서서 몸을 위아래로 들썩이며 방을 끝에서 끝까지 가로질러 이 의자까지 오는 모습을 그녀는 틀림없이 지켜보았을 것이다. 마치 옷을 다 벗고 있거나 뭔가 바보 같은 일에 열중한 모습을 누군가에게 들킨 듯한 기분이었다. 그녀가 (적의를 담아? 조롱하며? 호기심에서?) 빤히 쳐다보는데 순진하게도 자신이 미끄러지듯 가다 고꾸라지지는 않았는지 떠올리다 말고, 그는 생각에 잠겼다. 그녀를 초대한 주인이나 응접실에 있던 누군가가 이 상황을 눈치채지 않았을까, 그녀는 어떻게 여기 오게 된 걸까, 혼자 왔을까 아니면 새 남편과 함께 왔을까, 그, 그러니까 빅토르는 도대체 이제 어떻게 하면 좋을까, 그냥 그대로 있나, 아니면 그녀 쪽을 쳐다볼까? 아니다, 보는 건 아직 불가능했다. 우선, 넓긴 하지만 오도 가도 못하는 이 방안에 있는 그녀의 존재에 익숙해져야 한다—음악이 그들을 가둬서 일종의 감옥처럼 되었으니까. 피아니스트가 자신의 음으로 둥근 천장을 구축해 계속 유지하는 걸 그만둘 때까지, 두 사람은 함께 억류된 채 남아 있어야 하는 운명이다.

아까 힐끗 보고 그녀가 있는 것을 눈치챈 짧은 순간, 그는 뭘 보았지? 아주 조금뿐. 시선을 피하는 그녀의 눈, 창백한 뺨, 검은 머리채, 그리고 막연한 부차적 특징 같은 것, 목걸이 혹은 목에 두른 무언가. 너무 적다! 그래도 대충 그린 그 엉성한 스케치, 반만 완성된 그 이미지는 이미 그의 아내였으며, 그 어슴푸레한 빛과 음영의 순간적인 조합이 그녀의 이름을 가진 유일무이한 사람의 총체를 이미 형성했다.

모든 게 얼마나 오래전 일처럼 여겨졌는지! 후덥지근한 어느 저녁의 황홀한 하늘 아래, 테니스 클럽 별관의 테라스에서 그는 그녀에게 홀딱 반했고, 그로부터 한 달 후, 결혼식날 밤에는 비가 억수같이 내려 바닷소리가 들리지 않았다. 지복이 따로 없었다. '지복'—이 얼마나 촉촉하고 찰랑거리고 철썩이는 듯한 단어인지, 너무나 생생하면서도 너무나 고분고분하게, 홀로 미소 짓다 눈물짓게 되는 단어인지. 그다음날 아침에는, 정원의 나뭇잎이 반짝이고, 바닷소리는 거의 들리지 않을 정도로 잠잠해졌다. 나른하고 희부옇던 그 은빛 바다.

담배꽁초를 어떻게 처리해야 했다. 그가 두리번거리던 중에 심장이 다시 박동을 놓쳤다. 누군가가 살짝 움직여 그녀의 모습을 거의 완전히 가리며 죽음같이 하얀 손수건을 꺼냈다. 그러나 이윽고 그 낯선 이의 팔꿈치가 사라지면 그녀가 다시 모습을 드러낼 것이다. 그래, 금방이라도 다시 나타날 거야. 아니, 차마 볼 수 없어. 재떨이 하나가 피아노 위에 있다.

음의 장벽은 여전히 높고 침투할 수 없는 채로 남아 있었다. 래커칠한 뚜껑 깊숙이에서 환영 같은 손들이 똑같은 뒤틀림을 계속 겪었다. "우리는 평생 행복할 거야"—이 말 속에 얼마나 많은 선율과 어른거리는 빛이 스며 있는지! 그녀는 온몸 곳곳이 다 벨벳처럼 부드러워서, 다리가 접힌 망아지를 그러당겨 안듯 그녀를 품에 꼭 끌어안고 싶은 생각이 간절해졌다. 그녀를 품에 안아 감싸서, 그리고 그다음엔? 어떻게 하면 그녀를 완전히 소유할 수 있을까? 나는 당신의 간도 콩팥도, 혈구 하나하나까지도 다 사랑해. 이런 말을 하면 그녀는 이렇게 답하곤 했다. "역겨운 소리 좀 그만해." 그들은 풍족지도 궁핍지도 않게 살았고 거의 일 년 내내 해수욕을 하러 가곤 했다. 조약돌이 깔린 해변 위로 밀려 올라온 해파리가 바람에 떨렸다. 크리미아반도의 절벽이 물보라 속에서 반짝였다. 한번은 어부들이 익사체를 건져서 운구하는 광경을 목격하기도 했다. 담요 아래로 삐죽 나온 시체의 맨발이 화들짝 놀란 듯 보였다. 저녁이면 그녀는 코코아를 타곤 했다.

그는 다시 한번 바라보았다. 이제 눈을 내리깔고 다리를 꼬고 앉은 그녀는 손가락 관절 위에 턱을 괴었다. 그녀는 음악에 관심이 아주 많았다. 볼프가 연주하는 게 뭔가 유명하고 아름다운 곡임이 틀림없다.

이제 며칠 밤잠을 못 이루겠다고 생각하며 빅토르는 그녀의 흰 목과 무릎의 부드러운 각도를 응시했다. 그녀는 얇고 검은 드레스를 입었는데, 못 보던 드레스였다. 그녀의 목걸이가 계속 빛을 반사해 반짝거렸다. 그래, 잘 수 없을 것 같아, 그리고 난 여기 출입하는 걸 그만둬야겠지. 모든 게 부질없네. 이 년간 그렇게 고생해서 간신히 마음의 평화를 거의 되찾았는데—이제 나는 처음부터 다시, 모든 것을 잊으려 또 애써야겠지. 이미 벌써 거의 다 잊어버린 모든 것과 그 맨 꼭대기에 더해진 오늘 저녁의 일까지. 문득 그녀가 그를 힐끔 쳐다보는 듯해 그는 고개를 돌렸다.

음악이 막바지에 이른 게 분명하다. 대개 이처럼 격렬하고 숨이 가빠오는 화음이 나오면, 그건 곧 끝이 가까워졌음을 뜻한다. 그러고 보면 끝end이라는 단어도 참 흥미로운 단어다…… 쪼개지다rend, 임박하다impend…… 하늘을 쪼개는 천둥, 임박해오는 운명의 먼지구름. 봄이 오자 그녀는 이상할 정도로 반응이 느려졌다. 말하면서도 입술을 거의 움직이지 않았다. 그는 묻곤 했다. "당신, 무슨 문제 있어?" "아무것도 아니야. 별일 없어." 가끔 그녀는 가늘게 뜬 눈으로 그를 응시하며 오묘한 표정을 짓곤 했다. "뭐가 문제야?" "아무것도." 밤이 되면 그녀는 죽은 것과 다름없어지곤 했다. 그렇게 되면 그녀를 데리고 뭔가를 하는 게 불가능해졌다. 작고 호리호리한 여성임에도 무겁고 다루기 힘들어져 마치 돌로 만들어진 것 같았으니까. "당신, 무슨 일 있는지 끝까지 나한테 얘기 안 할 거야?" 그런 상태로 거의 한 달이 갔다. 그러던 어느 날 아침—그래, 그날은 그녀의 생일 아침이었지—그녀는 지극히 간단하게, 마치 별거 아닌 시시한 일을 얘기하듯이 이렇게 말했다. "우리 잠시 떨어져 지내자. 이런 식으로 계속 살 수는 없어." 이웃집의 어린 딸내미가 방으로 불쑥 뛰어들어와 새끼 고양이를 보여주었다(한배에서 난 다른 고양이들은 전부 물에 빠져 죽고 그 고양이만이 유일하게 살아남았다). "저리 치우렴, 저리 치워, 나중에." 여자애가 나갔다. 두 사람 사이에 긴 정적이 흘렀다. 잠시 후, 천천히, 아무 말 없이 그는 그녀의 양 손목을 비틀기 시작했다─그녀의 온몸을 으스러뜨리고, 뚝뚝 소리를 내며 관절 하나하나를 탈골시키고 싶었다. 그녀는 울부짖기 시작했다. 그는 탁자 앞에 앉아 신문을 읽는 척했다. 그녀는 정원으로 나갔지만, 곧 돌아왔다. "더는 숨기지 못하겠어. 당신에게 전부 다 말해야겠어." 그러더니 묘하게도 경악해서는, 마치 딴 여자에 대해 논하듯이, 그 여자의 사연에 경악해서 그 경악을 공유하자고 권하듯이 그녀가 말했다. 모든 걸 다. 문제의 상대는 건장한 사내로, 겸손하고 내성적인 성격을 가진 친구였다. 휘스트 게임*을 하러 집에 오던 녀석으로 자분정** 얘기를 하는 걸 좋아했다. 제일 처음으로 자분정을 판 건 공원이었고, 그다음에는 그의 집이었다고.

나머지는 다 기억이 아주 흐릿하다. 나는 밤까지 해변을 서성거렸다. 그래, 음악이 끝나가는 거 같군. 내가 부두에서 그놈 얼굴을 냅다 갈기자, 그놈은 "이 대가를 톡톡히 치를 거요"라고 하더니 땅에 떨어진 챙 달린 모자를 집어올린 후 가버렸다. 나는 그녀에게 작별인사도 하지 않았다. 그녀를 죽이는 건 어리석기 그지없는 생각이었다. 당신은 계속

---

* 둘씩 짝을 지어 네 명이 하는 카드 게임.
** 불투수층 사이의 투수층에 있는 지하수가 지층의 압력 탓에 지표상으로 솟아나오는 우물.

살아, 쭉 살아가면 돼. 지금 이렇게 살고 있듯이. 지금 이렇게 당신이 앉아 있듯이 그렇게 영원히 앉아 있어. 자, 나를 쳐다봐, 이렇게 애원할게, 제발, 제발 좀 봐. 내가 다 용서할게, 우린 언젠가 모두 죽어야 하니까. 그때가 되면 우리는 모든 걸 알게 될 거고, 모든 죄가 사해질 것이니—그렇다면 미룰 필요가 뭐가 있을까? 날 쳐다봐, 어서 날 봐, 눈을 돌려봐, 내 눈, 내 사랑을 담은 눈을. 아니다. 다 끝났어.

많은 손가락으로 눌러서 내는 둔중한 최후의 화음—또 한 번, 그리고 한 번 더 하기 위한 충분한 호흡. 마치 음악이 제 영혼을 완전히 양도해버리는 듯한 최후의 결론에 이른 이 화음 뒤에 연주자는 마치 목표물을 한껏 겨냥했다 달려드는 고양이 같은 정확도로 하나의 단순한, 완전히 별개의 작고 황금 같은 음을 쳤다. 음악의 장벽이 녹아서 사라졌다. 박수갈채. 볼프가 말했다. "제가 이 곡을 마지막으로 연주했던 건 아주 오래전이었습니다." 볼프의 아내가 말했다. "아주 오래전이지요, 아시겠지만, 제 남편이 이 곡을 마지막으로 연주한 게 말이죠." 이비인후과 전문의가 볼프에게 진격해 그를 덮쳐 자신의 배로 그를 몰고 가는 모양새로 말했다. "대단히 놀랍군요! 나는 이 곡이 그가 쓴 최고의 작품이라고 항상 주장해왔죠. 제 생각엔 오늘 연주에서는 끝에 가서 좀 음색을 너무 현대적으로 바꾼 것 같긴 합니다만. 내 표현이 정확한지 모르겠지만, 있잖습니까—"

빅토르는 문 쪽을 바라보고 있었다. 거기에는 가냘픈 체격의 흑발 여자가 어찌할 바 모르겠다는 미소를 지으며 집주인에게 작별인사를 하고 있었다. 주인은 놀라서 외쳤다. "무슨 말씀이세요. 이제 우린 모두 차를 마시고 나서 가수의 노래를 들을 건데요." 하지만 그 여자는 계속 난감한 미소를 지으며 문 쪽으로 걸음을 옮겼고, 빅토르는 깨달았다. 분명히 아까는 공명하는 음에 두 사람이 함께 속박되어 어쩔 수 없이 서로 얼굴을 마주보고 육칠 미터쯤 떨어져 앉아 있어야 하는 좁은 지하감옥같이 여겨졌던 음악이, 사실은 믿을 수 없는 지복이었으며, 마법의 유리돔처럼 그와 그녀를 에워싸고 그 안에 감금해서 그가 그녀와 똑같은 공기를 호흡할 수 있도록 했다는 것을. 그리고 이제는 이 모든 것이 산산이 깨져 흩어져버렸고, 그녀는 문을 통해 사라졌으며 볼프는 피아노 뚜껑을 닫았으니, 그 황홀한 억류는 이제 영영 복구될 수 없었다.

그녀는 떠났다. 다들 아무것도 눈치채지 못한 듯했다. 보크라는 남자가 그에게 인사하며 부드러운 목소리로 말했다. "계속 당신을 보고 있었습니다. 음악에 그런 반응을 보이다니! 있잖습니까, 당신이 너무 지루해 보여서 보기 딱할 정도였거든요. 도대체 어떻게 그렇게 음악에 완전히 무관심할 수가 있나요?"

"웬걸요, 아닙니다. 지루하지 않았어요." 빅토르는 어색하게 답했다. "그저 내가 음악 듣는 귀가 없어서, 뭐가 좋은지 나쁜지 잘 몰라서 그런 것뿐이지요. 그건 그렇고 저 사람이 연주한 게 무슨 곡인가요?"

"뭐가 됐든." 보크는 순 문외한인 듯 쭈뼛거리며 속삭였다. "〈소녀의 기도〉든 〈크로이처 소나타〉든, 뭐 좋으실 대로 생각하세요."

완벽

"자 이제, 여기 직선이 두 개 있지." 그는 마치 직선이 두 개가 있는
건 좀처럼 없는 행운으로, 자랑스러워해도 된다는 듯이 거의 희열에 넘
쳐 쾌활한 목소리로 다비드에게 말했다. 다비드는 순했지만 좀 둔한 아
이였다. 붉게 달아오른 다비드의 귀를 바라보며 이바노프는 이제부터
삼십 년, 아니 사십 년이 지나도 자신이 이 소년의 꿈에 종종 나타나리
란 걸 예견했다. 인간의 꿈은 옛날의 원한을 쉽게 잊지 않는 법이니까.

소매 없는 노란색 스포츠셔츠를 가죽 벨트로 조여 입은 금발의 말라
깽이. 드러난 맨무릎은 상처투성이였고, 손목시계의 크리스털은 감옥
의 창살 같은 격자 뚜껑으로 보호되어 있었다. 다비드는 더없이 불편한
자세로 탁자 앞에 앉아 만년필의 뭉툭한 끝으로 이를 계속 톡톡 치고
있었다. 학교 성적이 나빠서 가정교사를 붙일 수밖에 없는 아이였다.

"자, 이제 두번째 직선 쪽을 볼까." 이바노프는 여전히 억지로 꾸민 쾌활함을 띤 목소리로 말을 이었다. 그는 지리학 학위를 취득했지만, 그의 전문 지식은 어디 활용할 데가 없었다. 무용지물이 된 재물, 몰락한 명문 귀족의 장엄한 영지랄까. 예를 들어 옛날 지도 같은 건 얼마나 아름다운가! 로마인의 여행 지도는 화려하게 장식된 길쭉한 지도로, 뱀 모양의 가장자리 띠는 운하 형태의 바다를 나타냈다. 혹은 잉글랜드와 아일랜드가 두 개의 작은 소시지처럼 그려진 고대 알렉산드리아 지도, 또는 낙원 같은 동양이 맨 위쪽에, 예루살렘—세상의 황금빛 배꼽—이 중앙에 배치된, 선홍색과 풀색을 띤 중세 기독교 국가들의 지도 같은 것들. 경이로운 순례 이야기들은 또 어떤가. 순례하는 수도승은 요르단강을 고향땅 체르니고프의 작은 강과 비교했고, 차르의 사절은 사람들이 누런색 양산을 들고 거니는 나라에 다다랐고, 트베리에서 온 상인은 원숭이로 가득한 울창한 정글, 즉 그의 러시아어로 '젠겔'을 헤치고 조심조심 나아가 벌거벗은 왕자가 통치하는 열대 나라로 들어갔다. 알려진 우주라는 작은 섬은 계속 커진다. 새로운 등고선이 전설의 안갯속에서 머뭇머뭇 나타나며, 지구의가 천천히 옷을 벗는다—자, 바다 너머 저멀리에서 남아메리카의 어깨가 어렴풋이 나타나며 사방에서 통통한 뺨을 가진 바람이 불어오는데, 그중에는 안경을 쓴 바람도 하나 섞여 있다.

그러나 지도는 잊어버리자. 이바노프에게는 그 외에도 다른 즐거움과 괴벽이 많이 있었다. 키가 멀쑥하고 얼굴이 거무스름한 그는 이젠 아주 젊다고도 할 수 없는 나이였다. 일찍이 오랫동안 턱에서 빛나게 두었던 검은 턱수염은 그 뒤(그의 국외 추방 첫 무대인 세르비아에 있는 이발소에서) 말끔히 면도해버렸지만 그의 얼굴에 영구적인 음영을 드리웠으며, 조금만 제멋대로 놔둬도 그 음영이 활기를 되찾아 곤두서기 시작한다. 주로 베를린에서 보낸 십여 년의 망명생활 동안, 그는 풀 먹인 깃과 커프스를 변함없이 고수해왔다. 너덜너덜해진 셔츠는 앞섶에 시대에 뒤떨어진 옷자락이 혀처럼 삐죽 나와 있고, 긴 속바지 위까지 단추가 채워졌다. 요즈음 그는 옷깃의 테두리를 따라 술 장식이 달린 낡고 검은 정장 하나만 계속 입을 수밖에 없었다(다른 옷들은 모두 썩어 없어질 지경이었다). 그러다 때때로 구름이 많이 낀 흐린 날의 너그러운 빛을 받으며 서면, 자신이 수수하고 좋은 취향의 옷차림을 한 것처럼 느껴졌다. 넥타이에서 플란넬의 내장 같은 것이 빠져나오려 해서 그는 그 일부를 부득이 떼어냈지만, 차마 완전히 다 없애버릴 수는 없었다.

그는 오후 세시경이면 머리를 높이 쳐들고 어딘가 좀 불안정하게 흔들거리는 발걸음으로 과외수업을 하러 다비드의 집으로 향하곤 했다. 초여름의 기운찬 공기를 게걸스럽게 들이마셔서 오전중에 벌써 털이 송송 난 목의 커다란 울대뼈가 꿀렁꿀렁 움직였다. 한번은 반대편 보도에서 가죽 각반을 찬 젊은이가 살짝 휘파람을 불어 이바노프의 멍한 시선을 끌더니 턱을 위로 쳐들고 그 상태로 몇 걸음 걸었다. 동료의 기행은 바로잡아야 하는 법. 그러나 이바노프는 가르치려 드는 그 흉내내기를 잘못 이해해서, 머리 위에서 일어나고 있는 어떤 현상을 가리키는 걸로 추정하고는 마음놓고 평소보다 더 높은 곳을 쳐다봤다―그래, 과연, 사랑스러운 구름 조각 세 개가 서로 손을 잡고 대각선으로 비스듬하게 하늘에 떠가는군. 세번째 구름이 조금씩 뒤처졌다. 그 윤곽선도, 그 구름 쪽으로 여전히 우호적으로 뻗치고 있는 손의 윤곽도 본래의 우아한 의미를 천천히 잃어갔다.

그 초여름의 따사로운 날에는 모든 것이 아름답고 감동적으로 보였다. 보도에서 사방치기 놀이를 하는 다리가 긴 여자아이들, 벤치에 앉은 노인들, 대기가 눈에 보이지 않는 팔다리를 뻗을 때마다 호화롭게 우거진 보리수가 흩뿌리는 녹색 색종이 같은 잎. 검은 옷을 입은 그는 질식할 것 같은 느낌과 함께 쓸쓸함을 느꼈다. 그는 모자를 벗고는 가만히 서서 잠시 주위를 둘러보았다. 이따금, 굴뚝 청소부(무심하게 타인의 행운을 운반하는 역할을 맡아, 미신을 믿는 여자들이 손가락으로 만지고 지나가곤 하는)를 볼 때나, 구름을 추월해 날아가는 비행기를 볼 때면, 이바노프는 몽상에 잠기곤 했다. 자신이 더 자세히 알게 될 일이 결코 없을 많은 것에 대해, 결코 가져볼 수 없을 직업에 대해, 거대한 화관처럼 펴지는 낙하산이나, 자동차경주 선수들이 볼 얼룩덜룩한 세상에 대해, 행복의 다양한 이미지에 대해, 아주 그림같이 아름다운 자연환경에 둘러싸인 아주 부유한 이들이 누리는 즐거움에 대해. 그의 생각이 흔들리더니, 그가 살아 있는 한 세계와 직접 접촉하는 걸 막을 유리창을 위아래로 오르락내리락했다. 모든 걸 체험하고 모든 걸 차지하고 만지고 싶은, 어룽거리는 목소리들과 새소리가 그의 존재 면면에 스며들게 하고 싶은, 마치 시원한 나무 그늘에 들어가듯 행인의 영혼 속으로 순간 들어가고 싶은 열렬한 열망이 그에게 있었다. 그의 머릿속은 풀 수 없는 문제로 꽉 차곤 했다. 굴뚝 청소부는 일이 끝난 후 어디서 어떻게 몸을 씻을까, 방금 전 그토록 생생하게 떠올린 러시아의 숲길은 지난 세월 동안 변했을까.

마침내—늘 그렇듯 지각해서—엘리베이터를 타고 올라갈 때면, 그는 자신의 몸이 천천히 자라며 위로 늘어나는 듯한 똑같은 감각을 느꼈다. 그렇게 머리가 육층에 다다른 후에야 수영 선수처럼 다리를 끌어올리는 느낌이었다. 그러다 원래 길로 되돌아가서 그는 다비드의 환한 방으로 들어갔다.

수업중에 다비드는 뭔가 만지작거리기를 좋아했지만, 그 점을 빼면 제법 집중력을 유지하는 편이었다. 외국에서 자란 애라 러시아어로 말하기 어려워하고 지루해했으며, 뭔가 중요한 것을 표현할 필요가 있을 때나 베를린 사업가의 러시아인 아내인 모친에게 얘기할 때는 바로 독일어로 바꿔 말하곤 했다. 이바노프는 현지 언어를 잘 알지 못해서 수학 문제를 자세히 설명할 때는 러시아어로 했는데, 교과서는 당연히 독일어로 쓰여 있기에 어느 정도 혼란이 생길 수밖에 없었다. 그는 가장자리가 금빛 솜털로 둘러싸인 소년의 귀를 쳐다보며 자신이 다비드의 마음에 불러일으켰을 게 틀림없는 지루함과 혐오감이 어느 정도일지 상상해보려다 괴로워졌다. 그는 자신의 모습을 외부에서 바라보았다―부스럼투성이 피부, *면도 후의* 얼얼한 발진, 반짝거리는 검은 재킷, 커프스에 묻은 얼룩. 그의 귀에는 일부러 쾌활함을 가장한 자신의 목소리와 목을 가다듬는 소리가 들렸고, 심지어 다비드가 들을 수 없는 소리―오래전부터 병을 앓아온 심장의 서투르지만 의무를 다하려는 박동―까지 들려왔다. 수업이 끝나면, 소년은 부랴부랴 뭔가를, 자동차 카탈로그나 카메라나 길에서 발견한 작고 귀여운 나사 같은 것을 보여주기 바빴는데, 그러면 이바노프는 지적인 참여의 증거를 보이려 최선을 다했지만, 애석하게도 테크놀로지라고 불리는 인공물들의 비밀 결사와 친하게 지내본 적이 한 번도 없어서 그가 내놓는 이런저런 부정확한 논평에 다비드는 의혹에 찬 연한 회색 눈으로 그를 뚫어져라 쳐다보다가, 이바노프의 손안에서 훌쩍이는 것처럼 보이는 물건을 재빨리 도로 가져갔다.

그래도 다비드가 거친 아이는 아니었다. 색다른 것에 대한 그애의 무관심은 이렇게 설명해볼 수 있겠다—자신의 사랑과 공상과 두려움을 그 누구와도 결코 공유한 적 없는 아이였던 나도 틀림없이 둔감하고 냉담한 사내애로 보였을 테니까, 이바노프는 곰곰이 생각했다. 내가 유년 시절에 표출한 것이라고 해봐야 흥분해서 자기 자신을 향해 늘어놓는 소소한 독백뿐이었다. 다음과 같은 삼단논법을 구축해볼 수도 있겠다. 아이는 인간의 가장 완벽한 유형이다. 다비드는 아이다. 고로 다비드는 완벽하다. 그렇게 사랑스러운 눈을 가진 소년이 다양한 기계 도구의 가격이라든지, 가게에서 50페니히어치의 상품을 공짜로 얻을 수 있을 만큼의 경품권을 어떻게 하면 모을 수 있는지 따위의 일만 계속 생각하고 있을 리 없다. 틀림없이 그는 뭔가 다른 것도 모으고 있을 것이다. 마음의 손끝에 제 색채를 남기는 아이다운 눈부신 인상들을. 다만 이 녀석은 내가 그랬던 것처럼 그런 것에 대해선 침묵하는 것이다. 하지만 언젠가 수십 년쯤 후에, 예를 들어 1970(마치 전화번호 같지 않은가, 얼마나 먼 미래인가!)년에 지금 그의 침대 위에 걸린 저 그림— 테니스공을 덥석 문 본조*—이라도 우연히 다시 보게 되면, 얼마나 큰 충격과 번쩍하는 빛, 그리고 자신의 존재에 대한 경이를 느낄까. 이바노프가 완전히 잘못 짚은 건 아닌 것이, 다비드의 눈은 실제로 어떤 몽

---

* 영국 삽화가 조지 스터디가 만든 만화 캐릭터.

상에 잠긴 듯한 기미가 아예 없는 것도 아니기 때문이다. 하지만 그것은 숨겨진 장난기가 어렴풋이 배어나는 것뿐이다.

다비드의 모친이 방에 들어왔다. 머리가 노랗고 예민한 기질을 지닌 여성이다. 저번엔 스페인어를 배운다더니, 오늘은 오렌지주스만 마셔댈 뿐 다른 음식은 입에 대지 못한단다. "말씀드릴 게 있어요. 잠깐만 좀 앉아 계세요. 넌 나가봐라, 다비드. 수업 끝났지? 다비드, 나가, 어서. 드릴 말씀이란 건 다른 게 아니라, 곧 있으면 다비드는 여름방학이죠. 해변에 데려갈까 했는데, 유감스럽게도 제가 못 가게 됐어요. 선생님이 저애를 맡아서 데리고 가주실 수 있을까요? 선생님이라면 제가 믿을 수 있고, 저애도 선생님 말씀은 잘 들으니까요. 무엇보다, 전 저애가 러시아어를 좀더 자주 말할 기회가 있었으면 하고요. 어쨌든 저애는 철부지 스포츠맨에 불과하니까요. 요즘 애들이 다 그렇잖아요. 아무튼, 제 제안 어떻게 생각하세요?"

미심쩍었다. 하지만 이바노프는 미심쩍어하는 마음을 드러내지 않았다. 그가 마지막으로 바다를 본 게 1912년, 그러니까 십팔 년 전으로, 아직 대학생이던 때였다. 에스토니아 지방의 훙거부르크에 있는 피서지였다. 소나무숲, 모래사장, 저멀리 옅은 은빛 물―아, 그 물이 있는 데까지 가는데, 물이 무릎 높이에 도달하기까지 얼마나 오래 걸렸던가! 결국, 그때와 마찬가지로 발트해지만, 다른 해안이다. 그러나 내가 마지막으로 수영을 한 곳은 훙거부르크가 아니라 루가강이었다. 러시아 농민들은 개구리처럼 안짱다리를 하고 양손으로 치부를 가리면서 물속에서 달려나왔다. *촌구석에도 부끄러움은 있는 법.* 그들은 이를 딱딱 부딪쳐가며 젖은 몸 위에 바로 셔츠를 걸쳤다. 저녁 무렵에, 특히 따뜻한 비가 내려서 수면에 조용히 생기기 시작한 원들이 서로 잠식하며 수면 전체로 퍼질 때 먹감으러 가면 참 좋았다. 하지만 난 발로 강바닥이 있다는 것을 느끼길 좋아했다. 발바닥에 진흙을 묻히지 않고 양말과 신발을 다시 신기가 얼마나 어렵던지! 귓속에 물이 들어가서, 그 물이 귀를 간질이는 뜨거운 눈물처럼 흘러나올 때까지 한 발로 계속 깡충깡충 뛰곤 했다.

곧 출발 날짜가 다가왔다. "그렇게 입고 가면 더워 죽을 거예요." 다비드의 모친이 이바노프의 검은 양복(폐물이 된 다른 옷들을 애도하는 상복)을 힐끗 보며 작별인사랍시고 한마디 던졌다. 기차는 사람들로 북적였고, 새로 단 부드러운 옷깃(약간의 타협이자, 여름의 호사였다)은 점점 꼭 끼고 진득진득해져 목을 눌렀다. 머리를 단정하게 다듬은 행복한 다비드는 머리 중앙의 작은 머리 다발을 바람에 휘날리고 가슴팍을 풀어헤친 셔츠를 펄럭이며 통로의 차창에 서서 밖을 내다보고 있었다. 커브를 돌 때마다 반원 형태로 구부러지는 앞 객차들과 아래로 내린 창틀에 팔꿈치를 괸 승객들의 머리가 보이곤 했다. 얼마 후 열차는 경적을 울리고 양 팔꿈치를 아주 재빨리 움직이면서 다시 똑바로 몸을 펴 너도밤나무숲으로 들어갔다.

집은 작은 해변 마을 뒤편에 있었다. 평범한 이층집으로, 먼지투성이 도로와 울타리로 분리된 안뜰에는 까치밥나무가 덤불을 이루었다. 황갈색 턱수염이 난 어부가 통나무 위에 앉아 서쪽으로 기우는 석양빛에 눈을 가늘게 뜨고 그물에 타르를 칠하고 있었다. 어부의 아내가 두 사람을 위층으로 안내했다. 테라코타 타일이 깔린 바닥, 난쟁이같이 작은 가구. 벽에는 크기가 상당한 비행기 프로펠러 파편이 걸려 있었다. "바

같양반이 예전에 공항에서 일한 적이 있다우." 이바노프는 짐을 풀어 얼마 안 되는 속옷과 면도칼과 너덜너덜 다 으스러진 파나피딘판* 푸시킨 작품집을 꺼냈다. 다비드가 알록달록한 색깔의 공 하나를 망에서 꺼내주자, 튀어나온 공이 순전히 패기에 넘쳐 뿔 모양의 고둥 껍데기를 치는 바람에 선반에서 떨어뜨릴 뻔했다. 주인이 차와 가자미 요리를 내왔다. 다비드가 서둘렀다. 그애는 바다를 보고 싶어 안달이었다. 해는 벌써 지기 시작했다.

십오 분 정도 걸어서 두 사람이 해변으로 내려갔을 때, 이바노프는 순간 가슴 쪽에서 아주 강렬한 불쾌감을 느꼈다. 가슴이 갑자기 죄어드는 것 같더니, 그다음에는 갑자기 다시 텅 빈 것처럼 느껴졌다. 잿빛을 띤 푸른빛의 매끄러운 바다에 검은색으로 보이는 작은 배 하나가 간담이 서늘해질 정도로 홀로 떠 있었다. 그것이 눈에 잔상을 남겨서 뭘 보든지 그 형상이 어른거리다가 잠시 후 공중에서 녹아 사라졌다. 이제는 주위의 모든 것이 황혼의 뿌연 먼지로 어둑해져서 그는 눈이 침침해진 것 같은 한편으로, 모래의 까끌까끌한 감촉에 다리 힘이 이상하게 풀리는 듯한 느낌을 받았다. 오케스트라 연주 소리가 어딘가에서 들려오는데, 멀어서 그런지 음 하나하나가 마치 코르크 마개로 막은 것처럼 먹먹하게 들렸다. 숨쉬기가 힘들었다. 다비드는 모래사장에 장소를 정하고 다음날을 위해 고리버들로 만든 간이 탈의실을 예약했다. 돌아오는 길은 오르막이었다. 이제 이바노프의 심장은 어디론가 줄행랑쳤다가 급히 돌아와 어쨌든 기대되는 바를 하는 듯싶다가, 결국 다시 도망가버

---

* 러시아 출판업자 알렉산드라 파나피딘이 1905년 대규모로 출판한 문학 전집.

렸다. 이 모든 통증과 불안을 느끼는 사이사이 담장을 따라 자란 쐐기풀에서는 홍거부르크를 떠올리게 하는 향기가 풍겼다.

다비드는 흰 잠옷, 이바노프는 경제적인 이유로 벌거벗고 잤다. 처음에는 깨끗한 시트에서 차가운 흙 같은 냉기가 느껴져 기분이 더 나빠졌지만, 휴식을 취하니 편안해졌다. 달이 손으로 더듬어 길을 찾아 세면대까지 가더니, 거기서 각이 진 컵의 한 면을 택했고, 벽을 기어오르기 시작했다. 그날 밤도, 그다음날 밤들도 계속 이바노프는 동시에 여러 가지를 막연히 생각했는데, 그 와중에 옆 침대에서 자는 저 소년이 자기 아들이라는 상상도 했다. 십 년 전 세르비아에서, 그가 사랑했던 유일한 여성—다른 남자의 아내였던—이 그의 아이를 가졌다. 그녀는 유산의 고통을 겪었고, 그다음날 밤 실성해서 헛소리하고 기도를 하다가 죽어버렸다. 만약 그애가 아들이었다면, 다비드 나이쯤 된 아이일 것이다. 매일 아침 다비드가 수영 바지를 입을 채비를 할 때면, 이바노프는 (베를린의 호숫가에서 이미 한번 태운) 밀크커피색 피부가 허리 아래에서 돌연 아이다운 흰색으로 바뀌는 방식에 감동했다. 그는 아이가 집에서 해변까지 그 수영 바지만 달랑 입고 가는 걸 금지하려고 했는데, 다비드가 독일인이 깜짝 놀랄 때 나오는 투덜대는 억양으로 자신은 다른 피서지에서도 그랬고 모두 그런 차림으로 해변에 간다고 항변해서 조금 당황했지만, 바로 굽히지는 않았다. 이바노프로 말하자면, 애처로운 도회지 사람 꼴로 해변에 축 늘어져 있었다. 태양과 반짝거리는 파란빛 때문에 물멀미가 났다. 중절모를 쓴 정수리가 뜨거워져 쿡쿡 쑤셨고 산 채로 구워지는 듯한 기분이 들었지만, 그는 재킷조차 벗으려 하지 않았다. 많은 러시아인이 그렇듯이 그가 "숙녀 앞에서 바지 멜빵을 한 모습을 보이는 것을" 민망해했기 때문이기도 하지만, 셔츠가 너무 너덜너덜해 누더기가 다 됐기 때문이기도 했다. 셋째 날 그는 돌연 용기를 쥐어짜, 미간을 찌푸려 슬쩍 주위를 흘끗거리며 신발을 벗었다. 다비드가 파놓은 깊은 깔때기 같은 커다란 구멍 바닥에 자리를 잡고 팔꿈치 아래에 신문지 한 장을 펼치고는 꽉 묶여 파닥파닥 펄럭이는 요란한 깃발 소리에 귀를 기울이거나, 아니면 다정한 시샘이 담긴 시선으로 모래언덕 너머, 태양빛에 쓰러져 각양각색의 자세로 시체처럼 누워 있는 천 명은 될 듯한 갈색 몸들을 유심히 보곤 했다. 그중 한 소녀가 유난히 근사했는데, 몸은 검어질 때까지 햇빛에 달군 주철 같았고, 놀라울 정도로 밝은 눈빛과 원숭이의 것처럼 창백한 손톱을 갖고 있었다. 그는 그녀를 바라보면서 그렇게 햇볕에 구워지는 느낌이 어떨지 상상해보려 애썼다.

잠시 먹을 감고 오겠다던 다비드는 허락을 받고는 첨벙첨벙 요란하게 헤엄쳐갔다. 한편, 이바노프는 파도가 밀려오는 물가까지 걸어가서 자기가 맡은 아이의 모습을 주의깊게 지켜보며, 파도가 그전의 파도보다 더 멀리 펼쳐지며 바지를 적시려 위협할 때마다 펄쩍 뛰며 뒤로 물러나곤 했다. 러시아에서 학교 다닐 때 친했던 친구가 조약돌을 던져 수면을 두 번, 세 번, 네 번까지 튕기며 스치도록 던지는 재주가 있던 게 생각났다. 그러나 그가 다비드에게 보여주려고 돌을 던지자, 그 발사체는 풍덩하는 큰 소리를 내며 수면을 뚫고 들어가버렸다. 다비드가 웃음을 터뜨리고는, 이번에는 자신이 적당히 납작한 돌을 골라 던졌는데, 돌은 네 번도 아니고 적어도 여섯 번은 통통 튀며 날아갔다.

그로부터 며칠 후, 이바노프는 한동안 멍한 상태로(눈은 초점을 잃고 헤맸고, 그가 눈의 초점을 되찾았을 때는 너무 늦었다) 다비드가 모친에게 쓰다가 창문턱에 놓고 가버린 엽서를 읽었다. 가정교사가 아마도 아픈 것 같다고, 해수욕을 한 번도 하지 않는다고, 다비드는 모친에게 알리고 있었다. 바로 그날, 이바노프는 특단의 조치를 취했다. 그는 검은 수영복을 구해 해변으로 가서는, 간이 탈의실에 숨어 조심조심 옷을 벗고 싸구려 잡화점 냄새가 나는 메리야스천으로 된 수영복을 몸에 걸쳤다. 창백한 피부와 털북숭이 다리로 햇볕으로 나온 그는 우울과 당혹의 순간을 맞았다. 그래도 다비드는 인정하듯 그를 쳐다봤다. "좋아!" 이바노프가 될 대로 되라는 듯 쾌활하게 외쳤다. "그럼 가볼까!" 그는 무릎까지 물이 찰 때까지 들어가서 먼저 물을 조금 머리에 끼얹은 다음, 팔을 양쪽으로 쫙 펼치고 더 걸어들어갔다. 물이 높이 차오를수록 심장을 꽉 죄어오는 발작이 점점 더 심해졌다. 드디어 그는 엄지손가락으로 양쪽 귀를 막고 나머지 손가락으로 눈을 가린 채 웅크린 자세로 물속에 몸을 담갔다. 칼로 쿡쿡 찌르는 듯한 오한 탓에 그는 바로 물 밖으로 나올 수밖에 없었다. 그는 덜덜 떨면서 모래사장에 누웠다. 무엇으로도 달랠 길 없는 섬뜩한 고통이 찰랑찰랑 넘칠 듯 온몸을 가득 채웠다. 잠시 후 햇볕에 온몸이 따뜻해지며 회복되었지만, 앞으로 해수욕은 절대 하지 않겠다고 결심했다. 옷을 입는 것도 귀찮았다. 눈을 질끈 감자 붉은색 배경에 광점들이 활공했고, 화성의 운하 같은 무늬가 계속 교차했다. 눈꺼풀을 살짝 여는 순간, 속눈썹 사이로 촉촉이 젖은 은빛 햇살이 찰랑거리기 시작했다.

피하기 어려운 일이 일어났다. 저녁이 되자 노출됐던 몸의 모든 부분이 불타는 듯이 아픈, 대칭 형태의 군도처럼 변해 있었다. "오늘은 해변에 가는 대신 숲속에서 산책하자." 다음날 그가 아이에게 말했다. "*아아, 안 돼요.*" 다비드가 투덜거렸다. "햇볕을 너무 많이 쬐면 건강에 나빠." 이바노프가 말했다. "아, 제발요!"라고 계속 우기는 게 다비드의 실망이 이만저만이 아닌 모양이었다. 하지만 이바노프는 고집을 꺾지 않았다.

숲은 울창했다. 보호색이 나무껍질과 잘 어울리는 자벌레나방들이 나무줄기에서 날아올랐다. 다비드는 마지못해서 묵묵히 걸었다. "우리는 숲을 소중히 다뤄야 한단다." 이바노프는 제자의 기분을 풀어주고자 말을 꺼냈다. "숲은 인간의 첫번째 서식지였지. 어느 화창한 날, 인간은 원시적인 암시의 밀림을 떠나 햇빛이 비치는 이성의 작은 빈터로 발을 들여놨어. 저 월귤나무 열매는 익은 것처럼 보이니, 맛봐도 된다. 왜 그렇게 골이 나 있니? 생각을 좀 해보렴. 사람은 다양하게 즐길 줄 알아야 하는 거야. 해수욕에만 너무 탐닉해서는 안 돼. 방심하던 해수욕객이 일사병이나 심장발작으로 죽는 일이 얼마나 자주 일어나는데!"

이바노프는 참기 어려울 정도로 화끈거리고 가려운 등을 나무줄기에 문지르며 깊은 생각에 잠겨 말을 이었다. "지금 있는 장소의 자연에 경탄하는 와중에도 나는 내가 결코 보지 못할 나라들 생각을 안 할 수가 없구나. 다비드, 한번 상상해보렴. 여기가 포메라니아가 아니라 말레이의 숲이라고. 주변을 한번 둘러보렴. 이제 극히 희귀종인 새들이 날아가는 게 보일 거다. 프린스 앨버트 극락조 같은 새 말이야. 푸른 깃발 같은 긴 깃 한쌍으로 머리가 장식되어 있지." "*에이, 말도 안 돼요.*" 다비드가 맥없이 답했다.

"러시아어로 '*예룬다*'라고 말해야지. 물론, 말도 안 되지. 우리가 뉴기

니섬의 산에 있는 것도 아니고. 하지만 중요한 건 상상력을 좀 발휘하는 거야—만약 네가, 물론 그런 일이 있으면 큰일이지만, 어느 날 눈이 안 보이게 된다든지 감옥에 갇힌다든지 아니면 그저 끔찍한 가난 속에서 아무 희망도 없이 하기 싫어 죽을 것 같은 일을 어쩔 수 없이 하게 된다든지 하면, 오늘 이 평범한 숲에서 나와 얘기를 나누면서 걸었던 이 산책을 마치—뭐라고 해야 하나?—동화 같은 황홀경이었던 것처럼 떠올리게 될지도 몰라."

일몰에 진분홍색 구름이 솜털같이 바다 위로 부풀어올랐다. 하늘이 흐려지면서 구름이 녹스는 듯 보였고 어부는 내일 비가 올 거라고 말했지만, 다음날 아침은 기막히게 좋은 날씨로 밝혀졌다. 다비드는 계속 가정교사를 재촉했지만, 이바노프는 몸 상태가 좋지 않아 침대에서 뒹굴며 이런저런 생각이나 하며 보내고 싶었다. 기억이 한쪽 면밖에 비추지 않는, 있을 법하지 않은 애매모호한 사건이 되다 만 일들에 관해, 연기에 싸인 듯 회색빛으로 떠오르는, 어쩌면 언젠가 실제로 일어난 일인지도 모르고, 아니면 인생의 시야 안에서 그와 꽤 가깝게 흘러 지나갔거나, 그것도 아니라면 최근 꿈에 나타났는지도 모를 기분좋은 것들에 관해. 하지만 그것들에 사고를 집중하는 게 불가능했다. 모든 게 왠지 한쪽으로 살짝 물러나다가, 우호적이면서 신비로운 교활함을 띠며 그를 향해 몸을 반쯤 돌리는 듯하더니, 다시 가차없이 미끄러지듯 빠져나가버렸다. 눈의 유리체액 속을 비스듬하게 헤엄치는 투명하고 작은 매듭이 그러듯이. 아아, 그는 몸을 일으켜야 했고, 너무 구멍이 많아 꼭 레이스로 만든 손모아장갑 같은 양말을 신어야 했다. 집을 나서기 전에 그는 다비드의 검누런 선글라스를 썼다—그러자 터키석색으로 죽어가는 하늘 한복판에서 태양이 기절했고, 현관 계단에 비친 아침 햇살이 석양빛의 색조를 띠었다. 다비드가 호박색이 된 맨등을 보이며 먼저 뛰어갔고, 이바노프가 그를 부르자 짜증내며 어깨를 으쓱했다. "달아나지 마." 이바노프가 지친 듯 말했다. 선글라스 때문에 시야가 좁아진 그는 자동차가 어디선가 갑자기 튀어나올까봐 두려웠다.

완만하게 경사진 길이 바다 쪽으로 내려갔다. 눈이 조금씩 선글라스에 적응되면서 그는 화창한 날에 온 사방이 카키색 제복을 입고 있어도 놀라지 않게 되었다. 길이 꺾이는 지점에서 퍼뜩 어떤 기억—뭔가 보기 드물게 위로가 되는 묘한 기억이었다—이 반쯤 떠올랐지만, 바로 흩어져 사라져버렸고 거센 해풍에 가슴이 죄어왔다. 거무스름한 깃발들이 흥분한 듯 펄럭이며 모두 한 방향을 가리켰는데, 그 방향에선 아직 아무 일도 일어나지 않았다. 여기는 모래사장, 이것은 바다가 내는 둔탁한 철벅철벅 소리다. 귀가 막혀버린 듯한 느낌이 들었고, 코로 공기를 들이마시자 머릿속이 우르릉 울리기 시작하며 뭔가가 고막의 막다른 길에 부딪힌 듯했다. 나는 별로 오래 살지도 못하고 별로 잘 살지도 못했구나, 이바노프는 생각했다. 그렇다고 불평을 늘어놓는 건 부끄러운 일이겠지. 생경한 이 세상은 아름답고, 그것을 떠올릴 수만 있다면 나는 지금 당장에라도 행복을 느낄 것 같은데…… 그 멋진, 정말 멋진—뭐더라, 그게 뭐였지?

그는 모래 위로 몸을 굽혔다. 다비드는 살짝 무너져내린 모래성벽을 삽으로 부지런히 보수하기 시작했다. "오늘 날씨가 더운 거니, 아니면 시원한 거니?" 이바노프가 물었다. "어째 확실히 모르겠구나." 이윽고 다비드는 삽을 던져버리고 말했다. "난 수영하러 갈 거예요." "잠깐이라도 좋으니 여기 가만히 좀 앉아보렴." 이바노프가 말했다. "내가 좀 생각을 정리할 게 있어서 말이야. 바다는 어디 가버리지 않을 테니." "가게 해주세요! 제발요!" 다비드가 애원했다.

이바노프는 한쪽 팔꿈치를 받치고 몸을 일으켜 파도를 점검했다. 파도는 크고 고양이 등처럼 등이 불쑥 튀어나왔다. 그 지점에는 해수욕하는 사람이 아무도 없었다. 거기서 왼쪽으로 훨씬 더 먼 곳에서만 오렌지색 수영모를 쓴 머리 여남은 개 정도가 위아래로 까딱까딱 움직이며 한쪽으로 일제히 파도에 실려가고 있었다. "저 파도를 봐라." 이바노프가 한숨을 지으며 말하고 다음과 같이 덧붙였다. "물속에서 조금 물장난치는 정도는 괜찮지만, 1사젠 이상 가지 마라. 1사젠은 2미터와 같지."

이바노프는 한쪽 뺨을 손으로 받친 채 고개를 떨구고 울적한 기분으로 삶과 연민과 행복의 불분명한 크기를 산출해보기 시작했다. 그는 벌써 모래로 가득찬 신발을 느린 손놀림으로 벗어버린 다음 다시 생각에 잠겼고, 그러자 다시 그 포착하기 어려운 작은 매듭들이 그의 시야를 헤엄쳐서 가로질렀다─얼마나 간절히 바라고 또 바랐는지, 그게 무엇인지 기억나기를. 그때 갑자기 비명이 들렸다. 이바노프는 몸을 일으켰다.

해변에서 멀리 떨어진 지점에, 노란빛을 띤 푸른 파도 틈에 다비드의 얼굴이 언뜻 보였다. 열린 입이 꼭 어두운 구멍 같았다. 그애는 물을 먹어 캑캑거리며 소리를 지르다가 사라졌다. 손 하나가 순간 나타났다가 역시 사라졌다. 이바노프는 재킷을 벗어던졌다. "내가 갈게." 그가 소리쳤다. "내가 간다. 조금만 버텨!" 그는 첨벙거리며 물에 들어가다가 발을 헛디뎠고, 얼음장같이 차가운 바지가 정강이에 달라붙었다. 다비드의 머리가 다시 잠깐 올라온 것처럼 보였다. 그러다 파도가 쏴 하고 밀려와 이바노프의 모자를 벗기고 앞이 안 보이게 만들었다. 그는 선글라스를 벗어버리고 싶었지만, 불안감과 추위 때문에, 그리고 온몸이 마비된 듯 힘이 빠진 탓에 그렇게 할 수가 없었다. 그는 파도가 물러나면서 자신을 해변에서 멀리 떨어진 곳까지 끌고 갔음을 깨달았다. 그는 다비드를 어떻게든 찾아내려 애쓰며 헤엄치기 시작했다. 고통스러울 정도로 차갑고 꽉 조인 주머니 속에 넘어진 것 같았고, 심장이 견디기 힘들정도로 조여왔다. 돌연 무언가가 그의 온몸을 재빨리 획 관통하며 지나갔다. 피아노 건반 위에서 잔물결을 이루는 손가락의 섬광—그리고 이것이 그가 아침 내내 생각해내려고 애썼던 바로 그것이었다. 그는 모래사장이 펼쳐진 곳까지 나왔다. 모래도 바다도 공기도 침침하고 탁한 기묘한 색조를 띠었고, 주위의 모든 것이 완벽하게 고요했다. 벌써 황혼이 찾아온 게 틀림없다고, 다비드는 죽은 지 벌써 오랜 시간이 지났을거라고 막연히 생각하자 속세의 삶에서 알았던 감각—가슴이 사무치는 눈물의 열기—이 느껴졌다. 그는 덜덜 떨리는 몸을 재 같은 모래 쪽으로 구부리면서 뱀 모양의 놋쇠로 된 버클이 달린 검은 망토로 몸을 더 꽁꽁 감쌌다. 아주 오래전, 어느 가을날에 그의 학창시절 친구가 입었던 걸 본 적 있는 망토였다. 그는 다비드의 모친에게 몹시 미안함을 느끼며 그녀에게 뭐라고 말해야 할지 걱정했다. 내 잘못이 아니라고, 나는 그애를 구하기 위해 할 수 있는 건 전부 했지만, 수영 실력이 형편없는데다 심장도 약하다고, 다비드가 익사했다고. 그러나 이 생각들에는 뭔가 잘못된 것이 있었다. 주위를 한번 더 둘러보자 적막한 안갯속에서 곁에 다비드 없이 홀로 있는 자신이 보였다. 다비드가 함께 있지 않다는 건 다비드가 죽지 않았음을 의미한다는 사실을 그는 이해했다.

그제야 뿌옇게 흐려졌던 선글라스가 눈에서 벗겨졌다. 흐릿하게 감돌던 엷은 안개가 일순 걷히며 신묘한 색채로 꽃이 피었고 온갖 소리가 터져나왔다—물기슭에 부딪히는 파도 소리, 펄럭거리는 바람소리, 사람들이 외치는 소리—그리고 저기 다비드가 빛나는 물에 발목까지 잠긴 채 서서 어찌할 바를 모른 채 두려움에 덜덜 떨며, 진짜 익사할 뻔했던 게 아니라 장난으로 힘든 척했던 거라고 설명할 엄두를 내지 못하고 있었다—더 멀리 바다에서는 물속으로 잠수해 들어가 바닷속을 수색하던 사람들이 툭 불거져나온 눈으로 서로 쳐다보다가 다시 잠수하고 빈손으로 다시 올라오곤 했다. 한편, 해안가에서는 다른 사람들이 그 잠수부들에게 소리치며 왼쪽으로 조금 더 가서 찾아보라고 조언하고 있었다. 적십자 완장을 찬 어떤 녀석은 해변을 따라 달리고 있었고, 스웨터를 입은 세 명의 남자가 조약돌에 갈리는 소리를 내며 보트를 물속으로 밀고 있었다. 망연자실한 다비드를 코안경을 쓴 뚱뚱한 여성이 데리고 갔다. 그 여성은, 금요일에 도착하기로 되어 있었으나 결국 휴가를 연기해야 했던 수의사의 처였다. 발트해는 끝에서 끝까지 반짝반짝 빛났고, 나무를 듬성듬성 솎아낸 숲에는 벌채한 지 얼마 안 된 사시나무들이 여전히 숨이 붙은 채 녹색의 시골길을 가로질러 누워 있다. 검댕이 묻어 더러워진 한 젊은이가 부엌 수도꼭지 아래서 몸을 닦자 차차 하얗게 변했고, 뉴질랜드 산의 만년설 위로 검은 앵무새들이 날아갔다. 햇살에 눈을 가늘게 뜬 어부는 엄숙하게 예언하고 있었다. 아흐레는 지나야 시체가 파도에 밀려 해안으로 올라올 거라고.

쾌남아

우리 여행가방은 산뜻한 색깔의 스티커로 공들여 꾸며져 있다. 뉘른베르크, 슈투트가르트, 쾰른―그리고 리도까지 있었다(리도는 사실 가짜였지만). 우리는 홍자색 혈관이 망처럼 비쳐 보이는 까무잡잡한 얼굴에 말끔하게 다듬은 검은 콧수염이 있고, 콧속엔 털이 수북하다. 우리는 망명 신문의 십자말풀이를 풀려고 애쓰며 코로 거칠게 숨을 쉬었다. 객차의 삼등실 안에는 우리뿐이다―혼자 있으니, 지루하군.

오늘밤 우리가 도착하는 곳은 작고 방탕한 도시다. 뭐든 마음대로 할 자유! 떠돌이 외판 여행의 향취! 코트 소매에 붙은 금발 한 올! 아, 여자여, 그대 이름은 금발의 여인! 이것은 원래 우리가 엄마를 부르는 통칭이었지만, 나중에는 우리의 아내 카탸도 그렇게 불렀다. 정신분석이 증명한 사실인즉슨, 모든 남자는 오이디푸스니까. 지난번 여행에서 우리는 카탸를 세 번 배신했고, 그 비용으로 30마르크가 들었다. 우스운 일이다—자신이 사는 곳에선 이 여자나 저 여자나 다 괴물처럼 보이는데, 낯선 마을만 가면 여자들이 마치 고대 그리스의 창녀처럼 사랑스러워 보이니. 하지만 그보다 더 달콤한 건 우연한 만남의 우아함일지도 모른다. 당신의 옆모습을 보니 어떤 소녀가 떠오르는군요. 여러 해 전에 나는 그 소녀를 위해…… 그렇게 단 하룻밤을 함께 보낸 후 우리는 두 척의 배처럼 헤어지는 거다…… 또다른 가능성은 알고 보니 그녀가 러시아인으로 밝혀지는 거다. 제 소개를 하자면, 이름은 콘스탄틴…… 성은 말하지 않는 게 좋다—아니면 가짜로 하나 지어낼까? 오볼렌스키. 그래, 친척 중에 그런 성도 있긴 하니까.

우리는 터키의 유명한 장군도 알지 못하고, 비행飛行의 아버지도, 아메리카산 설치류도 알아맞히지 못한다. 풍경을 바라보는 것도 별로 재미가 없다. 초원. 길. 지저분한 자작나무숲. 오두막과 양배추밭. 그런대로 봐줄 만한 젊은 시골 처녀.

카탸는 전형적인 양처 유형의 여자다. 아무런 정열도 없고 요리를 아주 잘하고, 매일 아침 어깨까지 정성스레 팔을 씻는 여자다. 머리 회전이 그렇게 빠른 편도 아니어서 질투하는 법도 없다. 그녀의 훌륭한 골반 폭을 고려하면 그녀가 이제까지 두 번이나 태아를 사산했다는 사실이 의아할 거다. 힘든 세월이었다. 내내 오르막을 오르는 기분이었다. 장사는 *완전한 영양실조*를 면치 못했다. 스무 번은 진땀을 흘린 다음에야 한 명의 고객을 겨우 설득한다. 그러고선 수수료를 한 방울 한 방울 쥐어짜낸다. 맙소사, 환상적으로 불을 밝힌 호텔방에서 금빛으로 빛나는 우아한 작은 악마와 뒤얽히고 싶은 마음이 얼마나 간절한

지! 거울, 흥청망청 질펀한 잔치, 술 두어 잔. 또다시 꼬박 다섯 시간을 더 가야 한다. 기차를 타고 있으면 그런 기분이 든다고들 하더니, 몹시 그렇군. 뭐니 뭐니 해도 삶의 원동력은 결국 짧고 격렬한 로맨스 아니 겠나. 나는 우선 그런 로맨스에 취하고 싶은 기분이 달래지지 않으면, 일이고 뭐고 집중할 수가 없다. 그래서 계획을 하나 짜보았는데, 작전 개시 장소는 랑게가 얘기해준 카페. 이제 거기서 아무것도 찾지 못하 면······

건널목의 차단기, 창고, 큰 역. 우리의 여행자는 창문을 내리고 그 위에 팔꿈치를 넓게 벌려 올려놓고 몸을 기댔다. 승강장 너머 저쪽 편에 있는 침대차 아래에서 증기가 분출하고 있었다. 유리로 된 아주 높은 둥근 천장 아래에서 이리저리 횃대를 바꿔 날아다니는 비둘기들을 어렴풋이 알아볼 수 있었다. 최고 음역대로 핫도그라고 외치는 소리, 바리톤 목소리로 맥주라고 외치는 소리. 상반신을 하얀 모직 옷으로 감싼 아가씨가 서서 어떤 남자에게 얘기하면서, 드러난 맨팔을 등뒤로 교차시키고는 가볍게 몸을 흔들면서 궁둥이를 핸드백에 탁탁 부딪히는 가 싶더니, 이번에는 가슴 앞으로 팔짱을 끼고 한쪽 발로 다른 발을 밟거나, 핸드백을 옆구리에 끼고 윤이 나는 검은 벨트 아래에 날렵한 손가락을 작게 톡톡거리는 소리를 내며 찔러넣곤 했다. 그녀는 그런 식으로 서서 웃음을 터뜨리며 가끔 작별을 고하는 몸짓으로 상대 남자를 만졌지만 결국에는 다시 몸을 꼬더니 돌아섰다. 여자는 머리카락을 위로 틀어올려 귀를 드러냈고, 햇볕에 타서 벌꿀색을 띠는 어깨부터 팔꿈치에 걸쳐 꽤 매혹적인 흉터가 있었다. 그녀는 우리를 쳐다보지 않았지만, 뭐 상관없지, 우리가 그녀에게 시선을 고정하고 계속 추파를 던지

자고. 흡족해하는 강렬한 시선의 광선 속에서 그녀는 아른아른 빛나다가 흩어질 것처럼 보였다. 순간 그녀의 몸을 통해 뒤의 배경이 비쳐 보일 것 같았다―쓰레기통, 포스터, 벤치. 그러나 불행히도 여기서 우리의 수정체는 원래 상태로 돌아와야 했다. 모든 것이 이동하면서 남자가 옆 객차로 뛰어올라 타자, 열차가 덜커덩 움직이기 시작했고 여자는 핸드백에서 손수건을 꺼냈다. 여자가 미끄러지듯 물러나던 중에 그가 탄 객차 창문 앞에 정확히 나타나자, 콘스탄틴, 코스탸, 코스텐카*는 열정적으로 세 차례 손으로 키스를 날렸지만, 그의 인사는 무시당하고 지나갔다. 그녀는 손수건을 리듬감 있게 흔들며 떠나듯 멀어졌다.

그는 차창을 닫고는 몸을 돌리며, 자신이 최면술 비슷한 행위를 하는 동안 자리가 그럭저럭 찬 것에 놀라서 객실 안을 흡족하게 둘러보았다. 신문을 손에 든 남자 셋이 보였고, 저멀리 구석자리에는 얼굴에 분을 칠한 흑발 여자가 있었다. 그녀의 반짝거리는 코트는 마치 젤라틴처럼 반투명했다―비에는 저항하겠지만, 남자의 시선에는 아마도 그러지 않을 것이다. 점잖은 유머와 정확한 시야―그것이 우리의 신조다.

십 분 후 그는 맞은편 창가 자리에 앉은 승객과의 대화에 깊이 빠졌다. 말쑥한 차림의 노신사였다. 차창 밖 공장 굴뚝을 구실삼아 대화의 물꼬가 트였다. 어떤 통계자료들이 언급되었고, 두 남자는 우울한 냉소를 담아 산업 전망에 대해 각자 의견을 표했다. 한편, 안색이 창백한 그 여자는 궁상스러운 물망초 다발을 짐칸에 처박아놓고, 여행가방에서 잡지를 꺼내 독서의 투명한 단계에 몰두했다. 우리의 애무하는 듯한

---

* 코스탸와 코스텐카는 모두 콘스탄틴의 애칭이다.

목소리도, 우리의 상식적인 말도 다 투과하는 독서였다. 또 한 명의 남성 승객이 대화에 참여했다. 헐렁한 체크무늬 반바지 밑단을 녹색 스타킹에 쑤셔넣은, 보기 좋게 살진 그 남자는 돼지치기에 관한 얘기를 늘어놓았다. 징조가 아주 좋군―여자가 네가 쳐다보는 모든 부분의 매무새를 가다듬는군. 거만한 은둔자 유형의 세번째 남자는 신문 뒤에 숨어 있었다. 다음 정차역에서 공장 경영자와 돼지 전문가는 내리고 은둔자는 식당차로 물러갔으며 여자는 창가자리로 옮겨 앉았다.

한번 그녀를 하나하나 뜯어볼까나. 장례식에 어울릴 법한 구슬픈 눈매, 도발적인 입술. 최상급의 다리, 인조 실크. 어느 쪽이 더 나을까, 경험 많고 관능적인 서른 살의 흑발 여자일까, 아니면 멍청하고 밝은 곱슬머리가 싱싱한 심심풀이용 젊은 여자일까? 오늘은 흑발 여자 쪽이 낫겠다. 내일 일은 두고 보자고. 다음으로 넘어가보자. 젤라틴 같은 레인코트를 통해 어슴푸레하게 보이는 듯한 그녀의 나체는 마치 라인강의 누런 물결 속에 보이는 인어처럼 아름다웠다. 갑자기 발작하듯 일어나서 그녀가 코트를 벗어버렸지만, 그 아래 드러난 것은 피케 옷깃이 달린 베이지색 드레스에 불과했다. 옷깃을 바로잡아야지. 그렇지.

"5월 날씨네요." 콘스탄틴이 정중하게 말을 붙였다. "그런데 아직 열차 안에 난방이 들어오는군요."

왼쪽 눈썹을 올리며 그녀가 답했다. "네, 따뜻하네요. 전 피곤해서 죽을 지경이에요. 계약 기간이 끝나서 이제 집으로 돌아가는 길이죠. 모두 저에게 축하의 건배를 해줬어요―아까 그 역의 뷔페는 최고더군요. 과음하긴 했지만 전혀 취한 건 아니고, 위가 좀 거북할 뿐이에요. 녹록지 않은 삶이었어요. 돈보다 꽃을 더 많이 받았죠. 한 달쯤 쉬면 제일 좋겠는데, 그다음엔 다시 새로운 계약을 맺겠지만, 얼마라도 저축하는 건 물론 불가능한 일이긴 해요. 좀전에 열차에서 내린 배불뚝이는 추잡하게 지분거리더군요. 얼마나 절 빤히 쳐다보던지! 왠지 이 기차에 벌써 아주 오래 타고 있는 것같이 느껴져요. 조금이라도 빨리 안락하고 작은 내 아파트로 돌아가 그 모든 너저분한 소동과 쓸데없는 말, 진저리나는 일에서 멀어지고 싶은 마음이 간절하네요."

"괜찮으시다면 제가," 코스탸가 말했다. "불편함을 좀 덜 수 있는 걸 드려도 될까요."

그는 엉덩이 아래에서 공기를 가득 넣은 사각형 방석을 끄집어냈는데, 딱딱하고 평평해 치질에 나쁜 좌석에 앉아 가는 여행중에는 늘 밑에 깔고 앉곤 하는, 얼룩덜룩한 공단으로 싸인 고무 방석이었다.

"그걸 제게 주시면 댁은요?" 그녀가 물었다.

"전 상관없어요, 괜찮아요. 조금 일어서보셔야겠는데요. 그럼 실례. 자, 이제 앉으세요. 부드럽죠, 그렇죠? 이동중에는 그 부분이 특히 민감해지기 마련이죠."

"감사해요." 그녀가 말했다. "이렇게 배려심 깊은 남자분이 많지 않아요. 최근에 살이 많이 빠져서 자리가 불편한 참이었어요. 아, 정말 좋네요! 꼭 이등실 좌석에 앉은 것 같아요."

"*친절, 여성을 정중히 대하는 것은,*" 코스텐카가 말했다. "우리에겐 선천적으로 타고난 자산이죠. 그렇습니다. 전 외국인이에요. 러시아인이죠. 예를 하나 들어보죠. 저희 아버지가 어느 날 오랜 친구인 유명한 장군과 영지를 둘러보러 나갔는데 말입니다. 우연히 한 농가의 아낙을 만났다고 합니다. 몸집이 왜소한 쪼그랑할멈으로 등에 땔감꾸러미를 지고 있었다네요. 아버지가 모자를 벗어 그 할망구에게 인사했지요. 이에 장군이 깜짝 놀라자, 아버지는 이렇게 말씀하셨답니다. '각하께서는 정말로 무지렁이 농민이 지주계급보다 더 예절을 차리기를 바라셨나요?'"

"저도 러시아인을 한 명 알고 있어요—그의 이름도 분명 들어보셨을 텐데, 가만있어보자, 뭐였더라? 바레츠키…… 바라츠키…… 바르샤바에서 온 사람이었어요. 지금은 켐니츠에서 약국을 하고 있고요. 바라츠키…… 바리츠키. 분명히 그를 아실 텐데요?"

"모르겠는데요. 러시아는 큰 나라입니다. 우리 가문의 영지만 해도 당신네 나라의 작센주만큼 컸죠. 그 모든 게 타버려서 다 잃고 말았지만요. 70킬로미터 떨어진 곳에서도 화재 불빛을 볼 수 있을 정도였거든요. 양친께서는 제 눈앞에서 도륙당하셨습니다. 제가 목숨을 건질 수 있었던 건 믿을 만한 충복 덕이었죠. 그는 러시아 튀르크 전쟁 참전 용사였어요."

"끔찍하군요." 그녀가 말했다. "너무 끔찍해요!"

"그렇죠. 하지만 그런 것도 무뎌지기 마련입니다. 전 시골 소녀로 변장하고 도망쳤어요. 그 당시엔 아직 상당히 귀여운 어린 소녀로 속여도 될 만한 외모였거든요. 병사들이 성가시게 추근거리곤 했죠. 특히 어떤 야수 같은 녀석은…… 거기엔 아주 웃긴 사연이 있었는데."

그는 그 사연을 얘기했다. "어머나!" 하고 소리치며 그녀가 미소 지었다.

"뭐, 그다음엔 방랑의 시기가 이어졌고 장사도 이것저것 많이 해봤죠. 한때는 구두닦이도 한 적이 있어요. 전 꿈속에서 우리집 정원에서 늙은 집사가 횃불을 밝히고 선조 대대로 내려오는 보석을 묻어놓은 정확한 지점을 보곤 합니다. 제 기억엔 다이아몬드 장식이 박힌 검도 있었는데—"

"금방 돌아올게요." 숙녀가 말했다.

탄성 있는 그 방석의 온기가 채 다 가시지 않았을 때, 그녀는 다시 돌아와 앉더니 원숙한 우아함으로 다리를 다시 꼬았다.

"—그거 말고도 루비가 두 개, 이렇게 큰 거였죠. 그리고 금궤에 들어 있던 주식과 아버지의 견장과 흑진주 목걸이도—"

"그래요. 요즘 몰락한 사람들이 참 많더라고요." 그녀가 한숨을 쉬며 한마디하고는 다시 왼쪽 눈썹을 올리며 말을 이었다. "저 또한 온갖 고생이란 고생은 다 경험해봤어요. 남편이 있었는데, 끔찍한 결혼생활이었죠. 저는 저 자신에게 말했어요. 이제 그만! 이젠 나 하고 싶은 대로 살 거야. 부모님과는 거의 일 년 가까이 말도 하지 않고 있어요—노인들이란, 아시겠지만, 젊은 사람들을 이해하지 못하잖아요—그게 너무 속상해요. 가끔 전 부모님 집을 지나가며 당장에라도 들어가볼까 생각해봐요. 그리고 제 두번째 남편은 지금, 다행히도 아르헨티나에 있는데, 저한테 굉장히 멋진 편지를 써서 보내지만 전 절대로 그에게 돌아가지 않을 거예요. 또다른 남자도 있는데, 공장 경영자로 아주 진중한 신사분이에요. 그분은 저를 아주 좋아하시고 아이를 낳아주기를 바라죠. 그 부인도 아주 친절하고 따뜻한 분이에요—부군보다 훨씬 나이가 많지요—우리 세 사람은 친구나 다름없이 지내며 여름이면 호숫가로 보트를 타러 가곤 했는데, 그분들이 프랑크푸르트로 이사를 하셨답니다. 배우들도 있었죠. 친절하고 쾌활한 사람들인데, 그런 사람들과의 정사는 너무 *친구처럼* 느껴져서, 확 끌리는 면이 없어요. 그러니까 당장에라도, 당장에라도, 당장······."

그사이 코스탸는 생각에 잠겼다. 그런 양친이니 경영자니 하는 얘기는 우리가 다 아는 뻔한 얘기지. 이 여자, 다 지어내고 있군. 그래도 아주 매력적이긴 해. 가슴은 한쌍의 아기 돼지처럼 포동포동하고 엉덩이는 날씬하고. 보아하니 술도 잘 마실 것 같은데. 식당차에서 맥주라도 좀 주문할까.

"그러고선 얼마 후에 행운이 따라서 돈을 산더미처럼 모으게 되어 베를린에 아파트를 네 채나 소유했었죠. 그러나 제가 믿었던 자가, 제 친구이자 동업자였던 자가 절 속이고······ 고통스러운 기억이네요. 전 비록 재산은 잃었지만 긍정적인 마음만은 잃지 않았고, 이제 다시 천만다행으로 불경기임에도······ 그와 관련해서, 제가 뭘 좀 보여드려도 될까요, 마담."

호화로운 스티커가 붙은 여행가방에는 (이런저런 잡다한 저속한 물건들 사이에) 핸드백용 손거울 견본이 들어 있었다. 그것은 최신 유행 상품으로, 원형도 사각형도 아니고 '판타지' 형태라고 불리는, 데이지꽃이나 나비나 하트 형태의 작은 거울이었다. 그러는 사이에 맥주가 나왔다. 여자는 그 작은 거울들을 이리저리 살펴보며 거울에 비친 자신의 얼굴을 보았다. 거울에 반사된 빛이 깜빡이며 객차 안을 획획 가로질렀다. 여자는 기병처럼 쭉 맥주를 들이켜더니 오렌지빛 도는 붉은 입술에 묻은 거품을 손등으로 훔쳤다. 코스텐카는 그 견본들을 조심스럽게 도로 가져가 가방 안에 넣고, 수화물 선반에 가방을 다시 올려놓았다. 좋아, 그럼 시작해보자고.

"있잖습니까—당신을 보고 있자니, 우리가 몇 년 전에 한번 만난 적 있는 것 같다는 생각이 들어요. 당신은 어떤 소녀와 황당할 정도로 똑 닮았거든요—그녀는 폐결핵으로 죽었습니다—전 그녀를 너무 사랑한 나머지 거의 권총 자살을 할 뻔했지요. 그래요, 우리 러시아인은 감상적인 괴짜들이죠. 하지만 제 말을 믿으세요. 우리는 라스푸틴처럼 정열적으로, 아이처럼 물불 안 가리고 천진난만하게 사랑할 수 있어요. 당신도 외롭고 저도 외로운 사람이지요. 당신이나 저나 매인 데 없이 자유로운 몸이고. 그러니 우리가 사람들 눈을 피해 어디 사랑의 보금자리로 들어가서 즐거운 시간을 보낸다 한들 누가 뭐랄 수 있겠습니까?"

그녀의 침묵이 그를 안달나게 했다. 그는 자리에서 일어나 그녀 옆자리로 가 앉았다. 그는 곁눈질하고 눈을 굴리더니, 넋을 잃고 그녀의 옆얼굴을 바라보며 무릎을 맞부딪치고 손을 비볐다.

"어디까지 가시는데요?" 그녀가 물었다.

코스텐카가 목적지를 말했다.

"그런데 제가 돌아가는 곳은—"

그녀가 치즈 생산지로 유명한 마을 이름을 댔다.

"괜찮아요, 오늘은 제가 당신과 함께 내렸다가, 내일 여정을 재개하면 됩니다. 마담, 감히 앞일을 미리 장담해서는 안 되지만, 어느 모로 보나 당신도 저도 절대로 후회하지 않으리란 건 믿어도 됩니다."

미소, 치켜올라가는 눈썹.

"제 이름도 아직 모르시잖아요."

"아, 그런 게 다 무슨 소용인가요? 상관없어요. 왜 이름 같은 게 꼭 있어야 하죠?"

"이게 제 이름이에요"라고 말하며 그녀는 명함을 꺼냈다. 소냐 베르크만.

"전 그냥 코스탸요. 코스탸. 쓸데없는 건 빼고. 그냥 코스탸라고 불러요. 괜찮죠?"

뇌쇄적인 여자다! 예민하고 유연하고 재미있는 여자야! 이제 삼십 분이면 거기에 도착하겠지. 인생이여 행복이여 혈기 왕성한 육체여 만세! 양날의 쾌락으로 가득한 긴 밤이여. 우리가 집대성해 펼쳐 보일 애무의 전집을 감상해보시라! 호색적인 헤라클레스여!

우리가 은둔자라는 별명을 붙여줬던 남자가 식당차에서 돌아오자, 그녀를 설득하는 건 일단 유예됐다. 그녀는 핸드백에서 스냅사진 몇 장을 꺼내 보여주기 시작했다. "이 소녀는 그냥 친구고요. 여기 아주 귀여운 이 소년은 형이 라디오방송국에서 일해요. 이 사진에서 전 형편없이 나왔죠. 저게 제 다리예요. 그리고 여기—이 사람 알아보겠어요? 제가 안경도 쓰고 중절모도 쓴 거죠. 귀엽지 않나요?"

우리는 목적지에 가까워지고 있었다. 작은 방석은 많은 감사인사와 함께 돌려받았다. 코스탸는 방석의 공기를 빼서 여행용 손가방 속에 밀어넣었다. 열차가 제동을 걸기 시작했다.

"그럼, 안녕히." 그녀가 말했다.

그는 힘차고 쾌활하게 여행가방 두 개—천으로 된 그녀의 작은 가방과 더 고급 재질인 자기 것—를 들고 나갔다. 먼지가 자욱한 햇빛 세 줄기가 역의 유리 천장을 꿰뚫고 내리쬐고 있었다. 졸린 듯한 은둔자와 잊고 있었던 물망초 다발이 열차에 탄 채 멀어졌다.

"당신, 완전히 미쳤군요." 그녀가 웃음을 터뜨리며 말했다.

짐을 맡기기 전에 그는 가방에서 납작하게 접히는 슬리퍼 한 켤레를 끄집어냈다. 택시 승차장에는 차 한 대가 아직 남아 있었다.

"어디로 갈까요?" 그녀가 물었다. "식당?"

"당신 집에서 요기를 좀 하면 되지 않나요." 몹시 초초해진 코스탸가 말했다. "그게 훨씬 편할 것 같은데요. 타세요. 더 좋은 생각이죠. 택시기사에게 50마르크짜리 바꿔줄 돈이 있을까요? 지금 제가 큰돈밖에 없어서. 아니, 잠깐만요, 여기 잔돈이 좀 있네요. 자, 어서요, 기사에게 어디로 가야 하는지 말해주시죠."

차 안에는 휘발유 냄새가 진동했다. 괜히 가벼운 입맞춤 같은 시시한 짓을 해서 우리의 즐거움을 망쳐서는 안 된다. 곧 도착하려나? 정말 삭막한 동네군. 곧? 더는 욕구를 참기가 힘들군. 저 회사는 나도 아는 회사데. 아, 도착했군.

택시가 멈춘 곳은 녹색 덧문이 달린 석탄처럼 검고 오래된 건물 앞이었다. 사층 층계참까지 올라갔는데, 그녀가 걸음을 멈추고 말했다. "집에 누가 있으면 어쩔 거예요? 제가 당신을 집에 들일지 아닐지 어떻게 알아요? 입술에 그건 뭐죠?"

"발진이에요." 코스탸가 말했다. "그냥 발진이에요. 어서요. 문을 열어요. 세상만사, 고민거리 다 잊어버립시다. 빨리요. 문 열어요."

두 사람은 안으로 들어갔다. 현관에 큰 옷장이 있고, 부엌과 작은 침실이 딸린 아파트였다.

"아뇨, 좀 기다려요. 전 배가 고파요. 우리 먼저 저녁을 먹어요. 아까 그 50마르크는 저한테 주세요. 기회가 되면 잔돈으로 바꿔 올게요."

"좋아요, 그런데 맙소사, 부탁인데 좀 서둘러줘요." 지갑 안을 뒤지며 코스탸가 말했다. "잔돈으로 바꿀 필요 없겠네요. 마침 10마르크 지폐가 있군요."

"뭐 사다줄까요?"

"아니, 뭐 아무거나 원하시는 대로. 그저 좀 서둘러달라고 간청할 뿐이네요."

그녀가 나갔다. 열쇠 두 개를 다 사용해 그를 가두었다. 만사 조심하자는 거지. 하지만 여기 뭐 찾아볼 귀중품이 있긴 하단 말인가? 아무것도 없다. 부엌 바닥 한가운데에 바퀴벌레 한 마리가 죽어서 발라당 뒤집힌 채 갈색 다리를 뻗고 누워 있다. 침실에는 의자 하나와 레이스 침대보가 덮인 나무 침대가 있었다. 침대 위의 얼룩진 벽에는 통통한 뺨과 물결치는 머리를 가진 남자의 사진이 걸려 있었다. 코스탸는 의자에 앉아 눈 깜짝할 사이에 적갈색 구두를 모로코가죽 슬리퍼로 교체했다. 그런 다음 노퍽재킷*을 벗어던지고 라일락색 멜빵을 풀고 풀 먹인 깃을 떼어냈다. 화장실이 없어서 그는 부엌 개수대를 이용해 재빨리 손을 씻은 다음 입술을 살펴보았다. 초인종이 울렸다.

그는 발끝으로 빠르게 문 쪽으로 가서 외시경에 눈을 대보았지만, 아무것도 보이지 않았다. 문 앞에 서 있는 남자는 다시 초인종을 울렸다. 구리로 된 고리로 계속 노크하는 소리가 들렸다. 문제될 것 없다─설사 우리가 그러고 싶어도 우리는 그를 들어오게 할 방법이 없다.

"누구시죠?" 코스탸는 은근한 목소리로 문을 통해 물었다.

갈라진 목소리가 되물었다. "저기, 베르크만 부인 돌아오셨나요?"

---

* 19세기 영국 노퍽 공작의 사냥복에서 유래한 옷으로, 허리에 벨트가 달리고 느슨한 주름이 있는 상의.

"아니요, 아직." 코스탸가 답했다. "왜 그러시죠?"

"안 좋은 일이에요." 목소리가 말하더니 잠시 말을 멈췄다. 코스탸는 기다렸다.

목소리가 말을 이었다. "그분이 언제 마을로 돌아오시는지 혹시 아시나요? 오늘 돌아오기로 되어 있다고 들어서요. 자이들러 씨 맞으시죠?"

"무슨 일이 있는 겁니까? 내가 부인에게 전할게요."

헛기침한 다음, 마치 전화 너머로 얘기하듯이 목소리가 말했다.

"여보세요, 저는 프란츠 로슈미트입니다. 부인은 절 모르지만, 제 말을 꼭 전해주세요—"

또다시 잠깐 멈췄다가, 쭈뼛거리며 묻는다. "혹시 절 좀 들여보내주실 수 있을까요?"

"괜찮아요, 괜찮아." 코스탸가 조바심내며 말했다. "내가 다 전하겠소."

"부친이 위독하시대요. 오늘밤을 넘기기가 어려울 거랍니다. 가게에서 뇌졸중으로 쓰러지셨대요. 바로 와달라고 전해주세요. 부인이 언제쯤 돌아오실 것 같나요?"

"곧." 코스탸가 답했다. "곧이요. 내가 전하지요. 그럼 안녕히."

계단이 삐걱거리는 소리가 점점 멀어지며 잇따라 들리더니 이내 조용해졌다. 코스탸는 창문으로 갔다. 우비 차림의 껑다리 젊은이로, 모자를 쓰지 않은 작은 머리는 숱을 짧게 쳐서 푸르스름한 회색을 띤, 그 죽음의 수습 전령은 길을 건너가더니 모퉁이를 돌아 사라졌다. 잠시 후 다른 방향에서 두둑해진 망태 가방을 든 여자가 모습을 드러냈다.

문의 위쪽 자물쇠가 철컥거렸고, 이어서 아래쪽 자물쇠도 철컥거렸다.

"휴!" 그녀가 들어오며 말했다. "얼마나 무겁게 많이 샀는지!"

"이따가, 이따가." 코스탸가 소리쳤다. "우리, 저녁은 이따가 들어요. 어서 침실로 갑시다. 그 꾸러미는 일단 치우고, 부탁이니까요."

"난 먹고 싶은데요." 여자가 길게 끄는 목소리로 답했다.

여자는 그의 손을 탁 쳐서 뿌리치고 부엌으로 갔다. 코스탸는 그녀를 따라갔다.

"로스트비프." 그녀가 말했다. "하얀 빵. 버터. 우리 마을 특산품인 치즈. 커피. 코냑 작은 병 하나. 맙소사, 좀 기다릴 수 없어요? 이거 놔요, 추잡해요."

그러나 코스탸는 그녀를 식탁에 내리눌렀고 그녀는 어쩔 수 없다는 듯 피식 웃었다. 그의 손톱이 그녀가 입은 녹색 실크 편물의 속옷 결에 자꾸 걸렸다. 모든 게 너무 허무하게, 불편하게, 그리고 너무 이르게 끝나버렸다.

"휴!" 하는 소리를 내며 그녀가 미소 지었다.

아니, 그 고생을 한 보람이 이거라니. 이런 대접을 해주시다니 대단히 감사합니다. 내 정력만 낭비했구나. 나도 이제 한창때가 아니군. 구역질이 다 나네. 땀이 흥건한 저 콧잔등, 시들시들한 저 면상. 손은 씻고 음식을 집어먹는 걸까. 입술에 저건 뭐야? 뻔뻔하기는! 누가 누구에게 뭘 옮기는지는 두고 봐야 아는 일이지. 뭐, 이제 와서는 어쩔 수 없지만.

"혹시 담배 사왔나요?" 그가 물었다.

여자는 찬장에서 포크와 나이프를 꺼내느라 바빠서 듣지 못했다.

"담배는?" 그가 다시 물었다.

"어머, 미안해요. 담배 피우는지 몰랐어요. 빨리 달려 내려가서 하나 사올까요?"

"신경쓰지 마요, 내가 가리다." 그는 무뚝뚝하게 답하고는 침실로 들어가 신발을 신고 외투를 입었다. 열린 문을 통해 품위 없이 움직이며 식탁을 차리는 여자의 모습이 보였다.

"담뱃가게는 저 모퉁이를 돌면 바로 있어요." 그녀는 큰 소리로 말하고는 접시를 하나 골라, 장밋빛의 차가운 로스트비프 조각들을 애지중지하며 가지런히 배열했다. 꽤 오랫동안 사 먹을 여유가 안 되었던 음식이었다.

"가는 길에 패스트리도 좀 사오지요." 콘스탄틴은 말하고 밖으로 나왔다. 패스트리, 휘핑크림, 파인애플 덩어리, 브랜디가 들어간 초콜릿도, 라고 머릿속으로 덧붙이면서.

길가로 나온 그는 여자 집의 창문을 찾으며(선인장이 있는 저 창문인가? 아니면 그 옆?) 위를 올려다보더니 오른쪽으로 길을 꺾어 걸었고, 가구점 짐차 뒤를 빙 둘러 가다가, 자전거와 맞닥뜨려 하마터면 앞바퀴에 받힐 뻔하고는 자전거 주인에게 주먹을 내보였다. 좀더 가니 작은 공원과 *대공* 석상 같은 게 있었다. 다시 한번 더 모퉁이를 돌자 길의 맨 끝이 보였는데, 그곳에는 요란한 석양빛을 받으며 뭉게구름을 배경으로 그 윤곽선이 두드러져 보이는 교회의 벽돌탑이 있었다. 그는 아까 택시를 타고 오다가 그 탑을 지나친 기억이 났다. 거기에서 역까지는 엎어지면 코 닿을 거리였다. 마침 십오 분 후에 안성맞춤인 열차를 탈 수 있었다. 적어도 이 점에서는 행운의 여신이 그의 편이었다. 지출. 짐

맡기는 데 30페니히, 택시가 1마르크 40페니히, 여자에게 준 10마르크 (5마르크면 충분했을 텐데). 또 뭐가 있지? 그래, 팁 포함 맥줏값으로 55페니히. 다 합해서 12마르크 25페니히. 바보 같았군. 그 나쁜 소식은 분명히 여자가 곧 알게 되겠지. 임종을 지키는 슬픈 시간 몇 분을 내가 면해준 셈이라고. 그래도 어쩌면 여기서라도 전갈을 보내 알려야 하지 않을까? 하지만 난 그 집 호수도 잊어버렸는걸. 아니, 기억하고 있다. 27호다. 어쨌든 내가 잊었을 거라고 봐주겠지 ― 아무도 그렇게 기억력이 좋아야 할 의무는 없으니까. 내가 그 자리에서 바로 그녀에게 얘기했으면 어떤 소동이 일어났을지 안 봐도 뻔하다! 늙은 암캐 같으니. 아니야, 우리가 좋아하는 건 작은 금발 여자뿐이야 ― 이번만큼은 이걸 기억하자고.

열차는 사람들로 가득했고 더워서 숨이 막혔다. 우리는 기분이 언짢았지만 배가 고파서인지 졸려서인지는 몰랐다. 그러나 배를 채우고 잠을 자면, 인생은 다시 제 모습을 되찾을 것이고, 우리의 친구 랑게가 얘기한 그 유쾌한 카페에서는 미국 악기들이 음악을 연주할 것이다. 그리고 그러다가, 나중에 언젠가 우리는 죽을 것이다.

해군성의 첨탑

　부디 용서해주시길 바랍니다, 마담. 나는 무례하고 솔직한 인간이라 단도직입적으로 말하겠습니다. 괜한 망상에 시달리지 마십시오. 이 편지는 팬레터와는 거리가 멉니다. 오히려, 당신도 곧 깨닫게 되겠지만, 이 다소 기묘하고 변변찮은 편지는 어쩌면 당신뿐만이 아니라 다른 충동적인 여성 소설가들에게도 일종의 교훈을 주게 될지 모릅니다. 내 이미지가 마치 투명무늬처럼 눈앞에 떠오르도록, 우선 서둘러 자기소개부터 하겠습니다. 펜으로 휘갈긴 활자체에서 눈이 자기도 모르게 잘못된 결론을 도출하는 걸 침묵으로 조장하기보다는 이러는 게 훨씬 더 솔직한 거지요. 아닙니다, 필적이 가늘고 어린애처럼 쉼표를 남발하지만, 나는 다부진 중년 남자입니다. 사실입니다. 비만이지만 흐물흐물한 타입은 아니며, 짜릿한 느낌이 있고 열정이 있고 까다로운 면도 있죠.

숙녀들의 통통한 애완동물인 시인 아푸흐틴*의 접어 젖힌 옷깃과는 전연 다른 것이란 말씀이지요, 마담. 뭐, 이런 얘기는 이제 그만하죠. 당신은 작가로서 이런 단서들을 취합해 이미 내 나머지 모습을 채웠을 테니. *봉주르, 마담.* 자, 이제 본론으로 들어가십시다.

일전에 나는 문맹인 운명에 의해 베를린의 어두컴컴한 골목길로 좌천된 러시아 도서관에서 신간 서너 권을 빌렸는데, 그중에 당신의 소설 『해군성의 첨탑』이 있었습니다. 참 딱 떨어지는 제목입니다―하다못해 그 제목이 약강 4보격**이라는 이유만으로도 그렇지 않습니까, *아드미랄테이스카야 이글라*. 게다가 푸시킨의 유명한 구절인 것도 도움이 되고요.*** 아주 딱 떨어지는 제목이긴 한데, 좋은 조짐은 전혀 보이지 않았죠. 게다가 나는 원래 리가나 레발 같은, 우리 국외 추방자들이 사는 변경지역에서 출판되는 책들에는 대체로 경계하는 마음을 품고 있었고요. 그런데도, 지금 말씀드리듯이, 나는 당신의 소설을 빌렸습니다.

아, 친애하는 마담, 아니, '미스터' 세르게이 솔른체프, 이 저자의 이름이 가명이며 저자가 남성이 아님을 추측하는 건 얼마나 쉬운 일인지요! 당신의 문장은 하나같이 모두 왼쪽에 단추가 달린 격이죠.**** '흘러간 시간'이랄지 '*추워하며* 어머니의 숄을 뒤집어쓴 채 몸을 웅크리고'

---

* 19세기 말 러시아의 사교계에서 인기가 높던 시인.
** 약강격은 강세를 받지 않는 음절 뒤에 강세를 받는 음절이 나오는 운율 형식으로, 러시아 시에서 가장 많이 쓰이는 운율이다.
*** 해군성은 배 모양 장식이 꼭대기에 달린 높은 첨탑이 상트페테르부르크 어디서든 눈에 띄는 랜드마크 중 하나이다. 「해군성의 첨탑」의 원제인 '아드미랄테이스카야 이글라'는 푸시킨의 서사시 「청동 기마상」에 나오는 시구이기도 하다.
**** 보통 남성복은 단추가 오른쪽에 달려 있고 여성복은 왼쪽에 달려 있다.

같은 표현을 유독 좋아하고, r자를 g자처럼 딱딱하게 발음하는 삽화적인 기병 소위(『전쟁과 평화』의 모방작에서 바로 튀어나온 듯한)가 부득이하게 등장하고, 결국엔 누구나 다 아는 상투적인 프랑스어 문구에 각주를 달아 번역까지 해놓음으로써 당신은 문학적 숙련 수준을 충분히 보여주시더군요. 그러나 이 모든 건 문제의 절반에 불과합니다.

상상을 해보세요. 예를 들어 언젠가 내가 기막히게 멋진 풍광을 거닐었다 칩시다. 세찬 급류가 요동치며 흐르고, 덩굴식물이 황량한 폐허의 기둥들을 질식시킬 듯이 에워싼 곳이죠. 그러고선 수년의 세월이 지난 후, 다른 사람의 집에서 우연히, 아무리 보아도 두꺼운 판지로 만든 기둥 앞에서 으스대는 자세로 서 있는 내 스냅사진을 보게 된 겁니다. 배경에는 희끄무레한 칠로 덕지덕지 칠해진 폭포 그림이 있고, 누군가 내 얼굴에 잉크로 콧수염을 그려넣었죠. 도대체 어디서 이따위 것이? 이 끔찍한 걸 치워버려요! 내가 기억하는 그 귀가 먹먹해지는 물소리는 진짜였고, 게다가 옛날의 그 장소에선 아무도 내 사진을 찍지 않았단 말이죠.

이 비유를 당신께 해석해드릴까요? 같은 감정을, 그것도 더 끔찍하고 더 어리석기만 한 감정을 당신이 날렵한 손으로 지은 수공품, 당신의 끔찍한 『첨탑』을 읽으면서 느꼈다는 말씀을 드려도 될까요? 아직 자르지 않은 새 책장을 검지로 갈라서 펼치고 눈으로 한 행 한 행 좇으며 나는 어리둥절한 충격에 휩싸여 눈만 깜빡일 수 있을 뿐이었습니다.

무슨 일이 일어난 건지 알고 싶으신가요? 기꺼이 알려드리지요. 당신은 해먹에 묵직하게 누워서 펜을 분별없이 분수처럼 흐르게 놔두며

(이 표현은 말장난에 가깝군요),* 마담, 당신은 내 첫사랑 이야기를 썼습니다. 그래요, 얼이 빠질 듯한 충격이더군요. 그리고 나는 몸이 육중한 사람이기도 하다보니 얼이 빠지면 바로 숨이 가빠집니다. 지금 당신과 나 둘 다 숨이 턱 막힐 겁니다. 틀림없이 당신도 당신이 창조한 주인공의 갑작스러운 출현에 말문이 막혔을 테니까요. 아니, 그건 실수였어요—곁들인 음식이 당신 것임은 나도 인정하고, 속을 채우고 양념을 한 것도 당신이 맞지만, 사냥한 고기(이것도 말장난에 가깝군요),** 그 고기는 마담, 당신 것이 아니라 내 것으로, 그 날개에는 내가 쏜 산탄이 남아 있습니다. 나는 경악했습니다—내가 전혀 모르는 이 숙녀분이 언제, 어떻게 내 과거를 채갈 수 있었던 걸까? 당신이 카탸와 아는 사이일 가능성, 그것도 꽤 가까운 친구 사이라 카탸가 당신에게 모두 말해버렸을 가능성을 배제해서는 안 되겠지요. 발트해의 소나무숲 나무 그늘 아래, 여름의 황혼 속에서 소재에 목말라 있던 탐욕스러운 소설가인 당신과 함께 있다가 말이죠. 하지만 그렇다 치더라도 당신은 어떻게 감히 뻔뻔하게도 카탸가 해준 이야기를 써먹었을 뿐만 아니라, 손대볼 수 없을 만큼 그렇게 왜곡해버렸나요?

카탸와 내가 마지막으로 만난 지 십육 년 이상의 세월이 흘렀습니다—십육 년이면 신부新婦와 늙은 개와 소련공화국의 나이네요. 그건

---

* 만년필(fountain pen)에는 '분수'를 뜻하는 단어 'fountain'이 들어 있다. 러시아어판에는 이 문장이 '펜을 날아다니게 놔두었다'라고 되어 있다. 러시아어 단어 'перо'에는 '펜' '날개'라는 뜻이 있다.
** 사냥한 고기를 가리키는 단어 'game'에는 '놀이' '유희'라는 뜻이 있다. 러시아어판에서 이 부분에 쓰인 단어 'дичи' 역시 '사냥한 야생동물' '실없는 소리' '잠꼬대'라는 뜻이 있다.

그렇다 치고, 셀 수 없을 만큼 많은 당신의 엉성한 실수 중에서 첫번째 실수—최악의 실수는 아니지만—를 지적해봅시다. 카탸와 나는 나이가 같지 않아요. 나는 열여덟 살이 다 되어가는 나이였고, 카탸는 스무 살이었습니다. 이미 해봐서 믿을 수 있는 기법에 의존해 당신은 여주인공을 전신 거울 앞에서 벌거벗기더니, 물론 아주 옅은 금색인 풀어헤친 머리칼과 젊디젊은 몸의 곡선을 묘사하더군요. 당신의 묘사에 따르면, 수레국화 같은 그녀의 눈동자가 깊은 생각에 잠기는 순간이면 보라색으로 변하죠—식물학적 기적인가요! 당신은 그 눈동자에 검은 술 장식 같은 속눈썹을 늘어뜨려 그늘지게 했는데, 나만 아는 사실로 기여를 좀 하자면, 그 속눈썹은 바깥쪽 눈꼬리 쪽으로 더 길게 이어진 듯 보여서, 착각이지만 눈이 째진 것 같은 아주 독특한 느낌을 자아냈죠. 카탸는 몸매가 우아했지만 약간 등이 굽어서, 방에 들어갈 때면 어깨를 조금 추어올리곤 했어요. 당신이 만든 그녀는 위풍당당한 아가씨로, 목소리에 콘트랄토의 어조가 있더군요.

　이러는 일 자체가 순전히 고문이군요. 나는 거짓으로 들리는 당신의 모든 이미지를 다 베껴서, 내가 관찰해 틀림없이 확실한 것들과 나란히 놓고 가차없이 비교해보기로 마음먹었지만, 그 결과물은 진짜 카탸라면 '악몽 같은 헛짓'이라고 말했을 짓거리가 되겠지요. 나에게 할당된 로고스는 당신에게서 벗어날 수 있을 만큼의 정확성이나 힘이 없으니까요. 벗어나기는커녕, 당신의 진부한 묘사가 펼쳐놓은 끈적끈적한 덫에 나 자신이 빠져서 허우적거리다보니, 당신의 펜에서 카탸를 해방할 힘이 조금도 남아 있지 않습니다. 그럼에도 마치 햄릿처럼 나는 당신에게 논쟁을 걸 생각이고, 결국에는 당신을 논파할 것입니다.

당신이 만들어낸 혼합물의 주제는 사랑입니다. 2월혁명을 배경으로 한 약간 퇴폐적인 사랑이지만 여전히 사랑은 사랑이죠. 당신은 카탸를 올가로 개명했고, 나는 레오니트가 되었네요. 뭐, 이건 좋습니다. 크리스마스이브에 둘의 친구네 집에서 이루어진 첫 만남, 유수포프 스케이트장에서의 만남들. 그녀 방의 남색 벽지와 마호가니 가구, 그리고 유일한 장식품인, 한쪽 다리를 들어올린 자세로 서 있는 발레리나 도자기 조각상―이것은 모두 맞아요, 모두 진실이에요. 이걸 뺀 모든 것에 당신은 뭔가 허세를 부려 꾸며낸 듯한 색조를 용케 가미했더군요. 제국 귀족학교 생도 레오니트는 넵스키대로에 있는 영화관 '파리지아나'의 객석에 자리를 잡을 땐 장갑을 삼각 학생모 안에 넣고 있었는데, 두어 쪽을 넘기자 벌써 사복을 입고 있더군요. 그가 중절모를 벗자 독자는 우아한 젊은이와 마주하게 됩니다. 마치 래커칠한 것같이 반질반질한 작은 머리는 *영국식*으로 정가운데에서 양갈래로 나뉘었고, 가슴 주머니에 꽂힌 보라색 손수건은 아래로 축 처져 있었죠. 사실 나는 영화배우 막스 랭데*와 비슷한 차림을 했던 것을 확실히 기억합니다. 므슈 피에르가 아낌없이 뿜어져나오는 베제탈 로션으로 두피를 차갑게 하면서 빗으로 목표를 겨냥하다 라이노타이프**가 휙 움직이듯 내 머리카락을 휙휙 젖히더니, 얼마 후 시트를 홱 잡아당겨 벗기며 콧수염을 기른 중년의 동료에게 "이봐, 여기 머리카락 좀 쓸어!"라고 소리치던 일도 기억납니다. 그때의 가슴 주머니 손수건과 하얀 각반에 대해 오늘날

---

* 무성영화 시대의 프랑스 배우이자 감독. 검은 연미복과 중절모, 검은 콧수염 등이 트레이드마크이다.
** 한 줄의 활자를 한 묶음으로 만들어 자동으로 판짜기를 하는 식자기(植字機).

나의 기억은 역설적인 반응을 보일 뿐이지만, 다른 한편으로는, 사춘기 때 겪은 면도의 고통에 대한 기억은 레오니트의 "윤기 없이 매끄러운 파리함"이라는 당신의 표현과 결코 화해할 수 없군요. 또 레르몬토프풍의 광택 없는 눈동자와 귀족적인 옆얼굴선에 관해서는 당신의 양심에 맡기기로 하죠. 생각지도 않게 워낙 살이 붙어서 지금은 어차피 알아볼 수 없을 테니 말입니다.

신이시여, 부디 이 숙녀 작가분의 산문 속에 빠져 꼼짝 못하는 일이 없도록 하소서. 이 작가는 제가 알지도 못하고 알고 싶지도 않은 작가이건만, 놀라울 정도로 오만하게 타인의 과거를 횡령했습니다! 어떻게 감히 "빛이 *아롱거리는* 예쁜 크리스마스트리가 두 사람에게 기쁨에 넘치는 환희의 날들을 예언하는 것처럼 보였다"라고 쓴 겁니까? 그래놓고 당신 스스로 입김을 불어 트리의 불을 다 꺼버린 셈이죠. 우아한 표현을 위해서랍시고 명사 뒤에 형용사를 하나 붙이기만 해도 가장 좋은 추억을 망쳐버리는 데는 충분하니까요. 그 재앙이 일어나기 전, 즉 당신의 책을 읽기 전까지 내가 간직했던 그러한 추억 중 하나가 바로, 카탸의 눈 속에서 빛이 물결치며 파편처럼 부서지고, 미쳐 날뛰는 촛불의 심지를 자르려고 그녀가 손을 뻗어 꺼칠꺼칠한 잎사귀를 헤칠 때 나뭇가지에 매달려 있던, 광택지로 만들어 윤이 나는 작은 인형의 집에서 반사된 빛이 그녀의 뺨에 체리색 빛을 비추던 기억입니다. 이제 그 모든 것 중에서 도대체 뭐가 내게 남아 있단 말인가요. 아무것도 없어요—있는 것이라곤 그저 문학적 연소의 구역질나는 악취뿐입니다.

당신의 버전만 보면 나와 카탸가 세련되고 교양 있는 상류사회 같은 곳에 살았다는 인상을 받습니다. 시차視差로 인한 당신의 오류입니다,

친애하는 숙녀분. 카탸가 속한 상류사회―바라신다면, 사교계라 해도 괜찮습니다만―는 완곡히 표현하자면, 시대착오적인 취향을 갖고 있었습니다. 체호프는 '인상파'로, 사교계의 삼류 시인 콘스탄틴 대공*은 일류 시인, 대표적인 기독교도 시인인 알렉산드르 블로크**는 죽어가는 백조와 라일락 리큐어가 나오는 미래파풍의 소네트를 쓴 짓궂은 유대인으로 여겨졌죠. 프랑스어와 영어 시를 모은 앨범이 손에서 손으로 필사되어 여기저기 돌다가 차례차례 왜곡이 없지 않게 다시 필사되었는데, 그러는 동안 작자의 이름은 어느 사이엔가 사라져버렸고, 그렇게 유출된 시들은 지극히 우연히도 매혹적인 익명성을 띠게 됐어요. 그리고 일반적으로 이런 시들이 겪는 편력을 지하 모임에서 불온한 선전 문구를 은밀히 복사하는 것과 나란히 놓고 비교해보면 재밌죠. 남자와 여자가 늘어놓는 이런 사랑의 독백들이 외국 서정시의 가장 현대적인 견본으로 여겨지는 게 얼마나 부당한 일인지는, 18세기 중엽에 불쌍한 루이 부이예***가 지은 시 한 편이 이른바 그 사교계 인사들에게 매우 사랑받았다는 사실만 봐도 잘 알 수 있습니다. 카탸는 너울거리듯 리듬과 운율이 바뀌는 부분을 한껏 즐기며 그의 약강5보격 시를 낭송하곤 했는데, 작자가 자신의 정열을 바이올린 활이라고 칭한 후 자신의 정부를 기타에 비유하는, 매우 울림 좋은 연을 가지고 내가 트집을 잡는다고 잔소리를 하곤 했죠.

---

* 콘스탄틴 콘스탄티노비치 로마노프 대공이 시인으로 활동할 때 쓴 필명. 그의 시는 당시 사교계에서 큰 인기를 끌었다.
** 후기 러시아 상징주의의 대표자로, 나보코프에게도 많은 영향을 준 시인이다.
*** 프랑스 시인. 낭만주의와 고답파 경향의 시를 썼다. 여기서 언급된 시는 「한 여인에게 바치는 시」로 추정된다.

그러고 보니, 마담, 기타에 관해서라면 당신도 "저녁에 젊은이들이 모이면 올가는 테이블에 자리를 잡고 풍부한 콘트랄토로 노래를 부르곤 했다"라고 쓴 대목이 있죠. 아, 이런—또다른 죽음, 당신의 호화로운 산문에 살해된 또다른 희생자네요. 그렇다 해도, 카탸가 노래에, 내가 시작詩作에 마음이 기울도록 만들었던, 당시 유행하던 *집시풍* 로망스의 울림을 나는 얼마나 소중히 여겼던지요! 그런 로망스가 이제는 푸시킨을 매혹하고 나중에는 아폴론 그리고리예프*를 매혹한 진정한 집시 예술이 아니라, 간신히 숨만 붙어 있을 정도로 닳고 닳아서 곧 죽을 운명의 뮤즈가 되었다는 걸 나는 너무도 잘 알고 있어요. 모든 것이 그 파멸에 일조했습니다. 축음기, 전쟁, 가지각색의 이른바 '집시 노래들'도 블로크가 관습적으로 섭리를 부르짖는 그의 주문 같은 시 중 하나**에서 기억하는 집시로망스의 단어는 뭐든 다 기록해두었던 데도 다 이유가 있었던 거죠. 마치 너무 늦기 전에 그것만이라도 구하려고 서두르듯이 말이에요.

목이 쉰 듯한 목소리로 중얼거리고 통곡하는 그 노래들이 우리에게 어떤 의미였는지 당신에게 얘기해드릴까요? 그 멀고 낯선 세계의 이미지를 당신에게 내가 드러내 보여야 할까요?

> 연못 위로 낮게 머리를 축 늘어뜨린
> 버드나무 가지가 하늘거리며 잠을 자는 곳,

---

* 러시아 시인이자 평론가. 집시로망스를 취재해 쓴 발라드가 있다.
** 알렉산드르 블로크의 극시 「북방인」으로 추정된다.

라일락 덤불 깊숙이,

나이팅게일이 자신의 정열에 대해 흐느껴 울며 말하는 곳,

그리고 모든 감각이, 가짜 집시풍 낭만주의의 사악한 지배자인 잃어버린 사랑의 기억에 지배받는 그곳을? 카탸와 나도 추억에 잠기는 걸 좋아했으나, 추억에 잠길 게 아무것도 없어서 우리는 시간상으로 멀리 떨어진 것을 날조한 다음, 눈앞에 당면한 우리의 행복을 그것에 밀어넣었죠. 우리는 지금—만회할 수 없는 그 상실을 충분히 자각하는—물을 잔뜩 머금은 채 연못에 떠 있는 저 오래된 뗏목과 검은 외양간 지붕 위에 뜬 저 달을 쳐다보는 눈과 같은 눈으로, 정원의 오솔길을, 달을, 수양버들을 보려고 애써서, 눈에 보이는 것은 모두 우리의 아직 존재하지 않는 과거에 바쳐진 기념비로 변형시켰어요. 막연한 영감 덕분에 나는, 우리가 기억하는 훈련을 하고 먼 과거를 상상하고 향수에 잠기는 연습을 하면서 어떤 것들을 사전에 준비하는 거라고, 그렇게 함으로써 우리는 나중에, 과거가 정말로 우리에게 존재하게 되었을 때, 그것에 대처하는 방법을, 그 부담감에 짓눌려 죽지 않을 방법을 알게 되리라 추측하기도 했습니다.

그러나 이 모든 게 다 당신과 무슨 상관이 있단 말입니까? 당신은 '글린스코예'라고 이름 붙인, 선조 대대로 내려오는 영지에서 내가 여름에 체류한 일을 묘사하면서 나를 숲속으로 몰아넣고 거기서 "젊음과 생명에 대한 믿음으로 가득차서" 시를 짓게 했지요. 실상은 전혀 그렇지 않았습니다. 어쭙잖게 풀이 웃자라고 아치 모양의 작은 테 앞마다

민들레가 피어 있는 잔디밭에서 다른 사람들이 (다락방에서 찾아낸 붉은 공 하나와 묵직하고 줄이 늘어진 도허티 라켓*으로) 테니스를 하거나 크리켓을 하는 동안, 카탸와 나는 부엌 쪽 안마당으로 가서 쪼그리고 앉아 두 종의 산딸기를 실컷 먹었어요—밝은 선홍색의 '빅토리아'(*사도바야 제믈랴니카*)와 종종 끈적끈적한 개구리 점액이 묻어 있는, 자줏빛을 띤 러시아산 흰땃딸기(*클루브니카*)였죠. 그리고 또 설익어 보이지만 그래도 놀라울 정도로 달콤한, 우리가 제일 좋아하던 '아나나스'도 있었고요. 등을 펴지 않은 채 끙끙거리며 고랑을 따라 움직이자니 무릎 뒤 힘줄이 땅겨 아팠고 배는 루비빛 열매로 가득차 묵직해졌어요. 뜨거운 태양빛이 내리쬐고, 그 태양도, 딸기도, 그리고 팔 아랫부분이 검게 물든 카탸의 터서실크 원피스와, 볕에 타서 녹슨 듯한 흔적이 남은 그녀의 목덜미도—그 모든 것이 숨막힐 듯한 기쁨의 감각으로 합쳐졌습니다. 일어서지 않고 계속 산딸기를 따면서 카탸의 따뜻한 어깨를 껴안고 그녀가 잎사귀 아래를 뒤지면서 식탐으로 무심코 내는 신음이나 조그맣게 킥킥대는 웃음소리나 관절에서 나는 우두둑 소리를 듣는 건 얼마나 큰 행복이었는지요. 온실이 눈부시게 빛나고, 융모로 둘러싸인 양귀비꽃이 가로숫길을 따라 한들거리는 그 과수원에서 곧장 화장실로 이야기가 옮겨가는 걸 양해해주십시오. 거기서 나는 로댕의 〈생각하는 사람〉 자세로 앉아 햇볕에 달궈져 여전히 뜨거운 머리로 시를 지었답니다. 그 시로 말할 것 같으면, 모든 의미에서 형편없는 시였어요. 그 시에 나오는 나이팅게일이 지저귀는 소리는 집시 노래

---

* 20세기 초에 영국에서 제작된 라켓으로, 영국의 유명한 테니스 선수 형제의 이름을 따서 '슬래진저 도허티 라켓'으로 불렸다.

에서 가져온 거고, 블로크 시의 파편과 베를렌의 무력한 메아리도 들리죠. *기억이여, 기억이여, 너는 나에게 무엇을 원하는가? 가을이……* ─ 가을이 오려면 아직 멀었음에도. 나의 행복은 신묘한 목소리로 외쳤죠. 가까이에, 아마도 저 너머에, 볼링장 옆에, 아래 음식쓰레기가 쌓여 있고 암탉들이 돌아다니는, 오래된 라일락 덤불 뒤까지 와 있을 거라고. 저녁이면 베란다에서 러시아 장군 코트의 안감처럼 붉은 축음기의 크게 벌린 입이 아무리 해도 억누를 수 없는 집시의 열정을 토해내거나, 아니면 〈달은 검은 구름 아래 숨었네〉라는 노랫가락에 맞춰 위협적인 목소리가 카이저 빌헬름을 흉내내곤 했어요. "나에게 펜촉과 펜대를 주시오, 최후통첩을 쓸 테니." 그리고 정원의 테라스에서는 고로드키(작은 마을) 게임이 진행중이었죠. 옷깃을 풀어헤친 카탸의 아버지가 부드러운 실내 부츠를 신은 한 발을 앞으로 내밀고는 마치 소총을 쏘듯 곤봉을 들고 목표 지점을 겨냥한 다음, 핀들이 모여 있는 '작은 마을'을 향해 있는 힘껏 곤봉을 던졌는데, (많이 빗나가서) 가장자리의 핀밖에 맞지 않았고, 그동안 지고 있던 태양이 울타리를 이룬 소나무 줄기들을 최후의 한줄기 빛의 끝부분으로 스치고 지나가며 그 하나하나에 불타는 듯한 띠를 남겼더랬지요. 그리고 마침내 밤이 찾아와 집안이 모두 잠들자, 카탸와 나는 정원에서 어두운 저택을 바라보며 딱딱하고 차갑고 눈에 띄지 않는 벤치에 뼈가 시릴 때까지 꼭 붙어앉아 있었습니다. 그 모든 것이 우리에게는 언젠가 오래전에 한번 있었던 일처럼 여겨졌죠. 담녹색 하늘을 배경으로 도드라진 저택의 윤곽선, 졸음에 겨운 나뭇잎의 움직임, 길게 이어지던 우리의 눈먼 키스.

당신은 말줄임표를 수시로 사용해 그 여름을 우아하게 묘사하면서 당연히, 그해 2월 이후로 국가가 "임시정부의 지배를 받았다"라는 사실을 한시도 잊지 않고―정작 우리는 잊곤 했는데 말이죠―나와 카탸로 하여금 혁명과 관련된 사건에 촉각을 곤두세우도록, 가령 (장장 열두 쪽에 걸쳐) 정치적이고 신비주의적인 대화를 하도록 강요했지만, 내가 장담하는데, 우리는 단 한 번도 그런 대화를 한 적이 없습니다. 일단, 나로서는 러시아의 운명에 관해 당신이 내게 부여한 그런 의로운 비장함을 품고 말하는 건 생각만 해도 낯이 뜨거워지는 일이고, 둘째로, 나도 카탸도 서로에게 너무 몰입해 있어서 혁명에 많은 관심을 기울일 틈이 없었습니다. 그 점과 관련해 내가 받은 가장 선명한 인상이 다음과 같이 사소한 것에 불과했다는 사실을 말하는 걸로 충분할 듯하네요. 상트페테르부르크의 밀리온나야 거리에서 어느 날, 혁명 분위기에 들뜬 폭도들을 가득 태운 트럭 한 대가 서투르게, 하지만 일부러 노리기라도 한 것처럼 정확하게 휙 진로를 벗어나 지나가던 고양이 한 마리를 짓누르듯 밟고 지나가는 광경을 보았습니다. 고양이는 완벽하게 평평하고 말끔하게 다림질된 검은 넝마처럼 그곳에 그대로 남겨졌죠(꼬리만이 여전히 고양이의 원형에 속한 듯 꼿꼿이 서 있었는데, 내 생각이지만, 끝이 아직 움직이는 것 같았어요). 그때 나는 이 사건에 뭔가 주술적으로 심오한 의미가 있는 듯한 인상을 받았으나, 그후 스페인의 목가적인 어느 마을에서 버스가 정확히 똑같은 방식으로 정확히 똑닮은 고양이를 납작하게 눌러버리는 광경을 목격할 기회를 맞고 나서 그 숨겨진 의미에 대한 환상은 깨졌죠. 반면에 당신은 나의 시작 재능을 그 원형을 알아볼 수 없을 정도로 과장했을 뿐만 아니라, 나를 예언자로 만들어놓았더군요. 녹색의 걸쭉한 죽이 된 레닌의 죽은 뇌라든가,

소비에트 러시아 지식인들의 '내적' 망명에 관해 1917년 가을 시점에 얘기할 수 있는 자는 예언자 외에는 없었을 테니 말이죠.

아닙니다, 그해 가을과 겨울, 우리는 다른 문제를 얘기하며 보냈어요. 나는 고뇌에 차 있었죠. 최악의 끔찍한 일들이 우리 연애에 일어나고 있었어요. 당신은 다음과 같이 간단하게 설명했지요. "올가는 자신이 정열적이기보다는 관능적인 여자라는 것을, 반면에 레오니트는 그 반대라는 것을 이해하기 시작했다. 그들의 위태로운 애무는 당연히 그녀를 도취시켰지만, 그녀의 깊은 곳에는 완전히 용해되지 않는 작은 조각 하나가 항상 남아 있었다"라는 둥, 똑같이 저속하고 허세 가득한 분위기로 계속 이어지더군요. 당신이 우리의 사랑에 대해 뭘 이해한다고 그러는 겁니까? 지금까지 나는 그것에 관한 직접적인 논의를 일부러 피해왔습니다만, 이제는, 당신의 문체에 감염된 것을 내가 두려워하지 않는다면, 우리 사랑의 불꽃과 그 기저에 깔린 우수를 더 구구절절 자세히 묘사할 겁니다. 그래요, 여름이었습니다. 잎사귀가 서걱대는 소리가 어디 가나 들리는 여름이요. 정원의 구불구불한 오솔길이란 오솔길은 모두 무턱대고 자전거로 달려 각자 다른 방향에서 시작해 중심부의 *원형 광장*으로 누가 제일 먼저 오나 경주를 했는데, 그러고 나면 원형 광장에 깔린 붉은 모래는 바위처럼 단단한 자전거 바퀴가 남긴, 뱀이 꿈틀대는 듯한 소용돌이 자국으로 뒤덮이곤 했지요. 그렇게 러시아에서 보낸 그 마지막 여름날, 그 매일의 생생한 세부 하나하나가 우리에게 필사적으로 비명을 질러댔습니다. "내가 현실이야! 내가 지금이라고!" 햇빛에 둘러싸인 이 모든 희열이 그럭저럭 그 표면에 머무는 한, 우리 사랑이 잉태될 때부터 내재한 슬픔은 실재하지 않는 과거에 헌신하는 수준을 넘지 않았어요. 그러나 카탸와 내가 다시 페테르부르크로 돌아가, 벌써 몇 번이나 눈이 내리고, 목재 보도블록에 벌써 누리끼리한 층—눈과 말똥이 섞인 것으로, 나로서는 러시아의 도시를 떠올릴 때마다 빼놓을 수 없는 풍경입니다—이 덮일 무렵에는 균열이 나타났고, 우리에겐 고통밖에는 아무것도 남지 않았습니다.

지금 내 눈앞에 검은 물개가죽 코트를 입은 그녀가 크고 납작한 머프*를 하고 가장자리에 모피를 댄 회색 부츠를 신은 날씬한 다리로 매우 미끄러운 보도를 따라 마치 죽마를 타고 걷는 것처럼 걸어가는 모습이 보이네요. 혹은 옷깃이 높은 어두운색 드레스를 입고 한참 울고 난 후 분을 두껍게 칠한 얼굴로 푸른색의 긴 의자에 앉아 있는 모습이. 저녁에 그녀 집으로 갔다가 자정 넘어 돌아올 때면, 서리가 내려 화강암 같고 별빛에 물들어 보라색이 감도는 잿빛 밤하늘 아래, 나의 행로를 침착하게 지시하는 만고불변의 이정표들—늘 똑같은 페테르부르크의 거대한 오브제들, 전설적인 시대에 지어진 고독한 그 건물들—이 밤의 폐허를 장식하며, 모든 아름다운 것이 그렇듯이 여행자들에게서 반쯤 등을 돌린다는 걸 알아보곤 했습니다. 그것들은 당신을 보지 않고, 수심에 잠겨서 맥없이 정신을 딴 데 팔고 있죠. 나는 운명과 카탸를, 별들을, 말없이 멍하니 있는 거대한 사원의 원주들을 타이르듯 혼잣말을 늘어놓곤 했습니다. 그러다 어두운 거리에서 총격전이 정신없이 벌어지기 시작하면, 빗나간 총알에 맞아 우아한 모피 코트를 걸치고 중절모를 삐딱하게 쓴 차림 그대로 어둑한 눈 위에 벌러덩 자빠져, 내

---

* 모피 뒷면에 헝겊을 대어 토시 모양으로 만들어서 양쪽으로 손을 넣는 방한용구.

가 떨어뜨려 주위에 흩어진, 눈과 거의 구별되지 않는 흰색의, 구밀료프나 만델슈탐의 신작 시선집에 둘러싸여 그 자리에서 즉사하는 광경을 무심코, 다소 쾌감까지 느끼며 떠올리곤 했고요. 때로는 걷다가 흐느끼고 넋두리를 늘어놓으며 카탸를 사랑하기를 그만둔 건 나 자신임을 스스로 납득해보려고 했죠. 그녀의 허위, 건방짐, 멍청함, 뾰루지를 감추려고 붙인 예쁜 애교점,* 괜히 프랑스어로 바꿔 말할 때 나타나는 일부러 '목구멍에서 내는 발음', 작위가 있는 삼류 시인이라면 아무리 뭐라 해도 아랑곳하지 않고 좋아 죽는 것, 그리고 전날 밤을 함께 보낸 자가 누구인지 말하라고 내가 백 번도 넘게 채근할 때 그 눈에 떠오르는 심술궂고 둔한 표정 등, 떠올릴 수 있는 모든 걸 다 서둘러 그러모으면서 말이죠. 그리고 그 모든 걸 모아서 저울에 올려놓고 보니, 그런 쓰레기들을 다 짊어진 나의 사랑이건만, 그 사랑에 더욱 깊이 빠지다 못해 아예 그 자리에 붙박여버려서, 강철 같은 근육을 가진 짐수레 말이 끌어도 그 늪에서 나오지 못하리란 걸 비통하게 감지할 뿐이었습니다. 그래놓고 다음날 저녁이 되면, 다시 나는 길모퉁이에 서 있는 수병의 검문을 뚫고 가죠(이때 요구받는 서류는 어쨌든 카탸 영혼의 문턱까지 접근하는 걸 허용하는데, 그 지점을 넘으면 효력이 없어져요). 그렇게 한번 더 가서 카탸를 응시하며 처량한 말을 좀 할라치면 카탸는 바로 커다랗고 뻣뻣한 인형으로 변신해 볼록한 눈꺼풀을 내리깔고 도자기 인형의 언어로 답하곤 했습니다. 그러다 어느 잊지 못할 밤에 나는 그녀에게 마지막으로 최대한 믿음이 가는 대답을 해달라고 요구했지만,

---

* 17~18세기 여성들은 얼굴을 돋보이게 하거나 상처 자국을 감추기 위해 검은 비단 조각을 붙이곤 했다.

카탸는 그저 아무 말이 없었고, 대신 소파에 누워 미동도 없이 가만히 있더군요. 그 역사적인 격동의 밤에 전깃불을 대신한 양초 불빛이 그녀의 거울 같은 눈동자에 비쳤지요. 나는 그녀의 침묵을 끝까지 들어주다가 일어서서 그 집을 나왔습니다. 사흘 후 나는 심부름꾼을 시켜 그녀에게 쪽지를 보내서 딱 한 번만 더 그녀를 보게 해주지 않으면 자살할 거라고 했습니다. 그리하여 장밋빛의 둥근 태양과 뽀드득 소리를 내는 눈이 눈부시게 아름다운 어느 날 아침, 우체국 거리에서 우리는 만났습니다. 나는 잠자코 그녀의 손에 키스했고, 우리는 침묵을 깨는 단 한 마디 말도 하지 않은 채 십오 분가량 같은 장소를 이리저리 배회했는데, 그동안 근처 근위기병연대 앞 대로의 모퉁이에는 아스트라한 모자를 쓴, 나무랄 데 없이 점잖아 보이는 남자가 짐짓 태연한 척 담배를 피우며 서 있었어요. 그녀와 내가 묵묵히 같은 장소를 왔다갔다 걸어다니는데, 한 남자아이가 너덜너덜 다 해진 술 장식이 달린 녹색 모직 천을 깐 손썰매를 줄에 매달아 끌면서 지나갔고, 배수관이 돌연 덜그럭거리는 소리를 내더니 얼음덩어리를 쏟아냈으며, 그동안 모퉁이의 그 남자는 계속 담배를 피웠지요. 그러다 우리가 아까 만났던 정확히 바로 그 지점에서 나는 아무 말 없이 그저 그녀의 손에 키스했고, 그 손은 다시 머프 속으로 미끄러지듯 들어가 영원히 나오지 않았습니다.

> *안녕히, 나의 번민과 나의 애욕이여*
> *안녕히, 나의 꿈이여, 안녕히, 나의 아픔이여!*
> *옛 정원의 오솔길을 따라*
> *우리 두 사람 함께 걷는 일, 결코 다시 없으리라.*

그래요, 그래. 안녕히, 집시 노래에 나오는 그 안녕히요. 그 모든 것에도 불구하고 당신은 아름다웠고, 불가사의할 정도로 한없이 아름답고 너무 사랑스러워서, 그 근시안적인 영혼, 그 견해의 시시함, 천 번은 될 그 사소한 배신을 다 무시한 채 나는 눈물을 흘릴 수 있었소. 반면 당신에게 나는, 깜냥에 안 맞게 과욕을 부린 시나 끄적거리고, 무겁고 탁한 감정을 늘어놓다 숨이 차서 말을 더듬는 나는, 나의 그 모든 사랑에도 불구하고 분명히 비열하고 역겨운 사람이었겠지. 그러니 그후에 내가 어떤 고통을 겪었는지, 입술에는 어슴푸레한 빛이, 머리카락에는 반짝거리는 빛이 반사된 당신이 내 시선을 피하고 있는 그 스냅사진을 내가 얼마나 보고 또 보았는지 당신에게 얘기할 필요도 없을 테고. 카탸, 대체 왜 당신은 지금 와서 그걸 그렇게 엉망으로 망쳐놓은 거요?

자, 우리, 차분하게 마음을 터놓고 솔직하게 얘기해볼까요. 이 편지를 쓰기 시작했을 때는 광대처럼 굵고 팽팽하게 부풀린 고무풍선 같던 거만한 뚱보는, 이제는 애처로운 쉿쉿 소리를 내며 공기가 빠져버렸소. 그리고 내 사랑, 당신은 결코 자기가 쓴 소설이라는 해먹 속에 있는 뚱뚱한 소설가가 아니라, 옛날의 그 똑같은 카탸라오. 일부러 계산해서 돌발 행동을 하는, 어깨가 좁은 카탸. 신중하게 화장한 어여쁜 그 숙녀가 어리석은 교태로 아무 가치 없는 그 소설을 지어냈지. 생각해보니 당신은 우리의 이별을 면해주지도 않았소! 레오니트가 편지를 보내 총으로 쏴죽이겠다고 올가를 협박하자, 그녀는 미래의 남편과 그 문제를 의논했지. 그 미래의 남편이란 자는 비밀 첩보원 연기를 하며 거리 모퉁이에 서서, 가지 말라고 올가에게 간절히 애원하다가 격렬히 흐

654

느껴 울며 그녀의 침착하고 분별 있는 말을 계속 가로막는 레오니트가 혹시 외투 주머니 속에 꼭 움켜쥔 권총을 꺼내기라도 하면 바로 달려들어 그녀를 구해낼 태세를 하고 대기했소. 이 얼마나 구역질나고 몰지각한 날조인가! 그리고 책의 끝부분에서 당신은 나를 백군에 합류시키더니 정찰중에 적군에게 포로로 잡혀 두 명의 변절자 이름—러시아, 올가—을 입에 올리며, 유대인풍의 검은 고수머리 인민위원이 쏜 총에 맞아 쓰러져 의연히 죽게 하지. 내가 여전히 당신을 십육 년 전의 당신으로 본다면, 우리의 과거를 그 굴욕적인 억류로부터 해방하고, 당신의 이미지를 당신 자신의 펜이 자행한 고문과 수치로부터 구해내기 위해 고통스러운 노력을 한다면, 내가 열렬히 당신을 사랑해온 게 얼마나 분명한가! 하지만 솔직히 내가 성공했는지는 모르겠소. 내 편지에서 묘하게도 당신이 달달 외워서 읊곤 했던 그 서간체 시들의 냄새가 나오. 기억하오?

내 필적을 보고 당신은 놀라시겠지요.*

—하지만 나는 아푸흐틴이 그랬던 것처럼,

여기서 바다가 당신을 기다리고 있소, 사랑처럼 광활한 바다가
그리고 바다처럼 광활한 사랑이!**

---

* 아푸흐틴의 시 「편지」의 한 구절.
** 아푸흐틴의 시 「편지에 대한 답장」의 한 구절.

라고 초대하면서 끝맺는 건 사양하겠소. 첫째, 여기에는 바다가 전혀 없고 둘째, 당신을 보고 싶은 욕망이 내게는 추호도 없으니까. 당신 책을 읽고 나니, 카탸, 나는 당신이 두려워졌소. 나와 당신이 기쁨과 고통을 나누었던 것이 그저 한 숙녀분의 소설 속에서 과거가 더럽혀진 사실을 발견하기 위한 것이었다고 한다면, 정말로 그렇게 기뻐하고 괴로워할 필요가 뭐가 있었겠소. 내 말 들어요―책을 쓰는 일은 그만두시오! 이 실패작이 적어도 당신에게 교훈을 주기를 바라오. '적어도' 나에게는 당신이 자기가 무슨 일을 저질렀는지 깨닫고 공포에 질리기를 바랄 권리가 있으니까. 내가 또 뭘 열망하는지 당신은 알까? 어쩌면, 어쩌면(이건 매우 작고 빈약한 '어쩌면'이지만, 나는 거기에 매달리고 있고, 그래서 이 편지에 서명하지 않을 것이오)―어쩌면, 카탸, 결국, 그 모든 것에도 불구하고, 있을 수 없는 희귀한 우연의 일치가 일어난 탓에, 그 시시한 글을 쓴 게 당신이 아니고, 수상쩍기는 하지만 매혹적인 당신의 이미지도 왜곡된 게 아닐지도 모르겠소. 혹시 그렇다면, 부디 용서해주시기를 바랍니다. 솔른체프 동지.

레오나르도

사물이 호출을 받으면 각기 다른 곳으로부터 가까이 다가와 모이지만, 개중에는 공간적 거리뿐 아니라 시간적 거리를 극복해야 하는 것도 있습니다. 공간의 방랑자와 시간의 방랑자 중에 어느 쪽이 거리를 극복하는 걸 더 힘들어할지 궁금해들 하실 텐데요. 가령, 인근에 심었지만 오래전에 벌채된 어린 포플러나무일까요, 아니면 오늘날에도 여전히 존재하지만 여기서 멀리 떨어진 곳에 있다가 호출받은 안마당일까요? 자, 모두 서둘러주세요.

자, 여기 난형卵形의 작은 포플러나무가 4월의 신록으로 온통 점묘된 채 와서, 지시받은 장소에 섭니다. 그 장소는 높은 벽돌담 옆으로, 그 벽돌 또한 다른 도시에서 통째로 가져온 것이죠. 그 맞은편에는 을씨년스럽고 더러운 공동주택이 쑥쑥 키를 늘려가고, 날림으로 지은 작은 발코니들이 마치 서랍을 당겨 뺀 듯 하나씩 튀어나와 있습니다. 안마당 이곳저곳에 무대장치의 다른 조각들이 배치되었습니다. 가운데가 불룩한 나무통 하나, 두번째 통, 잎들의 섬세한 그늘, 항아리 같은 것, 그리고 벽돌담 밑단에 받쳐놓은 돌십자가 하나. 이 모든 건 그저 스케치에 불과해서 많은 것이 더 추가되고 마무리되어야 하는데도, 그 자그마한 발코니에는 벌써 살아 있는 두 사람—구스타프와 안톤 형제—이 나와 있고, 안마당에는 새로 온 하숙인 로만톱스키가 여행가방 하나와 책더미를 실은 작은 손수레를 뒤에서 밀어 굴리면서 들어오네요.

안마당에서 보면, 특히 햇빛이 화창한 날이면, 그 공동주택의 방들이 짙은 어둠으로 가득차 있는 것처럼 보입니다(밤은 언제나 우리와 함께, 이곳 혹은 저곳에, 하루 이십사 시간 중 절반 동안은 실내에, 나머지 절반 동안은 실외에 있지요). 로만톱스키는 열린 검은 창문들을, 발코니에서 통방울눈으로 자신을 보고 있는 두 남자를 올려다보고는, 여행가방을 어깨에 메더니, 누군가 뒤통수를 퍽 치기라도 한 듯이 갑자기 앞으로 휘청하며 공동주택 입구로 고꾸라지듯 들어왔습니다. 책이 실린 수레, 나무통, 두번째 나무통, 눈을 깜빡거리는 어린 포플러나무, 그리고 벽돌담에 타르로 쓰인 문구 '당신의 한 표를 (판독 불능)에게'는 햇살 속에 남았죠. 짐작건대 벽의 낙서는 예의 그 형제가 선거 전에 휘갈겨쓴 것 같군요.

이제 우리가 세계를 정돈할 방식은 이것입니다. 만인이 땀흘리고 만인이 배부른 세계. 할일이 있고 맘껏 포식하고, 깨끗하고 따뜻하고 화창하고—

(로만톱스키는 옆방의 입주자가 되었습니다. 형제의 방보다 더 칙칙

한 방이죠. 그러나 침대 밑에서 그는 작은 고무인형 하나를 발견했습니다. 그는 전에 이 방에 머물렀던 하숙인이 가정을 이룬 남자였다는 결론을 내렸지요.)

세계가 아직 확정적으로 그리고 완전히 고체가 되지 않고, 감지할 수 없는 불가침의 영역을 아직 여기저기 유지하고 있음에도 형제는 아늑함과 자신감을 느끼며 살아갔습니다. 형인 구스타프는 가구 운반 일을 했고, 동생은 현재 일시적인 실업 상태지만 그렇다고 해서 기가 죽진 않았어요. 구스타프는 피부는 고르게 혈색 좋고 금빛 눈썹은 뻣뻣하게 곤두섰으며, 찬장처럼 넉넉한 몸통에는 언제나 올이 굵은 회색 털 스웨터를 걸쳤죠. 셔츠 소매는 손목까지 흘러내려 더러워지지 않도록 통통한 팔 관절 부분에서 고무 밴드로 고정해놓았습니다. 안톤은 얽은 자국이 있는 얼굴에 콧수염을 검은 사다리꼴 형태로 다듬어 길렀고, 깡말랐지만 강단 있는 체격에 검붉은 스웨터를 입었습니다. 그러나 두 사람이 발코니 난간에 팔꿈치를 괴고 기대어 있을 때면, 툭 튀어나온 궁둥이를 꽉 감싼 똑같은 격자무늬 옷을 입은 그들의 뒷모습은 정확히 똑같이 크고 의기양양했죠.

반복합니다. 땀흘리고 잘 먹게 되는 세계. 게으름뱅이, 기생충, 그리고 음악가는 용인되지 않습니다. 심장이 혈액을 뿜어내는 동안에는 살아야 하니까요, 빌어먹을! 지난 이 년간 구스타프는 저금을 해왔는데, 안나와 결혼하고 그릇장과 카펫을 사기 위해서죠.

거의 이틀에 한 번꼴로 저녁마다 오는 안나는 팔이 통통하고 풍만한 여자로, 넓은 콧대는 주근깨로 뒤덮였고 눈 밑에는 납빛을 띤 그늘이 드리워 있죠. 이빨은 틈 사이가 벌어진데다 어디서 맞았는지 이 하나가 빠져 있기까지 합니다. 형제와 안나는 셋이 같이 맥주를 꿀꺽꿀꺽 마시곤 했습니다. 여자는 맨살이 노출된 양팔을 목덜미 뒤로 넘겨 꼬아서 축축이 젖어 반짝이는 붉은 겨드랑이털을 드러내는 버릇이 있었어요. 머리를 뒤로 젖히며 어찌나 입을 크게 벌렸던지, 삶은 닭고기의 끄트머리를 닮은 입천장과 목젖 전체를 살펴볼 수 있을 정도였죠. 형제는 그녀가 웃음을 터뜨릴 때마다 드러나는 그 해부학적인 구조가 굉장히 마음에 들어서, 그녀를 간질이는 데 열을 올리곤 했답니다.

형이 일하러 가고 없는 낮 동안 안톤은 단골 술집에 죽치고 앉아 있거나, 선선한 운하 둑의 아직 선명한 녹색 풀 위에 핀 민들레에 둘러싸인 채 대자로 누워서 활기 넘치는 거친 건달들이 바지선에 석탄을 싣는 광경을 부러운 시선으로 관찰하는가 하면, 졸음을 불러오는 텅 빈 푸른 하늘을 멍하니 바라보곤 했지요. 그러나 머지않아 그렇게 순탄하게 흘러가던 형제의 생활에 뭔가 지장을 주는 일이 일어나게 됩니다.

손수레를 굴리며 안마당으로 들어와 모습을 드러낸 바로 그 순간부터 로만톱스키는 두 형제에게 짜증과 호기심이 합쳐진 감정을 불러일으켰습니다. 절대로 틀리는 법이 없는 직감으로, 그들은 다른 사람들과는 다른 놈이 여기 나타났다는 것을 감지했답니다. 보통 사람이라면 대충 한번 흘깃 보고 그 녀석에게서 아무 특별함도 간파해내지 못했겠지만, 이 형제는 간파했습니다. 예를 들어 걸음걸이부터 달랐습니다. 한 걸음 디딜 때마다 둥둥 뜨는 듯한 발끝으로 묘하게 몸을 들어올리며, 마치 그렇게 발을 디디는 단순한 행위로 평범한 사람들의 머리 너머로 뭔가 비범한 것을 보는 듯한 품새로 날아오르듯 걸었어요. 그는 이른바 '꺽다리'로 아주 마른 몸에 창백한 얼굴, 끝이 뾰족한 코, 그리고 끔찍이도 안절부절못하는 눈을 갖고 있었죠. 단추가 두 줄 달린 재킷의 너무 짧은 소매 밖으로 긴 손목이 뭔가 뻔뻔스럽고 생뚱맞게 여봐란듯이 삐죽 나와 있었고요("우리 여기 있어요, 뭘 해야 하나요?"). 그 사람은 집을 나가는 시간도 돌아오는 시간도 들쑥날쑥했습니다. 이사온 지 얼마 되지 않은 어느 날 아침에 책방 판매대 근처에 서 있는 그 사람이 안톤 눈에 띄었습니다. 가격을 물었거나, 아니면 실제로 뭔가를 산 것 같았답니다. 왜냐하면 책방 주인이 먼지 자욱한 책 두 권을 민첩하게 서로 탁탁 치더니 계산대 뒤에 있는 구석으로 가져갔기 때문이죠. 또다른 기벽도 발각되었습니다. 사실상 새벽까지 방의 불을 계속 켜놓은 채로 있다든가, 묘할 정도로 교제를 피한다든가, 그런 거요.

안톤의 목소리가 들리는군요. "저 신사입네 하고 거드름을 피우는 꼴이라니. 우리가 가까이 가서 한번 봐야 하는데."

"내가 저 파이프 담배를 한번 팔아볼까." 구스타프가 말했습니다.

그 파이프 담배의 어렴풋한 이력은 다음과 같습니다. 파이프 담배는 일전에 안나가 가져온 것인데, 형제가 인정하는 담배는 종이를 말아 만든 가는 담배뿐이었죠. 고가의 파이프 담배로, 아직 한 번도 그을린 적 없이 깨끗한 상태랍니다. 담뱃대에 작은 철제관이 삽입돼 있었죠. 스웨이드 싸개도 딸려 있었어요.

"누구세요? 뭐 때문에 그러시죠?" 로만톱스키가 문 너머에서 물었습니다.

"옆방이오, 옆방." 구스타프가 낮고 굵은 목소리로 대답했죠.

그러고는 옆방 사람들은 탐욕스럽게 주위를 둘러보며 방안으로 들어갔습니다. 탁자에는 먹다 만 소시지 한 도막이 들쑥날쑥 쌓아올린 책더미 바로 옆에 놓여 있었는데, 그중 한 책은 그림이 있는 장이 펼쳐져 있었어요. 돛을 많이 단 배들이 있고, 그 위쪽 한구석에 뺨을 부풀리며 날아가는 아기의 모습이 그려진 그림이었어요.

"서로 좀 알고 지냅시다." 형제가 웅성웅성 말했어요. "말하자면 나란히 사는 이웃사촌인데, 어찌된 영문인지 한 번도 못 만났잖습니까."

서랍장 위 공간을 공유하는 알코올버너와 오렌지 하나.

"기꺼이." 로만톱스키가 가만히 말했습니다. 침대 모서리에 앉아 이마를 숙여 혈관을 V자로 빨갛게 부풀리며 신발끈을 묶기 시작했고요.

"쉬고 계셨군요." 구스타프가 불길한 기분이 들게 하는 예의를 차리며 말했습니다. "우리가 시간을 잘못 골라 온 건 아니죠?"

한마디도, 단 한 마디 말도 그 세입자는 하지 않았습니다. 대신 갑자기 몸을 펴고 일어서더니 창문 쪽을 향해 손가락 하나를 치켜세운 채로 얼어붙어버렸습니다.

형제도 창 쪽을 보았지만 별다른 건 아무것도 없었습니다. 창틀 안에 구름 하나와 포플러나무 꼭대기와 벽돌담 일부가 담겨 있을 뿐이었죠.

"이런, 여러분에게는 아무것도 안 보입니까?" 로만톱스키가 물었어요.

빨간 스웨터와 회색 스웨터가 창문 쪽으로 가서 실제로 상체를 굽혀 창문 밖으로 내밀자, 쌍둥이같이 분간할 수 없게 되었습니다. 아무것도 없었어요. 그리고 불현듯 두 사람은 뭔가 잘못됐다는, 그것도 많이 잘못됐다는 느낌에 사로잡혔습니다! 두 사람은 휙 돌아섰습니다. 로만톱스키는 기묘한 태도로 서랍장 가까이 서 있었습니다.

"내가 착각했나보군요." 로만톱스키가 그들 쪽을 쳐다보지 않고 말했습니다. "뭔가가 날아가는 것 같았는데. 일전엔 비행기가 추락하는 걸 본 적이 있죠."

"있을 법한 일이죠." 구스타프가 맞장구쳤습니다. "있잖소. 실은 우리가 들른 용건이 따로 있소. 혹시 이거 사지 않겠소? 새 상품이오. 멋진 싸개도 딸려 있고."

"싸개요? 그렇습니까? 다만 나는 담배를 좀처럼 안 피우는지라."

"뭐, 이걸로 피워보면 자주 피우게 될 거요. 싸게 주겠소. 3마르크 50."

"3마르크 50이라. 과연."

그는 아랫입술을 깨물고 뭔가를 곰곰이 생각하며 파이프 담배를 만지작거렸습니다. 그의 눈은 사실 파이프 담배를 보지 않고 이리저리 두리번거렸어요.

그동안 형제는 부풀어오르고 커지기 시작하더니 방 전체, 건물 전체를 가득 채웠고, 이윽고 건물 밖으로 비어져나왔습니다. 그때쯤이면 어린 포플러나무는 그 두 사람과 비교하면, 염색한 솜으로 만들어 둥근 녹색 받침대에 붙여놓아 금방이라도 넘어져버릴 것 같은 장난감 나무 정도의 크기밖에 되지 않았죠. 운모 창유리를 낀 먼지투성이 판지로 만들어진 인형의 집은 형제의 무릎에 겨우 닿을락 말락 할 정도였고요. 거인같이 커져서 기세등등하게 땀과 맥주 냄새를 폴폴 풍기며 우람한 목소리로 의미 없는 말을 내뱉고, 인간의 뇌 대신에 대변이 차 있는 이 두 사람의 모습을 보고 있으면, 누구나 굴욕적인 두려움에 휩싸여 덜덜 떨게 될 겁니다. 어째서 이 두 사람이 나를 자꾸 밀어붙이는지 모르겠군. 제발 부탁이니, 날 좀 그냥 내버려두시게나. 나도 자네들을 건들지 않을 테니, 자네들도 날 건드리지 않으면 좋겠네. 여기선 내가 한발 물러날 테니, 그저 날 혼자 가만히 놔두시오.

"좋습니다. 그런데 지금 수중에 잔돈이 충분치 않군요." 로만톱스키가 낮은 목소리로 말했습니다. "지금 나한테 거스름돈 6마르크 50을 주실 수 있다면―"

형제는 거스름돈이 있었고, 씩 웃으며 방을 나갔지요. 구스타프는 10마르크짜리 지폐를 빛에 비춰 확인하고는 철제 저금통에 집어넣었습니다.

그런데도 그들은 옆방 이웃을 가만히 두지 않았습니다. 서로 안면을 익혔음에도 전과 다름없이 그 남자에게 접근하기 어렵다는 데 그저 화가 났습니다. 남자는 형제와 마주치는 일을 피했기에, 그 회피하는 눈을 잠깐이라도 들여다보려면 그를 불러세워 붙잡고 있지 않으면 안 되었죠. 로만톱스키 방의 전등이 야간에도 계속 켜져 있는 것을 발견한 안톤은 더는 참을 수가 없었어요. 그는 맨발로 살금살금 그 방문 앞으로 가서 (문 밑으로 금색 빛의 팽팽한 실 한 가닥이 새어나왔죠) 노크를 했어요.

로만톱스키는 답하지 않았습니다.

"자라고요, 자." 안톤이 손바닥으로 문을 탁 치며 말했습니다.

빛이 가만히 문틈 사이를 내다보는 듯했습니다. 안톤은 문손잡이를 흔들었죠. 금색 실이 뚝 끊어졌어요.

그때부터 두 형제는(아니, 특히 안톤이요, 실업자였던 덕분이죠) 이웃의 불면증에 대한 감시체제를 구축했습니다. 하지만 적도 약삭빠르고 선천적으로 귀가 밝은 사람이었죠. 아무리 조용히 문 쪽으로 나아가도 빛이 순식간에 사라져 마치 처음부터 거기에 없었던 양 굴었거든요. 그러고는 꽤 긴 시간 차가운 복도에서 숨을 참고 서 있어야 그 예민한 전등의 빛줄기가 돌아오는 걸 볼 여지가 있었죠. 딱정벌레가 기절했다가 다시 살아나는 것 같다고나 할까요.

추적 임무란 게 막상 해보면, 더없이 진이 빠지는 일이랍니다. 결국, 형제는 계단에 있는 그를 우연히 붙잡아서는 거칠게 밀쳤습니다.

"밤에 독서를 하는 게 내 습관일 수도 있지 않습니까. 여러분이 무슨 상관이라고 이러십니까? 지나가게 해주십시오."

그가 돌아서자 구스타프는 장난으로 그의 모자를 쳐서 떨어뜨렸습니다. 로만톱스키는 아무 말 없이 모자를 집어올렸고요.

그로부터 며칠 후, 해질녘에 그는 때를 봐서 화장실에서 자기 방으로 쏜살같이 돌아가려 했는데, 충분히 빠르지 못했어요—형제는 그를 둘러쌌죠. 두 사람밖에 없었지만, 그럭저럭 둘러싸는 형태를 취할 수 있었죠. 형제는 그를 자기들 방으로 초대했어요.

"맥주가 좀 있을 거요." 구스타프가 윙크하며 말했습니다.

그는 거절하려고 했습니다.

"자, 같이 가자고요!" 형제가 외치며, 그의 양 겨드랑이를 잡아서 획 쓸듯이 끌고 갔습니다. (그러자 그들은 얼마나 그가 말랐는지 느낄 수 있었죠—그 허약함, 어깨 아래의 그 가냘픔이 거부할 수 없는 유혹을 걸어왔습니다—아아, 이 녀석을 꽉 잡아 으스러뜨리고 싶군, 아아, 자제하기 어렵군, 하다못해 이동하면서 쿡 찌르기라도 해봐야지, 딱 한 번만, 살짝……)

"그렇게 하면 아파요." 로만톱스키가 말했습니다. "날 좀 내버려둬요.

혼자서 걸을 수 있으니."

약속했던 맥주, 구스타프 약혼녀의 커다란 입, 방안에 밴 고약한 냄새. 그들은 로만톱스키를 취하게 하려 했습니다. 깃이 없는 셔츠를 입고, 유난히 눈에 잘 띄고 무방비한 목젖 아래 구리로 된 장식 단추 하나를 채운 그는 긴 얼굴이 창백해져서는 속눈썹을 파르르 떨면서 몸을 반은 웅크리고 반은 구부린 복잡한 자세로 앉아 있다가 의자에서 일어났는데, 마치 나선이 풀리는 것처럼 보였어요. 하지만 그들은 다시 억지로 그를 주저앉혔고, 형제의 권유로 안나가 그의 무릎 위에 앉았습니다. 그는 신발 고정쇠를 너무 꽉 조여 탱탱 부어오른 그녀의 발등을 곁눈으로 계속 흘깃거렸지만, 활기 없는 이 붉은 머리 여자를 감히 내팽개치지 못한 채 둔하게 느껴지는 고통을 사력을 다해 참아냈습니다.

그가 부서진 것처럼, 그들 중 한 사람이 된 것처럼 보이는 순간도 있었어요. 실제로 구스타프는 이런 말도 했습니다. "이봐, 우리 같은 치들을 얕보다니 멍청하기 짝이 없군. 자네가 그렇게 입다물고 살면 우리 같은 사람은 기분이 상한다고. 도대체 밤새도록 뭘 그렇게 읽는 거야?"

"옛날, 옛날이야기들이요"라고 로만톱스키가 답했는데, 그 어조에 형제는 둘 다 갑자기 몹시 따분해져버렸습니다. 그 따분함은 숨이 막혀오는 음산한 따분함이었지만, 취기가 폭풍이 폭발하는 걸 막았고, 눈꺼풀은 오히려 무겁게 내려앉았습니다. 안나가 로만톱스키의 무릎에서 스르르 미끄러져 떨어지다가 졸음에 겨운 엉덩이로 탁자를 치는 바람에, 탁자 위의 빈병들이 볼링 핀처럼 흔들거렸고 하나는 쓰러졌습니다. 형제는 몸을 웅크리고 나자빠져서는 졸음으로 하품을 해대느라 나온 눈물 틈으로 손님을 계속 살폈어요. 손님은 덜덜 떨고 빛을 사방에 분산

시키면서 몸을 쭉 뻗어 가늘어지더니 서서히 사라져갔습니다.

이런 식으로 계속될 수는 없죠. 그는 정직한 사람들의 생활에 독을 치고 있어요. 뭐, 어쩌면 월말에 그가 이사갈지도 모르죠—다치지 않고 온전하게, 전혀 해체되는 일 없이, 거드럭거리며 자신만만하게 걸어나가는 겁니다. 녀석이 움직이고 호흡하는 방식이 다른 사람들과 다르다는 것만이 다가 아닙니다. 문제는 우리가 그 다르다는 것에 손가락조차 댈 수 없다는 사실이죠. 토끼를 끌어내려 해도 귀의 끄트머리조차 잡을 수 없는 거예요. 손을 댈 수도, 무게를 잴 수도, 수를 세볼 수도 없는 것은 모두 혐오스러운 법이죠.

사소한 괴롭힘이 끊임없이 이어지기 시작했습니다. 월요일에 형제는 그의 이불에 어렵사리 감자전분을 뿌려놓았는데, 그렇게 하면 미칠 듯한 가려움을 일으킬 수 있다고 하네요. 화요일에는 길모퉁이에 매복해 있다가 (책을 양팔 가득 가슴에 끌어안고 가는) 그를 습격해서 어찌나 솜씨 좋게 밀쳤던지, 두 사람이 미리 골라놓은 웅덩이에 그의 짐이 몽땅 빠졌죠. 수요일에는 화장실 좌변기에 목공용 풀을 발라놓았습니다. 목요일에는 형제의 상상력이 바닥나버렸습니다.

그는 아무런 말도, 그 어떤 말도 하지 않았습니다. 그런데 금요일에 그가 예의 그 나는 듯한 발걸음으로 안마당 입구에서 안톤을 앞지르더니, 삽화가 있는 주간지를 보라고 주는 겁니다—혹시 이거 보고 싶지 않으신가요? 이 예상치 못한 정중함은 형제를 당혹스럽게 해서, 그들의 분노에 기름을 끼얹은 격이 되고 말았습니다.

구스타프는 어떻게든 트집을 잡아 싸움을 걸 기회를 잡고자, 약혼녀에게 로만톱스키를 들쑤셔보게 시켰습니다. 축구공을 차올리기 전에 무심히 굴려보는 거라고나 할까요. 장난기 넘치는 동물에게는 역시 움직이는 사냥감이 더 흥미로운 법이니까요. 벌레 같은 갈색 주근깨 범벅의 우윳빛 피부, 옅은 색 눈에 담긴 멍한 표정, 이빨 사이에 작은 돌기처럼 낀 축축한 잇몸을 가진 안나는 로만톱스키에게 틀림없이 대단히 역겨운 여자였으나, 행여 여자를 퇴짜놓아서 그 애인을 격분하게 할까 두려워서 그는 혐오감을 숨기는 편이 나으리라 여겼습니다.

로만톱스키는 여전히 일주일에 한 번은 영화를 보러 가곤 했기에, 토요일에 그녀를 데리고 갔습니다. 이 정도 관심을 보이는 거로 충분하기를 바라면서요. 형제는 둘 다 새로 산 모자에 오렌지빛 도는 붉은색 구두를 신고 눈치채지 못하도록 신중하게 거리를 유지하며 그 한쌍의 뒤를 몰래 밟았습니다. 그 수상쩍은 거리에, 먼지가 자욱한 황혼 속에 형제와 비슷한 사람은 수백 명은 되었지만, 로만톱스키는 한 사람뿐이었습니다.

작고 긴 영화관 안에서 형제가 몸을 몰래 숙이고 뒤쪽 열에 앉자, 밤이 깜박깜박 명멸하기 시작했습니다. 인공적인 달밤이었죠. 그들은 전방 어딘가에 로만톱스키가 있음을, 음험할 정도로 기분좋게 느꼈습니다. 안나는 영화관으로 오는 길에 이 무뚝뚝한 동행에게서 뭔가 캐내는데 실패했는데, 그도 그럴 것이 사실 그녀는 구스타프가 그에게서 정확히 뭘 알아내길 원하는지도 잘 몰랐거든요. 함께 걸을 때 그의 호리호리한 체격과 우울한 옆얼굴을 보는 것만으로도 그녀는 하품이 나올 지경이었지요. 그러나 일단 영화가 시작되자 그녀는 그에 대한 건 잊어버리고, 무감각한 어깨로 그를 밀어붙였습니다. 유령들이 최신식 유성영화 화면 속에서 트럼펫소리 같은 어조로 대화를 나누었습니다. 남작이

와인을 시음하더니 잔을 조심스럽게 내려놓았습니다—포탄이 떨어지는 것 같은 소리를 내면서요.

그리고 얼마 후엔 탐정들이 남작을 추적하고 있었습니다. 그가 거물급 사기꾼이었다는 사실을 대체 누가 간파해낸 걸까요? 그는 열렬히, 광적으로 쫓겼습니다. 자동차들이 천둥 같은 굉음을 내며 질주했고요. 나이트클럽에서 병과 의자와 탁자를 던지며 싸움도 벌였지요. 한 어머니가 애교 넘치는 아이를 침대로 데려가 재우고 있었고요.

그 모든 게 끝나고, 로만톱스키는 약간 비틀거리며 그녀를 따라 시원한 어둠 속으로 나갔습니다. 안나가 탄성을 질렀어요. "아, 정말 멋졌어요!"

그는 헛기침하고 잠시 사이를 뒀다가 말했습니다. "과장하진 맙시다. 현실에서는 모두 훨씬 더 따분한 일이 될 테니."

"따분한 건 당신이에요." 그녀가 샐쭉해서 말대꾸하고는 이내 그 귀여운 아이를 떠올리며 조용히 빙그레 웃었습니다.

두 사람 뒤에는 아까와 같은 거리를 유지하며 형제가 미끄러지듯 따라오고 있었습니다. 둘 다 음침한 분위기였습니다. 둘의 몸안에서 음침한 폭력성이 서서히 차오르고 있었어요. 음침하게 안톤이 말했습니다. "저건 아니지. 아무리 그래도—다른 사람의 신부를 데리고 나다니다니."

"그것도 토요일 밤에 말이야." 구스타프가 말했습니다.

그들과 나란히 걸어가던 행인 한 명이 어쩌다 그들의 얼굴을 흘끗 보았습니다—그러고는 걸음을 더 빨리하지 않을 수 없었죠.

밤바람이 울타리를 따라 바스락거리는 쓰레기를 뒤쫓아갔습니다.

그곳은 베를린의 어둡고 인적이 드문 구역이었습니다. 길의 좌측으로 멀리, 운하 위로 드문드문 비치는 빛이 깜박거렸습니다. 오른쪽의 공터에는, 윤곽선을 급히 대충 그린 듯한 집 몇 채가 검은 등을 보이고 돌아서 있었습니다. 잠시 후 형제는 걸음에 속도를 붙였습니다.

"어머니와 여동생이 시골에 살아요." 안나는 벨벳 같은 밤에 둘러싸여, 꽤 친밀하고 조용한 어조로 그에게 얘기하고 있었습니다. "결혼하자마자 그이와 함께 가족을 만나러 가고 싶어요. 작년 여름에 동생이—"

로만톱스키는 갑자기 뒤를 돌아보았습니다.

"복권에 당첨됐어요." 안나도 기계적으로 뒤를 돌아보며 말을 이었죠.

구스타프가 낭랑하게 휘파람을 불었습니다.

"아니, 그이들이잖아!" 안나가 외치더니 기뻐하며 웃음을 터뜨렸어요. "어휴, 저런 악당들!"

"안녕, 안녕들 하시오!" 구스타프가 헐떡이는 목소리로 급하게 말했어요. "이 자식이 여기서 뭐하는 거야, 내 여자를 데리고."

"아무것도 안 해요. 우리는 방금—"

"이봐, 이봐." 안톤은 팔꿈치를 뒤로 빼서 로만톱스키의 아래쪽 갈비뼈 부근을 빠드득 소리가 나게 쳤습니다.

"제발, 주먹은 쓰지 마십시오. 당신도 익히 알고 있겠지만—"

"이 사람 그냥 내버려둬요, 친구들." 안나가 작게 키득거리며 말했습니다.

"이 녀석은 좀 혼내줘야 해"라고 말하면서, 구스타프는 자신도 동생의 선례를 따라 그 연골과 굴곡진 등뼈의 감촉을 느낄 생각에 가슴 저미는 흥분으로 달아올랐습니다.

"그러고 보니, 일전에 내게 재밌는 일이 일어났는데요." 로만톱스키가 말문을 열어 빠르게 말하기 시작했지만, 이내 구스타프가 손가락의 거대한 관절덩이를 희생자의 옆구리에 쑤셔넣고는 비틀어서 도저히 말로 표현할 수 없는 고통을 주었습니다. 로만톱스키는 뒤로 휘청거리며 미끄러져 넘어질 뻔했어요. 넘어졌으면, 아마도 그때 거기서 비명횡사했을 겁니다.

"그냥 가게 두라고." 안나가 말했어요.

그는 돌아서서 옆구리를 쥐고는 바스락거리는 소리를 내는 캄캄한 울타리를 따라 걸어갔습니다. 형제는 뒤쫓아가서, 거의 그 발뒤꿈치를 밟을 뻔했어요. 구스타프는 강한 충동이 끓어올라 괴로운 듯 으르렁거렸는데, 그 으르렁거림은 어느 순간 급습으로 바뀔지 몰랐죠.

저멀리 그의 앞에서 안전을 약속하는 빛이 환하게 반짝거렸습니다. 그것은 가로등이 켜진 대로를 의미했어요. 보이는 건 어쩌면 외로이 켜진 가로등 하나뿐이었을 수 있지만, 그래도 그 암흑 속에 벌어진 틈새는 근사한 축제의 불꽃, 구원받은 사람들로 가득하고 행복이 넘치는 광휘의 영역처럼 보였습니다. 만약 달리기 시작하면, 그걸로 끝이리란 걸 그는 알았습니다. 어차피 충분히 빨리 그곳에 다다르지 못할 테니까요. 조용히, 유려한 걸음으로 가야 한다. 그러면 어느덧 저 거리를 다 가게 될지도 모른다. 그때까지는 소리 내지 않고, 타는 듯 얼얼한 옆구리를 손으로 누르지 않도록 하자. 그렇게 그는 평소의 탄력 있는 걸음걸이로 성큼성큼 걸어갔는데, 마치 날지 못하는 사람들을 놀리려고 일부러 그렇게 걷다가 다음 순간에는 날아가버릴지도 모르겠다 싶은 인상이었습니다.

안나의 목소리. "구스타프, 저 사람하고 얽히지 마. 멈출 수 없다는 걸 자기도 잘 알잖아. 예전에 그 벽돌공에게 자기가 한 짓을 떠올려봐."

"입 닥치고 있어, 늙은 암캐 같으니, 형에게 이래라저래라 하지 말라고." (이건 안톤의 목소리였죠.)

이제 마침내 빛의 영역—밤나무 이파리도, 모리스의 광고탑처럼 보이는 것도, 더 멀리 좌측에 있는 다리도 알아볼 수 있는—이, 숨을 죽이고 기다리며 애원하는 듯한 저 빛이, 마침내, 드디어, 이제 그리 멀지 않았다…… 그래도 달려서는 안 된다. 그는 자신이 치명적인 실수를 저지른다는 걸 알았음에도, 끝내 자신을 제어하지 못하고 날아올라, 흐느끼며 앞으로 돌진했습니다.

그는 달렸는데, 달리면서 환호작약하며 웃는 것처럼 보였습니다. 구스타프는 두 번의 도약으로 그를 따라잡았지요. 두 사람은 넘어졌고, 삐걱거리고 으스러지는 격렬한 소리 사이로 어떤 특별한 소리가—매끈하고 축축하게, 한 번, 또 한 번, 최대한도로—들려오더니, 안나가 손에 모자를 꼭 쥐고 바로 어둠 속으로 도망갔어요.

구스타프는 일어섰습니다. 로만톱스키는 땅에 누워서 폴란드어로 말하고 있었습니다. 그러다 그의 목소리가 갑자기 뚝 끊겼지요.

"당장 달아나자." 구스타프가 말했습니다. "저놈을 내가 찔러버렸어."

"빼, 어서." 안톤이 말했습니다. "녀석에게서 그거 빼라고."

"뺐어." 구스타프가 말했습니다. "맙소사, 내가 녀석을 찔렀다니."

그들은 허둥지둥 뛰어갔는데, 빛이 비치는 쪽이 아니라, 캄캄한 공터를 가로질러갔습니다. 묘지 주위를 돌아 뒷골목에 이르러서야 그들은 시선을 교환하고는, 평소 보폭으로 걸음 속도를 늦췄습니다.

집에 오자마자 그들은 바로 곯아떨어졌습니다. 안톤은 풀 위에 앉아 바지선이 떠가는 걸 바라보는 꿈을 꿨습니다. 구스타프는 아무 꿈도 꾸지 않았고요.

다음날 아침 일찍 경찰들이 왔습니다. 그들은 살해된 남자의 방을 조사한 뒤, 통로로 나온 안톤에게 간단히 질문했습니다. 구스타프는 흡족한 기분으로 잠에 취해 침대에 있었는데, 그 얼굴은 베스트팔렌산 햄 같은 색을 띠어서, 희끄무레한 털뭉치 같은 눈썹과 대비를 이뤘죠.

이윽고 경찰이 가고 안톤이 돌아왔습니다. 평소와 다르게 들뜬 모습으로, 숨이 넘어갈 듯 웃느라 몸을 못 가누면서 주저앉아 소리도 내지 않으며 손바닥을 주먹으로 쳤습니다.

"정말 재미있군!" 그가 말했습니다. "그 녀석이 어떤 놈이었는지 알아? 레오나르도였어!"

그들의 은어로 레오나르도는(화가의 이름에서 따온 것이죠) 위조지폐 제조자를 의미했습니다. 안톤은 자신이 어렵사리 알아낸 사실에 관해 얘기했습니다. 그 녀석은 범죄조직에 속해 있던 남자로, 교도소에서 막 출소한 것 같다는 얘기였습니다. 감옥에 들어가기 전에는 위조지폐 도안을 그리는 일을 했다는군요. 공범이 그를 칼로 찔렀을 게 틀림없다는 겁니다.

구스타프도 몸을 흔들며 웃어젖히다가 돌연 안색이 싹 바뀌었어요.

"그 작자, 우리한테도 엉터리 돈을 슬쩍 준 것 같은데, 사기꾼 자식!" 구스타프는 소리지르고는, 벗은 몸 그대로 저금통을 넣어두는 옷장으로 뛰어갔습니다.

"괜찮아, 그냥 쓰면 돼." 동생이 말했습니다. "뭐, 어차피 전문가가 아니고서는 구분하기 어려울 테니."

"그렇겠지, 그래도 뭐 그런 사기꾼 자식이 다 있어!" 구스타프는 한 말을 하고 또 했습니다.

나의 불쌍한 로만톱스키! 나도 저 두 사람과 마찬가지로 그대가 정말로 보통 사람과는 다른 인물이라고 믿었습니다. 고백하자면, 나는 그대가 가난 때문에 어쩔 수 없이 그런 험한 구역에 살게 된 비범한 시인이라고 믿었지요. 여러 가지 점으로 미루어볼 때, 그대가 매일 밤 시 한 줄을 고치는 일에 열중하거나 점점 커지는 영감을 살뜰히 보살피거나 하면서 형제에 대한 난공불락의 승리를 자축하고 있으리라고 믿었던 거죠. 나의 불쌍한 로만톱스키! 이제 모든 게 끝났습니다. 아아, 내가 모았던 사물들도 모두 뿔뿔이 흩어져 떠나가버렸습니다. 어린 포플러 나무는 차츰 흐릿해지더니 날아올라서 원래 있던 곳으로 돌아갔습니다. 벽돌담은 녹아서 사라져갑니다. 공동주택은 작은 발코니를 하나하나 안으로 끌어들이더니 돌아선 후, 붕 떠서 가버립니다. 모든 것이 두둥실 떠올라 가버립니다. 조화와 의미가 사라집니다. 세계는 또다시 그 어수선한 공허로 나를 짜증스럽게 하는군요.

원

둘째로, 느닷없이 러시아에 대한 미칠 듯한 갈망에 사로잡혔기 때문이다. 그리고 마지막으로 셋째로는, 자신의 청춘과 그 시절과 연관된 모든 것―그 격렬한 증오, 그 서투름, 그 열렬함, 꾀꼬리가 지저귀는 소리에 귀가 먹먹해지는 울창한 숲에서 맞는 눈부신 신록의 아침―에 대한 회한 때문이었다. 그는 카페에 앉아 사이펀에서 흘러나오는 소다수로 카시스*의 단맛을 묽게 희석하면서 과거를 떠올리고는 심장이 죄어드는 애달픔을 느꼈다. 어떤 애달픔? 글쎄, 아직 충분히 연구된 바 없는 애달픔이었다. 먼 과거의 모든 것이 한숨으로 부푼 가슴속에서 새록새록 일어났고, 고인이 된 아버지가 천천히 무덤에서 일어나 어깨를 쫙

---

* 블랙커런트로 만드는 리큐어.

폈다. 일리야 일리치 비치코프, *우리 마을의 초등학교 교사*, 검은 넥타이를 현란한 매듭으로 묶고 폰지 재킷을 입은 그 모습. 그 재킷은 예전에 유행하던 식으로 단추가 흉골이 있는 높은 데서부터 시작했지만, 여전히 높은 지점에서 끝나서 아래 갈라진 외투 자락 사이로 조끼를 가로지르는 시곗줄이 보였다. 피부는 불그스레하고 대머리는 봄에 사슴뿔에 나는 벨벳 같은 털과 흡사한 부드러운 솜털로 아직 덮여 있었다. 무수한 작은 주름이 뺨을 따라 팼고, 코 옆에는 통통하게 살이 오른 사마귀가 달려서 두툼한 콧구멍에 고등이 더 얹어진 듯한 효과를 냈다. 고등학생과 대학생 시절, 인노켄티는 방학이면 도시를 떠나서 레시노의 아버지 댁으로 돌아가곤 했다. 더 깊이 추억 속으로 빠져들다보니, 마을 끝에 있던 옛날 학교가 폭파되고 새 학교를 위해 터를 닦던 기억이 났다. 정초식이 거행되고 바람 속에서 종교적 의식을 치르고, 콘스탄틴 고두노프-체르딘체프 백작이 전통에 따라 금화 한 닢을 던졌는데, 금화는 옆모서리로 선 채 그대로 진흙에 박혔다. 바깥쪽이 거친 회색 화강암으로 만들어진 신축건물의 내부에선 몇 년 동안 계속, 그리고 그후에도 꽤 오랫동안(즉 기억의 일원으로 합류한 이래로) 볕에 잘 말린 도배용 풀 냄새가 났다. 교실은 들판이나 숲에 해로운 곤충 모양을 확대해 그린 그림 같은, 광택이 반들반들한 교구들로 장식되어 있었다. 하지만 그보다 인노켄티에게 더 거슬리는 것은 고두노프-체르딘체프 백작이 기증한 박제된 새들이었다. 민중과 뭘 좀 어떻게 해보자는 수작인가? 그렇다, 백작은 자신을 근엄한 평민으로 여겼다. 그는 어린 시절 강 건너 광활한 영지의 장원을 바라볼 때마다 증오(혹은 증오로 보이는 것)에 휩싸여 숨이 막히곤 했다. 오랜 세습으로 다져진 지주의 특권과 황제의 특전이라는 무게를 진 그 장원은 검은 집적물 같은 상을 녹색 수면에 드리웠다(전나무들 사이 여기저기에 귀룽나무 꽃들이 크림색 얼룩처럼 피어 있었다).

새 학교가 지어진 건 새로운 세기로 넘어가는 문턱으로, 당시 고두노프-체르딘체프는 다섯번째 중앙아시아 탐험여행에서 돌아와, 상트페테르부르크 행정권에 속한 레시노에 있는 영지에서 젊은 아내(마흔이었던 그는 아내보다 나이가 두 배 더 많았다)와 여름을 보내고 있었다. 맙소사, 얼마나 깊은 기억의 심연까지 빠져들고 있는가! 인노켄티는 애수를 자아내는 크리스털 같은 엷은 안갯속에서, 마치 그 모든 것이 물속에서 일어나는 일인 양 서너 살 정도 먹은 소년인 자신이 아버지와 함께 영주의 저택 안으로 들어가 기막히게 멋진 방들을 떠다니는 모습을 보았다. 아버지는 발끝으로 서서 움직였고, 축축한 은방울꽃 다발을 들고 있었는데, 주먹을 너무 꽉 움켜쥐어서 삐걱거리는 소리가 날 정도였다—그리고 주위의 모든 것도 촉촉해 보였고, 알아볼 수 있는 거라곤 어둠 속에서도 빛을 발하며 삐걱거리고 떨리는 연무뿐—하지만 이 모든 것은 나중에 부끄러운 추억이 되었다. 아버지의 꽃다발, 까치걸음, 땀이 삐질삐질 흐르는 관자놀이는 황공해 마지않는 노예근성의 어두운 상징처럼 느껴졌다. 특히 별일 아니긴 했지만 조잡한 정치 사건에 연루된 일리야 일리치를 다름 아닌 "우리 선량한 주인 나리께서" 구해주신 적이 있다는 얘기를 어떤 늙은 농부에게서 듣고 나니 더 그랬다. 만약 백작이 탄원하지 않았다면, 아버지가 어디 산간벽지로 유형 보내졌을 거라는 얘기였다.

타냐는 자기네 친척이 동물의 왕국뿐 아니라 식물계와 광물계에도 있다고 말하곤 했다. 과연, 러시아와 외국의 박물학자들이 '고두노비' 라는 종명을 붙인 신종 꿩과 신종 영양과 신종 진달래가 있었고, 심지어는 산맥 하나가 통째로 고두노프산맥이라고 불리기도 했다(그 자신은 곤충만 명명했건만). 그의 발견들, 동물학에 끼친 걸출한 공헌, 그리고 천 번은 겪었을 위험은—정작 그 자신은 위험을 무릅쓰기를 대수롭지 않게 여기는 거로 유명했지만—사람들이 그의 고귀한 혈통과 엄청난 부를 너그럽게 봐줄 마음을 품게 하지는 못했다. 게다가 잊지 말아야 할 점은 우리 러시아의 지식인계급 중 어떤 부류는 비실용적인 자연과학 연구를 항상 멸시해왔다는 사실이다. 그리하여 고두노프는 러시아 농민들의 역경보다 '신장 지역 호수에서 채집한 갑충'에 더 흥미를 보인다는 비난을 받았다. 어린 인노켄티는 백작과 관련된 이야기(사실은 어리석기 짝이 없는)를 별생각 없이 믿어버렸다. 백작이 여행에 데리고 다녔던 첩들 얘기며 중국식의 잔혹행위가 영국을 골탕 먹이기 위해 그가 수행했다는 차르의 비밀 지령이니 하는 얘기를. 그의 이미지의 실재는 흐릿한 채로 남아 있다. 금화를 던지던, 장갑을 끼지 않은 손(그리고 그보다 더 이전의 추억인, 아이였던 인노켄티가 저택을 방문했을 때 현관홀을 지나다 만난 하늘색 옷을 입은 칼무크족* 사람을 영주와 혼동했던 일). 그후 고두노프는 다시 사마르칸트나 베르니** 로 떠나서(그는 주로 그 도시들에서 자신의 기막힌 유랑을 시작했다), 오랫동안 돌아오지 않았다. 한편 그의 가족은 아무래도 페테르부르크 교외의 영지보다는 크리미아반도의 시골 영지를 선호했는지 남쪽에

* 중국 서부지방과 구소련의 볼가강 하류 지역 사이에 살던 서몽고족.
** 카자흐스탄 알마티의 옛 이름.

서 여름을 났다. 겨울은 수도에서 보냈다. 거기, 강둑 쪽에 올리브 색조의 이층짜리 사저가 있었다. 인노켄티는 우연히 그 앞을 지날 일이 가끔 있었다. 통유리 창문을 가린 얇은 천의 무늬 틈으로 백설같이 하얗고 보조개같이 옴폭 들어간 요철이 있는 궁둥이 한쪽을 보이는 조각상의 여성스러운 형태가 그의 기억에 남아 있다. 늑골을 아치 모양으로 강인하게 내민, 올리브색이 도는 갈색 남상주男像柱들이 발코니를 떠받쳤다. 성마른 중학생의 눈에는 팽팽히 긴장된 석조 근육과 고통스럽게 일그러진 입이 노예가 된 프롤레타리아의 알레고리로 비쳤다. 바로 그 방파제에서, 바람이 심하게 부는 네바강의 봄이 시작될 무렵 그는 폭스테리어와 가정교사와 함께 있는 고두노프가의 어린 소녀를 얼핏 본 적이 한두 번 있다. 그들은 분명히 회오리바람처럼 지나쳐갔지만, 그 윤곽이 너무도 선명하게 뇌리에 남았다. 타냐는 무릎까지 올라와 끈으로 묶는 부츠에 혹 모양의 구리 단추가 달린 감청색 반코트 차림이었고 빠른 걸음으로 행군하듯 지나가며 짧은 감청색 치마의 주름을 탁탁 쳤는데—무엇으로? 내 생각에는 그녀가 갖고 있던 개 목줄이었던 듯하다—라도가 호수*에서부터 불어온 바람에 그녀가 쓴 수병 모자의 리본이 펄럭였다. 그 조금 뒤에서 가정교사가 카라쿨 양가죽 재킷을 입고 허리를 구부린 채, 곱슬곱슬한 털이 촘촘한 검은 머프로 손을 감싼 한쪽 팔을 휘두르며 빨리 걸어갔다.

그는 페테르부르크 오호타 지구에 있는, 재봉사인 이모 집에서 기숙했다. 그는 뚱하고 비사교적인 성격이었으며 유급만 면하기를 바라

---

* 상트페테르부르크와 핀란드 국경에 면해 있는 유럽 최대의 호수.

면서 끙끙대며 학업에 매진했는데, 훌륭한 성적으로 학교를 졸업하고 열여덟 살에 상트페테르부르크대학 의학부에 입학하며 모두를 놀라게 했다—이 시점에서 그의 아버지가 고두노프-체르딘체프 백작에 대해 품은 외경심이 신비스러울 정도로 커졌다. 한번은 여름 동안 트베리 근교의 한 가정에서 가정교사로 지내기도 했다. 그는 다음해인 1914년 5월에 레시노의 마을로 돌아와, 강 건너의 영지 저택이 다시 활기를 되찾은 걸 알고는 적지 않게 실망했다.

마을의 그 강에 대해, 강의 가파른 둑에 대해, 강의 오래된 목욕간에 대해 얘기를 더 해보자면, 말뚝을 박아 그 위에 세운 목조 구조물이었다. 한 단 걸러마다 두꺼비가 진을 치고 있던, 그곳까지 내려가는 계단식 오솔길이 있었는데, 교회 뒤편 오리나무 덤불 속에서 시작되는 점토질의 내리막길 입구를 아무나 찾을 수 있던 건 아니었다. 인노켄티와 강변에서 항상 함께 놀던 이는 대장장이의 아들인 바실리였다. 나이를 확인할 길 없는 젊은이(정작 본인도 자신이 열다섯 살인지 꽉 찬 스물인지 말 못하는 형편이었다)로 체구는 건장했지만, 너무 작고 누덕누덕 기운 바지를 입은 꼴사나운 모습을 하고 더러운 당근색을 띤 거대한 맨발을 내놓고 다녔으며, 당시 인노켄티와 마찬가지로 음울한 기질이었다. 수면에 비친 소나무 말뚝들의 상이 콘서티나* 형태로 뒤얽혔다 풀렸다 했다. 목욕간의 썩은 판자 발판 아래에서 졸졸거리고 철썩거리는 물소리가 들려왔다. 한때는 값을 제대로 못 받는 낙과들을 담아두던, 풍요의 뿔 그림이 그려진 흙투성이 주석통 안에서 지렁이들이

---

* 아코디언의 일종으로 육각형이나 팔각형의 판 두 개 사이에 주름상자가 붙어 있다.

힘없이 꿈틀거렸다. 바실리는 낚싯바늘의 갈고리 끝이 지렁이의 몸통을 꿰뚫지 않도록 조심하면서 바늘 위로 통통한 부위를 잡아당기고 나머지 부위는 그냥 늘어지게 두었다. 그러고는 그 녀석에게 성수를 뿌리듯 침을 뱉어 양념을 친 다음, 납으로 묵직하게 만든 낚싯줄을 목욕간의 바깥쪽 난간 너머로 내려뜨리러 나갔다. 날이 저물었다. 보라색이 도는 분홍색 깃털로 만든 폭넓은 부채나, 지맥이 있는 공중의 산맥을 닮은 뭔가가 하늘에 걸쳐 있었고, 벌써 박쥐들이 날개막을 가진 존재의 소리 없는 비행과 불길한 속도를 과하게 강조하듯이 휙휙 스쳐 날아다녔다. 물고기의 입질이 시작되자, 낚싯대를 쓰는 걸 경멸하는 바실리는 팽팽하게 늘어났다가 갑자기 홱 요동치는 낚싯줄을 엄지와 집게손가락 사이에 그냥 쥐고는 아주 살짝 잡아당겨 수면 아래의 경련 강도를 시험하더니, 느닷없이 잉어나 모샘치 같은 물고기를 끌어올렸다. 그러고는 뭔가 부러뜨리는 듯한 명랑 쾌활한 탁탁 소리까지 내며 이가 없는 작고 둥근 입에서 갈고리를 무심히 비틀어 빼내서는 그 미쳐 날뛰는 생물(찢어진 아가미에서 장밋빛 피가 스며나오는)을 이미 피라미 한 마리가 아랫입술을 내밀고 헤엄치고 있는 유리병 안에 넣었다. 잔뜩 흐리고 포근한 날씨에 하는 낚시가 특히 좋았다. 공중에선 눈에 보이지 않는 비가 수면에 닿아 서로 교차하며 넓게 퍼지는 원들로 물을 뒤덮었고, 그 원들 사이 여기저기에 뜻밖의 지점을 중심으로 기원을 달리한 또다른 원들이 나타났다. 물고기 한 마리가 펄쩍 뛰어오르더니 곧바로 사라져버리는가 하면, 나뭇잎 하나가 툭 떨어지더니 바로 급류에 휩쓸려 가버렸다. 그리고 그 미지근한 가랑비를 맞으며, 동종이지만 다른 형태를 띤 두 물, 즉 굵직굵직한 강물과 하늘하늘한 천상의 물이 섞이는 경계선에서 먹을 감으면 얼마나 기분이 좋던지! 인노켄티는 영리하게도 물속에 한바탕 들어갔다가 나온 뒤 수건으로 한참 몸을 위에서 아래로 문질러 닦는 데 열중했다. 이에 반해, 농가의 소년들은 완전히 녹초가 될 때까지 물속에서 계속 허우적대다가, 결국 온몸을 바들바들 떨고 이를 딱딱 부딪치면서 콧구멍에서 입술까지 탁한 콧물 자국이 묻은 꼴을 하고 나와서는, 한 발로 콩콩 뛰며 젖은 허벅지 위로 바지를 끌어올리곤 했다.

그해 여름 인노켄티는 어느 때보다 더 침울해서 아버지에게 거의 말을 하지 않고, 뭔가 우물우물 중얼거리거나 '흠' 하고 말았다. 일리야 일리치는 그 나름대로, 아들과 함께 있으면 묘한 당혹감을 느꼈다―다름아니라, 그는 자신이 그 나이대에 그랬듯이 인노켄티도 반체제라는 순수한 세계에 온 정신이 팔려 살고 있으리라고 두려움과 다정함이 섞인 마음으로 지레짐작했기 때문이다. 학교 선생인 비치코프의 방, 비스듬하게 들어오는 햇살 속에 떠다니는 티끌 같은 먼지, 그 빛줄기가 비추고 있는 작은 탁자는 그가 손수 만들어서 상판에 니스칠을 하고 낙화 기법*으로 장식한 것으로, 그 위에는 벨벳 액자에 넣은 그의 아내 사진이 놓여 있다―무척 젊고 작은 모피 케이프와 코르셋벨트가 달린 아주 멋진 드레스를 입었으며 얼굴은 매력적인 계란형이었다(그런 얼굴형은 1890년대에 각광받던 여성미의 개념과 일치했다). 사진 옆에는 크리미아반도 풍경의 자개 세공이 내부에 든 크리스털 서진과 수탉 모양으로 접힌 펜촉 닦는 천이 놓여 있었고, 그 위 여닫이창 사이의 벽에

---

* 나무, 가죽 등에 도안을 인두로 지져서 그리는 공예 기술.

는 레프 톨스토이의 초상화가 걸려 있었는데, 사실 그 전체가 톨스토이의 이야기 중 하나*를 아주 작은 활자로 인쇄해 조합한 것이다. 인노켄티는 그 방에 딸린 더 작은 방에 있는 가죽소파에서 잤다. 그는 야외에서 긴 하루를 보내고 난 뒤 곤하게 잠들곤 했다. 하지만 가끔은 꿈의 이미지가 에로틱하게 바뀌며 그 황홀감의 힘이 그를 잠의 원 밖으로 끌어냈고, 그럴 때면 그는 속이 메스꺼워져 꼼짝도 못한 채 한동안 그냥 누워 있었다.

아침이면 그는 의학 교과서를 옆구리에 끼고, 하얀 루바시카의 술 달린 허리띠 밑에 양손을 찔러넣고 숲으로 향하곤 했다. 좌익의 관습에 적응해 학생모를 삐딱하게 써서 그의 갈색 머리 몇 타래가 울퉁불퉁한 이마로 내려왔다. 이맛살은 영구적인 주름처럼 항상 찌푸린 채였다. 입술만 좀 덜 두꺼웠더라도 그는 꽤 잘생긴 축에 들었을 것이다. 때로는 숲속에서 얼마 전 뇌우에 쓰러진 (아직도 그때의 충격에 모든 이파리가 떨리고 있는) 자작나무의 굵은 줄기에 앉아 담배를 피우면서 그는 서둘러 가는 개미의 진로를 책으로 방해하거나 어두운 상념에 잠기거나 했다. 외롭고 감수성 예민하고 과민한 젊은이인 그는 사물의 사회적인 면에 지나치게 열중했다. 그에게는 고두노프가의 전원생활을 둘러싼 모든 것이 혐오스럽게 느껴졌다. 가령, 그들의 하인만 해도 그렇다―그는 '하인'이라는 단어에 관능적인 역겨움을 느껴 코를 찡그리며 그 단어를 반복했다. 주근깨투성이에 코듀로이 제복을 입고 오렌지빛 도는 갈색 각반을 찬 운전사, 차고에서 윤이 나는 붉은 가죽 시트를 씌

---

* 러시아어판에는 이 이야기가 톨스토이의 중편소설 「홀스토메르」라고 명시되어 있다.

운, 마찬가지로 혐오스럽기 그지없는 그 지붕 접히는 차의 크랭크를 돌려 시동을 걸 때면 피가 쏠려 보라색으로 변하곤 하는 적갈색 목의 주름이 풀 먹여 빳빳한 옷깃에 꼭 끼는 그 투실투실한 운전사도 하인 무리에 속해 있다. 그리고 구레나룻이 허옇게 센 제복 입은 노하인이 있다. 그의 업무는 갓 태어난 폭스테리어 새끼들의 꼬리를 자르는 것이었다. 다음은 영국인 가정교사로, 모자도 쓰지 않고 비옷에 하얀 바지를 입은 그 남자가 성큼성큼 걸어 마을을 가로지르는 모습을 볼 수 있었는데, 마을의 남자애들은 저건 바지가 아니라 팬티가 아니냐는 둥, 맨머리니까 일종의 종교적 행군이 아니냐는 둥 재치 있게 비웃곤 했다. 그리고 또 매일 아침 정원 가로숫길의 잡초를 뽑는 일에 고용된 농가의 소녀들이 있다. 정원사 중 한 명인, 등이 굽고 귀가 먹고 몸집이 작은 노인이 소녀들을 감독했는데, 늘 장밋빛 루바시카를 입는 그 정원사는 각별한 열의와 연륜이 묻어나는 정성을 담아 마무리 작업으로 현관 근처의 모래를 쓸곤 했다. 인노켄티는 여전히 책을 옆구리에 끼고─그러느라 그 좋아하는 팔짱도 끼지 못했다─대정원의 나무에 기대어 서서 뚱한 얼굴로 저택의 이곳저곳을, 아직 잠에서 깨어나지 않은 하얀 저택의 반짝거리는 지붕 따위를 살펴보았다.

그해 여름 그가 그들을 처음 본 건 (구력으로) 5월 말경, 언덕 위에 서였다. 말을 탄 사람들의 행렬이 언덕 밑을 감아 돌며 길에 나타났다. 선두에는 타냐가 선명한 밤색 털의 말 등에 소년처럼 걸터앉아 있었다. 그다음은 고두노프-체르딘체프 백작 본인으로, 기묘할 정도로 작으며 측대보側對步로 걷는 쥐색 말을 탄 보잘것없어 보이는 사람이었다. 그들 뒤에서 말을 타고 가는 사람은 바로 반바지를 입은 그 영국인이었고,

그 뒤에 사촌인가 뭔가 하는 사람이 한 명 더 있고, 그다음 마지막으로 오는 이가 타냐의 남동생이었다. 열세 살가량 된 그애는, 갑자기 말에 박차를 가해 모두를 추월하더니 기수처럼 팔꿈치를 움직여 마을로 향하는 가파른 길을 급히 내달려 올라갔다.

그후에도 여러 건의 우연한 만남이 뒤따랐고, 그리고 마침내—좋다, 이야기는 이제 슬슬 본론에 접어든다. 준비들 되셨는가? 그러니까 6월 중순 어느 더운 날—

6월 중순 어느 더운 날, 저택으로 이어진 길 양편에서 풀을 베는 인부들이 휙휙 칼을 휘두르며 나아갔다. 인부들의 셔츠가 번갈아가며 오른쪽 어깨죽지에 들러붙었다가 왼쪽 어깨죽지에 들러붙었다가 했다. 일리야 일리치가 "신의 가호가 있기를!"이라고 길 가다 일하는 사람들을 만나면 전통적으로 하는 인사말을 했다. 그는 그가 가진 가장 좋은 모자인 파나마모자를 쓰고 습지에 피는 연보라색 난초 꽃다발을 들고 있었다. 인노켄티는 묵묵히 아버지와 나란히 걸으며 입을 원 모양으로 움직였다(해바라기씨를 잇새에 넣고 깨면서 씹어먹던 중이었다). 두 사람은 저택의 대정원에 가까워지고 있었다. 테니스코트 한쪽 끝에서 예의 장밋빛 루바시카를 입은, 귀가 안 들리는 난쟁이 정원사가 이번에는 작업용 앞치마를 두른 모습으로 들통에 솔을 담갔다가, 몸을 구부리고 뒷걸음질치며 크림 같은 두꺼운 선을 그렸다. "신의 가호가 있기를." 일리야 일리치가 지나가며 말했다.

건물 정면의 가로숫길에는 테이블을 내놓았다. 나뭇잎 사이로 새어든 러시아적인 햇살이 테이블보 위에서 어룽거리며 노닐었다. 목가리개를 두르고 강철 같은 머리카락을 뒤로 매끄럽게 빗어 넘긴 가정부가 벌써 초콜릿 음료를 국자로 뜨고, 하인들이 짙은 청색 컵에 담긴 그 음료를 차례차례 나르고 있었다.* 백작은 가까이에서 보니 제 나이로 보였다. 누리끼리한 턱수염은 잿빛으로 희끗희끗해졌고, 눈부터 관자놀이까지 주름이 자글자글 퍼져 있었다. 그는 한 발을 정원 벤치 모서리에 올리고는 폭스테리어가 펄쩍펄쩍 뛰어오르게 하고 있었다. 그 개는 백작이 손에 쥔 이미 축축해진 공을 덥석 물려고 애쓰며 아주 높게 뛰어올랐을 뿐 아니라, 공중에 뜬 채 온몸을 더 뒤틀어 용케 실제로 더 높이 홱 움직이기도 했다. 펄럭이는 큰 모자를 쓴 옐리자베타 고두노프 백작부인은 키가 크고 혈색이 발그레한 여인으로, 다른 귀부인과 함께 정원에서 오면서, 러시아 사람들이 경악해서 반신반의할 때 취하곤 하는 두 손으로 물 튀기는 손짓을 하며 활발하게 말하고 있었다. 일리야 일리치는 꽃다발을 들고 서서 고개 숙여 인사했다. 이 울긋불긋한 연무(서민다운 경멸의 태도를 어젯밤 간단히 예행연습까지 했음에도 전에 없이 크게 당황하고 만 인노켄티의 눈에는 그렇게 보였다) 속에서 가물거리는 것은 젊은이들, 뛰어다니는 아이들, 요란한 양귀비 모양 자수가 놓인 누군가의 검은 숄, 두번째 폭스테리어, 그리고 무엇보다, 무엇보다 빛과 그림자 속을 미끄러지는 저 눈, 아직 이목구비가 분명히 안 보이지만 숙명적인 매혹으로 벌써 그를 위협하는, 생일 축하연의 주인공인 타냐의 얼굴이었다.

이제 모두 자리에 앉았다. 인노켄티는 긴 탁자 제일 끝부분의 그늘진 자리에 앉게 되었는데, 그 자리에 앉은 사람들은 서로 대화에 열중

---

* 러시아어판에는 "정원은 사람들로 북적이고 떠들썩했다. 친척들과 이웃 사람들을 손님으로 초대한 것이다"라는 문장이 추가되어 있다.

하기보다는 모두 머리를 같은 방향으로 돌리고는, 커다란 말소리와 웃음소리가 들리는 테이블의 더 밝은 끝 쪽을 멀뚱멀뚱 계속 바라보았다. 그쪽에는 새틴 같은 광택제를 입히고 열여섯 개의 촛불을 꽂은 화려한 분홍색 생일 케이크가 있어, 아이들이 탄성을 지르고 폭스테리어 두 마리가 짖으며 테이블로 올라올 듯이 뛰었다―한편 그 반대편인 이쪽 끝은 보리수나무 그늘이 만드는 화환이 가장 비천한 계급의 사람들을 연결해놓은 듯했다. 현혹된 듯 미소 짓고 있는 일리야 일리치, 가볍고 얇은 드레스를 입었지만 양파 냄새가 나는 땀에서 주눅든 게 드러나는 못생긴 처녀, 보이진 않지만 테이블 아래서 이따금 딸랑거리는 방울소리를 내는 조그만 생물체를 무릎으로 잡고 있는, 심술궂은 눈빛의 노회한 프랑스인 가정교사 등등. 인노켄티 바로 옆에 앉은 이는 집사의 멍청하고 따분한 말더듬이 형제였다. 계속 침묵하고 있으면 상황이 더 나빠질 듯해 그 사람과 말문을 튼 인노켄티는 대화가 마비 상태에 빠졌음에도 필사적으로 이어가려 애썼다. 하지만 나중에 이 집을 자주 방문하게 된 인노켄티는 우연히 그 불쌍한 친구와 마주쳐도 말 한마디 하지 않고, 일종의 덫이나 수치스러운 기억인 양 그를 피했다.

보리수나무의 날개 달린 시과*가 빙글빙글 돌면서 천천히 테이블보 위로 떨어졌다.

귀족들이 앉아 있는 저쪽 끝에서 고두노프-체르딘체프가 목소리를 높여 레이스 가운을 입은 아주 연로한 귀부인에게 테이블 너머로 얘기하면서, 그의 곁에 서서 손바닥으로 작은 고무공을 던졌다가 받았다 하

---

* 열매 껍질이 얇은 막 모양으로 만들어져 바람을 타고 멀리 흩어지는 열매.

는 딸의 우아한 허리에 한쪽 팔을 둘렀다. 한참 동안 인노켄티는 접시 모서리를 지나서 멈춘 아주 부드러운 케이크의 작은 조각을 상대로 고투를 벌였다. 결국 서투르게 쿡 찔렀다가 빌어먹을 산딸기 내용물이 또르르 굴러서 테이블 밑으로 떨어졌다(우리는 그걸 그냥 거기 내버려둘 것이다). 그의 아버지는 멍하니 미소 짓다가 콧수염을 핥곤 했다. 누군가 비스킷을 건네달라고 부탁하자 그는 행복한 웃음을 터뜨리며 건네주었다. 돌연, 인노켄티의 귀 바로 위에서 빠르게 숨을 헐떡이는 목소리가 들렸다. 여전히 공을 쥐고 있는 웃음기 없는 타냐가 자신과 사촌이 노는 데 끼지 않겠느냐고 물었다. 그는 당황해서 확 얼굴이 달아올라 테이블에서 일어나려고 몸부림치다가, 정원 벤치에서 오른다리를 빼내는 과정에서 옆에 앉은 사람을 밀쳐버렸다.

타냐에 대해 얘기할 때면 사람들은 탄성을 질렀다. "정말 예쁜 소녀야!" 옅은 회색 눈에 벨벳 같은 검은 눈썹, 약간 큰 편인 창백하고 부드러운 입, 뾰족한 앞니. 그리고—몸이 좋지 않거나 심기가 불편할 때면—입술 위에 난 거뭇한 솜털을 알아볼 수 있었다. 그녀는 여름에 하는 경기라면 테니스든 배드민턴이든 크리켓이든 다 과하게 좋아했으며, 모든 걸 솜씨 좋게, 매혹적인 집중력을 발휘해서 해냈다. 그리하여 물론 바실리와의 소박한 오후 낚시는 그날로 중단되었고, 바실리는 그 변화에 무척 당황했는지 날이 저물면 학교 주변에 불쑥불쑥 튀어나와 주저하듯 씩 웃고 벌레로 가득한 깡통을 얼굴 높이로 들어올리며 인노켄티를 부르곤 했다. 그런 순간이면 인노켄티는 자신이 인민의 대의를 배신한 것처럼 느껴져 속으로 몸서리를 쳤다. 한편, 새로 알게 된 친구들과 함께하는 데서도 별로 즐거움을 얻지 못했다. 결국, 그 친구들의 생활 중심부로 진짜로 받아들여진 게 아니라, 계속 그 녹색 주변부에 머물면서 야외에서 하는 놀이에만 참가할 뿐, 집안에는 한 번도 초대받지 못했으니 말이다. 이런 상황은 그를 극도로 화나게 했다. 그는 그저 오만하게 거절하는 쾌감을 느껴보려는 심산으로 점심이나 저녁식사에 초대되기를 고대했다. 대개 그는 시종일관 바짝 신경을 곤두세우고 시무룩하게, 햇볕에 탄 피부에 머리는 헝클어진 채 앙다문 턱 근육을 씰룩거렸다―놀이 친구들에게 타냐가 던지는 말 한마디 한마디가 그가 있는 쪽으로 모욕적인 작은 그늘을 드리운다고 느끼며. 맙소사! 그는 얼마나 그들 모두를 증오했는지, 그녀의 남자 사촌들과 그녀의 여자 친구들과 들떠서 날뛰는 개들까지. 별안간 모든 것이 소리 없이 어수선하게 흐릿해지며 사라져버리더니, 이제 8월 밤의 깊은 암흑 속에서 그는 정원의 가장 구석진 곳에 있는 벤치에 앉아서 셔츠와 피부 사이에 쑤셔박힌 쪽지 때문에 가슴팍이 꺼끌꺼끌해진 채 기다리고 있다. 쪽지는 옛 소설에서처럼 저택에서 일하는 맨발의 어린 소녀가 가져다주었다. 밀회를 청하는 글투가 너무 간결해서, 그는 자신을 모욕하려는 짓궂은 장난이 아닌지 의심도 했지만, 호출에 응할 수밖에 없었다―마땅히 그래야 했다. 자박자박 가볍게 걷는 발걸음소리가 바스락거리는 밤의 소리로부터 분리돼 들렸다. 그녀가 왔다는 것이, 그녀의 두서없는 말이, 그리고 그녀와 이토록 가까이 있다는 사실이 그에게는 기적처럼 여겨졌다. 그녀의 차갑고 민첩한 손가락이 별안간 친밀하게 몸에 닿자 그의 순결이 경악했다. 재빠르게 위로 올라가는 거대한 달이 나무들 사이로 휘영청 빛났다. 눈물이 줄줄 흐르는 얼굴로 짠맛 나는 입술을 그에게 무턱대고 비비며 타냐는 다음날 어머니가 자신을 크리미아로 데려갈 거라고, 모든 게 다 끝났다고 말했다. 그리고—오, 어떻게 그는 그렇게 둔감할 수 있었을까! "아무데도 가지 마, 타냐!" 그가 애원했지만, 돌풍이 일어 그의 말을 삼켜버렸고 그녀는 더 격렬하게 흐느꼈다. 그녀가 황급히 가버린 후, 인노켄티는 꼼짝도 하지 않고 벤치에 남아서 귓속에서 웅웅거리는 소리를 듣고 있다가, 이윽고 어둠 속에서 약간 흔들리는 것처럼 보이는 시골길을 따라 다리 쪽으로 걸어 돌아갔다. 얼마 후 전쟁의 시절이 시작됐고—야전병원 일, 아버지의 죽음—그후 대체로 모든 게 붕괴됐지만, 차츰 삶이 다시 회복되어 1920년에 이미 그는 보헤미아의 한 요양지에서 베어 교수의 조수로 일했고, 삼사 년 후에는 알프스 사부아 지역으로 가서 폐전문의인 같은 교수 밑에서 계속 일했다. 그곳에서 어느 날인가, 샤모니 근처 어디였는데, 인노켄티는 우연히 소련의 젊은 지질학자와 만나 대화하게 되었다. 지질학자는 페르가나*를 탐사한 위대한 탐험가 페드첸코가 반세기 전에 이곳으로 평범한 관광객으로 왔다가 죽었다는 얘기를 꺼내더니 이렇게 덧붙였다. 세상일이 다 그런 식으로 돌아가니 참 묘하다고, 사람의 발이 닿지 않은 산이나 사막에서 그런 용감무쌍한 사나이들을 뒤쫓는 데 너무 익숙해진 죽음이, 여타의 모든 환경에서도 해하려는 특별한 의도 없이 하던 대로 계속 장난삼아 덤벼들었던 건데, 죽음 자신도 놀랄 정도로 그들이 방심한 틈을 노린 셈이 된 것 아니겠느냐고. 그런 식으로 페드첸코도 세베르체프도 고두노프-체르딘체프도 죽었다고. 스피크나 뒤몽 뒤르빌 같은 많은 일류 외국인 탐험가들도 다 마찬가지라고. 그후 몇 년간 더 의학 연

---

* 중앙아시아 파미르고원 서북부에 있는 분지.

구에 매진하며 정치적 망명의 걱정과 고민으로부터 멀리 떨어지게 된 인노켄티는 동료 연구자와 업무 면담차 파리에 몇 시간 우연히 들른 적이 있다. 용건을 마친 후 장갑을 한 손에 채 끼우기도 전에 벌써 계단을 달려 내려가다가, 한 층계참에서 엘리베이터에서 나오는 키가 크고 어깨가 구부정한 노부인과 마주쳤다—그는 엘리자베타 고두노프-체르딘체프 백작부인을 바로 알아보았다. "물론 기억하지. 어떻게 기억을 못하겠니?"라고 말하면서 부인은 시선을 인노켄티의 얼굴이 아니라 어깨 너머에 두었는데, 마치 그의 뒤에 누군가 서 있기라도 한 듯했다(부인은 약간 사시였다). "자, 들어오렴, 얘야." 부인은 잠깐 망연자실해 있다가 정신을 차리고는 현관 앞의 두껍고 먼지가 잔뜩 낀 매트 모서리를 신발 끝으로 뒤집어 열쇠를 꺼냈다. 인노켄티는 부인의 뒤를 따라 안으로 들어갔지만, 부인의 남편이 언제 어떻게 죽었는지 들었던 얘기를 정확히 떠올리지 못한다는 사실에 마음이 불편했다.

그리고 잠시 후 타냐가 귀가했다. 세월의 에칭 바늘이 그녀의 모든 이목구비를 한층 더 또렷하게 매만진 것 같고, 얼굴은 더 작아지고 눈은 더 상냥해졌다. 그녀는 곧바로 담배에 불을 붙이고는 웃음을 터뜨렸는데, 그 먼 여름의 일을 떠올리게 하는 쑥스러움 같은 건 전혀 없었다. 타냐도 그녀의 어머니도 죽은 탐험가에 대해선 아무런 언급도 하지 않고, 아주 담백하게 과거의 일을 이야기하는 것이 인노켄티에게는 계속 의아하게 여겨졌다. 생판 남인 그조차 울컥하는 마음을 계속 참고 있는데, 이 여자들은 어째서 엉엉 울음을 터뜨리지 않는 걸까—아니면 혹시 그들 계급 특유의 자제심을 두 사람이 보여주고 있는 건가? 곧이어 흑발에 창백하고 작은, 열 살쯤 되어 보이는 소녀도 합류했다. "내 딸이야. 이리 오렴, 아가." 타냐가 말하며 립스틱 얼룩이 묻은 담배꽁초를 재떨이 노릇을 하는 조개껍데기 속에 넣었다. 그다음엔 그녀의 남편인 이반 이바노비치 쿠타이소프라는 자가 귀가했고, 사위를 옆방에서 맞은 백작부인이 러시아에서 가지고 나온 가정용 프랑스어로 손님이 누구인지 미리 알려두는 게 들렸다. "우리 *마을의 초등학교 선생 아들이네.*" 이 말을 듣자 인노켄티는 언젠가 타냐가 그의 면전에서 자기 여자 친구 중 한 명에게 매우 선이 고운 그의 손을 보라고 가리키며 프랑스어로 "*저 손 좀 봐*"라고 말했던 게 생각났다. 그리고 이제 타냐의 질문에 아이가 노래하는 것같이 듣기 좋고 아름다운 러시아어 관용구로 대답하는 걸 듣자, 그는 심보 고약하게도, 전혀 얼토당토않은 생각이 불쑥 들었다. 아하, 이젠 아이에게 외국어를 가르칠 만한 돈이 없구나!—망명의 시대에 파리에서 태어나 프랑스 학교에 다니는 아이가 러시아어를 이렇게 한다는 것 자체가 한가하기 그지없는 최고의 사치라는 생각이 그 순간에는 그의 머릿속에 떠오르지 않았기 때문이다.

레시노에 대한 화제도 다 바닥나고 있었다. 타냐는 온갖 일을 다 잘못 기억하고 있었고, 그가 혁명 전 과격파 학생들이 부르던 혁명가를 자신에게 가르쳐주곤 했다고 주장했다. "폭군이 자신의 부유한 궁전 홀에서 연회를 여는 동안, 운명의 손은 이미 끔찍한 단어들을 벽에 그리기 시작했다네" 같은 노래였다고. "그러니까 바꿔 말해 우리의 첫 스텐카제타(소련 벽보 신문)라는 얘기군"이라고 재치가 넘치는 쿠타이소프가 한마디했다. 타냐의 남동생도 화제에 올랐는데 베를린에 살고 있다고 했고, 그러더니 백작 부인이 자기 아들 얘기를 시작했다. 불현듯 인노켄티는 놀라운 사실을 깨달았다. 아무것도, 그게 뭐든 아무것도 잃지 않았다는 사실을. 기억에는 보물이 차곡차곡 쌓이고, 보관된 비밀들이 어둠과 먼지 속에서 점점 커지는데, 어느 날 도서관에 일시 방문한 자가 어언 이십 년간 아무도 찾은 적 없는 책을 빌리겠다고 신청하는 일이 벌어지는 것이다. 그는 자리에서 일어나 작별을 고했는데, 아무도 그를 굳이 호들갑 떨어가며 붙잡지 않았다. 무릎이 덜덜 떨리기까지 하다니 이상한 일이다. 그건 정말 엄청나게 충격적인 경험이었다. 그는 광장을 가로질러 카페로 들어가 음료를 주문하고는 깔고 앉아버려 짓눌린 자기 모자를 살짝 몸을 일으켜 빼냈다. 이 끔찍한 불안감이라니. 그렇게 불안을 느낀 데는 몇 가지 이유가 있었다. 첫째로, 타냐가 과거에 그랬던 대로 여전히 매혹적이며 난공불락의 모습이었기 때문이다.

비보

　예브게니아 이사코브나 민츠는 망명한 초로의 과부로, 항상 검은 옷을 입었다. 부인의 외동아들이 전날 죽었다. 부인은 아직 아무 소식도 듣지 못했다.

　때는 1935년 3월의 어느 날, 비가 내린 후라, 수평으로 자른 베를린의 한 횡단면이 다른 면에 반사되었다―얼룩덜룩한 지그재그 표면이 더 평평한 면과 섞이고, 등등. 예브게니아 이사코브나의 오랜 친구인 체르노빌스키 부부는 아침 일곱시경 파리에서 온 전보를 받았고, 그로부터 두어 시간 후에는 항공우편으로 온 편지가 도착했다. 미샤가 일했던 공장 사무소의 소장이, 그 불쌍한 젊은이가 꼭대기 층에서 엘리베이터의 수직통로 안으로 떨어져 단말마 속에 사십 분간 머물렀다고, 의식 불명 상태에서도 숨을 거둘 때까지 끊임없이 끔찍하게 신음했다고 알려온 것이다.

그사이 예브게니아 이사코브나는 일어나 옷을 입고 검은 모직 숄을 왜소하고 앙상한 어깨에 비스듬하게 휙 걸치고는 부엌으로 가서 커피를 끓였다. 커피 본연의 깊은 향이 나도록 끓이는 건 집주인이자 '인색하고 교양머리 없는 여편네'인 슈바르츠 박사 부인보다 낫다고 자부하는 일이었다. 예브게니아 이사코브나는 벌써 일주일째 집주인에게 말을 걸지 않았지만—이런 다툼이 단연코 처음은 아니었다—지치지도 않고 종종 친구들에게 열거하곤 했던 몇 가지 이유로 다른 곳으로 이사갈 생각은 없었다. 그녀에게는 자신이 절교를 결심할지도 모를 이런저런 사람들보다 명백히 유리한 점이 있는데, 작고 검은 지갑처럼 생긴 휴대용 보청기를 그냥 꺼버리면 된다는 것이다.

커피 주전자를 들고 현관홀을 가로질러 자기 방으로 돌아가는 길에 그녀는 집배원이 우편물 투입구로 밀어넣어 바닥에 떨어진 그림엽서 한 장이 팔랑거리는 모습을 보았다. 엽서는 그녀의 아들이 보낸 것이었지만, 그 아들이 죽었다는 사실을 체르노빌스키 부부가 조금 전 더 상급의 우편 수단으로 알게 되었으므로, 결과적으로 지금 그녀가 한 손에 커피 주전자를 쥔 채 꽤 큰 편이지만 살기 불편한 자기 방 문턱에 서서 읽는 (사실상 현존하지 않는) 그 글귀는 객관적인 관찰자의 눈으로 보면 이미 소멸한 별에서 나왔으나 여전히 눈에 보이는 광선에 비할 수 있을 것이다. "사랑하는 물레치카(아들이 어릴 때부터 그녀를 부르던 애칭), 저는 숨이 턱까지 찰 정도로 계속 일에 치여서 밤이 되면 문자 그대로 나가떨어져서 어디 가는 건 꿈도 못 꿔요—"

길 두 개 정도 떨어진 거리에 있는, 남들이 쓰던 잡동사니가 뒤죽박죽 잔뜩 들어찬, 비슷하게 그로테스크한 공동주택에서는 체르노빌스키 씨가 오늘은 시내도 나가지 않고 이 방 저 방을 왔다갔다하고 있었다. 체격이 크고 뚱뚱한 대머리 남자로, 아치형의 눈썹은 아주 크고 입은 아주 작았다. 검은 양복을 입었지만 옷깃은 달지 않은 차림으로(그 딱딱한 옷깃은 넥타이가 끼워진 채로 식탁 의자 등받이에 멍에처럼 걸려 있었다), 그는 어찌할 바를 모르겠다는 듯 양손을 벌린 채 서성대며 말했다. "어떻게 말해야 하지? 크게 고함을 지르지 않으면 들리지 않을 텐데, 마음의 준비를 시켜가며 차근차근 이야기해나갈 수나 있겠어? 하느님 맙소사, 어떻게 이렇게 불행한 일이. 부인의 심장이 이 일을 버텨낼 수 없을 거야, 터져버릴지도 몰라, 불쌍한 사람!"

그의 처는 홀쩍이며 담배를 피우고 듬성듬성 남은 허옇게 센 머리를 긁다가 립슈타인 부부와 레노치카와 오르샨스키 박사에게 전화를 걸었다—그러면서도 자신이 제일 먼저 예브게니아 이사코브나를 보러 갈 마음은 먹지 못했다. 그 부부의 하숙인인, 가슴이 크고 코안경을 쓴 피아니스트는 인정 많고 경험도 풍부한 여성으로, 너무 급히 가서 알리지는 말라고 조언했다—"충격은 이러나저러나 마찬가지일 테니, 좀더 늦게 아는 편이 낫지 않겠어요."

"하지만 그렇다고," 체르노빌스키가 신경질적으로 소리쳤다. "미룰 수 있는 일도 아니지 않은가! 미룰 수 없고말고! 그 사람은 어머니야. 파리로 가고 싶어할지 누가 알아, 모르는 일이라고. 아니면 그애를 여기로 데려오고 싶어할지도 모르고. 불쌍한, 불쌍한 미슈크, 가련한 녀석, 아직 서른도 안 됐는데, 남은 인생이 구만리건만! 게다가 그 아이를 도와주고 일자리를 찾아준 게 나라는 걸 생각하면, 그 더러운 파리에 가지 않았으면 어땠을까 생각하면—"

"자, 자, 보리스 리보비치." 하숙인은 냉정하게 반박했다. "이런 일이 일어날 줄 누가 미리 알 수 있었겠어요? 당신이 그 일과 무슨 상관이에요, 웃기는 거죠—말이 나왔으니까 하는 말이지만, 대체 어쩌다가 추락한 건지 저는 이해가 안 가요. 이해가 되세요?"

커피를 다 마시고 부엌에서 컵을 닦은(그러는 동안 슈바르츠 부인의 존재에는 어떠한 관심도 보이지 않고) 다음, 예브게니아 이사코브나는 검은 망으로 된 자루와 핸드백과 우산을 들고 집을 나섰다. 비가 망설이듯 찔끔찔끔 내리다가 멈췄다. 그녀는 우산을 접고 반짝이는 보도를 따라 계속 앞으로 걸어갔다. 매우 가는 다리에 검은 스타킹을 신은 그녀는 여전히 자세가 꽤 꼿꼿한 편이었지만, 왼쪽 다리를 살짝 비척거렸다. 또하나 눈에 띄는 점은 불균형할 정도로 커 보이는 그녀의 발, 그리고 발끝을 바깥쪽으로 향한 채 뭔가 질질 끌 듯 내려놓는 걸음걸이였다. 보청기를 끼지 않으면 귀가 전혀 안 들리고, 끼면 거의 안 들리는 정도다. 그녀가 거리의 웅성거림이라고 생각한 소리는 자신의 피가 웅성거리는 소리였으며, 귀에 익숙한 이 웅성거림을 배경으로, 그 소리를 교란하지 않으면서 주위의 세계가 움직였다—고무로 만들어진 듯한 보행자들, 솜뭉치 같은 개들, 소리를 죽인 노면전차—그리고 이 모든 것 위에서는 구름이 아주 살짝 바스락거리며, 이곳저곳에서 이를테면 파란 하늘의 파편들을 누설하듯이 기어갔다. 세상 전반에 퍼진 정적 속을 그녀는 무표정한, 대체로 꽤 만족한 듯한 얼굴로 걸어갔다. 검은 코트를 입고, 귀가 안 들리니 약간 넋이 나간 채로 제한을 받으며, 이런저런 것에 계속 시선을 두고 여러 가지 일을 곰곰이 생각하며 걸었다. 그녀는 축일인 내일 일을 생각했다. 아무개가 들를 테니 지난번처럼 작은 분홍색 *고프레트*를 사둬야 하고, 러시아인 가게에서는 *마르멜라트*(설탕에 조린 과일 젤리)도 사고, 저 작은 제과점에서 맛난 것들을 한 다스쯤은 사야지. 확실히 저 집 물건이 늘 다 신선하니까. 그녀 눈에는 멀리서(사실 꽤 거리가 있긴 했다) 그녀 쪽으로 다가오는 것처럼 보이는 중산모를 쓴 키 큰 남자가 이다의 첫번째 남편인 블라디미르 마르코비치 빌네르와 섬뜩할 만큼 닮아 보였다. 그 사람은 야간 침대 열차에서 심장발작으로 홀로 외롭게 죽었지, 슬프게도. 그녀는 시계 가게 앞을 지나가다 미샤가 파리에서 *인편*으로(즉, "누군가 그쪽으로 여행 가는 걸 기회삼아") 보내온 아들의 고장난 손목시계를 찾을 때가 됐다는 게 기억났다. 그녀는 가게 안으로 들어갔다. 소리 없이, 미끄러지듯, 어느 것 하나 몸으로 스치지 않았고, 수많은 진자가 모두 제각기 중구난방으로 흔들거렸다. 그녀가 지갑같이 생긴 그 장치를 그보다 큰 평범한 핸드백에서 꺼내서 한때는 부끄러워했던 빠른 동작으로 삽입물을 귀에 끼우자, 귀에 익은 시계공의 목소리가 멀리서 대답하다가—진동하기 시작하면서—그러다 다시 희미하게 멀어지는가 싶더니, "금요일······ 금요일에—"라고 말하는 소리가 쾅하고 부딪혀오듯이 그녀에게 뛰어올랐다.

  "알았어요, 들려요, 다음 금요일에요."

  그녀는 가게를 나서면서 자신을 세계로부터 다시 단절시켰다. 홍채 주위가 (마치 색이 바랜 것처럼) 누리끼리하게 얼룩져 퇴색된 눈에 또다시 평온하고 유쾌하기까지 한 표정이 어렸다. 그녀는 러시아에서 도망쳐나와 육 년의 세월이 지나는 동안 익히 잘 알게 되었을 뿐 아니라,

이제는 모스크바나 하리코프의 거리처럼 좋아하는 소일거리가 넘치게 된 길들을 따라 걸었다. 그녀는 아이들과 작은 개들을 뭐든 허락하는 눈빛으로 무심히 바라보다가, 이윽고 이른 봄의 생기 넘치는 공기에 영향을 받았는지 하품하며 걸었다. 박복한 코를 가진 끔찍할 정도로 박복한 남자가 끔찍하게 낡은 모자를 쓰고 지나갔다. 지인의 지인으로부터 항상 얘기를 들어와서 그 사람에 대해선 그녀도 이제 알 만큼은 다 알았다―제정신이 아닌 딸과 비열한 사위가 있으며 당뇨병을 앓고 있다지. 그녀는 과일 좌판(작년 봄에 발견한 가게다)에서 상태가 훌륭한 바나나 한 송이를 샀다. 그후 식료품점에 가서는 꽤 오래 순서를 기다리며, 그녀보다 늦게 왔음에도 계산대에 더 가깝게 비집고 들어간 무례한 여자의 옆얼굴에서 결코 눈을 떼지 않았다. 차례가 되어 그 옆얼굴이 호두까기 인형처럼 입을 열었지만, 여기서 예브게니아 이사코브나는 필요한 조치를 했다. 제과점에서는 어린 소녀처럼 까치발을 하고 몸을 앞으로 기대고는 멈칫거리는 집게손가락―검은 털장갑에 구멍이 하나 난―으로 여기저기를 가리키며 신중하게 케이크를 골랐다. 제과점을 나와 옆 가게에 진열된 남자 셔츠에 마음을 빼앗기려는 찰나, 화장을 좀 과하게 한 쾌활한 마담 슈프가 그녀의 팔꿈치를 움켜잡았다. 그러자 예브게니아 이사코브나는 허공을 멍하니 바라보며 그 복잡한 기계를 민첩하게 조절했고, 세계가 다시 들리게 되자 그제야 친구에게 반가운 미소를 지었다. 주위는 소란스럽고 바람도 많이 불어서, 마담 슈프는 구부정하게 서서 빨간 입술을 온통 일그러뜨리며 안간힘을 써 목소리의 끝을 검은 보청기 속으로 곧바로 겨냥하려 시도했다. "파리에서―소식은―있어요?"

"오, 있죠, 그것도 아주 정기적으로 소식을 보낸답니다." 예브게니아 이사코브나가 조용히 대답하고는 다음과 같이 덧붙였다. "우리집에 놀러오지 않을래요? 왜 전화도 도통 안 하세요." 선의로 그런 거지만 마담 슈프가 귀청을 찢듯이 악을 쓰며 답하는 바람에, 예브게니아 이사코브나의 시선에 한바탕 고통의 파문이 일었다.

두 사람은 헤어졌다. 마담 슈프가 아직 아무것도 모른 채 집으로 가는 동안, 그녀의 남편은 자기 사무실에서 탄식을 내뱉고 혀를 끌끌 차고 수화기를 바짝 댄 머리를 저으며 전화기 너머로 체르노빌스키 씨가 하는 얘기를 듣고 있었다.

"내 처가 이미 그 부인 집으로 갔네." 체르노빌스키가 말했다. "그리고 나도 곧 거기로 갈 거라네. 어떻게 말을 꺼내야 할지 나는 죽어도 모르겠지만, 아내는 어쨌든 같은 여자니까 어떻게든 물꼬를 터놓겠지."

슈프는 단계별로 쪽지를 써서 그걸 읽히면서 차차 소통해가는 게 어떻겠느냐는 제안을 했다. '아픔' '위독' '매우 위독', 이런 식으로.

"아이고, 나도 그 생각을 안 해본 게 아닌데, 그렇다고 일이 쉬워지진 않아. 너무나 큰 재앙이라서. 안 그런가? 젊고 건강하고 유난히 재능도 타고난 아이였는데 말이야. 그리고 그 일터를 알선해준 게 바로 나이고, 생활비를 보태준 것도 나라는 생각을 하면! 뭐라고? 아, 나도 다 너무 잘 아네만, 그래도 그 생각만 하면 미칠 것 같아. 좋아, 그러면 거기서 보세나."

그는 살진 얼굴을 뒤로 젖혀 험악하고 괴로운 표정으로 이를 드러내며 마침내 옷깃을 달았다. 그러고는 한숨을 쉬며 집을 나섰다. 이미 모퉁이를 돌아 그녀가 사는 거리로 접어들었을 때, 그는 망으로 된 자루

가득히 물건을 사서 평온하고 확신에 찬 걸음걸이로 걸어가는 그녀의 뒷모습을 보았다. 감히 그녀를 따라잡을 용기가 나지 않아서 그는 걷는 속도를 늦췄다. 신이시여, 부디 그녀가 뒤를 돌아보지 않게 하소서! 의무적으로 움직이는 저 발, 여전히 아무것도 의심하지 않는 저 좁은 등…… 아아, 저 등이 굽혀지겠지!

그녀는 계단에 가서야 그의 존재를 눈치챘다. 체르노빌스키는 그녀가 귀에 아무것도 꽂지 않은 걸 보고 아무 말 없이 잠자코 있었다.

"어머나, 잘 들르셨어요, 보리스 리보비치. 아니에요, 괜찮아요—이제까지 계속 들고 왔는걸요, 위층까지 갖고 올라가는 것쯤 일도 아니에요. 정 그러시다면, 이 우산이나 좀 받아주세요. 그래주시면 제가 문을 열죠."

두 사람은 안으로 들어갔다. 체르노빌스키 부인과 인정 많은 피아니스트가 꽤 한참 전부터 와서 기다리고 있었다. 이제 처형이 시작될 것이다.

예브게니아 이사코브나는 손님 초대하기를 좋아했고 친구들도 자주 그녀 집에 오곤 했으니, 지금 이런 상황에 놀랄 이유는 없었다. 그녀는 마냥 기뻐하며 곧바로 손님을 대접한다고 수선을 떨기 시작했다. 그녀가 이리저리 분주하게 움직이면서 급작스럽게 각도를 틀어 동선을 바꾸는 탓에(모두에게 제대로 된 점심을 먹게 해주려는 계획이 그녀 안에서 광채를 발했던 것이다), 주의를 끄는 건 무리였다. 마침내 피아니스트가 복도에서 부인의 숄 끝을 잡고는, 아무도, 그 누구도 점심까지 머물지 않을 거라고 크게 외치는 소리가 들려왔다. 그러자 예브게니아 이사코브나는 과도를 꺼내고, *고프레트*와 과일 젤리를 작은 유리 사발

두 개에 각각 따로 담았는데…… 모두가 사실상 완력으로 그녀를 자리에 앉혔다. 체르노빌스키 부부와 부부의 하숙인도, 그리고 어쨌든 그 시간까지 도착한 오시포프 양—거의 난쟁이처럼 자그마한 인물—도, 전원이 타원형 테이블에 자리를 잡고 앉았다. 이리하여 적어도 어떤 배치, 어떤 질서가 마련됐다.

"맙소사, 제발 당신이 시작해요, 보리스." 체르노빌스키 부인이 예브게니아 이사코브나의 눈을 피하며 애원했다. 예브게니아는 자신을 둘러싼 얼굴을 좀더 주의깊게 살피기 시작했는데, 그러면서도 사근사근하고 애처롭게 완전히 무방비한 말을 청산유수로 늘어놓는 걸 잠시도 멈추지 않았다.

"누, 치토 야 모구!(나보고 어쩌란 말이야!)"라고 체르노빌스키가 소리치고는 발작하듯 일어나 방안을 서성이기 시작했다.

초인종이 울렸고, 가장 좋은 드레스를 차려입은 엄숙한 얼굴의 집주인이 이다와 이다의 동생을 들어오게 했다. 자매의 끔찍한 하얀 얼굴에는 일종의 농축된 갈망이 어려 있었다.

"아직 모르오." 체르노빌스키가 그들에게 말했다. 그는 재킷 단추 세 개를 모두 끌렀다가 곧바로 다시 채웠다.

예브게니아 이사코브나는 눈썹을 씰룩거렸지만, 입가엔 여전히 미소를 머금은 채 새로 온 손님들의 양손을 쓰다듬고는 다시 의자에 앉더니, 그녀 앞의 테이블보 위에 놓인 작은 보청기를 권유하듯이 이 손님 쪽으로 돌렸다가 저 손님 쪽으로 돌렸으나, 소리는 비스듬하게 기울거나 뭉그러졌다. 그때 불쑥 슈프 부부가 들어왔고, 그다음엔 다리를 저는 립슈타인이 모친과 함께, 그다음엔 오르샨스키 부부와 레노치카,

그리고 (순전히 우연히 들른) 연로한 마담 톰킨이 들어왔다—그들은 자기들끼리 수군대며 목소리가 그녀에게 들리지 않게 조심하면서도, 사실상 숨막히고 불길한 분위기를 풍기며 그녀 주위에 모여들었다. 벌써 창문 쪽으로 물러나서 몸을 들썩이며 흐느끼는 이도 있었으며, 그녀 옆자리에 앉은 오르샨스키 박사는 *고프레트* 한 조각을 주의깊게 바라보면서 도미노라도 하듯이 다른 조각과 짝을 맞추고 있었다. 이제 미소가 싹 가신 예브게니아 이사코브나는 적의와 흡사한 뭔가를 품은 표정으로 바뀌어서는, 보청기를 손님들 쪽으로 계속 밀었다. 그리고 흐느껴 울던 체르노빌스키가 방의 한쪽 구석에서 고함을 질렀다. "뭘 구구절절 설명할 게 있겠어—죽었는데, 죽었다고, 죽었단 말이야!" 그러나 이미 그녀는 그쪽을 쳐다보기를 두려워하고 있었다.

러시아 미녀

지금부터 우리가 이야기하고자 하는 인물인 올가는 1900년, 부유하고 근심 걱정 없는 귀족 가문에서 태어났다. 하얀 세일러복을 입은 창백한 어린 소녀, 옆가르마를 탄 적갈색 머리와 모두가 입맞추던 무척이나 생기발랄한 눈을 가진 그 소녀는, 어린 시절부터 미녀로 여겨졌다. 옆얼굴의 청초함, 꼭 다문 입술의 표정, 잘록한 허리까지 치렁치렁 늘어뜨린 비단결 같은 머릿단―이 모든 것이 참으로 매혹적이었다.

그녀의 어린 시절은 오래전부터 내려오던 우리 나라의 관례대로 축제처럼 안전하고 즐겁게 지나갔다. 가문 대대로 내려오는 저택에서 '장미 문고'*의 표지를 비추던 햇살, 상트페테르부르크의 공원에 내린 고

<hr />

* 프랑스에서 1856년부터 출판된 아동서 시리즈.

전적인 흰 서리…… 비축해놓은 이와 같은 기억이 1919년 봄에 그녀가 러시아를 떠날 때 손에 쥔 유일한 지참금이었다. 만사가 그 시대의 양식에 완전히 부합하여 일어났다. 어머니는 티푸스로 죽었고, 오빠는 총살을 당했다. 이 모든 건 물론 상투적인 기성 문구, 늘 듣는 따분한 잡담거리밖에 안 되지만, 모두 실제로 일어난 일이었다. 다르게 얘기할 방법도 없으니, 콧방귀 뀌어봐야 소용없다.

자, 그러니까 1919년이면 우리 앞에 장성한 젊은 숙녀가 있게 된다. 넓적하고 창백한 얼굴은 이목구비가 지나치게 균형이 잘 잡힌 면이 없지 않지만 그래도 아주 사랑스럽기는 마찬가지다. 키가 크고 가슴이 보들보들한 그녀는 항상 소매 없는 검은 드레스를 입고 흰 목에 스카프를 둘렀으며, 손목 바로 위에 작은 뼈가 돌출된 손의 가는 손가락에는 영국제 담배를 끼고 있다.

그래도 그녀 인생의 어떤 시기에는, 즉 1916년 말 즈음이었던가, 영지 근처의 여름 별장촌에서 중학교 남학생이란 남학생은 죄다 그녀 때문에 권총 자살을 할 마음을 먹었고, 대학생이란 대학생은 모두…… 한마디로 그녀에겐 뭔가 특별한 마법 같은 매력이 있었고, 만약 그 상태가 더 계속됐다면, 아마 뭔 일이 나도…… 하여간 무슨 난장판이 벌어졌을지 모를 일이다. 하지만 어쨌든 아무 일도 일어나지 않았다. 어찌된 영문인지 모든 일이 진전 없이 끝나거나 부질없는 해프닝으로 그쳤다. 꽃병에 꽂기도 지겨울 만큼 꽃을 받았고, 황혼 무렵의 산책도 이 사람 저 사람 바뀌가면서 했다. 그러다 키스 한번 하면 그걸로 막다른 골목에 접어든 격이 되곤 했다.

프랑스어가 유창한 그녀였지만, '레 장(하인들)'이라는 단어를 마치 '*아쟝스*'*와 운을 맞추듯 발음했고, '우(8월)'를 두 음절로 나눠('아-우') 발음했다. 러시아어 '*그라베지(강도들)*'를 순진하게 '*그라뷔주(논쟁)*'라고 번역했으며, 옛 러시아의 가정에서 어쩌다보니 살아남은 고풍스러운 프랑스어 표현을 썼고, 프랑스에 한 번도 가보지 못했음에도 r 발음만큼은 가장 확실하게 굴렸다. 그녀의 베를린 방 서랍장 위에는 세로프**가 그린 차르의 초상화 엽서 한 장이 가짜 터키석이 달린 핀으로 벽에 꽂혀 있었다. 그녀는 신앙심이 깊었으나, 교회에 있으면 때때로 킥킥거리는 웃음이 발작적으로 터져나오곤 했다. 동세대의 젊은 러시아 아가씨라면 누구나 갖고 있던 놀라운 재간으로 술술 시를 쓰기도 했다. 애국적인 시, 해학적인 시, 온갖 종류의 시를.

육 년가량, 그러니까 1926년까지 그녀는 아우구스부르거 거리에 있는 (시계탑에서 멀지 않은) 하숙집에서 부친과 함께 거주했다. 어깨가 넓고, 송충이 눈썹과 누르스름한 콧수염을 가진 부친은 막대기 같은 다리에 좁고 딱 붙은 바지를 입은 노인이었다. 그는 전도유망한 회사에서 일하며 품위 있고 친절한 인품을 인정받았고, 술이라면 사양하는 법이 없었다.

베를린에서 올가는 점차 많은 친구들 무리에 끼게 되었는데, 모두 러시아 젊은이들이었다. 그들의 의기양양한 말투가 그녀의 입에도 배었다. "시네멍키에나 가볼까"라고 한다든지, "그 뭐지, 발들이 휙휙 움직이는, 독일어로 딜러, 댄스홀 말이야" 같은 말투. 온갖 유행하는 격언, 은어, 흉내낸 걸 또 흉내내기가 널리 성행했다. "이 커틀릿은 음침하

---

* 프랑스어로 '중개사무소'라는 뜻.
** 당대 최고의 초상화가로 손꼽힌 러시아 화가 발렌틴 세로프.

군." "누가 지금 그녀에게 키스하고 있는지 궁금해." 혹은 목메는 듯 쉰 목소리로, "*신사분들, 국군 장병 여러분……*"

난방을 세게 한 조토프가의 방안에서 그녀는 가늘고 긴 장딴지를 우아하게 움직이며 방금 다 피운 담배를 몸에서 멀리 떨어뜨린 채 축음기 소리에 맞춰 나른하게 폭스트롯을 췄다. 음악에 실려 빙빙 도는 재떨이의 위치를 눈으로 확인하고는 스텝 한번 꼬이지 않고 꽁초를 정확히 던져넣곤 했다. 얼마나 매력적으로, 또 얼마나 의미심장하게 그녀는 와인잔을 입술로 가져가 그녀에게 마음의 비밀을 털어놓은 남성을 속눈썹 틈으로 응시하면서 제삼자의 건강을 위해 은밀히 건배할 수 있었던지. 소파 구석에 앉아 이 사람 저 사람의 연애사라든지 오락가락하는 기회라든지 사랑을 고백할 확률—이 모든 건 간접적으로, 넌지시 이루어진다—같은 걸 논의하기를 얼마나 좋아했던지. 순수한 눈을 크게 뜨고 얼마나 이해심 넘치는 미소를 지었던지. 그 눈 아래와 주변에 옅게 푸른빛이 비치는 얇은 피부에 거의 티가 나지 않는 주근깨. 그러나 그녀에 대해 말하자면, 아무도 그녀와는 사랑에 빠지지 않았다. 그래서 어떤 자선 무도회에서 그녀에게 손을 대더니 나중에는 그녀의 맨어깨 위에 얼굴을 묻고 흐느꼈던 어떤 천박한 녀석을 그녀는 오랫동안 기억했다. 그 남자는 몸집이 작은 R남작에게 결투 신청을 받았는데 결국 그 승부를 거절했다. 그건 그렇고 '천박'이라는 단어가 나온 김에 하는 말이지만, 올가는 이 단어를 온갖 경우에 곧잘 붙여 쓰곤 했다. "천박한 사람들"이라고 나른하고 다정하게 낮은 흉성으로 노래하듯 말했다. "뭐 그런 천박한……" "그 사람들 천박하지 않아?"라고도.

그러나 이윽고 그녀의 인생에도 어둠이 드리우기 시작했다. 무언가가 끝났고, 사람들은 벌써 일어서서 하나둘 가버렸다. 얼마나 황급히 떠나갔던지! 아버지가 죽은 후, 올가는 다른 거리로 이사했다. 친구들을 보러 가는 것도 그만두었고, 유행하는 작은 보닛을 짜거나 이런저런 부인들 모임에서 약간의 사례비만 받고 프랑스어를 가르쳐주는 일을 했다. 그렇게 이럭저럭 살다보니 그녀도 서른 줄에 접어들었다.

그녀는 전과 다름없이 여전히 미인이었다. 사이가 넓은 두 눈은 매혹적으로 치켜올라갔고, 마치 미소로 만들어진 기하학적 주름이 이미 아로새겨진 듯 보이는 보기 드문 입술선도 그대로였다. 그러나 머리카락은 광택을 잃었고 잘라놓은 모양새도 형편없었다. 사 년째 똑같은 검은색 맞춤옷을 입었다. 그녀가 신경과민에다 지독한 골초인 탓에, 손톱이 반짝이긴 하지만 깔끔하게 다듬어지지 않은데다 정맥도 튀어나온 손은 조금씩 떨리곤 했다. 이런 상황이니 그녀의 스타킹 상태에 대해서는 아무 말 않고 넘어가는 게 좋겠다……

이제는 핸드백의 실크 안감도 너덜너덜 해어졌고(그래도 최소한 달아난 동전을 발견할 희망은 있는 셈이다만), 이제 그녀는 너무나 지쳐버렸으며, 이제는 하나 남은 구두를 신으면서 밑창 걱정을 하지 않으려 애썼고, 체면 불고하고 담뱃가게에 들어갈 때도 그 가게에 이미 외상값이 얼마나 있는지 생각하는 걸 스스로 금했다. 이제는 러시아로 돌아갈 일말의 희망도 사라졌고, 증오의 감정은 너무 일상이 돼서 죄라는 느낌도 거의 들지 않게 되어버렸다. 이제 올가는 태양이 굴뚝 뒤로 넘어갈 무렵이면 때때로 탄탈로스*의 침으로 적은 것 같은 화려한 광고에 번

---

* 그리스신화에 나오는 왕. 신들의 비밀을 누설한 벌로 영원한 굶주림과 갈증으로 고통받는 형벌을 받았다.

민하면서, 만약 자신이 부자이며 서너 개의 당돌한 선으로 획획 그려진 저 드레스를 입고 저 배의 갑판 위에, 저 야자수 그늘 아래, 저 하얀 테라스 난간 앞에 서면 어떨까 상상의 나래를 펴곤 했다. 그 외에도 그녀가 놓친 이런저런 것들이 더 있었다만.

그러던 어느 날, 한때 친하게 지내던 베라가 전화부스에서 회오리바람처럼 뛰쳐나와 그녀를 넘어뜨릴 뻔했다. 베라는 늘 그랬듯이 허둥대며 짐꾸러미를 바리바리 들고 있었고, 눈이 덥수룩한 털로 덮인 테리어의 가죽끈이 바로 그녀의 치마 주위를 두 바퀴 휘감았다. 베라는 올가를 물고 늘어지며 자기 별장으로 와서 지내라고 졸랐다. 이렇게 만난 것도 운명이며 아주 멋진 일 아니냐, 그동안 어떻게 지냈느냐, 구혼자가 너무 많아 곤란할 정도 아니냐 등의 말을 늘어놓으며. "아니에요, 어머, 저도 이제 그럴 나이가 아니죠." 올가가 답했다. "게다가……" 그녀가 소소한 사정 하나를 자세히 덧붙이자, 베라는 짐꾸러미를 거의 땅바닥에 닿을 정도로 늘어뜨리며 웃음을 터뜨렸다. "농담이 아니라 진짜로요." 올가가 미소 지으며 말했다. 베라는 테리어 줄을 잡아당기느라 이쪽저쪽으로 몸을 돌리면서 그녀를 계속 구슬렸다. 올가는 느닷없이 콧소리를 섞어 말하기 시작하더니 베라에게 돈을 조금 꾸었다.

베라는 무슨 일이든—과일 펀치 파티든 비자 받는 일이든 결혼 피로연이든—주선하기를 아주 좋아했다. 이제 그녀는 올가의 운명을 보살피는 일에 게걸스러울 정도로 열렬히 매달렸다. "당신 안의 중매쟁이 본능이 깨어났구려"라고 초로의 발트인(빡빡 깎은 머리, 외알 안경)인 남편이 농담할 정도였다. 올가는 화창한 8월 어느 날 별장에 도착했다. 그녀는 곧바로 베라의 드레스 중 하나를 빌려 입고, 머리 모양과 화장도 바꿨다. 내키지 않는 듯 투덜거렸지만, 결국 시키는 대로 하며 저항하지 않았다. 그 유쾌한 작은 별장의 마룻널이 얼마나 흥겹게 삐걱거리던지! 녹색의 과수원에서는 새를 겁주어 쫓아버리기 위해 매달아놓은 작은 거울들이 얼마나 눈부시게 번쩍거리며 빛나던지!

러시아로 귀화한 독일인으로, 자산가에 체격이 탄탄한 홀아비이자 사냥에 관한 책을 몇 권 쓰기도 한 포르스트만이라는 인물이 별장에 와서 일주일간 머물렀다. 그는 오래전부터 베라에게 신붓감을, 이왕이면 '진짜 러시아 미녀로' 좀 찾아봐달라는 부탁을 해왔다. 그의 코는 엄청나게 크고 강인하게 보였으며, 높은 콧대에 아주 가는 분홍색 혈관이 비쳤다. 예의바르고 과묵하고 때때로 무뚝뚝하게 굴기도 했지만, 개와도 아이와도 바로, 어느 순간 아무도 눈치채지 못하는 사이에 평생 가는 우정을 맺는 법을 아는 남자였다. 그가 도착하자 올가는 난감해졌다. 의기소침해지고 마음이 불편해져서는 하지 말아야 할 행동만 해대면서, 스스로 잘못하고 있음을 자각했다. 화제가 옛날 러시아로 넘어가자(그런 식으로 베라는 그녀가 자신의 과거를 과시하게 하려고 애썼다), 그녀는 자신이 거짓말을 하고 있으며 그것이 거짓말임을 모두가 알고 있는 것처럼 느껴졌다. 그래서 그녀는 베라가 자신에게서 끌어내려고 하는 것을 자기 입으로 얘기하기를 고집스럽게 거절하고, 대체로 어떻게든 비협조적으로 굴었다.

그들은 베란다에서 카드를 세게 내리치며 트럼프 게임을 했다. 그러고선 모두 함께 숲을 거닐었는데, 포르스트만은 주로 베라의 남편과 대화를 나누었다. 두 사람은 젊은 시절 했던 장난 따위를 회상하다 일행과 뒤처져서는 얼굴이 벌게질 정도로 박장대소하며 이끼 위에 쓰러졌다. 프로스트만이 별장을 떠나기 전날 저녁에도 여느 저녁과 다름없이 그들은 베란다에서 트럼프 게임을 했다. 갑자기 올가는 참을 수 없을 만큼 목구멍이 꽉 죄어오는 것을 느꼈다. 그래도 애써 미소를 지으며 지나치게 서두르지 않는 모습으로 겨우 자리를 떴다. 베라가 방문을 노크했지만, 그녀는 문을 열지 않았다. 한밤중에 올가는 천장이 낮은 방에서 졸음에 겨운 수많은 파리를 세게 쳐가며 담배를 연거푸 피우다, 더는 담배 연기를 가슴 깊숙이 들이마실 수 없는 지경이 되자 초조해지고 우울해져서는 자신과 모두를 증오하며 정원으로 나갔다. 정원에서는 귀뚜라미가 울고 나뭇가지가 흔들리더니 때마침 사과 하나가 팽팽하게 긴장된 쿵 소리를 내며 떨어졌고, 회반죽을 바른 닭장 벽 위에서는 달이 맨손체조를 선보였다.

이른 아침, 그녀는 다시 밖으로 나와 이미 뜨겁게 달궈진 현관 계단에 앉았다. 검푸른색 가운을 입은 포르스트만이 그녀 옆에 앉아 헛기침하더니 자신의 배우자—그렇다, 그는 정확히 '배우자'라는 단어를 사용했다—가 되는 걸 승낙해주겠냐고 물었다. 두 사람이 아침식사 자리에 나타나자, 베라와 그 남편과 남편의 처녀 사촌은 완전한 침묵 속에 각자 다른 모서리에 진을 치고 앉아, 실재하지 않는 춤을 묵묵히 췄다. 올가는 다정한 목소리로 느릿느릿 말했다. "이런 천박한 사람들!" 그리고 다음 여름, 그녀는 아이를 낳다 죽었다.

이야기는 이것으로 끝이다. 물론 속편 격의 이야기가 좀더 있겠지만, 나로서는 알 수 없다. 이런 경우 억측에 빠져 허우적대기보다는 내가 가장 좋아하는 동화에 나오는 즐거운 왕의 말을 되풀이하는 것으로 마무리짓도록 하겠다. "영원히 계속 날아가는 화살은 어떤 화살일까? 이미 과녁에 맞은 화살 아니겠나."

L. I. 시가예프를 추모하며

레오니트 이바노비치 시가예프가 사망했다…… 러시아의 부고문에서 관례로 붙이는 말줄임표는 발끝으로 걸어 경건하게 일렬종대로 떠나버린 언어가 대리석 위에 남겨놓은 발자국을 나타낸 것임이 틀림없다…… 그러나 나는 이 음산한 정적을 깨버리고 싶다. 부디 허락해주시기를…… 아주 약간만, 단편적이고 지리멸렬하며 원래는 요청받지 않은…… 아니, 아무래도 상관없다. 그와 알게 된 건 십일 년쯤 전으로, 나에게는 비참한 해였다. 사실상 나는 파멸하고 있었다. 젊었던 자신의 모습을 마음속으로 그려들 보시길. 아직 무척 젊고 무력하고 고독하고 끊임없이 타오르는 영혼(손이 아주 살짝 닿는 것도 두려워하는, 마치 살갗이 벗겨진 피부 같은)을 가졌으며 불행한 연애의 격통에 어찌할 바를 모르는 사람의 모습을…… 실례를 무릅쓰고 잠시 이 점을 곱씹어볼까 한다.

그 가녀린 단발머리 독일 소녀에게 특별할 건 전혀 없었다. 그러나 나는 그녀를, 볕에 그을린 뺨과 풍성한 금발을, 황금색과 올리브빛 금색이 섞인 빛깔로 반짝거리는 머리카락이 정수리부터 목덜미까지 옆 얼굴선을 따라 아주 둥근 곡선을 이루며 내려오는 그 머리를 바라볼 때면, 뭉클한 감정에 휩싸여 울부짖고 싶어질 정도였다. 그 뭉클함은 내 안에 간단하고 편안하게 딱 맞는 법이 없이, 문에 꽉 끼어 안팎으로 튀어나오곤 했다―부피가 크고, 모서리가 깨지기 쉽고, 그 누구에게도, 특히 나의 그 독일 소녀에게는 아무 소용이 없는 감정. 요약하면, 그녀가 일주일에 한 번 자기 집에서 나를 배신하고 한 집안의 어엿한 가장과 바람을 피웠다는 게 드러난 것이다. 여담이지만 그 남자는 지독하게 꼼꼼해서 구두가 찌그러지는 걸 막는 구두 골을 가지고 다닐 정도였다. 그 일은 결국, 서커스같이 쿵딱 소리를 내는 무시무시한 따귀 한 방으로 끝났다. 나를 배신한 여자는 한 방에 나가떨어져 그대로 공처럼 몸을 말며 쓰러졌고, 쫙 펼친 손가락 사이로 나를 바라보는 그녀의 눈은 반짝반짝 빛났다―보아하니 꽤 우쭐해하는 것 같았다. 나는 던질 뭔가를 기계적으로 찾다가 그녀에게 부활절 선물로 주었던 사기 설탕단지를 발견했다. 나는 그 단지를 옆구리에 끼고는 문을 쾅 닫고 나갔다.

여기서 주석 하나. 이는 상상할 수 있는 그녀와의 이별 버전 중 하나에 지나지 않는다. 나는 그녀와 헤어지는 이런 불가능한 가능성을 다양하게 고려했었다. 술에 취한 듯 달뜬 망상의 첫 열기에 여전히 휩싸인 채, 보기 좋게 찰싹 때릴 때의 야비한 만족감을 상상했다가, 오래된 파라벨룸 피스톨로 그녀와 나 자신을 둘 다, 혹은 그녀와 그 가장을, 혹은 그녀만, 혹은 나 자신만 쏘는 걸 상상하거나 했다. 그러다가는 결국 얼음처럼 찬 빈정거림과 고귀한 비애에 빠져 침묵하는 것—아, 사태는 여러모로 흘러갈 수 있는 법이고, 실제로 어떤 일이 있었는지는 이제 나도 잊은 지 오래다.

당시 내 하숙집 주인은 체격이 건장한 베를린 토박이였는데, 만성 부스럼에 시달려서 목덜미의 종기에 사각형의 혐오스러운 분홍색 고약을 붙이고 다녔다. 그 고약에는 구멍이 가지런히 세 개 나 있었는데, 아마도 공기를 통하게 하는 구멍이거나 고름이 나오는 구멍인 듯했다. 나는 망명 러시아인의 출판사에서 일했는데, 회사의 경영자 두 사람은 나른해 보였지만 실제로는 교활하기 그지없는 사기꾼들로, 평범한 사람들은 그들이 수작 부리는 꼴을 보면 마치 구름을 뚫고 우뚝 솟은 산정상에 올랐을 때처럼 가슴이 죄어왔다. 내가 지각(그들 표현에 따르면 '고의적으로 늦는')과 결근을 반복하거나 출근해도 집으로 되돌려 보내질 수밖에 없는 상태에 이르자 그들과의 관계는 견딜 수 없을 정도로 악화됐고, 결국 모두가 합심해—경리계와 원고를 가지고 온 낯선 남자까지 열심히 협력한 끝에—나를 쫓아냈다.

불쌍한 나의 청춘, 가련한 나의 청춘이여! 월세 25마르크로 빌린 그 작은 방의 을씨년스러운 모습이 눈앞에 생생히 떠오른다. 벽지의 흉측한 꽃무늬, 전깃줄에 매달아 걸어놓은 흉물스러운 전구. 그 알전구는 새벽까지 이따금 정신없이 발광하는 빛을 발했다. 그 방에서 나는 너무 비참하게, 너무 구질구질하고 방탕할 정도로 비참하게 살아서, 틀림없이 지금까지도 그 방 벽에는 불행과 열병이 배어들어 있을 거라 여기며, 나 다음에 어떤 녀석이 그 방에 정착해 행복에 겨워 휘파람을 불고 콧노래를 부르며 살았을 수도 있다는 생각도 전혀 할 수 없다. 그로부터 십 년이 지났건만 나는 지금도 그때의 나를 떠올릴 수 있다. 아른아른 빛나는 거울 앞에 앉은 창백한 젊은이, 납빛 이마와 검은 턱수염을 가진 그는 찢어진 셔츠만 입고 싸구려 술을 퍼마시며 거울에 비친 자신의 상과 잔을 쨍그랑 부딪힌다. 뭐 그런 시절이 다 있었는지! 나는 이 세상 그 누구에게도 쓸모없는 존재였을 뿐아니라, 나를 조금이라도 신경써주는 누군가가 있을지도 모른다는 상황은 상상조차 할 수 없었다.

장기간에 걸쳐 혼자서 그렇게 끊임없이 마셔댄 탓에 나는 더없이 통속적인 환영, 그보다 더 러시아적인 건 없는 환각에 빠졌다. 악마들이 보이기 시작한 것이다. 매일 저녁, 낮의 백일몽에서 벗어나 벌써 우리를 완전히 에워싸는 어스름을 나의 초라한 전등으로 떨쳐버리자마자 그들이 보였다. 그렇다, 지금 끊임없이 떨리는 게 보이는 내 손보다 더 또렷하게 나는 그 귀한 불청객들을 보았고, 어느 정도 시간이 지난 뒤 그들이 자기네끼리만 어울리자 나는 그들의 존재에 익숙해지기까지 했다. 그들은 자그마하지만 꽤 통통한 게 살진 두꺼비 정도 되는 크기였다─비폭력적이고 축 늘어져 있고 검은 피부가 무사마귀로 거의 뒤덮인 작은 괴물들. 그들은 걸어다닌다기보다는 기어다녔지만, 온갖 서투른 척은 다 했음에도 생포할 수 없는 것으로 드러났다. 그러고 보니 개채찍을 샀던 기억이 난다. 그들이 내 책상 위로 충분히 모여들자마자 한 대 보기 좋게 후려치려 했지만, 기적적으로 그들은 채찍을 피했다. 나는 다시 한번 채찍을 휘둘렀는데, 그들 중에 가장 가까이 있던 한 마리가 짜증내듯 눈을 찌푸리며 깜빡일 뿐이었다. 마치 유혹적인 냄새를 풍기는 똥 부스러기 같은 것에서 멀리 떼어내려고 누군가 위협하자 신경이 날카로워진 개처럼. 다른 놈들은 뒷발을 질질 끌며 기어 사방으로 흩어졌다. 그러나 책상 위에 엎질러진 잉크를 닦고 엎어진 인물 사진을 주워드는 동안, 그들은 모두 다시 슬금슬금 무리 지어 모여들었다. 대체로 그들이 가장 많이 서식하는 곳은 내 책상 부근이었다. 그들은 어딘가 아래쪽에서 나타나, 끈적끈적한 배로 느긋하게 타닥타닥 소리를 내며 목재를 치면서 돛대를 올라가는 수병을 흉내내듯 책상 다리를 타고 올라왔다. 책상 다리에 바셀린을 칠해봤지만 소용없었고, 그렇게 일사불란하게 위로 기어오르는 그 작은 불량배 중에서도 특별히 구미가 당기는 놈을 무작위로 골라 채찍이나 신발로 냅다 후려갈기면 그제야 그놈이 투실투실한 두꺼비가 떨어지듯 쿵 소리를 내며 바닥에 떨어졌다. 하지만 잠시 후 그놈은 안간힘을 쓰느라 보라색 혀까지 내밀며 다시 다른 모서리를 기어올라 결국 위까지 기어코 도달해서 동료들과 합류하곤 했다. 그들은 셀 수 없이 많았는데, 처음에는 다 똑같아 보였다. 부어 있긴 하지만, 기본적으로 꽤 성격 좋아 보이는 얼굴을 가진 거무죽죽한 작은 괴물들. 그들은 대여섯씩 무리를 지어 책상 위에, 온갖 서류 위에, 푸시킨의 책 위에 앉아서 무심한 표정으로 나를 흘끗거렸다. 개중에는 발로 귀 뒤를 긁는 녀석도 있었는데, 긴 발톱으로 북북 심하게 긁는 소리를 내다가 얼어붙은 양 움직이지 않더니 다리를 공중에 든 채 잊어버렸다. 또다른 녀석은 옆의 친구에게 불편할 만큼 바짝 붙어 서서 꾸벅꾸벅 졸곤 했다. 그 점에 대해서는 옆 친구도 남 탓할 처지가 아니다. 양서류 같은 그들은 상호간에 아무 배려 없이 복잡한 자세로 그대로 마비된 것처럼 정지해버릴 수 있었다. 나는 차츰 그들을 구별하기 시작했고, 내 지인이나 다양한 동물과 닮은 점을 고려해 그들에게 이름을 지어줄 생각도 했다. 보통 표본보다 큰 놈과 작은 놈을 알아볼 수 있었고(그래도 모두 휴대 가능한 크기였다), 외양이 더 역겨워 보이는 놈이 있는가하면 좀 봐줄 만한 놈도 있었으며, 혹이나 부스럼이 나 있는 놈이 있는가 하면 완벽하게 매끈한 놈도 있었다. 서로 침을 뱉는 습성을 가진 녀석도 몇 있었다. 한번은 그들이 신입을 데려왔는데, 백피증이 있는 놈으로 새하얀 재 같은 색을 띠었고 눈은 빨간 철갑상어알 같았다. 그놈은 매우 졸리고 침울해 보였는데 어느샌가 슬금슬금 기어서 사라졌다. 나는 의지력을 쥐어짜서 잠시나마 그 주술에서 겨우 벗어나곤 했다. 고통스러운 노력이었다. 무시무시한 쇠 무게를 밀어내 몸에서 멀리 떼어놓지 않으면 안 되었는데, 내 전 존재가 자석처럼 그 쇠를 끌어당기는 형국이었기 때문이다. 그러니까 고삐를 늦추고 아주 살짝 항복하면, 바로 환영이 다시 정확한 형체를 갖추고 입체적으로 떠올랐고, 나는 다시 한번 환각에 몸을 맡기며 기만적인 안도감을 느꼈다―아아, 그것은 절망의 안도였다. 그리고 다시 피부가 두꺼운 덩어리들이 진득진득하게 뭉친 것들이 눈앞 책상 위에 진을 치고 졸린 듯이, 그러면서도 뭔가 기대하듯이 나를 쳐다봤다. 나는 채찍뿐 아니라 유서 깊은 유명한 방법을 써보았다. 이에 대해 여기서 더 상세히 말하기는 난처한데, 내가 그 방법을 적용한 방식이 확실히 잘못되었고, 그것도 아주 잘못되었기 때문에 더 그렇다. 그래도 처음에는 그 방법이 먹혔다. 우글우글 모인 악마들 위로 상공 이삼 인치 높이에서 손가락을 모아 특정 종교의 이단 의식과 관련된 신성한 어떤 동작을 유유히 행하자, 그 손짓이 마치 붉게 달궈진 철처럼 무리 위를 스치며 기분좋은 동시에 추잡하게 들리는 걸쭉한 쉭쉭 소리를 냈다. 그러자 내 악동들은 화상을 입고 몸부림치며 흩어져 다 익은 열매처럼 바닥에 툭툭 떨어졌다. 그러나 그들이 새롭게 다시 모여들었을 때 그 실험을 다시 한번 반복해보니 효과가 약화돼 나타났고 그다음에는 그들이 반응을 완전히 멈췄고…… 즉 그들은 재빨리 어떤 면역 체계를 구축하여…… 하지만 이 얘기는 이것으로 충분하니 그만하기로 하고. 나는 웃으며―웃는 것 말고 뭐가 더 있겠는가?―"*제길Tfoo!*"(그나저나 이 말은 악마를 뜻하는 어휘에서 러시아어가 빌려온 유일한 욕설이다. 독일어로 악마를 뜻하는 'Teufel'도 참조할 것)이라고 내뱉고는 옷을 벗지도 않고 잠자리에 들었다(고는 하지만, 물론 모포 위에 누워서 반갑지 않은 잠자리 손님들과 맞닥뜨릴까봐 두려워했다). 그렇게 나날이 지나갔다. 그걸 날이라고 부를 수 있다면―그건 일수로 셀 수 있는 나날이 아니라 시간을 초월한 안개 같은 것이었다―그러다 퍼뜩 정신을 차려보니, 나는 폭풍우에 쓰러진 듯 나뒹구는 가구들 한복판에서 기골이 장대한 집주인과 맞붙어 싸우며 바닥을 구르고 있었다. 필사의 한 방을 날려 겨우 몸을 빼내서 방을 뛰쳐나왔고 그다음에는 계단으로 향했는데, 다시 정신을 차렸을 때는 어느새 거리를 걷고 있었다. 몸을 부들부들 떨고 매무새는 온통 헝클어진데다 타인이 붙였던 고약의 더러운 자투리를 손가락에 붙인 채였다. 온몸이 쑤시고 머리가 쾅쾅 울렸지만, 거의 완전히 맨정신으로 돌아와 있었다.

바로 그때 L. I. 즉, 레오니트 이바노비치 시가예프 씨가 나를 거두어주었다. "이보게, 대체 무슨 일인가?"(우리는 이미 서로 안면을 튼 정도의 사이였다. 러시아어-독일어 포켓판 기술용어 사전을 편찬하던 그는 내가 일하던 출판사에 드나들곤 했다.) "가만있어보게, 이보게, 자네 꼴 좀 보게나." 바로 거기, 그 길모퉁이에서(그는 저녁거리를 서류가방에 담아 식료품점에서 나오던 참이었다) 나는 울음을 터뜨렸고, 그러자 L. I.는 아무 말 없이 나를 자신의 거처로 데려가 소파에 앉히고 간소시지와 곰국을 먹이고는 다 해진 아스트라한 모피 옷깃이 달린 누빈 외투를 덮어주었다. 나는 부들부들 떨면서 흐느끼다가 이윽고 곯아떨어졌다.

요컨대, 나는 그의 작은 아파트에 눌러앉아서 그런 식으로 이 주 동안 얹혀살다가 그의 옆방에 세들어서 계속 매일 그와 얼굴을 마주하고 살았다. 그렇다 해도 우리가 공통점이 있었을 거라 누가 생각하겠는가? 하나부터 열까지 다 다른 두 사람이었는데! 나보다 거의 두 배는 더 나이가 많은 그는 믿음직하고 사근사근하고 약간 뚱뚱한 편으로, 우리의 단정하고 나이 지긋한 독신 망명자 대다수가 그러하듯 보통 모닝코트를 입고 다니는 깔끔하고 검소한 사람이었다. 그가 아침마다 얼마나 꼼꼼하게 바지를 솔질하는지, 그 광경은 한번 볼만하고, 특히 들어볼 만하다. 그 솔질소리는 이제 그와 떼어낼 수 없이 결부되어 그를 회상하면 제일 먼저 그 소리가 먼저 떠오른다—특히 그 공정이 이뤄지는 리듬이, 계속 쓸어대는 소리 사이사이의 휴지가. 소리가 잠깐 끊기는 것은 그가 손을 멈추고 의심스러운 부분을 살펴보며 손톱으로 그곳을 긁거나 빛에 비춰볼 때다. 아아, 그 '형용할 수 없는 것들'(그의 표현이다), 무릎 부분에서 푸른 하늘이 비쳐 보이게 하는, 그 승천으로 형용할 수 없이 숭고해진 그 형용할 수 없는 것들!

그의 방은 빈궁함에서 비롯된 소박한 정갈함이 특징이었다. 그는 편지에 자신의 주소와 전화번호를 새긴 고무인을(고무인이라니!) 찍었다. 그는 *보르비니야*, 즉 비트잎 냉수프를 만들 줄 알았다. 말이 청산유

수인 행상에게 산 신기한 커프스단추나 담배 라이터(L. I. 자신은 담배를 피우지 않았음을 짚고 넘어가자) 같은, 천재의 작품이라 여긴 작고 값싼 장신구나, 노파같이 흉측한 목을 가진 아주 작은 애완 거북이 세 마리를 몇 시간이고 끊임없이 보여주며 자랑할 수 있었다. 그중 한 마리가 내 눈앞에서 죽었다. 모서리를 따라 계속 움직이곤 하던 둥근 탁자에서, 그날은 계속 멀리 더 멀리 이어진 직선 경로를 따라가고 있다고 생각하고 허둥대는 불구처럼 가다가 추락했다. 방금 너무도 또렷하게 떠오른 또다른 기억도 있다. 죄수의 침상처럼 판판한 그의 침대 위에는 판화 두 점이 걸려 있었다. *해전 승리 기념비** 쪽에서 본 네바강 풍경화와 알렉산드르 1세**의 초상화였다. 그가 제국을 향한 열망에 휩싸인 순간에 우연히 손에 넣은 것으로, 그는 그 향수를 조국에 대한 열망과 구별했다.

L. I.는 유머감각이라곤 없었으며 예술이나 문학, 그리고 보통 '자연'이라고 알려진 것에 대해 완전히 무관심했다. 예를 들어 어쩌다 시가 화제에 오르면, 그가 내놓는 의견이라고 해봐야 다음과 같은 몇 마디로 다 소급된다. "아니, 뭐니 뭐니 해도 역시 푸시킨보다는 레르몬토프가 어쩐지 우리에게 친근하게 느껴지지 않소." 거기에 대고 내가 레르몬토프의 시를 한 행이라도 인용하라고 들볶으면 그는 루빈시테인의 오페라 〈악마〉***에서 뭔가를 떠올려보려 애쓰는 게 뻔히 보이거나, 아니면

---

* 19세기 초 상트페테르부르크 바실리섬 다리 입구에 세운 등대로, 승전을 거둔 해전을 상징하는 뱃머리 장식이 있다.
** 러시아제국 10대 황제. 나폴레옹이 침략한 조국전쟁을 승리로 이끌었다.
*** 러시아 작곡가 안톤 루빈시테인이 레르몬토프의 동명 시에 곡을 붙여 만든 오페라.

다음과 같이 답하곤 했다. "워낙 오랫동안 다시 읽어보지 못해서 말이지. '이 모든 건 다 아득한 옛일.' 뭐, 어쨌든 날 좀 내버려두게나, 친애하는 빅토르." 말이 나와서 하는 말이지만, 그는 방금 자신이 레르몬토프가 아닌 푸시킨의 서사시 「루슬란과 루드밀라」 시구를 무심코 인용했다는 것을 자각하지 못했다.

여름이면 그는 일요일마다 어김없이 교외로 놀러가곤 했다. 그는 베를린 외곽을 놀라울 정도로 속속들이 잘 알았고 다른 사람들에게 낯선 '멋진 곳들'에 정통한 걸 스스로 자랑스럽게 여겼다. 그것은 자기충족적인 순수한 희열로, 아마도 수집가의 희열이나 옛날 카탈로그 애호가들의 탐닉과 비슷한 것이었지 싶다. 그게 아니라면 왜 그 모든 게 그에게 필요했는지 이해하기 어렵다. 공들여서 나들이 경로를 준비하고, 이런저런 교통수단을 저글링하듯 조합하고(거기까지 열차를 타고 가서 증기선을 타고 이 지점까지 돌아와 거기서 다시 버스를 타는데 그러면 비용이 얼마가 든다는 둥, 아무도, 현지 독일인도 그만큼 싸게 가는 방법을 모를 거라는 둥). 그러나 마침내 그와 내가 숲속에 섰을 때 밝혀진 사실은 그가 말벌과 호박벌의 차이나 오리나무와 개암나무의 차이를 구별하지 못하며 자기 주변 환경을 상당히 관습적으로, 그리고 일괄적으로 뭉뚱그려 인지한다는 것이었다. 신록, 좋은 날씨, 날짐승, 작은 벌레, 이런 식으로. 시골에서 자란 내가 우리 주변의 식물군과 중앙 러시아 삼림 간의 차이를 재미삼아 언급하면 그는 화까지 냈다. 그가 느끼기에는 아무런 본질적 차이가 존재하지 않으며, 오로지 감상적인 연상관계만이 중요하다는 것이다.

그는 풀밭의 그늘진 곳에 몸을 쭉 뻗고 오른쪽 팔꿈치로 몸을 떠받치고 누워서 국제 정세에 대해 장황하게 논하거나 동생 표트르에 관해 얘기하는 걸 좋아했다. 듣자 하니 꽤 쾌남아였던 듯한 그 음악가 동생은 바람둥이에 싸움꾼으로, 거의 선사시대처럼 먼 옛날 어느 여름밤 드네프르강에 빠져 죽었다—매우 화려한 결말이 아닌가. 다만 이런 이야기도 친애하는 L. I.의 입을 통해 들으니, 무척 지루하고 빈틈 하나 없이 아귀가 너무 잘 들어맞는 얘기가 되었다. 그래서 숲속에서 휴식을 취하다가 불쑥 그가 사람 좋은 미소를 지으며 "표트르 녀석이 교구 신부의 암염소를 타고 돌아다녔던 시절 얘기를 내가 했던가?"라고 물으면, 나는 꽥 소리를 지르고 싶어졌다. "네, 네, 얘기했어요. 제발 저한테 그 얘기 좀 하지 마세요!"

재미없는 그 긴 이야기를 지금 다시 들을 수만 있다면, 그의 멍하고 친절한 눈빛과 열기로 붉게 달아오른 대머리와 허옇게 세어가던 구레나룻을 지금 볼 수 있다면, 내가 뭘 못하겠는가? 그런데 그의 모든 게 그렇게 지루했는데도, 그가 가진 매력의 비밀은 도대체 무엇이었을까? 도대체 왜 모두 그를 그토록 좋아하며 그에게 집착했던 걸까? 그렇게 인기 있기 위해 그는 뭘 했던 걸까? 모른다. 뭐라 답해야 할지 나는 모르겠다. 내가 아는 거라곤 그가 자신의 사회과학연구소(그 연구소에서 그는 『경제생활』이라는 잡지 합본을 탐독하며 시간을 보냈고, 그가 생각하기에 최고로 주목할 가치가 있고 의미심장하다고 여겨지는 기사를 발췌해 깔끔하고 극히 작은 글씨체로 베껴쓰곤 했다)에 나가거나 러시아어 개인교습을 가고 없는 아침 시간 동안 내가 불안함을 느꼈다는 것뿐이다. 그는 초로의 부부와 그 부부의 사위에게 러시아어를 계속 가르쳤는데, 그 사람들과 교제하면서 독일인의 생활양식—러시아 인텔리겐치아계급(세계에서 가장 부주의한 인종)의 일원들은 이에 관해선 자신들이 권위자라고 자임한다―에 대해 많은 부정확한 결론을 도출하게 되었다. 그렇다, 나는 그후 프라하에서 그에게 일어날 일, 즉, 길거리에서 심장발작을 일으키는 일을 마치 미리 예감한 듯이 불안을 느끼곤 했다. 그렇지만 그는 프라하에서 일자리를 얻게 되어 얼마나 행복해했던가, 얼마나 희색이 만면했던가! 우리가 그를 배웅하던 날에 대한 기억이 유난히 또렷하게 남아 있다. 한번 생각해보시라, 자신이 가장 좋아하는 주제에 대해 강의할 기회를 얻게 된 남자를! 그는 나에게 옛날 잡지더미(소련 잡지만큼 빠르게 낡고 먼지투성이가 되는 게 또 없다)와 자기 구두골(구두골이 나를 쭉 따라다닐 운명인 모양이다)과 완전히 새것인 만년필(이것은 기념품으로)을 남겼다. 그는 떠나면서도 나를 매우 염려했다. 나는 그 사실을 나중에, 우리 사이에 서신 교환이 시들시들해지다 끊기고 삶이 다시 깊은 암흑 속으로 처박혔을 때―그리고 수천 개의 목소리가 울부짖는 그 암흑 속에서 내가 절대로 빠져나갈 수 없을 것만 같았을 때―깨달았다. L. I.가 계속 내 생각을 했다는 사실, 그래서 이 사람 저 사람을 수소문하며 간접적으로 도움을 줄 방법을 찾으려 애썼다는 사실을 알게 된 것이다. 그가 떠난 것은 화창한 여름날이었다. 배웅하는 이 중 몇몇은 눈물을 하염없이 흘렸다. 흰 장갑을 끼고 근시 안경을 쓴 유대인 소녀는 양귀비와 수레국화 한 다발을 통째로 가져왔다. L. I.는 서툴게 꽃 냄새를 맡으며 미소 지었다. 그의 모습을 보는 게 이번이 마지막일지도 모른다는 생각이 그때 떠올랐던가?

물론 그렇다. 그때 떠오른 생각은 정확히 다음과 같다. 그래요, 당신을 보는 것은 이번이 마지막이오. 사실 원래 나는 무엇에 대해서도, 모든 이에 대해 항상 그런 생각을 하는 사람이오. 나의 짧고 쓸쓸하고 광기어린 인사에 종종 무시로 일관하는 사물과 인간에게 끊임없이 계속 작별인사를 고하는 게 내 인생이라오.

움직임 없는 연기

땅거미가 내린 거리에 걸린 가로등 불빛이 바이어리셔 광장까지 거의 일제히 죽 켜지면, 불 꺼진 방안의 모든 사물이 옥외 불빛의 영향을 받아 제 윤곽에서 살짝 이동했다. 불빛이 맨 먼저 본을 뜬 것은 레이스 커튼의 무늬였다. 그는 등을 대고 반듯이 누워 있었는데(사지가 길고 가슴이 납작한 청년의 코안경이 반쯤 어둑한 방안에서 아른아른 빛났다), 저녁식사로 잠깐 중단한 것을 빼도 그러고 있은 지 벌써 세 시간이 다 되어갔다. 저녁식사 시간은 다행히 침묵 속에 지나갔다. 또 한차례 언쟁을 벌인 아버지와 누나는 식탁에서 계속 책을 읽었다. 그로서는 아주 익숙한, 억눌린 듯 답답하게 지속되는 감각에 취해 누운 채로 그는 속눈썹 틈으로 모든 선과 모든 테두리, 혹은 테두리의 그림자가 바다의 수평선이나 멀리 보이는 좁고 긴 땅으로 변하는 광경을 바라보왔다. 이 변신들은 그 역학이 눈에 익자마자 저절로 일어나기 시작했다(마술사의 등뒤에서 작은 돌들이 별 쓸모 없이 계속 활기를 띠고 있는 것과 마찬가지였다). 그러더니 이제 그 방의 우주 이곳저곳에서 환영 같은 전망이, 그 생생한 투명함과 고립으로 황홀하게 하는 신기루가 멀리 형성되었다. 쭉 뻗은 물줄기 하나, 즉 삼나무 한 그루의 아주 작은 실루엣이 어른거리는 검은 곳이.

옆 거실(당시 베를린에서 망명 러시아인 가족이 주로 세들어 살던 부르주아계급의 아파트 안에 있는 동굴 같은 중앙부)에서 말수 적은 대화가 띄엄띄엄 끊겨서 불명료하게 들려왔다. 거실은 미닫이문으로 그의 방과 분리되어 있었는데, 그 문에 끼운 물결무늬의 무광 유리를 통해 키 큰 전등이 노랗게 빛났고 그보다 아래쪽에는 의자의 검은 등받이가 마치 깊은 물속에 있는 것처럼 흐릿하게 비쳐 보였다. 그 의자는 문짝이 자꾸 좌우로 연달아 휙 열리며 각기 따로 기어가려는 걸 저지하기 위해 그 자리에 놓여 있었다. 거실에는 누나가 남자친구와 함께(아마도 가장 먼 저쪽 끝에 대어놓은 긴 의자에) 앉아 있는데, 잠깐씩 비밀스럽게 멈추다 마침내 가벼운 헛기침이나 수상쩍은 다정한 웃음소리가 나는 걸로 볼 때 두 사람은 키스하고 있었다. 거리에서 들려오는 다른 소리도 있었다. 자동차 소음이 몇 가닥으로 된 원주 모양으로 동그랗게 말려 올라가다가 네거리에서 빵빵거리는 소리로 원주에 기둥머리가 생기곤 했다. 혹은 반대로 먼저 빵빵거린 다음에 웅웅거리는 소리가 가까워지면 미닫이 문짝이 덜덜 떨리는 소리로 최선을 다해 동참하곤 했다.

그리고 물의 광채와 떨림 하나하나가 해파리를 통과하는 것과 같은 방식으로 모든 것이 그의 내면을 가로질러서, 그 유동감이 투시력 같은 것으로 변모했다. 소파에 누워 있자니, 그림자의 흐름에 옆으로 실려가는 동시에 멀리 있는 행인들을 대동해 걷는 듯한 느낌이 들더니, 이제 눈 바로 아래로 보도 표면이 (개가 보듯이 하나도 빠뜨리는 것 없이 정확하게) 떠올랐고, 아직 색채가 좀 남은 하늘을 배경으로 헐벗은 가지가 만드는 무늬가 보이거나, 아니면 가게 쇼윈도들이 번갈아가며 눈앞에 떠올랐다. 해부학적인 발육 면에서 하트의 퀸보다 나을 게 거의 없는 미용실의 마네킹, 자줏빛 히스 초원을 그린 풍경화와 나치 독일에서 매우 인기 있어 꼭 갖다놓는 〈센강의 낯선 소녀〉*가 힌덴부르크 대통령의 무수히 많은 초상화 사이에 섞여 진열된 액자 가게를 지나갔고, 그다음에 있는 조명가게는 가게의 모든 전구가 환하게 빛나서 어떤 게 원래 가게에 속한 보통 조명인지 궁금해지지 않을 수 없었다.

암흑 속에서 미라처럼 누워 있던 그는, 불현듯 상황이 좀 곤란해졌다는 생각이 들었다—누나는 그가 집에 없거나, 아니면 엿듣고 있다고 생각할지 모른다. 하지만 몸을 움직이기가 엄청나게 힘들었다. 그의 존재 형식 자체가 그 식별 표식과 고정된 경계를 모두 잃었기 때문이다. 예를 들어 집의 다른 쪽에 면한 길이 그 자신의 팔일지도 모르며, 동쪽에 뜬 별들에서 냉기가 도는 하늘 전체를 가로질러 뻗은 뼈대가 드러난 긴 구름이 그의 등뼈일지도 모른다. 빛으로 줄무늬가 쳐진 방의 어둑함도, 황금빛 파동으로 반짝반짝 빛나는 밤바다로 바뀐 미닫이문의 유리도 그 자신의 치수를 재고 구별 짓는 믿음직한 수단이 되어주지

---

* 당시 센강에서 익사한 신원 불명의 여성의 얼굴을 조각한 석상이 유행했다.

못했다. 그가 방법을 찾은 것은, 입안에서 혀가 갑자기 (마치 비몽사몽 중에 모든 게 이상 없는지 점검하러 달려드는 것처럼) 휘며 촉각이 있는 혀끝의 민첩함을 한바탕 발휘해, 부드러운 이물질 조각, 즉 잇새에 꽉 낀 삶은 고기 찌꺼기를 촉진하며 집적거리기 시작했을 때였다. 그러고 나서 그는 곰곰이 생각했다. 보이진 않지만 분명히 느껴지는 치아의 사정이 어언 십구 년의 세월 동안 얼마나 여러 번 바뀌었던가, 혀가 익숙해지는가 싶으면 뻥 뚫린 구멍을 남기고 이의 충전물이 빠져 이내 새로 메우곤 하지 않았던가.

이제 그는 문 뒤의 부끄러움을 모르는 솔직한 침묵에 이끌렸다기보다는 뭔가 작고 끝이 뾰족한 적당한 도구를 찾아내 눈멀고 고독한 그 일꾼을 도와주고 싶은 충동에 이끌려 몸을 움직였다. 기지개를 쭉 뻗고 머리를 들어올려 누워 있던 소파 가까이 있는 불을 켰고, 그렇게 자신의 육체 이미지를 완전히 회복했다. 그는 뭔가 조짐이 감도는 나른한 박무에서 빠져나와 자기 몸으로 되돌아올 때면 언제나 경험하는 전적인 혐오감을 품고 자신의 모습(코안경, 가늘게 난 거무스름한 콧수염, 이마의 거친 피부)을 자각했다. 어떤 조짐 말인가? 마음을 짓누르며 못살게 구는 그 힘은 결국 어떤 형태를 취할까? 내 안에서 점점 커지는 이것은 어디에서 비롯되었을까? 나의 하루 대부분은 여느 때와 다르지 않았지만—대학, 공공도서관—그후 아버지 심부름차 오시포프가에 가야 해서 터덜터덜 걸어가는 길에 본 공터 가장자리에 있는 술집 지붕의 굴뚝 연기가 습기를 머금어 무거워져서는 포만감에 졸린 듯 상승하기를 거부하고 낮게 기듯이 젖은 지붕을 감돌며 기분좋은 부식으로부터 몸을 떼어내기를 거부했다. 그리고 바로 그때 전율이 일었다. 바로 그때……

탁자 스탠드의 불빛을 받아 유포 표지의 연습장이 어슴푸레 빛났고, 그 옆 잉크 얼룩이 묻은 압지철 위에는 날 사이가 녹으로 둘러싸인 면도날이 놓여 있었다. 옷핀 하나도 빛을 받았다. 그는 옷핀을 펴서 그 끝을 이용해 혀가 노심초사하며 지시하는 대로 고기 찌꺼기를 제거해 삼켜버렸다—고량진미가 따로 없었다. 그러고 나자 그 신체 기관은 만족한 듯 누그러졌다.

그때 갑자기 인어의 손 하나가 바깥쪽에서 미닫이문의 물결무늬 유리 쪽으로 힘을 가하더니, 양쪽 문짝이 발작적으로 갈라지며 누나가 헝클어진 머리를 들이밀었다.

"얘, 그리샤." 누나가 말했다. "착하지, 아버지에게 가서 담배 좀 가져와줄래."

그가 반응이 없자, 누나는 속눈썹이 촘촘하고 반짝이는 눈을 가늘게 뜨고는(뿔테 안경이 없으면 눈이 거의 보이지 않는 누나였다) 그가 소파에서 잠들었는지 아닌지 확인하려 했다.

"좀 가져다주렴, 그리셴카." 누나가 더 간절하게 다시 부탁했다. "응? 제발! 어제 그런 일이 있었는데, 내가 아버지한테 가고 싶겠니."

"나도 가고 싶지 않은가보지." 그가 말했다.

"어서, 어서." 누나가 다정하게 말했다. "응? 그리샤, 동생아."

"알았어, 저리 가." 결국 그는 이렇게 말했고, 누나는 조심스럽게 양쪽 문짝을 모아 닫고는 유리 속으로 녹아 사라졌다.

그는 어느 날 저녁에 친구가 어쩌다 두고 간 담배 한 갑을 어딘가 두었던 걸 기대감을 품고 떠올리며, 스탠드 불빛에 비친 자신의 섬을 다시 살펴보았다. 반짝이던 옷핀은 모습을 감췄고, 연습장은 이제 반쯤 펼쳐진 채 놓여 있었다(마치 사람이 자는 자세를 바꾼 것처럼). 아마도 내 책들 사이에 있을 거다. 스탠드 불빛은 책상 위의 책꽂이에 늘어선 책등까지 딱 닿았다. 책꽂이에는 어쩌다보니 갖게 된 시시한 책들도 있고(책꽂이 대부분을 차지했다), 정치경제학 입문서도 있었다(나는 전혀 다른 전공을 원했지만, 아버지가 억지로 밀어붙였다). 또 이런저런 시기에 가슴을 뛰게 했던 제일 좋아하는 책도 몇 권 있었다. 구밀료프의 시선집 『천막』, 파스테르나크의 『인생은 나의 자매』, 가즈다노프의 『클레르 집에서 보낸 하룻저녁』, 라디게의 『도르젤 백작의 무도회』, 시린의 『루진의 방어』,* 일프와 페트로프의 『열두 개의 의자』, 호프만, 횔덜린, 바라틴스키, 그리고 고대 러시아 안내서. 또다시 신비로운 충격이 슬며시 몰려온다. 그는 귀를 기울였다. 그 전율이 다시 찾아온 것인가? 정신은 극도로 긴장한 상태이고 논리적 사고는 빛을 잃었다. 무아지경 상태에서 깨어났을 때는 자신이 왜 책꽂이 근처에 서서 책을 만지작거리고 있는지 한동안 기억이 나지 않았다. 좀바르트 교수**와 도스토옙스키 사이에 끼워둔 청색과 흰색의 종이 상자는 비어 있다는 사실이 드러났다. 음, 어쨌든 해결을 보지 않으면 벗어나지 못하겠는데. 그래도 또다른 가능성이 남아 있으니.

늘어진 바지에 해진 침실 슬리퍼를 신은 그는 나른하게, 거의 아무 소리도 내지 않고 발을 끌면서 방에서 현관까지 가서 손을 더듬어 스

위치를 찾았다. 거울 아래 있는 콘솔 위, 손님의 말쑥한 베이지색 모자 옆에 꼬깃꼬깃 구겨진 부드러운 종잇조각이 남아 있었다. 이제는 풀려난 장미들을 쌌던 포장지였다. 그는 아버지의 외투를 뒤지며 소심한 손가락을 타인의 호주머니라는 비정한 세계에 잠입시켰지만, 아버지의 좀 심하다 싶은 주도면밀함을 알기에 거기서 얻을 수 있을 거라 내심 기대했던 여분의 담뱃갑은 찾지 못했다. 더 할 수 있는 게 없으니, 나는 아버지에게 가야 한다.

여기, 즉 몽유병자같이 돌아다니는 그 여정의 불명확한 어떤 지점에서 그는 다시 박무가 낀 지대로 발을 들여놓았는데, 이번에 그 안에서 새롭게 재개된 떨림은 너무나 강한 힘을 가졌고, 특히 외부에서 비롯된 어떤 지각보다 훨씬 더 생생해서, 거울 속을 소리 없이 미끄러지는 면도하지 않은 창백한 뺨과 발그레한 귀를 가진 어깨가 구부정한 청년을 제 몸의 본래 윤곽과 얼굴로 바로 인식할 수 없었다. 그는 자기 자신을 앞질러서 식당으로 들어갔다.

식탁에는 벌써 한참 전에, 가정부가 자러 가기 전에 야식으로 마련해놓은 차를 앞에 두고 아버지가 앉아 있었다. 아버지는 희끗희끗한 털이 섞인 검은 턱수염을 한 손가락으로 매만지면서 다른 쪽 손의 엄지와 검지 사이로 코안경의 탄력 있는 고정편을 추켜들고는, 접히는 부분이 심하게 해진 대형 베를린 지도를 연구하고 있었다. 며칠 전 친구들의 집에서, 어떤 거리에서 다른 거리로 걸어가는 가장 가까운 경로가 무엇인가에 관해 러시아식의 열렬한 논쟁이 붙었는데, 말이 나온 김에 덧붙이자면 옥신각신하던 당사자 중 정작 그 두 거리를 자주 다니는 사람은 아무도 없었다. 그리고 지금 콧대 양옆에 분홍색 팔자 주름이 난 아버지의 고개 숙인 얼굴에 비친 못마땅한 경악의 표정을 보건대, 영감이 틀린 것으로 판명된 모양이다.

"무슨 일이냐?" 그가 아들을 힐끗 올려다보며 물었다(아마도 내가 앉아서 찻주전자 덮개를 벗기고 아버지에게 차를 따라준 다음 나 자신도 따라 마시기를 은근히 바라며). "담배 말이냐?" 아들의 시선이 향하는 쪽을 눈치채고 아버지는 똑같이 물어보는 어조로 말을 이었다. 아들은 식탁 저편에 놓인 담뱃갑에 손을 뻗으며 아버지 등뒤로 가려고 했는데 아버지가 벌써 갑을 이쪽으로 건네려 들었기 때문에, 우왕좌왕하는 순간이 뒤따랐다.

"그 녀석은 갔니?" 아버지는 세번째 질문을 던졌다.

"아뇨." 아들은 실크 같은 담배를 한 움큼 쥐며 답했다.

식당에서 나오는 그의 눈에 들어온 것은 아버지가 마치 벽시계가 뭐라고 말이라도 건넨 듯 의자에 앉은 채 상반신 전체를 시계 쪽으로 돌렸다가 다시 원래 자세로 돌아가려는 모습이었다—고는 하지만, 사실 내가 닫고 있던 문이 닫혀버려서 끝까지 지켜보지 않았다. 나는 끝까지 지켜볼 여유도 없이 다른 생각으로 머리가 꽉 차 있었지만, 그 정경도, 조금 전 먼바다의 풍경도, 누나의 상기된 작은 얼굴도, 투명한 밤의 원형 테두리에서 웅웅거리는 희미한 소리도—이 모든 것이 이럭저럭 합심하여 이제 마침내 형태를 취하려는 듯했다. 섬뜩할 정도로 분명하게, 마치 영혼이 소리 없는 폭발로 환히 밝혀진 것처럼 미래에 할 회상을 언뜻 보며 나는 깨달았다. 식사중에 언쟁이 너무 격해지면 돌아가신 어머니가 금방이라도 울음을 터뜨릴 듯한 얼굴로 관자놀이를 움켜쥐던 자세 같은 과거의 이미지를 떠올리는 것과 똑같이, 어느 날 무자비하고 회복할 수 없을 정도로 날카롭게 떠올릴 것이라고. 다 해진 지도 위로 몸을 구부린 아버지의 상처받은 듯한 어깨, 그 시무룩함, 담뱃재와 비듬이 가루를 뿌린 듯 묻어 있는 따뜻한 실내 재킷을 입은 그 모습을. 그리고 이 모든 것은 얼마 전에 눈에 띈, 젖은 지붕에 떨어진 낙엽에 달라붙은 푸른 연기의 이미지와 독창적으로 어우러졌다.

두 문짝 틈새로 처음 보는 탐욕스러운 손가락이 그가 쥐고 있던 물건을 휙 낚아채 가져갔고, 이제 그는 다시 소파에 누웠지만, 아까의 나른함은 싹 가셔버렸다. 거대하고 살아 있는 듯 생생한 운율을 지닌 시한 행이 길게 늘어나더니 구부러졌다. 그 굽이에서 압운이 달콤하고 뜨겁게 타올랐고, 그 빛이 계속 발하자 마치 양초를 들고 계단을 올라갈 때 벽에 비치는 그림자처럼 첫 행과 이어지는 또다른 시행의 실루엣이 나타나 이리저리 움직였다.

러시아어 두운으로 이루어진 이탈리아풍 음악과 살고 싶은 갈망, 이런저런 폐어의 신선한 유혹(현대어 *베레크bereg*가 그보다 먼 해안가를 뜻하는 *브레크breg*로, *홀로드holod*가 더 고전적인 '한기'를 뜻하는 *흘라드blad*로, *베테르veter*가 더 높은 북풍의 신을 뜻하는 *베트르vetr*로 되돌아간)에 심취한 유치하고 덧없는 시들. 그러한 시행들 또한 이전에 검은 연습장에 썼던 모든 시가 하나하나 차례로 말라죽었듯이 다음 시가 활자화되면 역시 고사할 것이 분명하다. 하지만 그래도 상관없다. 나는 이 순간, 여전히 숨을 쉬고 여전히 회전하는 시행의 매혹적인 약속을 믿으며, 내 얼굴은 눈물범벅이고 내 심장은 행복으로 벅차올라 터질 것같다. 그리고 나는 이 행복이 이 세상에 존재하는 것 중 최고로 위대한 것임을 알고 있다.

작중인물 고르기

그는 늙고 병들었으며 세상 그 누구도 그를 필요로 하지 않았다. 얼마나 가난한가 따지자면, 그는 내일 어떻게 살아갈까 자신에게 더는 묻지 않고, 그 전날 어떻게 죽지 않고 살았는지 그저 놀라워하는 지경에 이르렀다. 사적인 집착을 가질 만큼 그에게 의미 있는 게 지병을 빼면 이 세상에 하나도 없었다. 1920년대 러시아에서 베를린으로 함께 망명했던 독신인 누나도 십 년 전에 죽었다. 누나의 형상을 띤 허공에 익숙해지면서 누나를 그리워하지도 않게 됐다. 하지만 그날, D교수의 장례식이 있던 러시아인 묘지에서 노면전차를 타고 돌아오던 길에 그는 방치 상태에 빠진 누나 묘의 형편을 곱씹으며 별 소용 없는 낙담에 빠졌다. 십자가의 칠은 여기저기 벗겨졌고, 묘비명도 그 위를 미끄러지며 활자를 지우는 보리수나무 그림자와 거의 분간할 수 없게 되었다. D교수의 장례식에는 퇴직한 늙은 망명자들이 열두 명 남짓 참석해 죽음이 불러일으키는 수치와 죽음의 저속한 평등함으로 결속되어 있었다. 그런 경우에 흔히 그러듯이 그들이 혼자나 여럿이 서서 어느 정도 비탄에 빠져 기다리는 동안, 머리 위에서 한들거리는 속세의 나뭇가지들이 간간이 끼어드는 그 초라한 의식이 엄수됐다. 빈속이라 뜨거운 햇볕이 더 견디기 힘들었지만, 그는 예를 차리기 위해서 코트를 입어 양복의 굴종적이고 수치스러운 상태를 감췄다. D교수를 알고 지냈고, 또 이 훈훈하고 흥겨운 7월의 바람이 이미 잔물결과 소용돌이를 일으켜 그의 손아귀에서 잡아떼고 있는 고인의 다정한 형상을 마음의 눈앞에 똑바로 단단히 잡아두려고 애썼음에도, 생각은 자꾸 기억의 저 구석으로 미끄러져 들어가 평소 습관을 그대로 지닌 누나가 무덤덤하게 죽음으로부터 돌아오고 있었다. 그와 똑같이 육중하고 뚱뚱하며 그와 똑같은 도수의 안경을 묵직하고 붉고 바니시를 칠한 것처럼 보이는 꽤 남성적인 코에 걸치고, 러시아의 여성 사회정치 활동가가 지금도 입는 회색 재킷을 입은 모습으로. 훌륭한, 참으로 훌륭한 사람으로, 일견 현명하고 유능하고 활발하게 사는 듯 보이지만 기이하게도 우수에 찬 불가사의한 정경을 내비칠 때가 있었는데, 이는 그만이 포착했던 것이다. 그런 걸 보면 결국 그는 그만큼 누나를 사랑했다.

낯선 베를린 사람들과 부대끼는 비좁은 노면전차 안에, 마지막까지 내리지 않고 타고 가는 또다른 늙은 망명자 하나가 있었으니, 은퇴한 변호사인 이 사람도 같은 묘지에서 돌아오는 길이며, 이 사람 역시 나 이외에는 그 누구에게도 별 쓸모가 없는 인물이었다. 바실리 이바노비치는 이 인물과는 그저 약간 안면이 있는 정도로, 만약 이 전차 승객들이 뒤죽박죽 섞여 이동하다 우연히 두 사람을 결합하면 상대방에게 말을 걸어볼지 말지 결정하려 했다. 반면 상대편은 차창에 딱 달라붙어서 다듬지 않고 아무렇게나 내버려둔 얼굴에 비꼬는 듯한 표정을 지은 채 계속 바뀌는 거리 풍경을 바라볼 뿐이었다. 마침내(그리고 그때가 바로 내가 포착한 순간으로, 그 이후로 나는 내가 고른 그 신참자를 결코 시야에서 벗어나게 두지 않았다) V. I.가 하차했는데, 몸이 무겁고 서툰 탓에 정류장의 타원형 돌섬으로 기어내려가는 걸 차장이 도와주었다. 땅에 일단 내려서자 그는 느긋하게 감사를 표하며 차장이 위에서 아직 소매를 잡고 있던 자기 팔을 거둔다. 그런 다음 천천히 발을 바꿔 몸을 돌리고는 조심스럽게 주위를 둘러보며 위태로운 도로를 건너 공원으로 향할 의도로 아스팔트에 발을 디뎠다.

무사히 길을 건넜다. 조금 전에 교회 묘지에서 덜덜 떨던 노사제가 식순에 따라 성가대에게 고인 추모성가를 부르자고 했을 때 일인데, 바실리 이바노비치로서는 무릎을 꿇는다는 것이 너무 힘들고 시간도 오래 걸리는 일이라, 간신히 무릎이 지면에 닿는다 싶었을 땐 이미 노래가 다 끝나가고 있었고 그는 그 상태에서 다시 몸을 일으킬 수 없게 되어버렸다. 티호츠키 노인이 조금 전 차장이 내리는 걸 도와주었던 것처럼 그를 도와 몸을 일으켜주었다. 쌍둥이 같은 이 두 장면이 겹치자 이례적인 피로감이 더 커졌는데, 틀림없이 그 피로감에는 궁극적으로 당도할 교회 묘지의 기미가 이미 있긴 하지만, 그 나름대로 기분이 좋아지는 면도 없지 않았다. 식사를 신세 지는 선량하고 따분한 사람들의 아파트로 향하기에는 어쨌든 아직 너무 이르다고 본 바실리 이바노비치는 지팡이로 벤치 하나를 자신에게 가리키고는 천천히, 최후의 순간까지 중력에 굴하지 않다가 마침내 항복하여 자리에 앉았다.

그렇다 해도 나는 이 행복감이, 인간의 영혼을 거대하고 투명하며 귀중한 무언가로 곧바로 바꿔버리는 이 행복의 홍수가 도대체 어디서 비롯된 것인지 이해하고 싶었다. 어쨌든 한번 생각해보시라. 이미 죽음의 각인이 찍힌 늙고 병든 남자가 여기 있다. 남자는 사랑했던 모든 것을 잃었다. 아직 러시아에 살던 시절 남편을 버리고 유명한 반동정치가 말리놉스키 박사에게 가버린 아내도, V. I.가 근무했던 신문사도, 그의 독자도, 친구도, 그리고 내전중에 적군에게 고문당해 죽은, 그와 이름이 같았던 친애하는 바실리 이바노비치 말레르도, 하얼빈에서 암으로 죽은 남동생도, 그리고 누나도.

다시 한번 그는 누나 묘지의 희끗희끗해진 십자가를 안타까운 심정으로 떠올렸다. 누나의 묘는 이미 자연의 진영 쪽으로 슬금슬금 기어들어가는 중이었다. 묘를 돌보는 걸 관두고 그냥 내버려둔 지 분명히 칠년은 족히 지났을 거다. 느닷없이 바실리 이바노비치의 뇌리에 어떤 남자의 모습이 화들짝 놀랄 정도로 선명하게 떠올랐다. 누나가 한때 사랑했던 남자, 그녀가 사랑했던 유일한 남자. 그는 가르신* 같은 유형의 인물로 반광란 상태에 폐병까지 걸렸지만, 칠흑같이 새까만 턱수염과 집시 같은 눈을 가진 매력적인 남자였는데, 다른 여자 때문에 갑자기 권총으로 자살했다. 와이셔츠의 가슴판에 묻은 피, 맵시 있는 구두를 신은 작은 발. 그러자 또 아무 맥락 없이 학생 시절 누나의 모습이 보였다. 장티푸스를 앓고 난 뒤 머리를 깎아서 새로이 짧은 스타일을 한 누

---

* 러시아 소설가 프세볼로트 가르신. 십대에 시작된 발작과 전쟁의 후유증으로 여러 번 정신병원에 들어갔으며, 33세의 나이로 자살했다.

나는 부드러운 천을 댄 상자 겸 의자에 그와 함께 걸터앉아 자신이 발달시킨 촉지각의 복잡한 체계를 설명했다. 그리하여 누나의 삶은 사물 간의 불가사의한 균형 유지에 대한 끊임없는 집착으로 변했다. 지나가면서 만지는 벽의 촉감, 우선은 왼쪽 손바닥으로 미끄러지듯 스치고 그다음엔 오른쪽 손바닥으로, 마치 양손을 사물의 감각 속에 푹 담그듯이. 그리하여 사물은 깨끗해지고, 세계와 평화로운 관계를 맺고 세계 안에 자신을 비추게 된다. 후에 누나의 관심은 주로 여성문제에 쏠려서 여성 전용 약국 같은 것을 설립하기도 했다. 또 유령을 광기에 가깝게 두려워했는데, 본인 말로는 신을 믿지 않기 때문이라고 했다.

그래서, 밤중에 흘리던 눈물에 유난히 뭉클해하며 사랑하던 누나를 잃은 그는 몇 삽 분량의 땅을 둘러싼 우스꽝스러운 절차들이 추억을 되살렸던 그 묘지에서 돌아오면서 너무나 몸이 무겁고 허약하고 불편해져서, 무릎을 펴고 일어나지도 노면전차 승강구에서 내리지도 못했다(자비로운 차장이 몸을 구부려 손을 아래로 뻗어줘야 했는데, 내 생각엔 다른 승객 중 한 명의 도움도 받은 것 같다). 그렇게 피곤하고 고독하고 뚱뚱하고, 기운 속옷과 썩어가는 바지를, 단정하지 못하고 사랑받지 못하는, 비치된 남루한 가구처럼 비만한 자신의 몸을, 시대에 뒤떨어진 온갖 겸손을 다 떨며 수치스러워하는 V. I.였지만, 그런데도 대체 어디서 비롯됐는지 모를 거의 외설적이기까지 한 희열로 가득차 있음을 느꼈다. 꽤 고달팠던 그의 긴 인생행로에 이런 희열이 느닷없이 엄습해 그를 놀라게 한 것이 이번이 처음은 아니었다. 그는 가만히 앉아서 지팡이의 구부러진 손잡이 위에 양손을 (그저 가끔 손가락을 펴는 동작을 하면서) 두고, 넓적한 허벅지를 벌리면서 코트의 단추가 풀려 벌어진 틈새에 둥근 아랫배 부분이 긴 채로, 벤치 모서리에 내려앉았다. 머리 위에서는 벌들이 만발한 보리수의 시중을 들고 있었다. 벌들이 바글거리는 그 짙은 녹음에서 꿀 향기가 몽롱하게 풍겨오는 가운데, 그 아래 나무 그늘이 드리운 곳에는 짓이겨져 가루가 된 말똥처럼 보이는 보리수 꽃잎 부스러기가 보도를 따라 밝은 노란색으로 깔려 있었다. 그 작은 공원의 중앙에 있는 잔디밭 전체를 가로질러 물에 젖은 빨간 호스가 놓여 있었는데, 조금 떨어진 곳에서 물이 분출하더니 물보라의 기운 속에 유령 같은 무지갯빛이 빛났다. 산사나무 덤불과 알프스 오두막풍으로 만들어진 공중화장실 사이에 보라색을 띤 잿빛 길이 보였다. 그 길에는 포스터로 뒤덮인 모리스 광고탑이 마치 뚱뚱한 광대처럼 서 있고, 노면전차가 종을 땡땡 울리고 끼익 소리를 내며 차례차례 지나갔다.

이 작은 길가 공원을, 이 장미를, 이 신록을—그는 그것들을, 그것들이 복잡하지 않은 변신을 하는 모습을 천 번은 보아왔다. 그와 내가 그러한 행복의 발작을 경험할 때마다, 그 모든 것은 생명력과 참신함으로 가득차 반짝이며 인간의 운명에 관여했다. 러시아어로 된 지역신문을 손에 든 남자가 와서 그가 앉아 있는 검푸른색 벤치, 햇볕에 따뜻하게 데워져서는 아무래도 좋다는 듯 환대하는 그 벤치에 앉았다. 그 신사를 묘사하는 것은 나로서는 어려운 일이며, 또 한편으로는 쓸모없는 일이리라. 자화상이 성공적인 경우가 좀처럼 없어서인데, 눈의 표정에 어김없이 남아 있는 어떤 긴장 때문이다—초상화에 없어서는 안 되는 거울이 거는 최면의 주문이랄까. 나는 왜 내 옆에 앉은 남자의 이름을 바실리 이바노비치라고 정했을까? 뭐, 그냥 이름과 부칭의 조합이 안락의자 같고, 그 남자가 폭이 넓고 푹신해 보이는 체격에 크고 안락해 보이는 얼굴을 가진데다 양손을 지팡이에 올려두고 편하게 앉아서 꼼짝 안 하고 있었기 때문이다. 단지 그의 눈동자만이 안경 렌즈 뒤에서 이리저리 움직이며, 한쪽으로 흘러가는 구름을 보다가 반대 방향으로 달려가는 트럭을 좇거나, 혹은 자갈 위에서 새끼에게 먹이를 주는 어미 참새를 보다가, 한 아이가 줄로 끌고 가는 작은 목제 장난감 차가 덜커덕거리며 움직이는 걸 보곤 했다. 아이는 그 차에 대해선 다 잊어버린 모양이었다(저봐, 차가 옆으로 쓰러졌는데도 그냥 계속 전진하잖아). D교수의 부고가 신문의 눈에 띄는 자리에 실렸고, 그리하여 나는 이 바실리 이바노비치의 아침을 가능한 한 침울하고 전형적인 상황으로 설정하느라 급급해서 어쩌다보니 그에게 장례식에 가는 여정을 마련해주게 되었다. 정작 신문에는 장례식 일자가 곧 특별 고지될 거라고 적혀 있었지만 말이다. 하지만 다시 한번 말하는데, 나는 급했던데다, 그가 진짜로 묘지에 갔다 오는 길이기를 바라 마지않았다. 그가 그야말로 외국에서 거행되는 러시아인들의 의식에서 흔히 보게 되는 유형, 즉 한쪽으로 비켜서 있으나 그것이 오히려 그의 존재가 갖는 특유의 본성을 강조하게 되는 유형의 인물이었기 때문이다. 또한 말끔하게 면도한 얼굴 전체의 부드러운 이목구비를 보고, 내가 아이 때부터 알았던(내 먼 친척이었다), 모스크바에서 활동한 여성 사회정치 활동가인 안나 악사코프를 떠올렸기 때문이다. 이미 이런저런 세부가 억제할 틈도 없이 거의 저절로 떠올라서 나는 그 여사를 이 노인네의 누나로 만들었다. 이 모든 일은 아찔할 정도로 신속하게 일어났는데, 내가 이 년이 넘게 골머리를 썩여온 소설 속의 한 일화를 위해 그와 같은 누군가가 반드시 있어야 했기 때문이다. 뚱뚱하고 나이든 이 신사 양반, 처음 봤을 때 노면전차에서 내리고 있던, 그리고 이제는 내 옆에 앉아 있는 이 양반이 어쩌면 아예 러시아인이 아니었다고 한들 무슨 상관인가? 나는 그가 무척 마음에 들었다! 그는 아주 용량이 커서 많은 걸 담아낼 수 있다! 이런저런 감정이 기묘하게 섞이면서 나는 예술가의 피부에 소름을 돋게 하는, 타오르는 창작의 행복을 그 낯선 남자에게 전염시키고 있음을 느꼈다. 비록 고령에 가난하고 위에는 종양까지 있는 그이지만, 나는 V. I.가 내가 느끼는 이 지극한 행복의 섬뜩한 힘을 나와 분담해주기를, 공범자로서 그 불법성을 나와 함께 속죄해주기를 바랐다. 그리하면 이제 그것은 독특한 감각이, 가장 희귀한 광기의 종류가, 나의 내적 존재 전체에 무지갯빛으로 걸친 기괴한 빛의 산란이 아니게 되고, 그 대신 적어도 두 명의 인간에게는 손에 닿는 것, 대화의 화제가 될 것이다. 그렇게 그것은 일상에 존재할 수 있는 권리를 얻게 될 것이다. 그렇게 되지 않으면 나의 거칠고 야만적이며 숨막힐 듯한 행복이 박탈당하고 마는 그런 권리 말이다. 바실리 이바노비치(나는 이 호칭을 계속 고집했다)가 검은색 중절모를 벗었다. 머리를 식히기 위해서가 아니라 마치 내 생각을 받아들이려는 명확한 의도로 그런 것처럼. 그가 천천히 정수리를 어루만졌다. 보리수 잎의 그림자가 그의 커다란 손에 드러난 혈관 위를 가로지르더니 허옇게 센 머리 위에 다시 떨어졌다. 마찬가지로 천천히 그는 고개를 내 쪽으로 돌려 내 망명 신문을, 짐짓 신문을 읽는 사람처럼 꾸민 내 얼굴을 힐끗 보더니 위엄 있게 고개를 돌리고는 모자를 다시 썼다.

그러나 그는 이미 나의 것이었다. 이윽고 그는 힘들게 일어나 등을 펴고 지팡이를 한쪽 손에서 다른 손으로 옮기고는 먼저 머뭇거리며 짧게 한 걸음 내디뎌본 다음, 침착하게 떠났다. 내가 착각한 게 아니라면, 영원히. 그래도 그는 마치 페스트균을 옮아가듯이 특이한 질병을 함께 가지고 갔다. 그는 신성한 굴레로 나와 엮여서 어떤 장의 맨 끝에, 어떤 문장의 분기점에 잠깐 등장할 수밖에 없는 운명이었으니까.

나의 대리인인, 러시아어 신문을 든 그 남자는 이제 벤치에 홀로 남았다. 방금 전까지 V. I.가 앉았던 나무 그늘로 자리를 옮기자, 먼저 앉았던 이의 이마에 성유를 바르듯 드리우던 것과 같은 그림자, 즉 보리수 나뭇잎 모양의 시원한 그림자가 이제 그의 이마를 가로지르며 잔물결을 이뤘다.

인생의 한 단면

옆방에서는 파벨 로마노비치가 껄껄 웃으며 아내가 자신을 떠난 자초지종을 이야기하고 있었어요.

그렇게 심하게 왁자지껄하며 흥겨워하는데 가만있을 수 없어서, 거울 한번 안 보고 그 상태 그대로―점심 후 낮잠을 자느라 매무새가 흐트러져 드레스는 구김이 간데다, 뺨에는 틀림없이 아직 베개 자국까지 남아 있었겠지요―옆방(집주인의 부엌이었죠)으로 건너가보니, 다음과 같은 장면과 맞닥뜨린 거예요. 플레하노프라 불리는(동명의 사회주의 철학자와는 아무 관계 없는) 우리 집주인이 이야기를 부추기는 듯한 태도로―러시아 담배 파이프에 주입기로 계속 담배를 채우면서―앉아 있고, 파벨 로마노비치는 탁자 주위를 계속 돌아다니고 있었죠. 그 얼굴은 악몽 그 자체로, 어떻게 보면 매초롬하게도 보이는 바짝 깎은 머리까지 창백한 안색이 뻗쳐 올라간 것 같더라고요. 딱 러시아인 특유의 정갈한 머리로, 평상시라면 단정한 기술부대원을 생각나게 했겠지만, 그 순간엔 불길한 뭔가를, 마치 죄수의 머리처럼 섬뜩한 뭔가를 연상시켰어요.

그 사람은 사실 내 남동생을 만나기 위해서 온 거였는데―동생은 막 나가고 없었지만 그러거나 말거나 사실 그 사람에게는 별 상관 없었어요. 그 사람은 비통한 나머지 이야기하지 않고는 못 배기는 상태였고, 잘 알지도 못하고 별로 매력적이지도 않은 인물을 안성맞춤인 청자로 삼은 것이지요. 그는 껄껄 웃었지만, 눈은 그 호탕한 웃음에 가담하지 않은 채 아내 얘기를 늘어놓고 있었어요. 집안 곳곳의 물건을 몽땅 다 챙겨서 나갔는데, 실수로 그가 제일 아끼는 코안경까지 가져가버렸다는 둥, 아내의 친정 식구들이 자기보다 먼저 저간의 사정을 다 알고 있었다는 둥, 미심쩍었다는 둥―

"그렇소, 미묘한 점은 바로 이거요." 이제 그는 신앙심 깊은 홀아비인 플레하노프를 똑바로 보고 계속 말을 잇기를(그러니까 그때까지 그는 거의 허공을 향해 장광설을 늘어놓았던 셈이죠), "미묘하고 흥미로운 점은 이거죠. 저세상에서는 도대체 어떻게 될 것인가―아내가 거기서는 나와 살 것인가, 아니면 그 자식과 동거할 것인가?"

"제 방으로 가시지요." 나는 최대한 수정같이 맑은 어조로 말했어요. 그리고 그제야 그 사람은 내가 있다는 걸 눈치챘죠. 나는 어두운 찬장 모서리에 몸을 기대고 처량하게 서 있었기에, 검은 드레스를 입은 자그마한 내 형체는 어둠 속에 묻혀버렸을 거예요―네, 전 상복을 입어요. 모든 인간, 모든 것, 나 자신, 러시아, 내 속에서 긁어낸 태아들을 기리기 위해. 그 사람과 나는 내가 빌려 사는 조그만 방으로 자리를 옮겼어요. 그 방은 좀 황당할 정도로 폭이 넓은 소파가 겨우 들어갈 정도의 크기로, 실크로 덮인 소파 옆에는 높이가 좀 낮고 램프가 놓인 탁자가 있었어요. 그 램프의 받침대는 두꺼운 유리에 물을 채워 진짜 폭탄 같았죠─그리고 이런 사적이고 안락한 내 방 분위기에 파벨 로마노비치는 단박에 전혀 다른 사람이 되었답니다.

그 사람은 아무 말도 없이 앉아서 벌겋게 충혈된 눈을 문질렀죠. 나는 그 옆에 몸을 웅크리고 앉아 주변의 쿠션들을 톡톡 치고는 뺨을 받치고 생각에 잠겼어요. 그 사람에 대해 곰곰이 생각했죠. 저 터키석처럼 파르스름한 머리, 저 떡 벌어진 강인한 어깨, 저런 어깨에는 저런 더블재킷보다는 튜닉 모양의 군복이 훨씬 더 잘 어울릴 텐데, 뭐 그런 여성적인 생각 말이에요. 나는 그 사람을 빤히 바라보면서 저렇게 키가 작고 땅딸막한데다 이목구비도 별 볼 일 없는(치아는 예외지─세상에 저 멋진 이 좀 봐!) 남자에게 내가 왜 그렇게 정신없이 빠져들었는지 신기했지요. 하지만 불과 이 년 전 베를린에서 망명생활을 시작하던 때, 당시 자신의 여신과 결혼을 막 계획하고 있던 저 남자에게 나는 미친듯 빠져버렸어요─내가 얼마나 미쳐 있었는지, 저 사람 때문에 얼마나 많이 울었는지, 털이 수북한 저 손목에 걸린 가는 쇠사슬 팔찌가 얼마나 꿈에 자주 나타났던지!

그는 바지 뒷주머니에서 거대한 '야전용'(이라고 자기가 이름 붙인) 담배 케이스를 꺼냈어요. 허탈한 듯 고개를 끄덕이며 러시아 담배의 홉입구를 담배 케이스 뚜껑에 몇 번, 평소보다 몇 번 더 톡톡 쳤죠.

"그래요, 마리아 바실리예브나." 그는 삼각 눈썹을 높이 치켜세우고,

담배를 피워 물며 이를 악물고 마침내 말을 꺼냈어요. "그래요, 그런 일이 일어나리라고는 아무도 예상하지 못했을 겁니다. 나는 그 여자를 믿었죠. 절대적인 믿음이었죠."

좀전에 그가 발작하듯이 길게 이어지는 수다를 떤 후, 모든 것이 기분이 묘해질 정도로 조용해진 듯했어요. 들리는 것은 빗방울이 창턱을 때리는 소리와 플레하노프가 담배 주입기를 딸각 누르는 소리, 복도 맞은편 동생 방에 가둬놓은 신경질적인 늙은 개가 낑낑거리는 소리뿐. 왜 그런지는 모르겠지만—우중충하게 잔뜩 흐린 날씨 때문인지, 아니 어쩌면 파벨 로마노비치에게 닥친 불행이 주변 세계에도 뭔가 반응(세계의 붕괴, 일식)을 보이기를 요구했기 때문인지—나에게는 날이 다 저문 저녁처럼 느껴졌는데, 실제로는 오후 세시밖에 되지 않았고, 나는 매력적인 내 남동생이라면 더 잘해냈을 볼일을 보러 베를린의 반대쪽 끝으로 가기로 되어 있었죠.

파벨 로마노비치는 다시 입을 열었는데, 이번에는 목소리가 잠겨 있더라고요. "그 구린내 나는 늙은 암캐가," 그 사람이 말했어요. "그 여자가, 그 여자 혼자 둘 사이에서 뚜쟁이 노릇을 한 거죠. 나는 항상 그 여자에게 혐오감을 느꼈고, 레노치카에게도 그걸 숨기지 않았어요. 암캐 같으니! 당신도 그 여자를 본 적 있는 것 같은데요. 예순 살 정도 먹었고, 머리를 밤색과 흰색 털이 섞인 말처럼 진하게 염색한 뚱뚱한 여자 말이에요. 너무 뚱뚱해서 등이 둥글게 굽은 것처럼 보이죠. 니콜라이가 집에 없어서 정말 유감입니다. 돌아오면 바로 저에게 전화 좀 해달라고 전해주세요. 당신도 아시다시피 저는 단순하고 다 터놓고 말하는 사람이라, 레노치카에게도 그녀의 어머니가 악마 같은 암캐라고 오래전부터 말해왔죠. 지금 제 계획은 이렇습니다. 아마 동생분이 그 늙은 마귀 할멈에게 편지를 급히 쓰는 걸 도와주겠지요—일종의 사무적인 성명 같은 걸로, 내가 알고 있음을, 그 일이 누구의 사주로 벌어졌으며, 누가 내 아내의 옆구리를 찔렀음을 아주 잘 꿰뚫고 있음을 설명하는 편지일 겁니다—네, 뭐 그런 식으로요, 물론 더없이 정중한 언어로 쓰이겠지만 말입니다.”

나는 아무 말도 하지 않았어요. 그 사람이 여기 내 방에 온 것도 처음이었고(남동생을 방문한 건 빼고요), 내 소파에 앉아 알록달록한 내 쿠션들에 담뱃재를 떨어뜨리는 것도 처음이었죠. 그런데 옛날 같으면 하늘에라도 올라갈 듯이 기뻐했을 그 사건이 그때는 나를 조금도 기쁘게 하지 않았어요. 오래전부터 선의를 가진 사람들은 그의 결혼이 실패작이며 그의 부인은 천박하고 경박한 바보임이 드러났었다고 그에게 일러온데다, 선견지명이 있는 소문은 그녀의 암소 같은 미모에 홀딱 반한, 예의 그 괴짜 같은 인물을 오래전부터 이미 그 여자에게 애인으로 배당했거든요. 그러니 그 결혼이 파국을 맞았다는 소식은 내게 별로 의외의 일이 아니었어요. 사실 나는 언젠가 파벨 로마노비치가 그 폭풍우의 여파에 휩쓸려 내 발밑에 엎드리게 될 것을 막연히 기대하기도 했답니다. 하지만 아무리 내 마음 깊은 곳까지 모조리 헤집어봐도 기쁨이라고는 부스러기 하나 찾지 못했어요. 오히려 내 마음이 너무 무거워서, 아, 얼마나 무거운지 말도 못하겠네요. 나의 로맨스는 주인공들이 뒤에서 몰래 짜기라도 한 듯이 언제나 범속함과 비극이라는 예정된 패턴을 따라갔죠. 아니 더 정확히는, 바로 그 범속함이 비극적 경향을 부여한 거지만요. 어떻게 로맨스가 시작됐는지 떠올리는 건 부끄러운 일이고 그 결말의 더러움은 오싹할 정도인데, 그 중간 부분, 즉 이런저런 연애 사건의 본질과 가장 중요한 핵심이 돼야 했을 부분은 내 마음속에서 질벅거리는 탁한 물이나 끈적끈적한 안개 틈으로 보이는 나른한 꿈틀거림 같은 것으로 남았습니다. 파벨 로마노비치에게 내가 빠졌던 일에는, 나머지 모든 연애와 대조되는, 계속 산뜻하고 유쾌하게 지낼 수 있어 적어도 기분은 좋은 장점이 있었어요. 하지만 그렇게 빠졌던 일 역시 이미 너무 멀어져 과거 속에 너무 깊이 묻혀버린데다, 또 그 사람 입에서 나오는 아내와 장모에 대한 불평을 듣는 처지가 되고 보니, 이제는 그 일이 거꾸로 현재에서 불행과 실패의 기미를, 그리고 평범한 망신살의 기미까지 빌려오더군요.

"부디 콜라가 빨리 돌아왔으면 좋겠군요." 그 사람이 말했어요. "나에게는 아직 남은 계획이 하나 더 있답니다. 내 생각엔 꽤 괜찮은 계획 같은데요. 기다리는 동안 좀 돌아다니는 게 낫겠어요."

나는 여전히 아무 말도 하지 않고, 매우 슬픈 심정으로 그를 쳐다보며 입술을 검은 숄의 술로 감췄어요. 그 사람은 잠시 창유리 옆에 서 있었는데, 창유리에는 윙윙거리는 벌이 부딪히고 앞구르기를 하며 위로, 또 위로 계속 날아올라가다가 이윽고 다시 미끄러져 내려오기를 반복하고 있었습니다. 그러다가 그 사람은 내 책장에 꽂힌 책들의 책등을 손가락으로 죽 훑더군요. 책을 별로 읽지 않는 사람이 대개 그렇듯 사전에 은밀한 애착을 품고 있던 그는, 그때도 두꺼운 분홍색 책 한 권을 빼냈는데, 표지에는 민들레 홀씨와 붉은 곱슬머리 소녀가 그려져 있었죠.*

---

* 프랑스 라루스 사전의 구판 표지에는 민들레와 소녀 그림이 그려져 있었다.

"좋은 *것이네요*"라고 말하곤, 그 사람은 다시 그 '것'을 쑤셔넣더니 갑자기 눈물을 터뜨렸어요. 나는 그를 소파에서 나와 가까이 앉게 했는데, 점점 심하게 흐느끼면서 한쪽으로 몸을 구부리더니 결국 내 무릎에 얼굴을 묻더군요. 나는 그 사람의 뜨거운 사포 같은 두피와 강인한 장밋빛 목덜미를 살짝 쓰다듬었는데, 그 부위는 남성의 몸 중에서 내가 아주 매력을 느끼는 곳이었죠. 발작적인 그의 울음소리도 조금씩 잦아들었어요. 그 사람은 치마 위로 나를 살살 깨물더니 몸을 똑바로 일으켰습니다.

"있잖아요." 파벨 로마노비치는 말을 꺼내면서 수평으로 놓은 양손의 오목한 손바닥을 딱딱 소리가 울리게 맞부딪쳤어요(나는 볼가 지방의 영주인 숙부가 기억나서 미소 짓지 않을 수 없었어요. 숙부가 그런 식으로 소리를 내서, 소들이 먹던 피로그를 툭 떨어뜨리고 위풍당당하게 걸어나가게 했거든요). "있잖아요. 자기, 내 아파트로 같이 좀 갑시다. 거기 혼자 있을 걸 생각하니 못 견디겠어요. 거기서 저녁을 먹고 보드카를 몇 잔 벌컥벌컥 마신 다음에 영화를 보러 가는 거죠—어때요?"

나는 후회할 걸 알면서도 그의 제안을 거절할 수 없었어요. 콜랴의 전 직장에 방문하기로 했던 걸(동생이 거기 두고 온 고무 덧신이 필요하다고 해서요) 전화로 취소하면서 현관 거울에 내 모습을 비춰봤는데, 엄격하고 성마른 얼굴을 한 작은 몸집의 처량한 수녀를 닮은 모습이더군요. 그러나 일 분 후에, 치장을 하고 모자를 쓰노라니 나는 내 크고 검고 노련한 눈 속 깊이 빠져드는 것 같았고, 그 속에서 수녀다움과는 거리가 먼 뭔가가 어슴푸레 빛나는 걸 발견했죠—모자에 드리운 베일을 통했음에도 그것은 이글거리고 있었어요. 아아, 얼마나 눈이 부시던지!

노면전차를 타고 가는 내내 파벨 로마노비치는 다시 데면데면하고 침울해졌습니다. 나는 콜랴가 새로 구한 교회 도서관의 일자리에 관해 얘기했지만, 그는 눈을 계속 두리번거리는 것이 내 얘기를 듣지 않는 게 분명했어요. 도착해보니, 그 사람이 레노치카와 함께 살았던 자그마한 방 세 개의 어수선함은 그야말로 믿기 힘들 정도더군요—마치 그 사람의 물건과 레노치카의 물건이 대판 싸우기라도 한 것 같았어요. 파벨 로마노비치의 기운을 북돋워주려고 나는 하녀 역을 연기하기 시작해, 부엌 한구석에 내팽개쳐진 아주 작은 앞치마를 두르고는 뒤죽박죽된 가구들에 평온을 되찾아주었죠. 최대한 깔끔하게 상을 차려놓자, 파벨 로마노비치는 다시 한번 양손을 딱 치더니 보르시를 좀 만들어보겠다고 하더군요(그는 자신의 요리 실력을 꽤 자랑스러워했거든요).

보드카를 두세 잔 마시고 나자 그 사람은 과할 정도로 기운이 넘쳐서 유능한 실무가인 양 굴더군요. 마치 지금 당장 착수해야 하는 어떤 기획이 진짜 존재하기라도 하는 것처럼 말이죠. 골수 술꾼들이 러시아의 리큐어를 들이켤 때 꾸며내는 연극적인 엄숙함에 스스로 감염되어버린 건지, 그게 아니면 아직 내 방에 둘이 있을 때 그와 내가 이런저런 일을 함께 계획하고 의논하기 시작했다고 진짜 믿었던 건지, 어느 쪽이 맞는지 모르겠어요—그러나 그 사람은 만년필에 잉크를 채우고 자신이 서류라고 부르는 것을 의미심장하게 갖고 오더군요. 그 서류라는 건 그 사람이 근무하는 망명자 전문 보험회사의 업무차 지난봄에 브레멘에 갔을 때 아내가 보낸 편지들이었어요. 그 사람은 그 편지들에서 그녀가 사랑한 이는 자기지 그 다른 녀석이 아니라는 걸 증명하는 구절들을 인용하기 시작했습니다. 사이사이 그 사람은 "이것으로 됐어"라든가 "그래, 좋아"라든가 "가만있어보자" 등의 짧은 상투어구를 계속 빠르게 반복했지요. 계속 술도 마셨고요. 그 사람의 주장은 이렇게 정리되더군요. "마음속으로 당신을 애무해요, 나의 색골 씨"라고 썼던 레노치카가 다른 남자를 사랑할 리 없고, 그러니 그녀가 그렇다고 생각했다면 그건 착각이라고 그녀에게 끈기 있게 설명해주어야 한다고요. 술이 몇 잔 더 들어가자 그 사람은 태도가 돌변해서는, 표정이 침울하고 퉁명스러워졌어요. 괜히 신발과 양말을 벗더니 흐느끼기 시작했고, 내 존재를 아예 잊은 듯 방의 이쪽 끝에서 저쪽 끝까지 왔다갔다하며 울더군요. 번번이 의자에 걸려 부딪히곤 억센 맨발로 힘껏 차서 옆으로 치워버리기를 반복했죠. *그러는 와중에en passant**** 그 사람은 그럭저럭 술 한 병을 다 비웠고 이윽고 제3단계에 접어들었어요. 그것은 술고래의 삼단논법 중 귀결부로, 이미 초반에 보여준 활발하고 효율적인 태도와 중간에 보인 철저한 우울 단계를 엄격한 변증법 규칙에 따라 종합한 것이지요. 현 단계에서 그 사람과 나는 그녀의 외도 상대가 최악의 악당임을 드러내는 뭔가(그게 정확히 뭔지는 다소 모호한 채로 남았지만)를 규명한 것처럼 되어버려서, 내가 스스로 나서서 그녀에게 가서 이를테면 '경고'를 하는 일이 그 사람이 세운 계획의 핵심이 되어버렸지요. 또한 파벨 로마노비치는 어떠한 간섭이나 압력에도 절대 반대할 것이며, 그의 충고에는 천사 같은 공평무사의 각인이 새겨져 있다는 사실도 그녀에게 이해시켜야 했답니다. 그 사람이 친밀하게 속삭이는 말의

---

* 체스에서 폰으로 폰을 잡을 때만 운용할 수 있는 특수 규칙을 가리키는 용어이기도 하다.

그물에 이미 단단히 감겨서(그 와중에 그 사람은 허둥지둥 신발을 신고 있었고요), 정신을 차려보니 나는 그 사람 부인에게 전화를 걸고 있었어요. 바보같이 낭랑한 그녀의 새된 목소리가 들리고 나서야 내가 취해서 헛짓을 벌이고 있다는 것을 깨달았고요. 나는 수화기를 쾅 내려놓았지만, 여전히 꽉 쥔 내 차가운 손에 그 사람은 키스하기 시작하더군요—그래서 다시 전화를 걸어서 시큰둥하게 누군지 밝히고 급한 용건이 좀 있으니 만나자고 했더니, 그녀는 약간 주저하는 듯하다가 나를 당장 만나는 데 동의했어요. 그때까지—즉 그 사람과 내가 집을 나설 때까지—우리 계획은 세세한 부분까지 다 무르익었는데, 알고 보니 놀랄 만큼 단순했습니다. 파벨 로마노비치가 뭔가 대단히 중요한 것—결코, 절대로, 그것은 그들의 깨진 결혼과는 아무 관계 없다고(그는 전략가로서 특별히 구미가 당기는지 이 점을 힘주어 강조했습니다)—을 전하고 싶어한다고, 그래서 그녀 집 바로 건너편의 바에서 기다리고 있을 거라는 말을 내가 그녀에게 전하는 게 다였죠.

계단을 올라가는데 세월이 몇 년은, 어렴풋이 몇 년은 흐른 것 같았어요. 게다가 내가 전에 마지막으로 그녀와 만났을 때와 같은 모자를 쓰고 같은 검은 여우 목도리를 둘렀다는 게 왠지 마음에 걸려 너무 괴롭더라고요. 반면에 레노치카는 정갈하게 차려입고 나를 맞았죠. 그녀의 머리는 방금 컬을 만 것처럼 보였지만 잘 말려 있지 않았고, 대체로 전보다 소박해졌더군요. 세련되게 화장한 입술의 주변 살이 살짝 늘어진 탓에 그 세련됨이 좀 빛이 바래 있었고요.

"저는 도저히 못 믿겠어요." 그녀는 신기한 듯이 나를 뜯어보며 말했어요. "그렇게 중요한 게 뭐가 있을까. 하지만 우리가 충분히 다투지 않왔다고 그 사람이 생각한다면, 좋아요, 같이 가는 데 동의할게요. 다만 증인을 두고 만났으면 해요. 나는 그 사람과 둘이서만 남겨지는 게 무섭거든요. 이제 그런 건 지긋지긋해요. 도와주셔서 너무 감사해요."

술집에 들어가보니, 파벨 로마노비치가 바 옆의 테이블에 한쪽 팔꿈치를 대고 앉아 있더군요. 붉게 부은 맨눈을 새끼손가락으로 문지르면서, 그가 '인생의 단면'이라고 즐겨 칭하던 뭔가를 같은 테이블에 앉은 전혀 모르는 사람에게 단조로운 어조로 구구절절 얘기하고 있었습니다. 상대는 대단히 키가 큰 독일 남자였는데, 가르마 탄 머리는 반들반들 윤이 났지만 목덜미에는 검은 솜털이 나 있고 손톱은 심하게 물어뜯었더라고요.

"그렇지만," 파벨 로마노비치는 러시아어로 말하고 있었어요. "아버지는 그 관계자들과 문제를 일으키고 싶지 않아서 그 주위에 울타리를 치기로 했소. 그렇소, 그렇게 해결되었소. 우리집에서 그들의 집까지 거리가 대략—" 그는 주위를 둘러보다가 멍하니 아내에게 고개를 까딱하고는 더할 수 없이 느긋하게 계속 이야기를 이어갔어요. "—여기서 노면전차 선로까지의 거리 정도였소. 그러니 그들도 뭐라고 주장할 이유가 없었죠. 그러나 동의하시겠지만, 전기도 없이 빌나*에서 가을을 꼬박 보낸다는 건 농담할 일이 아니었소. 뭐, 그때는 어쩔 수 없이—"

그 사람이 무슨 얘기를 하는지 나로서는 전혀 이해할 수 없더군요. 독일인은 입을 반쯤 벌리고 고분고분 듣고 있었어요. 러시아어에 대한 지식은 빈약했지만, 이해하려고 애쓰는 과정 자체가 그에게는 즐거운

---

* 리투아니아의 수도 빌뉴스의 옛 이름.

것 같더군요. 불쾌한 온기가 느껴질 만큼 내 옆으로 너무 바짝 붙어앉은 레노치카가 자기 가방을 뒤지기 시작했어요.

"아버지의 병세가," 파벨 로마노비치는 얘기를 계속했지요. "그런 결정에 한몫했지요. 만약 당신 말대로 정말 거기 사셨다면, 그 거리를 물론 기억하시겠죠. 거기는 밤이 되면 어두워서 어쩌다 뭘 읽으려면 종종—"

"파블리크,"* 레노치카가 말했어요. "여기 당신 코안경이요. 실수로 내 가방에 넣어 왔지 뭐예요."

"거기는 밤이 되면 항상 어두웠소." 파벨 로마노비치는 한 말을 또 하며, 테이블 건너로 그녀가 던져준 안경집을 열었어요. 그는 안경을 쓰고는 리볼버를 꺼냈고, 아내를 쏘기 시작했습니다.

그녀는 크게 울부짖으며 테이블 아래로 나를 끌어당기며 쓰러졌는데, 독일인도 우리에게 걸려 넘어지며 함께 쓰러져서 세 사람이 함께 뒤엉킨 듯한 모양새가 됐습니다. 그러나 나는 뒤에서 웨이터가 공격자에게 돌진하더니 괴상할 정도로 신이 나서 철제 재떨이로 그 사람 머리를 힘껏 후려치는 걸 볼 틈은 있었죠. 그후, 이런 일이 일어나면 늘 그렇듯이, 산산조각이 났던 세계는 구경꾼과 경찰, 구급요원의 참여로 천천히 정리되어갔습니다. 유난스럽게 신음하던 레노치카는(총알은 볕에 태운 그녀의 통통한 어깨를 관통했을 뿐이었지요) 병원으로 옮겨졌지만, 어쩌다보니 나는 파벨 로마노비치가 어떻게 끌려갔는지는 보지 못했어요. 모든 게 끝났을 때—즉 모든 것이, 가로등도 집도 별들도

---

* 파벨의 애칭.

다 제자리를 되찾았을 때—정신을 차려보니 나는 우리의 독일인 생존자와 함께 인적 없는 보도를 걷고 있더군요. 거구에 잘생긴 그 남자는 모자를 쓰지 않았고 넉넉한 품의 레인코트를 입고서 내 옆에서 둥둥 떠가듯 걷고 있었죠. 처음에 나는 이 사람이 나를 집으로 데려다주고 있다고 생각했는데, 우리가 가고 있는 곳이 그의 집이라는 생각이 퍼뜩 들더군요. 우리는 그의 집 앞에 걸음을 멈췄고 그가 내게 설명을 해줬어요—천천히, 무겁게, 하지만 시적인 어떤 음영이 없지는 않게, 그리고 어째선지 형편없는 프랑스어로—친구와 함께 살고 있어서 나를 자기 방으로 데려갈 수 없다고요. 그 친구가 자신에게는 아버지, 형제, 아내 대신이라고요. 그의 변명이 너무 모욕적으로 느껴져서 나는 당장 택시를 불러서 내 하숙집으로 데려다달라고 했습니다. 그는 겁먹은 듯한 미소를 지으며 내 면전에서 문을 닫아버렸어요. 그리하여 나는 몇 시간 전에 비가 그쳤음에도 아직도 젖어 있고 깊은 굴욕의 공기로 가득찬 거리를 걸었지요—그래요, 거기서 나는 홀로, 마치 태고부터 걷는 것이 나의 의무였던 듯이 걸었습니다. 그리고 계속 일어서고 또 일어서면서 불쌍한 자기 머리에서 피와 재를 문질러 털어버리는 파벨 로마노비치의 모습이 내 눈앞을 떠나지 않더군요.

마드무아젤 O

1

내 소설의 작중인물들에게 내 과거에 속한 보물 같은 뭔가를 주고 나면, 내가 너무 급작스럽게 갖다놓은 그 인공의 세계 안에서 그것이 시들어버리곤 하는 일을 나는 종종 경험해왔다. 마음속에서 맴돌긴 하지만 사적이었던 온기도 회고할 때 느끼던 매력도 사라지더니, 그것은 이제 예술가의 침해로부터 그토록 안전한 듯했던 이전의 나 자신보다는 내가 쓴 소설과 더 가깝게 동화되었다. 집들이 옛날 무성영화에서처럼 내 기억 속에서 소리 없이 무너졌다. 나의 늙은 프랑스어 가정교사의 초상도 언젠가 내 책 중 하나에서 소년 한 명에게 빌려주었다가 빠르게 색이 바래서 이제는 나의 유년 시절과는 전혀 무관해진 어느 유년 시절의 묘사 속에 집어삼켜졌다. 한 인간인 나는 소설가인 나에게 반격을 해본다. 이어지는 이야기는 불쌍한 그 마드무아젤에게 남아 있는 것을 구출해보고자 하는 나의 절박한 시도이다.*

---

* 프랑스어판 서두는 다음과 같다. "어떤 책에서 나는 주인공의 어린 시절에 내가 프랑스어를 배우는 즐거움을 빚졌던 선생을 빌려주었다. '빌려주었다'라고 썼지만, '나의 주인공이 내게서 빼앗아갔다'라고 말하는 게 더 맞을 것이다. 잉크병의 검은 달빛에서 나온 그 희미한 인물들이 우리가 그들에게 준 아름다운 것들과 사랑하는 얼굴들을, 우리만의 과거를 서서히 절멸시키는 지경이 될 때까지 얼마나 낭비하는지 보고 있자면 참으로 안타깝기 그지없기 때문이다. 이는 마치 다정한 조상이―아마도 일종의 나태함으로, 과거를 통째로 각성 상태로 두는 일을 피하기 위해―자기 종손에게 결혼식날, 한때 그랬다 해도 이제는 아름답지도 않고 의미도 없으며, 받는 이는 구석에 처박아두고 바로 잊어버릴 그런 초라하고 쓸모없는 물건을 받을 이유가 전혀 없는, 기억으로 가득찬 것 중 하나를 주는 것과 같다. 나는 내 허구적 인물들에게 내 과거의 크지 않은―나는 이런 점에서는 매우 인색하다―부분들이지만, 손실 없이 해체할 수 있다고 믿는 어떤 이미지들을 선사할 때면 이런 감정적 불균형의 특이현상을 종종 관찰하곤 했다. 즉, 내가 주었던 아름다운 것이 내가 느닷없이 집어넣은 상상의 매개 속에서 쇠약해지는 것을 보게 되는 것이다. 한편, 내 기억 속에서 그것은 낯선 것이 된 양 남게 된다. 나아가 그것은 이제 나의 문학예술로부터 잘 은신해 있던 따끈하고 살아 있는 과거보다 내가 그것을 유폐했던 소설과 더 닮게 된다. 다른 한편으로, 방금 말했듯이, 내가 놀던 나무 그늘과 내가 거닐던 오솔길과 내 어린 시절 축젯날 잊을 수 없는 어떤 행사의 불꽃놀이처럼 축하하는 불빛 효과를 기증받은 인물은 그것들에 어떤 가치도 부여하지 않는 것 같거니와, 자기가 받은 낡아빠진 장신구들로 뭘 해야 할지 모르는 사람처럼 난처한 기색을 띠었다. 그렇게 해서 나의 늙은 프랑스어 선생―그녀는 자신이 가정교사가 아닌 선생이라 불리는 걸 작은 명예로 여겼는데, 가정교사라는 단어는, 그녀의 말에 따르면, 투덜대는 독신 남자의 살림을 맡아 하는, 금욕적인 수줍음으로 가득한 노처녀를 연상시킨다는 것이다―의 초상, 아니 그보다는 그 초상의 어떤 세부들이 나에게는 완전히 낯선 어린 시절의 묘사 속에 매몰돼 영원히 잃어버린 것같이 느껴졌다. 이제 그 이미지에서 남은 것을 구출하자는 생각이 들었다. 무엇보다 나는 항상 나 자신의 즐거움을 위해, 또한 사후 감사의 표시로서, 러시아에서의 내 삶에 프랑스어가 준 정확한 뉘앙스를 되살리고 싶은 욕망이 있었기 때문이다. 그 언어가 사용되는 나라에 거주한 적이 거의 없었기에 나는 그 습관을 잃어버렸고, 따라서 이건 전무후무한 과업이자, 내 생각에 옷을 입혀줄 그럭저럭 맞는 단어들을 움켜쥐려는 지난한 노력이다. 나는 내 생각이 오락가락하는 막연함, 모호함, 부정확함 뒤에서 기다리느라 죽을 지

몸집이 크고 매우 뚱뚱한** 마드무아젤이 우리의 삶에 굴러들어온 건 1905년으로, 당시 나는 여섯 살이고 내 동생은 다섯 살이었다. 자, 그녀가 납신다. 높이 빗어 올린, 은은하게 백발이 섞인 풍성한 흑발과 근엄한 이마에 난 주름 세 개, 튀어나온 눈썹, 검은 테 코안경 뒤의 완고한 눈, 콧수염의 흔적, 검버섯이 핀 피부가 내게는 너무도 분명히 보인다. 그 피부는 화가 나면 블라우스의 산더미 같은 주름 장식 위까지

경이 된 눈부신 그 어휘를 애정으로 탐색하는 대신에 내가 그것들을 급조해낼까봐, 즉 도중에 운좋게 덥석 붙잡은 용어에 만족할까봐 두려운 나머지 고통스럽게 호흡이 짧아지는 것을 느낀다. 게다가 마드무아젤 O가 만약 아직 살아서 내게 글을 읽어줄 수 있다면 이 문장들에 대해 어떻게 생각할지 궁금하다—내 철자의 일탈과 엉뚱한 어법을 보며 경악할 텐데 말이다. 나는 방금 그녀를 본명으로 칭했는데, '마드무아젤 O'는 결코 O로 시작하는 이름의 약자가 아니기 때문이다. 여기서 모음 중복의 바람이 불어오는 쪽으로 한껏 열린 O는 올리비에나 오로스, 혹은 우디네의 머리글자가 아니고, 진짜로 그녀의 완전한 이름이다. 써보면 지탱해주는 마침표가 없어 불안정해 보이는 둥글고 헐벗은 이름, 차축에서 떨어져나와 홀로 서서는 막 쓰러지려고 하는 바퀴 하나, 둥글게 오므린 입, 하나의 세계, 사과 하나, 호수. 마침 그녀는 인생의 반을 호수 옆에서 보냈는데, 마드무아젤 O의 부모가 순수한 프랑스인이긴 하지만, 그녀가 태어난 곳은 스위스이기 때문이다. 그녀의 이름은 레만 호수를 무대 배경으로 무훈시나 로망스의 외양을 취해서 호수의 랑슬로나 오베론을 생각나게 하지만, 어린아이의 눈과 귀가 금방 발견하게 마련인 그 우스울 정도로 쉬운 인상을 애석하게도 잃지 않았다. 왜냐하면 그녀가 내 동생과 나에게 그녀의 언어를 말할 수 있는 능력—그녀를 향해 쏠 수 있는 무기랄까—을, 그녀를 미칠 정도로 화나게 할 수 있는 수단을 주자마자, 우리는 곤경에 처한 이 이름에서 끌어낼 수 있는 모든 걸 끌어냈기 때문이다. 우리는 그걸 총알처럼 튀게 하고, 말장난을 만들어내고, 물의 도시에 도착하는 마드무아젤의 아버지를 상상해서, 나란히 열을 지은 네 개의 O로 이루어진—감탄부터 앞세우고—멍청하고 뻔한 문구를 만들었다. 최악은 그녀가 침대 옆에 두고 자는, 작지만 다부진 장미빛의 책—일명 '라루스' 사전—에 나오는 O로 된 첫번째 이름이자, 파리에서 태어나 죽은 재정감독관인 프랑수아 O후작을, 마드무아젤의 대단히 전설적인 선조로 만들어낸 것이다(이는 그녀를 짜증나게 했는데, 그녀 자신도 그걸 믿고 싶었기 때문이다)."

** 프랑스어판에는 "이름처럼 매우 뚱뚱하고 아주 둥근"이라고 되어 있다.

당당히 뒤덮은, 삼중턱 중 가장 풍만한 세번째 턱 부위까지 추가로 붉어지곤 했다. 자, 이제 그녀가 자리에 앉는다. 아니, 그보다는 앉으려고 의자와 씨름하는 것에 가깝다. 젤리 같은 아래턱이 마구 흔들리고 옆쪽에 단추가 세 개 달린 거대한 둔부가 조심조심 내려간다. 그러다 마지막 순간에 그녀가 고리버들 안락의자에 육중한 몸을 맡기자, 의자가 화들짝 놀라서 갑자기 따다다다 일제사격하는 소리를 냈다.

그녀가 온 겨울은 내가 유년기 중 딱 한 번 시골에서 보냈던 겨울이었다. 파업과 폭동, 경찰이 추동한 대학살의 해였다. 아버지는 가족을 도시에서 벗어난 조용한 시골에 두고 싶으셨던 것 같다. 아버지는 농민들 사이에 인기가 있으니, 거기라면 아버지가 맞게 추측한 대로 소작쟁의의 위기가 완화될지도 모를 일이었다. 그해 겨울은 유난히 혹독했던 겨울이기도 해서, 머나먼 모스크바대공국의 극북極北 같은 어둠 속에서 어쩌면 보게 되리라 생각했을 많은 눈이 마드무아젤의 기대에 부응할 만큼 내렸다.* 우리의 시골 저택까지는 썰매로 6마일 더 타고 가야

---

* 프랑스어판에는 이 대목에서 다음 내용이 이어진다. "이렇게 외국인들이 모스크바에 도착하는 일에는 옛날에 우리 나라로 프랑스인과 독일인과 이탈리아인이 물밀듯이 들어왔던 러시현상에 수반된 모험의 전율이 조금 남아 있었다. 그때 들어온 이들은 정교회 성당돔에 로마의 청동빛 공기를 약간 불어넣은 건축가를 시작으로, 장자크의 신봉자인 박물학자들, 계몽된 상인들, 젊은 가정교사들을 거쳐 미용사, 모자 제작자, 창부 등이 잡다하게 뒤섞여 추위에 덜덜 떨던 민중들까지 온갖 직업을 망라했다. 이 여행자들 중 여럿이 자취를 남겼다. 북방의 제국에 끌려서 도착한 칼리오스트로, 예카테리나와의 접견에서 자신이 지지하는 사상을 더 강조하기 위해 털이 부숭부숭하고 포동포동한 작은 손으로 여제의 무릎을 무심코 두드린 디드로, 러시아의 고등학교에서 프랑스어를 가르친 마라의 남동생 등. 그러나 무명의 여성 선생들도 대거 유입되었는데, 러시아 전역에서 19세기에 프랑스어 가정교사나 프로일라인, 미스 존스를 집에 두지 않은 귀족 집안은 아마 한 집도 없었을 것이다. 그들은 각자 한집에서 수년간, 가끔은 평생을 머물렀다. 그녀도 그런 이들

하는 작은 역에 그녀가 내렸을 때, 나는 거기로 나가 있지 않았었다. 그러나 이제 나는 그녀를 마중 나가서, 때를 잘못 고른 그 기막히게 멋진 여정의 마지막 단계에서 그녀가 무엇을 보고 무엇을 느꼈는지 상상해보고자 한다. 내가 알기로 그녀가 아는 러시아어 어휘는 짧은 단어 하나뿐이었는데, 그녀가 프랑스인 양친에게서 태어났던 고향 스위스로 수년 후 귀국할 때도 바로 그 단 하나의 단어를 가지고 돌아갔다. 그녀의 발음으로는 음성학상 '기디-에giddy-eh'(실제로는 '그제gde'로, 'e'는 'yet'의 'e'처럼 발음된다)로 들리는 그 단어는 '어디?'라는 뜻인데, 여기저기 꽤 쓸 만했다. 길 잃은 새가 쉰 목소리로 울부짖듯 그녀가 내뱉는 그 단어에는 강하게 의문을 표하는 힘이 축적돼, 그거면 그녀의 모든 요구를 충족하기에 충분했다. "기디-에?" "기디-에?"라고 울부짖어서 자신이 있는 장소를 알아낼 뿐 아니라 고통의 심연을, 즉 자신이 난파를 당한 무일푼에다 병까지 있는 외지인으로, 끝내 이해받게 될 축복의 땅을 찾고 있다는 사실을 표현하는 것이다.

나는 대리인을 보내 그녀를, 방금 전 내린 역 승강장 한가운데에 서 있는 그녀를 눈앞에 그려보는데, 유령 같은 나의 특사가 그녀에게는 보이지 않는 팔을 헛되이 내민다. 꽁꽁 얼어붙은 밤 특유의 오싹하게 끼익하는 소리를 내며 대합실 문이 열리더니, 헐떡거리는 기관차의 거

중 하나로, 약간 잘못된 위치에 계속 머물고 항상 식탁 끝으로 밀려나 가난한 친척이나 그녀가 싫어하던 관리인과 함께 앉았으며, 평생 결혼하지 않고 러시아어도 전혀 배우지 않았다. 이렇듯 그녀는 고통을 주기보다는 오히려 의지가 되는 전통적인 노스탤지어와 그녀를 살아 있는 사람보다는 필수적인 세간처럼 맞이한 사람들에 대해 원한의 감정으로 가득차서 비현실적이면서 수없이 반복되는 매일의 삶을 살았다—마치 다락으로 옮기는 날까지 아무도 있는지도 몰랐던 가구처럼."

대한 연통에서 나오는 증기만큼 다량의 뜨거운 공기 구름이 뿜어져나왔다. 그리고 이제 우리 마부인 자하르가 넘겨받는다―그는 겉면이 가죽으로 된 양모 외투로 몸을 감싼 건장한 남자로, 진홍색 장식띠 아래로 쑤셔넣은 커다란 장갑이 삐져나와 있었다. 짐을 싣느라 분주한 그의 펠트 부츠 아래서 눈이 뽀드득거리는 소리와 잘그랑거리는 마구 소리가 들린다. 그는 짐을 다 싣고, 썰매 뒤로 터덜거리며 돌아오면서 능숙하게 엄지와 집게손가락을 탁 튀겨서 코를 푼다. 마드무아젤은 그 거대한 몸집이 안전하게 안에 다 자리를 잡기 전에 썰매가 움직이기 시작할까봐 무서운 나머지 부축해준 사람을 꽉 잡으면서 천천히, 불길한 듯 염려하며 썰매를 탄다. 마침내 끙하고 앓는 소리를 내며 자리에 앉은 그녀는 너무 작은 플러시천 머프 속에 양 주먹을 찔러넣는다. 마부가 침이 흥건한 입술로 쪽쪽 소리를 내자, 말들이 말발굽의 앞부분과 뒷부분 사이의 측면 부분을 긴장하며 발굽의 위치를 옮기고는 다시 긴장한다. 그런 다음 마드무아젤의 상체가 뒤로 홱 젖혀지면서, 무거운 썰매는 심하게 뒤틀리며 철제와 모피와 살의 세계에서 나와 유령 같은 길을 간신히 스칠 듯 말 듯하면서 미끄러지는 마찰 없는 운송수단이 된다.

순간, 역광장이 끝나는 곳에 홀로 서 있는 전등이 갑자기 빛을 비춘 덕분에, 역시 머프를 낀 극도로 과장된 그림자가 썰매와 나란히 달리기 시작해, 눈 둔덕을 올라가더니 그 길로 사라져버렸고, 마드무아젤은 나중에 자신이 경외감과 마음에서 우러나는 기쁨을 품고 '대초원'이라고 언급한 것에 삼켜졌다. 그곳, 그 끝없는 어둠 속에서 먼 마을의 변화무쌍하게 반짝거리는 불빛들이 그녀에게는 늑대의 노란 눈들로 보인다.

그녀는 추워서 몸이 뻣뻣하게 얼어붙었고, "뇌의 중추까지" 얼었다. 가장 안전한 옛 속담에 매달리지 않을 때는 터무니없는 과장으로 날아오르는 그녀였다. 이따금 그녀는 트렁크와 모자 상자를 실은 두번째 썰매가 뒤에서―탐험가들의 기록에 나오는, 극지의 바다에서 끈질기게 따라오는 유령선처럼 항상 같은 간격을 두고―잘 따라오는지 확인하기 위해 뒤를 돌아본다. 그리고 달도 빼놓지 말자―거기에는 확실히 달이, 즉 살을 에는 듯한 러시아의 추위와 아주 잘 어울리는, 눈을 의심할 만큼 밝은 만월이 있었을 테니까. 자, 이제, 희미하게 무지갯빛으로 물들어 알록달록한 작은 구름떼 밖으로 키를 돌려 나온 달이 보인다. 달이 더 높이 항해해가면서 반짝이는 모든 눈덩이가 부푼 그림자로 강조되는 길에 남은 썰매 자국에 윤기를 더한다.

아주 사랑스럽고도 아주 적적한 풍경이다. 그러나 저 입체경 같은 꿈나라에서 난 뭐하고 있는 거지? 어쨌든 그 두 대의 썰매가 미끄러져 사라지면서 내가 상상으로 만들어낸 분신을 푸른빛이 도는 흰 길에 남겨두었다. 아니, 내 귓속에 울리는 진동조차 멀어져가는 썰매 종소리가 아니라, 내 피가 노래하는 소리다. 모든 것이 고요하고, 내 과거 속 러시아의 황야 위에서 빛나는 천상의 저 거대한 O자에 홀린 듯 매혹돼 황홀해한다. 눈은 실재하건만, 내가 몸을 구부려 한줌 퍼올리자 사십오 년의 세월이 손가락 사이에서 바스러져 반짝이는 서리 가루가 된다.

2

등유 램프가 어스름 쪽으로 방향을 튼다. 그것은 가만히 둥둥 떠가다 아래로 내려간다. 이젠 기억 속 하얀 면장갑을 낀 하인의 손이 둥근 탁자 중앙에 램프를 둔다. 불길이 알맞게 조절되자, 실크 주름 장식이 달린 장밋빛 전등갓이 왕관처럼 불빛을 덮었다. 그러자 모습이 드러나는 것은 나의 증조부가 지으신, 눈으로 감싸인 저택—곧 '성'으로 불리게 될—의 따뜻하고 밝은 방이다. 화재를 두려워한 증조부는 계단을 철재로 만들어서, 소비에트혁명 후 언젠가 저택이 전소했을 때도 그 뇌문雷紋 세공의 계단만은 홀로 여전히 위로 이어지며 거기 서 있었다.

부디 그 방 얘기를 좀더 해주기를. 타원형 거울. 거울은 팽팽한 끈에 매달린 채 맑은 이마를 기울여서 고꾸라질 듯한 가구를, 품에서 자꾸 미끄러져 빠져나가는 환한 바닥의 경사를 잡아두려 애쓴다. 샹들리에의 펜던트들. 위층 방에서 뭔가 움직일 때마다 달랑거리는 섬세한 소리가 난다. 색연필들. 주머니칼이 늘 하던 임무를 막 마치면 유포 위에 작은 더미로 쌓이는 에메랄드색 연필 찌꺼기. 우리, 남동생과 나, 그리고 이따금 손목시계를 쳐다보는 미스 로빈슨은 탁자에 앉아 있다. 길이 다 눈으로 덮여 엉망인 게 틀림없다. 미스 로빈슨을 대신하게 될 그 정체불명의 프랑스인의 앞날에는 어쨌든 많은 직무상의 고난이 기다리고 있다.

이제 색연필 이야기를 좀더 자세히 해볼까. 녹색 색연필은 손목을 한번 획 돌리기만 해도 잎이 부숭부숭한 나무나 시금치 요리를 하는 집의 굴뚝에서 나는 연기를 만들어낼 수 있다. 파란색으로 종이를 가로질러 단순한 선 하나를 그으면, 모든 바다의 수평선이 거기 생긴다. 별 특징 없이 뭉툭한 색연필 하나는 계속 제 갈 길을 갔다. 갈색은 항상 부러졌고 빨간색도 마찬가지였지만, 가끔은 딱 부러진 직후 쪼개져 튀어나온 나뭇조각을 버팀목으로 삼아, 헐거워져 덜렁거리는 심지를 간신히 쥐고 계속 쓸 수 있었다. 내가 특별히 좋아하는 조그만 자주색 녀석은 금방 닳아 너무 짧아져서 겨우 쓸 수 있을 정도였다. 색연필들 사이에 있는 껑충한 백색증 환자처럼 하얀 색연필만 혼자 계속 원래의 길이를 유지했다. 아니, 적어도 그것이 종이에 아무 자국도 남기지 않는 사기꾼이기는커녕 낙서하는 동안 바라는 건 뭐든 마음속으로 상상해 그려볼 수 있기에 이상적인 도구라는 사실을 내가 알아차리기 전까지는 그랬다.

아아, 이 색연필도 내 책 속 인물들에게 나눠줘서 허구의 소년들을 계속 바쁘게 했다. 이제는 딱히 내 것이라고도 할 수 없다. 어디선가, 어느 장에 나오는 공동주택에, 어떤 단락에 나오는 하숙방에 나는 예의 그 삐뚤어진 거울과 램프와 샹들리에 장식도 두었다. 남은 게 몇 개 없다. 많은 걸 낭비해버렸다. 소파 위에서 깊이 잠든 저 늙은 갈색 닥스훈트 박스(가정부의 애완견인 룰루의 아들이자 남편)를 내가 내주었던가? 아니, 박스는 여전히 내 개라고 생각한다. 잔주름 잡힌 입 귀퉁이에 무사마귀가 난 희끗희끗한 주둥이를 구부린 뒷다리 발뒤꿈치 쪽에 처박고 있다가 이따금 깊이 한숨을 쉬며 갈비뼈를 확장하는 박스. 박스는 너무 늙어서 잠이 꿈(씹을 수 있는 슬리퍼와 자기 직전에 맡은 몇 가지 냄새)으로 너무 두껍게 채워진 탓에, 밖에서 어렴풋이 종이 딸랑거려도 꿈쩍하지 않는다. 얼마 후 공기에 밀려 문이 들썩거리더니 현관에서 쾅하는 소리가 난다. 그녀가 결국 왔다. 오지 않기를 그렇게 바랐건만.

3

사나운 개 가족의 온순한 아비인 또다른 개, 그레이트데인은 집에 들어올 수 없었는데, 바로 그다음날은 아니라도 며칠 안 돼서 일어난 모험에서 유쾌한 역할을 했다. 마침 그날 남동생과 내가 신참자를 완전히 떠맡게 되었다. 지금 재구성해보면, 어머니는 아버지가 그해 겨울에 일어난 심각한 정치적 사건에 깊게 연루돼 있던 상트페테르부르크(50마일 정도 되는 거리)에 갔는지 몇 시간 동안 모습이 보이지 않았다. 당시 어머니는 임신중으로 신경이 아주 예민했다. 미스 로빈슨 역시 좀더 머물며 마드무아젤을 훈련시키지 않고 가버렸다—아니, 어쩌면 세 살이었던 어린 여동생이 그녀를 이어받았는지도 모르겠다. 우릴 이렇게 취급해서는 안 된다는 걸 입증하기 위해서 나는 즉시 계획을 세웠다. 색색의 낙엽이 자아내는 낙원 같은 장관에 인파가 몰려 활기가 넘치던 비스바덴에서 불쌍한 미스 헌트에게서 도망쳤던 일 년 전의 신나는 행동을 다시 해보자는 계획이다. 이번엔 주변이 온통 설원뿐인 시골이라 내가 계획한 여정의 목적이 정확히 뭐가 될지 상상하기는 어려웠다. 우리는 방금 마드무아젤과 함께 첫 오후 산책을 하고 돌아와서 좌절과 증오로 부들부들 떨고 있었다. 익숙하지 않은 언어(우리가 아는 프랑스어라고 할 만한 것은 집에서 쓰는 일상용어 몇 개밖에 없었다)를 익히는 것, 거기에다 우리가 좋아하는 모든 습관에 방해를 받는 것은 우리로서는 참을 수 없었다. 그녀가 약속했던 *멋진 산책*은 눈이 치워지고 언 땅에 모래가 뿌려진 집 주위를 지루하게 거니는 것임이 드러났다. 그녀는 평소에 우리가 한 번도, 제일 추웠던 날에도 입은 적 없는 것들—몸을 옴짝달싹 못하게 하는 끔찍한 각반과 두건—을 우리에게 입혔다. 그녀는 우리가 여름에 화단이었던 크림처럼 매끄러운 불룩한 눈 둔덕을 탐험하고 싶은 마음이 들 때마다 우리를 제지했다. 그녀는 오르간파이프 같은 배열로 처마 밑에 매달려, 낮게 뜬 태양빛에 영광스럽게 타오르는 거대한 고드름 아래를 걷는 것도 허락하지 않았다. 그 산책에서 돌아오자마자 우리는 숨을 헉헉대는 마드무아젤을 현관 계단에 내버려두고, 어떤 외진 방에 몸을 숨길 것 같다는 인상을 주면서 안으로 뛰어들어갔다. 사실은 빨리 걸어서 저택의 반대편에 다다른 후, 베란다를 통해 다시 정원으로 빠져나갔다. 아까 언급한 그레이트데인이 법석을 떨며 근처 눈더미에 적응하는 중이었는데, 어느 쪽 뒷다리를 들어올릴지 망설이다가 우리를 보고는 바로 신나게 뛰어서 우리와 합류했다.

우리 셋은 그만하면 꽤 걷기 쉬운 오솔길을 따라, 더 깊은 눈 속을 터벅터벅 걸어서 마을과 이어지는 길로 나갔다. 그사이 해가 졌다. 땅거미가 기이할 정도로 급작스럽게 내렸다. 남동생이 춥고 지쳤다고 푸념했지만, 나는 계속 가자고 동생을 어르다가 결국 개(우리 일행 중에 유일하게 여전히 즐기던 일원이었다)를 타고 가게 했다. 우리는 그렇게 2마일 이상을 더 갔고 달은 환상적으로 빛났으며, 완전한 침묵 속에 빠진 동생은 이따금 개의 등에서 떨어지기 시작했는데, 손전등을 손에 든 하인이 우리를 따라잡아 집으로 데리고 돌아왔다. "기디-에, 기디-

에?" 마드무아젤이 현관에서 미친듯이 소리지르고 있었다. 나는 말 한 마디 없이 그녀 옆을 스쳐지나갔다. 동생은 울음을 터뜨리더니 항복해 버렸다. 투르카라는 이름의 그레이트데인은 집 주위에 쌓인 쓸 만하고 유익한 눈더미와 관련된, 중단됐던 작업을 재개했다.

4

어릴 때 우리는 손에 대해 많은 것을 안다. 손이 우리의 키 높이에 살면서 계속 맴돌기 때문이다. 마드무아젤의 손은 갈색 일혈점이 흩뿌려진 단단한 피부가 개구리처럼 번들거려서 기분이 나빴다. 마드무아젤 이전에는 남이 내 얼굴을 쓰다듬은 적이 한 번도 없었다. 그런데 마드무아젤이 오자마자 마음에서 우러나오는 애정의 표시로 내 뺨을 톡톡 쳐서, 완전히 깜짝 놀랐다. 그녀의 손을 생각하면 그 손에 밴 버릇들이 다 떠오른다. 연필 끝이 녹색 울로 덮인 엄청나게 큰 불모의 가슴 쪽을 향하도록 잡고, 깎는다기보다는 껍질을 벗기는 것에 가까운 그녀의 연필 깎는 솜씨. 귓속에 작은 손가락을 넣고 아주 빠르게 흔드는 방식. 새 습자 공책을 나한테 줄 때면 항상 해 보이는 의식. 그녀는 언제나 조금 헐떡거리며 입을 살짝 열고 천식 환자처럼 숨을 연속해서 빠르게 내쉬면서 습자 공책을 열어 여백을 마련했다. 즉, 엄지손톱으로 세로 선을 선명하게 하나 새기고 페이지 가장자리를 접어 눌렀다가 다시 펴서 손날로 주름을 편 다음, 힘차게 획 돌려 내 눈앞에 준비 완료된 상태로 놓곤 했다. 그다음에는 새 펜 차례다. 잉크 세례반에 펜을 담그기 전에 그녀는 반짝이는 펜촉을 달싹거리는 입술로 촉촉하게 적시곤 했다. 내가 또렷하게 쓰이는 글자를 구성하는 모든 선에 기뻐하며(특히 전에 쓰던 습자 공책이 완전히 질척질척하게 더러워진 채로 끝난 탓에 더 그랬다) 정교하게 주의를 기울여 *받아쓰기*라는 단어를 쓰는 동안, 마드무아젤은 철자 시험용 문장을 모은 교재를 뒤적거리며 훌륭하고 어려운 구절을 찾았다.

5

한편 무대 배경이 바뀌었다. 흰 서리와 눈은 말 없는 소도구 담당자가 치워버렸다. 여름의 오후가 파란 하늘로 올라가는 가파른 구름으로 활기찼다. 눈⽇ 모양의 그림자가 정원에 나 있는 길로 옮겨갔다. 이윽고 수업이 끝나고, 방석과 밀짚을 엮은 의자가 더위 속에서 양념맛 강한 비스킷 향을 풍기는 베란다에서 마드무아젤이 우리에게 책을 읽어주었다. 하얀 창턱과 색이 바랜 옥양목이 덮인 긴 창가 자리 위에는 스테인드글라스의 마름모와 네모를 통과한 햇빛이 기하학적인 보석으로 색색이 부서졌다. 이때가 바로 마드무아젤이 진가를 발휘하는 때다.

얼마나 많은 책을 그 베란다에서 그녀가 우리에게 통독해주었던가! 그녀의 가느다란 목소리는 결코 약해지는 법 없이, 조금이라도 지체하거나 주저하는 법 없이 청산유수로 계속 흐르는, 아픈 기관지에서 완전히 독립된 감탄스러운 독서 기계였다. 우리가 들은 작품은 『소피의 불행』 『80일간의 세계 일주』 『알퐁스 도데의 소소한 이야기』 『레 미제라블』『몬테크리스토 백작』외에도 많은 것이 있었다. 그녀는 거기 앉아 자기 풍채의 고요한 감옥에서 낭독하는 목소리를 증류했다. 입술을 제외하면, 불상처럼 큰 그 몸에서 움직이는 세부라고는 삼중턱 중에서 가장 작지만 원래 턱이었던 부위뿐이었다. 검은 테 코안경에는 영겁의 시간이 비쳤다. 이따금 파리 한 마리가 엄격한 이마에 앉으면 이마의 세 주름이 허들 세 개를 달려 넘는 주자들처럼 즉각 모두 함께 뛰어오르곤 했다. 그러나 그녀의 표정에는 아무 변화가 없었다─그 얼굴을 나는 몇 번이고 스케치북에 그려보려 했다. 왜냐하면 은밀하게 움직이는 내 연필에는 눈앞의 탁자에 그림 소재로 놓인 화병이나 오리 모양 낚시찌보다 무표정하고 단순한 그 대칭성이 훨씬 더 유혹적이었으니까.

이윽고 나의 주의는 자꾸 더 멀리 헤매고 다녔는데, 리듬감 있는 그 목소리의 진귀한 순수함이 본령을 발휘한 건 아마도 바로 그런 때였다. 나는 구름 하나를 쳐다보았는데, 수년 후에도 그 구름의 정확한 형태를 생생히 그릴 수 있다. 정원사는 모란 사이를 돌아다니고 있었다. 할미새 한 마리가 몇 발짝 걷고는 뭔가가 기억난 듯 멈춰 섰다─그러더니 이름을 그대로 재연하며 계속 걸었다.* 어디서 날아왔는지 알 수 없는 네발나비 한 마리가 문턱에 앉아 각이 진 황갈색 날개를 펼치고 햇볕을 쬐다가 갑자기 날개를 접어 밑면에 분필로 조그맣게 쓴 듯한 머리글자**를 보여주고는 또 갑자기 잽싸게 도망갔다. 하지만 낭독이 진행되는 동안 어김없이 마법에 걸리게 하는 가장 불변의 근원은 베란

* 할미새를 뜻하는 영어 단어 'wagtail'은 '꼬리(tail)'와 '흔들다(wag)'가 조합된 단어이다.
** 네발나비의 뒷날개 아랫면 중앙에는 알파벳 C처럼 보이는 흰색 무늬가 있다.

다 양측의 희게 칠한 틀에 끼워진 할리퀸 패턴의 채색 유리였다. 그 마법의 유리를 통해서 보면 정원이 이상할 정도로 고요하고 멀어 보였다. 파란색 유리를 통해 보면, 열대의 하늘에서 칠흑 같은 나무들이 헤엄치는 가운데 모래가 재로 변했다. 노란색 유리는 햇빛을 매우 농밀하게 양조해 호박색 세계를 빚어냈다. 붉은색 유리는 산호색으로 착색된 오솔길에 나뭇잎이 루비색 음영을 뚝뚝 떨어뜨리게 했다. 녹색 유리는 신록을 더 푸릇한 녹색으로 흠뻑 적셨다. 그리고 그렇게 풍성한 풍경을 보고 난 후, 외톨이 모기나 다리를 저는 장님거미가 붙어 있는 평범하고 멋없는 작은 정사각형 유리로 눈을 돌리면, 마치 갈증이 나지 않아도 물을 한 모금 들이켜듯, 눈에 익은 나무들 아래 실제 그대로의 하얀 벤치를 보게 되는 것이다. 그러나 나중에 목을 바싹 마르게 하는 노스탤지어가 간절히 다시 들여다보고 싶어한 건 그 모든 창 중에서 바로 이 창유리였다.

마드무아젤은 평탄하게 흐르는 듯한 자기 목소리에 얼마나 강력한 효력이 있는지 결코 알지 못했다. 게다가 후일에 그녀가 주장한 것은 전혀 다른 내용이었다. "아," 그녀가 한숨을 쉬었다. *"우리 서로 얼마나 사랑했었니!"* "성에서 보낸 좋았던 옛 시절이여! 우리 한번은 죽은 밀랍인형을 떡갈나무 아래 묻어줬잖니!"(아니다―양모로 속을 채운 흑인 인형이었다.) "그리고 그때 너와 세르주가 도망가서 나는 깊은 숲속에서 비틀거리며 울부짖었지!"(과장이다.) *"아, 내가 얼마나 너희 엉덩이를 때려줬던지!"*(실제로 그녀는 한 번 날 때리려고 했지만, 두 번 다시 그런 시도는 결코 하지 않았다.) *"너희 숙모, 그 공작부인 말이다. 나한테 무례하게 굴어서 네가 그 작은 주먹으로 때렸었잖니!"*(기억나지 않는다.) "아이다운 고민을 나에게 속삭이던 너의 그 말투!"(결코 그런 적 없다!) "너무 따뜻하고 안심이 된다면서 네가 틀어박히길 좋아했던 내 방의 아늑한 구석!"

시골집에서도 도시 집에서도 마드무아젤의 방은 나에게 기괴한 장소였다―묘하게 매캐한 향이 짙게 밴, 잎이 우거진 식물을 품은 일종의 온실 같았다. 우리가 어릴 때는 그 방이 우리 방 옆에 있었음에도 바람이 잘 통하고 쾌적한 집과는 별개의 공간처럼 여겨졌다. 다른 냄새에 섞여 산화된 사과 껍질의 갈색 악취가 풍기는 구역질나는 그 엷은 안갯속에서 램프는 거의 다 타버려 가물거렸고 책상 위에선 이상한 물건들이 어른어른 빛났다. 주머니칼로 잘라낸 검은 부분을 혀 아래 넣어 녹여 먹곤 하던 감초 줄기가 든 니스칠된 상자, 자개 반짝이가 창문을 대신하는 성과 호수가 그려진 그림엽서, 밤마다 야금야금 먹어치운 초콜릿의 은박지 조각을 단단하게 굴려서 만든 우둘투둘한 공, 죽은 조카의 사진, '슬픔에 잠긴 성모'라는 서명이 있는 그 조카의 어머니 사진, 가족의 강요로 부유한 미망인과 결혼했다는 므슈 마란트인가 뭔가 하는 사람의 사진 등이 있었다.

그 밖의 것들 위에 군림하는 것은 석류석으로 장식된 고상한 액자 안에 끼워진 사진이었다. 그 사진에는 두려움을 모르는 눈과 풍성한 흑갈색 머리의 날씬하고 젊은 아가씨가 몸매가 드러나는 드레스를 입고 반쯤 옆을 향한 모습으로 찍혀 있었다. "내 팔만큼 두껍고 내 발목까지 내려올 정도로 길게 땋은 머리"라는 마드무아젤의 멜로드라마적 논평. 그건 바로 젊은 시절의 그녀였으니까―하지만 눈에 익은 그녀의 체형을 아무리 요모조모 뜯어보며 그것이 뒤덮어버린 그 우아한 피사체를 추출하려 해도 소용없었다. 나와 경외감에 휩싸인 동생이 해낸 발견은 그 과업을 더 어렵게 만들 뿐이었다. 낮 동안 잔뜩 껴입은 마드무아젤만 보는 어른들은 결코 보지 못한 것을 우리 어린이들은 보았다. 우리 중 하나가 악몽을 꾸고 비명을 지르면 잠에서 깬 마드무아젤이 머리를 산발한 채 한 손에 초를 쥐고 금색 레이스가 어슴푸레 반짝이는 피처럼 붉은 실내 가운으로는 다 감싸지 못한 거구를 덜덜 떨며 나타나는데, 그 모습은 마치 라신의 부조리극에 나오는 섬뜩한 이세벨*이 맨발로 우리 침대를 향해 쿵쿵거리며 다가오는 것 같았다.

　나는 평생 잠드는 데 어려움을 겪어왔다. 아무리 피곤해도 의식과 헤어지는 고통은 나로서는 말로 표현할 수 없을 정도로 역겨운 것이었다. 나는 수면의 신 솜누스, 나를 단두대에 결박하는 검은 복면을 쓴 그 사형집행인을 혐오한다. 세월이 지나면서 그런 밤의 시련에 익숙해져 벨벳으로 안감을 댄 커다란 상자에서 익숙한 그 도끼가 나오는 동안 으스대며 걸을 정도가 됐지만, 초기에는 그렇게 편하게 굴거나 방어하지 못했다. 나에게는 아무것도 없었다―마드무아젤 방으로 가는 문을 살짝 열어두었던 것 말고는. 그 은은한 빛의 수직선만이 내가 매달릴 수 있는 유일한 무엇이었다. 완벽한 어둠 속에서 나의 머리가, 꼭 영혼이 잠의 암흑 속에서 녹아 사라지는 것처럼 둥둥 떠다니기 시작했기 때문이다.

　토요일 밤은 마드무아젤이 일주일에 한 번 목욕의 호사를 누리는 날이라, 나의 미약한 한줄기 빛을 오래 빌릴 수 있다는 기대로 즐거운 밤

---

* 라신의 비극 「아탈리」의 등장인물로, 주인공 아탈리의 모친이자 이스라엘의 왕 아합의 왕비이다.

이었다. 상트페테르부르크의 집에서 어린이방 욕실은 내 침대로부터 심장이 약 스무 번 뛰는 정도의 거리에, Z자 형태의 통로 끝에 있었다. 나는 마드무아젤이 욕실에서 불 켜진 침실로 돌아올까봐 두려워하는 마음과 코를 골며 자는 둔감한 남동생을 부러워하는 마음 사이에서, 어둠 속에 벌어진 틈새가 무無 속에서 티끌 같은 나의 존재를 아직 증명해주는 동안 평소보다 더 주어진 시간을 이용해 잽싸게 잠이 드는 일은 결코 할 수 없었다. 드디어 그들이 온다, 가차없는 그 발걸음이 통로를 터벅터벅 걸어와, 나와 함께 은밀히 철야를 함께하는 작은 유리 물건들이 선반에서 놀란 듯 달그락거리는 소리를 내게 한다.

이제 그녀가 자기 방으로 들어갔다. 밝기의 빠른 교환은 침대 옆 탁자 위 촛불이 책상 위 램프의 일을 맡았음을 말해준다. 내 빛의 선은 아직 거기 있지만, 노쇠하고 약해져서 마드무아젤이 움직여 침대를 삐걱거릴 때마다 깜박거린다. 나는 그녀가 내는 소리를 계속 듣는다. 바스락거리며 쉬샤르*의 철자를 말하는 듯한 은빛 소리가 들리는가 싶더니, 과도로 『양 세계 평론』의 페이지를 자르는 트륵 트륵 트륵 하는 소리가 들린다. 그녀가 약간 헐떡거리는 소리도 들린다. 그러는 내내 나는 극도로 괴로워하며 잠을 살살 달래보려 절박하게 애쓰면서, 몇 초마다 눈을 떠 희미해져 어슴푸레 빛나는 빛을 확인했다. 천국이란 잠 못 드는 이웃이 영원의 촛불 아래서 끝이 나지 않는 책을 읽는 곳이리라 상상하면서.

피할 수 없는 일이 일어난다. 코안경집이 딱 닫히고 잡지가 침대 협

---

* 스위스 초콜릿 회사.

탁의 대리석 위로 떨궈지더니, 앙다문 마드무아젤의 입술이 돌풍처럼 숨을 훅 분다. 첫번째 시도가 실패해서 휘청거리던 불길이 굼실거리다 획 수그린다. 그다음 두번째 돌진이 다가오자 불은 마침내 쓰러진다. 그 칠흑 같은 암흑 속에서 나는 방향을 잃고, 침대가 천천히 떠다니는 듯한 느낌을 받는다. 나는 극심한 공포로 일어나 앉아서 어둠 속을 빤히 쳐다봤다. 마침내 어둠에 적응한 눈이 안구 안에 떠다니는 부유물 사이에서 좀더 귀중한 어떤 얼룩 같은 것을 걸러냈다. 그것은 방향을 잃은 기억상실 속에서 떠돌다가, 반쯤 기억에서 떠올라, 그 뒤로 멀찍이 떨어져 살아 있는 가로등 불빛이 비치는 창가 커튼의 흐릿한 주름처럼 자리잡았다.

매섭다가도 온화하고 축축하다가도 눈이 부시는 극지의 봄이 바다처럼 빛나는 네바강에서 깨진 얼음을 몰아내 가버릴 때면, 그 신나는 상트페테르부르크의 아침은 고뇌의 밤과 얼마나 딴판이었던지! 그런 아침은 지붕을 반짝거리게 했다. 거리에 진창이 된 눈은, 그후 내가 그 어디에서도 결코 본 적 없는 그윽한 자줏빛을 띤 푸른색 음영을 입었다. 란다우마차 뒷자리에 가슴 부분이 위풍당당하게 불룩 솟은 모조 물개가죽 코트를 걸친 마드무아젤이 옆에는 동생을, 정면에는 나를 두고―나는 무릎 덮개의 계곡으로 두 사람과 연결되었다―앉았다. 마차에 타서 위를 올려다보자, 거리 위로 집들의 정면에서 정면으로 이어 걸린 줄에 매달린 반투명한 커다란 깃발이 팽팽하게 쫙 펼쳐져 나부끼는 걸 볼 수 있었고, 그 폭이 넓은 세 개의 띠―옅은 적색, 옅은 청색, 그리고 그냥 옅은 색―는 태양과 날아가는 구름 그림자 때문에 국경일과의 어떤 무딘 연관도 다 잃었지만, 기억 속 그 도시에서는 그 봄날의 정수를, 진창이 튀는 소리를, 그리고 마드무아젤의 모자 위에 달렸던, 한쪽 눈이 충혈되고 깃털을 곤두세운 이국적인 새를 지금도 틀림없이 기념하고 있다.

6

그녀는 칠 년을 우리와 함께 보냈는데, 수업은 점점 더 드물어졌고 성미는 점점 더 고약해졌다. 그래도 우리 대가족을 거쳐간 영국인 여성 가정교사들과 러시아인 가정교사들의 부침에 비하면, 그녀는 암울하게 영구히 존재하는 바위처럼 보였다. 그녀는 그 가정교사 모두와 사이가 좋지 않았다. 평소에도 식사 인원이 십여 명이 넘지 않은 적이 좀처럼 없지만, 인원이 삼십 명도 더 넘게 되는 생일날 같은 때 식탁의 자리 배치는 마드무아젤에게 특히 중차대한 문제가 되었다. 그런 날이면 근처 영지들에서 삼촌와 이모, 사촌 들이 오고, 마을 의사도 이륜마차를 타고 왔으며, 줄기가 꺾여 삐걱거리는 소리를 내는 녹색 기가 도는 촉촉한 은방울꽃 다발이나 잘 부러지는 하늘색 수레국화 다발을 한쪽 손에 쥐고 거울에서 거울로 이동하는 마을 학교 교장의 코 푸는 소리가 시원한 홀에서 들려오곤 했다.

마드무아젤은 너무 멀리 식탁 끝에 앉게 되거나, 특히 거의 그녀만큼 뚱뚱한 어떤 불쌍한 친척("그 사람에 비하면 난 공기의 정령이지"라고 마드무아젤은 경멸하듯 어깨를 으쓱하며 말하곤 했다)보다 상석에 앉지 못하면, 상처받아서 입술을 씰룩거리며 짐짓 빈정거리는 미소를 띠었다—그러다 순박한 옆 사람이 아무것도 모르면서 미소로 답하면, 아주 깊은 명상에 잠겼다가 정신을 차린 것처럼 머리를 재빨리 흔들면서 이렇게 말하곤 했다. *"죄송해요. 나 원 참, 슬픈 생각이 나서 미소를 지었네요."*

또한 조물주가 그녀를 과민하게 만드는 것이라면 뭐든 아끼고 싶지 않았는지 그녀는 듣는 데 어려움이 있었다. 가끔 식사 자리에서 우리 소년들은 갑자기 닭똥 같은 눈물 두 방울이 마드무아젤의 널찍한 뺨에서 기어가듯 흐르는 것을 눈치채곤 했다. 그녀는 "난 신경쓰지 마"라고 작은 목소리로 말하면서 닦지 않은 눈물로 눈이 보이지 않을 때까지 식사를 계속하다가, 상심한 듯 딸꾹질을 하면서 자리에서 일어나 더듬거리며 식당을 나가곤 했다. 조금씩 진실이 밝혀지곤 했다. 가령 백부가 지휘하는 군함으로 화제가 바뀌었는데 해군을 가지지 못한 그녀의 조국 스위스를 은근히 비꼬는 걸 감지했다든지, 아니면 사람들이 프랑스어로 말할 때마다 자신이 대화를 주도해 보석 같은 표현으로 치장하는 걸 일부러 막는 게임이 진행중이라고 망상했기 때문이다. 불쌍한 숙녀분, 그녀는 대화가 러시아어로 갑자기 돌아가기 전에 자신도 이해할 수 있는 대화를 장악하려고 항상 너무 초조해하며 서둘렀기에 대화에 끼어들 계기를 망치는 것도 당연했다.

"그건 그렇고, 의원님, 의회 사정은 어떤가요?" 그녀가 불쑥 식탁 끝에서 명랑하게 튀어나와 아버지에게 도전했다. 괴로운 하루를 보낸 아버지는 정부의 곤란에 대해 지식도 관심도 없는, 특이할 정도로 현실과 유리된 인물과 그것을 의논할 마음이 조금도 없었다. 누군가 음악에 대해 언급한다 싶으면, 그녀는 "하지만 정적 역시 아름다울 수 있어요"라면서 떠들어댔다. "실은, 제가요, 알프스의 적막한 계곡에서 어느 날 저녁에 진짜로 정적을 들었어요." 그런 돌발 발언은 특히 난청이 점점 심해져 묻지도 않은 질문에 답할 때 활기찬 *잡담*의 도화선에 불을 붙이는 대신에 괴로운 침묵을 가져오고 말았다.

그리고, 정말로, 그녀의 프랑스어는 너무도 근사했다! 라신의 경건한 시에 나오는 두운법에 입각한 죄처럼 의미와는 관계없이 진주 같은 언어가 막힘없이 흐르며 불꽃을 발하는데, 그녀의 얄팍한 교양과 신랄한 기질, 범속한 정신을 신경쓸 필요가 있을까? 나에게 진정한 시의 진가를 알아보는 법을 가르쳐준 것은 그녀의 한정된 구전 지식이 아니라 아버지의 서재였다. 그럼에도 그녀가 말을 하면 투명하고 광채가 나는 뭔가 피를 정화하는 데 쓰이는 반짝거리는 소금처럼 내 마음에 묘하게 상쾌한 효과를 발휘했다. 그렇기 때문에 나는, 코끼리 같은 몸에서 나오는 나이팅게일 같은 목소리가 어떻게 상실되고 어떻게 홀대받는지 보고 그녀가 느꼈을 비통함을 이제 와서 상상하면 너무 슬퍼지곤 한다. 그녀는 뭔가 기적이 일어나, 시인과 공작과 정치인 들이 모이는 금장과 새틴으로 장식된 살롱을 자신의 눈부신 매력으로 휘어잡는 랑부예 후작부인* 같은 존재로 변신하기를 집요하게 바라면서 우리집에 오래, 너무도 오래 머물렀다.

우리에게 이런저런 과목을 지도하고 우리와 함께 운동도 하도록 고용된 젊은 러시아인 가정교사로 가벼운 근시와 강한 정치적 의견을 가졌던 렌스키만 아니었다면, 그녀는 계속 희망을 버리지 않았을 것이다.

---

* 1608년 최초로 문학 살롱을 연 인물.

그 이전에 전임자가 여럿 있었고 그들 중에 마드무아젤이 좋아한 사람은 한 명도 없었지만, 그는 그녀의 말에 따르면 '큭치'였다. 그는 나의 아버지를 존경하는 한편, 하인과 프랑스어 같은 우리집의 특정 측면을 견디지 못했고, 특히 프랑스어는 리버럴한 가정에 쓸모없는 귀족적 인습이라고 여겼다. 반면에, 마드무아젤은 자신의 단도직입적인 질문에 렌스키가 짧게 끙하고 앓는 소리로만 답하면(더 잘하는 언어가 없어서 그는 독일어로 답하려 했다), 그건 그가 프랑스어를 이해하지 못해서가 아니라 모든 이 앞에서 자신을 모욕하고 싶어했기 때문이라고 단정했다.

감미로운 어조로, 하지만 불길하게도 윗입술을 떨면서 빵을 좀 건네달라고 그에게 청하는 마드무아젤의 모습을 나는 지금까지도 눈에 떠올릴 수 있고 그 목소리를 들을 수 있다. 또 마찬가지로, 렌스키가 프랑스어는 입도 뻥끗 안 하면서 굴하지 않고 수프를 계속 먹는 모습도 보이고 들린다. 결국, 마드무아젤이 *"실례, 므슈"*라고 공격하듯 내뱉으며 그의 접시를 바로 가로질러 덮치듯 몸을 내밀어 빵바구니를 낚아채 올리고는 *"감사!"*라고 말하면서 다시 몸을 움츠렸는데, 너무 비꼬는 투라 솜털이 송송한 렌스키의 귀가 제라늄꽃처럼 새빨갛게 변했다. 그래놓고 그녀는 방에 가서 *"짐승! 비열한 놈! 니힐리스트!"*라고 흐느끼며 말하곤 했다—그녀의 방은 그땐 우리 방 옆은 아니지만 그래도 여전히 같은 층에 있었다.

열 걸음마다 천식 기침을 하느라 멈춰 서면서 힘겹게 계단을 올라가는데(상트페테르부르크의 집에 있던 작은 수압식 엘리베이터는 사람을 놀리기라도 하듯이 작동하기를 늘 거부하곤 했다) 마침 렌스키가 계단을 내려오다 발을 헛디디기라도 하면, 마드무아젤은 그가 사악하게도 그녀와 부딪혀 밀어서 넘어뜨렸다고 주장했고, 우리는 엎어진 그녀의 몸을 그가 짓밟는 모습이 벌써 눈에 선히 보이는 듯했다. 그녀가 식사중에 자리를 뜨는 횟수가 점점 잦아졌고, 그녀가 먹지 못한 디저트는 외교적 견지에서 그녀 뒤를 따라 올려보내졌다. 멀리 떨어진 자기 방에서 그녀는 나의 어머니에게 열여섯 쪽에 달하는 편지를 썼고, 어머니가 급히 위층으로 올라가보면 여봐란듯이 트렁크를 싸는 광경을 보게 되곤 했다. 그러던 어느 날 그녀는 짐을 계속 싸도 된다는 허락을 받았다.

7

그녀는 스위스로 돌아갔다. 제1차세계대전이 터졌고, 이어서 혁명도 일어났다. 서로 서신 왕래도 흐지부지된 지 오래인 1920년대 초에, 망명생활중이던 나는 인생의 요행수로 우연히 대학 친구 한 명과 로잔에 함께 방문하게 되었고, 혹시 마드무아젤이 아직 살아 있다면 그녀를 찾아보면 어떨까 생각했다.

그녀는 살아 있었다. 전보다 더 뚱뚱해지고 머리는 다 세고 거의 귀가 먹은 그녀는 애정을 격하게 표하며 떠들썩하게 나를 맞았다. 시옹성* 사진 대신에 이젠 요란한 트로이카 사진이 붙어 있었다. 마치 러시

---

* 스위스 제네바 호수에 있는 성채.

아가 자신의 잃어버린 조국이라도 되는 듯이 그녀는 러시아에서의 생활에 대해 따뜻하게 말했다. 알고 보니 사실 그 근방은 연로한 스위스인 여성 가정교사들이 모여 사는 집단 거주지 같은 곳이었다. 함께 옹기종기 모여 살며 경쟁적으로 떠올리는 추억의 샘이 마를 새가 없는 그들은 이제는 소원해진 주변 사람들 사이에서 하나의 작은 섬을 이루고 있었다. 마드무아젤의 절친은 예전에 내 어머니의 가정교사였고 이제는 미라 같은 모습이 된 마드무아젤 골레로, 여든다섯이 됐는데 여전히 고지식하고 세상을 비관했다. 그분은 내 어머니가 결혼한 후에도 오랫동안 우리집에 남아 있다가, 마드무아젤이 스위스로 돌아가기 불과 이 년 전에 귀국했다. 둘 다 우리집 지붕 아래 살 때는 서로 말도 나누지 않던 사이였다. 인간이란 항상 과거 속에서 편안함을 느끼게 마련이라, 그 가련한 숙녀분들이 결코 잘 알지 못했고 그다지 만족하지도 않았던 타국에 대해, 귀국하고 나서 애정을 품는 것은 이해가 되는 측면이 있다.

마드무아젤의 귀가 들리지 않으니 대화가 되지 않아서, 다음날 내 친구와 나는 그녀로서는 살 여유가 없을 것 같은 기기를 사다주기로 했다. 그녀는 그 어설픈 기기를 처음엔 잘못 끼웠지만, 제대로 끼우자마자 놀라움과 행복감으로 촉촉해진 눈으로 눈이 부신 듯 내 쪽을 바라보았다. 그녀는 내가 말하는 한 단어 한 단어를, 중얼거림조차 다 들을 수 있다고 단언했다. 들릴 리가 없었다. 정말 들릴지 의심스러웠던 나는 입도 뻥끗하지 않았으니까. 만약 뭔가 말했다면, 기기의 비용을 대준 친구에게 고맙다는 인사를 하라고 말했을 것이다. 그렇다면 그녀가 들었던 정적은 과거에 얘기했던 알프스의 그 정적이었을까? 예전에 그녀는 자신에게 거짓말을 했고, 이제는 나에게 거짓말을 하고 있었다.

바젤을 경유해 베를린으로 떠나기 전에 우연히 나는 엷은 안개가 낀 차가운 밤에 호숫가를 거닐었다. 호젓한 불빛 하나가 어둠을 희미하게 희석하는 곳이 한군데 있었다. 그 후광 속에서 박무가 눈에 보이는 보슬비로 변형돼 보였다. 예전에 그녀를 눈물 흘리게 했던 별 뜻 없는 문장 중에 "스위스에는 항상 비가 온다"라는 문장이 있다. 아래쪽에 거의 파도라고 할 만한 폭넓은 파문이 일더니, 어렴풋이 보이는 희끄무레한 뭔가가 내 시선을 끌었다. 찰박거리는 물가까지 가까이 가보니, 그것이 뭔지 보였다―커다랗고 흉한 도도새 같은 늙은 백조가 정박해 있는 보트로 몸을 끌어올리려고 우스꽝스러운 노력을 하고 있었다. 백조는 몸을 끌어올릴 수 없었다. 무거운 날개를 무력하게 푸드덕거리며 철썩철썩 흔들리는 보트에서 미끄러지는 소리, 빛을 받는 곳에서 끈적끈적하게 번들거리며 넘실거리는 검은 물―순간 이 모든 것이, 가끔 꿈속에서 말을 못하는 입술을 누른 다음 뭔가를 가리키는 손가락에 부여되는 묘한 의미를 가득 담은 것처럼 보였다. 꿈꾸는 자는 그 손가락이 가리키는 게 무엇인지 미처 알아내지 못한 채 화들짝 놀라서 깨곤 한다. 그러나 참 기묘한 것이, 그 울적한 밤의 일은 곧 잊어버렸음에도 두어 해 후에 마드무아젤의 죽음을 알게 되었을 때 내 마음에 처음 떠오른 것이 바로 그날 밤, 그 복합적 이미지―떨림과 백조와 넘실거리던 물결―였다는 사실이다.

그녀는 평생을 처량하다 느끼며 살았다. 이 처량함은 그녀의 타고난 천성이었다. 그 파동, 그 시시각각 변하는 깊이만이 움직이며 살아 있는 듯한 인상을 그녀에게 주었다. 내가 괴로운 점은, 다른 것도 아닌 이런 처량함의 감각만으로는 영구적인 영혼을 만들어내는 데 충분하지 않다는 것이다. 몸집이 크고 뚱한 나의 마드무아젤은 지상에서는 괜찮아도, 영원에서는 살 수 없다. 내가 정말 그녀를 허구에서 구해냈는가? 귀에 들리는 리듬이 흔들리다가 희미해지기 직전 문득 이런 의문이 들었다. 내가 그녀를 알던 세월 동안, 그녀의 그 삼중턱이라든가 행동거지라든가 심지어 프랑스어보다 훨씬 더 그녀다운 뭔가를 내가 계속 완전히 놓치고 있었던 것 아닌가 하는 의문이었다—그 뭔가란 아마도 마지막으로 힐끗 본 그 모습, 친절을 베푼 내가 만족하고 돌아갈 수 있도록 그녀가 꾸민 그 빛나는 속임수, 혹은 축 늘어진 무희의 창백한 팔보다 훨씬 더 예술적 진실에 가까웠던 그 백조의 고난과 비슷한 것으로, 요컨대 내가 유년기의 보호 속에서 가장 사랑했던 것들과 존재들이 이미 재로, 심장을 관통한 총상으로 변한 후에야 비로소 진가를 알아볼 수 있게 된 무언가가 아닐까 싶다.

피알타의 봄

피알타*의 봄은 구름이 많고 우중충하다. 모든 것이 축축하다. 플라타너스의 얼룩무늬 줄기도, 향나무 덤불도, 울타리도, 자갈도. 저멀리, 무릎을 딛고 비틀거리며 일어나 비탈길(사이프러스 한 그루가 방향을 가리키고 있는)을 올라가는 엷게 푸르스름한 집들의 들쭉날쭉한 테두리 사이 물기어린 풍광에 성 게오르그 산**이 흐릿하게 보이는데, 그 모습은 그 산을 그린 그림엽서들과 그 어느 때보다 다르다. 그림엽서들은 (예를 들어 저 밀짚모자와 저 젊은 마부들로 판단하건대) 1910년경 이

---

* 가공의 도시로, 유고슬라비아 리예카의 옛 이름 피우메와 우크라이나 남부 항구도시 얄타를 조합해 만든 이름으로 추정된다.
** 용을 죽였다는 전설이 있는 성 게오르그의 축일은 4월 23일이다. 나보코프의 생일은 4월 22일이나 구력과 신력의 차이 탓에 일부 공문서에는 23일로 표기되곤 했는데, 그는 이 사실을 흥미롭게 여겼다.

래로, 자수정 결정을 이빨처럼 드러내 보이는 암석덩어리들과 벽난로 선반으로 옮겨갈 날을 꿈꾸는 조개껍데기들 틈에 멈춰 있는 안쓰러운 회전목마 같은 받침대에 끼워져 관광객을 유혹해왔다. 공기는 바람 없이 따뜻하고 톡 쏘는 탄내가 희미하게 풍긴다. 바다는 비에 흠뻑 젖어 소금기가 옅어지고, 너무 느릿느릿 움직여서 거품으로 부서지지도 못하는 파도 탓에 연한 청록색보다는 잿빛에 가깝다.

1930년대 초 그런 봄날 중 하루에 나는 모든 감각을 활짝 열고 피알타의 가파른 작은 언덕길 중 한 곳에 서서 모든 것을 한꺼번에 흡수했다. 로코코풍의 바다 그림도, 상점 쇼윈도에 놓인 산호로 만든 그리스도 십자가상도, 젖어서 한쪽 귀퉁이가 벽에서 떨어진 유랑 서커스단의 너덜너덜한 포스터도, 고대 모자이크 문양의 희미해져가는 기억을 여기저기 간직하고 있는, 푸른빛이 도는 오래된 점판암 보도에 떨어져 있던 설익은 오렌지의 노란색 껍질 한 조각도. 나는 피알타를 좋아한다. 제비꽃과에 속하는 그 음절들*의 움푹 꺼진 곳에서 가장 쭈글쭈글한 작은 꽃의 달콤하고 어둑한 축축함이 느껴지기 때문이고, 크리미아반도에 있는 어떤 사랑스러운 도시의 알토 비슷한 이름을 그 제비꽃이 반향하기 때문이다. 또한, 유독 영혼에 성유를 바르는 것 같은 이 도시의 축축한 사순절 기간의 나른함 자체에 뭔가가 있기 때문이기도 하다. 그래서 나는 거기에 다시 있게 된 게, 모자를 쓰지 않아 머리는 젖고 셔츠 위에 바로 가벼운 우비만 걸쳤는데도 이미 몸이 훈훈해져서는 배수로의 흐름에 역행해서 터덜터덜 오르막길을 올라가는 게 행복했다.

---

* 제비꽃을 뜻하는 러시아어 단어는 '피알카'이다.

나는 카파라벨라 급행열차를 타고 왔다. 이 급행열차는 과연 산악 국가의 열차답게 밤새도록 무모할 정도의 열정으로 굉음을 내며 최선을 다해 되도록 많은 터널을 수집했다. 여기는 출장 여행중에 잠시 숨을 돌릴 겸 들른 터라 그저 하루나 이틀 정도 머물 수 있을 거라 기대했다. 집에 아내와 아이들을 두고 왔는데, 그들은 항상 내 존재의 밝은 북방에 있으며 언제나 내 옆에서 둥둥 떠가고 나를 관통하기도 하지만, 그래도 아마 대부분의 시간에는 내 외부에 계속 남아 있을 행복의 섬이었다.

작은 회갈색 배를 빵빵하게 내놓고 팬티도 입지 않은 남자아이가 출입구 계단을 뒤뚱뒤뚱 걸어내려와 안짱다리로 아장아장 걸으며 오렌지 세 개를 한꺼번에 들고 가려 했지만, 변덕스러운 세번째 오렌지를 계속 떨어뜨리다가 결국 자기가 넘어지고 말았다. 그러자 거무스름한 목에 무거운 구슬 목걸이를 걸고 집시 치마처럼 긴 치마를 입은 열두어 살쯤 된 소녀가 바로 더 날렵하고 더 많아 보이는 손으로 오렌지를 전부 다 가지고 갔다. 근처 카페의 비에 젖은 테라스에서는 웨이터가 테이블의 상판을 닦고 있었다. 달 같은 광택이 돌아 정교해 보이는 지역 특산 막대사탕을 관광객 상대로 거리에서 파는 우울한 도적 같은 남자가 금이 간 테라스 난간에 절망적으로 꽉 찬 바구니를 올려놓고 그 너머로 웨이터와 이야기를 나누고 있다. 보슬비가 그친 것일까. 아니면 피알타가 비에 익숙해져, 호흡하는 게 습한 공기인지 따뜻한 비인지 자기도 모르게 된 것일까. 헐렁한 반바지를 입은 건장한 수출용 품종 같은 영국인이 아치 아래에서 나와서는 고무 주머니에서 연초를 꺼내 엄지로 파이프에 꾹꾹 눌러 채우며 약국으로 걸어들어갔다. 약국에는 푸른 꽃병에 든 창백한 대형 스펀지들이 목이 마른 나머지 유리 뒤에서 죽어가고 있다. 내 혈관을 타고 파문을 이루는 것처럼 느껴지는 그 희열이 얼마나 감미롭게 느껴졌는지, 봄의 정수에 흠뻑 젖었지만 정작 자신은 그 사실을 감지하는 데 굼뜬 듯 보이는 그 잿빛 날의 떨림과 냄새에 내 전 존재가 얼마나 감사한 마음으로 응했는지. 불면의 밤을 보낸 후 나의 신경은 평소 같지 않게 수용적이 돼 있었다. 나는 모든 것을 내 안에 받아들였다. 예배당 너머의 아몬드나무들에서 지저귀는 개똥지빠귀 소리도, 다 허물어져가는 집들의 평화도, 저멀리 안개 속에서 숨을 헐떡거리는 바다의 파동도, 그리고 이 모든 것과 함께 돌담* 위를 따라 웅긋웅긋 꽂힌 유리병 파편의 질투어린 녹색과 그 벽에 붙여진 서커스 포스터의 변색되지 않는 색채도. 포스터에서는 깃털 장식을 단 인디언이 뒷발로 선 말에 타 그 서커스 고유종임이 뚜렷한 얼룩말을 올가미 밧줄로 잡는 중이었고, 철저히 어릿광대처럼 치장된 코끼리들이 반짝거리는 별 모양 장식을 붙인 왕좌에 시무룩하게 앉아 있었다.

이윽고 아까 그 영국인이 나를 앞질러갔다. 다른 모든 것과 함께 그 영국인의 모습도 흡수하다보니, 영국인이 부릅떠 안각이 선홍색으로 충혈된 푸른색의 큰 눈을 옆으로 갑자기 굴리는 것을, 또한 재빨리 입술을 축이는 방식을 포착했다―예의 그 스펀지의 건조함 때문일 거라고 나는 생각했다. 그러다 그의 시선 방향을 따라갔고, 그렇게 니나를 보았다.

우리의―글쎄, 나도 뭐라고 불러야 할지 정확한 표현을 찾을 수 없

---

* 러시아어판에는 이 부분에 "돌담 너머에는 그 동네 부자가 사는 회반죽벽의 저택이 서 있었다"라는 문장이 괄호로 들어가 있다.

던—관계가 이어진 십오 년 동안, 내가 그녀를 만날 때마다 그녀는 한 번에 나를 알아본 적이 없는 듯했다. 이번에도 니나는 반대편 보도에서 내 쪽으로 몸을 반만 돌린 채 호기심을 품고 긴가민가한 눈치면서도 사근사근한 표정으로 잠시 가만히 서 있었다. 그녀의 노란 스카프만이 주인보다 먼저 당신을 알아본 개들처럼 이미 분주하게 움직였다—잠시 후 그녀는 소리를 꽥 지르고 양손을 올려 열 손가락을 모두 춤을 추듯 움직이더니, (우리가 헤어질 때마다 내게 십자 표시를 민첩하게 해주던 것과 똑같이) 길 한복판에서 그저 오랜 우정에서 우러나오는 숨김없는 충동으로 의도한 것보다 더 진하게 내게 세 번 키스한 뒤, 나를 꽉 붙잡고 내 걸음에 보조를 맞추며 옆에서 걸었는데, 정강이 옆에 형식적으로 트임이 들어간 폭 좁은 갈색 스커트를 입어서 걷기가 어려운 듯했다.

"아, 그래. 페르디난드도 여기 있지"라고 그녀는 답한 뒤 바로 자기 쪽에서 내 아내 엘레나의 안부를 다정히 물었다.

"분명히 세구르와 어딘가에서 어슬렁거리고 있을 거야." 그녀는 남편에 관해 계속 말했다. "그리고 나는 쇼핑 좀 할 게 있어서. 우리는 점심 먹고 떠날 거야. 잠깐만 기다려봐. 그런데 나를 지금 어디로 데려가는 거야, 빅토르?"

과거로, 과거로 되돌아가는 거다. 그녀를 만날 때마다 언제나 그랬듯이, 첫 발단부터 최후에 덧붙여진 것까지 그동안 누적된 플롯 전체를 되짚어본다—러시아 동화에서 그렇듯이 이야기는 새로운 전환을 맞을 때마다 이미 이야기된 내용이 다시 모여 단단히 여며지곤 한다. 이번에 우리가 만난 장소는 따뜻하고 엷은 안개가 낀 피알타. 설사 이것이 최후의 만남이 될 것임을 알았다 하더라도, 이 만남을 이보다 더 위대한 예술로 기념하지 못했을 것이고, 운명의 이전 공적을 나열한 일람표에 더 눈부신 장식을 곁들이지도 못했을 것이다. '최후의 만남'이라고 내가 주장하는 건, 사후에 그녀와의 새로운 밀회를 주선하는 데 동의할지도 모를 중개소가 저승에 있을 거라고 상상할 수 없기 때문이다.

나와 니나의 서막이 되는 장면은 꽤 오래전 러시아에서 펼쳐졌는데, 무대 뒤에서 좌익 연극의 굉음이 들려오는 것으로 판단해볼 때 대략 1917년경이라 하겠다. 루가 근처에 있던 우리 이모네 시골 영지에서 열린 누군가의 생일 파티였고, 굽이굽이 깊이 접힌 한겨울이었다(그곳으로 가까워지고 있다는 최초의 조짐인, 하얀 들판에 서 있는 붉은색 헛간이 얼마나 생생히 기억나는지). 나는 귀족학교를 졸업한 지 얼마 안 됐었다. 니나는 이미 약혼한 상태였다. 그녀는 나와 같은 나이, 즉 20세기와 동갑이었으나 단아하고 날씬한 체형임에도, 아니 아마도 그 때문에 적어도 스무 살로 보였는데, 반면에 서른두 살이 되자 그 호리호리한 몸매 때문에 나이보다 더 어려 보였다. 당시 그녀의 약혼자는 전선에서 휴가를 얻어 돌아온 근위병이었는데, 잘생기고 굼뜬 녀석으로, 믿을 수 없이 점잖으면서 둔감했으며, 최고로 정확한 상식의 저울에 모든 단어의 무게를 재어 벨벳같이 부드러운 바리톤으로 말했는데, 니나에게 말할 때면 그 톤이 더욱 매끄러워지곤 했다.* 아마도 그의 품

---

* 러시아어판에는 "세상에는 정말 괜찮은 사람이라고 칭해지는 사람들(멋진 동료, 부하들의 귀감)이 있는 법. 그런 이들은 일단 한번 매료되면 단순하게 사랑하는 게 아니라 연인을 거의 숭배하다시피 하는데, 니나의 약혼자가 바로 그런 남자였다"라는 문장이 추가되어 있다.

위와 헌신이 오히려 그녀의 신경을 거슬렀는지도 모르겠다. 그 사람은 지금 멀고 먼 열대 나라에서 기술자로서 좀 외롭긴 해도 성공한 삶을 살고 있다.

불이 켜진 창문들이 창 사이에 자리잡은 현관문 위쪽의 부채꼴 모양 채광창 빛이 반사되는 자리를 마련해두면서, 어둠에서 빛을 발하는 그 긴 빛을 어두운 눈 위로 뻗는다. 현관 좌우에 서 있는 기둥에는 하얀 눈으로 된 폭신폭신한 솜털 같은 테두리 장식이 달려서, 우리 두 사람 인생의 책에 완벽한 장서표가 되었을지 모를 선을 다소 망쳐놓고 있었다. 그때 왜 우리가 소리가 울려퍼지는 홀에서 나와, 눈에 덮여 크기가 두 배로 부풀어오른 전나무들만 사는 고요한 어둠 속을 배회했는지 기억이 나지 않는다. 가까워지는 방화의 전조인, 하늘에 퍼진 음산한 붉은 불빛을 보러 나오라고 야경꾼이 우리에게 권했었나? 그랬을지도. 사촌들의 스위스인 가정교사가 연못 근처에 얼음을 깎아 조각해놓은 기마상을 칭찬하러 갔었나? 이쪽도 충분히 그랬을 법하다. 어느 쪽이든, 내 기억이 되살아나는 대목은 환하게 빛나는 대칭형 저택으로 돌아가는 길에, 눈더미 사이의 좁은 고랑을 따라 일렬종대로 터벅터벅 걸어가던, 뽀드득뽀드득 눈 밟는 소리만이 과묵한 겨울밤이 인간들에게 내뱉은 유일한 논평이던 그 장면이다. 내가 제일 뒤에서 걸었다. 내 앞에 찍힌 노래하는 듯한 발자국 세 개 앞에 허리를 굽힌 작은 형체가 걸었다. 전나무들이 무거운 짐을 진 손발을 장중하게 내보였다.* 나는 발이 미끄러지면서 누군가가 억지로 내게 떠넘겼던 수명이 다한 회중전등을 떨

---

* 러시아어판에는 "마치 푸른빛을 띤 파이를 파는 듯했다"라는 문장이 추가되어 있다.

어뜨렸다. 그걸 되찾는 게 지독히 힘들어 내가 내뱉은 욕설에 바로 이끌린 니나가 뭔가 재미난 것을 기대한 듯 낮은 소리로 활기차게 웃으며 어렴풋이 내 쪽을 홱 돌아봤다. 방금 니나라고 했지만, 그때 당시에 나는 아직 그녀의 이름을 잘 몰랐고, 우리, 즉 그녀와 나는 그 예비 단계라고 할 만한 시간을 거의 갖지 못했다. "누구야?" 니나가 흥미를 보이며 물었다―나는 이미 코트 깃에 달린 긴 여우 모피에 감싸인 덕분에 타오르듯 꽤 뜨겁고 매끈매끈한 그녀의 목덜미에 키스하고 있었다. 그 모피가 끈질기게 내 키스를 방해했지만, 결국 그녀는 내 어깨를 붙잡고는 그녀 특유의 솔직함으로 관대하고 임무에 충실한 자기 입술을 선선히 내 입술에 맞췄다.

그러나 갑자기 흥겨운 분위기가 되어서 우리는 서로 떨어졌다. 어둠 속에서 눈싸움의 테마가 시작되어 누군가가 도망가다 넘어지고, 뿌드득 소리를 내고 숨넘어갈 듯 웃더니 눈이 쌓인 곳에 올라가고, 달리기를 시도하다가 끔찍한 신음을 내뱉었다. 깊이 쌓인 눈이 극한의 절단 수술을 시행한 것이다.* 그후 곧 우리는 모두 각자의 집으로 흩어졌는데, 니나와 아무 얘기도 나누지 못한데다 미래에 대해, 희미한 수평선을 향해 이미 출발해 우리 만남의 부품들을 조립 안 된 상태로 싣고 떠돌아다닐 그 십오 년에 걸친 여정에 대해 아무 계획도 세우지 못한 채였다. 그리고 몸짓과 그 몸짓의 그림자가 만든 미로(아마도 실내 게임을 했던 것 같다―나는 계속 니나와 다른 팀이 되었다**)로 이루어진

---

* 러시아어판에는 겨울용 펠트 장화 한 짝을 절단했다고 명시돼 있다.
** 러시아어판에는 이 문장 대신에 "그날 저녁의 대략적인 무늬를 오늘날 그 저녁과 비슷한 또다른―다만 니나가 없는―저녁을 통해서만 복기해볼 수 있을 따름이다"라는 문장

그날 저녁의 나머지 시간에 나는 니나를 지켜보면서, 눈 속에서 그런 온기를 나눈 후에, 나에게 무심한 그녀의 태도보다는 그 무심함에 담긴 악의 없는 자연스러움에 깜짝 놀랐던 기억이 난다. 그때 내가 그저 한마디만 말했어도, 그 무심함은 단박에, 구름 사이로 햇살이 비치듯이 멋진 친절함으로, 할 수 있는 모든 협조를 다 하여 상대에게 공감하려는 유쾌한 태도로 변했을 것이다. 마치 여성의 사랑이 건강에 좋은 염분을 함유한 샘물이기라도 한 양 그녀는 조금만 낌새가 보여도 아무에게나 마시라고 아주 기꺼이 퍼주는 여자였건만.

"가만있자, 우리가 마지막으로 만난 게 어디였지" 하고 (피알타 버전의 니나를 향해) 내가 말문을 열었다. 광대뼈가 튀어나오고 입술이 암적색인 그녀의 작은 얼굴이 내가 아는 특정한 표정을 짓게 하고 싶어서였다. 과연 머리를 흔들고 눈썹을 찌푸렸는데, 건망증의 징후라기보다는 고리타분한 농담의 시시함을 나무라는 것 같았다. 아니, 더 정확히는, 운명의 여신이 한 번도 몸소 배석하지 않으면서 우리의 다양한 만남 장소로 정했던 그 모든 도시, 그 모든 플랫폼, 계단, 삼면이 벽인 방, 어둑한 뒷골목은 오래전에 모두 막을 내린 다른 인생의 잔여물 같은 진부한 무대 배경이라, 방향을 잃은 우리의 운명이 행하는 바와는 거의 아무런 관계도 없으니 그것에 대해 언급하는 건 거의 악취미라는 듯이.

나는 그녀와 함께 아케이드 상점가의 한 가게로 들어갔다. 거기, 주렴 너머로 보이는 어스름 속에서 그녀는 박엽지로 속이 채워진 붉은색 가죽 지갑들을 손가락으로 만지작거리며 마치 그것들의 박물관 명칭

이 있다.

을 익히고 싶은 듯 가격표를 자세히 들여다보았다. 그녀는 정확히 이런 모양을 원하지만 옅은 황갈색이었으면 한다고 말했다. 그러자 늙은 달마티아인이 한 십 분쯤 미친듯이 부스럭거리며 뒤진 끝에 그녀가 원하던 별종을 기적적으로 찾아냈다. 그 기적은 그 이후로 줄곧 내게 수수께끼다. 니나는 내 손에서 돈을 집으려다가 마음을 바꿔 아무것도 사지 않고는 이리저리 흔들리는 주렴을 뚫고 가게를 나왔다.

밖은 좀전과 똑같이 희부옇게 칙칙했다. 흐릿한 주택가의 덧창 없는 맨창문에서 타타르인에 대한 기억을 자극하는 똑같은 탄내가 풍겨왔다. 소매를 땅까지 늘어뜨리고 나른하게 피어 있는 미모사들 위로 많지 않은 각다귀떼가 공중에서 공기를 분주히 짜깁고 있었다. 챙이 넓은 모자를 쓴 노동자 두 명이 치즈와 마늘을 새참 삼아 먹고 있었다. 그들이 등을 기댄 서커스 광고판에는 붉은 경기병 옷을 입은 조련사와 오렌지색 호랑이 같은 것이 그려져 있었다. 특이했다―그 짐승을 되도록 용맹하게 그리려고 노력한 화가가 너무 멀리 간 나머지 반대측에서 돌아나온 격으로, 호랑이 얼굴이 단연 사람 얼굴처럼 보였다.

"사실, 난 빗을 사고 싶었어." 니나가 뒤늦게 후회하며 말했다.

그녀의 우유부단함, 두번째 생각, 첫번째 생각의 거울상인 세번째 생각, 기차를 갈아타는 사이 늘어놓는 덧없는 걱정들, 나에게는 다 얼마나 익숙한 것인가. 그녀는 항상 방금 막 도착했거나 아니면 곧 출발할 참이었다. 이를 생각할 때마다 나는, 게으름이 만성이 된 사람조차 피할 수 없다는 사실을 아는 최종 약속을 지키기 위해 열병에 걸린 듯 따라갔던 온갖 복잡한 경로들이 준 굴욕감을 느끼지 않을 수 없었다. 만약 이 현세의 생활을 심사하는 자들에게 그녀가 평소 취하는 자세의 표본을 출품해야 했다면, 나는 아마도 토머스 쿡 여행사* 안내대에 그녀를 기대어두었을 것이다. 왼쪽 장딴지를 오른쪽 정강이 위로 꼬고 왼쪽 발가락 끝으로 바닥을 가볍게 탁탁 두드리고, 동전을 흘리는 핸드백과 뾰족한 양 팔꿈치를 안내대 위에 올려놓는다. 안내대 너머에서는 여행사 직원이 연필을 손에 쥐고는 그녀와 함께 끝없이 계속될 침대차 여행 계획을 궁리하고 있다.

러시아를 탈출한 후 그녀를 처음 만난—그리고 그게 우리의 두번째 만남이었다—곳은 베를린의 어떤 친구들 집이었다. 나는 결혼을 앞두고 있었고, 그녀는 약혼자와 헤어진 지 얼마 안 되었을 때였다. 방에 들어가자마자 그녀를 단번에 알아본 나는 다른 손님들을 힐끗힐끗 둘러보며 나보다 그녀에 대해 더 아는 자가 누군지 본능적으로 간파했다. 그녀는 소파 모서리에 편안해 보이는 작은 몸을 Z자 모양으로 접어 구부리고 양발을 소파에 올려놓은 자세로 앉아 있었다. 재떨이가 소파 위 그녀의 한쪽 발뒤꿈치 근처에 놓여 있었다. 나를 흘끗 곁눈질로 보고 내 이름을 들은 그녀는 입술에서 식물 줄기 같은 긴 담배 파이프를 떼고는 기쁜 듯이 천천히 "아니, 하고많은 사람 중에—"라고 말했다. 그러자 즉각 니나를 시작으로 그 자리의 모든 이들에게 우리가 오래전부터 친밀한 사이라는 것이 분명해졌다. 그녀는 우리가 실제로 한 그 키스는 아예 기억하지 못했지만, 그래도 어쨌든 그 사소한 사건 때문에 따뜻하고 즐거운 우정의 막연한 윤곽은 기억난 듯했다. 사실 우리 사이에 우정 같은 건 결코 존재한 적이 없었는데 말이다. 그리하여 그 뒤에

---

* 1841년 영국에서 설립된 세계 최초의 여행사.

축적된 우리 관계도 따지고 보면 상상에만 존재하는 친목—아무에게나 후한 그녀의 선의와는 아무 관계 없는—에 기초해 기만적으로 구축된 셈이다. 그날 우리의 만남은 우리가 한 말만 보면 별 의미 없는 것으로 드러났지만, 우리 사이를 가르는 장벽은 이미 없었으며, 그날 밤 정찬 자리에서 니나 옆에 우연히 앉게 되자 나는 뻔뻔하게도 그녀가 어느 정도까지 은밀히 참아줄지 시험해보았다.

그러고선 그녀는 다시 사라졌다. 그리고 일 년 후 아내와 내가 포젠*으로 가는 남동생을 배웅하러 갔을 때였다. 열차가 떠나가고, 우리는 플랫폼의 반대편을 따라 출구를 향해 걸어가고 있었는데, 파리행 급행열차의 차량 근처에서 느닷없이 니나의 모습이 보였다. 그녀는 장미다발 속에 얼굴을 파묻고는 한 무리의 사람들 속에 있었다. 그녀와 친해 보이는 그 사람들은 내가 모르는 사람들로, 원을 이루고 서서 마치 놈팡이들이 거리의 소동이나 거리의 미아, 혹은 사고 피해자를 입을 헤벌리고 바라보듯이 넋을 잃고 그녀를 바라보았다. 니나는 명랑하게 꽃다발을 흔들어 나에게 신호했다. 나는 그녀를 엘레나에게 소개했다. 모든 것이 다른 무언가의 가장자리에서 떨고 있고, 그래서 와락 움켜잡고 애지중지하게 되는 곳인 커다란 기차역 안, 삶을 가속시키는 그 대기 속에서는 그저 두세 마디 말을 나누는 것만으로도 완전히 다른 두 여성이 다음에 다시 만났을 땐 바로 상대 이름을 애칭으로 부를 정도로 충분히 친해질 수 있었다. 그날, 파리행 열차 차량의 푸른 음영 속에서 페르디난드의 이름이 처음 언급되었다. 나는 그녀가 그 사람과 곧

---

* 폴란드 서부 도시로, 현재 명칭은 포즈난.

결혼하리란 걸 우스울 정도로 아픔을 느끼며 알게 되었다. 열차 문이 쾅쾅 닫히기 시작하자, 그녀는 빠르게, 하지만 경건하게 친구들에게 작별 키스를 하고는 열차의 연결통로로 올라가 모습을 감췄다. 얼마 후 차창 유리를 통해 나는 그녀가 문득 우리를 까맣게 잊거나 또다른 세계로 건너가버린 듯 객차 안에서 자리에 앉는 모습을 보았고, 우리는 모두 주머니에 손을 넣고는 수족관의 어둠침침함 속에서 이상한 낌새를 전혀 알아채지 못하고 움직이는 생명을 몰래 훔쳐보는 듯한 모양새가 되었다. 마침내 그녀가 우리를 알아보고는 창유리를 똑똑 두드리더니 눈을 치켜뜨고는 창틀을 이리저리 더듬으며 그림을 거는 듯한 동작을 취했지만, 아무 일도 일어나지 않았다. 어떤 승객이 도와주었고, 그러자 목소리가 들리는 진짜 그녀가 창밖으로 얼굴을 내밀고는 즐거운 듯 환히 웃었다. 우리 중 한 명이 슬금슬금 미끄러져가는 열차를 따라가다 잡지 한 권과 타우흐니츠 영어 문고판 한 권을 그녀에게 건네주었다(그녀가 영어를 읽는 건 철도 여행 때뿐이었다). 모든 것이 아주 매끄럽게 미끄러져 가버렸다. 그리고 내 손에는 알아볼 수 없을 정도로 구겨진 승강구 입장권이 쥐여져 있는데, 머릿속에는 지난 세기의 노래 한 곡(소문에는 파리의 어떤 로맨스극과 관련 있다고들 했다)이, 대체 왜 기억의 오르골에서 그런 노래가 흘러나왔는지 알다가도 모르겠지만, 계속 울리고 또 울려댔다. 결혼하지 않고 혼자 살던 먼 친척 아주머니가 부르던 구슬픈 발라드였다. 그 아주머니는 얼굴은 러시아 교회의 밀랍초처럼 누랬지만 너무나 성량 좋고 황홀할 정도로 풍성한 목소리를 타고나서, 그녀가 다음과 같이 노래를 시작하자마자 그 목소리가 순식간에 마치 불타는 영광의 구름처럼 그녀의 전신을 삼켜버리는 것 같았더랬다.

너 결혼한다며,
그럼 내가 죽는다는 걸 알면서.

그 멜로디, 그 아픔, 그 억울함, 노래의 리듬이 엮어내는 축가와 죽음의 고리, 그리고 추억을 대동하고 노래의 유일한 소유자인 양 떠오르는 그 죽은 가수의 목소리 자체가 니나가 출발한 후 몇 시간 동안이나 내 마음을 쉴새없이 어지럽혔고, 그후에도 때때로, 점점 간격이 뜸해졌지만 떠올랐다. 마치 지나가는 배 한 척에 부딪혀 해변까지 밀려온 최후의 작고 얕은 파도가 점점 더 드문드문 그리고 꿈결같이 철썩이는 것처럼, 혹은 종지기가 이미 가족과 다시 단란히 둘러앉은 후에 종탑이 청동빛 진동으로 계속 몸부림치는 것처럼. 그러고 나서 약 일이 년 뒤에 내가 사업차 간 파리에서 어느 날 아침 영화배우 친구를 만나러 간 호텔의 층계참에도 그녀가 다시 나타났다. 쥐색 맞춤 정장을 입은 그녀는 내려가는 엘리베이터를 기다리고 있었고, 열쇠 하나가 그녀의 손가락에서 달랑거렸다. "페르디난드는 펜싱 하러 갔어." 그녀는 스스럼없이 말하고는 마치 입술 움직임을 읽듯이 내 얼굴 하관 쪽에 눈길을 멈추고 잠시 뭔가 골똘히 생각하더니(성적인 기지에 있어선 독보적인 그녀다), 몸을 돌려 호리호리한 발목으로 살랑살랑 몸을 흔들며 나를 이끌고 바다 같은 파란색 융단이 깔린 통로를 재빨리 걸어갔다. 그녀의 방 문 앞에는 아침식사를 하고 남은 쟁반―꿀이 묻은 나이프, 회색 자기 위의 부스러기―이 놓인 의자가 있었지만, 방 청소는 이미 끝났다.

우리가 방에 갑자기 들이닥치며 일으킨 외풍에 즉각 반응한 여닫이창의 양쪽 문 틈새로 하얀 달리아가 수놓인 모슬린 커튼 한 자락이 말려 들어갔다. 걸쇠를 걸어 잠그고서야 겨우 창문은 행복에 겨운 한숨 같은 걸 내쉬며 커튼 자락을 놓아주었다. 그리고 잠시 후 나는 아주 작은 주철 발코니로 나가, 휘발유와 가을의 마른 단풍잎이 조합된 냄새―연무가 낀 푸른 아침 거리의 잔재―를 들이마셨다. 이후 니나와의 밀회를 그토록 쓰라리게 할 병적인 페이소스가 자라고 있다는 걸 아직 깨닫지 못한 나는, 아마 니나와 마찬가지로 아주 침착하고 가벼운 마음으로 그녀와 함께 호텔을 나서서 여행사인가 뭔가 하는 델 가서 그녀가 분실한 여행가방을 수소문한 다음, 그녀 남편이 당시 데리고 다니던 조수와 함께 기다리고 있다는 카페로 갔던 것 같다.

그 사람, 프랑스어로 쓰는 헝가리인 작가인 그의 이름은 언급하지 않겠다(여기서는 그 이름의 일부를 예의상 위장해 등장시키게 됐다). 그에 대해 장황하게 말을 늘어놓고 싶지는 않지만, 나도 어쩔 수 없다―그가 내 펜 아래에서 솟구치고 있으니. 오늘날에는 그의 명성이 많이 들리지 않는다. 좋은 일이다. 그의 사악한 마법에 저항한 내가 옳았다는 거니까. 이런저런 그의 신간이 내 손에 닿을 때마다 등줄기를 타고 흐르는 오싹한 한기를 느낀 것 또한 옳았다는 얘기니까. 그 같은 인물들의 유명세는 빠르게 퍼지지만, 또 바로 무거워지고 진부해지게 마련이다. 역사는 그의 인생사를 두 날짜 사이의 줄표로 한정할 것이다.* 사람을 깔보는 듯한 건방진 태도로, 언제든 독성 있는 말장난으

---

* 러시아어판에는 "역사는 그 묘비명과 한 일화만을 보존할 것이다"라고 되어 있다.

로 당신을 후벼파고 벌벌 떨게 할 준비가 되어 있으며 칙칙한 갈색의 흐릿한 눈으로 뭔가를 기대하는 묘한 표정을 짓는 이 가짜 익살쟁이는 감히 말하건대, 작은 설치류들에게 거부할 수 없는 영향력을 미쳤다. 언어로 지어내는 기예를 완벽하게 숙달한 그는 자신이 작가라는 칭호보다 높이 평가하는, 언어의 직조공임을 유난히 자랑스러워했다. 나로선 책을 구상한다는 게, 실제로 일어나지 않은 일들을 어떻게든 펜을 놀려 쓴다는 게 뭐가 좋은 건지 당최 이해할 수 없었다. 언젠가 나는 그가 격려하듯 고개를 끄덕이며 조롱하는데도 감히, 만약 내가 작가라면 상상력을 갖는 건 내 마음에만 허락하고, 나머지는 기억에, 해질녘 길게 드리워진 사적인 진실이라는 그림자에 의존하도록 할 거라고 말했던 기억이 난다.

그와 만나기 전에 나는 이미 그의 책을 알고 있었다. 그의 첫 소설을 읽으며 내가 겪었던 미학적 쾌감도 그때는 이미 희미한 역겨움으로 바뀌어 있었다. 작가로서의 경력 초기에는 아마도, 그 비범한 산문의 스테인드글라스를 통해 뭔가 인간적인 정경, 옛날 정원 같은, 꿈에서 본 것처럼 익숙한 나무의 배열 같은 것을 알아보는 게 가능했는지도 모르지만…… 신작이 나올 때마다 그 창의 색조가 점점 더 짙어지고, 문장紋章의 붉은색과 자주색이 점점 더 불길해지는 것 같았다. 그리고 오늘날에는 과시적이고 끔찍할 정도로 고가인 그 창유리를 통해 보이는 게 아무것도 없어서, 만약 그 창을 깨뜨린다 해도 떨리는 영혼이 맞닥뜨리는 것은 아무것도 없이 텅 비고 완전히 까만 공허뿐일 듯했다. 하지만 전성기의 그는 얼마나 위험한 인물이었는지, 배알이 꼴리면 얼마나 무섭게 독을 뿜어대고 채찍을 휘둘렀는지! 그가 풍자로 회오리바람을 일으키며 지나간 후 남는 것이라고는, 베인 떡갈나무가 줄지어 넘어져 누워 있고, 먼지가 아직 춤추는 가운데 부정적인 서평을 쓴 불운한 필자가 고통으로 울부짖으며 먼지 속에서 팽이처럼 빙글빙글 도는 황량한 폐허뿐이었다.

우리가 만났을 당시 파리에서는 그의 『건널목』이 찬사를 받고 있었고, 그는 이른바 사람들에게 '둘러싸였으며', (놀라운 적응력으로 교양의 부족을 벌충하는) 니나는 뮤즈 역할이 아니라도 이미 최소한 영혼의 동반자, 나아가 페르디난드의 복잡한 창조적 선회를 따라가며 그의 예술적 취향을 충실히 공유하는 은근한 조언자 역할을 맡고 있었다. 실제로 페르디난드의 책을 한 권이라도 간신히 끝까지 읽었을 리 만무함에도, 그녀는 문학에 조예가 있는 친구들이 나누는 전문적인 대화에서 들은 풍월로 남편 작품에서 최고의 구절들을 다 주워모으는 마법 같은 재주가 있었다.

우리가 카페에 들어갔을 때 안에서는 여성 악단이 연주하고 있었다. 처음으로 내 눈에 들어온 것은, 거울 기둥 중 하나에 비친 타조의 넓적다리 같은 하프였다. 그다음에 본 것은 조합한 테이블(작은 테이블들을 끌어와 긴 테이블을 하나 만들어놓은 것)에 페르디난드가 플러시천 벽을 등지고 앉아 주인 노릇을 하는 모습이었다. 전반적인 그의 태도, 넓게 벌린 양손의 위치, 모두 그를 향해 있는 그 테이블 사람들의 얼굴이 그로테스크하고 악몽 같은 방식으로 순간적으로 내게 뭔가를 떠올리게 했다. 그게 무엇인지는 나 자신도 잘 이해하지 못했지만, 나중에 돌이켜 생각해보면서 그러한 연상을 통한 비교가 신성모독이라는 점에서 그의 예술의 본질과 거의 같다는 인상을 받았다. 그는 트위드 코트 밑에 하얀 터틀넥 스웨터를 입었고, 윤기 있는 머리를 관자놀이부터 뒤로 빗어 넘겼으며, 머리 위에는 담배 연기가 마치 후광처럼 걸렸다. 뼈가 앙상하게 다 드러난, 파라오 같은 그 얼굴은 미동도 없이 희미한 만족감이 가득찬 눈만 이리저리 두리번거렸다. 몽파르나스식의 생활을 하는 순진한 문외한들이 으레 그가 자주 갈 게 분명하니 그를 만날 수 있으리라 기대하는 가게 두세 곳은 버리고, 그는 특유의 유머감각을 발휘해 이 완벽하게 부르주아적인 가게에 단골손님으로 드나들기 시작했다. 그 한심한 '가게의 명물'인 악단에서 그는 거의 병적인 재미를 느꼈던 것이다. 악단이라고 해봐야 여섯 명 남짓한 피곤해 보이는 숙녀들이 비좁은 연단 위에서 사람들의 시선을 의식하며 가벼운 화음을 엮으면서, 그의 표현을 빌리자면, 음악의 세계에서는 하등 쓸모없는 자신들의 모성적인 가슴을 어찌할지 모르고 있을 뿐이다. 한 곡 연주가 끝날 때마다 그는 간질 발작을 일으키듯 박수를 치며 포복절도했는데, 이에 숙녀들은 감사를 표하는 걸 멈췄고, 내 생각에는 가게 주인과 보통 고객들의 마음에는 이미 어떤 의심이 싹튼 것 같았지만, 페르디난드의 친구들에게는 매우 재미있는 듯했다. 내가 기억하는 그 친구라는 자들의 면면은 이랬다. 빡빡 깎은 흔적이 약간 있지만 흠잡을 데 없는 대머리를 가진 화가는 이런저런 구실로 그 대머리를 꾸준히 자신의 〈눈알과 기타〉 그림 속에 그려넣곤 했다.* 아담의 타락 이야기를 해달라고 하면 다섯 개의 성냥으로 전부 재현해내는 특별한 기지를 가진 시인도 있었고, 소심한 실업가**도 한 명 있었는데, 이 사람은 숨겨진 애인인

---

* 러시아어판에는 〈볼링공을 들고 있는 살로메〉라는 그림이 언급된다.
** 러시아어판에서는 '애원하는 시선의 고상한 남색가'로 돼 있다.

여배우를 찬미하는 암시적인 문구를 구석에라도 인쇄하도록 허가해주기만 하면, 초현실주의자들의 무모한 계획에도 기꺼이 자금을 댔다(그리하여 그날 식전주 값을 치른 것도 이 사람이다). 얼굴은 멀쩡한데 손가락 표현이 무시무시한 피아니스트도 있었다. 모스크바에서 새로 온 소련 작가는 의기양양했지만 언어적으로 불능인 남자로 낡은 파이프 담배와 새 손목시계를 갖고 있었고, 자신과 동석한 자들이 어떤 사람들인지 우습게도 전혀 알지 못했다. 그 자리에는 그 외에도 이젠 내 기억 속에서 뒤죽박죽 섞여버린 다른 신사들이 여러 명 더 있었는데, 확실히 그중 두세 명이 니나와 친밀한 사이였다. 니나는 그 자리에서 유일한 여성으로, 몸을 앞으로 숙여 빨대를 열심히 빨고 있었다. 어린애가 빨듯 빠른 속도로 유리컵의 레모네이드 수위가 쭉쭉 내려갔다. 그러고는 마지막 방울이 꾸르륵꾸르륵, 쉭쉭 하는 소리를 내고 그녀가 혀끝으로 빨대를 밀어내고서야 나는 마침내 니나의 시선을 끌 수 있었다. 아까 아침에 있었던 일을 잊어버릴 시간이 있었다는 걸 여전히 납득하지 못한 채 나는 그녀의 시선을 집요하게 좇았다―아주 까맣게 잊었는지 나와 눈빛을 맞춘 그녀는 묻는 듯한 공허한 미소로 답했고, 내 얼굴을 좀더 가까이 응시한 후에야 내가 대답으로 기대하는 미소가 어떤 것인지 문득 생각난 것 같았다. 한편, 페르디난드는 (숙녀분들이 악기를 마치 너무 많은 가구처럼 밀어 치우고는 연단을 잠시 떠난 틈을 타) 저쪽 한구석에 앉아 점심을 먹는 낯선 노인의 모습을 친구들에게 가리켜 보이며 재밌어했다. 그 노인은 프랑스인들이 무슨 이유에선지 곧잘 그러듯이 외투의 접은 옷깃에 작은 빨강 리본 같은 걸 달았고, 잿빛 턱수염은 콧수염과 합쳐져 음식물을 우적우적 씹는 홍건한 입 주위에 안락하고 누리끼리한 둥지를 형성하고 있었다. 무슨 이유에선지 페르디난드는 노인을 골탕 먹이는 걸 늘 즐기곤 했다.

나는 파리에 오래 머물진 않았지만, 페르디난드와 나 사이에 가짜로 친밀한 관계가 생기는 데는 그 한 주로 충분했다. 그는 그런 친밀함을 강요하는 데 재능이 있었다. 그 이후 내가 그에게 쓸모 있다는 사실이 드러나기도 했다. 내가 근무하던 회사가 그의 비교적 이해하기 쉬운 이야기 중 하나를 영화화하는 판권을 따자, 그가 시도 때도 없이 전보를 보내 나를 못살게 굴었다. 세월이 흐르면서 나와 그는 '이따금 어떤 장소에서 만나면 서로에게 활짝 웃어주는 관계가 되었지만, 나는 그 사람하고 있으면 항상 뭔가 마음이 거북했다. 그래서 이번에 피알타에서도 그가 근처에서 어슬렁거리고 있다는 걸 알게 되자 익숙한 부담감이 느껴졌다. 다만 한 가지가 내 기분을 상당히 북돋워주었다. 그의 신작 희곡이 실패했다는 것이다.

자, 여기 그가 우리를 향해 온다. 벨트와 호주머니 덮개가 달린 완전 방수 코트를 입고, 사진기를 어깨에 가로질러 메고, 이중 고무바닥을 댄 장화를 신고, 웃기려고 태연자약하게 피알타 특산품인 월장석 무늬의 긴 막대사탕을 빨고 있었다. 그 옆에는 말쑥한 용모에 얼굴은 인형같이 발그레한 예술 애호가이자 완전히 바보인 세구르가 함께 걸어오고 있었다. 그런 남자가 페르디난드에게 무슨 용도로 필요했는지 나로서는 결코 알아낼 수 없었다. 그리고 내게 아직도 니나가 아무 의무도 지우지 않는 칭얼대는 다정한 말투로 "아, 저 사람 참 사랑스럽지, 세구르!"라고 외치는 소리가 들린다. 두 사람이 가까이 다가왔고, 페르디난드와 나는 활기차게 서로 인사말을 주고받으며 최대한 열과 성을 다해 악수하고 등을 두드리면서, 사실 그게 다인 걸 경험상 알고 있음에도 그것이 서두에 불과한 척했다. 우리는 항상 그런 식이었다. 우리가 헤어졌다 다시 만날 때마다 현들이 격앙된 선율로 조율하는 소리를 반주 삼아, 상냥함이 요란스레 겉돌고, 여러 정서가 북새통을 이루며 착석하지만, 좌석 안내원이 문을 닫으면 그후엔 아무도 입장하지 않는다.

세구르가 날씨에 관해 뭐라고 내게 불평했는데, 그가 무슨 얘기를 하는지 처음에는 이해할 수 없었다. 설령 축축하고 잿빛인 피알타의 온실 같은 본질을 '날씨'라 부를 수 있다 해도 그것은, 이를테면, 그때 내가 엄지와 집게손가락 사이에 쥐고 있던 니나의 가냘픈 팔꿈치나, 저멀리 자갈 깔린 보도 한가운데서 반짝이는, 누군가 떨어뜨리고 간 은박지 조각만큼이나 우리에게는 대화의 주제가 될 수 없는 것이었기 때문이다.

우리 넷은 막연히 뭔가를 산다는 생각으로 계속 걸어갔다. "세상에, 인디언이라니!" 페르디난드가 격하게 기뻐하며 갑자기 외치더니 나를 난폭하게 쿡 찌르고는 포스터를 가리켰다. 좀더 걸어가 분수대 가까이 간 그는 예쁜 목에 구슬 목걸이를 건 까무잡잡한 현지 여자애에게 막대사탕을 주었다. 우리는 멈춰 서서 그를 기다렸다. 그는 쭈그리고 앉아 검댕이 묻은 듯 새까맣고 내리깐 속눈썹에 말을 걸듯 여자애에게 뭔가 말하고는 우리를 따라잡더니, 연설할 때 양념처럼 묘미를 더하기를 좋아하는 한마디 중 하나를 싱글거리며 말했다. 그다음에 그의 주의를 끈 것은 기념품가게에 진열된 어떤 불운한 물건이었다. 그것은 성 게오르그 산을 본뜬 끔찍한 대리석으로 산기슭에 검은 터널이 보이는데, 잘 보면 그게 잉크통의 입구이고, 철로처럼 보이는 것은 실제로는 펜을 놓는 칸인 식이었다. 그는 입을 벌리고, 조소 섞인 승리감에 취해 들떠서 몸을 떨며, 먼지투성이에 거추장스럽고 완전히 허무맹랑한 그 물건을 손에 쥔 채 돌아보았다. 그러고는 흥정 없이 값을 치르고 입을 여전히 벌린 채 그 흉악한 물건을 안고 나왔다. 곱사등이와 난쟁이를 자기 주위에 두는 전제군주처럼 그는 이런저런 흉물에 집착하곤 했다. 이런 탐닉은 오 분에서 수일까지 지속됐는데, 그것이 우연히 살아 있는 것일 때는 그보다 더 길어지곤 했다.

니나가 점심을 먹고 싶은 낌새를 내비치며 아쉬운 얼굴을 하기에, 나는 페르디난드와 세구르가 우체국 앞에 멈춰 서는 기회를 틈타, 서둘러 그녀를 거기서 데리고 가버렸다. 좁은 어깨와 '서정적 다리'(이는 점잔 빼는 망명 시인의 표현을 인용한 것으로, 그자는 니나를 플라토닉하게 갈망해온 남자 중 하나였다)*를 가진 이 작고 까무잡잡한 여인이 나에게 정확히 어떤 의미였는지 아직도 나는 모르겠다. 그리고 더 이해가 안 가는 점은, 운명이 우리를 그렇게 꾸준히 다시 엮어온 목적이 무엇이냐는 것이다. 파리에서 체류하며 만난 후 꽤 오랫동안 그녀를 보지 못하다가, 어느 날 사무실에서 집에 돌아왔더니 니나가 내 아내와 차를 마시며 베를린의 타우엔친슈트라세에서 싸게 산 실크 스타킹을 손에 끼우고 그 결을 살피고 있었는데, 그 스타킹 틈으로 결혼반지가 어슴푸레 빛났다. 언젠가는, 가을 낙엽과 장갑과 바람이 휘몰아치는 골프장 풍경이 가득한 패션 잡지에서 그녀의 사진을 본 적도 있다. 어느 해 크리스마스에는 눈과 별이 그려진 그림엽서를 내게 보내기도 했다. 리

---

* 푸시킨의 『예브게니 오네긴』 제1장 30~32연에 나오는, 여성의 다리를 찬미하는 부분을 떠올리게 한다.

비에라 해변에서는 어두운 선글라스를 끼고 적갈색으로 몸을 그을려서 하마터면 내 눈에 안 띌 뻔했다. 파티가 진행중인 어느 모르는 사람 집에 때를 잘못 골라 심부름차 들렀다가, 현관 코트걸이에 걸린 생경한 허수아비들 사이에서 그녀의 스카프와 모피 코트를 본 날도 있었다. 언젠가는 서점에서 그녀의 남편이 쓴 이야기의 한 쪽에서 그녀가 내게 고개를 끄덕였다. 단역인 급사 아가씨와 관련된 쪽이었는데, 작가의 의도에도 불구하고 니나가 몰래 숨겨져 있었다. "그녀의 얼굴은," 페르디난드는 이렇게 썼다. "세심하게 그린 초상화보다는 자연을 순간적으로 찍은 스냅사진이었다. 그래서인지 그 얼굴을 상상하려 했을 때 그의 눈앞에는 동떨어진 이목구비가 순간적으로 얼핏 스칠 뿐이었다. 햇빛을 받아 솜털로 뒤덮인 광대뼈의 윤곽선, 호박색이 도는 갈색의 짙은 눈동자가 재빨리 움직이는 눈, 언제라도 열렬한 키스로 변할 태세인, 친근하게 미소 짓는 형태의 입술."

그녀는 내 인생의 여백에 몇 번이고 다시 급히 나타나면서도, 본문에는 조금도 영향을 미치지 않았다. 어느 여름 아침(금요일이었다—햇빛이 먼지처럼 날리던 마당에서 하녀들이 양탄자를 두드리고 있었으니까), 가족들은 시골로 가고 없고 혼자 집에 남아 침대 속에서 뒹굴며 담배를 피우는데, 대단히 난폭하게 울리는 초인종소리가 들렸다—(부수적으로는) 머리핀 하나를, (주로는) 호텔 라벨들로 꾸며진 여행용 트렁크를 두고 가려고 그녀가 현관홀에 불쑥 나타난 것이다. 트렁크는 이 주 후에 멋진 오스트리아인 청년이 와서 찾아갔는데, 그 청년은 (말로 설명할 수는 없으나 확실히 나타나는 징후로 볼 때) 나도 가입돼 있던 바로 그 국제적 결사의 일원이었다. 가끔 대화중에 그녀의 이름이 언급될 때면, 그녀는 우연히도 고개 한번 돌리지 않은 채 문장의 계단을 쏜살같이 달려 내려가곤 했다. 피레네 지방으로 여행을 갔을 때 나는 한 주간 어떤 성에 숙박하게 됐는데, 우연히도 그녀와 페르디난드도 그 성의 주인들과 함께 거기에 머물고 있었다. 나는 거기서 보낸 첫날 밤을 결코 잊지 못할 것이다. 내가 얼마나 기다렸는지, 내가 말하지 않아도 니나가 밤중에 몰래 내 방으로 오리라고 얼마나 확신했는지, 어떻게 그녀는 오지 않았는지를. 그리고 달빛에 흠뻑 젖은 바위투성이 정원 깊숙이에서 열광적으로 울어대던 수천 마리는 되는 듯한 귀뚜라미 소리와 미친듯이 졸졸 흐르던 개울 소리를. 남쪽 나라의 자갈 비탈길에서 채집하며 긴 하루를 보낸 후에 느끼는 더없이 행복한 피로감과, 살금살금 나에게로 올 그녀와 그 낮은 웃음소리와 굽 높은 실내화의 백조 솜털 장식 위로 드러난 그 분홍색 발목을 향한 미칠 듯한 갈망 사이에서 내가 얼마나 몸부림쳤는지를. 그러나 밤은 그렇게 계속 미친듯이 소리쳤고, 그녀는 오지 않았다. 다음날, 산속에서 일상적인 산책을 하다가 내가 어젯밤 기다렸노라고 니나에게 말하자, 그녀는 당황한 듯 양손을 맞잡았다―그리고 동시에 재빨리 눈을 힐끗거려, 손짓하며 이야기중인 페르디난드와 그 친구의 뒷모습이 충분히 멀어졌는지 가늠했다. 유럽의 절반을 가로질러 그녀와 전화로 (그녀의 남편 일과 관련해) 얘기했던 게 기억난다. 개가 열심히 짖어대는 듯한 그 목소리가 니나임을 처음에는 인지하지 못했다. 한번은, 그녀가 꿈에 나타났던 게 기억난다. 꿈속에서 내 큰딸이 나한테 달려와서는 문지기가 몹시 난처해한다기에 내려가보니, 글쎄, 트렁크 위에 니나가 누워서 둘둘 말아놓은 거적때기를 머리 아래 두고 모직 두건을 두른 채, 입술이 창백해져서는 깊이 잠들어 있는 게 아닌가. 마치 황량한 철도역에서 잠을 자는 비참한 난민 같은 모습이었다. 나나 그녀에게, 혹은 우리 사이에 무슨 일이 있었든지 간에*, 우리는 결코 아무것도 상의하지 않았고 우리의 운명적 만남 사이사이에는 서로에 대해 전혀 생각하지도 않았기에, 일단 둘이 만나면 인생의 속도가 한순간 바뀌어 모든 원자가 재조합되면서 우리는 또다른, 더 가벼운 시간의 매개 속에서 살게 되곤 했다. 그 다른 시간을 측정하는 척도는 긴 이별의 기간이 아니라, 우리의 짧고, 아마도 경솔했을 삶을 인위적으로 형성하는 몇 번의 만남이었다. 그리고 새로운 만남이 거듭될 때마다 나는 점점 더 불안해졌다. 아니, 나는 내면의 감정적 붕괴를 경험하지는 않았고, 우리의 환락에 비극의 그림자가 드리우지도 않았으며, 내 결혼생활도 손상되지 않고 온전하다. 한편, 취사선택을 잘하는 그녀의 남편은 아내의 우발적인 불륜을 못 본 척하면서도 즐겁고 유용한 인맥을 맺는 방식으로 그 관계에서 뭔가 이익을 얻었다. 내가 불안해진 것은, 사랑스럽고 섬세하고 반복될 수 없는 무언가가 허비되었기 때문이다. 나는 그 무엇을, 가련히 빛나는 작은 파편들로서 되는대로 급히 툭툭 끊어 남용하면서, 아마도 그것이 애처롭게 속삭이며 계속 내게 약속했을 소박하지만 진정한 핵심을 무시해왔던 것이다. 내가 불안을 느끼는 것은, 결국 어쨌든 내가 니나의 생활을, 즉, 그 삶의 허위와 허무와 헛소리들을 받아들이고 있었기 때문이다. 어떤 정서적 부조화도 없었음에도 내 존재에 대한 도덕적인 해석까지는 아니더라도 최소한 이성적인 해석을 구하지 않을 수 없었는데, 이는

* 러시아어판에는 "그녀는 각자 자기 가정의 '고민거리와 기쁨'이라고 급히 말하기를 즐기곤 했다"는 표현이 추가되어 있다.

곧 선택을 의미했다. 한쪽에는 내가 아내와 어린 딸들과 도베르만핀셔와 함께 앉아 초상화(들꽃을 엮은 목가적인 화환, 도장이 새겨진 반지, 가느다란 지팡이) 구도를 취하는 세계, 즉 행복하고 현명하고 선량한 그 세계가 있고, 다른 쪽에는…… 어떤 세계? 니나와 함께 살 기회가 실질적으로 한 번이라도 있었던가? 그녀와 함께 사는 건 나로선 거의 상상도 할 수 없는데, 격정적이고 버티기 힘든 비통함에 휩싸여, 변화무쌍한 애인들이 바글거리는 과거를 매 순간 의식하는 삶일 것임을 알기 때문이다. 아니다, 말도 안 된다! 게다가 그녀는 지금의 남편과 사랑보다 묘한 무언가로 굳게 연결돼 있지 않은가—두 죄수 사이의 견고한 우정이랄까? 말도 안 돼! 하지만 그러면 니나, 나는 당신을 어찌하면 좋단 말인가. 겉보기엔 속 편하지만 실상은 절망적인 우리의 만남이 거듭된 결과 서서히 축적된 슬픔의 재고를 나는 어떻게 처리해야 한단 말인가?

피알타는 구도심과 신도심으로 이루어진 탓에 이곳과 저곳에 과거와 현재가 얽혀서, 자신을 풀어내려고, 혹은 서로를 밀어내려고 몸부림치고 있다. 신구 모두 각자의 전법을 갖고 있었다. 신도심의 전법은 정직한 정공법—야자수를 수입하고 세련된 여행 대리점을 세우고 붉은색의 매끄러운 테니스코트에 크림색 선을 그린다. 반면 음험한 구도심은 목발을 짚은 좁은 골목이나 어느 곳으로도 이어지지 않는 계단 형태를 취하고 모퉁이 뒤에서 살금살금 기어나왔다. 호텔로 가는 길에 우리는 반쯤 지어진, 내부가 쓰레기로 가득한 흰 별장 앞을 지났다. 한쪽 벽에 다시 예의 그 코끼리들이 엄청나게 큰 아기 같은 양 무릎을 넓게 벌리고 거대하고 천박한 북 위에 앉아 있었다. 공기처럼 가벼운 튀튀를 입은 여자 곡예사(얼굴에는 이미 연필로 콧수염이 그려져 있는) 가 말의 넓은 등판에 얹혀 있고, 토마토 코를 붙인 광대는 또 나타난 그 별들—서커스 연기자들의 고향이 하늘임을 떠올리게 하는 막연한 상 징—로 장식된 우산으로 균형을 맞추며 줄타기를 하고 있었다. 피알 타의 리비에라 같은 곳인 이 근처는 축축한 자갈이 휴양지답게 더 쾌 적한 방식으로 자박거리고, 바다의 게으른 한숨소리가 더 잘 들려왔다. 호텔 뒷마당에서는 식칼로 무장을 한 견습 요리사 소년이 필사의 도주 를 하면서 미친듯이 꼬꼬댁거리는 암탉을 쫓고 있었다. 구두닦이가 이 가 다 빠진 얼굴로 씩 웃으며 아주 오래된 자신의 왕좌에 앉기를 권했 다. 플라타너스 아래에는 독일제 오토바이 한 대와 흙탕물을 뒤집어쓴 리무진 한 대, 그리고 거대한 풍뎅이처럼 생긴, 차체가 긴 노란색 이카 루스 차가 서 있었다("저 차가 우리, 그러니까 세구르 차야"라고 니나 가 말하고는 "우리랑 같이 가지 않을래, 빅토르?"라고 덧붙였다. 내가 갈 수 없다는 걸 그녀도 아주 잘 알면서). 그 풍뎅이의 래커칠된 겉날 개가 하늘과 나뭇가지의 구아슈화에 휩싸여 있었다. 폭탄 형태의 헤드 라이트 중 한쪽의 금속 부분에 우리의 모습이 잠깐 비치더니, 영화 속 보행자처럼 호리호리해져 볼록한 표면을 따라 지나갔다. 그다음에 나 는 몇 발짝 더 가다가 뒤를 흘낏 돌아보았는데, 이를테면 한 시간 남짓 후에 실제로 일어난 일이 거의 시각적 감각으로 예견됐다. 즉, 자동차 용 헬멧을 쓴 그들 세 사람이 그 풍뎅이 안에 들어가 미소 지으며 나에 게 손을 흔드는데, 유령처럼 투명해 보여서 그들을 통해 세계의 색채들 이 빛난 것이다. 그러고선 그들의 차가 움직이더니 멀어지면서 작아졌 다(열 손가락을 전부 사용한 니나의 마지막 작별인사). 하지만 현실에서 자동차는 아직 미동 없이 그 자리에 멈춰 있었고 요철 없이 반들반들한 달걀 같은 모습이었다. 그리고 죽 뻗은 내 팔에 감싸인 니나와 함께 측면이 월계수로 덮인 출입구로 들어가 좌석에 앉자, 창밖으로 페르디난드와 세구르가 다른 방향에서 호텔로 천천히 다가오는 모습이 보였다.

우리가 점심을 먹은 베란다에는 아까 내가 관찰했던 영국인 외에는 아무도 없었다. 그 앞에는 선명한 진홍색 음료가 담긴 긴 유리잔이 테이블보 위에 타원형 그림자를 드리우고 있었다. 나는 그 남자의 눈에서 음료와 똑같은 색으로 핏발이 선 욕망을 감지했지만, 이번에는 결코 니나와 관련 있는 게 아니었다. 그 열망하는 시선은 니나 쪽을 향한 게 전혀 아니라, 자기가 앉은 자리에 가까운 널따란 창의 오른쪽 위쪽 구석에 고정돼 있었다.

작고 마른 손에서 장갑을 잡아당겨 뺀 니나는 아주 좋아하는 조개 요리를 인생에서 마지막으로 먹고 있었다. 페르디난드도 먹느라 바빴는데, 나는 그의 허기를 이용해 그보다 내가 우위 비슷한 걸 점할 수 있는 대화를 시작했다. 구체적으로 말해, 그의 최근 실패작을 언급한 것이다. 그에게는 유행을 따라 종교에 눈을 떴던 시기가 짧게 있었는데, 그때 그에게 은총이 내렸고 뭔가 좀 미심쩍은 순례를 하게 되었다가 결국 명백히 불명예스러운 모험으로 끝이 난 후, 그는 자신의 흐리멍덩한 눈을 야만적인 모스크바로 돌렸다. 이제 와서 솔직히 말하자면, 나는 낡은 구정물통 아무데나 의식의 흐름 잔물결 한 번, 건강한 외설 몇 개, 약간의 공산주의를 넣으면 연금술적으로 그리고 자동적으로 초현대적인 문학이 나온다고 믿는 자기만족적인 신념을 접할 때마다 항상 짜증이 나곤 했다. 그리고 나는 예술은 정치와 접촉하자마자 필연적으로 어느 사상에서든 쓰레기 수준으로 전락해버린다고, 총살당한다 해도 계속 주장할 것이다.* 페르디난드의 경우는 이 모든 것과 무관한 쪽인 게 사실이긴 하다. 그의 뮤즈의 근육은 유난히 강했다. 그가 약자의 곤경에 쥐뿔도 신경 안 쓴다는 사실은 말할 것도 없고. 그러나 어떤 막연하게 짓궂은 저의 같은 게 있어서 그의 예술은 점점 더 혐오스러워졌다. 고상한 척하는 몇몇 속물들 말고는 아무도 그의 실패한 희곡을 이해하지 못했다. 난 그 희곡을 보진 않았지만, 그 정교한 크렘린 같은 밤**을, 그가 뿔뿔이 흩어진 상징의 다양한 바퀴를 그 밤의 불가능한 나선을 따라 돌렸음을 잘 상상할 수 있었다. 이제 나는 다소 기쁨을 느끼며 자신에 관한 최근 비평을 좀 읽어봤냐고 물었다.

"비평!" 그가 외쳤다. "비평 좋지! 번드르르한 건방진 자식들이 다 나에게 설교를 늘어놓기로 했나봐. 내 작품에 대한 무지가 그들의 더없는 행복이지. 그들은 빵 터질 것 같은 뭔가를 만지듯 내 책에 조심조심 손을 댄다니까. 비평이랍시고! 온갖 관점에서 내 책을 분석하면서 본질적인 관점은 빼놓잖아. 말의 종에 대해 논하는 동물학자가 안장이나 마담 드 V(그가 이름을 언급한 마담 드 V는 문예 살롱으로 유명한 여성

---

* 러시아어판은 이렇게 되어 있다. "예술에서의 극단은 정치에서의 극단과 일종의 형이상적 관계로 연결되어 있다고 안일하게 믿는 사람들이 있는데, 그런 자기만족적인 신념을 접할 때마다 나는 항상 짜증이 나곤 했다. 정말로 정치와 접촉하면 아무리 세련된 문학조차도 아직 거의 연구되지 않은 무서운 돼지의 법칙에 따라, 모든 사상적 헛소리와 마찬가지로 누구도 뭔지 모를 진부한 중용으로 전락해버리게 마련이다."
** 러시아어판에는 '히페르보레이적인 밤'으로 되어 있다. 그리스신화에 나오는 히페르보레이는 극북의 이상향으로, 소비에트러시아의 춥고 음험한 밤을 비꼬는 표현이다.

으로, 이를 드러내고 웃는 말과 정말 많이 닮았다)에 대해 지껄이는 격이지." "나한테도 저 비둘기 피 같은 걸 주시오"라고 그가 똑같이 찢어지는 듯한 큰 목소리로 웨이터를 향해 말했다. 웨이터는 페르디난드가 가리키는 방향을 본 후에야 그가 뭘 원하는지 이해했다. 손톱이 긴 그의 손가락은 예의고 뭐고 없이 영국인의 유리잔을 똑바로 가리키고 있었다. 그때 무슨 이유에선지 세구르가 자기 가슴에 꽃을 그렸던 귀부인인 루비 로즈를 언급하면서 대화의 모욕적인 성격이 덜해졌다. 한편, 그 거구의 영국인은 갑자기 결심한 듯 의자에서 일어나 창턱으로 걸어가면서, 노리던 창틀의 모서리에 다다를 때까지 몸을 똑바로 쭉 편 자세를 유지했다. 거기에는 털로 덮인 다부진 나방 한 마리가 쉬고 있었고, 그는 그걸 능숙하게 작은 약상자 안에 놓아주었다.

"……그보다는 바우베르만*이 그린 백마 같지." 페르디난드는 세구르와 논의하던 뭔가와 관련해 말했다.

"*당신, 오늘 아침엔 너무 말, 말 하는군Tu es très hippique cematin.*"** 세구르가 대꾸했다.

곧 두 사람은 전화하러 자리를 떴다. 페르디난드는 장거리전화라는 것을 유난히 좋아했고, 가령 이번처럼 숙소를 공짜로 확보하는 데 필요하면 아무리 먼 거리라도 전화 대화에 친밀한 온기를 부여하는 데 특히 능했다.

멀리서 음악소리가 들려왔다—트럼펫과 치터였다. 니나와 나는 다

---

* 17세기 네덜란드 화가 필립 바우베르만은 백마를 즐겨 그렸다.
** 여기 쓰인 '말(hippique)'이 러시아 상징주의 시인이자 비평가 지나이다 기피우스(Zinaida Gippius)를 암시한다는 해석도 있다.

시 거리를 배회하기 시작했다. 보아하니 서커스가 피알타로 가는 길에 선발대를 먼저 보낸 듯했다. 홍보 행렬이 저벅저벅 지나갔지만, 우리에게는 그 선두가 보이지 않았다. 행렬이 오르막에서 옆 골목으로 접어들어갔기 때문이다. 어떤 마차 같은 것의 금색으로 칠해진 뒤판이 점점 멀어졌다. 두건 달린 겉옷을 입은 남자가 낙타 한 마리를 이끌었고, 평범한 인디언 네 명이 열을 지어 장대에 현수막을 걸어 들고 갔으며, 그들 뒤에는 특별 허락을 받은 관광객의 어린 아들이 세일러복을 입고 자그마한 조랑말 위에 경건하게 앉아 있었다.

우리는 테이블들이 이제 거의 다 말랐으나 여전히 비어 있는 한 카페 옆을 거닐었다. 웨이터가 끔찍한 몰골의 버려진 것을 살펴보고 있었다(나중에 그가 그걸 거두었기를 바란다). 페르디난드가 지나가다 난간에 두고 간, 그 터무니없는 잉크통이었다. 다음 모퉁이에서 우리는 오래된 돌계단에 마음을 빼앗겨 올라갔다. 계단을 올라가는 니나의 발걸음이 만드는 예리한 각도를 나는 계속 쳐다보았다. 치맛단을 들어올리고 올라가는데, 치마폭이 좁아서 아까는 치마 길이 때문에 했던 몸짓을 똑같이 해야 했다. 그녀의 몸에서 친근한 온기가 전해졌고, 그렇게 그녀와 나란히 걸어올라가면서 나는 지난번, 즉 우리의 마지막에서 두번째 만남을 회상했다. 많은 사람이 모인 파리의 어느 집이었는데, 친애하는 친구인 쥘 다르부가 나에게 심미적일 정도로 섬세하게 호의를 베풀고 싶은 마음에 내 소매를 건드리고 말했다. "만나주셨으면 하는 사람이 있는데요……" 그러고는 나를 데리고 니나에게 갔다. 니나는 몸을 Z자 형태로 접고 소파 한쪽 끝에 앉아, 발꿈치 옆에 재떨이를 두고 있었다. 긴 터키석 담배 파이프를 입술에서 떼고는 즐거운 듯이 천천히 "아니, 하고많은 사람 중에―"라고 외쳤다. 그후 저녁 내내 내 가슴은 찢어지는 듯했다. 끈적이는 유리잔을 손에 쥐고 이 무리에서 저 무리를 지나고 때때로 그녀의 모습을 멀리서 바라보며(그녀는 내 쪽을 보지 않았다……) 이런저런 대화의 파편들을 듣다가, 어떤 남자가 다른 남자에게 이렇게 말하는 것을 우연히 듣게 되었다. "우습지, 모두 같은 냄새가 나니 말이야. 무슨 향수를 뿌렸든 다들 타는 나뭇잎 냄새가 나. 저 검은 머리의 마른 아가씨들 말일세." 그러고는 종종 있는 일이지만, 미지의 어떤 화제와 관계된 사소한 한마디가 나만의 내밀한 회상에 휘감기고 달라붙어 그 비애를 양분삼아 자라났다.

돌계단을 다 오르자 우리는 갑자기 조잡한 테라스 같은 데 있게 되었다. 거기에서는 비둘기색 성 게오르그 산의 섬세한 윤곽이 다 보였는데, 그 측면 경사면 중 하나에는 동물의 뼈 같은 하얀 반점이 무리를 이루었고(무슨 촌락 같은 거였다), 잘 보이지 않는 열차가 뿜는 연기가 물결치며 둥그런 산자락을 따라가다가 갑자기 사라졌다. 훨씬 아래, 뒤죽박죽 섞인 지붕들 위로 사이프러스나무 한 그루가 홀로 서 있는 걸 알아볼 수 있었는데, 마치 수채화붓의 검은 끝이 축축해져 배배 꼬인 모양새였다. 오른쪽으로는 은빛 주름이 진 잿빛 바다가 얼핏 보였다. 발아래에는 녹슬고 오래된 열쇠가 놓여 있고, 테라스가 딸린, 반쯤 폐허가 된 집의 벽에는 어떤 철사 끝 같은 게 여전히 남아 늘어져 있었는데…… 나는 생각에 잠겼다. 예전에 여기에 삶이 있어서 한 가족이 해질녘의 시원함을 즐기고, 램프 불빛 아래에서 아이들은 서투른 솜씨로 그림에 색칠하며 놀고…… 우리는 마치 뭔가에 귀를 기울이듯이 그곳을 서성거렸다. 좀더 높은 지면에 선 니나가 웃으며 내 어깨에 한 손을 두더니 미소가 일그러지지 않도록 조심하면서 나에게 키스했다. 참을 수 없는 힘으로 나는 우리 둘 사이에 있었던 모든 일을, 이번과 비슷했던 첫 키스부터 시작해서 전부 다시 체험했다(혹은 지금 나에게 그렇게 여겨지는 것인지도). (친한 사이에 쉽게 쓰는 무미건조한 '너ty' 대신에, 묘할 정도로 풍성하고 의미심장한 '그대vy'로 바꿔서, 가령 세계 일주를 마친 선원이 두루두루 충만해져 돌아와서 하는 말처럼) 나는 이렇게 말했다. "있지, 만약 내가 그대를 사랑한다면?"* 니나가 나를 힐끗 보았다. 나는 같은 말을 반복했고, 뭔가 덧붙이고 싶었으나……하지만 뭔가가 마치 박쥐처럼 그녀의 얼굴을 획 스치고 지나갔는데, 아주 기묘한, 거의 추하기까지 한 어떤 표정이 아주 잠깐 비친 것이다. 니나는 추잡한 말도 더없이 천진난만하게 입에 올리곤 했는데, 이번에는 당황한 듯했다. 나도 어색해져서…… "신경쓰지 마, 그냥 농담한 거야" 라고 황급히 말하며 그녀의 허리에 팔을 감아 가볍게 끌어안았다. 사심 없이 향을 풍기는 어두운 색깔의 작은 제비꽃을 단단히 묶은 꽃다발이 어디선가 그녀의 손에 나타났다. 그녀가 남편과 차로 돌아가기 전에 우리는 석조 난간 앞에 조금 더 서 있었고, 우리의 로맨스는 이전의 그 어느 때보다 더 절망적이었다. 그러나 돌이 마치 살아 있는 살처럼 따뜻

* 러시아어에서 보통 ty는 연인이나 가족처럼 친밀한 사이에, vy는 그다지 친하지 않은 관계나 경의를 표하는 경우에 사용된다. 여기서 ty에서 vy로의 전환은 푸시킨의 단시 「너와 그대(Ty I Vy)」("'그대'라는 공허한 호칭 대신에 그녀가 무심코 '너'라고 잘못 말했다. 그러자 내 심장의 비밀스러운 욕망들이 사랑에 목마른 영혼 속에서 일제히 되살아났다. 나는 그녀 앞에 서서 생각에 잠긴다. 그녀에게서 눈을 떼지 못한 채. '그대, 어쩌면 내게 이렇게 다정한가요!'라고 말하며, '내가 널 얼마나 사랑하는지'라고 생각한다")에 대한 반어적인 암시도 엿보인다.

했고, 나는 그때까지 눈으로 보면서도 이해하지 못했던 어떤 것을 불현 듯 이해하게 되었다―어째서 아까 은박지 한 조각이 보도 위에서 그 토록 반짝반짝 빛났는지, 어째서 유리잔에 반사된 빛이 테이블보 위에 서 떨렸는지. 왜 바다는 또 아른아른 빛났는지. 피알타 위의 하얀 하늘 은 알아차릴 수 없을 정도로 서서히 햇빛에 흠뻑 젖어서, 이제 햇빛이 하늘 전체에 퍼졌다. 이 넘칠 듯 찰랑거리는 하얀 광채는 점점 더 넓어 지고 또 넓어져 모든 것이 그 안에서 녹아들었고 모든 것이 사라지고 모든 것이 지나갔고, 나는 믈레흐역의 플랫폼에서 방금 산 신문을 들고 서 있었는데, 그 신문에서 플라타너스 아래에서 본 그 노란색 자동차가 피알타를 벗어나다 사고를 당했다는 기사를 보았다. 자동차는 전속력 으로 달리다가 마을로 진입하던 유랑 서커스단 트럭과 충돌했고, 그 사 고로 페르디난드와 그의 친구, 그 불사신 악당들, 운명의 불도마뱀들, 행운의 바실리스크들은 비늘에 국부적이고 일시적인 부상만 입고 무 사했으나, 한편 니나는 긴 세월 그 불사신들을 충실히 모방해왔음에도 결국 필멸하는 인간임이 드러났다.

구름, 성, 호수

나의 대리인 중 한 사람—겸손하고 온화한 성정의 독신자로 아주 유능한—이 러시아인 망명자들이 주최한 자선 무도회에서 우연히 유람 여행권을 딴 적이 있다. 1936년인가 1937년의 일이었다. 베를린의 여름이 한꺼번에 몰려왔다(습하고 서늘한 날씨가 두 주째 계속돼 공연히 온통 녹색이 되어버린 풍경은 보기에도 애처로운데, 참새만 계속 신이 난 듯했다). 그 사람은 어디로든 가고 싶지 않았지만, 유람 여행사* 사무소에 표를 팔려고 하니, 그러려면 교통부에서 특별 허가를 받

---

* 원어 'pleasantrip'은 나보코프가 만든 조어로, 나치 정권이 1933년에 '오락적인 유희를 통해 노동력을 증진한다'라는 명목으로 운영한 독일노동전선의 하부조직 '카데프'를 염두에 둔 작명으로 추정된다. 카데프는 음악회, 당일치기 여행, 리조트 휴양 등 상류층의 전유물이었던 여가활동을 국민 전체에게 제공해서 독일 국민의 통합을 위한 민족공동체 의식을 고양하고자 했다.

아야 한다는 얘기를 들었다. 허가 절차를 알아보니, 먼저 공중인에게 가서 인지가 붙은 종이에 복잡한 탄원서를 작성해야 하고, 게다가 일명 '하절기 현 도시 비부재 증명서'를 경찰로부터 입수해야 했다.*

그리하여 그는 조금 한숨을 쉬다가, 가기로 마음을 먹었다. 친구에게서 휴대용 알루미늄 술병을 빌리고 신발 밑창을 고치고 벨트와 화려한 무늬의 플란넬 셔츠—한번 세탁하면 줄어드는 소심한 셔츠 중 하나—를 샀다. 여담이지만, 머리를 항상 단정하게 다듬고, 눈은 매우 지적이고 친절해서 호감 가는 그 왜소한 남자에게 그 셔츠는 너무 컸다. 지금 나는 그의 이름이 기억나지 않는다. 내 생각에는 바실리 이바노비치던가 그랬던 것 같은데.

그는 출발 전날 잠을 제대로 자지 못했다. 왜 그랬을까? 평소보다 이른 시간에 일어나야 했고, 그래서 침실 탁자 위에서 째깍거리는 시계의 정교한 앞면을 꿈속으로 데리고 갔기 때문이다. 그러나 주된 이유는, 바로 그날 밤 그가 아무 이유 없이, 가슴이 깊게 파인 가운을 걸친 운명의 여신이 자신에게 점지한 이 여행이, 그가 그토록 마지못해서 받아들였던 이 여행이 몸을 떨리게 할 정도로 놀라운 행복을 가져다줄 것이라고 상상하기 시작했기 때문이다. 이 행복은 그의 어린 시절, 러시아 서정시가 그 안에서 불러일으키는 흥분, 꿈에서 언젠가 본 적 있는 저녁의 지평선, 그리고 다른 남자의 아내임에도 칠 년간이나 희망 없이 사랑했던 그 여성 등과 일맥상통하는 점이 있지만, 그 전부를 합친 것보다 더 충만하고 더 의미 깊은 것이 될 터였다. 게다가 그는 정말로 좋은

---

* 러시아어판에는 "그 서류 비용은 그가 몇 달 후에나 받을 희망이 있는 여행 티켓값의 3분의 1에 상당하는 것으로 드러났다"라는 문장이 추가되어 있다.

인생은 반드시 무언가나 누군가로 향하지 않으면 안 된다고 생각했다.

아침 날씨는 흐렸으나 그 안에서 타오르는 태양으로 찌는 듯이 따뜻하고 후텁지근했다. 노면전차를 타고 집합 장소인 멀리 있는 철도역으로 흔들흔들 가는 기분이 꽤 괜찮았다. 유람 여행 참가자는, 아아, 애석하게도 여럿이었다. 어떤 사람들일까, 우리에게 아직 미지의 것이 다 그렇듯 졸려 보이는 저 존재들은? 아침 일곱시, 6번 창구 옆이라고 표에 첨부된 지시사항에 명시된 대로 가서 그는 일행을 보았다(그들은 이미 기다리고 있었다. 그는 겨우 삼 분 정도 늦었을 뿐인데).

티롤인 복장을 한 키가 멀쑥한 금발 젊은이가 바로 눈에 띄었다. 그의 몸은 닭벼슬색으로 그을었는데, 벽돌색의 우람한 무릎은 금빛 털로 뒤덮이고 코는 니스를 칠한 듯 반들반들해 보였다. 그는 여행사에서 파견한 인솔자로, 새로운 사람이 일행(남녀 각각 네 명씩으로 구성된 팀이었다)에 합류하자마자, 엄청나게 큰 배낭을 놀라울 정도로 수월히 들고, 징 박은 부츠를 단호히 철커덕거리며 일행을 인솔해 다른 열차들 뒤에 숨어 있는 열차 쪽으로 갔다.

삼등칸이 분명한 텅 빈 객차에서 모두 각자 좌석을 찾았고, 바실리 이바노비치는 혼자 좌석에 앉아 페퍼민트 사탕을 하나 입에 넣고는, 오래전부터 다시 읽으려 했던 작은 튜체프* 시집을 열었다.** 그러나 곧

---

* 러시아 시인. 나보코프가 푸시킨, 레르몬토프와 함께 19세기 러시아의 대표 시인으로 꼽은바 있다.
** 러시아어판에는 "우리는 점액. 앞에 한 말은 거짓―그리고 그 붉은빛 감탄사의 경이로움"이라는 문장이 추가되어 있다(각각 튜체프의 시 「침묵」에 나오는 시행 "말로 한 생각은 거짓"과 「어제, 황홀한 꿈속에서…」에 나오는 "붉은빛의, 커다란 감탄사"를 연상시키는 표현이다).

그는 책은 치우고 일행과 합류하라는 청을 받았다. 대단히 풍성하고 거칠게 자랐던 머리와 수염을 특별히 이번 여행을 위해 깎은 듯 머리나 턱이나 입술 위나 다 꺼칠꺼칠하게 파르스름한, 안경을 쓴 초로의 우체국 사무원이 자신은 러시아에 가본 적 있으며 러시아어를 좀 안다고─이를테면 '파츨루이'* 같은─곧바로 단언하고는, 차리친**에서 바람을 피웠던 일을 떠올리듯 윙크를 하자, 그의 뚱뚱한 부인이 손을 공중에 치켜들더니 손등으로 그의 귀싸대기를 때리는 시늉을 했다. 일행은 점점 시끄러워졌다. 같은 건축 회사에 근무하는 사원 네 명─슐츠라는 중년 남자와 이름이 똑같이 슐츠인 젊은 남자, 입도 크고 엉덩이도 큰 부산스러운 젊은 여성 두 명─은 서로 무거운 농담을 주고받고 있었다. 스포츠용 치마를 입고 머리가 붉은, 좀 익살스러운 과부도 러시아에 대해 좀 알았다(리가의 해변이라든가). 슈람이라는 이름의 가무잡잡한 젊은이도 한 명 있었는데, 눈에 광택이 없고 용모나 태도에 어딘지 모르게 벨벳 같은 느낌의 비열함이 밴 그 젊은이는 대화의 화제를 이번 여행의 이런저런 매력적인 면으로 거듭 전환하고는, 황홀해하며 감탄하는 손짓을 자기가 제일 먼저 하곤 했다. 그 젊은이는, 나중에 밝혀졌지만, 유람 여행사에서 특별히 파견한 바람잡이였다.

기관차는 양 팔꿈치를 빠르게 움직여 소나무숲을 서둘러 통과하더니, 그후─안도하며─들판을 달렸다. 바실리 이바노비치는 그 상황의 모든 불합리함과 참상을 아직은 어렴풋이 깨달았을 뿐으로, 아마도 모든 게 아주 좋다고 자신을 설득하려는 시도로 길이 주는 찰나의 선물

---

* 러시아어로 키스를 뜻하는 '파첼루이'를 잘못 발음한 것.
** 볼고그라드의 제정러시아 때 이름.

들을 어떻게든 즐겨보았다. 실로 다 얼마나 마음을 끄는 풍경인지, 세계가 마치 회전목마처럼 태엽이 감겼다가 움직일 때 띠게 되는 그 매력이란! 태양은 창의 한 귀퉁이로 기어올라가는가 싶더니 갑자기 노란 좌석에 쏟아졌다. 납작하게 마구 눌린 객차의 그림자가 풀로 덮인 제방을 따라 미친듯이 질주하고, 제방의 꽃들은 서로 섞여 색색의 줄무늬를 이루었다. 철도 건널목이다. 자전거를 탄 사람이 땅에 한 발을 디딘 채 기다리고 있었다. 나무들이 삼삼오오 떼를 짓거나 외따로 나타나, 최신 패션을 선보이며 태연하고 차분하게 빙 돌았다. 협곡의 푸르스름한 습기. 초원으로 위장한 사랑의 기억. 새털구름은 하늘의 그레이하운드랄까.

우리 둘, 바실리 이바노비치와 나는 풍경의 모든 부분이 갖는 익명성에 항상 깊은 인상을 받아왔는데, 이는 영혼에 매우 위험한 일로, 우리가 보고 있는 저 길이 어디로 이어지는지 알아내는 게 전혀 불가능하니—봐, 얼마나 마음을 끄는 수풀인지! 멀리 보이는 경사면이나 나무들 사이의 공간에 마침 온화하고 호의적인 미를 완벽히 구현하는 매우 매혹적인 장소—잔디밭, 테라스—가 나타나, 이를테면 폐에 담긴 공기처럼 잠시 머무르곤 했는데, 그런 때면 뭔가, 열차를 멈추고 저쪽으로, 영원히, 너에게로, 내 사랑에게로 갈 수 있다면…… 그러나 천 그루의 너도밤나무 줄기가 이미 맹렬히 뛰어오르며 지글지글 끓는 듯한 햇빛 속에서 소용돌이쳤고, 행복으로 갈 기회는 다시 사라졌다.

열차가 정류장에 설 때면, 바실리 이바노비치는 완전히 무의미한 사물의 배열—플랫폼의 얼룩, 버찌씨 하나, 담배꽁초 하나—을 눈여겨보면서, 여기서 특정한 상관관계를 이루는 이 작은 세 사물을, 지금 이렇게 영구불변의 정확도로 볼 수 있는 이 패턴을 결코, 절대로 기억하지 못할 거라고 속으로 말하곤 했다. 혹은 다시, 열차를 기다리는 한 무리의 아이들을 쳐다보면서 그는 온 힘을 다해 비범한 운명—바이올린이나 왕관, 프로펠러나 리라의 형태를 띤—을 적어도 하나라도 가려내보려 했다. 그는 무리 전체가 옛날 사진처럼 보이다가 이제 오른쪽 맨 끝에 있는 소년의 얼굴 위로 하얗고 작은 십자가가 뜬 채로 머릿속에 재현될 때까지 그 마을 학교 소년들을 응시했다. 주인공의 유년 시절이다.

그러나 그저 틈틈이 창밖을 내다볼 수 있을 뿐이었다. 여행사가 준비한 가사 적힌 악보가 일행 전원에게 배포되었다.

걱정거리도 울적함도 다 그만,
울퉁불퉁한 막대기를 쥐고 일어나요,
밖으로 나와 저벅저벅 걸어요,
사람 좋고 기운찬 친구들과!

여러분, 조국의 풀과 그루터기를 저벅저벅 걸어요,
사람 좋고 기운찬 친구들과,
은둔자와 그의 불안 따위 없애버리고
의심과 한숨도 치워버리고!

들쥐가 소리 내 울고 죽는
히스가 무성한 낙원에서
행진하고 함께 땀흘리세,

강철과 가죽으로 무장한 친구들과!

이 노래는 합창곡이다. 노래를 못 부를 뿐 아니라 독일어 단어를 분명하게 발음하지도 못했던 바실리 이바노비치는 여러 목소리가 섞여서 작은 소리를 삼켜버리며 웅웅 울리는 것을 이용해 정말로 노래를 부르는 듯이 약간씩 몸을 흔들면서 입만 뻐끔거렸는데, 교활한 슈람의 신호를 받아 인솔자가 돌연 좌중의 노래를 멈추더니 눈을 가늘게 뜨고 바실리 이바노비치를 미심쩍은 듯 보면서 혼자 불러보라고 요구했다. 바실리 이바노비치는 목을 가다듬고 쭈뼛거리며 노래를 시작했고, 고독한 고통의 시간이 잠깐 흐른 후 모두가 가세했다. 하지만 그후에 그는 감히 빠질 엄두를 내지 못했다.

그는 러시아 잡화점에서 산 제일 좋아하는 오이절임과 함께 빵 한덩이, 달걀 세 알을 챙겨왔다. 저녁이 되면서 낮게 내려간 새빨간 태양이, 자신이 내는 소음에 멍해져 뱃멀미라도 하는 듯한 때문은 객차 안으로 완전히 들어오자, 음식을 똑같이 배분하기 위해 모두 자신이 가져온 식료품을 내놓을 것을 요청받았다—바실리 이바노비치 외에는 모두 같은 것을 가져와서 배분은 아주 수월하게 이루어졌다. 오이절임은 모두를 즐겁게 했고, 먹을 수 없는 것으로 선고되어 창밖으로 던져졌다. 그가 내놓은 양이 부족한 것을 감안해, 바실리 이바노비치는 소시지의 작은 부분을 받았다.

그는 트럼프 게임도 하게 됐다. 그들은 그를 거칠게 다루고 캐물었으며 지도 위에 여행 경로를 가리켜 보일 수 있는지 확인도 했다—한마디로 모두가 그를 못살게 굴지 못해 안달이었다. 처음에는 선의로 그랬고, 나중에는 악의가 담겼다. 그 악의는 밤이 다가오면서 점점 커졌다. 두 아가씨 다 그레타라고 불렸고, 붉은 머리 과부는 뭔가 대장 수탉과 닮았고, 슈람과 슐츠, 그리고 또 한 명의 슐츠, 우체국 직원과 그의 부인은 모두 점점 함께 녹아들고 합쳐지면서 그 안에서 벗어나지 못하는, 흐느적거리고 손이 많이 달린 집단적 존재로 변했다. 그 존재는 사방에서 그를 압박했다. 그러다 갑자기 어떤 역에서 모두 열차에서 내렸고, 서쪽에 아주 짙은 분홍색을 띤 아주 긴 구름이 아직 걸려 있음에도 날은 이미 어둑해졌다. 철로를 따라 저멀리까지 별 같은 등불이, 기관차 엔진의 느린 연기 속에서 영혼을 꿰뚫는 듯한 빛을 발하며 흔들리고 있었다. 그리고 어둠 속에서 귀뚜라미가 울었고, 어딘가에서 재스민과 건초 향이, 내 사랑의 향기가 풍겨왔다.

그들은 다 허물어져가는 여인숙에서 밤을 보냈다. 성충이 된 빈대는 끔찍했지만, 비단같이 부드러운 좀의 움직임에는 어떤 우아함이 있었다. 우체국 직원은 과부와 같은 방을 쓰게 된 아내와 떨어져 바실리 이바노비치와 밤을 보냈다. 침대 두 개가 방 전체를 차지했다. 침대 위에는 누비이불이, 아래에는 요강이 있었다. 우체국 직원은 어쩐지 잠이 오지 않을 것 같다고 하더니, 러시아에서 한 모험의 자초지종을 열차에서보다 더 자세히 이야기하기 시작했다. 빈틈없고 고집 센 거물 불량배 같은 그 남자는 긴 속바지만 입고 더러운 발가락의 자개 같은 발톱과 살찐 양 가슴 사이에 난 곰 같은 털을 드러내고 있었다. 나방 한 마리가 제 그림자와 놀면서 천장 여기저기 부딪혔다. "차리친에서는," 우체국 직원이 말하고 있었다. "이제 세 개의 학교가 있다죠. 독일인 학교, 체코인 학교, 중국인 학교. 아무튼, 내 처남 말에 따르면 그렇답니다. 처남은 트랙터를 만들려고 거기 갔어요."

다음날, 이른 아침부터 오후 다섯시 정각까지 그들은 언덕을 오르락 내리락하며 파도 모양을 이루는 큰길을 따라 먼지를 일으키며 걷다가, 울창한 전나무숲을 통과하는 녹색 길로 접어들었다. 바실리 이바노비치는 가장 짐이 적었기에 어마어마한 크기의 둥근 빵덩어리가 주어져서 옆구리에 끼고 갔다. 나날의 양식이여, 내가 널 얼마나 증오하는지! 그러나 여전히 그의 귀하고 연륜 있는 눈은 필요한 걸 포착했다. 전나무 그늘을 배경으로 바짝 마른 바늘 같은 잎이 눈에 보이지 않는 거미줄에 세로로 걸려 있었다.

일행은 다시 우르르 몰려 열차에 탔는데, 칸막이가 없는 작은 차량은 이번에도 텅 비어 있었다. 또다른 슐츠가 바실리 이바노비치에게 만돌린 켜는 법을 가르쳐주기 시작했다. 폭소가 터졌다. 그것에 싫증이 난 일동은 슈람이 감독하는 벌칙 게임을 생각해냈다. 그 게임은 다음과 같이 진행되었다. 여성들이 각자 좌석을 선택해 눕는데, 그 아래엔 이미 남성들이 숨어 있다. 한 좌석 아래에서 귀가 달린 불그레한 얼굴이 나타나거나, 혹은 손가락을 쫙 편 큰 손 하나가 나타나 손가락을 구부려 치마를 들춘다(이는 크게 깍깍거리는 소리를 유발한다). 그러면 이제 누가 누구와 짝이 되었는지 드러난다. 바실리 이바노비치는 더러운 암흑 속에 세 번 누워 있다가 아래에서 기어나왔지만, 세 번 다 좌석에 아무도 없었다. 그는 패자로 인정됐고 담배꽁초를 억지로 먹어야 했다.

일행은 헛간의 짚깔개에서 밤을 보내고 아침 일찍 다시 걸어서 출발했다. 전나무, 산골짜기, 거품이 이는 개울. 덥기도 하고 끊임없이 고래고래 불러야 하는 노래 때문에 기진맥진해진 탓에 바실리 이바노비치는 한낮에 잠시 쉬어갈 때 바로 곯아떨어져, 일행이 그의 몸에 붙은 상상 속 말파리를 철썩철썩 때리기 시작해서야 깨어났다. 그러나 한 시간 더 행진하자, 언젠가 비몽사몽간에 꿈꿨던 바로 그 행복이 갑자기 발견됐다.

그것은 진귀하게도 물의 표정이 보이는, 더없이 맑고 푸른 호수였다. 호수 한가운데 커다란 구름이 온전히 그대로 비쳤다. 건너편에는 신록으로 빽빽이 뒤덮인 언덕 위에(신록이 더 어두워질수록 더 시적이다) 강약약격에서 강약약격으로 우뚝 솟은* 탑이 있는 아주 오래된 검은 성이 있었다. 물론, 중부유럽에는 그런 풍경이 숱하게 많지만, 바로 이 풍경은—주요 부분 세 곳이 형언할 수 없이 독특한 조화를 이룬다는 점에서도, 그 미소도, 뭔가 신비로움이 감도는 그 순결함도, 내 사랑! 나의 순종하는 이여!—너무나 독특하면서 또 너무나 친근하고, 너무나 오랫동안 기다려온 무엇이었다. 그리고 보는 사람을 너무나 이해해주는 듯해서, 바실리 이바노비치는 마치 심장을 내어주기 위해 심장이 거기 있는지 확인하듯이 가슴에 손을 대고 누르기까지 했다.

좀 떨어진 곳에서 슈람이 인솔자의 등산용 지팡이로 허공을 쿡쿡 찌르면서 유람객들의 주의를 이런저런 것으로 환기하고 있었다. 일동은 아마추어 스냅사진에서 흔히 보는 포즈로 풀밭 위에 빙 둘러앉아 있었고, 그동안 인솔자는 호수를 등지고 그루터기에 앉아 간식을 먹었다. 바실리 이바노비치는 조용히, 자신의 그림자에 몸을 숨기듯 호숫가를 따라 걸어서 어떤 여인숙 같은 데에 이르렀다. 아직 꽤 어린 강아지가

---

* 러시아어판에서 이 문장을 이루는 음절들이 지닌 강약약격 운율의 고저는 성의 보루가 늘어서 있는 듯한 요철 형태를 띠고 있다.

그를 반기면서 배밀이로 기어와 아래턱을 웃는 모양으로 벌리며 꼬리로 열심히 땅을 때렸다. 바실리 이바노비치는 개를 데리고, 볼록한 기와 눈꺼풀 밑에 윙크하는 창문이 하나 있는 얼룩무늬 이층집으로 들어갔다. 키가 큰 노인이 주인이었는데, 어딘지 러시아 참전 용사처럼 생겨서는 독일어도 너무 못하고 모음을 길게 빼며 느릿느릿하게 말하기에 바실리 이바노비치가 모국어로 바꿔 말해봤으나, 주인은 꿈결인 양 이해하고는 자신의 생활 언어, 즉 가족끼리 쓰던 언어로 계속 말했다.

위층에는 여행객들이 묵는 방이 있었다. "있잖습니까. 난 이제 남은 인생을 이 방에서 살려고요." 바실리 이바노비치는 방에 들어가자마자 이렇게 말했던 것으로 전해진다. 방 자체는 눈에 띄는 점이 아무것도 없었다. 오히려 지극히 평범한 방으로, 바닥은 붉고 흰 벽에는 데이지꽃 그림이 칠해져 있으며 작은 거울은 거울에 비친 꽃들에서 우러난 노란색으로 반쯤 물든 것처럼 보였다―그러나 창문에서는 미동도 없이 완벽한 행복의 상관관계 속에서 구름과 성을 거느린 호수를 또렷이 조망할 수 있었다. 추론도 사색도 거치지 않고, 그가 결코 경험해본 적 없는 힘 속에 그 진실이 담겨 있는 매력에 온전히 굴복할 뿐인 바실리 이바노비치는 그 빛나는 찰나의 순간에, 금방이라도 눈물이 차오를 만큼 아름다운 풍경이 한눈에 내려다보이는 이 작은 방안, 바로 이곳에서 인생이 마침내 그가 항상 바라왔던 대로 될 것임을 깨달았다. 인생이 정확히 어떻게 될지, 여기서 무슨 일이 일어날지는 물론 그도 몰랐지만, 그를 둘러싼 모든 것이 도와주고 약속하고 위안을 주었다―그러니까 그가 반드시 여기 살아야 한다는 데는 의심의 여지가 있을 수 없었다. 곧 그는 베를린으로 다시 돌아가지 않아도 되려면 어떻게 일을 처리해야 하는지, 그가 가진 몇 가지 소지품—책, 푸른색 양복, 그녀의 사진—을 어떻게 가져와야 하는지 생각해냈다. 참으로 간단한 일로 드러났다! 그는 나의 대리인으로 일하면서 망명 러시아인의 소박한 삶을 영위하기에 충분한 돈을 벌고 있었으니까.

"친구들." 그는 호숫가의 초원으로 다시 달려 내려와서 외쳤다. "친구들, 잘 가요. 나는 저기 있는 저 집에 영원히 남기로 했어요. 계속 함께 여행하지 못할 것 같아요. 더 멀리 가지 않겠어요. 아무데도 안 갈 거예요. 잘 가요!"

"뭐라고요?" 잠깐 사이를 두었다가 인솔자가 기묘한 목소리로 말했고, 그사이 바실리 이바노비치의 입가에서도 미소가 천천히 사라졌고, 풀밭에 앉아 있던 일행은 반쯤 몸을 일으키고는 돌처럼 차가운 눈으로 그를 응시했다.

"아니, 왜요?" 그는 말을 더듬었다. "나는 여기서……"

"조용히 해!" 돌연 우체국 직원이 놀라울 정도로 강하게 고함쳤다. "정신 차려, 이 주정뱅이 돼지야!"

"잠시만요, 여러분"이라고 말한 인솔자는 혀로 입술을 핥고는 바실리 이바노비치를 향해 말했다.

"취하셨나보군요." 그는 조용히 말했다. "아니면 정신이 나가셨든지. 당신은 우리와 유람 여행중이십니다. 정해진 여정표에 따르면—갖고 계신 티켓을 보시죠—내일 우리는 모두 베를린으로 돌아갑니다. 그 누구도—이 경우에는 당신 얘기입니다만—이 단체 여행을 계속하는 걸 거부할 수 없습니다. 우리는 오늘 어떤 노래를 부르고 있었지요—그 노래 가사를 기억해보세요. 이제 다 됐죠! 자, 어린이들, 우리 그럼 계속 가볼까요."

"에발트*로 가면 맥주가 있을 거요." 슈람이 달래는 듯한 목소리로 말했다. "열차로 다섯 시간. 하이킹. 사냥꾼의 오두막. 탄광. 재밌는 게 많지."

"항의할 겁니다." 바실리 이바노비치는 울부짖었다. "내 가방을 돌려줘요. 나는 내가 원하는 장소에 머물 권리가 있습니다. 아, 하지만 이건 사형장으로의 초대나 다름없지 않습니까"—그들에게 양팔을 잡혔을 때 울고 있었다고 그는 내게 얘기했다.

"필요하다면 당신을 이렇게 데리고 갈 겁니다." 인솔자가 엄하게 말했다. "하지만 그게 즐겁지만은 않겠지. 나는 여러분 한 명 한 명에게 책임이 있어요. 살았거나 죽었거나 나는 여러분 모두를 데리고 돌아갑니다."

사이에 껴서 조여지고 비틀린 채로 무서운 이야기에서처럼 숲길을 따라 휩쓸려가는 바실리 이바노비치는 뒤돌아보지도 못하고, 등뒤의 광휘가 나무들에 의해 파열되어 멀어져가는 것을 느낄 뿐이었다. 어느덧 광휘가 다 사라지고 사방에서 어둑어둑한 전나무들이 안달했지만 아무 개입도 하지 못했다. 전원이 객차에 다 타자마자 열차가 발차했고, 모두 그를 구타하기 시작했다—긴 시간, 창의력을 십분 발휘해서. 그들이 떠올린 여러 방법 중에는 그의 양 손바닥에, 그다음에는 그의 양발에 코르크 마개 뽑는 기구를 쓰는 것도 있었다. 러시아에 가본 적 있는 우체국 직원은 막대기와 벨트로 채찍을 만들어 악마 같은 솜씨로

---

* 가상의 도시명이지만, 오스트리아 티롤주에 하이킹과 맥주로 유명한 에르발트라는 도시가 있다.

휘두르기 시작했다. 잘한다, 잘해! 다른 남자들은 신발의 쇠 뒷굽에 더 의존했고, 반면 여자들은 꼬집고 찰싹 때리는 데 만족했다. 그렇게 모두 멋진 시간을 가졌다.

그는 베를린으로 돌아와 나를 방문했는데, 많이 변해 있었다. 조용히 앉아 양손을 무릎 위에 놓고는 그의 이야기를 해주었다. 사직할 수밖에 없다는 말을 계속 반복하면서 보내달라고 간청하고는, 더는 계속할 수 없으며 인류에 속할 힘이 더는 남아 있지 않다고 주장했다. 물론 나는 그를 가게 두었다.

독재자 타도

1

그의 권력과 명성이 커지면서 내가 그에게 가하고 싶은 처벌의 수위도 내 상상 속에서 그에 필적해 높아졌다. 그러니까 처음에는 선거에서 패배해 대중의 열광이 식어버리는 정도에 만족했었다. 얼마 후 나는 이미 그의 투옥을 요구하게 됐고, 시간이 더 지나자 고독과 불명예와 무력감으로 만들어진 영원한 지옥의 바닥을 참조하게 하는 단 한 그루의 야자수만이 검은색 별표처럼 있는, 어딘가 멀리 있는 납작한 섬으로의 유형을 요구하게 되었다. 그리고 이제는 결국 그의 죽음만이 나를 만족시킬 수 있게 되었다.

작은 숫자의 크기가 약간 커지더니, 그다음에는 어마어마하게 커지는 것으로 그의 지지자 수를 나타내며 그의 약진을 생생하게 보여주는 그래프에서처럼, 그에 대한 나의 증오는, 그의 초상과 마찬가지로 팔짱을 낀 채 내 영혼이었던 공간의 중심에서 불길하게 부풀어 그 공간을 거의 다 채울 정도가 되어서, 이제는 (순교자의 후광보다는 광기의 광환과 닮은) 빛 곡선의 좁은 테두리만 남았을 뿐이다. 나는 여전히 개기 일식이 올 것임을 예감하지만.

신문과 가게 쇼윈도에서 보이고 포스터에도ㅡ눈물도 피도 많이 흘려 관개수가 풍부한 우리 나라에서는 포스터 역시 계속 늘어나고 있었다ㅡ그려지는 그의 첫번째 초상화들은 다소 흐릿하게 보였다. 당시는 내가 아직 내 증오의 치명적인 결과를 의문시하던 때였다. 아직 정형화되지 않아 임의로 취한 다양한 자세와 역사에 남을 표정을 아직 찾지 못해 시선이 멈칫거리는 그의 어떤 사진들에는 뭔가 인간적인 것이, 실패, 좌절, 병환, 그 밖에도 여러 가능성이 희미하게 떨리듯 비쳐 보였다. 그렇지만 조금씩 얼굴이 하나로 굳혀졌다. 공식적인 초상 사진에서 그의 뺨과 광대뼈에 신적인 광택과 대중적 호의라는 올리브유와 완벽한 걸작이라는 바니시가 입혀졌다. 저 코를 푼다거나, 저 손가락이 충치가 된 앞니 뒤에 낀 음식물 찌꺼기를 빼내려고 저 입술 안을 쿡쿡 찌르는 장면을 상상하는 게 불가능해졌다. 실험적인 다양성 뒤에 공인된 획일성이 이어져, 지적이지도 잔인하지도 않지만 뭔가 몸서리쳐질 정도로 섬뜩한 그 눈이 짓는, 이제는 익숙한 그 돌처럼 차갑고 광택이 없는 표정을 확립했다. 또한, 턱의 그 단단한 살집, 턱뼈의 그 청동빛, 그리고 이미 온 세계 풍자만화가들의 공유 재산이 되어 비슷하게 그리는 요령ㅡ물론 사색의 상흔이기보다는 사색의 지방 퇴적물인, 이마 전체를 가로지르는 두꺼운 주름살 하나—을 거의 자동적으로 생겨나게 한 이 목구비도 확립되었다. 온갖 특제 발삼수지로 연마된 얼굴임을 믿지 않을 수 없었다. 아니라면, 그 금속처럼 매끄러운 양질의 피부가 이해되지 않는다. 한때 내가 알았던 그의 얼굴은 허약해 보이고 부은데다 면도도 제대로 안 해서 고개를 돌릴 때마다 풀 먹인 더러운 셔츠 깃에 짧고 빳빳한 털이 긁히는 소리가 들리곤 했기 때문이다. 그리고 그 안경은—그가 젊었을 때 쓰던 그 안경은 어떻게 되었는가?

2

나는 정치에 혹해본 적이 한 번도 없거니와 사설 한 편도, 당대회에 관한 짧은 보고문 하나도 거의 읽어본 적 없다. 사회학적인 문제에 호기심을 품어본 적이 결코 없으며, 오늘에 이르기까지 내가 어떤 모의에 가담한다거나, 최근 정세에 비추어 투쟁 방법을 논의하는, 정치적으로 고양돼 잔뜩 긴장해서 심각한 사람들에 섞여 담배 연기 자욱한 방안에 그냥 앉아 있는 모습은 상상도 안 된다. 난 인류의 복지에는 조금도 관심이 없거니, 다수파가 무조건 옳다고 믿지 않을 뿐 아니라 문자 그대로 전원이 절반의 식량과 절반의 교육을 받는 정세를 위해 애쓰는 게 합당한가 하는 문제를 재고해야 한다는 쪽이다. 게다가 나는 현재 그에게 예속된 조국이 먼 미래에 이 독재자 쪽에서 벌이는 그 어떤 행위와도 관계가 없는, 다른 많은 격변을 겪게 될 운명임을 알고 있다. 그럼에도 그를 죽여야 한다.

3

연보라색 의복을 입은 신들이 세속적인 형상을 취하고, 아직 먼지 한 톨 묻지 않은 샌들을 신은 우람한 발로 점잖으나 힘있게 걸어서 들판의 인부들과 산의 양치기들에게 나타났을 때, 그 신성은 조금도 줄지 않았다. 오히려 신들을 감싼 인간다움의 매력이야말로 그들이 가진 천상의 본질을 웅변하듯 재확인해주는 격이었다. 그러나 시야가 좁고 천박하고 교육을 덜 받은―일견 삼류 광신자로 보이지만, 실제로는 병적인 야심으로 가득차고 고집불통에 잔인하고 음침한 속물인―남자가 신성한 의복을 갖춰 입을 때는, 신에게 용서를 구하고 싶어진다. 사실 그는 그런 것과는 아무 상관 없으며, 그를 철과 콘크리트로 된 왕좌로 격상시키고 지금도 그대로 두는 것은 내 조국을 사로잡은 어둡고 동물학적인, 주어랜드*적인 관념이 걷잡을 수 없이 진화한 결과라고 나를 설득하려고 애써봤자 소용없을 것이다. 관념은 그저 자루만 선택할 뿐이고, 도끼를 완성해 사용하는 것은 인간의 재량에 달려 있기 때문이다.

그렇기는 하지만, 반복하자면, 국가를 위해 뭐가 좋은지 나쁜지, 거위에서 물이 뚝뚝 떨어지듯 왜 국가에서 피가 흘러나오는지 나로선 잘 알지 못한다. 모든 사람과 모든 것 중에서 내 흥미를 끄는 건 오직 한 사람뿐이다. 그것이 나의 질병이며 나의 강박관념인 동시에, 아무튼 나에게 속하고 나 혼자에게만 판단이 위임된 것이다. 어릴 때부터―나는

---

* 나보코프의 소설 『위업』에 나오는, 소련을 모델로 한 가공의 북쪽 나라.

이제 젊지 않다―인간 안의 악은 내게는 유난히 혐오스럽고 숨이 막힐 정도로 참기 어렵고, 즉각적인 조롱과 박멸을 요하는 것이었다. 반면에 인간 안의 선은 내겐 항상 필수불가결한 정상적인 조건으로, 이를테면 숨을 쉬는 능력이 살아 있다는 사실을 전제로 하듯 당연히 허락되고 빼앗길 수 없는 것으로 여겨졌기에 거의 알아차리지 못했다. 세월이 흐르면서 악에 대한 직감은 극도로 첨예하게 발달시켰지만, 선에 대한 태도는 살짝 변화를 겪었다. 흔하다고 생각해서 무관심했던 선이 사실은 너무나 드물다는 것을 이해하게 되면서, 필요할 때 언제든 가까이에서 발견할 수 있다고 전혀 확신할 수 없게 된 것이다. 이는 내가 허름한 셋방에서 항상 가난에 시달리면서 힘겹고 고독한 삶을 살아온 이유이기도 하다. 그래도 나의 진정한 집이 바로 저 모퉁이만 돌면 나를 기다리고 있어서, 나의 존재를 꽉 채운 상상 속 천 개의 일을 끝내자마자 바로 들어갈 수 있을 듯한 막연한 느낌을 늘 품어왔다. 맙소사, 나는 둔한 직사각형의 정신을 얼마나 혐오했는가! 친절한 사람이라도 그 안에서 인색함이나 부자 숭배 같은 우스운 뭔가를 우연히 눈치채게 되면 나는 그 사람에게 얼마나 부당해질 수 있던지! 그리고 이제 내 앞에는, 누구에게서든 채취할 수 있는 악의 엷은 용액뿐 아니라, 거대한 그릇에 목까지 꽉 차올라 밀봉된, 고도로 농축되고 불순물이 섞이지 않은 원액 그대로의 악도 있다.

그는 야생화로 덮인 나의 조국을 순무와 양배추와 비트가 특별관리 하에 재배되는 광활한 채마밭으로 바꾸었다. 그리하여 전 국가의 열정 은 비옥한 토지에 통통한 채소를 키우는 열정으로 전락하고 말았다. 뒤 쪽 어딘가에서 조종중인 기관차가 반드시 딸린 공장 옆 채마밭, 도시 교외의 절망적이고 칙칙한 하늘, 그리고 그런 풍경 하면 바로 연상되어 상상할 수 있는 모든 것, 즉 울타리, 엉겅퀴 사이의 녹슨 깡통, 깨진 유 리, 배설물, 발밑에서 파열하듯 윙윙대는 검은 파리들—이런 것이 내 조국의 오늘날 이미지다. 극도로 우울한 이미지이지만, 여기선 우울함 이 인기다. 언젠가 그가 뚝딱 만들어 (어리석음이라는 쓰레기 구덩이 에) 던져버린 표어—"우리 국토의 반은 경작지로, 반은 아스팔트로"— 는 그것이 마치 인간의 행복에 대한 최고의 표현이라도 되는 듯이 천 치들에게 복창되었다. 차라리 한때 그가 가장 범속한 인간종인 소피스 트들을 읽고 조금씩 모아둔 조잡한 격언을 우리에게 주었다면 용서할 여지가 좀 있지만, 그가 우리에게 먹인 것은 그런 진리의 겉껍질 같은 것으로, 우리에게 요구되는 사고방식의 근거는 단지 지혜뿐 아니라 그 지혜의 파편이나 말실수이기도 하다. 하지만 나에게 가장 중요한 문제 는 여기 있지 않다. 왜냐하면, 우리가 종속된 관념이 비록 대단히 영감 으로 가득하고 정교하며 참신해서 촉촉할 정도이고 햇빛이 속속들이 비치더라도, 그 관념이 우리에게 영향을 주는 한 종속은 여전히 종속임 이 자명하기 때문이다. 아니, 요는 이렇다. 그의 권력이 커질수록 시민 의 의무, 교시, 제약, 법령 기타 등등 우리에게 부과된 모든 형식의 압박이 그 사람 자체와 점점 더 닮아가서 그 성격의 어떤 특질이나 과거의 세부사항과 명백한 연관을 보여준다는 것을, 그래서 문어의 촉수에서 문어가 재생되듯이 교시와 법령에 의거해 그의 인격―나를 포함해 아주 소수의 사람만 알고 있는―을 재구축할 수 있음을 깨달았다. 다시 말해, 그를 둘러싼 모든 것이 그의 외양을 취하기 시작한 것이다. 제정되는 법안은 우스울 정도로 그의 걸음걸이나 몸짓과 유사함을 보이기 시작했다. 채소장수는 그가 젊을 때 그토록 게걸스럽게 먹어치웠던 엄청난 양의 오이를 잔뜩 쌓아올리기 시작했다. 학교의 교과과정은 이제 집시 레슬링을 포함했는데, 그것은 그가 이십오 년 전에 서늘한 장난기가 발동하는 드문 순간이면 바다에서 내 동생과 뒹굴며 곧잘 하던 것이었다. 신문기사와 알랑거리는 작가들이 쓴 소설은 문체의 과잉, 이른바 보석 세공 같은 정교성(최근에 만들어진 모든 구절은 각기 다른 조성으로 똑같은 공인된 공리를 반복하기에 기본적으로 무의미한), 생각의 나약함이 딸린 언어력으로 가득찼고, 그 밖에도 그 사람 특유의 온갖 문체적 태를 다 부렸다. 그가, 내가 기억하는 대로의 그가 온갖 곳에 다 침투해 그 존재감으로 모든 사람의 사고방식과 일상생활을 감염시켜서, 그의 평범함과 지루함, 단조로운 습관이 내 조국의 삶 자체가 되고 있다는 것이 곧 느껴졌다. 그리고 마침내 그가 제정한 법―다수의 준엄한 힘, 다수라는 우상에 대한 끊임없는 희생―이 모든 사회적 의미를 잃었다. 그가 곧 다수이니까.

5

그는 내 동생 그레고리의 동지였다. 동생은 짧은 생애의 마지막 몇 해 동안, 조직된 사회의 극단적 형식(당시 우리가 가졌던 온건한 헌법을 오랫동안 불안하게 해온 형식)에 대해 열렬한 시적 열정을 품었다. 동생은 스물세 살이었던 어느 여름 저녁 강폭이 넓은, 아주 넓은 강에서 멱을 감다가 익사했다. 그래서 이제 동생을 회상하면, 반짝거리며 펼쳐진 수면과 오리나무가 무성하게 자란 작은 섬(동생은 거기까지 한번도 도착한 적이 없었지만, 내 기억의 떨리는 연무를 뚫고 언제나 그쪽을 향해 헤엄친다), 풍성하게 부풀어오른 오렌지색 구름을 가로지르는 길고 검은 구름, 금방이라도 별 하나가 반짝일 것 같다가도 또 아무 별도 전혀 보이지 않는, 맑고 터키석 색깔을 띠었던 일요일 전날 밤의 하늘에 토요일 아침의 뇌우가 남긴 그 모든 것이 가장 먼저 머릿속에 떠오른다. 당시 나는 그림의 역사에, 그리고 동굴 그림의 기원에 관한 학위논문에 수시로 너무 몰두해 있어서, 내 동생을 꾀어서 끌어들인 젊은이 무리를 살피며 예의주시하지 못했다. 그 점에 대해 기억을 떠올려보자면, 뚜렷한 한 무리가 아니라, 많은 면에서 차이가 있으나 일단은 반역적인 모험에 공통의 매력을 느낀다는 점에서 느슨하게 연결되는 여러 명의 젊은이가 함께 떠다닐 뿐이다. 하지만 현재라는 것은 언제나 추억에 왜곡된 영향력을 발휘하는 법이라, 이제 나는 흐릿한 배경에서 무의식적으로 그를 추려내 그 음울한 자아를 깊이 자각하는 음침하고 자기중심적인 의지, 결국 아무 재능 없는 사람을 의기양양한 괴물로 빚어낸 그런 종류의 의지를 (그레고리의 동지 중에서 그레고리와 가장 친했던 사람도, 가장 떠들썩했던 사람도 아닌) 그에게 부여했다.

초라한 우리 시골집의 어둑어둑한 거실에서 내 동생을 기다리던 그의 모습을 나는 기억한다. 그는 처음 눈에 들어온 의자에 걸터앉더니, 검은색 상의 주머니에서 꺼낸 꼬깃꼬깃한 신문을 바로 읽기 시작했다. 그러다 뭔가 천박한 일이 불현듯 생각나기라도 한 양 진저리를 치며 연기 빛깔 안경이라는 투구에 반쯤 숨겨진 얼굴에 울먹이는 표정을 지었다. 대충 끈을 졸라맨 그의 부츠가, 돌보지 않은 초원들 사이에 난 마찻길을 따라 수 마일을 방금 막 걸어온 듯이 항상 더러웠던 기억이 난다. 짧게 깎은 그의 머리는 이마 위에서 빳빳하게 곤두서 쐐기 모양을 이루었다(카이사르 같은 지금의 대머리를 예고하는 건 아직 아무것도 없었다). 크고 축축한 그의 손은 손톱을 너무 바특하게 물어뜯어 흉측한 손가락 끝마다 작은 쿠션 같은 군은살이 붙어서, 보고 있기에도 쓰라렸다. 그에게선 산양 같은 냄새가 났다. 그는 돈에 쪼들려서 잠자리를 가릴 형편이 아니었다.

동생이 도착하자(내 기억 속 그레고리는 항상 더디고, 마치 인생을 빨리 살아버리려는 듯 몹시 서두르는데도 매번 늦게 도착하는 것처럼 항상 숨이 턱까지 차서 오곤 했다—그리하여 결국엔 그 인생이 그를 내버려두고 떠나버렸다), 그는 미소 한번 짓지 않고 불쑥 일어나더니 미리 팔꿈치를 움츠리면서 기묘하게 경련하듯 한 손을 내밀며 그레고리에게 인사했다. 만약 상대가 그의 손을 제때에 잡아채지 않으면 손이 반동으로 탄성 있는 짤깍 소리를 내며 탈착 가능한 소맷동 속으로 도로 들어갈 것처럼 보였다. 그는 우리 가족 중에 누가 들어오면 퉁명스럽게 고개를 한번 까딱할 뿐이었다. 반대로 식모와는 여봐란듯이 악수하곤 했는데, 그전에 손을 닦을 새가 없이 악수한 식모는 마치 그 장면을 다시 촬영하듯 나중에 손을 닦곤 했다. 어머니는 그가 처음 우리집에 오기 얼마 전에 돌아가셨지만, 그를 대하는 아버지의 태도는, 모든 사람과 모든 것을 대하는 평소의 태도—우리에 대해서나 인생의 역경에 대해서나 그레고리가 거처를 마련해준 지저분한 개에 대해서나, 보아하니 심지어 아버지의 환자에 대해서도—와 마찬가지로 무심했다. 한편, 나이든 고모 두 분은 그 '괴짜'(괴짜의 정반대가 있다면, 그게 바로 그일 텐데)를 대놓고 경계했는데, 경계한다는 점에선 그레고리의 다른 친구들에 대해서도 마찬가지였다.

이십오 년이 지난 지금, 나는 그의 목소리를, 천둥같이 큰 음향의 라디오로 널리 퍼지는 그의 짐승 같은 포효를 종종 들을 기회가 있었다. 하지만 당시를 되돌아보면 그는 항상 부드럽게, 그것도 약간 쉰 듯하고 약간 혀 짧은 목소리로 속삭이듯이 말했다. 문장 끝에서 약간 숨을 헐떡이는 예의 기분 나쁜 버릇은 그때도, 그렇다, 그때도 이미 있었다. 애정을 담은 탄성으로 인사하며 그의 팔꿈치라도, 혹은 뼈가 앙상한 어깨라도 여전히 잡아보려 하는 내 동생 앞에 머리와 양팔을 늘어뜨리고선 그는 아마도 엉덩이 중간까지 내려오는 상의 길이 탓에 다리가 신기할 정도로 짧아 보였다. 그리고 그 자세의 애처로움은 침울한 수줍음 때문인지, 아니면 어떤 비극적인 메시지를 입 밖에 내기 전에 신체 기능을 긴장시켰기 때문인지 분간하기 어려웠다. 나중에, 그가 옷무더기로 보이지만 실제로는 그레고리의 셔츠와 캔버스천 바지일 뿐인 것을 강에서 갖고 왔던 그 끔찍했던 여름 저녁에, 그는 마침내 그 메시지를 입 밖에 내어 처리한 것처럼 보였다. 그러나 이제 와 보니, 그가 항상 속에 품고 다니는 듯 보였던 그 메시지는 결코 그 일이 아니라, 그 자신의 무시무시한 미래의 소식을 소리 죽여 전했던 게 아닌가 싶다.

동생과 대화하면서 비정상적일 정도로 자꾸 끊기는 그의 말소리가 반쯤 열린 문을 통해 가끔 들려왔다. 그는 티테이블 앞에 앉아 프레첼을 쪼개면서 올빼미 같은 눈을 등유 램프 불빛에서 돌리곤 했다. 우유를 삼키기 전에 입을 헹구는 이상하고 불쾌한 버릇이 있었는데, 프레첼을 씹을 때는 조심스럽게 입을 일그러뜨렸다. 치아 상태가 나빠서, 드러난 신경에서 느껴지는 불같은 통증을 시원한 바람을 짧게 휙 불어 속여보려고 입술 옆으로 휘파람소리를 내며 반복해서 숨을 들이마시곤 했다. 한번은 아버지가 그를 위해 탈지솜 조각에 아편이 함유된 갈색 물약을 적셔주고는, 별 뜻 없이 빙그레 웃으며 치과의사를 찾아가보라고 권한 적이 있었다. "전체는 부분보다 강합니다"라고 그는 어색할 정도로 무뚝뚝하게 대꾸하더니 이렇게 말을 이었다. "그런고로 전 제이를 이겨낼 것입니다." 그렇지만 이렇게 뻣뻣한 대사를 내가 직접 들었는지, 아니면 그것도 그 '괴짜'가 한 발언 중 하나로 나중에 몇 번이고 다시 들었던 것인지 이젠 가물가물하다. 다만 앞에서 얘기했듯이 그는 그런 괴짜 같은 게 아니다. 희미한 길잡이별을 맹목적으로 믿는 것이 어떻게 특이하고 희귀한 뭔가로 여겨질 수 있단 말인가? 그러나 믿건 안 믿건 다른 이들이 재능으로 사람들을 매혹하듯이, 그는 그 범속함으로 사람들을 매혹했다.

6

타고난 그의 음침함은 때때로 추잡하고 들쑥날쑥한 흥이 발작적으로 일면서 깨졌는데, 그럴 때면 고양이가 귀에 거슬리는 소리로 느닷없이 울부짖는 듯한 그의 웃음소리를 들을 수 있었다. 평소 벨벳 같은 침묵에 너무 익숙해져서 고양이가 밤에 우는 듯한 그 소리가 발광한 듯 악마적으로 들리는 것 같다고나 할까. 그는 그렇게 귀가 찢어질 듯이 소리를 지르면서 친구들에게 이끌려 게임을 하거나 몸싸움을 했는데, 그럴 때면 약골인 팔과 달리 다리는 강철처럼 강건하다는 게 드러났다. 어느 땐가는 유난히 장난을 좋아하던 소년이 그의 주머니 안에 두꺼비 한 마리를 넣어뒀는데, 그는 손가락으로 두꺼비를 쫓기 무서워서 무거워진 상의를 찢어버리기 시작했다. 그러고는 그 상태로, 얼굴은 험악한 홍조를 띠고 머리는 헝클어지고 찢어진 내의에 와이셔츠의 가슴팍만 걸친 차림으로, 매정한 곱사등이 아가씨의 포로가 되었다. 탐스럽게 땋아 내린 머리와 잉크처럼 푸른 눈에 많은 젊은이가 매료되어서, 그 아가씨가 체스 흑기사와 닮은 것쯤은 흠잡을 거리가 안 되었다.

젊은 시절의 그를 잘 알고 있는 사람들 대다수와 마찬가지로 지금은 안타깝게도 사망한(죽음이 마치 그와 동맹인 듯, 과거의 위험한 목격자들을 그가 가는 길에서 치워버렸다) 그 아가씨에게서, 나는 그의 호색적인 성향과 구애의 방식을 알아냈다. 이 발랄한 곱사등이 아가씨에게 그는 설교조로, 때때로 (정치적 팸플릿으로 알게 된) 역사 이야기─대중 교육용이었다─로 새는 편지를 쓰거나, 애매하고 질척거리는 말로 다른 여자(역시 뭔가 신체적인 결함이 있는 여자였으리라 생각되는데)에 대한 불평을 늘어놓곤 했다. 내가 모르는 그 다른 여자는 한때 도시에서 가장 우울한 구역에서 그와 동거하며 하숙했었다. 지금 이라도 그 이름도 모르는 인물을 찾아서 탐문할 수만 있다면 돈이 얼마가 들어도 찾겠지만, 그 여자도 역시 마침맞게 죽어버렸을 게 틀림없다. 그의 편지에서 보이는 흥미로운 특징은 역겨울 정도의 장황함이다. 그는 정체를 알 수 없는 적의 책략을 넌지시 암시하면서, 달력에서 단시를 읽은 적 있는 삼류 시인에 관해 길게 논했다—아아, 근시 특유의 작디작은 필적이 빽빽하게 적힌 그 귀중한 연습장의 페이지들을 부활시키는 게 가능하다면! 애석하게도, 나는 그중에 단 한 구절도 기억이 나지 않으며(당시 그것을 듣고는 낄낄대고 웃었을지언정 별 관심이 없었기 때문에), 기억 저 깊은 곳에서 아주 어렴풋하게 보이는 게 있다면, 땋아 내린 머리의 리본, 가는 쇄골, 그가 보낸 편지를 구기던 석류석 팔찌를 낀 재빠르고 거무칙칙한 손뿐이다. 그리고 나는 여자의 신뢰할 수 없는 웃음소리에 깃든 달콤한 음조도 포착한다.

7

재정비된 세계를 꿈꾸는 것과 세계를 자신이 보기에 딱 들어맞게 재정비하기를 꿈꾸는 것의 차이는 심오하고 치명적이다. 하지만 내 동생을 포함해 그의 친구 중 단 한 명도 자신들의 추상적 반란과 그의 무자비한 권력욕을 구별하지 못했다. 내 동생이 죽고 나서 한 달 후에 그는 자취를 감춰 활동 거점을 북쪽 지역으로 옮겼는데(동생의 무리는 와

해되어 뿔뿔이 흩어졌고, 내가 아는 한 다른 가담자 중 아무도 정치 쪽에 발을 들여놓지 않았다), 곧 거기서의 활동이 초기에 젊은이들의 모임에서 얘기되고 숙고되고 기대되었던 것과는 그 목적도 방법도 모두 정반대로 가고 있다는 소문이 들렸다. 당시 그의 면모를 되돌아보자면, 어디를 가도 등뒤에 길고 각진 반역의 그림자를 끌고 다녔던 것을 아무도 눈치채지 못했다는 게 놀랍다. 앉을 때는 가구 아래로 그 밑단을 밀어넣고, 휴대용 등유 램프를 비추며 계단을 내려가 문으로 갈 때면 계단 벽에 비친 난간의 그림자와 그 그림자가 이상하게 뒤섞이게 두었다. 아니면 거기를 향해 그 그림자를 드리운 게 우리의 어두운 현재라는 시간일까?

그들이 그를 좋아했는지 나는 모르겠지만, 어쨌든 내 동생을 비롯한 다른 동지들은 그의 뚱함을 정신력의 강렬함으로 오해했다. 그 관념의 잔인성은 그가 겪은 불가사의한 참사들의 당연한 결과로 보였으며, 온몸을 감싼 볼썽사나운 껍데기는 이를테면 정결하고 밝은 종자의 핵이 있으리라 가정하게 했다. 나 역시, 그가 자비로울 수 있다는 인상을 잠깐이지만 한때 품고 있었음을 고백해두는 게 좋겠다. 내가 진짜 그늘을 판별한 것은 조금 시간이 더 지난 후였다. 값싼 역설을 좋아하는 사람들은 오래전에 사형집행인들의 감상적인 면에 주목했다. 그러고 보니 아닌 말로, 정육점 앞 보도는 항상 조금 축축하지 않은가.

8

그 비극이 일어나고 처음 며칠 동안 그는 계속 나타나서 우리집에서 밤을 여러 번 보냈다. 그에게서는 내 동생의 죽음에서 비롯된 비애의 징후가 조금도 보이지 않았다. 그는 평소처럼 행동했는데, 평소 상태가 이미 울적한 그이기에 우린 조금도 놀라지 않았다. 여느 때처럼 어느 구석에 앉아 뭔가 시시한 걸 읽으면서, 요컨대 커다란 불행이 닥친 집에서 가까운 친구도 그렇다고 완전한 타인도 아닌 사람들이 하는 행동을 똑같이 했다. 더구나 이런 때에는 그가 계속 자리를 지키고 뚱하게 침묵하는 것이 엄숙한 애도의 태도로 충분히 통할 수 있었다. 눈물이 앞을 가린 일가 사람들 사이에서 의자에 앉아 잠 못 자는 밤을 보내던 당시 그 자신도 중병에 걸려 있었음을 나중에 알게 되는, 눈에 띄지 않으나 항상 있는―동정의 대들보랄까―강하고 과묵한 남자의 애도로. 하지만 그의 경우엔 이는 전부 정말 어처구니없는 오해였다. 그가 그때 우리집에 마음이 끌린 것은 딴 게 아니고, 탁자 위엔 지저분한 식기가 널려 있고 비흡연자들도 담배를 청하게 되는 우울하고 절망적인 영역보다 그가 자연스럽게 숨을 쉴 수 있는 장소가 또 없기 때문이었다.

죽음(언제나 그래왔듯이, 죽음에는 불필요한 절차의 요소가 있다)이 가능한 한 오랫동안 남은 사람들을 꼼짝 못하게 하려는, 견딜 수 없이 모호한 업무의 일환 중 하나이자 사소한 요식행위 중 하나를 그와 함께하러 나갔던 기억이 생생하다. 아마도 누군가 "거기, 그가 자네와 같이 갈 걸세"라고 말했던 것 같다. 그는 가만히 헛기침하며 왔다. 기억을 떠올리면 내 머리끝부터 발끝까지 견디기 힘든 수치심이 전기 충격처럼 관통하게 될 어떤 일을 내가 저질렀던 순간이 바로 그때였다(우리는 먼지가 풀풀 날리는, 인가가 없는 길을 따라 울타리와 목재 더미 옆을 지나며 걷고 있었다). 어떤 느낌인지는 신만이 아실 기분—아마도 감사보다는 타인의 애도에 대해 애도하는—에 휩싸이고 신경이 곤두서고 때에 맞지 않는 감정이 밀려와서 그의 손을 꼭 쥐었던 것이다(그러느라 우리 두 사람 다 약간 발을 헛디뎠다). 잠깐 그러고 있었는데, 만약 그때 내가 그를 얼싸안고는 그 소름끼치는 금색 짧은 털에 입술을 갖다대고 누르기라도 했다면, 지금 느끼는 괴로움은 그 이상 더 큰 괴로움이 없을 정도로 컸을 것이다. 이십오 년이 지난 지금 의아하게 여기는 것은, 우리가 집 근처의 인가 없는 길을 둘이서 걸어가던 그때 내 주머니에는 왠지 모르겠지만 계속 숨겨둘 셈이던 그레고리의 장전된 리볼버가 있어서, 직사거리에서 한 발이면 완벽하게 그를 살해할 수 있었다는 것이다. 그랬다면 오늘날에 있는 것들이 하나도 없었을 텐데 말이다. 비로 흠뻑 젖는 공휴일도, 노예 같은 어깨에 삽과 괭이와 갈퀴를 짊어진 수백만의 동포들이 행진하는 어마어마한 규모의 축제들도, 피할 수 없는 같은 목소리를 귀가 먹먹할 정도로 증폭하는 확성기도, 한 집 걸러 한 집씩에서 들려오는 비밀스러운 곡소리도, 온갖 고문도, 정신의 무기력증도, 거대한 초상들도—하나도 없었을 것이다. 아아, 만약 과거를 파헤쳐서 놓친 기회의 머리채를 잡아 현재로 끌어내 그 먼지 자욱한 길과 공터를, 내 뒷주머니의 그 무게감을, 내 옆에서 걷던 그 청년을 되살리는 게 가능하다면!

9

나는 햄릿 왕자처럼 둔하고 뚱뚱하다. 이런 내가 뭘 할 수 있을까? 지방 고등학교에서 그림을 가르치는 변변찮은 교사인 나와, 그를 위해 성으로 변형된 수도 제1감옥(이 독재자께서 "나를 선출한 인민의 의지가 만든 감옥의 수인"이라고 자칭하셨기에)의 알려지지 않은 방에서 철과 오크로 된 무수한 문 뒤에 앉아 있는 그 사이에는 상상하기도 힘든 거리가 있다. 나와 함께 지하실에 틀어박혔던 어떤 사람이 먼 친척인 늙은 과부 이야기를 해준 적 있다. 그 과부는 80파운드가 나가는 순무를 기르는 데 성공해서 그 공로로 고귀한 분을 알현했다고 한다. 그녀는 연달아 이어진 대리석 복도로 안내됐고, 문들이 앞에서 자물쇠가 열렸다가 뒤에서 다시 잠기는 과정이 끝없이 계속되더니 마침내 가구라고는 금박 입힌 의자 두 개밖에 없고 적나라할 정도로 불이 환하게 켜진 하얀 홀에 있게 됐다. 그녀는 거기 서서 기다리라는 말을 들었다. 이윽고 문 뒤에서 수많은 발소리가 들리더니 서로 양보하며 정중하게 절을 하면서 여섯 명의 경호원이 들어왔다. 과부는 휘둥그레진 눈으로 그들 중에서 그를 찾았는데, 그들의 눈은 그녀가 아닌 그녀 머리 너머 어딘가로 향해 있었다. 그래서 돌아보니, 그녀 뒤에서, 눈에 안 띄던 또 하나의 문을 통해 그 본인이 소리 없이 들어와 걸음을 멈추고 두 의자 중 하나의 등받이에 한 손을 둔 채, 특유의 격려하는 태도를 보이며 국가의 빈객을 유심히 보고 있었다. 그런 다음 그는 의자에 앉아, 그녀에게 자신이 이룬 영광스러운 성과를 자기 말로 묘사해보라고 권했다(이때 비서가 점토로 만든 그녀의 야채 복제품을 가지고 들어오더니 두번째 의자 위에 두었다). 잊지 못할 그 십 분 동안, 그녀는 어떻게 순무를 길렀는지, 어떻게 순무를 아무리 끌어당겨도, 오죽하면 죽은 남편이 같이 끌어당기는 걸 본 것 같다고 생각할 정도로 끌어당기고 또 끌어당겨도 땅에서 빼낼 수가 없었는지, 어떻게 처음에는 아들을, 그다음에는 조카와 여물간에서 쉬던 소방관 두 사람까지 부를 수밖에 없었는지, 그러다 어떻게 마침내 일렬로 늘어서서 함께 뒷걸음질치며 그 괴물을 빼냈는지 이야기했다. 그는 그녀의 이 생생한 이야기에 압도된 모양인지, "이런 게 진정한 시지"라고 수행원을 향해 말했다. "시인 동무들이 배워야 할 사람이 여기 있네." 그러더니 복제품은 청동으로 주조해야 한다고 뿌루퉁하게 명을 내린 후 나갔다고 한다. 그러나 나는 순무를 재배하지 않으니, 그에게 가까이 갈 방법이 없다. 설사 재배한다 해도, 내 비장의 무기를 어떻게 그의 은신처까지 가지고 간단 말인가?

때때로 그는 국민 앞에 나타난다. 그 누구도 그에게 가까이 가는 게 허락되지 않고, 모두들 배포된 현수막의 무거운 막대를 계속 들고 있어야 해서 두 손이 빌 틈이 없고, 막대한 비율의 감시자들(비밀요원은 말할 것도 없고, 그 비밀요원을 감시하는 비밀요원이 또 있으니)이 모두를 지켜보긴 하지만, 아주 노련하고 결단력이 강한 사람이라면 운좋게 빠져나갈 구멍 하나, 투명한 한순간, 뛰쳐나갈 운명의 아주 작고 좁은 틈을 찾아낼지도 모른다. 나는 마음속에서 온갖 종류의 살상 수단을, 고전적인 단검부터 대중적인 다이너마이트까지 하나하나 다 고려해봤지만, 모두 헛된 일이었다. 그러니 내 손안에서 해체되어가는 무기의 방아쇠를 자꾸 움켜쥐는데도 탄환이 총신에서 흩뿌려지듯 떨어지거나 씩 웃는 적의 가슴에 마치 무해한 콩처럼 튀는 동안, 그가 내 흉곽을 느굿하게 으스러뜨리기 시작하는 꿈을 자주 꿨던 것도 다 그럴만한 이유가 있었다.

10

어제 나는 여러 사람을 초대했다. 그들은 서로 안면은 없으나 똑같은 하나의 신성한 과업으로 연결된 사람들이었는데, 그 과업이 그들을 얼마나 변모시켰던지, 말로 표현할 수 없는 어떤 유사성을, 가령 연로한 프리메이슨 단원들에게서 나타나는 그런 유사성을 그들에게서 인지할 수 있었다. 그들은 직업도 가지가지였지만—재단사, 안마사, 의사, 이발사, 제빵사—모두 똑같이 품위 있는 행동거지와 절제된 몸짓을 보였다. 신기한 일도 아니지! 한 명은 그의 옷을 만들었는데, 그 말인즉슨 묘하게 여성적인 골반에 등은 둥그스름하며 말랐으나 엉덩이는 펑퍼짐한 몸의 치수를 재고, 그의 겨드랑이에 조심스레 손을 넣고, 금박 입힌 아이비 화환으로 장식된 거울 속을 그와 함께 들여다본다는 의미다. 두번째와 세번째 사람은 좀더 뚫고 들어갔다. 그들은 그의 벗은 모습을 보았고, 그의 근육을 주물렀으며 그의 심장소리를 들었다. 그 박자에 맞춰 우리 시계가 곧 재설정될 거라는 얘기가 있는데, 그렇게 되면 그야말로 문자 그대로의 의미에서 그의 맥박이 시간의 기본단위가 될 것이다. 네번째 남자는 그의 뺨에서 아래로, 그러고는 목에서 탁탁 소리를 내고 치면서, 나에게는 유혹하듯 예리해 보이는 면도날을 사용해 면도했다. 마지막 다섯번째 남자는 바보같이, 순전히 습관의 힘으로 그가 가장 좋아하는 빵에 비소 대신 건포도를 넣어 구웠다. 나는 이 사람들을 만져서 신비로운 그들의 의식에, 그 악마적인 수작업에 조금이라도 가담하고 싶었다. 그들의 손에 그의 체취가 스며 있고, 그 사람들을 통해 그도 여기 있는 것처럼 여겨졌다. 그 모임의 분위기는 내내 아주 좋고 격식 있었다. 우리는 그와 관계없는 것들을 이야기했는데, 내가 만약 거기서 그의 이름을 언급하면 바로 그들 각자의 눈에 사제가 보일 법한 경고의 눈빛이 일제히 번뜩이리란 걸 알았다. 그리고 문득 정신을 차려보니 내가 오른쪽에 앉은 사람이 재단한 정장을 입고, 마주보고 앉은 사람이 만든 패스트리를 먹고, 왼쪽에 앉은 사람이 처방한 특제 광천수를 들이켜 그 패스트리를 씻어내리고 있다는 것을 깨닫고는 의미심장한 꿈을 꾸는 듯한 으스스한 기분에 압도되어 바로 깨어났다—커튼이 없는 창에 가난한 자의 달이 떠 있는, 나의 가난한 방안에서.

그런 꿈을 꾸긴 했지만 나는 그 밤에 감사한다. 요즘 불면증에 시달리기 때문이다. 마치 그의 요원들이 오늘날 범죄자에게 가하는 가장 대중적인 고문에 미리 나를 적응시키는 듯했다. '오늘날'이라고 쓴 건, 그가 권력을 쥔 이래로 이를테면, 완전히 새로운 종의 정치범(하찮은 좀도둑질이 횡령으로 부풀려지고, 또 횡령은 그 나름대로 체제 전복 시도로 여겨져서 다른 종류, 즉 형사 범죄는 사실상 더는 존재하지 않는다)들, 속이 비칠 정도로 투명한 피부와 환한 빛을 발하는 툭 튀어나온 눈을 가진, 정교할 정도로 연약한 사람들이 나타났기 때문이다. 이는 어린 오카피*나 가장 작은 여우원숭이 종처럼 진귀하고도 가치가 높은 품

---

* 아프리카 콩고 지방의 삼림지대에 분포하는 기린과의 희귀동물로, 당나귀와 흡사하고 다리의 뒷부분에 하얀 띠 무늬가 있다.

종이다. 그래서 사람들은 열정적으로, 자신을 잊은 채 그들을 사냥했고 포획된 모든 표본은 대중에게 박수갈채로 환호받았는데, 그 이상하고 투명한 야수들은 꽤 길들여졌기 때문에 사냥이 실제로는 아무 난관도 위험도 특별히 없었는데도 그랬다.

그도 가끔 그 고문실에 몸소 방문하기를 꺼리지 않는 것 같다는 소심한 소문이 돌았지만, 아마 그건 진실이 아닐 것이다. 체신부 장관이라고 손수 편지를 배달하지 않고, 해군성 장관이라고 꼭 수영의 달인은 아니니까. 옛날에 민중이 미신적인 공포를 우스꽝스러운 해학으로 치장해서 악마에 관한 이야기를 만들어냈던 것처럼, 남이 못된 사람이길 비는 용렬한 사람들이 특별한 종류의 원시적인 농담으로 새면서 그에 대해 얘기하는 그 거리낌없는 가십성 어조를 들으면 나는 대개 진저리를 치곤 했다. 급하게 개작된 저속한 일화들(이를테면, 켈트 원형까지 거슬러올라가는)이나 '제법 믿을 만한 정보원'에게서 들은 비밀 정보(예를 들어 누가 인기가 있고 누가 그렇지 않은지에 관한)에서는 언제나 하인들의 구역에서 풍기는 냄새가 난다. 그렇지만 이보다 더 나쁜 예들이 있으니, 불과 삼 년 전에 양친이 처형된 내 친구 N(N 자신도 치욕적인 박해를 당했음은 말할 것도 없고)이 공식 축제 행사에서 그 사람의 말을 듣고 눈으로 그 모습을 보고 돌아와서는 한다는 말이 "있잖아, 그렇지만, 어찌됐든 간에 그 남자에겐 어떤 힘이 있긴 있더라"였다. N의 상판대기를 주먹으로 한 방 먹이고 싶구나.

11

　세계적 명성을 얻은 어떤 외국 작가는 출간된 '만년'의 편지 중 하나에서, 이제 자신은 하나의 예외를 빼고 모든 것에 냉담하고 환멸을 느끼며 무관심하다고 쓴 바 있다. 그 하나의 예외란, 그가 만년에 이룬 화려한 성취, 이제 막 다다른 정상에 쌓인 눈의 반짝임과 비교해 젊은 시절 자신이 얼마나 비참했는지 생각할 때마다 지금까지도 생생하게 느껴지는 낭만적인 전율이라고 했다. 무명이었던 데뷔 당시, 젊은 예술가로서 수많은 무명의 동지와 어깨를 나란히 하고 시와 고통의 반그림자 속에 있었던 때가 지금도 그의 마음을 동하게 하고, 흥분과 감사—자신의 운명에 대한, 재주에 대한, 그리고 자신의 창조적 의지에 대한 감사—로 채우는 것이다. 한때 가난하게 살았던 장소를 방문하고 전혀 중요하지 않은 동년배의 노인들과 재회하는 것에는 뭐라 할 수 없이 복잡하고 풍부한 매력이 있어서, 이런 감정에 대해 세세히 따져보는 것만으로도, 내세에 그의 영혼이 보낼 미래의 여가로 충분할 듯하다는 것이다.

　그리하여, 침울한 우리 지배자가 그의 과거와 대면할 때 느끼는 바를 내가 상상해보려 할 때면 명백히 이해하게 되는 점들이 있는데, 첫째는 진정한 인간은 시인이라는 것이며, 둘째는 그, 즉 우리의 지배자가 반反시인의 화신이라는 것이다. 그런데도 외국 신문들은, 특히 석양의 의미를 함축한 이름을 갖고 있고 '이야기tales'를 '판매 부수sales'로 바꾸는 게 얼마나 간단한 일인지 아는 신문들은 그의 운명이 지닌 전설적인 특질을 강조하고, 독자 대중을 그의 생가이자 지금까지도 비슷한 극빈자들이 살면서 세탁물을 끝이 안 보이게 내걸어놓고 있을(극빈자들은 세탁을 대량으로 하게 마련이다) 거대한 검은색 집으로 안내하는 데 여념이 없었다. 그 신문들은 또 어떻게 입수했는지 모를 일이지만, 그의 생모(부친은 신원 미상)인, 도시 관문에 있는 맥줏집에서 일하던, 곱슬곱슬한 앞머리에 코가 펑퍼짐하고 몸집이 떡 벌어진 여성의 사진 한 장을 게재했다. 그의 소년 시절과 청년 시절을 직접 목격한 이가 거의 남아 있지 않고, 지금까지 아직 생존해 있는 이들은 지극히 신중한 태도로 답해서(아아, 아무도 나에게는 묻지 않았다), 오늘날의 지도자가 아이일 때 전쟁 게임에서 두각을 나타냈다거나 젊을 때는 새벽닭이 울 때까지 책을 읽곤 했다는 식의 이미지를 지어내는 대단한 재능이 기자에게 필요했다. 선동가로서 그가 누린 행운은 운명의 거역할 수 없는 힘으로 해석되었으며, 의회에 선출되자마자 곧 그와 그 일당이 의회를 정지시켰던(그후, 군대가 고분고분한 태도로 좀 투덜대는가 싶더니 곧바로 그의 편으로 넘어갔다), 구름으로 뒤덮였던 그 겨울날에 당연히 대단한 관심이 집중됐다.

대단한 신화는 아니었지만 그래도 신화는 신화로(이런 뉘앙스를 주는 기회를 기자들은 놓치는 법이 없다), 닫힌 원이자 별개의 총체인 이 신화는 나름의 배타적인 생을 영위하기 시작할 채비를 했고, 그 주인공이 아직 살아 있는데도 그 신화를 실제 진실로 대체하는 것은 이미 불가능했다. 진실을 알 수 있는 유일한 사람인 그가 증인으로서 아무 쓸모가 없어서 불가능한 것인데, 이는 그가 편견에 휩싸여 있거나 정직하지 못해서가 아니라, 도망 노예처럼 '기억이 나지 않기' 때문이다! 아아, 물론 그는 자신의 옛 적들과 자신이 읽었던 책 두세 권을 기억하고,

장작더미에서 떨어져 병아리 두 마리를 압사시켰다는 이유로 어떻게 맞았는지도 기억한다. 즉 그 안에서 어떤 조악한 기억의 메커니즘이 작동하고 있다는 뜻이다. 그러나 만약 신들이 그에게 자신의 기억에서 자신을 합성할 것을 제안하며 그 합성된 이미지를 불멸로 보상하겠다는 조건을 걸었다고 해도, 결과물이라 해봐야 형체가 흐릿한 배아, 달을 덜 채우고 태어난 미숙아, 결코 불멸할 수 없을, 눈멀고 귀먹은 난쟁이에 불과할 것이다.

설사 그가 가난할 때 살던 집을 방문한다 해도 어떤 전율도―악의적인 허영심에서 오는 전율조차―그의 피부를 타고 흐를 일은 없을 것이다. 그러나 나는 그가 전에 살던 거처에 방문했다! 그가 태어난 곳으로 되어 있고, 지금은 그에게 봉헌된 기념박물관(낡은 포스터들, 홈통의 진흙으로 더럽혀진 깃발, 종 형태의 유리 덮개로 덮인 영광의 자리에 놓인 단추 하나가 그의 좀스러운 젊은 시절에서 보존할 수 있었던 전부이다)이 된 공동주택이 아니라, 그와 내 동생이 가깝게 지내던 시절에 그가 수개월을 보냈던 그 끔찍한 가구 딸린 방들을 말이다. 전 소유주는 이미 오래전에 죽었고 하숙인 명부는 등록된 적이 없어서, 그가 이전에 여기에 거주했다는 흔적은 아무것도 남은 게 없었다. 그래서 나는 이 세상에서 나 혼자만이(그가 그 하숙집들을 다 잊어버렸다고 하니까―그렇게나 많은데) 이 사실을 안다고 생각하면서 특별한 만족감에 가득찼다. 나는 죽어 있는 가구에 손을 대고, 창문으로 옆집 지붕을 쳐다보면서, 내 손으로 그의 인생을 여는 열쇠를 감싸쥔 것 같다고 느꼈다.

12

바로 얼마 전 나는 또 한 명의 방문객을 받았다. 몹시 지저분한 차림의 노인으로, 극도로 흥분한 상태인 게 한눈에도 보였다. 피부가 단단하고 손등이 번지르르한 손은 덜덜 떨리고, 분홍빛을 띤 눈꺼풀 안쪽면이 노인 특유의 마른 눈물로 축축하게 젖었으며, 바보 같은 미소에서 고통으로 뒤틀린 주름까지, 무심코 보이는 빛바랜 표정들이 그 얼굴을 차례차례 스쳐지나갔다. 노인은 내가 빌려준 펜으로 종잇조각에 중대한 연월일의 숫자를 그렸다. 그 날짜―거의 반세기 전이다―는 지배자의 탄생일이었다. 그 이상은 감히 계속할 수 없다는 것인지, 아니면 그저 그가 앞으로 부릴 작은 속임수를 강조하려고 주저하는 척하는 것인지, 그는 펜을 들더니 나를 물끄러미 바라보았다. 내가 초조해하며 격려하듯 고개를 끄덕이자, 그는 또다른 날짜, 즉 아까 날짜에서 아홉달 전의 날짜를 쓰고 두 번 밑줄을 치더니, 마치 승리에 찬 웃음을 터뜨리려는 것처럼 입술을 벌렸지만, 웃는 대신에 갑자기 얼굴을 두 손으로 감쌌다. "자, 본론으로 가죠"라고 말하며 나는 이 서투른 배우의 어깨를 한번 흔들었다. 재빨리 평정을 되찾은 그는 주머니를 뒤지더니, 수년의 세월을 지나며 불투명한 우윳빛을 띠게 된 두껍고 뻣뻣한 사진 한 장을 건넸다. 군복을 입은 건장한 젊은이의 사진이었다. 챙이 있는 군모가 의자 위에 놓여 있고, 젊은이는 목석같이 굳었지만 편안한 척하면서 의자 등받이에 한 손을 얹은 자세였는데, 등뒤로 상투적인 배경을 연출하는 난간과 항아리를 알아볼 수 있었다. 두세 번 번갈아 힐끗거린 덕분에 나는 내 손님의 이목구비와 병사의 그늘 없이 밋밋한 얼굴(얇은 턱수염이 테두리에 둘리고 앞머리를 짧게 쳐서 이마가 더 좁아 보이는) 사이에 닮은 점이 거의 없으나 그럼에도 병사와 그가 동일인임을 확인했다. 스냅사진에서 그는 스무 살 정도 되어 보였는데, 그 사진 자체가 오십 년은 묵었다. 그 시간의 간격을 그저 그런 삼류 인생 중 하나의 진부한 이야기로 채우기는 쉽다. 늙은 넝마주이, 공원의 안내원, 옛 전장에서 입었던 군복을 입은 울분에 찬 상이용사 들의 얼굴에서 그 각인을 (때로는 도리에 어긋나는 괴로운 우월감을 느끼면서) 읽는 이야기들로. 나는 그런 비밀을 품고 살아가는 게 어떤 느낌인지, 그런 끔찍한 사람의 부친이라는 사실이 가진 무게를 어떻게 짊어질 수 있었는지, 공적 존재로서의 자기 자식을 끊임없이 보고 듣는다는 건 어떤 기분인지에 대해 그에게 질문을 퍼부으려던 참이었는데, 그 순간 그의 몸을 통해 벽지의 출구 없는 미로 같은 무늬가 비쳐 보였다. 나는 손님을 붙들기 위해 한 손을 뻗었지만, 그 비칠거리던 노인은 소멸의 냉기에 덜덜 떨며 녹아 사라져버렸다.

그래도 이 부친이란 남자가 실재하고 있으니(혹은 꽤 최근까지 실재했으니), 운명이 그 남자에게 잠시 동침했던 여성의 정체에 대한 유익한 무지를 선사하지 않았다면, 감히 공개적으로 말하지 못할 어떤 고뇌가 우리 사이를 배회할지는 아무도 모른다. 그리고 그 고뇌는 그 박복한 남자가 자신이 부친임을 충분히 확신하지 못함으로써 한층 더 통렬해질 것이다. 왜냐하면 그 젊은 처자는 문란한 여자였으니, 그처럼 끈질기게 날짜를 셈해보고, 너무 많은 숫자와 너무 빈약한 기억이 엮어낸 지옥을 헤매고, 상스럽게도 과거의 그림자로부터 이익을 얻을 꿈을 꾸고, (어떤 오류나 모독, 혹은 너무 끔찍한 진실 때문에) 즉결 처형을 당할까봐 두려워하고, 마음 저 깊은 곳에서는 약간 자부심도 느끼면서 (어찌됐든 그는 '지배자'가 아닌가!) 계산과 억측 사이에서 정신을 놓아버린 사람들이 이 세상에 여럿 있을지도 모르니 말이다—끔찍하다, 끔찍해!

13

시간이 흘렀고, 한편 나는 숨이 막힐 듯 격한 몽상의 수렁에 빠지게 되었다. 사실 그 일은 나를 놀라게 했는데, 나는 내가 단호하고 대담하기까지 한 수많은 행동을 해내리란 걸 알았고, 암살 시도가 나에게 미칠 파멸적인 결과 역시 조금도 두려워하지 않았기 때문이다. 그와 반대로 나는 그 행동 자체가 어떻게 벌어질지는 명확하게 그리지 못했지만, 그 직후에 뒤따를 난투극만은 선명히 그릴 수 있었다—나를 체포하는 사람들의 회오리, 탐욕스러운 손들에 인형처럼 홱홱 잡아당겨지는 내 움직임, 옷이 잡아 뜯겨 찢어지는 소리, 눈앞이 안 보일 정도로 붉어지는 구타, 그리고 최후에는(일단 이 난투극에서 내가 살아 나와야겠지만) 간수들의 강철 같은 포박, 투옥, 신속한 재판, 고문실, 교수대, 이 모든 게 천둥처럼 울리는 나의 강력한 행복이라는 반주에 맞추어 이뤄진다. 나의 동료 시민들이 바로 자신들의 해방을 인지할 거라고는 기대하지 않는다. 순전히 타성에 젖어 체제가 더 가혹해질지도 모른다는 것조차 나는 용납할 수 있다. 나에게 인민을 위해 죽는 시민 영웅 같은 면모는 전혀 없다. 나는 나 자신을 위해서만, 선과 진실로 이루어진 나 자신의 세계를 위해서만 죽을 뿐이다—지금은 내 안에서도 밖에서도 왜곡되고 침해된 그 선과 진실이 나에게 귀중하듯이 만약 다른 누군가에게도 귀중하다면 더 좋은 일이고, 만약 그렇지 않고 조국이 나와는 다른 유형의 인간을 필요로 한다면 나는 기꺼이 나의 무용함을 받아들이겠지만, 그래도 여전히 나의 과업을 실행할 것이다.

내 인생의 너무 많은 부분이 증오로 물들고 침전되어 즐거울 구석이 조금도 없었다. 나는 미개인도 옛 종교를 믿는 현대의 신봉자도 꿈꿔보지 않은 지복의 경지와 초자연적 존재의 단계를 예견하기 때문에, 더욱더 죽음의 컴컴한 메스꺼움이나 고뇌가 두렵지 않다. 그리하여 나의 정신은 명료하고 나의 손은 자유로우며—그래도 내가 여전히 알지 못하는 게 있으니, 그를 어떻게 죽일 것인가를 알지 못한다.

이따금 생각하는데, 그것은 아마도 살인과 살해 의도라는 것이 결국 견딜 수 없이 진부하기 짝이 없고, 인간을 살해하는 방법과 무기의 유형을 검토하는 상상력이 치욕스러운 과업을 수행하며, 행동을 촉구하는 힘이 더 정의로우면 정의로울수록 그 기만성이 더 통렬히 느껴지기 때문은 아닐까, 아니, 어쩌면 결벽증 때문에 그를 죽일 수 없는 것인지도. 기어다니는 거라면 뭐든지 격렬한 혐오감을 느끼는 사람들이 먼지투성이가 된 자기 내장의 맨 끝을 밟는 것 같아서 마당의 벌레를 신발 바닥으로 짓이기지 못하는 것과 같다고나 할까. 그러나 내 우유부단함을 설명하는 어떤 이유를 내가 생각해낸다 해도, 내가 그를 타도해야 한다는 사실을 자신에게 숨기려 한다면 어리석기 짝이 없을 것이다. 오, 햄릿이여, 오, 달 아래 멍청한 자여!

14

　방금 그가 신축 다층온실의 기공식에서 연설했는데, 연설중에 인간의 평등과 들판 밀 이삭의 평등을 언급하다가 시적 효과를 내기 위해 라틴어 혹은 엉터리 라틴어로 *아리스타, 아리스티페르*, 심지어는 '아리스타이즈'(뜻인즉슨, '이삭이 나온다')* 같은 단어까지 썼다―대체 어떤 고리타분한 스콜라 학자가 이런 미심쩍은 화법을 쓰라고 조언해줬는지 모르겠지만, 어쨌든 그 보답으로, 최근 잡지에 게재된 시에 어째서 다음과 같은 의고체가 포함됐는지 이제 이해하게 되었다.

　　유즙이 나오는 암소에게 하제를 먹이는
　　수의학자는 얼마나 현명한가

　두 시간 동안 그 엄청나게 큰 목소리가 이곳저곳의 창문에서 다양한 강세로 분출되며 우리의 도시 전체에 천둥처럼 울려서, 길을 걸으면(여담이지만, 길을 걷는 것은 위험하고 불경스러운 행위로 여겨지니 앉아서 들으시길) 그가 지붕에서 쿵 하고 떨어져 당신의 다리 사이에서 네 발로 기며 꿈틀거리다가 머리를 주둥이로 쪼기 위해 다시 펄쩍 뛰어오르고는 인간의 언어를 희화화한 소리로 꾸르륵대고 깍깍거리고 꽥꽥거리면서 당신을 졸졸 따라다니는 인상을 받을 것이다. 그 목소리로부터 도망쳐 숨을 곳은 없으며, 완전히 귀가 먹먹해진 나의 조국

---

* 아리스타는 라틴어로 '이삭'이라는 뜻이다. 다만 라틴어에 아리스티페르나 아리스타이즈라는 단어는 없다.

에서는 어느 도시와 마을을 가도 사정은 마찬가지다. 그의 광분한 웅변이 보이는 흥미로운 특징, 즉 특별히 효과적인 문장을 말한 후에 잠시 휴지를 두는 것을 눈치챈 사람이 나밖에 없음이 분명했다. 그것은 마치 한 주정뱅이가 주정뱅이들 특유의 자립적이지만 충족되지 않은 고독에 휩싸여 길 한가운데 서 있는 것 같다고나 할까. 그는 격노와 열정과 확신이란 면에서는 더할 수 없이 단호하나 의미와 목적 면에서는 모호한, 독설에 가까운 독백의 파편을 열변하던 와중에 힘을 모아 다음 문구를 생각하고 말한 바가 충분히 이해되도록 종종 말을 멈췄는데, 그러고는 그 휴지가 끝나기를 기다렸다가 방금 쏟아냈던 말을 단어 하나하나 그대로 반복했다. 그러나 그 목소리의 어조는 마치 새로운 주장을, 완전히 새롭고 반박할 여지가 없는 또다른 견해를 생각해냈음을 암시하는 듯했다.

마침내 '지도자'가 고갈되고, 얼굴도 뺨도 보이지 않는 트럼펫 연주자들이 우리의 농업 찬가를 연주하자, 나는 안도감을 느끼지 못한 것은 물론 오히려 번민과 상실의 감각까지 생겼다. 그가 말을 하는 동안은 적어도 내가 그를 지켜볼 수 있고 그가 어디 있으며 무엇을 하는지 알 수 있었는데, 이제 다시 그는 내가 호흡하지만 눈에 보이는 초점이 없는 공기 속으로 녹아 사라져버렸다.

매끄러운 머리카락을 가진 우리 산악 민족의 여성들은 연인에게 버려지면 매일 아침 터키석으로 된 핀의 머리를 갈색 손가락으로 집요하게 눌러 도망간 남자를 본떠 만든 점토인형의 배꼽을 찌른다는데, 나는 그 심정이 이해된다. 최근 나는 몇 번이나 그의 존재 리듬을 모사해, 현수교의 흔들림이 다리를 건너는 병사 대열의 율동적인 발걸음에 부응하듯이 그의 존재 리듬을 흩뜨려 붕괴시키기 위해서, 정신의 온 힘을 다해 주어진 어떤 순간에 그의 관심과 생각이 어떻게 흐르는지 상상해보려 했다. 병사들 역시 죽을 것이다. 그리고 마찬가지로 나도 그 리듬을 포착한 순간 제정신을 잃고 죽을 것이지만, 그도 그 순간 멀리 있는 성에서 쓰러져 죽을 것이다. 하지만 어쨌든 독재자 살해 방법이 뭐든 간에 나는 살아남지 못할 것이다. 나는 아침 여덟시 반쯤 일어나면 그가 깨어나는 광경을 눈앞에 그려보려 안간힘을 쓴다. 그는 일찍도 늦게도 아닌 평균적인 시간에 일어난다. 스스로 자신을—내 생각엔 공식적으로도—'평균적 인간'이라고 불렀듯이 말이다. 아홉시가 되면 그와 나 둘 다 검소하게 한 잔의 우유와 빵 하나로 아침식사를 하고, 만약 그날 학교에서 바쁘지 않으면 나는 계속 그의 상념을 추적한다. 그는 신문 여러 개를 통독하고, 나도 그의 주의를 끌었을지 모를 기사를 찾으며 함께 읽는다. 비록 내가 읽는 조간신문의 전반적인 내용과 주요 기사, 그 개요와 국내 뉴스를 그는 전날 저녁에 다 알아버려서 신문을 통독한다 해도 국가 행정에 대해 명상할 특별한 계기가 생기지 않을 것임을 나도 알지만 말이다. 그다음에는 보좌관들이 보고서와 질의서를 갖고 온다. 그와 함께 나는, 오늘 철도 교통 상황과 고군분투하는 중공업의 실태와 금년 겨울 밀 수확량이 1헥타르당 몇 첸트네르*인지 안다. 관대한 처분을 바라는 탄원서 몇 개를 눈으로 대강 훑어보고 늘 그렇듯이 거부의 표시—연필로 쓴 X(그의 마음이 문맹이라는 상징)—를 하고는 평소대로 점심 전 산책을 하러 간다. 상상력이 결여된 그리 똑

---

* 러시아의 중량 단위. 1첸트네르는 100킬로그램이다.

똑하지 않은 사람들 다수가 그렇듯이, 산책은 그가 제일 좋아하는 운동이다. 그는 예전에는 큰 감옥의 중정이었던 벽으로 둘린 정원을 걷는다. 그의 검박한 점심 메뉴에 나도 익숙해졌다. 점심을 먹고 나면 나는 그와 함께 오수를 즐기고, 그의 권력을 좀더 꽃피우게 할 계획이나 폭동을 제압할 새로운 수단을 궁리한다. 오후가 되면 우리는 신축건물, 요새, 법정을 비롯한 정부의 번영을 보여주는 시설을 시찰하고, 발명가가 고안한 신종 환기장치를 함께 인가한다. 보통 다양한 관리가 동석하는 연회 자리가 되는 저녁식사에 나는 빠지지만, 그 대신 밤이 되면 나의 상념은 그 힘이 배가되어 신문편집자에게 명령을 내리고 저녁 회의의 보고를 듣는다. 그러고는 어두컴컴해진 내 방에서 홀로 속삭이면서 온갖 몸짓을 하며 한층 더 발광하여 희망을 품고는 내 상념 중에 적어도 한 가지만이라도 그의 상념과 보조가 맞기를 바랐다—그러고 나면 바이올린 현처럼 다리가 툭 끊어질 거라는 걸 나는 안다. 그러나 너무도 열의 넘치는 도박사를 으레 따라다니는 불운이 나에게 달라붙었는지, 그와 뭔가 비밀스러운 연결을 맺었음이 틀림없는데도 노리던 패가 한 번도 손에 들어오지 않았다. 그가 침소에 드는 열한시경, 나의 전 존재가 무너져내리고 텅 비고 미약해지는 듯한 감각과 우울한 안도감이 느껴진다. 이윽고 그는 잠에 빠져든다. 그리고 수인의 침상에서 잠든 그가 취침 전 상념에 괴로울 일은 전혀 없으니, 나도 자유로워진다. 나는 그저 가끔 성공할 기대는 조금도 없이 그의 과거 단편과 현재의 인상을 조합해 그의 꿈을 구성해보려 애쓸 뿐이다. 하지만 아마도 그는 꿈을 꾸지 않을 것이니 헛수고일 뿐이고, 왕이 임종하며 가르렁거리는 소리가 한밤중에 들리며 "독재자가 자다가 죽었다"라고 역사가 논평하게 되는 일은 절대로, 절대로 없을 것이다.

15

어떻게 하면 그를 제거할 수 있을까? 난 더는 참을 수가 없다. 모든 것에 그가 가득 들어차고, 내가 사랑하는 모든 것이 더럽혀지고, 모든 것이 그의 닮은꼴, 그의 거울상이 되고, 행인들의 이목구비에도 나의 처량한 학교 아이들의 눈에도 그의 생김새가 점점 명확하게, 더욱더 절망적으로 나타났다. 내가 아이들에게 색칠해 모사하도록 시켜야 했던 포스터들이 그의 성격 패턴을 해석하는 것에 지나지 않았을 뿐 아니라, 내가 저학년 아이들에게 그리라고 준 단순한 하얀 입방체 역시 나에게는 그의 초상처럼 보였다—아마도 가장 최선의 초상이겠지. 아아, 입방체 괴물이여, 어떻게 하면 너를 박멸할 수 있을까?

16

그러다 갑자기 나에게 어떤 방법이 있음을 깨달았다! 그날은 서리가 내렸던 고요한 아침으로, 하늘은 옅은 분홍빛을 띠고 홈통의 좁은 입구에는 얼음덩어리들이 박혀 있었다. 어느 곳에나 불길한 정적이 흐르고, 한 시간이면 마을이 잠에서 깨어날 것인데, 그 깨어남이란 어떤 것인가! 그날은 그의 쉰 살 생일을 경축하는 날로, 눈을 배경으로 검은색

사분음표처럼 보이는 사람들이 직업별로 결정된 각각의 행진 그룹으로 나뉠 지점에 정해진 일정대로 집결하기 위해 이미 거리로 기어나오고 있었다. 쥐꼬리만한 수입을 잃을 위험을 무릅쓰고서 나는 축전 행진에 합류할 준비를 하지 않고 다른 걸, 그보다 조금 더 중요한 딴것을 생각하고 있었다. 창문가에 서 있자니 멀리서 팡파르가 처음으로 울리는 소리와 교차로에서 라디오가 왈왈대며 권유하는 말소리가 들려왔다. 그리고 나는 내가, 나 혼자 이 모든 것을 중단할 수 있다고 생각하며 위안을 느꼈다. 그렇다, 드디어 해결책을 찾았다. 이제 독재자 암살이 너무도 간단하고 금방 실행될 수 있는 것으로 드러난 덕에 나는 방을 나가지 않고도 해낼 수 있었다. 그 목적을 이루는 데 쓸 수 있는 무기라고 해봐야 낡았지만 아주 잘 보존된 리볼버나 한때 창문 위에서 긴 커튼의 막대를 지탱하는 데 쓰였음이 틀림없는 고리밖에 없다. 이십오 년 된 탄약통의 성능이 의심스러워 후자가 차라리 더 나을 것 같았다.

나 자신을 죽임으로써 나는 그를 죽이게 된다. 내 증오의 강렬함을 먹고 살찐 그가 온전히 내 안에 있으니까. 나는 그와 더불어 그가 창조한 세계, 그 세계의 모든 어리석음과 비겁함과 잔인함을 다 죽이게 될 것이다. 그 세계는 그와 함께 내 안에서 거대해져 마지막으로 본 햇살이 내리쬐는 풍경까지, 어린 시절의 가장 마지막 기억까지 다다라 내가 모았던 보물을 모두 몰아내버렸다. 이제 나의 힘을 의식하게 된 나는 느긋하게 자기파괴를 위한 준비에 착수해 내 소유물들을 살펴보고 내 연대기를 수정하면서 그 힘을 즐겼다. 그러고 있는데 돌연, 나를 압도했던 모든 감각이 믿을 수 없을 정도로 강렬해지며 기이한, 거의 연금술적인 변용을 겪었다. 창밖에서는 축제 행사가 펼쳐지고, 햇살은 푸르스름한 눈더미를 반짝거리는 솜털로 바꾸고, 멀리 있는 지붕들 위로 훤한 대낮에도 그 색채가 빛나는 신종 폭죽(최근 천재 농부가 발명한)이 터지는 것이 눈에 보였다. 민중의 환희, 천상에서 불꽃놀이로 번쩍하며 보석같이 빛나는 '지도자'를 닮은 형상, 눈으로 덮인 강 위를 구불구불 가로지르는 행진의 화사한 빛깔, 조국 번영의 유쾌한 마분지 상징들, 행진자들의 어깨 위에서 위아래로 까딱까딱 움직이는 다양하고 우아한 도안의 구호, 경쾌하고 원초적인 음악, 현수막들의 광란, 시골 젊은이들의 히죽거리는 표정과 기골이 장대한 젊은 처자들의 민족의 상—이 모든 것이 내 안에서 치미는 뭉클한 감정의 새빨간 물결을 일으켜, 나는 위대하고 자비로운 '주인'에 맞선 나의 죄를 깨닫게 되었다. 우리의 들판에 거름을 주고, 가난한 자에게 신을 신도록 지시한 이는 바로 그이며, 시민으로 살게 된 데 우리가 매 순간 감사해야 하는 이도 그가 아닌가? 내가 그 '주인'의 친절을 얼마나 거부해왔는지, 그가 창조한 것의 아름다움, 사회질서, 생활양식, 호두나무 소재로 마감된 훌륭한 신형 울타리를 얼마나 맹목적으로 부인해왔는지, 그리고 어쩌자고 나 자신에게 폭력을 가해서 감히, 그래서 그의 신민 중 한 사람의 삶을 위태롭게 할 음모를 꾸몄는지를 생각하자 후회의 눈물이, 뜨겁고 선량한 눈물이 마구 쏟아져 창턱에 뚝뚝 떨어졌다. 앞에서 말했듯이 축전이 펼쳐지고 있었다. 내 온 존재가 눈물로 흠뻑 젖은 채 포복절도하며 창 옆에 서서 라디오에서 한 배우의 바리톤 억양으로 가득한 활기찬 목소리가 낭송하는 국가 일류 시인의 시를 들었다.

자, 시민 여러분, 이제

기억하시죠? 얼마나 오랫동안

'아버지' 없이 우리 조국이 시들어갔습니까.

그러므로 우리의 목마름이

아무리 강해도

홉이 없으면 어렵지 않습니까,

맥주를 만드는 것도, 취해서 노래를 부르는 것도!

한번 상상해보세요. 우리에게 감자도 없고,

순무도 비트도 수확되지 않는다고.

그러면 지금 활짝 꽃을 피운 시도

알파벳의 구근 속에서 속절없이 시들어갔을 것입니다.

우리는 사람들의 발자국으로 다져진 오솔길을 걷고

쓴맛 나는 독버섯을 먹었습니다.

위대한 두드림에

역사의 문이 흔들릴 때까지!

우리에게 그 광휘를 드리우는

잘 손질된 하얀 튜닉으로 몸을 감싸고

멋진 미소를 지으며 마침내

'지도자'가 신민 앞에 등장했을 때까지!*

  그래, '광휘', 맞아, '독버섯', 그렇지, '멋진', 바로 그렇다. 평범한 인간
인 나, 오늘 시력을 얻은 맹인 거지인 나는 당신 앞에 무릎을 꿇고 회개

---

* 러시아 시인 블라디미르 마야콥스키가 10월혁명 십 주년을 기념해 지은 시 「좋아!」에
대한 패스티시이다.

한다. 나를 사형시켜라―아니, 더 좋은 건, 나를 사면하라. 왜냐하면 단두대가 곧 당신의 사면이니까. 당신의 사면은 가슴 저릿한 그 인자한 빛으로 나의 죄악 전체를 비추는 단두대니까. 당신은 우리의 자랑, 우리의 영광, 우리의 현수막! 오, 우리를 사랑으로 보살피기에 여념이 없는 장엄하고 온화한 거인이여, 나는 오늘부터 당신을 섬길 것을 맹세한다. 당신의 다른 모든 양육자처럼 될 것을 맹세한다. 나는 언제까지나 불가분의 당신 것임을 맹세한다. 기타 등등, 등등, 등등.

17

　사실상, 웃음이 나를 구원했다. 증오와 절망의 모든 단계를 경험한 나는 우스꽝스러움을 조감하는 시야를 확보하는 경지에 도달했다. 쾌활한 폭소는 아이들의 이야기책에서 "푸들의 아주 우스운 장난을 본 신사는 목에 난 종기가 터져버렸다"라고 나오듯이 나를 치유했다. 내 연대기를 다시 읽어보니 나는 그를 무서운 존재로 만들려고 노력하다가 그저 우스운 존재로 만들었음이, 그럼으로써 그를 파괴했음이―고리타분하지만 입증된 방법이다―보인다. 내가 아무리 겸손하게 내 글의 지리멸렬한 구성을 평하려 해도, 그래도 이것은 평범한 펜의 작품이 아니라고 뭔가가 내게 말한다. 결코 문학적 포부가 있었던 건 아니지만, 그래도 격분에 찬 침묵 속에서 수년간 주조된 언어로 가득찬 나는 다른 사람이라면 기교와 허구를 동원했을 대목에서 진심과 충만한 감정으로 내 주장을 풀어냈다. 이것은 주문이요, 악령 퇴치 의식이었으니, 이제부터는 누구라도 속박을 뿌리칠 수 있을 것이다. 나는 기적을 믿는다. 나로서는 알 수 없는 어떤 방법으로 내일도 그다음날도 아니지만, 언젠가 먼 미래에 이 기록이 다른 사람들의 손에 닿을 것이라고 나는 믿는다. 그때는, 오늘날의 골칫거리에 못지않게 재미있는 새로운 내일의 골칫거리를 눈앞에 두고도 하루 정도는 고고학적 발굴을 즐길 여유가 있는 세상일 테니. 그리고 혹시 누가 알랴—내가 우연히 한 이 작업이 불멸의 것이 되어 몇 세대를 걸쳐 살아남아, 어느 때는 박해를 받았다가 다른 때는 찬양받고, 종종 위험시되면서도 언제나 쓸모 있는 책으로 여겨지지 말라는 법도 없다. 한편, '뼈 없는 그림자' '*뼈 없는 유령*'인 나로서는 기억에 없는 불면증 걸린 밤들이 남긴 이 결실이 미래 독재자, 호랑이 무늬의 괴물, 인간을 학대하는 정신박약의 박해자 들에게 대항하는 비밀스러운 요법으로 오랫동안 쓰인다면 만족할 것이다.

리크

유명한 프랑스 작가인 쉬르가 1920년대에 쓴 희곡 중에 「심연」이라는 작품이 있다. 그 작품은 무대에서 바로 레테의 강 지류(즉, 연극에 물을 공급하는 강으로—말이 나온 김에 얘기하자면, 본류만큼 절망적이지는 않고 망각의 용해도도 약한 지류라, 낚싯줄을 드리운 제작자가 수년이 지난 후에도 여전히 뭔가를 낚아올릴 수 있다)로 직행했다. 이 희곡—본질적으로는 멍청한, 그것도 이상적일 정도로 멍청한, 아니, 다르게 표현하자면 전통적인 극작법의 견고한 관습들로 이상적으로 구성된—은 이고르라는 젊은 러시아인에게 죄 많은 정열의 불꽃을 갑자기 불태우는 부유하고 신심이 깊은 중년의 프랑스 귀부인이 겪는 고뇌를 다루는데, 부인의 성에 방문하던 그 젊은이는 그녀의 딸인 앙젤리크와 사랑에 빠지고 만다. 작가가 신비주의와 호색을 적당히 버무려 뚝

딱 만든, 그 가족의 오랜 친구이자 고집 세고 음침한 위선자는 여주인공이 이고르에게 관심을 갖자 질투하고, 여주인공은 주인공대로 이고르가 앙젤리크에게 연심을 품은 데 질투한다. 한마디로, 모든 것이 아주 흥미진진하고 박진감 있게 전개되며, 모든 대사에는 어엿한 전통의 인장이 찍혀 있다. 그러나 고조시켜야 할 대목에서 고조시키고, 필요한 곳에 서정적 장면을 끼워넣거나, 두 늙은 충복 간의 뻔뻔스러운 설명적 대화로 끊어 순서가 정해진 사건의 전개를 깨는 재능이 한 톨도 없었음은 말할 것도 없다.

불화의 원인이 되는 사과는 주로 설익고 시큼한 맛이 나서 조리해 먹어야 한다. 그러므로 작자는 희곡의 젊은이가 다소 시원찮을 조짐이 보이자, 그 젊은이를 조금이라도 그럴듯하게 손보려는 부질없는 시도로, 그런 계책이 불러올 명백한 결과들에도 불구하고 그를 러시아인으로 만들었다. 쉬르의 낙관적인 의도에 따라 젊은이는 이웃 지주의 러시아인 아내인 노부인이 최근에 입양한 망명 러시아 귀족으로 나온다. 뇌우가 절정에 달한 어느 날 밤, 말채찍을 손에 든 이고르가 우리집 문을 노크하더니 들어와서, 자기 후원자의 영지인 소나무숲이 불타고 있으며 우리 쪽 솔밭도 위험하다고 흥분해서 알린다. 이 소식보다 방문객의 청년다운 매력이 우리에게 미친 효과가 더 강력해서 우리는 깊은 생각에 잠겨 목걸이를 만지작거리며 무릎방석에 주저앉아버렸고, 이에 우리의 고집불통 친구는 때로는 화재 자체보다 더 위험할 수도 있는 불길의 반사된 그림자를 지켜본다. 보다시피 플롯은 고품질로 견고하게 만들어졌는데, 왜냐하면 그 러시아 젊은이가 이 집의 단골 방문객이 될 것이 한번에 명약관화해지고, 실제로 제2막은 화창한 날씨로 밝은 여름 의복이 등장하기 때문이다.

출판된 희곡 텍스트를 보면, 이고르의 프랑스어는 부정확하지는 않지만, 이를테면 좀 머뭇거리는 투로 가끔 "프랑스어로는 이렇게 말씀하시는 것 같은데요?"라는 질문을 덧붙이곤 했다(적어도 작자가 싫증을 내기 전인 처음 장면들에서는). 그렇지만 극이 격동적으로 흐르면서 작자가 그런 사소한 것에 신경쓸 여유가 없어지는 뒤쪽 장면에서는 외국인 특유의 말투가 모두 폐기되고 러시아 젊은이는 자연스럽게 본토 프랑스인의 풍부한 어휘를 구사한다. 그러다가 거의 결말에 가까워져서야, 즉 마지막 사건이 터지기 전의 소강 상태에서 극작가가 흠칫 놀라며 이고르의 국적을 기억해냈는지, 이고르가 아무 일 없다는 듯 나이든 종복에게 이렇게 말한다. "전 거기 참전하기에는 너무 어렸어요…… 뭐라고 부르더라…… 벨리카 보이나…… 큰, 큰 전쟁이요……" 작가에게 공평하게 말하자면, 작가는 이 '벨리카 보이나'와 한 번의 소심한 '도스비다니야'* 말고는 "슬라브풍의 단조로운 어조가 이고르의 말투에 어떤 매력을 부여한다"라는 무대 지시에 만족하고 러시아어에 대한 지식을 남용하지 않는 게 사실이다.

그 희곡이 대성공을 거둔 파리에서는 프랑수아 쿨로가 이고르 역을 맡아 나쁘지 않은 연기를 보였지만, 어째선지 강한 이탈리아어 억양을 써서 러시아인으로 통하고 싶어했던 모양인데, 이에 놀란 파리의 비평가는 단 한 명도 없었다. 그후 연극이 지방 순회공연으로 전락했을 때, 우연히도 이 역은 진짜 러시아인 배우인 리크(라브렌티 이바노비치 크

---

* '잘 가' '안녕히 가세요' 등의 의미를 지닌 러시아어 인사.

루제브니친의 예명)에게 떨어졌다. 커피처럼 검은 눈에 체격이 왜소한 금발의 리크는 예전에 말더듬이 단역으로 출연해 훌륭한 연기를 펼친 영화 덕분에 이름이 좀 알려진 배우였다.

그렇다고 해도, 리크(러시아어에서도 중세 영어에서도 '용모'를 의미한다)가 진짜 연극적 재능을 지녔던 것인지, 아니면 어중간한 소질을 많이 가진 사람이 하나를 임의로 선택한 셈인데 차라리 화가나 보석상이나 아니면 쥐잡이꾼을 하는 편이 나았을 것인지는 말하기 어렵다. 이런 사람은 다른 문이 여러 개 있는 방과 닮아서, 그 문 중에는 어떤 훌륭한 정원, 경이로운 인간적 밤의 달빛이 비치는 깊은 곳으로 곧바로 이어져, 그곳에서 영혼이 자신만을 위해 만들어진 보물을 발견하게 되는 문이 아마도 하나쯤은 있기 마련이다. 그러나 어쨌든 리크는 그 문을 여는 데 실패했고, 대신 배우의 길을 택해 열의 없이 그 길을 걷고 있다. 아마도 꿈에 나타났거나 그가 한 번도 가보지 않은 어떤 다른 장소의 인화되지 않은 사진에서 눈에 띄었을 수도 있는, 존재하지 않는 이정표들을 찾는 남자처럼 멍한 태도로. 현세적 습성의 관례적 차원에서 보자면, 그는 금세기와 마찬가지로 삼십대였다. 국경 밖에서뿐 아니라 인생의 경계 밖에서도 진퇴양난인 연로한 사람들에게, 향수는 쉼없이 작동하며 잃어버린 모든 것을 보상하는 분비물을 내보내는 엄청나게 복잡한 기관으로 발달하거나, 그렇지 않으면 숨쉬는 것도 자는 것도 속 편한 외국인들과 사귀는 것도 고통스럽게 하는 영혼의 치명적인 종양이 되곤 한다. 리크에게 러시아의 기억은 맹아적 단계에 머물러 있어, 이른 봄 시골에서 나는 수지 향기와 양털 방한모에 붙는 눈송이의 특수한 형태 같은, 흐릿한 어린 시절의 추억으로 한정되었다. 양친은 모두 죽었다. 그는 홀로 살아왔다. 그의 삶에 찾아온 사랑과 우정은 언제나 뭔가 너절한 면이 있었다. 아무도 그에게는 소문을 전하는 편지를 보내지 않았고, 그의 고민에 그 자신보다 더 큰 관심을 기울여줄 이 한 명 없었으며, 프랑스인과 러시아인 두 명의 의사에게서 (많은 주인공처럼) 불치의 심장병이 있다는 얘기를 들었어도, 그의 존재 자체가 부당하게―길에는 원기 왕성한 노인들로 사실상 인산인해니 말이다― 위태로워진 걸 푸념하러 갈 상대 한 명 없었다. 질 좋고 비싼 것에 대한 그의 애호는 이 병과 모종의 관계가 있는 듯했다. 가령 그는 마지막 남은 200프랑으로 스카프나 만년필을 사서는 세심하다못해 경건할 정도로 조심히 다루었음에도 스카프는 금방 때가 묻고 펜은 부러지는 일이 언제나, 정말 항상 일어났다.

여자가 벗은 모피가 별 특색 없는 의자 아무데나 놓이듯, 리크가 우연히 합류하게 된 그 극단의 다른 단원들과의 관계에서도 그는 첫 리허설 때 그랬던 대로 타인으로 남았다. 그는 곧바로 자신이 잉여처럼, 누군가의 자리를 찬탈한 것처럼 느껴졌다. 극단의 단장은 언제나 그에게 친절했지만, 극도로 감수성이 예민한 리크의 영혼은 늘 어떤 소동의 가능성을 상상했다―언제라도 자신의 정체가 드러나고 참을 수 없이 수치스러운 뭔가에 대한 비난을 받을 수도 있는 것처럼. 그는 단장이 취하는 태도의 일관성 자체를 자신의 연기에 대한 철저한 무관심으로 해석했다. 마치 모두가 벌써 오래전부터 엉망이라 구제불능인 그의 연기를 감내해왔으며, 그저 그를 해고할 손쉬운 구실이 없어서 참고 있는 듯했다.

그는 사적이면서 전문가다운 열정의 그물망으로 서로 굳게 연결된,

목소리 크고 날렵한 이 프랑스 배우들 사이에서, 자신은 등장인물 중한 명이 제2막에서 솜씨 좋게 분해한 오래된 자전거 같은 우연한 사물이나 마찬가지라고 여겼다―그리고 아마도 실제로 그러했다. 그러다보니 누가 특별히 마음을 담은 인사를 건네거나 담배를 한 대 권하기라도 하면, 그는 뭔가 오해가 있나본데 애석하지만 이 오해도 곧 풀리겠거니 생각하곤 했다. 지병이 있어 술자리를 피했는데, 친목 모임에빠져도 사교성이 부족하다고 탓하지 않고(그랬다면 건방지다는 비난을 받아서 어쨌든 적어도 어떤 인격 비슷한 것을 그에게 부여하는 셈이 될 텐데), 마치 그의 부재 말고는 다른 여지가 없는 듯이 눈에 띄지않고 그냥 넘어갔다. 그들은 어쩌다 그를 어딘가로 초대할 일이 있으면, 항상 애매하게 운을 띄우듯 말했다("함께 갈래요, 아니면……?")―꼭 오라고 강하게 설득해주기를 갈망하는 사람에게는 특히 마음이 괴로워지는 말투였다. 다른 사람들이 수수께끼 같은 들뜬 분위기로 주고받는 농담, 암시, 별명이 그에게는 거의 이해가 되지 않았다. 자신을 빗댄 농담도 있기를 거의 바라기까지 했는데, 그런 일조차 일어나지 않았다. 이런 와중에 그는 오히려 몇몇 동료에게 호감을 느꼈다. 고집불통역을 맡은 배우는 실제로는 유쾌한 뚱보 친구로, 최근에 구입한 스포츠카에 대해 진심어린 감흥을 담아 얘기하곤 했다. 순진한 처녀 역의 배우도 매력이 넘쳐흘렀는데―흑발과 호리호리한 몸매에 공들여 화장해 눈부시게 빛나는 눈―무대에서 러시아인 약혼자가 장황하게 말을늘어놓으며 포옹할 때마다 그리도 스스럼없이 그에게 꼭 달라붙어서전하던 저녁의 고백을 낮에는 절망스럽게도 망각해버렸다. 그녀가 무대 위에서만 진짜 인생을 살고, 나머지 시간에는 주기적으로 발작하는 광기에 사로잡혀 그가 누군지도 못 알아보고 자기 자신의 이름도 틀리게 말하는 거라고 리크는 혼자 생각하곤 했다. 여주인공과는 대사 이외에는 한마디도 말을 나눈 적 없었는데, 다부지고 신경이 날카롭고 이목구비가 뚜렷한 그 여자가 무대 옆에서 대기하는 자신을 턱 아래 늘어진 살을 흔들며 지나쳐 걸어갈 때면 그는 자신이 무대 배경의 일부인 것처럼 느껴져서 누군가 살짝 스치기만 해도 바닥에 엎어질 것 같았다. 불쌍한 리크가 이 모든 걸 상상한 것인지, 아니면 악의는 전혀 없는 이 자기중심적인 사람들이, 어느 정도 자기네끼리 이야기의 물꼬를 튼 열차 승객들이 객차 구석에서 책에 몰두해 있는 외국인에게 말을 걸지 않는 것과 마찬가지로, 단지 그가 그들과 사귀려고 애쓰지 않았다는 이유로 그를 혼자 내버려두고 대화를 시작하기를 삼간 것인지는 단언하기 참 어려운 문제다. 그러나 리크가 극히 드물게 자신감을 회복하는 순간을 맞아 막연한 고뇌가 실은 불합리한 것임을 확신하려 해봐도, 바로 최근까지 비슷한 고뇌에 빠졌던데다 새로운 환경에서 너무 자주 반복되었던 일이라, 이제는 극복할 수 없었다. 상황으로서의 고독은 바로잡을 수 있지만, 정신 상태로서의 고독은 치유할 수 없는 병이다.

그는 자신의 역을 성심껏, 적어도 억양만큼은 전임자보다 훌륭하게 연기했다. 문장을 길게 끌면서 연음화하고 문미 직전에 있는 강세를 생략하고, 또 프랑스인의 혀가 너무 날름거리며 재빨리 날려버리는 보조기호의 비말을 극히 주의해서 여과함으로써 러시아인 특유의 억양으로 프랑스어를 발음했기 때문이다. 그의 배역은 다른 등장인물들의 행동에 극적인 영향력을 미치는데도 불구하고 너무 작고 너무 보잘것없는 역이라 숙고할 가치조차 없었건만, 그는 숙고했다. 특히 순회공연을 시작할 때 그랬는데, 예술에 대한 사랑 때문이라기보다는 배역 자체의 시시함과 그가 주요 원인이 되어 일어나는 복잡한 드라마의 중요성 사이의 괴리가 자신에게 왠지 개인적인 굴욕을 주는 역설 같았기 때문이다. 그러나 예술과 허영심 양쪽 다(이 두 가지는 종종 겹쳐진다) 그에게 연기가 향상될 것을 암시한다 한들 금세 그 가능성에 냉담해지면서도, 그는 항상 변함없이 불가사의한 희열을 느끼며 무대에 급히 나가곤 했다. 마치 매번 어떤 특별한 보상—물론 이도 저도 아닌 박수갈채를 관습적으로 복용하는 것과는 전혀 관계가 없는—을 기대하는 것처럼. 그 보상은 연기자의 내적인 만족에 있지 않다. 오히려 그것은, 진부하기 짝이 없고 형편없이 평범한 연극이라 하더라도 그 연극 자체의 삶 속에서 그가 알아본 어떤 비범한 고랑과 주름 속에 잠복해 있다. 살아 있는 사람이 연기하는 여느 연극처럼 이 연극도 작자의 한심한 구상이나 배우들의 범속함과는 아무 관계 없이, 신만이 어디서 생겨났는지 아실 고유의 영혼을 얻어, 햇볕으로 따뜻해진 물속에서 생명이 깨어나듯 깨어나서 제 열과 에너지를 스스로 만들어내며 두어 시간 동안 존재하기를 시도하기 때문이다. 가령, 리크는 언젠가 어느 몽롱하게 아름다운 밤, 평소처럼 연기하던 중에 이를테면 유사流沙 같은 곳에 발을 디디게 될 거라고, 그러면 뭔가 움푹 들어가며 지금까지 알려진 무엇과도 같지 않은, 완전히 새로운 요소 속에 그가 영원히 빠져서 연극의 케케묵은 테마를 완전히 참신한 방식으로 독자적으로 전개해나가리라 기대하는지도 모른다. 그는 돌이킬 수 없이 완전히 이 요소의 일부가 되어서 앙젤리크와 결혼하고 서걱거리는 히스 초원을 말을 타고 달리고, 이 희곡 속에 암시된 모든 물질적 부를 손에 넣고 저 성에 살러 가고,

그뿐 아니라 형언할 수 없이 유연한 세계—기막히게 멋진 감각의 모험과 전례 없는 정신의 변용이 일어나는 푸르스름하고 섬세한 세계—에 살게 될 것이다. 이 모든 걸 생각하면서 리크는 왠지 모르게 자신이 심장마비로 사망할 때—아마 곧 죽을 텐데—의사들에게 둘러싸인 채 엉망인 라틴어로 꽥 소리지르고 죽은 불쌍한 몰리에르*가 그랬던 것처럼, 분명히 무대 위에서 심장발작을 맞을 거라 상상했다. 그러나 그는 자기 죽음을 눈치채는 대신에, 그의 도착으로 이제 새롭게 꽃을 피우는 우연한 연극의 실제 세계로 건너갈 것이며, 미소를 띤 그의 시체는 내려간 막의 주름 아래로 한쪽 발끝이 튀어나온 채 무대 위에 누워 있을 거라고.

여름이 끝나갈 즈음에 〈심연〉과 극단의 레퍼토리에 있는 다른 두 편의 연극이 지중해 연안 마을에서 상연되었다. 리크는 〈심연〉에만 출연했기 때문에, 첫 공연과 두번째 공연(2회 공연만 예정되어 있었다) 사이에 한 주의 자유시간이 주어졌는데, 그 시간을 어떻게 써야 할지 몰랐다. 게다가 남쪽 지역의 기후는 그와 맞지 않았다. 첫 공연은 온실 안에 있는 듯한 착란 속에 흐릿하게 지나갔는데, 분장용 화장품이 흘러내려 코끝에 뜨끈한 방울이 맺히는가 싶더니 윗입술을 데었다. 첫번째 막간에 그는 극장 뒷면을 영국국교회와 분리하는 테라스로 나갔다가, 갑자기 연기를 끝까지 마치지 못하고 여러 가지 색깔의 날숨에 에워싸여 무대에서 녹아버릴 것 같다는 느낌을 받았다. 생명이 다하는 최후의 순간에 그 날숨을 통해 또하나의—그래, 또다른 삶의 지극한 행복으로

---

* 프랑스 극작가 몰리에르는 주연을 맡은 자신의 희곡 〈상상병 환자〉를 공연하다 무대에서 쓰러졌고 몇 시간 뒤 사망했다.

가득찬 빛줄기가 번쩍일 것 같았다. 그럼에도 젊은 상대역의 시원하고 매끄러운 맨 두 팔에 닿아 손바닥이 녹아가는 상태가 고통스러울 정도로 강조되는 와중에, 눈에 들어간 땀 때문에 모든 게 이중으로 보였음에도, 그는 어쩌됐든 끝까지 연기를 마쳤다. 그는 완전히 기진맥진해서 하숙집으로 돌아왔는데, 어깨는 쑤시고 목덜미는 둔탁하게 울리며 아팠다. 어두운 정원에서는 모든 꽃이 만개하고 사탕 냄새가 풍겼으며 귀뚜라미 우는 소리가 끊임없이 들렸는데, (모든 러시아인이 그러듯) 그는 매미 소리로 착각했다.

불이 켜진 그의 방은 열린 창문에 끼워진 남국의 어둠에 대비돼 방부처리를 한 것처럼 새하얬다. 그는 벽에 붙어 있는, 배가 붉어지도록 취한 모기를 뭉개버리고는, 눕는 걸 두려워하면서 가슴이 두근거릴까봐 두려워 침대 모서리에 오랫동안 앉아 있었다. 레몬밭 너머로 바다가 있음을 예감하자 그 근접함에 짓눌리는 기분이었다. 달빛의 막만이 그 표면을 가로질러 팽팽하게 펼쳐진 탓에 끈끈하게 번들거리는 그 광대한 공간이 마치 똑같이 혈관이 팽팽해져 쿵쿵대는 자기 심장과 흡사하다는 듯이, 또한 그 바다처럼 자기 심장이 고통스러울 정도로 다 드러나서 하늘로부터도, 이리저리 끌면서 걷는 인간의 발로부터도, 근처의 바에서 견디기 힘들 정도로 압박해오는 음악으로부터도 분리해줄 만한 것이 아무것도 없다는 듯이. 그는 손목에 찬 고가의 시계를 흘낏 보다가 문자판의 크리스털이 사라졌음을 알아채곤 마음이 저릿해지는 것을 느꼈다. 그렇다, 좀전에 오르막에서 발을 헛디뎠을 때 돌난간에 소맷동이 스쳤다. 손목시계는 외과의의 메스로 노출된 살아 있는 장기처럼 무방비로 헐벗었지만, 여전히 살아 있었다.

그는 그늘을 찾고 시원함을 갈망하며 하루하루를 보냈다. 타는 듯 뜨거운 자갈 위에서 구릿빛 피부의 악마들이 일광욕하는 바다와 해변에는 언뜻 봐도 뭔가 지옥 같은 면이 있었다. 그는 좁은 길에서 햇빛이 비치는 쪽을 걷는 건 아주 엄격히 금했기 때문에, 만약 그의 배회에 목적지가 있었다면 복잡한 길 찾기 문제를 풀지 않으면 안 되었을 것이다. 하지만 그는 갈 곳이 아무데도 없었다. 정처 없이 상점 앞을 거닐었는데, 진열된 여러 물건 중에는 분홍색 호박처럼 생긴 것이 달린 꽤 재미있는 팔찌뿐 아니라, 확실히 매력적인 가죽 책갈피와 금박 무늬가 새겨진 지갑도 있었다. 그는 카페의 오렌지색 천막 아래에 놓인 의자에 팍삭 주저앉아 있다가 집으로 돌아가, 침대에 누워서는—끔찍하게 마른 하얀 몸에 실오라기 하나 걸치지 않고—줄곧 생각했던 것들을 다시 생각하곤 했다.

그는 곰곰이 생각했다. 나는 인생의 변두리에 살도록 운명지어졌다. 이제까지 항상 그래왔고 앞으로도 계속 그럴 것이다. 그러므로 만약 죽음이 진짜 현실로 나갈 출구를 선사하지 않는다면, 나는 그저 인생을 결코 알지 못하는 것이 된다. 또 이런 생각도 했다. 만약 부모님이 망명 생활 초기에 바로 돌아가시지 않고 살아 계셨다면, 성인이 된 십오 년간의 세월을 가족의 따뜻함 속에서 지냈을 거라고. 만약 운명이 덜 유동적이었다면, 중부, 중앙, 중류 유럽의 그가 우연히 머물렀던 지점에서 어쩌다 다녔던 세 개의 김나지움 중 하나를 졸업해 지금은 건실하고 좋은 사람들 사이에서 건실하고 좋은 직업을 가졌을지도 모른다고. 그러나 아무리 상상해보려 애써도 그런 직업이나 그런 사람들을 그려볼 수 없었다. 젊을 때 음악이나 화폐학, 아니면 창문 청소나 경리 업무를 택하는 대신에 왜 영화연기학교에서 공부했는지 자기 자신에게도 설명할 수 없는 것과 마찬가지로. 그리고 늘 그렇듯 생각은 원주 위의 각 점에서 반지름을 따라 어두운 원 중심으로, 가까워지는 죽음에 대한 예감으로 돌아갔다. 죽음으로서는, 영적인 보물을 아무것도 축적해놓지 않은 그가 흥미로운 사냥감은 전혀 아니었을 것이다. 그럼에도 죽음은 그에게 우선권을 주기로 결정한 듯했다.

어느 날 저녁 그가 베란다의 캔버스천 의자에 기대앉아 있는데, 하숙인 중 한 명인 말 많은 러시아 노인(그는 두 번에 걸쳐 이미 리크에게 자신의 인생을 그럭저럭 다 이야기했다. 먼저 현재부터 과거로 한 방향으로 이야기한 다음, 반대 방향으로 이야기의 흐름을 거슬러서 했는데, 그 결과 하나는 성공한 인생이고 다른 하나는 실패한 인생인 두 개의 다른 인생을 이야기한 셈이 되었다)이 편안하게 앉아 손가락으로 턱을 쓰다듬으며 이렇게 말했다. "내 친구가 한 명 여기 나타났소. 그러니까 '친구'라는 건 *너무 과장한* 말로, 브뤼셀에서 두어 번 만난 게 다지만. 아아, 그는 이제 완전히 구제불능이 됐더군. 어제—그래, 어제 일 같은데—내가 우연히 자네 이름을 언급했더니, 그가 이렇게 말하더군. '그럼요, 물론 알죠. 사실 우리는 친척이기도 합니다'라고."

"친척이라고요?" 리크가 놀라서 물었다. "저에겐 친척이라곤 거의 없다시피 한데요. 그 사람 이름이?"

"콜두노프인가 그렇소—올레크 페트로비치 콜두노프…… 페트로비치 맞나? 아는 사람이오?"

"말도 안 돼!" 리크가 얼굴을 양손으로 감싸고 외쳤다.

"그러니까. 상상이나 했겠나!" 상대가 말했다.

"말도 안 돼." 리크가 한 말을 또 했다. "저기, 전 항상 생각하긴 했지만요. 끔찍해! 그 인간에게 제 주소를 알려준 건 아니죠? 그렇죠?"

"줬는데. 하지만 나도 이해하오. 넌더리나긴 하지만 동시에 안됐기도 하지. 모든 곳에서 쫓겨나 쓴맛을 보고 가족도 있고, 또 어쩌고, 그런 거 말이오."

"들어봐요. 부탁 좀 할게요. 그치한테는 제가 떠났다고 말해주실래요."

"그를 보게 되면 그렇게 말하지. 근데…… 말이오, 방금 내가 항구로 내려갔다가 그 녀석을 우연히 만난 거요. 세상에, 거기 아래로 가면 사람들이 얼마나 멋진 요트를 갖고 있는지 모른다니까. 그들이 이른바 운 좋은 사람들이지. 물 위에서 살며 가고 싶은 곳으로 항해하는 거지. 샴페인에, 아가씨들에, 모든 게 다 세련되고……"

그러고는 노인은 입맛을 다시고 머리를 흔들었다.

참으로 말도 안 되는 일이 일어났다고 리크는 저녁 내내 생각했다. 엉망진창이군…… 어쩌다 올레크 콜두노프가 더는 이 세상에 살지 않는다고 생각하게 된 건지 모를 일이다. 그것은 이성적 사고가 더는 임무를 수행하지 않고 의식의 저 깊은 구석으로 밀쳐버리는 공리 중 하나로, 그리하여 이제 콜두노프가 되살아난 상황에서는 두 개의 평행선이 교차하게 될 가능성을 결국 인정하지 않을 수 없게 됐다. 그렇다고는 해도 뇌 속에 박힌 오랜 고정관념을 제거하기는 괴로울 정도로 어려웠다―마치 단 하나의 이 잘못된 관념을 적출하면 다른 관념과 개념의 전 체계가 훼손될 것만 같이. 그리고 이제는 그저, 도대체 무엇을 근거로 콜두노프가 죽었으리라는 결론을 도출했는지, 왜 과거 이십 년간 최초의 막연한 소문들이 이렇게 강하게 꼬리에 꼬리를 물어 콜두노프의 죽음까지 와전된 건지 그는 떠올릴 수 없었다.

두 사람은 어머니끼리 사촌지간이었다. 올레크 콜두노프가 그보다 두 살 위였다. 사 년간 두 사람은 같은 지방 김나지움에 다녔는데, 리크는 그때의 기억이 너무 싫어서 소년 시절을 떠올리고 싶지도 않았다. 사실, 개인적인 기억을 전혀 그리워하지 않는다는 바로 그 이유로 그의 러시아가 아마도 그렇게 자욱한 구름에 뒤덮였을 것이다. 하지만 꿈을 제어할 수는 없어서 지금도 여전히 꿈은 꾼다. 가끔 꿈의 연출가가 교실, 책상, 칠판, 바싹 말라 무게가 안 느껴지는 칠판 스펀지 같은 소도구들로 급히 조립한 소년 시절의 환경 속에 콜두노프가 본인 역할로, 그 이미지 그대로 꿈에 나타나곤 했다. 이 현실적인 꿈 외에 낭만적이고 퇴폐적이기까지 한 꿈을 꾼 적도 있는데, 그런 꿈에서는 콜두노프가 분명히 모습을 드러내진 않지만 암호화되어 나타나고, 그의 강압적인 기세가 배거나, 그에 관한 소문이나 어쨌든 그의 본질을 표현하는 상황과 그런 상황의 그림자들로 가득차곤 했다. 그리고 이 끔찍한 콜두노프적 무대장치를 배경으로 우연한 꿈의 줄거리가 전개됐는데, 리크가 기억하는 콜두노프—까까머리에 불쾌하게 잘생긴 얼굴을 가진, 근육질의 난폭한 중학생—가 그대로 꿈에 나타나는 것보다 훨씬 더 나빴다. 이목구비가 뚜렷한 그의 얼굴은 가죽 같은 무거운 눈꺼풀이 달리고 너무 가까이 모인 눈 때문에 균형이 깨졌다('악어'라는 별명이 붙은 것도 이상하지 않은 게, 정말로 그의 눈빛에는 뭔가 나일강의 흙탕물을 떠올리게 하는 탁한 특질이 있었다).

콜두노프는 가망 없는 열등생이었다. 그는 외견상 마법에 걸린 바보라는, 러시아식 가망 없음의 전형으로, 반복되는 여러 수업의 투명한 지층을 뚫고 바로 선 자세로 가라앉았기에, 맨 아래 학년 소년들은 차차 그와 같은 학년이 되면 두려움에 위축되어 있다가 일 년이 지나면 안심하고 그를 추월해 올라갔다. 콜두노프는 오만함과 불결함과 야만적인 체력으로 유명해서, 누군가 그와 몸싸움을 벌이고 나면 항상 교실 전체에 동물원의 악취가 진동하곤 했다. 반면, 리크는 허약하고 민감하고 상처받기 쉬운 자존심을 가진 소년이었던 터라, 질리지 않는 이상적인 먹잇감의 표본이었다. 콜두노프는 아무 말 없이 그에게 덤벼들어서는, 짓눌렸지만 언제나 바닥에서 꿈틀거리는 희생자를 끈질기게 고문했다. 손가락을 쫙 편 콜두노프의 거대한 손바닥은 공포에 휩싸여 경련하는 깊은 곳을 찾아 뚫고 들어가며 음란하게 파내는 동작을 취하곤 했다. 그러고선 그는 등이 분필 먼지로 뒤덮이고 짓눌렸던 귀는 붉게 달아오른 리크를 떠나 한두 시간 가만히 내버려두고는 의미 없는 음담패설을 반복해 리크를 모욕하는 데 만족했다. 그러다 또 기분이 동하면, 콜두노프는 마지못해서 한다는 듯이 한숨을 쉰 다음 다시 덮쳐 뿔 모양 손톱으로 갈비뼈를 파고들거나 희생자의 얼굴에 앉아 쉬곤 했다. 그는 흔적을 남기지 않고 가장 예리한 통증을 유발하는 온갖 학대 방법에 통달해서, 급우들의 굽실거리는 존경을 누렸다. 그러는 동시에 그는 자신의 단골 희생자에게 막연히 감상적인 애착을 키워서, 쉬는 시간이면 으레 상대의 어깨에 팔을 두르고 육중한 동물 발 같은 손으로 그의 가는 쇄골을 어루만지며 돌아다녔는데, 그 와중에 리크는 독립적이고 품위 있는 태도를 유지하려 헛되이 애썼다. 그렇게 리크의 학창 시절은 완전히 불합리하고 견디기 어려운 고난의 연속이었다. 누군가에게 하소연하기도 부끄러웠고, 어떻게 콜두노프를 끝내 죽일 것인지 밤마다 생각했지만 그의 정신에 남은 힘만 다 고갈될 뿐이었다. 리크의 모친은 자신보다 훨씬 부자고 자기 딸들도 소유한 사촌과 가깝게 지내고 싶어했지만, 다행히도 두 사람은 학교 밖에서는 거의 만나지 않았다. 그러다 '혁명'이 세간을 재배치하기 시작했고, 리크는 다른 도시에서 살게 되고 이미 콧수염을 자랑스럽게 기르며 완전히 야수가 된 열다섯 살의 올레크는 사회 전반의 혼란 속으로 사라져버리면서 더없이 행복한 소강 상태가 시작되었다. 하지만 이 소강기는 곧 첫 고문 장인의 하급 후임자들 손에 의해 좀더 미묘해진 새로운 고문으로 대체되었다.

쓸쓸한 이야기지만, 리크는 어쩌다 드물게 자기 과거를 얘기할 때면 악의 냄새가 풍기는 우리 구석에서 배가 잔뜩 부른 채 잠을 자던 먼 옛날("그때는 행복한 시절이었지")에게 우리가 답례하듯 짓는 그 억지웃음을 띠고, 죽은 것으로 추정되는 남자를 공공연히 떠올리곤 했다. 하지만 콜두노프가 살아 있는 것으로 판명된 지금, 리크는 아무리 어른스러운 논거를 들먹여도, 꿈의 지배자인 음울하고 소름끼치는 남학생이 능글맞게 웃고 벨트 버클을 만지작거리며 커튼 뒤에서 걸어나오는 꿈속에서 그를 짓누르는 것과 똑같은—현실에 의해 변용됐지만, 오히려 더 분명해진—무력감에서 벗어날 수 없었다. 그리고 그는 살아 있는 진짜 콜두노프가 이제는 위해를 가하지 않는다는 사실을 아주 잘 이해했지만, 그와 만날지도 모른다고 생각하니, 너무나 친숙한 그 고통과 학대를 예감하게 하는 악의 모든 체계와 막연하게나마 불길하고 숙명적으로 연결된 것만 같았다.

노인과의 대화 이후로 리크는 집에는 가능한 한 조금만 머물기로 했다. 마지막 공연까지 사흘밖에 안 남아서 다른 하숙집으로 옮길 수고를 할 가치는 없었다. 그러나 부슬부슬 내리는 비와 상쾌한 바람으로 날씨가 꽤 시원해져서, 이를테면 이탈리아 쪽 국경을 넘거나 산악지대로 들어가는 당일치기 여행은 가능했다. 다음날 아침 일찍, 꽃이 드리워진 벽 사이로 난 좁은 길을 따라 작고 탄탄한 남자가 이쪽으로 걸어오는 모습이 보였다. 남자의 복장이 지중해로 휴가 온 사람들의 복장—베레모와 깃을 풀어헤친 셔츠와 에스파드리유—과 큰 차이가 없었음에도, 왠지 계절에 맞춘 것이라기보다는 궁핍해서 어쩔 수 없이 입은 듯한 인상이었다. 처음 본 순간 리크를 뭣보다 놀라게 한 것은 그의 기억을 덩치로 가득 채운 그 괴물 같은 인물이 실제로는 자신과 키 차이가 거의 없다는 사실이었다.

"라브렌티, 라브루샤, 나 못 알아보겠냐?" 콜두노프가 길 한가운데 멈춰 서더니 연극 대사처럼 느릿느릿 말했다.

뺨과 윗입술에 까칠까칠한 음영이 있고 이목구비가 큰 누르께한 얼굴, 언뜻 보이는 충치, 커다랗고 오만한 매부리코, 미심쩍어하는 게슴츠레한 시선—그 모든 것이 시간이 흘러 희미해지긴 했지만, 콜두노프적인, 부인할 수 없이 콜두노프의 것이었다. 하지만 리크가 쳐다보고 있자니, 이 유사성은 소리 없이 해체되고, 눈앞에는 매우 추레하긴 해도 카이사르 같은 묵직한 얼굴을 가진 불량배 같은 낯선 남자가 서 있었다.

"선량한 러시아인들처럼 키스하자고." 콜두노프가 험악한 말투로 말하고는, 리크의 아이 같은 입술에 소금기 있는 차가운 자기 뺨을 아주 잠깐 갖다댔다.

"널 바로 알아봤어." 리크는 횡설수설했다. "네 얘기를 바로 어제 들었지. 이름이 뭐더라…… 그래, 가브릴류크한테서."

"수상쩍은 양반이야." 콜두노프가 끼어들었다. "*조심하라고.* 자, 자, 여기 나의 라브루샤가 납시었군. 놀라운 일이야! 기뻐. 널 다시 만나서 기쁘고말고. 이건 운명이지! 기억하니, 라브루샤, 우리 함께 망둥이도 잡고 그랬잖아? 어제 일처럼 생생해. 내가 제일 좋아하는 기억 중 하나라고. 맞아, 그래."

리크는 콜두노프와 단 한 번도 같이 낚시한 적이 없다는 걸 아주 잘 알았지만, 당혹과 권태와 소심함 탓에 낯선 자가 존재하지 않는 과거를 날조해도 굳이 지적하지 않았다. 갑자기 그는 안절부절못하며 옷을 너무 많이 껴입은 듯한 기분이 들었다.

"얼마나 많이," 콜두노프는 리크의 연회색 바지를 관심 있게 살펴보면서 말을 이었다. "지난 세월 얼마나 많이…… 아, 그래, 네 생각을 했는지 몰라. 그래, 정말로! 생각하곤 했다니까. 나의 라브루샤는 지금 어디 있을까. 내 마누라한테도 네 얘기를 했어. 그 여자도 옛날엔 예뻤지. 근데 너는 무슨 일을 하냐?"

"난 배우야." 리크가 한숨을 쉬었다.

"이런 비밀을 누설해도 되는지 모르겠지만," 콜두노프가 은밀한 어조로 말했다. "미국에는 '돈'이라는 단어를 부도덕하게 여겨서 지불해야 할 일이 있으면 달러를 휴지에 싸서 내는 비밀 결사가 있다는 얘기를 들었어. 물론 부자들만 그렇다는 거지. 가난뱅이들은 그럴 겨를이 없고. 그러니까, 내 말은 이거 말이야." 콜두노프는 묻는 듯이 눈썹을 올리면서 두 손가락과 엄지로 뭔가 만지작거리는 저속한—현금의 감촉을 느끼는—손짓을 했다.

"저런, 아니야!" 리크는 천진하게 외쳤다. "나는 한 해의 대부분을 일 없이 보냈어. 임금도 보잘것없고."

"사정이 어떤지 알아, 아주 잘 안다고." 이렇게 말하며 콜두노프가 미소를 지었다. "어쨌든…… 아, 그래—언제 한번 너하고 의논하고 싶은 계획이 있어. 너도 조금은 이득을 볼 수 있을 거야. 근데 너, 지금 당장 무슨 볼일 있냐?"

"있잖아, 실은, 나 오늘 하루종일 보르디게라*에 가려고, 버스 타고…… 그리고 내일은……"

"저런. 나한테 말했으면 좋았을 텐데. 멋진 자가용을 가진 여기 러시아인 운전사 한 명을 내가 알거든. 리비에라 해안 전체를 안내해줄 수 있었을 텐데 말이야. 이 바보야! 뭐, 됐어, 괜찮아. 버스 정류장까지 내가 바래다줄게."

"그리고 어쨌든 나는 곧 아예 떠날 거야." 리크가 끼어들었다.

"그래, 가족들은 어떻게 지내냐……? 나타샤 이모는 잘 계셔?" 해안가로 내려가는, 사람들로 붐비는 작은 길을 따라 걷다가 콜두노프가 무심코 물었다. "그렇구나. 알았어." 그가 리크의 답에 고개를 끄덕였다. 갑자기 떳떳지 못한 광기어린 표정이 그의 사악한 얼굴에 획 스쳤다. "들어봐. 라브루샤." 그는 좁은 보도에서 무작정 리크를 밀어붙이며 자기 얼굴을 가까이 들이대고 말했다. "널 만난 건 내겐 길조야. 아직 모든 걸 다 잃은 건 아니라는 징조니까. 사실, 엊그제만 해도 난 싸그리

---

* 이탈리아 리구리아 해안에 있는 도시.

잃었다고 생각했거든. 내가 무슨 얘기 하는지 이해돼?"

"어어, 누구나 때때로 그런 생각을 하게 마련이지." 리크가 말했다.

두 사람은 산책로에 다다랐다. 바다는 구름으로 뒤덮인 하늘 아래서 불투명하게 물결치고 있었고, 난간 가까이 여기저기서 파도의 포말이 보도에 후두두 튀었다. 그곳에는 무릎 위에 책을 펼치고 벤치에 홀로 앉아 있는 슬랙스 차림의 여자 말고는 아무도 없었다.

"저기, 나한테 5프랑만 좀 주라. 여행용으로 담배를 좀 사다줄게." 콜두노프가 재빨리 말했다. 돈을 가져가면서 그는 좀전과 다른 태평한 어조로 덧붙였다. "봐, 저기 있는 여자가 마누라야. 잠시 상대를 좀 해주고 있을래. 금방 갔다 올게."

리크는 금발 여자에게 가까이 가서 무의식적으로 배우다운 몸짓을 하며 말을 걸었다. "남편분은 곧 돌아오실 텐데 절 소개하는 걸 잊으셨나봅니다. 저는 남편분의 사촌 되는 사람입니다."

그 순간, 해안을 향해 달려와 산산이 부서진 파도의 시원한 가루가 그에게 흩뿌려졌다. 여자는 영국인의 파란 눈으로 리크를 올려다보더니, 차분하게 붉은색 책을 덮고는 말 한마디 없이 일어나 가버렸다.

"그냥 농담 한번 한 거야." 숨이 턱에 차서 다시 나타난 콜두노프의 말이었다. "봐. 내 몫으로 조금 가져간다. 그래, 유감스럽게도 우리 마누라는 벤치에 앉아서 바다를 보고 있을 시간이 없지. 부탁인데, 우리 다시 만날 거라고 약속해줘. 길조를 기억하라고! 내일이나 모레나, 네가 편한 대로 아무때나 괜찮아. 약속해! 기다려, 내 주소를 알려줄게."

그는 리크의 금박과 가죽으로 된 새 수첩을 가져가서 앉더니 혈관이 불거지고 땀에 젖은 이마를 앞으로 숙인 채 양 무릎을 모으고는 주소를 쓰고선 고통스러울 정도로 신중히 끝까지 읽으면서 i의 점을 다시 찍고, 단어 하나에 밑줄을 그었을 뿐 아니라, 거리 지도까지 그려넣었다. 이렇게 갔다가 이렇게 가고 그다음에 또 이렇게. 분명히 여러 번 해본 솜씨로, 사람들이 주소를 잊어버렸다는 핑계로 그를 바람맞혔던 게 한두 번이 아니었나보다. 그래선지 엄청나게 열심히, 대단히 힘ㅡ거의 주술적이기까지 한 힘ㅡ을 들여 써나갔다.

버스가 도착했다. "그럼, 기다린다!" 리크가 타는 걸 거들어주며 콜두노프가 소리쳤다. 그러고는 기운과 기대로 가득차 돌아서더니, 마치 뭔가 급박하고 중요한 일이 있다는 듯이 결연한 모습으로 산책로를 걸어 사라졌다. 누가 봐도 명백히 그는 놈팡이에 술꾼이고 촌놈이었건만.

다음날인 수요일, 리크는 산악지대로 여행을 갔고, 그후 목요일 대부분은 두통이 심해서 방안에서 누워 보냈다. 공연은 그날 저녁이었고, 다음날 출발이었다. 저녁 여섯시경 그는 보석상에 시계를 찾으러 나갔다가, 꽤 좋은 흰 구두를 샀다ㅡ제2막에서 선보이고 싶다고 오래전부터 생각했던 개선 사항이었다. 그는 주렴을 가르며 신발 상자를 옆구리에 끼고 가게에서 나오다 바로 콜두노프와 맞닥뜨렸다.

콜두노프의 인사는 이전의 열정은 온데간데없고, 대신 조롱조를 약간 띠었다. 그는 "어이, 이번에는 못 빠져나갈걸"이라고 말하며 리크의 팔꿈치를 꽉 잡았다. "자, 가자고. 내가 어떻게 살고 뭔 일을 하는지 보여주지."

"오늘밤 공연이 있어." 리크가 거절했다. "그리고 난 내일 떠나."

"그거야, 친구야, 그거라고. 기회를 놓치지 말라니까! 그걸 이용해! 그런 기회는 다시없을 거야. 으뜸패가 나왔어! 자, 가세나."

맥락 없는 말을 반복하고, 한계에 다다라 어쩌면 그 한계를 넘어버렸을지 모를 인간의 무분별한 희열을 자신의 볼품없는 온 존재로 모방하며(형편없는 모방이라고 리크는 막연히 생각했다), 콜두노프는 허약한 동행을 재촉해 성큼성큼 걸어갔다. 극단 배우들이 모두 모퉁이 카페 테라스에 앉아 있다가 리크를 보고는 방황하는 미소로 인사했는데, 그 미소란 사실은 그들 중 딱히 누가 일부러 지은 게 아니라, 반사된 햇빛의 독립된 반점처럼 각자의 입술 위를 잽싸게 스치고 갔을 뿐이었다.

콜두노프는 리크를 데리고 황달에 걸린 듯한 굽은 햇빛으로 여기저기가 얼룩덜룩해진 구불구불한 좁은 길을 올라갔다. 리크는 이 불결하고 오래된 구역에 와본 적이 한 번도 없었다. 폭이 좁고 키가 큰 집들의 맨 정면은 양쪽에서 보도 위로 상체를 구부려 꼭대기가 거의 닿을 것처럼 보였고, 때로는 완전히 합쳐져 아치를 이루었다. 밉살스러운 아이들이 입구 옆에서 빈둥거리고, 악취가 나는 검은 물이 보도의 배수로를 흘러내렸다. 콜두노프는 돌연 방향을 바꾸더니 그를 밀면서 가게에 들어가서는 (가난한 러시아인들이 잘 그러듯이) 가장 천박한 프랑스어 속어를 뽐내며 리크의 돈으로 와인 두 병을 샀다. 콜두노프가 오래전부터 이 가게에 빚이 있는 게 분명한데, 그의 모든 태도에서, 그리고 이제 점주로부터든 점주의 장모로부터든 아무 반응을 끌어내지 못하는데도 위협적으로 큰 소리를 지르는 그의 인사에서 자포자기의 기쁨이 느껴져서 리크는 더 불편해졌다. 두 사람은 더 걸어가서 골목길로 꺾어 들어갔다. 그러자 방금까지 올라온 험악한 거리가 이미 누추함과 불결함과 혼잡함의 극한을 표상하는 듯 보였건만, 머리 위로 세탁물이 축 늘어지게 걸린 이 골목길은 더 큰 낙담을 구현하는 것 같았다. 한쪽으로 기울어진 작은 광장의 귀퉁이에서 콜두노프는 먼저 가겠다고 말하더니 리크를 남겨두고, 열린 문의 검은 빈 구멍으로 향했다. 그와 동시에 그곳에서 금발의 작은 남자애가 황급히 달려나왔지만, 다가오는 콜두노프를 보곤 도로 뛰어들어가다 들통을 건드려 귀에 거슬리는 땡그랑 소리를 냈다. "기다려, 바슈크!" 콜두노프가 소리치며 어두컴컴한 자기 거처로 쿵쿵거리며 들어갔다. 그가 들어가자마자 습관적으로 언성을 높이는 듯한 어조로 뭐라고 소리치는 광분한 여성의 목소리가 안쪽에서 들려왔지만, 잠시 후 괴성이 뚝 끊기는가 싶더니 일 분 후, 콜두노프가 밖을 슬쩍 내다보고는 으스스한 손짓으로 리크를 불렀다.

리크는 문턱을 넘자마자 곧바로 천장이 낮은 어두운 방에 들어서게 되었다. 위에서 뭔가 무시시한 것이 눌러서 찌그러진 듯한 맨벽이 불가해한 굴곡과 각도를 형성했다. 그곳은 극심한 가난을 보여주는 때묻은 무대 소품들로 가득했다. 좀전의 소년이 축 처진 부부 침대에 앉아 있었다. 두툼한 맨발의 몸집이 큰 금발 여자가 구석에서 나타나 창백하게 부은 얼굴(눈까지 포함해 이목구비 전체가 피로나 우울함, 혹은 그 밖에 뭔지 모를 것으로 찌든)에 미소를 띠지 않고 리크에게 무언의 인사를 했다.

"인사 좀 해, 알고 지내라고." 콜두노프가 조롱조로 부추기듯 중얼거리고는 곧바로 와인병의 코르크를 따기 시작했다. 그의 아내가 탁자 위에 빵과 토마토 한 접시를 놓았다. 그녀가 너무 조용해서 리크는 조금 전에 소리를 질렀던 여자가 이 여자가 맞는지 의심이 들었다.

그녀는 방 뒤쪽에 놓인 긴 의자에 앉아 뭔가를, 뭔가를 닦느라 분주했는데…… 그러고는 펼쳐진 신문지 위에서 칼로 뭔가를 하는 듯했는데—리크는 너무 빤히 쳐다보기가 두려웠다—그동안 남자아이 쪽은 눈을 반짝이며 벽으로 가서는 신중한 몸놀림으로 재다가 거리로 빠져나갔다. 방에는 파리가 들끓었는데 미친듯이 끈질기게 탁자에 얼쩡대고 리크의 이마에도 앉았다.

"좋아, 마시자고." 콜두노프가 말했다.

"안 돼—난 술 마시면 안 돼." 리크는 거부하려 했지만, 그 대신 악몽 속에서 익히 알고 있던 억압적인 영향력에 복종해 한 모금 마셨다—그러고는 발작적인 기침을 해댔다.

"그래, 그래야지." 콜두노프가 떨리는 입술을 손등으로 훔치며 한숨을 쉬고 말했다. "있잖아," 그는 리크의 잔과 자신의 잔을 채우며 말을 이었다. "상황은 이래. 일 얘기를 좀 할 건데. 간단히 말할게. 나는 초여름에 한 달 정도 여기 사는 어떤 러시아인들하고 해변의 쓰레기를 모으는 일을 했거든. 하지만 네가 잘 알다시피 나는 진실을 좋아하는 노골적인 사람이니까, 나쁜 놈이 나타나면 그 면전에다 '너는 나쁜 놈이야'라고 바로 말하고, 필요하면 입에 한 방을 먹인단 말이지. 그러다보니 어느 날……"

그러고는 콜두노프는 따분하고 비참한 일화를 공들여 반복하며 상세히 이야기했다. 그 얘기를 들으면 누구라도 그의 인생이 오랫동안 그런 일화들로 이루어져왔다는, 치욕과 실패, 피할 수 없는 수순으로 극한에 다다른 비열한 나태와 졸렬한 고역의 무거운 연쇄가 오래전부터 그의 천직이 되었다는 느낌을 받게 된다. 한편, 리크는 첫 잔을 마시고 취기가 돌기 시작했지만, 그럼에도 역겨움을 감추고 계속 홀짝였다. 간질간질한 안개 같은 것이 몸의 온 부분에 퍼졌지만, 와인을 거절하면 수치스러운 처벌이 이어지기라도 할 것처럼 흘짝대는 걸 감히 멈추지 못했다. 콜두노프는 한쪽 팔꿈치를 괴고는 말을 끊지 않고 계속 얘기하며 한 손으로 탁자 모서리를 어루만지다, 때때로 유난히 암울한 어떤 단어를 강조하기 위해 탁 치곤 했다. 누리끼리한 점토색 머리(그는 거의 완전히 대머리였다), 눈 아래 늘어진 살, 잘도 움직이는 콧구멍으로 짓는 악의에 찬 불가사의한 표정—이 모든 것은 리크를 괴롭히던 강인하고 잘생긴 학생의 이미지와 전혀 연결되지 않았지만, 악몽의 계수는 변하지 않고 남아 있었다.

"그렇게 된 거야, 친구…… 이건 뭐, 이제 아무래도 좋은 거고." 콜두노프가 이야기투를 좀 벗어난 말투로 말했다. "실은, 이 소소한 이야기는 지난번에 너에게 얘기해주려고 했는데. 운명이—나는 오랜 운명론자거든—우리의 만남에 어떤 의미를 부여하고, 네가 이를테면 구세주로 왔다는 생각이 들었던 그때 말이야. 그런데 이제 보니 알겠다. 첫째, 너는—이런 말을 해서 미안하지만—유대인처럼 인색하고, 둘째로는…… 어쩌면 진짜로 넌 나한테 돈을 빌려줄 만한 상황이 아닌지도 모르지, 누가 알겠어…… 겁내지 마, 겁내지 말라고…… 이 건은 끝났어! 게다가 그건 내가 두 발로 다시 서게 하는 게 아니라—그런 건 사치지—그저 네 발로 기어다닐 수 있을 정도로 작은 액수의 문제였어. 난 똥통에 내 얼굴을 아무렇게나 처박는 데 신물이 났으니까. 너한테 뭘 부탁하지는 않을 거야. 구걸하는 건 나답지 않다고. 내가 원하는 건 그저 무언가에 대한 네 의견이야. 그냥 철학적인 문제지. 숙녀분들은 들을 필요 없어. 너라면 이걸 다 어떻게 설명할래? 너도 알다시피 어떤 명확한 설명이 있다면, 그러면 좋겠지. 난 기꺼이 똥통을 참아내겠어. 그건 곧 이 모든 것에 뭔가 논리적이고 정당화할 수 있는 게, 어쩌면 나나 다른 사람에게 유용할 뭔가가 있다는 의미니까. 난 모르겠더라. 자, 나한테 이걸 좀 설명해봐. 나는 인간이다—그건 너도 절대 부정할 수 없지, 그렇지? 좋아. 나는 인간이고, 내 혈관 속에는 너와 똑같은 피가 흐르잖아. 믿건 안 믿건, 나는 고인이 된 우리 엄마의 사랑하는 외동아들이었어. 어렸을 땐 장난을 좀 심하게 쳤고 젊을 땐 전쟁에 나갔고, 그렇게 공이 굴러가기 시작했지—맙소사, 어떻게 굴러간 건지! 뭐가 잘못된 걸까? 아니, 네가 내게 말해줘—뭐가 잘못된 거야? 난 그저 뭐가 잘못된 것인지 알고 싶을 뿐이야. 그거면 만족할 것 같아. 왜 인생은 체계적일 정도로 늘 나에게 가혹했던 걸까? 왜 모두가 침을 뱉고, 사기당하고 괴롭힘당하다 감옥에 처넣어지는 비참한 악당 같은 역이 나에게 배분된 거냐고? 예를 하나 들어볼게. 리옹에서 어떤 사건이 일어나서 그놈들이 나를 쫓아버릴 때 일인데—한마디 덧붙이자면, 나는 절대적으로 옳았고, 그 자식을 죽이지 않은 게 지금도 매우 유감스러워—아무튼, 경찰이 내 항의를 무시하고 나를 연행해갈 때 그놈들이 무슨 짓을 했는지 알아? 그놈들이 바로 이곳, 내 목의 생살에다 작은 훅을 찔러넣었고—이게 도대체 뭔 취급이냐고, 어?—그길로 경찰서로 끌려갔단 말이야. 조금만 더 움직여도 아파서 정신을 잃을 정도라 나는 몽유병자처럼 얼떨결에 둥둥 떠갔다니까. 자, 그들이 다른 사람들에게는 이런 짓을 하지 않다가, 갑자기 나한테는 하는 이유를 너라면 설명할 수 있겠어? 왜 내 첫 아내는 시르카시아인과 도망간 걸까? 1932년에 안트베르펜의 작은 방에서는 왜 일곱 명이 날 때려죽일 뻔한 거지? 그리고 이 모든 꼴을 보라고—도대체 이유가 뭐야?—이 누더기들, 이 벽, 저기 있는 저 카탸…… 내 인생 이야기가 나한테는 흥미롭거든, 아주 오래전부터 그랬어! 이건 너의 잭 런던이나 도스토옙스키 이야기 같은 게 아니라고! 내가 타락한 나라에 살고 있다고 한다면, 뭐, 괜찮아. 기꺼이 프랑스를 참아주지, 다 좋다고! 그러나 우린 뭔가 설명을 찾아야 한다고요, 신사분들! 한번은 어떤 녀석하고 얘기하고 있는데, 그 녀석이 묻는 거야. '러시아로 돌아가는 게 어때?'라고. 왜겠냐고, 어쨌거나? 거기서 거기라 그렇지! 거기서도 똑같이 나를 못살게 굴 거고, 이빨을 쳐서 날려버리고, 냉동고에 처박고, 그다음엔 총살로 초대할걸―그래도 최소한 정직하긴 하겠네. 있지, 나는 그놈들을 기꺼이 존경하겠어―실제로 놈들이 정직한 살인자일지 누가 알아―여기서 이 사기꾼놈들이 널 고문할 궁리를 하고 있다면, 그리운 러시아의 총탄에 향수를 느끼기 충분하지 않겠어. 이봐, 왜 날 안 쳐다보는 거야―너, 너, 너―혹시 내가 무슨 말 하는지 이해 안 되는 거야?"

"아니야, 다 이해해." 리크가 말했다. "다만 미안한데, 나 속이 안 좋아. 이제 가야 해. 바로 극장으로 가지 않으면 안 돼."

"아, 안 돼. 잠깐 기다려. 나도 어느 정도는 이해해. 너도 이상한 녀석이라니까…… 자, 나한테 제안을 좀 해봐…… 해보라고! 아마 넌 결국 나한테 돈을 아낌없이 쓸 거야, 그렇지? 들어봐. 있잖아. 너한테 총을 팔 건데―그 총은 무대에서 제법 쓸모가 있을 거야. 빵 하면 주인공이 쓰러지는 거지. 100프랑도 안 되는 총이지만, 난 100프랑으로는 부족해―천 주면 가지게 해줄게, 좋지?"

"아니, 필요 없어." 리크가 힘없이 말했다. "그리고 난 정말 돈이 하나도 없어. 나도 여러 어려움을 겪어왔어. 배고픔이나 뭐 그런 것…… 아니, 더는 안 되겠어. 속이 안 좋아."

"계속 마시라고, 이 개새끼야. 그러면 괜찮아질 거야. 좋아, 잊어버려. 난 그저 네가 뭐라고 하나 보려던 거였어—어쨌든 나는 돈에 팔리진 않아. 그냥 내 질문에 대답 좀 해줘. 내가 이렇게 고난을 겪고 자식까지 똑같이 이 참담한 러시아인의 운명을 선고받도록 대체 누가 결정한 거냐고? 잠깐만, 아니—생각해봐. 나도 역시 실내복을 입고 앉아서 라디오를 듣고 싶다면 어쩔 건데? 뭐가 잘못된 걸까, 어? 너를 예로 들면—너를 나보다 나은 삶을 살게 만든 게 뭐냔 말이야? 너는 뻐기며 돌아다니고 호텔에 살고 여배우들과 놀아나고…… 이유가 뭐냐고? 이봐. 나한테 설명을 해보라니까."

리크가 말했다. "나한테는 알고 보니—어쩌다보니 있었어…… 아, 나도 모르겠지만…… 그다지 대단치 않은 연극적 끼가. 그러니까 내 말은……"

"끼라고?" 콜두노프가 외쳤다. "끼라면 내가 보여주지! 내 끼를 한번 보면, 넌 바지 안에다 사과 소스를 만들기 시작할걸! 너는 더러운 시궁창 쥐야, 이 친구야. 그게 네 유일한 끼라고. 훌륭한 끼라고 해야겠지!" (콜두노프는 포복절도하는 웃음을 매우 유치하게 흉내내며 몸을 흔들었다.) "그러니까, 네 말인즉슨, 나는 가장 하급의 최고로 더러운 해충이니까 썩어 문드러지는 말로가 합당하다는 거야? 멋지구먼. 아주 멋져. 모든 게 다 설명되네—유레카, 유레카! 카드가 젖혀졌고, 못은 박혔고, 야수는 도살되었도다!"

"올레크 페트로비치가 화가 났군요—아마도 지금 도망쳐야 할 거예요." 콜두노프의 아내가 구석에서 강한 에스토니아어 억양으로 불쑥 말했다. 그 목소리에는 감정이라곤 흔적조차 없어서 그녀의 말은 딱딱하고 무의미하게 들렸다. 콜두노프는 죽은 듯 탁자 위에 미동도 없이 놓인 손의 위치를 바꾸지 않고 천천히 의자에서 몸을 돌리더니 넋 나간 듯한 시선을 아내에게 고정했다.

"난 아무도 붙잡아두지 않아." 그는 부드럽게 즐거운 듯 말하더니, "그리고 다른 놈들도 나를 붙잡지 않는다면 고맙겠군. 이래라저래라 하는 말도 안 듣고 싶고. 그럼 안녕히 가십시오, 나리"라고 리크를 쳐다보지도 않고 덧붙였다. 리크는 왠지 그래야 할 것 같아서 "파리에서 편지 쓸게, 꼭……"이라고 말했다.

"저 녀석이 편지를 쓸 거라는군, 쓸까?" 콜두노프가 부드럽게, 대놓고 여전히 아내 쪽만 보며 말했다. 리크는 약간 힘들게 의자에서 몸을 빼내 부인 쪽으로 향했는데, 방향을 벗어나 침대와 부딪혔다.

"가세요, 괜찮아요." 부인은 차분히 말했다. 얼마 후, 리크는 정중한 미소를 지으며 비틀거리듯 그 집을 나왔다.

처음 느낀 건 일종의 안도감이었다. 설교하기 좋아하는 주정뱅이 멍청이의 영향권에서 도망쳐나왔다. 그러다가 점점 커지는 공포가 밀려왔다. 위가 아팠고 사지는 다른 사람 것 같았다. 당장 오늘밤 어떻게 연기하지? 하지만 가장 최악은, 마치 몸 전체가 물결과 점선으로 이루어진 것 같으면서 심장발작이 임박해오는 게 온몸으로 느껴진다는 것이다. 눈에 보이지 않는 말뚝이 그를 겨냥하고 있어 언제라도 찔릴지 모르는 상황 같았다. 그래서 그는 좌우로 흔들리는 길을, 잠시 멈추기도 하고 이따금 조금 뒤로 물러서기도 하면서 계속 나아가야 했다. 그래도 정신은 꽤 또렷해서 공연 시작까지 삼십육 분밖에 안 남았다는 걸 알왔고, 집으로 돌아가는 길도 알았는데…… 아니, 그보다는 제방 쪽으로 내려가서 좀 나아질 때까지 바다 옆에 앉아 있는 게 좋을 듯했다. 이번에도 괜찮을 거야, 지나갈 거야, 죽지만 않으면…… 또한 그는 해가 막 졌다는 사실을, 그리고 하늘이 이미 지상보다 더 밝고 은은하게 빛을 발하고 있다는 사실을 깨달았다. 얼마나 쓸데없고 얼마나 모욕적인 헛소리인가. 그는 한 걸음 한 걸음 세면서 걸어갔는데 가끔 틀리게 셌고, 지나가던 행인이 그를 돌아보곤 했다. 다행히도 신성한 정찬시간이라 많은 사람을 마주치진 않았고, 해안가에 도착해보니 인적이 드물었다. 부두에 켜진 불빛이 착색된 수면 위에 긴 반사광을 드리웠고, 그 환한 구두점들과 반전된 느낌표들이 자신의 머릿속에서 반투명하게 반짝거리는 듯했다. 그는 꼬리뼈가 배기는 벤치에 앉아 눈을 감았다. 그러자 모든 게 회전하기 시작했다. 심장이 눈꺼풀의 어두운 안쪽 면에 무시무시한 구체로 비쳤다. 그러고는 괴로울 정도로 계속 부풀어오르는 바람에, 그것을 멈추게 하려고 눈을 뜨고는 이것저것에―저녁별에, 바다에 떠 있는 저 검은 부표에, 산책로 끝으로 어둑어둑하게 보이는 유칼리나무에―시선을 갈고리처럼 걸어보려 애썼다. 그는 생각했다. 나는 이 모든 걸 다 알고 있어, 다 이해해. 황혼 때의 유칼리나무는 러시아의 큰 자작나무와 묘하게도 닮았어. 이렇게 끝날 수도 있나? 이렇게 바보 같은 결말이라니…… 기분이 점점 더 나쁜데, 더 안 좋아…… 나한테 무슨 일이 일어나고 있는 거지……? 아아, 신이시여!

약 십 분이 지났고, 그것으로 끝. 그의 시계는 약삭빠르게도 주인을 쳐다보지 않으려 외면하면서 째깍거렸다. 죽음에 대한 생각이, 반시간 후에 환한 무대로 나가서 그가 맡은 역의 첫 대사, "*마담, 이렇게 밤늦*

게 죄송합니다"라고 말할 거라는 생각과 정확히 동시에 떠올랐다. 그러자 기억 속에 또렷하고 우아하게 각인된 이 대사가 파도가 지루하게 밀려와서 부서지는 소리보다, 혹은 근처 별장의 석벽 너머에서 들려오는 즐거운 두 여성의 소리보다, 아니, 좀전에 들은 콜두노프의 말보다, 심지어는 자신의 심장박동보다 훨씬 더 현실적으로 여겨졌다. 그는 갑자기 공황에 빠질 정도로 구역질이 치밀어서, 일어나 멍하니 난간을 쓰다듬고 색깔 잉크 같은 저녁 바다를 응시하며 난간을 따라 걸었다. "어쨌든," 리크가 큰 소리로 말했다. "몸을 좀 식혀야겠는데…… 응급처치를…… 죽든지, 그게 도움이 되든지." 그는 난간이 끝나는, 보도의 경사진 가장자리를 미끄러져 내려가서 조약돌 해변을 자박거리는 소리를 내며 걸었다. 바위 근처에서 양발을 넓게 벌리고 뻗은 자세로 반듯이 누워 있는, 남루한 옷을 입은 남자 외에는 해변에 아무도 없었다. 남자의 다리와 어깨 윤곽을 보고 리크는 어째선지 콜두노프가 떠올랐다. 리크는 조금 휘청거리다 이미 몸을 구부려서는 남이 볼까 꺼리면서 물가로 걸어가 양손으로 물을 퍼올려 머리를 좀 적셔보려 했다. 그러나 살아 있는 물은 움직이며 그의 발을 적시려 위협했다. 어쩌면 구두와 양말을 벗을 만큼은 몸을 가눌 수 있으리라고 생각한 바로 그 순간, 새 구두가 든 마분지 상자가 기억났다. 깜박하고 콜두노프네 집에 두고 온 것이다!

그걸 기억하자마자, 그 이미지가 너무 생생한 자극이 되어 바로 모든 것이 단순명쾌해졌고, 이것이 리크를 구했다. 가끔 어떤 난국이 합리적으로 공식화되는 것으로 수습되는 일과 같은 식이었다. 일단 당장 구두를 가지러 가야 한다. 가지고 돌아오면 시간이 딱 맞으니, 이 일을 완수하자마자 그 구두를 신고 무대에 오르면 된다. (모든 게 완벽할 정도로 명료하고 합리적이다.) 가슴의 압박감도, 뿌연 안개가 낀 듯한 감각도, 메스꺼움도 다 잊고 리크는 산책로 쪽으로 다시 올라갔다. 길 건너편에 있는 별장 옆 도로변에서 막 나온 빈 택시를 축음기에서 나오듯 잘 울려퍼지는 목소리로 불러세웠다. 택시의 브레이크가 귀청을 찢는 듯한 굉음을 내며 답했다. 그는 운전사에게 수첩에 적은 주소를 보여주며, 가능한 한 빨리 가달라고 말했다. 전체 이동 시간—거기 갔다가 거기서 극장으로 가는 시간을 합한—이 오 분도 채 안 될 텐데도.

택시는 광장 쪽에서 콜두노프네 집으로 가까이 갔다. 사람들이 모여 있어, 자동차 경적으로 끈질기게 위협한 덕에 겨우 인파를 헤치며 나아갈 수 있었다. 콜두노프의 아내가 분수 근처 의자에 앉아 있었다. 이마와 왼쪽 뺨이 피로 번들거리고 머리카락이 엉겨붙은 그녀가 호기심 많은 사람들에게 둘러싸여 등을 곧게 편 채 미동도 없이 앉아 있고, 옆에서 핏자국이 있는 셔츠를 입은 소년이 주먹으로 얼굴을 가리고 서 있는 풍경은 일종의 활인화 같았다. 리크를 의사로 착각한 경관이 방으로 그를 안내했다. 죽은 남자는 바닥에 깨진 그릇들 틈에 쓰러져 있었고 얼굴은 입속에 쏜 총알로 엉망이었으며 넓게 벌린 두 발에는 새로운, 하얀—

"저건 내 것입니다." 리크가 프랑스어로 말했다.*

---

* 몽테뉴의 『수상록』 1권 18장에 나오는 구절, "죽음이 최후의 역을 맡을 때, 더는 속마음을 감추지 말고 프랑스어로 말해야 한다"를 연상시키는 문장이다.

박물관 방문

　수년 전, 파리에 살던 친구―완곡하게 말해서 기묘한 기벽의 소유자였던―가 내가 몽티세르에서 이삼일간 체재할 거라는 걸 알고는 현지 박물관에 르로이가 그린 할아버지의 초상화가 걸려 있다는 얘기를 들었다면서 박물관에 좀 들러달라고 부탁한 적이 있다. 고백하자면 나는 그 친구가 싱글벙글해서는 양손을 펼치면서 말해준 좀 막연한 이야기를 별로 주의깊게 듣지 않았다. 타인의 막무가내식 사정을 좋아하지 않는 탓도 있지만, 친구가 과연 망상까진 가지 않고 머무를 수 있을지 항상 의심스러웠던 게 주된 이유였다. 사연은 대강 다음과 같았다. 러일전쟁 당시에 상트페테르부르크의 집에서 할아버지가 사망한 후 파리에 있는 할아버지 아파트의 소장품이 경매로 팔렸다. 그 초상화는 모호한 긴 유람 끝에 르로이의 고향에 있는 박물관에 매입됐다고 한다. 내 친구는 거기에 초상화가 정말로 있는지, 만약 정말 있다면 도로 사들일 수 있는지, 그럴 수 있다면 가격은 어느 정도인지 알고 싶다는 것이다. 왜 박물관에 직접 연락을 취해보지 않았느냐고 내가 묻자, 그는 여러 번 편지를 썼지만 답장이 온 적은 한 번도 없었다고 답했다.

나는 그 부탁을 실행하지 않겠노라고 속으로 결심했다―병에 걸렸다고 하거나 행선지를 바꿨다고 하거나, 할말은 얼마든지 있으니. 나는 박물관이든 고대의 건축물이든 관광이란 개념 자체가 넌더리가 난다. 게다가 이 선량한 괴짜의 의뢰는 완전히 터무니없어 보였다. 그랬는데, 우연히 몽티세르에서 문구점을 찾아 인적 없는 거리를 배회하며 길 끝마다 늘 똑같이 어김없이 머리를 내미는 목이 긴 대성당의 첨탑을 저주하던 나는, 남유럽 10월의 화창한 날씨가 간신히 계속 잡고 있던 단풍잎을 다 떨어뜨릴 기세로 세차게 내리던 소나기 탓에 발이 묶이게 되었다. 비를 피할 곳을 찾아 뛰어가보니 예의 그 박물관의 계단이었다.

다양한 빛깔의 돌로 지어진 아담한 규모의 건물에는 지주가 있었으며 입구 위 삼각형 프레스코화 위에는 도금된 명문銘文이 있고, 청동 문양쪽에는 사자 다리가 달린 돌 벤치가 놓였다. 문짝 한쪽이 열려 있었고, 희미하게 반짝이는 소나기에 비해선 어두운 실내가 보였다. 계단에 잠시 서 있자니, 돌출 지붕이었는데도 계단이 점점 반점 모양으로 얼룩져갔다. 비는 당분간 그치지 않을 것처럼 보이고 더 나은 방법도 없어서 나는 안으로 들어가기로 했다. 현관의 반들반들하고 울림이 좋은 판석에 발을 디디자마자, 먼 구석에서 등받이 없는 의자가 달가닥거리며 움직이는 소리가 들리더니 수위―한쪽 팔을 잃은 지극히 평범한 상이

용사—가 신문을 옆에 두고 안경 너머로 나를 유심히 보면서 나를 맞이하러 일어섰다. 나는 입장료를 내고 입구에 있는 조각상들을 쳐다보지 않으려 애쓰면서(서커스 공연의 첫 순서처럼 뻔하고 무의미한 전시품이었다), 본 전시실로 들어갔다.

모든 것이 과연 박물관다웠다. 잿빛 색조, 실체의 잠, 비물질화된 사물. 늘 그렇듯 오래되어 닳은 동전이 든 함이 진열장의 비스듬하게 기울어진 벨벳 위에 놓여 있었다. 함 위에 있는 올빼미 한 쌍, 즉 수리부엉이와 칡부엉이에는 번역하자면 '대공작'과 '준공작'이라는 명칭이 프랑스어로 적혀 있었다. 고색창연한 광물들이 먼지투성이 혼웅지로 된 열린 묘 속에 정중히 안치되었고, 입술 밑에 작은 삼각 수염이 난 신사가 깜짝 놀란 얼굴을 한 사진이 다양한 크기의 기묘한 검은 덩어리들 위에 우뚝 세워져 있었다. 그것들은 얼어붙은 유충의 똥과 매우 닮아서 나도 모르게 발을 멈추고 들여다봤지만, 그 성질과 성분과 기능이 전혀 짐작도 되지 않아 어리둥절했다. 펠트 신발 소리를 내며 나를 뒤따라오던 수위는 무례하지 않은 거리를 항상 유지했지만, 이번에는 가까이 다가왔다. 한 손은 뒷짐을 지고 다른 쪽 손의 환영은 주머니 속에 집어넣고, 목젖을 보아하니 침을 꿀꺽 삼키고 있다.

"저게 뭔가요?" 내가 물었다.

"과학적으로는 아직 해명되지 않았습니다." 그의 답변은, 문장을 암기한 게 틀림없었다. "저것이 발견된 건," 그는 똑같이 사기꾼 같은 말투로 계속 말했다. "1895년으로, 발견자는 시의회 의원이자 레지옹도뇌르 훈장을 받은 루이 프라디에 씨입니다." 그의 떨리는 손가락이 사진을 가리켰다.

"뭐, 좋네요." 나는 말했다. "그런데 박물관에 저렇게 한자리 차지할 가치가 있는지 누가, 왜 결정한 건가요?"

"그러면 이제 이 두개골을 주목해보실까요?" 노인이 명백히 화제를 돌리면서 힘차게 외쳤다.

"하지만 전 저것들이 뭐로 되어 있는지 더 알고 싶은데요." 내가 말을 끊었다.

"과학적으로는……" 수위는 그 상투적인 문구를 다시 꺼내려다 갑자기 딱 멈추더니 유리의 먼지로 더러워진 손가락 끝을 뿌루퉁하게 바라보았다.

나는 계속 더 걸어가, 아마도 어떤 해군 장교가 가져왔을 중국 화병, 다공질의 화석군, 뿌연 알코올에 잠긴 창백한 벌레 하나, 붉은색과 녹색으로 그려진 17세기 몽티세르 지도, 그리고 장례용 리본으로 묶여 있는 녹슨 도구 3종 세트—삽, 곡괭이, 호미—를 살펴보았다. 과거를 파헤치기 위한 것인가, 나는 멍하니 생각했지만, 소리 없이 진열장 사이를 지그재그로 다니며 순순히 따라오는 수위에게 이번에는 해명을 구하지 않았다. 첫번째 홀 너머에는 아무래도 순서상 마지막인 듯한 다른 홀이 있었는데, 중앙에 커다란 석관이 더러운 욕조처럼 놓여 있는 한편, 주위 벽에는 그림이 걸려 있었다.

단번에 나의 눈길은 혐오스러운 풍경화 두 점(소와 '분위기'가 그려진) 사이에 걸린 어떤 남성의 초상화에 닿았다. 더 가까이 다가가보니, 상당히 놀랍게도 그때까지는 정서불안의 머릿속에서 만들어낸 망상이라고 여겼던 존재가 바로 저것이라는 걸 알게 되었다. 형편없는 유화로 그려진 그 남성은 프록코트를 입고 구레나룻을 기르고 줄에 매단 큰 코안경을 낀 모습이 오펜바흐와 닮았는데, 속되고 타성에 젖은 작품임에도 그 이목구비에서 어떤 유사함의 조짐, 흡사 친구와 닮은 면을 알아볼 수 있을 것 같은 느낌을 받았다. 그림 한구석의 검은 배경에 진홍색으로 정성스럽게 그려진 선은 르로이라는 서명으로, 작품처럼 평범한 필적이었다.

어깨 근처에서 시큼한 숨결이 느껴져 돌아보니 수위의 친절한 시선과 마주쳤다. "저기," 내가 물었다. "만약 누군가 저 그림 중 하나를 사고 싶어한다면, 누굴 만나야 하죠?"

"박물관의 보물들은 시의 긍지죠." 노인이 답했다. "긍지는 팔 수 있는 게 아닙니다."

그의 장광설을 듣기 두려워서 나는 바로 수긍했지만, 그러면서도 박물관 관장의 이름을 물었다. 수위는 석관의 유래를 이야기해서 내 주의를 돌리려 했지만, 나는 넘어가지 않았다. 마침내 그는 고다르 씨의 이름을 알려주고 어디 가면 만날 수 있는지 설명해주었다.

솔직히 나는 초상화가 실재한다는 생각에 즐거웠다. 비록 타인의 꿈이라 해도 꿈이 실현되는 현장에 있는 것은 유쾌한 일이다. 난 지체 없이 이 건을 해결해보기로 결심했다. 내가 일단 마음을 먹으면 아무도 날 막지 못한다. 발소리를 울리며 재빨리 박물관을 나오자, 비가 그치고 푸른 하늘이 펼쳐진 가운데, 스타킹에 진흙이 튄 여성이 은빛으로 빛나는 자전거로 질주해 지나갔고, 주변의 언덕 위에만 구름이 아직 걸려 있었다. 또다시 대성당이 나와 숨바꼭질 놀이를 시작했지만, 이번에는 내 쪽이 한 수 위였다. 나는 노래 부르는 젊은이들이 꽉 들어찬 빨간 버스에 달린, 맹렬한 기세로 돌진하는 타이어를 가까스로 피해가며 아스팔트 대로를 가로질러가서 일 분 후에는 고다르 씨의 정원문 초인종을 울리고 있었다. 만나보니, 고다르 씨는 몸이 호리호리하고 높은 깃에 셔츠 가슴판을 달고 넥타이 매듭에는 진주 한 알을 박은 차림을 한 중년 신사로, 얼굴은 러시아 울프하운드를 아주 많이 닮았다. 닮은 것만으로는 부족하다는 듯이, 내가 그의 방에 들어갔을 때 아주 개처럼 쩝쩝거리면서 봉투에 우표를 붙이고 있었다. 그의 방은 작지만 호화롭게 가구를 갖춰두었고, 책상 위에는 공작석 잉크스탠드가, 벽난로 선반에는 묘하게 낯이 익은 중국제 화병이 놓여 있었다. 펜싱 검 한 쌍이 거울 위에 교차되어 걸렸는데, 그 거울에 고다르 씨의 좁은 백발 뒤통수가 비쳤다. 여기저기 걸린 군함 사진이 푸른 꽃무늬 벽지의 단조로움을 유쾌하게 깼다.

"무슨 용건으로 오셨나요?" 고다르 씨는 방금 밀봉한 편지를 휴지통에 던져넣으며 물었다. 특이한 행동이라고 생각했지만, 참견하지 않는 게 좋을 것 같았다. 여기 온 이유를 간략히 설명하면서, 박물관측이 먼저 값을 제시할 때까지 기다려달라는 친구의 당부가 있었음에도 불구하고 친구가 기꺼이 내고 싶어하는 상당한 금액까지 말해버렸다.

"다 반가운 이야기군요." 고다르 씨가 말했다. "다만 한 가지, 선생님께서 착각하신 것 같군요. 우리 박물관에는 그런 그림이 없습니다."

"그런 그림이 없다니, 무슨 뜻입니까? 제가 방금 보고 왔는데요! 구스타프 르로이의 〈러시아 귀족의 초상〉입니다."

"르로이의 그림이 한 점 있긴 있습니다." 고다르 씨는 유포 표지의 공책을 휘리릭 넘기다가 검은 손톱으로 해당 항목을 짚고는 말했다. "하지만 초상화가 아니라 전원 풍경화예요. 〈양떼의 귀환〉이라는 작품이죠."

나는 바로 오 분 전에 이 눈으로 직접 봤다고, 천재지변이 일어나도 나로 하여금 그 존재를 의심하게 만들 수 없다고 다시 말했다.

"그러시겠죠." 고다르 씨가 말했다. "하지만 저 역시 미친 게 아닙니다. 저는 우리 박물관의 관장으로 근무한 지 이제 거의 이십 년이 되어가고요, 이 소장 목록은 주기도문만큼이나 잘 알고 있어요. 여기 〈양떼의 귀환〉이라고 적혀 있습니다. 뜻인즉슨 양떼가 돌아오고 있다 이 말입니다. 친구분의 할아버님이 양치기로 그려져 있지 않은 한, 저로선 그분의 초상화가 우리 박물관에 있을 거라고는 상상도 안 되는군요."

"프록코트를 입고 있어요." 내가 소리쳤다. "맹세하건대, 그 사람은 프록코트를 입고 있었다고요!"

"그런데 우리 박물관은 전체적으로 어떠셨나요?" 고다르 씨가 미심쩍다는 듯 물었다. "석관은 마음에 드셨나요?"

"이봐요." 나는 (내 목소리가 이미 떨리고 있다고 생각하면서) 말했다. "부탁인데, 당장 거기로 저랑 함께 좀 가서 거기 초상화가 있으면 파는 걸로 합의하십시다."

"만약 없다면요?" 고다르 씨가 질문했다.

"어찌됐든 그 금액을 지불하겠습니다."

"좋습니다." 그가 말했다. "여기 이 적청 연필로, 붉은 쪽으로요—붉은색으로, 부탁드립니다—그 내용을 저한테 써주시죠."

흥분한 나는 그의 요구대로 해주었다. 고다르 씨는 내 서명을 힐끗거리며 러시아 이름은 발음이 어렵다고 한탄했다. 그러고선 자신의 서명을 덧붙이고는 재빨리 종이를 접어 조끼 주머니에 찔러넣었다.

"그럼 가시죠." 그는 커프스를 풀면서 말했다.

가는 길에 그는 가게에 들러 끈적끈적해 보이는 캐러멜을 한 봉지 사더니 나에게 끈질기게 권하기 시작했다. 내가 딱 잘라서 거절하자, 봉지를 흔들어 내 손바닥에 두세 개를 떨어뜨리려 했다. 나는 손을 당겨 뺐다. 캐러멜 몇 개가 보도에 떨어졌다. 그는 멈춰 서서 그걸 줍고는 총총걸음으로 나를 앞질러갔다. 박물관에 가까워지자 아까 그 빨간 관광버스(지금은 빈 차였다)가 밖에 주차된 게 보였다.

"아하," 고다르 씨가 기뻐하며 말했다. "오늘 관람객이 많은 것 같네요."

그러고는 모자를 벗어 앞에 들고서 예의를 차리며 계단을 걸어올라갔다.

박물관은 모든 게 엉망이었다. 안에서 소란스러운 괴성과 외설적인 웃음과 심지어는 난투극이 벌어지는 듯한 소리까지 들려왔다. 첫번째 홀로 들어가보니, 초로의 수위가 신성한 전시물을 모독하는 두 남자를 제지하고 있었다. 옷깃에 축제 기장 같은 것을 붙인 문제의 두 남자는 이미 얼굴이 완전히 보랏빛이었으며, 기운이 넘쳐서는 시의회 의원이 발견한 배설물을 유리 아래에서 끄집어내려 했다. 어느 지방 운동협회의 회원인 나머지 젊은이들도 어떤 이는 알코올 속의 벌레를 가지고, 또다른 이들은 두개골을 가지고 시끄럽게 장난치고 있었다. 증기방열기의 파이프를 전시물로 생각하는 척하면서 황홀하게 보고 있는 익살꾼도 있고, 주먹과 집게손가락으로 올빼미를 겨냥하는 자도 있었다. 전부 합쳐 서른 명 정도였는데, 그들의 움직임과 목소리로 소란스러운 난장판이 펼쳐진 것이다.

고다르 씨는 손뼉을 딱 치더니 "박물관 관람객은 단정한 복장을 착용해야 한다"라고 적힌 지시문을 가리켰다. 그러곤 나를 따라 사람들 사이를 헤치며 두번째 홀로 나아갔다. 일행 전체가 곧바로 우리 뒤로 몰려들었다. 나는 초상화 쪽으로 고다르를 안내했다. 고다르 씨는 그 앞에서 꼼짝 않고 서서 가슴을 부풀리더니, 마치 감탄해 마지않는 듯 조금 뒤로 물러나다가 여성스러운 구두 뒤축으로 누군가의 발을 밟았다.

"정말 멋진 그림이군요." 그는 진심으로 감탄한 듯 외쳤다. "그래요, 이 건은 쩨쩨하게 굴지 않기로 하죠. 당신 말이 맞았어요. 목록에 오류가 있었나봅니다."

그렇게 말하는 동안 그의 손가락은 마치 저절로 움직이는 듯 합의서를 갈기갈기 찢었고, 그 조각들은 엄청나게 큰 타구 속으로 눈송이처럼 흩날려 떨어졌다.

"저 늙은 원숭이는 누구죠?" 줄무늬 저지를 입은 한 사람이 물었다. 또한, 내 친구의 할아버지가 불붙인 시가를 쥔 모습으로 묘사되어서 그런지, 또다른 어릿광대 같은 녀석은 담배를 꺼내 초상화로부터 불을 빌릴 태세였다.

"자, 가격을 정해봅시다." 내가 말했다. "어쨌든, 여기서 나가지요."

"좀 비켜주세요!" 고다르 씨가 기웃거리는 사람을 옆으로 밀며 소리쳤다.

아까는 눈치채지 못했던 출구가 홀 끝에 있어서 우리는 그쪽으로 인파를 뚫고 나아갔다.

"저한테는 결정권이 없어요." 고다르 씨가 소음 너머로 소리쳤다. "결단력은 법률로 뒷받침될 때만 좋은 거죠. 이 건은 먼저 시장과 상담해야 하는데, 시장은 바로 얼마 전에 죽어서 아직도 공석입니다. 초상화를 구입하시는 건 어려울 듯합니다만, 우리 박물관엔 다른 보물들이 더 있다는 걸 보여드리고 싶습니다."

우리는 상당한 규모의 홀에 들어와 있었다. 반쯤 구워진 듯 보이는 데다 책장들은 거칠고 누렇게 얼룩진 갈색 책이 긴 탁자 위의 유리 아래 펼쳐져 있었다. 벽에는 위쪽이 나팔 모양으로 된 목이 긴 장화를 신은 병사 인형들이 죽 늘어서 있었다.

"자, 얘기해봅시다." 나는 자포자기해서 소리를 지르며 고다르 씨의 전진 방향을 구석에 있는 플러시천 소파로 돌리려 했다. 그러나 이번엔 수위한테 막혔다. 수위는 한쪽 팔을 마구 휘저으며 우리를 쫓아 달려왔는데, 한껏 들뜬 젊은이 무리가 그 뒤를 또 따라왔다. 그중 한 명은 렘브란트풍의 광택이 빛나는 청동 투구를 머리에 썼다.

"벗어요, 그거 벗으라고요!" 고다르 씨가 외쳤고, 누군가가 밀치는 바람에 투구가 그 불량배의 머리에서 댕그랑 소리를 내며 날아가 떨어졌다.

"저 앞으로 더 움직여보죠"라고 말하며 고다르 씨가 내 소매를 끌어서 들어가게 된 곳은 고대 조각 전시실이었다.

나는 거대한 대리석 다리들 사이에서 잠시 길을 잃어서, 남자 거인의 한쪽 무릎 주위를 두 번 돌고 나서야 옆에 있는 여자 거인의 흰 발목 뒤에서 나를 찾고 있던 고다르 씨를 다시 발견했다. 그때 중산모를 쓴 어떤 사람이 보아하니 그 여인상에 기어오르려 했는지 아주 높은 곳에서 돌바닥으로 갑자기 떨어졌다. 일행 중 한 명이 그를 도와 일으키려고 했지만, 둘 다 취해 있었다. 고다르 씨는 그들에게 손을 한번 휘저어 물러나게 한 뒤 동양의 직물로 빛나는 다음 전시실로 돌진했다.

거기에서는 하늘색 양탄자 위를 사냥개들이 질주하고 호랑이가죽에는 활과 화살통이 놓여 있었다.

묘한 일이지만, 그 광활함과 잡다함이 나에겐 압박감과 불명료함의 느낌을 줄 뿐이었다. 아마도 새로운 관람객이 계속 획획 지나갔기 때문일까, 아니면 쓸데없이 계속 펼쳐지는 박물관을 빨리 벗어나 차분하고 자유롭게 고다르 씨와 협상을 마무리하고 싶어서 조바심이 났기 때문일까, 나는 막연한 불안감을 느꼈다. 그러는 동안 우리는 또다른 홀로 이동했는데, 소형 구축함의 골조와 유사한 고래의 해골 전체가 전시되었다는 사실로 판단할 때 정말 거대한 홀임이 분명했다. 이 홀 너머로도 다른 홀들이 계속 이어지는 게 보였는데, 비스듬히 광택을 발하는 대형 그림들에는 먹구름이 가득한 사이사이로 종교화의 우아한 우상들이 파란색과 분홍색 의상을 입고 둥둥 떠 있었다. 엷은 안개 같은 휘장이 갑자기 요동치면서 이 모든 게 분해되더니 샹들리에가 번쩍번쩍 빛나며 불이 켜졌고, 조명이 밝혀진 수족관 속을 물고기가 투명한 지느러미를 팔락거리며 유유히 헤엄쳤다. 계단을 뛰어올라가던 우리가 회랑에서 아래를 내려다보니, 우산을 든 백발이 성성한 사람들 한 무리가 거대한 우주 모형을 살펴보고 있었다.

마침내 증기기관의 역사에 할애된 어두침침하지만 웅장한 전시실에 들어서자, 나는 발길 닿는 대로 마음대로 가던 안내인을 잠깐이나마 겨우 멈춰 세웠다.

"그만요!" 나는 소리쳤다. "전 이제 가볼게요. 내일 얘기합시다."

그는 이미 사라지고 없었다. 돌아보니, 겨우 1인치 남짓 떨어진 곳에 땀에 젖은 기관차의 높은 바퀴가 있었다. 나는 한참을 철도역 모형 사이를 헤매며 돌아가는 길을 찾으려 했다. 부채꼴의 축축한 선로 저 너머 어둠 속에서 보랏빛 신호가 얼마나 묘하게 빛나던지, 나의 애처로운 심장은 경련을 일으키듯 얼마나 떨리던지! 갑자기 모든 게 다시 변했다. 내 앞으로 긴 통로가 끝없이 펼쳐졌는데, 그 길에는 수많은 사무용 캐비닛과 종종걸음으로 신출귀몰하게 움직이는 사람들이 있었다. 급격히 방향을 틀었더니, 나는 천 개의 악기에 둘러싸여 있었다. 벽은 모두 거울로 되어 있어서 일렬로 놓인 그랜드피아노들이 비쳤고, 녹색 바위 꼭대기에 오르페우스 청동상이 서 있는 연못이 중앙에 있었다. 물의 테마는 여기서 끝나지 않아서, 뛰어서 돌아가다보니 결국 샘과 시내의 방에 이르렀는데, 구불거리고 미끌미끌한 물가를 따라 걷기가 만만치 않았다.

때때로 이쪽저쪽에서 기묘한 공포감을 일으키는 물웅덩이가 있는 돌계단이 나타나서는 안개가 자욱한 심연으로 내려갔는데, 그 심연으로부터 호루라기 소리, 접시가 달가닥거리는 소리, 타자기 소리, 망치질하는 소리, 그리고 또다른 많은 소리가 들려왔다. 마치 저 아래에 이미 폐쇄되었거나 아직 공사중인 모종의 전시실이 있는 것 같았다. 그러다 곧 나는 암흑에 휩싸였고, 뭔지 모를 가구에 계속 부딪히다가 마침내 붉은 빛이 보이기에 걸어나가보니 플랫폼이었으며, 발아래에서 쾅하고 울리는 소리가 났다―그러다 갑자기 그 너머로 환한 응접실이 나타났는데, 고상하게도 제정시대 양식의 가구가 구비돼 있었지만 살아 있는 사람은 한 명도 없었다. 단 한 명도…… 이때쯤 나는 뭐라 형용할 수 없는 공포에 사로잡혔지만, 방향을 바꿔 왔던 길을 도로 되돌아가려고 할 때마다 그때까지 본 적 없는 장소―수국이 피어 있고 깨진 창유리 너머로 인공적인 밤의 어둠이 보이는 온실*이라든가, 먼지투성이 증류기들이 탁자에 놓인 버려진 연구실 같은—에 있게 되었다. 그러다 결국 뛰어들어간 곳은 코트걸이에 검은 코트와 아스트라한 모피가 잔뜩 걸린 어떤 방이었는데, 문 너머에서 일제히 터지는 박수갈채 소리가 들려왔으나, 내가 문을 벌컥 열었을 때는 극장은 없고 은은한 우윳빛이 도는 근사하게 위조된 안개가 희미한 가로등 불빛이 자아내는 완벽하게 진짜 같은 얼룩과 어우러져 있을 뿐이었다. 진짜 같은 정도가 아니었다! 앞으로 나아가자, 곧바로 흥겹고 틀림없는 현실감이 방금까지 내가 헤매며 뛰어다녔던 비현실적인 잡동사니 모두를 마침내 대체했다. 발아래의 돌은 현실의 보도로, 근사한 향이 나는 방금 내린 눈이 가루처럼 흩뿌려졌는데, 뜸하게 지나가는 보행자들이 남긴 방금 찍힌 검은 발자국이 벌써 있었다. 열병에 걸린 듯 정신없이 돌아다녔던 나에게는 어째선지 놀랄 정도로 친숙한, 눈 덮인 조용하고 차가운 그 밤이 처음에는 기분좋게 느껴졌다. 나는 아무 의심 없이 방금 내가 빠져나왔던 장소가 어딘지, 난데없이 웬 눈인지, 갈색 어둠 속 여기저기서 과장되었지만 몽롱하게 빛나는 저 불빛은 뭔지 추측하기 시작했다. 쪼그려앉아서 보도 가장자리의 둥근 디딤돌을 만져보기도 하고, 그런 다음 축축한 돌 입자의 냉기가 가득 전해지는 손바닥을 마치 거기에서 설명을 읽게 되기를 기대하듯이 살펴보기도 했다. 내가 너무 물정 모르게 가벼운 차림을 한 게 느껴졌지만, 박물관의 미로에서 탈출했다는 뚜렷한 실감이 아직 너무 강렬해서 처음 이삼 분 동안은 경악도 공

---

* 러시아어로 '온실' '일광욕실'을 가리키는 단어는 'зимний сад(겨울 정원)'로, 제정러시아 시기의 '겨울 궁전'(지금의 예르미타시 미술관)을 연상시킨다.

포도 느끼지 못했다. 느긋하게 조사를 계속하려고 내가 서 있던 곳 옆에 있는 집을 올려보았다가, 지하실로 내려가는 철제 계단과 난간이 눈속에 파묻힌 광경에 바로 깜짝 놀랐다. 심장에 찌릿한 통증을 느끼며나는 새로운 불안이 섞인 호기심으로 보도를, 검은 선이 쭉 나 있는 그하얀 표면을, 신비한 빛이 계속 휙휙 횡단하는 갈색 하늘을, 그리고 조금 떨어진 곳에 있는 두꺼운 난간을 힐끗거렸다. 저 너머에 뭔가가 떨어진 것 같더니, 거기서 뭐가 삐걱대고 꾸르륵대며 물속으로 빠지는 소리가 났다. 저 앞으로, 컴컴하고 움푹 꺼진 곳 너머에는 어슴푸레한 빛의 사슬이 뻗어 있다. 나는 축축이 젖은 구두를 질질 끌며 눈길을 몇 발짝 걸어가면서 오른쪽에 있는 어두운 집을 줄곧 힐끗거렸다. 그 집의한 창문에서만 녹색 유리갓을 씌운 등불이 은은하게 빛났다. 여기는 자물쇠가 잠긴 나무문…… 저기는 아마도 잠든 상점의 셔터가…… 그리고 생김새로 한참 전부터 나에게 믿을 수 없는 메시지를 외치던 가로등의 불빛에 나는 어떤 간판의 끝부분을 알아봤는데—"……инка сапог(……발 수선)"—아니, 어미의 경자음부호*를 없애버린 건 눈이 아니었다. 나는 "아니야, 아냐, 난 곧 깨어날 거야"라고 큰 소리로 말하고는 쿵쾅거리는 심장과 덜덜 떨리는 몸으로 방향을 바꿔 걸어가다가 다시 멈췄다. 어디선가 멀어져가는 말발굽소리가 들려왔고, 약간 기울어진 디딤돌 위에 베레모처럼 쌓이고 담장의 다른 쪽에 있는 장작더미

---

* 러시아어에서 선행 자음이 구개음화되지 않는 것을 나타내는 부호로, 1918년 이후 소비에트러시아에서는 공적으로는 사용되지 않았으나, 나보코프를 비롯한 러시아 망명 작가들은 여전히 사용했다. 여기서는 '신발 수선'을 뜻하는 러시아어 'починка сапог'에서 두번째 단어 끝에 경자음부호 ъ가 원래는 붙어 있다가 생략된 상황을 묘사하고 있다.

위에도 어렴풋이 하얗게 쌓인 눈이 보였는데, 이미 나는, 돌이킬 수 없이, 지금 내가 어디에 있는지 깨달았다. 아아, 그곳은 내가 기억하는 러시아가 아니라, 내가 발을 들이는 게 금지된 오늘날의 현실 러시아로, 절망적일 정도로 굴종의 상황에 빠졌지만 어쩔 수 없는 나의 모국이었다. 가벼운 이국적인 차림을 하고 반은 환영 같은 모습으로 10월 밤의 냉담한 눈 위에 선 내가 있는 곳은 모이카 운하나 폰탄카 운하 어딘가, 아니 어쩌면 오브보드니 운하일지도 모른다. 나는 뭔가를 해야 하고 어딘가로 가서, 달려가서 불법 입국자인 나의 위태로운 삶을 필사적으로 지켜야 했다. 아, 이와 유사한 감각을 얼마나 여러 번 꿈에서 경험했던가! 하지만 이제 그것이 실현되었다. 모든 것이 현실이다. 흩날리는 눈발과 섞인 듯 보이는 공기, 아직 얼지 않은 운하, 떠 있는 낚싯배, 그리고 어두워져 노란색으로 빛나는 창들의 저 독특한 사각형도. 모피 모자를 쓴 남자가 서류가방을 옆구리에 끼고 안개 속에서 내 쪽으로 나와서는 깜짝 놀란 눈으로 나를 흘낏 보더니 지나쳐가면서 다시 한번 돌아보았다. 나는 그가 사라지기를 기다렸다가, 황급히 서둘러 호주머니에 든 걸 전부 끄집어내고, 종이란 종이는 다 갈기갈기 찢어 눈 속에 버린 뒤 발로 짓이기기 시작했다. 서류가 몇 장, 파리에 있는 동생이 보낸 편지가 한 통, 500프랑, 손수건, 담배가 있었다. 망명자의 외피를 다 없애버리려면 내 옷은 물론 내의와 신발까지 모든 걸 다 벗어 없애고 벌거벗은 채 있는 게 이상적이겠으나, 이미 나로서는 고통과 한기로 덜덜 떨면서 할 수 있는 만큼 다 한 것이었다.

하지만 이것으로 충분하다. 내가 체포될 때의 상황을 술회하지도, 그 후에 겪은 시련에 관해 이야기하지도 않겠다. 외국으로 다시 돌아가는

데 믿기 힘들 정도로 인내와 노력이 필요했다는 것, 그리고 그 이후에 나는 타인의 광기에서 비롯된 의뢰는 다신 맡지 않으리라 굳게 맹세했음을 말하는 걸로 충분하다.

바실리 시시코프

그에 대한 약간의 기억은 지난봄, 즉 1939년 봄에 집중돼 있다. 나는 어떤 '러시아 망명 문학의 밤'—1920년대 초부터 파리에서 무척 성행한 지루한 행사 중 하나—에 갔었다. (휴식시간이 도망칠 기회를 주어서) 계단을 재빨리 내려가는데, 나를 쫓아 열심히 달려오는 발소리가 뒤에서 들려오는 듯했다. 나는 돌아보았고, 그렇게 그때 그를 처음으로 보게 되었다. 그는 나보다 두세 계단 위에서 멈춰 서더니 이렇게 말했다. "제 이름은 바실리 시시코프입니다. 저는 시인입니다."

그러고는 그는 내가 서 있는 층으로 내려왔다—딱 봐도 러시아인 혈통에 두꺼운 입술과 회색 눈과 굵고 낮은 목소리를 가진 건장한 체격의 젊은이로, 악수도 크고 시원시원하게 했다.

"자문을 좀 구하고 싶은 게 있습니다." 그가 말을 이었다. "따로 한번

뵀으면 좋겠는데요."

나는 그런 요청에 우쭐하는 사람이 아니다. 나의 승낙에는 다정한 감정 외에는 거의 아무것도 없었다. 다음날 그가 내가 묵고 있던 허름한 호텔('로열 베르사유'라고 당당히 이름 붙은)로 오기로 했다. 나는 약속시간에 아주 딱 맞춰서 라운지의 모조품 같은 곳으로 내려갔다. 승강기가 이따금 발작하듯 용을 쓰고, 독일계 난민 네 명이 늘 모이는 구석자리에서 복잡한 *신분증명서* 체계를 논하며 대화하는 것만 무시한다면, 그 시간에는 비교적 조용한 곳이었다. 보아하니 그들 중 한 명은 자신이 처한 곤경이 다른 세 명보다 심하지 않다고 생각하는데, 나머지 세 명은 네 명 다 똑같은 상황이라고 주장했다. 그러다 다섯번째 사람이 나타나 동포들에게 어째선지 프랑스어로 인사했다. 농담인가? 허세인가? 새로운 언어를 배우라고 꾀는 건가? 그 사람은 방금 새 모자를 샀단다. 모두 그 모자를 써보기 시작했다.

시시코프가 들어왔다. 얼굴에 심각한 표정을 띠고, 역시 뭔가 심각하게 녹슨 회전문의 저항을 어깨로 밀어 극복하고 들어와 주위를 둘러보는가 싶더니 바로 나를 보았다. 이때 나는 내가 몹시 두려워하는 관습적인 환한 웃음을 시시코프가 삼간다는 것을 눈치채고 기뻤다─나 자신은 그런 웃음을 잘 짓는 사람이었다. 나는 속을 빵빵하게 채운 안락의자 두 개를 한꺼번에 끌고 오느라 좀 애를 먹었다─그리고 다시 몹시 기쁘게도 시시코프가 기계적인 협조의 몸짓을 취하는 대신에 태평하게 그냥 서서 구식 트렌치코트에 손을 찔러넣은 채, 내가 앉을 자리를 다 정리하기를 기다린다는 걸 알았다. 우리가 자리에 앉자마자 바로 그는 황갈색 공책을 꺼냈다.

"먼저," 시시코프가 눈썹이 풍성한 멋진 눈으로 나를 계속 응시하며 말했다. "자격증을 내놔야겠죠. 그렇죠? 경찰서라면 신분증명서를 보여줘야겠지만, 당신, 나보코프 씨*께는 이걸 보여드려야 할 것 같군요—저의 시 노트입니다."

나는 그 노트를 대충 훑어보았다. 약간 왼쪽으로 기울어진 견고한 필적에서 건실함과 재능이 뿜어져나왔다. 아아, 일단 내 시선이 시행을 따라 지그재그로 내려가자, 나는 가슴이 아플 정도로 실망을 느끼고 말았다. 그 시는 끔찍했다—진부하고 현란하고 기분 나쁜 허세로 가득찼다. 두운으로 사기를 친 세련됨과 문맹에 가까운 각운의 겉만 번지르르한 풍부함이 그 재능의 전무함을 강조했다. 이를테면 테아트르teatr—글래디에이터gladiator, 무스탕mustang—탱크tank, 마돈나Madonna—벨라돈나belladonna** 같은 쌍으로 되어 있다는 말로 충분할 것이다. 그 주제에 관해서는 아무 말도 하지 않는 게 최선이다. 시의 작자는 자신의 리라가 우연히 발견한 것을 뭐든지 한결같은 열성으로 노래했다. 신경이 예민한 사람으로서는 그의 시를 차례로 읽는 건 고문이었지만, 작자 본인이 가까이서 지켜보며 내 시선의 방향과 손가락의 움직임을 제어하니 나의 성실함이 강화돼, 한 페이지 한 페이지 잠시 멈춰 다 읽어보지 않을 수 없었다.

"자, 당신 의견은 어떻습니까?" 내가 다 읽자 그가 물었다. "그렇게 끔

---

* 러시아어판에는 그냥 '당신'으로 되어 있다.
** 러시아어판에는 '자스미나(자스민의)—비라잘라 우자스 미나(공포어린 표정을 지었다)' '베셋키(정자亭子)—베스 옛키(신랄한 악마)' '녹튜르니(야상곡)—브라트 드보유르니(사촌형제)'로 되어 있다.

찍하지는 않지요?"

나는 그를 살펴보았다. 모공이 확장되어 약간 번들거리는 그의 얼굴에는 안 좋은 반응을 예감하는 기색이 전혀 없었다. 나는 그의 시가 절망적으로 나쁘다고 답했다. 시시코프는 혀를 차더니 공책을 트렌치코트 주머니 속에 도로 찔러넣고 말했다. "저 자격증들은 제 것이 아닙니다. 제 말은, 제가 쓴 거긴 하지만, 모두 위조된 것이죠. 이 시 서른 편은 전부 오늘 아침에 쓴 건데, 사실을 말하자면, 작시광作詩狂의 창작을 패러디하려니 구역질이 날 것 같더군요. 그 보답으로, 이제 난 당신이 인정사정 봐주지 않는 사람이란 걸 알게 되었습니다—즉, 당신은 믿을 만한 분이라는 거죠. 제 진짜 여권은 여기 있습니다." (시시코프는 먼저 것보다 더 낡을 대로 낡은 다른 공책을 내게 건넸다.) "아무거나 한 편만 읽어보세요. 당신이나 저나 그거면 충분할 것 같네요. 그나저나 오해를 피하고자 미리 말하는 것인데, 전 당신 소설을 좋아하지 않아요. 당신 소설은, 눈에 거슬리는 강렬한 빛이나 말없이 생각하고 싶을 때 크게 들려오는 다른 사람들의 대화처럼 절 성가시게 해요. 그렇지만 동시에, 순수하게 생리학적인 면에서는—이렇게 표현해도 된다면—당신은 뭔가 작법의 비결이랄까, 어떤 기본 색채의 비밀이랄까, 이례적일 정도로 진귀하고 중요한 뭔가를 가지고 있어요. 아아, 당신은 전반적인 능력의 좁은 한계 내에서 그걸 거의 보람 없이 쓰고 있지만—그건 말하자면, 당신에게는 전혀 쓸모없지만, 이번에는 어디로 큰 소리를 내며 가볼까 계속 생각하게 하는 강력한 경주용 차를 타고 동네를 여기저기 다니는 것 같다고 할까요. 하지만 당신은 비밀을 품고 있어서 사람들은 당신을 무시할 수 없는 존재로 여기죠—그래서 저도 당신에게 도움을 청하고자 하는 거고요. 그러나 우선, 부디 제 시를 봐주십시오."

(정말이지 내 문학작품의 성격에 대해 예상하지도 청하지도 않은 설교를 늘어놓는 것이, 내게는 이 손님이 꾸민 악의 없는 속임수보다 훨씬 더 무례하게 느껴졌다. 나는 구체적인 즐거움을 위해 작품을 쓰고, 그보다 훨씬 덜 구체적인 돈을 위해 작품을 출판한다. 후자의 지점은 어쨌든 소비자의 존재를 함축함에도, 출판된 작품이 자연히 진화하는 과정에서 자족적인 원천으로부터 더 멀리 물러날수록 그 작품이 겪는 이런저런 우연한 사건들은 점점 더 추상적이고 무의미하게 여겨졌다. 이른바 '독자의 심판'에 대해서도 나는 그 재판에서 내가 피고인이 아니라, 기껏해야 가장 덜 중요한 증인 중 하나의 먼 친척뻘 되는 사람 정도밖에 안 된다고 느낀다. 바꿔 말해서, 평론가가 내 작품을 상찬하면 묘하게 *거리낌이 없는 것*처럼 느껴졌고, 혹평하면 유령을 쿡 찌르는 헛된 짓을 하는 것 같았다. 그 순간에는 나는 시시코프가 자신이 만난 자부심이 강한 작가 누구에게나 솔직한 의견을 다 털어놓는 사람인지, 아니면 내가 그럴 만한 상대라고 믿어서 나한테만 그렇게 노골적으로 말한 것인지 가늠해보려 애쓰고 있었다. 진실을 알고자 하는, 다소 유치하지만 진심어린 갈망의 결과 엉터리 시 속임수를 썼듯이, 서로 간에 솔직함의 틀을 최대한 넓히려는 충동이 나에 대한 견해를 그렇게 말로 표현하도록 부추겼다고, 나는 결론내렸다.)

시시코프의 진짜 작품에서도 좀전의 패러디 작품에서 몹시 과장되었던 그 결점들의 흔적이 비칠까봐 막연히 두려워했는데, 기우였음이 드러났다. 시는 아주 좋았다―그 시들에 대해서는 언젠가 다른 때에 훨씬 더 상세히 논하게 되기를 바란다. 최근에 시시코프의 시 한 편이 망명 잡지에 게재되었고, 시 애호가들이 그 독창성에 주목하는 데 내가 중요한 역할을 했다.[*] 나는 이상하리만치 타인의 의견에 배고파하는 그 시인에게 내 의견을 자제하지 않고 다 말했다. 여기 이 시의 경우 문체가 조금 오락가락하는 부분이 몇 군데 있다, 예를 들어 "*제복을 입고*"라고 그다지 관용적이지 않은 표현을 썼는데, 여기서 하급 군인 군복을 칭하는 거라면 *제복*보다는 *정복*을 쓰는 게 낫다는 둥, 교정 차원의 이야기까지 덧붙이면서. 하지만 그 시행은 손대기에는 너무나 훌륭했다.

"있잖아요." 시시코프가 말했다. "제 시가 졸작은 아니라는 제 생각에 동의하신다는 뜻이니까, 이 노트를 당신에게 맡기고 가게 해주세요. 무슨 일이 일어날지는 아무도 모르죠. 묘한, 아주 묘한 생각이 떠올랐는데요, 그리고—뭐 어쨌든 이제 모든 일이 훌륭히 잘되었어요. 사실 이렇게 제가 당신을 만나고자 한 목적은, 제가 창간을 계획하고 있는 잡지에 참여해주시길 부탁드리기 위해서입니다. 이번 토요일에 저희 집에 다 모여서 여러 가지를 결정해야 하는데요. 당연히 전 당신이 현대 사회의 문제에 이끌리는 성향이 있는 분이라고 착각하진 않지만, 저희 잡지의 사상이 문체론적인 관점에서 당신의 흥미를 끌지도 모른다고 생각합니다. 그러니, 꼭 와주세요. 여담이지만, 저희는 (시시코프는 대단히 유명한 러시아 작가의 이름을 댔다), 그리고 다른 저명한 분들도 몇 명 더 오리라고 기대하고 있습니다. 이해해주셔야 할 것이, 제가 어떤 한계에 다다라서 어떤 식으로든 반드시 그 압박에서 벗어나야 한다는 점입니다. 그렇지 않으면 미쳐버리고 말 거예요. 저는 곧 서른 살이

---

[*] 뒤의 작품 주석 1235쪽을 참조할 것. (원주)

됩니다. 발칸반도에서, 그다음에는 오스트리아에서 완전히 불모의 청년기를 보내고, 작년에 여기, 파리로 왔어요. 여기선 지금 제본 일을 하고 있지만, 식자공 일도 해봤고 도사관 사서도 했었죠―요컨대 항상 책에 몸을 비비고 살아온 겁니다. 그래도, 다시 말하지만 결국 불모의 인생이었죠. 최근에 전 뭔가 하고 싶은 충동으로 터질 것 같습니다―극도로 고통스러운 감각이에요―당신도 틀림없이 잘 아실 테죠, 아마 저와는 다른 각도에서겠지만, 그래도 틀림없이 아실 거예요. 너무나 많은 고통, 우매함, 불결함이 우리 주위에 널려 있는데, 저희 세대의 인간들은 아무것도 알아채지 못하고 아무것도 하지 않아요. 그 행위는 가령 숨을 쉬거나 빵을 먹는 것과 마찬가지로 필수적인데 말입니다. 그러니까, 제가 말하고자 하는 것은 모두를 넌더리나게 하는 당면한 큰 문제들이 아니라, 사람들이 인식조차 하지 않는 수백만 개의 사소한 것들 이야기입니다. 그 사소한 것들이야말로 가장 적나라한 괴물의 배아인데 말입니다. 예를 들어 바로 최근에 있었던 일인데요, 한 어머니가 참다못해 두 살 된 딸을 욕조에서 익사시킨 후, 바로 그 물로 목욕했다고 합니다. 물이 따끈했고, 따끈한 물은 낭비해서는 안 되기 때문이죠. 맙소사, 이 이야기는 투르게네프가 쓴 따분한 짧은 이야기 중 하나*에 나오는 농사짓는 늙은 아낙의 이야기에서 얼마나 떨어져 있나요! 방금 자식을 잃은 늙은 아낙이 '소금이 들어갔기 때문에' 양배추 수프 한 사발을 침착하게 다 먹어서 농가 오두막을 방문한 귀부인을 경악시키는 이야기죠. 매일, 도처에서 다양한 중요도와 각기 다른 형태로―꼬리

---

* 투르게네프의 산문시 「양배추 수프」.

달린 미생물 형태로, 점 모양으로, 입방체로—엄청난 수로 나타나는 이와 비슷한 사소한 것들이 사람을 매우 심하게 곤란에 빠트려 질식하게 하고 식욕도 잃게 할 수 있다는 사실이 당신에겐 터무니없는 일처럼 여겨진다 해도 전 조금도 상관없습니다—그러나 아마도 당신은 어쨌든 오실 테니까요."

나는 로열 베르사유에서 나눈 이 대화 내용에, 다음날 시시코프가 나에게 자기 의견을 확증하려고 보낸 장황한 편지에서 발췌한 내용을 섞었다. 다음 토요일, 나는 그 모임에 조금 늦게 도착했는데, 그래서 깔끔하면서 또 그만큼 소박한 *가구 딸린 방*에 들어가보니, 예의 그 유명 작가 빼고 모두 모여 있었다. 참석자 중 폐간된 어떤 간행물의 편집자가 나와 안면이 있었다. 다른 사람들—작은 검은색 장식물을 닮은 작고 음울한 남편과 노모와 함께 있는 풍만한 여성 한 명(번역가거나 어쩌면 신지학자인 것 같은데), 망명 만화가인 매드가 자기 캐릭터에게 입힐 법한 몸에 안 맞는 양복을 입은 추레한 신사 두 명, 그리고 집주인의 친구라는, 활발해 보이는 금발 남자 한 명—은 내가 모르는 사람들이었다. 시시코프가 연신 불안한 듯 귀를 쫑긋 세우는 모습을—또한, 자신이 들은 게 다른 집 초인종소리라는 걸 깨닫기 전까지는 더없이 반색하며 결연히 탁자에 손을 탁 치고 일어나는 모습을—관찰하고 있자니, 예의 그 유명인사의 도착을 나도 간절히 바라게 됐지만, 결국 그 노인은 나타나지 않았다.

"신사 숙녀 여러분"이라고 시시코프는 운을 떼더니 월간지 창간 계획을 꽤 유창하고 사람의 마음을 끄는 말솜씨로 풀어나가기 시작했다. 잡지는 『고통과 속됨의 조망』이라는 제호로 발간될 것이며, 주로 그달의 신문에 실린 관련 기사 모음으로 구성될 것인데, 기사는 시간순이 아닌 '상승하는' '예술적으로 두드러지는 것 없이 조화로운' 순서로 배열한다는 규정을 정했단다. 한때 편집자였던 양반이 어떤 숫자를 인용하더니 그런 유의 러시아 망명 잡지는 절대로 팔리지 않으리라고 완전히 확신한다고 장담했다. 풍만한 여성 문학인의 남편이 코안경을 벗고는, 미간을 주무르면서 끔찍하게 더듬거리며 말했다. 인간의 고통과 싸우려는 의도라면, 잡지 창간에 필요한 자금의 총액을 가난한 사람들에게 분배하는 쪽이 훨씬 더 실질적일 거라고. 자금을 바로 그 남자가 대줄 거라 기대했기 때문에, 찬물을 끼얹은 듯 냉기가 좌중을 감돌았다. 그후, 집주인의 친구가 시시코프가 이미 말했던 내용을—더 빠르지만 더 저열한 말투로—다시 말했다. 내 의견도 물었다. 시시코프의 얼굴에 비친 표정이 너무 비극적이라, 나는 최선을 다해 그의 계획을 지지했다. 우리는 조금 일찍 해산했다. 시시코프는 배웅하려고 층계참까지 우리를 따라 나오다가 계단에서 미끄러졌는데, 모두가 웃음을 터뜨리는 데 약간 더 시간이 걸리는 와중에 그는 여전히 바닥에 주저앉아 난감한 눈빛으로 쾌활한 미소를 지었다.

이 주 후 시시코프는 다시 나를 보러 왔다. 네 명의 독일인 난민이 또 여권 문제를 논의하고 있었고, 이윽고 다섯번째 남자가 들어와 쾌활하게 말했다. "봉주르, 므슈 바이스, 봉주르, 므슈 메이어." 내 질문에 시시코프는 다소 얼이 빠진 채 마치 본의가 아니라는 듯이 답했다. 잡지 창간 계획은 실현 불가능한 일이 되었고, 그 일에 대해선 더는 생각하지 않기로 했다고 한다.

"당신에게 말하고 싶은 게 있습니다." 시시코프는 어색한 침묵 끝에 말문을 열었다. "나는 계속 결정을 내리려고 애쓰고 또 애써왔는데, 이제 뭔가 떠오른 거 같아요. 대략은요. 도대체 내가 왜 이런 끔찍한 상황에 처했는지 당신은 별로 관심 없겠지만요. 이미 편지로 설명할 수 있는 것은 설명했지만, 거기서는 주로 당면한 일, 즉 잡지 일을 주로 얘기했었죠. 문제는 더 광범위합니다. 더 절망적인 문제고요. 무엇을 해야 할지—어떻게 중단할지, 어떻게 벗어날지—나는 결정을 내리려 늘 애썼어요. 아프리카의 식민지로 가버릴까? 그러나 대추야자나무와 전갈에 둘러싸여 파리에서 비 맞으며 하던 상념과 똑같은 상념에 빠지려고, 필요한 서류를 획득하는 엄청나게 힘든 과업을 시작할 가치가 있을 듯싶지 않네요. 러시아로 돌아가는 시도를 할까요? 아니, 불속에 몸을 던지는 건 이제 안 하렵니다. 수도원에 은거할까요? 하지만 나에게 종교는 지루하고 생경한 것이고, 영혼의 실재성과 관련된 망상에 불과합니다. 자살할까? 그러나 나는 사형을 너무 혐오해서 나 자신의 사형집행인이 될 수 없을 것 같아요. 게다가 햄릿의 철학으로도 꿈에도 생각지 못했던 그 어떤 결과들이 너무 무섭습니다. 그리하여 이제 남은 방법은 하나뿐입니다. 사라지는 것, 녹아 없어지는 것이죠."

시시코프는 또한 자기 원고가 잘 있는지 물었고, 얼마 지나지 않아 곧 떠났다. 어깨가 넓지만 조금 굽었고 트렌치코트를 입고 모자는 안 썼으며 목덜미의 머리는 좀 잘라야 하는—보기 드물 정도로 매력적이고 순수하고 우울한 인간. 난 그에게 무슨 말을 해야 할지, 어떤 도움을 줘야 할지 몰랐다.

5월 말에 나는 파리를 떠나 프랑스 다른 지방으로 갔다가 8월 말에 파리로 돌아와서 시시코프의 친구와 우연히 마주쳤다. 그는 희한한 이야기를 들려줬다. 내가 파리를 떠나고 얼마 후 '바샤'가 얼마 안 되는 살림살이를 다 버려두고 종적을 감췄다는 것이다. 경찰도 *치치코프 씨*가 러시아인들이 '*카르타*'라고 부르는 것이 오래전에 만기가 되도록 놔뒀다는 사실 이상은 아무것도 알아내지 못했다.

이야기는 이게 다. 미스터리한 이야기에서 도입부가 될 법한 사건을 끝으로 내 이야기는 막을 내린다. 그의 친구, 아니 친구라기보다는 우연히 알게 된 지인 정도 되는 남자에게서 시시코프의 인생에 관한 사소한 정보를 알게 되어 이를 메모해두었다—언젠가 쓸모 있을 수 있으니. 그러나 대체 그는 어디로 간 걸까? 그리고 시시코프가 '사라지는 것, 녹아 없어지는 것'이라는 말을 했을 때 그는 도대체 무엇을 염두에 둔 걸까? 혹시 인간의 이성으로는 받아들일 수 없는, 날것 그대로인 문자 그 자체의 의미에서 자신의 예술 속으로 사라지는 것, 자신의 시 속에서 녹아 없어지는 것, 그러니까 자신에게서, 모호한 자신의 인격에서 오로지 시만을 남기려 했을 가능성은 정말 없을까? 시시코프가 다음의 구절을 과대평가했던 것은 아니었을지 궁금하다.

그토록 특이한 어떤 관의
투명함과 견실함

고독한 왕

왕은 언제나 그랬듯이, 동트기 전까지 서는 보초와 아침나절에 서는 보초(*morndammer wagb*와 *erldag wagb*)[*]가 서로 충돌하는 소리에 깨어났다. 지나치게 시간을 엄수하는 앞 조는 규정된 시각에 초소를 떠난 반면에, 뒤 조는 일정하게 몇 초를 늦었을 테지만, 그것은 그들이 태만해서가 아니라 아마도 누군가의 통풍 걸린 시계가 으레 몇 초 느리기 때문인 듯하다. 그래서 초소를 떠나는 사람들과 도착하는 사람들이 항상 그렇게 같은 지점에서 만나는 것이다―왕의 침실 창문 바로 아래 있는 좁은 오솔길로, 무성하게 뒤얽혀 자랐으나 꽃이 변변찮은 인동덩굴과 궁전의 뒷벽 사이였다. 인동덩굴 아래에는 온갖 종류의 쓰레기

[*] 이 단편에서 나보코프는 가상의 국가에서 쓰는 가상의 언어를 사용하고 있다. 그 언어는 원문 그대로 표기했다.

가 널려 있었다. 닭털, 깨진 도기, 국내의 저장과일 상표 '포모나'가 적힌, 측면이 빨간색인 커다란 깡통. 그 만남은 언제나 소리를 죽여 짧고 순하게 실랑이하는 소리를 수반했는데(왕을 깨운 것도 이 소리였다), 동트기 전 보초 중에 악동 기질을 지닌 녀석이, 아침나절 보초 중에 스비르홀름전투 참전 용사로 화를 잘 내고 아둔한 늙은 영감태기에게 암호가 적힌 석판을 내주기 싫은 척하곤 했기 때문이다. 그러다 다시 사방이 조용해졌고, 들리는 소리라고는 이따금 빨라지며 타닥타닥 소리를 늘 하는 업무처럼 내는 빗소리뿐이었다. 365일 내지 366일 중에 통계적으로 정확히 306일 비가 내려서, 아무도 날씨의 급변으로 곤란을 겪지 않게 된 지 오래다(여기서 바람이 인동덩굴 쪽으로 불었다).

왕은 잠에서 깨면서 오른쪽으로 돌아누워, 베개보에 수놓인 문장이 체스판 모양의 자국을 남긴 뺨을 커다랗고 흰 주먹으로 받쳤다. 하나뿐이지만 널따란 창문에 느슨하게 늘어뜨린 갈색 커튼의 안쪽 가장자리 사이로 비눗물같이 희뿌연 빛줄기가 스며들었고, 곧바로 왕은 임박한 공무(에겔강에 새로 축조된 다리의 준공식 참석)가 떠올랐다. 다리의 불쾌한 이미지가 기하학적 필연성으로 저 창백한 햇빛의 삼각형에 새겨진 것처럼 보였다. 그는 다리에도 운하에도 조선술에도 흥미가 없었다. 머릿속에서 대략적인 절차만 그려지는 탓에 싫어서 죽을 지경인 많은 일(이와는 사뭇 다른 것들, 즉 왕으로서의 공무와 아무 관계 없는 것들은 무한히, 더 채울 수 없을 정도로 완벽하게 그려졌다)에 열심히 참석하는 습관을 정말로 들여야 했던, 오 년간의—그렇다, 정확히 오 년(826일)이다—음울한 치세 기간이 지났음에도, 그는 여전히 그의 자발적인 무지에서 비롯된 거짓 미소를 요구받는 일뿐 아니라, 무의미하거나 어쩌면 실재하지도 않는 대상에 대한 관습적인 기준에 맞는 겉치레에 지나지 않는 일까지 접해야 할 때마다 울적할 정도로 부담을 느꼈다. 틀림없이 자신이 그 계획을 승인했음에도 기억조차 하지 못하는 다리 준공식을 그가 그저 천박한 잔치로만 느꼈다면, 공중에 떠 있는, 공학 기술의 저 복잡한 결실에 관심이 있는지 아무도 그에게 굳이 물어보려 하지 않은 탓도 있다. 그렇다 해도, 오늘은 라디에이터그릴을 이처럼 드러낸 번쩍번쩍한 컨버터블을 타고 천천히 그 다리를 건너가야 한다. 고문이 따로 없다. 그런 다음 다른 기술자 일도 있는데, 그가 우연히(그저 누군가나 뭔가를 떨쳐버리려고 그랬던 건데) 섬에 적당한 산이 하나라도 있었다면(연안에 있는 죽은 지 오래된 늙은 화산은 산으로 치지 않았으며, 더구나 그 정상에는 등대―말이 나온 김에 하는 말이지만, 작동되지 않는 등대였다―까지 지어져 있다), 등산을 즐겼을 거라고 언급한 후로 사람들이 계속 그에게 거론해온 인물이었다. 꿀 같은 갈색 피부와 교묘히 환심을 사는 말투로 궁정 시녀들과 고급 창부들의 응접실에서 뒤가 구린 명성을 쌓은 그 기술자는 지하를 부풀리는 방법으로 섬의 평원 중앙부를 높여 그곳을 대산괴大山塊로 변모시키는 계획을 제안했다. 지면이 불룩해지는 동안, 해당 지역 주민들이 자기 집에 머무르는 것이 허용될 것이다. 오종종한 벽돌집이 옹송그리며 모여 있고 고도 변화를 느끼고 놀란 붉은 소들이 음매거리는 실험 지역에서 철수하는 쪽을 택한 겁쟁이들은 그 불운한 평지에서 퇴각할 때보다 새로 형성된 급경사면을 올라 돌아올 때 훨씬 더 시간이 많이 걸리는 벌을 받을 것이다. 초지가 천천히 부풀어올랐다. 바위들이 둥근 등을 움직였다. 기면 상태의 개울이 잠자리에서 굴러나와 고산지대의 폭포로 바뀌었는데, 개울 자신도 놀랄 일이었다. 나무들은 대열을 이뤄 구름 쪽으로 이동했고, 그중 많은 나무(이를테면 전나무)가 그 이동을 즐겼다. 마을 사람들은 현관 난간에 기대 손수건을 흔들며 공기압이 풍경을 발육시키는 광경에 감탄했다. 그렇게 산은, 기술자가 무시무시하게 큰 펌프를 멈추라고 명할 때까지 커지고 또 커진다. 하지만 왕은 팽창이 중지되는 걸 기다리지 않고 다시 깜빡 잠이 들었는데, 잠들기 직전 그는, 꿈같이 허황된 계획이라면 뭐든 기꺼이 지원하는(반면 왕의 지극히 당연하고 가장 인간다운 권리는 엄격한 법률로 제한되었다) 자문위원들에게 으레 그래왔듯 저항해 그 실험에 허가를 내주지 않은 일을 후회할 짬이 겨우 났다. 이제는 너무 늦었고, 그 발명가는 실내용 교수대의 특허를 낸 다음 자살해버렸다(그리됐다고, 어쨌든 잠의 정령이 잠든 이에게 다시 얘기해주었다).

왕은 일곱시 반까지 잤고, 여느 때와 같은 시각에 그의 정신이 갑자기 가동하기 시작해 이미 프레이를 맞으러 가는데 프레이가 침실로 들어왔다. 노회한 천식 환자인 그 *konwacher*는 아직 죽지 않은 걸 보면 서두르는 건 그의 노선이 아님이 분명함에도, 마치 대단히 급한 것처럼 움직이며 으레 그랬듯이 기묘한 소리를 추가로 냈다. 그는 이미 반세기 동안 두 명의 왕을 모시며 해왔던 대로, 앉는 부분에 하트 모양 구멍이 난 낮고 둥근 걸상 위에 은제 대야를 내려놓았다. 오늘 그는 세번째 왕을 깨우고 있는 것으로, 딱 보기에도 마녀가 주문을 건 듯한 바닐라 향이 나는 이 물이 아마도 그 전임자들에게는 세정 목적으로 제공됐을 것이다. 하지만 지금은 전혀 필요치 않은 물이었다. 그런데도 여전히 매일 아침이면 대야와 걸상이, 오 년 전에 접힌 이후로 한 번도 펴지지 않은 수건과 함께 등장했다. 늙은 시종은 그 별난 소리를 계속 내면서 햇빛이 한껏 들어오게 했다. 왜 프레이가 쓸모없는 기구가 놓인 그 걸상을 침대까지 옮기기 위해 반그늘 속을 더듬는 대신 먼저 커튼을 열지 않는지 왕은 항상 궁금했다. 그러나 프레이는 흰올빼미처럼 하얀 머리와 썩 잘 어울리게도 귀가 먹어서 그에게 말해봤자 아무 소용 없는 일이었다. 그는 노령이라는 탈지면에 막혀 세상과 단절된 셈이었다. 그가 침대에 절을 하며 나가자, 침실의 벽시계가 마치 시간이 새롭게 충전된 듯 더 또렷한 소리로 째깍대기 시작했다.

침실이 이제 뚜렷이 보였다. 용 모양으로 갈라진 금이 천장을 가로지르고 구석에는 거대한 옷걸이가 떡갈나무처럼 서 있다. 감탄스러운 다리미판이 벽에 기대어 있다. 발꿈치에서 승마용 장화를 홱 잡아당겨 벗기는 데 쓰는 물건인, 거대한 주철 사슴벌레 형태의 구식 기구가 흰 가구 덮개를 씌운 안락의자의 단 아래에 숨어 있었다. 어떤 미지의 콜럼버스가 모로 세워둔 계란형의 고리버들 빨래바구니 옆에 눈멀고 비대한 오크 옷장이 나프탈렌에 취해 서 있었다. 푸르스름한 벽에는 이런저런 물건이 되는대로 걸려 있었다. 시계(이미 자기 존재를 미주알고주알 알려왔다), 약상자, 현재 날씨보다는 기억 속 날씨를 나타내는 오래된 청우계, 갈대가 무성한 호수와 날아오르는 오리 한 마리를 연필로 그린 스케치, 현관에서 엄숙한 얼굴의 마부가 고삐를 쥔, 꼬리 부위가 희미해진 말에 한 신사가 올라타 가죽 각반을 찬 두 다리를 벌리고 있고 같은 현관 계단에는 하인들이 긴장한 얼굴로 모여 있는, 근시안적인 사진 한 장, 원형 틀에 끼워진 먼지투성이 유리 아래 압화된 솜털로 뒤덮인 꽃들…… 이 휑뎅그렁한 침실은 가구가 부족한데다 그나마 있는 가구도 그 방을 쓰는 사람이 누구든(언젠가 여기에 'Husmuder'라는 별명으로 불린 선왕의 처가 살았던 듯하다) 그 사람의 필요나 민감함과는 완전히 무관해서, 기묘하게도 사람이 살지 않는 듯한 모양새였다. 거슬리는 그 대야라도, 또 옷깃에 주름 장식이 둘린 잠옷을 입은 남자가 강인한 맨발을 바닥에 대고 모서리에 앉아 있는 철제 침대라도 없었다면, 누군가 여기서 밤을 보냈다고 상상도 할 수 없었다. 발끝으로 모로코가죽 슬리퍼를 더듬어 찾고, 아침의 빛깔과 유사한 회색 가운을 걸친 왕은 삐걱거리는 마룻널을 가로질러 펠트를 덧댄 문으로 걸어갔다. 나중에 그는 그 아침을 떠올리며, 잠에서 깨어 일어났을 때 정신도 근육도 보통 때와 다른 중압감, 막 시작된 하루의 운명적인 부담감을 느꼈던 것 같다고 회상했다. 그러니까 그날이 불러온 (아침부터 이미 소소한 무료함의 가면을 쓰고 에겔 다리를 지키고 서 있던) 끔찍한 불행은 그때로서는 너무나 부조리하고 예측할 수 없었는데, 나중에 그에게는 일종의 해소처럼 여겨졌다. 우리는 느닷없이 닥친 현재와 직전의 과거를 연결하는 특수한 양상을 그 과거(내가 그냥 아까까지 손에 쥐고 있다가 거기 바로 두었는데 이제는 거기에 없는)에서 기인한 것으로 여기는 경향이 있는데, 그 현재라는 건 사실 돈으로 산 문장紋章을 뽐내는 벼락출세자 같은 것에 불과하다. 연결된 사건들의 노예인 우리는 그 사슬에 환영의 고리를 걸어 벌어진 틈을 닫으려 애쓴다. 우리는 뒤돌아보면서 우리가 가까이 있게 된 묘지나 수원지로 우리를 데리고 온 길이 우리 뒤에 보이는 바로 그 길임이 확실하다고 생각한다. 인생의 변덕스러운 비약과 일탈은 그 탄성彈性과 수렁의 징후를 앞선 사건들에서 찾을 수 있을 때만 심적으로 견딜 수 있다. 그건 그렇고, 이와 같은 생각은, 이제는 더는 독립적인 예술가가 아닌 드미트리 니콜라예비치 시네우소프의 머릿속에서 떠오른 것이며, 날이 저물어 수직으로 배열된 루비색 글자로 르노라는 단어가 빛났다.

왕은 조식을 찾아 나섰다. 첨두아치가 있는 창문들의 모서리에 거미줄이 쳐진 차가운 돌낭하를 따라 있는 다섯 개의 방 중에 어떤 방에서 커피가 그를 기다리는지 왕은 결코 알지 못했다. 왕은 문을 하나씩 차례로 열어 작은 안반상을 계속 찾아내려 했고, 결국 그동안 가장 드물게 있던 방에서 찾아냈다. 어두운 색조로 호사스럽게 그려진 선왕의 커다란 초상화 바로 아래에 있었다. 그 초상화가 그려진 나이의 가폰왕을 그는 기억하는데, 어깨가 구부정하고 약간 비뚤어진 윗입술 위 털이 없는 피부에는 농가의 노파처럼 주름도 있던, 안절부절못하고 후줄근했던 그 노인의 성격이 전혀 아니었던 어떤 위엄이 이목구비에도 자세에도 체격에도 부여되었다. 가문의 문장에 각인된 "눈으로 보고 통치하라(*sassed ud balsem*)"라는 말은 익살꾼들이 가폰왕을 언급할 때는 "안락의자와 개암열매 브랜디(*sasse ud hazel*)"로 바뀌곤 했다. 가폰왕은 삼십여 년을 통치했는데, 그 기간 동안 그 누구에게도 각별한 애정이나 증오를 불러일으키지 않았고, 선의 힘과 돈의 힘을 똑같이 신뢰했으며, 그의 감상적인 마음에 김빠진 인도주의적 염원으로 호소한 의회의 다수파를 고분고분하게 따르면서, 왕위가 안정되는 데 헌신한 의원들의 활동에는 비밀 국고에서 후한 보상을 해줬다. 가폰왕에게 통치는 이미 기계적 습관의 관성바퀴 같은 것이 되어버린 지 오래였고, *Peplerhus*(의회)가 탁탁 소리를 내는 침침한 등잔불처럼 희미하게 빛나는 나라 전체의 맹목적인 복종도 마찬가지로 규칙적인 회전의 형태를 띠었다. 그럼에도 그의 치세 말년이, 태평하고 긴 저녁식사를 마친 후에 트림이 나오듯 찾아온 쓰디쓴 반역의 독에 오염됐다면, 그것은 그의 탓이 아니라 왕세자의 인격과 행동 탓이었다. 그것은 실로, 한때 학계의 골칫거리였다가 이제는 잊힌 벤 스쿤크 교수가 출산이란 병에 지나지 않고 모든 아기는 그 부모의 '외재화된' 독립된 종양, 종종 악성으로 밝혀지는 종양이라 단언했던 것이 아주 틀린 말은 아님을, 선량한 시민들이 치미는 부아와 함께 알게 된 사건이라 하겠다.

현왕(즉위 전의 그를 체스 표기법으로 K로 지칭하기로 하자)은 그 노인의 조카로, 가폰왕의 아들인 아둘프 왕자에게 마땅히 약속된 왕위를 왕의 조카가 이으리라고 꿈에라도 생각한 이는 처음에는 아무도 없었다. 민중이 아둘프 왕자에게 붙였던 아주 외설적인 별명(절묘한 유음에 기반한)은 여기서는 예의상 '무화과fig 왕자'로 번역하지 않으면 안 된다. K는 멀리 떨어진 궁정에서 야심을 품은 침울한 고관과 말상에 남성적인 고관 부인의 감시를 받으며 자라서 사촌을 거의 알지 못했으며, 조금이라도 더 자주 보게 된 것은 스무 살이 다 되어서였다. 그때 아둘프는 거의 마흔에 가까웠다.

이제 우리 눈앞에 허우대 좋고 성격 무던한 친구가 모습을 드러낸다. 두꺼운 목, 넓은 골반, 볼이 크고 전체적으로 분홍빛이 도는 얼굴, 툭 튀어나온 아름다운 눈. 지저분한 작은 콧수염은 푸른빛이 도는 검은 깃털 한 쌍을 닮았는데, 방금 닭 뼈를 쪽쪽 빨아먹은 것처럼 늘 기름이 묻은 듯 보이는 통통한 입술과 뭔가 어울리지 않았다. 불쾌한 냄새가 나는, 역시 기름이 묻은 듯 보이는 두꺼운 흑발은 숱이 빽빽한 큰 머리에 극북의 땅에서는 흔치 않은 일종의 맵시를 가미했다. 그는 현란한 옷을 좋아하면서 동시에 *papugh*(신학생)처럼 몸을 씻지 않았다. 그는 음악, 조각, 그래픽에 조예가 깊었지만, 둔하고 저속한 사람들 무리에서 시간을 보낼 수 있었다. 그는 위대한 페렐몬의 애수를 자아내는 바이올린 연주를 들으며 눈물을 철철 흘렸는데, 제일 좋아하는 컵의 파편을 주워올리면서도 같은 눈물을 흘렸다. 그는 그 순간에 다른 일에 열중해 있지 않으면 누구든 어떻게든 도우려고 했다. 그는 행복에 겨운 듯 숨을 헐떡이고 인생을 쿡쿡 찌르고 조금씩 갉아먹거나 하면서, 그 존재가 신경쓰이지 않는 제삼자에 대해서는, 제 영혼의 깊이를 훌쩍 넘어서는 슬픔—또다른, 그 다른 세계에 걸맞은 슬픔—을 끊임없이 어떻게든 자아내려 했다.

K는 스무 살에 수도에서 자줏빛 히스가 핀 초지로 약 400마일 떨어진 곳에 위치한, 잿빛 바닷가에 면해 있는 울티마레대학에 입학했고, 거기서 왕세자가 갖춰야 할 소양에 대한 것들을 배웠는데, 익명성을 유지하기가 이미 아주 쉽지는 않은 상황이라 부담이 될지도 모를 화제나 논의를 그가 피하지 않았더라면 더 많은 걸 들었을 것이다. K의 후견인인 백작이 일주일에 한 번 그를 방문해(가끔은 활기 넘치는 아내가 운전하는 모터사이클의 사이드카에 타고 왔다), 계속 그에게 강조해 말하곤 했다. 학업도 우수하고 도서관 뒤쪽 이백 년 된 코트에서 하는 *vanbol*도 그만큼 잘하는 이 침울한 꺽다리 청년이 공증인의 아들이 아니라 국왕의 조카라는 걸 학생이나 교수 중 누가 알게 되면 얼마나 끔찍하고 수치스럽고 위험한 상황이 벌어지겠느냐고. 왕보다 큰 권력을 가진 미지의 인물과 *Peplerhus*가 무슨 까닭인지 공모해서 저 '멀리 있는 슬픔의 섬'의, 반쯤 잊힌 계약에 충실한 적적하고 단조로운 북

국北國의 삶을 들쑤신 불가사의할 정도로 어리석은 그 많은 변덕 중 하나에 따른 일이었는지, 아니면 한을 품은 백작 자신에게 뭔가 사적인 계획, 멀리 내다보는 속셈(왕의 양육은 비밀로 하기로 되어 있다)이 있었는지 우리는 모르고, 또 이 일에 대해 이런저런 추측을 할 이유도 없다. 어찌됐든, 그 예외적인 학생은 다른 일로 바빴으니까 말이다. 독서, 공으로 하는 운동, 스키(그때는 겨울에 눈이 많이 내렸다), 그리고 무엇보다 난로 옆에서 특별한 생각에 잠겼던 밤들, 그러다 얼마 후 벨린다와의 로맨스—그 모든 것이 그의 존재를 충분히 다 채워서 정치공학적인 천박하고 자잘한 음모에는 관심이 없었다. 게다가 조국의 연대기를 열심히 연구하는 동안에도 선왕들의 핏줄에 흐르는 것과 같은 피가 자기 안에 잠자고 있다는 생각이나, 저 서둘러 지나가는 현실 생활도 역시 '역사'—이전 시대의 터널에서 나와 창백한 일광 속으로 나아가는 역사—라는 생각을 한 번도 떠올려본 적이 없었다. 그것은, 그가 집중한 주제가 가폰왕의 치세 한 세기 전에 끝났기 때문일 수도 있고, 아니면 최고로 냉철한 연대기 작가들이 본의 아니게 전개한 마술이 그 자신이 목격한 것보다 그에게는 더 귀중한 것으로 여겨져, 그의 내부에 있는 독서가가 목격자를 이겼기 때문일 수도 있다. 나중에 현재와의 연결을 회복하려 했을 때, 그는 임시변통으로 대충 만든 통로를 건너는 데 만족해야 했는데, 그 통로는 전설의 익숙한 유원함을 훼손하는 데 일조할 뿐이었다(에겔강에 걸린 저 다리, 피가 튄 저 다리!).

대학 2학년이 시작되기 전, 짧은 방학을 보내기 위해 수도로 와서, 이른바 '각료 클럽'의 가장 소박한 방에 머무르던 K는 생애 첫 궁정 연회에서, 떠들썩하고 포동포동하고 점잖지 못하고 젊어 보이는 *매혹적*

인 *사람*으로, 누구도 그 매력을 인정하지 않을 수 없는 왕세자를 만났다. K가 왕세자를 만난 자리에 연로한 국왕도 있었는데, 왕은 스테인드글라스 창가에 등받이가 높은 안락의자에 앉아서, 그에겐 약이라기보다는 별미에 가까운 올리브색이 도는 검은색의 자그마한 자두를 재빨리 날름날름 게걸스럽게 먹고 있었다. 처음에 아돌프 왕자는 젊은 친척을 알아보지 못한 듯, 두 지밀 신하를 향해 계속 말을 했지만, 그럼에도 신중히 계산해 신참자의 마음을 사로잡을 만한 화제를 꺼냈다. 그는 신참자에게 자신을 4분의 3 정도만 보여준 자세로, 양손을 구김이 간 체크무늬 바지 주머니에 깊숙이 찔러넣고 배를 자랑스럽게 쑥 내밀고 서서 발끝과 발꿈치에 교대로 체중을 실어 몸을 가볍게 흔들었다.

"예를 들어," 그는 공개석상을 위해 비축한 기세등등한 목소리로 말했다. "우리 나라의 모든 역사를 보면 아시겠지만, 여러분, 우리는 늘 권력의 근원이 마법에서 유래한다고 이해해왔습니다. 복종자들은 복종을 마법의 불가피한 효력으로 여길 때만 복종할 수 있었죠. 다시 말해, 왕은 마법사이거나, 아니면 자신이 마법에 걸린 사람이었습니다. 때로는 인민이 건 마법에, 또 때로는 고문관들이 건 마법에, 또 가끔은 모자걸이에서 모자를 벗겨내듯 왕의 머리에서 왕관을 휙 가져가버리는 정적들이 건 마법에 걸린 사람이죠. 한번 떠올려보십시오. 고색창연한 태고 시대, '*mossmons*(신관들, '늪의 사람들')'의 지배, 빛을 내뿜는 토탄 숭배 같은 것을, 아니면 저…… 저 첫 이교도 왕들—길드라스, 그리고 그래요, 오포드라스, 그다음은, 뭐라고 불렸는지는 잊어버렸지만, 어쨌든 바다에 술잔을 던져버린 그 왕 말이죠. 그후 와인으로 변한 바닷물을 어부들이 사흘 밤낮으로 퍼냈다죠…… '*바다 물결은 달콤*

하고 진했고, 아가씨들은 조개껍데기로 그 물을 마셨네(*Solg ud digb vor je sage vel, ud jem gotelm quolm osje musikel*—왕자는 우퍼홀름의 발라드를 인용하고 있었다).' 돛 대신에 십자가를 단 조각배를 타고 온 최초의 수도사들과 '세례 바위'와 관련된 온갖 일—그들이 정신 나간 로마 교리를 전파하는 데 간신히 성공할 수 있었던 것은 바로 우리 국민이 뭐에 약한지 알아맞혔기 때문이지 딴것 없어요. 더구나," 왕자는 말을 이어가다, 고위 성직자가 이제 멀지 않은 거리에 서 있어선지 점점 고조되던 목소리를 조금 조절했다. "이른바 교회라는 것은 이제까지 한 번도 우리 국가의 뼛속까지 스며든 적이 없었고, 지난 두 세기 동안에는 그 정치적 의의를 완전히 잃어버렸습니다. 그 이유는 교회가 보여줄 수 있었던 초보적이고 다소 단조로운 기적이 이내 지루해졌기 때문이죠"—성직자가 자리를 뜨자 왕자의 목소리가 자유를 되찾았다—"그리고 국내의 마법, 우리 조국 *본유의 자생적인 마법*과 경쟁이 안 됐던 것도 있지요. 그 뒤를 이어 틀림없이 역사에 남을 왕들의 시대가 도래하여 우리 왕조가 시작된 때를 볼까요. 로그프리드 1세가 '바다에 둥둥 뜬 통'으로 자칭한 불안정한 왕좌에 올랐을 때, 아니 올랐다기보다는 기어올랐을 때 나라는 폭동과 혼란으로 극심한 고통을 겪고 있어서 왕위를 향한 그의 포부는 유치한 꿈처럼 여겨졌습니다. 그가 권좌에 올랐을 때 제일 처음 한 일이 뭔지 기억합니까? 그는 곧바로 육손이 묘사된 화폐, 크룬, 반크룬, 그로스켄을 발행했죠. 왜 손이었을까? 왜 여섯 손가락인가? 이를 밝혀낼 수 있었던 역사가는 단 한 명도 없었고, 로그프리드 본인이 알았는지도 의심스럽죠. 하지만 변함없는 사실은 이 마법적 수단이 나라에 곧바로 평화를 가져왔다는 겁니다. 나중에 그의 손자 치세중에, 덴마크인들이 우리 나라에 끄나풀을 심으려 시도해서, 그 끄나풀이 엄청난 병력을 이끌고 상륙했을 때, 무슨 일이 일어났던가요? 갑자기 극히 간단하게 반정부당—그들이 뭐라고 불렸는지는 잊어버렸지만, 아무튼 그 반역자들이 없었다면 음모 자체가 성립되지 않았을 거였죠—이 전령을 보내 그 침략자에게 앞으로는 협조할 수 없다고 정중히 알렸잖아요. '히스가—즉 변절한 군대가 외세에 합류하기 위해 지나가기로 했던 평원의 히스를 말합니다—배반의 등자와 정강이에 휘감겨서 더는 앞으로 나아갈 수 없습니다'라고 했다던가요, 이 말은 보아하니 완전히 문자 그대로 받아들여야지, 어린 학생들에게 공급되는 퀴퀴한 알레고리의 뜻으로 해석해서는 안 됩니다. 그 뒤에 다시—아, 그래요, 정말 멋진 예가 있죠—일다 여왕, 애인이 넘치게 많던, 하얀 가슴을 가진 일다 여왕을 빼놓으면 안 되죠. 여왕은 국가의 모든 문제를 주술로 풀고, 또 그게 아주 성공적이어서 여왕의 마음에 들지 않은 이는 누구나 미쳐버렸죠. 여러분도 아시다시피 이날까지 정신병원은 민중 사이에 *ildebams*로 알려져 있잖습니까. 민중이 입법부와 행정부 일에 참여하기 시작하면, 그 마법이 민중의 편이리라는 것은 어이없게도 분명합니다. 내가 장담하건대, 가령, 당선된 의원들의 연회에서 불쌍한 에다릭왕이 자기 자리에 앉지 못했던 건 치질 때문은 결코 아니었죠. 그 밖에도 또, 기타 등등." (왕자는 자기가 택한 화제가 이미 지긋지긋해졌다.) "……우리 나라의 생활은 뭔가 양서류 같아서 머리는 북유럽의 단순한 현실 한복판에 계속 올려두면서, 배는 우화의 세계에, 생기를 주는 풍부한 마법에 잠겨 있다고 할까요. 우리의 이끼 긴 돌 하나하나, 고목 한 그루 한 그루가 다 적어도 한 번은 뭔가 마법적인 사건 같은 데 연루되었던 것도 괜히 그런 게 아니죠. 여기 젊은 학생이 한 명 있는데, 역사를 공부한다니 틀림없이 내 견해를 확증해줄 것입니다."

K는 아돌프의 논리를 진지하게, 믿어 의심치 않고 들으면서 자신의 시각과 꽤 많이 일치한다는 데 몹시 놀랐다. 사실, 다변가인 왕세자가 제시한 사례들의 교과서적인 선별이 K에게는 약간 조잡하게 여겨지긴 했다. 전체의 요점은 주술의 놀라운 현시에 있는 게 아니라, 그 섬의 역사를 심오한 동시에 어렴풋이 채색한 환상적인 뭔가의 섬세한 음영에 있지 않은가? 하지만 기본 전제에는 무조건 동의하는지라, K는 머리를 숙이고 혼자서 끄덕거리며 그렇다고 답했다. K는 자기를 매우 놀라게 한 생각의 일치가 사실, 청자가 새로 등장하면 그게 누구든 가장 잘 먹히는 미끼가 뭔지 알아맞히는 특수한 직감을 확실히 지닌, 그 생각을 표명한 쪽에서 거의 무의식적인 교활함을 발휘한 결과였음을 훨씬 나중에야 깨달았다.

국왕은 자두를 다 먹더니 조카를 손짓해 부르고는, 무슨 말을 해야 할지 몰라서 대학에 학생이 몇 명이냐고 물었다. K는 당황했다―학생이 몇 명인지 알지 못했거니와 적당한 숫자를 둘러댈 만큼 기민하지도 않았다. "오백? 천?" 뭔가 어린애 같은 열의가 묻어나는 어조로 왕이 집요하게 계속 물었다. "장담컨대, 더 많을 게 분명해." 납득할 만한 대답을 못 들은 왕이 달래는 듯한 어조로 덧붙이고는 잠깐 생각에 잠겼다가, 계속해서 이번에는 승마를 좋아하는지 물었다. 이에 왕세자가 늘 그랬듯 나긋나긋하고 허물없는 태도로 불쑥 끼어들어 이번 목요일에 있을 야유회에 함께 가자고 사촌을 초대했다.

"놀랍구나. 내 불쌍한 여동생과 정말 많이 닮았어." 왕이 기계적으로 한숨을 쉬고 말하면서 안경을 벗어 늑골 모양의 장식이 달린 갈색 재킷의 가슴쪽 주머니에 도로 넣었다. "내가 가난해서 너에게 말을 줄 순 없지만," 그가 말을 이었다. "작은 승마용 채찍이 좋은 게 하나 있지. 고트센." (궁내 장관 쪽을 향해) "개 머리가 달린 그 작은 승마용 채찍이 어디 있지? 나중에 찾아서 저애에게 주게나…… 꽤 흥미로운 작은 물건이지, 역사적 가치 같은 것도 있고. 그래, 그건 너에게 기꺼이 줄 수 있지만, 말은 내 분수에 넘쳐―난 늙은 말 한 쌍이 전부라. 내 영구 차용으로 놔두고 있거든. 기분 상해하지 마라―난 부자가 아니란다." (*거짓말을 하시는군*"이라고 왕세자는 숨죽여 말하고는 콧노래를 흥얼거리며 가버렸다.)

야유회 날은 날씨가 춥고 오락가락했다. 조가비의 진주층 같은 하늘이 머리 위에 스쳤고, 산골짜기에서는 누르께한 덤불이 고개를 숙여 인사했고, 초콜릿색 바큇자국에 고인 질퍽질퍽한 진창을 말굽이 첨벙거리며 흩뿌리자 까마귀가 깍깍거렸다. 얼마 후, 다리를 건너간 두 사람은 길을 벗어나 속보로 말을 몰아 어두운 히스 초원을 가로지르기 시작했다. 히스 위로 잎이 이미 누레진 호리호리한 자작나무가 한 그루씩 여기저기 서 있었다. 왕세자는 앉은 자세가 썩 좋지 않은 걸 보니 한 번도 마장에서 배운 적 없음이 명백한데도 훌륭한 기수임이 드러났다. 안장에서 위아래로 통통 튀는 코르덴과 섀미가죽으로 감싼 무겁고 평퍼짐한 엉덩이와 구부정한 둥근 어깨가 동행인 K에게 묘한 연민 같은 걸 막연히 불러일으켰는데, 건강과 충족감을 발산하는 왕자의 장밋빛 얼굴을 흘낏거리고 억지 부리는 그의 말을 들을 때마다 그런 감정이 싹 사라졌다.

 승마용 채찍은 전날 받았지만 가지고 오지 않았다. 왕자는(한편, 그는 질 나쁜 프랑스어 사용을 궁정에서 유행하게 만든 장본인이다) 그 채찍을 조소를 담아 '그 우스꽝스러운 거시기'라 칭하더니, 원래 마부의 어린 아들 것으로, 그애가 왕궁 현관 입구에 그걸 두고 잊어버린 게 분명하다고 주장했다. "알다시피, 나의 친부 되시는 그 영감님은 그런 습득물에 대한 열정이 대단하시지."

 "전에 하셨던 얘기가 어디까지 진실인지 계속 생각해봤어요. 책에선 그런 얘기를 한 번도 못 읽었거든요."

 "무슨 얘기?" 왕자가 물으면서 지난번 사촌 앞에서 무슨 이론을 우연히 택해 구구절절 늘어놓았었는지 열심히 복기해보려 애썼다.

 "어, 기억하실 텐데요! 권력의 마법적 기원에 대한 거였어요, 즉 실상은—"

 "아, 그래, 그래, 기억나." 왕자가 황급히 말을 끊고는 빛이 바랜 그 화제를 끝낼 수 있는 최선의 방법을 바로 찾았다. "그때는 듣는 귀가 너무 많아서 끝까지 얘기하지 않았지. 오늘날 우리 나라의 모든 불행은 정부의 이상한 권태와 국가적인 침체, 거기다 *Peplerhus* 구성원들의 따분한 논쟁에서 비롯되지. 이 모든 것은 민중이나 왕이나 다 그 주술의 힘 자체가 어째선지 사라져버리고, 조상 대대로 이어지던 우리의 마법이 이제는 하찮은 속임수로 축소되었기 때문이야. 그러나 이런 우울한 문제를 지금 논의하지는 말자고. 좀더 기운이 나는 얘기로 화제를 바꿔볼까. 그래, 대학에서 내 얘기를 많이 들었겠지? 안 봐도 뻔해! 말해봐! 무슨 얘기들을 하던? 왜 입 꾹 다물고 있는 거야? 날 난봉꾼이라고들

하지, 맞지?"

"전 악의적인 수다를 멀리합니다만," K가 말했다. "사실 그런 식의 가십이 좀 돌긴 했어요."

"그래, 소문이야말로 진실의 시지. 넌 아직 소년이니—그것도 꽤 미소년이지—지금 당장은 이해 안 되는 게 많을 거야. 내가 의견 하나만 제시해볼까 하는데. 인간은 누구나 기본적으로 음란하지만, 그것이 내밀히 이뤄지면, 이를테면, 어두운 구석에서 급히 잼을 먹어치운다든가, 신만이 아실 일을 머릿속으로 상상한다든가, 그런 경우는 다 그렇게 여겨지지 않아. 아무도 그걸 범죄라 안 하지. 그런데 오만한 육체가 부과한 욕구를 솔직하고 부지런히 충족시키면, 오, 그때는 사람들이 그건 방종이라고 비난하기 시작해! 그리고 또 이렇게 생각해볼 수도 있지. 나의 경우, 만약 합법적 쾌락 충족이 변함없이 똑같은 한 가지 방법으로 제한되었다면, 여론이 단념하거나, 기껏해야 내가 너무 정부情婦를 자주 바꾼다고 비난하고 말았을 테지. 그러나 맙소사, 내가 방탕의 관례를 고수하지 않고 찾는 곳마다 꿀을 모으기 때문에 사람들이 얼마나 야단법석을 떠는지! 이봐, 난 다 좋아한다고—튤립이나 흔히 보는 작은 잡초나 다—왜냐하면, 있잖아." 왕자가 눈을 가늘게 뜨고 미소 지으며 이야기를 마무리했다. "실은 나는 미의 분수分數를 구할 뿐이야. 정수는 선량한 시민 몫으로 남겨두고. 미의 분수라는 것은 발레리나만이 아니라 부두 노동자에게서도 찾을 수 있지, 중년의 비너스나 어린 마부에게서도."

"그렇군요." K가 말했다. "이해합니다. 전하는 예술가, 조각가로서 형식을 숭배하시는 거죠······"

왕자는 말고삐를 죄고는 껄껄 웃었다.

"아, 뭐, 그건 정확히는 조각과 관계가 없는 거야—*갈랑테리**를 갈라테이아로 *네가* 혼동했다면 모를까—뭐, 그랬다고 해도 네 나이에는 그럴 수 있어. 아니, 아니야—그보다는 훨씬 덜 복잡한 이야기지. 이봐, 나한테는 그렇게 부끄러워할 것 없어. 안 잡아먹는다고. 난 그저 항상 *경호원을 조심하며* 몸 사리는 사내애들을 참을 수 없을 뿐이야. 네가 뭔가 더 재밌는 걸 염두에 둔 게 없다면, 그렌로그를 거쳐 돌아가다가 호숫가에서 저녁식사라도 하면 어떨까. 그다음에 뭘 할지는 가서 생각해보자고."

"아니, 유감스럽게도 전— 그러니까—좀 할일이 있어서요—오늘밤 그렇게 하면 전—"

"아, 그래. 강요하는 건 아니란다." 왕자는 다정하게 말했다. 그러고는 둘은 조금 더 가다가 물레방아 옆에서 작별인사를 했다.

수줍음이 많은 사람들이라면 으레 그랬을 텐데, K도 그날 억지로 승마를 하러 가야 했을 때, 아돌프가 쾌활한 다변가로 통한다는 바로 그 이유로 특별히 힘든 시련을 예견했다. 별로 중요하지 않은 조용한 사람과 함께하는 자리였다면 야유회 분위기를 사전에 가늠하기 더 쉬웠을 것이다. K는 마음의 준비를 하면서 자신의 평소 기분을 아돌프 왕자의 불꽃 튀는 수준으로 끌어올려야 하는 어쩔 수 없는 처지에서 비롯되는 온갖 어색한 순간을 상상해보려 했다. 게다가 K는 왕자와의 첫 만남에, 즉 상대의 의견에 경솔하게 동조하는 바람에 두 사람이 앞으로도 그

_____

* 프랑스어로 '(특히 여성에게) 정중한 태도' '친절'을 뜻하는 단어로, '매춘'이라는 뜻도 있다.

렇게 잘 지낼 거라고 그 사람이 마땅히 기대할 수도 있다는 사실에 사로잡힌 것이다. K는 자신이 저지를 가능성이 있는 실수를 미리 상세하게 목록으로 만들면서, 뭣보다 그 긴장감, 턱에 걸린 그 납덩어리, 자신이 느끼게 될 극심한 지루함을 극도로 선명하게 상상하면서(그는 어떤 경우에도 자신을 객관화하여 거리를 두고 바라볼 수 있는 능력을 타고났기 때문에), 그 객관화된 자신과 합쳐져 흥미 있어야 하는 것에서 흥미를 찾으려는 헛된 노력까지 포함하여, 모든 것의 일람표를 작성하면서, 부차적이지만 실질적인 목표를 추구했다. 미래가 지닌 유일한 힘이 의외성인데, 그것을 무력화하는 것이다. 이 점에서는 그가 거의 성공을 거두었다. 자신의 사악한 선택에 제약을 받는 운명은 K가 예상의 지평 너머에 남겨둔 무해한 항목들에 만족한 게 분명했다. 창백한 하늘, 히스 들판에 나부끼는 바람, 삐걱거리는 안장, 조바심 내며 반응하는 말, 자기도취적인 일행의 지칠 줄 모르는 독백, 이 모든 게 꽤 참을 만한 하나의 감각으로 합쳐졌다. 특히 K가 마음속으로 그날의 승마에 일정한 시간제한을 설정해뒀기 때문이다. 끝까지 완수하는 것만이 관건이었다. 그러나 왕자가 새로운 제안을 하며 그 시간제한을 미지의 영역으로 연장할 것처럼 K를 위태롭게 했을 때, 거기에 잠재된 모든 가능성을 다시 한번 괴롭게 살펴야 했다(그리고 여기서 '뭔가 재미있는 거'라는 말이 K에게 행복한 기대에 찬 표정을 요구하며 다시 강요했다). 이렇게 추가된 시간―아무 쓸데 없는! 예상하지 못한!―은 참을 수 없었다. 그래서 무례하게 보일지도 모를 위험을 무릅쓰고 그는 존재하지 않는 용무를 구실로 삼았다. 진실은, 말 머리를 돌리자마자 그는 방금 자유를 갈망했던 것과 똑같이 통렬하게 이 결례를 후회했다. 그 결과, 미래에 기대했던 불쾌함이 모두 과거의 미심쩍은 메아리로 퇴화되었다. 왕자를 따라잡아서, 늦었지만, 아니 그래서 두 배로 더 가치 있는, 새로운 시련을 감내함으로써 우정의 기반을 다져야 하지 않을까 잠시 생각했다. 그러나 친절하고 활기 넘치는 남자의 기분을 상하게 한 것에 그가 느끼는 세심한 불안은, 자신이 그 친절함과 활기에 대처할 수 없을 게 분명한 데 대한 공포보다는 크지 않았다. 그리하여, 결국에는 운명이 K보다 한 발 앞서, 그가 승리로 여길 태세였던 것을 막판에 슬쩍 쿡 찌름으로써 무가치하게 만들었다.

며칠 후 그는 왕자로부터 다음주 아무 저녁에나 '들러줄' 것을 청하는, 또 한번의 초대를 받았다. K는 거절할 수 없었다. 더구나 상대가 화나지 않았다는 것에 안도감이 느껴져, 왕자를 만나러 가는 길이 기만적이게도 순탄했다.

그는 커다란 노란색 방으로 안내받았는데, 온실처럼 후끈한 그 방에는 남녀 각 열 명으로 딱 나뉜 사람들이 긴 의자나 무릎방석이나 푹 들어가는 깔개 위에 앉아 있었다. 사촌의 도착에 왕자는 몇 분의 일 초 동안 약간 당혹한 듯 보였다. 마치 사촌을 초대했다는 사실을 잊었거나, 아니면 다른 날 오라고 했다고 생각한 듯했다. 그러나 언뜻 비친 이 표정은 활짝 웃는 환영의 미소로 돌변했고, 그후 왕자는 사촌을 무시했는데, K에게 전혀 주의를 기울이지 않는다는 점에서는 왕자의 가까운 친구들임이 분명한 다른 손님들도 마찬가지였다. 보기 드물 정도로 마르고 매끄러운 머릿결을 가진 젊은 여성들, 말끔히 면도한 구릿빛 얼굴의 중년 신사 대여섯 명, 그리고 당시 유행대로 맨 윗단추를 푼 실크 셔츠를 입은 젊은 남자가 여럿 더 있었다. K는 돌연, 그들 중에서 유명한 젊은 곡예사인 온드리크 굴드빈그를 알아봤다. 뚱한 금발 청년으로 몸짓과 걸음걸이가 묘하게 점잖았는데, 서커스 무대에서 그토록 눈길을 끄는 몸의 풍부한 표현력이 옷 때문에 약해진 듯한 인상이었다. K에게는 이 곡예사가 거기 모인 기라성 같은 무리 전체의 열쇠가 되는 인물이었다. 관찰자인 K가 우스꽝스러울 정도로 미숙한 숙맥이긴 하지만, 거즈를 두른 듯 흐릿하고 매력이 넘치는 저 하늘하늘한 여성들, 제각각 멋대로 팔다리를 접고 대화가 아닌 대화의 신기루(값비싼 파이프에 끼운 담배 연기 틈으로 상대에게 질문할 때나 대답할 때나, 천천히 짓는 희미한 미소와 '흠' 같은 추임새로 이뤄지는)를 나누는 저 여성들이 본질적으로는 농아의 세계, 옛날에는 '반半세계'*(커튼이 다 내려진, 다른 세계는 모르는)로 알려진 세계에 속한 사람들이라는 게 바로 느껴졌다. 그중에는 궁정 무도회에서 봤던 귀부인이 몇 명 섞여 있었지만, 그렇다 하더라도 그 사실은 조금도 바뀌지 않았다. 마찬가지로 남성들 쪽도 귀족 계층을 대표하는 사람들과 손톱이 더러운 예술가들, 거기에 항만 노동자 유형의 거친 젊은이들까지 다양한 계급이 총망라되어 있었음에도 왠지 동종의 인간들로 보였다. 그런데 또 관찰자가 미숙한 숙맥이라는 정확히 바로 그 이유로, 그는 자신이 처음에 본능적으로 느낀 인상에 즉각 의심을 품었고, 흔한 선입관에 사로잡혀 세간에 떠도는 진부한 이야기를 맹목적으로 믿어버린 것을 자책했다. 그는 모든 게 적법하다고, 즉, 이런 새로운 분야를 포함한다고 그의 세계가 파괴되는 일은 결코 없을 것이고, 그 모든 것은 간단하고 이해할 수 있다고, 쾌락을

---

* 프랑스의 극작가이자 소설가 알렉산드르 뒤마 피스의 동명 희곡에서 유래한 표현으로, 화류계 여성 및 이들과 교제하는 남성의 세계를 가리킨다.

즐기는 독립적인 인간이 자유롭게 친구들을 선택한 것뿐이라고 결론
지었다.

이 모임이 자아내는 조용하면서 느긋하고, 뭔가 유치하기까지 한 리
듬이 K를 특히 안심시켰다. 무의식적인 끽연, 금박의 가는 줄무늬가 있
는 작은 접시 위의 여러 가지 진미, 동지들 사이에 오가는 일련의 동작
(누군가가 누군가에게 어떤 악보를 찾아준다든지, 어떤 소녀가 다른
소녀의 목걸이를 해본다든지 하는), 그 단순함, 평온함, 모든 것이 각각
의 방식으로, K 자신은 누리지 못한 채 삶의 모든 현상에서, 주름 잡힌
보닛에 감싸인 봉봉과자의 미소로든 타인의 사소한 대화중에 간파되
는 오랜 우정의 메아리로든 알아보았던 그 온정의 조짐을 보여주었다.
왕자는 눈살을 찌푸리고 집중한 채 이따금 흥분한 듯 신음하다가 결국
짜증을 내고는 툴툴대면서 유리로 된 소형 미로의 중앙으로 여섯 개의
조그만 공을 굴려 몰아넣기 바빴다. 녹색 드레스를 입고 맨발에 샌들
을 신은 빨강 머리가 우습게도 슬픔에 잠겨서는 절대로 성공하지 못할
거라고 왕자에게 반복해 말했다. 그러나 왕자는 다루기 힘든 그 속임
수 장치를 흔들고 발을 쿵쿵 구르고는 또 처음부터 다시 하곤 하면서
오랜 시간 집요하게 계속했다. 마침내 왕자가 그 장치를 소파 위에 던
지자, 거기 있던 다른 누군가가 바로 갖고 놀기 시작했다. 그후, 잘생긴
이목구비가 틱으로 뒤틀린 남자가 피아노 앞에 앉아 제멋대로 힘차게
건반을 두드리며 누군가의 연주 방식을 패러디하는 듯하더니, 바로 다
시 일어나 어떤 제삼자의 재능에 대해 왕자와 언쟁하기 시작했다. 아마
도 중단된 그 멜로디의 작곡자 얘기 같았다. 그리고 빨강 머리는 우아
한 허벅지를 드레스 위로 긁으며, 어떤 복잡한 음악적 불화에서의 피해

자 입장을 왕자에게 설명하기 시작했다. 왕자가 불쑥 손목시계를 쳐다보더니 방구석에서 오렌지에이드를 마시고 있던 금발의 젊은 곡예사 쪽을 바라보았다. "온드리크." 왕자가 걱정스러운 투로 말했다. "시간이 된 듯한데." 온드리크는 음침하게 입맛을 다시고 유리잔을 내려놓고는 왕자 쪽으로 다가왔다. 왕자는 오동통한 손가락으로 온드리크의 바지 앞섶을 풀어서 분홍색 성기를 덩어리째 다 끄집어내더니 주요 부위를 골라, 번들거리는 자루를 규칙적으로 쓰다듬기 시작했다.

"처음에는," K가 술회했다. "내가 정신이 나갔거나 환각을 봤다고 생각했죠." 무엇보다 그게 자연스러운 수순이었다는 점에 그는 충격을 받았다. 그는 욕지기가 치밀어올라 자리를 떴다. 거리로 일단 나온 그는 한동안 달리기까지 했다.

K가 자신의 분노를 함께 나눌 수 있다고 느낀 유일한 사람은 자신의 후견인이었다. 그는 매력이라고는 별로 없는 백작에게 조금도 애정을 느끼지 못했음에도 유일한 측근인 그와 상의해야겠다고 결심했다. 아둘프 같은 모럴의 소유자가, 게다가 이젠 젊지도 않으니 바뀔 것 같지도 않은 인간이 어떻게 일국의 통치자가 될 수 있느냐고 K는 절망하여 백작에게 물었다. 왕자의 일면을 갑자기 비춰준 그 빛을 통해, 그는 또한 아둘프가 끔찍한 난봉꾼일 뿐만 아니라, 예술적 취향은 있으나 실상은 야만인이며 진정한 교양은 갖추지 못한 멍청이 독학자로서 한 움큼의 구슬에 지나지 않는 지식을 착복하고 적응력 있는 사고의 반짝임을 약삭빠르게 과시하면서, 물론 임박한 통치의 문제 같은 건 조금도 걱정하지 않는 인간임을 간파했다. 그런 인간을 왕으로 상상하는 것은 정신 나간 난센스가 아니냐고, 꿈의 망상 아니냐고 K는 거듭 물었다. 그러나

그렇게 질문의 방식을 취했다고 그가 뭔가 실질적인 답을 기대했던 건 아니었다. 그것은 환멸을 느낀 젊은이의 수사법이었다. 그럼에도 K는 툭하면 끊기는 성마른 어구로(원래 타고난 웅변가는 아니었다) 자신의 당혹감을 계속 표현해나가다가 현실을 따라잡아 그 진면목을 언뜻 보았다. 그는 바로 다시 뒤로 물러났지만, 분명히 그 일별은 그의 영혼에 각인되어, 음란한 악당의 장난감이 될 운명인 국가에 어떤 위기가 기다리는지를 전광석화같이 그에게 보여주었다.

백작은 속눈썹 없는 독수리 눈 같은 시선을 이따금 그에게 돌리면서 그의 이야기를 끝까지 주의깊게 들었다. 백작의 눈에 묘한 만족감이 비쳤다. 계산적이고 냉정한 조언자인 그는 마치 K의 의견에 다 동의하지는 않는다는 듯이 극히 신중하게 답했다. 그는 우연히 보게 된 광경이 K의 판단에 과도한 영향력을 발휘하고 있는 거라고, 왕자가 도입한 그 위생요법의 유일한 목적은 그 젊은 친구가 오입질에 정력을 낭비하지 않게 하는 것이라고, 또한 아둘프 왕자의 자질은 즉위하면 저절로 드러날 것이라고 말해서 K를 진정시켰다. 상담 마지막에 백작은 K에게 유명한 경제학자인 굼이라는 현자를 만나보라고 권했다. 여기서 백작은 이중의 목적을 추구했다. 한편으로는, 앞으로 일어날 일에 대한 모든 책임을 면하면서 거리를 둔 채 있는 것으로, 이는 뭔가 난처한 상황이 벌어지는 경우 아주 유효할 것이다. 다른 한편으로는, 경험이 많은 공모자에게 K를 넘기고, 그럼으로써 사악하고 교활한 그가 꽤 오랫동안 품어온 계획을 실행에 옮기는 것이다.

여기서 굼 등장. 울 조끼를 입은 작은 배불뚝이 노인인 경제학자 굼, 파란색 안경을 분홍빛 이마로 밀어올려 걸친, 쾌활하고 깔끔하고 킬킬거리고 웃는 굼이 등장한다. 그들의 만남은 빈도가 점점 늘었고, 대학 2학년 막바지에는 K가 일주일 정도 굼의 집에서 머물기까지 했다. 그 때는 이미 K가 왕세자의 행동에 대해, 처음에 분노를 터뜨린 일을 후회 하지 않아도 될 만큼 충분히 알게 되었다. 왕자를 억누르려고 이미 시 도했던 조치들에 대해 K가 듣게 된 건, 늘 어딘가로 데굴데굴 굴러가는 것 같은 굼 자신에게서가 아니라 굼의 친척이나 수행원에게서였다. 최 초의 시도는 노왕에게 아들의 유희에 대해 귀띔해서 부모 쪽에서 제지 하도록 하는 것이었다. 실제로, 이런저런 사람들이 의전의 고난을 거쳐 왕을 *kabinet*에서 알현해 예의 그 기행을 있는 그대로 적나라하게 묘 사했을 때, 늙은 왕은 얼굴이 자줏빛으로 달아오르고 초조하게 가운 앞 자락을 당겨 맞추는 등, 바랐던 것보다 더 큰 노여움을 드러냈다. 그는 소리쳤다. 그런 일은 당장 그만두게 할 거라고, 인내의 잔이 넘쳐버렸 다고(바로 그때 그의 모닝커피가 폭풍우가 일 듯 튀어올랐다), 솔직한 보고를 듣게 되어 다행이라고, 그 호색한 똥개를 '*suyphellhus*(선박 수도원, 떠다니는 암자)'에 반년 동안 유폐시킬 거라고, 그러고는 또— 그렇게 알현을 마치고 만족한 고관이 절을 하고 나가려고 할 때, 아직 도 씩씩거리지만 이미 화는 많이 진정된 노왕이 직무상의 기밀을 얘기 하는 분위기로 고관을 한쪽으로 데리고 가서(사실 서재에는 그들밖에 없었음에도) 이렇게 말했다. "그래, 그래. 다 알겠어. 그게 그런 거지. 하 지만 들어보게—우리끼리 얘기지만—있잖나, 그걸 이성적으로 본다 면 말이야—결국 우리 아둘프는 독신 아닌가. 개구쟁이지. 작은 장난 을 좀 좋아하긴 해—그렇다고 뭐 일일이 흥분해서 소동을 벌일 거 있 나? 기억해보게, 우리도 한때는 다 젊은이였지 않나." 마지막 논거는 거의 무의미한 말이었다. 왕의 먼 옛날 청춘 시절은 온화하고 조용하게 흘러갔으며, 그후에는 그의 아내였던 죽은 왕비가 왕이 예순 살이 될 때까지 이례적일 정도로 엄하게 대했기 때문이다. 말이 나온 김에 덧붙이자면, 왕비는 몹시 완고하고 어리석으며 마음이 옹졸한 여성으로, 순진하지만 지나치게 어처구니없는 공상에 빠지는 일관된 성향이 있었다. 그러니 궁정의 습성이, 또 어느 정도 국가의 습성도 뭐라 정의하기 힘든 특이한 특징을 띠게 된 건 아마도 이 왕비 탓이리라. 그 특징이란 보수성과 변덕이, 경솔함과 비폭력적 광기의 까다로움이 기묘하게 조합된 것으로, 현왕을 그토록 많이 괴롭혔다.

시간상으로 말해 두번째에 해당하는 시도는 항의의 형식이 상당히 심오해져, 공공자원의 결집과 강화로 구성되었다. 평민계급의 의식적 참여에 의존하는 건 거의 불가능했다. 섬의 농부, 직공, 제빵사, 목수, 곡물상, 어부 등은 어느 왕세자가 어느 왕이 되고 하는 문제를 마치 날씨의 변화처럼 순순히 받아들였다. 이 평민들은 적운 틈으로 서광이 비치는 광경을 보고 고작 머리만 흔드는 게 다인 사람들이다. 이끼가 낀 캄캄한 그 뇌 속에는 국가적 재난이든 자연적 재난이든 전통적인 재난에 대비한 전통적인 장소가 항상 확보되어 있다. 경제적 빈곤과 부진, 생명 유지에 필요한 민감함(이를 통해 텅 빈 머리와 텅 빈 위장 사이의 연결이 바로 형성되는데)을 오래전에 잃은 동결된 물가수준, 얼마 되지 않지만 딱 충분한 수확량의 암울한 일관성, 서로 보충해줌으로써 농경학의 균형을 유지한다고 합의한 듯한 채소와 곡물 간의 비밀 협정―이 모든 것이, 굼 씨의 견해에 따르면(『경제의 기초와 발전』 참조), 사람들을 무기력한 복종 상태로 계속 머물게 했다. 그리고 만약 일종의 마법에 이 나라가 걸려 있다면, 끈적끈적한 그 주문의 제물이 된 사람들 때문에 훨씬 더 나쁜 상황이다. 게다가—그리고 계몽된 자는 여기서 특별한 슬픔의 원인을 찾게 마련인데—무화과 왕자는 하층 계급과 소시민(이 두 계급 간의 구분이 워낙 불안정해서, 가령 구멍가게 주인의 크게 성공한 아들이 할아버지의 소박한 수공업을 이으러 귀향하는 영문 모를 현상을 왕왕 볼 수 있다) 사이에서 일종의 추잡한 인기를 누렸다. 무화과의 장난이 화제에 오르면 사람들이 언제나 떠들썩하게 웃는 바람에 왕자는 규탄을 피할 수 있었다. 웃음의 가면이 사람들의 입에 달라붙었고, 그렇게 승인의 모방은 진짜 승인과 이미 구분할 수 없어졌다. 왕자가 더 음탕하게 놀수록 사람들이 더 크게 껄껄거렸고, 술집의 내기 테이블을 두드리는 붉은 주먹들의 힘이 더 세지고 즐거워졌다. 특징적인 구체적 사례 하나를 제시해본다. 어느 날 왕자가 담배를 잇새에 물고 말을 타고 두메산골을 지나다가 얼굴이 반반한 어린 소녀를 보고 함께 말을 타자고 권했다는 것이다. 소녀의 부모는 질겁했지만(경의는 공포를 억누르는 데 거의 도움이 되지 않았다) 왕자는 소녀를 채갔고, 소녀의 늙은 할아버지가 쫓아 달려가다가 도랑으로 고꾸라져 처박혔단다. 요원들이 보고했듯이, 마을 전체가 대폭소로 그 가족에게 감탄을 표하며 가족을 축하했으며, 온갖 추측을 한껏 즐겼고, 한 시간 동안 사라졌던 소녀가 돌아오자 사람들은 짓궂은 질문을 아끼지 않았다고 한다. 소녀는 한 손에 100크룬 지폐 한 장을 쥐고, 다른 손에는 마을로 돌아오는 길에 적막한 숲에서 둥지에서 떨어진 것을 보고 집어올린 어린 새를 품고 있었다.

군인 사회에서 왕자에 대한 불만은 일반적인 도덕과 국가적 위신에 대한 고려보다는, 격렬한 주먹질과 탕탕거리는 총질에 대한 왕자의 태도에서 촉발된 군인들의 직접적인 분노에 기반한 것이다. 가폰왕 본인은 호전적이었던 선대왕과는 대조적으로 '뼛속까지 문관'이라 일컬어지는 노인이었지만, 군은 군 문제에 대한 왕의 완전한 몰이해를 군에 대한 소심한 존경을 참작해 참고 넘겼던 터였다. 이에 반해 그 아들의 숨김없는 냉소는 근위대에게도 용서받지 못했다. 기동훈련, 퍼레이드, 관악대, 다채로운 관례를 준수하며 열리는 연대의 연회, 그 밖에도 이 작은 군도의 군대가 충실히 주관하는 다양한 레크리에이션은 아돌프의 특출나게 예술적인 영혼 속에 경멸로 가득한 권태를 불러일으킬 뿐이었다. 그래도 군대의 불만은 기껏해야 두서없이 투덜대는 것에 더해 아마도 심야에 (어슴푸레하게 빛나는 촛불과 술잔과 검에 대고) 맹세하고 다음날 아침이면 잊어버리는 정도에 그쳤다. 그리하여 민중 중에서 계몽된 정신을 가진 이들이 주도권을 점했지만, 슬프게도 그 수가 많지 않았다. 하지만 반아돌프파 안에는 일부 정치인, 신문편집자, 그리고 법학자도 껴 있었다—모두 훌륭하고 억세고 강건한 노인들로 은밀하게 혹은 공공연히 많은 영향력을 행사했다. 달리 말해 여론은 상황에 맞게 무르익었고, 왕세자의 무도한 행위가 꾸준히 늘면서 그를 제어하려는 야망이 품위와 지성의 표지처럼 여겨지게 되었다. 무기를 찾는 것만 남은 상황이었다. 아아, 그런데 바로 그게 없었다. 언론도 있고 의회도 있었지만, 왕족 일원을 조금이라도 무례하게 쿡 찌르기만 해도 헌법 조항에 따라 반드시 신문이 발행금지되거나 의회가 해산되는 결과로 이어진다. 딱 한 번 온 나라를 들썩이게 한 시도가 있었는데, 그것도 실패했다. 온제 박사의 그 유명한 재판 말이다.

그 재판은 극북 재판소의 유례없이 별난 재판 역사에서도 유례를 찾기 힘든 별난 재판이었다. 도덕군자에, 시민과 철학의 문제에 관한 강연자이자 저술가이며 관점과 원칙에 있어 엄격함을 타고나서 인격을 매우 높이 평가받는 한 남자가, 한마디로, 그와 비교하면 다른 그 누구의 명성도 오점투성이로 보이는, 눈부실 정도로 흠 하나 없는 사람이, 도덕에 반하는 여러 죄로 기소되어 절망에 찬 졸렬함으로 자기변호를 하다가 결국 유죄가 인정되었다. 아니, 여기까지는 그렇게 드문 일은 아니었다. 미덕의 젖꼭지도 자세히 살펴보면 고름이 가득찬 종기로 드러날지 누가 알랴! 그 건의 이례적이고 미묘한 부분은 기소장과 증거 문건이 사실상 왕세자에게 전가할 수 있는 모든 것의 모사화를 이루었다는 것이다. 준비된 틀에 전신 초상화를 그 무엇도 고치거나 빠뜨리지 않고 온전히 끼워넣기 위해 입수한 세부들의 정확성에 놀라지 않을 수 없다. 아주 새로운 내용도 많았고, 조잡하게 변한 지 오래된 소문의 진부함이 아주 정확하게 개별 인물로 특정되어서, 처음에 대중은 도대체 누구의 초상화인지 깨닫지 못했다. 그러나 곧바로 일간신문의 보도가 상황을 이해한 독자들 사이에 꽤 이례적인 흥미를 불러일으켰고, 재판에 참관하기 위해 20크룬까지 내던 사람들이 이제는 500크룬, 아니 그 이상도 아끼지 않았다.

   애초에 그 생각은 *prokuratura*(치안판사)들의 자궁 속에서 잉태되었다. 수도에서 가장 원로 격인 판사가 그 생각을 마음에 들어했다. 필요한 것은, 그 사건의 원형과 혼동되지 않을 정도로 충분히 도덕적으로 올바르면서, 법정에서 광대나 백치처럼 굴지 않을 만큼 충분히 명민하고, 그리고 특히 모든 걸 희생해서 끔찍한 진흙탕에 구르는 것도 견려내고 자신의 경력을 강제노동형과 교환할 정도로 그 건에 충분히 헌신할 인물을 찾는 일뿐이었다. 그 역을 맡을 만한 후보자조차 구할 수 없었다. 대부분 부유하고 처자식이 있는 음모자들은 어떤 역할이든 마음에 들어했지만, 연극을 무대에 올리려면 없어서는 안 될 그 역만큼은 예외였다. 상황이 이미 가망 없어 보였다―그러던 어느 날, 머리부터 발끝까지 검은색으로 차려입은 온제 박사가 음모자들의 모임에 나타나, 자리에 앉지도 않고, 자신을 완전히 그들의 처분에 맡기겠다고 선언했다. 당장이라도 그 기회를 잡으려는 생각이 자연스레 앞서서 그랬는지 그들은 놀랄 틈도 없었다. 현세와 떨어진 사상가의 조용한 삶과 정치적 음모를 위해 스스로 비웃음의 대상이 되기를 기꺼이 자처하는 행위가 어떻게 양립할 수 있는지 첫눈에 이해하기란 확실히 어렵긴 했다. 사실 그는 그런 보기 드문 경우는 아니었다. 끊임없이 영적인 문제에 몰두했고, 가장 부서지기 쉬운 추상개념에 가장 엄격한 원리 법칙을 끊임없이 적용해온 온제 박사는, 아무 사심이 없고 어쩌면 아무 의미도 없을(그러므로 그 본질상 극도의 순수성 때문에 더욱 추상적인) 행위를 실행해볼 기회가 주어졌을 때 같은 방법론을 개인적으로 적용하는 걸 거부하기가 어려웠다. 게다가 온제 박사는 자신의 지위를, 서적이 벽을 가득 채운 서재의 안락과 최근작의 속편을―요컨대, 철학자라면 대단히 소중히 여길 권리가 있는 모든 것을 포기했음을 기억해야 한다. 박사의 건강 상태가 그리 좋지도 나쁘지도 않았다는 점을 언급해두자. 그리고 그가 그 건에 대한 자세한 조사에 착수하기 전에, 금욕주의자로서는 거의 알 수 없는 문제를 다룬 다소 특별한 저작들을 꼬박 사흘 밤을 바쳐 깊이 탐구해야 했다는 사실을 강조하자. 또한, 결단을 내리기 얼마 전에 박사는 수년에 걸친 드러내지 못한 연애 끝에 어떤 노처녀와 약혼하게 되었다는 것도 덧붙이자. 그 세월 동안 그 여성의 약혼자가 먼 스위스에서 오래 폐병과 싸우다가 마침내 숨을 거뒀고, 그리하여 연민으로 묶였던 계약에서 그녀는 해방되었다.

진정으로 영웅적인 그 여성이 온제 박사가 자신을 그의 은밀한 독신자 아파트, '사치와 방탕의 소굴'로 유인했다고 고소하면서 송사가 시작되었다. 이전에 이와 유사한 고소가 있었는데(유일한 차이점은, 음모자들이 은밀히 빌려서 그럴듯하게 꾸민 아파트가 이전에 왕자가 특별한 쾌락을 위해 빌렸던 바로 그 아파트가 아니라, 길 건너 그 맞은편에 있는 아파트였다는 점뿐이었다―이것으로 재판 전체를 특징짓는 거울 이미지 개념이 바로 확립되었다), 자신의 순결을 빼앗은 남자가 왕위 계승자, 즉 어떤 상황에서도 재판에 소환할 수 없는 인물이라는 사실을 몰랐던, 아주 머리가 좋은 건 아닌 처녀가 무화과 왕자를 고소했던 것이다. 이번에는 수많은 증인(그들 중에는 이타적인 지지자도 있었지만, 나머지는 돈을 받은 공작원이었다. 전자만으로는 충분치 않았다)의 증언이 뒤따랐다. 그들의 진술은 전문가로 구성된 위원회가 숙련된 솜씨로 작성한 것으로, 그 위원회에는 저명한 역사가가 한 명, 대문학자가 두 명, 그리고 경험이 풍부한 법학자 여럿이 있었다. 이 진술들 속에서 왕세자의 활동 전모가 서서히, 일어난 순서 정확히 그대로, 하지만 왕세자가 대중을 그토록 격분하도록 자극하는 데 걸린 기간에 비해서는 달력상으로 약간 압축되어 전개되었다. 난교 파티, 과격한 동성애, 소년 소녀 납치, 그 밖에도 많은 오락이 상세한 질문 형식으로 피고에게 묘사되었고, 피고는 훨씬 더 간단히 답변했다. 연극예술에 대해선 한 번도 관심을 기울인 적 없던 온제 박사(사실 그는 극장 같은 곳엔 얼씬도 안 하는 사람이었다)가 그 사고방식 특유의 체계적인 근면함으로 이번 일의 전모를 연구한 결과, 이제 학자적 접근을 통해 한 범죄자 유형을 무의식적으로 아주 훌륭히 체현해내는 데 이르러 혐의를 계속 부인했으며(현 사안에서 이런 태도는 기소가 본격적으로 진행되게 하려는 의도였다), 모순되는 진술 속에서 양분을 얻고, 당혹스러운 고집에서 도움을 받았다.

모든 것이 계획대로 진행됐다. 아, 공모자들 자신도 정말 무엇을 바랐는지 전혀 몰랐음이 곧 분명해졌다. 대중이 눈을 뜨기를 바라는가? 그러나 대중은 무화과 왕자의 액면가가 어떤지 이미 다 알고 있지 않은가. 도덕적 혐오감이 시민적 봉기로 변하는 것? 그러나 그러한 변신으로 가는 길을 시사하는 징조는 아무것도 없었다. 혹은 어쩌면 이 계획 전체가 더 효과적인 폭로가 순차적으로 이어지는 긴 사슬을 이루는 고리 중 하나일 뿐일까? 그러나 또한 이 사건의 대담하고 자극적인 면이 사건에 반복될 수 없는 예외적 성격을 부여했다는 바로 그 사실 때문에, 첫 고리와 다음 고리 사이에서 무엇보다 먼저 점진적인 형태의 제련이 필요한 고리를 부숴버리지 않을 수 없었다.

재판의 모든 세세한 사항이 신문에 게재된 것은 신문사들의 배를 불리는 데 도움이 됐을 뿐이었다. 발행부수가 너무 늘어서 그 결과로 초래된 풍성한 그늘 속에서 이런저런 목적을 추구하는 새로운 기관지를 어떻게든 창간하는 기민한 사람들도 있었는데(예를 들어 시엔이 그랬다), 재판 보도만 해도 그들의 성공은 보장된 것이었다. 진심으로 분개한 시민들보다 입맛을 다시며 그저 즐기는 이들과 호기심으로 기웃거리는 이들 쪽이 수적으로 훨씬 우세했다. 평민들은 신문을 읽고 파안대소했다. 그들은 그 공판에서 악당들이 꾸민 믿을 수 없을 만큼 재미있는 사기극을 보았다. 그들의 머릿속에서 왕세자의 형상은 펀치넬로* 같은 면모를 띠어서, 바니시를 칠해 번들거리는 정수리를 지저분한 악마의 막대기로 맞기도 하지만, 여전히 구경꾼들의 귀염둥이이자 가설무대의 스타였다. 반면, 숭고한 온제 박사의 인격은 정당히 인정받지 못했을 뿐 아니라 악의에 차서 즐거워하는 야유를 유발했으며(망신스럽게도 황색신문이 이 야유를 되풀이했다), 대중은 박사의 입장을 돈에 매수된 식자층이 비열하게도 기꺼이 상황을 즐기는 것으로 오해했다. 한마디로 왕자를 늘 둘러싼 포르노적인 인기는 커져만 갔으며, 자신의 행각에 대해 왕자가 읽으며 어떻게 느낄지 사람들이 아무리 더없이 얄궂은 추측을 하더라도, 거기에는 다른 녀석이 허세 부리는 무모한 행동을 하도록 자기도 모르게 부추기는 우리네 선한 본성의 흔적이 배어 있었던 것이다.

귀족, 고문관, 궁정, 그리고 *Peplerhus*의 '궁정파' 의원들이 허를 찔렸다. 그들은 비굴하게도 숨어서 때를 기다리기로 했고, 그렇게 귀중한 정치적 속도를 잃고 말았다. 사실, 판결이 나오기 며칠 전에 왕당파 의원들이 교묘한, 혹은 그저 부정한 수단을 써서 '이혼소송 및 여타 추문거리를 포함하기 쉬운 공판'에 대한 신문보도를 금지하는 법안을 의회에서 통과시켰지만, 어떤 법안도 승인 후 사십 일('테미스**의 임신기'

---

* 이탈리아 풍자극에 등장하는 광대 '풀치넬라'에서 유래한 인형극의 어릿광대.
** 그리스신화에 나오는 율법의 신으로, 주로 두 눈을 가리고 양손에 심판의 저울과 칼을 들고 있는 모습으로 묘사된다.

라고 불리는 기간)이 지날 때까지는 효력이 발휘되지 않는다고 헌법으로 정해진 탓에 신문들은 재판을 끝까지 보도할 충분한 시간이 있었다.

아돌프 왕자 본인은 그 일을 전혀 관심 없이 보았는데, 그 무관심이 너무 자연스럽게 드러나서 장안의 화제인 진짜 장본인이 누구인지 그가 이해하는지 의문일 정도였다. 사건의 세부 하나하나가 왕자에게는 틀림없이 친숙할 테니, 기억상실 쇼크가 아니라면 자제력이 대단한 것이라는 결론을 내릴 수밖에 없었다. 딱 한 번, 측근들은 왕자의 커다란 얼굴에 짜증의 그림자가 스치고 지나간 걸 봤다고 생각했다. "정말 유감이군." 왕자가 외쳤다. "저 호색한은 왜 날 파티에 초대하지 않는 거야? *얼마나 많은 쾌락을 잃고 말았는가!*" 한편 국왕 쪽을 보자면, 그 역시도 관심이 없는 듯 보였지만, 신문을 철해 서랍 안에 정리하고 독서용 안경을 벗으면서 헛기침을 하는 방식, 그리고 또 고문관 이 사람 저 사람을 비번일 때 불러들여 밀담하는 빈도로 판단해볼 때, 강하게 동요했다는 걸 알 수 있었다. 재판이 진행되는 동안 왕은 그냥 하는 말인 척 아들에게 왕실 요트를 빌려줄 테니 "작은 세계 일주 여행"이라도 하고 오라고 몇 번이나 제안했지만, 아돌프는 그저 웃어넘기고는 왕의 대머리 부위에 키스했다. "정말로, 얘야." 노왕도 고집했다. "바다로 나가면 무척 기분이 좋잖니! 음악가들을 데리고 가도 되고, 와인도 한 통 싣고 말이야!" "*아아,*" 왕자가 답했다. "시소 타는 수평선이 내 횡격막을 위태롭게 하고요."

재판은 마지막 단계로 접어들었다. 변호사는 피고의 '젊음' '뜨거운 피', 독신생활에 수반된 '유혹들'에 대해 언급했다―그 모든 게 왕의 방임에 대한 다소 조잡한 패러디였다. 기소 검사는 맹렬한 기세로 연설했다—그 정도가 지나쳐 사형을 구형하기까지 했다. 피고는 최후진술을 전혀 생각지도 못한 어조로 진행했다. 오랜 긴장에 지치고 다른 사람의 오물 속에서 뒹굴기를 강요받으며 시달린데다 검사의 격한 호통에 자기도 모르게 움찔한 운 나쁜 학자는 주눅이 들어 앞뒤가 안 맞는 말을 몇 마디 중얼거리다가 갑자기 새로운, 히스테리성의 쟁쟁한 목소리로, 어떻게 젊은 시절 어느 날 밤 난생처음 적갈색 브랜디 한 잔을 마시고 급우와 함께 사창가에 가는 걸 받아들였는지, 또 어떻게 딴 이유가 아니라 단지 거리에서 기절했기 때문에, 결국 거기까지 가지 못했는지 이야기하기 시작했다. 예기치 않은 이 고백에 사람들이 한참을 포복절도하는 한편, 검사는 당황해서 피고의 입을 물리적인 수단으로 막으려 했다. 그후 배심원들이 할당된 방으로 퇴정해서 침묵 속에 담배를 피우고는, 이윽고 돌아와 평결을 알렸다. 온제 박사에게 십일 년의 강제노동형을 선고할 것이 제안되었다.

신문들이 장황하게 떠들어대며 선고에 찬동했다. 친구들이 비밀리에 면회를 와서 순교자와 악수하며 작별인사를 했고…… 그러나 여기서 선량한 노왕 가폰이, 어쩌면 본인을 포함해 그 누구도 기대하지 않았던 꽤 재치 있는 행동을 했다. 이론의 여지가 없는 특권을 이용해 온제 박사를 완전 사면한 것이다.

이렇듯 왕자를 압박하려는 첫번째와 두번째 시도 모두 사실상 수포로 돌아갔다. 세번째 방법, 가장 결정적이고 확실한 방법이 남았다. 보아하니 굼의 측근 중 누구도 실제 명칭은 입에 올리지 않았음에도, 그들 사이에 모든 화제는 오로지 그 최종적 수단의 실행을 향했다. 죽음을 표현하는 완곡한 표현은 차고 넘치니. 음모의 뒤얽힌 상황에 연루된 K는 무슨 일이 일어나고 있는지 도무지 알 수 없었지만, 그 맹목의 이유는 단지 그가 젊고 미숙한 데만 있지 않았다. 그것은 완전히 틀린 생각이긴 했지만, 그가 본능적으로 자신을 주모자라고 여겼고(사실 그는 물론 명예직인 단역배우나 명예 인질 이상은 아니었는데), 그리하여 자신이 착수시킨 그 기획이 유혈로 끝날 수 있다는 걸 믿기 거부한 데 따른 것이다. 사실 기획 같은 건 실제로 존재하지 않았다. 혐오를 억누르며 사촌의 생활을 조사하는 행위 자체로 자신이 충분히 중요하고 필요한 뭔가를 이미 해내고 있다고 막연히 느꼈기 때문이다. 그리고 시간이 흐르면서 그러한 조사에, 늘 똑같은 얘기를 하는 대화에 K는 좀 질려버렸지만, 그래도 계속 참여하면서 그 지겨운 화제를 의무적으로 고수했고, 그러면서 여전히 정체불명이지만 구제불능의 왕자를 지팡이로 탁 쳐서 결국엔 용인할 만한 왕위 계승자로 변신시킬 어떤 세력과 협력함으로써 의무를 행하고 있다고 계속 생각했다. 그냥 아돌프 왕자에게 왕위 계승권을 포기하도록 강요하는 것도 괜찮겠다는 생각이 어쩌다 그의 뇌리에 떠올랐다 하더라도(음모자들의 입에서 엉뚱하게 튀어나온 비유적인 말이 우연히 그러한 해석을 암시했을지도 모르니), 참 이상하게도 그는 그 생각을 끝까지, 즉 자신이 왕위 계승 서열에서 다음 순위라는 데까지는 결코 끌고 가지 못했다. 거의 이 년간, 대학에서 공부하는 중에 짬을 내서 둥실둥실한 굼과 굼의 친구들과 계속 어울리다보니, K는 자신도 알아차리지 못한 사이에 아주 촘촘하고 섬세한 거미줄에 걸려버렸다. 그리고 어쩌면 K가 점점 더 예민하게 느끼게 된 강요된 권태를, 습관의 외피(열정이 되살아나는 광채를 더는 알아볼 수 없게 하는)가 서서히 자라게 할 정도로 뭔가에 천착할 수 없는 그의 단순한 무능―이라지만, 그가 가진 본성의 특징이었다―때문이라고 폄하해서는 안 된다. 아마도 그건 자발적으로 목소리를 바꾼 잠재의식의 경고였을 것이다. 한편, K가 가담하기 한참 전에 시작되었던 그일은 유혈과 폭력이 난무하는 대단원에 가까워지고 있었다.

어느 서늘한 여름밤 저녁에 K는 비밀 회합에 초대되었다. 초대 자체에는 평상시와 다른 걸 암시하는 바가 전혀 없었기 때문에 그는 그곳에 갔다. 사실인즉슨 그때 얼마나 마지못해서, 얼마나 부담스러운 강박감을 느끼며 그 회합에 나갔는지 나중에 K는 회상했다. 그러나 그전에도 비슷한 감정으로 모임에 나간 적이 있었다. 난방이 안 되는 커다란 방안에는 이른바 '허구의 세계처럼'* 가구가 비치되어 있었고(벽지, 벽난로, 한 선반에 먼지투성이 뿔잔이 놓인 찬장―이 모든 게 무대 소품처럼 보였다) 스무 명가량의 남자가 앉아 있었는데, 그중 반 이상은 K가 모르는 얼굴이었다. 이 자리에서 처음으로 그는 온제 박사를 보았다. 머리 가운데를 따라 푹 꺼진 대리석처럼 하얀 대머리, 두꺼운 금빛 속눈썹, 이마의 작은 주근깨, 광대뼈에 적갈색 음영, 꾹 다문 입술, 광신자의 프록코트, 물고기의 눈. 온순하고 은은한 수심에 잠겨 경직된 표정도 불운한 그의 이목구비를 치장해주지 않았다. 사람들은 경의를 강조하며 그에게 말을 건네고 있었다. 재판 후에 그의 약혼녀가 터무니없게도 그 가련한 남자의 얼굴에서 그가 다른 사람인 척 가장해 고백했던 더러운 비행의 자취가 계속 보인다고 해명하며 그에게 이별을 고했

---

* 이 부분의 러시아어 원문은 흔히 '조건적' '연극적' 등으로 번역되는 '우슬로브니'이다. 우슬로브니 연극은 20세기 초 러시아 연극론의 중요한 개념 중 하나로, 연극을 연극이게 하는 조건이나 관습을 전면에 부각함으로써 연극성 자체를 주제로 삼는 연극을 가리킨다.

음을 모두 알고 있었다. 그녀는 먼 마을로 낙향해 가르치는 일에 오롯이 몰두하게 되었고, 온제 박사 본인은 그 회합이 계기가 된 사건 직후 자그마한 수도원으로 은거하고 말았다.

그 회합에 출석한 사람 중에는 유명한 법학자 슐리스, *Peplerbus*의 *frad*(자유주의) 의원 여러 명, 교육부 장관의 아들 등도 있다는 걸 K는 눈치챘다. 그리고 불편한 가죽소파에는 음침한 껑다리 장교 세 명이 앉아 있었다.

그는 좌판이 등나무로 된 의자가 비어 있는 채 창 옆에 있는 걸 발견했다. 창턱에는 어떤 작은 남자가 다른 사람과 떨어져서 앉아 있었다. 평민의 얼굴이었고, 체신부 직원의 제모를 양손에 쥐고 만지작거렸다. 그 남자와 가까이 앉아 있던 K는 작고 연약한 체형과 어울리지 않아서 마치 접사로 찍은 사진 같다는 인상을 주는, 구접스러운 신발을 신은 남자의 거대한 발을 눈여겨보았다. K는 나중에야 그 남자가 시엔이었음을 알게 되었다.

처음에 K는 방에 모인 사람들이 그에게도 익숙해진 지 오래인 그런 종류의 대화를 하는 것으로 여겼다. 그 안의 뭔가가(다시 등장한 가장 내밀한 그 친구!) 일종의 유치한 열의로, 이 회합이 그전의 모든 회합과 다르지 않기를 갈망하기까지 했다. 그러나 굼이 지나가다가 K의 어깨에 손을 얹고는 비밀스럽게 고개를 끄덕일 때 그의 이상하고 뭔가 역겨운 몸짓이, 또한 느리고 조심스러운 목소리들과 그 세 장교의 눈빛이 K로 하여금 귀를 쫑긋 세우게 했다. 이 분도 채 안 지나서 K는 알게 되었다. 여기, 이 위조된 방에서 냉정하게 실행되고 있던 것이 이미 결정된 왕자의 암살이라는 사실을.

K는 관자놀이 근처에서 운명의 숨결을 느꼈다. 사촌의 만찬 파티에서 한번 경험했던 것과 같은, 거의 육체적인 메스꺼움에 가까웠다. 총안의 피그미족처럼 창턱에 조용히 앉아 있는 작은 남자가 자신을 보는 시선(조소가 섞인 호기심어린 시선)에, K는 자신의 동요가 누구의 눈에도 빤히 다 보인다는 걸 깨달았다. 그가 일어서자 모두가 그를 향해 시선을 돌렸고, 바로 그 순간 말을 하고 있던(한참 전부터 K는 그 말을 듣지 않았지만) 머리카락이 빳빳하게 선 육중한 남자가 말을 뚝 멈췄다. K는 굼에게 걸어갔다. 굼의 삼각형 눈썹이 기대에 차서 올라갔다. "전 먼저 가봐야겠어요." K가 말했다. "기분이 좋지 않아요. 가는 게 좋을 것 같아요." 그가 고개를 숙여 인사를 했다. 몇 사람이 예의를 차리며 일어섰다. 창턱에 앉은 남자가 히죽히죽 웃으며 파이프에 불을 붙였다. 출구로 다가서던 K는 어쩌면 문이 정물화 속 그림이고 그 손잡이는 *눈속임 그림*이라서 돌려지지 않을 것만 같은, 악몽을 꾸는 듯한 감각을 느꼈다. 그러나 갑자기 문이 현실의 문이 되더니, 열쇠꾸러미를 가지고 침실용 슬리퍼를 신고 다른 방에서 살그머니 나온 젊은이의 호위를 받으며 K는 앞으로 나아가 길고 어두운 계단을 내려갔다.

북쪽 끝의 나라

당신 기억해? 당신이 죽기 이 년 전쯤에 우리 둘이서 점심을 먹던 (영양 보충을 하던) 어느 날 낮의 일인데. 물론, 머리라는 장식이 없어도 기억이 계속 살 수 있다면 말이지만. 뭔가 완전히 새로운 종류의 서간문 예시집을 좀 상상해보자―그저 '계제가 좋으니' 생각해보자는 거야. 오른손을 잃은 숙녀에게는 '그대의 생략부호에 입맞춤을', 고인에게는 '귀배鬼拜'라든가. 그러나 멋쩍어서 늘어놓는 이런 이야기는 이제 그만. 만약 당신이 기억 못한다면, 내가 당신을 위해 기억할게. '당신에 대한 기억memory of you'도 적어도 문법적으로 말하자면 '당신의 기억 your memory'이 될 수 있으니. 나는 수사가 현란한 구절을 이루기 위해서라도 전적으로 인정할 용의가 있어. 만약 당신 사후에 나와 세상이 여전히 견디고 있다면, 그건 오로지 당신이 세상과 나를 떠올리고 있기 때문이란 걸. 나는 지금 다음의 이유로 당신에게 말을 걸어. 나는 지금 다음의 계기로 당신에게 말을 걸어. 내가 지금 당신에게 말을 거는 이유는, 단지 그저 팔테르 씨에 대해 당신과 잡담하고 싶어서야. 운명이란! 신비란! 필적이란! 그 사람은 얼간이이거나 혹은 *크바크*(당신은 '돌팔이'의 동의어인 영어 단어*를 러시아어식으로 이렇게 발음했지) 일 뿐이라고 나 자신을 설득하려고 애쓰다 지치곤 해. 내게는 그가 마치…… 마치…… 진실의 폭탄이 자기 안에서 폭발했는데 살아남은 탓에…… 신이 된 사람처럼 여겨지거든. 팔테르에 비하면, 옛날 예언자들은 모두 얼마나 하찮게 보이는지. 무리가 황혼에 일으킨 먼지, 꿈속의 꿈(꿈에서 깨어나는 꿈을 꾸는), 밀봉에 가까울 정도로 외부인에게 폐쇄된 우리의 이 교육기관 안에 있는 우등생에 지나지 않을 뿐. 팔테르는 우리 세계의 바깥에, 진정한 현실에 서 있으니까. 현실이라!―그건 나를 매혹하는 뱀의 비둘기처럼 부푼 목 같은 거지. 당신, 기억나? 계단상으로 펼쳐진 호사스러운 이탈리아 국경지대에 있던, 팔테르가 경영하는 호텔에서 우리가 점심 먹던 때 말이야. 아스팔트가 등나무로 한없이 고상해지고 공기에 고무와 낙원의 냄새가 풍기던 그곳. 아담 팔테르는 그때는 아직 우리에 속했지. 그리고 그에게 그, 뭐라고 해야 하지?―이른바 '선지자다움'의―전조가 아무것도 없었다 해도, 그의 강인한 체격 전체(마치 연골 대신 볼베어링이 내장된 양 당구공들의 조합처럼 움직이는 몸, 그의 정확함과 독수리 같은 초연함)를 지금 떠올려보니, 그가 어떻게 그 충격에도 계속 살아남았는지 이해가 돼. 아무

---

* 영어 단어 'quack'에는 '돌팔이'라는 뜻이 있다.

리 뺄셈을 해도 남을 만큼 원체 몸이 컸던 거야.

아아, 내 사랑, 전설 속 저 만^灣에서 당신의 존재가 미소를 짓네―두 번 다시 볼 수 없을!―아아, 나는 흐느끼며 몸을 떨지 않도록 손마디를 이빨로 깨물었지만, 그래도 참을 수가 없어. 브레이크를 걸어도 '흑' 하거나 '흑흑' 하는 소리를 내며 미끄러져 내려와. 다 참 굴욕적인 육체적 부조리지. 뜨거워진 눈을 깜빡이고 질식할 것만 같아지고 손수건이 더러워지고 발작적인 하품이 눈물로 이어지는 일이 반복되고―아아, 난 당신 없이는 살 수가 없어, 없어. 코를 풀고 눈물을 삼킨 다음, 움켜잡은 의자를, 마구 두드리던 탁자를 다시 처음부터 설득하려 했어. 당신이 없어서 흑흑 울지도 못한다고. 내 말이 당신에게 들릴까? 진부한 설문지 속 질문 같지. 유령들은 응답하지 않지만, 우리의 사형수 감방 동료들은 얼마나 기꺼이 그들에게 답을 하는지. "알겠어!" (아무데나 되는대로 하늘 쪽을 가리키며) "당신과 말할 수 있게 된다면 기쁠 거야!" 당신의 사랑스러운 머리카락, 움푹 들어간 관자놀이, 키스를 시작할 때 살짝 찡그리는 물망초 같은 잿빛 눈동자, 머리카락을 쓸어올릴 때 보이는 귀의 평온한 표정…… 내가 어떻게 받아들일 수 있겠어, 당신이 사라져버렸음을, 모든 것―내 모든 삶, 축축한 조약돌, 사물들, 습관들―이 그 속으로 미끄러져 들어가버리는 이 뻥 뚫린 구멍. 어떤 철책이 무덤을 둘러싸고 있다 한들, 내가 조용히 만족하면서 이 깊은 심연으로 굴러떨어지는 걸 막을 수 있을까? 영혼의 현기증. 당신이 죽고 나서 곧바로 내가 어떻게 요양원에서 서둘러 나와버렸는지 기억해봐. 걷는다기보다는 뭔가 지면에 발을 쾅쾅 내리치듯 딛고, 통증으로(문에 손가락이 끼듯이 인생이 끼고 말았으니) 발을 춤추듯 움직이기도 하면서,

껍질의 비늘이 도드라진 소나무와 꺼끌꺼끌한 용설란의 방패 사이로 꼬불꼬불 이어진 길을 따라, 내 병이 옮을까 싶어 살며시 발을 뒤로 빼던, 무장한 녹색의 세계 속을 홀로 나아갔잖아. 아, 그래—주위의 모든 것이 벌벌 떨며 조심스럽게 침묵하는 듯했어. 내가 뭔가를 쳐다볼 때만 그 뭔가가 흠칫 놀라며 여봐란듯이 움직이기 시작해서는 바스락거리는 소리를 내거나 윙윙거리면서 내가 있다는 걸 눈치채지 못한 척하는 것만 같았고. '무심한 자연'이라고 푸시킨이 말했지.* 말도 안 되는 소리! 지속적인 뒷걸음질이라는 표현이 훨씬 더 정확한 묘사일 거야.

하지만 너무 안타까워. 정말로 사랑스러운 당신이었는데. 그리고 당신 안에 작은 단추 하나로 매달려 있던 우리 아이도 당신과 함께 가버렸지. 저기요, 불쌍한 선생님, 여성이 후두결핵에 걸렸을 때는 임신시키지 마셨어야죠. 프랑스어에서 하데스어로의 무의식적인 번역. 자네가 여섯 달 만에 죽어서 출산까지 남은 십이 주를 그냥 날려버리지 않았나. 이를테면, 자네가 부채를 만기까지 제대로 갚지 않은 셈이랄까. 그녀가 내 아이를 낳아주기를 얼마나 바랐는지 몰라, 아내를 잃은 붉은 코 남자가 벽에 대고 말했지. *의사 선생, 정말로 확신하십니까? 무덤 속에서 젖먹이가 태어나는, 과학으로는 해명되지 않는 경우가 극히 예외적이지만 있다고요?* 그리고 내가 꾼 꿈에서 마늘 냄새를 풍기는 그 의사(인 동시에 팔테르였던, 혹은 알렉산드르 바실리예비치였던가?)가 의외로 선선히 답하기를, 그래요, 물론 그런 일이 가끔 일어나요, 그리고 그런(즉, 모친 사후에 태어난) 아이들은 '시체아'로 불리지요.

---

* 푸시킨의 시 「내가 소란스러운 거리를 배회하든……」에 나오는 표현.

당신은 죽고 나서 한 번도 내 꿈에 나타난 적이 없지. 어쩌면 당국이 당신을 막는 걸까, 그게 아니면 당신 스스로 그렇게 감옥에서 면회하는 것처럼 나와 만나는 걸 피하는지도. 처음에 나는 비루한 무식자로—미신에 사로잡혀, 굴욕스럽게도—밤이면 방이 항상 내는 작게 삐걱거리는 소리에도 겁을 먹었지. 하지만 이제는 그 소리가 내 안에서 섬뜩한 섬광으로 반영되어, 꼬꼬댁거리는 내 심장이 날개를 낮게 펼치며 종종 걸음으로 더 빨리 달아나곤 해. 하지만 더 나쁜 건 밤시간의 기다림이지. 침대에 누워서는 내가 생각을 하면 당신이 불쑥 그에 답하는 노크 소리를 내지 않을까 하는 생각을 하지 않으려고 애쓰면서 말이야. 이는 마치 중괄호 안에 소괄호를 넣어(생각하지 않으려 함에 대해 생각하기) 정신적 삽입구를 넣는 걸 복잡하게 만드는 일을 의미할 뿐이며, 그 안의 공포만 자꾸 커졌을 뿐이야. 눈에 보이지 않는 손톱이 탁자 상판을 안쪽에서 톡톡 두드리는 듯한 그 메마른 소리가 아, 얼마나 섬뜩한지 몰라. 물론 그 소리는 당신 영혼의 억양, 당신 인생의 음조와는 닮은 점이 거의 없지. 딱따구리의 혼에 씐 잡귀인지, 혹은 육체 없는 개구쟁이 귀신인지, 아니면 적나라한 내 비애를 이용하는 케케묵은 작은 요괴인지! 반면 낮이 되면 나는 두려울 게 없어져. 언젠가 당신이 황금빛 다리를 뻗고 누워 있던 해변의 자갈 위에 앉아 나는 당신에게 반응을 보여달라고, 당신 좋을 대로 어떤 방법으로든 보여달라고 요구했잖아. 그러면 파도가 전처럼 숨이 턱까지 차서 달려왔지만, 아무것도 보고할 게 없는 걸 사과하듯 이마에 손을 대고 절을 하며 산산이 흩어지곤 했지. 뻐꾸기 알 같은 조약돌, 피스톨 클립 모양의 타일 조각, 토파즈색 유리 파편, 참피나무 껍질처럼 생긴 바짝 마른 무언가, 내 눈물, 현미경으로 봐야만 보이는 구슬 하나, 노란 턱수염을 기른 선원이 구명부표 정중앙에 그려진 빈 담뱃갑, 폼페이인의 발 같은 돌, 어떤 동물의 작은 뼈인지 주걱인지 모를 물건, 석유 초롱, 석류석 빛깔 유리병의 얇은 조각, 견과 껍질, 별 특징도 없고 출처도 알 수 없는 녹슨 무언가, 자기 조각, 나머지 조각들이 틀림없이 어딘가 존재할…… 그래서 난 영원한 고문이자 강제노동을 상상해봤어. 나처럼 일생 너무 먼 곳으로 생각을 뻗쳐온 사람에겐 가장 좋은 벌이지. 뭐냐면, 사방에 흩어져 있을 이 자기 조각을 다 찾아 모아서 그레이비 그릇이나 수프 그릇을 다시 만드는 거야—등을 구부린 채 짙은 안개가 자욱한 해변을 헤매며 걷는 거지. 그런데 엄청나게 운이 좋으면 첫날 아침에 접시를 완전히 복원할 수도 있지 않을까. 일조번째 아침이 아니라 첫날에 말이야—자, 여기에 가장 큰 고민거리인 운의 문제가 걸려 있는 거야. 운명의 수레바퀴랄까. 영혼이 무덤 너머 영원한 지복至福으로 들어가려면 반드시 쥐어야 할 당첨 복권이랄까.

이런 이른 봄날에 좁은 띠처럼 펼쳐진 해변은 아무 장식도 없고 인적도 없어 황량해. 그래도 해변 위쪽 산책로에는 사람들이 거닐고 있어서, 그중 누군가는 내 견갑골을 보고 이렇게 말하겠지. "저기 화가 시네 우소프가 있네—얼마 전에 아내와 사별했지." 그리고 나는 누군가 정말로 산책로에서 나를 알아보지 않았다면, 아마도 영원히 거기 그렇게 앉아 있었을 거야. 건조된 해양폐기물을 발굴하고, 비틀거리는 파도 거품을 바라보고, 수평선을 따라 쭉 이어진 가늘고 긴 구름 조각들의 가짜 연약함을, 차가운 청록의 바다에 따뜻한 어두운 와인색 파도가 밀려드는 광경을 포착하면서.

하지만(너덜너덜 다 찢어진 실크 같은 구절들 사이에서 더듬거리는 것 같군) 다시 팔테르 이야기로 돌아가볼게. 당신도 이제 슬슬 기억나지 않아? 언젠가 몹시 더웠던 날, 우리는 꽃바구니의 리본을 기어오르는 두 마리 개미처럼 거기 갔잖아. 내가 어린 시절의 과외 선생(그의 수업 내용이라 해봐야 교과서 편찬자에 대해 재치 있게 반론하는 게 다였지만)을 한번 만나고 싶어해서였지. 그는 탄력 있어 보이는 몸에 차림새도 단정한 남자로, 하얀 코는 크고 머리 가르마에는 윤기가 흘렀어. 팔테르는 나중에 그 똑바른 머리 가르마처럼 일직선으로 사업적 성공 가도를 달렸어. 부친인 일리야 팔테르는 상트페테르부르크 레스토랑 '메나르'의 주방장에 지나지 않았지만, "*불쌍한 일리야가 있어 il y a pauvre Ilya*"라는 프랑스어는 러시아인에게는 "일리야, 요리사*povar* 일리야"로 들리지. 아아, 나의 천사, 우리가 사는 이 속세의 존재는 이제 당신에겐 전부 말장난이나 기괴한 운 맞추기에 지나지 않겠지('치아dental'와 '초월transcendental' 같은 거 말이야, 기억나?). 그리고 '실재'라는, 이 꿰뚫는 듯한 용어의 진짜 의미가 우리의 이상하고 꿈같고 가장무도회 같은 모든 해석에서 벗어나, 이제는 너무도 순수하고 달콤하게 들려서, 나의 천사, 지금의 당신에게는 우습게 여겨질 거야. 우리가 꿈을 진지하게 받아들일 수 있었다는 게(우리 둘은 모든 것―언어라든가 일상생활의 관습이라든가 체계라든가 인격이라든가―이 살짝 손만 댔을 뿐인데 왜 다 무너져버렸는지 눈치채고 있었지만 말이야. 그리하여, 당신도 알겠지만 내 생각에는 말이야, 웃음이란 우리 세계에서 길을 잃다 우연히 진실을 흉내내는 작은 원숭이 같은 게 아닌가 싶어).

그때 나는 이십 년 만에 그를 보는 거였어. 그리고 호텔로 다가가면서 그 모든 고전적인 장식—레바논삼나무, 유칼립투스, 바나나나무, 적토가 깔린 테니스코트, 잔디밭 너머에 울타리를 쳐놓은 주차공간—을 행운의 의례로, 예전 팔테르의 이미지가 이제 나에게 정정을 요구하고 있다는 상징으로 해석했는데, 얼마나 옳은 해석이었던지! 눈은 밤처럼 어둡고 생기가 넘쳤으며 왼손잡이 필체는 아름답고 힘차던 강단 있는 가난한 학생이었던 팔테르는 만나지 못한 사이에(못 만난다고 서로 애달파하거나 그런 건 전혀 아니었지만) 중후하고 살집도 꽤 있는 신사로 변해 있었어. 눈빛의 생동감과 커다란 손의 아름다움은 전과 다름없었지만—단지 처음에 내가 그의 뒷모습을 보고 그 사람이 팔테르인지 알아보지 못했을 뿐이야. 왜냐하면 반질반질하고 굵은 머릿결과 면도한 목덜미 대신에, 이제는 삭발에 가깝게 벗어진 햇볕에 탄 대머리를 검은 솜털 같은 머리카락이 비구름처럼 둘러싸고 있었거든. 푹 삶은 비트색 실크 셔츠에 체크무늬 넥타이를 매고 통 넓은 회청색 바지를 입고 얼룩무늬 신발을 신은 차림새는 가장무도회 의상을 차려입은 듯한 인상을 줬지만 큰 코는 예전 그대로였고, 가까이 다가가 근육질의 어깨를 탁 치며 내가 누군지 맞혀보라고 하자, 그는 그 코로 과거에서 풍겨오는 은은한 향을 어김없이 맡아내더군. 당신은 조금 떨어져 코발트블루의 하이힐을 신은 맨발목 양쪽을 딱 붙이고 서서는, 절제되었지만 짓궂은 흥미를 보이며 그 시간엔 비어 있던 거대한 홀의 가구와 비품을 하나하나 살펴보았고—하마가죽으로 만든 안락의자, 소박한 바, 유리를 덮은 탁자 위에 놓인 영국 잡지, 금빛 바탕에 가슴이 빈약하고 까무잡잡한 소녀들을 일부러 단순한 화풍으로 그린 프레스코화. 그 소녀 중 한 명은 양식화된 머리 가닥들이 뺨을 따라 나란히 늘어져 웬일인지 한쪽 무릎 위까지 내려와 있었지. 그토록 찬란한 모든 것을 주인 본인은 못 보게 되리라는 걸 그때의 우리가 상상이나 할 수 있었겠어? 나의 천사…… 한편, 팔테르는 내 양손을 꼭 쥐고 미간을 찌푸려 검은 눈을 가늘게 뜨고는 나를 유심히 바라보며, 마치 금방 재채기가 나올 것 같으면서도 시원하게 나올지 확신하지 못할 때처럼 일시정지된 삶을 가만히 주시하는 듯했는데…… 그러나 재채기하는 데 성공해 과거가 빛 속으로 뛰쳐나왔고, 그는 내 별명을 큰 소리로 발음했지. 팔테르는 머리를 숙이지 않고 당신 손에 키스한 다음, 호들갑스럽게 환영을 표하며 우리를 테라스에 앉히고는 칵테일과 점심을 주문했지. 예전엔 더 상류층 사람이었던 내가 이제는 조각가의 의지력으로 스스로 일구어낸 인생의 절정기에 있는 그를 찾아왔다는 사실을 즐기는 게 뻔히 보였지. 그러고선 자기 매형이라는 L씨를 우리한테 소개했잖아. 교양 있는 남자인 L씨가 입고 있던 어두운색 비즈니스 정장은 팔테르의 이국적인 맵시와 기묘한 대조를 이루었어. 우리는 먹고 마시며, 마치 중병에 걸린 병자에 대해 얘기하듯 과거 이야기를 나누었어. 나는 포크 뒤쪽에 나이프를 세워 균형을 잡으려고 애썼고, 당신은 주인을 무서워하는 신경과민의 멋진 개를 어루만지고 있었지. 어쩌다 잠깐 침묵이 흘렀는데, 그 침묵 가운데 팔테르가 심사숙고 끝에 진단을 내리듯이 분명하게 "그렇지"라고 말했어. 우리는 나도 그도 지킬 의도가 전혀 없는 약속을 주고받으며 헤어졌어.

당신은 팔테르에게 특출난 점이 없다고 생각했지, 그랬잖아? 확실히 그런 유형의 인간은 흔하긴 해. 그는 개인 과외 교사 일을 해서 알코올 중독자 부친을 부양하며 별 볼 일 없이 청춘을 다 보내고, 나중에 천천히, 아득바득 악착같이, 보란듯이 성공을 거두었지. 그다지 수익을 올리지 못하는 호텔 경영과 별개로 와인 사업이 번창해서 그리됐다던가. 그러나 내가 나중에 이해하게 되었듯이, 당신이 그런 얘긴 어쨌든 지긋지긋하다며 팔테르처럼 의욕 넘치고 성공한 사람한테선 항상 땀냄새가 난다고 말한 건 옳지 않아. 실은 말이야, 지금 나는 예전의 팔테르가 가졌던 기본 자질이 몹시 부러워. 즉, 불쌍한 아돌프가 전혀 다른 맥락에서 썼던 표현을 빌리자면―당신이 기억하려나?―그의 '의지의 본질'이 가진 정확성과 힘 말이야. 아담 팔테르라는 남자는 참호에 들어가 있을 때든 사무실에 앉아 있을 때든, 열차에 급히 오를 때든 난방이 되지 않는 방에서 어둑한 아침에 일어날 때든, 사업상의 거래관계를 조정할 때든 우정 혹은 적의를 가진 누군가를 뒤쫓을 때든 늘 자기 능력 전부를 발휘한 상태로, 이를테면 피스톨의 방아쇠가 매 순간 젖혀진 채로 살아갈 뿐 아니라, 오늘의 목표와 내일의 목표, 나아가 자기 목표의 점진적인 실행을 다 실패 없이 달성하고 있다고 항상 확신하는 사람이야. 동시에 팔테르는 경제적으로 일해. 목표를 높게 잡지 않고 자기의 한계도 정확하게 알고 있으니까. 자신의 재능을 일부러 등한시하고 평범한 것, 일반적인 것에 인생을 걸었던 건 본인을 위해서는 최고로 도움되는 일을 한 셈이지. 왜냐하면 사실 팔테르는 사람을 묘하게 매혹하는 이상한 재능을 타고나서, 그보다 덜 용의주도한 사람이었다면 그 재능을 실제로 활용해보려 애썼을 거야. 다만 인생의 아주 초기에는 그도 자신을 억제하지 못할 때가 가끔 있었는지, 김나지움 학생을 상대로 따분한 주제를 따분하게 가르치다가 보기 드물게 우아한 형태의 수학적 사고를 펼쳐 보이곤 했지. 그럴 때면 그가 다음 과외수업을 하러 서

둘러 가버리고 나서도 내 공부방에는 시적이라고까지 할 수 있는 어떤 한기가 떠다니곤 했어. 나는 부러움을 품고 생각해. 만약 내게 그처럼 강인한 신경과 탄력 있는 정신과 농축된 의지력이 있었다면, 팔테르가 최근에 해낸 초인간적인 발견의 정수를 지금 전수해주지 않았을까 하고—즉, 전수한 정보에 내가 깔려 으스러질까봐 팔테르가 두려워하지 않았을 거란 말이지. 그리고 한편 나도 팔테르가 모든 걸 끝까지 나한테 말할 때까지 충분히 끈기 있게 밀고 나갔을 텐데.

산책로에서 누군가가 약간 쉰 듯한 목소리로 조심스럽게 나를 불렀어. 그러나 나와 당신이 팔테르와 점심을 먹었던 날로부터 일 년 넘게 지난 탓에, 나는 지금 내가 있는 쪽 조약돌 위에 그림자를 드리우는 남자가 팔테르의 그 겸손한 매형이란 걸 바로 알아보지 못했어. 무의식적으로 예의를 차리느라 나는 위의 산책로로 올라가 그에게로 갔지. 그가 나에게 삼가 조의 어쩌고 하는 말을 하더라. 내가 머무는 *하숙집*에 우연히 들렀는데, 거기 있던 친절한 사람들이 당신의 죽음을 알려주었을 뿐 아니라, 인적 없는 해변에 있는 내 형상을, 일종의 지역 볼거리가 되어버린 나를 멀리서 가리켰다고 했어(슬픔에 빠져 등을 구부린 채 앉아 있는 내 뒷모습이 어느 테라스에서건 다 보였을 것을 생각하니 순간 부끄럽더라고).

"아담 일리치네에서 만났었죠." 그가 앞니를 잇몸 부분까지 드러내고 말하면서 나의 축 처진 의식 속에 비집고 들어왔어. 내가 분명 팔테르에 대해 뭔가 물었을 거야.

"아, 아직 소식 못 들으셨어요?" 수다스러운 그 남자가 놀라서 반문했고, 그렇게 나는 이야기의 전말을 알게 되었어.

지난가을 팔테르가 포도 산지로 특히 유명한 리비에라 해안가 마을에 사업차 갔을 때 일어난 일로, 그는 여느 때처럼 조용하고 작은 어느 호텔에 묵었대. 그 호텔 주인은 팔테르에게 오랫동안 갚지 못한 빚이 있던 사람이었어. 미모사가 웃자란 언덕의 깃털로 덮인 겨드랑이 속에 파묻힌 이 호텔을 머릿속으로 한번 그려보지 않으면 안 돼. 아직 다 완성되지 않은 작은 길, 그 길을 따라 늘어선 자그마한 빌라 대여섯 채, 소성단小星團과 잠자는 협죽도 사이 인간들이 사는 작은 공간에서 라디오가 노래하는 가운데, 삼층 팔테르 방의 열린 창문 아래 공터에 귀뚜라미가 울음소리로 밤에 아연을 입히는 곳.* 팔테르는 공제조합대로에 있는 작은 매음굴에서 위생적인 저녁을 보낸 후, 열한시경 머리는 맑고 국부는 가벼워진 최상의 기분으로 호텔로 돌아와서 바로 자기 방으로 올라갔어. 별들로 잿빛을 띤 밤의 이마, 온화한 광기가 어린 그 표정. 구시가지에 떼 지어 있는 불빛들. 작년에 스웨덴 학자와 서신을 주고받으며 논의했던 유쾌한 수학 문제. 여기저기 어둠의 구멍 속에서 생각할 것도 할일도 없이 나른하게 누워 있는 듯한 건조하고 달콤한 향기. 싸게 매입해서 고가에 파는 와인의 형이상학적인 맛. 매력 없는 먼 나라로부터 최근에 받은 이복 누나의 부고, 기억 속에서 희미해진 지 오래인 누나의 이미지―이 모든 것이 호텔의 자기 방으로 돌아오는 동안 팔테르의 의식 속을 떠다녔으리라고 상상하곤 해. 이런 상념과 인상은 하나하나 따로 놓고 보면, 현실에 단단히 발을 딛고 사는 남자, 아주 평범하다고는 할 수 없으나 피상적인 이 남자(왜 피상적이냐면, 우리의

---

* 러시아어에서 귀뚜라미(кузнечик)는 대장장이(кузнец)에 지소형 접미사를 붙여 만든 단어다.

인간적 핵심의 근간을 보면 프로와 아마추어로 나뉘는데, 팔테르는 나와 마찬가지로 아마추어로 분류되니까)에게는 조금도 새롭거나 특이하지 않았지만, 아마도 그것들이 다 합쳐져서 정상적으로 기능하는 이성으로는 결코 예측할 수 없던, 복권 일등 당첨처럼 파국적인, 해괴할 정도로 우발적인, 그 호텔에서 그날 밤 그를 때린 그 섬광, 이 세상 것 같지 않은 그 번갯불을 위한 가장 이상적인 매개가 된 게 아닐까 싶어.

　팔테르가 호텔로 돌아온 지 삼십 분 정도가 흐른 후, 크레이프 모양의 물결이 겨우 일 듯 말 듯한 모기장과 벽의 꽃들과 함께 그 작고 하얀 건물이 빠져들었던 공동의 잠이 느닷없이―아니, 중단됐다기보다는 찢기고 쪼개지고 폭파되었지. 한번 들으면 결코 잊힐 수 없는 소리에. 그래, 내 사랑, 그 소리는 정말 끔찍한 소리였대. 그 소리는 구덩이 속에서 서두르는 악당들에게 살해되는 겁쟁이 자식이 지르는 돼지가 꽥꽥대는 듯한 비명도 아니었고, 거대하게 부푼 한쪽 다리를 야만적인 외과의사에게 절단당하는 부상병의 신음도 아닌, 아니 그보다 더 끔찍한, 훨씬 더 끔찍한…… 그러니까 비유를 하자면―이건, 호텔 주인인 므슈 파온이 나중에 했던 말인데, 그 소리는 엄청난 난산으로 고통받는 여성―다만 자궁 속에 거인을 잉태한, 남성의 목소리를 지닌 여성―이 내지를 법한, 격하게 흐느끼다못해 거의 환희에 겨운 듯한 절규에 가까웠다고 해. 인간의 목을 찢는 그 폭풍의 울림 속에서 도대체 무엇이 주조음인지 분간하기 어려웠어―고통인지 두려움인지 아니면 광기의 나팔소리인지, 또 아니면, 모든 것 중에 가장 그럴듯하게 여겨지는, 이해할 수 없는 감각을 표현하는 소리인지. 바로 그 알 수 없다는 점이 듣는 사람으로 하여금 팔테르의 방에서 터져나오는 그 광희를 허둥대며 당장 멈추고 싶은 욕구를 불러일으킨 거야. 가장 가까운 방의 침대에서 진땀을 빼고 있던 신혼부부가 하던 일을 멈추고 두 개의 평행한 시선으로 하나의 방향을 바라보며 숨을 삼켰어. 아래층에 묵고 있던 네덜란드인이 종종걸음으로 정원에 나와보니, 거기엔 이미 객실 담당 매니저와 희끄무레하게 어른거리는 메이드 열여덟 명이 있었지(실제로는 두 명뿐이었는데, 이쪽저쪽으로 왔다갔다해서 그 수가 많아 보인 거지만). 호텔 주인은, 본인의 설명에 따르면, 완전히 침착함을 유지하고 위층으로 달려 올라가, 그 방문 뒤에서 허리케인이 휘몰아치듯 울부짖는 소리가 계속되는 것을 확인했대. 소리가 얼마나 세던지 사람을 뒤로 밀어내는 것 같을 정도였고, 문이 안쪽에서 잠겨 있어서 두드리고 애원해봐도 열리지 않았다는 거야. 포효하는 이가 진짜 팔테르라고 볼 수 있다면 말이지만(방의 열린 창문은 어두컴컴한데다, 거기서 나오는 견디기 어려운 소리가 누구의 것인지 짐작하게 하는 인격의 각인 같은 것을 전혀 띠지 않았기 때문에), 아무튼 팔테르의 포효는 호텔의 경계를 훌쩍 넘어 멀리 퍼져나갔어. 호텔 주위의 어둠 속에서 이웃들이 모여들었고, 불량배 하나는 손에 카드를 다섯 장 들고 왔는데, 모두 으뜸 패였다나. 이쯤 되니, 어떻게 사람의 목청이 그 압박을 버틸 수 있는지 전혀 이해되지 않을 지경이었지. 팔테르의 비명이 적어도 십오 분은 지속됐다는 사람도 있고, 또다른 사람에 따르면, 아마도 이쪽 이야기가 아마 더 정확할 것 같은데, 약 오 분간 끊임없이 계속됐다고도 해. 그러다 갑자기(힘을 합쳐 문을 부수고 들어갈지, 외부에서 사다리로 들어갈지, 그것도 아니면 경찰을 부를지 주인이 결정하는 동안에) 그 비명이 고통과 공포와 경악과 그리고 또다른 정의할 수 없는 뭔가의 극한의 한계까지 다다르더니 끙끙대는 신음의 메들리로 변했다가 결국 완전히 멈춘 거야. 너무 조용해져서 거기 있던 사람들은 처음에 소곤거리며 대화했대.

주인이 조심스럽게 다시 문을 노크했더니, 문 뒤에서 한숨소리와 뒤뚝거리는 불안한 걸음소리가 들려왔어. 이윽고 마치 문을 여는 방법을 모르는 것처럼 누군가 자물쇠를 만지작거리는 소리가 들렸어. 이어서 약하고 말랑한 주먹이 문을 안쪽에서 힘없이 쳤어. 그제야 므슈 파온이 원래는 훨씬 더 전에 실행할 수 있었던 일을 했지—여분의 열쇠를 찾아 문을 여는 거 말이야.

"빛이 좀 있으면 하는데." 팔테르가 어둠 속에서 조용히 말했어. 주인은 문득, 팔테르가 발작중에 전구를 깨뜨렸으리라고 생각하고 자동적으로 스위치를 확인했어. 그러나 불은 순순히 들어왔고, 팔테르는 눈을 깜박거리면서 질겁할 정도로 놀라서는, 마치 불이 켜지는 광경을 난생 처음 본다는 듯이, 불을 일으킨 주인의 손에서 불빛이 갓 채워진 유리 전구로 시선을 옮겼어.

기이한, 역겨운 변화가 그의 외양 전체에서 나타났어. 마치 골격이 다 제거된 것처럼 보였지. 땀에 젖은, 이제는 어째선지 축 처진 얼굴, 축 늘어진 입술, 분홍빛으로 충혈된 눈에는 멍한 피로감뿐 아니라 어떤 안도감, 괴물을 낳는 출산의 고통을 견뎌낸 후에 느끼는 동물적인 안도감이 나타나 있었어. 그는 파자마 하의만 입고 상반신은 노출한 모습으로 고개를 숙이고 서서 한쪽 손의 손바닥에 다른 쪽 손등을 문지르고 있었지. 므슈 파온과 호텔 투숙객들이 퍼붓는 당연한 질문들에 아무 대답도 하지 않고, 그는 그저 볼만 부풀린 채 주위를 둘러싼 사람들을 밀어쭙히며 층계참으로 나오더니 계단을 향해 똑바로 소변을 콸콸 누기 시작했어. 그래놓고는 방으로 돌아가 침대에 눕더니 곯아떨어졌지.

다음날 아침, 호텔 주인이 팔테르의 누나인 L부인에게 전화를 걸어 동생분이 미친 것 같다고 경고하고는, 비몽사몽해서 무기력한 상태인 팔테르를 집으로 쫓아 보냈어. 가족의 주치의는 그냥 가벼운 쇼크 상태로 보고 처방전을 써주었어. 그러나 팔테르는 나아지지 않았지. 얼마 후 팔테르가 자유롭게 걸어다니며 때로는 휘파람을 불기도 하고 큰 소리로 욕을 하기도 하고 의사가 금지한 음식물에 손을 뻗기도 했던 건 사실이야. 하지만 팔테르에게 일어났던 변화는 그대로 남았지. 그는 모든 걸 잃어버린 사람 같았어. 삶에 대한 경의도, 돈이나 사업에 대한 모든 흥미도, 관례적이고 인습적인 모든 감각도, 매일의 습관도, 매너도, 모든 걸 철저히 다 잃은 사람. 어디든 혼자 가게 두는 건 안전하지 않았지. 피상적으로 느꼈다가 바로 잊어버리지만 다른 사람에게는 불쾌감을 주는 호기심으로 지나가는 사람을 불러세워 얼굴 흉터의 원인에 대해 다짜고짜 논하거나, 다른 사람들 사이의 대화 너머로 우연히 들린, 그를 향한 게 아닌 말의 의미를 논하곤 했으니까. 과일 노점 매대를 지나가다 오렌지를 하나 집어서는, 쫓아온 과일장수가 호통치는 말에 전혀 개의치 않는 듯 엷은 미소로 응대하면서 껍질째 먹기도 했어. 그는 피곤하거나 지루해지면 터키인들처럼 보도에 쪼그리고 앉아서, 뭐라도 할 듯이 여자들의 뒤꿈치를 파리처럼 잡으려 하곤 했지. 한번은 여러 카페를 부지런히 돌며 모은 펠트 모자 다섯 개와 파나마모자 두 개를 자기 것으로 삼아서 경찰과 실랑이한 적도 있었어.

팔테르의 호텔에 우연히 자기 환자가 있어서 들른 유명한 이탈리아인 정신과의사가 그의 발병례에 흥미를 갖게 됐어. 이 보노미니 박사란 자는 상당히 젊은 남자로, 본인이 기꺼이 설명한 바로는 '심리의 역학'을 연구하고 있다던가. 해당 분야 전문가들 사이에서만 인기가 있던 건 아닌 저작에서 그가 제시하고자 한 논지는, 모든 정신질환은 조상에게 일어난 재앙에 대한 잠재의식적 기억으로 설명할 수 있다는 거였어. 예를 들어 만약 환자가 과대망상에 젖어 있다면, 환자를 완전히 치료하기 위해서는 그의 증조부 중에 권력욕을 품었다가 실패한 조상이 누군지 밝혀내, 그 조상은 죽어서 영원한 안식을 찾았다고 증손자에게 설명하면 된다는 식이었어. 다만 복잡한 발병례는 해당 시대의 의상을 갖춰입고 조상의 특정 임종 장면을 비슷하게 묘사하고 사자의 역을 환자 자신이 맡는, 연극적 재연에 사실상 의존해야 했지만. 이 *활인화*가 너무 유행하게 되자, 보노미니는 자신의 직접적인 통제 없이 실연하는 행위의 위험성을 지면으로 경고해야 했지.

보노미니는 팔테르의 누이에게 질문을 던져서 팔테르가의 사람들이 조상에 대해 별로 아는 게 없다는 것을 확인했어. 사실 팔테르의 부친 일리야 팔테르는 알코올중독자였지만, 보노미니의 이론에 따르면, 가령 민중서사시가 오직 먼 과거에 일어난 사건만을 "승화하듯이" "환자의 병은 오직 멀리서 발생한 일만 반영하기" 때문에 팔테르 *아버지*에 대한 상세한 정보는 팔테르에게는 쓸모가 없다는 거야. 그럼에도 보노미니는 환자를 도와보겠다고 나섰지. 교묘한 질문을 던져서 팔테르가 제 입으로 본인의 현상태를 설명하게 만들고, 가능하면 거기서 문제가 된 조상이 누군지 저절로 추론할 수 있게 되길 바라면서. 팔테르의 친지들이 그의 침묵을 뚫고 들어가는 데 성공할 때면 그가 그 불가사의

한 밤에 경험한 심상치 않은 뭔가를 간결하게 경멸하듯 암시하곤 한다는 사실이, 그 사건에 어떤 설명이 존재한다는 것을 확인해준다는 거였지.

어느 날, 보노미니는 팔테르의 방에 팔테르와 함께 틀어박혔어. 뿔테 안경을 쓰고 가슴에 포켓치프를 꽂은 보노미니는 과연 인간의 마음을 잘 아는 사람답게, 그 밤의 광적인 포효의 원인에 대해 속속들이 규명해내는 답을 팔테르에게서 가까스로 끌어낸 듯했지. 아마도 최면술이 제 역할을 했던 것 같아. 왜냐면 팔테르가 자기 의지에 반해 횡설수설했다고, 그게 마음에 걸렸다고 훗날 사정청취 때 주장했거든. 하지만 그 말에 이어 그는 이렇게 덧붙였어. 신경쓰지 말라고, 늦든 빠르든 그 실험은 행해졌을 거고 이제는 절대로 두 번 다시 하지 않을 거라고. 그렇기는 하지만,『광기의 영웅성』을 쓴 그 불쌍한 저자는 팔테르 메두사의 먹이가 되고 말았지. 그날 의사와 환자의 밀회가 비정상적으로 길어지는 것 같았기에, 테라스에서 잿빛 숄을 짜고 있던 팔테르의 누나 엘레오노라 L.은 처음엔 반쯤 열린 프랑스창을 통해 거의 다 들리던 정신과의사의 작은 테너 목소리, 때로는 마음을 편안하게 풀어주고 때로는 자극을 주다가 또 때로는 거짓으로 꼬드기는 듯한 그 목소리가 들리지 않은 지 이미 한참 지난 후에야 동생 방으로 가봤어. 들어가보니, 팔테르는 아마도 의사가 가져온 듯한 알프스 요양원 안내 책자를 심드렁한 호기심으로 검토하고 있었지. 한편, 의사 선생은 몸의 반은 의자에 나머지 반은 카펫에 아무렇게나 널브러져 있었어. 조끼와 바지 사이 틈으로 속옷이 드러난 채 짧은 다리를 넓게 벌리고 창백한 카페오레색 얼굴을 뒤로 젖힌 자세로 기절해 있었는데, 나중에 진단된 바로는 심장마비였대. 거들먹거리며 참견하는 경찰에게 팔테르는 건성건성 단답형으로 답했지. 그러다가 결국 추궁에 지친 팔테르는, 자신은 우연히 '우주의 수수께끼'를 풀었고 탐구심이 강한 대화 상대의 교묘한 강권에 못 이겨 공유했더니, 그걸 들은 상대가 경악하고 죽어버린 거라고 설명했어. 지방지들이 그 사건을 잡아채서 적당히 윤색했고, 이것저것 가리지 않고 다루는 잡보란에 티베트 승려로 변장한 팔테르라는 인물이 수일간 화젯거리를 제공했지.

하지만 당신도 알다시피, 그 당시 나는 신문을 읽지 않았어. 당신이 죽어가던 시기였으니까. 그런데 이제 와서 팔테르의 일을 자세히 듣다 보니, 나는 뭔가 아주 강력하면서 어쩌면 조금 겸연쩍은 욕망을 느꼈어.

물론 당신은 이해하겠지. 상상력 없는 인간들─즉 상상력의 지원과 탐구심을 빼앗긴 인간들─은 나와 같은 상황에서, 기적을 행하는 자들의 광고에, 마술 장사에 쥐약이나 콘돔 장사를 접목하는, 웃기는 터번을 쓴 손금쟁이들에게, 뚱뚱하고 까무잡잡한 여자 점술사들에게, 그중에서도 특히 우윳빛 형체를 입힌 유령을 한심한 물리적 장치로 나타나게 함으로써 아직 규명되지 않은 힘을 날조하는 심령술사들에게 의지하잖아. 그러나 나는 내 몫의 상상력을 가졌고, 그리하여 두 가지 가능성이 존재했어. 첫번째는 나의 일, 나의 예술, 나의 예술이 주는 위안이었어. 두번째 가능성은 과감하게 결단을 내려서, 기민한 머리에서 나온 응접실 퀴즈 게임 같고 약간 통속적이기까지 한, 요컨대 다소 평범한 팔테르 같은 인간이 그 어떤 마술사나 예언가도 도달한 적 없는 것을 진짜로 전부 알게 되었다고 과감히 믿는 거지.

나의 예술은 뭐냐고? 당신, 그 이상한 남자 기억나지 않아? 그 스웨덴인이었던가 덴마크인이었던가—아니, 아이슬란드인이었던가, 내가 알기로는—어쨌든 그 호리호리하고 햇볕에 오렌지색으로 그을고 늙은 말의 속눈썹이 있던 금발 남자 말이야. 자신을 '잘 알려진 작가'라고 소개하더니, 당신을 기쁘게 했던(당신은 그때 이미 침대에 붙박여 말도 하지 못하던 상태였지만, 석판에 색분필로 웃기고 자잘한 것들을 내게 적어주곤 했지. 예를 들어, 인생에서 당신이 가장 좋아하는 것은 "시, 야생화, 그리고 외국 돈"이라고 썼던가) 액수를 제시하며, 그가 모국어로 집필했다는 서사시 「북쪽 끝의 나라」에 삽화 연작을 그려달라고 작업 의뢰를 했었잖아. 물론 그의 원고 내용을 정확히 파악하는 건 나로선 불가능했어. 그와 프랑스어로 힘겹게 대화를 나누긴 했지만, 그는 프랑스어를 대개 풍문으로 들어서 아는 정도라 자신이 형상화한 이미지를 나에게 번역해줄 수는 없었거든. 내가 가까스로 이해한 거라곤, 그의 주인공은 어딘가 북쪽 나라의 불행하고 비사교적인 왕이고, 우울하고 외딴섬에서 바다의 연무에 휩싸인 그의 왕국은 정치적 음모와 암살과 폭동에 시달리고 있다는 것, 그리고 주인을 잃은 백마가 엷은 안개가 낀 히스 초원을 날듯이 달리고 있다는 것뿐…… 내가 처음으로 그려본 첫 흑백 그림 견본에 그는 만족했고, 우리는 나머지 그림들의 주제도 결정했지. 약속했던 일주일 후에 그가 나타나지 않기에 그가 머무는 호텔에 전화해봤다가, 그가 이미 미국으로 떠났다는 걸 알았고 말이야.

　일을 맡긴 사람이 사라져버렸다는 걸 당신에게는 숨겼지만, 나는 그 그림 작업을 더 진행하지 않았어. 그 무렵에 다시 당신이 이미 너무 아파서, 내 황금 펜이니 먹물로 그리는 장식 문양이니 하는 건 생각할 기분이 아니었거든. 그러나 당신이 죽고 이른 아침과 늦은 밤의 시간이 특히 견디기 어려운 것이 되었을 때, 그걸 자각하면 나도 모르게 눈에서 눈물이 나곤 하는 애처로운 열병 같은 창작에 대한 열의로, 아무도 찾으러 오지 않는다는 걸 아는 그 작업을 계속해나갔어. 아무도 찾으러 오지 않을 거라는 바로 그 이유로 그 당시의 나에게는 딱 적당한 작업처럼 여겨졌지—그 작업의 환영 같은, 실체 없는 성질, 목표도 보상도 없다는 것, 그게 나를 당신이 존재하는 곳과 비슷한 영역으로 이끌고 간 거야. 당신은 내 환영의 종착지, 내 사랑, 너무나도 사랑하는 이 세상의 창조물로, 이제 아무도, 어디로도, 언제가 되어도 찾으러 오지 않아. 그런데 모든 것이 작업에 집중할 수 없게 하고, 영원의 생생한 도안 대신에 찰나의 채색을 칠하는 것도 금지하고, 해변에 남은 당신의 발자국으로, 해변의 조약돌로, 메스꺼울 정도로 환한 해변에 드리운 당신의 푸른 그림자로 나를 괴롭혀서, 나는 파리에 있는 우리 셋방으로 돌아가 본격적으로 작업에 착수하기로 했어.「북쪽 끝의 나라」, 당신을 생각하는 내 애달픈 마음의 적막한 잿빛 바다에서 태어난 그 섬은 이제 가장 표현하기 어려운 내 상념들의 조국으로서 나를 매료시켰지.

하지만 리비에라를 떠나기 전에 나는 무조건 팔테르를 만나야 했어. 그게 나 자신을 위해 궁리해낸 두번째 위안이었으니까. 결국 팔테르는 단순히 광인이 아니라는 것, 그리고 그가 자신의 발견을 정말로 믿었을 뿐만 아니라, 발견 자체가 광기의 근원이 된 것이지 그 역이 아니라는 걸 나는 끝내 확신하게 됐어. 그가 우리 *하숙집* 바로 옆 아파트로 이사왔다는 걸 알게 되었지. 또한, 팔테르의 건강 상태가 좋지 않다는 것, 생명의 불길이 그 안에서 꺼져버렸을 때 관리도 독려도 받지 못하는 몸만 남긴 셈이라는 것, 아마 곧 죽으리라는 것도 알게 됐고. 그리고 마지막으로 알게 된 게 나에겐 특히 중요했는데, 최근에 팔테르가 기력이 쇠했음에도 평소와 달리 말이 많아져서 날이면 날마다 매일같이 방문자들(애석하게도 나와 다른 종류의 호사가들이 그의 집에 드나들고 있었지)을 연설로 즐겁게 해주고 있다는 얘기였어. 그의 연설은 인간 사고의 메커니즘에 트집을 잡듯 기이하게 구불구불 구부러지면서 아무것도 폭로하지 않지만, 그 리듬과 신랄함은 거의 소크라테스 같았다고. 팔테르를 만나러 가겠다고 하니까 그의 매형이 답하기를, 그 불쌍한 친구가 기분전환이 되는 건 뭐든 좋아하고 내 하숙집에 올 체력 정도는 있다고 하더군.

그래서 그들이 오게 된 거야—그들이라 함은, 변함없이 예의 그 추레한 검은 양복을 입은 매형, 그의 아내 엘레오노라(키가 크고 과묵한 여성으로, 윤곽선이 뚜렷하게 건장한 것이 팔테르의 예전 체형을 떠올리게 했어. 그녀는 이제는 팔테르 바로 옆에서 일종의 살아 있는 교훈을 주는 도덕주의적 그림 역할을 하더라고), 그리고 팔테르 본인이었지. 나는 마음의 준비를 하고 그를 보았음에도 그의 바뀐 외모에 경악하고 말았어. 어떻게 표현할 수 있을까? 매형 L씨는 팔테르의 뼈가 전부 제거된 것 같다고 말했지만, 반면에 나는 그의 영혼이 뽑혀나갔으나 그 보상으로 그의 정신이 열 배로 강화된 것 같다는 인상을 받았어. 내가 하고 싶은 말은, 일상생활에서 흔한 인간적 감정을 이제 팔테르에게서는 아무것도 기대할 필요가 없다는 게 그를 한 번만 봐도 충분히 이해하게 된다는 거야. 누군가를, 하다못해 자기 자신을 위해서라도 사랑하거나 연민을 느끼거나, 다른 사람의 영혼에 호감과 때에 따라서는 동정을 느끼거나, 자기 나름대로, 자기 기준에서의 선에 지나지 않더라도, 선을 위해 습관적으로 행동하는 요령을 완전히 잊어버린 듯했어. 악수하거나 손수건을 사용하는 요령을 잊어버렸듯이. 그래도 아직은 그가 광인이라는 인상을 주지는 않았어―오, 아니, 오히려 그 반대였지! 기이하게 부어오른 이목구비, 포만감에 찬 불쾌한 시선, 심지어 이제는 부유층이 애용하는 옥스퍼드화를 신지 않고 싸구려 에스파드리유를 신은 그의 평발에서도 뭔가 집중된 힘이 느껴졌어. 이 힘은 육체를 까다롭게 통제하면서도 그 육체가 무기력해지고 어쩔 수 없이 쇠락해가는 데는 전혀 관심이 없었지.

나를 대하는 그의 태도는 이제 마지막으로 우리가 짧게 만났을 때의 태도가 아니라, 과외로 나를 가르치러 오던 어린 시절에 내가 기억하는 그의 태도로 돌아와 있었어. 그 시절로부터 햇수로 사반세기가 지났다는 걸 완벽히 자각하고 있는 게 분명했지만, 그럼에도 그는 영혼과 함께 시간 감각도 잃어버린 듯했어(시간 감각 없이 영혼은 존재할 수 없지). 분명히 그는 마치 모든 게 어제 일이었던 듯이 나를 대했지만―말보다는 그의 모든 행동거지가 문제였는데―나를 향한 어떤 공감도 따뜻함도 전혀 없었어―전혀, 조금의 기미조차 전혀 없었지.

그들이 그를 안락의자에 앉히자, 그는 이상한 모습으로 사지를 뻗었어. 드러누운 자세로 향락에 빠진 사람을 흉내내라고 조련사에게 명령받은 침팬지 같았어. 그의 누나는 자리를 잡고 바느질하면서, 우리가 대화하는 내내 그 짧은 잿빛 머리를 한 번도 들어올리지 않았지. 그녀의 남편은 호주머니에서 신문 두 부―하나는 지방지, 또하나는 마르세유 신문이었지―를 꺼내더니 역시 침묵에 잠겼어. 다만 팔테르가 자신의 시야 안에 우연히 서 있던 당신의 커다란 사진을 보고 당신은 어디 숨어 있냐고 물었을 때만, L씨는 신문에서 눈을 떼지 않은 채 귀가 잘 안 들리는 사람에게 말할 때처럼 부자연스러운 큰 목소리로 이렇게 말했지. "그분이 돌아가셨다는 거 잘 알고 있잖나."

"아, 그렇지." 팔테르가 비인간적인 무심한 태도로 툭 내뱉고는 내 쪽을 보며 덧붙였어. "아, 뭐, 천국의 왕국에서 영면하시길—사람들 앞에서 이런 때 이렇게 말해야 하는 거지?"

그런 다음에 우리 사이에 아래와 같은 대화가 시작되었어. 속기로 메모한 게 아니라 내가 전부 다 기억해서 지금 여기에 정확히 옮길 수 있는 거야.

"당신을 보고 싶었어요, 팔테르." 나는 말했어(실제로는 러시아어로 이름과 부칭을 다 사용해 정중하게 불렀지만, 그렇게 쓰면 팔테르를 한정된 한 나라와 기원이 되는 과거에 결합하게 되는데, 이 서술 속에서 시간을 초월한 그의 이미지가 그것을 견뎌내지 못할 거야). "한번 만나 둘이서 터놓고 이야기를 나누고 싶었어요. 우리만 있게 해달라고 친지분들께 부탁해도 괜찮을까요."

"저들은 신경쓰지 않아도 돼." 팔테르가 퉁명스럽게 내뱉더군.

"제가 '터놓고'라고 말했을 때는," 나는 말을 이어갔어. "서로 무엇이든 상관없이 질문하고 상대방의 질문에 기꺼이 답할 가능성을 전제한 거예요. 그러나 질문을 하고 당신에게서 답을 기대하는 건 저니, 모든 건 당신이 솔직하게 답한다고 동의해주느냐에 달려 있습니다. 당신한테는 제 쪽의 확언이 필요 없잖아요."

"솔직한 질문을 하면, 솔직하게 답하지." 팔테르가 말했어.

"그러시다면, 곧바로 본론으로 들어가도 될까요. 먼저, L씨 내외분에게 잠시 밖으로 나가주십사 청하는 게 어떨까 하는데요. 그런 다음에, 그 이탈리아인 의사에게 하셨던 얘기를 그대로 저한테 말씀해주셨으면 합니다."

"저런, 이럴 수가!" 팔테르가 말했어.

"당신은 거절하지 못할 겁니다. 첫째, 그 정보는 절 죽이지 못해요─이건 제가 보증합니다. 제가 피곤하고 추레해 보이겠지만 걱정하지 마세요. 아직 충분한 힘이 남아 있거든요. 둘째로, 당신 비밀을 저만 알고 있겠다고 약속합니다. 바라신다면 이야기를 들은 직후 총으로 자살할 수도 있어요. 제 말은, 당신에게는 제가 떠벌리는 게 심지어 제가 죽는 것보다 더 성가실 수 있다는 걸 제가 받아들인다는 거예요. 자, 이제 동의하시나요?"

"단호히 거절하겠네." 팔테르는 이렇게 답하고는, 팔꿈치를 기댈 자리를 확보하려고 옆의 작은 탁자에 놓인 책을 쳐서 치워버렸어.

"어쨌든 대화를 시작하기 위해 일단 당신의 거절을 받아들이기로 하죠. 자, 사건의 맨 *처음부터* 나아가볼까요. 그럼 팔테르, 제가 이해하기로는 사물의 본질이 당신에게 드러났다면서요."

"그래, 마침표." 팔테르가 말했어.

"동의함─하지만 그것에 대해 제겐 얘기하지 않겠다는 거죠. 그렇다 해도 저는 여기서 중요한 결론을 두 가지 도출해보겠습니다. 사물은 본질을 가지고 있다. 그리고 이 본질은 인간의 정신에 드러날 수 있다."

팔테르가 미소 짓더군. "그런 걸 결론이라고 부르는 것만은 하지 마시게, 이보게. 그런 건 간이역에 불과하네. 논리적 추론이라는 것은 가장 편리한 근거리용 정신적 교통수단이지만, 안타깝게도 지구가 둥글다는 사실은 논리의 세계에도 반영돼. 사고를 완벽하게 이성적으로 진전시켜 나가다보면 결국엔 출발점으로 돌아가게 되지. 돌아간 곳에서 천재적인 단순성을 깨달았다는 둥, 진리를 끌어안고 환희의 감각을 느꼈다는 둥 하지만, 실제로는 자네 자신을 끌어안은 것에 지나지 않아. 그런데도 왜 그 여정을 시작하려는 거지? 그 공식에 만족하라고. 사물의 본질이 드러났다—이 말 속에, 말이 나왔으니 하는 말인데, 자네가 범한 실수가 하나 이미 있는데, 난 그걸 자네한테 설명해줄 수 없네. 왜냐하면, 가장 에둘러 설명한다 해도 치명적인 섬광이 언뜻 비칠 테니까. 명제가 고정적으로 남아 있는 한, 그 실수는 눈에 띄지 않아. 그러나 자네가 뭘 결론으로 칭하든 그것은 이미 결함을 드러내지. 논리적 전개란 가차없이 둘둘 말려 봉해지게 마련이니."

"좋아요. 지금 당장은 그걸로 만족하도록 하죠. 이제 질문 하나 해도 될까요. 과학자의 머릿속에 가설이 떠오를 때 그는 계산과 실험으로, 즉 진리의 모방과 팬터마임으로 그 가설을 검증합니다. 가설의 그럴듯함에 다른 이들도 감염되고, 가설은 누군가 그 결함을 찾아낼 때까지 해당 현상을 올바로 설명하는 이론으로 받아들여지죠. 저는 과학 전체가 그렇게 추방되거나 은퇴한 생각들로 구성된다고 믿습니다. 각각의 생각은 한때는 고관의 지위를 뽐냈지만, 이제는 이름 하나와 연금만 남았을 뿐이죠. 하지만 팔테르, 당신은 좀 다른 발견과 검증의 방법론을 찾지 않았을까 싶은데요. 그걸 신학적인 의미로 '계시'라고 칭해도 될까요?"

"안 되네." 팔테르가 말했어.

"잠깐만요. 지금 당장 제 흥미를 끄는 건 발견한 방법보다는, 그 발견의 결과가 진리라는 당신의 확신입니다. 다시 말해, 당신에게 발견의 결과를 검증하는 방법이 있는지, 아니면 발견과 동시에 그것이 진리임을 알 수 있는지 말이에요."

"여보게," 팔테르가 답했어. "인도차이나에서는 제비뽑기를 할 때 그 숫자를 원숭이가 뽑는다네. 나는 우연히 그 원숭이가 되었던 거야. 다른 은유를 들어볼까. 정직한 자들의 나라에 돛단배 하나가 해안에 정박해 있는데, 그 누구의 소유물도 아닌 거야. 그런데 그 배가 누구의 소유물도 아니라는 걸 또 아무도 알지 못하는 거지. 누군가의 부속물이라고 추정되면 모두에게 그것이 보이지 않게 돼. 나는 바로 그런 배에 어쩌다 타게 된 셈이야. 아니, 아마도 이렇게 말하는 게 가장 간단하겠군. 장난기가 발동한 순간이었는데, 그렇다고 반드시 수학적인 장난은 아니었고—수학은, 내가 경고하는데, 계속 번식하듯이 자기 자신의 어깨를 짚고 뛰어넘기를 끝없이 계속하는 게임에 지나지 않아—이런저런 생각을 계속 조합해보다가, 마침내 맞는 조합을 찾아서 폭발해버린 거야. 베르톨트 슈바르츠*처럼. 아무튼 나는 살아남았지. 어쩌면 나와 같은 경험을 하고 살아남는 인간이 나 말고도 또 있을지 모르겠네. 하지만 그 매력적인 의사와의 사건이 있고 보니, 이제 경찰과 엮여 괴로울 일을 할 생각은 추호도 없어."

"이제 좀 말문이 트이셨네요, 팔테르. 그러나 본론으로 돌아가도록 하죠. 그것이 진리라는 걸 정확히 어떻게 아셨죠? 원숭이가 사실 제비

---

* 14세기 독일 프란체스코회 수도사로, 유럽에서 최초로 화약을 활용해 대포를 만들었다.

뽑기의 당사자는 아니지 않습니까."

"진리, 그리고 진리의 그림자는," 팔테르가 말했어. "물론 개체로서가 아니라 종으로서는 세상에서 너무 희귀하고, 눈에 보이는 진리는 너무 사소하거나 너무 더럽혀져서, 그런—뭐라고 표현해야 하나—'진리'를 감지할 때의 그 움찔하는 반동, 전 존재의 그 순간적인 반응은 미지의 현상으로, 거의 연구되지 않은 영역으로 남아 있다네. 아, 뭐, 가끔 아이들에게—아이가 잠에서 깨거나 성홍열로 병치레를 한 뒤 기운을 차릴 때—현실이 방전을 일으킬 때가 있지. 이 경우에 현실은 보나 마나 상대적인 현실이야. 너희, 인간들에게는 다른 현실은 없으니까. 뻔한 공리 하나, 즉 상대적 진리의 사체를 아무거나 생각해보게. 그리고 이제 그 '검은색은 갈색보다 어둡다'라든가 '얼음은 차갑다'라든가 하는 말이 자네에게 불러일으키는 육체적 감각을 분석해보게. 자네의 사고는, 이를테면 옛날 러시아에서 교사가 수업중에 그야말로 백 번은 교실을 들락날락하다보니 학생이 엉덩이를 걸상에서 조금 들어올려 예의를 표하는 일조차 게으르게 되는 것처럼 나태해지지. 그러나 나는 어린 시절, 지독하게 추웠던 어느 날 쪽문의 반짝이는 자물쇠를 핥은 적이 있다네. 그럴 때의 육체적 통증이라든가 아니면 발견의 자부심이 기분이 좋아지는 것이라면 차치하자고—그런 건 모두 진리에 대한 진정한 반응이 아니야. 있잖나, 진리가 주는 충격은 거의 알려진 바가 없어서 그 충격을 표현할 정확한 단어를 찾을 수조차 없어. 자네의 모든 신경이 일제히 '그래!'라고 답하는 것 같다고나 할까. 경악 같은 것도 제쳐두자고. 그런 건 '진리' 그 자체가 아니라 진리의 객관적 실재성을 완전히 이해하는 데 익숙하지 않아 생기는 일일 뿐이야. 만약 자네가 나한테 아무개가 도둑이라고 말하면, 그 즉시 머릿속에서 지금까지 내 눈으로 봐온 많은 사소한 것에 갑자기 조명을 비춰 이리저리 조합하면서, 그렇게 올곧아 보였던 인간이 실은 사기꾼으로 드러났다는 데 혀를 내두르게 되겠지만, 나는 이미 무의식적으로 그 진리를 흡수했기 때문에 나의 경악 자체는 반전된 형식을 즉각 취한 것에 지나지 않아(딱 보기에 악당인 그런 남자를 어떻게 정직한 사람이라고 믿을 수 있었지? 운운하며). 바꿔 말해, 최초의 놀라움과 두번째 놀라움 사이 딱 중간에 진리의 민감한 지점이 있다는 거네."

"맞아요. 무슨 말씀인지 잘 알겠어요."

"한편, 놀라움이라는 것도 상상할 수 없이 굉장히 놀라운 경지에 이르면," 팔테르의 이야기는 계속됐어. "극도로 고통스러운 영향을 미칠 수 있겠지만, 그렇다 해도 여전히 진리 그 자체가 주는 충격에는 비할 바가 아니지. 그리고 그 충격은 이미 '흡수'될 수 있는 게 아니야. 진리가 나를 일격한 게 우연이었던 것과 마찬가지로 그 충격이 나를 죽이지 않은 것도 우연이었지. 그토록 강렬한 감각을 확인해볼 생각을 할수나 있을지 의심스러워. 뭐, 사후에 확인해볼 수야 있겠지만, 내게는 그런 복잡한 검증 절차가 필요하지 않다네. 흔한 진리를 아무거나 하나 떠올려보게―예를 들어, 두 개의 각도가 각각 세번째 각도와 같으면 그 두 개의 각도는 서로 같다, 이런 거. 이런 자명한 공리에 '얼음은 뜨겁다'라든가 '캐나다에는 돌이 있다' 같은 것도 포함될까? 바꿔 말해, 지소형을 만들어 표현하자면, 하나의 소진리는 동류의 다른 소진리를 포함하지 않는다네. 종류와 수준이 다른 지식과 사고에 속한 소진리는 더 말할 것도 없고. 자, 그러면 있을 수 있는 모든 정신적 단언의 설명과 증명을 그 자체에 포함한, 대문자로 시작하는 진리Truth는 어떨까? 사람은 야생화의 시정詩情이나 돈의 힘을 믿을 수 있어. 하지만 그런 믿음이 동종요법에 대한 신념이나, 빅토리아 니안자 호수의 섬에 사는 영양을 몰살시킬 필요성에 대한 신념을 미리 결정하진 않아. 그러나 어쨌든, 내가 무엇을 알게 됐는지―'알게 됐다'라고 칭할 수 있다면 말이지만―깨달으면서 나는 세상의 모든 문과 보물 상자를 모조리 열 수 있는 열쇠를 받은 셈이야. 다만, 그 열쇠를 사용할 필요가 없을 뿐이지. 그 실용적 의미에 대한 모든 생각은 그 본성상 자동적으로, 경첩으로 연달아 여닫히는 뚜껑으로 점차 변하니까. 내 발견이 이르게 될 모든 귀결을 맨 끝까지 상상할 수 있는 육체적 능력이 나에게 있는지, 즉 내가 어느 정도까지 아직 미치지 않았는지, 혹은 반대로, 광기가 의미하는 모든 것을 내가 얼마나 멀리 지나쳤는지는 나도 확신할 수 없네. 그러나 자네가 말했듯이 '본질이 나에게 드러났다'라는 것만큼은 추호도 의심하지 않아. 물 좀 주겠나."

"여기 있어요. 그런데 저기요, 팔테르―제가 당신이 말씀하신 바를 정확히 이해한 건가요? 정말로 당신이 향후 전지자가 될 후보인가요? 죄송하지만, 저는 그런 인상을 받지 못했어요. 당신이 뭔가 근본적인 걸 알게 됐다는 사실은 인정할 수 있지만, 당신 말에는 절대적인 지혜의 명확한 징조가 없어요."

"난 힘을 비축하는 거야." 팔테르가 말했어. "어쨌든 나는 내가 지금 모든 걸 알고 있다고 단언한 적 없네―예를 들어 아라비아어라든가, 자네가 살면서 몇 번 면도를 해왔는지, 혹은 저기 있는 저 바보가 읽고 있는 신문 활자의 식자공이 누군지 내가 어찌 알겠나. 나는 그저 내가 알고 싶어할지도 모를 모든 것을 다 안다고 말할 뿐이야. 누구든 백과사전을 눈으로 넘기며 보고 나면 나와 같은 말을 할 수 있을 거야, 그렇지 않나? 다만, 내가 그 정확한 표제를 아는(자, 그건 그렇고—내가 지금 자네에게 좀더 우아한 정의를 해주고 있군. '나는 그 표제를 안다.') 백과사전은 문자 그대로 모든 걸 총망라하지. 바로 거기에 이른바 이 세상에서 가장 박학다식한 학자와 나의 차이가 있어. 여보게, 나는 알게 됐다네—여기서 나는 여러분을 리비에라 절벽의 맨 가장자리로 데려가고 있으니, 숙녀분들은 보지 마시길—나는 세계에 대해 아주 단순한 것 하나를 알게 됐어. 그것 자체는 너무 명백해서, 우스울 정도로 명명백백한 것이라, 오직 나의 비참한 인간성만이 그것을 기괴하게 여길 수 있지. 나는 이제 곧 '상응하다'라는 말을 할 건데, 그 의미는 자네가 아는 그 모든 '상응'과는 무한히 동떨어진 무엇이야. 내 발견의 성질 자체가 물리학적 추측이나 철학적 억측의 성질과는 아무런 공통점이 없는 것처럼 말이야. 이제 우주에서 가장 중요한 것에 상응하는 내 안에서 가장 중요한 것은, 나를 그토록 산산조각냈던 신체의 경련에 영향을 받을 수 없었다네. 동시에, 그 근본적인 것을 안다는 데서 비롯된 모든 것에 대해 알 가능성이 내 안의 충분히 견고한 신체 기관을 없애지도 않았지. 나는 이 동물사육장 같은 곳을 떠나버리지 않고, 마치 아무 일도 일어나지 않았던 듯이 자네들의 사고 법칙을 따라보려고 의지력을 발휘해 자신을 단련하고 있어. 달리 말해, 나는 마치 외화로 거액을 받았으나 여전히 지하에서 계속 살아가는 거지처럼, 엉터리 시인처럼 행동하는 거지. 조금이라도 사치에 굴복하면 간이 망가진다는 걸 아니까 말이야."

"그러나 보물이 당신 수중에 있잖아요, 팔테르―그래서 괴로운 거예요. 보물에 대한 당신의 태도는 더 논의하지 말기로 해요. 그 보물 자체에 관해 얘기해봅시다. 다시 말하는데요―당신의 메두사를 내가 엿보게 놔두는 걸 당신이 거부하고 있음을 저는 알아챘어요. 저는 이제부터 아무리 명백한 추론이라도 기꺼이 삼가도록 하겠습니다. 당신이 암시했듯이 어떤 논리적 결론도 생각을 그 안에 가두는 것이니까요. 다른 방법론으로 우리가 문답을 나누기를 제안합니다. 당신 보물의 내용에 대해선 질문하지 않을게요. 그러나 가령 그 보물이 동양에 있다든지 그 안에 토파즈 하나가 있다든지, 아니면 누군가 그 보물 옆을 가까이 지나간 자가 하나라도 있었다든지 하는 얘기를 저한테 한다고 당신이 그 비밀을 누설하는 건 아닐 거예요. 동시에, 제 질문에 그렇다, 아니다로 대답해주신다면, 그 특정한 노선을 골라서 관련된 질문을 연달아 계속하는 짓은 하지 않겠다고 약속할 뿐 아니라, 거기서 대화를 완전히 끝낼 것을 맹세할게요."

"이론적으로, 나를 조악한 덫 속으로 꾀려고 하는군." 팔테르는 다른 사람들이 웃을 때 그러는 것처럼 약간 몸을 흔들며 말했어. "자네가 그런 질문을 하나라도 할 수 있어야만 실제로 덫이 되겠지. 그럴 기회는 거의 없겠지만. 그러니까 그런 무의미한 놀음을 즐기고 싶다면, 시작해보시게나."

나는 잠시 생각하고는 말했어. "팔테르, 전통적으로 관광을 시작할 때 하는 방법으로 시작해도 될까요―사진으로 봐서 친숙한 옛날 교회부터 견학하는 거죠. 그럼 묻겠습니다. 신은 존재합니까?"

"콜드." 그가 말했어.

나는 이해하지 못하고 질문을 다시 했지.

"잊어버리게." 팔테르가 딱 잘라 말했어. "나는 '콜드'라고 말했는데, 게임중에 숨겨진 대상을 찾아야 할 때 하는 말이지. 자네는 의자 아래나 의자의 그림자 아래를 찾고 있는데, 그 장소에 그 대상이 있을 리가 만무하지. 그것은 우연히 어딘가 다른 곳에 있으니까. 그때 거기 의자나 의자의 그림자가 존재하는가 하는 질문은 본 게임과 아무런 관계가 없지. 의자는 아마 존재하겠지만 찾는 건 거기 없다고 말하는 건, 찾는 건 거기에 있지만 의자는 존재하지 않는다고 말하는 거나 마찬가지일세. 즉, 자네는 인간의 사고가 그렇게 좋아하는 원 속으로 다시 빠지는 셈이네."

"그래도 팔테르, 당신도 이건 동의하실 거예요. 말씀하셨다시피 찾아낸 것이 신의 개념 근처 그 어디에도 없다면, 그리고 당신의 용어로 말하자면, 만약 그것이 보편적인 '표제' 같은 것이라면, 신의 개념은 표제 페이지에 나오지 않겠죠. 따라서 그런 개념에는 진정한 필요라는 게 존재하지 않습니다. 또한 신이 필요가 없기에, 신이란 건 존재하지 않습니다."

"그렇다면 물건이 있을 가능성이 있는 장소와 그 장소에서 물건을 찾는 것의 불가능성 사이의 상호관계에 대해 내가 아까 했던 말을 자네가 이해하지 못했다는 얘긴데. 좋네, 좀더 명확하게 설명해보도록 하지. 자네는 해당 개념을 언급하는 행위 자체로 자네 자신을 수수께끼의 위치에 놓은 셈이네. 마치 술래 본인이 몸을 숨겨버리는 것처럼. 그리고 자신의 질문을 고집함으로써 자네는 숨을 뿐만이 아니라, '숨겨짐'이라는 특성을 공유함으로써 찾는 대상을 자신에게 가까이 가져왔다고 믿고 있지. 논하는 문제가 스위트피라든가 축구 경기 선심의 깃발인 듯한데 어떻게 내가 신이 존재하는지 답해줄 수 있겠나? 자네는 틀린 장소에서, 틀린 방법으로 찾고 있네, *친애하는 므슈*, 내가 자네에게 줄 수 있는 답은 이것밖에 없어. 그리고 만약 이 대답에서 신의 무용함이나 필요성에 대해 아주 조금이라도 결론을 끌어낼 수 있을 것처럼 여겨진다면, 그저 자네가 틀린 장소에서 틀린 방법으로 찾고 있기 때문이지. 그런데 참, 사고의 논리적 패턴을 따르지 않기로 약속한 건 자네 아니었나?"

"이제부턴 저도 당신을 함정에 빠뜨려볼까 해요, 팔테르. 당신이 어떻게 솔직한 진술을 끝내 피해가는지 봅시다. 그렇다면 세상의 표제를 이신론의 상형문자 속에서는 찾을 수 없다는 건가요?"

"실례지만," 팔테르가 답했어. "푸른 수염* 씨는 미사여구와 문법상의 속임수를 부려서 '*그렇다*'를 기대하는 것처럼 꾸미고 있을 뿐이네. 속으로는 '*아니다*'를 기대하고 있으면서. 그런 때 내가 하는 건 부정뿐이지. 평범한 신학 영역에서 '진리'를 탐구하는 편법을 나는 부정하네. 그리고 자네의 정신이 헛수고하지 않도록 서둘러 덧붙이자면, 내가 사용한 용어는 막다른 길이라네. 거기로 길을 꺾지 말게나. 만약 자네가 '아하, 그렇다면 거기에 또다른, '범상치 않은' 진리가 존재하는구나!'라고 외친다면, 이제 대화할 상대가 없다고 보고 논의를 끝내겠네―그렇다면 자네는 자신을 잃어버릴 만큼 자신을 잘 숨긴다는 의미니까."

"좋아요. 당신을 믿어볼게요. 신학이 논점을 흐린다는 건 인정하기로

---

* 러시아어로 '파란색'을 뜻하는 단어 '시니'는 주인공의 성 '시네우소프'와 앞 세 글자가 같다.

하죠. 맞나요, 팔테르?"

"이 집은 잭이 지은 집*이라네." 팔테르가 말했어.

"좋아요. 이 길도 틀렸다면 역시 가지 않기로 하죠. 왜 틀린 길인지 저한테 설명하실 수 있을 텐데요(여기에는 기묘하고 포착하기 어려운 뭔가가 있어서 그것이 당신을 성가시게 하니까요). 그랬다면, 왜 당신이 답하기 꺼리는지 제가 분명히 알았을 텐데 말입니다."

"할 수 있었지." 팔테르가 말했어. "하지만 그랬다면 문제의 요체를 드러내는 것과 진배없었을 걸세. 즉, 자네가 나에게서 알아내지 못할 것을 그대로 알려주는 꼴이 될 거라고."

"또 같은 얘기를 하시네요, 팔테르. 가령, 제가 '사후세계를 기대해도 될까요' 같은 질문을 하면, 당신은 또 회피할 거란 말씀인가요?

"자네는 그런 것에 관심이 무척 많군?"

"당신이 관심 있는 딱 그만큼 관심이 있죠, 팔테르. 당신이 죽음에 대해 뭘 알든 우리는 모두 어차피 죽을 운명이잖아요."

"먼저," 팔테르가 말했어. "호기심을 자극하는 함정 하나를 제시할 테니 잘 들어보게나. 모든 인간은 죽을 운명인데 자네는 인간이야. 그러므로 자네는 죽을 운명이 아니라는 것도 가능하지. 왜냐고? 그건, 특정한 한 인간(자네 혹은 나)은 바로 그 이유로 이미 모든 인간이 안 되기 때문이야. 그래도 우리 둘 다 사실 죽을 운명이지. 그러나 나는 자네와는 다른 방식으로 죽을 운명이라네."

"저의 빈약한 논리를 놀리지 마시고, 간결하게 답을 주세요. 정체성

---

* 영국의 동요에서 유래한 표현으로, 잘못 지어진 집을 비웃을 때 쓰는 관용구.

의 어떤 희미한 기미라도 무덤 너머에 존재하나요? 아니면 모든 게 이상적 어둠 속에서 다 끝나는 건가요?"

"*좋아.*" 팔테르가 말했어. 프랑스에 사는 망명 러시아인들의 말투였지. "고스포딘* 시네우소프는, 고스포딘 시네우소프라는 아니면 고스포딘 푸른 수염이라는 아늑함 속에서 영원히 안주할 수 있는지, 혹은 모든 것이 돌연 다 사라지는지, 그것을 알고 싶은 거겠지. 여기에는 두 가지 생각이 있어, 그렇지 않나? 이십사 시간 계속 켜진 빛과 검은 공허. 형이상학적으로 보면 색조가 다르지만, 사실은 서로 대단히 닮은 것이지. 또한 양측이 평행하게 움직이고, 상당한 속도로 나아가기도 한다네. 경마 만세! 헤이, 헤이, 그 쌍안경을 들여다보게나. 양측이 앞다투어 달리고 있지 않은가. 어느 쪽이 먼저 진리의 기둥에 도착하는지 굉장히 알고 싶겠지만, 나에게 이쪽이다 저쪽이다 그렇다 아니다 알려달라는 건, 양쪽이 전속력으로 달리는 와중에 한쪽의 목을 나보고 잡으라는 것과 같아―게다가 그 악마 같은 것들은 지독히도 미끈거리는 목을 가졌지―그러나 자네를 위해 둘 중 하나를 거머쥔다고 해도, 내가 그냥 경주를 중단시키게 되거나, 아니면 내가 잡아채지 않은 쪽이 결승점에 도달해도 경쟁 대상이 더는 존재하지 않게 되므로 아무 의미 없는 결과가 될 거야. 하지만 둘 중 누가 더 빨리 달리느냐고 질문한다면, 나는 다른 질문으로 반박하겠네. 무엇이 더 빨리 달리는가, 강한 욕망인가, 강한 공포감인가?"

"제 생각엔 같은 속도로 달릴 것 같은데요."

---

* 러시아어에서 성이나 직함에 붙이는 호칭으로, 상대방을 높여 이르는 말이다.

"바로 그렇지. 작고 형편없는 인간 정신에서 무슨 일이 일어나는지 보자 이거야. 무엇이 자네를―즉 우리를―기다리는지 표현할 방법이란 없는 것인지. 사후에 말이야, 그리고 이 경우 완전한 무의식은 제외돼. 무의식은 우리의 상상력으로 꽤 접근할 수 있으니까―우리는 누구나 깊은 꿈 없는 잠 속에서 완전한 어둠을 경험한 바 있지 않나. 아니면, 반대로 죽음이 상상될 수 있는 것인지. 이 경우 당연히 사람의 이성은 영원한 삶이라는 개념, 즉 지상의 무엇과도 상응하지 않는 미지의 실체를 받아들이지 않고, 정확히 그보다 좀더 있을 법한 것―혼미한 상태에서 익숙하게 보는 어둠―을 택한다네. 가령, 고주망태가 되어 잠에 곯아떨어졌다가 우연한 외부적 원인 때문에 죽은―그러니까 사실 이미 없던 의식을 우연히 잃게 되는 셈이지―사람이 얼마 후 그의 불운했던 조건이 그저 연장, 강화, 완성된 덕분에 판단하고 느끼는 능력을 다시 얻게 된다는 걸, 자신의 이성을 믿는 사람이 실로 어떻게 인정할 수 있겠나? 그러므로 자네가 내게 오직 한 가지, 즉 내가, 인간의 용어로 말하자면, 죽음 너머에 뭐가 있는지 알고 있는지만 묻는다면―말하자면, 상반된 듯하나 근본적으로는 유사한 두 개념 사이에 벌어지는 경주를 흐지부지하게 만들 게 분명한 그 모순을 회피하려고 시도한다면―내가 부정적으로 답변하면 논리상 자네는 자네 인생이 무로 끝나지 않을 수 있다는 결론을 내릴 테고, 반대로 긍정적인 답을 하면 그 역의 결론을 도출해내겠지. 어떤 경우든, 자네도 알겠지만, 자네의 상황은 전과 하나 다를 것 없이 그대로일 거야. 건조한 '아니다'라는 답변은 예의 그 주제에 대해 내가 자네보다 더 아는 게 없다는 걸 자네에게 입증할 것이고, 축축한 '그렇다'라는 답변은 국적을 초월한 천국의 존재를 받아들이기를 자네에게 제안할 테지만, 자네의 이성이 그 존재를 의심하지 않을 리가 없으니까."

"당신은 그냥 솔직한 답변을 피하고 있지만, 그럼에도 당신이 죽음이라는 주제에 대해서는 '콜드'라고 답하지 않는다는 사실을 깨닫게 해주시는군요."

"또 그러는군." 팔테르가 한숨을 쉬더군. "좀전에 내가 연역추리는 그게 뭐든 사고의 만곡을 따른다고 자네에게 설명하지 않았나? 지상 차원의 구 안에 머무는 한에는 옳지만, 그 너머로 가려고 하면 나아가는 거리에 비례해 자네의 오류는 증가하네. 그리고 그게 다가 아니지. 자네의 정신은 내가 무슨 대답을 하든 오직 실용적인 관점에서만 해석하려 할 거야. 자네는 자네 무덤의 비석 이미지 외에는 죽음을 상상할 수 없기 때문이네. 그리고 이번에는 그게 내 대답의 의미를 사실상 거짓으로 바꿔버릴 정도까지 왜곡해버린 거지. 그러니까 초월적인 것을 다룰 때조차 예의는 지키자고. 나는 더 명확하게 내 생각을 표현할 수가 없네―그리고 자네는 내가 대답을 얼버무리는 데 감사해야 하네. 내 생각엔 자네는 질문을 정식화하는 것 자체에 뭔가 난점이 있다는 걸 눈치챈 듯하군. 말이 나온 김에 덧붙이자면, 그 난점은 죽음의 공포 자체보다 더 끔찍하지. 아무래도 자네는 그 공포가 아주 큰 듯한데, 그렇지 않은가?"

"그래요, 팔테르. 미래의 의식상실을 생각할 때 제가 느끼는 두려움에 필적하는 것은 머릿속으로 먼저 제 몸이 부패하는 걸 그려볼 때 느끼는 혐오감뿐입니다."

"말씀 잘하셨네. 이 이승 고질병의 징후는 아마 그 외에도 더 있지 않나? 한밤중에 갑자기, 마치 길들인 감정과 애완동물 같은 생각 사이를 야생동물 한 마리가 휙 지나가듯 심장을 둔하게 찌르는 통증을 느끼고 는, '나도 언젠가 죽겠지'라고 생각하는 일이 자네도 있지 않나? 자네 없이도 아주 신나게 계속 잘 굴러갈 세상에 대한 증오. 언젠가 반드시 죽는다는 고뇌에 비하면, 그러니까 자네 인생에 비하면 세상만사 다 하찮고 허깨비 같다는 근본적 감각. 자네는 인생 자체가 죽음을 앞둔 고뇌라고 마음속으로 생각하고 있을 테니까. 그렇지, 아, 그래, 자네들 모두 크든 작든 고통을 받는 그 병을 완벽할 정도로 잘 상상할 수 있는 나는 이 말밖에 할 수가 없군. 사람들이 그런 조건에서 어떻게 살아갈 수 있는지 이해 못하겠다고."

"저기, 팔테르, 우리 이제 뭔가 말이 통하는 것 같네요. 보아하니, 제가 인정하는데, 영혼이 그대로 드러나는 행복과 환희의 순간이면, 문득 죽음 너머에 절멸 같은 건 없다고 느껴집니다. 자물쇠가 잠긴 문 아래로 얼음장처럼 차가운 외풍이 새어 들어오는 곁방에는 공작새가 날개를 활짝 펼친 듯한 휘황찬란함이, 어렸을 때의 크리스마스트리와도 흡사한 기쁨의 피라미드가 준비되고 있다고, 모든 것이—인생도, 조국도, 4월도, 샘의 물소리나 사랑하는 사람의 목소리도—그저 혼란스러운 서문에 지나지 않을 뿐이고 본문은 여전히 저 앞에 놓여 있다고 느껴져요. 내가 그런 식으로 느낄 수 있다면, 팔테르, 살아가는 게 가능하지 않을까요? 살아가는 게—말해주세요, 가능하다고. 그러면 이제 아무것도 더 묻지 않을게요."

"그런 얘기를 들으니," 팔테르가 다시 소리 없이 크게 웃으며 몸을 흔들었다. "자네를 점점 더 모르겠군. 서문을 건너뛰게나. 그러면 만사형통이지!"

"자, 큰맘 먹고 팔테르 당신의 비밀을 가르쳐주세요."

"뭐하려는 거지? 방심한 틈을 타 내 허를 찌른 건가? 자네, 교활한 사람이군그래. 아니, 그건 별개의 문제라네. 처음 며칠은—그래, 처음 며칠은 내 비밀을 나누는 게 가능할지도 모른다고 생각했어. 어른이라해도 나처럼 황소 같은 남자가 아닌 한, 그 비밀을 견딜 수 없을 테지만—뭐 그렇다 치고. 그러나 비밀을 아는 새로운 세대를 키워낼 순 없을까 생각해. 그러니까 아이들에게 눈을 돌려볼까 싶은 거지. 자네도 알다시피, 나는 지방 사투리에 감염된 걸 당장은 극복하지 못했잖은가. 하지만 실제로는 어떤 사태가 벌어질까? 우선, 공상적인 말 한마디에 살인을 저지르지 않도록 아이들에게 사제가 할 법한 침묵의 서약을 시킨다는 게 상상이 되나? 두번째로, 아이가 성장하자마자, 일찍이 주입받아 신앙처럼 받아들인 정보가 의식의 외딴 구석에 잠들어 있다가 움찔하며 깨서 비극적 결과를 초래할 수도 있어. 설령 내 비밀이 인간종의 성숙한 개체를 항상 파괴하진 않더라도, 아직 어린 사람이라고 응당 봐주리라고는 생각할 수조차 없지. 인생의 그런 시기, 온갖 것이—캅카스 휴양지의 별이 총총한 하늘과 화장실에 숨겨두고 보는 책, 우주에 대한 나름의 추측, 유아론唯我論의 달콤한 공황 상태—그 자체로 사춘기 인간의 모든 감각에 광란을 일으키는 데 충분한 시기를 겪어보지 않은 사람이 누가 있나? 내가 사형집행인이 될 이유는 없지. 메가폰을 통해 적군 부대를 절멸시키고 싶은 의도도 없고. 한마디로, 비밀을 털어놓을 상대가 나에겐 없다는 걸세."

"팔테르, 저는 두 가지 질문을 했는데, 당신은 두 번 다 대답하는 게 불가능하다는 점만 입증하는군요. 당신에게 뭘 더 묻는다는 게 쓸데없는 일 같아요—예를 들어 우주의 한계나 생명의 기원 같은 걸 묻는다고 해도 아마 당신은 이렇게 제안하겠죠. 이류의 태양에 의지하는 이류의 행성에서 잡다한 이 찰나에 만족하라고요. 아니면 다시 수수께끼 하나로 모든 걸 환원하겠죠. '이종 기원'이라는 단어 자체가 이종 기원적이지 않은가, 이런 거요."

"아마도." 팔테르가 동의하면서 하품을 길게 하더군.

그의 매형이 조끼에서 회중시계를 조용히 꺼내고는 아내를 힐끗 쳐다봤어.

"그래도 기묘한 점이 있어요, 팔테르. 인지를 초월한 궁극적 진실을 아는 당신 같은 사람이 어떻게 아무것도 모르는 시시한 궤변가처럼 교묘하게 굴 수 있는 거죠? 말도 안 되는 당신의 모든 평계가 사실은 정교한 조소에 지나지 않는다는 걸 인정하시죠."

"뭐, 그래, 근데 그게 나의 유일한 방어법인걸." 팔테르가 곁눈질로 누이를 쳐다보며 말했어. 그 누이는 팔테르의 매형이 이미 팔테르에게 건넨 코트 소매에서 긴 회색 울 머플러를 잽싸게 빼내고 있었지. "그렇게 안 하면, 자네도 알겠지만, 자네가 내게서 기어이 알아냈을지도 모르지. 하지만," 그는 말을 이어가면서 처음에는 소매에 팔을 잘못 끼웠다가 다시 제대로 끼웠고, 그와 동시에 조수들이 도와준답시고 밀치는 것에서 벗어났어. "하지만, 내가 약간 으름장을 놓긴 했어도, 위로도 좀 해주겠네. 내가 허튼소리를 지껄이던 와중에 무심코 말이 헛나갔다네—두세 단어에 불과하지만, 거기엔 궁극적인 통찰의 가장자리가 언뜻 번쩍였어—뭐, 그래도 자네는 다행히 주의를 기울이지 않았지만."

그는 이끌려 나가버렸고 그렇게 우리의 다소 악마적인 대화도 끝이 났지. 팔테르는 내게 아무것도 가르쳐주지 않았을 뿐 아니라, 가까이 가지도 못하게 했지. 그가 마지막에 한 말 역시 앞에 했던 모든 말과 마찬가지로 조롱에 불과한 게 확실해. 그다음날 그의 매형이 전화해서 탁한 목소리로 팔테르가 방문 1회 요금으로 100프랑을 청구했다고 알려왔어. 도대체 어째서 미리 알려주지 않았느냐고 묻자, 그가 바로 답하더군. 면담을 다시 하면 대화 2회의 액수는 150프랑밖에 안 된다고. 할인이 된다 해도 '진리'를 구매하는 행위는 내 마음에 들지 않더라고. 그래서 예상하지 못했던 비용을 그 매형에게 보낸 후, 나는 더는 팔테르에 대한 생각을 하지 않으려 했어. 그런데, 어제…… 그래, 어제 병원에 있는 팔테르 본인에게서 나한테 전갈이 온 거야. 또박또박 쓴 글씨체로, 자기가 이번주 화요일에 죽을 거라고, 떠나면서 나에게 알려줄 결심이 섰다고—그 뒤에 이어지는 두 행은 마치 비꼬기라도 하는 것처럼 공들여서 꼼꼼히 까맣게 지워져 있었고 말이야. 나는 답신을 보냈지. 그의 사려 깊음에 감사하고, 사후세계의 인상이 흥미롭기를, 영원을 즐겁게 누리기를 바란다고.

그러나 이 모든 것도 결국 당신에게 가까이 데려가주지는 않지, 나의 천사. 혹시 몰라서 나는 생명의 창문이란 창문은, 문이란 문은 죄다 활짝 열어두고 있긴 하지만, 그럼에도 난 당신이 체면을 버리고 유령들이 쓰는 관례적인 방식을 취하지 않으리란 걸 알아. 당신이 계속 내 안에서 반짝이며 살아 있는 한, 나는 내 생명을 지켜가야 한다는 생각, 그게 무엇보다 가장 무서워. 내 덧없는 몸의 틀이 아마도 당신의 관념적 존재를 증명하는 유일한 보증일 거야. 내가 죽으면 당신의 그 존재도 사라지겠지. 아아, 나는 비천한 열정을 품은 채 내가 가진 육체적 본성을 이용할 수밖에 없는 운명이야. 당신의 이야기를 나 자신에게 끝까지 다 말하기 위해, 그리고 그후 나 자신의 생략부호에 의지하기 위해……

보조 제작자

1

무슨 의미냐고? 뭐, 때때로 삶이란 단지 그뿐, 즉 보조 제작자에 지나지 않을 뿐이니까. 오늘밤 우리는 영화를 보러 갈 것이다. 1930년대까지, 아니 더 내려가 1920년대까지 갔다가 모퉁이를 돌아서 옛 유럽 영화의 전당으로. 그녀는 유명한 가수였다. 오페라가수나, 〈카발레리아 루스티카나〉 같은 작품에 나오는 그런 가수도 아니다. '라 슬랍스카'—프랑스인들은 그녀를 그렇게 불렀다. 그녀의 스타일은 10분의 1은 집시, 7분의 1은 러시아 농가 처녀(그녀는 원래 그런 출신이었다), 9분의 5는 대중적이었다. 대중적이라 함은 인공적인 민요조와 군인풍의 멜로드라마와 국위선양의 애국심이 뒤죽박죽 섞인 것을 의미한다.

이 10분의 1과 7분의 1과 9분의 5를 더하고 남는 나머지 부분은 그녀의 경이로운 목소리라는 육체적 탁월함이 충분히 채우고도 남는다.

적어도 지리상으로는 러시아의 심장부에서 온 그 목소리는 마침내 모스크바와 상트페테르부르크 같은 대도시에 다다랐고, 그런 스타일의 목소리가 대단히 칭송받는 차르의 궁정까지 가닿았다. 표도르 샬랴핀*의 분장실에는 그녀의 사진이 걸려 있었다. 사진 속 그녀는 진주가 달린 러시아풍 머리쓰개를 하고 한 손으로 뺨을 받치고 도톰한 입술 사이로 눈부시게 흰 이를 드러낸 모습이었고, 사진을 가로질러 크고 서툰 글씨체로 '페듀샤, 당신에게'라는 서명이 휘갈겨져 있었다. 내리는 눈의 별 모양 결정은 모서리가 녹기 전에 복잡한 대칭성을 드러내면서, 줄을 서서 매표소가 열리기를 기다리는 모든 이들의 어깨와 소매와 콧수염과 모자 위에 가만히 내려앉는다. 죽는 순간까지 그녀는 황후가 하사한 화려한 메달과 거대한 브로치를 무엇보다 소중히 여겼다—혹은 그런 척했다. 온갖 축제를 기화로 황제 부처에게 막대한 황제 권력의 이런저런 상징물(해마다 가치가 올라가는)을 헌상함으로써 사업상의 이득을 취하던 보석 세공 회사가 만든 것이다. 아라라트산 위의 노아의 방주처럼 커다란 자수정 덩어리 위에 좌초된 루비가 박힌 청동 삼두마차, 라스푸틴의 눈과 꼭 닮은, 사각 다이아몬드 눈이 달린 금독수리를 받치고 있는 수박만한 크리스털 구(수년 후에 소련이 주최한 세계박람회에서 개중 덜 상징적인 것들이 소련의 번영한 예술을 보여주는 견본으로 출품됐다).

---

* 20세기 초 러시아의 유명한 오페라가수.

세상일이 그렇게 순조롭게 흘러갔다면, 그녀는 오늘밤에도 중앙난 방식 귀족 저택의 홀이나 차르스코예 셀로*에서 여전히 노래하고 있었을지 모른다. 그리고 나는 스텝이 펼쳐진 계모** 시베리아 어딘가의 외진 구석에서 그녀의 목소리가 나오는 라디오를 끄고 있었을 것이다. 그러나 운명은 방향을 잘못 틀었다. 러시아혁명이 일어나고, 이어서 적군과 백군의 전투가 시작되자, 약삭빠른 농민의 영혼을 가진 그녀는 더 실리적인 쪽을 택했다.

한편, 스크린에는 보조 제작자의 이름이 희미해지면서 환영 같은 말의 등에 탄 환영 같은 카자크병의 환영 같은 대부대가 공세를 펼치는 광경이 펼쳐졌다. 그러다가 말쑥한 차림의 골룹코프 장군이 오페라글라스로 전장을 느긋하게 둘러보며 모습을 드러냈다. 영화도 우리도 젊었을 땐, 우리 눈에 비친 영상은 연결된 두 개의 원형 틀 안에 깔끔하게 다 들어가 나뉘곤 했다. 하지만 이제는 그렇지 않다. 다음 장면에서는 골룹코프 장군이 돌연 느긋한 태도를 싹 바꿔 안장에 뛰어올랐는데, 말을 뒷다리로 서게 하여 한순간 하늘도 찌를 만큼 솟구치더니 로켓처럼 미친듯이 공격하러 튀어나갔다.

그러나 예상치 못한 사건은 예술이라는 스펙트럼에서 적외선 같은 것. 조건반사적으로 라-타-타 하고 울리는 기관총소리 대신에 멀리서 여성의 노랫소리가 들려온다. 점점 더 가까이, 계속 가까이 다가오더니 마침내 주위를 압도했다. 매력적인 콘트랄토 목소리가 울려퍼지며 음

---

* 페테르부르크 남쪽 교외의 피서지로 황제의 별궁과 귀족들의 별장이 있다.
** 원문은 'steppe-mother'. 계모(step mother)를 이용한 언어유희로 '어머니 러시아'라는 관용어를 패러디한 것이다.

악감독이 자신의 음악 녹음 자료 중 러시아 노랫가락이라 할 만한 것 가운데 찾아낸 곡과 섞였다. 이 적외선 부대를 이끄는 이는 누구인가. 한 여성이다. 저 특별히 잘 훈련된 특수부대의 노래하는 정령. 선두에 서서 자주개자리풀을 짓밟고 행진하면서 '볼가 볼가'* 노래를 부르는. 말쑥하고 대담한 *지기트*** 골룹코프(이제 우리는 그가 오페라글라스를 통해 무엇을 불현듯 보게 되었는지 알게 된다)가 몇 군데 부상을 입었음에도 말을 타고 질주하다가 그녀를 가까스로 낚아채 올렸고, 요염하게 발버둥치는 그녀를 데리고 가버렸다.

기묘한 건, 저 저속한 각본이 현실에서 일어났다는 점이다. 나 자신도 이 사건의 믿을 만한 증인을 적어도 두 명 알고 있다. 역사를 지키는 보초들***도 그와 같은 사태를 문제삼지 않았다. 우리는 곧 까무잡잡한 그녀가 풍만한 미모와 거칠고 야성적인 노래로 장교들의 식당을 열광시키는 걸 보게 된다. 그녀는 '정Merci'이 많은 '미녀Belle Dame'****로, 그녀에게는 루이제 폰 렌츠나 그린 레이디*****에게는 없는 한 방이 있었다. 그녀가 골룹코프 장군의 야영지에 마법처럼 나타난 지 얼마 되지

---

* 러시아 민요 〈스텐카 라진〉.
** 캅카스와 중앙아시아 지역의 숙련된 기수.
*** 역사가를 가리킨다.
**** 키츠의 시 「무정한 미녀(La Belle Dame sans Merci)」와 대조되는 표현이다. '무정한 미녀'는 신비롭고도 무자비한 모습으로, 프랑스 문화권에서 말하는 팜파탈과 더불어 세기말적 여성상의 전형을 이룬다. 농민 출신에 풍만한 육체와 강인한 목소리의 소유자인 슬랍스카는 이런 세기말적 미녀와 대척점에 있다.
***** 루이제 폰 렌츠는 바움쿠헨의 최초 제작자이다. 바움쿠헨은 독일어로 '나무 케이크'란 뜻으로, 이 이미지는 뒤에서 골룹코프가 베어버린 나무를 언급하는 대목과 연결된다. 그린 레이디가 가리키는 인물은 확실치 않으나, 나보코프 연구자들은 1917년에 『그린 레이디의 시집』을 낸 당대의 망명 러시아인 나탈리야 포플랍스카야로 추정한다.

않아서 백군의 총퇴각이 시작되었는데, 그 아픔을 달래준 이도 바로 그녀였다. 우리는 큰까마귀든 그냥 까마귀든 잡을 수 있는 아무 새든, 아무튼 어떤 새들이 황혼 속을 맴돌다 시체가 널려 있는 벤투라 카운티* 어딘가의 평원 위로 천천히 내려가는 우울한 광경을 바라보게 된다. 죽은 백군 병사의 손이 어머니의 사진이 든 큰 메달 목걸이를 아직도 꼭 움켜쥐고 있다. 그 근처에 적군 병사가 벌집이 된 가슴에 고향에서 온 편지를 품고 있는데, 희미해져가는 행간 틈으로 아까 그 사진 속의 어머니가 눈을 깜빡이는 장면이 떠오른다.

그런 다음에는 때맞춰 전통적인 대조법에 따라 음악과 노래가 리듬감 있는 박수와 부츠 발걸음소리와 함께 힘차게 터져나왔고, 골룹코프 장군의 참모들이 야단법석을 떠는 장면으로 전환되는데—단검을 휘두르며 몸을 유연하게 꼬면서 추는 그루지야 춤, 남의 눈을 의식하는 사모바르**가 비추는 일그러진 얼굴들, 머리를 뒤로 젖히고 쉰 목소리로 웃는 슬랍스카, 꼬인 모양의 장식띠가 붙은 옷깃을 풀어헤친 지독한 주정뱅이인 살진 대대장은 기름 범벅인 입술을 오므리고 짐승 같은 키스를 갈구하며 탁자 너머로 몸을 쭉 내밀어(뒤집힌 유리잔의 클로즈업) 그녀를 안으려 하지만 팔 안은 텅 비어 있다. 강단 있고 전혀 취하지 않은 골룹코프 장군이 솜씨 좋게 그녀를 끌어서 빼냈고, 이제는 그녀와 둘이 일동 앞에 서서 차갑고 명확한 목소리로 인사했다. "제군, 내 신부를 소개한다." 그러자, 다들 놀라서 멍해진 듯 침묵이 뒤따랐고, 밖에서 갈 길을 벗어나 날아온 유탄이 여명으로 파래진 창유리를 산산조

---

* 캘리포니아주 남서부에 있는 지역, 영화 촬영 장소로 유명하다.
** 러시아 전통 주전자.

각냈으며, 그걸 기화로 곧 우레 같은 환호의 박수가 매력적인 한쌍을 축복했다.

그녀가 잡혀온 게 순전히 우연히 일어난 사건이 아님은 거의 확실하다. 영화 스튜디오에서 우유부단은 금물이다. 더욱 확실한 점은 대탈출*이 시작되고, 다른 많은 자와 마찬가지로 시르케지를 거쳐 모츠슈트라세와 보쥐라르 거리까지 가면서** 장군과 그의 아내가 이미 한 팀, 하나의 노래, 하나의 암호를 이루었다는 것이다. 지극히 당연하게도 장군은 W. W.(백군전사동맹)***의 유능한 일원이 되어 여기저기 여행하면서 러시아 소년들을 위한 교련 코스를 조직하고, 빈민구제 음악회를 주관하거나 극빈자를 위한 숙소를 수배하고 토지분쟁을 조율하면서, 이 모든 일을 가장 눈에 띄지 않는 방식으로 추진했다. 백군전사동맹이라는 것도 어떤 점에서는 도움이 되었다고 생각한다. 하지만 동맹의 정신적 안녕에는 불행히도 국외의 군주제 지지파와의 연을 단호하게 끊지 못했고, 또 망명 지식인들과는 달리 우스꽝스럽지만 사악한 그 조직의 꺼림칙한 저속함과 히틀러주의의 맹아를 느끼지도 못했다. 미국인들이 선의로 매력적인 모모 대위를 아느냐고, 아니면 킥옵스키**** 노백작을 아느냐고 물었을 때, 나는 그 음울한 진실을 그들에게 말해줄 심정이 아니었다.

그러나 W. W.에는 다른 유형의 인간들도 있었다. 내가 생각하는 것

---

* 백군의 퇴각과 백군계 러시아인의 망명을 가리킨다.
** 시르케지는 이스탄불에 있는 지역으로, 유럽으로 통하는 관문이다. 모츠슈트라세는 베를린에 있는 길, 보쥐라르 거리는 파리에 있는 길이다.
*** 러시아 망명자들의 단체로, 독일과 소련의 스파이가 다수 속해 있었다.
**** 사건이 일어나면 불쏘시개 역할을 하며 이권을 챙기는 패거리를 뜻하는 이름.

은 모험심이 강한 사람들로, 그들은 조국의 대의를 위해 눈 덮인 전나무 숲을 뚫고 국경을 넘으며 묘하게도 옛날 사회혁명가들이 고안한 방식인 이런저런 변장을 한 채 조국을 돌아다니다, '베이글을 먹어라Ешь бублики'*라고 불리는 파리의 작은 카페나 베를린에 있는 이름 없는 작은 선술집으로, 보통 스파이가 의뢰인에게 가지고 오기로 되어 있는 사소하지만 유익한 정보를 몰래 가지고 돌아가는 것이다. 그 스파이들 중에는 다른 나라의 스파이 부서와 깊이 연루된 사람도 있어서, 뒤에서 다가가 그들의 어깨를 치기라도 하면 우스꽝스럽게 펄쩍 뛰어오르곤 했다. 재미로 정찰을 나가는 자도 몇 있었다. 아마도 그들 중에 한둘은 자신이 뭔가 신비로운 방법으로, 좀 곰팡내가 나기는 하지만 신성한 과거의 부활을 준비하고 있다고 정말로 믿었던 것 같다.

2

우리는 이제 참으로 기괴할 정도로 천편일률적인 일련의 사건을 목격하게 될 것이다. 제일 먼저 죽은 백군전사동맹 회장은 백군운동 전체의 지도자로, 개중 제일 나은 인물이었다. 그의 급작스러운 병사에 얽힌 미심쩍은 징후는 독살자의 그림자를 암시했다. 그다음 회장은 천둥 같은 목소리와 포탄 같은 머리를 가진 기골이 장대한 남자였는데, 정체 불명의 누군가에게 납치되었다. 그리고 그가 클로로포름 과다투여로

---

* '볼셰비키'의 애너그램.

죽었다고 믿을 만한 이유가 있다. 세번째 회장의 경우엔*—아니, 지금 내 필름이 너무 빨리 돌아가고 있군. 최초의 두 회장을 제거하는 데 실제로는 칠 년이 걸렸다—이런 종류의 일이 이보다 더 빨리 처리될 수 없기 때문이 아니라, 누군가의 착실한 승진을 상위직의 자리가 갑자기 비게 되는 간격에 맞추기 위해서는 아주 정확한 타이밍이 필요한 특별한 사정이 있었기 때문이다. 그 사정을 설명해보도록 하자.

골룹코프는 매우 다재다능한 스파이였을 뿐 아니라(정확히는 삼중 스파이였다), 야심으로 똘똘 뭉친 젊은이였다. 묘지 너머로 지는 해와 다를 바 없는 조직을 이끄는 꿈이 그에게 왜 그렇게 간절했는지 전혀 이해되지 않는다면 당신은 취미도 정열도 없는 사람일 것이다. 그가 그것을 몹시도 열망했다, 그게 다였다. 납득하기 어려운 점은, 그에게 위험한 돈과 위험한 도움을 주는 만만찮은 세력들 사이의 알력 속에서 그가 어떻게 자신의 알량한 존재를 지켜낼 수 있으리라 믿었는가이다. 당시의 미묘한 정황을 놓치는 건 애석한 일이니, 이제부터 내 이야기에 완전히 집중해주었으면 한다.

소련 정부가 허깨비 같은 백군이 그들의 강고하고 거대한 조직에 맞서 전쟁을 재개할 수 있으리라는, 전혀 일어날 법하지 않은 예측으로 골머리를 앓았을 리 만무하다. 하지만 백군전사동맹의 신출귀몰한 훼방꾼들이 모은 요새와 공장에 대한 정보 조각들이 자동으로 독일인들의 고마워하는 손에 떨어지리라는 사실에는 그들도 신경을 바짝 곤두

---

* 백군전사동맹 회장 세 명의 모델은 각각 표트르 브란겔, 알렉산드르 쿠테포프, 예브게니 밀레르로 모두 백군의 주요인사였다. 브란겔은 독살되었다는 의혹이 있으며, 쿠테포프와 밀레르는 소련 요원들에게 납치되어 사망했다.

세우고 있었다. 독일측은 망명 러시아계 정치색의 심원하고 다양한 음영에는 전혀 관심이 없었지만, 윤리적인 근거를 들면서 우호적인 협력의 매끄러운 흐름을 때때로 방해하는 백군전사동맹 회장의 노골적인 애국심은 성가셔했다.

따라서 골룹코프 장군은 하늘이 준 선물이나 다름없었다. 소련 정부는 골룹코프가 회장으로 있으면, 백군전사동맹의 모든 스파이 활동 전모를 파악할 수 있으리라 확신하며 기대했다. 그러고는 주도면밀하게도, 뭐라도 주워먹으려고 혈안이 된 독일측에 거짓 정보를 흘렸다. 독일인들은 마찬가지로 골룹코프를 통해 백군전사동맹의 평범한 스파이들 사이에 흩어져 있는 전적으로 믿을 만한 자기측 요원들이 모은 양질의 정보를 보증받을 수 있으리라고 확신했다. 어느 측도 골룹코프의 충성심에 대해서는 아무 환상도 품지 않았지만, 양쪽을 왔다갔다하는 그의 배신을 자기측에 유리하게 이용할 수 있으리라고 가정했다. 소박한 러시아 민중의 꿈, 즉 러시아 디아스포라의 외딴 지역들에서 사라토프나 트베리에서 하던 대로 변변치 않지만 정직하게 가업에 힘쓰며 허약한 아이들을 기르고, 그러면서도 백군전사동맹이 동화 같은 러시아에서 일찍이 다정하고 점잖고 강했으며 미래에도 그러할 모든 것을 대표하는 '아서왕의 원탁' 같은 존재라고 순진하게 믿는 근면한 가족들의 꿈―이런 꿈은, 영화편집자들에게는 주제에 곁다리로 붙은 군더더기로 보일 것이다.

백군전사동맹이 설립되었을 때 골룹코프 장군의 회장 후보자 순위(물론, 지도자가 죽으리라고 누구도 예상하지 못했기에 순수하게 이론적인 순위였지만)는 명단에서 아주 아래쪽이었다―그의 전설적인 용맹이 사관 동료들 사이에서 충분히 평가받지 못했기 때문이 아니라, 우연히도 그가 그 군대에서 제일 젊은 장군이었기 때문이다. 2대 회장이 선출되었을 때쯤 골룹코프는 이미 조직가로서 대단한 재능을 발휘했기 때문에, 명단에서 자기 위에 있는 꽤 많은 이름을, 내친김에 그 이름 주인들의 목숨은 살려주면서 안전하게 줄 그어 지울 수 있을 것처럼 느꼈다. 2대 회장이 제거된 후 백군전사동맹원 중에 많은 수가 다음 후보자인 페드첸코 장군이 연령과 평판과 학계의 명성으로 보면 당연히 누릴 자격이 주어지는 그 권리를 더 젊고 더 유능한 인물에게 넘겨주리라고 확신했다. 그러나 그 노신사는 과연 그게 '누릴' 권리인지 의심하면서도 그때까지 두 사람이 목숨을 잃은 일을 회피하는 것은 비겁하다고 생각했다. 그래서 골룹코프는 이를 악물며 결의를 다지고 다시 방법을 궁리했다.

육체적으로 보면 그에게는 매력이 없었다. 유명한 러시아 장군에게서 볼 수 있는 선량하고 건장한 인상이나 퉁방울눈에 두꺼운 목 같은 특징이 그에게는 전혀 없었다. 그는 마르고 허약한 체격에 날카로운 이목구비와 아주 짧게 깎은 콧수염, 러시아인들이 '고슴도치'라고 부르는 머리 모양을 하고 있었다. 작달막하고 유연했으며 자세가 꼿꼿하고 다부졌다. 털이 많은 손목에 가는 은팔찌를 한 그는, 초연이 자욱한 수많은 전장을 함께 누빈 오래되고 넉넉한 검은 가죽 담배 케이스에 아늑하게 배열된 말끔한 수제 러시아 담배나 자두 향이 나는 영국제 담배, 그가 '카프스텐'*이라고 부르던 담배를 권하곤 했다. 그는 극도로 정중

---

* 영국 담배 '캡스턴'을 잘못 발음한 것.

하고 또 극도로 눈에 띄지 않는 존재였다.

슬랍스카가 여러 후원자의 저택(남작인가 뭔가 하는 자의 발트해 저택이나 첫번째 부인이 유명한 '카르멘'이었던 바흐라흐 박사의 저택, 혹은 구식 러시아 상인계급이고 인플레이션으로 미쳐 돌아가는 베를린에서 집들을 블록째로 한 집당 10파운드에 매입하는 놀라운 시기를 보냈던 사람의 저택)에서 그랬던 것처럼 손님을 '접견'할 때마다, 그녀의 남편은 조용히 드러나지 않게 손님들 사이를 누비며 소시지와 오이를 넣은 샌드위치나 서리로 덮인 듯 흐릿한 작은 잔에 든 보드카를 갖다주곤 했다. 슬랍스카가 노래를 하는 동안에(그런 허물없는 자리에서 그녀는 한쪽 주먹으로 뺨을 괴고, 다른 쪽 손바닥을 컵 모양으로 쥐어 팔꿈치를 받친 자세로 앉아서 노래하곤 했다), 그는 뭔가에 기대어 떨어져서 있거나 여러분이 차지한 의자의 빵빵한 팔걸이 위에 살며시 놓아두었던, 멀리 있는 재떨이를 향해 발끝으로 살금살금 걸어가곤 했다.

예술적인 견지에서 보면, 그는 자신의 존재 없음을 지나치게 강조해서 자기도 모르는 사이에 임시로 고용된 하인과 다를 바 없는 요소를 도입했는데—기묘하지만, 이제 와 생각해보면 아주 적절한 처신이었다. 하지만 물론 그는 자기 존재의 기초를 대조의 원리에 두려 한 것으로, 방의 저쪽 끝에서 아무개가 처음 온 손님의 주의를, 저렇게 눈에 잘 안 띄고 얌전한 남자가 전설적인 전쟁에서 혁혁한 공(혈혈단신으로 여러 마을을 함락시켰다든가 뭐라든가)을 세운 영웅이라는 매혹적인 사실로 돌리고 있다는 것을 어떤 기분좋은 신호—머리 숙임, 눈알 굴림—를 통해 정확히 간파하고는, 짜릿한 기쁨의 전율을 느끼곤 했다.

3

당시(빛의 아이*인 영화가 말하는 것을 배우기 직전이었던 시기) 독버섯처럼 계속 성장하던 독일 영화사들은 과거가 유일한 희망이자 직업인 사람들—즉 완전히 현실과 괴리된 사람들—인 러시아인 망명자 중에서 저임금 노동자를 구해 영화 속 '현실의' 청중을 재현했다. 민감한 사람에게는 이렇게 하나의 환상을 다시 하나의 환상과 잇대어 꿰매는 것은 거울로 이루어진 홀, 아니 그보다는 거울 감옥 속에서 뭐가 거울에 비친 영상이고 뭐가 진짜 자신인지조차 알지 못한 채 살아가는 듯한 기분이 들게 했다.

사실 베를린과 파리에서 슬랍스카가 노래하던 홀과 거기서 본 사람들의 유형을 떠올릴 때면, 나는 아주 옛날 영화에 총천연색으로 색을 입히고 음향효과를 덧붙이는 듯한 기분이 들었다. 옛날 영화에서 삶은 회색빛으로 떨리고 장례 행렬은 후다닥 달려 지나가며 바다만이 (칙칙한 푸른색으로) 색이 입혀져 있는데, 무대 뒤에서는 어떤 수동기계가 영상과 어긋나게 쉭쉭거리며 파도 소리를 흉내내고 있었다. 수상한 인물이, 구호단체 입장에서는 공포의 존재인 광기어린 눈을 한 대머리 남자가 고령의 태아처럼 다리를 굽히고 앉은 자세로 천천히 내 시야를 얌전히 가로질러 지나가는가 싶더니, 기적처럼 홀의 뒷줄 좌석에 안착했다. 거기에는 예의 그 백작도 옷깃을 높이 세우고 때묻은 각반을 찬 차림새로 앉아 있었다. 두툼한 가슴 위에 놓인 십자가를 가만히 위아래

---

* 최초로 활동사진을 만든 뤼미에르 형제의 성 '뤼미에르'는 프랑스어로 '빛'이라는 뜻이다.

로 들썩거리는, 덕망이 높으나 세속적인 사제가 제일 앞 열에 앉아 바로 앞을 주시하고 있었다.

슬랍스카의 이름이 내 머릿속에 환기한 이 우익 축제들의 의제는 그녀의 청중과 마찬가지로 비현실적이었다. 가짜 슬라브계 이름을 가진 버라이어티 예술가이자, 뮤직홀 프로그램에서 저렴한 개막 공연을 맡은 발랄라이카* 명인 중 한 명이 그런 자리에서는 가장 환영받는다. 발랄라이카의 유리판 몸통 위의 번쩍거리는 장식과 하늘색 실크 바지도 이어진 공연과 잘 어울렸다. 그런 다음, 다 낡은 모닝코트를 입고 턱수염을 기른 늙은 악당, 예전에 신성러시아제일주의자연맹의 일원이었던 자가 등장해, '이스라엘의 아들들'과 '프리메이슨'(두 개의 유대인 비밀 결사)이 러시아 인민에게 무슨 일을 저지르고 있는지 생생하게 묘사하는 연설로 본 행사를 시작한다.

자, 그러면 이제, 신사 숙녀 여러분, 이분을 소개하게 되어 크나큰 기쁨과 영광이 아닐 수 없습니다—야자나무와 러시아 국기로 이루어진 끔찍한 배경 앞에 등장한 그녀는 립스틱을 짙게 바른 입술을 창백한 혀로 촉촉하게 축이고는 코르셋으로 조인 배 위에 양가죽 장갑을 긴 양손을 느슨하게 맞잡았고, 그녀의 고정반주자로 노래의 그림자에 숨어 황제의 사적 콘서트홀이나 루나차르스키 동무의 살롱, 거기에 콘스탄티노플의 평범한 장소들까지 그녀를 따라다녔던, 대리석 같은 얼굴을 한 이오시프 레빈스키가 디딤돌을 건너가는 듯한 음계가 이어지는 반주의 짧은 도입부를 연주했다.

---

* 러시아 중부, 북부 지역의 민속 현악기.

그녀는 가끔 상황이 맞으면, 곡 수는 한정되어 있지만 언제나 환영받는 연주 곡목을 시작하기 전에 국가를 노래할 때가 있었다. 불가피하게 그 곡목에는 구슬픈 〈칼루가로 가는 옛길〉(49베르스타 되는 곳에 벼락 맞은 소나무 한 그루가 있는)과 러시아어 글 아래 독일어 번역이 인쇄된 "*그대는 눈 속에 파묻히고 있으니, 나의 러시아여*"라는 가사로 시작되는 노래,[*] 그리고 옛날 민요풍의 발라드(1880년대의 어떤 일반인이 지은 노래)가 반드시 꼭 끼었다. 그 발라드는 도적단의 두목과 그의 애인인 사랑스러운 페르시아 공주에 대한 노래로, 두목은 동료들로부터 여자에게 무르다는 비난을 받자, 공주를 볼가강에 던져버린다.[**]

그녀는 예술적인 취향 같은 건 조금도 없고 기교라 해도 되는대로 하는 식이었으며, 전체적인 스타일도 형편없었다. 하지만 음악은 곧 감정이라고 생각하는 사람이나 혹은 개인적인 과거에 처음으로 그 음악을 감지했던 때의 기분을 불러일으키는 매개로 음악을 좋아하는 자들은, 그 목소리의 굉장한 반향 속에서 향수에 젖게 하는 위로와 애국심에 벅차오르는 쾌감을 기꺼이 느꼈다. 그녀는 야성적인 무모함을 띤 곡조를 노래할 때 특히 힘을 발휘한다는 평을 받았다. 이런 분방함이 그 정도까지 뻔뻔스러운 사기가 아니었더라면, 그녀의 노래는 완전한 저속함을 면할 수 있었을지도 모른다. 노래에서 돌출되는 그녀의 영혼이었던 작고 딱딱한 것, 그리고 그녀의 기질이 다다를 수 있는 최고의 경지는 자유로운 급류가 아니라, 하나의 소용돌이를 일으키는 정도였

---

[*] 러시아 시인 필라레트 체르노프가 쓴 시에 곡을 붙인 로망스로, 당시 백계 러시아인 사이에서 국가 대신 불렸다.
[**] 〈스텐카 라진〉의 내용.

다. 러시아인들이 집에 축음기를 살림살이로 들이는 요즘, 나는 녹음된 그녀의 콘트랄토를 들을 때면, 노래의 클라이맥스에 이를 때 그녀가 선보이는 겉만 번지르르하게 모방한 기교를 떠올리며 몸서리치곤한다. 최후의 정열적인 절규에서 그녀의 구강구조 전체가 다 드러나고 푸른 기가 도는 검은 머리카락이 아름답게 물결쳤으며, 그녀는 양손을 맞잡아 가슴의 훈장에 달린 메달을 누르며 열광적인 박수에 응했다. 절을 할 때도 그녀의 널찍하고 까무잡잡한 몸은 억센 은색 새틴에 터질 듯이 꽉 낀 채 경직되어 마치 눈의 부인이나 궁정 여인이 된 인어처럼 보였다.

4

다음에 볼 그녀의 모습은 (만약 검열관이 이제부터 이어질 이야기가 신앙을 모독한다고 생각하지 않는다면) 혼잡한 러시아 교회의 꿀색 연무 속에서, 장군 부인인가 미망인인가(어느 쪽인지 그녀는 정확히 알았다)와 나란히 무릎을 꿇고 큰 소리로 흐느끼는 모습이다. 한데 그 장군의 납치는 그녀의 남편에 의해 아주 멋지게 계획되었고, 상관의 명을 받아 파리로 간 크고 유능한 익명의 남자들에 의해 아주 솜씨 좋게 실행되었다.

또한, 그로부터 이삼년 후인 다른 날에, 조르주 상드 가의 *아파트*에서 찬미자들에게 둘러싸여 그녀가 노래하는 장면을 보게 될 텐데—보라, 그녀의 눈이 약간 가늘어지고 노래할 때의 미소가 희미해지는가 싶더니, 착수한 일을 마무리하느라 지각한 그녀의 남편이 조용히 몰래 들어와서는, 머리가 희끗희끗한 어떤 대위가 자기 자리를 양보해주려는 것을 부드러운 손짓으로 만류했다. 그녀는 그때까지 수천 번도 더 불렀을 노래를 무의식적으로 부르면서 남편을 힐끗힐끗 쳐다보고(그녀도 안나 카레닌처럼 약간 근시였다) 어떤 명확한 신호를 읽어내려 했는데, 그러다 그녀가 익사하고 그의 알록달록한 배는 멀리 가버리고 사마라주의 볼가강에 내막을 품은 마지막 둥근 파문이 침침한 영원 속으로 녹아 사라질 때쯤(이 노래가 그녀가 늘 마지막에 부르는 노래였으니까) 남편이 다가와 인간의 박수 소리에는 묻히지 않는 목소리로 이렇게 말했다. "마샤, 그 나무는 내일 베일 것이오!"

나무에 관한 그 말은 골룹코프가 그의 보랏빛을 띤 회색 경력 중에 단 한 번 위험을 감수한 극적 대사였다. 그 나무가 골룹코프의 출세를 막은 최후의 장군을 가리키며 다음날의 사건이 자동적으로 골룹코프 자신의 선출로 이어질 것임을 기억한다면, 그 돌발을 용납하게 될 것이다. 그 무렵 골룹코프 부부의 친구들 사이에서는 그 큰 아이들 같은 두 사람 사이의 작고 싱거운 말다툼이 가벼운 웃음거리 같은 게 되었는데(러시아인의 유머는 빵 부스러기에도 만족하는 아주 작은 새와 같으니), 그 말다툼인즉슨 부인이 교외의 여름 별장에 그녀의 연습실 창을 어둡게 하던 커다란 포플러 고목을 베어버리라고 완강히 요구했는데 남편 쪽은 그 견고한 늙은이가 그녀의 가장 푸르른 찬미자니까(여기가 포복절도하는 대목) 그냥 남겨둬야 한다고 반론했다는 것이다. 또한 흰담비털로 만든 어깨 망토를 걸친 수더분하고 뚱뚱한 어떤 부인이 아무것도 모른 채 용맹한 장군님이 조만간 굴복하실 거라고 장난스럽게 놀리자, 슬랍스카가 빛나는 미소를 보이며 젤리처럼 차가운 팔을 벌리는 장면에도 주목하시길.

다음날 오후 늦게, 골룹코프 장군은 의상실까지 부인을 모시고 가서 잠시 거기서 〈파리 석간〉을 읽으며 앉아 있다가, 부인이 좀 늦었으면 좋겠다고 생각해놓고는 갖고 오는 걸 잊어버린 드레스를 가지러 집에 다시 돌아갔다. 그녀는 적당한 간격을 두고 집에 몇 번 전화해서 이렇게 저렇게 드레스를 찾아보라고 남편에게 재잘재잘 지시하는 시늉을 그럭저럭 해냈다. 옆방에서는 아르메니아 여성인 양재사와 재단사인 투마노프 소공녀가 슬랍스카가 늘어놓는 다양한 시골 사투리 욕설을 들으며 아주 재밌어했다(그 욕설 덕에 슬랍스카는 상상력만으로 임기응변할 수 없는 대목에서 말문이 막히지 않을 수 있었다). 올이 다 드러난 옷처럼 케케묵은 이 알리바이는 일이 뭐라도 잘못되는 경우에 과거시제를 대충 수선하려는 의도로 마련된 건 아니었다—일이 잘못될 리는 없었으니까. 그건 그저 페드첸코 장군을 마지막으로 본 사람이 누군지 사람들이 알고 싶어할 때, 그 누구도 꿈에도 의심하지 않을 그 사람이 당시 뭘 하고 있었는지에 대해 판에 박힌 설명을 내놓기 위한 것에 지나지 않았다. 가공의 옷장이 충분히 뒤집어 엎어졌을 시간이 흐른 후, 골룹코프가 문제의 드레스(물론 오래전부터 차에 두었던)를 갖고 돌아오는 모습이 목격됐다. 그는 아내가 드레스를 입어보는 동안 신문을 계속 읽어나갔다.

골룹코프가 사라졌던 삼십오 분 남짓한 시간은 꽤 넉넉한 시간이었음이 드러났다. 슬랍스카가 연결되지 않은 전화로 촌극을 벌이기 시작할 즈음에 그는 이미 인적이 드문 길모퉁이에서 그 장군을 차에 태워 가공의 밀회 장소로 데려가고 있었다. 당연히 비밀 모임이며 참석은 의무라는 분위기가 사전에 조성되어 있었다. 몇 분 후 그는 차를 세웠고 두 사람은 차에서 내렸다. "그 거리가 아닌데." 페드첸코 장군이 말했다. "아닙니다." 골룹코프가 말했다. "하지만 차를 여기 세워두는 게 편합니다. 그 카페 앞에 바로 차를 주차해두고 싶지 않습니다. 저 길을 통하면 지름길일 겁니다. 이 분만 걸어가면 됩니다." "좋네. 걸어가세나." 노장군은 이렇게 말하고 헛기침을 했다.

파리의 그 특정 지구에 있는 거리들은 여러 철학자의 이름으로 불렸는데, 두 사람이 들어간 그 길에는 어느 박식한 시 행정 담당자가 지었는지 '피에르 라빔* 가'라는 이름이 붙어 있었다. 그 길은 당신을 부드럽게 이끌어 어둑한 교회와 어떤 건물 비계를 지나서 어렴풋이 보이는 어떤 구역으로 들어갔는데, 거기에는 덧문이 내려진 사유 주택들이 부지의 철책 뒤로 뭔가 초연한 분위기로 서 있었고, 철책에는 맨가지에서 축축한 보도로 날려 떨어지던 빈사의 단풍잎들이 잠시 멈춰 있었다. 길의 좌측에는 긴 벽이 이어져 있었는데, 거친 회색 벽 여기저기에 벽돌이 십자말풀이 퍼즐처럼 보였다. 그리고 그 벽의 한 지점에는 작은 녹

---

* 프랑스어로 '아빔'은 '깊게 갈라진 틈새' '심연'을 뜻한다.

색 문이 하나 있었다.

두 사람이 그 문에 가까이 가자, 골룹코프 장군은 예의 그 전장의 상흔을 입은 담배 케이스를 꺼내더니 이내 걸음을 멈추고 담배에 불을 붙였다. 예의바른 비흡연자인 페드첸코 장군도 멈춰 섰다. 땅거미를 휘젓는 돌풍이 불어 첫번째 성냥이 꺼졌다. "여전히 내 생각엔—" 페드첸코 장군이 두 사람이 얼마 전에 화제로 삼았던 사소한 일에 관해 말했다. "그래도 여전히 내 생각에는," (그 작은 녹색 문 가까이에 서서는 간단한 연설을 하듯이) 그는 말했다. "표도르 신부가 자비로 그 임시숙소 전부의 비용을 치르겠다고 주장한다면, 우리가 할 수 있는 최소한은 연룻값이라도 내는 것인데." 두번째 성냥이 꺼졌다. 저멀리 어렴풋하게 멀어져가던 행인의 뒷모습도 마침내 사라져버렸다. 골룹코프 장군은 목소리를 높여 불어오는 바람에 욕지기를 내뱉었고, 그것이 허가 신호였는지 녹색 문이 열리더니 세 쌍의 손이 믿을 수 없는 속도와 솜씨로 노장군을 획 낚아채 사라졌다. 문이 쾅 닫혔다. 골룹코프 장군은 담배에 불을 붙이고는 왔던 길을 빠른 걸음으로 되돌아갔다.

그 노인의 모습은 두 번 다시 보이지 않았다. 그 한적한 집에 한 달 동안 고요히 세들어 살고 있던 조용한 외국인들은 아무것도 모르는 네덜란드인인가 덴마크인인가 하는 자들이었다. 모든 게 시각적 속임수에 지나지 않았다. 녹색 문 같은 건 거기에 없었고 회색 문이 하나 있을 뿐으로, 그 문은 인간의 힘으로는 열리지도 않았다. 나는 훌륭한 백과사전을 몇 권이나 뒤져봤지만 소용없었다. 피에르 라빔이라는 이름을 가진 철학자는 존재하지 않았다.

그러나 나는 그녀의 눈 속에서 두꺼비*를 본 적 있다. 우리 러시아에는 이런 속담이 있다. "프세보 드보예 이 예스티. 스메르티 다 소베스티." 번역하면 "진짜로 존재하는 것은 두 가지뿐이다. 죽음과 양심"이라는 의미가 된다. 인간성에 사랑스러운 점이 있다면, 옳은 일을 행할 때는 눈치채지 못할 때가 더러 있으나 옳지 않은 일을 행할 때는 그 일이 옳지 않다는 걸 항상 알고 있다는 점이다. 내가 사제였던 시절에, 자기보다 아내가 더 끔찍한 범죄자였던 소름끼치는 범죄자에게 들은 이야기인데, 그는 아내와 어떤 난제를 더 깊은 수치심 때문에 의논하지 못하는 데서 느끼는 내면의 수치심 탓에 계속 괴롭다고 했다. 그 난제란 아내가 마음속 깊은 곳에서 그를 경멸하는가, 혹은 아내도 마찬가지로 남편이 마음속 깊은 곳에서 그녀를 경멸하는지를 은밀히 궁금해하고 있는가 하는 문제였다. 그리고 그렇기 때문에 나는 골룹코프 장군과 그의 아내가 마침내 단둘이 있게 됐을 때 두 사람이 어떤 얼굴을 하고 있었을지 아주 잘 알고 있다.

6

하지만 그리 오래 그러고 있지는 못했을 것이다. 밤 열시경, 백군전사동맹 사무총장인 L장군은 페드첸코 부인이 이유를 알 수 없는 남편의 부재에 몹시 걱정하고 있다는 것을 R장군을 통해 알게 된다. 그제야 L장군은 회장 페드첸코가 점심 무렵에 별일 아니라는 투로(하지만 그

_____

* 아트 더프리스의 『상징과 이미지 사전』에 따르면, 두꺼비에는 다음과 같은 의미가 있다. 독성이 있는 것, 악마, 마녀와 관련된 일, 악.

게 노신사의 방식이었다) 흘린 말이 생각났다. 오후 늦게 시내에서 볼 일이 있는데, 자신이 저녁 여덟시까지 돌아오지 않으면 회장 책상의 가운데 서랍에 넣어둔 쪽지를 L장군께서 부디 읽어주십사 부탁한다는 말이었다. 이제 두 장군은 회장실로 급히 가다가 도중에 우뚝 멈춰 서더니, L장군이 챙겨오는 걸 잊은 열쇠를 가지러 급히 돌아왔다 다시 급히 회장실로 달려가서는 마침내 쪽지를 발견한다. 거기에는 이렇게 쓰여 있었다. "나중에 부끄러워하게 될지 모르지만, 지금 이 순간 전 묘한 느낌을 떨치기가 어렵습니다. 오후 다섯시 반에 데카르트가 45번지 카페에서 약속이 있습니다. 저쪽 정보원과 만나기로 했지요. 함정이 아닐까 의심스럽습니다. 그 모든 걸 주선한 이는 골룹코프 장군으로, 그가 차로 거기까지 절 데려다주기로 했습니다."

L장군이 뭐라고 말하고 또 R장군이 뭐라고 답했는지는 건너뛰겠다. 하지만 둘 다 생각이 굼뜬 사람임이 분명한 게, 분개한 카페 주인과 혼란스러운 전화통화를 하느라 계속해서 시간을 한동안 더 흘려보냈기 때문이다. 슬랍스카가 꽃무늬 가운을 걸치고 매우 졸린 듯한 표정을 지으려 애쓰며 두 사람을 집에 들였을 때는 거의 한밤중이 다 되어서였다. 남편은 이미 자고 있어서 깨우고 싶지 않다고 그녀는 말했다. 대체 이게 다 무슨 일인지, 혹시 페드첸코 장군의 신변에 무슨 일이 생긴 것인지 알고 싶다고 했다. "장군님이 행방불명되었습니다"라고 정직한 L장군이 말했다. 슬랍스카가 "악!" 하고 소리를 지르더니 기절하며 쓰러졌는데, 그러는 바람에 응접실 세간을 거의 박살낼 뻔했다. 하지만 무대는 그녀의 찬미자 대부분이 생각하는 것만큼 그렇게 많이 손상을 입지는 않았다.

어찌됐든 두 장군은 용케도 골룹코프 장군에게 그 짧은 쪽지에 관해 아무것도 알려주지 않았고, 그래서 그는 두 사람을 따라 백군전사동맹 본부로 향하면서, 바로 경찰에 연락을 취할지 아니면 우선 여든여덟 살 먹은 그로모보예프 제독에게 조언을 구할지에 대해 두 사람이 정말로 자신과 의논하고 싶어한다고 생각했다. 제독은 뭔가 분명치 않은 이유로 백군전사동맹의 현자 솔로몬으로 통했다.

"이게 무슨 뜻이죠?" L장군이 골룹코프에게 운명의 쪽지를 건네며 말했다. "정독해주십시오."

골룹코프는 메모를 정독했다―그리고 다 끝장났음을 알았다. 우리가 그 감정의 심연을 들여다볼 수는 없을 것이다. 골룹코프는 왜소한 어깨를 으쓱하면서 쪽지를 다시 돌려주었다.

"만약 이게 진짜 장군이 쓴 메모라면," 골룹코프가 말했다. "장군의 필적과 아주 유사해 보인다는 걸 저도 인정하지 않을 수 없지만요, 만약 그렇다면, 저로선 누군가 절 사칭했다고밖에 할말이 없네요. 하지만 제겐 그로모보예프 제독이 제 결백을 밝혀줄 수 있을 거라고 믿을 근거가 있습니다. 곧장 저랑 함께 제독에게 가보시는 게 어떻겠습니까."

"그러죠." L장군이 말했다. "지금 가는 게 좋겠습니다. 아주 늦은 시간이긴 합니다만."

골룹코프 장군은 휙 소리를 내며 레인코트를 입고 먼저 밖으로 나갔다. R장군은 L장군이 머플러 줍는 걸 도와주었다. 동맹 본부 현관에는 사람이 아니라 물건에 자리를 제공하도록 운명지어진 의자들이 있는데, 그중 한 의자에 두었던 머플러가 거의 절반쯤 미끄러져 떨어져 있었다. L장군은 한숨을 내쉬고는 낡은 펠트 모자를 썼는데, 이 가벼운 동작을 하는 데 양손을 다 사용했다. 그러고는 문 쪽으로 갔다. "잠깐만요, 장군." R장군이 낮은 목소리로 말했다. "좀 여쭙고 싶은 게 있습니다. 장교 대 장교로 하는 말인데, 장군은 저…… 그러니까 골룹코프 장군이 진실을 말하고 있다고 완전히 확신하십니까?"

"그게 바로 우리가 알아내야 할 점이죠." L장군이 대답했다. 그는 문장이 문장인 이상, 뭔가를 반드시 의미하게 되어 있다고 믿는 사람 중 하나였다.

두 장군은 문 앞에서 서로 상대의 팔꿈치를 품위 있게 건드렸다. 결국 약간 더 나이 많은 쪽이 우선권을 받아들여 경쾌한 발걸음으로 나갔다. 그렇게 나가서는 둘 다 층계참에서 우뚝 멈춰 서고 말았다. 계단이 너무 고요하게 느껴졌기 때문이다. "장군!" L장군이 아래쪽을 향해 소리쳤다. 그런 다음 두 사람은 서로를 쳐다봤다. 그러고는 황급히 허둥지둥 볼썽사나운 걸음으로 쿵쿵거리며 계단을 내려갔고, 밖으로 튀어나와서는 검은 부슬비를 맞으며 멈춰 서서 좌우를 두리번거린 뒤 다시 서로의 얼굴을 쳐다보았다.

다음날 아침 일찍 슬랍스카가 체포되었다. 그녀는 심문받는 동안 비탄에 잠긴 결백한 자의 태도에서 단 한 번도 벗어나지 않았다. 프랑스 경찰은 개연성 있는 단서들을 다루면서 기묘할 정도로 나른한 태도를 보였는데, 마치 러시아 장군들의 실종이 러시아 고유의 신기한 관습 중 하나인 양, 동양적 현상으로, 아마도 일어나서는 안 되지만 예방할 수는 없는 해체 과정 중 하나로 여기는 듯했다. 하지만 사람들은 그 실종 속임수의 전말에 대해 경찰청이 외교적 지혜로 논제를 고른 것보다 더 많이 알고 있을 거라는 인상을 받았다. 외국 신문들은 사건 전체를 온화하지만 약간 지겨운 듯 빈정거리는 논조로 다뤘다. 대체로 이 '슬랍스카 사건'은 좋은 머리기삿감이 아니었다―러시아인 망명자 문제는 관심의 초점에서 벗어난 게 확실했기 때문이다. 흥미로운 우연의 일치로 어떤 독일 통신사와 소련 통신사는 파리의 두 백군계 러시아인 장군이 백군의 자금을 가지고 종적을 감췄다고 간결하게 보도했다.

7

재판은 이상하게 좀처럼 결론이 나지 않은 채 갈피를 잡지 못했는데, 혼란스러웠고 결정적인 증인도 없었으며 납치 혐의에 대해 최종적으로 슬랍스카에게 내려진 유죄판결도 법적 근거 면에서 논란의 여지가 있었다. 아무 관계 없는 자잘한 사항들이 주요 논점을 계속 흐렸다. 틀린 사람이 맞는 걸 기억하고 맞는 사람이 틀리게 기억했다. 가스통 쿨로라는 농부가 서명한 '*나무 한 그루 벌목 대금*' 청구서도 있었다. L장군과 R장군은 가학 성향이 있는 법정변호사에게 호되게 당했다. 지상의 소유물은 헐렁헐렁한 호주머니에 넣어둔 게 다고, 마지막으로 신던 양말도 사라져 신문지로 발을 터질 듯이 겹겹이 싸고, 다리를 넓게 벌리고는 와인병을 품에 안은 몰골로 절대 완공되지 않는 건물의 부서진 벽에 편안히 기대앉아 있는, 울긋불긋한 옷을 걸치고 수염은 덥수룩한데다 코는 벌건 파리의 *부랑자*(쉬운 배역이다) 중 한 명이, 한 노인이 함부로 다뤄지는 광경을 잘 보이는 위치에서 목격했다는 끔찍한 증언을 했다. 격한 히스테리 때문에 얼마 전 치료를 받은 적 있는 여자를 포함한 두 명의 러시아 여성이 사건이 일어난 날 골룹코프 장군과 페드첸코 장군이 골룹코프 장군의 차를 타고 가는 것을 봤다고 말했다. 독일 열차의 식당칸에 앉아 있던 러시아인 바이올리니스트는—하지만 그 변변찮은 풍설들을 다시 다 이야기해본들 무슨 소용이 있겠는가.

마지막으로 우리는 감옥에 갇힌 슬랍스카의 모습을 몇 번 언뜻 보게 된다. 구석에서 고분고분 바느질하는 슬랍스카. 페드첸코 부인에게 우리 남편들이 둘 다 볼셰비키의 포로가 됐으니 우리는 이제 자매나 다름없다는 내용의 눈물 젖은 편지를 쓰는 슬랍스카. 립스틱 사용을 허가해달라고 간청하는 슬랍스카. 골룹코프 장군의 결백함을 밝혀주는 환시를 봤다는 얘기를 하려고 찾아온 창백하고 어린 러시아인 수녀의 팔에 안겨 흐느끼고 기도하는 슬랍스카. 경찰이 압수한 신약성서를 달라고 아우성치는 슬랍스카—압수의 주된 이유는,「요한의 복음서」여백에 휘갈겨진 메모를 아주 잘 해독해내기 시작한 전문가들 사이에 성서가 돌지 않도록 하기 위함이었다. 제2차세계대전이 발발하고 얼마 후에 그녀는 원인 모를 내장질환이 생겼고, 어느 여름날 아침 독일인 장교 세 명이 감옥 병원으로 와서 그녀와 면회하기를 청하자마자 바로 그녀가 죽었다는 말을 들었다—아마도 진실이었을 것이다.

슬랍스카의 남편이 어떻게든 방법을 찾아 그녀에게 자신의 행방을 용케 알려주었을지, 아니면 곤경에 처한 슬랍스카를 내버려두는 게 더 안전하다고 생각했을지 궁금해진다. 불쌍한 *행방불명자*인 그는 어디로 갔는가? 가능성의 거울 속에서 헤매는 일이, 사실을 알게 될 눈구멍을 들여다보는 것을 대신할 수는 없다. 어쩌면 그는 독일에 안식처를

마련하고 거기서 '배데커 청년 스파이 양성학교'의 변변찮은 관리직 일
자리를 얻었을지도 모른다. 어쩌면 혈혈단신으로 여러 마을을 함락시
켰던 조국으로 돌아갔을지도 모른다. 어쩌면 아닐지도 모르고. 어쩌면
누군지는 몰라도 그의 최고 상관에게 소환되어 우리가 익히 아는, 외
국인 억양이 약간 섞인 특유의 무미건조한 말투로 내뱉는 다음과 같은
말을 들었을지도 모른다. "유감스럽지만 친구, 당신은 이제 더는 필요
가 없소." 그리하여 X씨가 나가려고 몸을 돌릴 때 푸펜마이스터puppen
meister* 박사의 섬세한 집게손가락이 무심한 책상 모서리에 있는 버튼
을 누르자, X씨 발밑에서 덫이 아가리를 벌려 떨어져 죽었거나(그는
'너무 많은 것을' 알고 있었으니), 아니면 아래층에 사는 노부부의 거실
천장을 뚫고 곧장 떨어져 척골이 부러져버렸는지도.

어쨌든, 영화는 끝났다. 당신은 함께 온 아가씨가 코트 입는 걸 도와
주고, 느릿느릿 출구로 향하는 관객들의 흐름에 합류한다. 비상문들이
열리자 가까운 인파의 흐름을 빨아들이는, 예상치 못한 밤의 측면부로
통했다. 만약 나처럼 당신도 방향을 잘못 잡지 않도록 들어왔던 방향
그대로 나가는 걸 선호한다면, 두어 시간 전에 그토록 매력적으로 보였
던 영화 포스터들을 다시 지나칠 것이다. 반은 폴란드식인 제복을 입은
러시아인 기마병이 폴로 경기용 조랑말 위에서 붉은 부츠를 신은 애인
을 들어올리고 있고, 그 여성의 검은 머리카락은 아스트라한 양털 모피
모자 아래로 흘러내려 물결친다. 파리의 개선문이 어렴풋한 반구형 지
붕의 크렘린과 어깨를 비비고. 외알 안경을 쓴 외국 세력 쪽 스파이가

---

* 인형사(puppet master)의 철자를 살짝 바꾼 것.

골룹코프 장군으로부터 기밀 서류 한 뭉치를 건네받는데…… 어서요, 어린이 여러분, 여길 벗어나 맑은 정신의 밤으로, 발을 끌며 걷는 익숙한 보도의 평온함으로, 선량한 주근깨 소년들과 동지 의식이 넘치는 견고한 세계로 나갑시다. 환영하노라, 현실이여! 저 쓰레기 같은 온갖 흥분을 맛본 뒤에 피우는, 이 분명히 실재하는 담배는 아주 상쾌할 것이다. 보라, 우리 앞을 걸어가는 말쑥한 차림의 저 왜소한 남자도 '루키'* 를 낡은 가죽 담배 케이스에 톡톡 두드린 다음 불을 붙이고 있다.

---

* 미국의 담배 브랜드 '러키 스트라이크'.

"일찍이 알레포에서……"

친애하는 V에게—무엇보다 먼저, 내가 마침내 이곳에, 그 많은 석양이 오라고 이끌던 그 나라에 왔다는 사실을 자네에게 알리고자 이 편지를 쓴다. 여기 와서 내가 처음 본 사람 중에 우리의 옛 친구인 글레프 알렉산드로비치 게코가 있었는데, 우리 셋 중 누구도 두 번 다시 가지 않을 모퉁이의 *작은 카페*를 찾으며 우울하게 콜럼버스대로*를 건너가고 있더군. 그 친구는 어쨌든 자네가 우리 러시아문학을 배신하고 있다고 생각하는 듯했어. 마치 자네가 내게서 소식을 듣는 대접을 받을 자격이 없다는 듯이, 그 희끗희끗한 머리를 나무라듯 가로저으며 네 주소를 가르쳐주더라고.

---

* 뉴욕 센트럴파크와 나란히 있는 대로.

자네에게 해줄 이야기가 하나 있어. 이러니까 그 시절이 생각나는 군—이렇게 이야기를 시작하려니 생각난다는 뜻이네—우리가 따뜻한 젖내를 폴폴 풍기는 첫 시를 쓰던, 모든 것이, 장미와 물웅덩이와 불켜진 창문이 우리에게 "내가 압운이야!"라고 소리쳤던 시절 말이야. 그래, 이 세계는 참으로 쓸모 있는 곳이야. 우리는 놀고, 우리는 죽지. *이 그-라임, 우미-라임.** 그리고 러시아어 동사의 울림 좋은 영혼이 거칠게 나부끼는 나무의 격한 몸짓이나, 누군가 버린 신문지가 바람을 그대로 맞는 끝없는 제방을 따라 미끄러지다가 멈추더니 파닥거리려다 실패하고 무시류無翅類처럼 확 젖혀졌다가 다시 이리저리 비척거리는 데 의미를 부여해. 그러나 나는 지금 당장은 시인이 아니야. 나는 지금, 체호프 소설에서 글로 묘사되고 싶어 죽을 지경이라 자기 이야기를 마구 쏟아내는 어떤 부인**처럼 자네에게 왔다네.

나는 결혼했어. 어디 보자, 그러니까 자네가 프랑스를 떠나고 한 달 정도 지난 뒤였고, 신사적인 독일인들이 파리에 요란스레 몰려오기 몇 주 전이었지. 결혼 증명 서류를 내보일 수 있음에도, 나는 내 아내가 애초부터 존재한 적 없다고 이제는 확신해. 다른 출처를 통해 그녀의 이름을 자네가 알 수도 있지만, 그런 건 중요한 게 아니야. 그건 환영의 이름일 뿐이지. 그러니까 나는 이야기(정확히 말하자면, 자네가 쓴 이야기 중 하나) 속 작중인물을 얘기하는 것과 똑같이 거리를 두고 그녀

---

* 러시아어로 '우리는 놀고, 우리는 죽지'라는 문장은 '이그라엠, 우미라엠'으로, 동사 어미가 영어 단어 '라임(압운)'과 발음이 비슷하다.
** 체호프가 '체혼테'라는 필명으로 글을 기고하던 시절에 쓴 단편소설 「불가사의한 기질」의 주인공으로 추측된다.

에 관해 얘기할 수 있다네.

그건 첫눈에 반한 사랑이라기보다는 첫 접촉으로 피어난 사랑이었어. 왜냐하면 난 그녀를 그전에 여러 번 어떤 특별한 감정 없이 만났으니까. 그러나 어느 날 밤, 그녀를 집에 데려다주는데, 그녀가 뭔가 특이한 말을 했고 나는 웃으며 몸을 굽혀 그녀의 머리카락에 가볍게 키스했어—물론 우리는 공들여 버려놓은 집의 바닥에서 작은 인형을 주워 올리는 것만으로 갑자기 눈을 멀게 하는 폭발이 일어나는 그런 경우를 다 알지. 덫에 걸린 병사의 귀에는 아무것도 들리지 않아. 병사에게 그건 그저 평생 그 존재의 어두운 중심에 있던 한 점의 빛이 소리도 없고 한계도 없이 황홀하게 팽창한 것일 뿐. 그리고 사실 우리가 죽음을 천체 용어로 생각하는 이유는 눈에 보이는 천계, 그중에서도 특히 밤하늘(에젤망대로*의 볼품없는 아치들과 알프스의 급류처럼 콸콸 쏟아지는 소리가 끊임없이 들려오는 적막한 공중변소들이 있는, 등화관제된 우리의 파리 위로 펼쳐진)이 그 광대하고 조용한 폭발의 가장 적절하면서 항상 존재하는 상징이기 때문이지.

그러나 난 그녀가 잘 안 보여. 그녀는 내 최고의 시—『문예평론』에서 자네가 잔인하게 놀려댔던 그 시 말일세—만큼이나 내게 성운처럼 흐릿하게 남았어. 그녀를 떠올리고 싶을 땐, 나는 마치 판독할 수 없는 문장에서 구두점에 집중하듯이, 솜털이 보송보송한 그녀의 팔뚝에 있던 조그만 갈색 모반에 정신을 집중해 매달릴 수밖에 없다네. 아마도 그녀가 얼굴에 화장을 더 짙게 하거나 더 꾸준히 화장했다면 나는 오

---

* 나보코프가 유럽을 떠나 미국으로 이주하기 전 마지막으로 살던 곳이 에젤망대로 근처였다.

늘날 그녀의 얼굴을, 아니 적어도 립스틱을 칠한 건조하고 뜨거운 입술을 가로지르는 섬세한 주름들을 눈앞에 그려볼 수 있었을지 모르지. 하지만 생각나지 않아, 생각나지 않네—여전히 나는 흐느껴 우는 꿈결 속에서 내 감각들과 까막잡기를 하다가 그 포착하기 어려운 감촉을 이따금 느낄 때가 있긴 하지만. 그녀와 내가 애달픈 연무를 헤치고 어색하게 부둥켜안는데, 그녀의 눈에 그렁그렁 맺힌 눈물의 공허한 광채에 홍채가 잠겨버려서 그녀의 눈 색깔은 볼 수가 없는, 그런 꿈에서 말이야.

그녀는 나보다 한참 어렸다네—까무잡잡한 푸시킨에 비해 많이 어렸던, 사랑스러운 어깨를 드러내고 긴 귀걸이를 단 나탈리야만큼은 아니었지만.* 그러나 그 유일무이한 천재의 시를 모방하지는 못해도 그의 운명을(그 질투까지, 그 추잡함까지, 그녀의 아몬드 모양 눈이 공작 깃털 부채 뒤에서 금발의 카시오**에게 향하는 걸 보는 가슴을 찌르는 듯한 아픔까지) 모방하는 데서 기쁨을 찾는, 이런 회고적 낭만주의에서는 이 정도 나이 차이면 그래도 충분하지. 그래도 그녀는 내 시를 마음에 들어했어, 남편의 시가 어쩌다 소네트보다 길어지면 으레 그랬던 나탈리야와 달리 하품하는 일도 거의 없었지. 그녀가 내게 계속 허깨비였다면, 나 역시 그녀에게 그런 존재였을지도 모르네. 내 생각에 그녀는 그저 내 시의 모호함에 끌렸던 것 같아, 그러다 그 베일을 찢어 구멍을

---

* 푸시킨의 아내 나탈리야는 푸시킨보다 열세 살 어렸다. 푸시킨은 아내가 연루된 염문설로 인한 결투로 사망했다.
** 셰익스피어의 『오셀로』에서 오셀로에게 질투를 불러일으키기 위해 이아고가 데스데모나와 함정에 빠뜨린 인물.

냈다가 낯선 이의 사랑할 수 없는 얼굴을 보게 된 거지.

자네도 알다시피, 나는 한동안 자네의 운총은 도피의 예를 따를 계획을 세우지 않았나. 그녀는 뉴욕에 산다는 삼촌에 대해 내게 얘기했네. 삼촌이 남부의 어느 칼리지에서 승마를 가르쳤고 부유한 미국 여성과 결혼하게 됐다고. 그 부부에게는 귀가 먹은 채 태어난 어린 딸이 있다고 했어. 그녀는 오래전에 삼촌의 주소를 잃어버렸다고 말했지만 며칠 후 그 주소가 기적처럼 나타났는데, 우리는 극적인 내용의 편지를 썼지만 아무 답장도 받지 못했지. 나는 이미 시카고의 롬첸코 교수에게서 탄탄한 신원보증서를 받아놔서 그건 그렇게 큰 문제가 아니었어. 그러나 다른 필요한 서류를 손에 넣을 방법이 거의 없는 상황이었다네. 독일군의 침공이 시작되자, 나는 만약 우리가 파리에 계속 남으면 조만간 누군가 오지랖 넓은 동포가 내 저서 중 한 권에 나오는 단락 몇 개를 관계자에게 지적하리라고 생각했어. 내가 그 책에서 독일은 그 많은 음울한 죄를 짓고서도 반드시 온 세계의 웃음거리로 영원히 남게 될 거라고 주장했거든.

그렇게 우리는 처참한 신혼여행을 시작했네. 세계의 종말 같은 탈출 인파 속에서 밀리고 치이면서 미지의 행선지로 향하는 예정에 없는 열차를 기다리고, 추상적인 마을들의 케케묵은 무대 배경 속을 걸어다니고, 영구적 쇠퇴기를 맞은 육체적인 피로 속에 삶을 연명하면서 우리는 도망쳤어. 더 멀리 도망갈수록 더 분명해졌지. 우리를 내모는 것은 부츠를 신고 버클을 차고 이런저런 추진기가 달린 허섭스레기로 무장한 바보 이상의 뭔가—그 바보는 단순한 상징에 지나지 않은—실체가 없고 시간도 초월한, 태곳적부터 존재하는 무시무시한 공포의 얼굴 없는 덩어리이며, 그것이 이곳에서도, 센트럴파크의 녹색 진공에서도 여전히 나에게, 뒤에서 계속 덤벼들고 있다는 것이.

아, 그녀는 용기 있게—멍한 상태의 쾌활함 같은 것으로—그걸 견뎌냈다네. 하지만 한번은 동병상련의 열차 객실에서 그녀가 느닷없이 흐느끼기 시작하더니, "그 개 말이야"라고 말하더군. "우리가 두고 온 개. 난 그 불쌍한 개가 잊히지 않아." 그녀가 진심으로 슬퍼하는 모습을 보고 나는 충격을 받았어. 우리는 개를 키운 적이 없었으니까. "알아," 그녀가 말했어. "하지만 난 우리가 실제로 세터 한 마리를 샀었다고 상상해보려 했어. 한번 생각해봐. 그 개가 지금 잠긴 문 뒤에서 낑낑거리고 있다고." 우리는 세터를 사자는 얘기도 결코 나눈 적 없었다네.

또 직선으로 이어진 큰길에서 본 난민 가족(여자 두 명과 아이 하나)의 모습도 잊히지 않을 것 같아. 그 가족의 늙은 아비나 할아비가 길에서 죽은 듯했지. 하늘은 고깔 모양의 언덕 너머에서 비추는 추한 햇빛으로 검은색과 살구색 구름의 혼돈이었고, 죽은 남자는 먼지투성이인 플라타너스나무 아래 반듯이 누워 있더군. 여자들은 막대기와 손으로 길가에 무덤을 파려 했지만 땅이 너무 단단했지. 그들은 포기하고 시체로부터, 위를 향한 그 턱수염으로부터 조금 떨어져서, 시든 양귀비꽃 사이에 나란히 앉아 있었어. 그러나 어린 남자애는 여전히 열심히 땅을 긁고 후벼파고 끌어당기다가 납작한 돌에 걸려 넘어지더니, 그 엄숙한 고군분투의 목적을 잊어버리고 궁둥이를 땅에 대고 쪼그리고 앉아서는, 감정을 드러내는 듯한 가녀린 목덜미를 사형집행인에게 보이듯 등골까지 다 드러낸 채로 놀라움과 기쁨을 품고서, 극히 작은 갈색 개미 수천 마리가 바글거리며 안전한 장소를 찾아 가르로, 오드로, 드롬으로, 바르로, 그리고 바스피레네로* 우왕좌왕 흩어지는 광경을 구경했다네─우리 두 사람은 포**에서만 잠시 체류했었지.

스페인으로 가는 건 너무 힘들다는 걸 알게 돼서, 우리는 계속 더 니스까지 가기로 했어. 포제르라고 불리는 곳에서(십 분 정차) 나는 먹거리를 좀 사러 인파를 뚫고 열차에서 내렸지. 이삼 분 후에 돌아가보니 열차는 가버렸고, 그 잔혹한 공허(무심하게 노출된 철로 사이의 열기 속에 반짝거리는 석탄가루, 쓸쓸한 오렌지 껍질 한 조각)에 책임이 있는 어리벙벙한 노인이 내 앞에서 인정사정없이, 어쨌든 열차에서 나오면 안 되는 거였다고 말하더군.

더 나은 세상이었다면 나는 아내의 행방을 수소문해서 어떻게 할지 알려줄 수 있었을 걸세(차표는 물론 돈도 거의 다 나한테 있었거든). 하지만 그 당시 사정으로는 전화를 붙들고 악몽 같은 분투를 해봤자 소용없었고, 그래서 나는 멀리서 나한테 왈왈대는 아주 작은 목소리들의 연쇄를 다 끊고 두세 통 전보를 쳤는데, 그건 아마 지금도 가는 중일 거야. 나는 그녀를 태운 채 비틀거리며 갔을 열차가 그보다 멀리 가지는 못했을 몽펠리에로 가는 다음 지방선 열차에 저녁 늦게야 탔어. 몽펠리에에서도 그녀를 찾을 수 없었던 나는 두 가지 대안 중에 선택해야 했지. 내가 막 놓친 마르세유행 열차를 그녀가 탔을지도 모르니까 계속 더 가야 할지, 아니면 그녀가 포제르로 돌아갔을 수도 있으니 나도 돌아가야 할지. 그때 내가 어떤 복잡한 추리 과정을 거쳐 마르세유

---

* 가르와 오드는 프랑스 중남부에 위치한 주이다. 드롬과 바르와 바스피레네는 프랑스 남서부에 있는 지방으로 알프스산맥이 시작되는 산악지대에 위치한다.
** 프랑스 남서부지방의 도시로 피레네산맥 북쪽 기슭에 위치한다.

와 니스까지 가게 됐는지 이제는 잊어버렸네.

경찰은 애먼 데 몇 곳으로 틀린 정보를 전송하는 관례적인 조치 이상의 아무 도움도 주지 않았어. 어떤 자는 나한테 성가시게 굴지 말라고 고함을 쳤고, 또다른 자는 도장이 반대쪽에 찍혀 있다고 주장하면서 내 결혼증명서가 진짜인지 의심스럽다며 자꾸 곁길로 샜지. 세번째로, 뚱뚱한 *경찰서장*은 눈물 젖은 갈색 눈으로 자기도 여가시간에 시를 쓴다며 고백하더군. 나는 니스에 거주하거나 발이 묶인 수많은 러시아인 중에서 지인 여럿을 방문했어. 그중에는 어쩌다 유대인의 피가 섞인 사람들도 있어서 불운한 그들의 친척이 지옥행 열차에 쑤셔넣어졌던 이야기를 들었지. 거기에 비하니 나의 곤경은 비현실성의 평범한 분위기를 띠게 되었고, 북적북적한 카페에 앉아 있는 내 앞에는 우윳빛을 띤 푸른 바다가 펼쳐졌으며, 뒤에서는 조개껍데기 속의 해조음 같은 웅성거림이 대학살과 참혹함으로 점철된 이야기를, 대양 저편의 잿빛 낙원과 냉혹한 영사관의 일처리 방식과 변덕을 얘기하고 또 얘기했다네.

니스에 도착하고 일주일이 지나 나태한 사복형사가 찾아와서는 나를 데리고서 구불구불 구부러지고 악취가 풍기는 길을 내려가, 먼지와 시간으로 거의 다 지워진 '호텔'이라는 글자가 보이는 검게 얼룩진 건물로 갔어. 그 사람이 거기서 내 아내를 찾았다더군. 물론 그가 데리고 나온 여자는 전혀 모르는 사람이었네. 하지만 내 친구 홈스 씨는 얼마간 계속 그 여자와 나에게 우리가 결혼한 사이임을 고백하게 하려고 애를 쓰더군. 그동안 근육질에 뚱한 동거남이 옆에 서서 줄무늬 옷을 입은 가슴 앞으로 맨팔로 팔짱을 낀 채 듣고 있었고.

마침내 그 사람들에게서 벗어나 숙소 근처까지 어슬렁거리며 돌아오는 길에 우연히 어떤 식료품점 입구에 빽빽하게 사람들이 줄 서서 기다리는 곳을 지나게 됐는데, 거기, 바로 그 줄 끝에서 아내가 까치발을 하고선 안에서 파는 게 정확히 뭔지 보려고 힐끗거리고 있었던 거야. 아내가 나한테 처음으로 한 말이, 오렌지이기를 바랐다는 말이었던 것 같네.

그녀의 이야기는 약간 모호했지만 진부하기 그지없었지. 그녀는 포제르로 돌아갔었는데, 내가 그녀에게 메시지를 남겨둔 역에 수소문하는 대신에 경찰서로 곧장 갔다더군. 한 난민 무리가 합류하라고 권해서 그녀는 자전거가 한 대도 없는 자전거 가게 바닥에서, 그녀 말로는 일렬로 누운 통나무 세 개 같은 나이든 여자 셋과 함께 그날 밤을 보냈다고 해. 다음날 그녀는 니스까지 갈 만큼 돈이 충분치 않다는 걸 깨달았대. 결국 그 통나무 여자 중 하나에게 돈을 좀 꿨다는군. 하지만 그만 열차를 잘못 타서 이름도 기억나지 않는 마을로 가게 되었다는 거야. 그녀가 니스에 도착한 건 이틀 전으로, 러시아 교회에서 친구를 몇 명 찾았다더군. 그 친구들이 내가 근방을 돌아다니며 그녀를 찾고 있으니 분명히 곧 나타날 거라고 말했다고.

그로부터 얼마 후, 숙소의 내 다락방에 하나밖에 없는 의자 가장자리에 앉아서 그녀의 젊고 호리호리한 허리께를 안고 있는데(그녀는 부드러운 머리카락을 빗질하면서 한번 빗을 때마다 머리를 뒤로 젖혔지), 희미한 미소를 짓던 그녀가 갑자기 묘하게 몸을 떨더니 한 손을 내 어깨에 두고, 마치 내가 처음으로 눈에 띈 물웅덩이 속 상이기라도 한 것처럼 말끄러미 내려다보았어.

"자기한테 거짓말했어, 여보." 그녀가 말했네. "난 거짓말쟁이야. 사실 열차에서 만난 짐승 같은 남자와 몽펠리에에서 며칠 밤을 보냈어. 그러

1046

고 싶어서 그랬던 건 절대 아니야. 헤어로션을 파는 남자였어."

　시간도, 장소도, 고문 방법도.* 그녀의 부채나, 장갑이나, 베일이나.** 나는 그날 밤과 그 뒤 많은 밤을 그녀에게 조금씩 이야기를 끌어내며 보냈지만, 모든 걸 다 알아내지는 못했네. 나는 우선 모든 세부를 알아내야 한다고, 즉 매 순간을 재구성해야 한다고, 그렇게 한 뒤에야 내가 그걸 견딜 수 있을지 아닐지 결정할 수 있을 것 같다는 기묘한 착각에 빠졌지. 그러나 아무리 알아도 더 알고 싶은 욕망은 끝이 없었고, 대략 어디까지 알아야 직성이 풀릴지 예측도 할 수 없었어. 당연한 것이, 그 앎의 분자를 아무리 모은다 한들 분모가 그 분수들 사이사이의 간극만큼이나 무한하기 때문이지.

　아, 처음에 그녀는 너무 지쳐서 내 마음 같은 건 신경쓸 여력이 없었고, 그다음에는 내가 자기를 버릴 거라 확신했기 때문에 신경쓰지 않았어. 보아하니 그녀는 그런 설명들이 위로 차원에서 나에게 주는 일종의 상이 될 거라고 여기는 듯했다네. 실제로는 헛소리와 번민일 뿐이었는데. 그렇게 영겁의 시간이 지나면서 그녀는 이따금 무너졌지만 곧 다시 기력을 회복하고는, 인쇄하기 곤란한 나의 질문에 숨가쁘게 속삭이는 목소리로 대답하거나 가련한 미소를 띤 채 엉뚱한 주해의 준※안전지대로 교묘히 빠져나가려 했고, 나는 나대로 턱이 아파서 거의 터지려고 할 때까지 화난 어금니를 악물고 또 악물었는데, 그 타는 듯한 통증이 둔하게 계속 웅웅대는 아픔을 고분고분 참는 것보다는 어쨌든 더 나은

* 『오셀로』5막 2장 이아고의 처벌을 논하는 장면에서 로도비코의 대사.
** 『오셀로』4막 2장에서 에밀리아에게 데스데모나의 부정에 대해 추궁하는 오셀로의 대사.

것 같았어.

게다가 이 조사 짬짬이 우리는 주저하는 관청으로부터 어떤 서류를 받아내려 애쓰고 있었다는 점도 명심해주게. 그것은 제삼의 서류 신청을 합법화하는 서류였지. 그 제삼의 서류는 그걸 소지한 자가 또다른 서류를 신청할 수 있는 허가를 받기 위한 디딤돌이 되어줄 테지만, 그 또다른 서류를 손에 넣어도, 대체 어떻게, 왜 그 일이 일어났는지 알 수 있는 수단이 주어질 것인가는 모를 일이었지. 몇 번이고 되풀이되는 그 저주받은 장면을 내가 상상할 수 있다고 해도 모서리가 뾰족한 그 그로테스크한 그림자를, 내가 난폭하게 꽉 움켜잡자 덜덜 떨고 당황하며 녹아 없어지는 것 같던 아내의 흐릿한 사지와 연결하는 건 계속 실패하더군.

그러니 남은 건 서로를 고문하고, 경찰청에서 몇 시간이고 끝없이 대기하면서 서류를 기입하고, 이미 비자에 관해선 아주 깊숙한 내장까지 샅샅이 다 캐봤던 친구들과 상의하고, 사무관에게 읍소하고, 다시 서류에 기입하는 일뿐이었고, 그 결과 아내의 호색한 만능 보따리장수는 소름끼치는 혼동 속에 뒤섞여버렸어. 쥐 콧수염을 기르고 고함을 치던 관공서 직원들과, 썩어가는 무용한 기록더미와, 코를 찌르는 보라색 잉크 냄새와, 괴저를 일으키는 압지 밑으로 슬쩍 밀어넣는 뇌물과, 부지런히 움직이는 차갑고 통통한 발로 땀에 젖은 목을 간질이는 살진 파리들과, 인간이 되지 못한 분신 여섯 명이 갓 찍혀 나온 어설픈 요면凹面의 사진들과, 슬루츠크라든지 스타로둡이라든지 아니면 보브루이스크* 같은

* 슬루츠크와 보브루이스크는 벨라루스의 도시, 스타로둡은 러시아 서부에 있는 도시이다.

데서 태어난 청원인들의 비극적인 눈과 참을성 많은 공손함과, 이단심 문관의 고문기구인 깔때기와 도르래와, 자기 여권을 찾을 수 없다는 말을 들은, 안경 쓴 대머리 남자의 참담한 미소가 다 뒤섞인 혼동 속에.

고백하건대 나는 어느 날 저녁, 유난히 끔찍했던 하루를 보낸 후, 돌벤치에 주저앉아 울면서 비자를 발급해주는 영사들과 *경찰서장들의* 진득진득한 손에 수백만의 삶이 저글링되는 거짓된 세계를 저주했다네. 그녀도 울고 있음을 눈치채고는, 그녀가 사라져서 그런 일을 저지르지만 않았다면 지금 이런 식으로 문제될 것은 아무것도 없었을 거라고 말했어.

"날 미쳤다고 생각하겠지만"이라고 그녀가 단단히 벼르고 말을 꺼내자, 순간 그녀가 거의 진짜 사람처럼 변하더군. "그래도 나는 하지 않았어—하지 않았다고 맹세할게. 어쩌면 난 동시에 여러 인생을 사는지도 몰라. 아마도 난 당신을 시험해보고 싶었던 것 같아. 혹시 이 벤치도 꿈이고 우리는 사라토프나 어떤 다른 별에 있는 것 아닐까."

내가 어떻게 각기 다른 단계를 거쳐 결국, 늦게 도착한 것에 대해 그녀가 처음 설명했던 버전을 받아들였는지 장황하게 말해도 지루할 뿐이겠지. 나는 그녀에게 말을 걸지 않았고, 대부분의 시간을 혼자 보냈어. 그녀는 가물가물해지다 희미해져 사라졌다가 내가 좋아할 거라 생각한 사소한 것들—체리 한 움큼, 값비싼 담배 세 개비—을 가지고 다시 나타나, 퉁명스러운 회복기 환자를 보러 들른 간호사가 보일 법한 침착하고 과묵한 다정함으로 나를 대했어. 나는 우리를 모두 아는 친구들의 집에 더는 가지 않게 되었는데, 그들이 내 여권 문제에 흥미를 잃었고 뭔가 막연히 적대하는 것 같아서였지. 나는 시를 여러 편 썼어. 손에 잡히는 와인은 다 마셨고. 어느 날 나는 신음하면서 그녀를 가슴에 꽉 안았고, 우리 둘은 카불에 가서 일주일간 둥근 분홍빛 조약돌로 덮인 좁은 해변에 누워 보냈다네. 이상한 얘기지만, 우리의 새로운 관계가 더 행복하게 여겨지면서 그 저변에 흐르는 통렬한 비애는 더 강해졌지만, 나는 그것이 모든 진정한 지복至福에 내재된 본질적 특징이라고 자신에게 계속 되뇌었어.

그러는 사이에 우리 운명의 이동 패턴에 뭔가 변화가 보이더니, 마침내 나는 떨리는 양손에 두툼한 한쌍의 출국*비자*를 가지고 어둡고 후덥지근한 한 사무실에서 나왔어. 비자에는 아메리카합중국의 혈청이 충분히 주입되었고, 나는 마르세유로 곧장 가서 바로 다음 배의 승선권을 가까스로 손에 넣었지. 나는 하숙집으로 돌아가 계단을 쿵쿵거리며 올라갔어. 탁자 위 유리잔에 장미가 한 송이 꽂힌 게 보이더군—누가 봐도 아름다운 달콤한 분홍색 장미로, 꽃대에는 기생충 같은 기포가 달라붙어 있었지. 그녀의 여벌 드레스 두 벌이 사라졌고, 그녀의 빗도 사라졌고, 그녀의 체크무늬 코트도 사라졌으며, 그녀가 모자로 쓰던 연보라색 나비매듭이 달린 연보라색 머리띠도 보이지 않았어. 베개에 핀으로 꽂아놓은 쪽지도 없어서, 이 상황을 나에게 이해시킬 만한 건 전혀 없었네. 물론 장미 역시 프랑스의 삼류 시인들이 '*허사*'*라고 부르는 것에 지나지 않았으니까.

베레텐니코프네 집에 가봤지만, 그들은 아무것도 내게 해줄 말이 없었어. 헬만네 집에 갔더니 입 열기를 거부했고, 엘라긴 부부는 나에게

---

* 시의 운율을 맞추기 위해 넣는 의미 없는 단어.

얘기해야 할지 말지 확신이 안 선다고 하더군. 마지막으로 찾아간 노부인은—안나 블라디미로브나가 결정적인 순간에 어떤지 자네도 알지—끝을 고무로 감싼 지팡이를 좀 건네달라고 하더니, 그 좋아하는 안락의자에서 무겁게, 하지만 힘차게 몸을 일으켜 나를 데리고 정원으로 나갔네. 거기서 그녀는 내게 나보다 두 배 더 나이를 먹은 사람으로서 말할 권리가 있다며 나보고 약자를 괴롭히는 비열한 놈이라고 했어.

그 장면을 한번 상상해보게나. 자그마한 자갈이 깔린 정원에는 아라비안나이트풍의 푸른색 항아리와 사이프러스나무 한 그루가 홀로 서 있어. 금이 간 테라스는 노부인의 아버지가 노브고로드 지사직을 퇴임하고 니스에서 최후의 며칠 저녁을 보낼 때 무릎에 담요를 덮고 졸던 곳이지. 연녹색 하늘, 깊어가는 황혼 속에 떠도는 바닐라 향, 귀뚜라미가 중앙 '다' 음보다 두 옥타브 높은 금속음으로 우는 소리, 안나 블라디미로브나가 뺨의 접힌 군살을 경련하듯 덜렁거리며 어머니같이, 그러나 부당하기 짝이 없는 모욕적인 말을 나에게 쏘아붙이는 장면을 말일세.

친애하는 V, 그때까지 몇 주간 나의 유령 같은 아내는 우리를 둘 다 아는 서너 가족을 혼자서 방문할 때마다, 그 친절한 사람들의 안달난 귀에 얼토당토않은 이야기를 채워넣었던 것이네. 더 정확히 말해서, 그녀는 작은 탑이 있는 저택과 문장이 있는 가문의 이름을 줄 수 있는 젊은 프랑스 남자와 미친듯이 사랑에 빠져서 이혼해달라고 애원했는데 내가 거절했다고, 혼자서 뉴욕으로 배를 타고 가느니 그녀에게 총을 쏘고 나도 자살하겠노라고 내가 말했다고, 그래서 자기 아버지는 비슷한 상황에서 신사답게 행동했다고 말했더니 내가 그녀의 *오쟁이진 친부*

따위는 엿 먹으라고 답했다는 얘기를 늘어놓은 거지.

그런 식의 터무니없는 미주알고주알이 그 외에도 수없이 많았어—그러나 그 모든 세부가 얼마나 그럴듯하게 맞물려 이야기를 엮어냈는지, 노부인이 내게 공이치기가 당겨진 피스톨을 가지고 그 연인들을 뒤쫓지 않겠다고 맹세하게 한 게 놀랍지 않았다니까. 노부인 얘기로는 그 연인들이 로제르의 어떤 성으로 갔다더군. 그 젊은이를 한 번이라도 본 적 있는지 물었더니, 아니라고, 그러나 그의 사진은 본 적 있다는 거야. 내가 떠날 때는 안나 블라디미로브나가 살짝 마음이 풀려서 내가 키스하도록 다섯 손가락을 내주기도 하더니, 갑자기 벌컥 다시 화를 내며 지팡이로 자갈을 톡톡 치고는 깊고 강한 목소리로 말했어. "그래도 내가 절대로 자네를 용서할 수 없는 게 하나 있네—그녀의 개 말일세, 파리를 떠나기 전에 자네 손으로 매달아 죽였다던 그 불쌍한 짐승 말이지."

그 유한계급의 신사가 보따리장수로 변했는지, 아니면 그 변신이 역으로 일어났는지, 또 아니면 어느 쪽도 아니고 우리가 결혼하기 전에 그녀에게 구애했다는 정체불명의 그 러시아인이었던 건지—그런 건 다 전혀 본질적인 문제가 아니었어. 그녀가 사라졌다. 그걸로 끝이지. 그녀를 찾고 기다리는 그 악몽 같은 일을 전부 다시 시작했다면, 나는 바보가 틀림없을 거야.

길고 암울한 항해의 나흘째 되는 아침에 나는 갑판에서, 파리에서 체스를 함께 둔 적 있는 근엄하지만 유쾌한 노의사를 만났어. 노의사가 내게 바다가 거친데 부인께선 불편을 많이 느끼시진 않는지 묻더군. 나는 혼자 배에 탔다고 답했네. 그랬더니 그가 깜짝 놀라서는 승선 이삼

일 전, 그러니까 마르세유에서 자기 생각에는 좀 정처 없이 내 아내가 제방을 걷고 있는 걸 봤다고 말하더군. 내가 곧 가방과 승선권을 가지고 그녀와 합류할 거라고 했다는 거야.

내 생각에는 이것이 이 이야기 전체의 가장 중요한 지점이야—자네가 이 이야기를 쓴다면, 이젠 너무 닳고 닳은 수법이니까 그 남자를 의사로 만들지 않는 편이 낫겠지만. 아무튼 내가 불현듯 그녀가 애초부터 존재한 적도 없다는 사실을 확실히 깨달은 게 바로 이 순간이었다네. 한 가지 더 얘기하지. 나는 도착하자마자 바로 어떤 병적인 호기심을 만족시키기 위해 서둘렀어. 그녀가 일전에 나한테 줬던 주소지로 가본 걸세. 그 주소는 사무실용 빌딩 두 채 사이에 있는 소유자 불명의 틈새로 밝혀졌어. 전화번호부에서 그녀의 삼촌 이름을 찾아보았는데, 없었고. 수소문을 좀 해봤지. 모든 걸 다 아는 게코가 그 남자와 말상의 그 아내라면 분명히 있었지만, 귀가 먹은 딸내미가 죽은 후 샌프란시스코로 이사했다고 알려주더군.

과거를 도식적으로 눈앞에 그려보면 우리의 망가진 로맨스가 험준한 현실의 바위산 두 개 사이에 난, 옅은 안개가 자욱한 깊은 계곡 속으로 빠져든 게 보인다네. 이전에 인생이 실재했고, 이제부터의 인생도 실재하겠지. 그러길 바라. 그래도 내일은 아니지만. 아마도 내일 이후부터일 거야. 자네 같은 행복한 필멸자들, 사랑하는 가족(이네스는 잘 지내나? 쌍둥이는?)과 여러 가지 할일(자네의 그 이끼들은 어떤가?)이 있는 필멸자들이 인간의 교감이라는 면에서 내 불행의 수수께끼를 풀기를 기대하기는 어렵지만, 자네는 자네의 예술이라는 프리즘을 통해 나를 위해 사태를 명확히 밝혀줄지도 모르지.

그래도 유감천만이군.* 자네의 예술 따위 엿이나 먹으라지. 나는 끔찍
할 정도로 불행하네. 뜨거운 판석 위에 갈색 그물이 펼쳐져 건조되고,
물의 어룽거리는 빛이 계류된 어선의 측면에서 노니는 그곳에서 그녀
가 계속 서성거리고 있어. 어디선가, 어쩌다 내가 어떤 치명적인 실
수를 저지른 거지. 갈색 그물망 여기저기에 찢어진 물고기 비늘의 조그
만 옅은 색 파편들이 반짝거려. 내가 조심하지 않으면 결국 알레포에서
끝날지도 모르네.** V여, 나를 좀 도와주게. 자네가 "일찍이 알레포에
서……"를 제목으로 쓴다면, 견디기 힘든 어떤 암시를 자네의 주사위
에 싣게 되는 거야.***

---

* 『오셀로』 4막 1장에 나오는 오셀로의 대사.
** 『오셀로』 5막 2장에서 오셀로는 "일찍이 알레포에서"로 시작하는 대사 후에 자신을
칼로 찌른다.
*** 주사위 게임에서 주사위에 무게를 더하는 속임수를 써서 한쪽에 유리한 결과를 초래
한다는 의미.

잊힌 시인

1

1899년, 그 시절 마치 솜을 채운 듯 묵직하고 편안했던 상트페테르부르크에서 저명한 문화단체였던 '러시아문학진흥협회'가 반세기 전 한창 나이인 마흔두 살에 사망한 시인 콘스탄틴 페로프를 성대하게 추모하기로 결정했다. 시인은 러시아의 랭보라 불렸는데, 그 프랑스 소년 시인이 천재성에서는 그를 능가함에도, 그 비유가 완전히 근거가 없지는 않았다. 페로프는 겨우 열여덟 살에 저 비범한 「그루지야의 밤」을 썼는데, 장황하고 긴 그 '몽환적 서사시'의 어떤 대목들은 전통적인 동양풍 무대의 베일을 찢고, 갑자기 진정한 시의 감각적 효과가 읽는 사람의 견갑골 사이에 일으키는 천상의 외풍을 만들어냈다.

그로부터 삼 년 후에는 시집이 한 권 나왔다. 시인이 독일 철학자인가 누군가에게 빠졌었는데, 그 때문인지 그 시집에서 몇몇 작품은 진정한 서정적 충동에 우주에 대한 형이상학적 설명을 결합하려는 그로테스크한 시도로 사람들을 당혹시켰다. 하지만 나머지 작품은 그 괴짜 청년이 러시아어 어휘를 탈구시키고 상투적인 형용구의 목을 비틀어, 지저귀는 시 대신에 캑캑거리고 비명을 지르는 시를 지었던 시절에 그랬던 것처럼 여전히 생기 넘치고 비범했다. 독자 대부분은 1850년대 러시아 특유의 해방 관념이 모호한 웅변조의 영광스러운 폭풍우 속에서 표현된 시를 가장 좋아했는데, 어떤 비평가는 그런 시가 "당신에게 적을 보여주지는 않지만 전투를 향한 동경으로 꽤 가슴을 벅차오르게 한다"라고 평했다. 개인적으로 나는 더 순수하면서도, 그와 동시에 더 울퉁불퉁한 「집시」나 「박쥐」 같은 서정시 쪽을 좋아한다.

페로프는 소지주의 아들로, 그 부친에 관해 알려진 거라곤 루가 근처의 영지에서 차 재배를 시도했다는 사실뿐이다. 청년 콘스탄틴은 (전기의 어조로 써보자면) 젊은 시절 대부분을 상트페테르부르크에서 지냈는데, 대학을 아무 생각 없이 멍하게 다녔고, 그후에는 막연히 성직에 종사하려고 자리를 찾아보기도 했다—사실, 그와 같은 배경을 가진 사람들의 일반적인 경향에서 추론할 수 있는 시시한 일 외에 당시 그의 활동에 대해서는 알려진 바가 거의 없다. 서점에서 우연히 페로프와 한번 만났던 유명한 시인 네크라소프*가 편지 속 한 구절을 통해, "어린아이의 눈과 가구 옮기는 짐꾼의 어깨"를 가진, 뚱하고 침

---

* 러시아 시인 니콜라이 네크라소프. 벨린스키를 비롯한 급진주의 문학가들로부터 높은 평가를 받았다.

착하지 못하고 "되통스럽고 사나운" 청년의 이미지를 전한 바 있다.

또한, 한 경찰보고서에서 그는 '넵스키대로'의 커피하우스에서 "다른 두 명의 학생과 목소리를 낮춰 대화를 나누었다"고 언급된다. 그리고 리가 출신의 상인과 결혼한 그의 여동생이, 재봉사나 세탁부 같은 여자들과 시인 사이에 감정이 오간 불장난을 개탄했다는 이야기도 전해진다. 1849년 가을, 그는 스페인 여행 여비를 마련하려는 특별한 의도로 부친을 방문했다. 만사 단순하게 반응하는 사람이었던 부친은 아들의 얼굴을 냅다 내갈겼고, 며칠 후 그 불쌍한 청년은 근처 강에서 멱을 감다가 익사했다. 그가 입었던 옷가지와 반쯤 먹다 만 사과를 어느 자작나무 아래서 찾았지만, 시체는 끝내 발견되지 않았다.

그의 명성은 지지부진하게 이어졌다. 모든 선집에는 「그루지야의 밤」의 늘 같은 한 구절이 수록됐고, 1859년에는 급진파 비평가 도브롤류보프*가 과격한 논문에서 페로프의 가장 볼품없는 시들의 혁명적 풍자성을 칭찬했다. 약간 불분명한 면도 있지만 훌륭했던 그 재능을 당대의 반동적인 분위기가 좌절시켰고 결국에는 파괴해버렸다는 게, 1880년대의 일반적인 통념이었다―이 정도가 다였다.

1890년대에는 견고하고 침체된 정치의 시대에 부합해 때때로 그러듯이 시에 대한 취향이 더 건전해져, 페로프의 운율을 둘러싸고 재발견의 돌풍이 부는 한편, 다른 쪽에서는 자유주의적 정신을 가진 자들이 도브롤류보프의 큐 사인을 따르기를 마다하지 않았다. 공원 중 한곳에 세워질 기념비를 위한 기금 모금은 완벽한 성공을 거두었다. 굳지의

---

* 러시아 시인, 비평가 니콜라이 도브롤류보프.

출판사가 페로프의 생애에 관해 얻을 수 있는 모든 정보를 샅샅이 수집했고, 꽤 두꺼운 책 한 권으로 그의 전작을 출판했다. 월간지들은 학술적 개론을 여러 편 실었다. 수도에 있는 최고로 좋은 홀 중 한 곳에서 열린 기념행사에는 많은 사람이 모였다.

2

기념행사가 시작되기 몇 분 전, 연사들이 아직 무대 뒤 위원회 대기실에 모여 있는 동안, 돌풍이 분 듯 문이 덜컥 열리더니 체격이 다부진 한 노인이 좋았던 옛 시절에 보던—그나 누군가의 어깨에 걸쳤던—프록코트를 입고 들어왔다. 리본 배지를 단 대학생 한쌍이 행사보조원 자격으로 그를 저지하고자 주의를 주는데도 아랑곳하지 않고, 노인은 완벽하게 위엄을 갖추고 위원회 쪽으로 나아가 고개를 숙여 인사하더니 "내가 페로프요"라고 말했다.

나보다 나이가 거의 두 배는 연상이고 지금까지 생존해 있는 그 사건의 유일한 증인인 지인의 이야기로는, (신문편집자로 과대망상에 빠진 불청객이라면 이골이 난) 위원장이 그를 올려다보지도 않고 "쫓아내버려"라고 말했다고 한다. 아무도 그 말을 따르지 않았다—아마도 술에 많이 취한 듯한 나이든 신사에게는 누구라도 어느 정도는 호의를 보이고 싶어지기 때문일 것이다. 노인은 탁자에 자리를 잡고 앉아 제일 온화해 보이는 인물, 즉 롱펠로와 하이네 그리고 쉴리프뤼돔의 번역자인 (훗날 테러리스트 단체의 일원이 되는) 슬랍스키를 골라 사무적인 어조로 '기념비 기금'이 이미 모였는지, 모였다면 기금을 자신이 언제 가질 수 있는지 물었다.

그가 그런 주장을 할 때 몹시 차분했다는 점에 대해서는 모든 보고가 일치한다. 그는 굳이 주장을 강조하지 않았다. 자신이 의심받을 가능성을 꿈에도 생각하지 않은 듯이 그냥 말했다. 그 기이한 사건의 맨 첫 단계에, 후미진 그 방에 모인 유명인사들 사이에서 원로의 분위기를 풍기는 턱수염에 연한 갈색 눈과 감자 같은 코를 가진 그 남자가, 평범한 사기꾼이라면 위조해놨을 증거를 내놓는 데는 신경도 안 쓰고, 기념행사로 얻게 될 이익에 대해 침착하게 궁금해하는 광경이 사람들의 인상에 강하게 남았다.

"친척이신가요?" 누군가가 물었다.

"내 이름은 콘스탄틴 콘스탄티노비치 페로프요." 노인이 참을성 있게 말했다. "우리 집안의 후손 하나가 홀에 와 있다는 얘기를 들었네만, 그런 건 뭐 쓸데없는 짓이고."

"연세가 어떻게 되시죠?" 슬랍스키가 물었다.

"일흔넷." 노인이 답했다. "그리고 연이은 흉작의 희생자이지."

"잘 아시겠지만," 배우 예르마코프가 말했다. "오늘밤 우리가 추념행사를 하는 시인은 정확히 오십 년 전에 오레데시강에서 익사했습니다."

"브즈도르(헛소리)." 노인이 쏘아붙였다. "나도 나름의 이유가 있어서 일을 꾸민 것이오."

"자, 이제 어르신," 위원장이 말했다. "정말로 나가셔야 합니다."

그들은 노인을 의식에서 떨쳐버리고는, 강하게 조명이 밝혀진 연단으로 떼를 지어 나갔다. 연단에는 엄숙한 붉은 천을 씌운 위원회 탁자를 또하나 두고 그 뒤에 필요한 수만큼 의자를 배열했는데, 그런 곳에 으레 놓이는 목이 가는 물병이 아까부터 반짝거리며 청중의 혼을 빼놓고 있었다. 탁자 왼편에 놓인 셰레메텝스키 아트 갤러리에서 대여해온 유화가 사람들의 감탄을 자아냈다. 그림 속 스물두 살의 페로프는 까무잡잡한 청년으로, 낭만적으로 머리카락을 흩뜨리고 셔츠 깃을 풀어헤쳤다. 그림 받침대는 꽃들과 잎들로 경건하게 감춰져 있었다. 전방에는 역시 연단용 물병이 놓인 연설대가 어렴풋이 보이고, 무대 옆에는 그랜드피아노가 나중에 프로그램의 음악 연주 순서 때 굴려져 나가려고 대기하고 있었다.

홀에는 문학계 인사, 계몽된 법률가, 학교 교사, 학자, 열심인 남녀 대학생 들과 기타 등등으로 꽉 차 있었다. 홀의 눈에 띄지 않는 자리에는 행사를 참관하도록 파견된 변변찮은 비밀경찰 요원도 몇 명 있었는데, 이렇게 극도로 차분한 문화집회에도 혁명을 선동하는 주신제로 순식간에 탈바꿈할 수 있는 묘한 면이 있다는 걸 정부 역시 경험상 알았던 것이다. 페로프의 초기 시 한 편에 1825년 데카브리스트의 난에 대한, 잘 드러나진 않지만 호의적인 암시가 있다는 사실은 일정한 예방조치의 필요성을 시사했다. 이를테면 "*시베리아 낙엽송이 음울하게 사각거리며 땅속의 광석과 교신한다*" 같은 시구가 공개적으로 발설된 후에 무슨 일이 일어날지는 아무도 모를 일이었다.

기록 중 하나에 적혀 있듯이, "곧 약간 도스토옙스키적인 소동과 흡사한 뭔가가"(이 글의 필자는 『악령』의 유명한 슬랩스틱 장을 생각하고 있다) "어색한 긴장의 분위기를 만들고 있음이 감지되었다". 이는 그 노신사가 유유히 오십주년기념위원회 일곱 명의 위원을 따라 연단으로 나가서 그들과 함께 탁자에 자리잡고 앉으려 했기 때문이다. 청중의 면전에서 실랑이하는 걸 피하는 데 여념이 없는 위원장은 노인을 만류하려 기를 썼다. 위원장은 겉으로는 정중한 미소로 짐짓 위장한 채 노인에게는 의자 등받이를 놓지 않으면 홀에서 쫓아낼 거라고 속삭였는데, 슬랍스키가 태연한 태도로 그 의자 등받이를 강철같이 꽉 쥐고는 마디가 울퉁불퉁한 노인의 손을 은밀히 비틀어 떼어내고 있었다. 노인은 거부했지만, 의자를 놓쳤고 남은 자리는 없었다. 노인은 주위를 획 둘러보다가 무대 옆에 있는 피아노 의자를 발견했고, 무대 좌우 끝에 드리운 막에 숨은 행사보조원의 손이 도로 낚아채가기 몇 분의 일 초 전에 그 의자를 무대 위로 태연히 끌고 나갔다. 노인은 위원회 탁자와 좀 거리를 두고 떨어져 앉았고, 곧바로 전시품 제1호가 되었다.

여기서 위원회는 노인의 존재를 다시 그들의 머릿속에서 떨쳐버리는 치명적인 실수를 저질렀다. 반복하자면, 그들은 무엇보다 소란을 피하고 싶은 마음이 간절했다. 게다가 그림 받침대 옆에 있는 파란 수국이 역겨운 당사자를 위원들의 물리적 시야로부터 반쯤 감추었다. 하지만 불행히도, 그 노신사는 청중에게는 가장 눈에 잘 띄는 존재였다. 거기 그 볼품없는 대좌(삐걱거리는 소리가 반복되면서 금방이라도 회전할 수 있다는 암시를 주는)에 앉아 안경집을 열고는 완전히 침착하고 편안하게 물고기처럼 입을 뻐끔거리며 안경 렌즈에 대고 숨을 내쉬는 노신사의 고색창연한 머리와 허름한 검은 옷과 측면에 고무를 덧댄 부츠는, 궁핍한 러시아 교수를 연상시키는 동시에 부유한 러시아 장의사를 떠올리게 했다.

위원장이 연단으로 걸어나와 개회사를 하기 시작했다. 청중석 곳곳에 수군거리는 소리가 파도처럼 퍼진 것은, 그 노인장이 누구인지 당연히 궁금해들 했기 때문이다. 안경을 제대로 쓰고 양손을 무릎에 올려둔 노인은 곁눈질로 초상화를 찬찬히 보더니 눈을 돌려 제일 앞줄의 사람들을 찬찬히 살폈다. 그에 답해 사람들의 눈길도 노인의 빛나는 돔 같은 대머리와 초상화의 곱슬곱슬한 머리를 왔다갔다하지 않을 수 없었는데, 왜냐하면 위원장이 긴 연설을 하는 동안 노인의 침입에 대한 자세한 경위가 사람들 사이에 퍼졌고, 어떤 이들은 상상력을 발휘해, 거의 전설이 된 시대에 속하고 교과서에 의해 과거로 아득하게 좌천된 시인, 시대착오적 존재, 무지한 어부의 망에 걸린 살아 있는 화석, 일종의 립 밴 윙클* 같은 인물이 실제로 제 청춘의 영광을 기리는 이 재회에 추저분한 망령의 모습으로 참가했다고 재미삼아 생각하기 시작했기 때문이다.

"……페로프의 이름을," 위원장이 연설을 끝마치며 말했다. "분별 있는 러시아가 결코 잊지 않도록 합시다. 푸시킨은 우리 나라에서 언제나 첫사랑으로 기억될 거라고 튜체프가 말한 바 있죠. 페로프에 대해 우리는 러시아가 자유를 처음으로 경험했던 것이라 말할 수 있을 것입니다. 표면만 보는 사람에게는, 이 자유가 시민보다는 예술가의 마음을 더 끄는 시적 이미지의 그 경이로운 풍성함에 한정된 것처럼 여겨질지도 모릅니다. 그러나 더 냉철한 세대를 대표하는 우리는 더 깊고 더 활력 넘치고 더 인간적이고 더 사회적인 의미를, 예를 들어 다음과 같은 그의 시행 속에서 읽어내고 싶어집니다.

---

* 워싱턴 어빙의 단편 「립 밴 윙클」의 주인공으로, 그는 사냥을 나갔다가 어떤 남자를 만나 술을 얻어마시고는 잠이 든다. 깨어났을 때는 이십 년의 세월이 흘러 있었다.

최후의 눈動이 묘지 벽의 그림자 속에 숨고

이웃집 검은 말의 털이

4월의 날랜 태양빛을 받아 날렵한 푸른 윤기를 띠고

물웅덩이가 대지의 검은 손으로 동그랗게 모아쥔 수만큼의 하늘이 될

때,

나의 마음은 누더기를 걸치고 밖으로 나가

빈자와 맹인과 어리석은 자,

배를 불리기 위해 등을 굽혀 악착같이 일하는 자들을 방문하는데,

걱정과 욕망으로 시야가 흐려진 그자들에게는

눈에 난 구멍들도, 푸른 말도, 기적 같은 물웅덩이도 보이지 않으리."

연설이 끝나자 박수가 터져나왔지만, 돌연 그 박수가 끊기더니 귀에 거슬리는 웃음소리가 한바탕 몰아쳤다. 위원장이 방금 자신이 한 말에 여전히 전율하며 탁자로 돌아오는데, 그 턱수염 난 낯선 자가 일어나더니 고개를 연신 까딱거리고 손을 뻣뻣하게 흔들면서 정중한 감사와 어떤 초조함이 섞인 표정으로 환호에 답했던 것이다. 슬랍스키와 그 한쌍의 행사보조원이 기를 쓰고 노인을 재촉해 몰아내려고 했지만, 청중 한가운데서 "꼴불견이군, 꼴불견이야!" "아스타브테 스타리카(노인 좀 그냥 내버려두라고)!"라는 외침이 일었다.

나는 한 기록에서 청중 사이에 공모자들이 있었다는 암시를 발견했지만, 내 생각에 대중의 양심과 마찬가지로 느닷없이 생겨나곤 하는 대중의 동정으로 사태가 그렇게 전개된 것이라고 설명하면 충분할 듯하

다. 남자 셋을 상대해야 했음에도 '노인'은 놀라울 정도로 품위 있는 태도를 계속 유지했으며, 공격자들이 마지못해 물러나고 몸싸움중에 넘어진 피아노 의자를 그가 되찾아오자, 청중 사이에서 만족한 듯한 웅성거림이 들려왔다. 그러나 유감스러운 사실은 행사 분위기가 어찌해볼 도리 없이 훼손되었다는 것이다. 청중 중에 더 젊고 시끄러운 패거리 쪽은 자기들끼리 만판 즐기기 시작했다. 위원장은 코를 벌룩거리며 자기 물컵에 물을 따랐다. 두 비밀경찰 요원이 홀의 다른 두 지점에서 조심스럽게 시선을 교환했다.

3

위원장의 연설 다음에는, 교외 공원 한곳에 페로프의 기념비를 세우기 위해 다양한 기관과 개인으로부터 받은 기부금 총액에 대한 회계 보고가 이어졌다. 노인은 느긋하게 종이 한 장과 몽당연필을 꺼내더니 종이를 무릎에 대고 보고되는 숫자를 확인하기 시작했다. 그다음에는 페로프 여동생의 손녀가 연단에 잠시 등장했다. 행사 주최자들은 프로그램의 이 순서를 마련하는 데 좀 애를 먹었는데, 당사자인 통방울눈에 밀랍처럼 창백하고 뚱뚱한 젊은 여성이 정신질환자를 위한 시설에서 우울증 치료를 받고 있었기 때문이다. 입이 비뚤어지고 처량하게도 온통 분홍색으로 차려입은 그 여성은 청중 앞에 잠깐 전시되었다가, 시설에서 파견된 가슴이 풍만한 여성의 단단한 손에 휙 잡혀 다시 돌아갔다.

그 시절에 자주 극장에 가던 사람들 사이에서 인기인으로, 극 용어로 이른바 '미남 테너'였던 예르마코프가 초콜릿 크림 같은 목소리로 「그루지야의 밤」에 나오는 왕자의 연설을 낭독하기 시작하자, 그의 가장 열성적인 팬조차 낭독의 아름다움보다 노인의 반응에 더 흥미를 가졌음이 분명해졌다. 그리고 낭독이 다음 시행들에 이르자,

금속이 불멸의 물질이라면, 어딘가에 여전히
내가 일곱번째 생일에 정원에서 잃어버린
반들반들 광이 나던 단추가 놓여 있을 거야.
그 단추를 찾아줘, 그러면 내 영혼은
모두의 영혼이 구원받아 소중하게 보관돼 있단 걸 알게 될 거야.

내내 침착하던 그가 처음으로 동요를 보이더니, 천천히 큰 손수건을 펴서 세차게 코를 풀었다―그 소리를 듣고 짙게 윤곽이 그려진, 다이아몬드처럼 빛나는 예르마코프의 눈이 쭈뼛쭈뼛하는 말의 눈처럼 곁눈질했다.

손수건이 코트 주머니 속으로 도로 들어갔고, 그후 불과 몇 초 지나지 않아 노인의 안경 아래로 흐르는 눈물이 첫째 줄 청중의 눈에 띄었다. 노인은 눈물을 닦으려 하지 않았고, 손가락을 갈고리 모양으로 벌린 손이 한두 번 안경까지 올라왔다가도 도로 아래로 떨어졌으니, 마치 그런 손짓(이 손짓이야말로 그 섬세한 명연기 전체의 정점이었는데)을 하면 눈물에 이목이 집중될까봐 두려워하는 듯했다. 낭독 뒤에 이어진 엄청난 박수갈채는 틀림없이 예르마코프가 낭독한 시보다는 노인의

연기에 대한 찬사의 뜻이었다. 이윽고 박수가 점점 잦아들자마자, 노인이 일어서서 연단의 모서리로 행군하듯 걸어나갔다.

　위원회 쪽에선 아무도 노인을 막으러 나서지 않았는데, 여기에는 두 가지 이유가 있었다. 첫번째는 노인의 눈에 띄는 행동에 격분한 위원장이 모종의 지시를 내리려고 잠시 자리를 비웠기 때문이다. 두번째는 묘한 의심이 뒤섞여 주최자 몇몇을 불안하게 만들었기 때문인데, 그래서 노인이 팔꿈치를 연설대에 얹었을 때는 완전한 적막이 흘렀다.

　"그러니까 이런 게 명성이라는 거군요"라고 노인이 조금 목이 쉰 듯한 목소리로 말하자, 뒤쪽 좌석에서 "*그롬체, 그롬체!(더 크게, 크게!)*"라고 외쳤다.

　"이런 게 명성이냐고 말했습니다." 노인이 엄한 얼굴로 청중을 안경 너머로 유심히 바라보며 다시 말했다. "스무 편 남짓한 경박한 시, 덜렁거리고 딸랑거리게 만든 단어들, 그러면 인류에 뭔가 쓸모가 있었던 것처럼 그 인간의 이름이 기억되다니! 아니요, 여러분, 현혹되어선 안 됩니다. 우리 러시아제국과 우리의 아버지이신 차르의 왕좌는, 그 불사의 권능이 얼어붙은 번개와도 같아서 지금도 예전 그대로 굳건하고, 반세기 전에 반역의 시를 휘갈겨쓰는 과오를 범했던 젊은이는 이제 정직한 시민들에게 공경받는, 법을 준수하는 노인이 되었습니다. 여러분의 보호가 필요한 노인이라는 말도 덧붙이겠습니다. 나는 자연력의 희생자입니다. 내가 땀흘려 일구었던 토지도, 내가 손수 젖을 먹였던 새끼 양도, 황금색 줄기를 흔들던 모습을 내 눈으로 보았던 밀도—"

　바로 그때 거구의 경찰 두 명이 재빨리, 고통을 주지 않고 노인을 데리고 갔다. 청중은 급히 끌려나가는 노인의 모습을 얼핏 보았다—나비

넥타이가 한쪽으로 튀어나오고 턱수염은 다른 쪽으로 삐죽 나오고 손목에는 셔츠의 소맷동이 덜렁거렸지만, 그럼에도 노인의 눈에는 예의 그 엄숙함과 자부심이 남아 있었다.

기념행사를 보도한 주요 일간지들은 행사를 망친 그 '유감스러운 사건'에 대해 지나가는 투로만 언급했다. 하지만 헤르스토프 형제가 중하류계급과 반문맹이라 속편한 노동자계급의 이익을 위해 간행하는, 야단스럽고 반동적인 삼류지인 저 악명 높은 〈상트페테르부르크 기록〉은 그 '유감스러운 사건'이란 다름 아닌 바로 진짜 페로프의 재등장 사건이었다고 주장하는 연재 기사를 대서특필했다.

4

그러는 동안에 그 노인은 대단한 부자이자 천박한 괴짜인 상인 그로모프가 수집하듯 데려갔다. 그로모프의 집은 방랑 수도승, 돌팔이 의사, 그리고 '유대인 집단학살단원' 같은 이들로 가득했다. 〈기록〉은 그 시인 사칭자와의 인터뷰도 게재했다. 인터뷰에서 그 사칭자는 자신의 정체성을 사취하고 돈도 빼앗아간 '혁명당 추종자들'에 대해 욕설을 퍼부었다. 그는 그 돈을 페로프 전집을 낸 출판업자들로부터 법적으로 받아내겠다고 말했다. 그로모프 집의 식객인 술주정뱅이 학자가 노인의 이목구비와 초상화의 이목구비 사이의 (불행히도 꽤 놀라운) 유사점을 지적했다.

그가 성스러운 러시아의 가슴에 안긴 그리스도교도의 삶을 인도하기 위해 자살극을 무대 위에 올렸다는, 상세하지만 거의 믿기 어려운 이야기도 등장했다. 그는 안 해본 일이 없었다. 보따리장수, 새잡이, 볼가강의 뱃사공 등을 하다가 결국 외진 시골에 자그마한 땅 하나를 얻는 것으로 귀결됐다는 것이다. 나는 걸인들이 몸을 덜덜 떨며 길에서 『사드 후작의 모험』이나 『어떤 아마존의 회상』과 함께 팔던 지저분해 보이는 소책자 『콘스탄틴 페로프의 죽음과 부활』 한 부를 본 적이 있다.

하지만 내가 옛날 기록을 이것저것 검토하다 찾아낸 것 중에 압권은, 그 턱수염 난 사칭자가 잎이 다 떨어진 공원에서 미완성의 페로프 기념비 대리석 받침대에 올라가 찍은 얼룩진 사진 한 장이다. 그는 팔짱을 끼고 아주 똑바로 서 있다. 동그란 모피 모자를 쓰고 새 덧장화를 신었지만 외투는 입고 있지 않다. 그의 발밑에는 소수의 지지자가 무리지어 모여 있는데, 그 작고 하얀 얼굴들은 옛날 린치 집단의 사진에 특징적으로 나타나는 자기만족적인 표정이 담긴 배꼽 같은 눈으로 카메라를 응시하고 있다.

야단스러운 폭력배들이 판치고 반동적인 우쭐거림(차르가 알렉산드르든 니콜라이든 이오시프든 뭐라 불리든 상관없이 러시아에서 정부 개념과 아주 밀접하게 연결되는)이 팽배한 이런 분위기에서 지식인들로서는, 시에 표현되었듯이 순결하고 열렬한 혁명 정신을 가진 페로프를 대충 페인트를 칠한 돼지우리에서 뒹구는 천박한 노인과 동일시하는 참사는 상상해보는 것조차 견디기 어려웠으리라. 비극적인 대목은, 그로모프도 헤르스토프 형제도 그들에게 재미를 주는 그 인물이 진짜 페로프라고는 내심 믿지 않은 한편, 정직하고 교양 있는 많은 이들은 자신들이 쫓아낸 것이 '진실과 정의'였다는 난감한 생각에 사로잡혔다는 것이다.

최근에 출판된, 슬랍스키가 코롤렌코에게 보낸 편지에 이런 대목이 있다. "역사상 유례가 없는 운명의 선물을 받았는데, 즉 과거의 위대한 시인이 나사로처럼 부활했는데 배은망덕하게도 무시한 것인지도 모른다고—아니, 더 심하게는, 반세기 동안의 침묵 끝에 몇 분 횟소리를 한 죄밖에 없는 인간을 사악한 사기를 쳤다고 간주한 것인지도 모른다고—생각하면 몸서리가 쳐집니다." 단어 선택에서는 갈피를 못 잡고 있지만 요지는 명확하다. 즉 러시아 지식층은 사기의 희생자로 전락하는 걸 끔찍한 대실책을 후원하는 것보다 덜 두려워한다는 것. 그러나 그들이 훨씬 더 두려워하는 게 있는데, 그건 바로 이상의 파괴이다. 세상의 모든 것을 전복할 태세가 되어 있는 여러분의 급진파가 예외로 두는 것이 바로 예의 그 이상, 즉 얼마나 의심스럽고 얼마나 먼지가 쌓였든 상관없이, 어떤 이유에선지 급진주의자가 신줏단지 모시듯 하는 그런 싸구려 보석이기 때문이다.

소문에 따르면, 러시아문학진흥협회의 비밀회의에서 그 노인이 협회로 계속 보내오는 수많은 모욕적인 서한을 전문가들이, 시인이 십대에 쓴 아주 오래된 편지와 꼼꼼히 비교했다고 한다. 그 옛날 편지는 어떤 개인의 기록 보관소에서 발견된 것으로 페로프 필적의 유일한 견본으로 여겨졌는데, 빛이 바랜 그 잉크 필적을 세세히 조사하는 학자들 말고는 아무도 그 존재를 몰랐다. 그들이 그 비교를 통해 무엇을 알아냈는지도 우리로서는 알 길이 없다.

또한 많은 돈이 모였고, 어디 내놓기 남부끄러운 그 친구들 모르게 노인에게 모종의 제안이 갔다는 소문도 있다. 들자 하니, 바로 농장으로 돌아가 거기서 점잖게 침묵과 망각 속에서 지내는 조건으로 매월 상당한 연금을 지급하겠다는 제안이었던 듯하다. 또 들자 하니 그 제안이 받아들여진 듯한데, 노인이 나타났을 때와 똑같이 불시에 사라진 한편, 그로모프가 애완동물 같은 그를 잃은 상실감을 수상한 프랑스계 최면술사를 돌보는 것으로 달랬다는 얘기가 있기 때문이다. 그 최면술사는 그로부터 일이 년 후 궁정에서 어느 정도 성공을 누리게 된다.

기념비 제막식은 예정대로 엄수돼 그 구역 비둘기들이 제일 좋아하는 장소가 되었다. 페로프 전집의 판매는 제4판 도중부터 점차 줄더니 용두사미로 끝났다. 마지막으로, 그로부터 몇 년 후, 페로프가 태어난 지방에서 제일 똑똑하다고 할 수는 없어도 가장 나이가 많은 주민이 한 여성 언론인에게, 강의 갈대밭에서 유골 한 구를 발견한 일을 아버지에게 들은 기억이 있다고 말했다.

5

비옥한 대지의 포석을, 작은 식물들의 흰색 잔뿌리와, 그런 일이 생기지 않았으면 거기에 그대로 묻혀 있었을 통통한 연보라색 벌레들과 함께 갈아엎은 러시아혁명이 일어나지 않았다면, 이야기는 여기서 끝났을 것이다. 1920년대 초, 어둡고 굶주렸지만 병적일 정도로 활력이 있던 도시 상트페테르부르크에 이런저런 기이한 문화단체(이를테면 유명하지만 궁핍한 작가들이 자기 저작을 파는 서점 같은)가 우후죽순 생겨날 때 누군가가 이삼 개월치 생활비를 벌기 위해 작은 페로프 기념관을 마련했는데, 이것이 또하나의 부활극으로 이어졌다.

전시품은? 하나(그 십대 시절의 편지) 빼고 다 있었다. 허름한 홀에 전시된 과거의 재탕. 귀중한 셰레메텝스키 초상화(풀어헤친 옷깃 사이로 보이는 실금 하나가 자살 미수를 암시하는)의 타원형 눈과 갈색 머리털, 네크라소프의 소장품으로 생각되는 낡은『그루지야의 밤』한 권, 시인의 부친이 집과 과수원을 갖고 있던 땅에 세워진 마을 학교의 별볼 일 없는 사진 한 장. 기념관을 방문한 누군가가 잃어버리고 놓고 간 낡은 장갑 한쪽. 최대한 많은 자리를 차지하도록 배치된 여러 판본의 페로프 저작들.

하찮은 이 유물들은 다 모아봐봤자 행복한 일가를 이루기를 여전히 거부했기 때문에, 유명한 급진파 비평가가 로코코풍 서재에서 입던 실내복과 시베리아의 목조 감옥에서 역시 그가 차고 있던 쇠사슬 같은, 시대상을 보여주는 물건이 몇 개 추가되었다. 하지만 역시 그런 물건들이나 당대 여러 작가의 초상화를 아무리 추가해도 장소를 메꾸기에는 부족했기 때문에, 러시아 최초의 철도 열차(1840년대에 상트페테르부르크와 차르스코예 셀로 사이를 달리던) 모형이 그 음침한 방 한가운데에 설치됐다.

기념관에서는 이제 구순을 훌쩍 넘겼어도 여전히 말을 또렷하게 하고 등허리도 꽤 꼿꼿한 노인이 수위가 아니라 마치 그곳의 주인이기라도 한 양 방문자를 데리고 그곳을 안내하곤 했다. 그러다 노인이 저녁 식사가 준비돼 있다면서 (존재하지 않는) 옆방으로 안내하면 방문자는 묘한 기분이 된다. 막상 가보면, 노인이 실제로 가진 거라곤 가리개 뒤스토브와 그가 잠을 자는 장의자뿐이다. 하지만 입구에 판매용으로 전시된 책 중에 한 권을 사면, 노인은 당연한 수순인 듯이 자필 서명을 해준다.

그러던 어느 날 아침, 식사를 가져다주는 여성이 장의자에서 죽은 노인을 발견했다. 걸핏하면 싸우곤 하던 세 가족이 기념관에 한동안 살았고, 곧 전시품은 아무것도 남지 않게 되었다. 그리고 마치 누군가의 커다란 손이 귀에 거슬리는 소리를 내며 여러 권의 책에서 페이지 다발을 뭉텅뭉텅 뜯어낸 것처럼, 혹은 어떤 경박한 이야기 작가가 진실의 용기 속에 허구의 작은 악마를 넣고 마개를 막은 것처럼, 아니면 마치……

그러나 아무래도 상관없다. 어찌됐든, 그후 이십여 년 동안 러시아는 페로프의 시와 모든 접점이 끊어졌다. 소비에트연방의 젊은 시민들은 나의 시에 대해 모르는 것만큼이나 그의 시에 대해 아는 게 없다. 분명히 페로프의 작품이 재간되고 다시 찬사받는 시대가 올 것이다. 하지만 여전히 현재 상황으로는 사람들이 많은 걸 놓치고 있다는 느낌을 지울 수가 없다. 또한 미래의 역사가들이 과연 그 노인과 그의 기상천외한 주장을 어떻게 다룰지 궁금해진다. 하지만 물론 이것 역시 별로 중요하지 않은 문제일 뿐이다.

시간과 썰물[*]

1

구십 년을 산 유기체가 설마 살아남을 거라고는 누구도, 심지어 환자인 나조차도 예상하지 못했던 중병을 앓고 난 후 회복기의 첫 꽃이 만발하던 날들에, 친우인 노르만과 누라 스톤 부부가 내게 과학 연구는 계속 좀 쉬고 브라즐이나 솔리테어 같은 무해한 놀이나 심심풀이로 즐기라고 강권했다.

브라즐을 논외로 둔 까닭은, 석간신문본^{**} 마지막 쪽에 실리는 뒤죽박

---

* 원제 'Time and Ebb'은 밀물과 썰물(tide and ebb)을 연상시키는 제목으로, 원고 필사본에는 '썰물 속의 시간' '줄어드는 시간' 등의 가제가 달려 있다.

** 2절판 책 형태로 간행되던 신문의 초기 형태를 연상시키는 표현.

죽된 음절의 미궁 속에서 아시아의 마을 이름이나 스페인 소설의 제목을 추적하는 일(이 위업을 가장 어린 내 증손녀는 극도의 열의로 해내곤 한다)은 내게는 동물의 근육조직을 가지고 노는 일보다 훨씬 더 고역일 듯싶기 때문이다. 이와 반대로 솔리테어는 고려해볼 만한데, 머릿속 상대에 민감한 사람이라면 더욱 그렇다. 이를테면 기억을 배열하는 건, 느긋하게 회고하고 있자면 사건과 감정이 자신에게 카드처럼 배분되는 일종의 게임 아닌가?

아서 프리먼은 회상기를 쓰는 인간들에 대해 이렇게 말했다고 한다. 그들은 상상력이 너무 없어서 소설도 못 쓰고, 기억력도 너무 나빠서 진실을 쓰지도 못하는 인간들이라고. 나 역시 그런 자기표현의 황혼 속에서 떠돌 수밖에 없다. 내 앞에 먼저 간 다른 노인들처럼 나도 시간적으로 더 가까운 쪽은 곤혹스러울 정도로 기억이 뒤죽박죽이지만, 터널의 끝에는 색채도 빛도 있는 것이다. 1944년이라든가 1945년을 고르면 매월의 이목구비를 다 알아볼 수 있지만, 1977년이나 2012년을 고르면 계절조차 아주 가물가물하다. 나의 가장 최근 논문을 공격한 저명한 과학자 이름이 기억나지 않고, 마찬가지로 저명한 내 옹호자들이 그 사람을 부른 다른 이름들도 잊어버렸다. 레이캬비크 자연애호협회의 발생학 분과가 나를 준회원으로 선출한 게 몇 년이었는지 즉각 답하지 못하며, 아메리카 과학원이 내게 최우수상을 준 게 정확히 몇 년인지도 모른다(이런 명예들이 내게 준 강한 희열감은 기억나지만). 이렇듯 거대한 망원경을 들여다보는 사람은 마법에 걸린 자기 집 과수원 상공에 펼쳐진 인디언서머의 권운을 보지 않지만, 애석하게도 세상을 떠난 나의 동료 알렉산드르 이반첸코 교수가 두 번이나 그랬듯이, 금성의 습도 높은 계곡에서 득시글거리는 헤스페로조아*는 잘 보는 법이니.

지난 세기의 칙칙하고 밋밋하고 묘하게 우울한 사진술이 우리에게 유산으로 남긴 그 '무수히 많은 흐릿한 사진'이, 그 세기가 당시의 기억이 없는 인간에게 주는 비현실적 인상을 과장한다는 건 의심의 여지가 없다. 그러나 현세대에게는 내 어린 시절의 세계에 살던 사람들이 19세기보다 더 먼 존재처럼 여겨진다는 사실은 변하지 않는다. 당시 사람들은 아직 내숭과 편견에 허리까지 푹 잠겨 있었다. 고사한 나무에 계속 달라붙어 있는 덩굴처럼 전통에 집착했다. 식사할 때는 여럿이 큰 탁자를 빙 둘러서 딱딱한 나무 의자에 뻣뻣한 자세로 앉았다. 의복은 많은 부분으로 이루어진데다, 그 부분 부분도 구닥다리 유행 이것저것이 퇴화된 쓸모없는 자투리들이었다(예를 들어 도회지 남성이 아침에 나갈 때 차려입으려면, 삼십 개 정도의 단추를 똑같은 수의 단춧구멍에 억지로 끼워넣어야 했고, 거기다 매듭을 세 개 묶고 열다섯 개의 호주머니 속 내용물까지 확인해야 했다).

편지에서 생면부지의 남을 칭할 때도 '친애하는 주인님'에 상당하는 단어—단어에 의미가 있다면 말이지만—를 사용하고, 이론상으로는 불멸할 서명 앞에, 편지 필자는 그런 인물이 있든 없든 전혀 상관없는 인간에 대해 바보 같은 충심을 표하는 중얼거림을 써넣어야 했다. 그들은 마치 원시시대로 돌아간 듯이 공동체에 특질과 권리를 부여하는 경향을 보이면서 그것을 개인에게 부여하기는 거부했다. 그들이 경제학에 사로잡힌 정도는 그들의 선조가 신학에 사로잡혔던 정도에 거의 필

---

* 그리스신화에서 금성을 칭하는 명칭 '헤스페로스'의 복수형으로, 금성에 사는 가공의 생명체를 가리킴.

적했다. 그들은 피상적이고 부주의하고 근시안적이었다. 걸출한 인물을 간과하는 경향이 다른 세대보다 뚜렷해서 그들의 고전 명작을 발견하는 영광을 우리 몫으로 남겨두었다(그리하여 리처드 시나트라도 생전에는 무명의 '산림관리원'으로 텔류라이드*의 소나무 아래서 꿈을 꾸거나 샌이저벨숲**에서 다람쥐들에게 자기가 쓴 엄청난 시들을 낭송해주는 게 다였던 반면, 그저 그런 작가에다 동양계 혈통이기도 한 또다른 시나트라는 누구나 다 알았다).

단순한 이생물 현상은 그 시대의 이른바 심령주의자들로 하여금 어리석기 짝이 없는 형태로 초월적 가설을 주창하게 하고, 이른바 상식도 똑같이 어리석은 무지로 그 넓은 어깨를 으쓱하게 했다. 그들이 보기에 우리의 시간 단위는 '전화'번호 같을 것이다. 그들은 그게 실은 무엇인지에 대한 개념이 전혀 없이 전기를 다양한 방식으로 가지고 놀았다—그러니 우연히 전기의 진짜 본질이 밝혀졌을 때, 그렇게 소름끼칠 정도로 경악한 것도 당연하다(그 무렵 나는 이미 성인이어서, 노교수 앤드루스***가 대학 캠퍼스에서 어안이 벙벙한 사람들에게 둘러싸여 가슴이 미어지도록 흐느껴 울던 모습을 잘 기억하고 있다).

그러나 우스꽝스러운 온갖 관습이 있고 거기에 복잡하게 얽매여 있었음에도 내가 젊었던 시절의 세계는 용맹하고 굳센 작은 세계여서, 약간의 건조한 유머로 역경에 맞서고, 히틀러나 알라미요의 야만적인 천

---

* 미국 콜로라도주에 있는 도시.

** 콜로라도주 앨버트산 주변에 있는 숲.

*** 기름방울 실험법을 고안하여 전자의 기본전하량을 측정하고 모든 전자에 공통된 보편적 소전하의 존재를 실증한 물리학자 로버트 앤드루스 밀리컨의 이름에서 따온 것으로 추정된다.

박함을 진압하기 위해 의연히 먼 전장을 향해 나섰다. 그리고 여기서 나 자신을 마음 가는 대로 두면, 간절해진 기억이 과거 속에서 빛나고 친절하고 꿈결 같고 사랑스러운 것을 많이 찾아낼 것이다―그러면, 현시대에 재앙이 있을진저. 아직 혈기 왕성한 노인이 소매를 걸어붙이면 무슨 일을 하게 될지 알 도리가 없으니. 뭣하지만 이것으로 됐다. 역사는 나의 분야가 아니니, 개인적인 것으로 이야기의 방향을 바꾸는 편이 좋을 듯싶다. 그러지 않으면, 사스카체바노프 씨가 현대소설에서 최고로 매력적인 작중인물(이는 나보다 독서를 더 많이 하는 증손녀도 확인해주었다)에게 들었던 "모든 귀뚜라미는 제 말뚝을 벗어나선 안 된다"라는 말을 나도 들을지 모른다―그리고 다른 "등에와 여름날 베짱이"의 정당한 영역에 침범해서는 안 된다는 말도.

2

나는 파리에서 태어났다. 어머니는 내가 아직 젖먹이였을 때 돌아가셨다. 그래서 나는 도상적 기억의 한계를 넘자마자 있는, 달콤한 눈물의 온기라는 막연한 기억의 조각으로밖에 어머니가 생각나지 않는다. 아버지는 음악을 가르쳤고, 본인이 작곡가이기도 했다(아버지의 이름이 어떤 위대한 러시아인의 바로 다음에 등장하는 오래된 프로그램을 나는 아직도 소중히 간직하고 있다). 아버지는 내가 대학을 나올 때까지 돌봐주시다가, 남아메리카전쟁 시기에 원인을 알 수 없는 혈액병으로 돌아가셨다.

내가 일곱 살 때 아버지와 나, 그리고 아이로서는 그 이상의 축복이 없던, 세상에서 제일 다정한 나의 친할머니는, 어떤 타락한 국가가 내가 속한 민족에게 필설로 옮길 수 없는 고문을 가했던 장소인 유럽을 떠났다. 포르투갈에서는 어떤 여자가 그보다 큰 걸 본 적 없는 커다란 오렌지를 내게 주었다. 여객선 선미에서는 소형 화포 두 대가 불길하게 구불구불 그려지는 항적을 겨누었다. 돌고래 무리는 장엄한 공중제비를 선보였다. 할머니는 다리 두 개를 갖게 된 인어 이야기를 읽어주셨다. 그 낭독에 호기심 많은 미풍이 가담해, 앞으로 무슨 일이 일어나는지 알아내려고 거친 손가락으로 페이지를 넘겼다. 그 여행에 대해 내가 기억하는 건 이게 전부다.

뉴욕에 도착한 순간 공간여행자는 시간여행자가 경험할 만한 강렬한 인상을 구식 '마천루'에서 받게 되는데 사실 이것은 부적절한 명칭으로, 하늘을 연상시키는 그 이름은 특히 온실 속에 있는 것 같은 날 천상의 석양이 질 때쯤에 귀에 거슬리는 소리를 내는 마찰을 떠올리게 하는 구석이 전혀 없이,* 형용할 수 없을 정도로 섬세하고 고요하기 때문이다. 예전부터 도시의 중심을 장식해온 광대한 공원 부지를 건너다보는 철없는 나의 눈에 마천루가 멀찍이서 라일락색을 띠며 이상하게 물속 광경처럼 나타나더니, 머뭇머뭇 켜지던 첫 불빛들이 일몰의 색채와 섞이면서 마치 꿈속처럼 감추는 것 없이 그 반투명한 구조의 맥동하는 내부를 드러냈다.

흑인 아이들이 인조 바위 위에 조용히 앉아 있었다. 나무줄기마다

---

* 마천루(skyscraper)에는 긁개(scraper)의 철자가 들어 있다.

두 단어로 된 라틴어 명찰이 붙어 있었는데, 땅딸막하고 요란한 색깔의 갑충 같은 택시(내 머릿속에서 이것과 같은 속屬으로 분류되는 것은 똑같이 요란한 색의, 음악적 변비를 앓는 자동기계로, 작은 동전 하나가 투입되면 마치 마법의 변비약 같은 효과가 일어난다)의 기사도 오래된 자기 사진을 등에 붙이고 있었다. 당시 우리는 '신분증명'과 '이름표'의 시대를 살아서, 인간과 사물의 개성을 이름과 별명에서 보고 이름 없는 것의 존재를 믿지 않았기 때문이다.

'비행의 40년대'라는 기묘한 1940년대 아메리카를 다룬, 비교적 최근작으로 지금까지 인기 있는 연극에서 소다수 판매원 역에는 상당한 화려함이 부여되었지만, 구레나룻과 풀 먹인 셔츠 가슴판 같은 건 터무니없을 정도로 시대착오적이었고, 배우들이 곧잘 앉곤 하던 높은 버섯 모양 의자를 그렇게 계속 난폭하게 빙빙 돌리는 것도 우리 때에는 없었던 거다. 우리는 음울한 갈증이 느껴지는 분위기에서 변변찮은 혼합물을 (무대에 쓰인 것보다 훨씬 짧은 빨대로) 마셨을 뿐이었다. 그 와중에 느낀 부박한 황홀감과 가벼운 시정詩情이 기억난다. 얼린 합성 크림덩어리가 가라앉으면서 발생하는 엄청난 거품이라든지, 그 꼭대기에 부은 갈색 진흙 같은 액체인 '퍼지' 소스 같은 것. 놋쇠와 유리 표면, 전등의 메마른 반사광, 틀에 갇힌 프로펠러의 윙윙거리는 소리와 어른거리는 빛, 루스벨트 같은 지친 푸른 눈을 가진 엉클 샘이나, 맵시 있는 제복 차림에 이상 발육한 아랫입술을 가진 소녀(토라진 듯 삐쭉 내민, 키스를 부르는 그 입술은 여성스러운 매력으로 한때―1939년부터 1950년 사이에―유행했다)를 묘사한 세계전쟁 포스터들, 그리고 거리에서 들려오던 차 경적이 뒤섞여 빚어내는 잊을 수 없는 그 조성調聲.

그 의식적 분석의 책임을 오로지 시간에만 물을 수 있는 이 패턴과 선율의 무늬는, 어째선지 그 '드러그스토어'*를 인간이 금속을 고문하면 금속이 반격하는 세계와 연결했다.

나는 뉴욕에서 학교를 다니다가, 나중에 보스턴으로 이사했다. 그리고 얼마 후 다시 떠났다. 우리는 언제나 거주지역을 바꾸면서 살았던 것 같다. 어떤 집은 다른 데보다 더 칙칙했다. 하지만 아무리 작은 마을이라도 나는 자전거 바퀴를 수리하는 곳과 아이스크림 파는 곳, 영화를 보여주는 곳을 꼭 찾아냈다.

산간의 협곡에서 메아리를 샅샅이 뒤져 모아온 듯했다. 그후 메아리는 꿀과 고무로 된 기초제와 합성돼, 농축된 악센트가 컴컴한 벨벳 홀에 있는 달 같은 흰색 스크린에 영사된 연속 사진의 입술 움직임과 딱 맞춰질 때까지 특수 가공 처리를 받는다. 어떤 남자가 주먹 한 방으로 상대 남자를 쳐서 탑처럼 쌓인 상자들에 부딪히게 했다. 믿을 수 없을 정도로 매끄러운 피부를 가진 소녀가 가늘고 긴 눈썹을 치켜세웠다. 문을 세차게 쾅 닫는 소리가 화면과 맞지 않아서 벌목꾼이 일하고 있는 먼 강둑에서 들려왔다.

3

난 침대차 역시 기억하고 있을 정도로 연배가 있다. 아기였을 땐 숭

---

* 1940~1960년대 미국에서 우유 같은 무알코올음료를 팔던 '밀크바' 같은 곳을 가리킨다.

배했고, 소년이었을 땐 속도 개량판으로 관심을 돌렸다. 초췌한 차창과 어두침침한 불빛의 침대차가 지금도 가끔 내 꿈속을 느릿느릿 통과해 지나간다. 그 자줏빛이 석탄재의 작용에 굴복해서, 관습적인 지식을 획득하기 전 부득이 문법 규칙과 잉크 얼룩의 과정을 겪어야 하는 것처럼 열차가 도시로 들어가기 전에 부득이 지나게 되는 공장과 빈민가의 벽면과 잘 어울리게 되지 않았다면, 그 침대차의 색조는 숙성한 노정路程의 색이라고 할까, 주파한 거리를 이어서 조합한 색이 되었을 것이다. 객차 한쪽 끝에는 소인용 바보 모자가 잔뜩 구비돼 있는데, 건드리면 머리가 우뚝 솟는 순종적인 작은 분수의 작은 동굴 모양 물을 그 흐느적거리는 컵으로 (속이 비치는 냉기가 손가락에 전해지면서) 받을 수 있었다.

훨씬 더 옛날 옛적 동화에 나오는 백발의 나룻배 사공을 닮은 노인들이 간헐적으로 "담역nextations"이라고 외치면서 승객의 차표를 확인했다. 웬만큼 긴 여행이라면 승객 중에 죽을 듯이 피곤해서 팔다리를 아무렇게나 뻗고 자는 병사들 떼거지와 그 와중에 혼자만 쌩쌩해서 막 돌아다니는, 죽음을 연상시키는 건 창백한 안색뿐인 술 취한 병사가 꼭 있게 마련이다. 그런 병사는 으레 혼자 나타나지만, 지극히 현대적인 역사 교과서들이 입심 좋게 '해밀턴 시대'—이 호칭은 멍청이들을 위해 그 시대의 틀을 잡은 평범한 학자의 이름을 딴 것이다—라고 부른 시대의 한가운데에 항상 있는 기형, 시대가 빚은 젊은 점토인형 같은 것이다.

머리는 좋으나 세상사에 어두운 아버지는 어째선지 어느 대학을 가도, 오래 머물 정도로 그 대학 환경에 충분히 적응한 적이 한 번도 없었다. 나는 모든 장소를 마음속에 그려볼 수 있지만, 특히 한 대학 마을이 지금도 유난히 생생하게 기억에 남아 있다. 우리집에서 잔디밭 세 개를 두고 떨어진 녹음이 우거진 길에 서 있던 집이 지금은 국가의 메카가 됐다고 말하면 그 마을 이름을 댈 필요가 없을 것이다. 사과나무 아래서 햇볕에 반짝이던 정원 의자들과 밝은 구리색의 세터 한 마리와 무릎에 책을 펼친 뚱뚱한 주근깨투성이 소년, 그리고 내가 산울타리 그늘에서 주운, 때마침 손닿는 곳에 있던 사과가 기억난다.

당대 최고의 위인이었던 이 인물의 생가를 오늘날 방문한 관광객이 불멸을 모신 플러시천 밧줄 저편에서 시선을 의식하며 옹기종기 모인 당시의 가구들을 찬찬히 들여다본다 한들, 우연한 사건에 내가 빚진 그 과거와의 자랑스러운 접촉 비슷한 어떤 걸 과연 느낄 수 있을지 의문이다. 앞으로 무슨 일이 일어나든, 도서관 사서들이 내가 출판한 글의 제목들로 얼마나 많은 색인 카드를 채우게 되든 상관없이, 나는 일찍이 배럿에게 사과를 던졌던 사람으로 후세에 남을 것이다.

경악스러운 발견들이 있었던 1970년대 이후에 태어나, 하늘을 나는 물체라면 아마도 연이나 장난감 풍선 기구(이 주제를 다룬 드 쉬통 박사의 최근 논문들에도 불구하고 몇몇 주에서는 아직도 허가된다고 알고 있다)밖에 본 적이 없는 사람들은 비행기를 상상하는 게 쉽지 않을 것이다. 특히, 전속력으로 비행중인 그 멋진 기계를 찍은 옛날 사진에는 예술만이 보존할 수 있던 생명이 결여돼 있어서 더 그렇다―그리고 실로 기묘하게도, 대★화가가 자신의 천재성을 주입해 그 이미지가 퇴화하지 않도록 보존한 그림의 특별한 주제로 비행기를 선택한 적이 한 번도 없기 때문이다.

과학의 내 전문 분야 밖에 있게 된 삶의 많은 양상에 대해 내가 취하는 태도는 고리타분하리라 생각한다. 그리고 나 같은 중늙은이의 인격은, 절반은 프랑스령이고 절반은 러시아령인 작은 유럽 마을들처럼 분열된 것처럼 보일 수 있다. 이를 잘 알고 있는바, 앞으로는 신중하게 나아가고자 한다. 비행기계에 관해선 동경이나 병적인 회한을 부추길 의도는 추호도 없지만, 동시에 내가 느끼는 과거의 교향악적 총체에 내재된 낭만적인 저음을 억누를 수는 없다.

지상의 어떤 지점도 근처 공항에서 비행기로 육십 시간 안에 있던 저 먼 옛날에 아이는 비행기라면 프로펠러의 스피너부터 방향타 끝에 붙이는 트림태브까지 다 꿰고 있었고, 날개 끝의 형태나 조종석의 돌출 상태뿐 아니라 어둠에 그려지는 배기가스 불길의 모양만 보고도 비행기 종류를 구분할 수 있었다. 그러니 특징을 간파하는 점에선 그 미친 박물-탐정인 후기 린네주의 분류학자들과 겨룰 정도였다. 날개와 동체 구조의 단면도를 보면 찌릿하는 창조적 희열을 느꼈고, 발사나무와 소나무 재목과 종이 클립으로 만든 모형은 제작하는 동안 흥분이 너무 커져서, 완성했을 때는 그에 비하면 김이 다 빠져버렸다. 마치 사물의 형태가 고정되는 순간 그 혼이 날아가버리는 것처럼.

성취와 과학, 보존과 예술—이 두 쌍의 커플은 서로 떨어져 있지만, 양측이 만날 때는 세상에서 그보다 더 중요한 건 아무것도 없다. 그러니 나는 어린 시절을 그 가장 전형적인 시점에, 가장 유연한 자세 그대로 두고 발끝으로 살금살금 물러나려 한다. 즉, 머리 위에서 진동하고 음량이 점점 커지면서 낮게 윙윙대는 엔진소리에 정신이 팔려 꼼짝도 하지 않고서, 걸터앉아 있던 온순한 자전거 따위는 잊어버린 채 한 발은 페달에 두고 다른 발끝으로 아스팔트 지면을 짚고 눈, 턱, 늑골까지 맨하늘 쪽으로 향한 자세로 있는데, 그 하늘에는 군용기 한 대가 섬뜩한 속도로 나타나는가 하면, 순전히 기체의 폭 때문에 배 부위가 유유히 보이다 후미만 남더니 날개도 웅웅대는 소리도 멀리 사라져버리던 그 순간을. 감탄을 자아내는 괴물, 위대한 그 비행기계들은 가버렸고, 어느 봄날 밤 메인주 나이트 호수 상공을 무수히 많은 날갯소리를 세차게 획획 내며 지나가던 백조 무리처럼 미지에서 미지로 사라져버렸다. 과학이 결코 밝혀내지 못한, 그전에도 그후에도 결코 본 적 없는 종의 백조다—그리고 하늘에는 별 하나만이 홀로 남았다. 발견할 수 없는 각주로 이어지는 별표처럼.

풍속화, 1945

나와 별명부터 성까지 똑같은데다 평판이 안 좋은 동명이인이 있는데, 실물로 본 적은 없지만, 그놈이 비열한 놈이라는 건 내 인생의 성에 그가 우연히 침입했던 방식에서 추측할 수 있다. 그와 처음 얽힌 건 1920년대 중반에 내가 잠시 프라하에 살았던 때였다. 나처럼 러시아를 떠나온 어떤 백군 조직에 소속된 듯한 작은 도서관으로부터 내 거주지로 편지가 한 통 왔다. 편지는 격분한 어조로 즉시 『시온 현자들의 의정서』 복사본을 반납하라고 요구했다. 지난날 차르가 열렬히 애독했던 그 책은 비밀경찰이 반문맹인 사기꾼에게 돈을 주고 편찬하게 한 날조된 기록으로, 유대인 집단학살 장려가 유일한 목적이었다. 자기 이름을 '시네푸조프'('파란 복부'라는 뜻의 이 성씨는 윈터보텀*이라는 성이 영국인의 상상력을 자극하는 것과 대략 똑같은 방식으로 러시아인의 상상력을 자극한다)라고 서명한 도서관 사서는 내가, 그가 택한 표현으로는 "이 인기 있는 귀중한 책"을 일 년이 넘게 돌려주지 않고 있다고 주장했다. 이제까지 베오그라드와 베를린과 브뤼셀의 내 주소지에도 문의 편지를 보냈다고 언급한 걸 보니, 아무래도 내 동명이인이 그 도시들을 떠돌아다닌 듯했다.

나는 그 녀석을 무의식적으로 반동적 입장을 취하는 유형의 골수 백군파인 젊은 망명자로, 혁명 때문에 학업이 중단되어 전통적인 방식으로 잃어버린 시간을 성공적으로 벌충하고 있는 사람으로 머릿속에 그려보았다. 그는 나도 그랬듯이 보나마나 대단한 여행가였다—우리의 유일한 공통점이랄까. 스트라스부르에서는 어떤 러시아 여성이 자신의 질녀와 리에주에서 결혼한 남자가 내 형제가 아닌지 물었다. 니스의 어느 봄날에는 긴 귀걸이를 단 무표정한 얼굴의 소녀가 호텔로 찾아와 나를 만나기를 청하더니, 나를 한번 쳐다보고는 사과하고 가버렸다. 파리에서는 "오지 말 것. 알퐁스가 낌새채고 돌아옴. 신중할 것. 열렬히 사랑함. 불안함" 같은 단어들이 경련하듯 이어지는 전보를 받았는데, 꽃다발을 손에 든 나의 경솔한 분신이 결국 알퐁스 부부가 있는 집에 불쑥 들어가는 장면을 떠올리면서 음침한 만족감을 느낀 걸 인정한다. 몇 년 후 취리히에서 강의할 때 나는 레스토랑의 거울 세 장을 박살냈다는 혐의로 느닷없이 체포되었다—내 동명이인이 주정뱅이로(첫번째 거울), 만취한 주정뱅이로(두번째 거울), 취해서 소란을 피우는 주정쟁이로(세번째 거울) 등장하는 일종의 세 폭짜리 제단화랄까. 마지막으로,

---

* '겨울의 둔부'라는 뜻.

1938년에는 프랑스 영사가 누더기가 된 내 해록색 난센여권*에 스탬프를 찍어주기를 무례하게도 거부했는데, 그가 말하기를 내가 예전에 허가 없이 입국한 적이 있기 때문이란다. 결국 반출된 두툼한 서류더미 속에서 나는 내 동명이인의 얼굴을 얼핏 보았다. 콧수염을 짧게 깎고 머리를 상고머리로 자른 새끼였다.

그후에 곧 나는 미합중국으로 건너가 보스턴에 정착했고, 그것으로 그 황당한 그림자를 드디어 떨쳐버렸다고 확신했다. 그러던 어느 날― 정확히는 지난달―전화가 한 통 걸려왔다.

단단하고 반짝거리는 목소리의 여성이 샤프 부인의 가까운 친구인 시빌 홀 부인이라고 이름을 밝히면서, 샤프 부인이 나에게 연락해보라고 권하는 편지를 보냈다고 했다. 나는 샤프 부인을 알았는데, 내가 아는 샤프 부인도 나도 여성이 얘기하는 사람이 아닐지도 모른다는 생각을 떠올리지 않을 수 없었다. 황금 목소리의 홀 부인이 금요일 밤에 자기 아파트에서 작은 모임을 갖는데 오지 않겠느냐고 말했다. 자기가 나에 대해 들은 바로는 모임의 논의에 내가 아주, 아주 많이 관심을 가질게 분명하기 때문이라고 했다. 그런 종류의 모임을 지긋지긋해했음에도, 초대를 거절했다가 혹시 샤프 부인을 실망시킬지도 모른다는 생각에 초대를 받아들였다. 내가 케이프코드에서 만난 적 있는 샤프 부인은 밤색 바지를 입고 머리를 짧게 자른 멋진 노부인으로, 케이프코드의 오두막에서 연하의 여성과 함께 거주했었다. 두 여성은 자립할 수 있는 재산을 가진 평범한 이류 좌익예술가로 매우 호감가는 사람들이었다.

---

* 제1차세계대전 후 국적이 없는 난민에게 국제연맹이 발행했던 최초의 국제적인 신분증.

지금 하는 이야기와는 아무 관계가 없는 불운 때문에 나는 예정보다 훨씬 늦게 홀 부인의 아파트에 도착했다. 기묘할 정도로 리하르트 바그너를 닮은 노인인 엘리베이터 안내원이 음울한 얼굴로 위로 데려다주었고, 현관홀에서 나는 홀 부인의 무뚝뚝한 하녀가 긴 팔을 옆에 축 늘어뜨리고 기다리는 동안 오버코트와 오버슈즈를 벗었다. 현관홀에서 제일 눈에 띄는 장식은 중국제 장식용 화병으로 아마도 대단한 고대 유물일 테지만—이번 것은 역겨운 색깔의 키가 큰 짐승 같았다—그런 것을 보면 난 항상 끔찍하게 기분이 나빠졌다.

광고 작가들이 '우아한 생활'이라 부르는 것들의 상징으로 넘쳐흐르는, 사람의 눈을 의식하는 작은 방을 가로질러 크고 여유로운 부르주아 풍 살롱으로—하녀가 사라져버렸으니까 이론상으로—안내되면서 나는, 이곳은 크렘린궁전에 초대돼 캐비어를 대접받은 어떤 늙은 바보나 소련과 붙어먹은 어떤 뻣뻣한 러시아인에게 소개될 법한 정확히 그런 유의 장소로군, 내 지인인 샤프 부인은 어째서인지 공산당의 노선과 공산주의자와 그 주인*의 목소리에 대한 내 경멸에 항상 분개하곤 했는데 가여운 사람, 이런 경험이 불경한 내 마음에 유익한 영향을 미칠 거라 판단한 모양이군, 이런 생각들이 차차 들었다.

열두 명가량 모인 무리 속에서 나타난 주인은 팔다리가 긴 체형에 가슴이 납작한 여성으로, 돌출된 앞니에 립스틱이 묻어 있었다. 그녀는 재빨리 주빈과 다른 손님들에게 나를 소개했고, 나 때문에 중단되었던 논의는 다시 바로 재개됐다. 주빈이 질문에 답하고 있었다. 그는

---

* 스탈린을 가리킨다.

검은 머리가 반질반질하고 눈썹이 번들거리며 허약해 보이는 남자로, 긴 스탠드에 달린 전등빛이 어깨 쪽을 너무 환하게 비춰서 디너 재킷의 옷깃에 점점이 떨어진 비듬을 알아볼 수 있었고, 한 손이 너무 축 늘어진데다 축축해 보이던 그의 맞잡은 양손이 내 눈에는 어찌나 새하얀지 감탄하며 바라보게 됐다. 그는 면도하고 두세 시간이 지나 변변찮았던 탤컴파우더가 다 날아가면 연약한 턱과 푹 꺼진 뺨과 인류의 불행한 흔적기관인 울대뼈에 분홍색 얼룩이 푸르스름한 회색 점들로 뒤덮여 복잡한 무늬를 띠는 유형이었다. 그는 문장이 새겨진 반지를 꼈는데, 그 반지를 보고 나는 좀 기묘한 이유에서 뉴욕에 사는 까무잡잡한 러시아인 소녀를 떠올렸다. 그애는 자신이 생각하는 개념으로서의 유대인 소녀로 오해받을 가능성을 너무 우려한 나머지, 신앙심이 지능만큼 미미함에도 목에 십자가를 걸고 다녔다. 주빈의 영어는 감탄스러울 정도로 유창했지만, '저머니Germany'를 '제르머니'라고 발음할 때의 경음 '제르'와 자꾸 반복하는 형용사 '원더풀wonderful'의 첫 음절을 '반'처럼 발음하는 걸 들으니 게르만계임을 알 수 있었다. 그는 중서부지방 어딘가에서 독일어나 음악, 아니면 그 둘을 다 가르치는 교수를 한다던가 했었다던가 앞으로 할 거라던가 그랬지만, 나는 그 이름을 듣지 못했으니 구두Shoe 박사라고 부르기로 하겠다.

"당연히 그자는 미쳤죠!" 구두 박사가 부인 중 한 명의 질문에 답하며 외쳤다. "봐요, 미친 자만이 그런 식으로 전쟁을 망쳐버릴 수 있어요. 그리고 확실히 저도 여러분과 마찬가지로, 머지않아 만약 그가 살아 있다는 게 밝혀진다면, 중립국 어딘가의 요양소에 안전하게 수감되어 있기를 희망합니다. 그가 마땅히 받아야 할 응보죠. 영국을 침공하는 대신에 러시아를 공격하다니 미친 거지요. 일본과 전쟁하느라 루스벨트가 유럽 정세에 정력적으로 관여하지 못하리라고 생각했다니, 미친 겁니다. 다른 사람도 미칠 수 있다는 걸 고려하지 못하는 광인이야말로 최악의 광인 아니겠습니까."

"전 이런 생각을 하지 않을 수가 없는데요." 내 생각에 멀베리 부인이라고 불렸던 것 같은 작고 뚱뚱한 여성이 말했다. "우리가 영국과 러시아에 보냈던 비행기와 탱크를 모두 일본을 궤멸시키는 데 썼더라면, 태평양에서 죽임을 당한 우리 병사 수천 명은 죽지 않고 아직 살아 있을 거라고요."

"바로 그겁니다." 구두 박사가 말했다. "그리고 그게 아돌프 히틀러의 실수였어요. 미치는 바람에, 무책임한 정치가들이 어떻게 책략을 짜는지 고려하지 못한 겁니다. 미치는 바람에, 다른 나라 정부가 자비와 상식의 원칙에 따라 행동하리라고 믿어버린 겁니다."

"전 늘 프로메테우스를 생각해요." 홀 부인이 말했다. "불을 훔쳐서 진노한 신들이 눈을 멀게 한 프로메테우스를요."*

구석에 앉아 뜨개질하고 있던, 밝은 청색 드레스를 입은 노부인이 독일인은 히틀러에게 왜 반기를 들지 않았는지 설명해달라고 구두 박사에게 물었다.

구두 박사는 잠시 눈을 감았다. "답하기 참담한 질문입니다." 박사는 힘들게 입을 뗐다. "아시다시피, 저 자신도 독일인으로, 순수 바이에른 혈통입니다. 물론 이 나라의 충실한 시민이지만요. 그래도 제 옛 동포

---

* 부인은 불을 훔친 죄로 독수리에게 매일 간을 쪼아 먹히는 벌을 받은 프로메테우스와 신들의 비밀을 누설한 벌로 눈이 먼 테이레시아스를 혼동하고 있다.

들에 대해 심한 말을 좀 하려고 합니다. 독일인들은요," 부드러운 속눈썹에 감싸인 눈이 다시 반쯤 감겼다. "독일인들은 몽상가입니다."

물론, 그때쯤에는 나는 저 홀 부인의 샤프 부인과 내가 아는 샤프 부인은, 나와 내 동명이인이 전혀 다른 사람인 것만큼이나 다른 사람임을 완전히 간파했다. 내가 밀려들어갔던 그 악몽 같던 세계도 아마 내 동명이인에게는 동지들과 보낸 아늑한 저녁으로 여겨졌을 것이고, 구두 박사도 제일 지적이고 총명한 달변가로 생각됐을지 모른다. 나는 소심함에서 그리고 어쩌면 병적인 호기심에서 그 방을 떠나지 않고 계속 남아 있었다. 게다가 나는 흥분하면 말을 너무 심하게 더듬는지라, 내가 구두 박사를 어떻게 생각하는지 박사에게 얘기하려고 어떤 시도를 해본들 서리가 내린 밤에 참을성이 없어지는 교외의 외진 길에서 시동 걸리기를 거부하는 오토바이의 폭발음처럼 들렸을 것이다. 나는 주위를 둘러보며 여기 있는 이들이 진짜 인간이라는 걸, '펀치와 주디'* 쇼에 나오는 인형이 아니라는 걸 확신하려 했다.

예쁜 여자는 한 명도 없었다. 전원이 마흔다섯 살이 다 되었거나 훌쩍 넘은 나이였다. 모두가 독서 모임, 브리지 모임, 수다 모임에 속하고, 반드시 찾아올 죽음으로 결속된 위대하고 냉혹한 여성 사교 클럽에 속해 있는 게 분명했다. 모두 쾌활한 불임처럼 보였다. 아마도 몇몇은 자식을 낳은 경험이 있었을 테지만, 그들이 어떻게 아이를 가질 수 있었는지는 이제 잊힌 신비가 되었다. 많은 이가 출산력의 대체를 다양한 미적 탐구에서, 이를테면 클럽의 위원회실을 아름답게 꾸미는 데서 찾

---

* 19세기 이후 장날이나 축제에서 공연되곤 한 전통 거리인형극.

왔다. 내 옆에 앉은, 목에 기미가 난 진지한 표정의 여성을 힐끗거리다가 나는, 십중팔구 그녀가 구두 박사의 이야기에는 드문드문 귀를 기울이면서 뭔가 사교 모임이나 전시의 오락과 관계된 장식에 대해 걱정하고 있으리라는 걸 알아챘다. 정확히 어떤 성격의 모임이나 오락인지는 내가 알 길이 없지만, 뭔가 추가적인 마무리를 그녀가 얼마나 절실히 필요로 하는지는 잘 알았다. 테이블 한가운데에 놓을 뭔가가 필요하다고 그녀는 생각하고 있었다. 사람들의 숨을 순간 턱 막히게 할 뭔가가 필요해—인조 과일이 담긴 엄청나게 크고 거대한 그릇은 어떨까. 물론 밀랍으로 만든 과일이어선 안 되고, 뭔가 대리석처럼 멋지게 색깔이 섞인 걸로.

그 숙녀분들한테 소개될 때 그들의 이름을 새겨듣지 않은 게 가장 후회스럽다. 딱딱한 의자에 앉아 있던, 서로 구분이 되지 않는 호리호리한 두 미혼의 숙녀들은 W로 시작하는 이름을 갖고 있었고, 다른 쪽에 있던 숙녀 중에는 비싱 양이라고 불리는 이가 확실히 있었다. 이 이름을 또렷이 들었건만, 나중에 그 이름을 특정 얼굴로도, 아니 얼굴 모양의 사물과도 연결하지 못했다. 구두 박사와 나 말고 남자는 딱 한 명 더 있었다. 그 남자는 말리코프 대령인가 멜니코프 대령인가 하는 나의 동포로 밝혀졌는데, 홀 부인의 발음으로는 '밀워키'에 더 가깝게 들렸다. 옅은 색 청량음료가 돌려지는 동안 그 남자는 허름한 파란색 정장 아래 마구라도 찼는지 가죽이 삐걱거리는 소리를 내면서 내 쪽으로 몸을 기울이더니, 영광스럽게도 나의 고명한 숙부님을 알고 있다고 쉰 목소리의 러시아어로 속삭였다. 내게는 그 숙부가 곧바로 동명이인 씨의 가계도 나무에서 붉게 익었지만 먹을 수 없는 사과로 눈앞에 그려졌다.

하지만 구두 박사는 다시 유창하게 이야기를 이어갔고, 대령은 몸을 똑바로 하면서 깨진 누런 이를 내보이며 물러나는 듯한 미소를 짓고는 나중에 다시 얘기하자는 뜻의 신중한 몸짓을 했다.

"독일의 비극은," 구두 박사가 얇은 입술을 닦았던 종이 냅킨을 정성껏 접으면서 말했다. "문명국 아메리카의 비극이기도 합니다. 나는 이제까지 수많은 여성 모임과 다른 교육기관에서도 이야기를 해왔는데요, 어디를 가나 지금은 감사하게도 종전 상태인, 유럽에서 일어난 이번 전쟁이 세련되고 섬세한 사람들에게 얼마나 깊은 혐오를 불러일으켰는지 접할 수 있었습니다. 또한, 교양 있는 아메리카인들이 기억 속에서 과거의 더 행복했던 날들로, 해외여행의 경험으로, 예술과 음악과 철학과 멋진 유머가 넘치는 나라에서 보낸 잊을 수 없는 달과 더욱 잊을 수 없는 해로 얼마나 열렬히 되돌아가는지도 알게 되었습니다. 그들은 그곳에서 알게 된 사랑하는 친구들과 독일 귀족 집안의 품에서 경험한 교육과 행복의 계절, 모든 것의 흠결 없는 청결함, 완벽한 하루 끝에 부르는 노래들, 멋지고 작은 마을들, 그리고 그들이 뮌헨이나 드레스덴에서 발견한 온정과 로맨스로 가득한 세계를 기억하더군요."

"나의 드레스덴은 이젠 없어요." 멀베리 부인이 말했다. "우리 군의 폭탄이 그 도시를, 그 도시가 상징하던 모든 것을 파괴해버렸죠."

"그 경우는 영국 폭탄이었습니다만,"* 구두 박사가 부드럽게 말했다. "하지만 물론 전쟁은 전쟁이죠. 단, 독일 폭격기가 고의로 펜실베이니아주나 버지니아주의 역사적 성지를 표적으로 고르는 상황은 상상하

---

* 제2차세계대전이 끝나갈 무렵인 1945년 2월 미영 연합군은 독일 작센주 드레스덴에 폭격 작전을 벌였고, 영국군의 소이탄 폭격으로 드레스덴은 완전히 파괴되었다.

기 어렵다는 걸 인정하지만요. 그렇습니다. 전쟁은 끔찍하지요. 사실, 공통점이 많은 두 국가 간에 전쟁이 일어나면, 견디기 어려울 정도로 끔찍해져요. 여러분에겐 역설로 들릴 수 있는데요, 사실 유럽에서 학살당한 병사들을 생각할 때면, 그들은 적어도 우리 시민들이 침묵 속에서 견뎌내야 하는 끔찍한 의혹을 느끼지 않아도 되겠다고 생각하게 되지 않습니까."

"정말 맞는 말이라고 생각해요." 홀 부인이 천천히 고개를 끄덕이며 말했다.

"그 이야기는 뭐죠?" 뜨개질하던 노부인이 물었다. "신문들이 계속 인쇄해대는 그 독일인들의 극악무도한 짓 말이에요. 다 거의 프로파간다 같은 거겠죠?"

구두 박사는 지친 듯한 미소를 지었다. "그런 질문이 나오리라 예상했습니다." 그는 슬픔이 살짝 밴 목소리로 말했다. "불행하게도, 프로파간다, 과장, 위조된 사진, 기타 등등은 현대 전쟁의 도구입니다. 아메리카 부대가 무고한 시민들에게 자행한 잔인한 만행에 관한 이야기를 독일인들이 날조해냈다고 한들 나는 놀랍지 않습니다. 1차대전 때 이른바 독일군의 잔학 행위에 대해 날조된 그 모든 말도 안 되는 이야기들을 떠올려보세요—강간당한 벨기에 여성들에 대한 끔찍한 전설 같은 것 말이죠. 자, 봅시다, 1차대전 종전 직후, 그러니까 1920년 여름에, 내가 착각한 게 아니라면 독일 민주당의 특별위원회가 그 건을 철저하게 조사했습니다. 우리 모두 정확한 독일인 전문가들이 현학적일 정도로 얼마나 철저할 수 있는지 알지 않습니까. 그들은 독일인이 군인으로서 신사답지 않게 행동했을 거라는 증거를 털끝만큼도 찾을 수 없었습니다."

이름이 W로 시작되는 부인 한 명이 비꼬는 투로 해외특파원도 먹고 살아야 하는 것 아니냐고 대꾸했다. 재치 있는 말이었다. 모두 그녀의 반어적이고 재치 있는 논평에 감탄했다.

"그건 그렇고," 술렁거림이 잦아들자 구두 박사가 이야기를 이어갔다. "프로파간다 문제는 잠시 잊고 따분한 사실로 화제를 돌려보죠. 과거의 작은 장면 하나를 예로 들어보겠습니다. 어쩐지 서글픈 작은 정경이지만, 아마도 피할 수 없는 장면일 겁니다. 독일 병사들이 정복한 폴란드나 러시아의 마을에 자랑스럽게 들어가는 장면을 상상해보시길 부탁드립니다. 그들은 노래를 부르며 행진했습니다. 자기네 지도자가 미쳤다는 걸 몰랐죠. 순진하게도 자신들이 타락한 마을에 희망과 행복과 훌륭한 질서를 가져다준다고 믿었습니다. 그후에 벌어질 아돌프 히틀러의 실수와 망상으로 인해, 모처럼의 정복이 결국 그들, 독일 병사들이 영원한 평화를 가져다줄 거라 생각했던 바로 그 도시를 적이 화염에 불타는 전장으로 만들어버리는 것으로 끝나리라는 사실을 알 수 없었죠. 화려한 군복 차림에 멋진 전투 장비와 깃발을 들고 거리를 씩씩하게 행진하면서 그들은 만인과 만물에게 미소를 지었습니다. 눈물겨울 정도의 호의와 선의로 가득한 이들이었기 때문이죠. 그들은 순진하게도 주민들도 자신들과 같은 우호적인 태도로 답할 것이라 기대했습니다. 그러다가 차츰, 그들이 그렇게 소년처럼 들떠서 그렇게 자신 있게 행진하던 거리 양편에 침묵한 채 미동도 없이 늘어선 군중이 유대인이라는 사실을 깨닫게 되었습니다. 유대인들은 증오심을 품고 그들을 노려보았고, 지나가는 병사 한 사람 한 사람을 말로서가 아니라―그들은 그런 짓을 하기에는 너무 영리했으니까―찌푸린 얼굴과 악의를 감춘 냉소로 모욕했습니다."

"그런 표정 알아요." 홀 부인이 엄숙하게 말했다.

"하지만 그들은 알지 못했죠." 구두 박사가 구슬픈 어조로 말했다. "그게 중요합니다. 그들은 당혹스러웠을 겁니다. 이해를 못하고 상처를 입었죠. 그래서 그들이 뭘 했을까요? 먼저 그들은 인내심 있게 설명하고 사소한 친절의 표시로 그 증오에 대적해보려 했습니다. 하지만 그들을 둘러싼 증오의 벽은 더 두꺼워질 뿐이었죠. 결국 그들은 그 사악하고 오만한 동맹의 지도자들을 감옥에 넣을 수밖에 없었고요. 달리 뭘 더 할 수 있었겠어요?"

"우연히 유대계 러시아인 노인을 알게 됐는데요." 멀베리 부인이 말했다. "아, 그냥 멀베리 씨의 사업상 지인이에요. 어쨌든 그 사람이 언젠가 고백하기를, 자기가 처음으로 만난 독일군을 자기 손으로 기쁘게 목 졸라 죽였다고 하더군요. 전 너무 충격을 받아서 그냥 거기 선 채 뭐라고 대답해야 할지 몰랐어요."

"나라면 말했어요." 무릎을 넓게 벌리고 앉은 뚱뚱한 여자가 말했다. "실제로, 독일인들을 처벌하는 이야기가 너무 많이 들리잖아요. 하지만 그들도 인간인걸요. 그리고 분별이 있는 사람이라면 누구나, 그들에게는 그 이른바 잔학 행위에 대한 책임이 없다고 한 당신 말에 동의할 거예요. 그런 이야기 대부분은 아마도 유대인들이 지어낸 거죠. 소각로니 고문실이니 하는 것에 대해 사람들이 아직도 지껄이는 걸 들으면 화가 나요. 그런 것들이 존재했다면, 히틀러처럼 제정신이 아닌 몇몇 사람들이 운영했겠죠."

"여러분이," 난감한 미소를 지으며 구두 박사가 말했다. "미국 언론계를 지배하는 유대인들이 활발한 상상력을 발휘해 진행하는 공작을 이해하고 고려하실지 우려되는데요. 또한, 정연한 독일 군대가 수용소에서 죽은 노인들의 시체에, 또 어떤 경우에는 티푸스 전염병의 희생자들에게 적용해야 하는 순수한 위생상의 처리 절차가 많다는 점도 고려해주셔야 합니다. 전 어떤 인종적 편견도 없는 사람이라, 아주 오래된 이런 인종문제가 이미 항복한 독일에 대한 태도에 왜 영향을 끼쳐야 하는지 모르겠습니다. 특히 영국인이 식민지에서 원주민을 취급하는 방식을 떠올리면 더욱 그렇죠."

"혹은 유대계 볼셰비키들이 러시아 인민을 어떻게 다뤘는지를 떠올린다면 말이죠. 쯧-쯧-쯧!" 멜니코프 대령이 말했다.

"그래도 이제는 다 옛날 얘기지 않아요?" 홀 부인이 물었다.

"물론이죠. 물론입니다." 대령이 말했다. "위대한 러시아 민족은 각성했고 나의 조국은 다시 위대한 나라가 되었습니다. 우리에겐 세 명의 위대한 지도자가 있었죠. 그의 적들이 뇌제라고 부른 이반이 있었고, 그다음엔 표트르대제가 있었죠. 그리고 이제 우리에겐 이오시프 스탈린이 있고요. 나는 백군 러시아인으로서 근위대에 복무했지만, 동시에 러시아의 애국자이자 그리스도교인이기도 합니다. 요즘 러시아로부터 들려오는 모든 말 속에서 나는 힘을 느끼고 옛 어머니 러시아의 광휘를 느낍니다. 러시아는 다시금 군인과 종교와 진정한 슬라브인의 나라가 되었습니다. 또한, 붉은 군대가 독일 마을에 입성했을 때 독일인의 어깨에서 머리카락 한 올도 떨어지지 않았다고 알고 있습니다."

"머리 말씀이죠." 홀 부인이 말했다.

"네." 대령이 말했다. "그들의 머리가 하나도 어깨에서 떨어지지 않았다고요."

"우리는 모두 당신네 러시아인을 존경해요." 멀베리 부인이 말했다. "그런데 독일까지 공산주의를 퍼뜨린 건 어떻게 된 거죠?"

"제가 한 가지 제언을 드려도 된다면," 구두 박사가 말했다. "우리가 조심하지 않으면 독일이라는 나라가 이제 없을지도 모른다는 점을 지적하고 싶습니다. 독일이 직면해야 할 주된 문제는 승리자들이 독일 국민을 노예로 삼고, 젊고 건강한 자도 늙고 약한 자도―지식인도 시민도―범죄자처럼 노역하라고 동쪽의 광대한 지대로 보내지 않도록 막는 것입니다. 이는 민주주의와 전쟁의 모든 원칙에 반하는 것이지요. 독일인도 정복한 국가에 똑같은 짓을 했다고 말씀하신다면, 다음의 세 가지를 상기시켜드리겠습니다. 첫째, 당시 독일연방은 민주주의국가가 아니었기 때문에 민주주의국가로서의 행동을 기대할 수 없었습니다. 두번째로, 이른바 그 노예의 전부는 아니더라도 대부분은 자발적인 의지로 왔습니다. 세번째는, 이게 가장 중요한 핵심인데요, 그들은 모두 잘 먹고 잘 입고 문화적인 환경 속에서 생활했습니다. 러시아의 어마어마한 인구와 영토에 대한 우리의 자연스러운 동경에도 불구하고, 독일인들은 그 같은 문화적 환경을 소비에트연방 안에서 찾기는 아마도 어려울 겁니다."

"또한 잊어서는 안 될 점이," 구두 박사가 극적으로 목소리를 고조시키며 말을 이어갔다. "나치즘은 사실 독일인이 아니라 독일 민족을 압박하는 외국인이 조직했다는 것입니다. 아돌프 히틀러는 오스트리아인이었고, 라이는 유대인, 로젠베르크는 반은 프랑스인 반은 타타르인이었습니다. 다른 유럽 국가가 자국의 영토에 미친 전쟁 결과로 고통받았던 것과 똑같이 독일 국민도 이 비독일적인 굴레 아래서 고통받았습니다. 팔다리를 잃고 죽임을 당했을 뿐 아니라, 소중한 재산과 멋진 집을 폭격으로 잃은 시민들에게는 폭탄을 떨어뜨린 게 독일 비행기인지 연합군의 비행기인지는 전혀 중요한 문제가 아닙니다. 독일인, 오스트리아인, 이탈리아인, 루마니아인, 그리스인, 그리고 유럽의 다른 모든 나라 국민은 이제 같은 비극을 경험한 형제로, 그 비참과 희망에서는 모두 평등하고 모두 같은 취급을 받아야 합니다. 죄를 가리고 유죄 판결을 내리는 과업은 미래의 역사가들에게, 유럽 문화의 불멸할 중심이라 할 하이델베르크, 본, 예나, 라이프치히, 뮌헨에 있는 적요한 대학의 편견 없는 노학자들에게 맡겨둡시다. 불사조와 같은 유럽이 다시 그 독수리 날개를 펼치게 합시다. 그리고 아메리카에 신의 가호가 있기를."

구두 박사가 약간 떨면서 담배에 불을 붙이는 동안 경건한 침묵이 이어지다가, 이윽고 홀 부인이 사랑스러운 소녀 같은 몸짓으로 양 손바닥을 맞대고서, 모임의 마무리로 뭔가 좋은 음악을 연주해주십사 청했다. 그는 한숨을 쉬고 일어나서 지나가다 내 발을 밟고는 사과의 표시로 손가락 끝으로 내 무릎을 살짝 건드린 다음, 피아노 앞으로 가서 앉으며 머리를 숙여 절하고 나서, 정적이 들릴 정도로 완전한 정적이 흐르는 몇 초간 움직이지 않고 가만히 있었다. 그러다, 천천히 아주 부드럽게 담배를 재떨이에 놓고 그 재떨이를 피아노에서 치워 홀 부인이 얼른 내민 손에 건네주고는 다시 머리를 숙였다. 마침내 박사가 좀 목멘 목소리로 말했다. "먼저, 〈성조기여 영원하라〉를 연주하겠습니다."

이건 참을 수 있는 한계를 넘은 것이라 느껴서—사실 토하고 싶은 기분이 들기 시작하는 지점에 이미 다다랐다—나는 일어나 서둘러 방을 떠났다. 하녀가 내 짐을 넣어두는 걸 봤던 벽장으로 다가가는데, 멀리서 너울거리는 음악의 물결과 함께 홀 부인이 미끄러지듯 나를 따라왔다.

"가셔야 하나요?" 그녀가 말했다. "정말 가셔야 해요?"

나는 내 오버코트를 찾았고, 옷걸이를 떨어뜨렸고, 오버슈즈에 발을 우겨넣었다.

"당신들은 살인자거나 바보예요." 내가 말했다. "아니면 그 둘 다이거나. 그리고 저 남자는 추잡한 독일 공작원이고요."

앞서 언급했듯이, 나는 결정적인 순간에 말을 심하게 더듬는 버릇이 있어서 이 문장은 이렇게 종이 위에 쓰인 것처럼 매끄럽게 나오지 않았다. 그래도 효과는 있었다. 부인이 정신을 차리고 뭐라고 응수하기 전에 나는 등뒤로 문을 쾅 닫았고, 불이 난 집에서 아이를 안아 데리고 나오듯이 오버코트를 들고 계단을 내려갔다. 모자를 쓰려다가 내 모자가 아니라는 걸 눈치챘을 땐 이미 거리였다.

오래 쓴 듯한 페도라로, 내 것보다 더 진한 회색이었고 챙은 더 좁았다. 그 모자에 맞을 머리는 내 머리보다 작았다. 모자 안쪽에는 '베르너 형제, 시카고'라는 라벨이 있고, 다른 남자의 빗과 헤어로션 냄새가 났다. 볼링공 같은 대머리의 소유자인 멜니코프 대령의 모자일 수는 없었고, 홀 부인의 남편은 내 생각에 죽었거나 모자를 다른 곳에 둘 것 같았다. 갖고 가자니 역겨움이 치밀었지만, 비가 내리는 추운 밤이고 해서 그걸 발육부진한 우산처럼 사용했다. 집에 가자마자 나는 연방수사국에 편지를 쓰기 시작했지만, 많이 진행하지는 못했다. 사람 이름을 들고선 잘 기억하지 못하는 버릇 때문에 내가 전하려고 했던 정보의 신뢰성이 심각하게 손상됐고, 그 모임에 참석한 경위를 설명해야 했기에 동명이인과 관련된 장황하고 약간 의심스러운 많은 사연을 꺼내야 했다. 최악은, 자세하게 쓰려고 들면 모든 일이 꿈같고 그로테스크한 양상을 띠게 되는 반면, 내가 정말로 해야만 하는 이야기는 고작해야, 중서부 어딘가 모르는 곳에서 온 인물, 나는 그 이름조차 알지 못하는 인물이 어떤 개인의 집에서 어리석은 노부인들을 상대로 독일 국민에 대해 동정적으로 말했다는 것뿐이었다. 사실, 저명한 칼럼니스트들의 글에도 계속 불쑥 얼굴을 내미는 동일한 동정심이 담긴 표현으로 판단하건대, 내가 알기로 그 모든 건 완전히 합법적일지 모른다.

다음날 아침 일찍 초인종이 울려서 문을 열었더니, 구두 박사가 레인코트를 입고 머리에 아무것도 안 쓴 차림으로, 퍼런빛이 도는 분홍색 얼굴에 신중한 미소를 반만 짓고는 아무 말 없이 내 모자를 내밀었다. 나는 모자를 받고 뭔가 감사의 말을 중얼거렸다. 이를 그는 안으로 들어오라는 뜻으로 착각했다. 나는 그의 페도라를 어디 뒀는지 기억하지 못해서, 어쨌거나 그의 면전에서 해야 했던 필사의 수색은 곧 우스꽝스러운 촌극이 되었다.

"저기," 내가 말했다. "제가 우편으로 보내드리겠습니다. 모자를 찾으면 당신한테 부쳐드리지요. 아니면, 수표를 보내든지 하겠습니다, 만약에 못 찾으면 말입니다."

"하지만 전 오늘 오후에 떠납니다." 그가 부드럽게 말했다. "그리고 또한, 전 당신이 저의 아주 절친한 친구인 홀 부인에게 했던 이상한 발언에 대한 설명을 좀 듣고 싶습니다."

그는 내가, 그 건은 경찰과 당국이 그녀에게 설명할 거라는 뜻을 나름대로 최대한 정돈해서 말하려고 애쓰는 동안 인내심 있게 기다렸다.

"이해를 못하시는 것 같군요." 마침내 그가 말했다. "홀 부인은 사교계에서 아주 유명한 숙녀분으로 관변에도 인맥이 많은 분이죠. 다행히, 우리가 사는 이 위대한 나라에서는 누구나 자유롭게 자기 생각을 말할 수 있죠. 개인적 의견을 표명한다는 이유로 모욕을 당하지 않고 말입니다."

나는 그에게 나가라고 말했다.

내가 식식거리며 더듬거리던 최후의 말이 흐지부지되자 그가 말했다. "나가지요. 하지만 기억해주시길 바랍니다. 이 나라에서는—" 그러고는 그는 장난치듯 질책하는 독일식 손짓으로 구부린 손가락 하나를 나를 향해 비스듬히 흔들었다.

어디를 때려야 할지 정하기 전에 그는 미끄러지듯 나가버렸다. 나는 온몸을 부들부들 떨었다. 때때로 날 재밌게도 하고 심지어 미묘하게 기쁘게도 했던 나 자신의 무능함이 이젠 형편없고 비열하게 느껴졌다. 그때 불현듯, 전화가 놓인 현관의 작은 탁자 아래 옛날 잡지들을 쌓아놓은 더미 위에 있는 구두 박사의 모자가 눈에 띄었다. 나는 거리에 면한 앞창으로 급히 가서 창문을 열었고, 네 층 아래에서 박사가 나오자 그 방향으로 모자를 던졌다. 모자는 포물선을 그리다 길 한가운데에 수평으로 낙하했다. 거기서 공중제비를 한 번 돌아서 불과 몇 인치 차이로 물웅덩이를 비껴가, 멍하니 입을 벌리고 상하가 거꾸로 뒤집힌 채 멈췄다. 구두 박사는 올려다보지도 않고 알겠다는 듯 손을 흔든 다음 모자를 줍더니 그렇게 흙이 많이 묻지 않았음에 만족하고 모자를 쓰고는 의기양양하게 엉덩이를 뒤뚱대며 걸어가버렸다. 야윈 체격의 독일인이 레인코트만 입으면 왜 그렇게 뒷모습이 통통해 보이는지 나는 종종 궁금해하곤 했다.

이제 더 남은 이야기는, 그로부터 일주일 후 내가 편지를 한 통 받았다는 것인데, 편지는 번역으로는 거의 음미하기 어려운 독특한 러시아어로 쓰여 있었다.

"귀하께." 편지 내용은 이랬다. "귀하는 내 평생 나를 뒤쫓았습니다. 친한 친구들은 귀하의 저작을 읽고 내가 그 타락하고 퇴폐적인 글의 저자라고 생각해서 내게서 등을 돌렸습니다. 1941년에, 그리고 다시 1943년에 내가 결코 말한 적 없고 생각한 적도 없는 것 때문에 파리에서 독일군에게 체포되었습니다. 다른 나라들에서 내게 온갖 곤란을 주었던 것으로 만족하지 않고, 이제 아메리카에서, 뻔뻔스럽게도 날 사칭해 만취한 상태로 많은 존경을 받는 분의 댁에 나타났지요. 이 일만은 그냥 넘어가지 않을 것입니다. 나는 귀하를 감옥에 처넣어 사기꾼이라는 오명을 씌울 수도 있지만, 귀하도 그리되고 싶지는 않겠죠. 그러니 내 제안은, 내게 보상금으로……"

그가 요구한 금액은 정말로 극히 소박한 액수였다.

징후와 상징

1

치료가 불가할 정도로 정신이 혼란스러운 젊은이에게 어떤 생일선물을 갖다주는가 하는 문제에 직면한 게 이번이 네번째로, 그만큼 세월이 흘렀다. 정작 당사자는 아무것도 바라는 게 없었다. 그에게 인간이 만든 물건은 오직 그 자신만 간파할 수 있는 악의적인 행위가 판을 치는 악의 집결체 같은 것, 혹은 그의 추상적 세계에서는 아무 쓸모도 찾을 수 없는 역겨운 위안에 지나지 않았다. 그를 화나게 하거나 겁에 질리게 할지도 모를 품목을 이것저것 다 제외한 후(예를 들어 기계장치로 작동하는 제품은 금기였다), 그의 부모는 앙증맞고 무해한 요깃거리를 골랐다. 종류가 다 다른 과일 젤리가 각각 든 작은 병 열 개를 담은 바구니로.

그가 태어난 건 그들이 결혼한 지 이미 한참 됐을 때였는데, 그로부터 이십여 년이 더 흘러서 이제 두 사람은 꽤 나이가 들었다. 그녀는 백발을 대충 매만졌고, 싸구려 검은 드레스를 입었다. 동년배의 여느 여성들과 달리(가령, 옆집에 사는 솔 부인만 해도 얼굴은 화장으로 온통 분홍색과 연보라색을 띠었고, 모자에는 시냇가의 꽃이 오종종하게 꽂혀 있었다) 결점을 다 들추어내는 봄볕에 하얀 맨얼굴을 다 드러냈다. 그녀의 남편은, 고국에서는 꽤 성공한 사업가였지만, 이제는 전적으로 동생 이사크에게 의존해 살고 있었다. 그 동생은 거의 사십 년을 계속 거주한 진짜 미국인이었다. 얼굴 볼 일이 드물어, 부부는 그에게 '왕자'라는 별명을 붙였다.

그 금요일은 모든 게 잘못되어갔다. 지하철이 두 역 사이에서 생명의 흐름이 끊겨서, 십오 분 동안 사람들의 심장이 의무적으로 뛰는 소리와 신문이 부스럭거리는 소리밖에 안 들렸다. 다음에 타야 할 버스는 세월아 네월아 기다리게 하다가 겨우 왔는데, 재잘거리는 고등학생들로 꽉 차 있었다. 요양소로 가는 갈색 길을 걸어올라갈 때는 비가 억수같이 내렸다. 요양소에서도 다시 기다렸다. 그런데 평소대로 (면도를 제대로 안 한 애처로운 여드름투성이 얼굴에 뚱하고 당혹스러운 표정을 띠고) 아들이 발을 끌며 방으로 들어오는 대신에, 안면이 있지만 부부가 별로 좋아하지 않는 간호사가 마침내 나타나 쾌활하게 설명하기를, 아들이 다시 자살을 시도했단다. 아드님의 상태는 다 괜찮지만, 면회하면 아드님을 불안하게 만들지도 모른다고 간호사는 말했다. 요양소는 비참할 정도로 인력이 부족하고, 물건이 엉뚱한 곳에 놓이거나 쉽게 섞일 수 있어서, 부부는 선물을 사무실에 두고 오지 않고 다음번에 올 때 다시 가지고 오기로 했다.

그녀는 남편이 우산을 펴기 기다렸다가 그의 팔을 잡았다. 그는 속상할 때면 으레 그랬듯이 유난히 깊이 울리는 헛기침을 계속했다. 길 건너편 버스 정류장 지붕 아래에 다다르자, 그가 우산을 접었다. 몇 피트 떨어진 곳에, 바람에 흔들리며 물을 뚝뚝 떨어뜨리는 나무 아래에 반쯤 죽어가는, 아직 깃도 나지 않은 조그만 새 한 마리가 물웅덩이에 빠져 속절없이 파닥거리고 있었다.

지하철역까지 긴 시간 버스를 타고 가면서 그녀는 남편과 한 마디도 나누지 않았는데, 우산 손잡이를 꽉 움켜쥔 남편의 나이든 두 손(부풀어오른 혈관, 갈색 반점으로 얼룩덜룩한 피부)이 경련을 일으키는 게 얼핏 보일 때마다 눈물이 북받쳐 오르는 것 같았다. 딴 데로 생각을 돌려보려고 주위를 돌아보다가, 승객 중에 발톱을 빨간색으로 지저분하게 칠한 검은 머리 소녀가 윗 연배 여성의 어깨에 기대 흐느끼는 모습을 보고는, 동정심과 궁금함이 섞인 가벼운 충격을 받았다. 저 여자가 누구를 닮았는데, 누구더라? 그녀는 레베카 보리소브나를 기억해냈다. 딸을 솔로베치크가에 시집보냈지—민스크에서, 여러 해 전에.

마지막으로 아들이 자살을 시도했을 땐, 그 방법이 의사 말에 따르면 창의성이 넘치는 걸작이었다. 그가 공중에서 나는 걸 배우고 있다고 생각해서 샘이 난 동료 환자가 멈추게 하지 않았다면 성공할 뻔했다. 그가 정말로 원했던 건 그의 세계에 구멍을 내서 탈출하는 것이었다.

그의 망상 체계는 과학 월간지에 게재된 정교한 논문의 주제로 다뤄진 바 있지만, 한참 전에 그녀와 그녀의 남편은 자력으로 그 수수께끼

1106

를 풀었다. 헤르만 브링크는 이 병증을 '참조 강박증'이라 칭했다. 아주 이례적인 이런 병례에서 환자는 자기 주변에서 일어나는 모든 것이 자신의 인격과 존재를 은근히 참조했다고 상상한다. 실제 인간은 그 음모의 주체에서 제외된다―왜냐하면 환자는 자신이 다른 인간들보다 훨씬 더 똑똑하다고 여기기 때문이다. 어디를 가든 경이로운 자연현상이 그림자처럼 따라다닌다. 가만히 이쪽을 바라보는 듯한 하늘의 구름은 느린 신호로 그에 관해 믿기지 않을 정도로 자세한 정보를 서로 주고받는다. 그의 마음속 가장 깊은 곳의 생각을 해질녘 음울하게 손짓하는 나무들이 수화로 논의한다. 조약돌이라든가 얼룩이라든가 광반光斑 같은 것들이 패턴을 형성해, 그가 반드시 중간에서 가로채야 할 메시지를 어떤 끔찍한 방식으로 표현한다. 모든 것은 암호이며, 주제는 모두 그 자신이다. 그 스파이들 중에는, 이를테면 유리 표면과 잔잔한 연못처럼 사심 없는 관찰자도 있다. 다른 것, 이를테면 상점 쇼윈도의 코트 같은 것들은 편견을 가진 목격자이자, 내심 린치에 가담하고 싶어하는 자들이다. 그리고 또다른 것들(흐르는 물, 폭풍우)은 광기에 가까운 히스테리를 부려서 그에 대해 왜곡된 견해를 갖고, 그의 행동을 그로테스크할 정도로 오독한다. 그러니 그는 항상 경계를 늦추지 않고 삶의 매 순간과 아주 작은 한 조각까지 사물의 파동을 해독하는 데 오롯이 바치지 않으면 안 된다. 그가 내쉬는 숨까지 색인이 달려 보관된다. 그가 유발하는 관심이 인접한 주변 환경에만 한정된다면야―하지만 애석하게도 그러지 않았으니! 거리가 멀어질수록 야생의 추문이 모인 급류는 그 양이나 입심의 강도가 점점 더 커지게 마련. 그의 혈구 실루엣이 백만 배로 확대돼 광대한 평야 위를 스치고 날아간다. 그리고 더 멀리에서는, 감당하기 어려울 만큼 견고하고 높은 거대한 산들이 그라는 존재의 궁극적인 진실을 화강암과 신음하는 전나무로 개괄한다.

2

지하철의 굉음과 탁한 공기에서 빠져나오자, 낮의 마지막 잔재가 가로등 불빛에 섞여 있었다. 그녀는 저녁거리로 생선을 좀 사고 싶어서 그에게 젤리병 바구니를 건네며 먼저 집에 가라고 말했다. 그는 삼층 층계참까지 걸어올라간 후에야, 그날은 열쇠를 그녀에게 줬다는 게 생각났다.

그는 아무 말 없이 계단에 앉아 있다가, 십 분 후쯤 그녀가 나타나자 아무 말 없이 일어났고, 그녀는 무겁게 발을 끌고 계단을 올라와 가냘프게 미소를 지으며 깜빡한 자신을 탓하듯 고개를 저었다. 방 두 개가 있는 그들의 집으로 들어가자, 그는 곧장 거울로 갔다. 두 엄지로 입의 양쪽 끝을 위로 당겨서 가면처럼 무섭게 얼굴을 찡그리고는, 끔찍하게 불편한 새 틀니를 빼낸 뒤 거기에 달라붙은 긴 어금니 같은 침을 끊어냈다. 그녀가 식사를 준비하는 동안 그는 러시아어 신문을 읽었다. 여전히 신문을 읽으면서 그는 이가 필요 없는 옅은 색의 음식을 먹었다. 그녀도 그의 기분이 어떤지 알았기에 아무 말도 하지 않았다.

그는 자러 갔지만, 그녀는 거실에 남아 때묻은 카드 한 질과 오래된 앨범으로 시간을 보냈다. 어둠 속에 내리는 비가 닳고 닳은 재받이통에 부딪혀 댕그랑댕그랑 소리를 내는 좁은 안마당을 사이에 둔 건너편 창들에는 흐릿하게 불이 밝혀져 있었고, 그중 한 창문으로 검은 바지 차림의 남자가 맨살이 드러난 양쪽 팔꿈치를 위로 올린 자세로 흐트러진 침대에 반듯이 누운 게 보였다. 그녀는 블라인드를 내리고는 사진을 꼼꼼히 살펴보았다. 그애는 아기였을 때도 보통의 아기들보다 더 깜짝 놀라는 표정을 지었다. 앨범의 접힌 부분에서, 라이프치히에 살 때 데리고 있던 독일인 하녀와 살찐 얼굴의 그 약혼자 사진이 툭 떨어졌다. 민스크, 혁명, 라이프치히, 베를린, 라이프치히, 초점이 심하게 나가서 비스듬히 기울어진 집의 정면 사진. 네 살, 공원에서. 간절하게 쳐다보는 다람쥐를 기분이 좋지 않은 듯 이마를 찌푸려 잔주름이 잔뜩 진 채로 겁이 나서 외면하고 있는데, 그애는 낯선 이들을 대할 때면 으레 그랬다. 로자 고모, 만사 노심초사하는 성격에 각진 얼굴과 날카로운 눈빛을 가진 노부인으로, 나쁜 소식과 파산과 열차 사고와 악성종양으로 이루어진 벌벌 떨리는 세계에 살았다─독일군이 그녀를, 그녀가 걱정했던 모든 이들과 함께 죽음으로 내몰 때까지. 여섯 살, 인간의 손발이 달린 멋진 새 그림을 그렸고 성인 남자처럼 불면증에 시달렸다. 이제는 유명한 체스 선수가 된 그애의 사촌. 다시 그애, 여덟 살 때로, 이미 속을 알 수 없는 아이가 되었고 복도의 벽지를 무서워하고 책 속의 어떤 그림을 무서워했는데, 그저 구릉 사면에 바위가 있고, 잎이 없는 나뭇가지에 낡은 손수레의 바퀴가 매달려 있는 목가적인 풍경화*일 뿐이었다. 열 살, 유럽으로 떠났던 해. 수치심, 연민, 굴욕적인 곤경, 특수학교에서 만난 못생기고 악랄한 지진아들. 그다음에 그애의 인생에 찾아온

---

* 네덜란드 화가 피터르 브뤼헐의 〈죽음의 승리〉를 연상시킨다.

시기는 폐렴을 앓은 후의 긴 회복기와 일치하는 때로, 비범한 재능을 타고난 아이의 기벽이라고 부모가 고집스레 믿었던 작은 공포증들이 이를테면 논리적으로 상호작용하는 환각들이 촘촘하게 뒤엉킨 것으로 굳어져, 보통의 정신을 가진 사람은 잠깐도 가까이하기 어려운 존재가 되고 말았다.

이것도, 그리고 더 많은 것도 그녀는 다 감내했다—왜냐하면 결국, 산다는 건 곧 기쁨을 하나씩 잃는 걸 감내한다는 의미니까. 그녀의 경우에는 기쁨조차 아니고 그저 호전 가능성일 뿐이었지만. 그녀는 어떤 이유에선지 자신과 남편이 견뎌야 했던 고통의 끝없는 물결을 생각했다. 뭔가 상상할 수 없는 방식으로 아이를 아프게 하는 보이지 않는 거인을, 세계에 함유된 계산할 수 없는 양의 온유함을, 이 온유함이 짓밟히거나 헛되이 쓰이거나 광기로 변용되어버리는 그 운명을, 빗질이 닿지 않아 먼지가 쌓인 구석에서 혼자 흥얼대는 방치된 아이들을, 그리고 괴물 같은 어둠이 가까워지는데, 지나간 자리에 난도질당한 꽃을 남기며 유인원처럼 상체를 구부린 그 그림자를 속수무책으로 바라볼 수밖에 없는, 농부로부터 숨을 수 없는 아름다운 잡초들을 생각했다.

3

거실에 있던 그녀가 남편의 신음을 들은 건 자정이 지나서였다. 이윽고 그는 멀쩡한 파란색 욕실 가운보다 더 마음에 들어하는, 아스트라한 모피 옷깃이 달린 낡은 코트를 잠옷 위에 걸치고 비틀거리며 들어왔다.

"잠을 잘 수가 없어." 그가 소리를 질렀다.

"왜," 그녀가 물었다. "왜 잘 수가 없는데? 많이 피곤하잖아."

"죽어가고 있으니 잘 수가 없는 거지." 이렇게 말하고 그는 소파에 앉았다.

"뭐야? 솔로프 선생님 부를까?"

"의사는 이제 그만, 의사는 그만." 그가 신음했다. "의사 같은 거 다 꺼지라고 해! 우리는 그애를 거기서 빨리 데리고 나와야 해! 그러지 않으면, 우리 책임이야. 책임이라고!" 그는 반복해 말하고는 몸을 던져 양 발을 바닥에 붙인 자세로 앉아서 꽉 쥔 주먹으로 이마를 탁 쳤다.

"좋아." 그녀가 재빨리 말했다. "내일 아침에 그애를 집으로 데리고 오자."

"차를 좀 마실까." 남편이 욕실로 물러났다.

그녀는 힘겹게 몸을 구부려, 소파에서 바닥으로 미끄러져 떨어진 카드 몇 장과 사진 한두 장을 주워올렸다. 하트 잭, 스페이드 9, 스페이드 에이스. 엘자와 엘자의 짐승 같은 연인.

그가 상기된 기분으로 돌아오면서 큰 목소리로 말했다. "어떻게 할지 내가 다 생각했어. 그애에게 침실을 주자고. 우리 중 한 명이 그애 곁에서 밤을 새우고 낮엔 이 소파에서 지키는 거지. 교대로. 우린 적어도 일주일에 두 번은 의사에게 그애를 보일 거야. '왕자'가 뭐라고 하든 상관없어. 어차피 그러는 편이 싸게 먹힐 테니 별말 없을 거야."

전화가 울렸다. 전화가 울리기엔 심상치 않은 시간이었다. 그는 왼쪽 슬리퍼가 벗겨진 탓에 뒤꿈치와 발끝으로 슬리퍼를 더듬어 찾으며 방

한가운데 서서 어린애같이, 이 하나 없는 입을 딱 벌린 채 아내를 바라보았다. 전화통화는 그보다는 영어를 좀더 하는 그녀 담당이었다.

"찰리와 통화할 수 있을까요." 소녀의 둔탁하고 작은 목소리.

"어떤 번호로 전화한 거죠? 아니에요. 번호가 틀렸네요."

수화기가 가만히 놓였다. 그녀의 손이 늙고 지친 심장을 향했다.

"가슴이 철렁했어." 그녀가 말했다.

그는 씩 웃고는 바로 흥분된 독백을 다시 시작했다. 날이 밝는 대로 바로 그애를 데리고 올 것이다. 칼은 자물쇠 달린 서랍에 보관돼둬야 할 것이다. 최악의 상태에서도 그애는 다른 사람에게 위험인물은 아니었다.

전화가 다시 울렸다. 걱정이 담긴, 어리고 생기 없는 아까 그 목소리가 찰리를 찾았다.

"틀린 번호로 걸고 있다니까요. 뭐가 잘못된 건지 제가 알려줄게요. 아가씨는 숫자 0 대신에 문자 O를 돌리고 있어요."

그들은 앉아서 뜻밖에 축하 분위기를 띤 심야의 티타임을 즐겼다. 생일선물이 탁자 위에 놓여 있었다. 그는 요란하게 소리를 내며 홀짝거렸고 얼굴은 붉게 달아올랐다. 이따금 그는 잔을 들어올려 원을 그리는 동작으로 설탕을 완전히 녹였다. 큰 모반이 있는 대머리 옆쪽에는 혈관이 두드러지게 튀어나왔고, 그날 아침 면도를 했음에도 은색 털 한 가닥이 턱에 보였다. 그녀가 차를 한 잔 더 따라주는 동안 그는 안경을 쓰고, 어둠 속에서 빛나는 노란색, 녹색, 빨간색의 작은 병들을 즐겁게 다시 살펴보았다. 축축하게 젖은 그의 서투른 입술이 무언의 웅변을 하는 듯한 병의 이름표들을 한 자 한 자 읽었다. 살구, 포도, 매실, 모과. 그가 돌능금에 이르렀을 때 다시 전화가 울렸다.

첫사랑

1

금세기 초 넵스키대로에 있는 한 여행대리점이 오크 빛깔의 갈색을 띤 국제선 침대차의 3피트 길이 모형을 전시했다. 정교하게 실물과 똑같이 만든 그 모형은 페인트칠한 주석으로 만든 내 태엽 열차와는 수준이 완전히 달랐다. 유감스럽게도 그것은 비매품이었다. 안을 들여다보면 파란색 내장재와 객차의 올록볼록한 가죽 내벽, 광이 나는 패널, 끼워넣은 거울, 튤립 모양의 독서등, 또 사람을 미치게 하는 다른 세부들도 알아볼 수 있었다. 넓은 것과 좁은 것이 번갈아 있는 창은 단창이거나 이중창이었는데, 그중에 어떤 것은 반투명한 유리로 되어 있었다. 몇몇 객차에는 침대가 갖춰져 있었다.

당시 그 위용과 화려함을 뽐냈던 북해 급행(1차대전 후에는 결코 같은 모습이 아니었지만)은 오로지 그러한 국제선용 차량으로만 이루어져 일주일에 두 번만 운행하면서 상트페테르부르크와 파리를 연결했다. 승객들이 러시아와 독일의 국경(베르즈볼로보-아이트쿠넨)에서 겉보기에는 비슷한 열차로 갈아타야 하지 않았다면, 파리와 직통으로 연결된다고 말했을 것이다. 국경까지 널찍하니 게으르게 가던 러시아 철도의 60.5인치 궤간은 유럽 표준형인 56.5인치로 대체되고, 석탄이 자작나무 땔감 뒤를 이었다.

기억의 저 먼 끝을 헤집어보니, 내 생각엔 적어도 다섯 번은 그렇게 파리까지 기차 여행을 갔던 것 같다. 보통 리비에라나 비아리츠가 최종 목적지였다. 지금 내가 특별히 고른 1909년에는 내 두 여동생이 유모들과 이모들과 함께 집에 남았다. 장갑을 끼고 여행 모자를 쓴 아버지는 가정교사와 함께 쓰는 객실에 앉아 책을 읽고 있었다. 동생과 나는 세면실을 사이에 두고 그 객실과 분리된 객실에 있었다. 우리 객실과 맞붙은 객실은 어머니와 하녀가 차지했다. 우리 무리 중 짝이 없는 한 명인 아버지의 종자 오시프(십 년 후, 그는 우리 자전거들을 국가에 넘기지 않고 전유했기 때문에 지나치게 규칙에 연연하는 볼셰비키들에게 사살당하게 된다)는 낯선 사람과 같은 객실을 썼다.

그해 4월, 피어리*가 북극에 도달했다. 5월에는 샬랴핀이 파리에서 노래했다. 6월에는 개량된 신형 체펠린** 비행선이 만들어졌다는 소문

---

* 미국 해군이자 북극 탐험가로, 1909년 북극의 극지에 도달해 인류 최초의 발자국을 남겼다.
** 독일 군인 출신의 발명가로 경식비행선 체펠린호를 개발했다. 그 비행선은 1차대전에

에 당혹한 미합중국 국방부가 해군항공대 편성 계획을 기자단에 발표했다. 7월에는 블레리오***가 칼레에서 도버까지 비행했다(진로를 잘못 들어 작게 한 번 더 고리 모양을 그리며 돌긴 했지만). 이제는 8월 말이었다. 러시아 북서부의 전나무숲과 습지가 빠르게 지나가더니, 다음날에는 독일의 소나무숲 맹지와 히스로 풍경이 바뀌었다.

어머니와 나는 접이식 탁자에서 *두라치키*라는 카드 게임을 했다. 아직 대낮인데도 카드와 유리잔 하나가, 이것들과 다른 평면 위에는 여행 가방의 자물쇠가 차창에 비쳤다. 숲과 들판을 통과하더니 갑자기 협곡으로 들어가 종종걸음치는 오두막집들 사이를 지나며 육체에서 이탈한 도박자들은 반짝거리는 판돈을 척척 걸면서 침착하게 계속 게임을 했다.

"이제 그만할까, 안 피곤하니?" 어머니는 이렇게 묻고는, 천천히 카드를 섞으며 생각에 잠기곤 했다. 객차 문이 열리면 보이는 통로 창에는 전선—여섯 개의 가늘고 검은 전선—이 전신주가 하나씩 차례차례 올 때마다 번개의 일격을 받으면서도 필사적으로 비스듬히 올라가 하늘로 상승하기 위해 최선을 다했지만, 애처롭게도 여섯 개 모두 득의양양해서 기세 좋게 휙 올라가 창문 꼭대기에 다다르려는 찰나, 유난히 악랄한 한 방을 맞고 떨어져 가장 낮은 곳까지 가라앉았다가 다시 처음부터 시작해야 했다.

그렇게 여행하다가 독일의 큰 마을을 통과할 때면 열차가 속도를 바꿔 위엄 있고 품 넓게 걸어 집 정면과 상점 간판에 금방이라도 스칠 것

서 주로 군용으로 쓰였다.
*** 프랑스의 항공기술자로, 1909년 영국해협 횡단에 최초로 성공했다.

같은데, 그럴 때면 나는 종착역에서는 느낄 수 없는 두 겹의 흥분을 느끼곤 했다. 장난감 같은 노면전차와 보리수 가로수와 벽돌벽을 가진 도시가 객차로 들어와 거울과 주거니 받거니 하면서 통로측 창을 가장자리까지 가득 채우는 것을 보았다. 열차와 도시의 이런 격의 없는 접촉이 내가 느끼는 전율의 한쪽이었다. 다른 한쪽은 행인의 입장이 되어보는 것이다. 상상 속에서 그 행인은 길고 낭만적인 적갈색 객차들을 눈으로 좇으며 내가 느꼈던 감동을 똑같이 느낀다. 차량 연결부의 막이 박쥐 날개처럼 검고, 낮게 뜬 햇빛 속에서 금속활자가 적동색으로 빛나는 열차는 매일 사람들로 붐비는 대로를 가로지르는 철교를 유유히 잘 빠져나가서는, 갑자기 모든 창이 타오르면서 집이 늘어선 마지막 한 구역을 돈다.

그러한 시각적 합병에는 결점이 있다. 순결한 광천수병과 주교관 형태로 접은 냅킨과 초콜릿바 모형(포장지―카이예, 쾰러 등―를 벗겨도, 내용물은 나무판뿐이다)의 정경이 보이는, 창문이 넓은 식당차가 처음에는 비틀거리는 푸른 통로의 연속 너머에 있는 시원한 안식처같이 보였는데, 식사가 치명적인 최후의 코스를 향해 나아가면 휘청거리는 웨이터들을 비롯해 모든 것이 풍경에 마구 에워싸이는 객차를 계속 포착하게 된다. 그러는 동안 풍경 자체는 복잡한 운동 체계를 거쳐 한낮의 달이 집요하게 계속 접시와 나란히 가고 먼 목초지는 부채꼴로 펼쳐지고, 가까운 나무들은 보이지 않는 그네를 탄 듯 선로 쪽으로 휙 들어올려지고, 평행하게 달리던 선로는 갑자기 일제히 접합되어 자살해버리고, 까막까막하는 풀로 덮인 둑은 올라가고 올라가고 또 올라갔다. 여러 속도가 뒤섞이는 것을 본 어린 목격자가 결국 자기가 먹은 딸기잼을 곁들인 오믈렛을 토하게 될 때까지.

하지만 '국제선 침대차-유럽특급행열차 상사'가 그 이름의 마력을 발휘하는 때는 밤이다. 어둑어둑한 객실 안 동생의 윗단 침대(동생은 자고 있었나? 거기 있기는 했나?) 아래에 있는 내 침대에서 나는 사물을, 사물의 부분들을, 그림자를, 조심스럽게 돌아다니는데 별 진전이 없는 그림자의 잘린 조각들을 바라보았다. 객차의 목조 부분이 조용히 삐걱거리고 탁탁거렸다. 화장실로 통하는 문 근처에서 못에 걸린 어렴풋한 옷 형상과 그보다 위에 있는 이매패류 모양의 푸른 상야등에 달린 술이 리듬감 있게 흔들렸다. 복면을 쓰고 멈칫거리며 몰래 다가오는 그것을, 열차 밖에서 판독 불가능한 불꽃의 자국을 남기며 질주하고 있다는 것을 알고 있는 밤의 맹렬한 돌진과 연관시키기가 어려웠다.

나는 기관사와 자신을 동일시하는 간단한 행위로 잠들곤 했다. 모든 게 다 잘 처리되자마자 바로 나른한 행복의 감각이 내 온몸에 퍼졌다―속 편한 승객들은 내가 운전하는 열차에서 여행을 즐기며 담배를 피우고 다 안다는 듯한 미소를 나누고 고개를 끄덕이고 졸고 있다. 웨이터와 요리사와 차장(내가 어딘가에 둬야 했다)은 식당차에서 술을 마시며 흥청거렸다. 그리고 나는 검댕으로 더러워진 얼굴로 눈이 휘둥그레져서 기관차에서 머리를 내놓고 점점 가늘어지는 선로와 캄캄한 먼 곳에서 루비색인가 에메랄드색으로 빛나는 점을 바라보았다. 그러다 잠이 들면 나는 전혀 다른 뭔가를 보곤 했다―그랜드피아노 밑에서 굴러다니는 유리구슬이나, 옆으로 넘어지고도 바퀴가 굴하지 않고 여전히 돌고 있는 장난감 기관차를.

가끔은 열차 속도가 바뀌어 잠의 흐름이 끊기곤 했다. 불빛들이 천천히 몰래 따라왔다. 각각의 불빛은 지나가면서 열차의 같은 틈새를 살폈고, 그런 다음엔 어둠 속에서 빛을 발하는 컴퍼스가 그림자를 쟀다. 이윽고 열차가 웨스팅하우스 브레이크 특유의 길게 끄는 신음을 내지르며 멈췄다. 뭔가가 위에서 떨어졌다(동생의 안경이었음이 다음날 밝혀졌다). 침구 일부를 끌어오면서 침대 발치까지 이동해, 창문 블라인드의 걸쇠를 조심스럽게 푸는 건 기막히게 설레는 일이었다. 블라인드는 윗단 침대의 모서리에 걸려서 반 정도만 밀어올릴 수 있었다.

목성 주위를 도는 위성 같은 창백한 나방들이 홀로 서 있는 가로등 주위를 맴돌고 있었다. 사지가 잘린 신문지가 벤치 위에서 꿈틀거렸다. 열차 어딘가에서 소리 죽인 목소리와 누군가의 편안한 기침소리가 들려왔다. 내 시야에서 보이는 역 플랫폼의 일부분에는 특별히 흥미로운 게 아무것도 없었지만, 그래도 그쪽에서 알아서 떠날 때까지 눈을 떼지 못했다.

다음날 아침, 유백색 박무가 띠를 이룬 수평선이 가로지르고, 도랑의 반경을 따라 기형으로 자란 버드나무가 늘어서거나 멀리 미루나무가 일렬로 선 촉촉한 들판을 보니, 열차가 이제 벨기에를 질주해 통과하고 있음을 알 수 있었다. 파리에 도착한 것은 오후 네시로, 하룻밤 체재하는 일정임에도 다음날 정오에 '남행 급행열차'*를 타기 전에 무언가—이를테면 은색 페인트를 겉에 대충 바른 작은 놋쇠 *에펠탑* 같은 것—를 살 시간은 항상 있었다. 마드리드행 급행열차는 밤 열시경 스페인 국경에서 몇 마일 떨어진 비아리츠의 라 네그레스 역에 정차해 우리를

---

* 국제선 침대차 회사가 1887년부터 운영한 급행 노선으로, 마드리드를 경유해 리스본과 파리를 연결했다.

내려주었다.

2

당시 비아리츠는 본래의 모습이 아직 남아 있었다. 우리 별장으로 가는 길의 양측에는 윤기 없는 블랙베리 덤불과 잡초가 무성한 *매물토지*가 있었다. 칼턴 호텔은 아직 건축중이었다. 새뮤얼 매크로스키 준장이 팔레 호텔의 귀빈실을 차지하려면 그로부터 삼십육 년은 더 흘러야 했다.* 팔레 호텔은 옛 궁전 부지에 세워졌는데, 1860년대에 그 궁전에서 믿을 수 없을 만큼 기민한 영매였던 대니얼 흄**이 외제니 황후***의 친절하고 신뢰에 찬 얼굴을 맨발로(유령의 손인 척하며) 쓰다듬다가 발각됐다는 이야기가 전해진다. 카지노 근처 산책로에서는 눈썹을 검게 그리고 화장한 얼굴로 미소를 지으며 꽃을 파는 나이든 여자가 산책하던 남자를 가로막고는 단춧구멍에 카네이션의 통통한 꽃받침을 민첩하게 슬며시 넣었다. 수줍게 끼워진 그 꽃을 곁눈질로 내려다보던 남자의 왼쪽 턱살이 왕족처럼 늘어져 접힌 군살을 두드러지게 했다.

*해변*의 후방선을 따라 줄지어 있는 다양한 형태의 해변 의자와 등받이 없는 걸상에는 부모들이 앉아 있고, 전방의 모래사장에는 밀짚모자

---

* 1945년에 아이젠하워 장군의 명령으로 유럽에 있는 미군 재교육이 추진되어, 비아리츠의 호텔과 별장을 개조한 비아리츠 아메리칸 칼리지가 개교한다. 현지의 지휘를 맡은 이가 바로 매크로스키 준장이다.
** 19세기 유럽과 미국 상류층에서 인체 부양술로 유명해진 영매 대니얼 던글러스 흄.
*** 나폴레옹 3세의 황후인 외제니 드 몽티조.

를 쓴 아이들이 놀고 있었다. 나도 보이는데, 우연히 발견한 빗을 무릎에 놓고 돋보기로 불을 붙이려 하고 있었다. 남자들이 뽐내며 입고 있는 하얀 바지는 오늘날의 눈으로 보면 세탁으로 우스꽝스럽게 쪼그라든 양 보일 것이다. 그 특정 계절에 입는 숙녀들의 의상은 겉면이 실크로 된 옷깃이 달린 가벼운 코트에 춤이 높고 테도 넓은 모자, 수가 촘촘하게 놓인 하얀 베일, 앞에 프릴이 달린 블라우스, 허리에도 프릴, 파라솔에도 프릴이었다. 미풍이 입술에 소금기를 남겼다. 길을 잃은, 금빛을 띤 오렌지색 나비 한 마리가 고동치는 *해변*을 엄청난 속도로 휙 가로지르며 날아왔다.

거기에 행상들이 움직임과 소리를 추가하며 땅콩과 설탕에 조린 제비꽃 정과, 이 세상의 색깔 같지 않은 초록빛 피스타치오 아이스크림, 은단, 그리고 빨간 통에서 꺼낸, 거대하고 볼록한 모양에 바삭바삭하고 까끌까끌한 웨이퍼 같은 과자를 팔러 다녔다. 굽은 등에 무거운 통을 지고 깊게 푹푹 들어가는 푸슬푸슬한 모래를 다지듯 밟으며 걸어가던 행상의 모습은 후에 어떤 중첩으로도 흐릿해지지 않고 눈앞에 선명하게 떠올랐다. 누군가 그를 부르면 그는 끈을 한번 비틀어 통을 어깨에서 내팽개쳐 모래 위에 피사의 사탑 모양으로 쾅 내려놓은 뒤 소매로 얼굴을 닦은 다음, 통 뚜껑에 달린 회전하는 화살이 달린 숫자판을 조작하기 시작했다. 화살이 쉭쉭거리더니 윙 하고 돌았다. 1수 동전 하나로 얼마나 큰 웨이퍼를 받게 될지는 운에 달렸다. 큰 조각이 걸릴수록 나는 그에게 더 미안해졌다.

해변의 다른 쪽에서는 해수욕 절차가 진행됐다. 검은 수영복 차림의 건장한 바스크인들이 해수욕 전문가로서 숙녀들과 아이들이 파도타기의 공포를 즐길 수 있도록 도와주고 있었다. 그런 *안전요원*은 당신을 밀려오는 파도에 등지고 서게 하고는, 뒤에서 거품이 이는 초록색 물덩어리가 밑에서부터 올라와 회전하다가 맹렬히 쏟아져내리며 세게 후려쳐 당신이 자빠질 때 손을 잡아준다. 이렇게 나자빠지는 걸 열 번 남짓 반복하게 한 후, 바다표범처럼 온몸이 번들거리는 *안전요원*은 숨을 헐떡거리고 몸을 덜덜 떨며 콧물이 흥건한 코를 훌쩍거리는 담당 해수욕객을 육지 쪽으로, 평탄한 해변으로 나가게 했다. 그러면 거기서 턱에 회색 수염이 난 잊을 수 없는 모습의 노파가 빨랫줄에 여러 벌 걸린 해변용 가운 중 하나를 잽싸게 골라서 건네주었다. 그다음에 작고 안전한 오두막에 들어가면 시중드는 사람이 또 있어서, 질척거리고 모래로 무거워진 수영복 탈의를 도와주었다. 수영복이 마룻바닥에 툭 떨어지면 여전히 덜덜 떨리는 몸으로 수영복에서 발을 빼내어 퍼질러진 그 푸르스름한 줄무늬를 짓밟았다. 오두막 안은 소나무 향이 났다. 곱사등이 시중꾼이 주름진 얼굴로 싱글거리며 김이 모락모락 나는 뜨거운 물이 든 대야를 가져오면 그 안에 발을 담근다. 그 사람이 가르쳐줘서 그이후로 내 기억의 유리세포 속에 계속 보존한 게 있는데, 바스크어로 '나비'가 *미세리콜레테아*라는 것, 아니 적어도 그렇게 들리는 단어라는 것이다(사전에서 찾은 비슷한 유음어 일곱 단어 중에 가장 가까운 것은 *미셸레테아micheletea*이다).*

---

* 실제로는 나비를 뜻하는 바스크어는 tximeleta이다.

3

*해변*에서 갈색 기가 더 돌고 물기가 더 많은 부분으로, 썰물 때 성을 짓기에 최적인 진흙을 내주는 곳에서 어느 날 나는 땅을 파고 있었다. 그날 내 옆에서 함께 파던 아이가 콜레트라고 불리는 어린 프랑스 소녀였다.

그애는 11월에 열 살이 될 것이었고 나는 4월에 이미 열 살이 되었었다. 그애가 폭이 좁고 발가락이 긴 맨발로 밟은 보라색 홍합 껍데기의 들쭉날쭉한 조각에 주의가 쏠렸다. 아니, 난 영국인이 아니야. 이목구비가 뚜렷한 그애의 얼굴을 뒤덮은 주근깨가 녹색을 띤 눈에까지 흘러넘친 듯 반점이 비쳐 보였다. 입고 있던 옷은 요즘은 운동복이라 불리는 것으로, 롤업 소매의 푸른색 저지 셔츠에 푸른색 니트 반바지를 받쳐 입었다. 나는 처음에 그애를 남자애로 착각해서, 가는 손목의 팔찌와 세일러 모자 아래서 나선형으로 말려서 달랑거리는 갈색 머리를 보고 의아하게 생각했다.

그애는 가정교사에게 배운 영어와 파리지앵의 프랑스어를 섞어서 마치 작은 새가 빠르게 지저귀듯 말했다. 이 년 전에 같은 *해변*에서 나는 세르비아인 의사의 딸로, 햇볕에 탄 사랑스러운 어린 여자애에게 강하게 마음이 끌린 적이 있었다. 그러나 내가 콜레트를 만났을 때, 이건 진짜라는 걸 단박에 알았다. 콜레트는 내가 비아리츠에서 우연히 만난 다른 모든 놀이 친구와 얼마나 달라 보였던지! 나는 어째선지 그애가 나보다 행복하지 못하고 사랑받지 못하는 아이라는 느낌을 받았다. 솜털이 보송보송한 연약한 팔뚝에 든 멍이 끔찍한 추측을 하게 했다. "우리 엄마처럼 아프게 꼬집네." 이건 게에 대해 그녀가 한 말이었다. 누군 가가 우리 엄마한테 어깨를 조금 으쓱하면서 말한 걸 들은 적 있듯이 '*파리의 부르주아들*'이었던 그애의 양친에게서 그애를 구출할 작전을 나는 이리저리 궁리했다. 그애의 부모가 자기들은 파리에서부터 여기 까지 파란색과 노란색이 섞인 리무진을 타고 왔으면서(당시에 유행하 던 일종의 모험이었다), 콜레트는 그냥 개와 가정교사와 함께 보통 침 대칸에 태워 보냈다는 걸 알고, '*파리의 부르주아들*'이라는 표현에 담 긴 경멸을 내 나름대로 해석했다. 그 개는 암컷 폭스테리어로 목줄에는 방울이 달렸고 꼬리를 매우 잘 흔들었다. 개는 완전히 신이 나서는 콜 레트의 장난감 들통에 든 바닷물을 다 핥아먹곤 했다. 그 들통에 그려 져 있던 범선이며 석양이며 등대가 지금도 기억나지만, 그 개의 이름은 떠오르지가 않아 나를 애태운다.

비아리츠에서 우리가 두 달 머무르는 동안 콜레트에 대한 나의 정열 은 나비에 대한 정열을 거의 능가할 정도였다. 우리 부모님은 그애의 부모와 별로 만나고 싶어하지 않아서 나는 오직 해변에서만 그애를 보 았지만, 늘 그애를 생각했다. 그애가 울었던 걸 눈치채면, 무력한 분노 가 치밀어 내 눈에도 눈물이 차올랐다. 나는 그애의 연약한 목에 물린 흔적을 남긴 모기를 퇴치할 수 없었지만, 그애에게 무례하게 군 빨강 머리 사내애와의 주먹다짐에서 이길 자신이 있었고, 또 실전에서도 그 러했다. 그애는 따뜻한 손에 쥔 딱딱한 사탕을 몇 움큼씩 곧잘 내게 주 곤 했다. 어느 날 둘이서 같이 몸을 숙이고 불가사리를 관찰하는데 콜 레트의 곱슬머리가 내 귀를 간질이는가 싶더니, 갑자기 그애가 내 쪽으 로 몸을 돌려 뺨에 키스했다. 너무나 감정이 커진 나머지 내가 겨우 생각해낸 말이라는 게 "이 작은 원숭이야"였다.

내 수중에는 우리 사랑의 도피 자금이 되리라 생각한 금화 하나가 있었다. 그애를 어디로 데려가고 싶어했더라? 스페인? 아메리카? 포너머에 우뚝 솟은 산들로? *"저 너머, 저 너머, 산속으로."* 오페라에서 카르멘이 노래 부르는 걸 들었던 것처럼. 어느 기이한 밤에 나는 잠 못 이루고 누워서 대양이 계속 철썩거리는 소리를 들으면서 우리의 도피 계획을 짰다. 마치 대양이 일어나서 어둠 속을 더듬거리다가 얼마 후 쾅하고 무겁게 엎어지는 듯했다.

우리의 실제 도피 행각에 대해선 할 얘기가 별로 없다. 내가 접이식 포충망을 갈색 종이봉투에 쑤셔넣는 동안, 펄럭이는 텐트의 바람이 닿지 않는 쪽에서 그애가 순순히 에스파드리유를 신고 있는 걸 힐끗 봤던 기억이 남아 있다. 다음 장면은, 추적을 피해 카지노(물론 절대 입장 불가인 곳) 근처에 있는 칠흑같이 어두운 영화관 안으로 들어가던 것. 우리는 콜레트의 무릎 위에서 이따금 방울소리를 은은하게 내는 개 위로 손을 잡고 앉았고, 화면에는 움직임이 어색하고 가랑비가 부슬부슬 내리지만 무척이나 흥미진진한 산세바스티안의 소싸움이 상영되었다. 마지막 장면은 가정교사에게 이끌려 산책로를 걸어가던 내 모습이다. 그의 긴 다리가 일종의 불길한 활기로 움직이고 엄하게 경직된 턱 근육이 팽팽한 피부 아래서 실룩대는 게 내 눈에 보였다. 가정교사의 다른 쪽 손을 잡고 있던 아홉 살짜리 안경잡이 동생이 쫄래쫄래 앞으로 걸어가며 경외심을 품은 호기심어린 눈으로 작은 올빼미처럼 나를 응시했다.

떠나기 전에 비아리츠에서 산 소소한 기념품 중에 가장 내 마음에

든 것은, 검은 돌로 만든 작은 소도 아니고 바닷소리가 울려퍼지는 조 가비도 아닌, 이젠 거의 상징처럼 여겨지는 물건이었다—그것은 바로 해포석으로 만든 펜대로 장식 부분에 크리스털로 된 자그마한 구멍이 있어 안을 들여다볼 수 있었다. 한쪽 눈에 딱 맞게 바짝 대고 다른 쪽 눈은 찡그린 채 속눈썹이 어른거리는 걸 없애면, 등대로 끝나는 바닷가 절벽 선과 만의 풍경 사진이 기적처럼 그 안에 보인다.

그러고 있으면 이제 거기서 정말 기분좋은 일이 일어난다. 저 펜대 와 작은 구멍 속 소우주를 재창조하는 과정이 나의 기억에게 마지막으 로 한번 애써보라고 부추기는 것이다. 나는 다시 콜레트의 개 이름을 기억하려 애를 써본다—그러자 아니나 다를까, 저멀리 있는 해변을 따 라 과거 속의 반질거리는 저녁 모래사장 너머, 발자국 하나하나에 석양 빛 바닷물이 서서히 차오르는 곳에서, 이리로 온다, 이리로 온다, 메아 리로 울려 진동하면서. 플로스, 플로스, 플로스!

우리가 집으로 향하는 여행을 계속하기 전 하루 머물렀던 파리에 콜 레트도 돌아와 있었다. 그리고 그곳, 그 새끼 사슴 공원*의 차갑고 푸른 하늘 아래서 나는 그애를 마지막으로 보았다(우리의 가정교사들이 마 련한 자리라고 믿고 있다). 그애는 굴렁쇠와 짧은 굴림 막대를 들고 있 었고, 그애의 모든 것이 가을의 파리지앵 소녀용 외출복 차림으로 너무 나도 적절하고 세련된 분위기였다. 그애는 설탕 입힌 아몬드 한 상자를 가정교사에게서 뺏어서 작별선물로 내 동생의 손에 슬쩍 쥐여주었는 데, 나는 그것이 오로지 나만을 위한 선물임을 알았다. 그러고는 그애

---

* 새끼 사슴 동상이 있는 파리의 뤽상부르 공원으로 추정된다.

는 바로 가버렸다. 반짝거리는 굴렁쇠를 탁탁 치면서 빛과 그림자 속을 통과해서, 내가 서 있는 곳 근처에 있던 고엽으로 뒤덮인 분수 주위를 돌고 또 돌아서. 그 고엽들은 내 기억 속에서 그애가 신고 있던 구두와 장갑의 가죽과 섞여버렸고, 거기 그애 옷차림의 어떤 세부에서(아마도 스코틀랜드풍 모자에 달린 리본이거나 스타킹의 무늬였을 것이다) 당시 나는 유리구슬 속의 무지갯빛 나선螺旋을 연상했던 기억이 난다. 아직도 나는 그 무지갯빛 가닥을 손에 쥐고 있는 것 같다. 그것이 정확히 어디에 딱 맞는지 모르는 채로. 내가 그러고 있는 동안 콜레트는 굴렁쇠와 함께 더 빠르게 내 주위를 돌다가, 낮은 울타리의 고리 모양이 교차하는 아치들이 자갈길 위에 드리운 가느다란 그림자 속으로 결국 녹아 사라져버린다.

랜스

1

그 행성은 이미 이름이 붙어 있을 것으로 짐작되지만, 아무래도 좋습니다. 가장 합이 좋은 충*에 위치할 때 그 행성이 지구에서 몇 마일 떨어지느냐 하면, 지난 금요일부터 히말라야산맥의 융기까지 몇 년인가 따질 때 같은 정도, 즉 독자분들 평균 연령의 백만 배는 되는 숫자일 것입니다. 인간의 공상이라는 망원경의 시야 안에서 눈물의 프리즘을 통해 보이는 그 어떤 특징도 실재하는 행성들의 독특한 특징보다 결코 더 인상적일 수는 없습니다. 장미색 구체에, 탁한 반점이 있는 대리석

---

*지구를 중심으로 외행성이 태양과 정반대의 위치에 오는 시각, 또는 그 상태.

무늬를 띤 그 행성은 무한한 이유 없는 경외심을 갖게 하는 유동하는 우주 속에서 부지런히 회전하는 무수한 물체 중 하나입니다.

내 행성의 마리아(바다가 아닙니다)와 라쿠스(호수가 아닙니다)도 이미 명명되어 있다고 가정해봅시다. 어쩌면 원예용 장미보다는 덜 무미건조한 이름이 붙은 것도 있을 것이고, 또 어떤 건 관측자의 성보다 더 무의미한(실례를 들자면, 천문학자 이름이 램플랜드Lampland*여야 했다면, 곤충학자 이름이 크라우트뷔름**이어야 하는 것만큼이나 신기한 일일 테니까) 이름도 있겠지만, 대개는 아주 고풍스러운 스타일로, 듣기 좋은 그 울림과 퇴폐적인 매력의 측면에서는 가히 기사로망스에 나오는 지명들과 겨룰 만할 것입니다.

여기 지상에서 우리의 '파인데일'이 선로 한쪽에 있는 신발 공장 하나와 다른 쪽에 있는 폐차장의 녹슨 지옥 말고는 볼만한 것이 없는 것과 똑같이, 행성 지도에 있는 아르카디아스라든가 이카리아스라든가 제피리아스라든가 하는 유혹적인 이름의 장소도 실상은 죽음의 사막으로, 우리의 폐차장을 꾸미는 유초조차 없는 곳으로 밝혀질 공산이 클 것 같습니다. 월리학자月理學者들이 이를 확증해주겠지만, 그건 그저 그들이 우리 것보다 좋은 렌즈를 쓴다는 의미일 뿐입니다. 현 사례에서는 확대 배율을 높일수록, 행성 표면의 반점 무늬가 잠수부가 반투명한 물을 통해 올려다보는 것처럼 보이게 됩니다. 그러니 어떤 연결된 무늬가 어슴푸레하게 중국 장기판의 선-구멍 패턴과 닮았다면, 기하학적 환각

---

* 등불(lamp)과 땅(land)이 조합된 단어. 실제로 칼 오토 램플랜드라는 미국 천문학자가 있다.
** 독일어로 뷔름크라우트는 '구충용 식물'이라는 뜻이다.

으로 여깁시다.

이 이야기에서 나는 너무 확실한 행성에는 어떤 역도—내 이야기 (나는 일종의 천공도天空圖라고 보는데)에서 모든 점과 마침표가 연기해야 하는 역할조차—주지 않을 뿐 아니라, 과학자들이 기자에게 말했다고 보도된 기술상의 예언과 관련된 건 무엇이든 거부하는 바입니다. 로켓 굉음 같은 건 내 취향이 아닙니다. 지구와 약속이 돼 있는 소형 인공위성이라든가 우주선('스페이서')용 착륙활주로—한 대, 두 대, 세 대, 네 대, 그러다 이제는 취사실과 저장고까지 완비된 강력한 공중누각기 수천 대가, 경쟁심이 불러온 혼란과 위조된 중력과 야만스럽게 펄럭이는 깃발의 광분 속에서 지구의 국가들에 의해 발사됩니다—도 제 관심사가 아닙니다.

또하나 내게는 조금도 쓸모없는 것이 특수 장비들로, 기밀복이나 산소 기구 같은 기계들입니다. 조금 있으면 등장할 노인 보크 씨처럼 이런 실용적인 문제(그것은 어차피 노인 보크 씨의 외동아들 같은 미래의 우주선 조종사에게는 어이없을 정도로 비실용적으로 보일 수밖에 없는 운명입니다만)를 무시할 자격이 내게 충분히 있는 것은, 그런 도구들이 내게 불러일으키는 감정의 폭이 막연한 불신부터 병적인 두려움까지 아우르기 때문입니다. 이해할 수 없는 죽음을 맞은 전구 나사를 풀어서, 맨손으로 용의 알이라도 부화시킨 양 소름끼칠 만큼 즉각 눈앞이 환해지게 하는 다른 전구를 힘겹게 바꿔 끼우는 데에도 나는 영웅적인 노력을 기울여야 합니다.

마지막으로, 나는 이른바 과학소설이라는 것을 철저히 배척하고 거부합니다. 과학소설 조사를 좀 해봤는데, 추리소설 잡지와 마찬가지로 지루하기만 했습니다―다 비슷비슷하게 대화가 많고 대체 가능한 유머가 수없이 나오는, 참담할 정도로 평범한 글들이었습니다. 물론 상투적인 설정들은 위장됐지만 무대가 우주이건 응접실이건 간에 모두 싸구려 읽을거리로, 본질적으로는 다 똑같았습니다. 서로 다른 점이라곤 형태와 음영뿐인, 한 상자에 담긴 '모듬' 비스킷 같다고 할까요. 주도면밀한 그 제조업자들이 미친 파블로프적 세계에서 군침 흘리는 소비자를 걸려들게 해서 아무 추가 비용 없이 단순한 시각적 이미지의 변주만으로 맛에 영향을 미쳐 점점 그것을 대체하게 되는 그런 길을, 재능과 진실도 걷게 될 것입니다.

그리하여 좋은 사람은 비죽이 웃고 악당은 비웃고 고결한 마음은 조야한 은어를 과시하듯 말하니. 항성 대제들도 은하연합의 독재자들도 미용실에 비치된 손때 묻은 번드르르한 잡지에 게재된 독자의 흥미를 불러일으키는 읽을거리에 딸린 일러스트에 잔주름이 가득한 얼굴로 나오는, 세속적인 지상 직장의 원기 왕성한 붉은 머리 중역들을 사실상 복제한 것입니다. 데네볼라*와 처녀자리의 일등성인 스피카를 침략한 인간들은 '맥'으로 시작되는 이름을 갖고 있고, 냉담한 과학자들은 '스타인' 항목에서 주로 발견됐는데, 간혹 바이올라나 발라 같은 추상적인 호칭을 초은하계의 처녀들과 공유하는 이들도 있습니다. 외계행성의 거주자들, '지적' 존재들, 휴머노이드이나, 다양한 신화적 형식의 거주자들에게는 주목할 만한 공통점이 하나 있는데, 그 내밀한 구조가 결코 묘사되지 않는다는 점입니다. 켄타우로스가 직립보행 동물의 예절

---

* 사자자리에서 두번째로 밝은 별.

에 극도로 양보해 샅바를 착용할 뿐 아니라 그것을 앞다리 쪽에 두르는 것처럼요.

이것으로 배제 작업은 마무리해도 될 듯합니다―시간의 문제를 논의하고 싶은 누군가가 있지 않다면요. 여기서 다시, 나의 먼 후손쯤 되고 최초의 행성 간 탐험대(이것은 결국 내 이야기의 소박한 전제입니다)의 일원이 될 저 젊은 에머리 L. 보크에게 초점을 맞추기 위해, 우리의 '1900'이라는 숫자에서 정직한 '1'을 허세 부리는 '2'나 '3'으로 바꾸는 건 〈스타잔〉 같은 여타 만화comics나 원자력atomics의 유능한 손에 기꺼이 맡기려 합니다. AD 2145년이건 AA* 200년이건 간에 아무래도 상관없습니다. 나는 그 어떤 기득권도 침해하고 싶은 마음이 전혀 없습니다. 이것은 무대 도구도 아주 대충이고 배경도 최소한이고, 낡은 헛간 구석에는 가시가 많은 호저의 유해가 있는, 엄밀히 말해 아마추어 연극입니다. 여기 우리는 친구들, 즉 브라운 부부와 벤슨 부부, 화이트 부부, 윌슨 부부와 함께 있고, 담배 피우러 나가면 귀뚜라미 우는 소리와 먼 농장의 개 짖는 소리가 들립니다(개는 짖는 사이사이마다 우리가 들을 수 없는 뭔가에 귀를 기울이며 기다립니다). 여름의 밤하늘은 별들로 혼란스럽습니다. 에머리 랜슬롯 보크는 스물한 살로, 겁에 질려 있는 쉰 살의 나보다 별에 관해선 헤아릴 수 없을 정도로 훨씬 더 정통합니다.

---

* After Atomics로 추정된다. 원자력이 인류사에서 처음으로 군사적 무기로 쓰인 히로시마-나가사키 핵폭탄 투하가 있었던 1945년을 원년으로 삼으면 이백 년 후는 AD 2145년이 된다.

2

랜스는 키가 크고 마른 체형에, 햇볕에 탄 팔뚝에는 두꺼운 힘줄과 푸르스름한 혈관이 도드라졌고 이마에는 상처가 있습니다. 아무것도 하지 않을 때면—지금처럼 낮은 안락의자 가장자리에서 몸을 앞으로 구부려 어깨를 움츠리고 양 팔꿈치를 커다란 무릎에 괸 채 편히 앉아 있을 때면—그는 보기 좋은 양손을 천천히 움켜쥐었다가 푸는 습관이 있는데, 그 몸짓은 그의 선조 중 한 명에게서 내가 빌려서 그에게 준 것입니다. 심각하게, 거북할 정도로 골똘히 생각에 잠긴 분위기(생각이란 건 모름지기 거북한 것이고, 젊은 생각은 특히 그런 법이니)가 그의 평소 표정이지만, 그 순간에는 그것이 일종의 가면을 쓴 것이 되어, 오래 끌어온 긴장감에서 해방되고 싶은 격렬한 욕망을 감춥니다. 대체로 그는 자주 미소를 짓는 편이 아닌데, '미소'라는 단어는 너무 매끈매끈해서, 지금 어깨를 더 높게 움츠린 채 움직이던 양손은 움켜쥔 자세로 멈추고 한쪽 발의 발가락으로 가볍게 바닥을 구르던 순간에 갑자기 입가와 눈가를 밝히는, 급작스럽게 번쩍이는 뒤틀림을 표현하기에 걸맞지 않습니다. 방에는 그의 부모도 있고 우연히 방문한 손님도 한 명 있었는데, 바보에다 따분한 사람으로, 무슨 일이 벌어지는지 눈치채지 못하고 있습니다—내일 엄청난 출발을 앞둔 울적한 집안에 어색한 분위기가 감도는 순간이었으니까요.

한 시간이 지납니다. 마침내 손님은 카펫에서 실크해트를 주워올리고 떠납니다. 랜스는 부모와 셋이 남았지만, 이것은 오히려 긴장감을 고조시킬 뿐입니다. 보크 씨는 충분히 또렷하게 보입니다. 하지만 힘겨운 최면 상태로 아무리 깊게 빠져들어도, 보크 부인 쪽은 좀처럼 선명히 눈앞에 그려지지 않습니다. 내가 아는 건, 부인의 쾌활함—잡담, 속눈썹의 재빠른 깜빡임—은 아들을 위한 것이라기보다는 남편을 위해, 노인의 심장을 위해 유지하는 것이며 보크 노인도 그걸 너무 잘 알아서 자기의 엄청난 고뇌에 더해 아내의 꾸며낸 경박함까지 감당해야 하는데, 그것이 완전하고 절대적인 붕괴보다 더 그를 불안하게 한다는 점입니다. 어쨌든 부인의 이목구비를 분간할 수 없어 나는 실망스럽습니다. 겨우 얼핏 보이는 것이라곤 뿌옇게 보이는 머리카락 한쪽에 애수에 젖은 빛이 발하는 효과뿐인데, 내가 나도 모르게 현대사진의 표준 기법에 암암리에 영향을 받은 게 아닌가 의심스럽습니다. 무수한 시각 도구에 상상력이 에워싸일 일도 없고, 그래서 처음으로 거대 선인장이나 고산을 덮은 눈을 본 개척자가 타이어 회사의 광고사진을 으레 떠올리지 않았던 예전 시대에는 얼마나 글쓰기가 쉬웠을지 절감합니다.

보크 씨의 경우에, 나는 역사학 노교수이자 명석한 중세사학자의 이목구비, 즉 하얀 구레나룻과 분홍빛 정수리를 떠올리고 있으며, 그의 검은 양복은 미국 최남부 지역에 있는 볕이 좋은 모 대학 캠퍼스에서 유명했지만, 이 이야기와 관련해서 그의 유일한 자산은 (오래전에 돌아가신 나의 종조부님과 살짝 닮은 점 외에도) 그의 외모가 시대에 뒤떨어졌다는 것뿐입니다. 이제 자신에게 완벽히 정직해지자면, 먼 훗날 (우연히 미래로 설정된)의 관습과 복장에 구식의 느낌을 가미하고, 제대로 다리지도 않고 손질도 잘 안 된 먼지투성이의 뭔가를 더하는 경향이 보기 드문 일이 아니라는 것입니다. '시대에 뒤떨어진' '우리 시대가 아닌' 등등의 문구는 결국, 아무리 많이 조사해도 예측할 수 없는 기이함을 상상하고 표현할 수 있는 유일한 수단이기 때문입니다. 미래란 역방향으로 한물간 것에 지나지 않습니다.

그 허름한 방안, 황갈색 등잔 불빛 속에서 랜스가 최후의 말을 몇 마디 했습니다. 최근에 그는 아직 명명되지 않은 산 정상에 올랐던 안데스 지방의 황량한 곳에서 사춘기의 친칠라 한쌍을 가지고 왔습니다—핑크빛이 도는 회색에 경이적으로 털이 많고 덩치는 토끼만한 설치동물(*호저아목*)로, 긴 수염과 둥근 궁둥이와 꽃잎 같은 귀를 가졌습니다. 그는 친칠라들을 철망 우리에 넣어 집안에 두고는 땅콩, 튀긴 쌀, 건포도를 먹이로 주고 특식으로 제비꽃과 과꽃도 먹였습니다. 가을에 번식하게 하는 것이 그의 바람입니다. 지금 그는 어머니에게 특히 주의해야 할 점 몇 가지를 반복해 말하고 있습니다—애완동물의 먹이를 바삭바삭하게 보관하고 우리를 건조하게 유지할 것, 그리고 동물들이 너무 신나서 뒹굴고 발길질하는 일일 사욕沙浴(백묵 분말 섞인 고운 모래)을 절대 잊지 말 것. 이런 얘기가 오가는 동안, 보크 씨는 파이프 담배에 불을 붙이고 또 붙이다 결국 치워버립니다. 이따금 노인은 가족들을 배려해 무심한 척하면서 아무도 속지 않는 일련의 소리 내기와 동작에 착수합니다. 헛기침하고서 뒷짐을 지고 창턱 쪽으로 서서히 가거나, 입술을 꼭 다물고 음정이 안 맞는 콧노래를 부르기 시작합니다. 겉보기엔 그 작은 콧소리의 모터로 움직인 듯 거실을 나갑니다. 그러나 무대를 나가기 무섭게 그는 끔찍할 정도로 부들부들 떨면서 그전까지 조심하며 갈팡질팡 흉내내던 연기의 정교한 구조를 벗어나버립니다. 침실이나 욕실에서 그는 절망적인 고독감에 빠져 뭔가 비밀의 플라스크를 발작적으로 깊게 한 모금 들이켜기라도 한 듯이 꾸물거리다가, 이윽고 비탄에 잠겨 비틀거리며 다시 나옵니다.

그가 상의 단추를 잠그고 희미한 콧노래를 재개하며 조용히 무대로 다시 돌아왔을 때도 무대는 변하지 않습니다. 이제 겨우 몇 분 남았습니다. 랜스는 가기 전에 우리를 점검한 뒤, 궁둥이로 퍼질러 앉아 각자 꽃을 손에 쥐고 있는 친과 칠라를 두고 떠납니다. 이 마지막 순간에 대해 내가 더 알고 있는 건, "세탁소에서 온 실크 셔츠 챙기는 것 잊지 않았지?"나 "새 슬리퍼 어디 됐는지 기억하니?" 같은 대화는 없었다는 사실뿐입니다. 랜스가 가져가는 것은 그게 뭐든 신비롭고 입에 담을 수조차 없이 굉장히 끔찍한 그 장소에, 발사시간에 이륙할 장소에 이미 쌓여 있어서, 우리가 필요로 하는 것들은 그에겐 전혀 필요 없습니다. 그는 빈손에 모자도 쓰지 않고 집에서 나와, 평소와 다름없이 가볍게 걸어갑니다. 신문 가판대에 가듯이 ─혹은, 영광스러운 단두대로 가듯이.

3

지구의 공간은 은폐를 좋아합니다. 인간의 눈에는 기껏해야 파노라마 전망밖에는 보이지 않습니다. 여행자가 멀어지면서 지평선이 그 위로, 마치 천천히 열렸다 닫히는 함정 문처럼 닫힙니다. 지상에 남은 자들에게는 여기서 하루면 갈 마을도 보이지 않는 반면에, 초월적인 것, 예를 들어 달의 원형 극장 같은 분지와 그 원형의 능선이 드리우는 그림자 같은 것들은 쉽게 볼 수 있습니다. 창공을 펼쳐 보이는 마술사가 소매를 둘둘 말아 올리고는 어린 관객들의 눈앞에서 실연합니다. 행성은 (꼭 대상이 관찰자의 광대뼈가 그리는 흐릿한 곡선에 묻혀버리듯이) 시야에서 느닷없이 사라져버리기도 하지만, 지구가 고개를 돌리면 다시 돌아옵니다. 헐벗은 밤하늘이 간담을 서늘케 합니다. 랜스는 떠났습니다. 그 젊은 사지는 정복한 거리에 정비례해서 점점 더 허약해집니다. 발코니에서 보크 노부부는 한없이 위험한 밤하늘을 바라보며 어부의 아내들이 겪는 숙명을 미친듯이 부러워합니다.

보크의 자료가 정확하다면, '랑슬로Lanceloz 델 라크'*라는 이름이 처음으로 등장한 건, 12세기에 집필된 「수레 로망스」**의 3676연입니다. 랜스Lance, 랑셀린Lancelin, 란셀로티크Lancelotik ─ 찰랑찰랑 넘칠 듯하고 소금기가 있고 축축한 별들을 향해 소곤거린 지소사들. 하프와 매와 사냥을 배우는 십대의 젊은 기사들, 위험의 숲과 비탄의 탑, 알데바란, 베텔게우스 ─ 사라센 전쟁의 천둥 같은 함성.*** 경이로운 무훈, 경이로운 전사들이 보크가의 발코니 위로 펼쳐진 하늘의 무시무시한 성좌들 안에서 반짝였습니다. 검은 기사 퍼카드 경, 붉은 기사 피리몬스 경, 녹색 기사 퍼톨프 경, 그리고 남색 기사 퍼샌트 경, 그리고 숨죽여 북구 언어로 욕설을 중얼거리는 화통한 노기사인 그럼모어 그럼머섬 경.**** 쌍안경도 별 도움이 되지 않고, 별자리 지도는 꾸깃꾸깃 다 구겨지고

---

* '호수의 랑슬로'라는 뜻으로, 아서왕 전설에 나오는 원탁의 기사 중 한 명인 랜슬롯(랑슬로의 영어식 표기)의 별명 중 하나이다.

** 12세기 프랑스 시인 크레티앵 드트루아가 아서왕 전설을 차용해 지은 무훈시 「랑슬로, 혹은 수레의 기사 이야기」를 가리킨다.

*** 황소자리의 일등성 알데바란과 오리온자리의 일등성 베텔게우스는 중세 아랍(사라센) 천문학자들에 의해 명명되었다.

**** 모두 아서왕 전설에 등장하는 인물이다.

눅눅합니다. 그리고 "손전등 좀 잘 들어봐요"—이건 보크 부인에게 하는 말입니다.

숨을 깊게 들이마시고 자, 다시 보세요.

랜슬롯은 갔습니다. 인생에서 그를 볼 수 있으리라는 희망은 갖는 건 영원 속에서 그를 볼 수 있으리라는 희망을 품는 것과 같습니다. 랜슬롯은 '회색 호수'(우리가 이른바 대호수라 부르는)의 나라에서 추방돼 오늘 밤하늘의 먼지 속으로 올라갔는데, 그곳은 우리 지역의 우주(발코니가 있고 광학적으로 점무늬가 있는 칠흑같이 깜깜한 정원이 있는)가 베가가 타오르며 손짓하는 아서왕의 하프*—이 빌어먹을 천공도의 도움으로 식별할 수 있는 소수의 천체 중 하나입니다—를 향해 질주하는 것만큼 멉니다. 별 연무를 바라보다가 보크 부부는 현기증이 납니다—잿빛 향, 광기, 무한에서 느끼는 메스꺼움. 그러나 부부는 그 우주의 악몽에서 억지로 몸을 떼어, 유리문에 그 한구석이 비치는 불 켜진 침실로 돌아갈 수 없습니다. 그리고 이윽고 그 행성이 자그마한 화톳불처럼 하늘에 떠오릅니다.

저기, 오른쪽에 있는 '검의 다리'**는 다른 세계("새로 온 자 돌아갈 일 없는"***)로 이어집니다. 랜슬롯은 엄청난 고통과 형용할 수 없는 고뇌를 견디며 그 다리를 기어서 건넙니다. "그대, '위험한 고갯길'이라 불리는 산길을 넘어선 안 되니."**** 그러나 또다른 마법사는 이렇게 명

---

* 거문고자리를 가리킨다. 베가는 거문고자리에서 가장 밝은 별이다.
** 멜레아강이 신비한 왕국 고르로 납치해간 귀네비어를 구하기 위해 랑슬로가 건너간 다리이다.
*** 크레티앵 드 트루아의 「랑슬로, 혹은 수레의 기사 이야기」 640~641행에 나오는 표현.
**** 토머스 맬러리 경의 『아서왕의 죽음』에 나오는 표현.

합니다. "너는 넘어야 할 것이다. 너는 그 힘든 곳을 헤쳐가도록 하는 유머 감각 또한 익혀야 할 것이다." 용감한 보크 노부부에게는 랜스가 아이젠을 차고 얇은 얼음이 덮인 하늘의 가파른 암벽을 등정하거나 성운의 부드러운 눈을 뚫고 묵묵히 길을 내며 가는 모습이 보이는 것 같습니다. 목동좌는 제10캠프와 제11캠프 사이 어딘가에 있는, 온통 돌무더기와 봉락으로 이루어진 대빙하입니다. 구불구불한 오르막길을 분간해보려고 애써보자니, 로프로 연결된 몇몇 인간 형상 중에서 가볍고 호리호리한 랜스가 보이는 것 같습니다. 사라졌다! 랜스였을까요, 아니면 데니(랜스의 둘도 없는 친구로, 젊은 생물학자입니다)였을까요? 수직 하늘의 기슭에 있는 어두운 계곡에서 기다리면서 우리가(보크 부인이 남편보다 더 명확하게) 떠올린 건, 크레바스*와 얼음이 만든 고딕 구조물을 표현하는 특별한 명칭들로, 랜스가 등산에 빠져든 소년기에 전문가 버금가는 열정으로 입에 올리던 것입니다(그는 지금 몇 광년 더 나이를 먹었습니다). *세라크와 슈룬트,*** 눈사태와 그 굉음, 중세 기사로망스처럼 프랑스어 메아리와 게르만식 마법이 저 위에서 신발에 박은 징을 딱 맞붙입니다.***

아, 저기 다시 그가 있습니다! 두 별 사이의 협곡을 건너고, 그다음엔 아주 천천히, 아주 가파른 절벽의 표면을 가로지르려 시도하는데, 잡기가 너무 까다로워서 더듬는 손끝과 빙판을 긁어내는 부츠를 떠올리는

* 빙하의 표면에 깊이 갈라진 틈.
** 세라크는 프랑스어로 빙탑, 슈룬트는 독일어로 협곡이라는 뜻이다.
*** 원문은 hobnailnobbing으로 나보코프가 만든 조어이다. hobnail(구두징)과 hobnob(어울리다)의 합성어로 추정된다.

것만으로도 고소공포증적인 메스꺼움이 밀려옵니다. 그리고 보크 노부부는 흐르는 눈물 틈으로, 선반처럼 돌출된 바위 턱 위에서 고립무원이었다가 이제 다시 오르기 시작하는 랜스를, 그리고 이제 무시무시하면서도 안전하게 피켈과 배낭을 가지고 다른 정상들보다 더 높은 정상에 선 랜스의 빛으로 테가 둘린 열성적인 옆얼굴을 봅니다.

아니, 이미 하산하는 중일까요? 아마 탐험대에서는 아무 소식이 오지 않을 테고, 보크 부부도 애처로운 불침번을 계속 서지 않을까 싶습니다. 아들이 돌아오기를 그들이 기다리기 때문에, 그가 어떤 길로 하산한대도 그 절망의 절벽과 맞닥뜨리는 듯합니다. 그러나 어쩌면 랜스는 심연 속으로 수직으로 떨어지는 고각도의 저 축축하고 판판한 암벽도 줄에 매달려 휙 건너고 돌출 바위도 정복해서, 이제는 가파른 천공설원을 기쁨에 겨워 미끄러지고 있지 않을까요?

그렇지만 보크가의 초인종은 상상 속에서 연달아 들리는 발소리의 논리적 정점에(우리가 얼마나 참을성 있게 그 간격을 벌리는지와는 상관없이 머릿속에서 점점 가까워지고 있으니) 울리지 않으니, 우리는 랜스를 되밀어 등정을 처음부터 다시 시작하게 하고, 그다음엔 더 멀리 뒤로 밀어야 합니다. 그래서 튤립나무 아래로 몸을 숙이고 들어가 잔디밭을 지나 현관과 초인종까지 걸어가는 그의 모습을 우리가 머릿속에 그려본 한참 후에도 그는 아직 기지(텐트가 있고 옥외 공중변소가 있으며, 발이 까만 아이들이 구걸하고 있는)에 있습니다. 랜스는 부모의 마음속에 수없이 등장하느라 지친 듯, 이제 진흙 웅덩이를 녹초가 되어 헤치고 나아간 뒤 비탈을, 먼 전쟁의 광포한 풍경 속을, 비탈면의 죽은 풀에 미끄러지며 기어서 올라가고 있습니다. 전방에는 일반적인 암석지대가 있고 그다음이 정상입니다. 산등성이가 정복되었습니다. 우리의 손해가 막심했습니다. 어떻게 알려왔을까요? 전보로? 등기우편으로? 그리고 사형집행인은 누구인가―특별 전령인가, 아니면 늘 오는 우체부, 터덜터덜 걷고 늘 약간 취해서(그에게는 자기 나름의 고민이 있으니) 코가 벌건 우체부인가? 여기 서명해주십시오. 커다란 엄지손가락. 작은 X 표시. 힘없는 연필. 연필의 칙칙한 보라색 심대. 이제 다시 주십시오. 흥보에 비틀거려 알아볼 수 없는 서명.

하지만 아무 소식도 오지 않습니다. 한 달이 지납니다. 친과 칠라는 건강하고 사이가 아주 좋아 보입니다―둥지 상자 안에서 푹신푹신한 공 모양으로 서로 꼭 껴안고 함께 잠을 잡니다. 랜스가 많은 시행착오 끝에 알아낸, 친칠라가 확실히 마음에 들어하는 소리는 입술을 오므려 침이 흥건한 채로 부드럽게 '수르프트스' 같은 소리를 연속해서 빠르게 내는 것으로, 거의 다 마시고 찌꺼기만 남은 음료를 빨대로 홀짝거리는 소리 같습니다. 그러나 그의 부모는 그 소리를 낼 수 없습니다―높낮이가 틀리거나 다른 소리입니다. 그리고 랜스 방에는 도저히 견디기 힘든 정적이 너덜너덜한 책, 얼룩덜룩해진 흰 선반, 낡은 신발, 어이가 없을 정도로 딱 맞는 틀에 넣은 비교적 새것인 테니스 라켓, 옷장 바닥에 떨어져 있는 1페니 동전과 함께 있습니다―이 모든 것이 프리즘으로 보는 것처럼 용해되기 시작하는데, 나사를 다시 단단히 죄면 다시 모든 게 초점이 맞습니다. 그러고는 이윽고 보크 부부는 발코니로 돌아옵니다. 그는 목적지에 도달했을까요―만약 그렇다면, 그에게 우리가 보일까요?

4

고전적인 전前필멸자가 바위 턱에 팔꿈치를 괴고 이 지구를, 이 장난
감을, 모형의 창공 속에서 너무나 찬란하고 선명한 모든 특징을 천천
히 전시하며 회전하는 이 팽이를 응시합니다―색칠된 대양, 기도하는
여성 같은 발트해, 공중곡예하는 중에 스틸이 찍힌 듯한 우아한 아메리
카 대륙, 아기 아프리카를 옆에 누인 듯한 호주 대륙. 나와 동시대인 중
에는 천국에서 자신의 영혼이 고향 행성을 내려다보며 몸서리치고 한
숨짓게 될 거라고, 위도선으로 둘러싸이고 자오선으로 고정되고, 어쩌
면 통통하고 검고 악마같이 구부러진 세계전쟁의 화살로 자국이 난 모
습으로, 아니면 더 보기 즐겁게, 휴가지 같은 이상향의 그림지도 중 하
나처럼 그들의 시선 앞에 펼쳐져, 여기선 보호구역의 인디언이 큰 북
을 두드리고 저기선 한 소녀가 짧은 바지 차림으로 있고 원뿔 모양 침
엽수가 원뿔 모양 산 정상으로 올라가는데 낚시꾼들이 온 사방에 있는
광경을 보게 될 거라고 반쯤 믿는 이들이 있을 것입니다.

실제로는, 아마도 나의 젊은 후예는 여행에 나선 첫날밤 상상할 수
없는 세계의 상상할 수 있는 정적 속에서 대기권의 깊이를 통해 우리
지구의 표면적 특징을 조망해야 했을 것입니다. 이 말인즉슨 먼지와 산
란된 반사광과 연무와 온갖 시각적 함정이 있어서, 대륙이 변화무쌍한
구름 틈으로 나타나는가 싶으면 영묘한 색의 어슴푸레한 빛과 알아볼
수 없는 윤곽으로 기묘하게 변장하고는 슬쩍 빠져나가버렸을 거라는
뜻입니다.

그러나 이런 것은 다 사소한 점입니다. 관건은 이것입니다. 탐험가의

정신력이 충격을 견뎌낼 것인가? 우리는 그 충격의 본질을 정신적 안정성이 허용하는 만큼 분명히 감지하려 애써봅니다. 그저 그 문제를 상상하는 행위에도 끔찍한 위험이 따른다면, 도대체 어떻게 진짜 고통을 견뎌내고 극복할 수 있단 말인가요?

무엇보다 우선, 랜스는 인간 본래의 근원으로 돌아가는 순간에 대처해야 할 것입니다. 빛나는 밤하늘에 신화가 너무 단단히 뿌리를 내린 탓에, 상식이 그 배후에 있는 비상식을 깨닫는 과업을 회피하기 쉬우니까요. 불멸이 가지를 내리고 꽃을 피우고 푸른 깃털을 단 천사 새 수천 마리가 일제히, 마치 작은 환관처럼 달콤하게 노래 부를 수 있도록 하고 싶다면, 그 근거지가 될 별이 있어야 합니다. 인간의 마음 깊은 곳에서는 죽음이란 개념이 지구를 떠난다는 개념과 같은 뜻입니다. 중력장을 탈출한다는 건 곧 무덤을 초월하는 것이고, 다른 행성에 있다는 걸 알게 된 인간은 자신이 죽지 않았다는 것을 증명할 방도가 실제로 없습니다—소박한 옛 신화가 실현되지 않았다는 것도.

무슨 일이든 당연하게 받아들이는 바보천치, 보통의 털 없는 유인원은 내 관심사가 아닙니다. 그런 자의 유일한 어린 시절 기억은 노새에게 물렸던 것뿐이고, 미래에 대한 유일한 의식은 숙식에 대한 미래상뿐입니다. 내가 생각하는 건 상상력과 과학을 갖춘 인간, 호기심이 용기를 뛰어넘기 때문에 무한한 용기를 가진 사람입니다. 그런 사람을 머뭇거리게 하는 건 아무것도 없습니다. 그는 옛날식으로 이른바 *호기심 많은 사람*이지만, 신체는 더 단단하고 더 혈기 넘치는 심장을 가졌습니다. 천체 탐험을 할 때 그가 느끼는 쾌락은 천체를 구성하는, 그때까지 아무도 만져본 이 없는 물질을 자신의 손가락으로 건드리고 쓰다듬고 검사하고 미소 짓고, 숨을 들이마시고, 다시 어루만지려는—신음이 나오고 애간장을 녹이는, 이름 없는 쾌락에서 비롯되는 것과 같은 미소를 띠면서—열정적인 욕망의 충족입니다. 진정한 과학자(물론 유일한 보물인 무지를 뼈처럼 숨기는 사기꾼 같은 범인凡人이 아닌)라면 신성한 지식과 직접 접촉하는 관능적인 쾌락을 체험할 수 있어야 합니다. 나이는 스무 살일 수도 있고 여든다섯 살일 수도 있지만, 그런 쾌락이 주는 얼얼함 없이는 과학은 없습니다. 그리고 랜스에게는 바로 그런 소양이 있습니다.

나의 공상을 극한까지 밀어붙여, 유인원은 전혀 경험하지 않았을 공포를 그가 극복하는 모습을 눈앞에 그려봅니다. 분명히 랜스는 타르시스 사막(만약 그게 사막이라면) 한가운데나 자주색 물웅덩이—페니키스나 오티 호수(만약 이것들이 호수라면)—가까이에 있는 어딘가의 오렌지색 우주 진운 속에 착륙했을지도 모릅니다. 그러나 또 한편으로는…… 알다시피 그런 문제에선 흔히 그렇듯, 당장, 무서울 정도로 당장, 다시 돌이킬 수 없게 확실히 해결되는 것도 있는 한편, 하나씩 나타나서 차츰차츰 풀리는 수수께끼도 있습니다. 내가 소년이었을 때……

내가 일곱 살인가 여덟 살이던 소년일 때 막연하게 반복되는 꿈을 곧잘 꾸곤 했는데, 이제까지 이상한 땅을 수없이 봐왔음에도 그 꿈의 배경이 된 특정 환경이 어딘지 이성적인 방식으로는 결코 간파하고 확인할 수 없었습니다. 그것을 지금 활용해서 내 이야기에서 입을 빠끔하게 벌린 구멍과 벌어진 상처를 대충 수습하고 싶습니다. 그곳은 구경거리가 아무것도 없고 기괴하지도 기묘하지도 않았습니다. 그저 한 뙈기의 평지로 보이고 한 조각의 흐릿한 성운이 막처럼 낀, 별 특징 없는 약간의 안정성이 있을 뿐으로, 바꿔 말하면 어떤 풍경의 정면보다는 무심한 뒤쪽 같았습니다. 그 꿈이 성가신 것은, 무슨 이유에선지 그 풍경을 빙 돌아 걸어서 대등하게 마주할 수 없었기 때문입니다. 엷은 안개 속에 뭔가의—광물이나 그 비슷한 것의—덩어리가 도사리고 있는데, 위압적으로 그리고 아무 의미 없이 형태가 주어진 것이었고, 꿈꾸는 도중에 나는 어떤 종류의 용기('들통'으로 번역되는)를 더 작은 형태의 것('조약돌'로 번역되는)으로 계속 채우면서 코피를 흘렸지만, 그걸 뭘 어떻게 하기에는 너무 조바심이 나고 흥분해 있었습니다. 그리고 내가 그 꿈을 꿀 때마다 누군가 갑자기 내 뒤에서 비명을 지르고 나도 비명을 지르며 잠에서 깨어나곤 했는데, 누구 것인지 모를 첫 비명을 점점 고조되는 희열에 찬 원래의 음조 그대로 이어갔지만, 이미 거기에는 아무 의미도 붙어 있지 않았습니다—애초에 진짜로 뭔가 의미가 있었다면 말이지만. 랜스에 대해 얘기하면서 나는 내 꿈에 나올 것 같은 뭔가를 제시하고 싶었는데…… 그러나 여기까지 쓴 걸 다시 읽어보니 재밌는 것이, 그 배경이, 사실에 입각한 기억이 사라져—이제는 정말 완전히 사라져버렸죠—그 서술의 배후에 뭔가 개인적 경험이 있다는 걸 나 자신에게 증명할 수단이 없다는 것입니다. 내가 말하고 싶었던 건 아마도 랜스와 그의 동료들이 그 행성에 다다랐을 때, 내 꿈과 비슷한 뭔가를 느꼈으리라는 점입니다—그건 이제 나의 꿈도 아니지만 말입니다.

5

그리고 그들이 돌아왔습니다! 말에 탄 남자가 세찬 비를 뚫고 자갈길을 달그락달그락거리며 전속력으로 달려 보크네 집으로 와서, 물을 뚝뚝 흘리는 백합나무 근처의 대문 앞에 말을 딱 멈추고는 엄청난 소식을 큰 소리로 외치니, 보크 부부가 마치 호저아목 설치동물 두 마리처럼 집에서 뛰쳐나옵니다. 그들이 돌아옵니다! 조종사들도, 천체물리학자들도, 박물학자 중 한 명도 다 돌아옵니다(다른 한 명인 데니는 죽어서 천국에 남았으니, 옛 신화가 거기서 기묘한 득점을 딴 셈입니다).

신문기자들의 눈을 신중히 피해서 온 지방 병원의 육층에서 보크 부부는 오른쪽으로 두번째 있는 작은 대기실에서 아들이 그들을 맞을 준비가 됐다는 말을 듣는데, 그 말을 전하는 어조에 뭔가, 마치 동화 속 왕을 언급하는 듯한, 목소리를 낮춰 경의를 표하는 듯한 뭔가가 있습니다. 조용히 들어가주시고, 간호사 쿠버 씨가 계속 입회할 겁니다. 아, 그분은 괜찮습니다, 사실상 다음주면 집에 갈 수 있을 거예요, 이런 말을 그들은 듣습니다. 하지만 이 분 이상 머무르시면 안 되고, 질문은 하지 마세요—그냥 이런저런 잡담만 하세요. 아시겠지요. 그런 다음, 내일이나 모레 다시 올 거라고 말씀해주세요.

랜스는 회색 실내복 차림에 머리는 바짝 깎고, 햇볕에 탔던 피부는 하얘지고, 바뀌었고, 변함없고, 바뀌었고, 마르고, 코는 탈지면으로 막아둔 모습으로 소파 모서리에 앉아서 양손을 맞잡고 약간 당황한 얼굴이었습니다. 비실비실 일어서서 얼굴을 찡그리고 웃더니 다시 앉습니다. 간호사 쿠버 씨는 푸른색 눈에 무턱입니다.

침묵이 무르익습니다. 그러다 랜스가 입을 엽니다. "굉장했어요. 완벽하게 멋졌어요. 11월에 거기로 돌아갈 거예요."

휴지 休止.

"내 생각에는," 보크 씨가 말합니다. "칠라가 새끼를 밴 것 같더구나."

재빠른 미소, 기쁨을 표하는 작은 인사. 그런 다음 이야기하는 어조로, "프랑스어로 말할게요. 우리가 막 도착해서―"

"대통령께서 보내신 편지를 보여주시죠." 쿠버 씨가 말합니다.

"우리가 거기 막 도착하고," 랜스가 이야기를 이어갑니다. "데니도 아직 살아 있었고, 그와 내가 처음으로 본 것은―"

갑자기 허둥지둥, 쿠버 간호사가 말을 끊습니다. "아니, 랜스, 안 돼요. 안 됩니다, 부인, 제발요. 접촉금지입니다. 의사 선생님의 지시예요. 부탁드립니다."

따뜻한 관자놀이, 차가운 귀.

보크 씨와 보크 부인은 밖으로 쫓겨 나옵니다. 그들은 황급히 걷습니다―서두를 필요가 없는데, 전혀 없는데, 날림으로 지은 올리브색과 황토색 벽을 따라 복도를 내려가는데, 아래쪽 올리브색과 위쪽의 황토색을 구분하는 갈색 선 한 줄이 고색창연한 엘리베이터까지 죽 이어집니다. 올라감(휠체어에 탄 가장의 모습이 힐끗 보임). 11월에 돌아감(랜슬린). 내려감(보크 노부부). 그 엘리베이터 안에는 미소를 짓는 여자 두 명과 그들의 환히 빛나는 동정의 대상인, 아기를 데리고 있는 아가씨가 있고, 그 옆에는 백발이 성성하고 등이 굽었으며 뚱한 엘리베이터 안내인이 모두에게 등을 보이고 서 있습니다.

입술이 입술에

바이올린들은 여전히 울면서 정열과 사랑의 연가인 듯한 곡을 연주했지만, 이리나와 깊이 감동한 돌리닌은 이미 재빨리 출구 쪽으로 걸어가고 있다. 두 사람은 봄밤에, 그리고 둘 사이에 긴장된 비밀스러움에 홀려 있었다. 두 사람의 심장이 하나인 것처럼 고동쳤다.

"물품 보관소 표를 나한테 줄래요." 돌리닌이 말을 꺼냈다. (줄을 그어 지움)

"괜찮으시다면, 모자와 망토를 제가 가지고 올까요." (줄을 그어 지움)

"괜찮으시다면," 돌리닌이 말을 꺼냈다. "당신 물건을 제가 가지고 올까요." ('당신'과 '물건' 사이에 '과 나의'를 삽입)

돌리닌은 물품 보관소로 올라가서, 그의 작은 표를 내민 후에 — ('작은 표를 둘 다'로 정정)

이 대목에서 일리야 보리소비치 탈*은 사색에 잠겼다. 저기서 우물쭈물하다니 곤란하군, 아주 곤란해. 고독하고 나이 먹은 돌리닌과 우연히 그와 같은 박스석에 있게 된 검은 옷의 낯선 아가씨 사이에 이제 막 황홀한 물결이 밀려와 사랑의 불꽃이 갑자기 타올랐고, 그래서 함께 극장을 빠져나가, 가슴을 드러낸 옷들과 군복들로부터 멀리, 저멀리 도망가기로 한 참이다. 작자는 극장 너머 어딘가에 쿠페체스키공원인가 차르스키공원인가를, 활짝 핀 아카시아꽃을, 벼랑을, 별이 총총한 밤을 어렴풋이 마음속에 그려보았다. 어서 두 주인공과 함께 그 별밤으로 빠져들고 싶어 아주 안달이 났다. 하지만 일단은 외투를 받지 않으면 안 되었고, 그 때문에 그 매혹이 반감되었다. 일리야 보리소비치는 자신이 쓴 글을 다시 읽고 뺨을 불룩하게 부풀리면서 크리스털 서진을 가만히 응시하더니, 결국 매혹을 희생해 사실성을 살리기로 했다. 그것도 간단한 일이 아님이 드러났다. 그의 성향은 엄격히 서정적인 쪽으로 자연묘사나 감정표현은 놀라울 정도로 쉽게 쓸 수 있는 한편, 일상적인 사항, 이를테면 문을 열고 닫는 장면이라든가 한방에 여러 작중인물이 있을 때 악수를 나누는 장면이라든가 한 명이나 두 명의 인물이 많은 사람 앞에서 인사하는 장면 같은 걸 다루는 데는 애를 많이 먹었다. 게다가 일리야 보리소비치는 대명사와 끊임없이 씨름했는데, 예를 들어 '그녀'는 짓궂게도 같은 문장 속에서 주인공뿐 아니라 그 모친이나 자매까지 지칭할 수 있어서, 고유명사 반복을 피하기 위해 '저 숙녀'라고 하거나 아무 대화도 오가지 않았음에도 부득이 '그녀의 대화 상대'라고 써야

---

* '탈'은 독일어로 '골짜기'라는 뜻으로, 러시아어로 골짜기를 뜻하는 '돌리나'에서 파생된 이름인 '돌리닌'과 호응을 이룬다.

할 때가 종종 있었다. 글쓰기는 그에게 꼭 있어야만 하는 대상과의 불리한 시합을 의미했다. 사치품이라면 훨씬 고분고분한 편이지만, 그것도 이따금 반역해서 파업을 일으켜 활동의 자유를 방해했다―그리고 이제 물품 보관소에서의 법석을 장황하게 끝내고 주인공에게 우아한 지팡이를 주려는 단계에 이르러, 일리야 보리소비치는 순진하게도 값비싼 지팡이의 반짝거리는 손잡이에 황홀해하느라, 돌리닌이 유연하고 젊은 육체의 곡선을 양손으로 느끼면서 이리나를 데리고 봄의 실개천을 건널 때 그 고가의 물건이 어떤 주장을 하게 되는지, 그것이 언급되기를 얼마나 고통스러울 정도로 요구하게 되는지 애석하게도 예측하지 못했다.

돌리닌은 그냥 '나이 먹은' 사람인데, 일리야 보리소비치 탈은 곧 쉰다섯 살이 된다. 돌리닌은 '엄청나게 부유한' 사람인데, 그 재산의 출처에 대한 정확한 설명이 없었다. 일리야 보리소비치는 화장실 설비를 취급하는 회사를 경영했으며(말이 나온 김에 하는 얘기지만, 그해 그의 회사는 여러 지하철역의 동굴 같은 벽면에 에나멜을 입힌 타일을 붙이는 일을 맡게 됐다) 꽤 부유했다. 돌리닌은 러시아―아마도 남러시아―에 살았으며 혁명이 일어나기 오래전에 이리나를 처음 만났다. 일리야 보리소비치가 사는 곳은 베를린으로, 1920년에 아내와 아들을 데리고 이곳으로 이주했다. 그의 문학활동은 경력 자체는 오래됐지만, 성과는 별로 없었다. 『하리코프 헤럴드』(1910년)에 게재된, 진보적인 정치적 견해로 유명한 지역 상인의 추모기사, 동일지(1914년 8월호와 1917년 봄호)에 발표한 산문시 두 편, 그리고 그 추모기사와 산문시 두 편으로 이루어진 저서가 한 권 있었다―격해지던 내전의 한복판에 바로 떨어진 예쁜 책이었다. 일리야 보리소비치는 마침내 베를린에 도착한 직후, 「해로와 육로 여행가들」이라는 작은 습작을 썼는데, 그게 시카고에서 간행되는 변변찮은 망명 일간지에 게재되었다. 그러나 그 신문은 곧바로 연기처럼 사라져버렸고, 다른 정기간행물들은 원고를 돌려보내지도 않고 원고 거절에 대한 논의도 전혀 없었다. 그후 창작의 침묵기가 이 년 동안 이어졌다. 아내의 병치레와 죽음, 인플레이션 시대, 수많은 사업. 그의 아들은 베를린에서 고등학교까지 마치고 프라이부르크대학에 들어갔다. 그리고 지금 1925년에, 노년에 접어든 이 부유하고 대체로 매우 고독했던 인간이 별안간 몹시 글을 쓰고 싶어져서 몸이 근질근질한 갈망—아, 명성을 갈망하는 게 아니라, 그저 독자층으로부터의 어떤 온기와 주목만을 바라는—을 느끼고는 마음껏 해보기로, 장편소설을 써서 자비출판을 하자고 결심한 것이다.

수심이 가득하고 세파에 찌든 주인공인 돌리닌이 새로운 삶의 나팔소리에 귀를 기울이며 (거의 운명적으로 물품 보관소 앞에 멈춰 선 장면 후에) 동행한 젊은 여성을 4월의 밤 속으로 데리고 나가는 대목을 쓰던 때에는 이미 소설의 제목이 정해져 있었다. 입술이 입술에. 돌리닌은 이리나를 자기 아파트로 옮겨오게 했지만, 아직 성적 관계라고 할 만한 일은 아무것도 일어나지 않았다. 그가 바라던 건 그녀가 자진해서 그의 침대로 오면서 이렇게 외치는 것이었으니까.

"나를 가져요, 내 순결을, 내 고통을 취해요. 당신의 고독은 나의 고독이고, 당신의 사랑이 오래가든 짧게 끝나든 나는 다 받아들일 각오가 돼 있어요. 우리 주위의 봄이 인간미와 선으로 우리를 부르고 있으니까, 하늘과 창공firmament이 신성한 아름다움을 발하고 있으니까, 그리고 내가 당신을 사랑하니까."

"강력한 단락이군." 예우프라츠키가 논평했다. "*대지Terra firma*라는 의미였겠지, 굳이 지적하자면. 아주 강력해."

"지루하지는 않나?" 일리야 보리소비치 탈이 뿔테 안경 너머로 힐끗 거리며 물었다. "어? 솔직히 말해보게."

"아무래도 그가 그녀의 처녀성을 뺏을 것 같은데." 예우프라츠키가 생각에 잠기며 말했다.

"*틀렸네, 독자여, 틀렸어!*"* 일리야 보리소비치가 (투르게네프를 오독해) 대답했다. 그는 약간 우쭐해서 미소를 짓고 원고를 가볍게 흔들어 정리한 뒤, 허벅지가 통통한 다리를 더 편하게 꼬고는 낭독을 계속했다.

그는 예우프라츠키에게 자기 소설을 집필한 만큼 조금씩 읽어주었다. 언젠가 자선 콘서트에서 불시에 그를 덮치듯이 나타난 예우프라츠키는 '이름이 있는', 아니 그보다는 십여 개의 필명이 있는 망명 언론인이었다. 그동안 일리야 보리소비치의 지인이라고 하면 독일 산업계 사람들이었는데, 이제는 망명인 모임과 강연회와 아마추어 연극 공연에 얼굴을 내밀다보니 문단 사람들 몇몇과도 안면을 익히게 됐다. 그는 특히 예우프라츠키와 친분을 쌓았고 그의 의견을 미문가에게 듣는 견해로 중요하게 여겼는데, 사실 예우프라츠키의 문체는 우리가 다 아는 시사적 문체에 속했다. 일리야 보리소비치는 자주 그를 초대해 함께 코냑을 홀짝이고 러시아문학에 대해 담소를 나눴는데, 아니 더 정확히는 일

---

* 투르게네프의 소설 「연기」에 나오는 구절로, '(이 이야기는) 그냥 지나가라, 독자여! 지나가!'라는 뜻이다.

리야 보리소비치가 얘기하고 손님은 나중에 자기 친구들을 즐겁게 해 줄 우스운 조각들을 열심히 모았다. 사실, 일리야 보리소비치의 취향은 좀 무거운 쪽이었다. 물론 푸시킨을 인정하지만, 주로 서너 편의 오페라라는 매개를 통해 알아서 대체로 "올림포스산처럼 고요해서 독자의 마음을 흔들지 못한다"라고 하는 식이다. 더 최근의 시에 관한 지식은 두 편을 기억하는 것에 국한되는데, 그것도 둘 다 정치적으로 편향된 시, 베인베르크(1830~1908)*의 「바다」라는 시와 스키탈레츠(스테판 페트로프, 1868년생)**의 유명한 시행들로, 그 시행에서 (교수대에) '걸린'이라는 단어와 (혁명의 음모에) '걸려든'이란 단어가 각운을 이뤘다. 일리야 보리소비치는 '데카당'을 가볍게 놀리는 것을 좋아했는가? 그렇다, 좋아했다. 하지만 그래도 시가 이해되지 않는다고 솔직히 인정했다는 점에 유의해야 한다. 이에 반해, 러시아 소설에 대해 논하는 건 좋아했다. 루고보이(1900년대의 평범한 지방 작가)를 존경하고 코롤렌코에게 감탄하고 아르치바셰프***가 젊은 독자를 타락시킨다고 여겼다. 현대 망명 작가의 소설에 관해선 러시아인답게 어쩔 수 없다는 뜻으로 '빈손을 내보이는' 손짓을 하며 "따분하군, 따분해"라고 말하곤 했는데, 그러면 예우프라츠키는 일종의 황홀경에 빠지곤 했다.

"작가는 모름지기 영혼이 충만해야 하네." 일리야 보리소비치가 반복해 말했다. "그리고 공감을 잘해야 하고 민감해야 하고 공정해야 하지. 아마 난 벼룩처럼 보잘것없는 존재일지 모르지만, 나에겐 신조가

---

* 러시아 시인이자 번역가 표트르 베인베르크. 풍자적인 작품을 썼다.
** 러시아 시인이자 민중음악가로, 혁명을 찬양하는 시를 주로 썼다.
*** 러시아 소설가 미하일 아르치바셰프. 자연주의적인 작품 경향을 보였다.

있네. 내 글은 하다못해 단어 하나라도 독자의 마음에 가득 스며들게 하자는 거야." 그러면 예우프라츠키는, 내일 이 말을 흉내내며 보고하면 A는 배를 잡고 웃고 Z는 복화술사처럼 끽끽거릴 것을 고통스러울 정도로 민감하게 예감하며 파충류 같은 눈으로 그를 주시했다.

마침내 소설의 초고가 완성되는 날이 왔다. 카페로 가자는 친구의 제안에 일리야 보리소비치는 신비스럽고 무거운 어조로 답했다. "어렵 겠는데. 표현을 다듬고 있어서."

표현을 다듬는다는 말은 너무 빈번하게 나오는 '젊은*molodaya*'(여성형)이라는 형용사에 공격을 개시해 여기저기서 그 단어를 '연소한*yunaya*'으로 바꾼다는 뜻이었는데, 그는 그 단어 철자가 '년소한*yunnaya*'인 양 사투리식으로 자음을 이중으로 발음했다.

하루가 지난 후. 석양. 쿠르퓌르스텐담에 있는 카페. 붉은 플러시천 소파. 두 명의 신사. 무심코 보면 사업가들. 한쪽은 멀쩡해 보이고 약간 위엄까지 있으며 담배를 피우지 않는 남자로, 살집 있는 얼굴은 신뢰와 온정의 표정을 띠고 있었다. 다른 쪽은 마른 체격에 눈썹이 검고 짙었으며 깐깐해 보이는 주름 한쌍이 삼각형의 콧구멍에서 아래로 처진 입꼬리까지 내려왔고, 그 입에는 아직 불을 붙이지 않은 담배가 삐뚜름하게 튀어나와 있었다. 첫번째 남자의 조용한 목소리. "결말이 일필휘지로 쓰였다네. 그가 죽지, 그래, 그가 죽어."

침묵. 붉은 소파는 근사하고 부드럽다. 전망창 너머로 반투명한 노면전차가 수족관 수조 속의 반짝이는 물고기처럼 떠서 지나간다.

예우프라츠키는 담배 라이터를 짤까닥거리며 콧구멍으로 연기를 내뿜고는 말했다. "저기, 일리야 보리소비치, 책으로 내기 전에 문예지에 연재하는 게 어떤가?"

"좋지, 근데 내가 그쪽에 연줄이 없어. 게재되는 건 늘 똑같은 사람들이잖아."

"말도 안 되는 소리. 나한테 작은 계획이 있는데. 천천히 한번 궁리해보겠네."

"그렇게 된다면야……" 탈이 꿈을 꾸듯 중얼거렸다.

며칠 후 I. B. 탈의 회사 사무실. 작은 계획 공개.

"자네 작품을 보내게." (예우프라츠키는 눈을 가늘게 뜨고 목소리를 낮췄다.) "『아리온』에."

"『아리온』? 그게 뭔데?" I. B.가 말하며 초조한 듯 원고를 가볍게 두드렸다.

"겁낼 거 없네. 최고의 망명 러시아계 평론지 이름일세. 몰랐단 말인가? 이런, 이런! 첫 호가 올봄에 나왔고, 제2호가 가을에 나올 예정이네. 문단 동향을 좀더 가깝게 따라가야지. 일리야 보리소비치!"

"하지만 어떻게 그들과 접촉을 하나? 그냥 우편으로 보내면 되나?"

"그렇지. 편집장한테 바로 보내는 거야. 출판사는 파리에 있다네. 설마 갈라토프라는 이름을 지금 처음 들어보는 건 아니겠지?"

일리야 보리소비치가 죄라도 지은 양 살찐 한쪽 어깨를 으쓱했다. 예우프라츠키가 얼굴을 찌푸리면서 설명했다. 작가, 거장, 참신한 소설형식, 복잡한 구성, 러시아의 조이스라 불리는 갈라토프.

"드조이스."* 일리야 보리소비치가 고분고분 따라 했다.

---

* 조이스의 러시아어 표기를 철자 그대로 읽은 것.

"우선 원고를 타이프라이터로 정서하고," 예우프라츠키가 말했다. "부디 그 잡지에 대해 좀 알아보게나."

그는 그 잡지에 대해 알아보았다. 망명 러시아인 대상의 서점에서 그는 두꺼운 분홍색 잡지를 건네받았다. 그는 혼잣말로 이렇게 말하며 잡지를 샀다. "젊은 모험 같은 것이군. 이런 건 장려되어야 하고말고."

"끝났습니다. 그 젊은 모험." 서점 주인이 말했다. "한 호 나오고 끝이에요."

"사정을 모르셔서 그럽니다." 일리야 보리소비치가 미소 지으며 응수했다. "내가 확실히 아는데, 다음호가 가을에 나올 겁니다."

집에 오자마자 그는 상아 페이퍼나이프를 잡고 잡지 페이지들을 깔끔하게 잘랐다. 안을 보니, 갈라토프가 쓴 난해한 산문 한 편과 어렴풋이 이름이 눈에 익은 작가들의 단편이 두세 편, 엷은 안개 같은 시들, 그리고 티그리스라고 서명된, 독일의 산업 문제에 관한 대단히 능수능란한 기사가 한 편 있었다.

아아, 내 것은 절대 안 실어주겠지, 일리야 보리소비치가 괴로워하며 곰곰이 생각했다. 필자들은 모두 한패거리였다.

그럼에도, 그는 러시아어 신문광고 단락에서 루반스키 부인('속기사이자 타자수')이란 인물을 찾아 자기 아파트로 불렀고, 흥분으로 달아올라 엄청난 감정을 담아 목소리를 높여가며 구술하기 시작했다─구술하면서 그는 자신이 쓴 소설에 대한 반응을 살피기 위해 부인을 이따금 힐끗거렸다. 필기판 위에 몸을 숙인 부인─이마에 뾰루지가 난 흑발의 작은 여성이었다─의 연필이 계속 획획 날아다니고 있었다. 일리야 보리소비치는 원을 그리며 서재를 돌아다니다, 극적인 이런저런 구절에 가까워질 때면 그 원이 부인 주위로 좁혀지곤 했다. 제1장의 끝으로 가면서 방안은 그의 절규로 진동했다.

"그리고 과거의 세월 전체가 그에게는 무서운 과오로 여겨졌다." 일리야 보리소비치는 포효하듯 말한 뒤, 평소의 사무적인 어조로 이렇게 덧붙였다. "내일 여기까지 다 타이프쳐주시오. 다섯 부로, 여백을 넓게 잡아주시고. 내일 이 시간에 여기로 오셨으면 합니다."

일리야 보리소비치는 그날 밤 침대에서 갈라토프에게 소설을 보내면서 편지를 어떻게 써야 할지 계속 생각했는데("……귀하의 엄중한 판단을 기다리며…… 저의 기고작이 러시아 및 아메리카에서 출판된 바 있으며……"), 다음날 아침—운명의 매혹적인 강요란 그런 것이니—파리에서 보낸 이런 편지를 받았다.

친애하는 보리스 그리고리예비치
귀하가 신작을 완성했다는 이야기를 우리 공통의 친구에게서 들었습니다. 『아리온』 편집부에서는 다음호에 뭔가 '신선한' 것을 게재하고자 하므로, 귀하의 작품을 보고 싶습니다.
참 묘한 일입니다만! 바로 요전날 저는 『하리코프 헤럴드』에 게재된 귀하의 우아한 소품을 떠올렸지요!

"나는 기억되고 있다, 나를 원하는 이들이 있다." 일리야 보리소비치는 얼이 빠진 듯 말했다. 곧바로 그는 예우프라츠키에게 전화를 걸고는, 안락의자에 몸을 비스듬히 던지고선—승리감에서 비롯된 투박함으로—수화기를 든 손은 책상에 기대고, 다른 손으로는 손짓을 크게 하면서 희색이 만면해서는 느릿느릿 말했다. "그래, 응, 자네, 그래, 이거 참." 그러다 갑자기 책상 위에서 반짝이는 여러 가지 사물이 떨리고 이중으로 겹치고, 촉촉한 신기루 속에서 용해되기 시작했다. 그가 눈을 깜빡이자 모든 것이 제자리를 찾았고, 예우프라츠키의 나른한 목소리가 답했다. "아, 뭐! 작가끼리 하는 말이야. 일상적인 호의지."

타이프친 원고 다섯 더미가 점점 더 높아졌다. 이런저런 사정으로 자신의 합법적 반려자를 아직 취하지 못한 돌리닌은 그녀가 다른 남자, 어떤 젊은 화가에게 푹 빠져 있는 걸 우연히 알게 되었다. 이따금 I. B.가 사무실에서 구술하면, 다른 방에 있는 독일인 타자수들은 멀리서 으르렁대는 목소리를 들으며 평소 사람 좋은 사장이 도대체 누구한테 고함을 치는지 의아해했다. 돌리닌과 이리나는 마음을 터놓고 이야기를 나눴는데, 그녀는 절대로 그를 떠나지 않을 거라고, 왜냐하면 그의 아름답고 고독한 영혼을 대단히 귀하게 생각하기 때문이라고, 그러나 애석하게도 몸은 다른 남자의 것이 되었다고 말했고, 돌리닌은 묵묵히 머리를 숙였다. 마침내 그녀에게 유리하도록 그가 유서를 쓰는 날이, 그가 권총(모제르총)으로 자살하는 날이, 타이프 원고의 최종분을 가져온 루반스키 부인에게 일리야 보리소비치가 행복에 겨운 미소를 지으며 얼마를 주면 되는지 묻고는 웃돈을 주려고 하는 날이 왔다.

일리야 보리소비치는 환희에 차서 「입술이 입술에」를 다시 읽어본 뒤, 교정(간혹 누락이 일어나 속기록이 왜곡된 지점에 이미 루반스키 부인이 신중히 편집을 가했지만)을 위해 예우프라츠키에게 한 부 건넸다. 예우프라츠키가 한 거라곤, 첫 줄 중 한곳에 빨간색 연필로 신경질적으로 쉼표 하나를 넣은 게 다였다. 일리야 보리소비치는 경건하게 그

쉼표를 『아리온』에 보낼 원고에 옮기고, '안나'(죽은 아내의 이름)에서 파생된 필명으로 서명하고, 각 장을 깔끔하게 클립으로 고정하고 긴 편지를 첨부한 뒤, 전부 거대하고 단단한 봉투에 넣어 무게를 재본 다음, 직접 우체국에 가서 등기우편으로 소설을 보냈다.

영수증을 지갑 깊숙이 찔러넣은 일리야 보리소비치는 몇 주라도 떨면서 기다릴 각오를 했다. 하지만, 갈라토프의 답장이 기적처럼 즉각 왔다―닷새째 되는 날에.

친애하는 일리야 그리고리예비치

보내주신 작품에 편집부 일동은 완전히 넋을 잃었습니다. '인간의 영혼'이 이렇게도 뚜렷이 각인된 페이지들을 정독하는 건 우리에게는 좀처럼 없는 기회입니다. 귀하의 소설은 핀란드의 산악을 노래하는 가수인 바라틴스키*의 시어를 살짝 바꿔 표현하자면, 그 특유의 표정으로 독자를 감동시킵니다. '쓰라림과 유연함'이 숨쉰다고나 할까요. 예를 들어 맨 첫 장면인 극장의 묘사 같은 대목은 우리 고전 작가들의 작품에 나오는 유사한 이미지에 필적하며, 어떤 의미에선 우위를 점한다고 봅니다. 이런 표현에 따르는 '책임'을 저 또한 충분히 자각하면서 하는 말입니다. 귀하의 소설은 우리 평론지에 진품 장식품이 되었을 것입니다.

일리야 보리소비치는 어느 정도 평정을 되찾자마자 티어가르텐으로 걸어가서―차로 사무실을 가는 대신에―공원 벤치에 앉아, 갈색 땅에

---

* 러시아 19세기 시인으로 푸시킨이 '러시아의 가장 섬세하고 우아한 시인'이라고 칭한 바 있다.

호狐를 그리면서 아내를 생각하고 아내가 살아 있었으면 함께 얼마나 기뻐했을지 상상했다. 잠시 후 그는 예우프라츠키를 보러 갔다. 예우프라츠키는 침대에 누워 담배를 피우고 있었다. 두 사람은 함께 편지의 모든 행을 분석했다. 마지막 행에 이르자, 일리야 보리소비치가 고분고분 눈을 들고 물었다. "'될 것'이 아니라 '되었을 것'이라고 쓴 건 왜 그런 것 같나? 소설을 싣게 되면 내가 대단히 기뻐하리란 걸 이해하지 못하는 건가? 아니면 그저 문체적 기법인가?"

"다른 이유가 있을 듯한데." 예우프라츠키가 답했다. "순전히 자존심에서 뭔가를 숨기는 게 틀림없어. 사실을 말하자면, 잡지는 폐간되었다는군─그렇다네, 나도 막 알게 됐네. 자네도 알다시피 일반 망명 대중은 온갖 쓰레기를 소비하는데, 『아리온』은 고급 독자를 대상으로 하거든. 뭐, 그 결과인 셈이지."

"나도 소문을 들은 적 있네." 일리야 보리소비치가 크게 당황해서 말했다. "그러나 난 경쟁지들이 퍼트린 중상모략이나 그냥 헛소리라고 생각했지. 제2호가 나오지 않을 가능성이 정말 있나? 끔찍한 일이군!"

"자금이 없어. 평론지란 건 사심 없는 이상주의 사업이지. 그런 출판물은 안타깝지만, 소멸하게 돼 있어."

"그래도, 어떻게, 어떻게 그럴 수 있어!" 일리야 보리소비치가 외치며 러시아인 특유의, 무력한 낭패감을 표현하는 물을 튀기는 듯한 손동작을 했다. "내 작품을 괜찮게 여기지 않았는가? 출판하고 싶다는 거 아닌가?"

"그러게, 너무 안타깝군." 예우프라츠키가 침착하게 말했다. 그러고는 "그런데 말이야, 있잖아─"라고 화제를 바꿨다.

그날 밤 일리야 보리소비치는 열심히 생각해 자기 내면의 자아와 의논했고, 다음날 아침 친구에게 전화를 걸어 금전적인 문제를 자신에게 말해보라고 했다. 예우프라츠키의 대답은 어조 자체는 내키지 않는 투였지만, 의미는 극히 분명했다. 일리야 보리소비치는 좀더 숙고했고, 다음날 『아리온』에 하는 제안을 예우프라츠키에게 말했다. 제안은 받아들여졌고, 일리야 보리소비치는 파리로 일정 금액을 송금했다. 그 답으로 받은 편지에는 깊은 사의의 표현과 함께 『아리온』 다음호가 한 달 후에 나올 거라는 취지의 전언이 적혀 있었다. 그리고 다음의 정중한 요청이 추신으로 있었다.

귀하가 제안한 'I. 안넨스키'가 아닌 '일리야 안넨스키의 장편소설'로 표기하는 것을 양해 바랍니다. 안 그러면, 구밀료프가 '차르스코예 셀로의 마지막 백조'라 칭했던 이*와 혼동될 수 있으니까요.

다음은 일리야 보리소비치의 답신이다.

예, 물론입니다. 저는 그저 그 이름으로 글을 쓰는 작가가 이미 있다는 사실을 몰랐습니다. 제 소설이 게재된다면 기쁘겠습니다. 귀하의 잡지가 발행되는 대로 곧바로 다섯 부를 보내주시길 부탁드립니다.

(그는 나이 먹은 사촌 한 명과 사업관계로 아는 두세 명의 지인을 염

---

* 러시아 상징주의 시인 인노켄티 안넨스키.

두에 두고 있었다. 아들은 러시아어를 못 읽었다.)

이리하여, 재치 있는 사람들이 '말이 나왔으니 말인데'라고 표현한 한 시대가 그의 인생에서 시작됐다. 러시아어 서점에서도, '망명 예술의 친구들' 모임에서도, 아니 그냥 서베를린의 보도에서도 당신이 조금 아는 인물로, 뿔테 안경을 쓰고 지팡이를 든 유쾌하고 위엄 있는 그 노신사가 당신에게 사근사근하게 다가와 말을 걸더니("아! 요즘 어떻게 지내요?") 이런저런 일상적인 대화로 당신을 끌어들여서 이런저런 얘기를 하다가, 알아채지 못한 사이에 문학으로 화제를 옮겨서는 불쑥 이렇게 말하곤 했다. "말이 나왔으니 말인데, 갈라토프가 이런 편지를 저한테 보냈답니다. 예, 갈라토프요. 러시아의 드조이스 갈라토프 말입니다."

편지를 건네받아 쓱 훑어보면,

······편집부 일동은 완전히 넋을 잃었······ 우리 고전 작가들······우리 평론지에 진품······

"저의 부칭을 잘못 썼지요." 일리야 보리소비치는 다정하게 싱긋 웃으며 덧붙인다. "작가란 사람들이 어떤지 아시잖아요, 정신이 딴 데 팔려 있죠! 잡지가 9월에 나오면, 제 졸고를 읽으실 수 있을 겁니다." 그러고는 지갑 속에 편지를 도로 넣으며 당신과 헤어져, 염려스러운 듯 급히 가버린다.

실패한 문인, 매문가, 아무도 안 읽는 신문의 특파원 들이 야만적인 관능적 쾌감을 느끼며 그를 조롱했다. 그런 비웃음은 고양이를 괴롭히는 비행 청소년들이나 하는 것이고, 그런 불꽃은 더는 어리지 않고 성적으로도 불운한 인간이 심하게 외설적인 이야기를 할 때 눈 속에서 번득이는 것이었다. 당연히 그들은 그의 등뒤에서 놀린 것이지만, 험담하는 장소가 어디든 음향이 대단히 훌륭하다는 것에 개의치 않고 전혀 *거리낌없이* 그랬다. 하지만 구애하는 뇌조처럼 세상일에 귀가 먹은 그에게는 아마도 이 모든 험담이 하나도 들리지 않았던 것 같다.* 그는 꽃이 활짝 피듯 피어나, 소설가다운 새로운 자세로 지팡이를 들고 걸었고, 단어 대부분을 행간에 독일어로 번역하면서 아들에게 러시아어로 편지를 쓰기 시작했다. 사내에서는 I. B. 탈이 탁월한 인물일 뿐 아니라 *문필가*로 이미 알려졌으며, 사업관계의 친구 중에는 문필가께서 소설의 제재로 사용할지 모를 제 사랑의 비밀을 털어놓는 자도 있었다. 뭔가 훈훈한 미풍이 느껴졌는지 그의 집에 현관이나 뒷문을 통해 온갖 이민 걸식자들이 무리 지어 모여들기 시작했다. 유명인사들이 경의를 표하며 말을 걸었다. 부인할 수 없는 사실은, 일리야 보리소비치가 정말로 존경과 명성으로 둘러싸였다는 것이다. 교양 있는 러시아인들의 파티마다 그의 이름이 언급되지 않는 적이 없었다. 어떻게 언급됐는지, 어떤 종류의 낄낄거림을 수반하는지는 전혀 문제될 것 없다. 중요한 건 일 자체이지 일이 일어난 방식이 아니라고 참된 지혜는 말한다.

그달 말에 일리야 보리소비치는 따분한 사업상의 출장으로 도시를 떠나는 바람에, 『아리온』제2호의 근간 예고가 러시아어 신문광고란에 나온 것을 놓쳤다. 베를린으로 돌아오니, 현관 탁자에 커다란 입방체의 소포꾸러미가 기다리고 있었다. 웃옷을 벗지도 않고 그는 즉각 소포를

---

* 러시아 사냥꾼들은 뇌조가 소리를 못 듣는다고 생각했다.

풀었다. 분홍색에 불룩하고 시원한 감촉의 두꺼운 책들이었다. 그리고 표지에는 자줏빛을 띤 붉은색 글자로 아 리 온. 여섯 부.[*]

일리야 보리소비치는 한 권을 펴보려고 했다. 책은 기분좋게 바삭거리는 소리를 냈지만 열리기를 거부했다. 아직 눈도 뜨지 못한, 갓 태어난! 그는 다시 해보았고, 생경한, 낯선 단시들이 언뜻 보였다. 아직 자르지 않은 페이지 뭉치를 오른쪽에서 왼쪽으로 홀홀 넘기다가, 우연히 목차를 찾았다. 작가명과 글 제목을 빠르게 눈으로 훑어보았지만, 그는 거기 없었다, 그는 없었다! 책이 다시 닫히려고 시도하는데, 그는 다시 힘을 들여 그 목차의 끝까지 다다랐다. 없다! 도대체, 어떻게 이런 일이? 말도 안 돼! 우연히 목차에서 빠진 게 틀림없어, 그럴 수 있어, 있을 수 있는 일이야! 이제 서재로 들어간 그는 흰색 칼을 쥐고, 겹겹으로 나뉜 두꺼운 책의 몸통에 찔러넣었다. 권두는 물론 갈라토프, 그다음에는 시, 그다음은 단편 두 편, 그다음엔 다시 시, 다시 산문, 그리고 그 뒤에는 잡다한 글밖에 없었다―개관, 평론, 기타 등등. 일리야 보리소비치는 갑자기 피로감과 허무감에 휩싸였다. 뭐, 어찌해볼 도리가 없다. 아마도 실을 게 너무 많았나보지. 다음호에 실을 거야. 맞아, 확실해! 그러나 새로운 대기기간이군―뭐, 기다리지. 그는 무의식적으로 집게손가락과 엄지로 부드러운 페이지를 잡고 계속 여기저기 들춰봤다. 종이 질이 고급이군. 뭐, 적어도 내가 뭔가 도움이 된 거지. 무리해서 게재해달라고 고집부릴 수는 없는 일 아닌가, 갈라토프나 누구 대신에― 그때, 느닷없이, 튀어나와 빙그르 돌고 엉덩이에 손을 대고 러시아 춤

---

[*] 러시아어판에는 '다섯 부'로 되어 있다.

을 추듯 경쾌하게 움직이며 걸어가는 것이 있었으니, 소중하고 마음을 훈훈하게 하는 그 단어들이었다. "……그녀의 젊고, 단단한 형태의 가슴…… 바이올린은 아직 울고 있는데…… 작은 표를 둘 다…… 봄밤이 차 한 대로 그들을 맞이하는데—" 그리고 반대쪽 페이지에 터널을 지나 계속 이어지는 철로처럼 부득이하게 "……루만지는 열정적인 바람의 숨결이—"

"바로 알아채지 못했다니, 정말 멍청하기 짝이 없군!" 일리야 보리소비치가 갑자기 외쳤다.

'소설의 서언'이라는 제목이 붙어 있었다. 'A. 일린'이라고 서명돼 있고, 괄호 안에 '다음호에 계속'이라고 돼 있다. 세 쪽 반의 소품이지만, 얼마나 훌륭한 소품인가! 서곡이라. 우아하군. '일린'은 '안넨스키'보다 좋군. '일리야 안넨스키'였으면, 혼동이 있었을지도 모르고. 하지만 왜 '서언'인지 모르겠군, 그냥 간단하게 「입술이 입술에」 제1장이 아니라? 뭐, 별로 중요한 건 아니야.

그는 자기 글을 세 번 다시 읽었다. 그런 다음 잡지를 제쳐두고 서재 안을 걸어다니면서 아무 일도 일어나지 않은 것처럼 느긋하게 휘파람을 불었다. 뭐, 그래, 저기 책이 있단 말이지—그게 무슨 책이든 아니든—알 게 뭐야? 그러다 그는 책으로 달려가 연거푸 여덟 번을 다시 읽었다. 그러고는 목차에서 'A. 일린, 205쪽'이라고 되어 있는 항목을 찾고, 205쪽으로 가서 한 단어 한 단어를 음미하며 '서언'을 다시 읽었다. 그는 계속 그런 식으로 꽤 한참을 놀았다.

잡지가 편지를 대신했다. 일리야 보리소비치는 옆구리에 『아리온』한 부를 계속 끼고 다니면서 어떤 지인을 마주치든, 잡지를 펴서 익숙하게 나타나는 한 쪽을 보여주었다. 신문들에 『아리온』 서평이 나왔다. 최초의 서평은 일린의 이름을 전혀 언급하지 않았다. 두번째 서평에는 이렇게 나왔다. "일린 씨의 '소설의 서언'은 어떤 농담 같은 것임이 틀림없다." 세번째 서평은 그저 일린과 또 한 명이 그 잡지의 신참자라고 지적했을 뿐이다. 마지막으로, 네번째 서평자는 (폴란드 어딘가에서 나온 매력적이고 다소곳한 작은 정기간행물에서) 다음과 같이 썼다. "일린의 작품은 그 성실함으로 마음을 끈다. 작자는 음악을 배경으로 사랑의 탄생을 그린다. 작품의 의심할 나위 없는 자질 중에서도 서술의 훌륭한 문체는 반드시 언급해야 한다." 그리하여 새로운 한 시대가 시작되었다('말이 나왔으니 말인데' 시대와 잡지를 가지고 다니던 시대에 이어서). 일리야 보리소비치가 지갑에서 그 서평을 꺼내는 시대가.

그는 행복했다. 여섯 부를 더 샀다. 행복했다. 침묵은 타성에 젖은 탓으로, 중상모략은 원한 탓으로 쉽게 이해됐다. 행복했다. '다음호에 계속.' 그러다 어느 일요일, 예우프라츠키로부터 전화가 한 통 왔다. "맞혀봐." 그가 말했다. "누가 자네하고 얘기하고 싶어하는지. 갈라토프! 그래, 그가 며칠간 베를린에 있네. 전화 바꿔줄게."

이제까지 한 번도 들어본 적 없는 목소리가 넘겨받았다. 어른어른거리면서 사람을 채근하는 듯한, 감미로운 마약 같은 목소리였다. 만남 일자와 장소가 정해졌다.

"내일 다섯시 저희 집에서," 일리야 보리소비치가 말했다. "오늘 저녁에 못 오신다니 정말 유감입니다!"

"저도 유감천만입니다." 어른거리는 목소리가 답했다. "실은, 친구들에게 끌려가 〈흑표범〉을 보기로 했습니다—끔찍한 연극이죠—그러나 친애하는 옐레나 드미트리예브나를 본 지 워낙 오래됐으니까요."

옐레나 드미트리예브나 가리나는 멋지게 나이든 여배우로, 베를린에 있는 러시아어 극장의 단골 상연작에서 주연을 맡기 위해 리가에서 왔다. 공연시간은 여덟시 반이었다. 일리야 보리소비치는 혼자서 고독하게 저녁식사를 한 후, 불현듯 시계를 힐끗 보고 음흉한 미소를 짓더니, 택시를 타고 극장으로 갔다.

'극장'은 사실 연극보다는 강연을 위한 커다란 홀이었다. 공연은 아직 시작되지 않았다. 아마추어가 그린 포스터에는 표범가죽 위에 비스듬히 누운 가리나가 그려져 있었는데, 그 표범은 그녀의 애인이 사살한 것으로 그녀도 나중에 같은 상대에게 사살된다. 러시아어 대화가 차가운 로비에서 타닥타닥 소리를 냈다. 일리야 보리소비치는 지팡이와 중절모와 외투를 검은색 옷을 입은 노파의 손에 내주고, 돈을 내고 숫자가 붙은 칩을 받아서 조끼 주머니에 넣고는, 느긋하게 양손을 비비면서 로비를 두리번거렸다. 가까이에 세 명의 무리가 서 있었다. 일리야 보리소비치가 조금 아는 젊은 기자, 기자의 아내(몹시 야윈 체격의 부인으로 긴 손잡이가 달린 안경을 갖고 있다), 그리고 화려한 양복을 입은 처음 보는 남자 한 명으로, 그 남자는 창백한 안색에 검은 턱수염을 조금 기르고, 아름다운 양의 눈*을 가졌으며, 털이 부숭부숭한 손목에는 작은 금사슬을 걸었다.

"하지만 왜, 아니, 왜"라며 부인이 쾌활하게 그 남자에게 말하고 있었다. "왜 그런 걸 게재했어요? 당신 혹시—"

---

* 러시아어로 '양의 눈'은 퉁방울눈을 뜻한다.

"그 운나쁜 친구는 그만 비난하시죠." 그녀의 대화 상대가 무지갯빛의 바리톤 목소리로 답했다. "그래요, 그 사람은 형편없는 범재예요. 그건 인정하는데, 그래도 우리로서는 분명한 이유가 있었어요—"

그가 목소리를 낮춰 뭔가를 덧붙이자, 부인이 안경을 짤깍거리며 화나서 반박했다. "실례지만, 제 의견으론, 만약 그가 당신에게 자금 원조를 해줬다는 이유만으로 게재하는 거라면—"

"조용히, 조용히. 우리 편집부의 비밀을 공표하지 마세요."

여기서 일리야 보리소비치는 몹시 야윈 그 부인의 남편인 젊은 기자와 눈이 마주쳤는데, 상대는 순간 얼어붙었다가 깜짝 놀라 신음하면서 온몸으로 아내를 밀어 자리를 피하려고 했지만, 그녀가 목청껏 소리를 지르며 말을 이었다. "나는 그 가련한 일린이란 사람을 걱정하는 게 아니에요. 원칙의 문제를 걱정하는 거죠—"

"가끔 원칙도 희생되어야 하는 법이죠." 멋쟁이가 오팔 같은 목소리로 냉정하게 말했다.

그러나 일리야 보리소비치는 더는 듣고 있지 않았다. 연무를 통해 보듯 시야가 흐릿해졌고, 완전히 고통스러운 상태가 되어 아직은 사태의 끔찍함을 충분히 깨닫진 못했으면서도 뭔가 수치스럽고 역겹고 견디기 어려운 것에서 본능적으로 가능한 한 빨리 멀어지려 애쓰면서, 우선 막연히 좌석표를 팔고 있는 듯한 막연한 장소로 이동했지만, 이내 휙 돌아서다 그에게 서둘러 온 예우프라츠키와 충돌할 뻔하고는 물품 보관실로 향했다.

검은 옷의 노파. 79번. 거기 아래요. 그는 필사적으로 서둘러서 이미 두번째 팔을 뒤로 휙 들어서 외투 소매에 넣었지만, 예우프라츠키가 그를 따라잡았고, 함께 따라온 이는, 그 또다른 이는—

"우리 편집자를 소개하겠네" 하고 예우프라츠키가 말하자, 갈라토프는 눈을 굴리며 일리야 보리소비치가 제정신을 차리게 놔두지 않으려 하면서, 돕는 척하고 소매를 계속 잡고는 빠르게 말했다. "인노켄티 보리소비치, 안녕하십니까? 뵙게 돼서 기쁩니다. 마침 잘됐습니다. 좀 도와드려도 될까요."

"제발 나 좀 내버려두시오." 일리야 보리소비치가 중얼거리면서 외투와, 갈라토프와 씨름했다. "저리 가라고. 역겨워. 됐어. 역겹게."

"명백한 오해입니다." 갈라토프가 득달같이 말했다.

일리야 보리소비치가 "내버려두라고"라고 외치고 몸을 비틀어 빠져나와 접수대에서 중산모를 건져올려서는, 여전히 외투를 입으면서 밖으로 나갔다.

그는 두서없이 계속 속삭이며 보도를 따라 걸었다. 그러다 문득 양손을 펼쳤다. 지팡이를 잊었다!

그는 기계적으로 계속해서 걸어갔지만, 이윽고 마치 태엽이 다 풀린 것처럼 조용히 조금 발을 헛디디며 멈춰 섰다.

일단 공연이 시작되면 지팡이를 찾으러 돌아갈 것이다. 몇 분 더 기다려야 한다.

차들이 지나가고 노면전차들이 종을 울렸고, 밤은 맑고 빗방울 없이 빛으로 단장했다. 그는 극장 쪽으로 천천히 걷기 시작했다. 그는 생각에 잠겼다. 자신은 늙고 고독하다고, 즐거울 일도 거의 없으니, 나이든 사람이 누리는 즐거움은 그 값을 치르지 않으면 안 된다고. 어쩌면 오늘밤에라도, 그리고 어쨌든 내일은 갈라토프가 와서 설명하고 훈계하고 해명할 거라는 생각이 들었다. 그는 모든 걸 다 용서해야 한다는 걸 알았다. 그러지 않으면 '다음호에 계속'은 결코 실현되지 않을 테니까. 그리고 그는 혼잣말도 했다. 자신은 죽은 뒤에 완전히 인정받게 될 거라고. 그는 최근에 받은 찬사 부스러기를 다시 떠올려 죄다 그러모아서는 작은 더미를 만든 다음 천천히 앞뒤로 왔다갔다 걷다가, 잠시 후 지팡이를 찾으러 돌아갔다.

괴물 쌍둥이의 생애에서 몇 장면

몇 년 전 프리케 박사가 로이드와 나에게 했던 질문에 이제부터 답해보려고 한다. 박사는 과학적 경탄에서 비롯된 꿈꾸는 듯한 미소를 지으며 우리를 결합하는 살집 있는 연골로 된 띠를 어루만지면서—유사한 병례에 대해 판코스트가 명명한 용어로 말하자면 *횡격막-흉골 배꼽결합쌍둥이(옴팔로파거스 디아프라그모-크시포디디무스)*라는 것이다—우리 둘 중 누가, 혹은 둘 다 자신의 몸 상태와 운명의 특이성을 맨 처음 깨달았던 때를 기억하는지 궁금해했다. 로이드가 기억하는 거라곤, 우리 할아버지 이브라힘(아니면 아힘이었던가 아헴이었던가—오늘날의 귀에는 죽은 소리의 짜증나는 덩어리에 불과하다!)이 지금 박사가 건드리는 곳을 건드리며 황금의 다리라고 불렀던 때가 다였다. 나는 아무 말도 하지 않았다.

우리가 어린 시절을 보낸 곳은 흑해에 면한 비옥한 언덕 꼭대기, 카라즈 근처에 있는 할아버지의 농장이었다. 동양의 장미이며 백발 아헴의 진주였던(그랬다면 그 늙은 악당이 더 소중히 돌봤을지 모르지만) 우리 할아버지의 막내딸은 길가에 있는 과수원에서 우리 아비가 되는 정체불명의 인물에게 강간당했고 우리를 낳자마자 죽었다―순전히 공포와 비탄 때문이었을 거라고 생각한다. 그자는 헝가리인 행상이었다는 설도 있고, 독일인 조류채집가나 그 탐험대의 일원―박제사였다는 게 제일 그럴듯하다―이라는 설도 있었다. 장미유와 양고기 냄새가 나고, 목걸이를 무겁게 늘어뜨리고 품이 큰 옷을 입은 까무잡잡한 이모들이 악귀 같은 열의로 우리의 괴물 같은 유아기를 뒷바라지했다.

곧 이웃의 촌가들에도 이 놀라운 소식이 퍼졌고, 우리 농장으로 온갖 호사객들이 대표로 파견되었다. 명절날이면, 그들이 마치 화사한 색채의 그림 속 순례자들처럼 우리 언덕의 경사면을 기를 쓰고 올라오는 모습이 보였다. 7피트 장신의 양치기도 있었고 안경을 낀 작달막한 대머리 남자도 있었고 군인도 있었으며, 사이프러스나무의 길어진 그림자도 보였다. 아이들도 시도 때도 없이 왔는데, 시샘이 난 유모들이 쫓아버렸다. 그러나 검은색 눈동자와 짧게 친 머리에, 검은 천으로 기우고 색이 바랜 파란 바지를 입은 어린애는 거의 매일같이 층층나무와 인동덩굴과 뒤틀린 박태기나무를 겨우 비집고 헤치며 점액을 분비하는 듯한 오래된 분수가 있는 자갈 깔린 안뜰로 들어왔다. 안뜰에는 로이드와 플로이드(그 당시 우리는 까마귀 울음소리 같은 기식음氣息音으로 가득한 별명이 있었지만, 뭐 아무래도 상관없다)가 회반죽을 바른 벽 아래 조용히 앉아서 말린 살구를 우적우적 먹고 있었다. 그러다 돌연 H가 I를 보고, 로마 숫자 II가 I을, 가위가 칼을 보게 된 셈이었다.

물론 그 사실을 알게 된 것은 충격적이긴 했지만, 내 어머니가 받은 감정적인 쇼크(딴 얘기지만, 이렇게 일부러 일인칭 소유격을 쓰면 얼마나 산뜻하게 행복한지!)와 비교할 수는 없을 것이다. 어머니는 분명 쌍둥이를 낳으리라는 것은 자각했을 테지만, 쌍둥이가 서로 연결되어 있다는 것 또한 틀림없이 알게 됐을 텐데, 그때 무슨 일을 겪었겠는가? 거리낌없고 무지하고 수다에 열을 올리는 사람들이 우리 주위를 둘러싼 가운데, 어머니의 흐트러진 침대 경계 바로 너머에서 소리 높여 마음대로 지껄이는 가족은 틀림없이 일이 뭔가 끔찍하게 잘못되었다고 곧바로 어머니에게 말했을 것이고, 자매들이 공포와 동정심으로 정신이 나가서 어머니에게 둘로 된 아기를 보여주었으리라는 것도 확신할 수 있다. 내 말은, 어미라 해도 그런 둘로 된 아기는 사랑할 수 없다거나 그릇된 출생의 근원이 된 어두운 이슬을 그 사랑으로 잊을 수 없다는 얘기가 아니다. 다만 내 생각엔, 혐오감과 연민, 그리고 모성애가 섞인 감정을 어머니가 감당하기 어려웠던 것 같다. 빤히 바라보는 그녀의 눈앞에 서로 연결된 쌍둥이를 구성하는 요소는 양쪽 모두 건강하고 잘생기고 작았고, 자줏빛이 도는 분홍색 두개골들에는 비단처럼 보들보들한 연한 솜털이 나 있고, 형태가 잘 잡힌 고무 같은 팔과 다리는 뭔가 불가사의 한 바다 동물의 많은 다리처럼 움직였다. 각각은 대단히 정상이었지만, 둘이 합쳐지니까 괴물이 되어버렸다. 고작 피부조직 띠와 양의 간보다 조금 긴 구김살의 존재가, 기쁨과 자부심과 다정함과 흠모와 신에 대한 감사를 공포와 절망으로 바꿔버릴 수 있다는 게 생각해보면 이상하다.

우리로서는 모든 게 훨씬 더 간단했다. 어른들은 모든 점에서 우리와 너무 많이 달라서 아무런 참고도 안 됐지만, 우리의 첫 동년배 방문객은 나에게 은은한 계시나 마찬가지였다. 허리를 굽혀 들여다보는 듯한 무화과나무 아래에서 우리를 들여다보던 일고여덟 살 먹은 아이가 경악하는 모습을 로이드가 평온한 얼굴로 바라보는 동안에, 나는 새로 나타난 그 아이와 나 자신과의 근본적인 차이를 완전히 알아보았던 걸 기억한다. 그는 짧고 푸른 그림자를 지면에 드리웠고 나도 그랬는데, 그 아이나 나나 햇빛 덕분에 갖고 있다가 흐린 날씨가 되면 사라지는 대충 그린 듯 평평하고 불안정한 동행에 더해 나에게는 하나의 그림자가 또 있었다. 그것은 내 신체적 자아의 손에 만져질 듯한 그림자로 항상 내 곁, 내 좌측에 있는 반면, 방문자 쪽은 어쩐지 그 그림자를 용케도 잃었거나 아니면 떼어내서 집에 두고 온 듯했다. 연결된 로이드와 플로이드가 완전하고 정상적이었고, 저애가 그렇지 못한 것이었다.

그러나 아마도, 이런 사정을 합당할 만큼 철저히 설명하기 위해서는 더 어렸을 때의 기억에 대해 뭔가 말하지 않으면 안 된다. 어른이 되어 느끼는 감정이 과거의 감정을 얼룩지게 하지 않는 한, 희미하게 혐오감이 느껴지는 그 기억은 보증할 수 있다고 생각한다. 우리는 원래 마주보게 누운 자세로 공동의 배꼽으로 연결되어 있는데 몸 앞쪽이 이중으로 된 덕분에, 태어나서 처음 몇 해 동안에는 내 얼굴이 계속 내 쌍둥이의 딱딱한 코와 축축한 입술에 스쳤다. 우리가 머리를 뒤로 젖혀서 서로의 얼굴을 되도록 피하는 성향은 그런 성가신 접촉에 대한 자연스러운 반응이었다. 우리를 잇는 띠는 신축성이 훌륭해서 양쪽에서 둘 다 어느 정도 옆으로 자세를 취해도 괜찮았고, 걷는 걸 배울 때는 옆으로 나란히 자리잡은 자세로 뒤뚱뒤뚱 걸어다녔는데, 남들 눈에는 틀림없이 실제보다 더 부자연스럽게, 내 생각에는 마치 술 취한 난쟁이 한 쌍이 서로 지탱하는 듯 보였을 것이다. 오랫동안 우리는 잠이 들면 우리의 태아 때 자세로 계속 돌아가곤 했지만, 잠자리가 불편한 탓에 잠이 깨서는 반동으로 머리를 뒤로 향하게 다시 홱 돌리고는 쌍으로 울부짖곤 했다.

세 살인가 네 살에 우리 몸은 그 꼴사나운 결합을 막연히 싫어했던 한편, 머릿속으로 그 정상성을 묻지 않았다고 주장하는 바다. 그러다가 정신적으로도 그 결점을 자각할 수 있게 되기 전에 신체적 직관이 그것을 완화할 수단을 발견했고, 그래서 우리는 그것을 거의 염두에 두지 않았던 것이다. 우리의 모든 움직임은 공통적인 것과 개별적인 것 간의 신중한 타협이 되었다. 이런저런 공통의 욕구에서 비롯된 행동 패턴이 일종의 잿빛 배경, 고르게 짜이고 일반화된 배경을 이루고, 그 위에서 로이드나 나의 별개의 충동이 더 선명하고 예리한 경로를 따라갔지만, (이를테면 배경 패턴의 굴곡으로 인도되는) 그것은 공통의 짜임이나 상대의 기분과 어긋난 적이 한 번도 없었다.

지금 나는 오로지 우리의 유년 시절만을 이야기하고 있다. 우리가 어렵게 얻은 생명력을 둘 사이의 충돌로 훼손할 여유가 본능에 아직 없던 때이다. 어째서 우리는 신경체계라는 밀림 속에서 들려오는 둥둥거리는 먼 북소리 같은, 끊이지 않고 계속되는 리듬만이 우리의 행동을 통제할 책임을 맡고 있던 그 초기 단계를 지나기 전에 비명횡사하거나 분리 수술을 받지 않은 걸까, 하고 뒤늦게 애석해할 기회가 있었다. 예를 들어, 우리 중 한쪽이 예쁜 데이지 한 송이를 뽑으려고 몸을 굽히려는 그 찰나 다른 쪽이 정확히 같은 순간에 잘 익은 무화과를 따려고 몸을 뻗으면, 각자의 성공은 우리의 부단한 공통 리듬에서 그 당시 강음이 누구의 행동에 우연히 맞는지에 좌우되었고, 그 결과 무도병 같은 아주 잠깐의 몸서리와 함께 쌍둥이 한쪽의 중단된 몸짓이 다른 한쪽이 취한 완결된 행위의 농축된 잔물결에 삼켜져 녹아버리곤 했다. '농축된'이라고 말한 건, 뽑히지 못한 꽃의 유령도 웬일인지 거기에 존재해 무화과에 가까워진 손가락 사이에서 팔딱거리는 듯했기 때문이다.

인도하는 리듬이 나보다 로이드 편을 훨씬 더 자주 드는 시기가 몇 주간, 심지어 몇 개월까지 계속됐을지도, 그후 내가 파동의 꼭대기에 있게 되는 시기가 뒤따랐을지도 모르지만, 유년기의 어느 때고 그런 문제로 인한 좌절과 성공이 우리 중 누구에게도 억울함이나 자부심을 불러일으켰던 기억은 없다.

하지만 내 안의 어딘가에 뭔가 민감한 세포가 있어서, 우연한 욕망의 대상에서 갑자기 나를 떨쳐내버리고는 다른 것으로, 의식적으로 손을 뻗어 촉수로 포획하는 대신에 내 의지의 범위 안으로 밀어넣어진, 탐내지 않았던 것으로 끌고 가는 힘이 존재한다는 기이한 사실을 이상하게 여겼던 게 틀림없다. 그래서 어찌저찌 우연히 들어와 로이드와 나를 쳐다보는 아이를 보면서 나는 이중의 문제를 곰곰이 생각했던 걸 기억한다. 첫번째는 어쩌면 몸이 하나인 상태가 우리보다 더 많은 장점이 있지 않을까 하는 것이고, 두번째는 다른 아이들은 모두 몸이 하나인가 하는 문제였다. 지금에 와서 드는 생각은, 나를 혼란스럽게 하는 문제가 이중이 되는 일이 꽤 자주 있었다는 것이다. 아마도 로이드의 대뇌 작용이 누출되어 내 머릿속으로 스며들었던 것이며, 이어진 두 문제의 한쪽은 그의 문제였던 듯하다.

욕심 많은 할아버지 아헴이 돈을 받고 우리를 방문객에게 보여주기로 했을 때, 구경꾼 무리 중에는 우리가 서로 이야기하는 걸 듣고 싶어하는 열성적인 악당이 늘 있었다. 원시적인 정신을 가진 자들이 흔히 그러듯, 그런 놈은 눈으로 본 것을 자기 귀로 확증하기를 요구했다. 가족들은 그 욕망을 만족시켜주라고 우리를 괴롭혔고, 그것이 얼마나 비참한 일인지 이해하지 못했다. 수줍음을 이유로 내세울 수도 있었지만, 진실은 우리가 사실 서로에게 이야기한 적이 한 번도 없었다는 것이다. 둘이서만 있을 때도 그랬고, 드물게 서로 충고의 의미로 짧고 단편적인 툴툴거림을 가끔 주고받을 때(예를 들어, 한쪽이 방금 발을 베어 붕대를 감았는데 다른 쪽이 냇가에 첨벙거리러 가고 싶어할 때)도 대화로 보기는 어려웠다. 필수적인 단순한 감각의 소통도 우리는 말없이 했다. 공유되는 혈류를 따라 떠다니는 낙엽이라고 할까. 얄팍한 생각들 역시 용케 슬쩍 껴들어 우리 사이를 오간다. 더 풍부한 생각은 각자 자기 속에 간직했지만, 그럴 때도 묘한 현상이 일어났다. 나보다 차분한 성정임에도 로이드 역시 나를 어리둥절하게 한 바로 그 새로운 실상으로 고심하고 있었다고 의심하는 이유가 이것이다. 그는 자라면서 많은 걸 잊어버렸다. 나는 아무것도 잊지 않았다.

우리를 보러 온 사람들은 우리가 말하기를 기대했을 뿐 아니라, 함께 노는 것도 보고 싶어했다. 멍청이들! 그들은 우리에게 체커나 *무즐라*로 재치를 겨루게 해놓고 거기서 상당히 짜릿한 흥분을 얻었다. 내 생각에 만약 우리가 이성異性 쌍둥이였다면 그들은 자기들 면전에서 우리에게 근친상간을 저지르도록 했을 것이다. 그러나 공동 게임도 대화와 마찬가지로 통상적인 일이 아니라, 우리는 우리의 흉골 사이 어딘가에서 공을 치고받거나 막대를 서로 비틀어 빼앗는 시늉을 하는 갑갑한 동작을 억지로 하면서 미묘한 번뇌로 괴로워했다. 우리는 서로의 어깨에 팔을 두르고 안마당을 뛰어다녀서 격한 박수갈채를 끌어냈다. 우리는 콩콩 뛰고 빙그르르 돌 수도 있었다.

더러운 흰색 루바시카를 입은 자그마한 대머리 약장수가 터키어와 영어를 좀 알아서 우리에게 그 언어들로 된 문장을 가르쳐줬고, 그후로 우리는 매료된 청중 앞에서 우리가 말할 수 있다는 것을 선보여야 했다. 그들의 열렬한 얼굴이 아직도 악몽 속에서 나를 뒤쫓는 까닭은, 나의 꿈 제작자가 엑스트라가 필요하다 할 때마다 그들이 나타났기 때문이다. 울긋불긋한 넝마를 걸친 구릿빛 얼굴의 거대한 양치기와 카라즈에서 온 병사들, 애꾸눈 꼽추인 아르메니아인 재단사(이 녀석도 나름 괴물인데), 키득거리는 아가씨들, 한숨짓는 노파들, 아이들, 서구식으로 옷을 입은 젊은이들―이글이글 타는 눈, 흰 치아, 멍하니 벌린 검은 입, 그리고 물론 누런 상아 같은 코와 회색 양모 같은 턱수염을 기른 얼굴로 행사 진행을 지시하면서 커다란 엄지에 침을 묻혀가며 때묻은 지폐를 세는 아혬 할아버지도 나는 다시 본다. 자수가 놓인 루바시카를 입은 대머리인 그 어학의 달인이 이모 중 한 명에게 구애했지만, 철테 안경 너머로 부러운 듯 아혬을 계속 바라보았다.

아홉 살이 되자, 나는 로이드와 내가 가장 희귀한 기형 사례라는 것을 꽤 분명히 알게 되었다. 이걸 알게 됐다고 특별히 기고만장하지도 특별히 수치심을 느끼지도 않았다. 그러나 한번은 콧수염을 기른, 히스테리가 심한 여자 요리사가 우리가 대단히 마음에 들어 우리의 역경을 동정했는지 그 자리에서 당장 우리를 썰어서 자유롭게 해주겠노라 끔찍한 맹세를 하고는 반짝반짝 빛나는 식칼을 갑자기 휘둘렀다(우리 할

아버지와 새로 생긴 이모부 중 하나에게 바로 제압당했다). 그리고 그 사건 이후로 나는 종종 게으른 백일몽에 잠겨, 나 자신은 불쌍한 로이드로부터 어떻게든 분리됐는데 로이드는 어째선지 그의 괴물다움을 그대로 유지하는 공상을 하곤 했다.

나로서는 그 칼부림 사건이 좋을 게 없었고 어떻게 분리한다는 건지도 아주 모호한 채로 남았지만, 족쇄가 갑자기 녹아 사라지고, 가볍고 헐벗은 감각이 뒤따르는 것을 생생히 상상했다. 담장을 타고 넘어—뾰족한 말뚝 끝마다 백골이 된 가축의 두개골이 씌워져 있었다—해안 쪽으로 내려가는 내 모습을 상상했다. 바위에서 바위로 뛰어넘어 반짝이는 바다로 뛰어들었다가 해변으로 다시 급히 기어나와 다른 벌거벗은 아이들과 함께 질주하는 내 모습이 보였다. 밤에는 이런 꿈을 꾸었다—할아버지로부터 도망가는 꿈인데, 왼쪽 옆구리에 장난감인가 새끼 고양이인가 작은 게인가를 꼭 끼고 있다. 불쌍한 로이드를 만나는 내 모습도 보이는데, 꿈속에서 그는 절름거리고 걸어다니며, 절름거리는 어느 쌍둥이와 절망적으로 이어진 채 나타나는 한편, 나는 자유롭게 그들 주위에서 춤을 추며 그들의 초라한 등을 탁 하고 쳤다.

로이드도 비슷한 환영을 보았는지 궁금하다. 의사들은 우리가 꿈을 꿀 때 정신을 가끔 공유한다는 점을 시사했다. 잿빛을 띤 푸른색이 감도는 어느 날 아침, 로이드가 나뭇가지를 줍더니 세 개의 돛대가 있는 배를 땅 위에 그렸다. 나는 그 전날 밤 꾼 꿈에서 그 배를 땅 위에 그리는 자신의 모습을 보았었다.

품이 넉넉한 검은색 양치기 망토가 우리의 어깨를 덮었고, 우리가 땅에 웅크리자 우리의 머리와 로이드의 한쪽 손 말고는 죄다 그 망토의 흘러내리는 주름 안에 가려졌다. 해가 막 떠올랐고, 싸늘한 3월의 공기는 층층이 쌓인 반투명한 얼음 같아서 꽃이 성기게 핀 구부러진 박태기나무가 보랏빛이 도는 분홍색의 부연 점으로 이루어진 것처럼 보였다. 우리 뒤에 있는 길고 낮은 흰 집은 뚱뚱한 여자들과 그들의 냄새 고약한 남편들로 그득 차서 잠들어 있었다. 우리는 아무 말도 하지 않았다. 우리는 서로 쳐다보지도 않았다. 그러나 로이드는 나뭇가지를 던져버리며 오른팔을 내 어깨에 둘렀는데, 둘 다 빨리 걷기를 바랄 때 그가 으레 하던 동작이었다. 그렇게 우리는 함께 입은 옷 끝자락을 시든 잡초 사이로 질질 끌고 발밑으로 계속 자갈을 굴리며 해변으로 내려가는 사이프러스 골목길을 향해 나아갔다.

언덕 정상에서 보이던 바다는 멀리서 은은하게 반짝이면서 번들거리는 바위에서 한가롭고 조용히 부서지곤 했는데, 그것이 그 바다로 가보는 우리의 첫 시도였다. 이 지점에서 기억을 쥐어짜지 않아도 우리의 그 비틀거리던 도망이 우리 운명의 확실한 갈림길에 위치한다고 본다. 몇 주 전인 우리의 열두번째 생일에 이브라힘 할아버지는 우리를 가장 최근에 식구가 된 이모부와 함께 여섯 달간의 전국 순회공연에 보내려는 생각을 잠깐 했다. 계속 조건을 흥정하던 두 사람은 말싸움을 하다 주먹다짐까지 했고, 결국 아헴이 우위를 점했다.

우리는 할아버지를 두려워하고 새 이모부를 혐오했다. 짐작건대, 지루하고 쓸쓸한 와중에(세상일은 아무것도 몰랐지만, 새 이모부가 할아버지에게 사기치려고 애쓰고 있다는 건 어렴풋이 눈치챘다) 저 흥행사가 우리를 유인원이나 독수리처럼 이동감옥에 넣어 여기저기 끌고 다니지 못하도록 우리가 뭐라도 시도해야 한다고 느꼈던 것 같다. 아니,

어쩌면 그저 이번이 우리가 작은 자유를 만끽하며 우리에게 절대로 금지된 것을 할, 즉 말뚝 담장을 넘어 대문을 열 수 있는 마지막 기회라는 생각에 자극받았는지도.

금방이라도 부서질 듯한 대문을 여는 데는 어려움이 없었지만, 원래 위치로 획 닫지는 못했다. 눈이 호박색이고, 납작하고 딱딱한 이마에 암적색 표시가 칠해진 더러운 흰 어린양 한 마리가 잠시 우리 뒤를 따라오다가 오크 덤불 속에서 길을 잃었다. 거기서 조금 더 내려갔지만 아직 골짜기 훨씬 위로, 우리는 언덕을 둘러싸며 우리 농장과 해안도로를 연결하는 길을 건너가야 했다. 쿵쿵거리는 말발굽소리와 삐걱거리는 바퀴 소리가 갑자기 덮쳐와, 우리는 망토고 뭐고 신경쓸 새 없이 덤불 뒤로 쓰러졌다. 우르릉거리는 소리가 잦아들자, 우리는 길을 건너서 잡초가 우거진 비탈면을 따라 계속 갔다. 은빛 바다가 사이프러스나무와 오래된 돌벽의 잔재 뒤로 서서히 모습을 감췄다. 검은 망토가 뜨겁고 무겁게 느껴지기 시작했지만, 벗으면 지나가는 누가 우리의 기형을 눈치챌까봐 두려워 계속 그 보호 아래 있었다.

해안도로로 나가자 파도 소리가 들리는 바다가 불과 몇 피트 앞에 있었다. 그리고 바로 거기, 사이프러스나무 아래에서 우리를 기다리는 것은 우리가 아는 마차로, 커다란 바퀴가 달린 수레 같은 마차의 마부석에서 새 이모부가 내리는 중이었다. 얼마나 수단 좋고 속이 시커멓고 야심 많고 부도덕한 작은 남자인지! 몇 분 전 그는 우리 할아버지 집의 회랑 중 하나에서 우리 모습을 포착했고, 기적적으로 아무 싸움이나 항의 없이 우리를 독점하게 해줄 그 가출을 이용하려는 유혹을 이겨내지 못했다. 그는 쭈뼛거리는 두 마리 말에게 욕을 하면서 난폭하게 우리를 마차에 태웠다. 우리 머리를 내리누르면서 만약 망토 아래로 엿보기라도 하면 다칠 줄 알라고 위협했다. 로이드의 팔은 여전히 내 어깨를 두르고 있었지만, 마차가 덜컹하자 흔들려서 풀어졌다. 이제 바퀴가 자박자박 소리를 내며 굴러갔다. 우리의 마차꾼이 우리를 집으로 데려가는 게 아니라는 걸 깨닫기까지는 얼마간 시간이 걸렸다.

그 잿빛의 봄날 아침 이후 이십 년이 흘렀지만, 그때 일은 이후의 많은 사건보다 훨씬 내 기억 속에 잘 보존돼 있다. 위대한 곡예사들이 자신의 묘기를 되돌아볼 때 그러는 것을 본 적이 있는데, 나도 그 기억을 몇 번이고 다시 마치 영화필름 조각처럼 눈앞에 떠올리곤 한다. 그렇게 나는 우리의 무산된 도주의 모든 단계와 상황과 부수적인 세부들을 다 되돌아본다—첫 전율, 그 대문, 그 어린양, 허우적거리는 우리 발밑의 그 미끄러운 비탈. 우리가 푸드덕거리며 날아오르게 한 개똥지빠귀들에게 뒤집어쓴 검은 망토와 그 밖으로 튀어나온 가느다란 두 목에 바짝 깎은 머리가 달린 우리의 모습은 경악스러운 광경으로 보였을 게 틀림없다. 두 개의 머리가 조심스럽게 이쪽저쪽을 둘러보며 마침내 해안도로에 당도했다. 만약 그 순간 모험을 즐기는 낯선 자가 만에 정박한 자기 배에서 해변으로 걸어나왔다면, 사이프러스나무와 흰 바위가 어우러진 풍경 속에서 온순한 신화적 괴물과 맞닥뜨리는, 태고의 마법에 홀린 듯한 전율을 확실히 경험했을 것이다. 그는 그 괴물을 경배하고 달콤한 눈물을 흘렸을 것이다. 그러나 아아, 거기서 우리를 맞이한 이는 그 걱정 많은 사기꾼, 우리의 신경질적인 유괴범, 한쪽 알을 테이프 조각으로 고친 싸구려 안경을 쓴 인형 같은 얼굴의 작은 남자 말고는 아무도 없었다.

베인가의 자매

1

그날 밤 지난 사 년여간 소식이 끊겼던 D와 우연히 마주치지 않았다면 신시아가 죽었다는 사실을 영영 알지 못했을지도 모른다. 그리고 내가 일련의 소소한 탐구에 빠지지 않았다면 D와 마주치는 일 자체가 없었을지 모른다.

그날은 일주일간 계속된 눈보라가 참회한 듯한 일요일로 반은 보석, 반은 진창이었다. 그날 나는 내가 프랑스 문학을 가르치던 여자 대학교에 부속된, 언덕이 많은 작은 마을을 오후에 평소처럼 산책하다, 문득 멈춰 서서 목조 가옥 처마 끝에 달려 반짝거리는 고드름 일가가 물방울을 똑똑 떨어뜨리는 광경을 바라보았다. 배후의 흰 판자에 그 뾰족한 그림자가 윤곽이 너무 뚜렷하게 비치는 것이, 분명 떨어지는 방울의 그림자도 보일 듯했다. 그러나 보이지 않았다. 아마도 지붕이 밖으로 너무 멀리 돌출되었든지, 아니면 시선의 각도가 어긋났든지, 그것도 아니면 마침 딱 좋은 물방울이 떨어질 때 바로 그 고드름을 보지 않았든지. 교대로 물방울이 떨어지는 리듬이 있어서 마치 동전 마술에 속듯 놀란 것 같았다. 그 마술에 이끌려 집이 늘어선 몇몇 구역의 모퉁이를 더 조사하다가 켈리 거리로, D가 여기서 강사로 일할 때 살던 집으로 곧장 가게 되었다. 그 집 옆 차고의 처마를 올려다보니, 전체 모양이 다 보이는 푸른 실루엣을 뒤에 둔 투명한 종유석들이 보였고, 나는 마침내 보상을 받았다. 그림자 하나를 골라, 감탄부호의 점이라 할 수 있는 것이 통상의 위치를 떠나 아주 빠르게—함께 경쟁하던 녹아내린 방울보다 조금 빨랐다—미끄러져 내려가는 광경을 본 것이다. 이 반짝이는 쌍정雙晶은 기쁨을 주었지만, 완전히 만족스럽지는 않았다. 아니, 그보다는 빛과 그림자의 또다른 낙수를 보고 싶다는 나의 욕구를 자극했을 뿐이며, 나는 마치 내 존재 전체가 세계의 눈구멍 속에서 굴러다니는 커다란 눈알로 변형된 듯한 날것의 인식 상태로 걸어갔다.

공작새 같은 속눈썹 틈으로 보니 낮게 뜬 태양의 빛이 주차된 차의 둥근 등에서 눈부신 다이아몬드처럼 반사되었다. 해빙의 스펀지로 씻긴 온갖 종류의 사물에 생생한 그림 같은 감각이 복구되어 있었다. 겹쳐진 꽃줄장식 모양으로 눈이 녹은 물이 비탈길을 흘러내려와 다른 길로 우아하게 방향을 틀었다. 저속한 유혹의 분위기가 아주 조금 느껴지는 건물 사이의 좁은 통로가 벽돌색과 자주색의 보물들을 드러냈다. 쓰레기통에 세로로 난 소박한 홈 장식—원주 몸체에 새겨진 홈의 마지막 메아리들—을 난생처음 눈여겨보았고, 그 뚜껑 위의 물결무늬(엄청나게 오래된 중심에서 퍼져나가는 동심원)도 눈에 들어왔다. 살아 있는 배수로의 눈부신 떨림 위로 똑바로 선 채 머리 부분이 거뭇해진 눈의 사체(지난 금요일 불도저의 칼날이 남긴 것)가 보도의 굴곡을 따라 마치 발육부진의 펭귄들처럼 줄지어 있었다.

언덕을 오르락내리락하면서 나는 은은하게 물들어가는 하늘로 곧장 걸어갔고, 그렇게 관찰된 것과 관찰하는 것이 차례로 이어지며 결국 나를 평상시 식사시간에 늘 가던 곳에서 너무 멀리 떨어진 거리까지 데려가서, 나는 마을 변두리에 있는 식당에 들어가보기로 했다. 다시 밖으로 나왔을 때는 아무 소리도 아무 의례도 없이 밤이 되어 있었다. 눅눅한 눈 위에 주차료 징수기가 드리운, 왜소한 유령처럼 보이는 길쭉한 본그림자가 이상하게 붉은색을 띠었는데, 나는 그게 보도 위에 비친 식당 간판의 황갈색을 띤 붉은빛 때문임을 알아냈다. 그리고 바로 그때—돌아가는 길에 운이 좋으면 파란색 네온에 비친 같은 걸 발견할지도 모른다고 생각하며 약간 녹초가 되어서는 거기서 어슬렁거리고 있을 때—차 한 대가 내 가까이 끼익 소리를 내면서 멈춰 서더니 D가 짐짓 기쁜 척 탄성을 지르며 차에서 나왔다.

그는 올버니에서 보스턴으로 가던 중에 전에 살았던 마을을 지나게 된 거라는데, 나는 살면서 한두 번 경험한 것이 아닌 찌르는 듯한 대리감정에 이어, 한 걸음 걸을 때마다 울부짖고 몸부림치는 기억으로 마땅히 괴로워해야 할 장소를 다시 방문하면서 아무것도 느끼지 못하는 듯한 여행자들에게 느끼곤 하는 개인적인 짜증이 갑자기 치미는 걸 느꼈다. 그는 내가 막 나온 주점으로 나를 도로 안내했고, 적당히 들뜬 인사치레를 평상시처럼 주고받은 뒤 피할 수 없는 진공이 찾아오자 그 진공을 입에서 나오는 대로 지껄여서 채웠다. "저기, 난 신시아 베인이 심장에 뭔가 문제가 있다고는 전혀 생각 안 했어. 내 변호사가 그러는데, 신시아가 지난주에 죽었다는군."

2

D는 여전히 젊었고 여전히 건방졌으며 여전히 구린 데가 있는 듯했고, 신시아의 히스테릭한 여동생과 자기 남편이 맺던 파멸적인 관계를 전혀 몰랐고 의심하지도 않았던, 온화하고 대단히 아름다운 여성과 여전히 결혼한 상태였다. 신시아의 동생 쪽도 나와 신시아의 면담에 대해 아무것도 몰랐다. 신시아는 갑자기 나를 보스턴까지 불러서는, D에게 얘기해보고 그래도 그가 시빌과 만나는 짓을 당장 그만두지 않으면—혹은 아내와 이혼하지 않으면(여담이지만, 신시아는 시빌의 허황된 이야기로 이루어진 프리즘을 통해 D의 아내를 잔소리가 심한 끔찍한 여자로 상상했다)—그를 '쫓아내'버리겠노라 다짐하게 했다. 나는 곧바로 그를 몰아세웠다. 그는 아무 걱정도 할 것 없다고 말했다—어쨌든 자기는 대학 강사직을 포기하고 아내와 함께 올버니로 이사갈 거라고, 거기서 아버지 회사에서 일하기로 마음을 먹었다고. 몇 년을 질질 끌어서 주변의 선량한 친구들 사이에 공공연한 비밀로 끝없이 얘기가 돌다못해 급기야는 낯선 이의 불행을 계기로 그 안에 새롭게 친밀해진 관계가 생겨나게 만들기까지 한, 엉망으로 얽히고설키는 지경에 이를

조짐이 보이던 그 건은 그렇게 급작스러운 종결을 맞았다.

그다음날, 그러니까 시빌이 자살하기 전날, 프랑스문학 중간시험이 치러지던 대형 강의실의 교탁 앞에 앉아 있었던 게 기억난다. 하이힐을 신은 시빌은 여행가방 하나를 갖고 들어와 다른 가방들 여러 개가 쌓여 있는 구석에 던져놓더니 가는 어깨를 딱 한 번 으쓱해 모피 코트를 훌훌 벗어 가방 위에 접어서 두고는, 다른 여학생 두세 명과 함께 교탁 앞에 멈춰 서서 성적을 언제 부쳐줄 건지 물었다. 나는 내일부터 답안지를 읽기 시작하면 일주일쯤 걸릴 것 같다고 말했다. D가 이미 그녀에게 자신의 결정을 알렸을까 궁금해했던 것도 기억이 난다―그러고선 백오십 분 동안, 나는 회색 옷을 몸에 딱 맞게 입고 아이처럼 가냘픈 그녀에게 시선을 계속 돌려, 세심하게 웨이브를 넣은 그 검은 머리카락을, 그 계절에 쓰고 다니는 유리같이 투명한 작은 베일이 달리고 작은 꽃으로 장식된 그 작은 모자를, 그리고 그 아래의 작은 얼굴을 계속 관찰하면서 학생의 본분을 다하는 나의 그 어린 학생을 몹시 딱하게 여겼다. 피부병 탓에 입체파적 무늬로 조각난 흉터가 있는 얼굴은, 애처롭게도 흉터를 가리려고 태양등으로 태운 것이 오히려 그 특징을 더 굳혀버렸으며, 게다가 칠할 수 있는 데는 전부 칠해버린 화장으로 그나마 있던 매력도 손상되어서, 앵두같이 빨간 갈라진 입술 사이로 보이는 창백한 잇몸과 거무스름한 눈꺼풀 아래로 보이는 희석된 푸른 잉크빛 눈동자만이 그녀의 미모로 통하는 유일하게 가시적인 입구였다.

다음날, 나는 지저분한 습자 공책들을 알파벳순으로 정리한 뒤 필적의 혼돈 속으로 뛰어들었는데, 어째선지 내가 순서를 틀리게 두었던 발렙스키와 베인의 공책에 너무 이르게 다다랐다. 발렙스키의 답안은 나름 읽기 쉽도록 임시로 치장이라도 했으나, 시빌의 답안은 언제나처럼 여러 악필의 조합을 선보였다. 검은 뒷면에 눈에 띄게 불룩한 요철이 생길 정도로 아주 딱딱하고 아주 옅은 연필로 시작했지만, 정작 종이 앞면에는 영구적인 가치를 거의 남기지 않았다. 다행히 연필심 끝이 곧 부러져서 시빌은 더 짙은 연필심으로 계속 썼는데, 그것도 차츰 흐릿하게 두꺼워지면서 거의 목탄처럼 보이는 지경에 이르렀고, 뭉툭해진 연필 끝을 빨았는지 립스틱 자국 같은 게 남아 있었다. 그녀의 답안은 내가 예상했던 것보다 더 형편없었는데, 절박한 성실성을 보여주는 온갖 지표, 밑줄 표시, 줄 바꿈 표시, 불필요한 각주로 가득한 것이, 마치 가능한 한 가장 그럴듯한 방식으로 마무리하는 데만 열중한 듯했다. 그런 다음 그녀는 메리 발렙스키의 만년필을 빌려 이렇게 덧붙였다. "*이 시험과 함께 나의 삶도 끝난다. 아듀, 젊은 아가씨들!* 부탁드리건대, *교수님, 제 언니에게 연락해서, 죽음이 D마이너스를 맞는 것보다 낫지는 않지만, D를 뺀*minus *삶보다는 확실히 낫다고 좀 말해주세요.*"

곧바로 신시아에게 전화를 걸었지만, 그녀는 모든 게 끝났다고—오늘 아침 여덟시 이후에는 모든 게 끝나 있었다고—말하고는 그 공책을 가져와달라고 부탁했다. 내가 그렇게 하자, 그녀는 눈물을 흘리면서도 시빌이 프랑스 문학 시험을 기발하게 이용한 것("정말 딱 그애다워요!")에 자랑스럽게 감탄하며 환하게 웃었다. 어느새 그녀는 하이볼을 두 잔 '말았는데', 그러는 내내 시빌의 공책—이제 소다수와 눈물로 흠뻑 젖어버린—에서 손을 떼지 않고 그 죽음의 메시지를 계속 연구했다. 이에 그만 나는 문법상의 실수를 지적하지 않을 수 없었고, 학생들이 아무것도 모르고 프랑스어로 '매춘부'에 해당하는 단어나 더 안 좋은 단어를 무심코 쓰지 않도록 미국 대학에서 '소녀'를 프랑스어로 번역하는 방식을 설명하고 말았다.* 이런 다소 몰취미한 사소한 것에 신시아는 너울거리는 비애의 수면 위로 숨을 헐떡이고 올라오면서 아주 즐거워했다. 그런 다음, 신시아는 그 흐느적거리는 공책을 마치 태평한 극락(거기서는 연필심도 툭 부러지지 않고, 흠잡을 데 없는 피부를 가진 꿈 같은 젊은 미녀가 머리 한 타래를 꿈결 같은 집게손가락으로 감으며 천상의 어떤 시험문제를 골똘히 생각하고 있다)으로 갈 수 있는 여권인 양 쥐고는 위층의 싸늘한 작은 침실로 나를 안내했는데, 마치 내가 경찰이나 동정심 많은 아일랜드인 이웃이기라도 한 것처럼 그저 두 개의 빈 약병과 흐트러진 침대를 보여주기 위해서였다. D가 분명 그 최후의 벨벳 같은 세부에 이르기까지 전부 알았을, 민감하고 실체 없는 육체는 이미 거기서 치워지고 없었다.

3

내가 신시아를 꽤 자주 보기 시작한 것은 그 동생이 죽은 지 네댓 달이 지나서였다. 방학 때 공립도서관에서 뭔가 조사하기 위해 뉴욕에 왔을 무렵 그녀도 그 도시로 이사해서 뭔가 기묘한 이유로(내 추정으로는 어떤 예술적 동기와 막연히 연결됐는데), 도시를 가로지르는 거리를 기준으로 아래쪽에 있는, 소름 돋는 것에 이골이 난 사람들이 '냉수'

---

* 프랑스어로 소녀나 아가씨를 뜻하는 단어 'fille'에 매춘부라는 뜻도 있는 탓에, 그 앞에 불필요한 수식어인 'jeune(젊은)'를 붙이는 것을 의미한다.

가 나오는 아파트라고 칭하는 곳을 빌렸다. 내 마음을 끈 것은 활달하다못해 혐오감을 자아낼 정도라고 생각하는 그 행동방식도 아니고, 다른 남자들이 굉장히 매력적이라고 생각하는 그 외모도 아니었다. 그녀는 동생과 아주 똑같이 눈과 눈 사이가 멀었는데, 솔직하고 겁먹은 듯한 푸른 눈에는 검은 점들이 방사형으로 배열되어 있었다. 검고 두꺼운 양 눈썹 사이는 언제나 빛이 났고, 살집 있는 소용돌이꼴 콧구멍도 반짝거렸다. 진피의 거친 결은 거의 남자처럼 보였고, 스튜디오의 삭막한 전등빛 아래에서는 서른두 살의 얼굴 모공이 마치 수족관에 있는 무언가처럼 입을 떡하니 벌리고 당신을 쳐다보는 모습을 볼 수 있었다. 동생 못지않은 대단한 열의로 화장품을 사용했는데, 더 칠칠치 못한 탓에 커다란 앞니에 립스틱이 묻어나곤 했다. 그녀는 보기 좋을 정도로 까무잡잡했고, 꽤 맵시 있는 이질적인 옷들을 너무 촌스럽지는 않게 잘 섞어 입었으며 이른바 좋은 몸매를 갖고 있었다. 그러나 그녀의 모든 것에서 묘하게 곰팡내가 났는데, 나는 그 곰팡내를 어떤 면에선 정치에서의 좌익적 열광 및 예술에서의 '진보적' 범속함과 막연히 연관지었지만 사실 그녀는 그 어느 쪽에도 관심이 없었다. 반으로 나눠 쪽을 진 뒤 돌돌 만 머리 모양도 연약한 목덜미에서 부드럽게 헝클어뜨려 전체적으로 길들이지 않았다면, 야성적이고 기괴하게 보였을지 모른다. 그녀는 손톱을 저속할 정도로 화려하게 칠했지만 심하게 물어뜯었고 손톱은 불결했다. 그녀는 잠자코 있다가 갑자기 웃음을 터뜨리곤 하는 젊은 사진가와 길 건너 작은 인쇄소를 함께 운영하는 형제지간인 두 늙은이를 애인으로 두었다. 나는 그녀의 창백한 정강이에 덥수룩하게 난 검은 털이 나일론 스타킹을 통해 유리에 눌려 납작해진 표본처럼 과학적 명확성을 띠고 언뜻언뜻 보일 때마다 남몰래 몸서리를 치면서, 이 남자들의 취향에 놀라곤 했다. 또 그녀가 움직일 때마다 유별나게 튀지는 않지만 사방에 퍼지면서 우울하게 만드는 흐리터분하고 퀴퀴한 듯한 냄새가 풍겼는데, 목욕을 좀처럼 하지 않는 몸에 나른해지는 향수와 크림을 발라서 나는 냄새였다.

그녀의 부친은 풍족한 재산 대부분을 도박으로 날려버렸고 모친의 첫 남편은 슬라브계였지만, 이 점을 차치하면 신시아 베인은 존경할 만한 좋은 집안 출신이었다. 잘 모르지만 아마 베인가는 세상 끝에 있는 섬의 엷은 안개 속 국왕과 예언자들까지 그 시조가 거슬러올라갈 것이다. 신세계로, 운이 다한 멋진 낙엽수가 있는 풍경으로 이주한 그녀의 조상은 그 첫 시기 중 하나에 검은 적란운을 배경으로 한 교구의 하얀 교회를 채울 만큼 농부 교인들을 배출하고, 이후에는 상업에 종사하는 도회인의 당당한 무리를 위시해 다수의 학자도 배출했는데, 예를 들어 껑충하고 따분한 인물인 조너선 베인 박사(1780~1839)는 증기선 렉싱턴호의 화재*로 사망해 나중에 신시아의 강령술 탁자에 자주 강령하는 단골손님이 된 인물이다. 나는 항상 가계도를 거꾸로 세워보고 싶어했는데, 여기 그렇게 해볼 기회가 주어졌다. 베인 왕조에서 어느 가치라도 남길 이는 신시아, 최후의 자손인 신시아 혼자뿐이기 때문이다. 내가 염두에 둔 건 물론 그녀의 예술적 재능, 즉 기분좋고 유쾌하지만 그렇게 인기가 있지는 않아 친구의 친구들이 간혹 사주던 그녀의 그림

---

* 1839년 1월 맨해튼을 떠나 스토닝턴으로 향하던 증기선 렉싱턴호는 선상에서 발생한 화재로 롱아일랜드 북쪽 해안 부근에서 침몰했고, 143명의 승선원 대부분이 사망하거나 실종됐다.

이다. 그리고 나는 그녀의 거실을 밝히던 정직하고 시적인 그림들, 금속성의 사물을 놀라울 정도로 세세하게 그린 그 이미지들과 내가 제일 좋아하는 그림인 〈방풍 유리를 통해 본 것〉—일부만 서리로 덮인 방풍 유리의 투명한 부분을 (상상 속 차의 지붕에서 떨어진) 반짝거리는 물방울이 천천히 흐르며 가로지르고, 그 모든 것 뒤에는 사파이어색으로 타오르는 하늘과 녹색과 흰색의 전나무 한 그루가 보인다—이 그녀가 죽은 뒤 어디로 갔을지 알고 싶은 마음이 간절하다.

4

신시아는 죽은 동생이 자신을 전적으로 마음에 들어하지는 않는다는 느낌을 받았다—즉 그녀와 내가 공모해 연애를 깨버렸다는 걸 이제는 동생이 알게 되었다고 느꼈고, 그래서 신시아는 시빌의 영혼을 달래기 위해 다소 원시적인 유형의 희생 제물(다만 뭔가 시빌의 유머 같은 걸 가미한)로 되돌아가, 어두침침한 데서 찍은 시빌의 무덤 스냅사진 같은 시시한 것들을 일부러 부정기적인 날짜에 D의 사업장에 보내기 시작했다. 시빌의 것과 구분되지 않는 자기 머리카락을 잘라 보내는가 하면, D와 시빌이 10월 23일 대낮에 들렀던 분홍색과 갈색 숲속에 있는 관대한 모텔의 위치를 특정하는 X자를 무고한 두 마을 사이 중간에다 잉크로 표시한 뉴잉글랜드 방안지도*를 보냈고, 스컹크 박제는 두

---

* 동서와 남북으로 좌표를 표시하는 선이 그려진 지도.

번이나 보냈다.

대화에 능하지만 명쾌하게 말하기보다는 입심이 좋은 그녀는 어쨌든 자신이 전개한 개재介在 영기 이론을 결코 충분히 설명할 수 없었다. 근본적으로는 그녀의 사적인 신념에 특별히 새로운 건 아무것도 없었는데, 그 전제로 삼은 것이 지극히 관습적인 내세, 즉 (필멸한 선조들과 이어지는) 불멸의 영혼들이 모여 있는 조용한 일광욕실 같은 것이었기 때문이다. 그 영혼들의 주요 오락거리라 해봐야 사랑하는 생자들 위에서 정기적으로 맴도는 것 정도였다. 흥미로운 점이라면, 신시아가 그 닳고 닳은 형이상학을 기이하게 실제적인 방향으로 약간 비튼 것이다. 그녀는 자신의 존재가 온갖 죽은 친구들에게 영향을 받는다고, 그들 각각이 돌아가면서 그녀의 운명을 크게 관장한다고 확신했는데, 그것은 마치 그녀가 길 잃은 새끼 고양이라고 하면 지나가던 학생이 안아올려 뺨을 비빈 다음에 교외의 산울타리 근처에 조심스럽게 도로 내려놓는 일―그래서 이내 다른 지나가는 사람의 손이 쓰다듬거나 어떤 친절한 부인이 문이 계속 이어지는 세계로 날라다줄 수 있도록―과 같았다.

몇 시간 동안, 혹은 연거푸 며칠간, 그리고 가끔은 반복해서 불규칙한 간격으로 연달아 몇 달이나 몇 년 동안, 해당 인물이 죽은 후에 신시아에게 일어나는 일은 그게 뭐든지, 그녀의 말에 따르면 그 인물의 습관적 태도와 기분을 따른 거라고 했다. 그건 인생의 도정을 바꾸는 비범한 사건일지도 모르고, 여느 날에 대보면 두드러질 정도로 매우 뚜렷하다가 그후 영기가 차차 희미해지면서 더 흐릿하고 사소한 것들 속으로 서서히 묻혀버리는 극히 작은 사건의 연속일지도 모른다. 그 영향은 좋을 수도 나쁠 수도 있는데, 중요한 건 그 출처를 알아볼 수 있다는 점이다. 그건 마치 그 사람의 혼을 통과해 걸어가는 것 같다고 했다. 알아볼 수 있는 영혼을 누구나 가진 건 아니니까 정확한 출처를 항상 특정할 수 있는 건 아니지 않느냐고, 익명의 편지라든가 누군가 보냈을지도 모를 크리스마스 선물도 있다고, 신시아가 '여느 날'이라고 칭한 것 자체가 사실 복수의 영기를 섞어놓은 연한 용액이거나 단지 평범한 수호천사의 정례적인 교대근무일 수도 있지 않느냐고 나는 반론을 시도했다. 또 그럼 신은 어떤가요? 지상에서 전능한 독재자에게 분개한 사람들이 천국이라고 그런 독재자를 기대할까요, 안 할까요? 그리고 전쟁은요? 생각해보면 얼마나 무시무시한 이야기예요—죽은 병사들이 아직 살아 있는 병사와 싸우거나, 유령 군대가 불구가 된 노인들의 인생을 통해 서로 드잡이하며 싸우고 있다니.

그러나 신시아에게는 논리를 뛰어넘어서 일반론도 통하지 않았다. 수프가 심술궂게 끓어 넘치면 "아, 저건 폴이네"라고 말하고, 자선 복권 모임에서 바라 마지않던 멋진 진공청소기를 땄을 땐 "사람 좋은 베티 브라운이 죽었나보네"라고도 말했다. 그러고는 내 프랑스적 정신에 몹시 거슬리는 제임스식*의 에두르는 만담으로, 베티와 폴이 아직 세상을 떠나지 않았던 시절로 돌아가서는 선의에서 나왔으나 도저히 받아들일 수 없던 기묘한 포상 이야기를 나에게 하곤 했다. 그녀가 길거리에서 주워 당연히 주인(이 주인이 앞에서 말한 베티 브라운으로—이때가 최초 등장이다—거의 걷지 못할 정도로 노쇠한 흑인 여성이었다)에게 돌려준 3달러짜리 수표 한 장이 든 낡은 지갑으로 시작해, 그

---

* 미국 소설가 헨리 제임스.

녀의 옛날 연인 중 하나(여기서 폴이 등장한다)로부터 적당한 보수를 줄 테니 자신의 집과 가족을 '있는 그대로' 그려달라는 무례한 제안을 받는 것으로 끝나는 이야기다―이 모든 일은 신시아가 어렸을 때부터 현실적인 잔소리로 그녀를 들들 볶던, 친절하지만 옹졸한 노인네인 페이지 부인이라는 인물의 사망에 뒤따른 것이다.

시빌의 인격에는 마치 초점이 조금 안 맞는 듯한 무지개 가장자리가 있었다고 그녀는 말했다. 내가 시빌을 더 잘 알았다면 시빌의 자살 이후 그녀, 즉 신시아의 삶을 뒤덮은 자잘한 사건들의 영기가 얼마나 시빌다웠는지 바로 이해했을 거라고 했다. 모친을 잃고 난 후로 줄곧 자매는 보스턴 집을 포기하고, 신시아의 그림이 더 널리 인정받는 기회가 있을 거라 기대한 뉴욕으로 이사하려고 했다. 그러나 옛날 집이 플러시천의 촉수를 총동원해 두 사람에게 달라붙었다. 하지만 죽은 시빌이 집을 그 전망―집의 감각에 치명적인 영향을 미치는 것―에서 분리하는 작업에 착수했다. 좁은 길을 두고 바로 건너편에서는 건축 계획이 시끄럽고 흉물스러운 비계로 태어났다. 눈에 익은 포플러나무 한쌍이 그 봄에 금발의 해골로 변해가며 죽었다. 공사장 인부들이 와서는 옛날부터 있던 따뜻한 색조의 근사한 보도를 깨버렸는데, 예전에 그곳은 촉촉한 4월의 날이면 독특한 보랏빛 광택을 띠었고, 예순에 은퇴한 후 꼬박 사반세기를 오로지 달팽이 연구에 바친 레버 씨가 아침에 박물관으로 향하는 발소리가 기억에 남을 메아리로 울리곤 했다.

노인들에 대해 말하자면, 이런 사후의 원조 및 개재가 때로는 패러디의 성질을 띠게 된다는 점을 덧붙이지 않으면 안 된다. 신시아는 폴록이라고 불리는 괴짜 사서와 친하게 지냈는데, 그 남자는 칙칙한 인생의 만년을 이를테면 '여기hither'라는 단어의 두번째 h가 l로 대체된 사례*처럼 기적적인 오식을 찾으려고 고서를 조사하며 보냈다. 신시아와는 달리 그는 막연한 예감의 전율 같은 것에 아무 관심이 없었고, 오로지 기형 그 자체, 필연을 흉내내는 우연, 꽃flower처럼 보이는 결함flaw을 찾아다녔을 뿐이다. 그리고 기형, 혹은 통념에 어긋나게 연결되는 단어, 말장난, 낱말 수수께끼 등에 대해 노인보다 훨씬 더 도착적인 아마추어였던 신시아는 그 불쌍한 괴짜가 탐색을 계속하게 도와주곤 했다는데, 그녀가 인용한 예를 보건대 나에게는 통계학적으로 말도 안 되는 것 같았다. 어쨌든 그녀 말에 따르면, 그가 죽고 사흘째 되는 날 그녀는 잡지를 읽다가 우연히 어떤 불멸의 시(그녀도, 잘 속아넘어가는 다른 독자들과 마찬가지로 그 시가 정말 꿈에서 지어진 시라고 믿었다)**를 인용한 문구를 보게 됐는데, 그때 생각난 것이 '알프Alph'가 '애나 리비아 플루라벨'(이것은 또하나의 가짜 꿈을 관통해서, 아니 그보다는 돌아서 흐르는 신성한 강이다)***의 머리글자가 예언적으로 연속된 것이며, 마지막에 덧붙인 h는 사적인 이정표 같은 것으로, 폴록 씨를 그토록 홀리던 그 단어를 겸허히 상징한다는 것이다. 또한 신시아가 해독한 바에 따르면 마지막 단락 속 단어들의 첫 글자가 작자의 죽

---

* 히틀러(Hitler)가 된다.

** 영국 낭만주의 시인 새뮤얼 콜리지의 미완성 걸작 「쿠블라 칸」으로 추정된다. 당시 콜리지는 잠들었다가 꿈속에서 시를 썼고 잠에서 깨자마자 옮겨적고 있었으나, '용무가 있어 폴록에서 온 사람'에게 불려나가는 바람에 뒷부분을 잊어버렸다고 한다. 이후 '폴록에서 온 사람'은 영감을 불러일으키는 '뮤즈'와 대척점에 있는 인물을 가리키는 비유로 쓰인다.

*** 제임스 조이스의 소설 『피네간의 경야』 주인공 험프리 침던 이어위커(HCE)의 아내 애나 리비아 플루라벨(ALP)에 대한 언급으로, 그녀는 더블린의 리피강을 비롯해 소설 속에 나오는 모든 강을 대표한다.

은 모친이 보낸 메시지를 형성하는 작품이 있다는데, 그 장편소설인지 단편소설인지(어떤 현대 작가의 작품이었던 것 같은데)를 내가 떠올릴 수 있다면 좋겠다.

5

이런 말을 해서 유감스럽지만, 신시아는 이런 기발한 공상에 그치지 않고 심령술에 우스꽝스러운 애호를 보였다. 나는 돈을 주고 섭외한 영매가 참가한 모임에 함께 가자는 그녀의 제안을 거절했다. 나는 그런 일에 대해 다른 경로로 익히 들어 너무 잘 알고 있었다. 하지만 인쇄소를 하는 포커페이스의 두 신사 친구들과 함께 신시아가 급조한 작은 소극에 참석하는 데는 동의했다. 두 사람은 약간 뚱뚱하고 정중하며 다소 으스스한 늙은이였지만, 상당한 기지와 교양을 지녔다는 데 나는 만족했다. 가볍고 작은 탁자는 우리가 착석해서 손가락 끝을 그 위에 두기 무섭게 탁탁거리며 떨기 시작했다. 내가 대접받은 건 온갖 유령의 모둠으로, 유령들은 내가 제대로 알아듣지 못한 것들을 자세히 설명하는 건 거부하긴 했으나, 참으로 싹싹하게도 탁자를 두드리며 보고했다. 오스카 와일드가 등장해 흔한 영어식 어구를 섞어서 의미를 알 수 없는 프랑스어로 빠르게, 신시아의 죽은 부모를 막연하게, 내 메모에 적힌 바에 따르면 '표절'로 비난했다.* 한 활기찬 혼령이 요청하지도 않았

---

* 오스카 와일드의 소설 『도리언 그레이의 초상』에서 도리언 그레이에게 버림받고 자살하는 인물이 '시빌 베인'이다.

는데 자신이, 즉 존 무어와 그의 동생 빌이 일찍이 콜로라도에서 광부로 일하다가 1883년 1월에 '크레스티드 뷰티'*의 눈사태로 죽었다는 정보를 제공했다. 그 판의 고참인 프레더릭 마이어스**가 탁자를 쿵쾅거리고 쳐서 한 편의 시(기묘하게 신시아 자신의 즉흥시를 닮은)를 제공했는데, 그 일부가 내 메모에 다음과 같이 남아 있다.

이것은 무엇인가—마술사의 토끼인가
아니면, 흠은 있지만 진짜 섬광인가—
위험한 습관을 저지하고
비통한 꿈을 떨쳐버릴 수 있는 이것은?

마지막에는, 탁자가 커다란 꿍음과 함께 종횡으로 요동치고 지그를 추듯 빠르게 아래위로 흔들리더니 레프 톨스토이가 우리 소모임에 왕림했는데, 지상 거주지의 구체적인 특징으로 본인임을 증명하기를 요청받자 뭔가 러시아풍 건축양식의 목조 구조가 떠오르는 복잡한 묘사를 늘어놓았지만("판자 위의 형상들—사람, 말, 수탉, 사람, 말, 수탉"***) 그 모든 걸 적어두기는 어려웠고 이해하기도 힘들며 입증하는

* 콜로라도주에 있는 마을 '크레스티드 뷰트'를 살짝 바꾼 것이다.
** 나보코프가 졸업한 케임브리지 트리니티 칼리지 출신의 영국 작가로, 영국심령연구협회의 창시자 중 한 명이다. 사후세계에 관한 저서를 다수 집필했다.
*** 톨스토이 생가의 판자 울타리에 있는 문양. 톨스토이가 나보코프와 마찬가지로 열렬한 체스 애호가였다는 점에서, 유령이 룩(rook)이라고 한 말을 수탉(cock)으로 잘못 들었다고 보는 해석도 있다. 사람(비숍), 말(나이트), 수탉(룩), 사람(비숍), 말(나이트), 수탉(룩)은 킹과 퀸을 제외하면 체스판 첫 열의 기본 말 배치이다.

것도 불가능했다.

이보다 더 바보 같은 자리에 두세 번 참석한 적이 있지만, 고백하자면 그들이 제공한 유치한 유흥과 거기서 우리가 마신 사과주(뚱뚱이와 뚱뚱이는 술을 입에도 안 대는 사람들이었다)가 신시아가 주최한 끔찍한 하우스 파티들보다 더 좋았다.

그 하우스 파티가 열린 장소는 이웃인 휠러 부부의 멋진 아파트였다―신시아의 원심적인 천성에 부응하는 그런 주선이었지만, 그녀 집 거실이 항상 더럽고 오래된 팔레트처럼 보였던 것도 물론이다. 야만적이고 비위생적이고 부정한 관습에 따라, 아직 안쪽이 따뜻한 손님들의 코트는 머리가 약간 벗어진 조용한 밥 휠러가 정돈된 침실의 성역으로 가지고 가서 부부 침대에 쌓아두었다. 음료를 따른 것도 그로, 젊은 사진사가 음료를 일동에게 돌리는 동안 신시아와 휠러 부인은 카나페를 준비했다.

늦게 도착한 이는 거울상이 넘칠 듯 가득찬 두 거울 사이, 연기로 푸르스름한 공간 안에 시끄러운 수많은 사람이 쓸데없이 모여 있는 듯한 인상을 받았다. 신시아가 그 방에서 가장 젊은 사람이길 원했기 때문인 것 같은데, 그녀가 초대하는 여성들은 기혼이든 미혼이든 젊어봐야 위태로운 사십대로, 그들 중 미모의 흔적을 집에서부터 어두운 택시를 타고 오는 와중에도 온전히 유지한 여성도 있었지만, 파티가 진행되면 다들 잃고 말았다. 나를 언제나 놀라게 한 것은, 주말이면 술을 마시며 흥청대는 사교적인 사람들이 순수하게 경험적이지만 아주 정확한 방법으로 거의 바로 만취라는 공통분모를 찾는 능력이었는데, 모두가 그것을 충실히 고수하다 같이 다음 단계로 하강하는 것이다. 기혼 부인들의 풍요로운 친목은 선머슴 같은 배음(陪音)으로 나타나는 한편, 쾌활하게 술이 오른 남자들끼리 주고받는 내향적 눈길은 임신의 신성모독적인 패러디 같았다. 손님 중 몇몇은 이래저래 예술계와 연관돼 있음에도 영감을 불러일으키는 대화도 월계관을 쓴 채 머리를 팔에 괸 이도 전혀 없었고, 플루트를 부는 소녀도 물론 없었다. 신시아는 옅은 색 카펫 위에 연하의 남자 한두 명과 함께 물가에 올라온 인어공주 자세로 앉은 어느 정도 유리한 입장에서 빛나는 땀의 막으로 번들거리는 얼굴을 하고는 무릎걸음으로 슬금슬금 다가가 한 손을 뻗어 너트 접시를 내밀며, 다른 손으로는 진주색 소파에서 얼굴이 상기되어 행복하게 허물어지고 있는 두 부인 사이에 편히 앉은 코크런인가 코코런인가 하는 미술상*의 운동선수 같은 다리를 버석거리는 소리를 내며 톡톡 치곤 했다.

거기서 단계가 더 진행되면, 더 시끌벅적한 흥겨움이 분출됐다. 코코런인가 코란스키인가 하는 자는 신시아나 그 근처를 어정거리는 다른 여성의 어깨를 잡고 방구석으로 데려가서 히죽거리고 웃으며 사적인 농담과 소문의 난국에 맞닥뜨리게 했고, 그러면 그녀는 웃음을 터뜨리고는 머리를 확 쳐들어 뿌리친 다음 달아나곤 했다. 그러다 더 나중에는, 이성 간의 친밀함으로 한바탕 소동이 났다가 익살스러운 화해가 이루어져 포동포동한 맨팔로 다른 여성의 남편에게 달라붙는다든가(그 남편이라는 자는 기우뚱 흔들리는 방 한가운데서 아주 꼿꼿한 자세로 서 있었다), 갑자기 교태 섞인 화를 내어 서툴게 쫓고 쫓기는 촌극이 벌어졌다―그 와중에 의자의 그늘에서 버섯처럼 자라난 유리잔들을

---

* 워싱턴 DC에 있는 코코런 미술관의 설립자인 미술품 수집가 윌리엄 윌슨 코코런을 연상시킨다.

뽑아올리는 밥 휠러의 고요하고 희미한 미소.

그런 파티에 마지막으로 한 번 더 참석한 후에, 나는 신시아에게 악의는 전혀 없고 대체로 선의에서 비롯된 쪽지를 쓰면서, 그녀의 손님 몇몇을 라틴어로 조금 놀려댔다. 그리고 나는 프랑스인으로서 곡류보다는 포도를 더 선호한다고 하면서 그녀의 위스키에 손도 안 댄 데 대해 사과도 했다. 며칠 후 신시아와 만난 건 공립도서관의 계단으로, 약한 폭우 아래 부서진 햇빛 속에서 그녀는 호박색 우산을 펼치면서 겨드랑이 밑에 끼운 책 두 권을 떨어뜨리지 않으려 애쓰고 있었는데, (내가 그 두 권을 잠시 건네받아보니) 로버트 데일 오언의 『다른 세계의 경계를 넘는 발소리』*와 '심령술과 기독교'에 관한 책이었다. 그때 갑자기, 내 쪽에서 뭐라고 도발하지도 않았건만 그녀가 상스러울 정도로 격하게 분노를 폭발하며 독기어린 단어들을 써서—드문드문 내리는 배梨 모양의 빗방울 틈으로—말했다. 내가 도덕군자인 척하는 속물이라고, 사람들의 몸짓이나 꾸민 모습만 본다고, 코코런은 두 개의 다른 대양에서 익사할 뻔한 두 명의 남자—무관한 우연의 일치로 그 둘 다 코코런으로 불렸다—를 구조했던 사람이라고, 까불고 뛰놀며 꽥꽥 소리지르던 조앤 윈터는 몇 달 안에 완전히 눈이 멀 운명인 어린 딸이 있다고, 내가 무시했던, 가슴에 주근깨가 있고 녹색 옷을 입었던 여성은 이럭저럭 1932년에 쓴 책이 전미 베스트셀러가 된 사람이라고 했다. 이상한 신시아! 좋아하고 존경하는 사람들에게 벼락같이 무례하게 굴 수도 있는 여자라는 말을 들었던 적이 있다. 하지만 어딘가 선을 긋지 않

---

* 스코틀랜드 출신의 미국 정치가 로버트 데일 오언이 쓴 심령주의에 대한 책.

으면 안 되었고, 그때는 이미 그녀의 흥미로운 그 영기들과 그 밖에 기묘한 점들, 심지어 그 이드까지 충분히 연구했기 때문에 나는 이제 그녀를 절대 보지 않기로 했다.

6

신시아가 죽었다는 소식을 D에게서 들은 밤, 나는 한 명예교수의 미망인과 수평으로 나눠서 살던 이층집에 열한시 넘어 돌아왔다. 현관에 당도했을 때, 두 열로 나란한 창에 깃든 두 종류의 어둠을 고독의 불안감을 느끼며 바라보았다. 부재의 어둠과 수면의 어둠이었다.

전자의 어둠은 내가 뭔가 할 수 있었지만, 후자의 어둠은 복제할 수 없었다. 침대는 아무 안도감을 주지 않았고, 스프링에 신경이 곤두설 뿐이었다. 나는 셰익스피어의 소네트 모음집에 정신없이 빠져들었다―문득 정신을 차려보니 시행의 첫 글자들을 바보처럼 점검하며 그 글자들이 어떤 신성한 단어를 형성하는지 보고 있었다. 내가 얻은 건 '운명FATE(LXX)', '원자ATOM(CXX)', 그리고 두 번의 태프트TAFT*(LXXXVIII, CXXXI)였다.** 이따금 나는 방안의 사물이 어떻게 행동하고 있는지 주위를 힐끗거리며 둘러보았다. 비록 폭탄이 떨어지

---

* 미국 27대 대통령 윌리엄 태프트로 추정된다.
** 괄호에서 언급되는 각 소네트의 주제는 각각 중상모략(LXX), 박정한 친구(CXX), 자성의 결여(LXXXVIII), 얼굴이 까무잡잡한 여인에 대한 억눌린 사랑(CXXXI)으로, 모두 신시아에 대한 서술자의 모순적인 감정과 행동을 암시하는 시편으로 해석할 수 있다.

기 시작했대도 도박사의 흥분(과 커다란 세속적 안도감) 정도밖에 느끼지 않았겠지만, 만약 저기 선반 위에 있는 의심스럽게도 긴장한 듯 보이는 작은 병이 한쪽으로 몇 분의 일 인치라도 움직였다면 내 심장은 터져버렸을 텐데, 그것을 생각하면 기이하다. 정적 역시 의심스럽게도 너무 빽빽해서, 마치 출처를 알 수 없는 작은 소리에도 신경이 번쩍할 것을 대비해 자발적으로 검은 배경을 형성하는 듯했다. 차 소리도 완전히 사라졌다. 퍼킨스가를 올라오는 트럭의 신음이라도 들리지 않을까 빌어봐도 소용없었다. 무시무시하게 큰 돌로 된 발 같은 뭔가로 내는 쾅쾅 울리는 소리로 나를 미쳐버리게 하던 위층 여성(실제로 낮에 보면 미라가 된 기니피그를 닮은 작고 땅딸막한 사람이었다)이 그때 욕실로 터벅터벅 걸어갔다면, 나의 축복을 받았을 것이다. 나는 불을 끄고는, 적어도 그 소리의 출처가 나임을 확인하려고 여러 번 헛기침했다. 머릿속에서 아득히 멀리 있는 차를 향해 엄지손가락을 들어 올라탔지만, 꾸벅꾸벅 졸 기회를 얻기 전에 그 차가 나를 내려놓고 가버렸다. 이윽고 휴지통에서 바스락거리는 소리(바라건대, 쑤셔 넣은 폐지 한 장이 밤에 피는 짓궂고 고집 센 꽃처럼 펼쳐지고 있기 때문이기를)가 나다가 멈췄고, 내 침대 옆 탁자가 작게 딸깍거리며 응답했다. 꼭 신시아가 마침 그때 싸구려 폴터가이스트 쇼를 벌이는 것만 같았다.

나는 신시아에게 맞서 싸우기로 했다. 나는 머릿속으로 1848년에 뉴욕주 하이즈빌 빈민가의 노크 소리로 시작해* 매사추세츠주 케임브리

---

* 1848년, 하이즈빌에 살던 폭스 가족은 집에서 나는 이상한 소리에 시달리다, 우연한 계기로 유령과 교신하기 시작했다. 이후 강령술을 시도했고, 유령이 완성한 문장은 자신이

지에서 일어난 그로테스크한 현상으로 끝나는, 두드림과 유령의 근대기를 개관했다. 내가 떠올린 것은, 폭스 자매의 복사뼈와 다른 해부학적 캐스터네츠(버팔로대학의 현자들이 서술한 표현에 따르면), 황량한 엡워스나 테드워스에서 고대 페루에서와 같은 소란을 일으킨,** 불가사의하게도 일률적인 유형의 허약한 사춘기 애들, 장미 꽃잎이 떨어지고 신성한 음악의 선율에 손풍금이 떠다니는 장엄한 빅토리아조 시대의 연회,*** 축축한 한랭사를 입에서 토해내는 전문적인 사기꾼들, 한 여성 영매****의 품위 있는 남편으로 몸수색에 따를 것을 요구받으면 속옷이 더럽다는 이유로 자리를 뜨던 덩컨 씨, 보스턴의 사적인 강령회에서 눈앞에 나타난 귓불에 뚫린 구멍이 없는 맨발의 하얀 형체가, 방금 커튼이 쳐진 방구석에서 온통 검게 차려입고 끈으로 잡아맨 부츠를 신고 귀걸이를 단 모습으로 잠이 든 걸 보았던 새침한 쿡 양일 수 있다는 것을 믿으려 하지 않았던 순진한 박물학자 앨프리드 러셀 월리

오 년 전에 이 집에 살해된 '로스너'라는 사람이며 지하실에 시체가 묻혀 있다는 내용이었다. 지하실을 파보자 정말 해골이 발견되었고, 몇 년 후에는 지하실 옆에서 목이 없는 시체와 가방이 발견되었다. 이 사건은 미국 보스턴 저널에 실린 후 유럽까지 큰 반향을 일으켰고, 폭스 자매는 이후 영매로 활동하며 유명인사가 되었지만, 후에 자매 중 하나인 매기가 이 사건은 모두 꾸며낸 이야기였다고 폭로했다. 미국과 유럽의 강령술 유행에 시발점이 된 사건이다.

** 엡워스와 테드워스는 17~18세기 영국에서 각각 '엡워스 목사관 사건' '테드워스의 북치기 사건'이라 불리는 폴터가이스트 현상이 일어난 기록이 남아 있는 장소이다.

*** 중세 고딕 및 초기 르네상스 화풍과 사실주의 화풍을 결합하고자 한 라파엘전파 화가들에 대한 언급으로 추정된다.

**** 한랭사를 삼킨 후 토해내서 자신의 몸에서 심령체가 나온다고 속였던 스코틀랜드인 영매 헬렌 덩컨을 가리킨다.

스 노인,[*] 작고 볼품없지만 꽤 지적이고 활동적이었던 남자들로, 마늘 냄새를 물씬 풍기는 몸집 크고 통통한 나이든 여성인 에우사피아에게 양팔 양다리로 바싹 들러붙다시피 했지만 결국 또 속아버린 다른 두 조사관,[**] 그리고 젊고 매력적인 마저리의 '지배령'에게 목욕 가운의 안감에서 우물쭈물하지 말고 왼쪽 스타킹을 따라 맨허벅지까지 손으로 훑어 올라가라는 지시를 받고 당혹스러워하던 의심 많은 마술사[***] — 그 허벅지의 따뜻한 피부에서 그는 촉감이 차가운 생간과 몹시 똑같은 '염력' 물질을 느꼈다.

7

나는 육체가 없는 생명이 지속될 가능성을 논박해서 타파하기 위해 육체에, 그리고 육체의 부패에 호소하고 있다. 아아, 안타깝게도 이런 주문은 신시아의 유령에 대한 나의 공포를 키울 뿐이었다. 인간 본연의 평온함이 새벽과 함께 찾아와 내가 스르르 잠에 빠져들 때, 황갈색 커

---

[*] 영국 박물학자, 진화론자인 앨프리드 러셀 월리스는 빅토리아시대 영국의 대표적인 심령주의자로서 심령주의를 '전적으로 사실에 근거한 과학'이라고 옹호하며 강령술과 관련된 많은 기록과 글을 남겼다. 나보코프가 여기서 언급하는 것은 월리스가 1874년 영매 케이트 쿡의 강령회에 참석하고 남긴 기록이다.

[**] 이탈리아 영매 에우사피아 팔라디노의 사기 여부를 조사한 영국 SPR 조사관 올리버 로지와 프랑스 심리학 연구자 샤를 리셰로 추정된다.

[***] 소설가 아서 코넌 도일의 강력한 지지를 받으며 미국 보스턴에서 활동한 영매 미나 '마저리' 크랜던과, 신분을 위장해 그녀의 강령회에 참석해서 그녀가 가짜임을 폭로한 마술사 해리 후디니를 가리킨다.

튼 틈으로 들어온 햇빛이 어째선지 신시아로 가득했던 꿈속으로도 관통해 들어왔다.

이 정도라니 실망스러웠다. 햇빛의 요새 안에서 안전해진 나는 더 많은 걸 기대했다고 혼잣말을 했다. 유리처럼 명료한 세밀화를 그리던 화가인 신시아가 이제 너무 모호해졌구나! 나는 침대에 누워서 좀전에 꾼 꿈을 곱씹어보며 밖의 참새 소리에 귀를 기울였다. 저 새소리를 녹음해서 거꾸로 재생하면, 인간의 발화, 육성으로 된 말처럼 들릴지 누가 알랴, 인간의 말소리를 거꾸로 들으면 쩍쩍거리는 소리처럼 들리는 것처럼. 나는 꿈을 재독하는 작업에 착수했다—거꾸로, 대각선으로, 위로, 아래로—그 안에 뭔가 신시아다운 것, 거기에 틀림없이 있을 뭔가 기묘하고 암시적인 것을 끝까지 밝혀내려고 나는 안간힘을 썼다.

그럼에도 나는 의식적으로는 거의 구분해낼 수 없었다. 모든 것이 흐릿하고 누르스름한 구름이 낀 것처럼 보였고, 감지할 수 있는 건 아무것도 내주지 않았다. 그녀의 서투른 아크로스틱*도, 넋두리 같은 얼버무림도, 신인융합감神人融合感도—그 모든 기억이 불가사의한 의미의 물결을 이루었다. 모든 것이 누렇게 흐릿하고 환각에 불과하며 잃어버린 것처럼 보였다.**

---

* 각 행의 첫 글자나 마지막 글자를 연결하면 특정한 어구나 문장이 되도록 만든 시의 형태.

** 이 마지막 문단의 원문은 각 단어의 첫 글자를 조합하면 "ICICLES BY CYNTHIA, METER FROM ME SYBIL(고드름은 신시아가, 주차료 징수기는 나 시빌이)"가 되는 아크로스틱 퍼즐이다.

작품 주석

아래 나열된 작품 주석은 뉴욕의 맥그로힐 출판사에서 출판되어 전 세계에 다양한 번역본이 나온 나보코프의 영어판 단편선집 『러시아 미녀』(1973), 『독재자 타도』(1975), 『어느 일몰의 세부』(1976)에 수록된 단편에 블라디미르 나보코프 본인이 작품 소개 차원에서 붙인 주석, 그리고 영어판 선집에 수록된 바 없는 단편들에 붙인 나의 주석으로 이루어져 있다.

각 단편의 주석은 본서에 수록된 단편 순서에 따라 배열되었다. 나보코프는 미국에서 처음으로 출간한 주요 단편집인 『나보코프의 한 다스』(1958)에서는 개별 단편에 주석들을 작성하지 않았다. 다만 그 단편집에 그가 붙였던 서지학적 주석과 다른 단편집 각각에 붙인 그의 서문을 부록으로 실었으니, 참조 바란다.[*]

나는 가능한 한 집필 시기의 순서를 확정하고자 노력했다.[**] 출판 시기만 아는 경우는, 그것을 대신 사용했다. 내가 주로 의거한 근거는 나보코프 본인의 주석과 나보코프 아카이브 자료, 그리고 브라이언 보이드, 디터 치머, 마이클 줄리어가 행한 귀중한 조사이다. 독자는 이따금 날짜에 혼선이 있는 것을 발견하게 될 텐데, 그러한 모순이 나보코프 본인의 주석에 나타날 때 내가 그 텍스트의 세부를 변경하지 않기로 했기 때문이다.

블라디미르 나보코프도 나도 러시아어의 영어 표기법을 몇 번 바꾼 바 있다. 푸시킨의 『예브게니 오네긴』을 나보코프가 번역하면서 정한 표기법은 여러 버전 중에서도 아마도 가장 명확하고 논리적인 방법일 것이다. 일반적으로 통용되는 표기가 다른 형태를 띠거나 나보코프 본인이 자신이 정한 표기법 체계에서 벗어난 경우를 제외하고는, 여기서는 기본적으로 그 표기법을 사용하였다.

드미트리 나보코프

「숲의 정령」

「숲의 정령」은 1921년 1월 7일 〈방향타〉에 처음 발표되었다. 「숲의 정령」이 게재되기 한 달 남짓 전에 창간된 베를린의 러시아 망명 신문 〈방향타〉에 나보코프는 정기적으로 시, 희곡, 단편소설, 번역, 체스 문제 등을 기고했다. 이 작품은 최근에 번역되었으며, 이전에 출간된 바 없는 다른 열두 편의 단편과 함께 프랑스어 번역판 단편선집 『라 베니티엔』(갈리마르,

---

* 부록에 실린 내용은 이 책에서는 작품 주석과 통합했다.
** 한국어판의 작품 순서는 발표 및 출판 시기를 기준으로 재배치하되, 나보코프 생전에 출판되지 않은 작품은 드미트리 나보코프가 여기서 제시한 집필 순서를 참고해 배치하였다.

1990, 베르나르 크레즈 역, 질 바르베데트 편집), 이탈리아어 번역판 단편 선집 『라 베네치아나』(아델피, 1992, 세레나 비탈레 편역), 독일어 번역판 단편선집 『블라디미르 나보코프 저작집』 제13권과 제14권(로볼트, 1989, 디터 치머 편역), 그리고 두 권의 네덜란드어 번역판 단편선집(『바쁜 인간』, 1995, 1996)에 수록되었다. 이 단편집들을 앞으로 본 영어판과 함께 '현행 단편집'이라 칭하기로 한다. 이전 단편선집들에 수록되었던 52편은 내가 아버지의 감수를 받으며 번역했지만, 아버지의 사후에 이루어진 이 13편의 단편은 나 한 사람이 전면적으로 책임지고 번역했다.

「숲의 정령」은 나보코프가 집필한 초기 작품 중 하나이자 최초로 출간된 단편소설이다. 당시 저자명은 '블라디미르 시린'(시린Sirin은 러시아 민담 설화에 나오는 새인 동시에 현대의 긴꼬리올빼미를 가리킨다)으로 발표되었는데, 이는 나보코프가 젊은 시절 다수의 작품에 사용한 필명이다.

나보코프가 작가로서 데뷔한 것은 그가 아직 케임브리지의 트리니티 칼리지 학생이던 때였다(1919년 5월에 그는 가족과 함께 러시아를 영구적으로 떠나 영국으로 왔다). 케임브리지에서 그는 시에 대한 정열을 키우는 한편, 로맹 롤랑의 소설 『바보 브뢰뇽』을 번역하기도 했다.

드미트리 나보코프

「단어」

「단어」는 베를린의 러시아 망명 신문 〈방향타〉 1923년 1월 7일호에 처음 실렸고, 드미트리 나보코프가 번역한 영역본이 〈뉴요커〉 2005년 12월 26일호에 게재되었다.

「러시아어 합니다」

「러시아어 합니다」는 1923년에, 아마도 그해 초에 집필된 것으로 보이는데, 현행 단편집에 수록될 때까지 미출간으로 남아 있었다.

이 단편소설에 언급된 '메인 리드'는 모험소설 작가인 토머스 메인 리드이다. '울랴노프 씨'는 V. I. 레닌이라는 예명으로 역사에 등장한 블라디미르 일리치 울랴노프이다. 원래 '체카'로 알려졌다가 후에 NKVD, MVD, KGB 등의 약호로 불린 GPU는 볼셰비키의 비밀 정치경찰이다. '수감자'가 읽도록 허용된 책 중에 『우화집』은 이반 안드레예비치 크릴로프의 것이고, 『백은 공작』은 알렉세이 콘스탄티노비치 톨스토이의 유명한 역사소설이다.

드미트리 나보코프

「소리들」

「소리들」은 1923년 9월에 집필되었고, 1995년 8월 14일 〈뉴요커〉에 내가 번역한 영어판이 게재되었으며, 이후 현행 단편집에 수록되었다.

나보코프는 「숲의 정령」 발표 후 이 년간, 즉 1923년 1월까지 단편소설을 집필하지 않았다. 그 사이에 그는 케임브리지를 졸업했고(1922년 여름에), 베를린에서 살게 되었다. 베를린에는 그의 가족이 1920년 10월에 먼저 이주해 있었으며, 1922년 3월 28일에 그의 아버지가 그곳에서 암살되었다. 「소리들」을 집필하던 시기에 나보코프는 시집 두 권과 『이상한 나라의 앨리스』 러시아어 번역판을 출간했다. 무엇보다 이 단편은 나보코프의 젊은 시절 연애 상대, 즉 사촌 타티야나 예브게니예브나 제겔크란츠(원래 성은 라우시로, 제겔크란츠는 다른 곳에서 잘못 인용된 바 있는, 그 군인인 남편 성의 올바른 철자일 것이다)와의 연애를 변형해 소환하는 작품임이 거의 확실하다. 이 여성은『재능』에도 등장한다.

드미트리 나보코프

「신들」

나보코프는 「신들」을 1923년 10월에 집필했다. 이 단편소설은 현행 단편집에 수록되기까지 출판된 바 없다.

이 작품을 집필한 시기에 나보코프는 아마도 그의 가장 중요한 희곡인, 5막으로 된 「모른 씨의 비극」을 쓰고 있었다. 이 희곡은 조만간 아르디스 출판사에서 처음으로 출판될 예정이다.*

드미트리 나보코프

「날개의 일격」

「날개의 일격」은 1923년 10월에 집필됐고 베를린에서 발간된 러시아 망명 잡지 〈러시아의 메아리〉에 1924년 1월 발표되었다. 이야기의 공간적 배경은 스위스 체어마트이지만, 사실 1921년 나보코프가 스위스의 장크트모리츠에서 케임브리지 친구들과 짧은 휴가를 보낸 일이 굴절되어 들어 있다.

어머니에게 보낸 한 편지에 따르면, 나보코프는 1924년 겨울 어머니에게(그의 어머니는 1923년 프라하로 이주했으나, 나보코프는 베를린에 남았고 거기서 1925년에 베라 슬로님과 결혼했다) 이 작품의 속편 격인 원고를 출판물 형태로 보낸 것으로 추정되는데, 그 원고의 행방은 오늘날까지도

---

* 이 희곡은 아르디스 출판사에서 결국 출판되지 못하고, 2008년 모스크바에서 출판된 '나보코프 희곡전집' 러시아어판에 수록되어 처음으로 출판되었다.

묘연하다. 나는 1992년 4월 〈예일 리뷰〉 80호 1권과 2권에 이 작품을 영어로 번역해 '날갯짓Wingbeat'이란 제목으로 실은 바 있다.

드미트리 나보코프

「복수」

「복수」는 1924년 봄에 집필되어 같은 해 〈러시아의 메아리〉 4월 20일호에 게재되었으며, 현행 단편집에 수록되었다.

드미트리 나보코프

「은총」

「은총」은 1924년 3월에 집필되어 같은 해 4월 28일 〈방향타〉에 게재되었다. 그후 단편집 『초르브의 귀환』(슬로보, 1930)에 수록되었다가, 현행 단편집에 실렸다.

드미트리 나보코프

「항구」

「항구」는 1924년 초에 집필되어 같은 해 12월 24일 〈방향타〉에 게재되었다. 후에 이 작품은 약간의 수정을 거쳐, 시 스물네 편이 함께 실린 나보코프의 첫 작품집 『초르브의 귀환』에 수록되었다. 「항구」의 일부 내용은 자전적 일화를 바탕으로 창작된 것이다. 1923년 7월, 마르세유에 머무르는 동안 나보코프는 어떤 러시아 식당이 마음에 들어 수차례 방문했는데, 거기서 두 명의 러시아인 선원으로부터 인도차이나행 배 승선을 제안받은 경험이 있다.

드미트리 나보코프

「운수소관」

「운수소관」은 내가 독신 생활의 마지막 여운을 즐기던 1924년 초에 집필한 초기 단편 중 하나인데, 베를린의 러시아 망명 신문 〈방향타〉에서 게재를 거절해("우리는 코카인 중독자들의 후일담을 게재하지 않습니다"라고 말한 당시 편집장의 어조는 그로부터 삼십 년 후 〈뉴요커〉의 로스 편집장이 「베인가의 자매들」을 반려하며 "우리는 문자놀음을 게재하지 않습니다"라고 한 어조와 정확히 일치한다), 좋은 친구이자 훌륭한 작가인 이반 루카시의 도움으로 리가의 좀더 절충적인 망명 신문인 〈오늘〉로 보내져 1924년 6월 22일자로 게재되었다. 몇 년 전 앤드류 필드가 이 작품을 재발견하지 않았더라면 나는 결코 이 작품을 다시 찾지 못했을 것이다.

블라디미르 나보코프, 『독재자 타도』

「감자 요정」

이 작품은 베를린에서 집필되어 망명 신문 〈방향타〉(1929년 12월 15, 17, 18, 19일호)에 게재되었다. 이 작품은 베를린의 슬로보사에서 1930년에 나온 내 첫 단편집에도 수록됐으며, 1939년에는 영어로도 번역되어 〈에스콰이어〉 12월호에 게재되었다. 이 영역본은 나중에 선집 『단 하나의 목소리』(1969)에 재록되기도 했으나, 나는 이 번역본에 오역과 생략이 많다고 보고, 1973년 단편집 『러시아 미녀』에 이 작품을 직접 영어로 옮겨 수록하면서 다음과 같은 설명을 덧붙인 바 있다.

"영화 대본으로 제안하거나 각본가의 상상력을 자극하려는 의도는 결코 없었지만, 이 작품의 구조와 여러 번 되풀이되는 회화적인 세부에는 영화적인 정취가 있다. 그 의도적인 도입부 덕에 어떤 관습적인 리듬, 혹은 그런 리듬의 패스티시가 생겨났다. 하지만 난, 인간미가 넘치는 이야기를 광적으로 좋아하며 걸핏하면 눈물을 글썽거리는 이들조차 나의 작은 남자에게 감동을 느낄 거라 믿지 않는다. 그리고 이 점이 바로 주제를 보완한다.

「감자 요정」이 나의 다른 단편소설들과 구별되는 또다른 지점은, 영국이라는 배경 설정이다. 이 경우 주제가 지닌 자동성을 피할 수 없지만, 달리 보면 호기심을 불러일으키는 이국성(내 다른 단편들의 배경으로 쓰여 더 친숙한 베를린과 다르다는 점에서)이 작품에 인공적인 광휘를 드리우는데, 이 점이 꼭 불만스럽지는 않다. 그러나 전체적으로 봤을 때, 이 작품이 썩 마음에 드는 작품은 아니다. 그럼에도 이 단편집에 이 작품을 수록하는 이유는 그저 이 작품을 제대로 재번역하는 행위 자체가 개인적으로 소중한 성과이며, 이는 배신당한 작가의 운명에서 좀처럼 일어나지 않는 기회이기 때문이다."

블라디미르 나보코프, 『러시아 미녀』

이 단편이 처음 게재된 것은 실제로는 〈러시아의 메아리〉 1924년 4월호이다.* 1929년 〈방향타〉에 실린 것은 재록된 것이다.

드미트리 나보코프

---

* 실제로는 〈러시아의 메아리〉 1924년 6월 8일, 15일, 22일, 29일, 그리고 7월 6일호에 실렸다.

「어느 일몰의 세부」

이 작품에 부과된 그 끔찍한 첫 제목('대참사')이 오롯이 내 책임이었다고는 생각하지 않는다. 이 작품은 1924년 6월 베를린에서 집필되었고, 리가의 망명 신문 〈오늘〉에 팔려 같은 해 7월 13일에 게재되었다. 1930년 베를린의 슬로보사에서 출판된 나의 단편집 『밀정』에도 여전히 같은 꼬리표를 달고, 물론 나의 나태한 축복을 받으며 실리기도 했다.

이제 나는 그 주제적 배경과 잘 들어맞는 삼중의 장점을 보유한 새로운 제목('어느 일몰의 세부')을 이 작품에 부여하는바, 그 주제적 배경이라 함은 우선 이야기가 있겠고, 그다음에는 '묘사를 건너뛰는' 독자들을 분명히 어리둥절하게 만들 거라는 점이 있고, 끝으로 비평가 양반들을 극도로 성가시게 하리라는 점이 있겠다.

블라디미르 나보코프, 『어느 일몰의 세부』

「나타샤」

「나타샤」는 1924년 8월경 러시아어로 처음 집필되었다. 초고가 워싱턴에 있는 나보코프 아카이브에서 발견되어, 2007년 드미트리 나보코프가 이탈리아어로 번역해 잡지 및 단편집에 신고, 이후 영어로 번역해 〈뉴요커〉 2008년 6월 9일호에 게재한 바 있다.

「라 베네치아나」

「라 베네치아나」는 주로 1924년 9월에 집필되었지만, 원고에 기록된 집필 날짜는 10월 5일이다. 1990년 나보코프의 작품집 이탈리어판과 프랑스어판에 표제작으로 실리기 전까지 정식으로 출판되거나 번역된 바 없다. 1995년에는 영국 펭귄사의 육십 주년 기념 소책자 중 한 권으로 이 단편의 완전한 영어 번역본이 출간되기도 했다.

이 작품에서 묘사되는 그림의 원작은 세바스티아노(루치아니) 델 피옴보가 1512년경 그린 〈도로테아라 불리는 젊은 로마 여인의 초상〉으로 추정된다. 나보코프는 이 그림을 베를린의 카이저 프리드리히 박물관(현재의 국립박물관)에서 보았을 가능성이 있다. 화가가 태어난 곳이 베네치아이기 때문에 나보코프가 '로마 여인'을 '베네치아 여인'으로 바꾼 듯 보인다. 또한, 작품 후반부에 언급되는 '런던의 노스윅 경이 가지고 있는 델 피옴보의 다른 작품'은 롱포드성의 래드너 백작 콜렉션에 속한 델 피옴보의 〈부인의 초상〉을 가리키는 것이 확실해 보인다.

드미트리 나보코프

「뇌우」

천둥은 러시아어로 'grom'이고 폭풍우는 'burya'이며, 뇌우는 단어 중간에 지그재그 모양의 푸른 z자가 들어가는, 작지만 웅장한 단어 'groza'이다. 「뇌우」는 1924년 여름에 베를린에서 집필되었고, 같은 해 8월 〈방향타〉에 게재되었으며,* 이후 단편집 『초르브의 귀환』에도 실렸다.

블라디미르 나보코프, 『어느 일몰의 세부』

---

* 브라이언 보이드에 따르면 〈오늘〉 1924년 9월 28일호에 게재되었다.

「용」

「용」은 1924년 11월에 집필되었고, 1990년에 블라디미르 시코르스키의 번역으로 나보코프 단편집 프랑스어 번역본에 처음 수록되었다. 그후 현행 단편집에 실렸다.

드미트리 나보코프

「바흐만」

「바흐만」은 1924년 10월 베를린에서 집필됐다. 그해 11월 2일, 4일에 〈방향타〉에 연재되었고, 단편집 『초르브의 귀환』에도 수록되었다. 내가 창작한 음악가와 몇몇 특징이 같은 피아니스트가 실재한다는 얘기를 들었다. 그런 식으로 따지면, 그는 『루진의 방어』의 체스 기사 루진과도 관계가 있다.

블라디미르 나보코프, 『독재자 타도』

「크리스마스」

「크리스마스」는 1924년 말 베를린에서 집필되었다. 1925년 1월 6일과 8일 〈방향타〉에 두 회로 나뉘어 게재되었고, 단편집 『초르브의 귀환』에 수록되었다. 이 작품은 체스에서 '셀프메이트'라 불리는 유형의 문제와 기묘할 정도로 흡사하다.

블라디미르 나보코프, 『어느 일몰의 세부』

「러시아에 도착하지 못한 편지」

1924년 언젠가 나는 망명지였던 베를린에서 잠정적으로 '행복'이라고 제목을 붙여둔 소설을 쓰기 시작했다. 그 소설의 중요 요소 중 몇 개는 1925년 봄에 집필한 「마셴카」(1926년에 베를린의 슬로보 출판사에서 출판되었고, '메리'라는 제목으로 번역되어 1970년 뉴욕의 맥그로힐 출판사에서 출판되었다. 1974년에는 아디스와 맥그로힐 출판사가 러시아어로 원본을 복간하였다)에 다른 각도로 수정되어 반영되었다. 1924년 크리스마스 즈음에 나는 '행복'의 두 장^章을 완성했으나, 그후 지금은 잊어버렸지만 뭔가 확실히 합당한 이유로 그 1장과 2장 대부분을 파기했다. 파기하지 않고 남긴 부분에, 러시아에 머물러 있는 나의 여주인공이 수신인인 베를린에서 쓴 편지가 포함돼 있었다. 그 부분은 「러시아로 보내는 편지」라는 제목으로 〈방향타〉(1925년 1월 29일)에 게재되었고, 단편집 『초르브의 귀환』에도 수록되었다. 그 제목을 글자 그대로 옮기면 의미가 애매해질 수 있어서 바꾸지 않을 수 없었다.

블라디미르 나보코프, 『어느 일몰의 세부』

「부활절의 비」

「부활절의 비」는 망명 잡지 〈러시아의 메아리〉 1925년 4월호에 게재되었는데, 소재불명이었던 그 4월호가 1990년대에 한 부 발견되면서 이 작품이 세상에 알려지게 되었다. 드미트리 나보코프와 피터 콘스탄틴이 이 작품을 영어로 번역했다.

「싸움」

「싸움」은 1925년 9월 26일자 〈방향타〉에 게재되었고, 이후 현행 단편집에 실렸다. 질 바르베데트가 프랑스어로 번역했으며, 내가 영어로 번역해 〈뉴요커〉 1985년 2월 18일호에도 실린 바 있다.

드미트리 나보코프

「초르브의 귀환」

「초르브의 귀환」은 러시아 망명 신문 〈방향타〉에 2회로 나뉘어 최초로 발표됐고(1925년 11월 12일, 13일자), 첫 단편집 『초르브의 귀환』에 표제작으로 재수록됐다.

글렙 스트루베의 영어 번역(블라디미르 시린 작, 「초르브의 귀환」)이 파리의 에드워드 W. 타이터스 사에서 발행한 앤솔러지 『이번 분기』(1932년 6월 제4권 4호)에 게재되었다. 사십 년 후 그 번역을 다시 읽어 보니, 유감스럽게도 문체가 너무 무미건조하고, 나의 의도를 담기에는 의미가 너무 불분명했다. 나는 내 아들과 함께 이 이야기를 완전히 다시 번역했다.

이 작품은 소설 「마셴카(메리)」를 완성하고 얼마 되지 않아 집필했는데, 초기 구성을 엿볼 수 있는 좋은 사례이다. 무대는 반세기 전 독일의 소도시. 불쌍한 초르브 부인이 걸었다고 상정한 니스에서 그라스까지 이어진 길은 1920년 무렵에는 아직 포장되지 않아 석회 먼지로 뿌옇게 되곤 했음을 지적해둔다. 그 모친의 '바르바라 클리모브나'라는 육중한 이름과 부칭은 영미 독자들에게는 아무 의미도 갖지 못할 것이라 보고, 번역에서는 생략했다.

블라디미르 나보코프, 『어느 일몰의 세부』

「베를린 안내」

「베를린 안내」는 1925년 12월 베를린에서 집필되어 같은 달 24일자 〈방향타〉에 게재되었고, 1930년 베를린 슬로보사에서 나온 단편집 『초르브의 귀환』에 수록되었다.

보기엔 단순한 듯하지만 이 '안내'는 내가 가장 공을 많이 들인 작품 중 하나이다. 나와 아들은 이 작품을 영역하느라 대단히 애를 먹어서 건강상의 문제가 생길 정도였다. 사실관계를 명확히 하기 위해 여기저기 두세 구절을 첨가했다.

블라디미르 나보코프, 『어느 일몰의 세부』

「면도칼」

「면도칼」은 1926년 9월 16일자* 〈방향타〉에 처음 발표되었다. 한 달쯤 후에 나보코프의 첫 소설 『마셴카』가 출판되었다. 이 작품은 로런스 돌이 번역한 프랑스어판으로, 또 네덜란드에서 간행된 『나보코프 총서』의 출간 기념 책자(1991)로 출간된 바 있고, 이후 현행 단편집에 실렸다.

드미트리 나보코프

「동화」

「동화」는 1926년 5월 말이나 6월 초에 베를린에서 집필되었으며, 같은 해 베를린의 망명 신문 〈방향타〉 6월 27일자와 29일자에 게재되었다. 이 작

---

* 정확히는 2월 19일호에 발표되었다.

품은 내 단편집 『초르브의 귀환』에 재록되었다.

　이미지나 좋은 취향보다는 교묘하게 고안된 플롯에 더 중점을 두고 조금 성급하게 창작된, 다소 부자연스러운 모조품 같은 분위기를 풍기는 이 작품은 영역판에서 여기저기 손을 좀 봐야만 했다. 그러나 젊은 에르빈의 하렘은 건드리지 않고 그대로 두었다. 1930년 이후로 나는 내 작품 「동화」를 다시 읽어보지 않았는데, 이번에 번역 작업을 하면서 다시 읽다가, 거의 반세기 전에 쓴 단편소설 속에 다소 나이가 많긴 하지만 영락없는 험버트가 그의 님펫을 에스코트하는 장면을 발견하고는 오싹해질 정도로 깜짝 놀랐다.[*]

블라디미르 나보코프, 『독재자 타도』

「공포」

　「공포」는 내 인생에서 더없이 행복한 해 중 하나였던 1926년경 베를린에서 집필되었다. 1927년 파리의 망명 잡지 『현대의 수기』에 게재된 이 단편은 내 러시아어 단편집 세 권 중 첫 권인 『초르브의 귀환』에도 수록되었다. 이 단편은 다소 유사한 사상의 음영을 공유하지만 그 치명적인 결함은 전혀 공유하지 않는 사르트르의 『구토』보다 적어도 십이 년은 앞서 있다.

블라디미르 나보코프, 『독재자 타도』

「승객」

　「승객」은 1927년 초 베를린에서 집필되어 같은 해 3월 6일자 〈방향타〉

---

[*] 이 작품의 영역판은 〈플레이보이〉 창간 이십 주년을 기념하는 1974년 1월호에 처음 발표되었다.

에 게재되었고 V. 시린의 단편집 『초르브의 귀환』에도 수록되었다. 글렙 스트루베가 번역한 영역본이 길크리스트 톰슨이 편집한 〈로바트 딕슨의 잡지〉 2권 6호(1934년 6월)에 게재되었다(표지에 내 이름은 'V. 노보코프 [정말 이렇게 적힘] 시린'이라고 적혔다). 그 번역본은 O. R.과 R. P. 휴즈 와 글렙 스트루베가 편집한 『푸시킨에서 나보코프까지 러시아 산문과 시의 1세기』(1967)에 원문 대역 형식으로 재록되었다. 이 책에서는 스트루 베의 「초르브의 귀환」 번역본을 택하지 않은 것과 같은 이유(이에 대해서 는 「초르브의 귀환」 작품 설명을 참조할 것)로, 그의 번역본을 사용할 수 없었다.

이 단편에 나오는 '작가'는 자화상이 아니라 중급 정도 되는 작가의 일반 화된 이미지다. 하지만 '비평가'는 유명한 문예비평가이자 동료 망명자인 율리 아이헨발트에 대한 우정을 담은 스케치다. 그와 동시대의 독자들은 꼼 꼼하고 섬세한 그의 작은 몸짓을 알아보고, 문학적인 논평에서 음운이 쌍 을 이루는 어구로 언어유희를 즐겼던 그의 특별한 기호도 눈치챘다. 단편의 마지막 부분에서 와인잔 속에서 타버린 성냥에 대해서는 모두 잊어버린 것 같은데, 오늘날의 나 같으면 절대 허용하지 않을 일이다.

블라디미르 나보코프, 『어느 일몰의 세부』

「초인종」

유감스럽게도 이 단편 「초인종」이 발표된 정확한 날짜는 확인되지 않았 다. 아마도 1927년경 베를린의 망명 신문 〈방향타〉에 발표되었을 것이며,[*]

---

* 1927년 5월 22일자 〈방향타〉에 게재되었다.

그후 단편집 『초르브의 귀환』에 재록되었다.

블라디미르 나보코프, 「어느 일몰의 세부」

「크리스마스 이야기」

「크리스마스 이야기」는 1928년 12월 25일 〈방향타〉에 발표된 이래, 현 단편집에 처음으로 실렸다. 참고로 1928년 9월에 나보코프의 장편소설 『킹, 퀸, 잭』이 출간되었다.

이 단편에 언급된 작가들은 다음과 같다. 농민작가 네베로프(본명은 알렉산드르 스코벨료프, 1886~1923), '사회주의 리얼리즘 작가' 막심 고리키(1868~1936), '인민주의자' 블라디미르 코롤렌코(1853~1921), '데카당' 레오니트 안드레예프(1871~1919), 그리고 '네오 리얼리스트' 예브게니 치리코프(1864~1923).

드미트리 나보코프

「명예가 걸린 일」

「명예가 걸린 일」은 '비열한'이라는 제목으로 1927년경 베를린의 러시아 망명 신문 〈방향타〉에 발표되었고, 내 첫 단편집 『초르브의 귀환』에도 수록되었다.* 이 작품의 영역판은 〈뉴요커〉 1966년 9월 3일호에 게재되었고, 단편집 『나보코프의 사중주』(1967)에도 수록되었다.

이 단편은 칙칙한 망명 사회를 배경으로, 체호프의 훌륭한 중편소설 「결

---

* 실제로는 신문에 발표되지 않고 바로 단행본에 수록되었다.

투」(1891) 이래 쇠락하기 시작한 결투라는 낭만적인 주제에 대한 시대에 뒤떨어진 변주를 보여준다.

블라디미르 나보코프, 『러시아 미녀』

「오릴리언」

「오릴리언」은 단편집 『나보코프의 한 다스』에 수록되었다.[*]

「운수 나쁜 날」

「운수 나쁜 날」(러시아어 원제는 '화' '굴욕' 등의 뜻을 가진 어휘이다)은 1931년 여름에 베를린에서 집필되었다. 망명 신문 〈새 소식〉(1931년 7월 12일자)에 발표됐고, 내 단편집 『밀정』(1938)에 이반 부닌에게 바치는 헌사와 함께 수록되었다. 이 이야기에 등장하는 소년은 나의 유년 시절과 무척 흡사한 환경에 살고 있기는 하지만 나와는 여러 점에서 차이가 있으며, 사실 내가 기억하는 나의 모습은 이 작품에 등장하는 세 명의 소년, 즉 표트르, 블라디미르, 바실리에게 분배되었다.

블라디미르 나보코프, 『어느 일몰의 세부』

---

[*] 나보코프가 1930년 베를린에서 열흘 동안 집필한 작품으로, 같은 해 러시아 망명 잡지 〈동시대 연보〉 43호에 게재되었다. 나보코프는 이 작품을 두번째 단편집 『밀정』에 수록했는데, 그가 우선적으로 영어로 번역한 작품 중 하나이기도 하다.

「바쁜 인간」

러시아어 원고는 베를린에서 1931년 9월 17일에서 26일에 걸쳐 집필되었고, 같은 해 10월 20일 파리의 망명 신문 〈새 소식〉에 게재되었으며, 단편집 『밀정』에 수록되었다.

블라디미르 나보코프, 『어느 일몰의 세부』

「미지의 땅」

「미지의 땅」은 〈새 소식〉 1931년 11월 22일자에 게재되었고, 단편집 『눈』(1938)에 수록되었다. 이 작품의 영역판은 〈뉴요커〉 1963년 5월 18일 호에 게재되었다.

블라디미르 나보코프, 『러시아 미녀』

「재회」

1931년 12월 베를린에서 집필되어 1932년 1월 파리의 망명 신문 〈새 소식〉에 발표되었고, 단편집 『눈』에 수록되었다.

블라디미르 나보코프, 『어느 일몰의 세부』

「명아주」

「명아주」는 파리의 망명 신문 〈새 소식〉 1932년 1월 31일자에 최초로 발표되었고, 단편집 『눈』에 수록되었다. 명아주는 갯능쟁이속에 속하는 식물이다. 그 영어명인 'orache'가, 러시아어 원제가 '혹은 고통ili beda'로 언어유희가 되는 것처럼 같은 뜻('or ache')으로 언어유희가 가능한 것은 기적적인 우연이다. 『말하라, 기억이여』(1966)을 읽은 독자들은 이 단편소설의 재구성된 형태 속에서 『말하라, 기억이여』 제9장의 후반부와 흡사한 세부를 알아볼 것이다. 허구의 모자이크 사이사이에 『말하라, 기억이여』에서는 기술되지 않은 실제 기억이 섞여 있다. 예를 들어 '베레좁스키'라는 이름의 교사(당시 인기 있던 지리학자 베레진이다)와 관련된 구절이나 학교 싸움꾼과 한 주먹다짐이 그렇다. 장소는 상트페테르부르크, 1910년경이었다.

블라디미르 나보코프, 『어느 일몰의 세부』

「음악」

번역가들이 특히 선호하는 소품인 「음악」은 1932년 초 베를린에서 집필했다. 파리의 망명 신문 〈새 소식〉(1932년 3월 27일자)에 게재되었고, 내 단편집 『눈』에 수록되었다.

블라디미르 나보코프, 『독재자 타도』

「완벽」

「완벽」은 1932년 6월 베를린에서 집필되었다. 파리의 망명 신문 〈새 소식〉(1932년 7월 3일자)에 게재되었고, 내 단편집 『눈』에 수록되었다. 나는 조국을 떠나 망명자로 살던 시기에 소년들의 가정교사 노릇을 하긴 했지만, 나와 이바노프 사이에는 그 외의 어떤 유사점도 없음을 밝혀둔다.

블라디미르 나보코프, 『독재자 타도』

「쾌남아」

「쾌남아」가 처음으로 발표된 것은 1930년대 초이다. 2대 주요 망명 신문 〈방향타〉와 〈새 소식〉은 부도덕하고 잔인한 이야기라는 이유로 게재를 거절했다. 정확한 일자는 확인이 필요하지만,* 결국 이 작품은 〈오늘〉에 게재되었고, 1938년에는 나의 단편집 『눈』에 수록되었다. 영어로 번역되어 〈플레이보이〉 1971년 12월호에 게재되기도 했다.

블라디미르 나보코프, 『러시아 미녀』

「해군성의 첨탑」

화자가 겪은 연애 사건의 갖가지 세부사항이 내 자전적 작품에 나오는 것과 이런저런 점에서 일치하긴 하지만, 이 이야기 속 '카탸'가 가공의 여성이라는 점을 분명히 짚고 넘어갈 필요가 있다. 「해군성의 첨탑」은 1933년 5월 베를린에서 집필되어, 같은 해에 파리의 망명 신문 〈새 소식〉 6월 4일호와 5일호에 연재되었다. 이 작품은 1956년 뉴욕에서 출판된 『피알타의 봄』(1956)에 수록되기도 했다.

블라디미르 나보코프, 『독재자 타도』

「레오나르도」

「레오나르도」는 1933년 여름, 베를린 그뤼네발트 호수의 소나무숲에 둘러싸인 호반에서 집필되었다. 초판은 파리의 〈새 소식〉 1933년 7월 23일

---

* 1932년 10월 2일자와 4일자에 게재되었다.

및 24일호에 게재되었고, 단편집 『피알타의 봄』에 수록되었다.

원제인 Королёк(직역하면 '소국의 왕')는 '위폐범'을 뜻하는 러시아어 은어, 혹은 그렇다고 여겨지는 단어다. 이 단어에 해당하는 미국 지하세계의 은어로, 마치 왕처럼 금가루로 멋지게 반짝이는 '과거 거장'의 이름을 제안해준 스테판 얀 파커 교수에게 심심한 감사를 표한다. 내가 두 명의 무뢰배들과 나의 불쌍한 로만톱스키를 생각해낸 시기는 히틀러가 그로테스크하고 가혹한 그늘을 독일에 막 드리우기 시작하던 때였다.

이 작품의 영어판은 〈보그〉 1973년 4월호에 게재되었다.

블라디미르 나보코프, 『러시아 미녀』

「원」

1936년 중반, 즉 베를린을 영원히 떠나 프랑스에서 장편소설 『재능』을 완성하기 얼마 전, 나는 분명 그 최종장을 적어도 5분의 4 정도 완성했는데, 정확히 그 당시에 어느 지점에선가 작은 위성 하나가 소설의 본체에서 분리돼 나와서 주위를 회전하기 시작했다. 심리학적으로 볼 때 위성이 분리된 계기로 작용한 것은, 타냐 동생의 편지에 타냐의 아기가 언급된 대목이나 혹은 불길한 꿈속에서 그가 마을의 학교 선생을 회상하는 장면이었던 것 같다. 기법적인 면에서 볼 때, 그렇게 해서 본체에서 분리되어 부차적으로 발생한 위성이 그리는 원(단편의 마지막 문장은 암묵적으로 첫 문장보다 이전에 존재한다)은 『재능』 제4장의 원환구조(이 점에서는 이 작품이 『피네간의 경야』보다 앞선다)와 마찬가지로 '자신의 꼬리를 무는 뱀' 유형에 속한다. 파생된 위성에는 자신만의 궤도와 선명한 색깔을 띤 빛이 있어 그것을 즐기는 데 본체 소설에 대한 지식이 요구되지는 않지만, 다음과 같은 사실을 독자가 알면 몇 가지 실제적인 도움을 얻을지도 모르겠다. 즉, 『재능』의 이야기가 1926년 4월 1일에 시작해서 1929년 6월 29일에 끝난다는 점(베를린에 사는 젊은 망명자 표도르 고두노프-체르딘체프의 인생 중 삼 년에 해당한다), 그의 누나가 결혼한 건 1926년 말 파리에서였고 그 누나의 딸이 그로부터 삼 년 후에 태어났으니, 1936년 6월에는 아직 일곱 살밖에 안 됐을 거라는 점, 따라서 단편 「원」에서 학교 선생의 아들인 인노켄티는 파리를 방문했을 때 타냐의 딸이 '열 살쯤'이라고 (작자의 등뒤에서) 추측했지만, 그 추측이 틀렸음을 알 수 있다는 점이다. 또하나 덧붙이자면, 장편 『재능』을 잘 아는 독자라면 이 단편에서 반가운 인상을 받을 것이다. 표도르의 눈을 통해서가 아니라, 그보다는 혁명 전 러시아의 이상주의적 급진파에 더 가까운 외부자의 눈을 통해서 세계를 보는 탓에, 같은 일도 삐딱한 시선으로 재인식하면서 새로운 의미가 더해져 좀더 풍부해진 색조의 변화를 즐길 수 있기 때문이다(말이 나온 김에 덧붙이자면, 러시아의 이상주의적 급진파는 나중에 결국 자유민주주의 성향의 귀족들과 마찬가지로 볼셰비키의 압제를 지극히 혐오하게 된다).

「원」은 1936년 파리에서 발표했는데, 서지사항을 재검토하는 작업에도 불구하고 아직 정확한 날짜와 게재 매체(아마도 〈새 소식〉이 아닐까 한다)는 밝혀내지는 못했다.* 이 작품은 이십 년 후, 내 단편집 『피알타의 봄』에 재록되었다.

블라디미르 나보코프, 『러시아 미녀』

---

* 1934년 2월 중순에 집필되어 〈새 소식〉 1934년 3월 11일, 12일호에 게재되었다.

「비보」

「비보」는 1935년경 한 망명 잡지*에 게재되었고, 단편집 『눈』에도 수록되었다.

이 작품의 무대 배경과 주제는 모두 십 년 후에 내가 영어로 쓴 단편 「징후와 상징」(〈뉴요커〉 1948년 5월 15일호와 단편집 『나보코프의 한 다스』에 수록)와 일맥상통한다.

블라디미르 나보코프, 『러시아 미녀』

「러시아 미녀」

「러시아 미녀」(러시아어 원제는 '미녀'로, '러시아'라는 말은 없다)는 의외의 결말로 끝나는 재미있는 세밀화다. 러시아어 원작은 파리의 망명 신문 〈새 소식〉 1934년 8월 18일자에 게재되었고, 내 단편집 『눈』에 수록되었다. 영역판은 〈에스콰이어〉 1973년 4월호에 처음 게재되었다.

블라디미르 나보코프, 『러시아 미녀』

「L. I. 시가예프를 추모하며」

앤드류 필드는 내 저작 목록을 작성하면서 「L. I. 시가예프를 추모하며」가 1930년대 초 베를린에서 집필되어 〈새 소식〉에 게재되었으며, 정확한 시기는 확인할 수 없다고 썼다. 나는 내가 이 작품을 1934년 초에 집필했다고 사실상 거의 확신하는 바다.** 당시 우리 부부는 베를린 그룬발트 지구

---

* 실제로는 〈새 소식〉 1934년 4월 8일자에 실렸다.
** 러시아어 잡지 〈삽화가 있는 생활정보지〉 1934년 9월 27일호에 게재되었다.

네스토르가의 모서리 건물(22번지)에 세들어 살던 아내의 사촌 안나 페이긴의 매력적인 아파트에 얹혀살고 있었다(『사형장으로의 초대』와 『재능』의 상당 부분을 이 집에 살 때 집필했다). 이 단편에 등장하는 꽤 매력적인 작은 악마들은 그 아파트에서 최초로 발견된 아종亞種에 속한다.

블라디미르 나보코프, 『독재자 타도』

「움직임 없는 연기」

「움직임 없는 연기」는 1935년 3월 3일자 〈새 소식〉에 게재되었고 단편집 『피알타의 봄』에 재수록됐다. 영어 번역본은 〈트라이쿼터리〉 37호(1973년 봄)에 수록됐다. 여기서 묘사하는 주인공의 체질과 작품의 무대는 오늘날의 외국 독자는 물론, 볼셰비키 혁명 후 삼사 년간 유럽으로 망명한 러시아인의 손자 세대에 속한 무관심한 이들에게는 생경하게 느껴질 것이기 때문에, 그 배경을 소개하는 짧은 어구 두세 개를 덧붙였다. 그것을 빼면, 번역은 거의 곡예에 가까울 정도로 충실하다. 원제는 누구나 떠올릴 연상*을 무시한 채 거칠게 직역하면 '무거운 연기'이다.

이 단편소설은 1920년에서 1930년대 후반까지 베를린에서 보낸 망명자 생활을 묘사한 단편소설군에 속한다. 전기적으로 흥미로운 일화를 좇는 이들에게 경고해둬야 할 것은, 그 시기 나는 작품들을 쓰는 동안 온갖 부류의 망명자 무리를 마구잡이로 만들어내는 일에서 주로 기쁨을 느꼈기에, 그 인물들은 성격이나 계급이나 외모 등 어떤 면에서도 나보코프가의 사람들과는 유사한 점이 전혀 없다는 사실이다. 작자인 나와 주인공 간에 비슷한 점

---

* 드라이아이스에서 생기는 연기.

이 유일하게 두 가지 있는데, 둘 다 러시아어로 시를 쓴다는 것과 나 또한 베를린에서 주인공이 사는 곳처럼 침울한 아파트에 산 적이 있다는 것이다. 거실 안으로 들여보내 주지 않는다고 나를 비난할 독자는 아주 변변치 않은 독자(아니, 어쩌면 뛰어나게 우수한 독자 몇 명)뿐이리라.

블라디미르 나보코프, 『러시아 미녀』

「작중인물 고르기」

「작중인물 고르기」는 1935년 여름 베를린에서 집필되었다. 이 단편은 같은 해 8월 18일자 〈새 소식〉에 게재되었고, 그로부터 이십일 년 후에 단편집 『피알타의 봄』에 수록되었다.

블라디미르 나보코프, 『독재자 타도』

「인생의 한 단면」

이 재미있는 이야기의 원제는 'Случай из жизни'이다. 첫 단어는 '일' '사건'이란 뜻이고 뒤 두 단어는 '인생으로부터'라는 뜻이다. 러시아어에서 이 단어들의 조합은 일부러 상투적으로 만든 신문용어 같은 뉘앙스를 띠는데, 직역으로는 그 뉘앙스가 살지 않는다. 여기서 사용한 상투어는 영어로는 어조가 완곡해지긴 하지만, 주인공 남자가 쓸 법한 유치한 은어로 본다면 유달리 잘 들어맞는다(싸움이 일어나기 직전에 술집에서 그가 늘어놓는 푸념을 들어보라).

선생, 사십 년 전 당신이 베를린에서 펜을 놀려 이 이야기를 쓴 목적은 무엇이었소?

뭐, 내가 펜을 놀려 그걸 쓰긴 했소만(왜냐하면 나는 타이프 치는 법을 배운 적이 없고, 끝에 지우개 꼭지가 달린 3B 연필의 긴 지배가 시작된 건 훨씬 나중—주차된 차나 모텔에서—이었기 때문이다), 나는 이야기를 쓸 때 어떤 '목적'을 품은 적이 단 한 번도 없소. 나 자신을 위해서거나, 내 아내를 위해서거나, 낄낄거리며 잘 웃던 지금은 죽고 없는 반 다스 남짓한 친구들을 위해서였지.

이 소설은 파리의 망명 신문 〈새 소식〉 1935년 9월 22일자에 처음으로 게재되었으며 삼 년 후 루스키야 자피스키 출판사(전설적인 주소인 파리 투르비고가 51번지 '러시아 연보'에 있던)에서 나온 단편집 『눈』에 수록되었다.

블라디미르 나보코프, 『어느 일몰의 세부』

「마드무아젤 O」

원래 프랑스어로 집필됐고 논평지 『메쥐레』(파리, 1939)에 처음 실렸다. 세상을 떠난 힐다 워드의 친절한 도움을 받아 영어로 번역했으며, 〈애틀랜틱 먼슬리〉와 『아홉 편의 이야기』에 실렸다. 자전적인 진실에 좀 더 엄밀히 가깝게 더듬어 최종적으로 손본 판본이 회상록 『결정적 증거』(하퍼앤브러더스, 1951) 제5장으로 출간되었다(이 책은 이듬해 영국에서 빅터 걸랜츠 출판사의 『말하라, 기억이여』로 출간되었다).

블라디미르 나보코프, 『나보코프의 한 다스』

「피알타의 봄」

「피알타의 봄」은 단편집 『나보코프의 한 다스』에 수록되었다.

「구름, 성, 호수」

「구름, 성, 호수」는 러시아어로 집필했다. 러시아 망명 잡지 『현대의 수기』에 시린이라는 필명으로 게재되었고 단편집 『피알타의 봄』에 수록되었다. 영어 번역본은 페테르 페르초프와 함께 내가(원본과 번역본 사이에 생겨난 차이점에 대해 유일하게 책임이 있는) 번역했다. 그 글은 〈애틀랜틱 먼슬리〉에 게재되었다.

블라디미르 나보코프, 『나보코프의 한 다스』

「독재자 타도」

「독재자 타도」는 1938년 봄이나 초여름쯤에 망통에서 집필되었다. 이 작품은 『러시아 수기』(1938년 8월)에 게재되었고 내 단편집 『피알타의 봄』에도 수록되었다. 히틀러, 레닌, 스탈린은 이 단편에 등장하는 내 독재자의 왕좌를 두고 다툰다―그리고 『벤드 시니스터』(1947)에서 다섯번째 독재자 '두꺼비'와 다시 만난다. 타도는 그렇게 완결된다.

블라디미르 나보코프, 『독재자 타도』

「리크」

「리크」는 망명 잡지 『러시아 수기』(1939년 2월)에 처음 발표되었고 나의 세번째 러시아어 단편집(『피알타의 봄』)에 수록되었다. 「리크」에는 집필 당시 내가 살았던 신기루 같은 리비에라의 주변환경이 반영되어 있는데, 나는 신경증에 시달리는 배우가 무대 연기에 사로잡히는 인상을 자아내려고 시도했다. 덫에 걸린 배우가 그런 체험을 몽상할 때 기대하는 바와는 전혀 다른 방식이었지만.

이 작품의 첫 영역본은 〈뉴요커〉(1964년 10월 10일자)에 발표되었고, 단편집 『나보코프의 사중주』에 재록된 바 있다.

블라디미르 나보코프, 『독재자 타도』

「박물관 방문」

「박물관 방문」은 망명 비평지 『현대의 수기』 68호(1939년)에 게재되었고, 단편집 『피알타의 봄』에도 수록되었다. 영역판*은 〈에스콰이어〉 1963년 3월호에 발표되었고, 단편집 『나보코프의 사중주』에 수록되었다.

러시아어를 알지 못하는 독자를 위해 설명을 첨부하는 게 좋을 것 같다. 이야기의 한 지점에서 불운한 화자는 가게 간판을 보고 자신이 과거의 러시아가 아닌 소비에트연방의 러시아에 와 있다는 사실을 깨닫는다. 가게 간판을 보고 알게 된 까닭은 활자 하나가 빠져 있었기 때문인데, 그 활자는 옛 러시아에서는 어미의 자음 뒤를 장식하곤 했으나 소련에서 채택한 개정 맞춤법에 따라 생략되었다.

블라디미르 나보코프, 『러시아 미녀』

---

* 드미트리 나보코프가 번역했다.

「바실리 시시코프」

1939년 연말에(그로부터 약 반년 후 나는 미국으로 이주한다) 파리 생활의 적적함을 조금이라도 덜어보고자, 어느 날 나는 당시 최고로 이름을 날리던 망명 비평가 게오르기 아다모비치*(그는 내가 그의 문하생들이 쓴 시에 그랬듯이 내 작품을 정기적으로 비난하곤 했다)에게 실없는 장난을 치기로 했다. 망명 러시아인들 사이에서 가장 잘 팔리던 두 잡지 중 하나에 새로운 필명으로 시 한 편을 발표해, 새로 등장한 그 작가에 대해 아다모비치가 뭐라고 할지 볼 생각이었다. 아다모비치는 파리의 러시아 망명 신문 〈새소식〉에 문학 칼럼을 매주 기고하고 있었다. 여기에 그 시를 소개하고자 한다. 내가 1970년에 영역한 버전으로, 출처는 『시와 문제』(맥그로힐, 1970)이다.

시인들

방에서 나간 촛불이 복도로 가더니
거기서 꺼졌다. 눈 속에서 촛불의 각인이 헤엄친다.
별 없는 밤이 검푸른 가지들 사이에서
그 윤곽을 찾을 때까지.

때가 됐다. 우리는 간다. 아직 젊고
아직 꾸지 못한 꿈의 목록을 손에 든 우리는
우리의 마지막 시에서 푸른 인광을 발하는 가운들 틈에서

---

* 20세기 초 러시아 시인이자 비평가로, 러시아 망명 문단에 큰 영향력을 가진 주요 비평가로 활동했다.

겨우 보일락 말락 하는 러시아의 마지막 광휘와 함께 떠난다.

그래도 우리는 영감을 알았으니—그렇지 않은가?
우리는 계속 살아가고, 우리 책들도 계속 늘어날 것 같았지.
하지만 친지를 잃은 뮤즈들이 결국 우리를 파멸시켰다.
이제 이 세상에서 우리가 갈 때가 된 것이다.

그리고 이는 우리의 자유로 선량한 사람들을 화나게 할까봐
두려워해서가 아니다. 그저 우리가 떠날
시간이 되었기 때문이다—게다가 이제는 남들의 눈에는 띄지 않
는 것을
우리도 보지 않는 편이 좋기 때문이다.

이 세상의 모든 매혹과 고뇌를 보지 않으련다.
저 먼 햇살을 잡은 여닫이창도,
군복을 입은 초라한 몽유병자들도,
저 높은 하늘도, 세심한 저 구름도.

그 아름다움을, 힐난하는 그 표정을, 여름의 황혼 속에서 회전하는
해안가의 탈의실 안과 주변에서
숨바꼭질하며 노는 어린아이들을,
저녁 노을빛의 아름다움을, 힐난하는 그 표정을,

짓누르고 휘감고 상처 입히는 모든 것을,

건너편 둑 전기 신호의 눈물을,

엷은 안개에 휩싸인 에메랄드색 빛의 흐름을,

이미 나는 표현할 수 없는 모든 것을.

곧 우리는 세상의 문턱을 넘어 한 영역으로 옮겨갈 것이다.

그 영역을 마음대로 명명하시길.

황야, 죽음, 언어의 부정.

아니, 어쩌면 더 간결하게, 사랑의 정적.

꽃들의 거품 아래 감춰진

먼 짐마차 길, 그 고랑의 정적,

나의 조용한 조국(희망 없는 사랑),

그 조용한 막전幕電*, 조용한 종자種子.

서명: 바실리 시슈코프

내 기억이 정확하다면, 이 시의 러시아어판은 1939년 10월이나 11월에 『러시아 수기』**에 게재되어, 해당 호에 대한 아다모비치의 서평에서 꽤 이례적일 정도로 상찬을 받았다("마침내 위대한 시인이 우리 사이에 태어났다" 등등―나는 기억을 더듬어 인용했지만, 전기 작가가 정확한 정보를 추적하는 중이리라 믿는다). 나는 장난을 더 정교하게 치고 싶은 마음을 누르지 못하고, 아다모비치의 찬사가 〈새 소식〉에 게재된 지 얼마 안 돼 같은 잡

---

* 먼곳에서 친 번개 불빛을 받아서 구름 전체가 밝아지며 빛의 반사만 보이는 현상.

** 실제로는 1939년 7월 『현대의 수기』에 실렸다.

지(1939년 10월호였던가? 이번에도 정확한 날짜는 생각나지 않는다)에 산문 「바실리 시시코프」를 발표했다(『피알타의 봄』에 재록).* 그 망명 독서가의 통찰력 수준을 볼 때, 그 작품을 시시코프라는 실존 인물이 등장하는 실화로 여겼을 수 있다. 아니면 한 시인이 다른 시인 안에 용해되는 기이한 사례에 대한 조롱조의 이야기로 봤을지도. 처음에 아다모비치는 시시코프라는 시인이 나의 창작물이라고 설명하는 열성적인 친구와 논적들의 견해를 결코 받아들이려 하지 않았다. 결국 그는 항복하고, 다음 에세이에서 나를 "천재를 모방하는 데 이골이 난 숙달된 패러디 작가"라고 설명했다. 모든 비평가가 아다모비치와 마찬가지로 후하기를 열렬히 바라노라. 나는 그와 아주 짧게 단 두 번 만났을 뿐이다. 하지만 최근 그가 사망하자 예전 세대 문학자들이 아다모비치의 온유함과 본질을 꿰뚫는 통찰력에 대해 많이들 언급하고 있다. 그가 평생 정말로 열정을 기울였던 것은 두 가지뿐이었는데 말이다. 그것은 바로 러시아 시와 프랑스 수병이었다.

블라디미르 나보코프, 『독재자 타도』

「북쪽 끝의 나라」/ 「고독한 왕」

1939년에서 1940년으로 넘어가는 겨울은 내가 러시아어로 산문 작품을 집필한 마지막 계절이었다. 1940년 봄에 미국으로 떠나 이십 년간 살면서 오로지 영어로만 소설을 연달아 쓰게 된다. 파리에서 그 이별의 몇 달 동안 집필한 것 중에는 출발 전까지 완성하지 못한 채, 그후로는 돌아가지 못한 장편소설이 한 편 있었다. 결국 두 개의 장과 몇몇 메모만 남기고 미완

---

* 아다모비치의 찬사는 〈새 소식〉 1939년 8월 17일호에, 「바실리 시시코프」는 같은 신문 1939년 9월 12일호에 게재되었다.

의 부분을 파기해버렸다. '북쪽 끝의 나라'라는 제목의 제1장은 1942년에 발표되었다(〈신 잡지〉 1호, 뉴욕). 이보다 앞서 '고독한 왕'이라고 제목을 붙인 제2장이 1940년 초에 발표되었다(〈동시대인〉 70호, 파리). 1971년 2월에 나와 아들이 공동 작업한 이 영역판은 원문에 충실하게 꼼꼼히 옮겼으며, 과거 잡지 버전에서는 생략부호로 표시된 한 장면도 되살렸다.

만약 내가 이 소설을 완성했다면, 아마도 독자들은 몇 가지 의문점에 대해 고민하지 않아도 되었을 것이다. 팔테르는 사기꾼이었나? 진짜 예언자였나? 그는 서술자의 죽은 아내가 한 구절의 흐릿한 윤곽으로 모습을 드러내려고 이용한 영매였을까? 화자는 그 한 구절을 알아보았을까, 알아보지 못했을까? 뭐, 어떻든 한 가지는 자명하다. 아내를 잃은 남자가 가공의 나라를 만들어내는 과정중에(처음에는 그저 슬픔에서 벗어나려는 것이었지만, 점점 자족적인 예술적 강박으로 변해버린다) 너무나도 '북쪽 끝의 나라'에 몰두한 나머지, 그 나라가 독자적인 현실성을 전개하기 시작한다. 시뇨소프는 제1장에서 리비에라에서 파리의 예전 아파트로 돌아간다고 언급되는데, 실제로는 아득히 저 먼 북쪽의 섬에 있는 어느 황량한 궁전으로 이동하는 것이다. 그는 예술의 도움으로 죽은 아내를 벨린다 여왕으로 변장해 환생시키는데, 이는 자유로운 공상세계 속에서도 죽음에 승리하지 못하는 애처로운 행위다. 제3장에서 그녀는 남편을 겨냥한 폭탄에 다시 죽게 된다. 에겔강에 놓인 새로운 다리 위에서, 시뇨소프가 리비에라에서 돌아온지 몇 분 후에. 이상이 내가 옛 공상의 먼지와 잔해 속에서 알아볼 수 있는 전부이다.

K에 대해서도 한마디. 번역자들은 이 기호에 대해 조금 곤란함을 느꼈는데, 왜냐하면 러시아어로 왕을 뜻하는 단어 *korol*의 약자는 여기서 사용된 의미로는 'kr'인데, 영어로는 'K'로 표기해야만 그 의미를 전달할 수 있

기 때문이다.* 간단히 말해, 나의 소설에 사용된 K는 체스말 중 하나를 가리키는 것이지 체코인을 가리키지 않는다. 제목('고독한 왕Solus Rex에 관해서는 블랙번의 저서 『체스 문제의 용어와 주제』(런던, 1907)를 인용해본다. "킹이 체스판 위의 유일한 검은 말일 때 그 문제를 '고독한 왕' 변형이라고 한다."

신체적 특징이 왠지 세르게이 P. 쟈길레프와 닮았다고 상상했던 아둘프 왕자는 나의 사적인 봉제인간 박물관에서 여전히 내가 좋아하는 인물 중 하나이다. 감사하는 마음을 가진 작가라면 누구나 자신의 부지 어딘가에 그런 박물관을 갖고 있다. 나는 그 불쌍한 아둘프의 죽음이 자세하게 기억나지 않고, 그가 에겔강 다리 착공식이 열리기 정확히 오 년 전에 시엔과 그 동료들에게 어떤 끔찍하고 어설픈 방법으로 살해됐다는 것만 기억난다.

이제는 프로이트주의자들이 주위에 없다는 것을 이해하고 있으니, 자신들의 상징을 가지고 내 동료들을 건드리지 말라고 그들에게 경고할 필요는 없겠다. 반면에 훌륭한 독자들은, 내가 러시아어로 집필한 이 마지막 소설의 잘 알아들을 수 없는 영어 반향을 『벤드 시니스터』에서, 그리고 특히 『창백한 불꽃』에서 들을 것임이 틀림없다. 그 반향도 내게는 좀 거슬리지만, 그보다도 작품을 완성하지 못한 게 정말 후회스러운데, 채색의 질과 문체의 진폭, 그리고 저변에서 힘차게 흐르는 뭔가 정의할 수 없는 것이 그 작품이 나의 다른 모든 러시아어 작품과는 근본적으로 구별될 것임을 기약하기 때문이다. 여기에 실린 「북쪽 끝의 나라」의 영역판은 1973년 4월 7일 〈뉴요커〉에 게재된 버전이다.

블라디미르 나보코프, 『러시아 미녀』

---

* 체스 기보에서 킹을 나타낼 때 러시아어로는 'kr'로 표기하지만 영어로는 'K'로 표기한다.

「보조 제작자」

「보조 제작자」는 사실에 기반한 작품이다.* 다른 작품들은 내가 현실을 모방했다기보다는 오히려 현실이 나를 표절했다고 말해야 할 것이다.

블라디미르 나보코프, 『나보코프의 한 다스』

「"일찍이 알레포에서……"」

「"일찍이 알레포에서……"」는 단편집 『나보코프의 한 다스』에 수록되었다.**

「잊힌 시인」

「잊힌 시인」은 단편집 『나보코프의 한 다스』에 수록되었다.***

「시간과 썰물」

「시간과 썰물」은 단편집 『나보코프의 한 다스』에 수록되었다.****

---

* 작중인물 슬랍스카와 골룹코프 장군은 각각 백계 러시아인 사이에서 인기 있던 민중가수 나제쥬다 플레비츠카야와 러시아 백군 지휘관으로 있으면서 소련과 독일의 첩보기관과 내통했던 니콜라이 스코브린을 모티프로 삼은 인물이다. 스코브린은 1937년 스위스로 도주했다는 설이 있지만, 확실한 소재는 밝혀지지 않았다.
** 1943년 11월 〈애틀랜틱 먼슬리〉에 처음 발표되었다.
*** 1944년 10월 〈애틀랜틱 먼슬리〉에 처음 발표되었다.
**** 1945년 1월 〈애틀랜틱 먼슬리〉에 처음 발표되었다

「풍속화, 1945」

「풍속화, 1945」는 단편집 『나보코프의 한 다스』에 수록되었다.*

「징후와 상징」

「징후와 상징」은 단편집 『나보코프의 한 다스』에 수록되었다.

「첫사랑」

「첫사랑」은 단편집 『나보코프의 한 다스』에 수록되었다.

「랜스」

「랜스」는 단편집 『나보코프의 한 다스』에 수록되었다.

「입술이 입술에」

마르크 알다노프는 〈새 소식〉(이 신문사를 상대로 나는 1930년대 내내 요란한 불화를 일으켰다)과 나보다 더 긴밀한 관계를 맺은 인물로, 1931년인가 1932년인가 어느 날, 마지막까지 가서야 겨우 받아들여져 게재될 예정이었던 이 이야기 「입술이 입술에」를 결국 인쇄하지 않게 됐다고 나에게 알려왔다. "인쇄판이 부숴졌다나"라고 내 친구가 우울하게 투덜거렸다. 이

* 1945년 6월 23일자 〈뉴요커〉에 '횡설수설'이라는 제목으로 처음 발표되었고, 단편집에 재수록되면서 지금의 제목으로 바뀌었다.

작품은 1956년이 되어서야 나의 단편집 『피알타의 봄』에 수록되었는데, 이 단편의 작중인물들과 조금 닮은 것 같다고 의심받을 만한 사람들은 이미 다 안전하게, 상속인도 없이 사망한 뒤였다. 영역판은 〈에스콰이어〉 1971년 9월호에 게재되었다.

블라디미르 나보코프, 『러시아 미녀』

「괴물 쌍둥이의 생애에서 몇 장면」

「괴물 쌍둥이의 생애에서 몇 장면」은 단편집 『나보코프의 한 다스』에 수록되었다.

「베인가의 자매」

1951년 2월, 뉴욕주 이타카에서 집필되었다. 『허드슨 리뷰』 1959년 겨울호와 『엔카운터』 1959년 3월호에 처음 개재되었고, 단편집 『나보코프의 사중주』에 수록되었다.

이 이야기에서 서술자는 죽은 두 여성이 이야기에 자신들이 신비롭게 관여했음을 주장하기 위해 마지막 문단을 아크로스틱으로 사용했다는 사실을 눈치채지 못한 듯하다. 이 특별한 속임수는 소설의 천 년 역사에서 오직 한 번만 시도할 수 있다. 그것이 성공했는지 아닌지는 다른 문제이지만.

블라디미르 나보코프, 『독재자 타도』

해설

나보코프의 '경이의 표본실'

    고국에서 가지고 나온 유일한 보물인 '러시아어'로 시를 쓰던 약관의 망명 대학생이 러시아문학사와 미국문학사 양쪽에서 20세기를 대표하는 소설가가 되기까지 블라디미르 나보코프가 거친 창작적 행보는 그 자체로 20세기 세계문학의 경계이월성과 다언어성을 상징한다. 러시아에서 태어난 나보코프는 러시아혁명 후 이스탄불을 거쳐 서유럽으로 망명해 베를린과 파리, 미국으로 거주지를 거듭 옮기면서 러시아어에서 프랑스어를 거쳐 종국에는 영어로 창작 언어를 바꿨을 뿐 아니라, 창작 형식에서도 모색을 거듭해 시, 희곡, 단편소설과 장편소설을 모두 창작했다. 나보코프의 대표작으로 러시아어와 영어로 집필한 장편소설들이 주로 거론되는 탓에, 그가 프랑스어로도 작품(단편소설)을 집필했다는 사실, 그리고 『롤리타』나 『창백한 불꽃』 같은 대작을 쓰기 전까지 무려 70편에 가까운 단편소설을 집필했다는 사실은 잘 알려지지 않았다. 그는 뛰어난 단편작가이기도 했던 것이다. 나보코프 본인과 드미트리가 직접 인정하고 선정한 모든 단편이 실린 『나보코프 단편전집』을 통해 우리는 창작 언어와 문학의 장이 완전히 바뀌는, 창작자에게는 도박과도 같은 절망적 상황에서 그가 얼마나 치열하게 자신의 창작세계를 개척해갔는지, 그 지난하면서도 경이로운 여정을 좀더 내밀히 따라가볼 수 있을 것이다.

나보코프의 창작 이력에서 시와 희곡 창작은 초기에 국한되지만, 단편소설 창작기는 시를 쓰던 초기부터 러시아어로 장편소설을 쓰던 베를린 시절을 거쳐 파리로 거주지를 잠시 옮겨 프랑스어로 창작을 시도하던 1930년대 초와 이후 미국에 정착해 영어로 장편소설을 집필하던 전성기(1950년대)까지, 나보코프의 창작기 전반을 아우른다. 시에서 산문으로 창작 형식을 전환하는 첫 시도였던 단편소설 「숲의 정령」(1921) 이후 첫 장편소설 『마센카』(1926)를 발표하기 전까지 나보코프는 총 24편의 단편소설을 집필했으며, 마지막 단편 「베인가의 자매」는 『롤리타』의 영화 판권이 팔린 직후인 1959년에 출판되었다. 이 약 사십 년의 기간은 러시아 망명 문단에 시인으로 데뷔했던 청년이 장편소설 『롤리타』로 세계적 명성을 얻은 거장으로 성장한 세월로, 그 성장의 질곡과 면면이 68편의 단편소설에 생생히 담겨 있다.

단편소설과 장편소설

나보코프는 1971년 한 인터뷰에서 단편소설과 장편소설은 정확히 같은 방식으로 창작된다면서, 장편소설 창작이라는 길고 큰 산맥의 고산지대에 나타나는 동종의 변이형에 자신의 단편소설을 빗댄 바 있다.

인시류의 많은 종이 수목한계선 위에서는 크기는 작으나 성장 위축은 아닌 자손들을 남기며 번식합니다. 단편소설은 중간 변이 과정으로 연결된 같은 종의 특정 장편소설과 비교하면, 작은 고산지대나 극지대에 나타나는 변이의 형식을 보여줍니다.

고산지대나 극지대 같은 극한환경에서 나타나는 변이형에 그 종의 정수라 할 만한 핵심인자들이 농축돼 존재하듯이 나보코프의 단편소설은 그의 장편소설, 나아가 창작세계 전체를 구성하는 정수들이 응축된 일종의 표본과도 같다. 장편소설 생성 과정의 표본을 보여주는 나보코프의 단편소설은 드미트리 나보코프가 서문에서 말했듯이 "창작 과정의 진화를 예증하고, 후에—특히 장편소설에서—사용되는 주제나 방법론에 대한 흥미로운 통찰을 제시"한다. 실제로 『나보코프 단편전집』에는 나보코프가 장편소설을 구상하거나 집필하던 중에 탄생한 단편소설들이 존재한다. 「러시아에 도착하지 못한 편지」는 원래는 『마셴카』의 주인공이 첫사랑에게 보낸 편지였고, 「원」은 나보코프가 "본체에서 분리되어 부차적으로 발생한 위성"이라고 표현했듯이 『재능』의 스핀오프 같은 작품이다(물론 드미트리가 서문에서 말했듯이 두 단편은 그 자체로 자립적이다). 또한, 「고독한 왕」과 「북쪽 끝의 나라」는 결국 미완으로 끝난 나보코프의 마지막 러시아어 장편소설에 속했던 두 장이라 장편소설 구상의 흔적이 그대로 남아 있어, 전집에서는 아마도 가장 이질적으로 읽히는 작품일 것이다(참고로 「괴물 쌍둥이의 생애에서 몇 장면」도 원래는 샴쌍둥이를 소재로 한 장편소설의 한 장으로 집필되었으나, 한 편의 단편소설로서 충분한 완성도를 보여준다).

나보코프 단편소설의 특징으로 장편보다 단순한 서술구조, 스토리 전개 위주의 서술, 집필 당시의 사회적·역사적 상황의 직접적 반영, 닫힌 결말 등이 주로 지적되곤 하는데 이런 도식화는 단편소설 장르에 대한 선입견이 반영된 것으로, 사실 『나보코프 단편전집』에는 이 도식에 맞는 작품과 그 반례가 공존한다. 나보코프의 단편소설들이 가진 매력을 온전히 관찰하기 위해서는 단편에 대한 기존 정의나 장르적 규약에 대한 선입견을 기꺼이 재고하려는 자세가 필요하다. 나보코프의 단편소설은 물론 장편소설보다 짧고 문맥을 이해하기 어렵지 않아서 독서의 즉각적인 즐거움을 주지만, 나보코프 말대로 장편소설과 정확히 같은 방식으로 창작된 만큼 기본적인 독법은 장편소설과 크게 다르지 않다고 본다. 「베인가의 자매」의 게재를 거절한 〈뉴요커〉의 편집장 캐서린 화이트에게 나보코프가 보낸 편지에 그 힌트가 있다.

제 단편소설은 대부분 제2의 주요한 이야기가 반투명한 표면 이야기의 내부에 짜여 들어가 있거나 그 뒤에 놓여 있습니다. (…) 나는 언젠가 당신이 이 소설을 다시 읽다가 그 이야기를 발견하게 되기를 바랍니다.

이는 텍스트 이면의 이야기를 읽을 수 있는 독자만이 진짜 이야기를 발견할 수 있다는 뜻이자 자신의 단편소설 역시 장편소설과 마찬가지로 재독을 통해서만 제대로 읽을 수 있음을 시사하는 말이기도 하다.

단편소설의 다양한 서술 형식

물론 그의 단편소설에는 장편소설과 공유하는 작법과 별개로 단편소설 장르에 대한 나보코프의 깊은 이해와 진지한 탐구가 반영된 서술 기법 또한 다양하게 관찰된다. 『나보코프 단편전집』에 수록된 단편들은 소재나 주제, 배경, 인물 등은 엇비슷한 작품이 많지만, 서술 형식은 거의 다 다르다. 함축적이고 철학적인 상징성이 두드러지는 '시극' 같은 초기의 단편, 동화나 우화의 문체를 차용한 단편, 베를린의 러시아 망명 사회와 문단에 대한 풍자적 단편, 혁명 전 러시아를 무대로 하여 자전적 서술이 섞인 단편, 반전에 반전을 거듭하는 스토리텔링 위주의 단편, 영화의 몽타주 기법과 비슷한 서술로 독자의 적극적인 이미지 조합이 필요한 단편, 문학사적 인용과 패러디를 계속 찾아낼 수 있는 단편, 서간체 형식의 단편, 마지막 문장이 맨 첫 문장과 이어지는 원환 구조를 이루는 단편, 일인칭과 삼인칭을 딱 잘라 구분할 수 없을 만큼 서술 시점이 다각화된 단편, 나보코프가 생각하는 이상적인 장편소설의 종결인 '소설의 세계가 끝없이 뒤로 멀리 물러나다 어디선가 멈춰서 마치 그림 속의 그림처럼 저 멀리 아득히 매달려 있는 듯한 감각'으로 끝나는 단편, 환상과 현실의 경계와 죽음과 삶의 경계를 절묘하게 오가는 다층적인 서술 구조를 가진 단편, 여러 서술자의 서술이 섞인 단편 등, 그야말로 거의 모든 작품이 각기 다른 서술 형식 실험의 표본을 보여주듯 다채롭다.

나보코프에게 단편소설은 산문 창작의 실험실인 동시에, 망명 신문이나 잡지에 정기적으로 게재해 궁핍한 망명생활의 생계수단이 되어준 장르였고, 미국에서는 유수의 잡지를 통해 작가로서 이름을 알릴 수 있었던 장르였다.『롤리타』의 성공으로 생업인 대학교수직을 사직한 나보코프는 단편소설 집필도 그만두고 창작적 자유를 만끽하며『창백한 불꽃』이나『아다』 같은 장편소설 집필에 몰두한다. 하지만 예술가들이 주어진 현실의 제약이나 장르적 규약과 창작적 욕구 사이에서 타협점을 찾는 과정에서 오히려 예술의 혁신이 일어나는 것처럼, 나보코프도 분량과 독자가 한정된 매체에 게재되는 단편소설이라는 장르적 규약이 주는 한계를 극복하는 과정에서 오히려 더 다양한 산문 창작의 실험을 할 수 있었던 듯하다. 이는 나보코프 단편소설이 유형화가 불가능할 정도로 다양성을 띠는 이유 중 하나일 것이다.

나보코프가 단편소설이 게재되는 매체의 특성과 그 대상 독자를 염두에 두면서 창작했음을 잘 보여주는 사례가 바로 「동화」이다. 나보코프는 1926년에 러시아어로 발표했던 이 작품을 1974년에 영어로 번역해 성인잡지 〈플레이보이〉의 창간 이십 주년 기념호에 게재하면서 페이지 배치에 맞게 원작에서 몇 가지 디테일을 추가하거나 변경한다. 잡지에 실린 여성들의 누드 화보 사이사이에 낀 페이지를 뒤적이며 소설을 읽는 독자들이 주인공 에르빈과 자신을 점점 동일시하도록, 그래서 소설의 종결부에서 에르빈이 뒤쫓던 여성에게 듣는 "부끄러운 줄 아세요"라는 일갈을 독자 자신을 향한 말로 읽도록 하기 위해서였다.

단편소설 창작의 시기 구분

나보코프 단편소설 창작 시기의 구분은 단편소설의 기법적·구성적 발전 과정과 그 창작세계의 성숙도를 고려해 보통 네 개의 시기, 즉 초기(1921~1927), 중기(1930~1935), 절정기(1936~1939), 미국 시기(1940~1951)로 나뉜다. 초기에 속한 작품은 「숲의 정령」부터 「명예가 걸린 일」까지이고, 중기는 「오릴리언」부터 「인생의 한 단면」까지, 절정기는 「피알타의 봄」부터 「바실리 시시코프」까지, 이후 미국에서 영어로 집필한 작품들이 미국 시기에 속한다.

초기가 산문으로 창작 장르를 바꾸려는 시인 나보코프가 푸시킨, 고골, 체호프 등의 러시아 산문 전통과 부닌 등 동시대 망명작가들의 작품을 의식하며 다양한 서술 실험을 통해 자신만의 단편소설 세계를 구축해가는 단계였다면, 중기는 나보코프 작품세계를 관통하는 주요 테마, 즉 죽음과 삶의 경계, 현실과 환상의 관계, 예술가의 재능과 모럴의 문제, 작자와 주인공의 관계 등의 테마를 서술 구조 차원에서 형상화하는 데 성공한, 단편소설 세계의 완성 단계이다. 가장 짧은 절정기는 「피알타의 봄」과 「박물관 방문」 등, 나보코프 단편소설의 대표작이자 세계 문학사에 단편소설의 명작으로 영원히 남을 작품이 태어난 시기이다. 이후 미국으로 이주해 영어로 쓴 10편의 단편소설은 다양한 장르적 확장(범죄소설, 에스피오나지, SF, 피카레스크 소설, 심령소설, 퍼즐소설)

을 보여주며 『롤리타』『창백한 불꽃』『아다』 등 대작의 탄생을 예고한
다. 단편 「징후와 상징」 한 편만 다룬 연구서가 출간됐을 만큼, 이 시기
작품들은 무궁한 해석과 비평의 보고이다.

단편전집의 형성

『나보코프 단편전집』은 나보코프의 생전에 출판되지 못했다. 나보코
프가 생전에 출판한 것은 단편소설 '선집'으로 러시아어로 세 권, 영어
로 여섯 권이 출간됐다(표 참조). 작가 자신이 수록작을 선정하고 순서
를 정하는 등 기획에 관여했으며, 영어 단편소설 선집에 실린 러시아어
단편소설 대부분을 아들 드미트리 나보코프와 함께 공역하고 작품 해
설을 붙였다.

	단편집	비슷한 시기에 출판된 장편소설
1930	『초르브의 귀환(러)』(베를린)	『마셴카』『킹, 퀸, 잭』『루진의 방어』
1938	『밀정(러)』(파리)	『위업』『카메라오브스쿠라』『절망』 『사형장으로의 초대』『재능』
1947	『아홉 편의 이야기(영)』(뉴욕)	『서배스천 나이트의 진짜 인생』
1956	『피알타의 봄(러)』(뉴욕)	『롤리타』
1958	『나보코프의 한 다스(영)』(뉴욕)	『프닌』
1967	『나보코프의 사중주(4편)』(뉴욕)	『창백한 불꽃』 『말하라, 기억이여』
1973	『러시아 미녀(영)』(뉴욕)	『아다』『투명한 것들』
1975	『독재자 타도(영)』(뉴욕)	『어릿광대를 보라』
1976	『어느 일몰의 세부(영)』(뉴욕)	

『롤리타』의 대대적인 성공 이후에 미국에서 나온 영어 단편선집 『나보코프의 한 다스』『러시아 미녀』『독재자 타도』『어느 일몰의 세부』가 드미트리 나보코프가 서문에서 언급하는 '네 권의 결정판 단편선집'이다. 각각 13편씩 수록돼 총 52편의 단편소설이 러시아어 집필 시절과 영어 집필 시절 두 시기의 단편소설을 망라한다. 이 단편선집 네 권은 작가 자신이 주제, 시대, 분위기, 통일성, 다양성 등을 고려해 공들여 고르고 배열한 '결정판'으로서 단편소설 창작에 대한 작자의 비전을 엿볼 수 있다. 드미트리 나보코프의 서문에 따르면 나보코프는 다섯번째 '나보코프의 한 다스(13편)' 단편선집을 출간하고자 하는 의도를 오랫동안 내비쳤으나 결국 이루지 못했다. 하지만 나보코프는 마지막 선집으로 출판할 가치가 있는 단편소설의 목록을 작성한 뒤 '통의 바닥'이라고 적은 메모를 남겼다. 부인 베라와 아들 드미트리는 나보코프 사후인 1995년에 이 목록에 포함됐던 8편의 단편소설에 나보코프 아카이브의 서류들에서 원고를 찾은 5편을 추가해 마지막 '나보코프의 한 다스(13편)'를 채워 총 65편으로 구성된 나보코프의 '단편전집'을 출판한다. 별개의 단편선집에 수록된 작품을 중심으로 파편적으로 존재하던 나보코프 단편소설 창작세계의 전체상이 처음으로 마련된 것이다.

첫 출판 후 각국어로 번역된 『나보코프 단편전집』은 세계문학 시장에서 스테디셀러로 자리매김했고, 단편소설에 대한 연구도 나보코프 학계를 넘어서 활발히 진행돼, 나보코프는 최고의 단편작가 중 하나로 재평가받았다. 이후 단행본에 실린 적 없는 작품들이 발굴돼 전집에 순차적으로 추가되면서 여러 차례 개정판을 거쳐 2008년에는 총 68편이 되었다. 『나보코프 단편소설 전집』 한국어 번역판은 2008년판을 번역

저본으로 삼아서 수록된 68편을 모두 번역한 것이다. 원서의 작품 배열 기준인 '집필 시기'가 아닌 '출간 시기'를 최우선 기준으로 삼아 작품 순서를 일부 변경했음을 밝혀둔다. 때때로 사료와 증언이 엇갈리는 집필 시기보다는 명확히 기록이 남아 있는 출간 시기가 객관적이고 합리적인 기준이라고 보기 때문이다. 나보코프의 생전에 출간되지 않은 작품들은 창작 시기를 고려해 배치했다.

『나보코프 단편전집』에 수록된 총 68편 중에 나보코프가 처음부터 영어로 집필한 작품은 10편이다. 나머지 58편 중에 원래 러시아어로 집필한 작품이 57편이고, 나머지 1편은 프랑스어로 집필한 작품(「마드무아젤 O」)이다. 이 58편 역시 영어판 전집에 실린 원고가 작가의 최종본이라 보고 영어판을 번역 저본으로 삼되 러시아어판 및 프랑스어판과 대조하는 과정을 거쳤으며, 처음 집필 시점과 수십 년의 간극을 두고 진행된 영어 번역으로 작품에 유의미한 차이가 발생한 경우 역주에 밝혀두었다.

나보코프 창작세계의 '경이의 표본실'

『나보코프 단편전집』은 나보코프 창작세계가 형성된 과정을 증언하는 표본들이 수집된 나보코프 세계의 '경이의 방'과 같다. 또한 한 개인의 '경이의 방'이 종종 사적 취향의 수장고를 넘어 역사적 지층 역할을 하듯이, 『나보코프 단편전집』에서 우리는 포, 호프만, 체호프, 부닌, 헨리 제임스 등 단편소설 거장들의 영향을 발견하는 한편 나보코프가 단편소설 장르에서 개척한 '미지의 땅'도 확인할 수 있다. 무엇보다 이 나보코프 창작세계의 '경이의 표본실'은 뜻밖의 발견과 막다른 길이 끊임없이 교차하는, 지극히 아름답지만 난해한 미로인 나보코프의 세계를 탐험하고자 하는 이들에게 아마도 가장 친절하고 유용한 입구가 될 것이다.

역자는 나보코프의 단편소설을 번역하면서 마치 배율 높은 렌즈 아래 놓인 다채로운 색깔의 스테인드글라스 표본을 통해 나보코프 창작세계를 이곳저곳 들여다보는 듯한 기쁨을 느꼈다. 해변의 조약돌 틈에서 발견한 파편 하나에 사방에 흩어진 자기의 무수한 조각을 모두 모아 원형을 복원하는 '영원한 고문이자 강제 노동'을 상상하던 시네우소프처럼 나보코프 창작세계의 전체상을 한 조각씩 조합하는 마음으로 68편을 번역했다. 단편소설은 장편소설보다 때때로 더 농밀하고 선명하며 통렬하게 나보코프의 내면과 세계를 보여주곤 했다. 거의 모든 작품의 시작이나 종결에서 어김없이 그 그림자를 드리우는 죽음은 부친의 죽음이 나보코프에게 남긴 깊은 트라우마를 반영하고, 작중인물이 '미래에 할 회상'을 예감하며 느끼는 역방향의 노스탤지어에는 다시는 돌아갈 수 없는 러시아와 어린 시절에 대한 나보코프의 통렬한 그리움이 배어난다. 하지만 운명 앞에서 인간이 느끼는 무력감과 인간의 잔인함이 불러온 절망으로 점철된 현실에서도 끝내 삶과 예술이 주는 행복이 섬광처럼 반짝이는 기적적 순간을 그 누구보다 명료하게 포착해내는 나보코프는 단편소설 속 작중인물들의 입을 빌어 이렇게 말한다.

세계란 결코 분쟁이나 포식동물 같은 우연한 사건들의 연속이 아니라, 아른아른 빛나는 환희, 은총이 주는 전율, 우리가 하사받았으나 그 가치를 모르는 선물을 의미한다는 것을.

_「은총」 중

나는 이 순간, 여전히 숨을 쉬고 여전히 회전하는 시행의 매혹적인 약속을 믿으며, 내 얼굴은 눈물범벅이고 내 심장은 행복으로 벅차올라 터질 것 같다. 그리고 나는 이 행복이 이 세상에 존재하는 것 중 최고로 위대한 것임을 알고 있다.

_「움직임 없는 연기」 중

어린 아들의 죽음에 비통해하던 슬렙초프가 삶은 슬프고 무의미하고 메말랐으며 기적 같은 건 일어나지 않는다고 생각하면서 자살을 결심한 순간에 아들의 비스킷통 속에 든 나방 고치가 터지는 소리에 눈을 떠 목격하게 되는 경이를, 나보코프가 쓴 68편의 단편소설이 탈피의 순간을 기다리고 있는 이 경이의 표본실에서 여러분도 경험해보시기를 바란다.

바로 그 순간, 갑자기 탁 하는 소리가 났다—너무 길게 잡아늘인 고무줄이 끊어지는 것 같은 가는 소리. 슬렙초프는 눈을 떴다. (…) 생물은 실로 오랫동안 이 순간을 기다리면서 사력을 다해 힘을 비축해왔으며, 이제는 밖으로 빠져나와 천천히 기적처럼 몸을 팽창하고 있었다. 서서히, 주름진 조직이, 벨벳 같은 테두리가 펼쳐졌다. 부채 모양으로 주름 잡힌 시맥이 공기로 가득차면서 점점 단단해졌다. 그것은 마치 성숙해가던 얼굴이 어느샌가 아름다워지듯이, 알아차리지 못한 사이에 날개 달린 생물이 되어갔다. 그리고 그 날개—여전히 여리고 여전히 축축한—는 계속 커지며 펼쳐지더니, 드디어 신이 정해놓은 한도까지 다다랐다. (…)

이윽고, 양쪽에 하나씩 유약을 바른 듯 반들반들한 눈 모양 점이 있고, 갈고리 모양으로 굽은 앞쪽 끝이 자줏빛 광채로 뒤덮인 두껍고 검은 날개가, 부드럽고 황홀한, 거의 인간이 느끼는 행복에 가까운 충동에 휩싸여 한껏 숨을 들이쉬었다.

_「크리스마스」중

김윤하

블라디미르 나보코프 연보

1. 러시아(1899~1919)

1899년   4월 22일 수도 상트페테르부르크의 귀족 명문가에서 아버
               지 블라디미르 드미트리예비치와 어머니 옐레나 이바노브
               나 사이에서 장남으로 출생. 할아버지 드미트리 니콜라예비
               치는 알렉산드르 2세와 3세의 치세에 법무상을 역임했고,
               아버지는 관료가 되기를 거부하고 법학자의 길을 걷다가 정
               치에 입문하여 입헌민주당(카데트) 지도부의 일원이 된다.

1899~1910년   자유주의적 분위기의 유복한 가정에서 다방면에 걸친 최상
               의 가정교육을 받으며 성장. 러시아어 외에 영어와 프랑스
               어를 익혔고(영국 숭배자였던 아버지의 영향으로 러시아어
               보다 영어를 먼저 익혔다), 테니스, 자전거, 권투, 체스 등 다
               양한 운동을 배웠으며 곤충학(특히 나비 채집과 관찰)에도
               몰두한다. 체스와 나비 연구는 평생에 걸친 관심사로 나보
               코프의 삶과 문학에 깊숙이 관여하게 된다.

1911~1916년   테니셰프 학교에서 수학. 이 시기에 이기적이라고까지 부를
               수 있는 우월 의식에 찬 개인주의적 성향이 발현된다. 어린
               시절 상트페테르부르크의 삶이 남긴 인상은 나보코프의 창
               작에 큰 역할을 한다. 특히 나보코프 가족이 여름을 나곤 했
               던 교외의 모습은 작가의 기억 속에 지상낙원으로, '그의 러
               시아'로 영원히 남는다.

1914년   첫 시를 씀.

| 1916년 | 『시집Стишки』을 자비로 발간하며 문학에 입문. |
| 1917년 | 아버지가 부르주아 임시정부에 입각. 볼셰비키혁명으로 임시정부가 붕괴되자 나보코프 가족은 크림으로 이주. |

2. 유럽(1919~1940)

1919년	크림이 적군에게 장악되고 내전이 적군의 승리로 끝나자 3월에 배를 타고 영원히 러시아를 떠난다. 콘스탄티노플을 거쳐 런던으로 간다.
1919~1922년	동생 세르게이와 함께 케임브리지대학에서 수학. 러시아문학과 프랑스문학을 전공. 운명의 극적인 전환은 시인 나보코프의 창작에 강한 동기를 부여한다. 전 생애를 통틀어 망명 초창기에 가장 많은 시를 쓴다.
1920년	8월에 가족이 베를린으로 이주. 아버지가 러시아어 신문 〈방향타Руль〉의 편집자가 된다. 〈방향타〉에 나보코프의 첫 번역과 첫 산문이 실린다.
1921년	필명 '블라디미르 시린'으로 작품을 발표하기 시작.
1922년	3월 28일 베를린에서 아버지가 러시아 극우파 테러리스트에게 암살당한다. 아버지의 죽음은 나보코프의 운명을 송두리째 흔든다. 스스로 삶을 개척해야 했던 나보코프의 전업작가로서의 삶이 시작된다. 6월에 케임브리지대학을 졸업하고 베를린으로 이주.
1923년	3월 8일 어머니가 프라하로 이주. 베를린에서 미래의 아내 베라 예프세예브나 슬로님을 만난다. 베를린에서 시집 『송이Гроздь』와 『천상의 길Горний путь』 출간.
1924년	첫 장편희곡 『모른 씨의 비극Трагедия господина Морна』

집필.

1925년   4월 25일 베라 슬로님과 결혼. 첫 장편소설『마셴카Машень
-ка』집필.

1926년   베를린에서『마셴카』출간. 두번째 희곡『소비에트에서 온
사람Человек из СССР』집필.

1928년   베를린에서 소설『킹, 퀸, 잭Король, дама, валет』출간.

1929년   문예지『현대의 수기』에 소설『루진의 방어Защита Лужина』
발표. 작품의 첫 부분을 읽은 어느 망명 문인의 회고에 따르
면, "망명 세대 모두의 삶을 정당화하기 위해 불사조처럼 혁
명과 추방의 불길과 재에서 태어난 위대한 러시아 작가의
작품."

1930년   베를린에서 단편집『초르브의 귀환Возвращение Чорба』과
『루진의 방어』출간.『현대의 수기』에 소설『스파이Соглядатай』
게재.

1931년   『현대의 수기』에『위업Подвиг』연재.

1932년   파리에서『위업』출간.『현대의 수기』에 소설『카메라오브스
쿠라Камера обскура』연재 후 파리에서 단행본 출간.

1933년   베를린에서『카메라오브스쿠라』단행본 출간.

1934년   『현대의 수기』에 소설『절망Отчаяние』연재. 5월 10일에 외
아들 드미트리가 태어남.

1935년   『현대의 수기』에 소설『사형장으로의 초대Приглашение н
а казнь』연재.

1936년   베를린에서『절망』단행본 출간.

1937년   나치의 위협을 피해 파리로 이주. 프랑스 문예지〈NRF(La
Nouvelle Revue Française)〉에 푸시킨에 관한 프랑스어
논문 발표. 프랑스 잡지들에 프랑스어로 번역한 푸시킨 시
발표.『현대의 수기』에 소설『재능Дар』연재(체르니솁스키

에 관한 4장을 제외하고 발표). 런던에서 나보코프가 영어로 옮긴 『절망*Despair*』 출간.

1938년   파리와 베를린에서 『사형장으로의 초대』 단행본 동시 출간. 첫 영어 소설 『서배스천 나이트의 진짜 인생*The Real Life of Sebastian Knight*』 집필.

1939년   3월 2일 어머니 작고.

3. 미국(1940~1960)

1940년   5월에 독일 점령군을 피해 미국으로 이주. 뉴욕의 자연사박물관에 일자리를 얻는다. 비평가 에드먼드 윌슨의 추천으로 〈뉴요커〉에 기고.

1941년   소설 『서배스천 나이트의 진짜 인생』 출간. 웰즐리 칼리지에서 칠 년간 러시아문학 강의.

1942년   하버드대학의 비교동물학 박물관에서 육 년간 연구원으로 활동.

1944년   고골 연구서 『니콜라이 고골*Nikolai Gogol*』 출간. 푸시킨, 레르몬토프, 튜체프의 시를 번역한 시집 『세 명의 러시아 시인*Three Russian Poets*』 출간.

1945년   미국 시민권 획득.

1947년   소설 『벤드 시니스터*Bend Sinister*』와 단편집 『아홉 편의 이야기*Nine Stories*』 출간.

1948년   코넬대학 문학부 교수로 재직하며 십 년간 러시아문학과 유럽문학 강의.

1951~1952년   하버드대학에서 강의. 후에 네 권의 강의록 출간. 『나보코프 문학 강의*Lectures on Literature*』(1980), 『율리시스 강의

Lectures on Ulysses』(1980), 『러시아문학 강의Lectures on Russian Literature』(1981), 『돈키호테 강의Lectures on Don Quixote』(1983).

1951년	회상록『결정적 증거Conclusive Evidence』출간.
1952년	고골 선집에 부치는 머리말 집필. 파리에서 러시아어 시선 『시. 1929~1951Стихотворения. 1929~1951』출간.『재능』무삭제판 출간.
1954년	러시아어 회상록『다른 해변Другие берега』출간.
1955년	파리에서 소설『롤리타Lolita』출간.
1956년	1930년대에 러시아어로 쓴 단편 모음집『피알타의 봄Весна в Фиальте и другие рассказы』출간.
1957년	소설『프닌Pnin』출간.
1958년	나보코프가 영어로 옮기고 역자 머리말을 붙인 레르몬토프의 소설『우리 시대의 영웅Hero of Our Time』출간. 단편 모음집『나보코프의 한 다스Nabokov's Dozen』출간. 뉴욕에서『롤리타』출간.
1959년	영어 시집『시Poems』출간.『롤리타』의 성공으로 대학 강의를 접음.

4. 스위스(1960~1977)

1960년	스위스의 몽트뢰로 이주. 나보코프가 영어로 옮기고 상세한 주석을 단『이고리 원정기The Song of Igor's Campaign』출간.
1962년	스탠리 큐브릭이 감독한 영화 〈롤리타〉 상영. 소설『창백한 불꽃Pale Fire』출간.

1964년	기존 번역본의 오류를 바로잡고 방대한 주석을 단 푸시킨의 『예브게니 오네긴 Eugene Onegin』 출간.
1967년	영문 회상기 개정판 『말하라, 기억이여 Speak, Memory』 출간. 단편집 『나보코프의 사중주 Nabokov's Quartet』 출간.
1969년	소설 『아다 혹은 열정. 가족 연대기 Ada or Ardor: A Family Chronicle』 출간.
1970년	러시아어와 영어로 쓴 시와 체스 문제가 수록된 『시와 문제 Poems and problems (Стихи и задачи)』 출간.
1972년	소설 『투명한 것들 Transparent Things』 출간.
1973년	단편집 『러시아 미녀 Russian Beauty and Other Stories』 출간. 에세이와 인터뷰 모음 『굳건한 견해 Strong Opinions』 출간.
1974년	소설 『어릿광대를 보라! Look at the Harlequins!』 출간.
1975년	『재능』의 개정판 출간. 『독재자 타도 Tyrants Destroyed and Other Stories』 출간.
1976년	나보코프가 영어로 옮긴 러시아어 단편집 『어느 일몰의 세부 Details of a Sunset and Other Stories』 출간.
1977년	7월 2일 스위스 몽트뢰에서 영면.
1995년	나보코프의 단편 65편을 모아 정리한 『나보코프 단편전집』 출간. 이후 개정을 거듭해, 2008년에 총 68편이 수록된 최종본이 출간.
2009년	드미트리 나보코프가 미완성 유작 『오리지널 오브 로라 Original of Laura』를 정리, 편집하여 출간.

지은이 **블라디미르 나보코프**

1899년 상트페테르부르크에서 태어났다. 볼셰비키혁명으로 조국을 등진 후 유럽과 미국을 전전하다 1945년 미국 시민권을 획득한다. 케임브리지대학에서 러시아문학과 프랑스문학을 공부했고, 코넬대학과 하버드대학에서 문학을 가르쳤다. 『절망』『서배스천 나이트의 진짜 인생』『창백한 불꽃』 등을 발표했고, 1955년 출간한 『롤리타』로 세계적인 명성을 얻었다. 1977년 스위스 몽트뢰에서 생을 마감했다.

옮긴이 **김윤하**

연세대학교에서 러시아문학과 프랑스문학을 전공했고 동 대학원에서 「나보코프 소설 창작의 연극적 기원」으로 문학박사 학위를 받았다. 현재 연세대학교에서 강의를 하고 있으며, 옮긴 책으로 『프로이트주의』『오리지널 오브 로라』『창백한 불꽃』 등이 있다.

문학동네 세계문학
나보코프 단편전집

1판 1쇄 2022년 3월 30일
1판 2쇄 2022년 5월 15일

지은이 블라디미르 나보코프 | 옮긴이 김윤하

책임편집 박신양 | 편집 이미영 류현영
디자인 김현우 최미영 | 저작권 박지영 형소진 이영은 김하림
마케팅 정민호 이숙재 한민아 김혜연 이가을 안남영 김수현 박지영 정경주
브랜딩 함유지 함근아 김희숙 정승민
제작 강신은 김동욱 임현식 | 제작처 한영문화사(인쇄) 신안문화사(제본)

펴낸곳 (주)문학동네 | 펴낸이 김소영
출판등록 1993년 10월 22일 제2003-000045호
주소 10881 경기도 파주시 회동길 210
전자우편 editor@munhak.com | 대표전화 031)955-8888 | 팩스 031)955-8855
문의전화 031)955-8895(마케팅), 031)955-1916(편집)
문학동네카페 http://cafe.naver.com/mhdn
문학동네트위터 http://twitter.com/munhakdongne
북클럽문학동네 http://bookclubmunhak.com

ISBN 978-89-546-8564-1 03840

www.munhak.com